日本古典文學大系 98

歌舞伎十八番集

郡司正勝 校注

岩波書店刊行

監修者

高木市之助
西尾實
久松潜一
麻生磯次
時枝誠記

題字　柳田泰雲

目次

役者論語

凡例

本書は、歌舞伎十八番の「矢の根」「助六」「暫」「鞘当」「勧進帳」「鳴神」「毛抜」を収録し、これに頭注(異同)・脚注を付して、実演台本としての立体化を意図した。(なお、参考のため、「景清」の本文のみを掲げた。) これに、「附帳(扮装・鳴物)」「現行本(暫・鳴神)」「用語一覧」を付して、歌舞伎演出の理解を助けるために配慮した。

併せて、かぶきの最高の俳優論といわれる『役者論語』を収録し、これに、同書に現われる当時の役者・作者・座元の人名一覧を加えて、参考に呈した。

歌舞伎十八番集

(本文について)

一 各作品の底本については、それぞれの解説中に記した。

一 本文表記は底本通りを原則としたが、読み易きを計って、次のような方針に従った。

1 漢字の字体は通行の正字体に統一し、変体仮名は通行の字体に改めた。「ム(ござ)る」「升(ます)」「ゟ(より)」などは台本特有のものであるが、すべて現代表記に直した。

2 仮名づかいと、動詞の送り仮名の有無については、すべて底本の通りとした。

3 送り仮名が現代の慣用と特に異なっているものは、これを省いた。

（例）　飽び・紫き・心ろ・昔し

ただし、「私(わ)し」「私(わた)し」「私(わたく)し」「私(わたくし)」に関しては、底本のままとした。

4　「此(こ)の」や「斯(か)う」などを、現在の慣用に従って、仮名表記とした作品もある。

（例）　此(この)・爰(こゝ)・其(そ)の・能(よく)・斯(かく)・成(なる)　→　この・こゝ・その・よく・かく・なる

5　底本に使用したもののうち、活字本は、振り仮名が総ルビに近いので、適宜、校注者が取捨した。

6　特別な発音をするものについては、〔　〕に入れてそれを示した。

（例）　帰(けえ)る・赤い(あけえ)・所へ(とけえ)

7　句読点ならびに清濁は、校注者の見解によってこれを施し、また改め正した。頭注・補注等においても、これに準じた。

8　反復記号は底本のままとしたが、「〻」は、漢字の場合は「々」に、仮名の場合は「ゝ」にした。

9　明らかな誤字は正し、脱字は（　）を付して本文中に加え、頭注に注記した。

一　セリフの指定名およびト書中の人物名は、底本では役者名になっているが、これは役の人物名に直した。

（例）　団十郎・団→助六　　半四郎・半→揚巻

一　セリフ中に、〇（思入(おもいれ)の記号）の指定のあるものは、そのままとし、特に説明の必要がある場合は脚注に記した。

（頭注について）

一　頭注には、語釈・異同を掲げた。頭注番号は漢数字を用いた。

一　頭注が見開き頁に収まらず、左端の異同欄を越えて次頁に送られた場合は、↙印を用いてこれを示した。

一　異同欄に、底本と現行の諸本との異同を示した。〔右〕〔左〕は、見開きの右頁・左頁を示し、①〜⑰は本文の行数を示す。

なお、「助六」は分量の関係上、頭注の左端ではなく、本文の後に掲げた。

〔脚注について〕

一 脚注には、演出に関する、役者の演技・位置、舞台の様相、下座等を記述した。脚注番号は洋数字を用いた。

一 脚注には、異なる演出も出来るだけ多く記入した。さらに、諸本のト書の違いも、必要のあるものは、適宜記入した。なお、脚注は、現行の演出を中心として記述しているため、底本と異なるセリフになっている場合が多い。しかも異同欄にも見当らないのは、現行の他本、または役者による動きと見られたい。

〔校合本について〕

一 校異ならびに参考に使用した諸本の略号と内容は、次の通りである。

〔矢の根〕

㊀ 音蔵本一。五代目富士田音蔵本。演劇博物館蔵。半紙本。年月日の記入なし。

㊁ 音蔵本二。同右。半紙本。大薩摩の浄瑠璃本。大正五年四月、歌舞伎座上演。

㊉ 河竹本。河竹繁俊校訂「歌舞伎名作集」下（評釈江戸文学叢書）所収。（「鞘当」以外の㊉も同じ）

〔助六〕

㊀ 竹柴本一。竹柴愬太郎蔵。昭和三十七年四月、現十一代目市川団十郎襲名の際に上演。

㊁ 竹柴本二。竹柴愬太郎蔵。昭和十三年三月、大阪歌舞伎座、七代目松本幸四郎上演。

㊍ 木村本。木村錦花・遠藤為春共編「助六由縁江戸桜の型」。

㊤ 国会（旧上野）図書館本。文政二年三月、玉川座上演。天保十二年写本。

〔暫〕

［一］竹柴本一。竹柴蟹太郎蔵。昭和十一年一月、歌舞伎座、七代目松本幸四郎上演。上演時間約一時間。

［二］竹柴本二。竹柴蟹太郎蔵。昭和十三年四月、歌舞伎座上演。岡鬼太郎による、上演時間約四十五分の省略本。

［久］久保田本。明治十五年九月発行「市川団十郎於家狂言歌舞伎十八番」。紅英堂板。久保田彦作編。

〔鞘当〕

［白］白藤本。鈴木白藤写本。伊原青々園旧蔵(演劇博物館蔵)。「浮世柄比翼稲妻」三幕目「仲の町の場」。

［大］大南北全集(第十三巻)本。「浮世柄比翼稲妻」。

［小］小野本。小野操(竹柴操二)蔵。昭和二十五年十一月、東京劇場上演。

［昔］昔綉廓鞘当本。明治十二年六月、新富座上演。「俳優評判記」所載。

〔勧進帳〕

［久］久保田本。昭和十六年二月発行「市川団十郎於家狂言歌舞伎十八番」。紅英堂板。久保田彦作編。

［九］九代目団十郎本。堀越秀、明治二十三年七月発行、木版本。

［一］竹柴本一。竹柴蟹太郎蔵。昭和十三年三月、浄写本。

〔鳴神〕

［一］竹柴本一。竹柴蟹太郎蔵。昭和六年十二月、京都南座、二代目市川左団次上演。但し削除の分は、昭和二十一年九月、東京劇場上演。

［二］竹柴本二。竹柴蟹太郎蔵。昭和二十四年三月、三越劇場上演。

［三］竹柴本三。竹柴蟹太郎蔵。昭和三十一年七月、明治座、市川海老蔵・尾上梅幸上演。

〔毛抜〕

[岡] 岡本。岡鬼太郎蔵。「歌舞伎」昭和三年一月号所載。

[一] 竹柴本一。竹柴愬太郎蔵。現十一代目市川団十郎上演。

（補注その他について）

一　頭注・脚注欄に収まらなかったもの、また、特に考証にわたる事項、専門的事項、および諸本を比較の上で必要とする場合等については、補注に記した。

一　附帳・現行本・用語一覧についての凡例は、それぞれの扉に記載した。

役者論語

一　本書の底本は、石割松太郎旧蔵、早稲田大学演劇博物館所蔵の木版本によった。原本は、縦六寸二分、横四寸二分、美濃半截本の中本仕立。全部四巻四冊、安永五年九月吉日刊。八文字屋八左衛門板である。

一　なお、東京国立博物館本・国立国会図書館本・東京大学図書館本・早稲田大学図書館本を参照した。東大図書館本は、「耳塵集」に跋文が付いているのが異なる。また早大図書館本は、附録の「三ケ津盆狂言芸品定」と奥附を欠く。なお、国会図書館本の単行『耳塵集』および『新刻役者綱目』中の「あやめ草」、『役者全書』中の四巻「佐渡嶋日記」、五巻「賢外集」を参照とした。

一　本文は、底本を忠実に複刻したが、読解の便を考慮して、次のごとき若干の手を加えた。

1　字体は通行の正字体に統一した。

2　誤刻と思われるものはこれを正し、頭注にことわった。

3　句読点は、すべて「。」であるが、これを「、」「。」にし、また新たに「、」を加えた所もある。
4　清濁は、校注者の見解に従った。
5　難解な漢字、読みにくい漢字については、振り仮名を（　）に入れて施した。

一　本文中の小字は、底本では二行割注であることを示す。
一　頭注には、語釈、本文校訂、および演劇史上の動静などについての注釈を施した。
一　本文関係の役者・作者・座元の人名一覧を補注の後に附載した。頭注の「→一覧」はこの人名一覧を見よの意を示す。

本書の刊行にあたって、河竹繁俊先生ならびに十一代目市川団十郎氏のご支持および校閲を受けたことを厚く御礼申上げる。また八代目松本幸四郎氏には延年の舞をいく度も舞っていただいたし、中村芝鶴、中村又五郎氏には、演技・扮装の面でご教示をいただき、鳴物や附帳の点で、田中伝左衛門、望月太意之助氏に、小道具では藤浪与兵衛氏に、お教えをいただいた。特に、狂言作者の竹柴愬太郎氏には、各種の現行本を提供していただき、終始質問に答えられ、また全面的に目を通していただき、ご面倒をお願いしたことを感謝する。また、国会図書館の鈴木重三氏には、助六の台本のことで、演劇博物館の菊池明氏には、同館資料についてお世話になった。なお、原稿整理・調査・浄写、および用語一覧の作製等について、ご協力を得た玉川大学助教授上原輝男氏、また、主として『役者論語』について、校正・調査・整理に面倒をみていただいた、早稲田大学講師鳥越文蔵氏に御礼申上げる。ほかに、長いこと参考資料を拝借した、鈴木悌二氏、小出博氏、また調べものに協力を願った内山美樹子修士、清書を願った中村哲郎氏など、多くの方々のご協力を得た。最後に、浄書に勤めてくれた故哲子の霊の冥福を祈る。

歌舞伎十八番集

解説

一　歌舞伎十八番の意義と由来

歌舞伎十八番は、かぶき狂言のうちで、特殊な位置を占める一ジャンルである。それはかぶき狂言のうちでも、特に重んぜられる古典であるとともに、市川団十郎家との関連において思い出される点でも、また特殊な性格をもつものである。歌舞伎十八番は、かぶきの歴史の上では、内容には古いものを伝えていても、名称はとくに古いものではない。天保十一年三月、「勧進帳」の初演の際に、その口上看板のなかで、「歌舞妓十八番の内」と銘記したのに始まるものである。石塚豊芥子の『寿十八番歌舞妓狂言考』(以下、『歌舞妓十八番考』と略称)の序によれば、このときに、七代目団十郎は「歌舞妓十八番の家の芸てふ古き狂言を記」した摺物を配った。『歌舞妓十八番考』も、これに刺激されて成ったものだと記している。もっとも、それより約十年以前、天保三年三月、市村座で、七代目が四度目の「助六」を上演した際に、「市川海老蔵流寿狂言　十八番の内」と角書している。しかしこのときは、あくまでも市川家の寿狂言としての十八番で、「歌舞伎十八番」ではなかった。「寿狂言」というのは、江戸三座にあったそれぞれの家の、由緒のある儀式狂言のことで、祝い事その他の記念興行の際に、それぞれの座で出す一幕ずつの放れ狂言である。それに倣って、市川家に由緒のある狂言を、「市川海老蔵流」として、「助六」を特別扱いにしたのによる名称であった。それから八年目の天保十一年に「勧進帳」を上演するに当たり、市川流より歌舞伎十八番になったのである。当時、海老蔵の七代目団十郎が五十歳の齢で、名実ともに、三都に君臨する自信と地位を得たときの発言であることがわかる。したがって一種の僭称でもあった。このことは、さらに二年後には、奢侈僭上のかどで、江戸追放となってあらわれる。

思うに、江戸のかぶき劇壇は、市川団十郎の代々を中心に繁栄してきたともいえるので、江戸劇壇が、名実ともに上方を圧して、かぶきを代表した江戸中期以後は、三ヶ津総芸頭の地位にあった市川家の伝統と勢力は、かぶきの総元締となったのである。三升屋二三治の『戯場書留』に、「暫、鳴神、毛抜、助六、牢破、矢の根、草摺、外良、相撲、対面、無間、帯引、五人男、清玄、草履打、男達、髪洗、不破名古屋、右十八番といふ事、昔より歌舞妓狂言の言ひならはしにて、木戸前にて人呼に、今は助六ぢや〳〵と呼ぶを、十八番のうち呼ものといふ事の始也。故に今も、浄瑠璃ぢや〳〵、又一番目ぢや〳〵といふ、是より出でしこと。江戸市川代々より八代目に至るまで、狂言組十八番あり、関羽、押戻、暫、七ツ面、象引、蛇柳、鳴神、矢之根、助六、嫐、鎌髭、外郎、不動、毛抜、不破、解脱、勧進帳、景清、市川歴代相続、寿興行に出之」とあるのを一つの拠所とするのであるが、これを信ずるのには、傍証がもう一つ欲しい。二三治の記述に拠れば、昔から、歌舞伎狂言の十八番というものが、市川家の十八番とは別にあったように受けとれるが、この点なお曖昧である。二三治のいう歌舞伎十八番は、結局、市川家で手がけたものと共通するものが多く、自然二にして一になる事情をもっていたのだともいえる。あるいは、二三治が、十八番という動かせぬ数字に、狂言数を合せるために、数をかぞえ立てたのではないかという疑いもないわけでもない。

十八番を「おはこ」と呼び、お得意のものの意にひろく用いるようになったのは、この歌舞伎十八番から出たことと思われるが、もともと、東洋における十八の名数は、とくにめでたい数であった。河竹繁俊博士も、これに言及され、十八天、十八大経、十八壇林、十八神道、十八松平、十八大通などの慣用語を挙げられたが、その十八番という名称に数を合せようとすること自体が無理で、要するに十八を「おはこ」の意味で、受け継げばよかったのである。

なお、十八番中の「暫」のつらねのうちに、その主人公が、年齢十八歳なることをとくに言挙げしていることが目につく。たとえば、「渋谷の金玉昌俊、年つもって十八歳、お馴染みの古若衆」(宝暦六年)、「荒獅子男之助茂満は、生年積って十八町」(明和八年)、「三浦荒次郎義澄、当年積って四十八歳、四の字をのけて十八歳」(天明八年)、「碓氷の荒太郎貞光という股肱耳目の勇力士、当年積って十八歳」(寛政五年)、「鎌倉権五郎景政、当年積って十八歳、実を申せば五十四歳」(寛政六年)、「篠塚伊賀守貞綱、当年積って十八歳、誠は二十市川の」(寛政十年)、「当年積って十八歳、誠の年は二十八」(文政元年)、「当年積ってまだやう〳〵十八歳」(文政二年)というように、どうして十八歳をとくに数え立てる必要があったのであろうか。いわば、十八歳とは荒事師の重要な資格であったのではないか。そうすれば、荒事を中心とする歌舞伎十八番も、おそらく、毎年繰り返す「暫」の年齢の十八歳と無関係ではないのではないか。あるいは、もとを正せば、荒事には、一種の成年式との関係が含まれていたのかも知れない。十八番を「おはこ」と読むことも、箱入娘、箱入息子などのお箱で、とって置きの、大切なものの義の、ある秘儀をひめていたのではないかと思われる。したがって、歌舞伎十八番も、かならずしも十八に数を合せる必要がないので、松を「十八公」と異称するごとくに、事実、今日までその名を伝えて、その実態の知られぬものがあるのも、かえってその実を示しているように思う。

七代目団十郎は、「助六」に、市川流の「おはこ」を標榜し、「勧進帳」をもってかぶきの権威たらしめるために、かぶき中のかぶきの意味を含めて、十八番と称したのであろう。しかも「助六」は、そのまま古来の市川流を伝承したものであるが、「勧進帳」などは、事実、新作同様だったので、むりにも古びを付けて、その伝統を誇称する必要があった。口上看板にも、初代、二代が演じ、「其後打ち絶え候故私多年右の狂言心かけ、種々古き書物等とりあつめ相調べ候ところ此節やう〳〵調べ候に付き」といっているように、古典復活の意識をはっきりうち出そうとしているのである。そして、他の作品は、「勧進帳」につられて、次から次へと十八番に登録されていったものと見てよい。伊原青々園も、「十八番のうちの十七番までは勧進帳の御つきあひで出世したやうなものである」(『団十郎の芝居』)といっている。したがって、はじめは必ずしも数を合せようとしたのではなかったのであろうが、後には数の事実に引かれて、むりに数え立てねばならなくなったのであろうと思う。

河竹繁俊博士は、歌舞伎十八番を定義して、「七代目市川団十郎が選定し、自分もその一部を復演したる、市川家代々の当り狂言十八種目を歌舞伎十八番と称す」(『歌舞伎名作集』歌舞伎十八番集解題)といい、その制定の動因を、一に七代目の尚古癖、二に劇壇衰退の局面打開のための復古運動、三に能楽摂取の野望、四に劇壇における七代目の王者的地位の確立にあると指摘され、実際化に当たっては、狂言作者の三升屋二三治が顧問役を勤めたのであろうといわれている(『歌舞伎十八番』歌舞伎十八番物の沿革)。

二　収録作品以外の十八番

いま、二三治の『戯場書留』に掲げられたもの、さらに豊芥子の『歌舞妓十八番考』に数えられて、十八番としたものの内、本書に収録した七本の他の狂言をまず示し、収録の分は、それぞれの解説に述べたい。九代目は、十八番を一つずつ上演してみようと計画したようであるが果さなかった。また、先祖の名を傷つけてはと、上方に行った時は、決して上演しなかった（市川三升『九世団十郎を語る』）というが、九代目は、「解脱、七つ面、鎌髭、蛇柳など云ふは五代目頃より演じたる事無く、今日に至りては一向に訳らぬものと為り果てたり」（『団洲百話』）といい、また、「尤も其時代々に適合せざるものは、次第々々に消え行くは是非なき事なれば、今残りたる十八番の中にても次第に他に忘れらるゝもの出づべきは必定なり」（同）と、かなり悲観的である。その後、十代目を追贈された市川三升は、「解脱」「不破」「嫐」「象引」「押戻」「蛇柳」「七つ面」を復活上演している。また「鎌髭」は、二代目市川段四郎、二代目市川猿之助の父子により、「景清」は、七代目松本幸四郎によって、それぞれ復演されている。以下、初演の古い順序で、その概略を示す。

不動　荒事の一つとしての、元禄期の化身事もしくは神霊事で、大詰に、神霊の示顕を見せるもののうち、不動の尊像に扮するもので、とくに市川家の信仰の対象であった不動が十八番中に入れられたものである。いわば、その扮装で、生身の不動を見せるもので、それだけでは一場の狂言にはなり難いのは、「押戻」などと同じケースである。すでに、元禄十年の「兵根元曾我」、同十二年の「名古屋山三」、同十六年の「成田山分身不動」などに見られる。九代目も「那智滝誓約文覚」で、文覚の荒行に示顕する不動に扮した。その後、明治四十五年二月に、明治座で、二代目市川左団次が、山崎紫紅の補綴で、「鳴神」「毛抜」の一連の筋を辿って一幕物として復活上演し、市川三升もまたこれを復演した。

嫐　嫐という字は、日本製であるが、一種の三角関係が視覚化されている。したがって、「嫉妬」の古訓としても「うはなり」という。古代の「うはなり打ち」の風習が、元禄かぶきにおいて嫉妬事として結びつくのである。系統としては、謡曲の「葵上」で、すでに寛文十二年刊の古浄瑠璃に「うはなり」があり、元禄十二年の「一心五界玉」は、甲賀三郎の世界にもちこみ、同十五年の「鬼城女山入」には、和泉式部の話に組みこまれている。「嫐」を十八番の内に入れたのは、天保八年三月の市村座で、市川九蔵が「花雲鐘入月」を演じた時である。内容があまりに古態であるために、その後絶えたが、市川三升が、昭和十一年四月の歌舞伎座で復活して上演したことがある。

象引　荒事のなかに、引合事もしくは引事ともいうべきパターンがある。「草摺引」「錣引」が知られているが、古くは、「卒塔婆引」「いかり引」「鳥居引」「帯引」などの一連のものがある。「象引」もその一つだといっていい。元禄十四年正月、「傾城王昭君」で、初代団十郎が演じたのが知られているが、もっと古かろうといわれる。その後絶えたのを、昭和八年十月の歌舞伎座で、山崎紫紅の補筆によって、市川三升が復活しており、前進座もまた、別に復活上演している。

外郎売　「外良(ういろう)」ともいう。享保三年正月、森田座で、二代目団十郎が「若緑勢曾我」で初演した。「外郎」は、一種の「言い立て」の舌口芸を見せるもので、「押戻」などとおなじく、他の狂言の中に挿入されて演ぜられてきた。今日では、「助六」の中に織り込まれる習慣があり、元来は市川家の子役が、役のない時に、外郎売となって出演したものだとされている。九代目は上演しなかった。十一代目が海老蔵襲名披露の興行の時、新たに一幕物として書きおろされている。

押戻　豊芥子の『歌舞妓十八番考』に「何れを始めとする哉不詳、鳴神、道成寺、其外怨霊の出る狂言に、小手脛当に腹巻大どてら、三本太刀簑竹笠高足駄をはき、太き竹を杖につき、怨霊のあれたるを、花道の中程より舞台へ押しもどす、荒事少しの事なれども、目ざましきものにて、市川流の外に勤むる者なし」とある。享保十二年の「国性爺竹抜五郎」で、初代の竹抜五郎が初演。今日でも、ときどき「道成寺」の幕切れに出るが、「鳴神」につくこともある。一幕物として復活したのは、昭和九年四月の歌舞伎座で、市川三升が演じ、補綴者は岡鬼太郎であった。主人公の名は、竹抜五郎が古く、「道成寺」などでは、大館左馬之助ということが多い。

景清　二代目が、享保十七年八月、中村座の「大銀杏栄曾我」で景清を演じ、次に元文四年七月、市村座の「初髻(もとゆい)通曾我」の大詰で、牢破りを初演した。特に景清に扮して、「哀れに物凄し」と評された四代目の沈痛な芸風によって確立され、明和四年の春に演じたものが後世の基準となっている。五代目がこれを大成し、七代目は、十八番のうち「勧進帳」についでこれを演じ、第二回目の十八番の名乗りとしたが、その上演中に江戸追放になったので、九代目は、不吉な狂言として生涯勤めなかった。八代目は一度演じている。これを復演したのは、市川高麗蔵(七代目松本幸四郎)で、明治四十一年十一月の歌舞伎座で上演した。のちに、市川三升もこれを勤めた。

関羽　関羽は、関帝として、中国の道教で祀られてきた、日本流でいえば、一種の御霊神である。禅宗では、長崎の崇福寺や宇治の黄檗宗の万福寺にも、これを祀った廟がある。二代目は、元文二年、河原崎座の顔見世狂言「閏月二人（ににん）景清」の大詰で初演した。のち暫く廃滅していたのを、明治六年に九代目が、村山座で初演した。また昭和四年十一月には、二代目左団次が、岡鬼太郎の新作で、歌舞伎座で上演している。

七つ面　元文五年春、市村座の「姿観隅田川」で、二代目が創演した。面打ちが、七つの面に扮する早替りを見せるものであるが、初演のときは、尉面・塩吹・般若・姥・武悪の五つであった。これも絶えていたのを、九代目が、明治二十六年に「新七つ面」として演じたことがある。その後、昭和十一年五月の歌舞伎座で、団菊祭延長興行のとき、三升が新たに復活した。補綴者は山崎紫紅。

解脱　景清物の一連のもので、宝暦十年、市村座で、「曾我万年柱」の二番目「鐘入解脱衣」で、四代目が初演したもので、景清の亡魂が祟るのを、解脱させるといった筋であった。これも絶えたのを、昭和七年十一月、歌舞伎座で、九代目の三十年追遠興行のとき、復活した。補綴者は山崎紫紅。なお昭和二十八年、おなじく九代目の五十年祭で、再びこれを三升が上演しており、前進座も新しく上演し直した。

蛇柳　怨霊事の一種で、宝暦十三年五月、中村座の「百千鳥大磯流通（がよい）」で、四代目が、高野山蛇柳（こうやさんじゃやなぎ）の伝説を演じた。浄瑠璃名題は「夏柳烏玉河（うばのたまがわ）」で、大薩摩であった。これは七代目も演じたことがなく、十八番に合せるために並べておいたのであろう。三代目歌川豊国の十八番の揃いの見立画以外に、まったくその内容を知るよしがなく、新たに三升が創演したことがあるきりである。

鎌髭　豊芥子の『歌舞妓十八番考』に、「六部、未見当」とある。明和六年に、四代目の創演とされるが、不詳。明治四十三年十月、歌舞伎座が、二代目段四郎と二代目猿之助の襲名狂言として復活したときは、相馬良門が六部姿で、一夜の宿を借りるのを、田原小藤太が鎌で良門の髭を剃ると見せて、首を掻こうとするが、六部は不死身であったという筋で、二代目竹柴金作の補筆であった。

三　歌舞伎十八番の性格

歌舞伎十八番は、市川家の荒事の芸を中心とするものだといわれている。「矢の根」「暫」「鳴神」など、典型的な荒事だといっていい。「助六」は、荒事のなかに和事味をもちこんだ点と、かなり世話的の味わいをもつ点でユニークであり、荒事の一変貌という面をもっている。これは、その後に固定した「鞘当」にも共通するものがある。「勧進帳」は、七代目によって創られたが、九代目によって完成された点で、はなはだしく明治調であり、また能に接近している松羽目物である点に、他の狂言に見られぬ独自性があるが、もと弁慶の荒事の系統を引くものだといえる。また「毛抜」は、もっとも荒事的な要素が少なく、むしろ御家騒動物中の元禄風の豪快さを加えた家老役の実事に近く、市川家の畑六右衛門などの系統に属するものだといえよう。「不動」「象引」「押戻」「関羽」「解脱」「景清」「鎌髭」などもみな荒事の系譜といえる。なかでも「押戻」「外郎売」「不動」などは、独立した狂言として成立し難く、元来、他の作品のなかの一つのパターンとして存在していたことも、荒事の芸、もしくは十八番のある性格を物語るものである。「外郎売」は、一種の早口の「言い立て」の雄弁術を聞かせる芸で、延年以来の、開口(かいこう)とか連事(つらね)などの系統を引き、さらには、早物語などの民間の話芸の要素をとり入れたもので、「暫」の「つらね」とならぶ系統に属するものである。市川流の荒事でも、ほかに、和藤内(国性爺合戦)、車引(菅原伝授手習鑑)、天拝山(同)、鳥居前の忠信(義経千本桜)、男之助(伽羅先代萩)などの名高いものがあるが、いずれも浄瑠璃系の狂言という点で、また、かぶきの荒事を応用したものに過ぎないから、十八番では純粋なかぶきの生育のものだけが選ばれている。

荒事は、上方の和事と並べられて論ぜられるが、柔らかなもの荒っぽいものといった、単に対照的なものでなく、本質はまったく違うものである。荒事の表現は、「荒れ」という様式をとるが、その内容は、単に豪快だというだけでなく、憂鬱かつ憤怒を含んだもので、一種の破壊的エネルギーをもつものである。荒事は、荒れ事であり、もと、みあれの神事とか荒人神事の意であったろうかと思われる。十八番の人物像でいえば、曾我五郎・景清・鳴神・関羽・不破などで、御霊神としての性格をそなえた荒人神で、よく民衆の畏敬の対象となったもので、能にも、天神や一角仙人のごとき、かぶきと同じものがあっても、荒事というような破壊型の生々しい感覚のものは表現されていない。

市川家の代々が、この荒事をもって家の芸としてきたのは、一種の荒人神の信仰に支えられて、民衆の支持を得て成立したからであり、その点に、かぶき独自な境地が見られるものである。また市川家が他家と違って、俳優として特殊な地位を占めてきたのも、この祭式的な荒事芸による力が大きかったからだといえる。その意味で、市川家では、この荒事を誇りにし、大切に取り扱い、特に十八番を選択して、さらに権威を付し、自他ともに再認識することにしたのだと思う。他家でも、これを演ずる場合は、市川家に対して相当の敬意を表し、挨拶をするのが慣例となっており、市川家の方式を尊重してきた。また古来、特に釣看板を出すのも、その特殊性を誇示するためであった。

四　底本の性格と選択

かぶきの台本には、完本といったものが成立し難い事情がある。かぶきの台本は、上演回数を重ねてはじめて価値を生ずるのを建前とし、また上演のたびに書き替えられるのを本来的な前提として成立する性格のもので、文学としての戯曲を前提として成り立つ演劇の台本とは、その性質を異にするものである。言葉をかえていえば、俳優の芸が、戯曲に優先するのである。それでも歌舞伎十八番が、他のかぶき狂言の作品に較べてかなり定着度が強いことは、あるいは随一かも知れない。それは、十八番という称号、特に古典化の意識が働いたためであると考えたい。十八番の内では、「勧進帳」などは、その完成が明治期に入って行なわれたために、生命はいまだ枯渇してはおらず、現代に訴えかける生気を失っていないといえる。また「鳴神」「毛抜」のごとく、あらたにその近代性が買われて復活したものは、古態であるために、その原始性がかえって現代性をもつともいえる。しかし、「暫」とか「助六」などになると、かぶきの伝統によるかなり厚手な技術とムードが支えていない限り、常に生気を失ってゆく危険性に曝されていると考えられる。また「矢の根」とか「鞘当」などになると、その内容とは関係なく、別に伝統的なかぶきの様式性のみをもって支えられ、内容的に現代的意義を求めることが無理になり、古典的価値を認める以外になくなってしまう。現在、歌舞伎十八番の運命には、やや現代的生気を保っている「勧進帳」以外は、この三つの方向があるように思う。

本書に収録された七つ、または「景清」を加えて、八つの他に、今日、単なる古典趣味でたまに復活上演が試みられ、あるいは新作同様な補綴を見て上演される以外には、残るべき意義をも失ってしまった十八番の他の狂言は、この三つの範疇にも入り得なかったものだと考えることができる。したがって、本書に選ばれた七曲は、その台本と演出が、古いものにせよ、新しい復演ものにせよ、ほぼ固定した古典的姿勢をとって今日行なわれるものである。河竹繁俊博士が校訂された「歌舞伎十八番」の類では、すべて「鞘当」を取りあげてはいないが、本書では演出に型のある「鞘当」を収録し、「景清」は、その台本のみを収めることにした。「鞘当」は、十八番にすることに異論もあろうが、不当でない理由もあることは、同解説に述べたい。

さて、底本選択に当たって問題になるのは、底本として完全に近いもの、もしくは優れたものを選ぶことはいうまでもないが、前述する理由によって、初演のもの必ずしもそれに当たらぬとしたら、比較上の問題にしかならず、それを得るのは至難の業であり、その上、良好の台本を得ても、今日と演出にははなはだ開きがあるとすれば、いよいよ不可能になる。また今日行なわれる十八番の演出は、すべて、必ずしも完全な台本で行なわれているわけではない。したがって演出を主体に考えるならば、台本は現行のものを使用しなくてはならないことになる。こういう矛盾があるので、一つの選択の基準として、今日に伝えられて固定した、基盤となった九代目団十郎の時のものを押えてみることにした。九代目の存生した明治期は、かぶきの古典化が急速に始まった時代であり、定着のなかにも、同時に流動している最後の姿も見られ、硬化した今日のものへの批判も含まれているという意義をもつものと考えたからである。しかしそれとても、同じ九代目のものでも、上演のたびに、また年齢によって演出も変わっており、また九代目が上演したことがなく、それ以後に復活された「鳴神」「毛抜」の類がある。今日の演出の基準は、九代目を新たな出発としているが、すでに九代目のときとは、かなり変化もしていることも事実である。しかも、九代目使用の市川家所蔵の台本は、震災・戦災で焼失している。ただ幸いに、当時のものが「歌舞伎新報」や、久保田彦作編輯のものに活字化されているのである。当時の活版本は、かなり粗雑なところがあり、ことに振りがなにでたらめなところもあるが、これを他本をもって修正し、現行本をもって異同を示しながら、そのうちから、「助六」「暫」「鳴神」「毛抜」「景清」を選んだ。また、「矢の根」「勧進帳」「鞘当」などは、かなり所作事化したものであり、ことに前二者における台本の変化は、大きな異動を生じていないので、これらは現行本に近い筆写本によって、完成した姿を示そうとした。なお、「暫」と「鳴神」は、底本が現行本とかなりかけ離れているので、参考として、現行本の全本を附録として、対照するのに便宜ならしめた。その他は、頭注もしくは補注に、現行本との異同を示したので、その異同を復元して、現行本の二ないし三本の上演台本を得ることができる。ただし、現行台本でも、かならずしも実際のセリフとなると、一字一句動かせないというものでなく、動かぬ部分と、かなり自由に動いていい部分とがあり、また俳優によってセリフが異なる場合、また上演時間によって伸縮自在なところがあり、それを巧みにアレンジしてゆくのが、かぶき作者の作劇法の一つでもあるといえるので、脚注の演出注に出てくるセリフと底本のセリフが異なることがままあることは承知していただきたい。またその現行本も、上演のたびに変化し、その変化が、一つの台本の中に幾通りにも書き込まれているのが実際で、それらの変化を克明に読みとるならば、俳優の出演の人数の都合や、階級の別、実力の違い、役柄の差異、または襲名とか、いろいろの楽屋内の都合や事情がわかるのである。また、役名も、それらの変化に伴って変化するのは、俳優の実名をセリフの中に読み込んだり、俳名を役名に用いた「鳴神」の例があり、「暫」の主人公のごとき、上演のたびに、その名を変ずるものもあるので、外国の戯曲や近代劇では考えられないことが起っている。その特色をも見ていただきたい。

矢の根

二代目と矢の根　二代目団十郎栢莚は、その日記『老の楽』の元文五年十一月朔日の条に「笠翁見物、予が矢の根五郎を、細工のために見に来る」(帝国文庫本)と書き付けている。笠翁は小川破笠のことで、蕉門の俳人であるとともに、画を英一蝶に学び、蒔絵・象眼の細工をよくした人で、栢莚の雅友。このときの矢の根五郎は、栢莚三度目の上演で、「矢の根」は、この二代目団十郎が創演し、生涯に五度上演している。もっとも、普通は享保五年のものを除いて四度と数える。その理由は、二代目が、はじめて矢の根五郎に扮したのは、享保五年正月、森田座の「楪(ゆずりは)根元曾我」で、『江戸芝居年代記』(未刊随筆百種、第二十一)に、「矢の根五郎市川団十郎大当り、三舛屋介十郎祐成に而鶴ヶ岡鳥居の建立の場にて難義の所へ大ざつま上るりに而市川団十郎素袍の大荒事大当り、極上上吉の位に至る」と記されたところのものである。二代目のゆるぎなき地位を確立するのは、この作品などからといわれるが、「矢の根」としての作品が確立するのは、次の二度目の享保十四年正月の「扇(すえひろ)恵方曾我」で、『江戸芝居年代記』には次のごとく記されている。「矢の根五郎市川団十郎、初而出し古今之大評判大当り、大薩摩主膳太夫上るりに而、末代市川家の芸に成正月より五月迄続き大入、此時座元蔵を建しを矢の根蔵と云、祐成は名に応沢村宗十郎、時宗の枕かゞみにたつ仕内に今此形なり」。「初めて出し」というのは領かれないが、役柄としてでなく、取り立てて出し物としたのは初めてだという意なのであろう。また大当りすると、その大当りした時が初演となる例も少なくないので、その例とみるべきであろう。このときの演出形態なども後世伝えられるようにほぼ定ったことが、宗十郎の十郎役の記事からでも推察できる。豊芥子の『歌舞妓十八番考』に「初めて鏃五郎を勤め、古今大当り大評判、浄瑠璃は大薩摩主膳太夫相勤、此狂言五月迄打つゞき、座元矢の根蔵といふ土蔵をたつると云々」(新燕石十種、第三)とあるのが、この時である。『新刻役者全書』には「爾来鏃五郎は市川家の芸となり十八番の一つに数へられる」とあり、矢の倉の地名は、このときの矢の根蔵の所在地であったという。

第三回目が、元文五年の例の『老の楽』に記されたときで、『役者懐中暦』(元文六年正月板)の市川海老蔵の条に、「当顔みせ宮柱太平記に、曾我の五郎の神霊と畑六郎左衛門二役、しのづかゞ両眼を、尊氏にくられてむねんにおもひ、曾我五郎の神霊へ、きせいする時、夢中に曾我の五郎、矢のねをとぎ兄十郎の教にまかせ、ふたゝび篠塚が両がん、ひらかす仕内」とあるものである。第四回は、宝暦四年四月の中村座、「百千鳥艶郷曾我」で、『江戸芝居年代記』に、「古人忰団十郎十三回忌追善として分身矢の根五郎市川海老蔵大当り」と記されたものであり、早逝した三代目団十郎の追善をうたったものであった。これは、二番目の大詰に、「分身鏃（ぶんじんやのね）五郎」と外題したもので、大薩摩主膳太夫の出語りであった。その外題の角書に「西大寺開帳の尊像霊験鏑矢、福泉寺出現の霊像擁護利劔」とあるが、『武江年表』によれば、同年四月朔日より、南都西大寺の釈迦如来が開帳されている。この開帳とタイアップした出し物で、このとき、中村座より西大寺に奉納された、海老蔵の矢の根五郎に扮した大絵馬が、今日なお同寺に伝えられている。先年同寺を訪れて再度見る機会を得たが、この絵馬については、木村捨三の「鳥居清信所画矢之根五郎絵馬」(「集古」昭和十六年一・三・五月)という論文がある。

絵馬は、高さ六尺、幅三尺八寸という大額で、画面に「江戸境町中村座」「宝暦甲戌四月」「画工鳥居清信図」とあり、その裏面には次のごとき書付けがある。「当寺愛染明王武州江府本所回向院ニ而開帳ニ之室高淳出情ニ而開帳有之候節江戸田所町田所平蔵依信心万事被致世話勿論狂言座中村勘三郎芝居相勤候市川海老蔵右開帳狂言ニ仕組当寺愛染尊之御形チニ現シ分身矢根五郎ニ罷成愛染尊開帳之儀見物之大勢エ弘メ海老蔵儀茂依信心開帳中参詣相詰依之矢根五郎絵馬田所平蔵以取次ヲ勘三郎小札場木戸者共より奉納仕候　宝暦四戌載六月吉辰日」。この文面と、外題の角書からすると、『武江年表』の釈迦如来とあるのは、正しくは愛染明王の開帳でなくてはならぬが、釈迦を本尊とし、脇侍が愛染明王であったのであろう。愛染明王は、団十郎家の信仰の対象であったことは、元祖団十郎の願文のなかにもその名が記されており（『団十郎の芝居』）、二代目も、西大寺の開帳には絵馬の裏書のごとく、開帳場の本所回向院に日々参詣相詰め、厚い信仰を示している。このことは『平日閑話』にも見えているもので、「矢の根」がこの開帳をあてこんだものであることはあきらかである。「此折中村座にて栢莚愛染明王より矢の根をさづかり、矢の根の狂言、此時升五郎団十郎十三回忌にて」追善の口上があったことを記している。したがって矢の根の趣向は、愛染明王の金剛箭を五郎がさずかって、矢の根の見立てになるので、鳥居清信の描いた海老蔵の扮装によれば、ほぼ今日に伝えられた扮装演出であったことがわかる。この背景に建てられる矢屏風の演出は、あるいは、愛染明王の六臂にそれぞれもっている武器に見立てられ、五郎の砥石にかけた足は、明王の蓮華座であり、全身赤色の像形は、そのまま赤塗りの五郎の憤怒像に見立てられたものではなかったかと思われる。また最後に愛染明王となったもので、「海老蔵南都西大寺の愛染明王の霊像おし出し花やか大評判也」と『歌舞妓年代記』にも記されている。その外題にいう分身とは、五郎を愛染明王の分身と見立てたのによるものである。もっとも、『新刻役者全書』に「家橘京大坂にても勤たり。荻野伊三郎、二代目市川団蔵是を勤し也、近くは嵐雛助栢莚風に仕立女形にて、矢の根五郎を勤るは奇とやいはん」とあるように、必ずしも二代目団十郎の一手専売ではなかったが、決定づけられたのは、享保十四年の二度目と、この四度目の上演によったものといってよかろう。また「矢の根」が正月狂言としての性格を定めたのは、すでに初演以来であるが、その筋も上演のたびに新趣向がこらされてはいるが、演出はほぼこの二代目によって完成されたとみるべきであろう。

二代目最後の五回目の上演は宝暦八年三月の市村座での「恋染隅田川」で、『役者談合膝』の市川海老蔵の条によれば、「楽人富士太郎、父の敵浅間次郎を討タせてたび給へと、駿州富士の裾野青面荒神へきせいする段、富士太郎は若太夫亀蔵也。此時荒人神曾我の五郎時宗の神霊にて、矢の根五郎の仕打、まへのごとく矢の根五郎のせりふ、つらね顔くまどりてのりき身、大でけ。富士太郎に汝よきかな〳〵此の矢の根をもつて、父が敵討べしと、矢の根をあたゆる段、三十年昔にかはらず、扨も顔の肉も落ず、さて〳〵徳若な栢莚親仁かなと、海老蔵が一世一代狂言、大入大あたりの評判」とあり、「矢の根」の中心趣向を富士太鼓に求めたが、一世一代の海老蔵最後の「矢の根」は、市村亀蔵に対する一種の「矢の根」

の芸ゆずりでもあった。そしていよいよ荒人神としての荒事の神格化を固めていったようである。

なお「矢の根」の原拠については、同補注五・六を参照。

演出　「矢の根」のつらねは、二代目団十郎の自作といわれるが、二代目が俳諧や狂歌にこったことは、その日記にも見られるところで、その洒脱で大ような趣も、その時代の団十郎の作として疑いないようである。なお、『役者談合膝』(宝暦九年正月板)によれば、享保五年の二代目初演の際には、すでに「矢の根五郎のせりふ」があった。また、大薩摩と五郎との掛合いにおもしろい独特な演出があるが、これについて、『九世団十郎を語る』は、「此の大薩摩と五郎との掛合ひも、初めは文太夫が出て口上を述べ宝船と末広を贈つたのであるが、これは一面団十郎と文太夫との私交上の儀礼を織込んであるので、後には此の場合後見に其の宝船と末広を出させ山台に居る大薩摩の浄瑠璃と掛け合つたのであつたが、又後には市川家の重立つた俳優が文太夫となつて宝船と末広を持つて舞台に出る演出となり、三段の変り方を見せたのである。後見は勿論柿色三升の裃姿であつた」と記している。なお大薩摩については、明治十六年十一月に三代目杵屋正次郎が補曲するところがあった。また、三方の市松の揚障子をあげると人形の見得になっているのは、七代目団十郎が、五節句の五月人形に見立てて演じたときからだとする。二代目の矢の根五郎が五月人形となり、その五月人形からこんどは影響を受けた演出ができあがったというべきなのであろう。この揚障子は、「曾我の対面」や「草摺引」にも用いられるが、「矢の根」を先駆とするものである。歌舞伎十八番の古い物の中では二代目の遺した「矢の根」の型が比較的完全に遺されているといわれるが、一つは浄瑠璃所作事化したために、十八番のうちでは、その演出の型がもっとも古風を残すものといってよかろう。今日のごとく十郎と馬方が加わったのは、天保三年以降である。また、宝暦十三年のときは、「矢の根」から「帯引」にかわっており、初代中村宗十郎や二代瀬川菊之丞は「女矢の根」を勤めたことがある。

市川家では、三代目、四代目はこれを上演せず、五代目は二回、七代目は三度であった。また八代目は上演せず、九代目は、明治十五年十一月と同二十三年六月と二回勤めている。

以後、上演のつど、外題は、「念力矢の根五郎」「分身鏃五郎」「念力荒人神」「神通矢の根五郎」「別家(でだな)鏃五郎」などと用いられているが、天保三年四月、市村座で、七代目団十郎の海老蔵が演じたとき、「寿狂言十八番の内、矢の根五郎」と銘を打って十八番の内と定め、明治十五年十一月、新富座で、九代目団十郎が演じたとき、はじめて「歌舞伎十八番の内矢の根」と固定した。

底本　享保十四年の初演の作者は村瀬源三郎であるが、現行本は、藤本斗文の筆になったものとされている。延享元年四月板の浄瑠璃「潤色江戸紫」は、為永太郎兵衛の作であるが、このなかに、猿若山三が「矢の根曾我の段」を演ずる条があり、その本文は現行本にほとんど同じであるところからして、まだ二代目の存命の頃といい、享保十四年のものに近いといってよかろう。使用底本は、竹柴秀葉所蔵本（演劇博物館蔵）で、年記はない。表紙裏表紙とも六枚の正本。

助　六

由来　十八番のうちでも、もっとも長時間な大曲もので、まともに演ずれば三時間はかかるとされている。また十八番は、一口に市川流の荒事物とされるが、助六はかなり和事味が多く、また世話がかっている点に特色がある。また、毎年、顔見世に演ぜられる「暫」を別にすれば、一幕物として独立固定して上演されてきた数も一番多い。

「助六」の初演は、正徳三年四月、木挽町の山村座の「花館愛護桜」で、二代目団十郎がはじめて演じたということになっているが、年表がおいおい完備されてきて、それ以前に、土台になったものがあった。ことに、一中節の浄瑠璃との関係が深く、まず上方で成立したことが知られている。角太夫の浄瑠璃で、元禄十三年以前に「万屋助六」「大坂千日寺心中」「蝉のぬけがら」などがあり、高野辰之の「助六浄瑠璃年代考」（『歌舞音曲考説』）や信多純一の「助六心中浄瑠璃の初演とその意義」に論ぜられており、また、芝居でも、宝永三年十一月「助六心中紙子姿」（京、早雲座）、同三年十一月「京助六心中」（大坂、片岡座）、同六年七月「助六やつし」（京、榊山座）、享保二年七月「万屋助六廓通」（大坂、中の芝居）、などがあって、京から出て大阪に移り、さらにこれを江戸に移して、当時の巷談の実説を交えて、江戸風の「助六」が成立したのが、正徳三年の二代目の初演ということになろう。この時の評判記『役者色系図』（正徳四年二月）は、「太平記あいごの若の狂言に、あげ巻助六心中、あら事さつてぬれ事がゝりの男立、お江戸八百八丁裏々迄評判是沙汰大当り、今髪のゆいやう迄、助六風とて若い衆のゆはるゝは市川殿ほまれ」と伝えている。「荒事去って濡れ事がかりの男達」というのが、その演出の眼目であった。このときの絵本を転載している『近世奇跡考』を見ると、それでもなお今日のものより荒事の要素が強かったような印象をうける。ただし、荒事といっても、かなり世話事であるところに特色があろう。

今日のごとく、助六実は曾我五郎となるのは、正徳六年正月の二度目の時で、名題は「式例和曾我」。『金の揮』によれば、「出はにからかささしての身ぶり、江戸吉太夫上るりに合今に町中にて此はちまきはすぎしころと半太夫ぶしをもつぱらかたる也」とある。なお『芝居晴小袖』に、「前髪とつて助六と改め、此度はおしはなしての紙子を着ての傾城買、美男といひしこなしといひ、風流とあら事と、何成共致されぬといふ事はないぞ」、また「紙子着ての傾城かひ、京で古坂田とお江戸で古七三と、近年京大坂に着こなして、当らるゝ事はまれなを、此度初めての紙子、早く名人の果てに至られたぞ」と見え、上方流の紙子の傾城買の型を、江戸風に演じて成功したのだということができる。これを俗に「やはらぎ助六」といい、「後代に当時に至る迄此遺風なり」と、豊芥子の『歌舞妓十八番考』にいう。ときに、団十郎(三升)は二十八歳であった。また、「助六」といえば、弥生狂言ということになり、舞台を吉原の桜時ときめるのは、寛延二年三月、「男文字曾我物語」の時からで、二代目は六十二歳であった。豊芥子は「此節新吉原で桜を植し時にて、芝居にてもその体を写し、浄留り名題を「助六廓家桜」、作者藤本斗文也、今に此狂言には、舞台に桜を造る事なり」という。かんぺら門兵衛に桜尽しをいわせるのは、これに因んでいるのである。ただし、吉原では古くから鉢植の桜はあった。その後、団十郎ばかりでなく、助六を演じたものは多く、『江戸紫贔屓鉢巻』などに、それらの系譜を見ることができる。

演出　「助六」が和事味をもつことの例証は、その紙子が証明している。和事が紙子姿をもって一つの典型としたことは、坂田藤十郎の夕霧狂言をもって証することができる。「助六」に、紙子譲りの趣向の変化が見られるのは、「助六」がもと京の心中狂言であることによる。「千日寺心中」「万屋助六二代紙子」「紙子仕立両面鏡」と、上方の助六狂言は、かなりこの紙子に趣向の重点がある。この紙子の趣向は、今日にも承けつがれたのであるが、紙子が夕霧狂言のごとく、傾城事と関連をもちながら、曾我の貧家を見立てさせ、さらに、男伊達の辛抱事を見せたのである。「助六」に和事の姿を残すのは、この紙子を趣向とするにあったといってよかろう。また、「助六」の演出に、浄瑠璃が大きな関係をもっているのは、上方の一中節の助六以来の伝統によるのであるが、正徳三年の初演には、江戸半太夫、二度目は、江戸吉太夫というように、江戸節または河東節に限られたものとされる。それらの浄瑠璃の名題は、上演のつど変えられたもので、「助六廓家桜」「助六卯月廓」「由縁江戸桜」「来和花見時」「曲輪名取草」「助六由縁初桜」「助六廓花道」「名取八重桜」「助六由縁牡丹（ふかみぐさ）」「助六花街二葉草」「助六桜の二重帯」「助六定紋英」などをその例としてあげることができる。

河東節による浄瑠璃の「助六所縁江戸桜」がはじめてできたのは、七代目団十郎の初演の、宝暦十一年三月の市村座の時からである。文化八年三月の市村座のときは、四代目海老蔵三十七回、五代目鰕蔵七回忌追善狂言として演ぜられた。なお、三代目団十郎の「助六定紋英」で、市川家が長唄を用いたのは例外中の例外であった。また、尾上家では、清元の「助六曲輪菊（くるわのももよぐさ）」を用いるのを例としている。

観客の慣例　「助六」は、十八番中ことに見物との交流に独特なものを残している。たとえば脚本の上にその時々の大顧客、吉原とか蔵前・魚河岸などの有力な贔屓の顧客を喜ばせるために、セリフや登場人物に、商標や名前を書き込み、あるいは演出上に、それらの品物をもちこむなど、当時のかぶき脚本の在り方の跡を濃厚に留めている点でも貴重である。たとえば、助六・意休・門兵衛・朝顔仙平はじめ、揚巻・白玉・福山のかつぎに至るまで、その時々のモデルを反映して変わり、通人のまたくぐりなどの部分は、今日でもその時々の流行唄を挿入するなど、即興的な精神を残したものといえる。また、助六と揚巻を勤める役者は、比翼紋のついた袴羽織で、仲の町の茶屋の世話役がついて、吉原・蔵前・魚河岸などへ挨拶に廻る。それで、吉原の方でも、毎日見物を出したという。また、吉原からは傘と箱提灯、魚河岸からは鉢巻と下駄を贈るのが嘉例となっていた。そのとき贈られる目録の宛名には、役者名でなく、助六へ、揚巻へと記されるという習慣が残っていた。

文政十一年三月市村座の四代目の五十回忌、五代目の二十三回忌の追善興行の時、「先例の通り吉原より傘三百本、小田原町しんば其外ひゐきよりの進物は衣裳壱重、紫縮緬三十疋、脇差壱腰、印籠壱筐、生肴壱艘、下駄其他多し略之、衣裳壱重、生魚壱艘、粂三郎へ右品々仕切場へかざり、茶屋〳〵へは吉原女郎より提灯すだれ毛氈を引、二階へは霞と桜の作り物を出し、又明地へ桜を植て茶見世を出し助六餅と云餅を製し売、其景気人気引立賑々敷事つたなき筆に尽しがたし」(『続歌舞妓年代記』)と記されている。箱提灯は引手茶屋一軒ごとに一張ずつ贈られる。これらの贈り物は、あらかじめ木戸前に飾っておき、毎日持ち替えて出る。また後見は常に傘の控えを用意しておく。「助六」が年中行事で儀式化したのも、十八番物としての重みを増す故であった。三升屋二三治の『作者年中行事』によれば、「三月に助六有る時は二月末より仲ヶ間揃の手当にかゝる作者打交て成田屋より仲ヶ間中へ祝儀手当の覚金五両作者を入て祝来る」とあり、三月になって、「助六の時は三百疋壱附鰹節を成田屋へ送る」例があり、また、劇場表へ、釣看板を出すのが古例であった。

九代目と助六　九代目団十郎は、「助六」を生涯に四度上演した。外題は、みな「助六由縁江戸桜」であったが、明治五年三月の守田座の外題は「助六由縁八重桜」であった。「江戸桜」という名題をやめたのは、江戸という語を東京政府に遠慮したためといわれる(『九世団十郎を語る』)。九代目の権十郎時代の二十四歳の初役(文久二年三月)のときは、八代目の追善意休役となった中村芝翫の頭に、下駄を載せては芝翫の估券にかかわるという芝翫贔屓のものいいが出て、芝翫の役は、白酒売に替わったという(伊原青々園『市川団十郎』)。今日の十一代目団十郎も、このくだりは、二度とも略して演じた。団十郎の最後のときは、二時間四十六分といわれ、古式豊かに、古来の慣例にのっとり、吉原よりの讃め言葉や手打ち式が行なわれ、盛大な「助六」の最後の上演であった。詳しくは『続々歌舞伎年代記』を参照。なお大正四年四月、十五代目市村羽左衛門二度目のときは外郎売が出て、二時間五十五分かかったという(「助六」演芸画報、七ノ一、遠藤為春)。水入りがつくと、そこだけで十八分位かかる。

底本　底本は、九代目団十郎の二度目の明治五年上演本にあたる、久保田彦作編輯の明治十五・十六年版の『市川団十郎於家狂言歌舞伎十八番の内』上・中・下三冊本のうち「助六由縁江戸桜」をもってした。なお、明治十七年版の『歌舞伎十八番助六由縁江戸桜』(神田国蔵編輯)があり、演出については、木村錦花・遠藤為春著の『助六由縁江戸桜の型』などを参照とした。なお、現行本の竹柴一本には、竹柴愬太郎氏の次の注記があり、台本の動きの事情を知ることができるので、そのまま転載する。

「○ぽくりを頭へのせる件に省略のしるしのついてゐるのは時間短縮と、一つは意休への遠慮といふ意から省略されたものと思ひます(昭和三十七年四月、団十郎襲名の折)。○揚巻は歌右ヱ門丈の折と梅幸丈の折とはセリフの出入に多少のちがひがあります。○意休の子分の花道のセリフは時間短縮の為であつたのでせうか、いつのころからか、無理な省略が行はれて辻つまの合はぬものとなつてをります。○戦後進駐軍の検閲の為、敵といふやうな文字が制限をうけ、この本はその折訂正されたものがそのまま残つてゐるやうなヶ所があります」とある。また、㊂は七代目松本幸四郎所演台本であるが、「やる度にいろ〳〵省略がほどこされてこれなどはその最後のもののやうです。凡そは市村氏本と同じかと思ひます。尤も最後の件、香炉わりのあと三人板附で幕になつたやうな印がついてをります。時間的省略が行はれたときの演出です」とある。現行本でもこれだけの手術がある。本来、三時間という、十八番中もっとも長い上演時間をもつ大曲であるが、現行本では、ほぼ一時間か、せいぜい長くて一時間半に仕上げられてあるので、「助六」のもつ悠々たる大江戸の春を感じさせる味わいには、かなり遠いというのが現状である。本文によって、江戸最後の面影を偲んでいただきたいと思う。

暫

由来　歌舞伎十八番のうちでも、「暫」は他の狂言とはかなり異なる性格をもっている。第一定本というものが、明治二十八年まで定まらなかったのも、その一つである。まず、「暫」は、江戸かぶきでは、毎年、顔見世狂言になくてはならぬものとして、一番目の三立目に一場面挿入されるために、そのつど新作され、書き替えられるのを原則としたのである。したがって、狂言の位置からいっても、「立作者の執筆することは寧ろ少なく、二枚目もしくは三枚目の作者を指導して書かせたものであろう」(河竹繁俊『歌舞伎名作集』)ということになる。なお、この狂言が毎年十一月の顔見世興行に演ずる習慣は、二代目団十郎の演じた正徳四年の「万民大福帳」からで、初代のときは、正月にも五月にも出している。「暫」の外題で、「歌舞伎十八番の内」としてはじめて上演されたのは、九代目の最後の上演となった明治二十八年十一月の歌舞伎座以来のことである。「暫」の名題は、その主人公が「しばらくしばらく」といって、ウケの敵役の暴虐な行為を止めに出る、主人公のかけ声から出た俗称で、本来の名題ではない。「暫」の劇の中心は、主人公が「つらね」を述べることにあった。これは「暫のつらね」といわれ、独特な位置を占め、主人公を勤める代々の団十郎がともかく自作する建前のものであった。『団洲百話』によると、「暫」のつらねは代々自作で、当時流行の言葉を始め、随意な文句を插しはさむのだが、女郎と賭博のことは決して用いてはならぬということが、二代目よりの代々の遺言だという。これらのセリフだけは、かなり愛好されて、単独に板行もされて伝えられたものが多いが、それをいう「暫」の役名は、そのつど変えられているのが常である。たとえば、朝比奈三郎・不破伴左衛門・鎌倉権五郎・荒獅子男之助・山上源内左衛門・石山源太荒王丸・篠塚五郎・河津三郎・関東小六・篠塚伊賀守・青砥左衛門藤綱・渡辺滝口・長谷部長兵衛・岡崎悪四郎・箕田源吾・熊井太郎・御厩の喜三太・渋谷金王丸・館金剛丸照忠などで、それぞれの構成する世界によって役名が変わるのであるが、主人公が「十八歳の荒若衆」であることは、ほぼ共通せる条件であったようだ。もっとも初代市川団蔵が白髪の俵藤太で出たような例もないことはない。これは一種の成年式と関係があるのかも知れない。つまり、「暫」には、「しばらく」というかけ声で出て、大福帳の由来を説く「つらね」を述べるのが重要な焦点であり、これを除いては、「暫」の一場にはならないのである。大福帳のつらねの始めは、元禄五年正月、森田座の「大福帳朝比奈百物語」で、初代団十郎が、朝比奈で、大福帳の謂れを説くことがあった。それが「しばらく」と声をかけ、かつ大福帳の謂れをつらねたのは、同七年正月の「源氏武者誉勢力」で、鎌倉権五郎という、今日に残った役名であった。また「暫」の受け答えが三度になったのは、二代目団十郎の正徳四年十一月の中村座の「万民大福帳」からであると『歌舞妓年代記』は記すが、秋葉芳美によれば、三度の呼び止めは、享保二年十一月森田座の「奉納太平記」からで、扮装も角前髪・素袍に大成されたのは、元文元年十一月の河原崎座の「順風太平記」のときからだとする(日本文学大辞典)。ここにおいて、「暫」の型が定まったのである。

演出　文化の頃になると、『役者一口商』が、「暫」の系譜を、真・行・草の三種に分類するほどの方式が出来上がっていた。同書によると、――真は、二代目団十郎の「万民大福帳」に始まり、市川家代々および門葉が伝えるもので正統の「暫」。行は、初代団蔵の「和合一字太平記」に始まる団蔵系の「暫」で、初代は、三升の紋の一を抜いて勤め、二代は、長裃で勤めた。草は、いろいろ工夫をこらした、略(やつ)しの「暫」で、「女暫」はこの系に入る。瀬川如皐は振袖姿で、柿の素袍を着せた団十郎の人形を手にのせて出た――とする。しかし団蔵系も市川家より出たものだから、その門葉中に入れてよく、団十郎の代々にも、二代目のごとく奴姿で出る「奴暫」など、かなり略(やつ)しの「暫」を演じており、主人公を女でゆく「女暫」の系譜も多く行なわれており、これらを草と見ることができるので、真・草の二通りの系統があるとしたほうがわかりやすい。「しばらく」のかけ声と「つらね」をのぞけば演出もかなり融通のきく方法で上演されてきたので、その変化はいちいちあげるに耐えないので、渥美清太郎『歌舞伎狂言往来』などに拠って見られたい。

九代目と暫　九代目団十郎は、次の役名で、生涯に、三度上演している。即ち、元治元年十一月、大館左馬之助（中村座）、明治十一年十一月、館の金剛丸（新富座）、明治二十八年十一月、鎌倉権五郎景政（歌舞伎座）。今日に伝存された「暫」の型は、この九代目の三度目の五十八歳の時、最終回のもので『続々歌舞伎年代記』にも「例の茶番めきたる事は一切ヌキとなしツラネも桜痴居士の手にて多少修正をなし噂さの有た美術づくしは長過ぎる嫌ひあり迚差控へ、たゞ大福帳の件んを書直したる迄なり。又団十郎は是を演ずるに就き衣裳かつら共都て新調なし素袍に用ふる麻の切レ地だけにても五反を要したりと云へり。但し太刀腹巻胛手などは二代目の用ひたるものを是に充てたりと」とあるごとく、九代目の当時の高尚趣味に合せて、改訂されている。また、成田五郎のごとく、とくに九代目の舎弟の海老蔵のために設けられたものが、そのまま今日に残ったものもある。この度、底本として採用したのは、むしろ固定しないときの「暫」の本質を見てもらうために、九代目四十一歳の時の再度上演のときのものを選んだ。三度目の今日伝承されたものとの比較研究に便ならしめるためである。すなわち、今日に伝えられた「暫」は、『役者一口商』のいう、いわゆる「真」の構成であり、本文が用いたのは、むしろ「草」に当たるもので、九代目は、この二通りを演じている「暫」の最後の役者であった。

底本　底本は、九代目の再演のとき、すなわち、明治十一年十一月の新富座で、館の金剛丸で勤めたときの台本で、それは三種活字化されている。

一、明治十一年十二月二十八日版『俳優評判記』所載。仮名垣魯文の序。

二、明治十五年八月―同十六年一月発行『市川団十郎於家狂言歌舞伎十八番』。久保田彦作編輯。紅英堂板。上・中・下三冊の内。

三、明治二十八年発行「歌舞伎新報」（一六一〇―一六一二号）。

これらは、おなじ時の台本を基にしたものと思われるが、多少の誤植による異同がある。これを基として、現行本として竹柴愬太郎氏所蔵の、昭和十一年正月、歌舞伎座の約一時間の上演台本と、昭和十三年四月、歌舞伎座上演の岡鬼太郎による約四十五分の省略本をもって、その異同本とした。なお、中村吉右衛門の型を載せる『舞台と面影』をもって参考とした。

鞘当（不破）

元禄期の不破　『摂陽奇観』巻十七に「其頃の狂言は、才牛の作多し才牛ハ元祖団十郎俳名也中にも不破名古屋鳴神の狂言など今に伝ふ」とあり、豊芥子の『歌舞妓十八番考』にも、十八番の第一に取り扱い、元禄十五年の『役者二挺三味線』の「わけて御家の名代狂言、不破伴左衛門にて名をあげたまへば、是御家の狂言なり」を引用し、「元祖団十郎此役より其名を四方へ発す、是市川家第一の狂言なるべし」と、この狂言を十八番中に特別な地位を与えている。「不破」の初代団十郎の初演は、延宝八年三月、市村座の「遊女論」ということになっており、『歌舞妓十八番考』は「是不破名古屋狂言の起原なり、此狂言大当りにて、其年の内同狂言三座まで興行せしとぞ、団十郎時に三十歳云々」という。伊原敏郎は、その原拠について、「貞享二年正月、菱川師宣画「名古屋山三郎絵尽し」あり。「姚男なさけの遊女」また「山三情の通路」と題す。土佐浄るりの「名古屋山三郎」と其筋全く同じ。其跋文に「頃日人のもてはやすにより、其品をあつめて絵にして令板行者也」とあり。浄瑠璃にて流行せしか」（『歌舞伎年表』）という。このことは、すでに、山東京伝が「不破名古屋伝奇考」（『本朝酔菩提』）にも述べたところである。さすれば、土佐浄瑠璃の「名古屋山三郎」が、先行するということになる。土佐浄瑠璃の「名古屋山三郎」は、若月保治によれば、延宝頃の出版となっているが、刊記がないので、かぶきの「遊女論」が先か、土佐浄瑠璃の方が先かは断定を下し得ぬが、両者に深い関係があることは、すでに、若月は『古浄瑠璃の新研究』で、また高野辰之は『国劇史概説』で説くところである。

以下、元禄年代の不破名古屋の狂言をあげると、次のようになる（『歌舞伎年表』による）。

延宝八・三	遊女論	市村座	元禄二・三	名護屋大全	中村座
天和三・三	女若二河白道	森田座	同　三	不破伴左衛門嶋原通	中村座
貞享一・五	不破即身雷	中村座	同　五・一一	名古屋	森田座
同　三	同	中村座	同　六・一	不破伴左衛門嶋原狐	森田座
元禄一・二	不破番左衛門のむたい恋路	長州侯邸	同　八・一	名古屋	山村座

元禄九・一	不破名古屋初冠	山村座
同　十・一	大福帳参会名古屋	中村座
同　十二・三	けいせい八丈嶋	(大坂)岩井座
同　十二・五	葛城小夜嵐	中村座
同　十二	名古屋山三	(京)山下座
元禄十二・八	名古屋山三	山村座
同　十三・一	けいせい浜真砂	市村座
同　十四・七	葛城呉越戦	中村座
同　十四・一一	傾城雷問答	中村座

『役者二挺三味線』によれば、延宝八年より元禄十四年までの約二十年間に、四芝居で二十回ほど上演され、伴左衛門の団十郎は十二回も繰り返し演じた。山三郎には村山四郎次、中村七三郎が当り役であった。また不破は山下半左衛門なども演じたことがある。「葛城呉越戦」は、元祖団十郎の最後の不破であった。以下、不破名古屋の世界は、「鞘当」で固定するまで、かなりの流行を見せて、不破役の団十郎の芸として受け継がれているが、今は省略する。なお、古態の「不破」を復活しようとしたものに、昭和八年一月、九代目団十郎追遠興行のとき、川尻清潭によって補綴されたものが演ぜられ、また前進座でも復活したことがある。

鞘当と草履打　不破名古屋の世界は、かぶきで大きな一つの系統をなすが、その原拠には、確定的なものはない。不破名古屋という近世初頭の二人の実在の有名な人物を題材としたものであるが、かなり伝説的な色彩を帯びているのが特色である。名古屋山三の名は、かぶきの発生期に、出雲のお国とならんで喧伝されて、実在の人物でありながら、かなり民間に伝説化されてもてはやされており、不破より名古屋山三の名が、かぶきとともにひろまったということができる。不破は、むしろ名古屋につられて浮かび上がってきた感があるが、かぶきの演出の上では、名古屋の和事味に対して不破が荒事という立場で、団十郎とともに、江戸の劇壇で確固たる存在を主張するようになる。つまり、名古屋は上方的であるのに対して、不破は江戸的であるともいえる。いま、不破名古屋の人物像は、「鞘当」の補注を参照されたいが、不破の性格についていえば、それが荒事と成るのには、この不破伴左衛門という人物が、一種の御霊神である関白秀次に従って殉死したということ、したがって御霊の眷族であるということがあるのではないかと思われる。この二人の天下の美色のうち、不破を悪方に仕立ててゆくのは、御霊の悪霊の力が加わってゆくものと考えられる。この二人を、不破名古屋という一つの世界に形成するために、仇討物という設定がなされてゆくことは、「名古屋山三郎」の正本でもわかる。しかしかぶきの「不破」は、廓場における鞘当を中心趣向として展開するので、一種の傾城事であり、遊女を中心にする三角関係のパターンだといっていい。この鞘当のパターンは、土佐浄瑠璃の「名古屋山三郎」にも、かぶきの「遊女論」にもあらわれ、両者に交流のあることも、すでに先人によって指摘されている。鞘当のパターンは、鐺(こじり)咎め、鐺当て、鞘とがめともいい、行き違いの侍同士の鞘の尻が当たったのをとがめ立てする口論で、「何事ぞ花見る人の長刀」といった、元禄風の華やかで武骨な味わいを、遊女を媒介とし、廓場へ設定したもので、丹前風ともかぶき風ともいうべきものが形態化されたものだといえる。のちには、一人の女を二人の男が争うのを鞘当というぐらいである。また舞台も、はじめは京の島原で、元禄期にいたって吉原に移るのである。鞘当とならんで、もう一つ「不破」の重要なパターンに「草履打」がある。「草履打」は、今日では「鏡山」で知られているが、「浅間嶽」の系統では、なくてはならぬものであった。しかし、これとてもはじめは「不破」の世界のものであったことは、「三ヶ津浅間嶽二の替芸品定」(享保十六年板)に「草履打はあさまからが始のやうに思ふ人多けれどさにあらず以前より不破名古屋の狂言といへば草履打のない事はあまりなし」とあり、元禄十年の「参会名護屋」の三番目に、あきらかに見られる。

この原拠については、『近世江都著聞集』には、元禄十四年の春、中村座で、赤穂浪士の不破数右衛門が、同座の花井才三郎の無礼を咎めて、上草履にて打った事実があったのを、才三郎が無念に思って、不破と山三を対立させ、才三を山三に通わせて、反対に脚色して、芝居に仕組んだものと記すが、草履打はすでに、それ以前の十年の「参会名護屋」に見えるから、後の附会であることはいうまでもない。これとおなじ話を『煙霞綺談』にも載せるが、これは浪士の不破でなく、ある後室の家来、不破梶右衛門という人物にしてある。花井才三郎は、元禄半ば以前の役者であるから、十年以前の実話とすれば、成り立たぬことでないが、いましばらく保留しておきたい。なお、『役者二挺三味線』には、「東都へ下られ亥の初狂言、御家の伴左衛門草履にて打たれし、新らしき思ひ付きより一としほ大当りして一日もたる事なし」と見える。

南北の鞘当　今日の「不破」は、「鞘当」を通して残ったものであるが、この「鞘当」は、文政六年三月、市村座で上演された、山東京伝の読本『昔話稲妻表紙』によった「浮世柄比翼稲妻」の吉原夜桜の場の独立したものである。しかし京伝の小説の脚色化は、それより先、文化五年一月に、大坂道頓堀の中座と角座で、同時に競演をしており、このことについては、『蜥の苗』巻五に、「文化五戊辰年正月、道頓堀中角両座の芝居、二の替り新狂言同狂言にて、近代稀なる大繁昌なり、外題左に記す。角座　けいせい輝草紙　校合十冊　廿五日ヨリ、中座　傾城品評林　再註九冊　廿七日ヨリ。右狂言は東都山東京伝の著作せし、不破名古屋の小説むかし語稲妻表帋といへる全部六冊のよみ本なりしを、歌舞妓に直せしなり、珍しき狂言にて面白きうへに、両座ひとしき狂言なれば、其繁昌たとへんかたなく、是によつて両座芸評の勝負づけ出来る」として、配役の勝負付けを記載し、その狂言によって、色里で「濡燕」という歌がはやったことを述べ、その歌詞を転載している。南北の「比翼稲妻」は、上方におくれること十五年ということになる。原拠となった京伝の作品も、草履打と鞘当の趣向は欠くことができなかったのであるから、当然南北も、この鞘当の趣向を借りたのである。伊原青々園は、この南北の「鞘当」の場について、「決して自分の創意でなく、昔から伝はつて居る同じ場面に、多少の修正を加へただけであつたに違ひない」(『団十郎の芝居』)というが、京伝を借りて、伝来の鞘当の趣向を生かしたのである。ただし、原作にはない幡随長兵衛の世界をもちこんだため、原作の京五条坂の廓を、江戸の吉原に変え、留女の葛城を長兵衛の女房に変えたのである。

「鞘当」は、以来、独立した一幕物として上演されるが、上演のたびにその外題が変わるのも特徴である。「廓春誉（さとのはるめいぶつ）編笠」「廓燕姿稲妻」「名護屋帯雲稲妻」「伊達競高評（うわさの）鞘当」「花街（さと）模様劇（かぶきの）稲妻」「濡燕恋稲妻」「花街（さと）燕比貌（すがたの）稲妻」「其俤花鞘当」「其俤廓鞘当」「富士筑波姿色競」「其俤対編笠」「梅雨（ぬれ）燕比翼稲妻」「花競対編笠」「花見時曲輪鞘当」「伊達競曲輪鞘当」など、その一例である。しかし幕末から、たんに「鞘当」と称して上演されることも多かった。したがって、これらは「不破」という外題で上演されたことはなく、七代目団十郎は、これを「不破」として歌舞伎十八番のうちに設定したが、実際には「鞘当」だけが後世に残ったのである。したがって、十八番のうちでも、とくに世話味の濃い、化政度の味を濃厚に残したものであるといえる。しかし、その単純さにおいては、「暫」などに近い構成をもつものだともいえる。

底本　底本には、明治十五年発行の『市川団十郎於家狂言歌舞伎十八番』上(久保田彦作編輯、紅英堂板)を用いた。底本には、「当時の俳優に見立てる」とあるが、明治十二年五月二十八日より新富座で上演された「昔綉（もよう）廓鞘当」のときと同一の配役である。なお、この台本は、『俳優評判記』に収められる。この時の配役は、不破伴左衛門重勝(市川団十郎)、名古屋山三元春(助高屋高助)、鳶の者彫物伝(連)次(尾上菊五郎)の当時一流のメンバーで、このとき沢村訥升が三代目高助を襲名した記念上演である。底本の留女が留男に変わった事情は、「鞘当」の補注2を参照されたい。

勧進帳

由来　歌舞伎十八番中、もっとも新しく成立し、もっとも人気のある狂言である。したがって、その変遷経過もかなりはっきりしている。いったい勧進帳を題材とした狂言は、初代団十郎時代からあったが、この作品はまったくあらたに、能の「安宅」から作られたものであり、「歌舞伎十八番」と銘を打ったうちでは、もっとも新しいものである。むしろ歌舞伎十八番は、この「勧進帳」の成立を契機として打ち出されたものであるといっていい。「勧進帳」は天保十一年三月、河原崎座で、「歌舞妓十八番」と銘打って、市川海老蔵(七代目団十郎)によって初演された。あきらかに、能を意識して作られたもので、天保期の能趣味の風潮と七代目団十郎の僭上精神に乗ずるものであった。七代目が奢侈のかどで江戸追放になるのは、その二年後のことである。伊原青々園も「能楽の頽廃と、もう一つは平民の僭上から来て居ると思つて居る」(『団十郎の芝居』)と述べている。九代目は、さらにその線上にこの「勧進帳」を押し進めて、明治の高尚趣味の風潮に見事に乗り、天覧劇にまでこぎつけた作品でもある。詞章は、立作者の三代目並木五瓶、長唄作曲は、四代目杵屋六三郎(後の六翁)、振附は四代目西川扇蔵である。これが出来る経緯については、市川三升の『九世団十郎を語る』に、当時上方に「泉祐能」という、三味線入りの能が行なわれていたのに気付き、また自分も京橋弓町の観世舞台を内々見学したことにより、作品は、できるだけ能写しし、これに当時講談界で聞えた、講釈師の伊東燕凌を自宅に招き、「山伏問答」を口演させ、これを加えたという。また、はじめは竹本と長唄の掛合にする積りだったとも記している。なお、作者並木五瓶の子であった並木五柳の『五柳耳袋』には、多少違う記載がある。「勧進帳」の名称は、能の「安宅」を避け、観世流の重習いの小書の名称をとったものと思われる。

勧進帳に至るまで　本作品は、直接に、能の「安宅」に拠ったので、他の十八番物のごとく、作品系列をとくに詮索する必要はないが、勧進帳の趣向はかなり古くから行なわれており、ことに弁慶を荒事で勤める系譜があった。七代目団十郎が、十八番の筆頭に持ってきた理由は、初代団十郎が、元禄十五年二月、中村座で「星合十二段」で、三升屋兵庫の作名で、自作自演の弁慶を演じた縁によるので、天保の初演のときの番附にも、「元祖市川団十郎百九十年寿狂言十八番の内」とし、この年は、元祖団十郎の生誕百九十年にあたるが、取り越して二百年の賀として記念興行をするのだという意味を述べている。この安宅劇は、素材を『義経記』や幸若の「富樫」「笈さがし」に求めるまでもなく、謡曲に直接に拠ったのであるが、浄瑠璃系では、近松の「凱陣八島」(貞享元年?)、「文武五人男」(元禄八年三月)、「孁静(ふたりしずか)胎内捃(さぐり)」(正徳三年五月)などのほかに、土佐節・一中節・河東節などにも行なわれてきており、かぶきでも、前述の「星合十二段」以後は、「新版高館弁慶状」(元禄十五年七月)、「雪梅顔見勢」(明和六年十一月、隈取安宅松)、「日本第一和布刈神事」(安永元年十一月)、「御摂勧進帳」(安永二年十一月)、「筆始勧進帳」(天明四年一月)、「けいせい蝦夷錦」(寛政一年九月)、「大矣(だいだんな)勧進帳」(寛政二年十一月)などに、勧進帳の趣向がもちこまれている。ことに、長唄の方では、本曲とならんで「安宅の松」が名高い。

初演　七代目団十郎の初演の「勧進帳」を上演するに当たって、次のごとき看板および番附に口上を出した。

乍レ憚以二口上書ヲ一奉二申上一候

御町中様益御機嫌能被レ遊二御座一、恐悦至極奉レ存候、随て当春狂言殊之外御意に叶、古今稀成る大入大繁昌仕候儀、座元権之助並私義不レ及二申上一、此度再勤仕候尾上菊五郎始め、惣座中難レ有仕合奉レ存候、分けて申上候は、私元祖より伝来候歌舞妓十八番之内、安宅之関弁慶勧進帳之儀は、元祖市川団十郎才牛初て相勤、二代目団十郎栢莚迄は相勤候得共、其後打絶候故、私多歳右之狂言心掛、種々古き書物等取集相調候処、此節漸々調候に付、幸元祖才牛儀、当年迄百九十年に及候間、代々相続之寿二百年之取越として、右勧進帳之相勤申候、右勧進帳狂言之儀は、外記様の物にて、余り古代に相成候間、幸ひ杵屋六三郎義は、私幼年より之朋友、此度一世一代として、三味線手事節付新たに致させ、楼門五三桐とお半長右衛門、間にて相勤奉レ入二御覧一候、誠に古代にて、御意に叶ひ候義は有レ之間敷候得共、先祖之俤とし、市川代々御贔屓之御余光にて、二百年来の御取立と被二思召一、被二仰合一賑々敷御見物之程、偏に奉レ希候、以上

三月　市川海老蔵

慶安四年より天保十一歳迄　百九十歳寿興行

この気負った初演も、評判記では不評の向きもあった。『役者舞台扇』(天保十二年正月板)には、「(頭取)此時市川の元祖才牛丈百九十年の寿狂言として歌舞妓十八番のうち勧進帳の弁慶を出されました。白猿丈年来工夫いたしおかれたる事て初日より大繁昌尤弁慶には古実がござります。(見功者)其事はとうから聞てゐる。能の弁慶は人目には弁けいと見へぬやうに出たるが古実狂言の弁けいは弁慶と見へねばならぬゆへ能狂言とかぶきとをとりあはせて工夫ありたるよし。それゆへ皆かたづをのんで見物しました。(頭取)さればこそ日数永く大入でござりました。(芝居好)おいらたちはやつぱりて狂言がおもしろいあまり弁慶にばかりこられたせいか一こともいつもほど役にたましいがないやうに思はれた…」(市川海老蔵の条)と評されている。

河竹博士の解説によれば、この時、能装束は、ひそかに、かぶき役者などには売らぬ能装束御用達の関岡から手に入れ、楽屋から揚幕まで毛氈を敷かせ、舞台も能舞台移しの松羽目物でゆき、能と同様に幕が明いてから、長唄囃子連中が、しずしずと出て、席につくという演出の仕方で、このとき、長唄も、芳村伊十郎と三絃の杵屋長次郎、岡安喜代八と三絃の杵屋六三郎の両タテが、両方に分かれて雛段にのぼるといった、タテ分かれの嚆矢とされている。伊原青々園は『団十郎の芝居』で、故梅若実に聞いた話として、見物にきた観世清孝の意見を求めたが笑って結構だとばかりいっているので、七代目は「かりそめにも、あなた様から結構だといふ御声がゝりを戴けば、明日から好い心持で芝居が出来まする、御かげさまでセイセイいたしました」と一礼したことが記されている。また、小判番附によると、弁慶・義経・富樫の三人の位置は、翁・千歳・三番叟の位置とおなじで、市川家十八番の翁を意識したところがあったと思われる。四方梅彦は、七代目と九代目を比較して、延年の舞などは九代目になっておもしろくなったが、七代目ほど九代目に凄みがない、やっぱり親は親だといっている。青々園は「七代目のやり方は、他の十八番物のやうに、荒事の心持で演じたのであるまいか。それなれば、むしろ穿きちがひである。でなくても、七代目の方は歌舞伎味が多くて、九代目はそれに一層の能楽味を加へたのだらうといふ事が推測し得られる」といっている。

九代目と勧進帳　九代目団十郎は、生涯に、十九回「勧進帳」の弁慶を演じた。初めて演じたのは、安政六年の市村座で、時に二十二歳であった。また最後は、明治三十二年の歌舞伎座で、富樫は五代目菊五郎の初役で、しかも終演であった。また、このうちには、明治二十四年に行なわれた天覧劇で「勧進帳」を勤めている。これらの弁慶は、若年・中年・晩年とその演技に変化が見られる。市川三升も、「若い時は相応に派手であつたが、回を重ねるに従ひその演技も渋くなつて」(『九世団十郎を語る』)いったと記している。初代の市川猿之助(後の段四郎)は若い時のに、十一代目団十郎や七代目松本幸四郎のは晩年の型によったものである。また九代目は、顔なども若い時には念入りに作ったものであるが、晩年にはほとんど素顔といってもよいほどであったとされる。晩年の写真には地頭に兜巾を頂いたのがある。また演出上でも、青々園が指摘した能がかりに一歩でも余計に近づこうとして、七代目とはかなりの違いが出来たようである。十代目団十郎も「父の弁慶」(『九世団十郎を語る』)で、「父はこの一幕を出来るだけ荘重なものにしよう。それには能のよい所を十分に取入れなければならない。着付の如きも能衣裳を基礎とすべきであると、いろ〳〵に工夫し四天王の如きも軽衫をつけてゐたのを父は大口に直したなど、だが、此の能衣裳を手に入れるには一通りの苦労ではなかつた」といっている。

また九代目の能趣味を助けた人に、山内容堂があって、「安宅」の能装束を贈っており、しばしばそれを用いたという。また番卒は、これまで鬱金地に白の筋の入った軍兵姿であったのを、現行のような能狂言式の着付に直した。また、京師の金剛に習い、狂言師鷺伝右衛門より指南をうけて、延年の舞を改良したともいう。ことに明治二十年の天覧劇においては、「勧進帳」を見て貰うためであったことは、天覧劇後に発行された勧進帳板権本の巻頭序文に、この天覧劇のことをい い、「此の勧進帳をもて主とせる出しものとはなしにき」と述べているのでもあきらかである。すなわち、この二十年の天覧劇をもって「勧進帳」の決定版たらしめようとする意図があきらかで、さらに権威を付けたわけになる。したがって、その天覧劇の上演にあたっては、あらかじめ詞章にも眼を通し、依田学海に託して、訂正する箇所は訂正したといわれる。また、昔は花道で常陸坊が真先になって刀に手をかけたが、天覧劇のときから、四天王の三人が刀に手をかけるのを常陸坊が留める型になったという。

この作品の特色は、なんといっても、九代目が勤めた高尚ということ、明治の改良運動が指摘した猥雑に近い極彩色を本体とする歌舞伎からすれば墨絵に近い点に特色があるが、同時に、青々園のごとく、かぶきの特色である女方がひとりも出ないところに、むしろ弱点を見ることもできる。ただ富樫が、能の本文とはちがう、情を知った武士という性格が付与されており、かなり複雑なものが動くので、能が、山伏の威勢に圧されて通したというのとは意味がちがっている点に、かぶきらしい特色がある。ただし、はじめは「近頃誤つて候」と能の本文とおなじで富樫の腹はあきらかではないが、三度目の台本から「疑へばこそ斯かる折檻をしたまふ」という愁いの表現ができるセリフを挿入し、富樫が弁慶の腹を汲んで、義経と知りながら通してやるという意味があきらかになっているので、この点は青々園も『団十郎の芝居』で指摘している。また能では、主従十二人が出るのに、かぶきでは四天王ほか六人になっている。また能では、義経を子方が勤めるのを、初演のときは若衆方で、のちには、二枚目風に勤めるのが変化である。また能は、三読物の一つとして勧進帳の読み上げを重習いとするほど、そこが中心におかれるが、かぶきでは、むしろ問答からあとの延年の舞が見所となっており、重点がかなり変化しているのが見られる。三木竹二は作品がよく出来ていることをいい、「忠臣蔵などと同じ様に独参湯の名を負はせて末代に伝ふべきものならん」(観劇偶評、明治二十六年五月「月草」)と評したが、今日そのような位置を占めるものといっていい。

九代目以降は、「勧進帳」の上演回数は圧倒的で、とくに七代目松本幸四郎のごときは、千八百回も演じたといわれる。むしろ今日、「勧進帳」が十八番中もっとももてはやされるのは、七代目松本幸四郎の弁慶が、九代目以後抜群の傑作を示したからであったことによるといっていい。

底本　底本は、昭和十八年十二月・七代目松本幸四郎が、歌舞伎座で上演したものを基とした。「勧進帳」が、諸本にほとんど大きな異同の認められないことは「矢の根」と匹敵する。所作事化しているからである。なお、戦時中、読み上げのなかで、聖武帝に関する文句は、削除されたことがあるが、戦後復活している。

鳴　神

元禄の鳴神　『摂陽奇観』に、元祖市川団十郎才牛の作として「中にも不破名古屋鳴神の狂言など今に伝ふ」とあり、「鳴神」は、初代の創演ということになっている。『江戸芝居年代記』には、貞享元年、中村座上演の「門松四天王」を「元祖段十郎鳴神の狂言始り、自作大当り」と記しているが、内容は不明である。いま、『歌舞伎年表』によって、初代、二代の

「鳴神」上演の年表を示すと次のようになる。

初代　貞享一・三　門松四天王　中村座
同　元禄十一・九　源平雷伝記　中村座
同　同　十六・四　成田山分身不動　森田座
二代　宝永七　門松四天王　山村座
二代　享保十一・一　門松四天王　中村座
同　同　十八・三　桐栄山鳴神不動　市村座
同　寛保二・一　雷神不動北山桜　(大坂)佐渡嶋座

最後の「北山桜」で、後世の「鳴神」の定型が出来上がった。

「鳴神」の原拠は、遡れば、仏典の『大智度論』ということになろうが、直接には謡曲の「一角仙人」と、『太平記』巻三十七「身子声聞一角仙人志賀寺上人事」によったものと思われる。「北山桜」以前は、元禄十一年の「源平雷伝記」と、同十六年の「成田山分身不動」とは、『元禄歌舞伎傑作集』に入っているので、その内容をうかがうことができる。後者の方は、かなり後世の「鳴神」に近い。ただし、配役は、鳴神が大伴黒主になっている。また後世の白雲・黒雲にあたる同宿二人は、「雷伝記」の方にすでに見え、後者へ受け継がれている。しかし、台本が定着したのは、「雷神不動北山桜」で、いま寛保二年三月板の評判記『役者披顔桜』の大坂の部の市川海老蔵の演じた「鳴神」によってその時の上演の様をほぼ知ることができる。なお、『役者論語』の「佐渡嶋日記」の第十七条を参照されたい。『披顔桜』の絶間の役の尾上菊五郎の条に、「まんまと上人を酒に酔せ、竜神を封じ込し注連を切、大雨をふらし逃帰らるゝ、無間の鐘の思ひ入、瀬川どのならばまだ此くらひではござるまい、後に上人の死霊の髑骨との所作事、吸付たばこは下直り見へます、不動明王に祈せいをかけらるゝ仕内まで大役大でけ〳〵」とあるが、評中、江戸の菊之丞の「無間の鐘」が出てくるのは、同年の春、新無間で当てた菊之丞に当てていると思うが、「無間の鐘」の思入・所作を絶間の中にとりいれたことを指すのであろう。なお、伊原青々園は、鳴神に頼豪阿闍梨の面影を指摘している。

「雷神不動北山桜」の台本は『南水漫遊続編』巻四に載せるが、十八番のうち、「鳴神」「毛抜」「不動」が含まれるものである。特に上方上演本が残ったのが奇異であるが、それが上方に影響を残し、寛保三年八月には「粂仙人吉野桜」という浄瑠璃になり、さらに増補した「粂王子花橘」が出た。また鳴神を女でゆく「女鳴神」が成立したのも、すでに元禄期で、荻野沢之丞・神岡政之助・松本兵蔵・瀬川菊之丞などが、これを勤めている。

七・八代目と鳴神　七代目団十郎が、天保五年三月、大坂角の芝居で「鳴神桜」を出したとき、はじめて「歌舞妓狂言尽拾八番之内」とし、さらに、同七年五月に、江戸の森田座で「桜艶色(ゆめみぐさ)鳴神」を演じたとき「歌舞妓十八番之内」と記した。「鳴神」は、古くから浄瑠璃所作事的性格を帯びていたもので、上演のつど、その時々の流行の曲調をとり入れてきたので、竹本・豊後・大薩摩・長唄・富本・常磐津・清元と変わり、またかけ合いもして演ぜられてきたものである。八代目は、生涯に二度演じている。天保十四年六月「迷雲色鳴神」(常磐津・竹本)河原崎座、嘉永四年五月「鳴神」(清元・竹本)市村座。この嘉永のときに「歌舞妓十八番之内鳴神」と、今日用いる外題が定まったのである。

九代目団十郎は、ついに「鳴神」を上演していない。その理由について、三升は、「鳴神を演つて見たいと思ふが、どうも色気がないので演れない。八代目はよくやつて評判がよかつたが、俺には兄貴のような色気がないからなア」(『九世団十郎を語る』)と伝えている。しかし、そればかりでなく、実盛を二股武士と嫌って演じなかった九代目にしては、聖僧が女のために堕落するといったテーマをもつ「鳴神」を、倫理的に嫌ったのではないかと考えられる。また、もう一つは、市川家の信仰する不動尊像が燃えること、これを演じた八代目が、上演中倒れ、間もなく不慮の死を遂げる理由などによって、市川家の忌み狂言とされたことなどによるものと思われる。

伊原青々園は、この作品を「女の肉に触れて堕落するといふ近代劇らしい内容があるかと思へば、又さういふ超自然な所がある。鳴神は随分複雑な意味をもつた劇である。私は役人の検閲といふやうな事のない自由な舞台で、思切つて且つ突込んで演出されるのを見たいと思つて居る」(演芸画報、八ノ一)と評しているのは、明治末期に入って、あらためて「鳴神」の価値が見直される時代が来、自然主義の文芸思潮の擡頭の上に二代目市川左団次の復活があったわけである。

左団次の復活と底本　九代目が上演しなかった「鳴神」を復活上演したのは、二代目市川左団次である。明治四十三年五月、明治座で復活上演し、それが今日の「鳴神」の基盤となった。左団次の復演は、八代目団十郎まで伝承された「鳴神」を受け継ぐことでなく、この伝統にむしろはっきりと断絶を宣言したようなもので、左団次の「鳴神」復演に対する態度は、二代目団十郎の「北山桜」まで帰ることにあった。もしくは、元禄かぶきを復活することにあったといってよかろう。

したがって今日の台本は、八代目の系譜の台本の上に立つものではない。左団次の復演にはそれなりの意義があるが、本書では、伝承された「鳴神」の最後の姿を、八代目の上演台本に求めてみた。これは、天保十四年六月、河原崎座で、八代目団十郎の鳴神、尾上栄三郎の当麻で演ぜられたもので、浄瑠璃は、常磐津と竹本のかけ合いである。左団次系の現行台本は、元禄へ戻したため、大薩摩だけになっており、かなり素朴に戻っていると思う。これに対して底本のは、かなり幕末の頽廃期の色が濃く、元禄風とはちがっているのも比較研究の対象になる。使用本は、久保田彦作編輯「市川団十郎於家狂言歌舞伎十八番」(明治十五年八月、紅英堂板)である。なお、現行本を別に収録して底本との対照に便ならしめた。

毛　抜

原拠　『歌舞妓十八番考』に「寛保二壬戌年春、大阪佐渡嶋長五郎座にて、二代目海老蔵「鳴神上人北山桜」に、鳴神上人と粂寺弾正と二役、按ずるに、久米寺弾正といふ役名は、元祖才牛よりあり、但し毛抜の狂言は右を始とする哉」とある。「毛抜」は、「北山桜」の三幕目、小野の館の独立したものである。「毛抜」は二代目が創演したということになっているが、粂寺弾正という役名は、初代才牛もこれに扮しているということについて、伊原青々園(「毛抜考」歌舞伎、一一一号)は、元禄十三年三月江戸森田座における「和国御翠殿」を挙げる。同作品は、初代の筆名三升屋兵庫の作となっており、『元禄歌舞伎傑作集』に収録されている。内容は源氏物語と、説経の「ごすゐでん」を結びつけたもので、粂寺弾正は、柏木衛門の執権となって登場する。ただし「毛抜」の趣向はない。なお、二代目は、享保十八年七月市村座での「桐栄山鳴神不動」で、「毛抜」を演じたらしいと、河竹博士の解説でいうが、管見に入る資料ではまだ明らかではない。

この「毛抜」の趣向は、享保十八年の「桐栄山」にあったとしても、これより先、この趣向があったかどうかは不明である。私は、この「毛抜」の出所は、宝永元年板「金銀ねぢぶくさ」八冊(宝永七年再板され「金玉ねぢぶくさ」六冊という)の話を原拠とするものではないかと思う。同書の筋は、山本勘介の話になっていて、勘介の家の炉の五徳が踊り出すので、勘介が唐金の五瓶をおくと踊らない。また奥座敷におくと踊らない。それを祈り静めようといってきた山伏が怪しいので、捕えて糾明すると、信玄にとり入らんがために、料理人の斎藤五兵衛とかたらい、磁石をもって謀ったことを白状する。勘介は磁石のからくりであることを見破ったのだという一条である。なお、磁石のためではないが髪が逆立つ病気の趣向は、元禄十三年の「薄雪今中将姫」(元禄歌舞伎傑作集)にすでに見られる。伊原青々園は、謡曲の「逆髪」を連想しているが、直接のつながりはない。なお、狂言に「磁石」があるが、これも直接の関係はあるまい。また、万兵衛が小磯の死んだのを返してくれといってねだり、弾正が閻魔王に一筆を書く条も、実は原拠がある。『煙霞綺談』巻四に見える「閻魔王書状」という話で、越後上杉景勝が越後より会津へ国替の時、家中の者が下人を成敗したところが、その下人の親類どもが、生かして返せとねだったのを、上杉の家老直江山城守が、銀二十枚で扱おうとしたが聞かないので、

　其時山城守が曰、いづれにもかの者をかへせとあるうへは、是非に及ばず呼かへすべし。但し冥途へよびに遣す人なし、太義ながら彼者の兄と伯父と甥と三人閻魔の庁へまいり、彼者を申請帰るべしとて、三人を往来の橋にて斬罪し、さて彼高札を建る。

　未得貴意候へども一筆令啓上候、三室寺家来何某不慮の仕合にて相果候、親類嘆候而呼返し呉候へと様々申候ニ付、則三人迎ひに遣し候、彼死人御返し可被下候恐惶謹言

　　慶長二年二月七日　　　　直江山城守兼継判

　閻魔大王　冥官獄卒御披露

と高札を建てたところ、国中一言もいう者がなかったという話である。磁石の条の山本勘介と直江山城守とは関連のある人物の話であるところからすれば、もとは、出所が一連のものであったのかも知れない。これまで、「毛抜」の原拠について述べられたものがなかったので、その資料を提出して、大方の指示を得たい。

上演略史　「毛抜」は十八番のうちでは比較的に上演の数が少ない。「毛抜」の上演年表を掲げると、次のごとくになる。

二代目団十郎	寛保二・一	鳴神不動北山桜	(大坂)佐渡嶋座
四代目	宝暦十一・八	鹿大和文章	市村座
同	明和一・八(九)	迎ヒ万歳ノ館	中村座
五代目	安永二・九	宮柱巌舞台	森田座
初代菊五郎	安永四・一	〔外題不明〕	(京)藤川山吾座
五代目	安永六・一	常磐春羽衣曾我	市村座
同	安永六・四	誉使者毛抜弾正	市村座
同	寛政六・八	二本松陸奥生長	河原崎座
七代目	文化九・六	京詣鳴神桜	市村座
同	嘉永三・五	(蓮生問答)	河原崎座

団十郎の他では、初代尾上菊五郎が「二代目直伝」として演じているだけであり、また七代目以降は、明治に入って、二代目市川左団次の復活までは行なわれていない。いま二代目の寛保二年正月、大坂佐渡嶋長五郎座で演じた「鳴神上人北山桜」を、同年五月板の『役者披顔桜』の海老蔵の「毛抜」の条の評によって当時の演出を見ると、ほぼ、今日見るような形に固定したようである。寛保三年正月出版の『雷神不動桜』(五冊、八文字屋本)は、上演台本そのままでなく、小説化されていることは、すでにこれを紹介した伊原青々園が「毛抜考」(歌舞伎、一一一号)で述べている。

左団次の復活　小山内薫は、「左団次は、九代目団十郎がこの芝居をやつたらさぞ面白かつたらうといつた。成程あの線の太い芸でこんなものをやつたら嘸好いものが出来たらうと思ふが、団十郎には「勧進帳」の古代的な謡曲趣味は分つても、「毛抜」に含まれた現代的な皮肉は分らなかつたらう」(歌舞伎、一一一号)といっているが、左団次には、歌舞伎を、いちおう西欧的な眼から見る力ができていたから、その復活には、ある種の新鮮さがあった。左団次の復演を助けて、これを実現させたのは、岡鬼太郎であった。左団次はそのときの事情を、「いざ上場する事になつて見ますと、如何な古老の劇通でも此の狂言計りは御存じがない、暫く打ち絶えて居る狂言ですから、台本に因つて性格を定め自身で研究するより外に途がないのと、誰れ一人極り処の型を知る者もないと云ふ難物なのです。而して私の初念に、十八番物の事ですから幾分か荒事を加味して居る物だらうと思つて居ましたが、親しく台本を読むとさうではなく、殆んど今の世話物同様に書かれて居て、暫や助六のやうに不自然な筋ではないのに迷ふて、独断でするも不気味で堪りませんから、斯道に精通して居られる諸君を招待して、一夕皆さんの御意見を伺つて参考としました」(「一役一言」演芸画報、三ノ一二)といっている。左団次は、大阪上演を入れて、生涯に五度上演している。

演出　「毛抜」は、「鳴神」と一連のものとして書かれているので、筋の上でも連関がある。「毛抜」の騒動の発端になる小野小町雨乞の短冊は、鳴神上人の祈りによって竜神が封じこめられて、旱魃になったので、雨乞のために朝廷がこれを必要とし、桜町中納言をして、小野家より召し上げるということになるつながりができている。したがって、その後もしばしば、「毛抜」と「鳴神」は、一連のものとして上演されている。しかし、「鳴神」の演出はかなり元禄風を感じさせるのに、「毛抜」の場合には、むしろ宝暦期の感じが強く残っているのは、「毛抜」がお家騒動であることや、四代・五代の団十郎が完成した形が、濃厚に影を落しているからであろう。また「鳴神」は左団次の復活にあたって、かなり元禄風を意識して演出したからと思われる。「毛抜」は黒表紙風、「暫」「助六」は黄表紙風と評した人もある。二代目左団次が「毛抜」を復活するにあたって、青々園は、弾正の役柄について、「謂はゆる和実で、顔は無論白く塗らねば成らぬ。布引の実盛、一の谷の六弥太などは参考するに値がある」（毛抜考）と教示している。左団次が復活してからも、かなり演出には変化があった。左団次の着付の萌黄木綿に碁盤の模様は、寛政のときの五代目の衣裳をとったものであるが、現十一代目団十郎の上演の際には、嘉永のときの七代目の錦絵によって、寿の字の海老の模様にしており、かなり気分が化政度に近くなっている。また、前進座の演出には、大きな異同がある。脚注について見られたい。

底本　現行の台本については、川尻清潭が、「演芸画報」（七ノ二）に、「猶此脚本の方は明治廿六年十一月の「歌舞伎新報」三編に渡つて分載されてありまして、それが二代目団十郎即ち海老蔵が大阪で初めて勤めた時の台本だとしてあります。明治四十二年九月明治座で左団次の為めに歌舞伎十八番「毛抜」の復活を思ひ立つた時、岡鬼太郎氏が右台本を取捨添削して成るべく古風の残るやうに演者左団次と相談の上久し振りで上場されて、改めて市川宗家は此脚本を買入れ、長く打絶えてゐた「毛抜」の狂言を再び世に出すやうになつたのと同時にその版権を握つた訳です」とあって、その事情を記している。底本は、この明治二十六年十一月の「歌舞伎新報」（一五二一、一五二二、一五二三の三編に分載）のものを収録した。

参考文献　（多くの参考文献の中から、演出を中心とするものを主として選んだ。）

河竹繁俊　歌舞伎名作集　下　江戸文学叢書　昭和十一年
同　歌舞伎十八番集　日本古典全書　昭和二十七年
同　歌舞伎十八番―研究と作品―　昭和十九年
同　歌舞伎名作選（十五巻）　昭和三十一年
伊原青々園　団十郎の芝居　昭和九年
戸板康二　歌舞伎十八番　昭和三十年

総説

石塚豊芥子　寿十八番歌舞妓狂言考　新燕石十種、第三　嘉永元年
松居松葉　団洲百話　明治三十六年
山田春塘　歌舞伎十八番考　演芸画報　明治四十一年七―十月

著者	題名	掲載	年
渥美清太郎	歌舞伎狂言往来		昭和二年
金沢康隆	市川団十郎		昭和三十七年

矢の根

著者	題名	掲載	年
黒木勘蔵	矢の根五郎の原拠と系統	近世日本芸能記	昭和十八年
町田博之	矢の根考	演芸画報	大正十四年
林　翠浪	矢の根の型	舞台と面影	明治四十五年
市川三升	矢の根の由来	九世団十郎を語る	昭和二十五年

助六

著者	題名	掲載	年
立川焉馬	江戸紫贔屓鉢巻		文化八年
黒木勘蔵	助六興行年表	近世演劇考説	昭和四年
石割松太郎	揚巻助六心中の系統	芸術殿、一ノ一	昭和六年五月
関根黙庵	助六狂言考	歌舞伎新報、一五〇〇—一五〇二号	明治二十六年八月
山口　剛	助六の成立とその変形	江戸文学研究	昭和八年
信多純一	助六心中浄るりの初演とその意義	国語国文	昭和二十五年
遠藤為春　木村錦花	助六由縁江戸桜の型		大正十四年
高野辰之	助六浄瑠璃年代考	歌舞音曲考説	大正四年八月
河竹其水	助六興行年表	歌舞伎新報、二号	明治十二年二月
高野辰之	名曲選		大正十五年
	助六研究	演芸画報	大正四年五月　昭和五年五月
前進座	助六研究資料		昭和三十三年

暫

著者	題名	掲載	年
	歌舞伎十八番の内暫の研究	演芸画報	大正八年十一、十二月
渥美清太郎	暫の変遷	演劇新潮	大正十四年五月　昭和八年三月
	女暫（歌舞伎劇型十八種ノ内）	演芸画報	大正九年一月

鞘当

著者	題名	掲載	年
	不破の新研究	演芸画報	大正十一年九月
鈴木春浦	鞘当の扮装と衣裳	歌舞伎の型	昭和二年
伊原青々園	不破	団十郎の芝居	昭和九年

勧進帳

著者	題名	掲載	年
伊坂梅雪	勧進帳考		大正三年
尾上菊五郎	十八番勧進帳	芸	昭和二十二年
川尻清潭	勧進帖今昔物語	演技の伝承	昭和三十一年
河原崎長十郎	勧進帳の研究	前進座、一、二、三号	昭和三十八年
	勧進帳の型	歌舞伎、六七、六八号	明治三十八年十一、十二月
河竹新七	勧進帳興行年表	歌舞伎新報、四—七号	明治十二年三、四月
	勧進帳考	歌舞伎新報、九号	明治十二年四月
関根正直	歌舞伎十八番の勧進帳になるまで	歌舞伎、六ノ一	昭和五年一月
遠藤為春　川尻清潭	歌舞伎型十八種勧進帳	演芸画報	大正九年一月
渥美清太郎	勧進帳の由来	演芸画報	大正十四年四月

三島霜川	勧進帳鑑賞往来	演芸画報	昭和七年十二月 昭和八年二—四月
並木五柳	五柳耳袋	歌舞伎新報、九八六、九八八号	明治二十二年二、三月

鳴神

	鳴神年表	歌舞伎、一二〇号	明治四十三年六月
小山内薫	鳴神の研究	演芸画報	大正十一年一月 昭和八年二月
太田正文	鳴神	歌舞伎演出叢書、四	昭和二十七年
市川左団次	歌舞伎十八番の内鳴神	演芸画報	明治四十三年六月
	女鳴神の型	歌舞伎、一六八号	大正三年六月

毛抜

市川左団次	毛抜の発見	新演芸	大正六年六月
伊原青々園	八文字屋本の毛抜	歌舞伎、一一二号	明治四十二年十一月
小山内薫	毛抜の脚本	歌舞伎、一一一号	明治四十二年十月
伊原青々園 市川左団次	毛抜の型	歌舞伎、一一一号	明治四十二年十月
	毛抜の研究	演芸画報	大正六年六月
小山内薫	毛抜の研究	演芸画報	大正十四年八月
	毛抜八面観	演芸画報	昭和三年二月
楠山正雄	舞台の印象	演芸画報	大正六年六月
兼子伴雨	毛抜考	演芸画報	大正六年六月
渥美清太郎	毛抜の考証	演芸画報	昭和三年二月

景清

	高麗蔵の型	演芸画報	明治四十一年十二月
	高麗蔵芸談	演芸画報	明治四十二年一月
岡鬼太郎	芝居歩記	演芸画報	大正五年十二月
厚見老人	景清のいろいろ	演芸画報	大正六年七月
	市川白猿と景清	新演芸	大正五年十月

矢の根

矢の根

一 曾我の五郎時致(ときむね)[一]
一 馬士(まご)[二] 畑右衛門
一 曾我の十郎祐成(すけなり)[三]
　後見[1]
　大ざつま連中
一 大ざつま文太夫[四]

本[2]舞臺三間高足(たかあし)[3]の貳重。前側[4]兩褄(りやうづま)共市松[五]の上ゲ(あ)障子を取附け、三方折廻(をりまは)し。本庇(ほんびさ)シ本縁付。平舞臺、上(かみ)の方(かた)[5]植込にて見切。續ひて紅白の梅の立木(たちき)[6](仕かけあり)。此後ろ土塀(どべい)[7]にて、下(しも)[8]の方は籔疊(やぶだたみ)にも仕かけあり。是(これ)に續ひて中足(ちゆうあし)程の浄瑠璃臺[9]を据へ、よろしく片[10]シヤギリにて幕明く。ト下座(げざ)より、大薩摩太夫[11]、三味線出で、浄瑠璃臺に住(すま)ふ。大小[12]入り寄(よ)せに成り、一(ひ)トくさりあつて鳴物打上げ、直(す)[13]ぐに浄瑠璃に成る。

㊀―音蔵本一　㊁―音蔵本二　[河]―河竹本（異同欄の無表記は㊀）

一 曾我兄弟の弟。↓補一。 二 初演は沓蔵。 三 曾我兄弟の兄。↓補一。 四 何代目か不詳。↓補二。 五 市松模様・市松染の略。↓補三。 六 吉方。陰陽道で恵方神のいる方角。 七 太祝詞。祝詞の美称。 八 不倶戴天(礼記)の倶に天を戴かずから天筆にかけた。 九 天筆和合楽。↓補四。 一〇 地福皆円。↓補四。 一一 和漢朗詠集上、立春「窓梅北面雪封寒」により、北面の武士から軍書をきかせた。 一二 朝と浅みどりとかける。 一三 和漢朗詠集上、立春「春風春水一時来」による。 一四 幸若「和田宴」の「四角なる眼を五角にくわつと見ひらき」による。 一五 あん・庵と も書く。庵か。 一六 相州曾我村の字名。↓補五。 一七 幸若「和田宴」による。↓補六。 一八 屏風框に、毛鎗・幟・台傘・馬印などを立てる。五月人形の飾り屏風を見立てる。襖に描く場合もある。 一九 弓の名人。↓補七。 二〇 為朝・頼政とも弓の功を以て名高い。 二一 大胆な。底本「普通」。 二二 中国の故事。↓補八。 二三 石に立つとおせち料理の田作にかける。 二四 大根をき

1 舞台後見・五郎の後見・十郎の後見の三人が出る場合と、あとの二人だけの場合がある。 2 本舞台の上に一面に置舞台を敷く。さらに日覆より紅白梅の釣枝をおろす。 3 間口二間の高二重の屋体。正面真中に据える。その前に、三段を置く。 4 高二重の説明。さらに屋体正面には矢屏風の書割。 5 上手下手とも張物で作る。 6 造り物。十郎が現われる仕掛がある。山台の傍に立てる。 7 近頃では網代垣の張物。むかしは、あばら家という感じで土塀だった。 8 野面の遠見の書割。籔畳は、下手の大尽柱の傍に据える。のちに馬士が投げ入れられる仕掛がある。 9 白壁地へ紺青で霞を描いた張物。本文では下手のように書かれているが、近来では、上手大尽柱に寄せる。 10 最初、二丁の柝(き)から片シャギリの鳴物になり、幕があく。 11 普通は幕があくと、すでに台の上に並んでいる。 12 古くは「竹田拍子」で幕があき、止めの柝で打ち上げとなる。この合方を現行では普通「白(ら)囃子」とする。 13 すぐに浄瑠璃にならず、「口上」が出ることがある。↓補1。 14 大薩摩の切れで、柝の頭、「大小入り寄せの合方」になり、知らせの柝で、市松の三方の上げ障子を欄間へ引揚げる。 15 団十郎([河]では曾我五郎)は何代目でもいいが、直接には九代目を指す。五郎に扮し、両肌脱ぎ、太い襷がけで、矢屏風を背景に二重屋体の真中で炬燵櫓に腰をかけ、絵面の見得で、上手の盥のなかの大砥石で、長さ一間ほどの矢の根を、上を右手、下を左手で下向きに握り磨いている。その後には、朱の房糸で大小三ンと立てる。その後には、朱の房糸で大小三本をかけ、また脇に矢の根を立てる台がある。 16 上手・下手に後見が控えている。「イヤア〳〵」の掛声で、五郎は右から左、左か

大ざつま〽去る程に曾我の五郎時致は、恵方[六]に向つてふと[七]のつと、夫れ父の仇には倶に[八]天筆和合樂[九]、壽福開運萬卷[一〇]の、軍書[一一]の窓の北面は、殘んの雪の朝みどり[一二]、春風春水一枝[一三]の梅、[一四]くわつと開くや花の春、新らし捥[一五]のもの事に、あらたまれ共時致は、今年も古庵古疊、古井[一六]といひし所にて、矢[一七]の根磨いて居たりける」(ト大小入り[14]寄せに成り、上障子を一面に上る。此内に團十郎[15]、吉例矢の根五郎の拵らへよろしく、うしろに矢屛風[一八]、矢の根を磨いて居る事。[16]又浄瑠璃に成る)

〽傳へ聞く[17]、養由[一九]が矢先は遠き高麗唐土[18]、近く[19]は和朝尋ぬれば、鎭西八郎[二〇][20]爲朝、源三位賴政[21]が、古今無雙の弓勢にも、勝りはする共劣らじと[22]、天性不敵[二一]の氣丈者[23]」五郎「虎[二二]と見て[24]、石に田作[二三]鱠[二四]、矢立[二五]の酢牛蒡こゞり大根、一寸[二六]の鮒に昆布の魂、譬はゞ祐經せち汁[二七]の[25]、鯨の威勢振ふ共、我[26]鯱鉾の飾り[二八]海老[27]、赤い[二九]は親父[三〇]が譲り[三一]の面、うつら〳〵世上を鑵子[三二]の蓋、ちろり[三三]燗鍋文福茶釜[三四]、毛抜鋏の折れまでも、古金買に遣り[三五]羽子の、一夜明けても舊冬の、鎖帷子[28]小手脚[三六]當、すねから干鯛も串貝も、取るにとられぬ酒屋の通ひ[三七]、

ら右、右から左へと首を三度振り、グッと大きく右から首で円を描いて、上から見おろした見得できまると、浄瑠璃になる。**17**「大小入り」になり、矢の根の表を砥石に当てて二度一息に研ぎ。**18** 矢の根の裏を返して、大きくゆっくりと一度研ぎ、また二度一息に研ぎ、目を上に付けて、上と下へじりじりと足を寄せ、矢を左へ持ち替え小脇に抱えて、右手を上げて揚幕を見込んできまる。ちょっと上手斜に向き直って、また下手の方を向き、左にグッと矢を抱えて右手を高く上げて見得。**19** 正面より上手を向き、右手を広げたまま、揚幕の方へ上手から大きく三つ数えるように指す。**20** 左手に抱えた矢を前に出し、まっすぐに突き立てて弓の思入れ、右手で矢をつがえて放つ形で、グッと上手を睨む。**21** 左手で矢を横に寝かせて持ち、右手で高股を摑み、腰をかけたまま下へ廻って、一度後向きできまる。**22** 以前の鳴物上がる。腰かけたまま、矢を横たえ上手を見上げ、また矢を持ちかえて、下手を見上げ、上を見る姿で元の位置の正面へ戻ると、右の足を上げ、左へ矢を抱えて、右手を後から前へ出し、右へ頭を寝かし、手をおろしてきまる。**23** 左手で矢を立てて持ち、右拳で左腕を一つ打ち、ほこった面差しで、上から下へ首を廻し、あざわらうような思入れで、左の矢をついて、右の手を襷へかけてきまる。あるいは右手を大きく胸のあたりへ持ってきて掌を握り見得。**24** 大きく強く言う。**25** 声を張る。**26**「わーれー」と大きく延ばし、「舌打ち」の鼓の打ちこむ音に合せて、右掌を開いて前へ出し、胸のあたりから口元へ突き上げる。**27**「ポン」と鼓をあしらい、見得。**28** 小手脛当を見るしぐさ。

ざんだ鱠。以下正月のおせち料理の搔膾(かきなます)をよみこんだ洒落。二五 石に立つ矢の語呂。→補九。
二六 一寸の虫にも五分の魂の諺を、正月料理の小鮒から昆布巻にかける。
二七 節句汁。正月十五日に作る鯨汁。
二八 祐経の鯨に対して我を鯱にたとえ、鯱を正月の飾り海老に見立て、市川家の海老蔵の名を踏まえた。→補一〇。
二九 飾り海老の赤いから五郎の化粧の赤隈の顔にかける。
三〇 先代を指す。
三一 ゆずり葉にかける。
三二 青銅または真鍮製の湯沸し器。観ずればの洒落。
三三 地炉裏。酒を燗する器。以下古金尽し。
三四 館林茂林寺の伝説で名高い茶釜。三五 追羽根。
三六 脛の語呂からつね(常)とかかり、脛の火斑(ひだこ)から、⊟の「干鮹」(ひだこ)にかかり、さらに干鯛に変わる。
三七 通い帳。

〔左〕②天筆—天筆　②寿福開運—地福開ゑん　④捥—あん　⑨近くは—近く　⑪普通の—不敵の　⑬譬はゞ—たとへば　⑭うつら〳〵—つらつら[河]　⑰干鯛も串貝も—ひだこのひるかいも

〆て十七貫八百六十四文、横[一]に子の日の初寅も、喰合[二]のない福の神、[1]どうで貧乏するからは、自問自答の惡たいを申して申さん。先づ大黑は慮外者○〽[2]とはどうぢや」ハテ、[3]ふだん頭巾を脱ぬはさ○〽惠比須は身持ちがうそぎたない」[4]とはどうぢや○〽ハテ、鯛[5]をお抱きの脇の下」江戸前[三]にてもあらばこそ○〽精進日にはつき合はれぬ」[6]毘沙門天の兜頭巾[四]、用心過ぎてうつとうしいは○〽布袋[7]はどぶつ[五]、[8]福祿壽は」月代剃るに手間が入る○〽[9]弁財天は船饅頭[六]、波[七]乗舟の錢[10]もうけ」儲けられうがられまいが、苦勞にするは國土[八]のたわけ○〽[11]富貴[九]天に[12]あり」死生命にあり○〽何れ」祈るに○〽[13]所なし、げに[14]顔回[一〇]が巻[一一]に」一簞[一二]の食、一瓢の飲○〽疏食[一三]を食ひ、水[15]を飲み」臂をまげて枕とす○〽樂みし[一四]んぞ其中に[16]、あるにまかする[17]安烟草、烟管おつとり吸付けて、鼻[一五]の先なる春霞、打詠めつゝ時致は、くわん／＼として居たりける」

〽時に年始の門禮者、素禮[一六]年玉挾箱[一七]、三絃箱の一調子、張上げて物もう」どうれ○〽[18]大ざつま文太夫、御禮申ます」

一　横に寝ると、子(ね)の日の祝いにかける。

二　初寅の日に河豚(ふぐ)を食うと中毒するという俗信により、食い合わせて毒にならぬ河豚(福)の神とかけた。以下福の神尽しになる。↓補一一。

三　脇の下が臭くて江戸前でない。江戸前は芝浜から品川間の海でとれた魚を言う。

四　鮹(こだ)の異名。生臭を食べてはならぬ精進日に、毘沙門天の冠っている兜の兜頭巾の鮹はつき合われない。

五　土仏か。土焼きの置物。

六　船で商売する私娼。江戸では大川の永代橋付近にたむろし、中洲を一巡して三十二文。七　宝船の歌「波乗り舟の音のよきかな」による。

八　極道にかける。

九　「死生有命、富貴在天」(論語、顔淵篇)による。

一〇　孔子の愛弟子。

一一　論語の顔淵篇をさす。ただし河は「陋巷に」とあり、巷が残って誤り、巻になったともみられる。杵屋本はさらに「老功も」と変ずる。

一二　「賢哉回也、一簞食、一瓢飲、在陋巷」(論語、雍也篇)による。

一三　「子曰、飯疏食飲水、曲肱而枕之、楽亦在其中矣」(論語、述而篇)による。

一四　廓言葉の「真ぞ」(本当に)

1　押すように大きく言う。2　これより唄と問答になる。突いている矢を左肩にかけ、下手から上手を見る。3　右手で頭巾を摑んで、見物に見せる心で、その手を前に出す。4　穢いという思入れで、首を下手より上手へかるく三度振る。5　左手から、矢の中央を持って右へとり、釣竿の心で、右肩へ担ぎ、左手で鯛を抱えている振。6　左掌を開いて口のところへ持ってゆき、笑を含んで下手を向く。7　矢を持った右手と素手の左手で、正面中央へ一所に寄せ、それを静かに開いて、布袋の腹の形を見せる。8　両手一所に斜に三段に刻んで繰上げ、福禄寿の頭の長い形を見せる。9　上げている両手を前におろし、矢羽根の附際を左手で持ち、右手を同時に矢の根の下へ送って、艪のつもりで舟を漕ぐさま。10　左に矢を抱えこんで、右手を広げて出して次のセリフ。11　上を見廻し。12　右手を上げて天を拝する。13　下手から上へ三度首を同時に振る。14　右手を胸にあて。15　右手を口にあて、水を味わう形。16　自分の姿を眺めて、煙草を呑もうという思入れ。17　矢を上手の後見に渡し、下手の後見は、仁王襷の右をはずす。上手の後見は左をはずす。次におなじ順に、脱いだ袖の肩を入れる。次に、襟を正し、腰をかけていた櫓を少し後へ押しやり、煙草盆を取り出して櫓に腰かけ、右手に長煙管を持ち、左手は懐中にして、煙草をくわえてちょっときまる。18　この唄のうち、大薩摩文太夫になった後見が、下手より屋体の上手に進み、進物台を二重に運んで、平舞台から斜に五郎に平伏をする。五郎はのどかに吸った吸殻を叩いて、煙草盆を後へやると、後見片づける。五郎はおもむろに櫓を離れ、中腰に上手向きに屋体の下手に坐り。19　セリフ尻を大きく言い、是は〳〵早や〳〵との出語り、御大儀に存(ぞん)じます。殊に年玉として、末廣並びに寶船、上下(じやうげ)[一八]とつてサ、奥へ、祝ひませう[19]〇〽イヤ、さう致して(い)は居(ゐ)ますまい。方々(はう〴〵)でござれば、猶永日(えいじつ)の時を期し、ゆるりと御(ご)意得ませうぞ」デモ、一寸(ちよつと)盃を〇〽イ、ヤ、御めん〳〵。春永(はるなが)[一九]にと云捨(いひすて)てこそ立歸る」[20]大薩摩文太夫なればこそ、時致が所(とけえ)へ祝うてくれる。ハテ、奇特な男ぢやなア〇〽其時五郎年玉を、開くや扇寶船、ハテ氣の付たる年玉と[21]、正月(しやうぐわち)心若輩に、上から[二〇]よんでも永き代の[22]、下から讀んでも永き代の[23]、とうの眠りのとろ[24]〳〵と[25]、したゝか過ぎたる雑煮(ざふに)腹」枕の下へおつ[二一]かつて、敵(かたき)祐經が首でも引ツこぬく夢でも見べいか〇〽[26]食後の一睡一樂と、砥石を拭ひ無雑作に、是れ邯鄲(かんたん)[二二]の枕ぞと、[27]ふんぞり返ツて時致は」[二三]ヤツトコトツチヤアウントコナ」〽[28]暫しまどろむ高鼻鼾(いびき)[29]、ゆたかにこそは臥しにけれ」〽アラ不思議や轉寝(うたたね)[二四]の、片腹凄き風の足[30]、舎兄(しやきやう)[二五]十郎祐成[31]、忽然(こつぜん)[32]と顯はれ出で」(ト此内、五郎は仰向けに寝る事よろしく、[33]薄どろに成り、上手、梅の立木能所(よき)へ、曾我の十郎、着流しの拵

左手を上げて奥座敷へ請ずる形。20 辞儀をして舞台後見は旧の場所へ復す。21 後見(文太夫自身の場合もある)の差出した進物台に乗せてある宝船を右手に持ち、扇を左手に持って眺め、思入れをして扇を進物台に戻し、宝船にかけた水引と糊入れをとって、下手の後見に渡す。22 右足を踏み出し、宝船をとって広げて嬉しそうに見詰める。23 後向きになり、左足を踏み出して、捧げ持った宝船を下から眺める。24 上へ廻って正面向きに返り。25 右手で腹を押えて首を二度振り、満腹な思入れ。26 宝船を下に置き、左手の盥の砥石の面を、左の袖で二度程拭い、その砥石を持ち出して宝船の上に置く。27 右足から左足を踏み出して後向きになり、セリフ。28 ポンと左右の掌を合せて、首にかけた心持。29 「ゆ、た、か、に、こ、そ、は」と唄う節に合せて、そりかえってゆき、背ギバで大の字なりに「臥しにけれ」で寝る。ただし、大きな帯のために寝られないので、砥石の手前に黒い枕を貝殻骨の下において後見が体を支える。30 「風の音」の鳴物。31 「どろどろ」「寝鳥」の鳴物入る。32 柴垣の梅の立木後より十郎現われる。33 同では「此内、五郎は仰向けに寝る事よろしく」がなく、「着流しの拵へにて」が「十郎祐成長裃、ときいろの着付、小さ刀」となっている。

1 沈んだ調子で言う。2 「どろどろ」の鳴物。3 右手をやや上げ、起すようにうながして十郎消える。4 手をつかずにはずみをつけて跳ね起きる。5 中腰で、表を向き、左手をグイと前へ出し、その肱の処へ右手をあて、下手から上手を見廻し、また表向きになり、左足を右足に添え、一束で前に出て正面を切りセリフ。→補2。6 間をおく。

にかけた。同の「新造」はさらに廓の新造にかけた。

一五 煙草の煙を見立てた。→補一二。

一六 ただ礼を述べるだけ。

一七 正月の廻礼に年玉の扇子などを入れ、供にかつがせた、柄のついた箱。

一八 裃。

一九 永日に同じ。

二〇 宝船の歌。→補一三。

二一 「か(支)う」に接頭語「押し」のついた「おしかう」の約。

二二 中国の故事。→補一四。

二三 →用語一覧。

二四 底本「清ぎ」。

二五 「しゃけい」とも。実兄。

(右)③申さん―申さば ③どうぢや以下セリフゴトニ「五郎」ノ見出シアリ ④ふだん―平常 ④ない―ね ⑨られう―らりふ ⑩命に―命 ⑪巻に―老功も ⑯一調子―振リガナ「ひとてうし」同 ⑰張上げて―声張上げて ⑰文太夫―主膳太夫 ⑰御礼―年始の御礼

(左)③居―おり ④御意―御意を ⑥大薩摩…男ぢやなア―ナシ ⑪敵―ナシ ⑪引ツこぬく―取つた ⑪見べいか―見やふか ⑭けれ―けり ⑮アラ―ア、ラ ⑮風の足―風の足実地を踏まぬ朧影うつゝともなく夢ともなくいと色青ざめたる顔色にて

一 自由を奪われた身の譬。「籠の中の鳥網代の魚」(太平記、九)。
二 歌舞伎の演出に、「夢さめ」という字を書いた板を下げるか、差金の蝶を出して、それを知らせるのが普通。
三 →補一五。
四 津軽の沿海地。青森湾の西海岸一帯であるが、古来よりわが国の最東端の異境とされる。
五 鎮西府のあったところから九州の称。
六 日本の最西端と考えられていた島。鹿児島県薩摩半島の南方海上五〇キロにある硫黄島(いおうじま)のことだとされる。俊寛が流された所。「薩摩潟鬼界が島へぞ流されける」(平家物語、二)。
七 紀州の熊野灘に面する地。日本の最南端。
八 鞍を置かない裸馬。
九 白癩。白なまず。誓詞で、これを破る時はその罰として白癩にかかっても仕方がないというのがもとの意。転じて、

へにて、宙乗りにて出て）十郎「いかに[1]時致、我計らずも今日祐經が館へ擒(とりこ)となり、籠中(こちゅう)[一]の鳥網裏(まうり)の魚、働かんに力なし。急ぎ來たりて急難を救ひくれよ。コリヤ弟、起きよ時致[2]」

〽起きよ五郎時致と、いふかと思へば忽ちに、消えて形ちは失せにけり[3]」（ト薄どろ〳〵にて、十郎、上手へ消へる事よろしく）

〽時致夢[二]さめ、むつくと起[4]き、邊りを見れ共人もなく、茫然として居たりける[5]」　五郎「扨は夢中に兄祐成、念力通じて急難を、救ひくれよと告げたるか。譬[6]はゞ祐經[7]、天へ昇らば續ひて昇り、大地(でえち)へ入らば同じく分け入り[8]、日本六十餘州は目(ま)の邊(あた)[9]り、東(ひがし)[三]は奥州外ケ濱[四]○[10]〽西は鎭西[五]鬼界ケ[六]島[11]」南は紀[七]の路熊野浦○[12]〽北は越後(ゑちご)の荒海まで[13]」人間(にんげん)の通はぬ所[14]○〽千里も行ケ[15]」萬里(ばんり)も飛べ○[16]〽イデ追駈けんと時致が、勢ひ進む有樣は[17]、恐ろしかりける次第[18]なり。かゝる所へ向ふより」（ト此内、花道より、馬士[19]畑右衞門、大根を付(つけ)し馬を曳き、出て來たる）

〽馬附(うまつけ)大根の春商ひ、大根[20]〳〵と賣來たる。時致、是を

7 つよく言う。 8 これまでを早口に言う。 9 大きく、セリフ尻を高く張る。 10「アシライ大小入り」の鳴物。東を見こんで、三足下手へゆく。 11 下手の屋体柱で、「柱巻き」の見得。 12 旧の位置に戻って、セリフを言い、向う正面を見る。 13 後向きになり、手を組んで右足を上手へ踏み出し後を見込む。
14 左足を右足に添えて表向きになる。
15 二度手を叩いて、横に合掌したまま。
16「大小入り」の鳴物打上げ、平舞台へ飛んでおりる。 17 力足を二度踏んで、さらに右足を踏み、左足が上がるとともに、右手を開いて胸へあて、左手を開いて延びる体を、後向きで下手へ、飛六法ようの形で、勢込んで五、六歩駈け出し、両足を同時に開いて止まり、一緒に屋体の方を後向きで振り返り、ちょっと形をつける。「チ、リ、トチ、リ」の紘の合方で、駈けて屋体に戻る。この間に、後見は、三本太刀のうち、中の太刀をとって待ち構えていて、五郎が屋体へ上がると、すぐ手渡す。これを右手で受けてとり、左手に持ちかえ、その手を上げて、右手で膝頭を持ち、前に出て、一つきまり、三段の二段目に左足を踏み出して、右手を後向きに捻って右に伸ばし、「お、そ、ろ、し、か、り、け、る、次第なり」と切って唄うのに合せて、片足落した元禄見得できまる。五郎屋体に登る。 18 三味線の合手、唄になる。 19 右手に手綱を、左手でヤゾウを拵えて裸馬を曳いて花道より登場。 20「だいんー〳〵」と唄う。左から右へ首を振り出し、また逆に振り返し、舞台際に来る。この間に、二人の後見が手伝って、五郎は後向きで、両肌を脱ぎ、襷をかけさせ、以前の中の太刀を差す。 21 五郎正面を切る。
22 大きく、二度目はさらに張って言う。
23 右手を、馬を貸せというしぐさで前に出

きつと[21]見て、これ幸ひの肌背馬[八]、價(あたひ)は望みにまかすべし」馬[22]を貸せ〳〵」〽其馬[23]貸せと近寄れば、馬[24]士も氣おつて狼(らう)藉(ぜき)なり」 馬士「商ひ馬に乗らんとは、びやくらい[九]ならぬ、ならないぞ」〽びやくらい[25]成らぬといふ所を、引摑んで七、八間、ヱイ〳〵やつと人礫(つぶて)[一〇]」(ト立[26]廻つて、馬士を美事に下手籔疊の中へ投込み、手綱引よせ、馬に跨りきつと見得)〽手[27]綱おつとりひらりと打乗り、手[28]頃の大根千里が鞭[29]」 五[30]郎「直(す)ぐ[一一]に行けば五十丁〇〽廻れば三里三ケ[一二]の莊、宇佐美久須美河津が次男[31]」曾我の五郎時致が、曲馬[一三]の術(すべ)をこれ見よや[32]」〽工藤が館(やかた)へ急ぎしは、勇々(ゆゆ)[33][一四]しかりける次第なり」(トカケリにて、文[34]句一ぱい、よき見得にて、よ[35]ろしく)

幕

不意の出来事、驚きに対処して決意を示す。決して。一説に「闘来」、前代未聞の意。
一〇 人を捕えて「つぶて」のように投げ飛ばすこと。
一一 まっすぐに。↓補一六。
一二 次の宇佐美・久須美・河津の三荘園。「たとへば伊豆に、伊東、河津、宇佐美、この三箇所を総ねて、くすみの庄と号する」(曾我物語)。兄弟の父河津三郎祐泰が、祖父伊東次郎祐親から譲られた領地で、その領主の河津とかけた。大根の名産地であるという。
一三 馬術の曲乗り。
一四 由々し。勇ましい。立派な。浄瑠璃の結句のきまり文句の一。

〔右〕③コリヤ弟―ナシ㊂ ③起きよ時致」〽起きよ五郎時致と―起よ五郎起よ時致と」〽㊂ ⑨告げたるか―われへの告㊂ ⑨譬はゞ―譬へば ⑨天へ―天に ⑰売―販カ反カ及カ判読シ難イガ「よび」ト振リガナ
〔左〕②馬を―其馬を ③商ひ馬に―ヤア商ひ馬に㊂ ③びやくらいならぬならないぞ―ナシ ⑤ヱイ〳〵やつと―ヱイヤ〳〵と ⑦直ぐに行けば五十丁―ナシ ⑧廻れば―廻らば ⑨術―程 ⑩急ぎしは―ナシ ⑩次第なり―ナシ

し、首を少し右に曲げ、馬士を見る。 **24** 馬士は黙って行きかかるので、五郎は二重から駈けおり、馬と馬士の間に割って入り、轡をとって馬士を上手へ押しやる。馬士は倒され右手を下手へ突き出し、左手は舞台へついた形で次のセリフ。 **25** 立ち上がって、片肌脱いで絞りの藍襦袢を見せ、鉢巻をする。「アシライ大小入り」の鳴物になり、左手を上げた五郎の腰へ、馬士は右手で抱きつく。五郎は払って下手へはかす。こんどは右手を上げた五郎の胸へからむので、これを上手へはずす。すぐまた抱きついてくるのを引きはずして、肩を捉えると、馬士は左足を上げた形で止まる。 **26** 「早い大小の合方」になり、五郎は、馬士の腰を左手で押え、右手で襟元を摑んで、右から左へ一廻りまわして、下手藪畳のなかへ仕掛けで投げ込み、五郎は裏向きの投げた形でちょっときまる。 **27** 五郎は馬の轡をとって屋体の上手に押しやり、二重へ上がって、馬の背に積んだ大根の束を前に落し、手早く馬に跨ると、鳴物打上げる。後見は裃の片肌脱いで手伝う。 **28** 後見の出す大根を右手にとり、鞭にして正面に乗り出してきまる。 **29** 「大小」の鳴物が入る。 **30** 鳴物上げ上手へ一廻り輪乗りして、花道附際まで行って、後に下がって下手向きに振り返り(↓補3)、正面向きに見込んでセリフ。 **31** 下手へ乗り出し、そのまま後向きに旧の位置に戻る。 **32** 「三重」になり、大根で一鞭あてると、馬は跳ねて、上手向きになる。 **33** 「ゆゆしかりける」でチョンと柝の頭。「太鼓入り飛去り」の鳴物。(花道七三まで行き、見得して入る演出もある。) **34** 五郎は左手を真横一文字に伸ばし、右手の大根を高く振り上げ、体をひねって、唄一ぱいに馬上で大見得。 **35** チョンと「木の頭」(㊃)が入って、キザミにて幕。

助
六

[一]―竹柴本一　[二]―竹柴本二　[木]―木村本　[河]―河竹本　[上]―国会図書館本

一 [上][河]および岩波文庫本は「所縁」。外題の左に[一][二][河]は「三浦屋格子先の場」と記す。さらにその左に[河]は「江戸太夫河東連中」の浄瑠璃連名を記す。二 [河]「役名」、[木]「役割」、[上]「第二ばん目狂言役人替名」、岩波文庫本「役人替名」。役名と配役の順序は諸本により異る。三 花川戸は浅草雷門脇の隅田川岸の町名。↓補一。四 または総角。↓補二。五 天明二年一月、中村座所演の助六の絵本番附の白酒の荷に「山川白酒」とあり、文政五年三月所演の白酒売の衣裳の模様に同じく「山川白酒」の文字が見える。白酒の銘柄の上品なものを「山川」と言った。六 曾我兄弟の母の名。曾我物語にはない。万劫はからヒントを得たか。万劫は河津次郎祐親の娘で兄弟の叔母。ひとたびは工藤に嫁す。七 始め喜瀬(世)川。↓補三。八 初演「かんてら」。端敵の役。九 千平とも。道化方の役。↓補一九。一〇 以下並び傾城の巻のつく名は、揚巻に因む。一一 太夫つきの妹女郎。まだ一本立前の見習い。新艘とも。「新艘と書は新しき舟に祝ひ

助六由縁江戸櫻（すけろくゆかりのえどざくら）一

役人替名（かへな）二の次第

一 花川戸（はなかはど）の助六（すけろく）三　一 同　巻の尾
一 三浦屋の揚巻（あげまき）四　一 禿（かむろ）一二　このも
一 白酒賣新兵衛（しんべゑ）五　一 同　かのも
一 曾我の滿江（まんこう）六　一 同　たより
一 けいせい白玉（しらたま）七　一 同　よすが
一 くわんぺら門兵衛 八　一 三浦屋の遣手（やりて）一三お辰（たつ）
一 朝顔仙平 九　一 同　若いもの一四喜助
一 けいせい巻山（まきやま）一〇　一 同　半八
一 同　巻絹　一 同　太介
一 同　巻橋　一 地廻（ちまは）一五り
一 新造（しんぞう）一一　巻しの　一 同
一 同　まき柴　一 同

1 役名異同。↓補1。
2 三浦屋の表掛り、破風の大家根付き、九尺の朱塗の入口。下手二尺弱の覗き。上手二間は千本格子。それより上手と、下手の大格子につづいて、忍返し付きの板塀。
3 入口につづいて、下手四間のあいだ朱塗の大格子。黒塗縁に彫刻模様。 4 大格子のなかに青簾をかける。そのなかに、河東節連中が居並ぶので、簾はとくに荒く作られている。また、天井が張ってあり、後は銀襖。
5 上手寄りの正面入口に掛けられた、柿色三布に、白く三浦屋と染め抜いた大暖簾。 6 後に斬られた首が出るようになった仕掛のある辻行燈。たそや行燈とも言う。
7 直径五尺二寸、高さ三尺一寸位。その下に、八寸位の高さの石の台を二つ並べる。「用水」と筆太に書く。その上に、三浦屋と書いた柄の横を前に向けた手桶を、下に四つ、中に三つ、上に二つ、その上に一つと四段に重ね、その上に江戸町一丁目と横に記した板屋根を置く。 8 四十四軒の引手茶屋の紋と家名のついた藍鼠地の水引幕が、桟敷の下に張られる。
9 桜をとびとびに散らした白張提灯。 10 飾られぬ場合が多い。
11 そのほか、大道具は、上下の袖に高く、竹村の蒸籠(一つは朱塗で縁が青く、真中に新吉原、竹村伊勢と二行に。一つは青漆で縁黒、丸の内に四つ目の紋を縁青で

しゆへなり」(誹諧通言)。 一二 遊女の小間使の子供。↓補四。 一三 老役。↓補五。 一四 遊女屋の男の使用人。牛(ぎゆう)。妓夫・見世番・仲廻りなどを兼ねる。 一五 遊里や盛り場をうろつき廻る常連。その土地や周辺に住みついている無頼の徒。 一六 以下男伊達の名は、浅草観音堂及び神仏の名に因む。↓補六。 一七 堺町のそば屋。↓補七。 一八 山谷堀にある船宿。吉原へ通う遊客を舟で送迎する中宿。 一九 意休・伊久・伊休とも書く。[河][困]「実は伊賀平内左衛門」と付記。↓補八。 二〇 遊女屋の大見世。↓補九。 二一 吉原で有名な実在の妓楼。↓補一〇。 二二 辻々に立つ櫓形の行燈。 二三 東西両側の二階桟敷。 二四 仲の町。吉原大門口を入って廓の中央通りの町名。引手茶屋が並んでいた。 二五 吉原の廓に入る門。屋根をつけた黒塗りの木造で、扉を明け方に開き、夜は四つ時に閉めるのが規定。その左右に袖門があり、時間外はそこより出入する。 二六 明暦三年の江戸大火後、浅草日本堤に移り、前の吉原を元吉原、後の吉原を新吉原と言う。 二七 侠客。町奴。[旦]「地廻り」。 二八 ここでは「すががき」の合方。↓補一一。

一　同

一　男伊達矢大臣源七[一六]

一　同　文箱次郎八

一　同　朝日の彌右衛門

一　同　仁王の喜三郎

一　同　雷　門　八

一　同　竹門の稲六

一　福山のかつぎ米吉[一七]

一　茶屋廻り小いさみの菊

一　仲の町長門屋千次郎

一　堀の舟宿大津屋權七[一八]

一　同　大黒屋おせん

一　巴屋若いもの庄兵衛

一　髭の意久[一九]

本舞臺三間の間[2]、女郎屋、[二〇][3]大格子、[4]青簾を懸け、東の方へよせて、[二一]三浦屋と染たる[5]大暖簾、西の方へよせ、[二二][6]辻行燈仕かけあり。このうしろ[7]用水桶、その上に、手桶を積み重ね、大分あり。[二三]兩桟敷、[二四]中の町茶屋の家名を付し[8]暖簾、同じく[9]挑灯を一軒〳〵に灯け、そのうへに造り物の櫻。揚幕のところ[二五]大門口を[10]飾りつけ、すべて[二六]新吉原中の町の[11]體。[12]長床几五脚毛氈をかけ、烟草盆なぞよろしく、ここに、矢大臣源七、文箱次郎八、朝日の彌右衛門、仁王の喜三郎、[二七]男伊達の拵らへにて腰をかけ、たばこをのんで居る。このもやう宜敷、[二八][13]すがゞきにて幕明く。

ト東西の方より、女郎買の仕出しなど大ぜい[二九][14]出る。この中へ曾我の満江、[三〇]紙子の衣裳、頭巾、好みの形りにて、小挑灯を提げ、交り出て、挑灯の紋をいち〳〵見る思入。仕出し皆々は賑やかには入ると、花道より若い

書く。縦に括縄を朱塗の方は青く、青い方は赤い筋で書き、四隅は金具付き)を市松ように積み上げた書割。 **12** 千本格子の前に二脚、のれん口より用水桶の前まで四脚、下手積蒸籠の前へ斜に一脚。それとは別に、前面へ、幅広の長床几を、千本格子の前に一脚、大格子前に二脚置く。これを、一、二、三の床几と以下記す。現在はト書よりすべて大がかりになっている。床几の位置の図。大三脚、小十二脚(増減あり)大は高サ尺六寸、大一は幅一尺八寸五分。大二、三は、一尺五寸五分。小は高サ尺六寸。

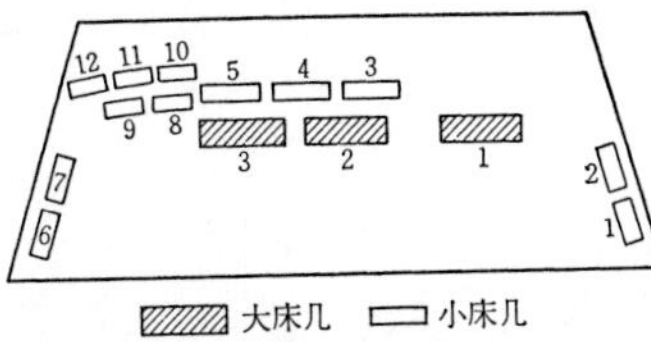

13 「土手の提灯」唄入り、通り神楽の合方で幕があく。次に「すががき」の弾流しで、人の出入りとなる。 **14** 上手より提灯を持った茶屋女、朱塗の大台を頭にのせた半纏着の台屋の男、下手より提灯を持った茶屋女、箱を斜に下げた辻占屋「通ふ千鳥の恋の辻占」と呼びながら出、上下へ入れ違って入る。

二九 圓は「侍、町人、按摩、茶屋の提燈をとぼせし男、玉子売、鮓売など」と指摘する。
三〇 紙製の衣服。落ちぶれた様をあらわす。「吉田屋」の伊左衛門などが着る。

一 →「鞘当」補六。
二 失礼ながら。
三 花魁道中。遊女が八文字を踏んで揚屋入りをするときの歩行。「おうしうと成、あげや入の道中はあつぱれ見事」(役者箱伝授)。「小虎は小づまかいとりて、八文字のぬめり道中」(役者万年暦)。
四 揚巻役の岩井半四郎の紋。丸のなかに扇を三つ組合せたもの。本来は総角型の紋。→八一頁頭注一四。
五 助六役の団十郎の替紋。牡丹の花を杏葉の形に仕あげたもの。近衛牡丹の別名。
六 遊女の最高位。松の位とも言う。吉原では、遊女の最高位としての太夫の称号は、宝暦までで存しなくなる。
七 品がよい。重みがある。
八 「綺羅」は着物。衣類のこと。隠語。田「きりよふ」。
九 産婆。一〇 とんと解せぬ。
一一 「さア、さればいなア」の略。受け詞。
一二 五節句その他の祝祭日。もんび(紋日)とも訛る。ここでは三月三日の節句を言うか。

衆、紋付の箱挑灯[一]をともし、跡より白玉、傾城の形にて出る。これに禿、遣手お辰付添ひ、このあとより長門屋千次郎出で來る。いぜんの滿江、この挑灯の紋を見て、若い衆の袖を控へ、[1]

滿江「モシ〱麁忽[二]ながらその挑灯の紋を見せて下さりませ」若い衆「この婆さまは、道中[三]の跡やさきになつて、こなさまは何を尋ねるのじや」お辰「ほんにいやらしい婆さまではあるわいな。女郎さん方の紋所をいち〱に見て、合點の行ぬ顔をしてゐさんすが、何ぞ面白い事でもござんすかいナ」禿○「何をうろ〱しなさんすぞいのふ」禿▲「ほんにおかしい婆さんじやわいナア」滿江「イヤ、私しが尋ねまするは紋所でござりますが、ぶしつけながら捜さにやならぬゆゑたづねまする」(トこなしある)白玉「ほんにこれは變つた尋ねもの、男では[2]あるまいし、私し等が紋を何しにたづねさんすぞ、そふしてお前が尋ねるは、マアどの様な紋所じやぞいなア」滿江「サアその尋ねまする紋所は、[3]丸に三ツ扇[四]と杏葉牡丹[五]の二色の紋をつけてゐる女郎衆をばたづねまする」白玉「ハテなあ、その二色の紋所は、揚巻さんの紋所じやヤナ」(ト言ながら床几に懸る。千次郎これを見て)千次郎「これ婆さま、その揚巻さんは三浦屋の太夫[六]さんでありますが、

1 田のト書は、「本舞台三間の間女郎や大格子一面にすだれをかけ上の方へ寄せて三浦やと染たる大のふれん下のかたに辻あんどうしかけあり天水桶此上に手桶大ぶんかさね両桟敷中の町茶やの家名を染行燈一軒〱にかけ此前に造り物のさくら家毎に立揚幕に大門口をかざりつけすべて中の町のてひ長床几五脚毛氈をかけたばこ盆をのせ爰に川蔵武五郎吉治郎地廻りの形りにてたばこをのんで居る清攬にてにぎやかなる幕明ト東西の下座より女郎買の仕出し商人あんま玉子すし売り茶やのてうちんをともせし男おもひ〱に客の仕出し表方□〱大ぜひ打まじり出て来る此内へ門三郎老母のこしらへよろしく風呂敷づゝみをせをひ小でうちんをさげ出て来り挑灯の紋をいち〱見るおもひれ仕出し三方へ入違ひはいるト花道より五郎市若ひ者の形りにて藤蔵が紋のつひたる大挑灯をもちて出て来るつゞいて三助薪蔵禿にてつひて出て来る跡より津打門三郎やり手の形りにて出て来る跡より熊蔵玉やの箱挑灯をもち出て来る門三郎藤蔵がてうちんの紋を見よふとして熊蔵がそでをひかへ」。
2 田「客人たちでは」。
3 田「あげまき」。

何ぞ用でもあつて捜しなさるか」満江「アイ、チトお目に懸りたい用がありまする」（トいふを男伊達皆〳〵見て）源七「何と皆な見たか、アノ婆アは揚巻に逢ひたいとよ、こう見た所が、遣手にしてはもつたいがよし」次郎八「成程、花うり婆アにしては倚羅がよし」彌右衞門「糊賣ばゞアにしては器量がよし」喜三郎「後ろの風呂敷包みを見ては商ひ婆アとも見えず」源七「取上ばゞアとも見えず」四人「づんどよめぬ婆アだわへ」源七「イヤ、婆アといへば、お辰は今日淺草へ參つたと聞たが、大分早い歸りだつたな」お辰「さいなア、けふは私ちも物日じやによつて、早ふ歸らうと思ひましたが、アノ子供等が、ヤレ輕業じやの豆藏じやのと、ほう〲見て歩行やした。それからアノまめやの手拭を買て來やしたが、アノ松茸はいつ見ても心地よい物じやわいなア」千次郎「イヤ、お辰どんは器量がよいゆゑ、けふもさぞ往來の人に、相かはらず譽られたらふな」お辰「ほんに、わつちの顔を見て譽めたわいナ」男伊達四人「何んといつて譽たな〳〵」お辰「サイナア、私しの事を、鮫ケ橋〳〵とほめましたが、ほんに鮫が橋といふ所は、いかなる美人のあるかしてホヽヽ」（トこなし）次郎八「置やアがれ、しつかい手前の面は、累の幽靈

4 [上]このセリフなし。以下は簡略になっている。

一三 物日は廓のかき入れ時で、忙しいので。 一四 禿を指す。
一五 浅草観音の境内、奥山にかかっている見世物のうち足芸・曲芸の類。
一六 大道芸人。手品・曲持・軽口をする者の通称。放下師。
一七 豆屋か。豆蔵からの連想語。浅草の小間物屋か。看板に松茸を飾っていたを言うか。「松茸売親方」(黄表紙、安永七年)は、「柿の暖簾に豆屋と書いて松茸売なら這入らんせのふ」という流行歌によった作と言う。柿暖簾は娼家を意味するが、関係は不明。豆は女性器、松茸は男性器を連想させる。この条、[上]にはない。
一八 [上]は「モシ、じやり(砂利)場でおたつをほめやしたて」。[河]も同工。
一九 赤坂と四谷見附の中程にあった下等な岡場所。谷町・元町・南町の総称。天明より文政末まで盛んで、天保の改革後、これらの局見世(つぼねみせ)は取り払われたため、みな夜発(やほつ)(夜鷹)となる。「本荘鮫橋鷹」(通詩選笑知)。したがって醜悪な売春婦である夜鷹を指した語。それがお辰には通じない。
二〇 やめてくれ。鉄火な罵語。
二一 悉皆。まるで。 二二 お前の。
二三 芝居・浄瑠璃・小説等に登場する醜婦の名。→補一二。

一 太って醜い形容。「鰒もあり鰐口もある鮫ヶ橋」(川柳)。二 鰯の脂の絞り滓。腐ったような臭気が強い。鳥屋(やと)にかけて言う。三 貴婦人。四 お前。五 性的サービスをしようかの意。六 色恋沙汰。情事。七 鮑貝は片方しか殻がないので、片思いの枕詞のように用いる。「いつか鮑の片思ひ」(摂州合邦辻)。八 大変な。大層な。九 通人。粋な人。ただしここでは反喩。一〇「です」の延語。㊤は「ごんすが」。一一 外出するときに婦人がかぶる真綿製の帽子。のちに花嫁が婚礼のときかぶる。一二 一般家庭の女は嫁ぐと眉を剃り落す。遊女は眉毛を剃らないので、遊女の身分を隠すために、綿帽子をかぶったことを言う。一三 遊女は前で、かかえ帯をするので、素人らしく見せるため、素人のする後ろ帯にして。一四 正月と七月の十五・十六日に、奉公人が休みを貰い実家に戻るのを言う。㊤は「宿下り」。一五 唐の玄宗皇帝の寵妃の名をもつ桜。八重桜の一品種。ここでは花魁揚巻に喩える。以下桜尽し。「揚貴妃桜」の「桜」脱か。一六 煩悩に迷う犬から「犬桜」にかけた。犬桜は野生の桜で、「犬桜は花咲かぬ

のやうだ」 彌右ヱ門「イヤ、鰒[一]のよこ飛め、あんまり動いてくれるな、干鰯[二]の臭ひがするわへ」 お辰「なんじやとへ、姫御前[三]をとらへて、ふぐじやの、干鰯じやのと、もう堪忍がならぬわいナ」 喜三郎「ならぬといつて、我[四]はどうする」 お辰「ヲヽ、私しが相手にならうわいの」 四人「イヤ、こいつが〳〵」(ト皆々立さわぐ。千次郎両方を留て、いろ〳〵[1]をかしみの内、すがゞきになり、向ふより、くわんぺら門兵衞男伊達の拵らへ、[2]跡より朝顔仙平、奴[3]の形にて出て來り、[4]四人とお辰をとめて) 門兵衞「よいさ〳〵、默止〳〵、遣手も騒ぐことはないわい。[5]シタがいつ見ても手前の面は甘味そうだ、ハヽヽヽ」(ト笑ひながら、兩人舞臺へ來り、床几へ懸る) お辰「うまくは一膳[五]振舞ふかへ」 門兵「イヤ〳〵それには及ばねへ」 お辰「ヱヽ、すかねへよ」(ト可笑みのこなし) 千次「コレサ〳〵お辰どん、くわんぺら様は、何だか強ふお腹を立てゐる様子だ、めつたな事を云て叱られるな」 白玉「ほんにくわんぺら様の腹立しやんすは、色事[六]じやわいナア、ほんに門兵衞さんはいたわしや、なんぼ惚ても口説ても、先はしみ〴〵すかんといふ、鮑[七]の貝の片思ひ、ほんに門兵衞さんは強[八]い通り[九]ものじやわいナ」(トこなし有て笑ふ) 仙平「はてよくしやべる女郎だ、こいつは何と

1 ㊤「おかしみの立廻り」。
2 このあと㊤「一本ざしひより下駄にて出て来る」。
3 ㊤「伊達なるやつこにて」。
4 ㊤「両人本舞台へ来て此中へは入り」。
5 このあと、㊤「ア、わるい身もちだ、いつ見ても〳〵うまひつらだわへ」、岩波文庫本「いつ見てもうまい尻つきだなア」。

いふ」 お辰「忝くも、三浦屋の太夫さん、白玉様でござんすわいナ」[6]
門兵「成程聞及んだお名で[一〇]ゑす。したが、貴様達が綿帽子[一一]で眉毛[一二]をかくし、浅草へ参つたり、芝居を見物したり、後ろ[一三]帯で藪入[一四]と化て、人をちよろまかすとは違ふて、この門兵衛は骨がふとい[7]、めつたにはくわれねへぞ。お美しい揚巻といふ楊貴妃[一五][8]に迷ふ煩悩[一六]の犬櫻、どふで叶はぬ戀ならば、思ひきつて身を墨染櫻[一七]とやつし[一八]、諸國修行の西行櫻[一九]と出かけべいとおもつても、さすが畜生[二〇]のかなしさは、その[二一]香に引れてけふも又、花車[二二]を轟かしたのさ。こりやあまめ[二三]」 お辰「あまとはわつちかへ」 門兵「うぬが事だ」 お辰「ヲヤ馬鹿らしいの[二四]」 門兵「なんと、門兵衛の金じやア、吉原の女郎は賣られねへのかよ」 千次「モシ〳〵門兵衛さま、野暮[二五]らしい、そりや何の事でござりまする」 仙平「ヲヽ、何んの事とは知れたことだは。門兵衛殿が腹を立つしやるは揚巻がことよ。いかさま[二六]、アノ揚巻といふ賣女[二七]めは、よつぽど味噌[二八]なやつだ。關白殿の落胤じやアあるめへし、勿體を付やアがらずとくわんぺら殿にあつたがよい。この朝顔仙平が、この戀の取持にかゝつて、毎日毎晩廓がよひ、誓文[二九]、この朝顔が布子[三〇]の裾もしぼれはてるわへ[9]」 白玉「モシ〳〵、そりやお前でもないぞへ。揚巻

6 「白玉さん」と発音。

7 岩波文庫本「肝が大きい」。

8 ㊤「楊貴妃ざくら」。

9 この下に門兵衛の次のセリフが脱落しているとみられる。㊤によれば「今夜あげ巻にあわにやア男が立ない、だいてねるぞ」。

ゆゑの名なりといへど」(山の井、正保五年)とあり、及ばぬ恋の比喩。「煩悩の犬」は涅槃経に出て、「煩悩は家の犬」(宝物集・そぞろ物語)と用いる。一七 身を墨染の衣に包んで出家となりという意を、墨染桜とかけた。京都市伏見区深草墨染町の墨染寺境内にあったと言う。「深草に、薄墨の桜とも、墨染の桜ともいふは」(醒睡笑、五)。太政大臣藤原基経を葬ったときに、上野岑雄が「深草の野辺の桜し心あらば今年ばかりは墨染に咲け」と詠んだのに基づくと言う。謡曲の「墨染桜」、常磐津の「関の扉」に用いる。一八 変えて。身を落して。一九 西行のようにと西行桜とかける。謡曲「西行桜」による。「西行桜、西山にあり」(増山の井)。二〇 煩悩の犬と見立てたので、それとおもわず自分を畜生と言ったおかしさがある。二一 河上は「もしかに」。この方が香とかかる二重の意のおもしろさがある。二二 桜の花尽しから、引くを縁語として花車を出し、花車(かしゃ)にかけた。花車は、仲居、遣手。仲居を驚かしたことと、車を轟かしたこととの洒落。「花車が轟く口説の門」(寿門松)。二三 女を罵って言う。阿魔。二四 廓詞の癖。二五 無粋。

わからずや。三六 なるほど。いかにも。三七 遊女を卑しめ罵る語。性悪女。三八 手前味噌な。高慢な。生意気な。[上]は「なみなやつよ」。三九 誓って。まったく。四〇 木綿の綿入れ。粗末な着物。それが足繁く通うので裾が弱る。それを朝顔の花が萎れるとかけた。

一 十二月の終日、つまり一年の最後の日。
二 [河][上]は「間も(は)ござんせぬ」。この方が皮肉でおもしろい。
三 情夫として。
四 よい思いつきだが、悪い考え。[上]は「おもひつきがわるい」。
五 千次郎の誤り。前台本の役名を取り替えるのを忘れたもの。したがって前台本が長吉であったことがわかる。
六 間夫のこと。虫がつくと言う。
七 曾我兄弟の貧乏を踏まえる。助六は五郎のやつしだから。
八 懐工合。
九 地獄で罪人を乗せる車。苦しいこと。
一〇 前世の報いを人前にさらす。恥をかくこと。いい様だ。
一一 心意気。
一二 殺す。

さんは全盛な女郎衆、今宵といつて今宵逢はれるものじやないわいなア」 お辰「ほんに、揚巻さんの暇といふては、師走[一]の大晦日ばかり」 白玉「ほんに今年も三[1]月、師走になるにも間[二]がござんす、それまで氣を長ふ待しやんせいなア」 門兵「何だと」(ト腹のたつこなし) 千次「イヤサ、門兵衛さん、揚巻さんに色身[三]で逢はふとは、よい思ひ付[四]の悪い思案。揚巻さんには深い」(ト云を) 白玉「これ／＼長吉[五]どん、役にもたゝぬ事言ぬものじやぞ」 門兵「イヤ／＼、それも合點。揚巻にやア蟲[六]がある。然[2]も貧[七]といふ蟲だ。その蟲に身代を喰ひたをされ、内證[八]は火[九]の車だげな、業晒[一〇]しめ」 白玉「門兵衛さん、お前が逢ふと言しやんす揚巻さんは、お前の親分とやらの髭の意久さんも、揚巻さんには惚れてゐ[3]さんす、またお前が惚るとは、こりや意氣地[一一]がわるいじやないかへ」 門兵「成程、意久さんの事はあれども、アノ人の廓通ひは當座の慰み、それに頓着はない。兎角胸のわるいは助六めだ。どこぞであいつに逢たらば止ろといふ[4]、その己がいふことを背き、揚巻にくつゝいてゐれば、アノ助六はばらし[一二]てしまふ」(トこれを、いぜんより後ろにて聞てゐる満江) 満江「ヱ、、、」(ト悸りするを見て) 門兵「ヤ、この婆アは、さつき貳丁目で見懸た杏葉牡丹の紋所

1 [上]「きさらぎ」。
2 [上]「しかもしら絵にひんといふむしだ」。岩波文庫本「然もぴんと跳ねた虫だ」。金沢本「然も助六といふ貧の虫」。
3 [上]「いさんすに、それとしりつゝ」。
4 [上]の「いへ」がよい。

をつける女郎を尋ねるは、揚巻に何ぞ用でもあるか」 満江「ハイ、逢(あひ)とふござりまする」 門兵「ハ、ア[5]成程、あいたくは逢(あは)してやらう」 満江「それはかたじけのふござりまする」 門兵「その替(かわ)り、其方(そなた)に頼みたいことがあるが、頼まれて呉(くれ)るか」 満江「[6]わたしが身に相應(さうおう)なことなれば」 門兵「まづ御承知かたじけない。己(おれ)が頼みとは○どうぞこなたの○どふも小恥(こつぱづ)かしくつて言悪(いひにく)い、朝顔、この婆(ばあ)さまによい様に呑込(のみこま)してくれろ」 仙平「合點だ、[7]皆までのたまふな、飲込(のみこん)だ〳〵。[8](ト満江が傍(そば)へ來て)こればアさん、女は[一三]氏(うぢ)のふて玉(たま)の輿(こし)、こなたは[一四]有卦(うけ)に入つたらう[9]。これ程美しい女郎がある中に、どうした縁か、くわんぺら門兵衛殿が、[一五]そなたに[一六]戀慕(れんぼ)れゝつの[一七]筋(すぢ)だ。[一八]ヲヽと言なせへ〳〵」 門兵「これ、置(おき)ヤアがれ。そんな事じやねへわい」 仙平「そしてなんだ」 門兵「ハテ、[10]麁相(そさう)な。揚巻が母[11]であらうから、揚巻が事をばゞアに呑込(のみこま)して頼むのだはやい」 仙平「己(おれ)はまた、ア[12]ノ婆さんに親分が色事だと思つた」 門兵「いま〳〵しひ」 仙平「イヤこれは大きな間違ひだ。時にばあさん、よい娘を以て[一九]浮み上(あが)る。揚巻は今では廓(くるわ)一ばんの女郎、したが[二〇]疵(きず)には欲を知らねへ。くわんぺら殿の様(やう)な、[二一]いんつう満々たる[二二]大盡(だいじん)をいやがつて、助六といふ貧乏

一三 女は氏素姓がよくなくとも貴人の妻妾となり得るという諺(毛吹草)。
一四 良い運が向いてきた。陰陽道で、幸運が続くと定めた年まわり、干支(えと)の生れ年を五行に配してその生剋を定めたもの。有卦は七年、無卦は五年。「木性。とり、いぬ、い、ね、うし、とら、う。これは七年うけによし」(宝暦大雑書万万載)の類。
一五 [上]は「お身さまに」。
一六 「れんぼ」の音調から調子に乗った歌謡の囃子詞をとった成語。→補一三。
一七 手の筋。手相の筋。
一八 「応」で、承知。
一九 身分が浮び上がる。娘が玉の輿に乗れば、左団扇だ。
二〇 玉に疵の意。
二一 員子。銀子の宋音。金銭。
二二 大金持。遊里で大金を使う人。

5 [上]は、この下に思入れの○印がある。
6 [上]「身にかなひました事ならば」。
7 [上]「ヲットみなまでのたもふべからずのみ込〳〵」。
8 [上]のト書は「トむせうにせうちした思入れにて市門がそばへ行」とある。市門は市川門三郎、満江の役。
9 [上]「入ったか」。岩波文庫本「入ったであらう」。「廓の花見時」では、満江の替りに、助六の伯父の伊藤祐清となっているので、このおかし味はない。
10 [上]「めっそう」。
11 [上]「お袋」。
12 [上]以下の「ばアさま」が、おとぼけでいい。

神をふかまにもつて[一]、身代(しんだい)をすつきり[二]助六に入り揚(あげ)る。これ、こなさん、揚巻にあつて、助六を長棹(ながざほ)[三]にして、おらが[1]くわんぺら殿の方へなびくと、一家(け)一門浮みあがるわへ」(トこの内こなし有て) 満江「イヱ〱、わたしは揚巻の母ではござりませぬわいのふ」 仙平「ナニ、揚巻の[2]母ではねへか」 満江「ハイ、左様でござりまする」 仙平「また間違つたり、いかひ[四]たわけ[五]の」 門兵「マテ〱、先刻(さつき)は揚巻の母[3]のやうにいつて、今己(おれ)が頼むと母ではござりませぬとは、こいつア[六]聞こへた。女郎の小袖の紋所を見て歩行(あるく)ふりをして、櫛笄(くしかふがひ)をしてやる、こいつア婆アの巾着切(きんちやくきり)[七]だナ」 満江「アノ、これ〱、そういふまひ」 門兵「黙止(だまり)ヤアがれ。おれも度(たび)〱鼻紙入[八]や印籠(いんらう)[九]をきられたが、うぬだナ〱」 満江「わつけもない[一〇]。私(わし)やその様な大膽(だいたん)なものじやござらぬわいな」 仙平「そんなら揚巻が母[4]とぬかして、親分の事をとりもつか」 満江「サア、それは」 門兵「そんならわりやア[一一]巾着切(きんちやくきり)か」 満江「まつたくもつて[一二]」 仙平「揚巻がはゝか[5]」 満江「サア」 門兵[6]「サア〱、どう(だ)[一三][7]。めん倒な[一四]。會所(くわいしよ)[一五]へ引ずつて行くべいか」(ト[8]両人、満江を手ごめにする。白玉中へ這入(はいつ)て) 白玉「マア〱、待たしやんせ門兵衛さん。いとしなげな[一六]婆(ばゞ)[9]さんを相手に、この手は仰山(ぎやうさん)な、な

一 深い仲。間夫(まぶ)。
二 すっかり。
三 遊里語。舟が岸を離れる時に用いるものから、突き出すの隠語。疎遠にする。脚注1のセリフが入ると、長棹と乗りかえるという関係が生きる。
四 大変な。
五 ばかもの。ここでは自嘲の意。
六 こりゃあわかった。
七 掏摸(すり)。
八 財布。
九 腰に下げる蒔絵などの小箱。もと印を入れたので言う。のちに薬類を入れた。
一〇 「わけもない」の促音化。理由もない。とんでもない。
一一 「われは」のつまった語。お前は。
一二 決して。否定。
一三 底本「だ」脱落か。
一四 面倒。
一五 集会所の意で、町々の名主の宅で町政を執った。吉原では、一廓五町連合して会所を持ち、一種の警察権をもっていた。大門を入った右側にあり、番人の通称を四郎兵衛といった。「会所へしょぴいて行ったらば、すぐに縄の掛る奴らだ」(切られお富)。
一六 いとおしい。かわいそうな。形容動詞。

1 この下へ[上]は「親分にのりかへるよふにいけんして下さい」が入る。
2 [上]の「お袋」の方がいい。
3 これも[上]の「お袋」がいい。ただし、次のは母のまま。
4 [上]「親だといつて」。
5 [上]「お袋」。
6 [上]「サア〱どふだ」まで、門兵衛、繰上げとなる。岩波文庫本では、三人とある。仙平二人のセリフ。
7 [上]はこれより門兵衛のセリフ。
8 [上]のト書は「ト馬十市門へ立かゝるをひきたてよふとする藤蔵これをひきわけ中へはいり」とある。馬十は大谷馬十で門兵衛の役。市門は前出(市川門三郎)。藤蔵は吾妻藤蔵で、白玉の役。
9 [上]以下白玉は「ばゞさま」。

んのことじゃぞいナア。揚巻さんとは中のよいこの白玉、いふことがあるならば、アノ婆(ばゞ)さんに言はずと私(わた)しに言はしやんせ、ヱ、矢(や)釜(かま)しい聲ではあるぞ」門兵「をもしろい。我(われ)が婆アの腰を押すか[一七]」白玉「アイ、怖(こ)[一八]わふものを言はすりや、どこ迄も腰押し、また美し[一九]ふ頼ま(ん)[二〇]したらば」門兵「揚巻に逢(あは)してくれるか」白玉「それはあはせまいものでもないわいナア」門兵「そんなら逢してくんなさいよ」男伊達皆々[二一]「親分、なんだか氣が知れねへ」門兵「白玉さん、頼[二二]みやんすにへ」白玉「そふ美しふいわさんすりや、私(わた)しが拵(こし)[二三]らへてみまいものでもござんせぬが、マア、お前ここに居さんしては悪い程に、あひたがらしやんす揚巻さんには、私(わた)しが後(のち)に逢(あは)せやうほどに、ちやつと早ふござんせへ。(ト白玉、思入あって満江へかけて云。[10]満江うなづきこなし有(あつ)て、下座(げざ)へそつとは入(い)る)それがよい〳〵。ナア門兵衞さん、どこぞ[二四]めいてござんせいナア」門兵「ヱ、、有難い〳〵。そもじが呑込(のみこん)でくれゝば、己れ(を)[11]も安心。(ト[12]あたりを見て)ヤ、ばゞアはどうした〳〵」白玉「ハテ、婆(ばゞ)さんに用はない筈(はづ)、私(わし)にたのんで置いて、また婆さんに頼むのかへ[13]」門兵「何サ、お前をひとへに結[二五]ぶの神」白玉「そんなら早ふいて[二六]ござんせい」門兵「合點〳〵。時に

一七 尻押しする。味方する。

一八 おどしで。「強わふ」なら、強硬に。

一九 やさしく。

二〇 底本「ん」脱落か。田により補訂。

二一 田は仙平のセリフ。

二二 頼みますによってねえ。

二三 二人の仲をうまく取り持つ。

二四 ひやかして歩く。「遊女町を往来し、出格子籬をのぞき、傾城共を見物する者を、京にては、ぞめきの衆といひ」(洞房語園)。「素見ぞめきは椋鳥の」(長唄、吉原雀)。

二五 「ひとへ」の縁語として「結ぶ」と言い、縁結びの神と見立てた。「結ぶの神」は、産霊の神より転じて、男女の縁を結ぶ神とした。「人知れぬ結ぶの神をしるべにて」(宇津保物語)。俗信では、出雲大社の神を擬す。

二六 「行って」の短縮語。

10 田のト書は「ト市門へかけていふ市門こゝろへおもひれあって下座へはいる」。

11 田「おれはマア行て来ふ」。

12 田には、○印の思入れがある。

13 田には「トつんとする」というト書が入る。

一 おっつけ。そのうちに。二 [河]も両人。仙平・白玉の二人ともとれるが、[上]は、門兵衛・仙平の二人のセリフになっている。三 [河][上]は「さばえ(へ)」。さようなら。四 この間に、[上]は「吉「なるほど、呑みか食ふかしたいものだ」が入る。五「噂をすれば影がさす」という諺によったもの。[上]「樽に」。六「白酒屋さん」がつづまった。七 口上。宣伝文句。「種々酒の言立てあり」(好色伝受)。→用語一覧。八 [河]は、この前に「エヘン〳〵」と、咳払いの擬声が入る。九「言うは」の促音化。一〇 駿河国(静岡県)三保松原。羽衣の伝説で有名。一一 [上]は「伯了」。謡曲「羽衣」中の人物。一二 [上]は「寿命の薬なり」。一三 厄払いの文句による。→補一四。一四 [上][河]は、東方朔の上に「親方」が入る。→補一五。一五 底本振りがな「だいすけ」。嬉遊笑覧に言う「頼朝公天下を治め給うに及んで、三浦大介が忠節を思ひ、所領を増して無き人を生けるが如くなさりける。義澄ありがたしと、大介今迄存生仕らば百六歳にまかりならんと申しける。大介は八十七歳にて討死す」によったもの。一六 銚子を注ぐ真似をする。一七 以下、五節句の酒尽し。一八 邪気を

若いものども、をしつけ[一][1]意休が見えやう、ここに待(まつ)てゐろ。今白玉さんに頼んでおいたこと、わいらも傍(そば)から氣をつけてくれ。仙平來(こ)ひ」仙平「白玉さん」白玉「門兵衞さん」兩人[二]「あばよ」[三](トすがゞきになり、門兵衞、仙平、千次郎、暖簾口(のれんぐち)へは入る。跡(あと)、男伊達(をとこだて)こなしあって)源七「ヤレ〳〵、いつもながら門兵衞殿の色事は、やかましい色事じやアねへか」次郎「をいらは色氣より食氣(くひけ)、どうやら口ざみしくなつて來(きた)じやアねへか」[四]彌右「ほんに、酒でも飲(のま)ふじやア有るめへか」お辰「アレ〳〵、酒のうわさの[五]蔭(かげ)がさすと。向ふからいつもの白酒[六]さんが」男伊達四人「ドレ〳〵」([2]ト揚幕の方へむかひ)ヲ、イ〳〵」(トよぶ。この時、向ふにて、白酒賣新兵衞[3])新兵「白酒〳〵」[4](トてんつゝになり、新兵衞、花道より、白酒の荷物をかたげ、出て來り、花道中程に留る)お辰「こりやいつもの白酒殿(どの)、早ふござんしたな」源七「いつもの通り、白酒の[七]云立(いひたて)が」四人「所望(しよもう)じや〳〵」(トこれにて吉例云立になり)新兵「そも〳〵[八][5]富士の白酒といつぱ[九]、昔駿州三保(すんしうみほ)[一〇]の浦に、白龍(はくりう)[一一]といふ漁夫(ぎよふ)、天人(てんにん)と夫婦になり、その天人の乳房より、流れて落(おつ)る色を見て、造りはじめし酒なれば、第一壽命を[一二]延(のば)し、さればやくは[一三]らひの東方朔(とうばうさく)[一四]は、この白酒を八はいのんで八千歳(ざい)、浦島太郎は三ば

1 「おっつけ」と発音。[上]「追付」。
2 [上]では、ト書から、(ト向ふを見て)「ヲ、イ〳〵」(ト向ふ揚幕にて)「白酒〳〵」となる。
3 白酒売の名は、古くは七兵衛で、[河]はこれにつくる。近来は新兵衛に統一された。[上]では、新兵衛女房お十となっており、女方で演じた。したがって、ところどころセリフが女詞になっている。
4 白酒売を女方のやつしで勤めると、扮装に多少の違いがある。[上]によると、「トすがゞきになり花道より半四郎やつし白酒売りの形りかきのむねあて前だれにて白荷をになひ出て来て花道にてとまる」。
5 このセリフを歌詞にした長唄の「白酒売」という舞踊が志賀山流に伝えられている。その歌詞を

いのんで三千歳、[一五]三浦の大助は下戸なれば、ちよつと[一六]銚付したばかりでさへ、百六ツまで生のびたり。[一七]まづ正月は[一八]屠蘇の酒、[一九]彌生は[二〇]雛の白酒に、[二一]女中の顔もうるはしく、[二二]もゝの媚ある桃の酒、[二三]端午の節句は[二四]菖蒲ざけ、[二五]七夕は[二六]一夜酒、[二七]重陽は[二八]きくの酒、佛法に至つては、[二九]さけむに如來のゝたまわく、[三〇]によろやくおでんを肴にして呑む時は、[三一]一升は夢の如し、[三二]上戸菩提と説れたり。されば酒の上の[三三]これのみが歌に、[三四]上々の上の字つけし上戸をは、下々の下の字の下戸が譏りて、コレ、[三五]大和うたにものせられたり。されば我等の白酒は、[三六]ことも愚かや、[三七]ホゝうやまつて、[三八]白酒〱」(ト本舞臺へ來る) 皆々「ヤンヤ〱」 白玉「新兵衛さん、ござんしたかへ」 新兵「[三九]これは〱と計り、鼻の先に[四〇]如意輪観音の御來臨、みつけぬところに[四一]大俗凡夫の白酒賣、御めんなされて下さりませい」 白玉「何じややら、人を嬉しがらす様な事を強いすきさ。マア、ここへ來てはなさんせいなア」 新兵「ヱゝ、有難い。さらば[四二]内陣へとうろうか」[6] 源七「ヱゝ、まちやアがれ〱、己等が腰をかけると、[四三]床几が穢れるわへ」 次郎「白玉さん、白酒賣と役にもたゝぬ話しをせうより、さつき門兵衛殿の頼んだことはどふさんす。[四四]埒があけてもらいたい」 彌右「野暮な奴じやあないか。

次に掲げる。へそもやそも、富士の白酒と申すは、合昔々駿河の国三保の浦にて、白竜という漁夫天人と夫婦になりて、その乙女の乳房より流れ出てたる色を見て造りはじめし酒なる故に「それからどうしたえ」第一寿命の薬、さればにや東方朔は、この酒を八杯飲んで八千年、また浦島は三杯飲んで三千歳、三浦の大助百六ツ、さつてもさつても寿命の長い富士の白酒〱」。なお、天明五年正月に、「春昔由縁英」(五変化)で、三代目瀬川菊之丞が踊った「白酒売」も今日に伝えられているが、歌詞はまったく違い、また女の白酒売である。

払う薬酒。屠蘇散を入れた味淋酒。一九 三月。二〇 三月三日の雛祭に飲む白酒。二一 婦人の意。二二 桃の節句の桃と、百(もも)をかけ、「回頭一笑百媚生」(長恨歌)を踏まえ、楊貴妃を隠喩する。二三 五月五日の菖蒲の節句。二四 尚武とかける。二五 陰暦七月七日の乞巧奠。二六 七夕に牽牛と織女が一年に一夜だけ会うという説話をかける。一夜酒は一夜のうちに作る酒。濁酒。二七 九月九日の節句。二八 菊酒。重陽に飲む酒。菊を酒に入れて飲むと延寿の効がある(西京雑記)。二九 釈迦牟尼の洒落。「酒はもと菩薩、南無酒如来」(鳴神)。三〇 金剛般若経の「如露亦如電」(にょろやくにょでん)の洒落。「おでん」(田楽)とかけた。三一 一生とかける。三二 「上求菩提」(じょうぐぼだい)の洒落。上戸は酒飲み。三三 歌人「坂上是則」の洒落。三四 最上の酒飲みの上戸を、最低の酒飲めぬ下戸が譏る。語呂あわせの狂歌。三五 「ものせられた」とすれば、和歌に作った。「にも、載せられた」とすれば、和歌の集に載せられたとなる。いずれにしても、勿体をつけた。三六 勿体なくも。口上の誇張したきまり文句。三七 「つらね」などのきまり文句。祭文などから出た。三八 「しろう」

6 [上]では、ここに「トゆかふとする」のト書がある。

人の事より手前の得手勝手、白酒をのみたそうな顔付、いけねへ[1]女郎だ。サア、親分への返事が」四人「きゝたい〱」(トいふを、新兵衛、留て) 新兵[2]「去とは氣の早いお方〱。この道斗りは、強いことばかりいつてはまだ至りませぬ[一]。それでは可愛るものではござりませぬから、ズツト可愛がらりやうと思ふには、チト工風がなけりやならぬてサ」 源七「こいつア面白いことをいふ。その又可愛がられる工風を習ひたい」 次郎「己れも工風をならうべい。教えやうが悪いと[二]」 彌右「眼玉をおつぴらひて見ろ、安い野郎じやアないぞ」 新兵「いかさま〆て三百[三]ぐらい、四百とはもう出せぬわへ」 門八「おきやアがれ、[3]己は人を馬鹿にするな」 新兵「なんの馬鹿に[4]いたしませう。お前方のやうな通りもの[四]がなければ、商ひがござりませぬ。ハテ、一日かついで歩行たとて、そう白酒が賣るものではござりませぬ。お前方の傍にゐると、三百や四百が白酒は、終[五]賣れると申したのでござりまする。太夫さん、どなたも〱かわいらしい旦那衆じやアござりませぬか」 源七「ヱ、、うぬは己をなぶるナ」 新兵「何勿體ないことを。あきなひ[六]旦那をなぶつてよいものでござりますか」 白玉「成程〱、何の白酒さんがお前方をなぶるも[七]んじやぞへナ。

と披露とかけたか。三九「これはこれはとばかり花の吉野山」(貞室「一本草」)の句による。四〇 如意宝珠を持つ観音。その宝珠を白玉に通わし、また六臂を持つところから遊女の手くだのあるを見立てた。また、鼻の先に「によきりと御来臨の」とかける。四一 大俗人。愚夫。仏に対して言う。四二 お寺の本尊をまつるところ。白玉を本尊の観音に見立てた洒落。四三 底本「床机」。四四 きまりをつけて。解決して。

一 心が至らぬ。通には至らぬ。
二 囙はこの下に「ゆるさねへぞ」が入る。
三 三百文。前の「安い野郎じやないぞ」を受けて、値ぶみした。
四 通人。皮肉で言う。
五 すぐ。
六 買ってくれるお客様。
七 ものであろうぞいな。反語。なぶるわけがない。

1 囙は、以下新兵衛までのセリフは、吉「女は女ともおもわふが」のみ。
2 囙は以下、半「白酒売めは去りとは千枚ばかりともおぼしめそふがそこがまだいたりませぬぞへ」四人「なぜ〱」半「ハテめつたにつよひ事斗りいふて女郎がかわひがるものでなしちつとかわひがられふとおもふにはくふうがなければならぬことさ」。岩波文庫本は「千枚張り」。
3 囙「おいらをやすくするな」。
4 囙「安くいたしませふ」。安い方が馬鹿より前後が照応してよい。

そんな事言ずとも、機嫌を直してここへ來てあそばんせいナア」 源七「ヱ、有がたい。生れてはじめてかわいらしいお詞に預かつたわへ」 次郎「ソレ〳〵、時に白酒、どふすれば女郎にかわいがられる」 新兵「サア、その元といへば、この白酒でござりまする」 門八「なんだ、この白酒が可愛がられる元とは」 新兵「[八]奇妙なことの。これを一トロあがると、女の惚ること恰かも[九]世の助ははだし、[一〇]なりひらなぞはそこ退でとうらつしやいといふ[一一]みやうがあつて、正月の[一二]三日から、毎年私しが見世で、女郎買がのみはじめまするじや」 皆々「ハテナア」 新兵「[一三]親椀[一四]摺ばち、なんでも大きな物で呑むほど戀が叶ふじや」 お辰「もし〳〵新兵衞さん、男に惚たにもその白酒がきゝやすかへ」 新兵「男は愚か、若衆でも坊主でも[一五]撫つけでも、[一六]なんでもござれじや」 お辰「そりや嬉しいわいナ。飲ぬ先から身内が燃るやうで、アヽ、好ましい白酒じやナア」 源七「物は試しだ、いつぱいのんで見やうか」 男伊達皆々「それがよからう。一杯くれろ〳〵」(ト皆々、ロ々にいふ) 新兵「ヲツトまつたり。時に申さぬ事は後でわるい。この白酒は現金掛値なし、一升に付金[一七]百疋。それとも惚られたくなくば、お呑なさるナ」 門八「マア〳〵試みだ。いつぱい賣りや

八 奇妙なことには。㊤は「さればでござりまする」。
九 西鶴「好色一代男」の主人公で、色男の代表。「はだし」ははだしで逃げだすほどの。㊤にはなし。
一〇 在原業平。平安朝の歌人。色好みの美男の代表。
一一 妙。ふしぎな効能。
一二 一年の物事を始める日。女郎の初買の日でもある。白酒の飲み始めとかけた。㊤は「のみそめじや」。
一三 飯椀。
一四 「親椀」と「摺ばち」の間に、㊤は「汁わん、膳」が插入される。
一五 撫付け髪の男。儒者・易者・医者・山伏の類。意休のは白の撫付け。これに眉と顎髯をつける。
一六 ㊤は「ござれ〳〵ちや」。
一七 古くは鳥目十文を一疋。後には銭二十五文を一疋。百疋は二十五銭。

▽この白酒売の条は、「中古江戸狂言集」(日本戯曲全集、一)収録の天明二年正月、中村座上演本「助六曲輪名取草」そのままである。この作者桜田治助によって、後世の助六の台本は、大成されたとみていい。

れサ」(ト茶碗をだす。新兵衞、酒をつぐ。門八、のんでこなし）皆々「どうだナ〳〵」門八「いかさま、常の酒とは違ふやうだわへ」次郎「ドリヤ、己にもくれろ、前銭[二]だ〳〵」(ト懐中より銭をだして、遣る。新兵衞、茶碗についで出す。次郎八のんで）次郎「ア、、どうやら身内がぞく〳〵する様だ」新兵「そこが戀の染みわたる所じや。ちよつと立たり」次郎「かうか。(ト立つ。新兵衞、次郎八が腹をあちこちと撫まはす)ヤー、こそぐつたい[三]〳〵、何をする〳〵」新兵「かふせねば白酒が思ふところへ落付ぬじや」次郎「そんなら白酒が落付と、惚れるが一時[四]じや」門八「ドレ、をれにもちつとさすつて呉ろ」(ト門八、腹をだす。新兵衞なでゝ見て）新兵「ア、、これは餘程喧嘩で腹がもめて[五]あるわへ」門八「明晩からけんくわを控へませう」彌右「己も一分[六]ぎりがのまふ」喜三「をれにも飲せろ」(ト皆々のむ。[1]新兵衞、ついで廻る。この内、遣り手お辰、白酒の荷の中から、徳利[七]にいれし白酒をいだし、下の方へ來て、茶碗でのんでゐる。皆〳〵、酔たるこなしにて、衣紋[八]など作り、捨ぜりふあつて、トゞ白玉は、皆〳〵を見て）白玉「アレ、見やしやんせ。成程新兵衞さんの白酒は奇妙じやわいナア。皆さん、男振りがどふやら可愛らしうなつたわいナ」源七「新兵衞、

一　普通の白酒。ここでは濁醪（どぶろく・もろみざけ）のことを指している。岩波文庫本「常の白酒」。

二　代価の銭を前払いすること。

三　くすぐったいに同じ。

四　同時だ。

五　いさかいしている。もめごとがある。腹中がごろごろいうのを見立てた。

六　一両の四分の一。一分だけがとこ飲もう。

七　〔河〕「唐徳利」。

八　着物の乱れたのを直す。襟元を合せて、色男ぶる。

1　〔田〕のト書「トみな〳〵捨ぜりふにて白酒を呑む此内に津打門三郎白酒の荷より徳利をそつと出して下の方へ来て茶わんにてのむ。みな〳〵酔ひたるこなし有つて」。岩波文庫本では「トお辰白酒の荷の内より徳利を出して下の方へ来て、茶碗で無性に呑む。皆々酔うたるこなし」のト書の次に白玉の「アレ、見やしやんせ」のセリフがあり、次に「ト是にて皆々衣紋をつくる思入れ頭の髷を直し」のト

九 推し当てごと。臆説。ふしぎな白酒の効能があったの意。
一〇 信をとって、信心して。

一一 「それごろうじませ。効いて来ましたぞ」という腹の、威張った咳払い。もっともおかしさをこらえた咳払いでもある。
一二 こっちはのぼせても、そっちがそれを知らないでは、しょうがない。
一三 続いてはこられまい。及ぶまい。
一四 腹を振って、隙間をつくって。
一五 大変なもので。
一六 自分と関係のないことを嫉妬する。おかやき。
一七 何の関係もない。かけもかまわぬ。
一八 うぬは。汝は。おのれは。相手を罵って言う語。

[九]をしごとはならぬものだ。一兩がのまふぞ」皆々「それがいひ〳〵」新兵「隨分しん[一〇]をとつて、呑まさつしやい〳〵。（トお辰を見つけ）〇どつこい〳〵、こりヤ、大切なる白酒を盜んでのむとはどふしたものじや、こつちへよこした〳〵」お辰「マア〳〵、待(まつ)てくださんせいナ。惚(ほれ)られると聞て、これが呑(のま)ずにゐらりやうかいなア。新兵衞さん、それ」（ト巾着より金を出してやる）[2] 新兵「金さへとれば云分ない、飲(のみ)なさい〳〵」[3] お辰「新兵衞さん、どうやらわたしや、皆さんが可(か)愛(あ)いふなつた」（ト寄添ふ）[4] 新兵「[一一]ヱヘン〳〵」お辰「ヲヽ、これ、誰ぞよい男が惚(ほれ)よかし。大ぶ體(からだ)に溫(あた)たまりがきたがナア、知[一二]らぬ事ならしよことがなし」源七「かふ呑(のん)では、助六でも色男でもつ[一三]ゞきやアしまい。そら惚(ほれ)る時分だがな」次郎「まだ呑み樣が足(たら)ねへやうだ。[一四]腹を振(ふり)々もつと呑みやれサ」新兵「イヤ、助六といへば、白玉さまへ、アノ助六と揚卷さまは、今に中がよふ樂しまれますか」白玉「イヤもふ强(きつ)[一五]いものでござんす。あんまり中がよいゆゑ、皆さんが法界(はうかい)[一六]悋氣(りんき)で、[一七]かけ構わぬ私(わた)しらまでが、執持(とりもつ)てくれいと賴まれるには困るわいな」新兵「ハテ困つた男だ。これ、どうぞ助六に逢(あひ)たいものじや」彌右「[5]助六にあひたいといやアがる己(うぬ)[一八]ア、助六が爲にやアな

書があって源七のセリフになる。

2 田ト書では「トきんちやくより壱分出してやる」。
3 この間に田のト書では「ト是よりむせうに呑んで」。
4 このト書河田になし。
5 河は、男二「待て〳〵。助六に逢ひたいと言ふは聞き所だわえ」男一「なるほど、助六に逢ひたいといやア、うなア助六が為めにやア何だよ」男三「ハテ、味な男だわえ。うなアマア助六が為めにやア」皆々「何だよ」。田は「まて〳〵助六に逢ひたひといふはうなア助六がためにはなんだ」三人「それをいへ〳〵」。

んだ」新兵「イヤ、何(な)んでもござりませぬ」喜三「それに、逢度(あいたい)とぬかしたはなぜだ」新兵「サ、逢たいと申したは」皆々「何であいたひよ」[1](トこれにてこなし有て)新兵「サアア、白酒のかしがござりまする。その貸(かし)がとりたさに、逢たいといつたのサ。モシ、その様に仰山(ぎやうさん)に物をおつしやると、腹の内で酒がにくみまするぞ。たゞ一心に酒をあがれ、ナア太夫さん、左様(さう)じやござらぬか」白玉「ほんに新兵衞さんのお蔭で、よい楽しみであつたわいなア○モシ、ぬし[一]が逢たがらしやんすその人に、あわせやう程に、ここにまつて居さんせいなア」新兵「それは有難ふござりまする。そんなら一廻りまはつて参りませう」[2](トこの内、遣手お辰は、白酒に酔(よつ)たるこなしにて、のべ鏡[二]を出し、髪をなをして、むやみに件(くだん)の白酒を顔へぬる。新兵衞、荷をかたげ行(ゆか)ふとする。男伊達(だて)みな〳〵こなし有て)源七「ヤイ、怪しい白酒、まちやアがれ」[3](ト新兵衞を捕へる。お辰、うしろより)お辰「ヲ、嬉し」[4](ト源七に抱付く)源七「ヱ、、こりヤア何の眞似だ」[5]お辰[6]「いつぞは、私(わた)しがこなさんに、言(いは)ふいはふと思つていた。一(ひ)と夜計(よばか)りは、抱て寝てくださんせ、ヲ、、恥かし」次郎「イヤ、味(あぢ)[三]なところへ、白酒が利(きい)たわへ」新兵「なんと、奇妙か〳〵」源七「置(おき)やアがれ。河童(かつぱ)[四]め放し

一 主。貴方。お前。遊女語。客に向って言う。

二 懐中鏡。「思ひ付いたる延べ鏡。出して映して読みとる文章」(忠臣蔵、七段目)。

三 味のあるところへ。とんでもないところへ。

四 後より抱きついたのと、柳原・本所などの私娼の、川岸に出る縁より出た称呼をかける。上にはなし。

1 このト書、河上になし。

2 上のト書は「ト此内津打門三酔たるこなしにてふるへながらのべかゞみを出してむせうに白酒を顔へぬる半四郎荷をかつぎてゆかふとする」。

3 上のト書「ト半四郎をとらへるうしろより津打門三郎吉次郎にだきつき」。河は「とらへる」を「小突く」としてある。

4 上「ト吉次郎びつくりして」。

5 上はここに次のト書が入る「トあきれ津打思ひ入」。

6 上「サアいつそ」。

五 体面。面目。

六 化物めにおなじ。夜、引張りに出る夜鷹の類語。㊤は「古だぬきめ」。

七 鳶の形の爪。黒くて、あっちこちふらふらする様子より言う。

八 草餅・粟餅が私娼の名称にあるので、みっともないということと、それらを連想させる。

九 むささび。夜間出る栗鼠科の獣。関西で「野衾(のぶすま)」、関東で「モモンガ」。化政期に見世物となった。「銭は戻り〳〵」は、見世物小屋の呼び声。

一〇 女が男を罵る詞。「男畜生いたづらもの」(出世景清、二段目)。

一一 承知。

一二 すぐに。

やアがれ」(トお辰を突倒す) お辰「[7]なんじやの、姫ごぜを河童とは。モウ女子の一分[五]がすたツた。たゝぬわいの〳〵、モシ、私しやたてゝ貫はにやならぬわいナ」(トむしやうに抱付) 源七「氣が違つたか、[六]木兎め、退きやアがれ〳〵」 お辰「そんならこなさん」[8](ト次郎八へ抱付) 次郎「[七]鳶爪め。うるさいハ」(ト突退る。お辰、また、彌右衞門にだきつく) 彌右「[八]牡丹餅め、のきやアがれ」(トこれより、お辰、皆々に抱付き、トゞ、皆〳〵よつて、裸體にする。お辰、これより皆々を追廻す) 新兵「[九]野ぶすまの生捕。錢は戻り〳〵」(ト見世物の鳴物になり、お辰を、皆〳〵踏みのめして、逃げて花道へは入る。お辰、小袖を抱へて立上り) お辰「[一〇]男畜生、情けを知らぬかやい、ヲヽイ〳〵」[9](ト向ふへ、追欠ては入る。新兵衞、跡見送つて) 新兵「ハヽヽ、いかひたわけの。白玉さん、そんならどうぞ、助六が參ましたら、お逢せなされてくださりませ」 白玉「そりや、私しが合點[一一]じやわいナ」(トいふ内、向ふより、若い衆、挑灯をさげ出て來り) 若い衆「白玉さま〳〵、意休樣が、何やらおまへを呼びまして來いと、[一二]ちやつとお出なされませ」 白玉「アイ〳〵。モシ、新兵衞さん、私しや一寸といつて」 新兵「ヲヽ、いつてござれ、白玉さん」 白玉「新兵衞さん」 若い衆「サア、お出なされま

7 このセリフ、㊤では「コリヤひめごぜをなんとする」のみ。

8 ㊤のト書は「ト又純五郎に抱付またつきとばすこれより川蔵武五郎に抱付右の通り有て此立廻りにて津打帯ほどきはだかに成り四人をおひ廻す四人かゝって津打をふみのめし向ふへは入津打をき上り着物をかゝへて」より、10行目お辰の「男畜生」のセリフにかかる。

9 ㊤ト書「トみな〳〵を追かけ向ふへはしりは入る」。

▽白酒売が入って、浄瑠璃にかかるまでは、かなり即興的な遊びのある演出で、今日では、普通、上演されることはない。

一忙(せわ)しない。いそがしい。うるさい。二白玉を指す。「衆」は複数ではない。様より低いが尊敬を表わす。三このように。まことに。四正真。本当に。まことに。五苦労酒の洒落。六半太夫節または河東節の連中が、正面下手よりの格子うちの簾内の定めの座席につくこと。七浄瑠璃のための口上。〔河〕は「上るりの口上」、〔上〕は「上るりぶれ」。ただし今日はここより幕明きになるので、口上があって浄瑠璃となる。すなわち口上と浄瑠璃口上(ふれ)とは別。脚注2参照。八河東節との関係は、解説および用語一覧参照。九桜の名所。み吉野の山を言って、吉原の桜を隠喩す。一〇吉野山より山口とつづけた。山口巴は引手茶屋、三浦屋は揚屋。一一三浦の「うら」とかけ、さらに、うら若とかける。一二初桜のこと。その年初めて咲いた桜。一三吉原へ至る土手八丁を指す。一四土手八丁を日本堤と言う。その日本とかける。一五日本の別称「とよあし原」と「よし原」とをかける。一六寛保元年、はじめて大門口より水道尻まで、桜を植え、青竹で欄干を結うた(吉原大全)。遊女の根引にかけるか。拾遺、雑春「いにし年根掘(こ)じて

せ」 白玉「世話しない、子供來や」 禿「アイ、、、」(ト白玉、禿兩人、若い衆付て、すがゞきにて向ふへは入る。後にて) 新兵「扨々、やさしい女郎衆じや。ア、コレ、早く助六に逢たいものじや。(ト荷をかきあげて)〇ほんに、何共思ひもせぬ助六故に、この形體で苦勞をする。これがせうじん、白酒でのふて黑酒じや〱」(トすがゞきになり、新兵衛、臆病口へはいる。この内、座付あつて、上るり口上濟と、直に前彈になる)

河東節上るり〽春霞、たてるやいづこ三芳野の、山口三浦うら〱と、うら若草や初花に、和らぐ土手を誰がいふて、日本めで度國の名の、豐蘆原や吉原に、根ごして植し江戸ざくら、匂ふゆうべの風につれ、鐘は上野か淺草か」(トこの文句にて、東より、傾城巻山、巻絹、巻橋、いづれも、傾城の形。打かけ衣裳にて、銘々の紋付し箱挑灯を、若い衆に付させ、新造、禿つきそひ、いづれも、道中にて出て來る) 上るり〽遠近人の呼子鳥、いなにはあらぬあふせより、ここを浮世の中の町、よしやかはせし越方を、思ひ出見せやすがゞきの、音じめの撥にまねがれて、みれど云ねどかほよ鳥、間夫の名とりの草のはな」(トこの文句いつぱいに、左右の傾城、本舞臺へ美事に並ぶ) 巻山「なんと皆さ

1 〔上〕ト書「トすがゞきになる藤蔵禿つき団兵衛つひて向ふへは入」。吾妻藤蔵は白玉役、市川団兵衛は茶屋廻り千之介の役。

2 ここへ、上手より後見がでて、口上(→補2)となることがある。なお、今日ではこの口上のあとに、正面の格子の内の河東節連中に向い、「河東節御連中様どうぞお始め下されましょう」と言って上手(下手の場合もある)に入る。河東の前弾きにかかり、東西の両花道より、金棒引出て、附際で、烈しく金棒をつくと唄になる。仮花道のないときは、上手より出、舞台中央で金棒をつく。〽春霞…うらうらと」(→補3)で、入れちがって附際で、また強く金棒をつき、〽うら若…和らぐ」で揚幕に入り、なかで金棒の音。別に、上手より金棒引出て〽土手を…目出度く」で、下手に入ると、傾城の出となる。若い者、大箱提灯を持ち、次の若い者の肩に左手をかけ、右手を俎帯の下にあて、後より長柄の傘をさしかけ、新造一人つき、傾城一、二、三、四とつづき、次に遣手、若い者二人つき、河東節の〽国の名の豊葦原や吉原に(本釣)根越して植えし江戸桜、匂ふ夕の風につれ(本釣)鐘は上野か浅草に(本釣)其名をつたふ花川戸(本釣)」の唄いっぱいに、傾城、八文字を踏んで出、舞台端で立身に並び、外良(ういろう)売(→補4)もしくは白酒売の呼び出しになる演出が、

ん、見やしやんしたか。仲の町の櫻の盛、見事な事じやござんせぬか」 巻絹「さいなア、又今[二七]年から植染し、この吉原の花見月[二八]、また來る春がまたるゝわいナ」 巻橋「そうじやわいナア。私しらまでがこの様に、仲の町へ出る嬉しさ、ほんに奇麗じやないかいナ」 新造「それ〳〵、早いといへば揚巻さん、なぜに遅いことじやぞいナア」 巻山「そふ云しやんすりや、揚巻さんはまだござんせんわいなア」 新造「ソレ〳〵、今日は早ふ出やしやんす筈が、この様にをそい事は、(ト向ふを見て)アレ〳〵、アノ挑灯は[二九]杏葉牡丹、たしかに揚巻さんであらうわいナア」 皆々「ほんに、揚巻さんじやわいナア」(ト[5]摺鉦入の、賑やかなる出の唄になり、若いもの喜助、半八、杏葉牡丹と[三〇]大和屋の紋と、[三一]比翼紋の付きたる大挑灯を[6]持ち出る。いぜんの遣手お辰、この[7]肩へ揚巻かゝり、[三二]生酔のこなしにて出て來る。跡より、禿かのも、このも、禿の形にて、烟管、たばこ盆を持ち出る。このもは、茶臺に、きれいなる茶碗をのせ持ち出る。若いもの、長柄の傘をさしかけ出る。いぜんの茶屋の息子長門屋千次郎、挑灯を提げ、[三三]薬鍋を持ち出る。[8]花道中程にてとゞまる) 巻山「皆さん、揚巻さんの道中は、どふやら船にゆらるゝ様じやぞへ」 巻絹「ほんにマア、こりや餘程[三四]過ぎたぞへ」 巻橋「さつきに[三五]松屋で逢た時か

植ゑしわが宿の若木の梅は花咲きにけり」。 一七 寛文三年「増山の井」に見える。エドヒガンザクラ。江戸町にかけるか。 一八「花の雲鐘は上野か浅草か」(芭蕉)による。 一九「遠近のたづきも知らぬ山中におぼつかなくも呼子鳥かな」(古今、春上)による。 二〇 呼子鳥に引かれて、古今三鳥の稲負鳥(いなおおせどり)をかける。 二一 浮世の真中と仲の町をかける。 二二 男女が契りをかわした過去を。 二三「思い出す」と、出見世(張見世)のときのすがかきとかけた。 二四 貌鳥(かおどり)か。未詳。一説にカッコウ。顔の美しい鳥より間夫の意をこめる。 二五「娼婦の色男廓に限り間夫といふ」(誹諧通言)。 二六 牡丹の異名。間夫の名をとるにかけ、また、かおよ鳥、名とりと語呂を合せた。 二七「毎歳三月朔日より仲の町往来の正中に桜樹を植ゑ列ね左右に埒を結ぶ。晦日を過ぐれば抜去り、明年又新に植る也」(守貞漫稿)。 二八 三月。 二九 →六二頁頭注五。 三〇 岩井半四郎の家の紋。三つ扇。→六二頁頭注四。 三一 男の紋と女の紋とを抱き合せた紋。 三二 酔いつぶれぬほどの酒の酔。 三三 銀の湯沸し。薬草を煎じる鍋。 三四 酒をすごした。 三五 茶屋の名。

多くとられる。これを略するときは、傾城は、のれん口より出て、舞台正面に並ぶ。四人のときあり、五人のときあり。これに肩を貸す男衆とその後に新造が並び、すぐに花道を出る揚巻を迎える。

3 [一]のト書は、「トこの文句のうち上手と花道より金棒引き先入れ違ひ入る。ト茶屋廻りは入るト、スガヾキ、傾城、新造、肩の若い者のれんより出て」。 4 [一]のト書は、「トこの文句の切れにて前側の張物を上げて格子先になる。一同こゝに居並ぶ」。このト書は板附の場合で、仲の町を描いた張物をかぶせておく。 5 唄入り渡り拍子〽闇の夜」になり、揚巻の出となる。[一]のト書「暗の夜の唄入り渡り拍子になり花道より揚巻の出になり若い者大提灯を持ちて先きに立ち揚巻若い者の肩に手をかけ次の若い者長柄の傘をさしかけ次に禿二人振袖新造二人留袖の新造一人番新一人遣手一人若い者二人つゞき茶碗銀の湯わかし袋入りの銀煙管手箱等をそれ〳〵持つことあつて花道にとまるト傾城のセリフになり」。[二]は「トすりがね入りのにぎやかな出のうたになり向ふより熊蔵若イ者のなりぎよやふ牡丹と揚まきの紋付たる箱てうちんをもちて出て来る跡より菊之丞うちかけいせうにて駒下駄をはき酔ひたるてひにて新造の彦三郎がかたへもたれかゝり出て来る跡より子之助長柄をさしかけ出て来

ら、よつぽどめれんに見へたぞへ」[一] 巻山「ほんにお前に逢(あつ)た時はまだなこと、さつきにちよつと逢(あふ)た時は、たいてい心遣ひをしたわいナア」 新造「ほんに私(わた)しらまでに無理遣(や)りに呑(のま)せられて、よつぽど酔(よつ)たが、その時よりよつぽどな千鳥足、揚巻さん、どこでマアそのやうに」 皆々「酔(よは)しやんしたぞいなア」 揚巻「[1]これは〳〵お歴(れき)〳〵、お揃ひなされて揚巻をお待(まち)もうけありがたいじや。[2]私しがこの生酔は、どこでその様によつたと思しめしも恥かしながら、中の町の門並(かどなみ)で、あそこからもこ[3]こからも手(て)[二]かれられて、お盃の數〳〵、松屋の若衆の男振(ぶり)、惡(わる)じやれナ侍(さむらひ)がもち合せた盃、[三]あげまきさんといけぬ口合(くちあい)、憎さもにくし、押へて三ツのましたのでござんす。こつちも[四]一ツ四ツ目やかり[五]られて、ちよつとお近付にとさした盃、[六]二ツ元結(もとゆひ)のにくらしひ男つき、その上にまた捻上戸(ねじじやうご)[七]、その[八]ねぢやうと思はんせ、あんまり憎さに、とう〳〵あつちを捻倒(ねぢたを)し、終(つひ)にはそこに大鼾(おほいびき)。いかな上戸もわたしを見ては、御免〳〵と逃てゆくじや、[4]ホヽヽ[5]。それ程の酒にも、慮外(りよぐわい)ながら憚(はゞか)りながら、三浦屋[九]の[6]揚巻は酔(よ)はぬじやて」 遣手、禿「太夫さん、あぶなふござんす〳〵」 揚巻「[7]これは大きな[一〇]奴(やつこ)さんの御意見(いけん)、近ごろありがたいじや、誓文(せいもん)よは

一 銘酊。

二「手かりられて」。諸本「呼びかけられて」。

三 盃をあげると揚巻をかけ、頂けない口合(地口)と飲めぬ口をかけた洒落。

四 数のあやで、三つ、一つ、四つ、二つとよみ込んだ。

五 他の茶屋に行くべきところを、ちょっと借りられて。

六 二筋がけの元結。

七 ねじれた酒飲み。酔うと理窟っぽくなる人。

八 クダの巻きようと想像してみなさい。

九 底本「屋」なし。

一〇 小さな禿を反喩した。

る跡より茂二太郎新造勘蔵右団次禿の形りにてきせるたばこ入銀の茶わん茶台をもち出て来る跡より津打門三郎いぜんの形りにてくりなべをもち出て来るこの人数花道へとまる」。**6** 右に持ち、左は突袖。**7** 左手を若い者の肩にかけ、右手は俎帯の下にあて、後からもう一人の若い者が長柄の傘をさしかけ、禿二人つづく。一人は煙草盆・袋入長煙管、一人は銀の湯わかしと湯呑をのせた盆を持つ。次に、番新一人、遣手一人、若い者二人がついて出る。**8** 揚巻は酒に酔ったこなしで、止まるまでに二度ほど足を乱す。花道七三で、揚巻は上手向きに止まり、ほかは、みなみな舞台へ向って斜向きに、花道いっぱいに並ぶ。揚巻はこの酔態の出が一番むずかしく、懐紙で煽ぐ型もある。次の傾城のセリフの切れるまで、揚巻はうすく目をつぶる。

1 ちょっと舞台の傾城たちを見て、位と色気を十分に保って大きく言う。以下ここのセリフのところは、揚巻の仕所、見せ所である。五代目歌右衛門は、次の「お待もうけ」を「お出迎ひとは」とした。**2** ちょっとよろけ気味に、右足を前に出し。**3** と、正面、桟敷の方を見。**4** と、舞台を見て。**5** と、大きく笑う。**6**「揚巻は」と強く言い、「酔はぬじやて」ときっぱり言い切るが、身体はよろめ

ぬぞへ」千次「雨もやんだ、その傘を、あっちへやらっしやい」（ト若い衆、長柄をすぼめる）遣手「子供、サア、この酔の醒るくすりを進ぜや」（ト薬をついで出す）かのも「サア、酒のさめるくすり」このも「袖[一一]の梅をのまんせいなア」揚巻「なんじや、袖の梅じや、誰[一二]が袖ふれしそでの梅、とはよう讀んだ歌じやノウ」かのも「イヱ〳〵、いつものまんす酒のさめるくすり」揚巻「袖の梅とは面白い〳〵」（ト茶碗をとってのむ。[8] すがゞきになり、[9] 臆病口より、いぜんの満江出て、ひとりゞの挑灯の紋を見てあるき、花道へ來て、揚巻が[10]挑灯の紋を見て悦ぶこなしにて）満江「これじや〳〵」[11] 喜助「コレ婆あさん、退かっしやい〳〵」満江「いかにもこの紋所じや」お辰「ハテ、この婆さまは氣味の悪い人じや、あんまり傍へよらっしやるな」千次「モシ〳〵ばあさん、こなさんには先刻にも逢ったが、女郎衆に用でも有て、挑灯を尋ねさっしやるか」牛八「兄さんのいわっしやるので氣が着た。さっきも伏見町[一三]であった婆さま、なんぞ尋ねるものでもあるかな」満江「ヲ、あるとも〳〵、これじや。この挑灯の紋は、杏葉牡丹に揚[一四]巻、これ〳〵、お小袖の紋も杏葉牡丹。これじや〳〵」かのも「なんじや、終に見たこともない婆さまが、太夫さんの紋所を見ると、そ

一一「吉原大全」に「袖の梅は正徳年中、天渓といえる隠者ありて、伏見町に住けるが、酒客の為に此くすりを製してひろめける」。「守貞漫稿」に「吉原名物袖の梅、これはあき人のいへ〳〵にあり、袖の梅は宿酔を醒す」。

一二「色よりも香こそあはれとおもほゆれたが袖ふれし宿の梅ぞも」（古今、春上）、「梅の花誰が袖ふれし匂ひぞと春やむかしの月にとはばや」（新古今、春上、源通具）を踏まえる。

一三「寛文八年春、出来。江戸町二丁目にあり。伏見より移りしもの」（増補洞房語園）。

一四 揚巻の紋。総角結びのこと。

く。㊀では「酔はぬじやて」のあとに「トおこつく」とト書がある。

7 ちょっと禿を見て笑い。

8 禿の持っている湯呑の薬を、捨ゼリフにて、番新うけとり、懐紙を添えて揚巻に飲ませる。㊀によって、遣手・番新のセリフあり、揚巻「子供、きーや」といっぱいに言い、禿二人「アイ〳〵」で右足を運び、舞台へ向き、〽「闇の夜」の唄で、みなみな舞台に来る。現歌右衛門（六代目）は禿に「アイ」と一つ返事をさせ、現梅幸（七代目）は「アイアイ」と二つ返事をさせる。 9 すががきに、通り神楽をかぶせ、上手より、満江、風呂敷包を抱えて出る。 10 一の床几の前あたりで、先に立っている男衆の持った揚巻の提灯を見て。

11 このあいだに、揚巻は、舞台真中の二の床几の前で、後向きになり、新造とり巻いて端折りをおろす。このとき、両袖を広げて、太夫の位みせをする型もある。正面、真向いに、両手を俎帯の下に入れて腰かける。五代目歌右衛門は左手を懐にした。のれん口より、若い衆煙草盆を持って出て、揚巻の右手に置く。また手箱を三の床几の上に置く。このとき傘をつぼめて、下手に入る。略式のときは満江出ず、手紙を持った番新が、のれん口より出て、手紙（→附帳、出道具）を渡す。揚巻これを見て、「子故の闇」のセリフあり、すぐ花道より、白玉、意休の出になる。

れじやのこれじやのと、ヲ、こわ」　このも「わしらが太夫さんの紋を、目附繪[一]じやと思はしやんすか」　お辰「ほんに、氣の知れぬばゞさんそうな」　禿二人「わあい〳〵」（ト笑ふ。[1] 揚巻、思入あつて）　揚巻「これ〳〵子供、そのやうなことといはぬものじやぞ。[2] ほんにこのおばゞさんは、よふ夜見世[二]見にござんしたの。子供、また袖の梅をたもや」　禿「アイ、、」（トすがゞきになり、皆々、舞臺へ來ると、滿江、揚巻の袖を控へ）　滿江「モシ、麁忽ながら、そのもとさま[三]は揚巻さまとはもふしませぬか」　揚巻「エ、わたしが名まで知てサ」　滿江「そんなら彌々揚巻さまか。ヤレ嬉しや〳〵、揚巻さまに逢たぞ〳〵」（トうれしきこなし）　揚巻「モシ〳〵、終に御目に懸つた事もない御方、揚巻は私しでござんすが、あなたは何方から御出なんしたへ」　滿江「サア、私し事は助六が」　揚巻「ア、モシ」（ト思入して）[3]　滿江「ほんに麁相を申しました」　揚巻「そゝうといへば、私も麁相が有たわいな」　お辰「太夫さん」　皆々「酔がさめんしたかへ」　揚巻「ほんに袖の梅は奇妙なくすりじや。酒のよいが薩張とさめたわいな。[4] これ喜助[四]殿、たいぎながら[五]、ちよつと松屋の内へいて下さんせぬか」　喜助「御前も癖の悪い、只今門を通つて參りましたのに」　揚巻「ハテ、それじやに

一 多くの絵のうちの一つに、目を付けておいて、それを他の人が言い当てる遊戯。

二 「元葭原焼失の後、浅草三谷の辺に引移り仮宅中、夜見世致し、明歴三酉年新吉原へ引移る」(洞房語園)。吉原の夜見世は、仮宅中に始まり、また新吉原への移転を条件に許可された。「元吉原に夜見せといふ事はなく、たゞ昼のうち、みせをひらき客をまねぎける。明暦年中、新吉原となりて、夜見世をめんぜられし事」(吉原大全)。

三 その許。そこもと。お前様。同等もしくは目下の者に用いる対称代名詞。

四 吉原で雑用を勤めた若い衆の一般称。「伊勢音頭」の油屋の若い者も同名。ときに治郎七になったり嘉助と言ったりして変わる。底本は「次郎七」になっていて配役名とちがうので、喜助に統一した。

五 大儀ながら。御苦労ながら。

1 これらのセリフのうち、満江は、下手の三の床几の前へ、揚巻の方を向いてしゃがむ。

2 ちょっと満江を見て。

3 満江が「助六の母」と言おうとしたので、揚巻は「ア、モシ」と、ことばで止める思入れ。

4 邪魔を払う心で、思い出したように言う。

六 言うようには。口上には。

七「入った」か。囗は「封じた」。

八 御亭主の略称。言い癖。

依て、麁相じやといふわいのふ。いていはふには[六]、彌く々今宵御出なさんすか、と聞て來て下さんせや」喜助「意休さんの事なら、捨て置つしやりませ」揚巻「ハテ、早ふいて下さんせ。いき早ふ歸りは隨分遲ふてもよい程に、酒でものんで、ゆつくりと歸らんせ」喜助「ハテ[5]、いきはやう、戻りはをそくてもよいとは、[6]合點のゆかぬ」揚巻「これ〳〵喜助どの、こなた烟草入がほしいといふたではないか」喜助「アイ、お願ひ申しました」揚巻「ソレ」(ト[7]揚巻、烟草入をやる。喜助とつて、色々捨ぜりふにて、中を見て)喜助「こりやお金」揚巻「早ふござんせ」喜助「アイ、、」[8](ト花道へは入る。揚巻、滿江の傍へよらんとして、思入あつて)揚巻「ヲ、イ〳〵、まだ頼むことがあつたに。お辰どん、こなた大儀ながら、子供を連て、わしが座敷の違ひ棚に[七]はいた文があるほどに、とつて來て下さんせ」お辰「かしこまりました。子供、わたしと一所に來や」(ト[9]禿をつれて、お辰、のれん口へは入る。後、揚巻、滿江が傍へよらんとして思入)千次「モシ、女郎さん方へ、何やら揚巻さんが、アノばゞさんに話しでもあるそうだ。こりや奥へまゐりませう」巻山「成程、御亭[八]さんの言んす通り、そふ見えるわいナア」巻絹「この様なところにゐては

5 立ちながら。

6 不審顔をする。

7 現行では煙草入を出さない。揚巻、番新へ目配せする。番新、手箱より紙包を出し、「おいらんから」と捨ゼリフを言って渡す。若い者あけて見て。

8 「アイ、、」と言いながら、右の手に金包を持ち、左は突袖をして、早足に花道へ入る。番新、煙管へ煙草をつめ、火をつけて出す。右手でうけとり、食指を上にかけて呑みながら、「まだ頼むことが」と言う。

9 禿「アイ〳〵」と言い、煙草盆を左の方へ置き直して、遣手、番新、振新、禿、若い者、手箱を持ち、のれん口に入る。合方消す。

一 気をきかして。

二 「行っても」の短縮語。

三 大事ないどころではない。さあさあどうぞ。

四 往来なか。

五 出花におなじ。煎茶の煎じ立て。お茶を煎じて。花柳界語。「お茶」は「茶を引く」(客のこない遊女の売れ残ったのを言う)意味にかかるので、この語を廓では嫌った。

六 寸志におなじ。女性用語。

七 貧乏な身の上。曾我兄弟は貧乏だということより、五郎のやつしの助六も、それによった。「曾我の貧家」は、かぶきに仕組まれて有名。

邪魔(じやま)、なんと皆さん、氣を通(とほ)して[一]ナ。(ト思入あって)そうじやないかいナア」 千次「それがよふございませう」 巻橋「揚巻さん」 皆々「これにへ」[1] 千次「サア、お出(いで)なされませ」[2](トすがゝきになり、皆々は入る。後、満江、揚巻残り)[3] 揚巻「サアくもうよふございまする。これへお出(い)でなされませい」 満江「いても[二]大事ございませぬか」 揚巻「大事[三]ないだんじやございません。そんならお前が助(すけ)さんのおかゝさんかいナ」 満江「ハイく、母でございまする。そんならこなさんが、彌々(いよく)揚巻どのじやナ」 揚巻「ハイ、揚巻でござんす。よふお出(いで)なさんした。マアくここへお出なさんせい」(ト床几(せうぎ)へかけ、満江も[4]腰をかけ)[5] 満江「モシ、そこに盆(ぼん)があるならかして下さりませ」 揚巻「ここは門中(かどなか)[四]じやに依(よつ)て」 満江「よしく、そんならこれく。(ト腰[6]の扇(あふぎ)をひろげ、腰の風呂敷包の茶一斤出(きんだ)し)ホ、、、、これはをかしい物でござりまするが、この廓(さと)の女郎衆(ぢよろしゆ)は、お客があると煮花(にばな)[五]をして御馳走をさつしやるげなと聞(きゝ)ましたゆゑ、ほんの手土産(てみやげ)、松(まつ)の葉(は)[六]じやとおもふて下され」 揚巻「これはく何寄(なにより)の品[7]、いただきまするぞへ」 満江「なんのく。扨(さて)、何からお禮申しませうやら、アノ身貧(みひん)[七]な助六をかはゆがつて下さる揚巻どの。けふは小袖を貰ふた、翌日(あす)

1 上はこれより、11行目の「門中じやに」のセリフにとぶ。

2 すがき(→補一二)に、通り神楽をかぶせた合方で、みなみな一同のれん口に入る。

3 合方を消す。揚巻見送って。

4 と、三の床几を少し揚巻の方へ寄せて、腰かける。

5 この満江のセリフ以下、茶の手土産の条は、省略することが多い。

6 上のト書「ト扇を出しこしにまいた風呂敷包より茶一斤を出し扇へのせて」。

7 上は「何よりの物を」で、思入れの〇印が入る。

は羽織が來た、そら何から何まで、印籠巾着草履はな紙、アノ、小遣ひまで○[8]ホヽヽヽ、かたじけのふござりまする。人の噂さにも、けいせいといふ者は[八]、人をだますの何のと申しまするが、こなさんの様ナ實義[九]な人はあるまい。逢ふてから禮もいひたし、また頼みたい事もあつて來ました。ほんにお傾城とは思はぬじや。よい嫁をとつたと思ふて居まする。ホヽヽヽ」(トこなし) 揚巻「これは〳〵有難いお詞。アノ助六さんが毎日〳〵廓[一〇]へござんすは、元の起りはアノ[一一]女郎めとお叱りも有りさうな所を、嫁じやと思ふとは、あんまりお詞が結構すぎて、御挨拶に困りますわいナア」 満江「やさしい人じやの揚巻殿。けふ態々母が來ましたは、チト言惡ひ無心[一二]があつて來ました」 揚巻[9]「なんの他人がましい、私しやお前の嫁じやござんせぬか。何なりと御遠慮なふおつしやつたがよいわいナア」 満江「サア、その様に眞實にいわつしやる程、どふも言惡いが、私しが無心といふは」[10] 揚巻「おまへの御用は」 満江「サア、こなたへ頼みは、助六を」 揚巻「アノ、助六さんを」 満江「廓へよんで下さんナといふこと」 揚巻[11]「ヱヽヽヽ」 満江[12]「サア〳〵、成程、きもが潰れやうが、此方に恨みはなけれども、アノ助六は大切な親の敵[一三]○[13]サア、願ひあ

八「諺に傾城の誠と鶏卵(たまご)の四角は、ないと云なれども、一向きにさもなきにや」(俗談諺種)。
九 誠実ある。略して「実のある」と言う。㊤「じつ気」。
一〇 遊廓。遊里。廓(さと)ともいう。直接には吉原を指すが、芝居の上では、鎌倉の大磯の廓の設定になっている。
一一 揚巻すなわち自分のことを相手の身になって言った。敬意を払った「お傾城」に対して、軽蔑した「女郎め」を用いている。
一二 物をねだること。頼むこと。
一三 助六実は曾我五郎であるから、親の敵工藤を討たねばならぬ願望がある。

8 口拍子にのって、言い過ぎたのに気付いて、笑いにまぎらす思入れ。
9 煙管を置いて、右手を帯の下に入れる。
10 と、言いにくそうな様子に、揚巻、不審そうにかぶせる。
11 体を引いて、「ヱヽヽヽ」と驚く。このあと、㊤「ト合かたに成り」。
12 今日の演出では、「サヽ、その驚きはもっともじゃわいのう」で、〽深く沈みし」(俄獅子)の合方になり、「こなたに恨みは」となる。
13 揚巻、懐紙にて押えて、あたりをうかがう。

る身の上。そのねがひある身の上で、毎日〳〵のこの廓で、喧嘩計(ばか)りしますげな。その噂をきくと、わしや毎夜さ案事(あんじ)て寝たことはござらぬ。それも何ゆへ、この廓へ來るゆへ喧嘩もする氣になり、廓へさへ入込(いりこま)ねば、自然とけんくわも止むであらうと、思ひ付(つい)たるこなたへ頼み、こなさんが助六に來るなといふてなれば、廓通ひも止むであらう、ひよつと意氣張(いきはり)[一]づくで、もしもの事があつた時には、助六が願ひも叶はず。母が歎きを思ひやり、どふぞ呼んで下さるナ。こなたの眞實は、私(わし)が合點なれど、助六が喧嘩ゆゑじやと思ふて、暫(しば)らく遠ざかつて下され。[二]おがみまする〳〵」[1](トよろしく思入) 揚巻「なるほど御尤(ごもつと)もでござりまする。どふしてマアをとなしい助六さんが、いつの程喧嘩好(ずき)にならしやんしたやら、土手で切(きつ)たは助六、中の町でぶつたは誰じや、助六と、相手(あいて)[三]かわれど主かはらず。わたしもその事ばつかり、[2]コレ、御らうじて下さりませ」(ト満江の手をとり、懐(ふところ)へ入れる) 満江「こりや、きつい癪(しやく)[四]でござるの」 揚巻「サア、これ程に案事(あんじ)る助六さん、ひと夜は愚(をろ)か一時(とき)あはねば戀しいとは、[3]ほんに因果(いんぐわ)なことでござりまする」(トこの内、満江、[4]こなしあつて) 満江「ようござる、助六をよこしませう」 [5]揚巻「そりやほんの事かへ」

一 意地を張る。男の意地を立てて。

二 頼みます。

三 相手の人間が変わっても本人は変わらないという諺。

四 胸のつかえ。胃けいれんなど。婦人の病。「かる「勘平どのはえ」平右「腹切つて死んだわやい」かる「エ、、、、ムウ」〽とびつくりさし込む癪、(トおかる癪の起りし体にて、反り返る)」(忠臣蔵、七段目、茶屋場)。

1 と、満江、言いにくそうに言う。この満江のセリフのうち、揚巻は、だんだん首うなだれ、右手で煙管をついて吸口に親指をかけて、じっと考えこむ。

2 と、思入れし、右手で満江を招く。満江は二の床几にかける。

3 と、満江の顔を見て思入れ、手を放して「因果なことでござんすわいナア」と懐紙にて顔をおおう。

4 満江「それほどまでに」と思入れあって、「よこしましょう」と言う。 5 揚巻「エ、」と、ちょっと笑顔になり、「そりや」となる。 6「嬉しゅうござんす」と両手を合せ、笑顔で、満江を拝む。 7「それ聞いて安心しました」と両人落ちついたこなし。

8 すががき、通り神楽の合方になり。 9 花道より若い者(喜助)出て、意休の来ることを告げて、のれん口へ入る。合方消す。

10 すががきに、通り神楽の合方で、満江、揚巻に会釈して、若い者(または番新)案内してのれん口に入る。舞台は揚巻ひとりになり、合方消す。 11 のれん口を見送り、左の袖にて涙をぬぐい。

12「はかないものは」で身体をゆすり「ないわいナア」と、左手を懐に、右に煙管を突いて、眼をつぶり考えこむ。本釣、薄い風音。

13 河東節になる。〽おちこち人の呼子鳥、否にはあらぬ、逢瀬よ満江「母が請合てよこす。よばつしやれ。じやが、喧嘩をやめる様に意見して下されば、こなたのこれ程な眞切に感心して、母がゆるす程に、揚巻どの、喧嘩のやむやうはござらぬかいの」揚巻「そんなら助六さんを呼ましても大事ないかへ」満江「母がゆるした〳〵」揚巻「エ、、かたじけなふござんす。[6]また、助六さんの喧嘩のことは、意見の仕様もござりませう」[7](ト満江にさゝやく。暖簾口[8]より、いぜんの禿、遣手、出て來る。花道より若いもの喜助歸つて來る）お辰「太夫さん、どこを捜しても文はないわいなア」喜助[9]「揚巻さん、今、意休さまがござりまする」揚巻「なんじや、意休さんがござんす。そんならこなたのお婆様を、私しが部屋へ連ましていて、御馳走申してくださんせ」喜助「かしこまりました。バアさん、こつちへお出なされませ」満江「そんなら揚巻殿、のち程」喜助「サ、こふお出なされませ」(トすが[10]ゞきになり、喜助、満江を連れて奥へはいる）揚巻[11]「ア、[五]おいとしやなア、アノお袋さまは、助六さんゆゑに子故[六]の暗、わしはまた戀路[七]の闇。何かにつけて、女子程[12]はかないものはないわいナア」(トこれより、淨[13]るりになる。ト初手[八]の女郎[14]、暖簾口より出て、床几へならび、向ふより、いぜんの白玉、若い衆に挑灯をもたせ、髭[15]の意休、白玉の

り、こゝを浮世の仲の町、よしやかはせし越方の」(→補5)で本釣を打ち込む。㈡のト書では、「ト煙管を取つてぢつとなる。すぐ河東節になり、白玉と意休の出になる。(浄瑠璃略)ト花道より若い者大提灯を持ち、白玉若い者の肩に手をかけ、他の若い者傘をさしかけ、禿二人袋入りの煙管煙草盆を持ちあとより意休男伊達四人権平猛六勘八風七、刀座布団香箱等を持ちて従ひ続いて振袖新造二人、詰袖新造一人、番新二人遣手一人若い者一人茶屋の女房提灯を持ちて出て花道に留る」。 14 傾城六人、新造六人。 15 今日では、白玉先に、意休あとより花道から出る。〽おちこち人の」で、白玉は、若い者に箱提灯を持たせて先に立たせ、次に若い者の肩に手をあて、出る。若い者、後より傘をさす。禿二人、一人は煙管袋を、両袖で横に抱き、一人は煙草盆を両手で捧げ、次に意休、左の手を懐に入れ、右手で鳩杖を伊達に持って、軽く引きずるように突いてゆっくり出る。後より男達が四人ついて出る。初めの一人は意休の刀を、次は蒲団を二つ折にして抱え、次に香箱を持って出る。つづいて、振袖新造二人、留袖新造が一人、番新、遣手、若い者一人、最後に茶屋の女房が、右に提灯、左手を帯のあたりへ当ててついて出る。一同、花道いっぱいに、河東節の切れまでに東向きに居並ぶ。

五 おかわいそうに。ふびんな。
六 子のために、親の愛情は理性を失うという諺。「暗」は煩悩のための無明の闇。仏語より出る。「子ゆゑの闇の夜に迷ふ」(心中万年草)。
七 恋愛のために無明の闇に迷うこと。理性を失うこと。「恋路の闇」(曾根崎心中)、「九つ心も恋路の闇」(薗八、鳥辺山)。
八 最初に登場した。

一 曲彔。椅子の一種であるが、寄りかかる物から、脇息(きょうそく)と同じものと誤ったか。
二 仕掛けのある香炉台。附帳、出道具参照。
三 香の道具。
四 船宿の者。吉原へ通う遊客のための水路機関の舟をあつかう、中宿。一種の貸席でもある。柳橋・聖天下(しょうでんした)・山谷堀等に軒を並べていた。
五 遊里語。新造が昇格して一本立ちとなった女郎。多く花の頃の三日間、仲の町の茶屋へ回礼の道中をする。このとき古参の太夫が引率する。この助六の並び傾城は、この光景をも写したものとされる。
六 地女。素人娘。「同前」は「同然」の当字。
七 遊女との出合いの酒宴。一席。
八 不誠実者。
九 道理。
一〇 誠のある者。
一一 吉原廓内の五ヵ町。江戸町一・二丁、京町一・二丁に角町(すみちょう)を指す。
一二 底本振りがな「ひとね」。江戸訛。

肩へもたれ出て來る。後より、いぜんの男伊達、仁王の喜三郎、曲錄[一]をもち、同じく雷門八誂ら[二]への香爐臺をもち、同じく朝日の彌右衞門、結構なる香道具[三]を持ち出る。跡より船宿[四]、挑灯をさげ、付添ひ出る。いつぱいに上るりあつて、花道へならぶ)[1] 意休「若い者ども、彼處に並んで居るが、話しのあつた突出し[五]かな」 皆々「ハイ、地物[六]同前でござりまする」 意休「そりやア耳よりだ。一會出[七]づばなるまい」 白玉「モシ、意休さん、お前の様に心が多いゆへ、揚巻さんが嫌惡らしやんす。氣の多いお方ではあるぞ」 意休「ヲツト誤まつた。不心中[八]といふももつとも[九]、こゝな心中もの[一〇]め」 白玉「心中ものとはへ」 意休「ハテ、五丁町[一一]に名高い白玉さま、いつも〳〵揚詰なんど、その客の顔を見知つたものはない。人目を忍んでお逢なさるゝゆゑによつて、心中ものといふ事よ」 白玉「意休さんの、何の世話にならぬ、人の客の詮議せずとようござんす。そんな事言んすと、私しに頼んだことは否じやぞへ」

意休「ヲツト誤まつたり、頼んだぞや」 白玉「チトたしなましやんせ」

意休「さらばあすこへいつてお近付にならうか」 皆々「サア、お出なされませ」(トすがゝき[2]になり、皆々、本舞臺[3]へ來る。上の方の床几へ褥[一二]をしき、意休[4]、こゝへ腰を懸る。皆〳〵、後ろへ並ぶ) 女郎皆々「意休さん、

1 今日では、この次に補注6のごとき渡りゼリフの部分が入るのが普通。
2 すががき・通り神楽の合方で、一同、順に舞台に来る。花道のあいだ、舞台の揚巻は、左手を懐に、右の拇指を煙管の吸口にかけてつき、目をうすくつぶっている。意休が腰をかけると、茶屋の女房はのれん口に入る。意休の刀架・煙草盆・香炉台を、このとき、のれん口から男達の一人が運ぶ場合もある。
3 一同の並ぶ舞台の位置は、図のごとし。

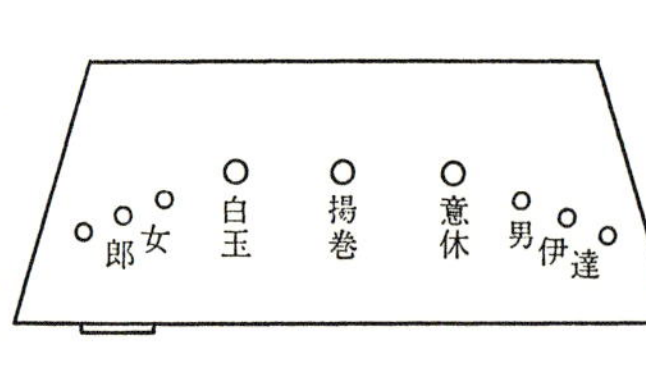

4 この意休の出の部分は花道で、補注6のごとく、意休と男伊達の渡りゼリフがあるのが、元の形であるが、省略する場合は、大幅にとんで、女郎たちが「意休さん、ござんしたかえ」と迎えるセリフ

一三 我が世と時めいている。

一四 同じ遊女のもとにかよう客を、三度目から「馴染」と言う。またその相方(あいかた)の遊女のこと。ここでは、馴染の遊女が障りがあって会えないのかと聞いた。

一五 もっとも大切な点をなおざりにするという諺(毛吹草)。

一六 「高が客」におなじ。

一七 酒宴の席。

ござんしたかへ」 意休「これは有難い。我等が名をば御存じか」[5] 巻山「なんぼ突出しの私(わた)しらでも、今の世[一三]の意休さんを知らいで何とせうぞいナア」 意休「これは耳よりだわへ。ゆるりとお出合申(であひまうす)こともなりませうかな」 巻絹「今夜(こんや)はお馴染(なじみ)[一四]がさわつてかへ」 意休「意休がなじみとは」 巻橋「よふ知つて居るわいナア」 意休「ア、揚巻が事か」 揚巻「ヱ」 女郎皆々「意休さんがござんしたわいなア」 揚巻[6]「仰山(ぎやうさん)な。意休さんのござんしたを、先刻(さつき)にから待つてゐたわいナア」 意休「待(まつ)てゐたとは、助六と門違(かどちが)ひではねへか」 白玉[7]「これ意休さん、又しても〱その様な憎(にく)まれ口を聞(きか)んす。そのやうに意地(いぢ)の悪いこと言(いは)んすとかまはぬぞへ」 意休「今になつてそういふとは、佛(ほとけ)[一五]造つて魂(たま)しひいれず、をがむは〱」 白玉「そふ大人(をとな)しふいわんすりや私(わた)しも合點(がつてん)。モシ揚巻さん、日頃から心安いわたしが頼み、意休さんに逢ふて下さんせ。定めておまへの思はしやんすお方に立(たゝ)ぬといふ様な事もあらうが、ハテ意休さんは高(たか)[一六]で客、おまへの思ふお人とは譯(わけ)の違ふこと。寝ることが否(いや)ならば、座敷[一七]をつとめて下さんせへ。白玉が頼みじやぞへ」 揚巻「成程、日頃から中のよいおまへの言(いは)しやんす事、座敷計(ばか)りは務(つと)めまいものでもないが、モシ、それではナ」

になる。

5 と、意休は、懐手で言う。

6 これまで揚巻は、前の形のまま、心付かぬふり。ここで、ちょっと意休の方を見て、「ハテ、仰山な…」と言う。

7 普通は、この白玉のセリフから九〇頁1行の意休の「心中がたゝねへか助六へ」まで省略。

一 目をごまかして。目を盗んで。
二 男女の間の痴話げんか。
三 底本「爪」。談判。
四 堰く。せき止める。人に会うことを邪魔する。
五 男に入れ揚げて、身上をすっかりなくすことを裸になるという。
六 底本「不便」。
七 外にして。「袖にする」とも言う。
八 情夫。遊女の愛人。「表向の買手にあらずして、密通する男をいふ。真実に思ふ夫といふ事なり」(色道大鏡)。
九「惣ろ」。親しくすること。
一〇 財布をさがす。枕さがしをする。
一一 ふたりともの略。
一二 悪態をつかれるなどはまだよいうち。「悪態口」は悪口、罵倒の意。
一三 底本「擲たりやアが手に

意休「心中がたゝねへか助六へ」[1] 揚巻「助六とはへ」 意休「知るまいと思はふが、この意休が目を抜[一]て、助六にくつゝいて居る事はよく知つてをるわへ」 揚巻「テモ先度、助六さんに逢てゐたをお前が見付さんして、口舌[二]の上の詰[三]びらきで、ゆるすといわしやんしたぞへ」 意休「[2]成程さういつた」 揚巻「それにまたなぜせかんす[四]」 意休「その時はさういつたが、よく〳〵思へば否[3]だ。マア、わりやア、アノ助六を何だと思ふ。あいつア盗人だ」[4] 揚巻「ヱ」[5] 意休「あれがマア喧嘩の仕様を見ろ。喧嘩とさへいへば、人の腰のものへ手を懸るが巾着切のしるし。その泥坊といつまでも樂しむ心が、それが聞たい」 揚巻「サア、樂しみにする身の上ではなけれども、どうした事やら助六さんが」 意休「可愛いか」 揚巻「因果なこつちやわいナア」[6] 意休「イヤ、因果じやアねへ、魔王にみいられたといふものだ。アノ様なものと心安くすると、終にはわれもまつ裸體[五]。それが不憫[六]サにいふのだわへ」 揚巻「爲になる客をよそにし[七]て、[7]間夫[八]にあふのは、浮氣とも阿房とも、わたしがことなら言しやんせ。じやが、助六は盗人じや、助六さんが盗みするであらうとは、意休さん、[8]あんまりじやぞへ」 意休「[9]何があんまりだ。然しあのやうな貧乏人、ぬすみで

1 と、流し目で見る。
2 重く言う。
3 つよく、張って言う。
4 「ぬすっと」とつよく言う。
5 驚いて、身体を少し引き、意休の方をちょっと見る。
6 「因果なことで」で、ニッコリとして、「ござんすわいな」と言う。
7 あざけるように言う。
8 ちょっと、意休を見て。
9 つよく言う。

掛て殺さりやアが」。
一四 遊女が情夫に夢中になること。「密夫狂ひ古今の開山」(好色盛衰記)。
一五 間夫の対語。男から遊女をさしていう。
一六 似た者夫婦の諺。「さとびたる諺に、鬼の女房には鬼神がなるといふなどは、正しく女鬼をきじんとはいへるが如し」(玉勝間)。底本「鬼人」。
一七 言い始め。うぐいすの初音を利かせる。
一八 正反対なことの譬。「数ならぬ町人の子と踊振りにも見るならば、さぞ若宮とは雪と墨」(大塔宮曦鎧)。
一九 硯の水をたたえる窪んだ部分。
二〇 鳴門海峡の海。
二一 深間と言ったので、深い鳴門の海にたとえ、客を硯の海の浅いのにたとえた。
二二 女郎は救われない。「間夫は勤めの憂さばらし」(小狐礼三)。
二三 黒暗の尻取文句。雪と墨だから取りちがえるはずがない。
二四 間夫との密会所である中宿たる茶屋や舟宿の亭主・女将の意見でも。
二五 女郎屋の主人を言う。
二六 遊女の責め道具。小刀や針か、鍼医の使う刃針(はばり)のことか。

もせずはなるまい。その泥坊と念頃[九]にすると、われもいつぞはぬすむ氣がついて、客の鼻紙ぶくろ[一〇]を捜すやうになる。とゞは二人がふ[一一]たり宿なし同前、その様な身になつても、わりやア助六に逢ひ通す心か」 揚巻[10]「こりや意休さんでもないくどい事いわんす。お前の目を忍んで助六さんにあふからは、客さん方の眞中で、惡たい[一二]口はまだナ事、叩かりやうが擲[一三]たりやうが、手に掛て殺さりやうが、それが怖ふて間夫[一四]狂ひがなるものかいナア。慮外ながら[11]三浦屋の揚巻でござんす。[12] 男をたてる助六が深間[一五]、鬼の女房[一六]にや鬼神[13]がなると、今[14]からがこの揚巻が惡たいの初音[一七]。[15] 意休さんと助六さんを、[16]かふマア並べて見た所が、こちらは立派な男振[17]、こちらは意地のわるさうな[18]男つき、譬へて見やうなら、雪と墨[一八][19]、[20]硯[一九]の海も鳴門[二〇]の海も、うみといふ字にふたつはなけれど、深い[二一]と淺いが間夫と客。[21] 間夫が無ければ女郎は黑暗[二二]。くらがり[二三]で見ても、[22]助六さんと意休さんを取違へてよいものかいなア。[23] たとへ茶屋舟宿[二四]が意見でも、親方[二五]さんのわびことでも、小刀針[二六]でもやめぬ揚巻が間夫狂ひ。サア、切らしやんせ、たとへ殺されても、助六さんの事は思ひきられぬ。意休さん、私しにかふいはれたら、よもや助けてはおかんすまいがナ○サア、切ら

10 ムッとして。
11 と、きっと言い。
12 合方を消す。
13 「鬼神じゃわいな」と張って言う。
14 「サア、これからは揚巻が」と言い、「ト煙管を棄る様に置く」(三)。
15 と、大きく張って言い、裲襠の襟に両手をかけ、肩からはずし加減にして、紅絹(もみ)の裏を見せて、斜にきまる。(三)のト書「…初音「トこなし襠をぬぐ」」。左右から新造が手伝って、上の裲襠を脱がせ、若い者はそれを受けとってのれん口に入る。しずかに「すががき」の合方になり、次のセリフ。
16 右手に煙管を逆に持ち、吸口と、左の食指を出して、並べて比べる。
17 と、煙管を軽く上げて指し。
18 で、意休に見立てて、指を動かす。
19 右を指し。
20 左を指す。意休、ちょっと揚巻に思入れ。
21 合方を消す。
22 やや、早口で言い。
23 意休を見て、身体を引いて、「オホ、、、、」と心地よく笑う。普通は、ここまでで、これから「切らしやんせ」とつづく。

しゃんせ」 意休「ム、、」(ト[1]意休、刀の柄へ手をかける) 揚巻「[2]サア、切らしゃんせ」(ト揚巻、體を突付(つきつけ)る。意休、[3]思案のこなしあって、づか〳〵とよって、揚巻を引立) 意休「うせう」[4] 揚巻「どこへ」[5] 意休「助六が所へ」 揚巻「言分はないナ」 意休「[6]うしやアがれ」(トこれにて[7]揚巻、花道へズカ〳〵とゆき) 揚巻「ドリヤ、可愛い男の所へ行かふか」 白玉「[8]これ〳〵揚巻さん、お前がそのやうに腹たてさんしては、両方ながら張合づくになつて、おまへの思はしやんすお人が、どの様ナ難義にならうも知れぬぞへ。[9]サア、じやに依て、マア、奥へござんせ。意休さん、お前もそのやうに腹立(たて)さんせずと、機嫌なほしたがよいわいナア。[10]揚巻さん、マアわたしと一所に奥へござんせ、中のよい私(わた)しが頼みじやわいナ」 揚巻[11]「可愛男(かあひおとこ)のところへ行くのは、私(わ)しや嬉しいけれど、中のよいおまへのお詞、潰(つぶ)されもしやんすまい。(ト[12]舞臺へ戻り)意休さん、この後(ご)はおまへの面(かほ)みることも否(いや)じやぞへ。白玉さん」 白玉「サア、ござんせへ」 揚巻「子供、來や」 禿「アイ、、、」(ト[13]すがゞきになり、揚巻、白玉、禿かのも、このも、付て奥へは入る。向ふ揚幕の内にて、尺八の音する) 巻山[14]「アレ、虚無僧(こむそう)がきやんしたわいナア」 巻絹「何を、アリヤ虚無僧じやない、地廻りの若い衆じやわいの」

一 消え失せろ。 二 薦僧。ぼろんじ。天蓋をかぶり尺八を吹いてくる門附の有髪の僧。↓補一六。 三 助六がする紫色の鉢巻。↓補一七。 四 思い染めると、五つ紋に染めたとかける。 五 五つの紋所と紋日(↓六三頁頭注一二・一三)にかける。 六 日待に同じ。↓補一八。 七 禿が持ってくる便り(手紙)を待つと待合とかけた。 八 辻占と裏茶屋にかけ、その裏茶屋の濡れ事にかかる。 九 濡るる雨から、縁語で箕を出し、千住大橋寄りの地名、吉原裏の箕輪をよみこむ。 一〇 春の寒さのぶり返すを言う。余寒。春寒。季題の一。「冴へ返る、春の寒さに降る雨も、暮れていつしか雪となり」(清元、三千歳)。 一一 古今集、雑の「紫の一本故に武蔵野の草は皆がらあはれとぞ見る」によって、紫色を由縁の色と言う。ゆかりの筋は、揚巻を指す。 一二 曾我五郎の「元服曾我」を踏まえる。元服のときに髪を結ぶ紫の組紐。 一三 ういこうむり。元服の若者とめでたき若松にかける。 一四 鬢先。 一五 透き額。青く剃りたてた額。 一六 額を包むより、日本堤の土手八丁とかかる。 一七 なめし革に着色した下駄

1 意休、思入れあって、堪えかねて刀架の刀をとり、三寸ほど抜いて意気込む。揚巻は、それを見て、身をちょっと右に寄せ、煙管を突いて、ちょっときまる。ツケは打たない。 2 「サアすっぱりと」で、左の袖を返して、懐手で肱を張る。「切らしゃんせいなア」と、強く言って、やや反り身に後向きになる。 3 「ト意休、思入あって、鍔音高く、刀を鞘に納めて」([二])。[一]もほぼ同じ。 4 と、りんと言って、刀を刀架へかけ、懐手をする。 5 意休の方を見る。 6 「うしゃーがれ」と長く引いて言う。これをきっかけに、すががきにかかる。六代目梅幸は、揚巻が立ち上がっての思入れから、かからせた。 7 揚巻は、ちょっとうなずき、床几を離れて後向きになる。番新、振新、若い者、手伝って、出のときのように裲襠を上げさせ、向き直って、右の手を若い者の肩にかけ、左褄をとり、やや大股に歩き、禿二人ついて、花道七三までゆく。合方を消す。ここのト書は、[一]では「ト揚巻立上りすがゞき通り神楽になり支度をして禿二人その他ついて花道へゆく白玉呼びとめて」。 8 白玉の呼び止め(↓補7)。おなじように裾を上げさせ、男衆の肩に手をかけ、やや舞台の先の真中に立って、「揚巻さん、待たしゃんせ」と、かるく言う。「すががき」の合

巻橋[15]「どれへ」 皆々「ほんにナア」(ト前弾[16]の内[17]、助六[18]、黒小袖、紫の鉢巻、[三]
蛇の目の傘、吉例の形にて出で、花道へ留る)
上るり〽思ひ染たる[四]五所、[五]紋日[六]待日のよすがさへ、[七]こどもが便り
待合の、[八]辻うら茶屋にぬれてぬる、雨の[九]箕輪の[一〇]さえかゑる」 巻橋
「助六さん、その」 皆々「鉢巻はへ」 助六「このはちまきの御不審
か」 上るり〽この鉢まきは過しころ、[一一]由縁のすぢの紫の、[一二]初元結を
まき初し、[一三]初冠の若松の、まつの[一四]はけさきすき[一五]額、[一六]つゝみ八町風
そよぐ、草に音せぬ[一七]塗りばなを、一ツ印籠[一八]一ツまへ、[一九]二重まはりの
[二〇]雲の帯、[二一]富士と筑波の山合ひに、[二二]袖ふりゆかし君ゆかし」 助六「[二三]君
なら〳〵」 上〽[二四]新造命をあげまきの、これ助六の[二五]前わたり、[二六]風情な
りける次第なり」(ト段切にて、上るり[二七]きれる) 皆々「ヤンヤ〳〵」 巻山
「助六さん、ちやつとこゝへござんせいなア」 巻絹「誰やらが待兼
てゞあらうぞへ」 皆々「早ふこゝへござんせいなア」 助六[19]「[二八]どふでん
す〳〵。いつ見ても美しいお顔、そんならぶしつけながら、わつち
やア割込だよ」 皆々「サア、ござんせいナア」 助六「[二九]冷ものでござい。
御免なさい」(ト長床几[20]へ腰をかける。女郎、てん〴〵にきせるを出す) 皆
々「サア、烟草のまんせ」(ト一人〳〵にとつて、名々[21]、助六に、きせるを

の鼻緒。一八 重ね着して、前を一つにする。一九 一つ尽しより二つと語呂を合せ、二重廻る帯を出した。二〇 山をめぐる雲を帯にたとえた。二一 吉原では富士と筑波山が、西と北に見えた。雲のめぐる富士から引き出す。その両山の合いが吉原の地だという。二二 袖ふり合うにかける。あるいは「あかねさす紫野行き標野行き野守は見ずや君が袖振る」(万葉、二〇)をうけるか。二三「君」は君傾城、遊女を言う。君故なら。二四 真ぞの洒落。遊女の新造にかける。真に命をあげると揚巻とかける。二五 前を通ってゆくこと。「隙なき御前渡りに」(源氏、桐壺)。のちには、見得よろしく、丹前風にゆくこととなり、「舞渡る」と書く方がふさわしくなる。「客は扇のうきねより初心かあゆくまへわたり」(長唄、吉原雀)。二六 風情のある。伊達な風情。二七 終る。三味線の撥音の、最後が「チャン」と切ったような感じがするところから言う。二八 どうですな、どうですな。いかがです。挨拶。二九 混雑の銭湯のなかに割込むのにたとえた。「冷えものでござい」は冷たい自分の体を言って、温まった人たちへの用心として挨拶がわりとした。

方になり、花道の揚巻は、禿二人、男衆を先に立てしずかに歩みを止める。**9** 合方を消す。**10**「揚巻さん。どうぞ戻って」で、右の足をちょっと出し、帯の下の右手を袖に入れて張肱し、「下さんせいなア」ときまる。**11** 揚巻はちょっと振返って。**12** 白玉「そんなら戻って下さんすか」揚巻「アイナア」で「すががき」の合方になり、揚巻は舞台へ戻り、前から白玉と入れかわって、元の床几の前に立ち、意休に思入れして。**13**〽闇の夜」唄入り、通り神楽で、揚巻先に、白玉、二人についてきた者一同、意休の後を通ってのれん口に入る。**14** 向う、花道を見て言う。**15** ㊀では、「皆々「ドレ〳〵〇(ト立つて)ほんにな」〽思ひ出見世や」」と唄になる。**16** 河東節の前弾き。**17** 合の手のあいだに、意休の子分は、銀の煙管に煙草をつめ、しずかに、前に出て、しゃがんで意休に渡す。意休、受けとって吸い、また煙管を子分に渡して、懐手の形でいる。**18** 助六の花道の出端は→補8。**19** 傘をつぼめて、後見に渡し、傾城の方を見て。**20**「すががき」になり、左手を上げて会釈しながら、緋縮緬の褌のサガリを引っぱって出し、三の床几へ、真向きにかける。**21** 傾城、新造みな立って、助六をとり巻くように吸付け煙草を出す。

遣(や)る。助六、迷惑(めいわく)[1]なる思入して）助六「この様にめい〳〵御馳走に預(あづ)かりまして、しんぞ火の用心が悪(わる)ふごんせうぞへ」[2] 皆々「なにを」 意休[3]「君達(きみたち)[一]の吸付(すゐつけ)たばこをいつぷく給(た)[二]べたい」 巻山「お安いことでござんすが、きせるがござんせぬ」 意休「それほどあるきせるを」 巻絹「アイ、このきせるには主(ぬし)があるわいナア」 意休「そのぬしは誰だ」 助六[4]「わしでごんす。何ときついものか[三]。大門(おほもん)をぬつと面(つら)をだす[5]と、中の町(ちやう)の両側から、近付(ちかづき)の女郎の吸付たばこが、雨のふるやうナ。ゆふべも松屋の見世へ腰をかけると、五丁町(まち)の女郎の吸付たばこで、せいもん[四]見世先へきせるを蒸籠(せいろう)[五]のやうに積んでおいた[6]。女郎[六]づかをにぎるものは、これでなければ嬉しくねへ[7]。大面(おほつら)だなぞと味(み)[七]噌(そ)をあげても、大きなつらをしても[8]、かふいふ事ア金づくじやアな[9]らねへだテ。撫附(なでつけ)[八]どの、誰だか知らぬが、きせるの用なら一本かして進ぜやう」 意休「それはかたじけない。然らばその味噌なきせる[九]をいつぽん借(かり)ませうか」 助六「かして進ぜませう。(トきせるを足に挟[10]みつきだし)○サア、もつてござらぬか、どふでんすナ〳〵[11]」 意休[12]「ハ、、、、。立派な男だが、かわいやてんぼうそふナ[一〇]。足のよく働く麩(ふ)[一一]屋(や)の男か。そのやうなことをして、男達(をとこだて)で候のと人をおどかすか。

1 得意気なる迷惑。助六、両手で、右、左に煙管を受けとり、膝の上に置いて、右手で一本抜きとって、食指を上にかけて、中程を持ち吸う。
2 かるく言う。
3 意休、ちょっと横目で見て。
4 ちょっと意休を見て。
5 「ふーるよーだ」と、張って延ばす。
6 両手をちょっと前に出す。
7 首を左右に振る。
8 意休にかけて思入れ。
9 首を右左へ振る。
10 合方を消す。助六、意休をちょっと見て、右の手の煙管を左手に移してまとめ、床几の上に置く。立ちながら一本、右手でとって、三の床几にかけ、このとき、後見は、床几を上手前に、少し斜に置く。右足は下駄をはいたまま、左足は脱いで、その親指の股に煙管を吸口を向うにして挟み、二の床几の上に、意休の方へ向けて、ま

一 遊君を言う。二 たべたい。飲みたい。三 たいしたもの。えらいものでないか。四 本当に。誓って。五 菓子屋の蒸籠。これは舞台の上下の袖に竹村の蒸籠が高く積んであるので、それを見立ててある。六 柄か束か。曰は「傾城塚」。遊里通いではばをきかせる者は。「この男も傾城柄を握つたなれのはてぢや」(傾城仏の原)。七 手前味噌を誇っても。八 →七三頁頭注一五。意休を指す。武芸者・浪人の髪であろう。九 自慢の。→六五頁頭注二八。一〇 手棒の音韻変化。指や手首のない、または手のきかぬ片輪者。一一 麩を作るとき、粉をこねるのに足を使う。一二 正道(しょうどう)。正しき道。一三 心意気。意地。とくに吉原で尊ばれた。「張りと意気地の吉原」(長唄、娘道成寺)。「されば意気地といふは、心さつぱりといやみなく、伊達寛濶にて洒落を表とし、人品向上にして実を裏とし」(吉原大全)。一四 理と非の区別もつかぬ。一五 ちょっと。わずかの間に人目を盗むを言うか。一六 気負い。勇みの類。男達と区別した。一七 うるさいことを言う。たかり。助六を地廻りと見、尺八を吹いてきたのを諷刺する。また、のちの風音に通わせる。一八 諺。

惣じて男達といふものは、第一、正とうを守り、不義をせず、無禮なさず、不理屈をいはず、意氣地によつて心を磨くを、まことの男達といふ。理非を辨まへず、ちよツくらをはたらく奴をば俠客といふとかへ。廓に絶ぬが地廻りのぶう〳〵。耳のはたの蚊も同ぜん、手のひらでぶつ潰すぞ。したが蟲のこと、何をいつても馬の耳に風、まゝよ、蚊遣に伽羅でも焚ふか」 助六「變動常ならず、敵によつてへんくわすとは、三略の詞。相手によつてあひしらひが違ふ。來つて是非をとく人はこれぜひの人、大きな面をひろぐ奴は、足であひしらう。不禮咎めをひろぐと、下駄でぶつ。ぶたれてぎしやばると、ひつこぬいて切る。これが男達の意氣地だ。誠の男達の、啌の男達のと、ならひもでんじゆもないは。引こぬいてから竹割にぶつ放すがをとこだての極意。誰だとおもふ。ヱ、つがもねへ」 意休「ドリヤ、一ツたべふか」(トこれにかまはず、男達に酌をさせて、酒をのんで居る) 助六「女郎衆、このごろこの吉原へ蛇が出るぞや」 女皆々「ヲ、こわ」 助六「イ、ヤ、怖い蛇じやアねへ。面はりきんで總白髮、髭があつて、然も市川左團次に似た蛇だ。このへびがかわつた事の。毎晩〳〵、女郎にふられても、恥をはぢと思はず、通ひつめる執着

馬耳東風。「人の意見を馬の耳そよ吹く風のぶう〳〵にて」(心中二枚絵草紙)。一九 香木の名。沈香の別名。遊里において尊ばれた。二〇「変動無レ常因レ敵転化」。兵道常ならずが正しい。兵の道は臨機応変であるべし。二一 兵法の書。黄石公より漢の張良がさずかった書とされ、太公望の著「六韜」とともに「六韜三略」とよばれる。二二「無門関」十八則、洞山三斤の頌「突出ス麻三斤、言新ニ意更ニ親ナリ、来テ説ニ是非ヲ者、便チ是レ是非ノ人」による。是非をいうものは是非善悪の観念にとらわれた人の意。二三「する」の罵倒語。二四 力む。抵抗する。二五 習いと伝授。教わるようなことはない。二六 ばからしい。途方もない。流行語。遊里語。荒事の常用語。「あゝつがもない。色の黒いが弁慶ならば」(孕常盤)。「諸国遊里好色由来揃」には、元禄期の女郎の語とし、「不都合などいへるにおなじ、むかしは無序(つきもない)といへり」とある。「つかもない、とうてもなりませぬ」(名古屋山三)。二七 力む。こわい顔をして。一本に、「面張金(つらはりきん)で」(川尻「演技の伝承」)。二八 意休に扮する役者名を言う習慣。㊤は「高らいやの親じ」。

っすぐに延ばして差し出す。

11 と言って、左手をかるく握って、懐からのぞかせ、右手を上から大きく廻して、床几の上に突き、体を斜に意休を見て、大きく、いっぱいに言う。

12 これまで助六の方を見ずに、しずかに手を出し、煙管を取ろうとして、これを見て思入れ。すぐに手を懐に入れ、さげすむように笑う。

13 両手を出し、右を上にして、大きくポンと前でたたき、「のせて」と、うなるように廻して、左を上にする。助六を横目で見て、ちょっと間をもって、また両手を懐に入れて「したが」以下を、かるく言う。

14 子分が、前の香炉へ伽羅を焚く。

15 意休のセリフのうちに、助六は足の煙管をとって後見に渡し、下駄を履き、両手を懐に入れ、正面真向にかける。黒後見は床几をまっすぐ横に直しておく。

16 で、腰かけたまま、右足をトンと踏み出し、懐より右手を握ってのぞかせ、「つがもねえ」と、いっぱいに言い、ツケを打たせて見得。足を引いて前の形になる。㊀は、「つがもねへ(ト見得)」となる。

17 並び傾城へ、かるく言う。

18 意休を横目に見ながら。

19 「執着の、ふけーえ蛇だ」とつっこんで延ばして言う。

のへびだ。こいつが時折ふし伽羅をたくだ[1]。なんの爲に焚くと思へば、そいつが[2]髭に虱がたかる。伽羅は大禁物、人目に至り[一]と見せうとは、[3]イヤ窮屈[二]な奴だ」(ト この時、奥にて、いぜんのくわんぺら門兵衞)[4]門兵「いやだ〳〵」(ト 湯上りの形にて出て、これに、いぜんの若いもの、茶屋の若いものついて出る。跡より、遣手お辰も留ながら出る。門兵衞、こなしあって) 門兵「おきやアがれ〳〵。くわんぺら様がかふをこつちやア、矢[三]も楯もたゞはおかない。女郎めらを出せ〳〵」 若「モシ、くわんぺらさま、どふしたものだ、野暮らしい。お鎭まりなされませ〳〵」 茶若「マア〳〵靜かにおつしやりませ」 意休[5]「くわんぺら、何を小言をいふ」(ト これにて、門兵衞、意休を見て)[6] 門兵「こりや親分でごんすか。聞てくださりませ。惡い奴は遣手めだ。[7]こゝへ失しやアがれ。[四]うなア女郎の二重賣をしやアがるか、太いやつだ。これぢやアすまねへ〳〵」 [8]お辰「モシ〳〵、何んの事でござんす、太い細[五]いのと。ヲ、怖」 門兵「ヱヽ、うぬは人を馬鹿にしやアがるか。これ、やい、このくわんぺら法王[六]様が、御酒宴の餘に、風呂に召さうとの御託宣[七]。おれが思ひつきは、女郎を一所にいれて、背中を流させやうと思ふ心あつていつたに、お受を申したゆゑ、先刻から風呂に

一 人目には派手とは見えないが、ぜいたくの限りをつくすこと。

二 いやな奴。小さな奴。現行他本「きらつ臭え奴だ」。

三 留めることはできない。

四 うぬは。汝は。

五 男根を暗示する。現行は「太いの細いのと女子をとらえて、ヲ、怖」。

六 弓削道鏡は法王の位を授けられた。湯上がりなので湯気と弓削もかけたか。尊大ぶった言い方。

七 言いつけ。法王と言ったので御託宣と言った。

1 かるく。

2 意休を見て。

3 「イヤハヤ伽羅くせえ奴だなア」と、ポンと立ち上がり、すががきになり、意休を尻目にかけながら、下手にゆき、三の床几の前で、後向きになり、また正面真向になる。

4 のれん口より、「いやだ、いやだ」と言いながら出る。浴衣を尻まで端折り、帯なしで、左右の手で前を持ち、手拭を折って頭にのせ、遣手お辰、先に立って、捨ゼリフにて、留めながら、一と二の床几の間より出て、舞台の真中まで来る。

5 意休、かんぺらを見て。

6 頭の手拭をとり。

7 高びしゃに、遣手に威張って言う。

8 遣手はしゃがんでセリフを聞き、「ヲ、怖」で、右の袖で顔をかくしながら、下手へゆき、十の床几の右手に腰かける。略して、お辰の襟首をとっているところへ福山が来て突きあたるということも行なわれる。

己(おれ)たつた一人(ひとり)、待(まて)どくらせど女郎めら、ひとつたりもうしやアがらねへ。おらア湯の中で半ぶんとけた。[八]惣仕舞(そうじま)ひにした、[九]大(おほ)つぶをかふしてもいひか。[一〇]ふん張(ばり)めらをきり〳〵ここへだせ。のこらず湯壺へたゝきこんで、[一一]女郎の白湯(さゆ)づけをかつこむぞ」[9] 巻山「モシ〳〵、くわんぺらさん、お前ひとりが客さんではなし、ふん張呼(ばりよば)はり置て下さんせ」 巻絹「そりや腹をたてやうとも、横にせうとも、お前の腹じやよつて構いはせぬが、ふんばり呼はりやめてもらおふぞへ」 巻橋「やめさんせぬと、口へ[一二]大戸をたてるぞへ」 新造「アノ、[一三]悪(にく)てらしい面(かほ)わいナア」 同「ほんに、可愛らしい所は[一四]未塵(みぢん)もない」 巻山「アレ、アノ顔わいナア」 皆々「ヲ、、[一五]笑止(せうし)」 門兵「だまりやアがれふんばりめら。己(おれ)が口へ大戸をたてると、[一六]鼻の穴の潜(くゞ)りから、自由に出は入(い)りをするわへ」 巻山「皆さん、聞(きか)しやんしたか、アノ悪たいわいナア」 巻絹「ほんに。アノ様に毒(どく)なことを言(いは)ねば、強(つよ)ふ見へぬと思ふての事かいナア」 巻橋「そんなにいはしやんす程、[一七]うわかぶきがして、障(さは)つたら向ふへのめりそうな男じやわいのふ」 新造「アノ、[一八]下作(げさく)な顔わいのふ」 皆々「しみ〳〵、ヲ、[一九]すかや」 門兵「ヱ、、[二〇]強腹(がうはら)なやつらだ。亭主め、ふんばりめらを皆(みん)なここへつれて來い。胴腹(どうばら)

八 店または廓中の女郎を全部買いあげること。
九 大物、大粒の客。大尽。
一〇 女郎を罵る語。下等な淫売め。「江戸にていやしき妓女を罵りてふんばりと云」(俚言集覧)。
一一 風呂を茶碗に見立てて、女郎の湯づけと言った。
一二 表の大戸を口にしめるぞ。口を木戸口と見立てた。
一三 憎らしい。女性語。
一四 微塵もない。少しもない。
一五 おかしい。
一六 鼻の穴の潜り戸から。
一七 上傾き。うわすべりがして。つんのめって。「大坂はおもふより人の心うはかぶきにして」(好色一代女)。
一八 出来の悪い。
一九 好かぬことや。
二〇 いまいましい。

9 手拭を右肩にかけ、正面向きに反り身になる。

へ細引(ほそびき)をとうして、五丁町(まち)のまんなかで、女郎の百萬遍(べん)[一]をくるぞ」 巻山「ほんに自由さうに、女郎が數珠(じゆず)つなぎになるかいナア」 巻橋「アノ愛敬(あいけう)のないことを、見て笑わんせ」 皆々「わあい〳〵」(トはやす) 門兵[1]「うぬらは笑つたな。イヤ、笑ひ清め奉(たて)まつつたな[二]。もうゆるされぬ」(ト滅多無常(めつたむしやう)にさわぐ。皆〳〵、これを留(とめ)る。[2] この騒ぎの中へ、[3] 向ふより福山のかつぎ米吉、饂飩箱(うんどんばこ)[三]をかつぎ、[4] 例の形(なり)にて出て來り、門兵衛につき當る) 門兵「アヽ、痛い〳〵い、野郎めまちやアがれ」 米吉「アイ〳〵、これはおゆるしなされませ〳〵」 門兵「なんだ、お免(ゆる)しなされませふ。うなアけんどん[四]箱をぶつゝけて、御免なさいとは、ここな蕎麦粕(そばかす)[五][5]やらうめ、たれ味[六]噌野郎の、[6] 出し(だし)[七]がらやらうめ。[7] うなア己(をれ)が目の玉へいらねへか、うなア〳〵〳〵」ニ(ト胸倉をとつて、[8] こずき廻す) 米吉[9]「ごめんなされませ。[10] 女郎さん方、お詫(わび)なされて下さりませ〳〵」 女皆々「門兵衛さん、堪(かん)忍(にん)してやらしやんせいなア〳〵」 門兵「イ、や、ならねへ[11]〳〵」[12] 皆々「助六さん、詫事してやらしやんせいなア〳〵」ニ(トロ々にいふ。[13] これにて助六、門兵衛の手を捻(ねぢ)上げる) 門兵「ヲヽ、イタイ〳〵〳〵」 助六「大事ない、早くゆけ〳〵」 米吉「アイ」(ト花道へ行(ゆか)ふとする)

一 浄土宗で、千八十顆の大きな数珠を繰りながら、念仏を百万遍唱えること。

二 「祓い清め奉る」(神職の詞)のもじり。底本「奉まつたな」。

三 倹飩(けんどん)箱。うどんや蕎麦を運ぶ箱。附帳、福山の担ぎの小道具参照。

四 倹飩箱。前注参照。

五 そば屋から、顔にそばかすのある野郎めと罵った。

六 そばのたれ(汁)にかけて罵った。たれ味噌は、味噌を湯でといて煮詰め、袋に入れてしたたらせた汁。

七 鰹節でだしをとったあとのかす。罵倒語。

1 女郎らを見て。

2 遣手お辰、下手へ入る。

3 「すががき」の合方をつき直し、花道より、福山、左肩に、けんどん箱をかつぎ、右手は抱えるように肱を折り、調子をとって、早足に舞台へ来て、門兵衛へ棒の先を突き当てる。

4 附帳、衣装参照。

5 右足を前に運び。

6 左足を運び。

7 右足を運び。

8 棒を突き放す。

9 三の床几の下手に荷をおろし、鉢巻をとり、腰をかがめ、もみ手しながら手をついて詫びる。

10 並び傾城たちに向って。

11 正面向きで言う。

12 この台本にはないが、良い役者が、福山のかつぎに出演すると、悪態のセリフ(→補9)が加わる。福山「どうとも勝手にしろ」で、手拭をポンと前に置き、尻をまくり、舞台真中やや下手向きに、あぐらをかく。舞台中央で悪態のセリフを言う場合と、下手で言う場合がある。補9のセリフで、「はばかりながら」と、緋縮緬の下がりを両手で広げ、「緋縮緬の大幅だ」と、手拭を左肩に折ってかけ、反り身になって、門兵衛を見上げて、大きく言う。

13 門兵衛、「…モウ了簡が」のセリフで、右手の拳をふり上げる。助六、割って入る。福山立って下手へゆく。助六は右手は懐手のま門兵「待ちやがれ〱」助六「ハテ、よふごんす〱、馬鹿な奴だ、早くゆけ〱」(卜米吉、立(た)ふとする) 門兵「動きやアがると、たゝき殺すぞ」助六「ハテ、よふごんす、堪忍してやるものよ」門[14]兵「やるものよ」助六「ハテ扨(さて)、かんにんしてやりなさいよ[15]」門兵「なんだ、遣(やり)なさいよ。やりなさいがいやだ[16]、やりなさるめへが堂(だう)する」助六「ハテ、高(たか)が手に足りる奴じやアねへ、大人氣(をとなげ)ねへ、堪忍しなさい」門兵「さつきツから、大分(だいぶ)しやれる奴だが、うなア己(を)れを知らねへな」助六「これはどふしたものでゑす。この方(かた)を知らぬ者があるものか。この吉原はいふに及ばず、この江戸には隠れはねへ」門[17]兵「知つてゐるか」助六「誰[18]だか知らねへ」門[19]兵「おきやアがれ、こいつア人を上(あげ)たり下(さげ)たりするナ」助六「うぬが様な安い野郎を、誰がしるものか」門兵「こいつアお恐(おそ)れ多いことをぬかすわへ。己(おれ)[20]を知らぬと吐(ぬか)すからは、ムウ聞えた、今日が吉原の宮(みや)[八]参りか。こりや赤(あか)[九]子ツこに知らせると、疱瘡(はうさう)[一〇]のまじなひになる[21]。耳の穴をほじつてよく聞け[22]。これにござるが己が親分[23]、通[一一]俗三國志のきゝもの[一二]關羽(くわんう)[一三]、字(あざな)は雲長(うんちやう)、髭(ひげ)[一四]から思ひ付てひげの意休殿[24]。その[一五]烏帽子(ゑぼしご)のくわんぺら、關羽のくわんを取(とつ)て、くわんぺら門兵衛さまと云腹[一六]ツぷくれだ。うぬが傘[25]

ま、左手で、おろした門兵衛の手首をとって、逆にねじ上げる。

14 助六、門兵衛の手を放し、刀の柄頭にかける。門兵衛、左の手で、右の手首を、痛いという思入れで押え、少し屈み、横目で助六を見上げて。

15 と、助六は左手で、門兵衛の右肩を叩く。門兵衛は右肩をちょっと前に落し。

16 助六の方を向いて、下からしゃくるように見上げ。

17 嬉しそうにやっとして。

18 つっけんどんに言い放つ。

19 両頰をふくらまして、正面向きになり。

20 少し助六の方を向き。

21 反り身になる。

22 正面向きになる。

23 左掌を開いたまま、意休を指し。

24 意休を指した開いた手を戻し、さらに食指で、自分を指して。

25 助六の方を向き。

---

1 「三度れえへえ」と発音し、正面向きになり、右の足を踏み出し、左手は浴衣の端折りを持ち、右の手を握って横に延ばし、「ひろげえゝ」と、ツケで見得をする。こ

八 産土参(うぶすな)(まいり)。子供が生れてはじめて氏神に詣でるを言う。多く出産後三七日の祝、また七五三に詣でる。

九 赤児。赤ん坊。

一〇 意休を見立てた関羽は関帝として祀られたので、それに仕える門兵衛の名を聞いただけで疱瘡の呪になる。疱瘡は天然痘の俗称。痘瘡。

一一 中国の小説『三国志』を、日本で通俗化した読本。元禄二―五年刊。作者文山。五十一巻。原本でなく、通俗を出したところに門兵衛の教養と一般庶民の知識がある。

一二 利け者。大立者。

一三 中国三国時代の蜀漢の武将。劉備・張飛と並び称せられる。死後、関帝といわれて祀られ関帝廟と言う。歌舞伎十八番に「関羽」がある。解説参照。

一四 関羽髯(げひ)の有名なところから思いついて、長大なあごひげを言う。この髭をつかんで見得を切るのを関羽見得と言う。「国性爺」の甘輝や「俊寛」などにある。

一五 元服の際に烏帽子を冠らせると親と子同然の関係が結ばれた。つまり門兵衛は、意休の烏帽子子。

一六 金持。

一 七代目幸四郎は「らいはい」と直した。
二 社寺の由来。ここでは、その名の由来。
三 ひもじい。空腹だ。
四 盗む。せしめる。
五 鰹節のだし汁かどうかと聞いた。
六 魚類を使用しているの意。
七 法王といっているので、門兵衛を坊主と見立てたか。または、「精進中かどうかは知らないが」。
八 つよがりを言わぬものでございます。
九 とうがらしの粉。
一〇 口のなかに含めて。
一一 鷲の一種で、大型暗褐色の獰猛なもの。
一二 熊坂の長範のもじり。謡曲「熊坂」で名高い盗賊の首領。幸若「烏帽子折」にも。
一三 どろぼうのこと。
一四 冷たく垂れたので、斬られたと思った。

をとれ、イヤサ、その天窓(あたま)の鉢巻を引たくつて、三度禮拜(れいはい)[一]をひろげよ」 助六[2]「ハ、、、、縁起[二]をきけば有がたい。然し貴様の長ぜりふの内、氣の毒な饂飩(うどん)がのびる。馬鹿な奴だ、はやくゆけ〳〵」[3] 門兵「やらねへ〳〵」[4] 助六[5]「先刻(さっき)にから詫をしても、やらねへ〳〵と[6]〇ハ、ア聞へた、貴様はひだるい[三]の。調度(ちょうど)よい時分にかつぎめが來たに依て、どさくさ紛(まぎ)れに饂飩をして[四]遣(や)らうとな。はて遠慮深い男だ。そんならそふといつたがよい。竟(つひ)済むことを。己が振舞(ふるまひ)ませう。(トうどん箱より、うどんを出して)[7]銭(ぜに)はおれが遣る。こりやア精進(せうじん)[五]か」 米吉[8]「イエ、なま臭ふ[六]ございます」 助六[9]「お精進[七]かは知らねども、私(わ)しが給仕(きうじ)じや、いつぱいあがれ」 門兵[10]「いやだは」 助六「ハテ、りき[八]まぬものでごんす、胡椒(こせう)[九]を入れて、(ト門兵衛の鼻の先へ胡椒をいれる。[11]門兵衛、くさめをする)〇サア、一ツあがれ、私(わ)しがくゝめて[一〇]進ぜやう」 門兵[12]「なんだ、わしだ」 助六「ムウ、私(わ)しサ」 門兵「うぬが鷲(わし)[一一]なら、おらア熊鷹(くまたか)[13][一二]だ」 助六[14]「ムウ、くまたかの長範(ちやうはん)[一三]、貴(き)さまは手が長いナ」 門兵「おきやがれ、おらア否(いや)だ」 助六「そんなら、これ程にいつても否か」 門兵[15]「いやだ〳〵いやだはへ」 助六「すきに仕やアがれ」(ト[16]饂飩を、門兵衛の頭からあびせる) 門兵[17]「きつた[一四]〳〵」(ト

の内、福山は、下手のけんどん箱へ、左肱をかけ、右手の手拭を四つに折って鷲摑みにし、膝の上に置き、左膝をついて、上手向きにしゃがむ。 **2** ちょっと横目で、門兵衛を見て。 **3** と、福山を見て。 **4** 福山が立ち上がるのを見て。 **5** 門兵衛、福山に立ちかかるので、左手を出して、ちょっと止め。 **6** 門兵衛を見て、うなずき。 **7** けんどん箱より、長盆に、せいろうを二つ重ね、そばに、下地と胡椒箱を乗せ、助六のそばに持ってくる。 **8** 捨ゼリフのように言い、元のところへ帰って、前の形でしゃがむ。 **9** 左手で、せいろうをとり、右手に胡椒箱を持って、せいろうを、門兵衛の鼻の先に出して。 **10** 正面向きのままで言う。 **11** 右手で胡椒を、うどんにかけ、また門兵衛の鼻にぶっかける。門兵衛「ハクショー」とくさみをする。助六、福山に胡椒箱を返し。 **12** 助六を見て。 **13** と、正面で反り身になり大きく「ク、マ、タ、カだ」と言う。 **14** ちょっと考えて、門兵衛を見て、「熊鷹長範」を時代に、「手が長いナ」は世話に言う。 **15** 反り身になって大きく言う。 **16** せいろうのうどんを、後から門兵衛の頭にぶっかけると、合方つき直して、助六、下手にゆき、せいろうを後見に渡し、三の床几に腰かける。 **17** 両手で、頭の上のうどんを押え、「切った〳〵」と、言いながら、右

これにて[18]福山のかつぎ米吉、逃ては入る。若い衆大勢、喧嘩だ〱と騒ぐ。この中へ、いぜんの白酒賣新兵衞、棒をもつて出る。朝顔[19]仙平、門兵衞の帶と脇差をもつて出て）仙平[20]「親分〱、仙平が來やした。まづ帶を〆さつしやい〱」（[21]トこれにて、帶を〆め、わきざしをさし）門兵[22]「ヲ、、仙平か、口惜ひ。不意を擲れて、きづは淺いか深いか、見てくれろ〱」仙平[23]「これ〱親分、疵は何處もござらぬぞや」門兵「なんだ疵がない、（ト天窓の饂飩をとつて）○イヤア、騒ぐまい、驚くまい。切れたと思つたら、こりやアうどんだ[24]」仙平「置ツしやい」門兵[25]「ぶちのめせ」（[26]ト若い衆、大勢、棒を振上る）助六「[27]なんだ、棒をふりあげて、どふする丁稚[一五]上りめら。その棒がちつとでも障ると、死人の山を積む[一六]ぞ」皆々「ヤア」助六「棒をひきやアがれ[28]」皆々「アイ、、」（[29]ト靜まる）仙平「ヤイ、靑二才[一七]め、[30]三才やらうめ、[31]子細[一八]らしいやつ[32]だ。凡そ[33]親分門兵衞さまに刃向ふ奴は覺へがない。それにマア、親分のあたまへ饂飩をぶつかけたな。せめて三十二文[一九]もりなら不肖[二〇]もせしが、親分を見くびつて、よく二八[二一]をぶつ[34]かけたな。この上は、この奴が了簡ならぬ[35]。己れが手にかける。己が名をきいて閻魔[二二]の小遣帳[36]にくつゝけ。[37]ことも愚かやこの絲鬢[二三]は[38]、さとうせんべい[二四]が孫

一五 丁稚や小僧から成り上がった者。鼻垂らしめら。若い衆を見くびった語。
一六 📖は「つくぞ」。築くぞ。
一七 青年を罵る語。以下、二歳、三歳、子細と、数の語呂合せ。
一八 子細のあるらしい。
一九 三十二文する大盛り。大蒸籠。
二〇 不承。いやいやながら承知する。
二一 二八（にはち）十六文の蕎麦。はじめは蕎麦粉二分とうどん粉八分の割合であったという（嬉遊笑覧）。「二八蕎麦」（雪暮夜入谷畦道）。明治以後、三十二文盛りを「大ぜいろう」、二八を「駄盛」と改訂して用いる。
二二 閻魔の庁（帳）のもじり。
二三 糸鬢奴の略。鬢を細く剃り残した髪形。ただし、仙平の鬢は独自で他に類がない。
二四 砂糖をかけた煎餅。佐藤千兵衛のごとく人名にもじったか。

18 足を前に延ばして、下にいる。 18 けんどん箱をかつぎ、助六に会釈して、早足で上手へゆきかかり、ちょっと振り返って「ざまア見やがれ」と、入る。 19 着物と脇差を左に抱え出る。 20 門兵衛の倒れているのを見て、仙平は、持ってきた着物と刀を、この床几の上に置き、門兵衛の傍に寄る。 21 今日では底本のト書は当らない。 22 頭を押えたまま。 23 上手を見、下手を見、また上手、次に門兵衛を見て。 24 後へ捨てる。 25 右手を上げて、下手へ合図する。合方つき直しになり、門兵衛つづいて仙平、前の着物と刀を持ってのれん口へ入る。 26 ⊟ト書「ト門兵衛千平のれん口へは入る同時に下手より若い者大勢何れもぬいぐるみの棒を持ち出てふりあげると助六床几のまゝにて」。 27 尻込みして言う。 28 きっと言う。合方消す。 29 ⊟ト書「ト若い者尻ごみをするトここへ千平出て下手前に出て」。仙平は、のれん口より出て、助六の後を通って下手へ来、前へ出て、助六を見、上手向きになって。 30 右足を運ぶ。 31 左足を運ぶ。 32 正面向きになり、右足を下手に踏み出し、「野郎だナ（やつだ）」で左足を折って、身をかけ、左手は肱を折って前に張り、右手はこぶしにして斜に延ばす。 33 セリフの切れで、首を下からしゃくって助六を見て。 34 「ブッ、カ、ケ、タ、ナ」と後

一「薄雪物語」の女主人公の名より、女性に見立てて姉とする。二 木の葉の形をした煎餅。三 異父同母の兄弟。四 以上煎餅尽し。胤がわりの兄弟。↓補一九。五 色気のある美しい奴、「新薄雪物語」の妻平のごとき役を言う。「色奴」と言う役柄だという意で、仙平は道化なので笑わせる。六 以下、浄瑠璃の文句。↓補二〇。七 曲手毬。曲芸の手毬のように、さんざん手玉にとられた。八 瘧の病。マラリヤ。九 東京都八王子市。江戸からみれば田舎。山家にあたり、炭焼きが多かった。一〇 吉原田圃の歯の欠けた爺。一一 吉原に隣接する北方の地名。昔は新吉原へゆくのを山谷通いと言った。一二 女郎上がりの遣手の婆。一三 梅干と言ったので、茶と出た。一四 無尽の掛け金をかけたままで、給付を受けとらずに掛け捨てるを言う。一五 割引をとる。負けをとるをかける。一六 江戸で染めた紫色。紫色で藍色の勝ったもの。一七 生締。髷の名。油で棒の

薄雪[一]せんべいは己が姉、[1]木の葉[二]せんべいとはゆきあひ[三]の兄弟、鹽煎餅が親分に、朝顔[四]せんべいといふ色奴[2][五]だぞ。[3]野郎め、うぬをかふ」

（[4]ト助六にかゝる。[5]助六、尺八にてたゝく。[6]仙平見事に投られる）[7]門兵「せんべい、どぶだ〳〵」[8]仙平「これなる[六]木の根にけしとんで、思はぬ負をいたしたり」門兵「角力の勝負は知らねども、木の根は正しく」[9]仙平「ヲ、」[10]門兵「ここにあり」[11]皆々「おきやアがれ」門兵「野郎め、重ね〳〵の曲手廻り[七]、汝アマア、何といふ[12]野郎だ」[13]助六「いかさま、この五丁町へ脚をふんごむ野郎めらは、己が名をきいて置け。まづ第一[八]をこりが落る。まだよい事がある。大門をずつと潜ると、己が名を掌へ三遍かいてなめろ。一生女郎にふられるといふことがなへ。[14]見掛は小さな野郎だが、膽がおつきい。[15]遠くは八王子[九]の炭焼ばゞ、[一〇]田甫のはつかけ爺い、近くは山谷[一一]の古遣手[一二]、梅干ばゞアに至るまで、[一三]茶呑ばなしの喧嘩沙汰。男達の無盡[一四]のかけずて。終に引け[一五]をとつた事のね[16]へ男だ。[一六]江戸紫の鉢巻に、髪はなまじめ[一七]はけ先の、間から覗ひて見[17]ろ、安房[一八]上總[一九]が浮畫[二〇]のやうに見へるは。[18]相手がふへれば龍[二一]に水、[二二]金龍山の客殿から、目黒[二三]の尊像[二四]まで、御存じの江戸八百八町[二五]に隠れのねへ、杏葉牡丹の紋付も、櫻に匂ふ仲の町、花川戸の助六と

向き、足を割って、左こぶしを下げ首をしゃくる。35 束に立つ。36 左手を前に斜に出し、食指と親指で、上向きにつまむような形にする。37「ヱヘン」と改まって、両手で、襟を二、三度こき、両袖を広げ、「ことも愚かや」と煎餅尽しになる。38 左手で鬢を指し。

1「おらが姉様」で、両手で襟をくつろげる。2 右足を、下手に踏み出し。3 両手を袖に入れて、ポンと打ち合せて、手を入れたまま、左右に、いっぱいに両袖を広げて、きまる。4 後向きに、両手を広げて、助六の胸ぐらをとって、足を割り、箱になってかかる。5 右手を出し「ム」と息を入れ、右へ廻して、上手へ投げ、元の形になる。6 舞台真中に、上向きに、横ギバに落ち、「アイタ」と言う。7 衣裳を変えて、のれん口より出て、両手で、仙平の左手首を持って引き起し。8 前の舞台面を指し。9 仙平は両手をポンと叩き、「ヤ、ホイ」。10 門兵衛、ポンと手を叩き、手を廻して、左を頭の上に手首を下げて上げ、右は顎の下に同様、手首を下げ、少し屈んで下を見て、「ここに、あり」と、浄瑠璃を語るように言う。11 仙平のセリフ。そこで、両人、立ち直り、仙平は助六の下手、門兵衛は上手で。12 で、門兵衛は左を踏み出して、身体をかけ、左

も、また揚巻の助六ともいふ若[19]いもの、間近くよつてしや[二六]ツ面を拝[20]み奉つれヱ、」　皆々「イヤア」(トこれを聞、門兵衛ふるえる)　助六[21]「こな[二七]溝板やらうの[22]、だれ味噌やらうの[23]、出し殻やらうの[24]、蕎麦かす野郎め、引こみアがらねへか」　門[25]、仙「もふゆるされぬ」(ト門兵衛、仙平、きつてかゝる。立[26]廻りにて、助六、この両人の刀の寸を取ることあつて、トヾ、両人の抜刀を投りだし、両人を尺八にてたゝき、きつと見え)　女形皆々「助六さんの大當り、[二八]ヤンヤ〳〵」(トこれにて助六、意休が傍へ腰をかけ)　助六「サア、親仁殿、こなたの子分だの何の彼のと言た奴らは、皆なアノ通り、定めて貴様は堪忍なるまい、切らしやい抜づしやい、どうだナ〳〵○ナゼ物を言ねへ、啞か聾か、抜きやアがれ〳〵○ハテ、張合のないやつだ。猫に追れた鼠のやうに、[二九]ちうの音も出ねへナ。[三〇]かわいや、こいつは死んだそふだ。ヨシ〳〵、己が[三一]引導を渡してやらう、(ト[27]下駄をぬぎ、意休が頭へのせ)○[三二]如是畜生菩提心往生安樂、[三三]どんぐわんちん、ハ、、、、イヨ、乞食の[三四]閻魔さまめ。(ト意休、あたまの下駄をとつて、急度なる)こりやア、面白くなつて來たわへ。(ト意休、下駄をすて、刀の柄へ手をかけ、抜ふとする)サア、ぬけ〳〵〳〵〳〵ぬかねへか」(ト詰寄る)　意休「[三五]インにや抜ま

ように固めた髷。望遠鏡にたとえた。一八 房州。千葉県の内。一九 千葉県の内。二〇 西洋画法の遠近法を浮世絵に取り入れたものを言う。浮いたように見える画の意味。享保中より用いられた。覗き眼鏡に利用して見るので、はけ先の間を、それに見立てた。二一 竜が水を得たように。二二 浅草寺の山号。竜の縁語でかけた。二三 目黒不動。二四 眠蔵の誤り。禅家の寝所。面像とも書くが誤り。二五 江戸の町数の多いのを言う。大都市を誇る意。二六「つら」に「シャ」の接頭語のついた罵倒語。二七 下水板。汚いとの罵倒語。以下、門兵衛がかつぎを罵った語をおうむに繰り返した。二八 喝采する誉めことば。「ヤンヤ〳〵、扨も〳〵、世上でほむるは近頃尤で御ざる」(狂言、丼礑)。二九 ぐうの音を、鼠の縁語で変えた。三〇 かわいそうに。三一 死人を前に、僧が成仏するように経文または回向文を唱える。三二 意休を鼠にたとえたので、その死に引導を渡した。「梵網経」による。↓補二一。三三 太鼓・鐃鈸(にょうはつ)・鉦(かね)の擬音。三四 下駄を頭にのせた様子を、閻魔王の冠と見立てた。三五「いや」。こらえて言った。

手は肱を折って前に張り、右は握って斜にのばし、「野郎だエ」と大きく言う。㊀ト書では「野郎だ」「ト言ひながら助六の上手へ」。**13** 前のままで、懐より右手をちょっとのぞかせ、左の襟の合せ目へかけ、両人を流し目で見て、肩で、かるく笑って、正面向き、「いかさまなア」と、腰掛けたまま下で言う。**14** 張って延ばして言う。**15** 大きく。**16**「ねえー」と高く張って、「男だ」と大きく言う。**17** 右手の食指にて鬢を指し。**18** 手を膝の上に置く。**19**「わけえー者」と発音。**20** 右足をトンと踏み出す。ツケが入る。門兵衛、仙平、尻餅をつくように、前向きに下にいて、門兵衛は右手を前に伸ばし、左は下に突き、仙平は左手をおなじく伸ばして右を下につく。助六は、右手を開いて、顎の下から「カッカッカ…」と、頭を上げ、その手を返して握り、顎の下へ肱を張って構え、左手は右の二の腕にうけて、「奉れエ」と、ツケが入って大見得。**21** 両手をかるく握って、膝の上に置き。**22** 門兵衛へ。**23** 仙平へ。**24** 門兵衛へ。**25**「それ、やってしまえ」で、「追い廻し」の合方、通り神楽となり、次の立廻り。㊀では、門兵「ソレ千平ぬかるな」千平「合点だ」。**26** 助六と門兵衛・仙平の立廻り。↓補10。**27** 乞食の閻魔様の条。↓補11。

い」(ト刀を納める)[1] 門兵[2]「これ〳〵親分、こなたがそふ弱つては、己らがだいぶん心細い」 仙平「日頃自慢の兵法[一]は、いつの約にたつのだ」 仙、門「エヽ、見じめな人だ」[3] 意休「大象[二]はとけいに遊ばず、鶏[三]をさくになんぞ牛の刀を用ひんや。意休が相手になる奴じやアない。くわんぺら、朝顔、鼻紙袋の用心しろ。エヽ、うぬ」(ト意休、思入。[4]助六、脇差をぬいて、曲彔[四]を切、ちやんと納め) 助六「マア、ざつとこの位なものサ」[5] 意休「ぶて」(トこれにてすがゞきになり[6]、大ぜい棒をもつて、助六にかゝる。これを切拂ふ。この内、意休、門兵衛、仙平、女形その外皆〳〵奥へ[7]は入ると、若い衆大勢、棒をもち、助六の後について來る。この内いぜんの新兵衛も、同じく棒をもつてついて來て) 皆々「やらぬは」(ト棒をかまへる。助六[8]、脇差をぬく。これにて皆〳〵、揚幕へ逃ては入る。この事二、三度有て、この内、助六、悪たい捨ぜりふあるべし。トヾ、皆々は入る。[9]新兵衛は、留場の口にたつてゐる) 助六「扨々[10]よわい奴等だ。ドリヤ、揚巻が布團の上で、いつぱい飲ふか」(ト肌を入て、暖簾口へかゝる。新兵衛[11]、そろ〳〵、花道の中程へ來て) 新兵「兄[五]さん〳〵、(ト助六、默止てゆく)兄さん、ち[12]よつと待てもらはふ」 助六[13]「何だ、兄さんだ。し[六]やれた奴だわへ。今の奴等か、何の用がある。(ト花道へ來る。新兵

一 武術。
二 大人物は小事にかかわらないの諺。元の意はつまらぬ場所に居ない（句双紙抄）。大魚は小池に棲まずの類。
三 小事を扱うのに大げさなことはいらないの諺。くだらぬことにかかわらぬの意。「割レ鶏焉用二牛刀一」（論語、陽貨篇）。
四 曲彔。椅子の一種であるが、寄り掛る物から、脇息（きょうそく）と同じものと誤ったか。
五 目上の男を呼ぶ軽い敬称。助六は新兵衛の弟にあたるから、本当の兄を指したわけではない。
六 洒落たことを言う奴だ。

1 刀架に戻し、懐手に戻る。 2 下手の門兵衛・仙平立ち上がって。 3 助六は、両足をジリジリと寄せて、東に立ち、右手にかるく握って下げ、左手を柄頭にかけた形でいる。 4 立身のまま、意休の脇息を見てかるく思入れ、ツカツカといって脇息を両手に持って、前の位置に戻り、斜に東向きに立って、左膝をつき、右膝を浮かしてしゃがみ、前に、脇息を横向きに置いて、抜打ちに真二つに切り、直ぐに立ち上がって。 5 と、軽く言いながら刀を鞘へ収める。以下のト書の異同→補12。 6 「すががき」に通り神楽の合方になり、立廻り。 7 のれん口。
8 尺八を背後より抜きとり（脇差は抜かない）、下手より出てきた若い者大勢を下手へ追うと、上手より、また若い者大勢出て、棒を持ってかかる。助六、割って入り、上手で、左手に、前褄をとって、まくり、尺八を大きく振りかぶって、花道へ追いこむ。
9 下手より新兵衛は、白酒と書いた渋団扇を腰にさし、左手に天秤棒を前下がりに抱え、若い者に交って花道にゆき、スッポンの位置に、舞台の方を向いて伏せる。
10 「弱えやつらだなあ」と、鼻先で笑うように言って、三の床几の前で、後向きに肌を入れ、尺八を腰にさし、後見に手伝わせて下駄をはき、懐手になって「ドリャ」

衞、逃げて、中[14]の間のあゆみへ來てかゝんで居る）[15]だれもゐねへ。太い奴だ。己(をれ)を呼(よん)だはだれだ、ここへ出やアがれ。誰だと思ふ、江戸男(おとこ)達(だて)の惣本寺(そうほんじ)[七]、揚巻の助六だぞ。ヱ[16]、、つがもねへ」（[17]ト舞臺へ來ると、新兵衞花道へ來て） 新兵「[18]モシ〱江戸男達の惣本寺様、ちよつとお目にかゝりませう」 助六「ヱ、又呼びやアがるか、何だ」（トづか〱と舞臺へ來る。白酒賣新兵衞、花道へ腹ばいになる。助六こなし有て） 助六「どいつだこりヤア、己を馬鹿にするナ、惡くそばい[八]やアがると、大溝(おほどぶ)[九]へ浚(さら)ひ込むぞ。鼻の穴へ屋形船(やかたぶね)[一〇]を蹴(け)こむぞ。なんの事だ」[一一][19]（ト舞臺へ來る。新兵衞、起あがり） 新兵「モシ〱、待(まつ)てくんなさい」 助六「また呼ヤアがるか、其處(そこ)に居ろ、逃(にげ)るな。（ト花[20]道へゆく。新兵衞、わざと震へてゐる。助六傍(そば)へゆき）〇をれをよんだは我か」 新兵「アイ、私(わたし)でごんす」 助[21]六「酒戲(しやれ)た奴だナ、なんの用がある」 新[22]兵「わしでごんすよ」 助六「何だ、私(わし)だ。マア、うぬがしやツ面(つら)を見てやろう」（[23]ト新兵衞が胸倉(むなぐら)をとつて、顔を見て、びつくりする） 新兵「私(わ)しでごんすよ」 助[24]六「こりや兄[一二]じや人、祐成(すけなり)どの」 新兵「お前の目からも祐成どのと見へますか」 助六「ハテ、兄じや人を間違へてよいものか。ど[一三]ふしてここへはござりましたぞ」 新[25]兵「なぜ來たとは可笑(をかし)や。この

以下のセリフを言いながら、上手へ四足、中央暖簾のかかっている舞台中までゆく。 **11** [一][二]のト書には「そろ〱と首をもたげて」とある。 **12** 新兵衛はそのままで、ちょっと首をもたげて、「ちょっと待って貰いましょう」と言って、また伏せる。 **13** 助六は振り返って、ちょっと小戻りして、セリフを言い、あたりを見る。

14 昔は、こんな演出があったとみえる。[一][二]とも、このト書はない。 **15** 正面向いて言う。

16 下駄ばきの右足を踵(きびす)で、ポンと前に蹴上げながら「つがもねえ」と言って、そのまま廻って上手に四足ゆく。

17 [一]では、ここのト書は「ト又行きかけると」。

18 また首をもたげて言い伏せる。

19 正面、反り身になり、また右足を蹴上げながら「コリア又なーんのこってえ」。 **20** 花道へゆき、新兵衛に目をつけ、捨ゼリフで側へ来て、襟がみを右手にとって、舞台へつれてくる。

21 と、新兵衛をつき放し、上手へゆき、下手向きに立つ。

22 両膝をついて天秤棒を下に置き「わしでごんす」。[一]のト書「と鉢巻をとる」。

23 [一]ト書「ト見て」、[二]はない。

24 驚いて。今日の演出は異同欄参照。 **25** 立ち上がる。今日の演出では、以下貸し借りの条、制札の教訓の条は省略。

七 総本山。一宗の各本山を総轄する寺。男達の総元締めの意で、洒落れた言い方。

八 戯(そば)える。ふざけやがると。

九 吉原の廓の廻りを囲む、俗に鉄漿溝(おはぐろどぶ)という溝。二間幅の広いものであったので、大溝と言った。

一〇 屋根船とも言う。隅田川を上り下りする舟のうちで、軽便な猪牙(ちょき)船に対して屋根のある大船を言う。

一一 「コリャマタ」の荒事のセリフが入るのが普通。地廻りや勇みの好んで使ったことば。そういう連中のことを「コリヤマタ組」と言った。「風流の若イ者は魂のおり所を知らず、コリヤマタ組が」(風流志道軒伝)。「いかなれば随分、下劣なこりや又が、仏神に慮外するは、手荒するが祭と覚し」(本大系「風来山人集」風流志道軒伝補注二五)。

一二 兄者人。兄である人。兄におなじ。

一三 底本「そふして」。

祐成は、この廓へは札留[一]かへ」 助六[1]「イヤ全くそふいふ事ではないが、あんまり思ひ掛ないゆへ。マアどふしてござりました」 新兵[2]「私しはこなたに大溝へさらひ込まれに來ました。口を引さかれに來ました。鼻の穴へやかた舟を蹴こまれに來ました。鼻の穴は、右[3]かへ左かへ、お望みしだい。サア〳〵〳〵蹴込んで貰ひたい。[4]（トこれをいひながら、新兵衞、舞臺へ來る。助六、始終氣[二]の毒なる思入）コレ、下[三]に居やれ、ハテ、下に居やれといふに。（トこれにて助六下に居る。新兵衞こなし有て、懐より以前の錢と金をいだし、助六が前へ置き）かたじけのふござる。返しましたぞ」 助六「モシ〳〵、返したとは、こりや何でござりまする」 新兵「ハテナア、人に物を貸て忘れるとは、ハテ、よい御身代[四]でエスの」 助六「ア丶、そんならいつぞや」 新兵「上田[五]の小袖に、萌黄[六]のうらをつけて拵らへた時、すこし金が足いで貴様にかりた二分[七]と二百、返しましたヨ」 助六[5]「りや、それは他人がましい、かへすのかへさぬのと云事があるものでござりまするか。マア〳〵これはそつちへお仕舞なされませ」（ト押返す） 新兵「イヤ〳〵、人に物を借て居てはいふ事が云れぬ。アイロがきかれぬわいの」 助六「これはどふでござりまする。現在弟のものを。

一 芝居が大入りとなり、勘定場の木製の入場札が終りになること。あるいは、吉原の仕舞札をいうか。仕舞札は遊女の売切れを示す札。

二 自分に気の毒。閉口した様子。

三 坐って聞きなさい。

四 よい身上。財産家。

五 上田紬(つむぎ)。信州上田地方より織り出す反物で作った袖の小さい着物。

六 萌黄色。青色と黄色の間の色。萌葱色。

七 一分は一両の四分の一。二百は二百文。

1 助六、面目ないというこなしで、姿勢を低くし、顔をそむけ、もみ手をして。

2 鉢巻の手拭を懐に入れて言う。

3 右足と左足を交互に出す。

4 やや下手向きになる。以下省略することがある。大正四年四月、十五代目羽左衛門の時は[困]によれば、ここより次頁9行目までを飛ばし、助六の「ア丶、これ〳〵」のセリフへつづく。

5 [河]「モシ〳〵」。ただし、次の「それは」ナシ。「助六曲輪名取草」も同じ。「そりゃ」の脱落か。

こなさまのものは私しのもの、また私しが物はこな様のもの」 新兵「何といわつしやる。この方とわしは兄弟じやといふのか」 助六「ハテ、知れた事、兄じや人でござります」(ト合方になり、新兵衛、こなし有て) 新兵「成程、きさまは箱根山[八]で學問をさしつたから、よふ知つてござらう。おいらが樣なものは何も知らぬが、こなたは天下[九]の御制札を見たで有らう。まづ第一[一〇]が親孝行。二ばんには、弟は兄を敬ひ、兄は弟を憐めと、たれにも讀める樣に平假名をもつて書てある。わしは讀[一一]ぬながら、それを守つて弟をあはれむ心はあるが、いかに役に立ぬ兄じやといふて、大溝へさらへこむとは情ない」 助六「ア、、これ〱、あれはあなたと存じませぬゆへの事」[6] 新兵[7]「そんなら私と知ずに言ツしやれたか」 助六「あなたと知つて堂して申しませう」 新兵[8]「コレ、暗[一二]の夜の礫、親の顔へ當らうも知れぬぞや。[9]時致、そなたはどふ心得て居る。父上の敵が討たいと、箱根を下山[一三]なし、母人の勘氣をうけてさへ、この祐成と立並んで、本望遂たいといふたじやないか。鬼王[一四]夫婦が情にて、母人の御機嫌もなほり、今こそ兄弟睦まじふ、五月下旬[一五]をまつではないか。それにこの程より、この廓へ入り込み、毎日〱喧嘩ばつかりしやるげな。[10]先刻も

八 五郎は、箱王と言ったころ、箱根山で学問をした(曾我物語)。
九 公の告諭札。→補二一。
一〇 当時の儒教的倫理。
一一 白酒売の階級の者では、普通、字が読めないのが当時の常識。武士階級の十郎なら読める。この両者をうまく使い分けて表現している。
一二 諺。用心しても避けられない。「闇夜の鉄砲」におなじ。
一三 曾我物語、四の「箱王曾我へ下りし事」「母の勘当かうぶる事」。
一四 鬼王新左衛門と鬼王団三郎の兄弟は、曾我兄弟の忠臣であるが、鬼王団三郎夫婦が曾我兄弟を助けたと書き替えられる。
一五 五月下旬に富士の巻狩がある。それを復讐の機会として。

6 と言い、下にしゃがむ。
7 袖なしの紐を両手で解きながら言う。
8 解いた袖なしの左の紐を、左手で乳(ち)の方を持って、先の方で外へ向け、助六の肩のあたりを叩く。
9 「時致」と、少し大きく言うので、助六は右手で制して、上手を見る。新兵衛は、右の紐を両手で延ばして、口へあて、下手を見て、「そなたはなア」で、紐を結びながら、右膝をうかし左膝をついて下にいる。「只合方」になり、「そちゃどうしたものじゃ」(どう心得ているのじゃ)のセリフで助六も合引に掛け、両手を膝に置き、左の手首を右手でおさえた形で、少しうつむき加減できく。
10 両手を右膝の上に重ねて置く。

さつきとて、人の天窓(あたま)に饂飩(うんどん)をかけたり、下駄をのせたり、無法といわふか。コレ、母人は、そなたの事、祐成、時致はどふしたことじや、喧嘩ばかり仕をるげな。なぜに異見をせぬと、其方(そなた)の事ばつかり。竹町(たけちやう)一で竹割(わり)にしたは誰じや、助六。1 馬道二で刎倒(はねたを)したはたれじや、助六じや。2 あまりの事に、それじやア、雷門三で臍(へそ)をぬいたはたれじや、助六。ほんにヤレ、烏の啼(なか)四ぬ日はあれど、そなたの喧嘩の噂(うわさ)を聞(きか)ぬ日はない。3 私(わ)しがこゝろを推量してくれ。時致、どふして天魔五が入(いれ)かはつて、そんな心になつてくれたぞ。そなたの身に覺へのある喧嘩でもあらうが、また其方(そなた)より強い奴があつて、命にさゝ六わることあらば、この兄と云替(いひかわ)した十八年七の願ひ仇事(あだごと)。4 きこへぬぞ八や助六、モウこの上は兄弟の縁は切つた。見下果(みさげはて)たといはふか、兄持(もつ)たとおもふな、弟をもつたと思はぬぞ。あんまりじやはい、兄の罰(ばち)じやといふて、當るまいものでもないわい」 助六「イヤ、疊みかけての御異見(いけん)は、何じや思ふたら、喧嘩の事かな。この助六がけんくわは、はゞ九でします」 新兵「強いハヽヽサ、親兄弟に歎きをかけ、苦勞をさせるけんくわ。はゞとは強(きつ)いことじやの」 助六「モシ〳〵、もつたいない。何(なん)しに親兄弟に苦勞を掛(かけ)る喧嘩をいたしませうぞ。

1 右手で向うを指す。
2 左手で向うを指す。
3 「日とては、ないわいのう」と、ひい、ふう、みいと、左手でかるく舞台をたたく。
4 右の襦袢の袖で涙をぬぐう。

一 下谷の竹町で幹竹(からたけ)割にした。竹の縁語、語呂で言った。
二 浅草の馬道。馬の縁で、はね倒したと言った。
三 浅草観音の雷門。雷が臍をとるという俗説の洒落。
四 一日もかかさずという諺。「烏の鳴かぬ日はあれど、主のござらぬ夜半もなし」(傾城思升屋)。
五 仏語。第六天の欲界の魔王。波旬(はじゅん)。「天魔の魅し奉るか」(保元物語)。
六 障ると、かかわるとが混じたか。
七 仇討を願ってから十八年間。「十八年の天つ風」(長唄、五郎)などと言う。
八 理が通らぬ。解釈に苦しむ。
九 幅を利かすの「はば」で、威勢。

このけんくわは、孝行にするのでござりまする」新兵「己にいわれ、せうことなしに、孝行とは、シテ、けんくわをすれば何が孝行じや」(トこれにて、助六、傍りへ思入して) 助六「いつぞや箱根に於て、友切丸の紛失。祐信さまの御難儀。百日の日のべなれども、今に於てその行衞が知れませぬが、兄じや人、何ぞ手懸りでもござりましたか」新兵「サア、今に知れぬゆゑ、苦勞をしてゐるわへ」助六「サ、それゆゑ、その友切丸がない時は、祐信さまのお命にかゝはる事、まつた敵祐經をうつには、友切丸にて討よと箱根權現の靈夢、どふぞ友切丸を詮議仕いだし、祐のぶさまの御難儀をばお救ひ申し、敵祐つねをうたんと、千々に心は砕けども、それぞといふ手懸もなし。幸ひおもひついたるこの喧嘩、廓は人の入りこむ所、無理にけんくわを仕かけ、刀を抜ねばならぬ様にしかけ、抜き合せば、これかそれかと白刃を握ツて心を盡すこの助六が心、どの様にあらうと思ふて下さりまするぞ。成ほど、一通りにお聞なされましては、お腹立の御異見もありそふナことじやに依て、兄じや人の志し、有がたいと存じませうが、譯もおきゝなされずに、たゞ一圖に見下果たの、兄もつたと思ふナ、弟もつたと思はぬとは、胴欲なことおつしやりま

一〇 源家の重宝の剣。↓補二三。
一一 兄弟の義父、曾我祐信。兄弟の母は、兄弟の実父河津三郎祐泰死後、祐信に再婚。友切丸紛失の条は、まだ助六が独立していない、曾我狂言の前幕のあった面影を残す。
一二 伊豆箱根富士権現。↓補二四。
一三 神仏が現われてお告げをする夢。
一四 非道なこと。

5 〔一〕〔二〕とも、このト書なし。
6 以下の助六のセリフは、今日では、かなり省略して上演される。異同欄参照。
7 「ふんじつ」と発音。

したナ。よふござります。この様に千辛萬苦の苦勞いたしても、親兄弟に不孝になりまするならば、この上は喧嘩もやめまするでござりませふ。私しが喧嘩を止ましたなら、大方、早速友切丸もいで、祐信様の御難儀もお遁れ遊ばすでござりませう。親兄弟に見限られた私し、いつ敵も討れず、皆さまへの申しわけに坊主になりまする。お免しなされて下されい。アヽ、いやゝの喧嘩。今迄のけんくわは免させたまへ。諸佛薩陀[一][1]。ア、喧嘩はいやゝの〱」(ト新兵衛、これを聞思入あって)[2] 新兵「イヤ、最初から己もそんな事と思つた。日頃から發明[二]なそなた、無法なけんくわはせまい。定めて友切丸詮議ゆえじやと思ふてゐた。己がナゼ今の様なことゝいふたのは、この口じや。(トこなし有て)[3]口よ〇ナゼ今の様なこといふた、以後は急度たしなめ[三]。誤まつたか[四][4]〱〱。あやまりました〇アレ〱、あやまりましたといふ。モウ、堪忍してやりやれ。コレ、其方がそふいふ志しならば」(ト新兵衛、助六の手を取て、引寄やうとする。助六は下手へ來て)[5] 助六「イヤ〱、もふ止まする。お免しなされませい。喧嘩はいやゝの〱」(トあちらを向く)[6] 新兵「コレサ、此方を向きやれ。己としたことが他人がましい。一分二百、イヤ歸したの返さぬのと、氣

一 もろもろの仏様、菩薩様。菩提薩埵の略。仏・菩薩に呼びかけて誓う語。

二 賢い。

三 謹しめ。慎しめ。

四 謝ったか。詫びるか。

1 現今では「南無阿弥陀仏〱」と言い、上手(または、正面)向きになり、手を合せ、目をつぶる。

2 助六のセリフのあいだで、新兵衛は、膝をポンとたたき、そうであったかという思入れがあり、だんだん面目ないというこなしで、手をもみながら、次のセリフを言う。

3 正面に向き、右の手にて、右の口の端をつねる。

4 口に小言を言う仕打ち。ひとりで、口と口との独り狂言。

5 立ち上がって、助六の後から、上手へ廻る。

6 手を合せて、下手を向く。旧のト書では「ト助六上へそむけるので新兵衛上へゆき助六又下へそむけるので下へ行き」。

が違ツたそふナ。そなたの言る通り、そなたが物はわしが物、わしが物は矢張己がものじや〇（トいぜんの金と錢をしもふ事あつて[7]）コレ、機嫌なほしやいの」[8]助六「ア、、喧嘩はいやゝの〳〵」（ト後ろを向く）新兵「これは堂じや。[五]田甫から拜む觀音さま、うしろ向きとは[六]曲がない。コレ時致、そなたがそふいふ心と知つて、今の樣な[七]愛想盡しをいひませうぞ。氣に當つたら堪忍しや。兄弟なればこそ異見もいふ。あやまつた〳〵、[9]あやまつたはやい」[10]助六「左樣ならば、最前から申しました譯をお聞届なされて、喧嘩を致しましても大事ござりませぬか」新兵「大事ないとも〳〵。[八]喧嘩を小紋に染ておめしなさい」助六「そんなら喧嘩を致しまするぞ」[11]新兵「さつしやい〳〵。[九]前體けんくわはよくお前に似合てゐる。なんなら喧嘩を茶漬にして、さら〳〵とお上[12]りなさい」助六「いよ〳〵けんくわをしますぞへ」新兵「[一〇]まいつぱいかへて上りませい」助六「これで落付たわへ」新兵「己も落付たわいの。時に友切丸の手懸りでも知れたか」助六「いまだそれぞとは知れませぬが、最前意休が刀を拔ふとして、拔兼ましたは[一一]心惡ふござる」[13]新兵「なる程あいつが面魂しひ、怪しい奴。もしや尋ねるその刀を帶してゐるも計られず」[14]助六「それ故今宵、あい

7 紐付きの財布を出して、入れる。
8 前の形で上手向きになる。
9 坐って両手をつき、頭を下げる。
10 両手を膝の上に置き、下手向きに言う。
11 合方を消す。
12 「上れ〳〵」と両手で、勧めるふりをする。
13 のれん口へ、思入れして言う。
14 両人、立ち上がる。後見、合引を消す。

五 浅草の観音様を、吉原田圃から拝むと、観音の後から拝むことになる。それを後を向いた助六に見立てた。
六 興がない。愛敬がない。
七 悪態。廓で多く使われた語。男女がお互いに憎まれ口をきくこと。歌舞伎の世話物の重要なパターンとなる。
八 喧嘩を染めて小紋模様にして着る。俺は喧嘩をするぞと大っぴらに看板をかけなさいとの洒落。
九 全体。
一〇 もう一杯。おかわり。
一一 なにかわけがありそうだ。あやしい。

つのやうすを」　新兵「イヤ〳〵、今宵はわしと一所(いつしよ)に歸らッしやれ」
助六「エヽ、また喧嘩の腰を折(をら)ッしやるか」　新兵「おつと誤まつたり。去(さ)りながら、この様にいふもそなたを案事(あんじ)るから。かふしませう、今宵は私(わ)しもここに居て、そなたと一所に詮議の爲、けんくわを仕やうではあるまいか」　助六[1]「その様な怠惰(なまけ)たことは」　新兵「コレ〳〵、己斗(をればか)りでは心元(もと)ないが、其方(そなた)といふ後立(うしろだて)が有(あれ)ば、そなたのいきやす[二]め、精(せい)いつぱいりきんで見やう」　助六「そんなら先(まづ)、[2]喧嘩の仕やうは足が肝腎(かんじん)。足をかう踏張(ふんばつ)て、野郎め、ナゼ突當(つきあた)ッた、鼻の穴へ屋[三]形舟をけこむぞ、大どぶへ[四]浚(さら)ひ込むぞ、[五]こりやアまたなんの事(こつ)た、と、かうせねば、先の奴が怖がりませぬ」　新兵[3]「成程、けんくわのしやうは違ッたものだ。[4]この足をまづかふ踏張て、野郎め、なぜつきあたつた、鼻の穴へ屋形舟を蹴込むぞ、大どぶへさらひこむぞ。[5]かうか、まづ足は出來たやうじや」[6](トこの内、新兵衞、いろいろ可笑身(をかしき)振あつて)　助六[7]「コレ〳〵、その様な足でけんくわが出來るものでござりませぬ。まづあしをかうふんばつて、足と腮(あご)との釣合(つりあひ)を見て、ヤイ野郎め、なぜ突當つた、鼻の穴へ屋形ぶねを蹴込むぞ、こりやアまた何(なん)のこッた、といふ調子(てうし)でなければなりませぬ」(トまた、兩人

一　なまくらな。だらしない。

二　一時の休息。

三　御座船の一種。屋形を船の上に造った豪奢な遊山船。大船で、享保の頃、江戸では九十九艘あった。

四　吉原の廓外を囲む堀溜。特に大門口の大溜をいうか。

五　「コリャマタ組」の悪態のきまり口調。→一〇五頁注一一。

1　助六、新兵衛の扮(なり)を見て言う。

2　「マア肱を張りまして」で、両手を懐に入れて肱を張り、「右の足をこうふんばって」と、右の足を前に踏み出し、反り身になり、「ヤイ侍、ナーゼ突当った」。

3　感心して見ている。

4　手拭で鉢巻をする。片方を長く、無雑作に一重結びにする。片方の長い方は、下に垂れて、だらしなく、短い方は上に立って、助六の喧嘩鉢巻に似るようになる。さらに、天秤棒を前に長く出して腰にさし、両手を胸がふくれるように無器用に懐に入れて、右足を、無器用にふんばる。

5　助六とおなじように「コリャ又、なんのこったい」と、右足で蹴上げて、二足三足、上手へよろけ、「アイタ、ヽヽ」と言うので、助六はいたわる。

6　〔二〕のト書では「ト転ぶことなどあり捨ゼリフにてもう一度稽古をいたしませうトよろしくあり」。〔二〕のト書では「ト右足にて蹴上げ様として二足三足上手へよろけ」新「アイタ、ヽヽ」となる。

7　新兵衛のよろけるのをいたわって、前とおなじ形をし、上手へゆき、元の居所へ戻る。〔二〕ト書「ト前と同じ様な形にて」。

六 遣ることではない。去らしめるものではない。のがしはせぬ。

七 風に吹かれてやってくる烏。ひやかし客に譬えた。風来坊。

八 腰かける。

九 遊里語。遊女が自分で自分の揚代を払って、その日を休業とすること。

10 やたらに。

一一 一文字笠。頂が一の字のように平たくなった菅の編笠。

をかしきこなし有て） 新兵「ヨシ〳〵、[六]やるものではない、男達は足がかんじんだナ、呑込だ〳〵」 助六「アレ〳〵、向ふへ風吹烏[七]、客めらがくるは〳〵」 新兵「[8]そりやまたなんの事じや」[9]（トすがゞきになり、両人、床几にか[八]ゝり居る。ここへ臆病口より、思ひ〳〵の客一人づゝ、四、五人出て來る。助六、新兵衞、せりふあつて、この客を一人づゝ刀をぬいて改める事よろしく、トゞ、股を潜れといふ。客よぎなく股をくゞる。新兵衞、客のあたまを股へ狹み、ぐる〳〵と廻り、突飛さるゝ。客は向ふへは入る。始[10]終すがゞきにて、新兵衞、思入有て下座の方を見て） 新兵「ヲヽ、向ふへ揚巻がくるは〳〵」 助六「アノ女郎は、[九]身あがりで居るから來いといつてよこしたが、見れば客を送るてい、こいつア一番いはざアなるまい」 新兵「そうだ〳〵、いつてやれ〳〵」[一〇]（ト無せうに騒ぐ。臆病口[11]より、滿江へ、[一一]一文字の編笠をかぶせ、羽織、大小の形にて、揚巻、その手を肩にかけて出て來り） 揚巻「お前はもふ歸らしやんすかへ。お前に別れるが名殘をしひわいなア」[12]（トこれにて、滿江うなづく。舞臺の中程にて、助六、揚巻を引退る。新兵衞、この内、天秤棒を腰にさし、揚巻を捕へ、りきんでゐる。[13]助六は、滿江の前へ立塞がる。滿江、通り違ひに、わざと、助六の足を踏。助六、滿江の刀のこじりを持て） 助六「[14]さむらひまち

8 新兵衛は、「コリャ又」で、右足をやわらかに踏み、「なんのこったい」で、左と右とやわらかに、二足出る。

9 このト書にあたる股くぐりの条は→補13。

10 ㊁㊂のト書によれば、「始終すがゞきにて」の部分が、「(のれんの奥に揚巻の声にて)揚巻「もうお帰りでござんすか」」とある。他一本「お危のうござんすわいナア」。

11 現在はのれん口より出る。唄入り、当り鉦「風かおる」の合方。滿江は、黒紋付、大小、編笠をかぶり、包を持ち、胸で袖を合せ出る。㊁のト書では「羽織、大小の形にて」が「両手を袖口に入れ前の包を持ち胸で合せ」と、「その手を肩に」を消して、「ついて」と訂正。また、㊁は、「…大小の形にて、後より揚巻附添ひ」。

12 ㊁のト書は「助六立ふさがりて」のみ。

13 ㊁のト書は、以下「助六懐手にてツカ〳〵と行つて滿江に突当り反身にて」。

14 滿江は編笠をそむける。

一 押し留めろの約。強詞。
二 遊女の罵倒語。
三 不明。「与吉が女房といふもきのふけふの諺にあらず(後撰夷曲集、獅子躍詞)けみもゆるせ神田の台の百姓の与吉が女房植し早苗は(貞富)是をみれば踊歌に有と見えたり」(嬉遊笑覧)。
四 「おさむらい」の略。なめた言い方。
五 「ぬっぺらぼう」とも。の(ぬ)っぺりの意の人格化。六代目菊五郎は「ぬっぺらぼうかとくり子か」といった。のっぺら坊・徳利子は、ともに見世物に出る奇形児。
六 満江のかぶっている編笠の形からこれを卑しめて言った。
七 笠を冠った釣合人形の玩具の与次郎兵衛から、その笠だけを与次郎兵衛と言った。弥次郎兵衛ともいう。
八 唾を吐きかけろの意か。
九 じりじりと。次第に。
一〇 勢のよい祭りの気勢がそ

やれ」新兵[1]「留ろ〳〵、[一]をつとめろ」揚巻[2]「助六さん、麁相さんすナ」助六「おきやアがれ賣女め[二]」揚巻「あくたいいはんすな」助六「いつたら堂する、いつたら大事か、いつたら大事の與吉[三]が女房、けがない〳〵とホ、これだ」助六「侍ひ、この廣い往來を、ナゼ足をふんだ、足袋がよごれた、鼻紙をだしてふいてゆきやれ」新兵「ふかせろ〳〵、今ふかざアふきゐゝまい」揚巻「コレ、麁相いふて、跡であやまらしやんすなへ[3]」助六「うぬが知つた事じやアねへ、默止ていやアがれ」揚巻「アノ、憎らしひ顔わいナア」助六「へゝゝゝ、うぬにやア構はぬ。お侍[四]なぜものを言ねへ、ふきやれナ。但し聾か」新兵[4]「のツぺら坊[五]か、物をいへ」助六「コレ、物をいへ。第一人のまへゝ慮外だ、この蓮葉[六]をとれ」新兵「與次郎兵衞[七]をぬがして、つばき[八]をなめさせろやい」助六「己がまへで慮外だ、われが脱ざア、己がぬがしてやらう。この蓮葉をとれやい」(ト助六[5]、滿江の編笠を取る。顔見合せ、おどろくこなし。揚巻、思入あつて)揚巻「サア、助六さん、笠をとつてお顔をみやしやんしたら、存分にさんせ。ひよつとお顔へ疵でもついたら、どふしやうと思はんすぞ」(トこれより助六、じりゝ〳〵[九]としほれる。新

1 新兵衛は懐手で言う。
2 揚巻、上手に立って言う。
3 揚巻、一の床几にかける(または立ったまま)。これまでのセリフのあいだに、一の床几は、下手向きに斜前に、二、三の床几は、前に、後見が出しておく。
4 新兵衛、顎でしゃくって言い、左足を出して、下手向きになる。
5 笠は取らない。助六、笠に手をかけ、顔を見て、「ブッ」と驚き、二と三の床几のあいだで、大格子の前にゆき、脇差をとり、格子前に置いて下駄をぬぎ、三の床几のそばで、後向きにしゃがみこむ。このあいだに揚巻、次のセリフを言う。㊁ト書「助六ブツトおどろき大格子前に行き脇差をとり格子前に置き下駄をぬぎ後向に蹲踞む此科の内揚巻が」。

兵衛思入あって）新兵[6]「どうだナ〳〵、祭り[一〇]が支へたナ。己が出やう、ドリヤ〳〵○[7]（ト新兵衛、助六と入替り、助六、新兵衛が袖を引き、よせといふ思入。新兵衛、これに心付ず）よ[8]わいナ〳〵、打捨つて置つしやい〳〵。いいはナ〳〵。これ、この足を見ろ。ことも愚かや揚巻の助六が兄分、襟巻[一一]のぬけ六といふ者だ。こりやこつちの足[9]が住[一二]吉の反足だ。こちらの足[10]が難[一三]波のあ[一四]しか、思[11]ひは仙臺河岸の○ア、、男達といふものはいたいものじや。痛い所を辛抱して見たが、ぬ[一五][12]けば玉散るてんびんばう、坊[一六]様山道やぶれた衣、こ[一七]ろも愚かや揚巻のま[一八]へだち、白酒の糟[一九]兵衛といふ者、家に傳はる握[二〇]りこぶしの榮螺がら、汝が目のあひだを○[13]（ト滿江が顔を見て恟りし、狼狽て、花道へにげゆき）ア、、、己は死んだ[14]」（ト俯伏になる。滿江思入あって）滿江「揚巻の助六とやら、よ[二一]い身持でござるの。[15]ここへござれ、ここへござれ。（ト滿江、助六を下へ引すへ）サア、存分にさつしやれ、母が存分になりまする。サア、ぶたぬか、踏ぬかエ〳〵、情ない。これ程では有まいと思ふたが、餘まりのことで腹も立ぬわいの。エ、、そなたはナア」（ト胸づくしをとり、よろしく、愁ひのこなし。助[16]六、面目なきこなしにて）助六「モシ〳〵、母人、こ[二二]れには段々、エ、聞へた。母じや人を

6 不審に思い、上手を見て。

7 上手へゆく。

8 助六をふり払う。助六はそのままうつむく。新兵衛、懐手のまま、次のセリフを言う。

9 右足を踏み出す。

10 小唄がかりで左足を踏み出す。

11 言いながら、両足をぐるぐると開いて倒れる。「アイタ、、、」と言う。助六、下手より介抱する。新兵衛、立ち上がって、「ア、、男達」となる。

12 右足を踏み出し、右の手を差している天秤にかけて言う。

13 拳をふって息をかけ、満江の側へ寄ると、満江、笠をとる。

14 拳を懐へ入れて、㊁ト書「下手へゆき」、底本では花道。天秤棒を置き、鉢巻をとり、三の床几の前で、下手向きに、両手をついて坐る。

15 満江は、二の床几にかける。

16 助六、三の床几の上手で、両膝をつき。㊁のト書「ト助六は両膝をつき」。

がれた。祭りは喧嘩の意味にも用いられたので、喧嘩の気勢が差し支えた。

一一 揚巻の助六をもじった。

一二 大阪住吉神社の反り橋（太鼓橋）にかけた。

一三 「難波の蘆」にかけた。「難波の蘆は伊勢の浜荻」の諺による語呂をとった。↓補二五。

一四 「あし」から「わしが思ひは仙台河岸の云々」という、当時の俗謡により続けた。「わしが思ひは仙台河岸の立てし矢来の数よりも」（薄雪狂乱）。仙台河岸は深川清澄町の仙台堀に臨んだ河岸。私娼が出た。

一五 名剣の形容。

一六 当時の俗謡、または口合の尻取り文句。↓補二六。

一七 「ことも愚かや」と言うところを、前句の「衣」をうけて語呂を合せた。

一八 「まへだて」か。兜の前立か。揚巻の名を晴の名目としてかざす。

一九 酒の糟をきかせる。

二〇 握りこぶしを栄螺に見立てた。「家に伝わる」は、拳を顎の下で握る市川流の荒事の骨法をうけた。

二一 立派な行ない。皮肉で言う。

二二 「これにはいろいろ」と言いかけて、思いつく形。

今の様に拵(こしら)[一]へたは、こりヤア我だナ」 揚巻「何のわたしが知らふぞいナア」 助六「シテ、誰(た)が思ひ付だ」 揚巻「アノ、お袋さまが、お前のけんくわの噂をお聞(きゝ)なされて、おいとしや夜の目もお休みなされぬといナア。どふしてその様な心になつて下さんしたナア」[1] 満江「こりヤ〳〵揚巻どの、何もいふて下さるナ、私(わし)も何もいひませぬ。大切の願ひ[2]のある身で、この様ナ身持。この編笠をなんとはすつぱじや、それが武士の悴(せがれ)の詞か。おほかたそなた計(ばか)りの心からでは有まい。勸(すゝ)め人(て)があらう。朱に交は[二]れば赤くなると、白酒の糟兵衛どの[3]とやら、よふ大事の悴をこの様な惡者(わるもの)にしてくだされた。禮を言ませふ。(ト満江、立懸る。このせりふの内、新兵衛[4]、頭巾をすつぽり冠り、そろ〳〵花道へ、はつて逃てゆく。この足を、満江とらへて)[5]どこへござる、ここへござれ。(ト本舞臺へ連(つれ)て來たる。新兵衛、あとびさり[三]に逃(にげ)やうとするを、満江、無理に頭巾をとり)ヤ、そなたは祐成(すけなり)じやないか」[6]新兵「イヤ、祐[四]成やら、雷やら知れませぬ」[7]満江「エ、、そなたはナア〳〵」 新兵「エ、、穴へでも這入たふござりまする」[8] 満江「兄弟共に打揃(うちそろ)ふてこの有さまはナア。[9](ト泣落す。合方になり)モシ河津様、お免(ゆる)しなされてくだされませ。お前の無念(むねん)の御最期(さいご)、おのれやれ、

一 仕組んだのは。母を使って拵事をしたのは。

二 交わる人によって感化されるという諺。赤と白酒の白をかけた。「染二之朱一赤」(論衡)、「朱に交れば赤うとやら」(鬼一法眼三略巻)。

三 後じさりの江戸訛。

四 祐なり、かみなりと、「なり」を重ねてもじった。

1 右袖で、涙を拭く。

2 言いかけて、あたりを見廻し、もう一度「大切の願いの」となる。

3 と、新兵衛の方を見る。

4 新兵衛は、三の床几の毛氈を後手でとり、背中から頭へすっぽりかぶる。後見、床几を後へ下げる。

5 立ち上がって、新兵衛の襟のあたりを、毛氈の上からとって、舞台真中までつれてくる。新兵衛、下にいて「ニャー」と言う。満江「猫の真似せずと、此まあ毛氈を」のセリフで、毛氈をとって顔を見、「ヤ、そなたは」。近頃は、猫の真似をしない。

6 面目ないこなし。

7 二の床几にかけ、両手を膝の上に重ねて、キッパリと言う。

8 下にいて、もじもじし、助六の上手で、並んで満江の方を向き、うつむく。只合方になり、次のセリフ。

9 向うを見て。

兄弟の子供、成人の後、敵を討そふと女子の身の恥かしい、貞女をやぶつて祐信殿へ縁組。その甲斐ものふ兄弟がこの行跡、所詮この通りでは敵はうたれますまい。といふて、今更祐信殿になんと言訳いはふ。この様に兄弟を育てあげたは滿江が因果[五][10]、この世の祐信どの、未來の河津[六]どのへの云譯は、これより河津殿の墓のまへゝいて、自害して死ぬる、そうじや。（ト滿江、思入あつて、行ふとするを、揚卷、助六、新兵衞、三人にて留る）エ[11]ヽ、放せ／＼死ぬる／＼」新兵「マア／＼お待なされませ。私じやと申して、何しに今の様ナ心でござりませう。コレ、時致、今の譯をおはなし申しやいの」助六[12]「母人さま、この時致が喧嘩、さだめて不所存者[七]ともおぼしめしませうが、全くもつて左様ではござりませぬ。當春箱根に於て、友切丸の紛失。それゆゑ養父祐信殿の御難儀、あなたの御難儀を見捨ては敵もうたれず、何卒して友切丸を詮議のためと、この廓へ入込、喧嘩をしかけ、刀をぬかねばならぬ様に、無理難題のあくたいつくも、これ皆友切丸せんぎのため。まつたく榮耀[八]に致すけんくわではござりませぬ。お疑ひをお晴しなされて下さりませ」（ト助六、新兵衞、よろしく詫る。滿江、思入あつて）滿江「スリヤ、けんくわは慰みではのふて、

五 因果のめぐり合せが悪い。不運。

六 滿江の前夫。曾我兄弟の実父。河津三郎祐泰。→「矢の根」補一。

七 不心得者。

八 見得に。奢りに。

10 ㊂ト書「襦袢の袖にて、涙を拭く」。

11 助六「エ」と驚く。新兵衛、止める。

12 滿江、床几にかける。㊂は「ト助六思入あつて」。

一 →六一頁頭注三〇。

二 紙子は、落ちぶれた、やつしに着るので。

友切丸詮議ゆへじやとか」 新兵「左様にござりまする」 助六「御機嫌をお癒(なほ)しなされて下さりませ」 満江「成程。義理ある祐信さまの難儀を見捨て、よもや敵もうたれまい。友切丸せんぎの爲とは、成程尤じや。疑ひははれた。若(もし)ヤそなたの身に、ひよつとした事が有(あつ)ては、願は叶はぬ程に、大事に詮議しやゝ」 助六「左様なれば、お疑ひは晴(はれ)ましたか、有がたい」[1] 満江[2]「揚巻どの、こな様のお世話で喧嘩のやうすを聞て落付ましたが、時致、友切丸詮議のため、そなたの身に怪我のないやう守りを遣(や)りませう。(ト着て居る紙子[3]一を、ぬいで出し)コレ、この紙子を其方(こなた)にやらう。手荒ふすると破れるぞ。どの様な口惜いこともじつと堪忍して、紙子の破れぬやう。若(も)し短氣を起せば紙子がやぶれる。これをやぶると母の身へ疵を付るも同前じやぞ」(ト思入あつて、件(くだん)の紙子をやる) 新兵「いかさまこれはよい堪忍の守り。サア弟、早速着かへや。[4](トこれにて助六、こなし有て上着をぬぎ、この紙子をきる。この内、新兵衞は、満江がいつたせりふを繰(くり)返し、捨ぜりふにいふ。助六、帶を〆る)ヲ、、よく似合(にあふ)た」 助六「早(さつ)そくお志しの紙子、着致(ちやく)しましてござりまする」[5] 満江「ヲ、、若い身では二はづかしく思はふが、母じやと思ふて大事にしや。祐成、これで落(おち)

1 助六・新兵衛、いっしょに「有難うござりまする」(三)と言って、顔見合せ、落ちつくこなし。

2 (三)は、このあいだに次のト書がある。「ト助六祐成顔見合せ落付くこなし」。

3 合方消し、現今は風呂敷包より、紙子をとり出し、新兵衛に渡す。新兵衛両手にて受けとり、捧げて持つ。

4 助六・新兵衛、立ち上がり、後向きになり、黒衣と後見とが着替えさす。揚巻は、俎帯の下へ両手を入れ、じっと聞いていて、ここで立ち上がり、「よいお守りでござりまする」と言いながら、下手へ来て、着替えを手伝う。後見、一の床几を後へ下げ、満江が羽織をぬぐので、後見が受けとる。助六、前向きになり、後見、後帯をしめる。ここのト書、(三)(四)ともなし。

5 (三)「トよろしく着換へる」のト書がこのあいだにある。

三「おじゃれ」とも。「お出であれ」のつづまった語。女性語。

四 むさい。きたならしい。

五 いかい。たいそう。

付(つい)た。もふ歸らうではあるまいか」 新兵「左様なれば、私(わたく)しがお供いたしませう。助六もをじや」[三] 滿江「イヤ何(なに)揚卷どの、先程から段々とのお世話、そのお禮に今宵は、助六はこなたに預けました。夜が明たら早ふ歸して下されや」 助六「成程。わたくしが跡に殘り、チト心當りがござりますれば、それを詮議いたし、跡より歸りまするでござりませう」 滿江「そんなら助六、揚卷どの。祐成をじや」[6](ト行ふとする。新兵衞、草履をなほし、杖をもって來る。揚卷、[7]打かけをぬぎ、滿江を留て) 揚卷「いかう夜寒(よさぶ)になりました。お風でも召(めし)ましては。(ト思入あって)これは[四]むさうはござりまするが、私(わたく)しが小袖、夜風をしのぐ爲、おめしなされて下さりませい」(ト滿江、新兵衞と顔見合せ、こなしあって) 滿江「そんなら揚卷どの。(ト小袖をもち)かたじけのふござる」 新兵「助六」 皆々「さらば」[8](ト三重にて、滿江先に、新兵衞行かけ) 新兵「早く歸りやれよ」[9](ト言ながら、兩人、向ふへは入る。跡(あと)、合方(あいかた)になり、揚卷、兩人を見送り) [10]揚卷「かならずお氣づかひなされまするな。喧嘩はさせまする事じやござりませぬ程に、今宵はゆつくりお寢みなされませい。[五]ゐかい御苦勞なさるわいナ○助六さん、チトたしなましやんせ。現在のおかゝさんを見違へるといふ事が有

6 ㊀ト書「ト立上って下手に行く揚卷が舞台中央で」。

7 舞台、真中でぬぐ。

8 ㊀㊁、このト書なし。

9 四人は立身のまま、お辞儀をし、滿江は、袖口へ両手を入れて前で合せ、「只唄」で、向うへ入る。新兵衛は、天秤棒を持って行きかけるが、気付いて、天水桶の前に置き、両手を袖口に入れ、前で合せ、滿江につづいて、向うへ入る。この間に、助六は、尺八を腰に差し、後見が手伝う。脇差を持ち、左手は下緒のつけ根あたりを持ち、下手に立って見送る。二人が入ると合方を消す。

10 これより、一二三頁10行の意休の出まで、揚卷・助六の口説を略することが多い。

一 古鉄の屑屋に目利(めき)させても。どうふんでも。
二 ひっくり返した。ひどい目に会わせた。
三 たわいもない。とりとめもない。思慮分別のない。〔同〕の「わアい」は誤りか。
四 ちょっとそうはゆきますまい。
五 襟につく。襟にぴったりくっついて。気嫌をとって。
六 廓へ近づけぬこと。
七 狐・狸とも人をばかすので、人をばかす女郎を罵って言う。畜生めもおなじ。
八 不意な出来事。思いもかけぬことの諺(毛吹草)。
九 性器を指す。〔同〕は「どんな処へ」。

るものかいナア」 助六「馬鹿アいへ。お袋に編笠を着せて、大小をさゝせて出たものを、[一]古鐵買(ふるかねかひ)に見せても、母じや人とどう見へるものだ。揚巻、よく[二]天井(てんじやう)を見せたナ」 揚巻「お前になんぼ喧嘩を止(やめ)さんせと私(わた)しがいふても聞(きか)ぬゆゑ、お袋さまのお出(いで)なされたを幸ひに、あの様に拵らへたれば、侍(さむら)ひまでに蓮葉(はすつぱ)をとれとは、たわい[三]助六さん、[四]ちつとさうもござんすまい」 助六「なんだ、ござんすまい。此方(こちら)むきアがれ[1]」 揚巻「こりヤどふさんす」 助六「どふするものだ。ア、聞へた。母者人(はゝじやひと)をアノ様に拵らへたは、助六を困らして、この[2]廓へこられぬ様にしたのか。ここなうそ付女郎め」 揚巻「なんじや、うそつきじや、何がうそじや」 助六「これヤイ、知るまいと思か。己(うぬ)ア、あの髭の意休と寝たナ。アノ親仁(おやぢ)[3]が[五]襟元(ゑりもと)について、それでおれを[六]足留(あしどめ)しやうと思つて今の様にしたナ。ここナ狐女郎[七][4]狸ぢようろ、畜生(ちくしやう)め」 揚巻「なんじや、私(わた)しが意休と寝たとへ。こりヤをかしいわいナ。ほんに[八]寝耳(ねみゝ)に水でござんすわいナ」 助六「よふ寝耳に水であらう。アノ髭(ひげ)の親仁がむしやくしやとした所が、[5]うぬが寝たとん[九]だ所へはいつたかも知れねへわい」 揚巻「イヤ[6]云(いは)して置(おけ)ばあんまりじやわいナ。わしが意休と寝たといふ事誰に聞(きか)しやんした。云(いふ)[7]

1 〔上〕この下に次のト書がある。「トこちらへむける」
2 〔上〕「此助六」。
3 〔上〕「親仁めがゑりもとにくついて」。
4 〔上〕「きつね女郎のちくしやうめ」。「狸女郎」なし。
5 〔上〕「所へは入てねたもしれねへ」。
6 〔上〕「ほんに」。
7 〔上〕「いひてが有」。

た人が有う、どこで聞んした」助六「どこでゝも聞たわへ」揚巻「イヤ〳〵、何所で聞たのじや」助六「サア、耳で聞いた」揚巻「耳で聞たへ。耳で聞たら云人があらう。云人をここへ出しや」助六「云人があるは」揚巻「その云人は」助六「サア、云人は」揚巻「そのいひては」助六「ねへ」揚巻「ソレ見やしやんせ。何の證據もないことを、聞へぬぞへ助六さん。先度も二人ねて話すには、譬へ裾[一〇]を肩へ結んでなりとも、お袋様を養いませうといふたれば、ほんにそなたの様な[8]眞實なものはない、一生忘れぬかたじけない。と云つたじやないか」助六「そういつた」揚巻「そういつたのが啌かいナ〳〵。コレ、私じやといふて、腹[一一]からの女郎ではないはいナ。ほんにもう神[一二]さん掛て意休は否でならぬものを、それに今の様な疑ひ、あんまりじや〇ア、聞へた。お前、わたしに倦さんしたな。今更切るにきれられず、せう事なしに意休が事を云しやんすは、私と縁[9]を切う爲かへ。コレ、助六さん。そんならさうとなぜ物を奇[一三]麗に言んせぬぞへ。又私しもお前に倦られてから、かうしては居ることもござんせぬ。お前が嫌ならわたしもいやでござんすが[10]、助六さん、そうはせぬものじや[11]。そりやお前きたな[一四]いし様じや〳〵」助六「そう聞ばあんまり

一〇 裾を高くからげて。懸命に働いて。

一一 真底からの。

一二 神様に誓いをかけて。

一三 はっきりと。

一四 やり方がきたない。卑怯だ。

8 [上]「深切」。

9 一種の縁切り物の面影を伝えるセリフ。

10 [上]「が」なし。

11 [上]「じやぞへ」。

無理もねへ。疑ひ晴た、こちら向け[1]」(ト揚巻、たばこ盆を持、下手へ來り) 揚巻「畜生めにお構ひなされて下さりますな」助六「ハテ、己がこういふからは、そんなに腹をたつことはねへ。意休とわけのない事ならば」(ト又、せりふの内、揚巻はツンとして此方へ來る) 揚巻「啌付女郎におかまひなされますナ」助六「これはどふだ。己も人になんの彼と云れたに依て、意休が事をいつたのだ。いゝ加減に堪忍しろ。ならねへか。置やアがれ。おれが先刻から甘口[一]にいやア付上りがして[2]。モウ歸るぞ、とめるな〳〵、歸る〳〵(ト思入あって[3])ほんに歸るぞ、留ねへか。とめるナ〳〵。なんの事だ[二]。さらば歸りませう」(ト思入にて歸らうとする[4]。揚巻、ちよつと留る) 揚巻「何じややら、ほんにならぬ。下に居や[三]」助六「下にゐらア[5]」揚巻「コレ、けふこなさんが此様ことをいへば未練らしうて悪いけれど、これ計かりはいはにやさしてござんした、杏葉牡丹の紋のついた傘は、どこの女郎衆から貰はしやんした」助六「あれか、あれは茅場町[四]で誂らへた」揚巻「だまりや」助六「ヲツトだまつた」揚巻「人が知るまいと思ふて、よふ知つてゐるわいナア」助六「おぬしは、ナゼそんな野暮なことをいふへ」揚巻「アイ、私しや野暮さ。やぼじやによつて、お前にあき

1 ㊤「こちらをむけ〳〵」。
2 ㊤「つけ上り」。
3 ㊤ト書「トいろ〳〵おもいれ有」。
4 ㊤ト書「トゆかふとするきくの丞思入有て」。菊之丞は揚巻役。
5 ㊤ト書が入る。「ト下にいる」。

一 やさしく言えば。
二 ばからしい。
三 坐って下さい。
四 日本橋にある町名。「江戸砂子」に茅場町傘は「南かや場町、薬師堂の辺にて作る」とある(同注)。「瑠璃色の日傘も出来る薬師前」の川柳は、瑠璃光薬師とともに名物であった。

られたわいナ」　助六「そのやうに何も云ことはねへ。そんなら皆な己が惡かつた。あやまつた〳〵」　揚巻「そんなら先刻にからのことは、惡いと思ふて誤まらしやんすか」　助六「大あやまり〳〵」　揚巻「ほんにあやまつたのか」　助六「大誓問[五]」　揚巻「あやまつたのが定[六]ならば、もちつとこちへよりや」　助六「よらねへで堂するものか。よるは、こうよつたが堂する」　揚巻「ヲヽ、よふ寄やつた。あんまり惡いに依て、かうするわいの」（ト揚巻、助六の膝へのる）　助六「おれはまたかうするわへ」（ト引寄せる）　揚巻「先刻にから、何の彼と、エヽにくらしい」　助六「エヽ、可愛らしい」　揚巻「なんの事ツちやいナア」（ト抱付）　助六「かわいのものやナ、かわいのものヤナ」[七]（トこの時、奥にて、いぜんの意休）　意休「揚巻〳〵」（トよぶ。両人心付）[6]　助六「ヤ、アリヤ意休の聲」　揚巻[7]「コレ、紙子を忘まいぞ」[8]（[9]ト揚巻、助六を無理に[八]うちかけの下へ忍ばせて、床几へ腰を掛る）　意休[10]「揚巻〳〵」（トいひながら、意休出で、禿両人、香爐臺をもちて付て出る）　意休[11]「ヲ、揚巻、ここに居たか」[12]　揚巻[13]「アイ、意休さんでござんすか」　意休「そなたを先刻から尋ねて居た。これ、さつきに奥でいふた通り、日頃の事を水[九]にして、この意休と抱れて寢よふといつたが、ほんとのことか」　揚巻

五 誓文の上に大がついた。

六 本当ならば。底本「情」。

七 団十郎の口癖の一つで、有名なセリフ。

八 裲襠。着物の上に打ちかける小袖。礼服。花魁が道中するときに着る。附帳、揚巻の衣裳参照。

九 水に流して。

6 助六、のれん口を見込み。

7 助六、気込むので、揚巻、右手で制して。

8 「すががき」になり、助六、ふっと気付いて、右の手を前に引いて、紙子を見て思入れ。

9 このト書、㊀㊁ともになし。

10 意休の二度目の「揚巻々々」で、二人は顔を見合せ、かくれ場所をさがす。後見出て、一の床几と三の床几を真中の床几につける。揚巻は、裲襠の裾へ隠れろと、目顔で知らせるので、うなずき、揚巻が、二の床几の左手へ腰をかけると、後見が、裲襠の裾の両端を持ち、助六は、床几の後で、裲襠の裾にしゃがむ。

11 意休は、着替えて、懐手で出る。白玉づきの禿二人、一人は意休の刀を、一人は香炉台を持って、のれん口より付いて出る。㊀のト書では「ト〽恋の唄になり意休出て来る禿二人ついて出る新造香炉台を持ち出てよき所に置きは入る」。

12 と、揚巻と並んで、二の床几の右手にかける。禿は香炉台を意休のやや上手前に置き、一人は刀を持ったまま、後へしゃがむ。

13 意休をちょっと見て。

一 同は「寝る」。文化八年、七代目団十郎の上演本は「寝る」とあり、その方が正しい(同注)とあるが、揚巻の言葉は反語だから、武士のことばに直して「寝ぬ」と繰り返したとすれば、この方がよい。日は「寝ぬ」。

二 嫌味を言う。

三 曾我の貧家を罵り、五郎の助六に当てて言う。

四 禿を指す。

五 悪ふざけ。

「なんの寝るものじやぞいナア」 意休「寝ぬものとは[一]」 揚巻「お前と、サア寝と言たは嘘じや。[1](トこなし有て氣を替)ござんせぬわいナア」 意休「そんなら寝やう、サアをじや」 揚巻「行きやせぬ」 意休「ゆかぬとは」 揚巻[2]「サア、私しやナ、餘まり酔たによつて、風に吹れてゆきやんす。意休さん、おまへこそお年寄[二]の夜風はきつい身の毒、早ふゐてねていさんせぬかへ」 意休[3]「いんにや、其方がここで風に吹れるなら、己もここに居やう。[4]コウ並んだ所を、アノ助六の貧乏神[三]野郎が見たら、さぞ氣をもむであらう。ノウ揚巻。[5](ト揚巻に寄そふ。下より助六、意休が足の毛をぬく)ア、イタ〳〵〳〵、誰かをれが足の毛をぬいた」 揚巻「なんじや、お前の足の毛をぬひたへ。ほんに悪い事計かり○又子供[四]か〳〵。悪戯[五]しやんナ」 禿「イヘ〳〵私しらじやござんせぬ。たつた今、お前の裾から」 揚巻「又言分か、言分し[6]やんナ」 禿「いひわけじやござんせぬ。唯た今お前の裾から」 揚巻「黙らぬか。意休さん見やしやんせ。子供といふものは、言譯ばかりするわいナ」 意休「ほんにいたづら計りして憎いやつらだ。己が肩でも揉でくれ」 禿兩人「アイ、、、、」 意休「時に揚巻、いよ〳〵助六が事は止にするかどふか。己はだまされる様で氣味が悪い」(ト

1 揚巻「アリャ嘘」と言うと、意休「ム」と顔見合せ。

2 と、揚巻、懐紙にて、あおぎながら、顔をそむけて言う。

3 と、ちょっと思入れあって、気をかえて言う。

4 このあいだに日「ト一寸思入れ」のト書がある。

5 日ト書「ト床几の下から助六意休の足をつねつた心にて」。日「ト助六、床几の下から手を出して意休の右の足をつねる。意休は二、三度、トントンと踏んで」。

6 現今は簡略化され、揚巻の「言訳せずと、早う奥へおじゃ」で、禿二人は「アイ、、」と言い、一人は刀を意休の傍の床几の上に置き、二人は連れ立ってのれん口へ入る。本文では、まだ入れない。

助六、出やうとする）揚巻「出まいぞ〳〵」意休「何が出まいぞ」揚巻「サア、出まい[7]○ではござんせぬ、出たといふ事」意休「何が出たといふのだ」揚巻「アレ〳〵、お月さんが出たといふことイナア」意休「何を言、今夜は暗だ[六]」揚巻「イヘ〳〵、それでも確か、ほんに折角面白ふ晴た月を、雲が隠したわいナア」意休「成程、雲が」揚巻「月を」意、揚「隠して、ハ、、、」意休「雲めは月を隠したナ。月に村雲花に風[七]。○（ト烟草を呑ふとする。たばこ盆を、助六、引たくって煙草を飲でゐる）アレ煙草盆があつちへ歩行ていつた」揚巻「これはしたり。又子供かいナア、奥へをじや」禿「アイ、、、、」（ト禿二人、奥へは入る）意休「いんにや、今のは子供じやアないぞよ。慥かに」（ト寄ふとするを）揚巻「これはしたり[8]。あれ〳〵[9]意休さん、何とマア、たんとあるお星さんじやなへかへ」意休「珍しそふに、毎晩出る星が堂した」揚巻「イ、エ、餘まり澤山あるさかい[八]。アノお星さんを幾個あるか、お前算へて見さんせんかへ」意休「なんだ、己に星を算ろ」揚巻「アイ」意休「己が星をかぞへる内、お主やア、己が鼻毛[九]を算へるか。かぞへ様〳〵。アレ、此方の方によく光るのが夜中[一〇]の明星。ここのうへに有るのが七曜[一一]はんげ[一二]、アレ〳〵、今飛だ星のわ

六 傾城の誠と卵の四角があれば、闇の晦日(みそか)に月が出るの諺が皮肉になっている。↓八五頁頭注八。

七 好事にはとかく邪魔が入りやすいという諺。

八 上方語。㊤は「たんと有故」。

九 鼻毛をよむ。女に迷った男を女が見抜いて翻弄するを言う。星を数えるために上を向くので、両方かけた。

一〇 宵の明星。金星。

一一 七曜の星。北斗七星。

一二 「はんげ」は不明。㊤は「はぐん」(破軍)。破軍の誤りか。破軍は破軍星の略。北斗七星のうちの七番目の星。剣の形をなす。

7 「出まい」はかくれている助六に思入れをして言う。「ではござんせぬ」は意休に対して言う。

8 言い紛らすように言う。

9 揚巻、三つ巻の懐紙を右手で持ち、空の星を指すこなしで、眉のあたりへかざし、ちょっと上を見る。

一 流れ星。「婚ひ星尾だになからましかば」(枕草子)。
二 手練手管の星。夜這星を見立てた。
三 七夕姫。織女。
四 銀河。七夕の縁で出す。夜這星を助六、七夕姫を揚巻、中を隔てる天の川を意休にたとえた。
五 滅相な。とんでもない。
六 助六をどぶ鼠にたとえた。人目をかすめる者のたとえ。
七 辻君におなじ。遊女を罵った語。
八 かがんで。「しゃっ」は悪く強める接頭語。「しゃっ面(つら)」のごとし。
九 群を抜いた。すぐれた。
一〇 猫は髭で得物を知る。その髭という松明の光で。自分を猫にたとえた。

けを知つてゐるか」揚巻「イ、エ」意休「あれは夜這星[一]だ。人の揚て
をく女郎を盗みに來る、夜這星ともてれん星[二]ともいふ。なんぼ七夕[三]
めに逢ふ／＼と思ふても、意休といふ天の川[四]がどつかりと据ツて居
ちやア、逢ふことはなるまい、ノウ揚巻。[1]（ト助六、また足の毛を拔）[2]
アイタイ／＼、又足の毛をぬきやアがつた。どいつだ／＼」揚巻[3]
「また子供かいナア」意休「何をいふ。子供はここに居やアしねへ。
慥か我が裾から」揚巻「めつそうナ[五]。堂して私しが裾から、大方子
供でなくば、ヲ、[4]、ソレ／＼鼠じやわいナア」意休「何だ、鼠じや」
揚巻「アイ」意休「成程[5]、鼠だ／＼。土泥を走るどぶ鼠[六]が、揚巻をそ
れ／＼」揚巻「エ、、氣味の悪い、どこにナア」[6]意休「其處によ。こ
こに居るわへ」[7]（ト助六を引出す。揚巻、中へ這入）助六「意休か」意休
「助六か」[8]（ト兩人、思入）意休「揚巻といふ辻傾城[七]の裾に、助六といふ
土腐ねづみがしやつか[八]ゞんで居る事を、意休といふ逸物[九]の猫が髭松[一〇]
明で白眼でおいた。助六、ナゼ盗みをする。そんな根生で大望成就
するものか。ここナ時致の腰ぬけめ」[9]助六[10]「まて意休、某しが本名を
知り、腰抜とは。時致が何がこしぬけだ」[11]意休[12]「腰抜であるまいか。
父祐安が無念の最期。その仇を報はんと思ふ心もなく、傾城に本心

1 と、当てつけて嘲笑う。
2 二度ほど、下駄の音をさせる。
3 意休の裾の方を見て、少しどぎまぎする。
4 懐紙で、右の膝を軽く打ち。
5 うなずいて。
6 と、身体を動かす。
7 ㊀ト書「ト揚巻が床几を放れる。後から、助六が両人の間の床几を飛越て出る。意休も驚いて立上る」。合方を消す。胡弓入りとなる。ただし、㊀ト書「ト助六おどり出る」。今日の演出では、意休が刀の鞘で裲襠をはねるこなしで助六は飛び出す。
8 ㊀ト書「助六が立ちかゝるを揚巻は右から抱える様にして、左手を助六の肩へ、右手を袖の処へ当て」揚巻「コレ必ず紙子を忘れさんすなえ」とある。これで助六を坐らせ、助六は、やや上手向きに両膝をつき、両手を股へ置いて、意休を見こんだ形になる。㊀ト書は「ト気込む揚巻中へは入つてきまる尺八入合方」。
9 このセリフのうち、揚巻は、助六の傍を離れて、草履をぬぎ、やや後向きに、舞台へ坐る。㊀ト書「ト助六気込み揚巻と入替意休引つけ」。
10 助六、向き直って。
11 助六、両手を膝について、意休を見上げる。
12 意休、懐手をして。

を亂せし[二]うつけもの。こりヤ、敵左衛門祐經は、[三]鎌倉山に礎堅く時めく大名。ア、聞へた。所詮叶はぬと思ひ、色と酒とに身を崩すか。譬へその身は[一三]不器量たりとも、など念力の屆きなば、大望なに空しからんや。兄弟放れ〲にして、敵が討れやうか。かたきを討ねば腰拔武士、意休が情の教訓の扇[13]、[14]魂しひを入なほせ。武士になれ、ここナ時致のひきやう者めが」(ト扇にて散〲にうつ。助六、その手を取て) 助六「意休、わりヤア[一四]あやかり者だ。[15]汝が今申す通り、我々兄弟十八年付ねらへど、今もつて敵も討れず。それに引替この助六は、そちが爲には戀の敵、その敵を眼前に、扇にて打敵を討とはうらやましひ。[16][一五][17]あやかりたい。我に教訓の扇と言[18]、母の紙子[19]に手向ひならぬこの時致。[20]擲たゝけ、[一六]ぶつてはらだにいるならば、幾等もぶて[21]よ髭の意休」 揚巻「よふ[一七]了簡して下さんした」 意休「ムウ、母の紙子を母と思ひ、大切になすからは、孝行の志しがないでもない。そちには何ぞ譬へて○[22]幸ひ〲。[23](ト合方になり、香爐臺を出して)こりヤ時致、大望ある者は、人の恨みを受ず、人の情をうけねば、願ひは叶はぬ。この[一八]遊所へ入込喧嘩口論、まさかの時なんの益。たとへて言ばこの香爐臺、この[一九]三ツ足は曾我兄弟、[二〇]祐俊、祐成、時致と、三人

二 ふぬけ者。ばか者。
三 鎌倉幕府。「山」は「大内山」の山におなじ。
一三 すぐれた人物でない。
一四 仕合せのよい者。
一五 影響をうけて似る。
一六 打って腹が癒えるならば。気が晴れるならば。
一七 こらえて。我慢して。
一八 遊里。吉原のこと。
一九 香爐台の足が三本になっているを言う。「さんそく」と発音する役者もある。
二〇 京小次郎の名。↓補二七。

13 帯の扇を抜き、右に持ち。
14 つよく言い、助六の肩へ、左手をかけて、横向きになり、一つ二つ三つと背を打ち、四つめに、助六は、その手を潜って、首を引く。意休は、真向に空を打って、扇を持つ右の手を前へ出す。助六は、その手を左手で下からとって、右の膝をついて、しずかに意休の顔を見上げ、ツケが入ってきまる。
15 これまでをゆっくり言う。
16 と張って言い、眼を大きく開く。
17 「あやかりたーい」と延ばして言い、涙をのむ。
18 少し声を曇らせて。
19 右の袖を引っぱってみせる。
20 愁えて言う。
21 「打ーてーよ」ときっと言う。持っていた意休の手を突き放す。ツケが入る。下手向きになり、ポンポンと、力を入れて両手を膝について「髭の意休」と、身体を反らして、少し首を垂れる。
22 前の香炉を見て。㊐「ト思入あつて」、㊐「ト前の香炉を見て」。
23 意休、うなずいて扇を帯にさすと、尺八入り六段の合方(用語一覧参照)にかかり、香炉台を両手で持って、助六の上寄りの前通りにすえ、刀を左に持って「コリヤ時致」となる。㊐ト書「ト意休はうなづき香炉台を両手で持ち助六の上寄前通りに据え刀を左に持つて」、㊐のト書の合方は「六段の合方」。

一 「まっこの」と発音。先ずこの。

二 百斤もある重い銅製の鼎。鼎は古代中国の食物を煮る三本足の銅器。

三 人尽しの道歌。世の中に人は多いが、立派な人間はいない。偉い人になれ、そして偉い人を作れ。

四 ホイ、しまった。

兄弟合體(がったい)して、[一]まつこの如く力を合すものならば、祐經は愚か、祖父伊東が敵たる、頼朝どのも討れるぞ。そちたちが心、頼朝殿を恨みる所存もあるならば、年寄(よつ)たれどもこの意休、まさかの時は共々に、力になつて得させまいものでもない。[1]この香爐臺の如く、兄弟こゝろを合體なさば、[二]百斤(きん)の鼎(かなへ)を置(おく)とも倒れず崩れず。また兄弟、心もはなれ〴〵になる時は、まつこの如く○(ト刀をぬき、[2]香爐臺を二ツに切る。この時、助六、手早く刀の寸を取見る。[3]意休、振放して刀をしやんと納め)倒れるぞよ。廓通ひをやめにして、人になれ〳〵○(ト扇に[4]てたゝく。揚巻、[5]こなしある)[三]人多き人の中にも人ぞなき、人になれ人ひとになせ人。ひと目を忍んで時節を待(まて)。助六さらば」(ト唄になり、[6]意休、思入あつて奥へは入る。この内、揚巻いろ〳〵有て、助六を見て)

揚巻「助六さん、紙子が破れたわいナ」[7] 助六「何、紙子が破れた。[四][8]ホヽ、ホイ。この紙子を破るまいと、じつと無念を堪(こら)へたが、この紙子がかふやぶれては、[9]モウ堪忍がならぬわへ」 揚巻「[10]コレ、必らず短氣を出すまいぞ」 助六「揚巻、今、教訓の折柄、思はず香爐臺を切割(わつ)たる意休が一ト腰こそ、まさしく尋ぬる」 揚巻「友切丸かへ」

助六「こりヤ聲が高い」(ト[11]揚巻を引よせさゝやく) 揚巻「そんなら今宵」

1 香炉台へちょっと眼をつけ。

2 香炉を切るくだりは→補14・附帳、出道具(香炉台の仕掛)。

3 刀の寸を取らぬ人もある。

4 扇で打つのは今はやらない。

5 揚巻は、意見のうち、胸に手をあて、沈んでいるが、この時両人の中に入り、右に裲襠を持ち、立身で、助六を囲う。助六は右の膝を突いて左を立て、やや下手向きになり、両手を後へ廻して帯へかけ、首をやや右へかしげて見得。意休はやや上手向きに、右は懐に、左は太刀を横に肩いっぱいに上げて、ツケを大きく打たせて見得。㈠ト書「揚巻割つては入り三人見得」。

6 ㈢ト書「只唄になり、意休は左に太刀を提げ、右手を懐ろに入れて、後向きに、左の眉を上げて助六を見、唄一杯に、悠々と、暖簾口へ入る。揚巻は助六の身をちよつと見て」、㈠ト書「へ仇にちらすな」の唄になり意休は刀をさげ暖簾口へは入る、助六「もう此上は」」。

7 と、泣く。

8 見て、しまったと驚き、両手を組みちがえて肩にあてる。

9 と強く言って立ち上がる。

10 押えて。

11 ㈠ト書「ト気込むを」、㈠ト書「ト押へて助六は下手へ来て見廻し、揚巻は後向きに暖簾口を見込み、誰も居ぬと云ふ意で、傍へ寄り、助六は、右の袖で蔽して揚巻

五 入口に大戸を締め、それに切った小さな潜り戸。

六 名指しでなく、代役の女郎。

七 土手八丁。日本堤。

八 [河]は「さばえ」。さようなら。

九 午前三時。

助六「こりヤ」揚巻「ござんせ」([12]ト助六、花道へいつさんには入る。揚巻思入有て、暖簾口へは入る)

([13]時の鐘になり、のれんをとつて大戸をたてる。この潜(五)より、客の仕出しこれをいぜんの遣手お辰、若い衆付て出て、捨ぜりふ有て向ふへは入る。この内、助六、拵らへ出來て、向ふより甲斐〴〵しき形にて伺ひ出、本舞臺へ來て影をかくすと、潜より、若いもの、挑灯をともし出る。跡より意休、深編笠にて出る。これと一所に朝顔の仙平はじめ、いぜんの新造、若いもの、遣手お辰なぞついて出て) 若者「意休さん、今宵はお早いお歸りでござりまする」お辰「毎夜〳〵ござんしても、いつも名代(六)で氣の毒でござんす」新造皆々「またこの頃にござんせへ」意休「夜が明るとすぐに來るわへ。皆歸れ〳〵」若者「土手(七)まで送りませう」意休「それには及ばぬ、歸れ〳〵」若者「テモ、あまり夜深ゆゑ」仙平「不用心なといふ事か。そりヤ氣遣ひはない。お傍には朝顔仙平といふ强者が控へて居る。氣遣ひなしに休みやれ〳〵」女皆々「そんなら意休さん、翌ござんせへ、さらばへ(八)」(ト皆々潜へは入る) [14]意休「仙平、何時であらう」[15]仙平「モウ八ツ(九)半でもござりませう」意休「急げ。(ト行ふとする。[16]助六、挑灯を切落す。意休、編笠をとつて身構をする。三人急度

に耳打ち」。

12 バタバタ(ツケ)を打たせ、助六、花道の附際へ来て「そうだ」と、右の足を踏み出し、左膝を折って、かかり、両手を後へ廻して、帯に手をかけ、やや顎を上げて、きっと見得。両手で裾を持って大きく足を踏んで向うへ入る。揚巻は、後向きになってのれん口を気づかい、助六の後を見送るかたちで「オオそうだ」のキッカケで柝を入れ、「曲撥の合方」で幕になる。略式のときはこれにて終了。あと、「通神楽」のつなぎ。異同欄参照。

13 以下「水入り」になる。→補15。

14 合方を消す。意休は懐手をしたまま仙平の方を向き。

15 仙平「ハッ」と辞儀し、「おあぶのうございます」と捨ゼリフで、右手に提灯を下げて先へ立ち、下手に行きかける。

16 助六、用水桶の後から出て提灯を切り落す。とたんに意休の笠が切れて、意休の顔が出る。ただし、現在では意休はかぶり物をしない。仙平、アッと後へさがりすかし見る。助六、意休、ちょっと向きあい、助六、右の足を踏み出し、後向きで、右へ体をかけ、刀を正眼につける。意休は懐手のまま、助六の方を向き、束に立って、きっとなり、反り身になり、顎を引いて、ツケを大きく打たせ、「八千代獅子」の合方になる。

一 待伏せしやがったな。
二 立派に。
三 人でなし。
四 平清盛。相国は大臣の唐名。宰相。
五 「見顕わし」は、時代物の演出の幕切れ直前に多く置かれる、本性を顕わすというパターンで、詰め寄り、名のり、衣裳が変わるのが定型。ここで世話的場から時代物に変わる。
六 平氏の武将。家長。知盛とともに屋島の合戦に海に投身して死ぬ(平家物語)。歌舞伎・浄瑠璃の源平の世界にあらわれる敵役の名。意休が実悪的位置を占めることはここでわかる。→補八。
七 手傷を負う。「手負事」は元禄に成立している。

見へ)何ものだ、聲をもかけず切付たは。ムウ、わりヤ盗人だナ」 助六「盗ぞくでは無ぞ」 意休「そういふ聲は助六。卑怯な待伏[一]ひろいだナ」[1] 助六「イ、ヤ卑怯でない。最前より[2]某しへ教訓の折、香爐臺を切割し一ト腰こそ、曾我殿原が難儀となつたる友切丸。その一ト腰を詮議のため、廓へ入込しこの時致。友切丸に心かけるからは、汝も必らず本名あらん。サア尋常[二]に名を名乗り、一腰を渡せ」[3] 意休「さいぜん情をもつて教訓なせしこの意休へ刃向ふ人外[三]、兼て汝等兄弟を我が味方となし、頼朝を亡ぼし、平相國[四]の跡とむらはんと思ひしに、かく見顕[五]はされし上は何をか包まん。如何にも意休とは假の名、誠は伊賀[六]の平内左衛門」[4] 助六「扨こそな」[5] 意休「大願成就のその爲に、[6]盗み隠せし友切丸、たつて渡せとぬかせば命がないぞ」 助六「こしやくな、友切丸を渡せ」 意休「仙平、ぬかるナ」 仙平「心得ました」(三人、ドツコイト、忍び三重、蛙の聲にて三人立廻り[7]いろ〳〵有て、トゞ、何れも手負[七]になり、仙平を助六仕留る。うしろより意休、助六を一ト刀切る。これよりいろ〳〵有て、トゞ、助六、意休を切倒し、友切丸を奪ひ、あらためること有て、どつかりと尻持をつき、助六、息の切るこなし。この時、下手より若いもの提灯を灯し、鼻唄をうたひながら出て、意休の死

1 このうち、仙平、草履をぬぎ、両肌をぬいで、身仕度する。
2 合方、中のりになる。
3 「友切丸を」と、下段の構えの刀を左に返し、白刃の背を左の掌にあて、「渡してしまへ」ときまる。合方消す。
4 セリフのうちに、下駄をぬぎ、羽織をぬいで、刀を仙平に持たせ、仙平は、小刀を後見(黒衣)に渡す。意休は着物をぬぎ、白の四天になる。後見ぬぎ捨てを始末する。これを「平内左衛門、長盛とは」までに終え、「おれがことだ」で、東に立ち、正面を切って、前結びの扱帯(しごき)の両端へ両手をかけ、それを引きしめた形で、ツケを打たせ、きっとなる。意休は黒の扱帯、助六は浅黄の扱帯。
5 と、前の形。
6 と、懐より浅黄縮緬二重廻りの腹巻を引き出し、小判包二つを舞台へこき落し、腹巻でうしろ鉢巻をするのは、四代目芝翫の型。
7 立廻りの型。→補16。
8 東の仮花道の附際まで来ると、東の鳥屋口で、大勢の声。立ち止まって、「ウム」と思入れ。こんど

八 火の用心に、天水を溜めておく水槽。約六石ほどの水が入る。三升屋二三治「作者年中行事」の「天水桶湯かげん気を付る事」に、「仕返しの道具がはりに入べし湯の湯気に心を付べしわき過たるはわるし」とある。

九 屋根。

一〇 吉原角町の河岸。

一一 仲の町。揚屋が並んでいるのでいう。

髭に爪づき）　若者「こりヤア意休さまじや」（ト挑灯を差出す。助六、このてうちんを切落す。若いものにげながら）　若「切た〱〱〱」（ト向ふへはいる。これより東西本舞臺にて拍子木をうち、アリヤ〱の聲。助[8]六、東西へ行ふとして、人聲に恐れて、[八]天水をけを見て、手桶を卸して、桶の底をぬき、これをかぶり下に据る。水こぼれる。花道上下の口より若い衆三人、棒をもち出て）　△「人殺しはどこへ逃た〱」　皆々「どこを探しても見えぬ」　○「そんなら家根へ逃はせぬか、梯子をもつて來い」　皆々「合點だ」（ト[9]大ぜい出て、竹の梯子をもつて、[10]東の桟敷の[九]家根へかけ、これへ若い衆上ッて）　若「やねにも居ませぬ」　○「これから[一〇]角町河岸をたづねろ」　△「己れは[一一]揚屋町をたづねやう」（[11]ト皆々捨ぜりふにて三方へは入る。始終時の鐘、アリヤ〱のこゑ。助六、天水をけより顔を出す。アリヤ〱。この事二、三度あつて靜まる。助六、伺ひ出て、濡た着類を絞り、よろめきながら花道へゆかふとする。この時口々にてアリヤ〱の聲する。助六、氣を失ひ倒れる。ここへ口々よりいぜんの○△、その外若い衆大勢出て、助六を見付）　皆々「ここにゐた〱、擲殺せ〱」（[12]ト棒を振あげる。ここへいぜんの揚巻、走り出、助六を裾へ隠し）　揚巻「私じや〱、麁相しやるナ。揚巻じやぞ」　○「こりヤ太夫さん、危なふござりま

西の下手の方、用水槽のあたりまで来ると、下手で大勢の声。引き返して上手へ五、六歩ゆきかけ、上手でまた大勢の声。舞台、真中に立って四方へ眼を配ると、四方で大勢の声、助六「ウム」と二、三歩下がり、力が入って握りしめた刀の鍔音を高くならし、無念の思入れ。ふと下手の用水桶を見て、ツカツカと寄り、石の上に足をかけ、用水の屋根を払って、桶を後へ落し、受台をはずし、一つの手桶を左でとり、刀の柄頭で、底を抜き、水に浸し、刀を縦に、用水の内に入れ、取りのけた屋根を下手から足場にして、水の中に入る。底を抜いた手桶をかぶってしゃがむと、水がこぼれ出る。水のかわりに、湯気のあがらぬ程度の湯を用いる人もある。前進座は、本水を用いず、水布を用いた。

9 早めた三ッ太鼓の音で、両花道、上手口、下手口より、若い者、吉原の半纏、繩だすき、腕まくり、長提灯、棒を持ち、楽屋総出で出る。

10 今日では、正面格子の屋根にかけ、腰に長提灯、短い鳶口を持って、若い者登ってみる。

11 ここのト書の部分の型は↓補17。

12 めいめい棒や鳶口をふり上げて、助六の左右をとり巻く。大勢とともに揚巻が、大戸の口から出て、裲襠の裾を右から助六の身体にかけて、両手で大勢を押える。

す」皆々「退ツしやい〳〵」揚巻「コレ〳〵、私や先刻からここにいた。その人を切たものは、[1]あつちへ行たわいのふ」△「イエ〳〵、お前の裾にゐまする」皆々「お出しなさい〳〵」揚巻「イエ〳〵、ここには居ぬわいナア」皆々「それでもたつた今見付た。退ツしやい〳〵」揚巻「待や〳〵。そんならこの揚巻が嘘を吐くと思やるか。[2]うそつく様な女郎じやないぞへ。そりや何じや、棒振上て、私をどふしやる。悪ふ[一]棒三昧して、その棒の端の、わしが身へちよつとでも障ると、[二]五丁町は黒闇じやぞ」[3]皆々「イヤア」[4]揚巻「サア、私が相手にならう。この揚巻を相手にしや」[5]⊠「これ〳〵皆の衆、揚巻さんがア、言つしやるに違ひもあるまい。これから方々手分をしてたづねやう」皆々「それが宜らう。サアござれ〳〵」(ト皆々捨ぜりふ有て、[6]三方の口へは入る。跡、揚巻見送り、[7]よろしくこなし有て、助六に氣付を含ませ、天水をけの水を口うつしに呑せ、肌と肌を合せ、じつと抱〆る。これにて助六、やう〳〵心付)揚巻「助六さん、心が付ましたか」助六「揚[8]巻か。少しの[三]かすりで水にひたつたゆゑか、氣を失ふた。口惜ひ」揚巻「モシ、そふしてお前が望みの品は手に入ましたか」助六「よろこべ、友切丸は手に入た」[9] [10]揚巻「そりやお手に入ましたか、エ、嬉

一 棒を勝手放題に振り廻すこと。「三昧」は仏語。一心に集中すること。
二 吉原の五丁町。吉原中が闇になる。有名なセリフ。
三 かすり傷。水に浸ったので、傷口が凝固せず、血が水に流れ出すので失神した。

1 思い出したように上手を指して言う。
2 両手を裲襠の襟にかけ、上手斜になって、「憚りながら嘘つくような…」とつよく言い切る。大勢なお、ワイワイ言って棒をふり上げる。「そりや何じや」となる。
3 と、両手を裲襠の襟へかけたまま、十分威勢を見せ、おなじ形できまる。
4 ひるむ。
5 一段と調子を張って言う。みなみなひるんで、顔を見合せる。
6 花道、上手、下手の口。
7 揚巻、ホッとして胸をさすり、上手へ二、三歩ゆき、後向きになって、あたりを見廻し、誰もいないのに安心して、裲襠をぬぎ、そばへ来て「助六さん、助六さん」といたわってやさしく言い、助六の気を失っているのを見て、驚き、用水桶に目をつけ、ちょっとうなずき、用水桶へ走り寄り、あんこ帯の右の方を中へ入れて、水を含ませ、助六の下手へ来て、左に抱えて、水を飲ませる。
8 胡床(あぐら)をかいたまま、左手で右の肩を押え、右の膝に刀持つ手をついて、ふるえながら言う。
9 と、つよく言い、右手の刀を見せる。
10 揚巻、ちょっと見て、嬉しそうに「エヽ、かたじけない」と、両手を合せて拝む。
11 「片時(へん)も早う」とも言う。
12 助六の袖を押えて。

四 吉原の入口からは、向って右方の川岸。
五 ここでは入谷田圃の方面。
六 まずは今日はこれ限りで終演といたしますの意で、当時は、座頭役が、幕切れに、演技を中止して、見物に挨拶するのが習慣であった。そのきまり文句。切り口上。
七 「目出度く」は、つつがなくの意。終演を祝って書く慣用語。
八 終演合図の太鼓を打ち出すこと。のちには、一日の芝居の終わること。最終の柝の知らせで、下座で打ち出す大太鼓の鳴物のこと。「デテケ、デテケ」と聞えるのだという。

しや〱」 助六「この上は一時[11]も早く立退ふ。それ」(ト行ふとする) 揚巻[12]「モシ〱、この廓は大勢が圍んで居れば、落さんす道はないわいナア」[13] 助六[14]「幸ひのこの梯子、家根傳ひに」 揚巻「危ない〱、怪我さんすナ。(ト助六、梯子の中程へあがる)モシ、そんなら私や、西[四]河岸の方へ廻ッて居る。田甫[五]のほうへをりさんせ、助六さん」 助六[15]「揚巻」 兩人「さらば」(トよろしく身支度をする) 助六「まづ[六]今日はこれ切」(ト目出度[七]打出し[八])

13 と、袖で涙を拭く。
14 今日の演出では、この間に、助六「ナニ、遁げる路はないとな」と、思わず右足を出す。揚巻「あいなア」と泣く。助六「チェ、、」と無念がり、ふと、後を見て、屋根にかかっている竹梯子に気づき、「幸い」となる。
15 助六は、梯子を登って、左手を後へ廻して、梯子の横木へかけ、左足を曲げて横木の四つ目、右足は、三つ目へ伸ばして、体は正面を向く。助六「そんなら揚巻」揚巻「助六さん」 助六「オー」と、両人顔を見合せるのが柝の頭。助六は、右の刀を返して、下手へ斜に突き出し、揚巻は下にて、片膝を立て、つよく引き締める心持で、あんこ帯の両端へ両手をかけ、下手向き斜になって、双方きまる。柝が入って、新内の前弾きで、舞台を明るくし、三ッ太鼓入り風の音で幕。
古風に演出する場合は、本文のごとく、「今日は、これ切り」を言う。水入りは、出ないことが多く、特別な演出となっている。

七八・七九頁

〔右〕⑨若草―若竹[一] ⑨土手を―土手で[一] ⑪浅草か―浅草にその名を伝ふ花川戸[一] ⑬上るり…草のはな―ナシ[一] ⑮思ひ出…草のはな―ナシ[二] 〔左〕①見やしやんしたか…ござんせんわいなア(6行)―㊀「見やしやんせ向ふに見える提灯の」㊁「紋はたしかに揚巻さん」㊂「ほんにさうで」皆々「ござんすな」[一](㊀㊁㊂ハ、並ビ傾城一、二、三ノコト) ⑮皆さん―皆さん見やしやんせ[一] ⑯じやぞへ―じやわいなア[一] ⑰過ぎたぞへ―過しなさんしたナ[一] ⑰さつきに―さつき[一]

八〇・八一頁

〔右〕①見へた―見へたる[一] ①巻山…したわいナア―ナシ[一] ③新造―愛染[一] ③ほんに…千鳥足―ナシ[一] ④マア―ナシ[一] ⑤お歴〳〵…ありがたいじや―お歴〳〵のお揃ひで此の揚巻をお待ちうけとはありがたい[一] ⑥この生酔は…思しめしも―此の様に酔ふたはどこでようたと思しめすも[一] ⑧門並で…お盃の―門並あちらからもこちらからも呼びかけての盃の(呼びかけてのハ加筆)[一] ⑧松屋の…憚りながら(15行)―ナシ[一] ⑯じやて―ぞへ[一] ⑯太夫さん―おいらん[一] ⑯ござんす〳〵―ござんすぞへ[一] ⑰じや―が[一]

〔左〕①千次…すぼめる―番新「何んぼ酔はぬといはしやんしても桜は花に現はるとやら」[一] ②子供サア―サア子供[一] ②この…進ぜや―おいらんへいつもの通り酔のさめるお薬を上げなまし[一] ③ト…出す―禿一「アイ」[一] ③酒のさめるくすり―おいらん袖の梅でござんす[一] ⑤そで―閨[一] ⑤ノウ―わいの[一] ⑤かのも…くすり―ナシ[一] ⑥面白い〳〵―有難い[一] ⑥ト茶碗をとつてのむ…満江を連れて奥へはいる(八七頁13行)―(トよろしくのみ)遣手「サア〳〵おいらん少しも早う」番新「あれなる床几へ」皆々「ござんせいなア」揚巻「子供来や」禿「アイ」[一]

八七頁

⑮恋路の闇―助六さん故恋路の闇[一]

八八・八九頁

〔右〕④花道へならぶノ次ニ意休ト男伊達四人ノ渡リゼリフガアルノガ普通。[一][上]トモニ大同小異。↓補6 ④意休…皆〳〵後ろへ並ぶ(17行)―ナシ[三] ④若い…ござりまする―「時に若い者あれに並んで居る新造が噂さのあつた突出しか」女房「ハイあのお子さん達は此頃までの引込衆みな揚巻さんのお世話でござんす」子分一「親分地者同然だと言ひやんす」[一] ⑥出づば―催さずば[一] ⑥お前の―お前がその[一] ⑦気の…あるぞ―ナシ[一] ⑧ヲツト…頼んだぞや(14行)―ヲツトこれは[一] ⑮あすこ―あれ[一] ⑮皆々…なされませ―意休「サア来やれ〳〵」[一] ⑰女郎…ござんしたかへ―八重衣「意休さん」同(傾城)六人「ござんしたかへ」[二]([一]ハ傾城一ト皆々ノ割リゼリフ)

〔左〕①をば―も[二] ①巻山…ヱ(6行)―ナシ[一] ②突出しの私しらでも―私しらの様なものでも[二] ②世の―ナシ[二] ③せう―しませう[二] ④今夜―今宵[二] ④意休が―ナニ意休が[三] ⑤よふ―ハテよふ[三] ⑥揚巻ヱ―ナシ[二] ⑥女郎…ござんしたわいなア―愛染「アリヤ揚巻さん意休さんが」六人「ござんしたぞへ」[一] ⑦に―ナシ[二] ⑧助六と…ねへか―助六がことか[一]助六の事か[二] ⑧白玉…助六へ(九〇頁1行)―ナシ[一][二]

九〇・九一頁

〔右〕②思はふが―思ふか[一][二] ②助六―あの助六[一] ③ゐた―ゐた処を[二] ③見付さんして―見付さしやんして[一]見付なしやんして[一] ④ゆるす―ゆるす逢へ[一][二] ④ぞへ―ぢやないかいな[一] ⑦あいつア―あれは[一]きやつア[一] ⑨その―そのやうな[一] ⑨泥坊―盗人[一][二] ⑨楽しむ心が―逢い通す心か楽しむ心か[一] ⑩サア―ナシ[一][二] ⑪因果な…ナア―アイ因果なことでござんすな[一]アイ因果な事でござんすわいな[二] ⑫イヤ―そりや[一][二] ⑬いふのだわへ―言つてやるのだ[一] ⑭客―お客[一][二] ⑮助六は―助六さんを[一][二] ⑯助六さんが―ナシ[一][二] ⑯するであらうとは―をする[一][二] ⑯じや―でござんす[一][二] ⑰だ―ナシ[一] ⑰然し…なるまい―ナシ[一]

〔左〕①その―あのやうな[一] ①泥坊―盗人[一][二] ①念頃に―何日までも念頃に[二] ①われも…気が―お主も遂にはいつか盗み気が[二] ②ふたり―ナシ[一]ふたりとも[二] ③わりやア―あの[一] ④こりや―ナシ[一][二] ④いわんす―いわしやんすな[一][二] ⑤に―と[一][二] ⑤客さん方―仲の町[一][二] ⑤悪たい…事―ナシ[一][二] ⑤叩かりやうが擲たりやアが―踏まれ様が[一][二] ⑦三浦屋の―ナシ[一][二] ⑧なると―なるとやら[一]なるぢやわいな[二] ⑧今からがこの―サア是からは[一][二] ⑨悪たいの初音―悪たいのマ初音[一] ⑨意休さんと―意休さんお前と[一]モシ意休さんお前と[一] ⑩見た所が―見る時は[一][二] ⑪男つき―顔つき[一]ナシ[一] ⑪見やうなら―言はば[一][二] ⑫字に…なけれど―字は一つでも[一][二] ⑫浅いが間夫と客―浅いは客と間夫[一][二] ⑬を―ナシ[一][二] ⑭よい―なる[一] ⑭たとへ…間夫狂ひ！ナシ[一][二] ⑮サア―お前私を切る気で御座んすか[一] ⑯たとへ―たとへ切られても[一][二] ⑯きられぬ―きられぬ[一] ⑯私しに…おかんすまいがナ―ナシ[一][二] ⑰切ら

しやんせ―すつぱりと切らしやんせいなア[一][二]

九二・九三頁

〔右〕①揚巻…切らしやんせ―ナシ[一][二] ③助六が―助六の[一] ④言分はないナ―言分はござんせぬかへ[一]行つても大事ござんせぬか[二] ④コノト書ノ異同↓脚注 ⑤揚巻…行かふか―ナシ[一][二] ⑤これ〳〵揚巻さん―揚巻さん待たしやんせ[一][二] ⑥お前がその―お前の[一][二] ⑥両方…なつて―ナシ[一][二] ⑦おまへの…どの様ナ―おまへが思ふその人の[一][二] ⑧じやに依て以下↓補7 ⑪私しや「ナシ[一][二] ⑫お詞―詞[一]お頼み[二] ⑫しやんす―さしやんす[二] ⑫まいノ下―白玉「そんなら戻つて下さんすか」揚巻「アイナア」[一][二] ⑬この…否じや―モウお前には逢はぬ[二] ⑬みる…ぞへ―みるもいやでござんす[一] ⑭サアござんせへ―揚巻さん[一][二] ⑰何を「ナシ[一][二] ⑰若い！ナシ[一][二]

〔左〕①巻橋以下↓脚注[二] ④巻橋…鉢巻はへ―傾城六人「助六さんその鉢巻はえ」[二] ⑫ちやつと…なア―傾城方「待つて」皆々「ゐたわいなア」[一]待つて居たわいなア[二] ⑫巻絹…なア―ナシ[一][二] ⑬どふでんす―どふでんすな[一] ⑭お顔―お顔ぞろひ[一][二] ⑭そんなら―ナシ[一] ⑭ぶしつけ…だよ―一番割込みませうかナ[一][二] ⑮ございーヱす[一][二] ⑯なさい―なせえ〳〵[一][二] ⑯皆々…のまんせ―ナシ[一][二]

九四・九五頁

〔右〕①預かりまして―預つては[一][二] ②ぞへ―ナシ[一][二] ②なにを―ナシ[一]何をえ[二] ③給べたい―貰はうか[一][二] ③でござんすが―ぢやが[一][二] ⑤その―シテその[一][二] ⑤誰だ―ナシ[一] ⑥大門を―大門へ[二] ⑦近付！馴染[一][二] ⑦が―で[一][二] ⑦雨の―煙管の雨が[一][二] ⑧ナ―だ[一][二] ⑧腰を―ちよいと腰を[一]一寸腰を[二] ⑧かける―下す[一][二] ⑧五丁町…せいもん―ナシ[一][二] ⑨積んでおいた―積み上げた[一]積んだ[二] ⑨女郎―傾城[一] ⑩大面―いくら大面[二]なんぼ大面[一] ⑩味噌をあげても！ナシ[一]味噌をあげ[二] ⑪かふいふ事ア―こればつかりは[一] ⑪ならねへだテ―出来ねえ[一][二] ⑫撫附どの―ナシ[一][二] ⑫の用―が入用[一][二] ⑬やう―やせう[一][二] ⑬意休…進ぜませう―ナシ[一][二] ⑮サア…〳〵―吸付莨だ一服呑みやれさ[一] ⑯立派な―見かけは立派な[一][二] ⑯かわいや―かわいやこいつ[一][二] ⑰その…おどかすか―こんにやく屋の手間取りか[一][二]

〔左〕①正とう―正直[二] ①無礼―無礼を[一][二] ③ちよツくら―慮外[一][二] ⑤ひらでぶつ潰すぞ―ひらへのせて(トこなし見得)ぶつ潰すぞ[一]ひらへのせた[二] ⑤したが―ナシ[二] ⑤したが…焚ふか―ナシ[一] ⑥変動―兵道[一]変道[二] ⑦三略―是三略[一][二] ⑦あひしらひ―あしれえやう[一][二] ⑧ひろぐ―する[一][二] ⑧あひしらう―あしれえ[一][二] ⑨ひろぐと―するやつは[一][二] ⑩切る…ないは―たゝつ切る習えも伝授も外にやあねえ[一][二] ⑫極意―極意だ[一][二] ⑫意休…居る―ナシ[一][二] ⑭蛇が出るぞや―大きな蛇が出るとよう[一][二] ⑮怖い―何も怖い[一][二] ⑮髭が―髭も[二] ⑯然も市川左団次―とんと宇賀神[一][二] ⑮に似た―によく似た[一]のやうな[二] ⑯このへび―こいつ[一][二] ⑯事の―事にやア[一] ⑰ふられても恥を―ふられるを[一][二] ⑰執着の―執着の深え[一][二]

九六・九七頁

〔右〕①時折ふし―折々[一][二] ①たくだ―たく[一][二] ①と思へば―かと思やア[一] ②伽羅は―伽羅はしらみの[一][二] ③窮屈な奴だ―伽羅ッ臭え奴だなア[一][二] ④門兵…おつしやりませ(9行)―ナシ[一][二] ⑨くわんぺら…いふ〔コレサくわんぺら何をいふ[一][二] ⑪ごんすか…ませ―ござんすかまあ聞いてくだんせ[一][二] ⑪遣手めだ―遣手でござんす[一]遣手でごんす此の遣手め[二] ⑪こゝへ失しやアがれ―ナシ[一] ⑫うなア―うぬはよくも[一] ⑫やつだ―やつだぞ[一] ⑫これ…〳〵―ナシ[一][二] ⑬モシ…のと―〔モシ〕門兵衛さん何ざます〔え〕女子をとらへて[一][二](〔 〕ハ[一]) ⑭ヱ、―ヱ、こいつ[二] ⑭か！な[一][二] ⑭これやい！ナシ[二] ⑮法王―大王[一][二] ⑯思ひつき―趣向[一][二] ⑯一所―残らず湯[一][二] ⑰思ふ…ゆゑ―いふ思ひ付〔だ〕ハッとお受けした故に[一][二](〔 〕ハ[二]) ⑰先刻…一人―先刻にから湯の中で[一] ⑰風呂に―風呂には[一]

〔左〕①女郎…ねへ―一人も来ず[一]一人もうせぬ故[二] ②湯…とけた―湯気に上つて目がまわる〳〵[一] ②とけた！とけたやうだ[二] ②惣仕舞ひにした―ナシ[一][二] ④たゝきこんで―たゝき込み[一][二] ④白―ナシ[一][二] ④ぞ―のだ[二] ④モシ〳〵―モシ申し門兵衛さん[一]モシ[二] ⑤客…なし―〔お〕客ではあるまいし[一][二](〔 〕ハ[一]) ⑥巻絹…もらおふぞへ―ナシ[一][二] ⑧やめさんせぬと―もうよい加減にやめさんせぬとお前の[一][二] ⑧新造…通すといなア(九八頁3行)―ナシ[一][二]

九八・九九頁

〔右〕③ことを見て―顔を見て皆さん[一][二] ④うぬらは…イヤ―〔ヱ、〕やかましいわへうぬらはよくも笑やアがつたイヤサ[一][二](〔 〕ハ[一]) ⑤奉まつたな―奉りやアがつたな[一][二] ⑤ゆるされぬ―了簡が[一]了簡がならねえぞ[二] ⑥向ふ―花道[一][二] ⑦痛い―痛え[一][二] ⑧アイ…なされませ〳〵―ハイ〳〵御免なさいまし〳〵[一][二] ⑨お免しなされませふ―ナシ[一][二] ⑩なさいとは―なせえだ[一][二] ⑩め―の[一][二] ⑪うなア―うぬは[一]うぬ[二] ⑪へいらねへ―へは入らねえ[一]へ這入らねえ[二] ⑪うなア〳〵〳〵―ナシ[一][二] ⑫ごめんなされませ―〔ツイ〕先を急いだものですからとんだ麁相を致しましたハイ〳〵御免なすつて下さいまし[一][二](〔 〕ハ[一]) ⑬女郎さん方―モシ花魁方[一]モシおいらんド―ゾ[二] ⑬お詫…〳〵―お詫なすつて下さいまし真平御免なすつて下さいまし[一][二] ⑬堪忍…〳〵―八重衣「門兵衛さんモウ免して」皆々「やりなさんせいなあ」[二]([一]ハ底本ト同ジデ割リゼリフ) ⑭ならねへ〳〵―ならねへ〳〵うごきやあがるな[一][二] ⑭皆々…なア〳〵―ナシ[一][二] ⑰大事…〳〵―ハテ([二]ハ「コレサ」)了簡してやんなせえ[一][二] ⑰米吉…する―ナシ[一][二]

〔左〕①待ちやがれ…門兵(6行)―何だやんなせいよそのせいよが気に喰はねえ[一] ①ハテ…ゆけ〳〵！サア構はずと早く行け[二] ③もの―ものだ[二] ③やるものよ―ナニや

るものだよとは⊟　④扱ーナシ⊟　④やりなさいーやんなせい⊟　④遣なさいよ…門兵（6行）ーやんなせえよだそのやんなせえよがいやだ⊟⑦奴ー野郎⊟⊟⑦なーか⊟⑧ゑす！ごんす⊟⑧この方ーこなさん⊟こんた⊟⑨吉原はー吉原には⊟　⑨このこなさんをこの⊟⊟　⑪下りー下したり⊟⑪するナーする野郎だ〔ナ〕⊟⊟（〔　〕ハ⊟）　⑫こいつアーこいつが〱⊟⊟　⑫ぬかすわへーまき出したな⊟⊟　⑫知らぬ…からはー知らぬとあるからは⊟知らねえといふからは⊟⑬がーこの⊟ナシ⊟　⑬のーへ⊟　⑬宮参りか…なるー宮参りの赤子つ子だナ⊟　⑬こりやーこれ⊟　⑭知らせるとー知らせておけ⊟　⑭なるーならあ⊟　⑭ほじつてーかつぽじつて⊟⊟　⑮きゝものー利け者⊟　⑮関羽…付てー生きる⊟　⑯のくわんぺらーに⊟⊟　⑰取てー取てかんぺら門兵衛ぜゞ持様だ〔⊟ハ「ぜゞもちといふ〕尊い寺は門兵衛から⊟⊟　⑰さまーナシ⊟⊟　⑰だーナシ⊟様だ⊟　⑰うぬ…とれーナシ⊟⊟

一〇〇・一〇一頁

〔右〕①天窓ー紫⊟⊟　①引たくつてーかなぐり捨て⊟　①をひろげよーひろげえゝ⊟⊟　②縁起ーいはれ⊟いかさまなあいはれ⊟　②貴様！こんた⊟⊟　③毒なー毒なは⊟　③のびる…奴だーのびるっと構はずと⊟　④やらねへーならねえぞ⊟　④先刻…とー是はしたりこれほど詫言をしてもならねえといふは⊟⊟　⑤ひだるいのーひだるくなつたな⊟⊟　⑤かつぎめが…依てーかつぎが来たので⊟かつぎが来た⊟　⑥どさくさ…ことをー一ぺいしてやろうか⊟ナシ⊟　⑦振舞ませうー振舞つてやろう⊟⊟　⑨臭ふー臭で⊟⊟　⑨おーナシ⊟⊟　⑩門兵…進ぜやうーナシ⊟　⑩いやだは！おらあいやだ⊟　⑩ハテーハテそう⊟　⑫一ッーナシ⊟　⑫やう！やうか⊟　⑬サーサね⊟　⑮否だー否だは⊟　⑮そんなら…否かー「ハテさう力まぬものでエす胡椒をかけて」門兵「ハックショ〇何と言つてもおらアいやだ」助六「わしがくめて進ぜやうか」⊟　⑮そんならーそれぢやあ⊟　⑯すきーどうとも勝手⊟⊟　⑰門兵ノ上ー福山（米吉）「ざまア見やがれ」⊟〔⊟ハ「〱」ノ下ニ入ル〕〔左〕③仙平…しやい〱ーナシ⊟⊟　④ヲ、ー「千平〱」千平「どうした〱」⊟「なんだあ〱」千平「どうした〱」⊟　⑤仙平かー切られた〱⊟ナシ⊟　⑤口惜ひ…擲れてーナシ⊟口惜しいが不意に擲れた⊟　⑤浅いか深いかー深いか浅いか⊟⊟　⑤くれろーくれ⊟⊟　⑥これ〱ー何だ疵だドレ〱是〱⊟⊟　⑥やーナシ⊟⊟　⑥なんだーでもこんなに血がだら〱と流れて〇切られたとなんだ⊟　⑦まいーな〱⊟⑦驚くまいーナシ⊟⊟　⑧しやいーせえな⊟⊟　⑧ぶちのめせ！ソレ⊟ソレやつつけろ⊟　⑨なんだーなんだ〱その⊟⊟　⑩どふ…めらーナシ⊟⊟　⑩棒が…障るとー棒の先がおれの体に当るが最後〔⊟ハ「体に当つて見ろ」〕五丁町へ⊟⊟　⑪積むーきづく⊟⊟　⑪ヤアーイヨウ⊟　⑪棒…アイ、、ー棒を引け〇引きやがれ⊟「棒を引け」大ぜい「イヨウ」助六「棒を引かねえか」若者大ぜい「イヨウ」⊟　⑫青二才ー二才野郎⊟⊟⑫やつだー野郎だナ⊟⊟　⑬親分門兵衛さまーおらが親分門兵衛どの⊟⊟　⑭あたまへーあたまへよくも⊟⊟　⑭せめてーそれも⊟⊟　⑭三十二文もりー大ぜいろう⊟大ぜいそう⊟　⑮せしーせう⊟仕やう⊟　⑮親分をーナシ⊟⊟⑮よく二八ーよくも駄盛⊟⊟⑯ぬーねえ⊟⊟　⑯己れが…己がーおれ様の⊟⊟　⑰こともーエヘンことも⊟⊟

一〇二・一〇三頁

〔右〕①薄雪…木の葉ー羽衣煎餅はおれが姉様双六⊟⊟　①ゆきあひのーゆきあひ⊟折りあひの⊟　①塩…かふー姿見せんべいはおらがいとこ竹村の堅巻せんべいが親分に朝顔仙平という色奴様だ⊟⊟　③門兵ノ上ー千平「アイタ〱」⊟⊟　③せんべい…〱ー「千平〱」千平「なんだア〱」門兵「どうした〱」⊟⊟　⑥ヲ、ーヤ、オイ⊟ヤホイ⊟　⑥ありーある⊟　⑥おきやアがれーエ、おかつせへ⊟⊟　⑥野郎めーナシ⊟⊟⑦廻りーまり⊟⊟　⑦助六ノ上ー千平「イヤサ何といふ」両人「野郎だぞ」⊟門兵「イヤサなんといふ」両人「野郎だエ」⊟　⑦いかさまーいかさまいかさまなア⊟⊟　⑧はーナシ⊟⊟　⑨よいーいゝ⊟⊟　⑨とーとき⊟⊟　⑪ばゞ田甫ー売炭⊟⊟　⑭なまじめーなまじめそうりや⊟なまじめそうれや⊟　⑯目黒ー目黒不動⊟⊟　⑯江戸ー大江戸⊟⊟〔左〕①以下14行マデノ乞食ノ闇魔ノ条ヲ省イタトキノ異同↓補11　⑩抜きやアがれーコレ抜きやれさ⊟　⑪ハテーイケ⊟　⑪やつー野郎⊟　⑪のやうにー同然⊟　⑫こいつはーこいつア⊟　⑫そふだーさうな⊟　⑬引導をー引導⊟⑬ト書トセリフノ関係↓補11　⑬如是…ハ、、、ー如是畜生発菩提心頓生菩提南無阿弥陀仏〱⊟　⑰インにやーナシ⊟⊟

一〇四・一〇五頁

〔右〕①これ〱ーコレサ⊟⊟①そふ弱つてはー心弱くては⊟⊟　①己らがーおいら達⊟おらたち⊟　②心細いー心細いわ⊟心細いわえ⊟　②たつー立てる⊟　③人だー人だなア⊟⊟　③大象…遊ばずーナシ⊟⊟　⑤エ、…思入ーナシ⊟門・千「オー」⊟　⑥ざつと…ものサー「マアちよつとしてもこんなものだ」門兵「ソレ」⊟ちよつとしてもこ位えのものだソレぶちのめせ⊟　⑦ト書の異同↓補12　⑩皆々やらぬはーナシ⊟⊟　⑪脇差ー尺八⊟　⑬扱々ー口程にもねえ⊟⊟　⑭飲ふーやらう⊟　⑮兄さん〱！アモシ〱⊟オイ⊟　⑯もらはふーもらひませう⊟⊟　⑰奴だー野郎だ⊟⊟⑰今…あるーナシ⊟　⑰かーだな⊟　⑰がある！だ⊟〔左〕①ゐねへーゐねへか⊟①奴ー奴等⊟　②誰だとー此おれを誰だと⊟　③エ、ーナシ⊟⊟　④江戸ーナシ⊟⊟⑤かーな⊟　⑤何だーどこにかくれてゐやがる⊟　⑦そばいやアがるーそばへ来る⊟〔但シ「そばへやがる」ト訂正〕　⑧込むぞー込み⊟⊟⑧なんの事だーこりや又何のこつたエ⊟⊟　⑨待てくんなさいー〔兄さん〕一寸待つて貰ひませう⊟⊟（〔　〕ハ⊟）　⑩また…逃るなーうるせえ又呼びやアがる〔ナうぬ〕逃げるなそこに居ろ⊟⊟（〔　〕ハ⊟）⑪傍へゆきー捨ぜりふにて傍へゆき襟がみを取り舞台へ引摺つて来て🈩🈔 ⑪をれ…我か―一体手前はどこのどいつだ🈩🈔 ⑪アイ―イヤ🈔 ⑫新兵わしでごんすよ―ナシ🈩🈔 ⑬マア…やろう―ナシ🈩🈔 ⑭新兵…ごんすよ―ナシ🈩 ⑮こりや―うぬがつらあ見てやろうお前は🈔 ⑮祐成どの―ではござりませぬか🈩 ⑮お前―そなた🈩あなた🈔 ⑮祐成どの―兄🈩🈔 ⑯ハテ…ござりましたぞ―思ひがけないどうしてここへは🈩🈔 ⑰新兵…申しませう(一〇七頁11行)―ナシ🈩🈔

一〇七頁

⑫コレ―マア下にゐやハテ下にゐやれコレ🈩こりや弟ト今の様な手荒い事をしてたとへに云ふ🈩 ⑬時致―コリヤ弟🈩コレ弟🈔 ⑬そなた…居る―そちやどうしたものぢや🈩 ⑬居る―居やがるぞ🈔 ⑬父上…ないか(15行)―亡き父上の汚名をすゝがんと千辛万苦する身ではないか🈩わしが為にはたつた二人の兄弟過ぎし年父上には人手にかゝり其折御所持の友切丸の一腰も其場で紛失其有所を尋ねるため千辛万苦するではないか🈩 ⑯この程より―ナシ🈩🈔 ⑰廓へ―日毎に廓へ🈩 ⑰毎日〱―ナシ🈩🈔 ⑰先刻―此間🈩今🈔

一〇八・一〇九頁

〔右〕①人の…ばつかり(3行)―ナシ🈩 ②コレ…ばつかり(3行)―ナシ🈩 ④助六―アリヤ助六🈩助六ぢや🈔 ④馬道…たれじや―砂利場で砂利の中へ蹴込んだは〔誰ぢやアリヤ〕🈩🈔(「」ハ🈔) ⑤助六じや―助六🈩助六じやと🈔 ⑤あまり…ヤレ―ナシ🈩🈔 ⑥そなた…噂―助六の喧嘩沙汰🈩🈔 ⑦はない―とではないわいのう🈩🈔 ⑦私しが…助六(11行)―ナシ🈩 ⑦私しが…はい(12行)―ナシ🈩 ⑪モウ…切つた―ア、もう〱此の上は一家一門皆縁切りじや🈔 ⑪見下…はい!―ナシ🈩 ⑫兄の…わい―なんぼ兄の罰ぢやとて当らぬとも云はれませぬ🈩(🈔ハ「いはれぬぞや」) ⑬イヤ―モシ兄者人🈔🈩 ⑭御異見は―その御異見🈩🈔 ⑭何じや思ふたら―御尤ではござりまするが🈩ナシ🈔 ⑭喧嘩の事かな―ナシ🈩 ⑭この…します―私が喧嘩を致しまするは親達へ孝行の為でござりまする🈩🈔 ⑮新兵…孝行とは(左2行)―ナシ🈩🈔

〔左〕②シテ…じや―ナニ喧嘩をするが(🈔ハ「すれば」)親達へ孝行とは🈩🈔 ③いつぞや…於て―さればでござります🈩🈔 ③友切丸の紛失―紛失の友切丸🈩🈔 ④④祐信…なれども―ナシ🈩 ④祐信…霊夢(8行)―ナシ🈩 ④今に…なし(10行)―今日迄行方知れずが🈩 ⑧どふぞ友切丸を―一日も早く🈩 ⑨祐のぶ…申し―ナシ🈩 ⑩うたん―討ちたい🈔 ⑩それ…なし―今日迄も行衛は知れず🈔 ⑪おもひ…喧嘩―ナシ🈩 ⑫仕かけ―仕かけて🈩 ⑫刀を―ナシ🈩🈔 ⑫しかけ抜き合せば―ナシ🈩🈔 ⑫これかそれか―それか是か🈩🈔 ⑬白刃…存じませうが―詮議をいたして居るのでござります🈩🈔 ⑯なされずに―なされず🈩🈔 ⑯たゞ…ましたナ―今のお言葉エヽもう🈩今の様なお言葉はソリヤ御胴欲…ましたナ🈔

一一〇・一一一頁

〔右〕①よふ―よろしう🈩🈔 ①この…ならば―ナシ🈩🈔 ②喧嘩…討れず―もう喧嘩もやめ🈩もうそのかはり🈩 ⑤申しわけに―申しわけ私は🈩 ⑥お免し…下されい―ナシ🈩 ⑥今迄のけんくわ―ナシ🈩🈔 ⑦諸仏薩陀―〔諸菩薩〕南無阿弥陀仏〱🈩🈔(「」ハ🈔) ⑦ア、…あつて―ナシ🈩🈔 ⑧イヤ…己が―オ、わしも大方さうぢやと思うてをりましたが🈩フム成程イヤわしもてつきりそうであらうと思ふて居たそれを知らずに🈩 ⑩のは―かオ、🈩🈔 ⑩口じや―口が云ふた〔のぢや〕ナ🈩🈔(「」ハ🈩) ⑪口よ―ヤイ口め🈩🈔 ⑪いふた―いふたか🈩 ⑪以後は急度―ナシ🈩🈔 ⑬といふ―と云ふ程に🈩といふて居る🈩 ⑬やれ―やいのう🈩や🈔 ⑬コレ…来て―ナシ🈩🈔 ⑮もふ…〱―決して喧嘩を(🈔ハ「は」)致しませぬ〔南無阿弥陀仏〱〕🈩🈔(「」ハ🈔) ⑯コレサ…堂じや(左4行)―ナシ🈩🈔

〔左〕⑤コレ…なされて(8行)―もうよいかげんに料簡したがよいわいなア〔コレ此通り両手をついてあやまつたわいなア〕🈩🈔(「」ハ🈔) ⑧致しましても―しても🈩🈔 ⑨喧嘩を―一体喧嘩がよう似合て居る喧嘩を🈔 ⑨おめしなさい―袷にして着たがよい🈩🈔 ⑩そんなら…ぞ―きつとよろしうござりまするか🈩ナシ🈔 ⑩新兵…お上りなさい―ナシ🈩 ⑩さつしやい…ゐる―ナシ🈩 ⑫お上りなさい―食べたがよい🈩 ⑫しますぞへ―致します〔る〕ぞ🈩🈔(「」ハ🈔) ⑬ま…ませい―何ばいでもあがれ〱🈔何ばいでもかへてあがれ〱🈔 ⑬これで…わへ―それでやう〱落付きました🈩それ承つて安堵しました🈔 ⑬己―わし🈩🈔 ⑭時に―時に何と🈩🈔 ⑭か―かや🈔 ⑭いまだ―さればでござりまするいまだ🈩 ⑮は―ナシ🈩🈔 ⑮ませぬが―ませねど🈔 ⑮最前―最前の髭の🈔 ⑮刀を―ナシ🈩🈔 ⑮抜ふとして―抜きかけて🈩 ⑯ござる!―ござりまする🈩🈔 ⑯なる程…案事るから(一一二頁3行)―ナシ🈩 ⑯面…もしや―面魂では🈩 ⑰てゐるも計られず―ゐやうも知れぬ🈩 ⑰助六…案事るから(一一二頁3行)―ナシ🈩

一一二・一一三頁

〔右〕③かふ―では斯ふ🈩おゝ斯ふ🈩 ④今宵…あるまいか―わしも共々刀の詮議に喧嘩を仕様🈔 ⑤その…ことは―では兄者人も一緒に喧嘩をなされまするか○然しそのやうな間の抜けたことではなりませぬ○まづ喧嘩の仕やうを教へませうか🈩デモ其やうなまのぬけた形では🈔 ⑤コレ…いきやすめ―ナシ🈩 ⑦精…見やう―ではわが身喧嘩の仕やうを教へてたもるか🈩では我身一寸爰で教へてたも🈔 ⑦そんなら…肝腎―〔そんなら先喧嘩を教へて上げませうか〕ちやつとこれで稽古をいたしませうマア肱をかう張りまして右の🈩🈔(「」ハ🈔) ⑧野郎め―ヤイ侍🈩🈔 ⑧鼻―大どぶへさらひこみ鼻🈔 ⑨大どぶ…込むぞ―ナシ🈩 ⑨事た―こつてエ🈩 ⑩怖がり―おこり🈩 ⑩けんくわのしやうは―先生は🈔 ⑪だ―ぢや🈔 ⑪この…野郎め―そんなら斯うかヤイ侍🈩🈔 ⑫蹴込むぞ…じや―蹴込むぞよコリヤ又何のこつたい🈩🈔 ⑭助六…呑込だ〱(左2行)―ナシ🈩 ⑭コレ…野郎め―

イヤ〳〵そんな事ではいけま
せぬコノ様ニするのでござり
ます(ト書)ヤイ侍⊟ ⑰こッ
たーこつてえ⊟ ⑰といふ…
有てーナシ⊟
〔左〕①ヨシーヨイ⊟ ①やる
ものではないーやれるものぢ
やない⊟ ①男達…呑込だ
〳〵ーヤイ侍ナゼ突当つた鼻
の穴へ屋形船蹴込むぞコリヤ
又何んのこつたい⊟ ②アレ
〳〵ーマアそんなものでござ
ります⊟ ②向ふへーとか
ういううち⊟兄者人御覧じま
せとそういふ内⊟ ②客めら
ーナシ⊟ ③そりや…じや
ーコリヤまたなんのこつたい
⊟ ⑥股クグリ↓補13 ⑧新
兵…〳〵ーナシ⊟ ⑨女郎
は|声はたしかに揚巻今夜は
⊟⊟ ⑨あがりー独り⊟ ⑨
居る…がー待つてゐると云つ
ておきながら⊟ ⑩見れば…
ていー〔それに〕客を送つて来
るとは⊟⊟〔 〕ハ⊟ ⑩一
番…まいーいはにや〔ア〕なら
ねえ〔ぬ〕わい〔へ〕⊟⊟〔 〕
ハ⊟ ⑪そうだ〳〵ーそうだ
とも⊟ ⑬揚巻…なアーナシ
⊟ ⑬お前は…なアーお帰り
でござんすかお気をつけてお
出でなんせ⊟ ⑰さむらひま
ちやれー待ちやがれ⊟⊟

一一四・一一五頁

〔右〕①留ろーさうだ⊟ ②あ
くたいいはんすな!アノ悪態
わいなア⊟⊟ ③いつたら大
事かーナシ⊟⊟ ③そうだ…
大事かーナシ⊟⊟ ④大事の
…これだー狸の腹つゞみポン
だ目に逢はしてやれ⊟ ⑤
侍ひーヤイ侍⊟⊟ ⑤往来を
ー往還で⊟ ⑤足袋がよごれ
たーナシ⊟⊟ ⑥ゆきやれー
ゆけ⊟⊟ ⑦ゝーナシ⊟⊟
⑦コレ…いふてーそのやうな
こと云はしやんして⊟その様
な事云ふて⊟ ⑧黙止て…構
はぬーナシ⊟⊟ ⑨お侍ーヤ
イ侍⊟⊟ ⑩ふきやれナ但し
ー啞か⊟⊟ ⑩のツペら坊か
ーぬつぺらぼうか徳利子か物
をいへ⊟ ⑪コレ…いへーナ
シ⊟⊟ ⑪第一ー先第一⊟
⑪人の…だーナシ⊟⊟ ⑪こ
のーその⊟⊟ ⑫新兵…慮外
だーナシ⊟⊟ ⑭とれやいー
ナシ⊟ ⑭ト…思はんすぞー
ナシ⊟ ⑮お顔…ひよつとー
ナシ⊟
〔左〕③よわいナ〳〵ーナシ⊟
⊟ ④ことも…者だーナシ⊟
⊟ ⑤こりや!ーナシ⊟⊟ ⑤
こつちらの…反足ー此足を難
波のあしら⊟ ⑥難波のあしー
住吉のそり足⊟ ⑥かーナシ
⊟⊟ ⑥思ひーあしが思ひ⊟
⊟ ⑥〇ーアイタ、、、⊟⊟
⑦いたいー足のいたい⊟大分
足のいたい⊟ ⑦見たがーナ
シ⊟⊟ ⑧揚巻のまへだちー
某は揚巻の助六が親分襟巻の
ぬけ六とも又⊟ ⑨白酒ー
白酒屋⊟ ⑨といふ者ーとも
いふ男達⊟⊟ ⑨握り…がら
ー此のさざゐがらの握拳を
以て⊟ハ「で」⊟⊟ ⑩目の
ー目と鼻の⊟⊟ ⑩あひだを
ーあひだをキウー⊟⊟ ⑪己
はーナシ⊟⊟ ⑫ここへ…こ
こへござれーナシ⊟⊟ ⑬サ
ア…思ふたがーこの母が相手
になりまする〔⊟ハ「ませう」〕
⊟⊟ ⑮余まり…いひませぬ
〔一一六頁5行〕ーナシ⊟ ⑮
腹も…ナアー物もいはれぬわ
いのう⊟ ⑰母人ーナシ⊟

一一六・一一七頁

〔右〕①こりヤアー揚巻⊟ ①
知らふー知る⊟ ④といナア
…下さんしたナアーわいなあ
⊟ ⑤こりヤーコレ⊟ ⑤何
もーモウ何も⊟ ⑤私も…ぬ
ーそなたはのう⊟ナシ⊟ ⑥
身でー者が⊟身を以て⊟ ⑥
この様ナ身持ー今のやうに⊟
⑥この様ナ…あらうーナシ⊟
⑥この編笠をなんとーこの笠
を⊟ ⑦じや…あらうーじや
のなんぞと⊟ ⑧白酒ー白酒
屋⊟ ⑨な悪者ーナシ⊟ ⑩
ませふーまする〔ぞ〕⊟⊟〔 〕
ハ⊟〕 ⑩頭巾ー床几の毛氈
⊟ ⑫ここへーサ爰へ⊟ま
あ爰へ⊟ ⑬するをノ下ー新
兵衛「ニヤー」満江「猫の真
似せずと此まあ毛氈を」⊟
⑬頭巾ー毛氈⊟ ⑬そなたは
!こなたは兄の⊟⊟ ⑬ない
かーの⊟ ⑭イヤーエ、もう
⊟イヤモウ⊟ ⑭祐成やら…
ぬー兄ぢややら何ぢややらキ
ユウの音も出ませぬ⊟ ⑭そ
なたーこなた⊟ ⑭ナア〳〵
ーナシ⊟ ⑮エ、ー何処か
〔⊟ハ「そこら」〕に穴はないか
知らんエ、⊟⊟ ⑯揃ふてー
揃ふての此しだら⊟ ⑯ナア
ー何事ぞ⊟ ⑯モシ…祐信ど
の(左4行)ーナシ⊟ ⑯様ー
殿⊟ ⑰お前…いはふ(左4
行)ーナシ⊟
〔左〕④この様に兄弟をー兄弟
揃つて此のやうに⊟ ④満江
が因果ーわしが因果⊟ ⑤未
来…死ぬる〳〵ー亡き夫とへ
の申訳け身を投げおわびせね
ばならぬわいの⊟ ⑤への云
訳はーへ云訳に⊟ ⑤墓…い
てー墓所へ行き⊟ ⑥死ぬる
ーおゝ⊟ ⑥ト…死ぬる〳〵
ー助六「エ、」⊟ ⑧ませー
せうーナシ⊟ ⑧申してー申
しまして⊟ ⑨時致ー時致ト
助六ヲ並記シ更ニ「弟」ヲ加
筆⊟ ⑨母人…時致ー母者人
私⊟ ⑩者ーナシ⊟ ⑪もつ
てーナシ⊟ ⑪当春…於てー
ナシ⊟ ⑪当春…ためと」此
程より⊟ ⑪の紛失それゆゑ
ー紛失について⊟ ⑫殿ー様
⊟ ⑬して!ナシ⊟ ⑬喧嘩
をしかけー差したる⊟⊟ ⑭
無理…つくもー〔喧嘩を〕しか
けますも⊟⊟〔 〕ハ⊟ ⑭
これ皆ー皆⊟ナシ⊟ ⑮ため
ーためゆゑ⊟ ⑯をーナシ⊟
をば⊟ ⑰けんくわはーけん
くわするのは⊟

一一八・一一九頁

〔右〕①ゆへじやとかーゆゑじ
やといやるのか⊟のためとい
やるのか⊟ ①にーで⊟⊟
①助六…有がたい(6行)ーナ
シ⊟ ①御機嫌…ませー「お
ぎねんおはらし」両人「下さ
りませ」⊟ ②成程ーいかさ
ま⊟ ③捨てーかけ⊟ ④は
れたーはれたわいのう⊟ ④
若ヤ…しやゝーナシ⊟ ⑥有
がたいー両人「有難うござり
まする」⊟ ⑥揚巻…ました
がーシタガ⊟ ⑥揚巻…時致
ーそれ聞いて落付ました⊟
⑨やらうーやりませう⊟ ⑨
どの…じやぞーナシ⊟ ⑩し
てーすれば⊟ ⑩のーは⊟
⑩やう…やぶれるー短気を出
せばやぶれる此紙衣⊟ ⑪母
のー母が⊟ ⑫ト…やるー助
六「有難うござりまする御志
の此紙衣直に着かへまするで
ござりませう」⊟ ⑬守りー
お守りでござります早う着換
へたがよい⊟守りでござりま
する⊟ ⑮ヲ、…似合たーナ
シ⊟⊟ ⑮早そく…ござりま
するー左様なら早速にお心づ
くしのこの紙子早速に着換へ
まするでござりませう⊟「左
様なら早速に着かへまするで
ござりまする」揚巻「よいお
守りでござりまする」新兵衛
「オ、よう似合ひました」⊟
⑯満江…をじや(左2行)ーナ
シ⊟ ⑰思はふー思う⊟ ⑰
しやーせよ⊟
〔左〕①たーました⊟ ②助六
もをじやーサア助六も⊟ ②
満江…下されやーナシ⊟ ②
イヤーナシ⊟ ②からーより

〔一〕　③その…下されやー有難うございます〔一〕　④助六…留て(8行)ーナシ〔巳〕　④成程…残りー私はまだ〔二〕　⑤それをーナシ〔二〕　⑤いたし…ませうーいたして跡から戻りまする〔二〕　⑥助六ー祐成〔二〕　⑧いかう…ましたー夜寒にございまする〔一〕夜風も強ふござんす〔二〕　⑧召ましてはー召さぬやうにお気をつけ(〔二〕ハ「つけておいで」)なされませ〔一〕〔二〕　⑩ト…あつてーナシ〔一〕〔二〕　⑪そんなら…ござるー忝けのうござんる新兵衛参りませうか〔巳〕忝ふござるそんなら揚巻どの〔二〕　⑫新兵助六ー揚巻「お二人さま」〔二〕　⑫助六ーお供いたすでございませう〔巳〕　⑫皆々さらばー母「時致そなたも一緒に」助六「わたくしはまだチト心あたりがございますれば詮議いたして帰りまする」〔巳〕新兵衛「おさらばでございまする」〔二〕　⑬新兵…やれよーナシ〔二〕満江「では早う戻つたがよいぞや(ト花道へ行き)左様ならば揚巻どの」揚巻「お二人さん」新兵衛「おさらばでございまする」〔巳〕　⑬ト…かわいのものヤナ(一二三頁10行)ーナシ〔一〕〔二〕

一二三頁

⑪ヤ…声ーあの声はたしかに意休〔一〕〔二〕　⑫コレ…まいぞーア、モシ必ず紙子を忘れなさんすなえ〔一〕〔二〕　⑮ござんすーござんした〔巳〕〔二〕　⑮そなた…ゆかぬとは(一二四頁3行)ーさつきにから尋ねてゐたそちはこゝで何をしてゐた〔一〕　⑰意休…ものとは(一二四頁1行)ー意休の心にしたがうといふか〔二〕

一二四・一二五頁

〔右〕①お前…わいナアー「サアおまへの心に随ふといふたはアリヤうそ」意休「ム」(ト顔見合せ)「ぢやないわいなあ」〔二〕　③寝やうーおぢや〔二〕　③せぬーせぬぞえ〔二〕　④ナーナシ〔巳〕　④ゆきやんすーゐやんした〔巳〕後から行く程に先へ行て寝やしやんせ〔二〕　⑤意休…せぬかへーナシ〔一〕〔二〕　⑥いんにや！ーナシ〔巳〕イヤ〔巳〕〔二〕　⑥吹れるー吹れてゐる〔一〕〔一〕　⑦コウーシタガコウ〔一〕〔二〕　⑦の貧乏神野郎ーナシ〔一〕〔二〕　⑧であらうーだらう〔二〕　⑨をれ…ぬいたーをれの足をつねつたぞ〔一〕〔二〕　⑩なんじや…子供か〱ー子供でござんせうお前の足をほんに悪い事許り子供が〔二〕　⑪私し…からー「私達では」両人「ござんせぬ」〔一〕〔二〕　⑫又…しやんナー言訳けしやんな〔一〕言訳せずと早く奥へおじや〔二〕　⑬禿…からー両人「アイ〱」〔二〕　⑬じやノ下ー二人〔巳〕　⑬揚巻…抜(一二六頁4行)ーナシ〔二〕　⑭黙らぬか…揉でくれー言訳せずと奥へ行きや〔一〕

〔左〕①何が出まいぞーナニ出まいとは〔一〕　②サア…したり(11行)ー出まいではない〔一〕　⑪何と…なへかへーお星さんが出たわいなア〔一〕　⑫珍しーなにを珍し〔一〕　⑫毎晩…意休(一二六頁1行)ーナシ〔一〕

一二六・一二七頁

〔右〕①あれはーあれはの〔巳〕　⑤アイタイ…ぬきやアがつたーお痛い〱(〔一〕ハ「オ、痛た」)また足をつねつたぞ〔一〕〔二〕　⑥また…ナアー子供でござんせう〔一〕　⑥何をいふーナシ〔一〕　⑥居やア…我が裾からー居やせぬわへ〔一〕居やアしねへ〔二〕　⑦めつそう…大方ーナシ〔一〕〔二〕　⑧じやわいナアーでござんせう〔巳〕でござんすわいナア〔二〕　⑧じやーだ〔巳〕　⑨アイーアイナア〔一〕　⑨土泥ー而も土泥〔一〕〔二〕　⑨がーナシ〔一〕　⑨揚巻をそれ〱ーそれそこに〔一〕国に盗人家に鼠と溝を走るソレ其処に〔二〕　⑩エ、ー何処にナア〔巳〕　⑩其処…わへーソレ其処に〔一〕「ハテ其処に居るわえ」揚巻「何を云はしやんす」〔二〕　⑫辻ー土〔一〕　⑬事をーことは〔巳〕と云ふ事は〔二〕　⑭ナゼ盗みーわりやナゼ盗み喰〔二〕　⑮ものかーと思ふか〔一〕　⑮ここナーエ、男あの爰ナ〔一〕コリヤ〔二〕　⑮腰ぬけめ…腰抜武士(左5行)ー腰ぬけめが〔一〕　⑮まてーヤレまて〔一〕　⑯知り腰抜とはー知ると言ひ此時致が何で腰抜だ〔二〕　⑰と思ふーナシ〔二〕

〔左〕①こりヤー第一〔二〕　③譬へ…腰抜武士ーナシ〔二〕　⑤教訓の扇ー扇のしもと〔一〕此扇で〔二〕　⑤魂しひを入なほせーかう〱〱何と骨身にこたえたか〔一〕魂入直し〔二〕　⑥ここナーナシ〔一〕　⑦だーだなア〔巳〕　⑦汝…通りーナシ〔二〕　⑦汝…為にはーナシ〔二〕　⑧もつてーに置いて〔二〕　⑧このーナシ〔二〕　⑨恋の…討とはー我本名を知るといひ恋の敵の助六を今目前に扇の答打つといふ字が〔巳〕　⑨扇…討とはー扇の答サア打つと云ふ字が〔巳〕　⑩手向ひー手出しも〔巳〕　⑪擲ーサア擲〔二〕　⑫揚巻…したーナシ〔一〕　⑭時致ー助六〔巳〕　⑮大望…益ーナシ〔巳〕　⑰このーの〔一〕　⑰曾我兄弟ーナシ〔一〕　⑰と…こゝろを(一二八頁5行)ーの兄弟三人互ひに心〔巳〕　⑰こりヤ…高いーソレ故奥へ踏込んで〔一〕コレ〔二〕　⑰そんなら今宵ー「モシ」(ト囁く)〔一〕そんなら今宵お前は〔二〕

〔左〕①こりヤーそんなら意休が帰りを待うけ〔巳〕今宵意休が帰りを待うけ〔一〕　①ござんせー早うござんせ〔二〕　①ト…打出し(最終)ー助六「おゝさうだ」(ト花道附際にて足を踏み出しきつとなるを木の頭鳴物にて大きく踏んで揚幕へ揚巻これを見送る模様よろしくひやうし幕)〔巳〕助六「オウ(花道附際へ来て)さうだ」(屹と見得両手で裾を持つて大きく足を踏んで向ふへ入る揚巻は後向になつて暖簾口を気遣ひ助六の後を見送る形木に付曲撥の合方で幕)〔二〕

一二八・一二九頁

〔右〕①兄弟合体ー心一致〔一〕　①合すものー合はせる〔二〕　①祖父ー伯父〔一〕　②恨みるー恨む〔二〕　③寄たれどもー老つたれど〔二〕　③時はー時には〔巳〕　④なつてーなつてサア〔二〕　⑤まだーまつた〔一〕〔二〕　⑧倒れる…〱ーナシ〔一〕〔二〕　⑬無念をーナシ〔二〕　⑬この…やぶれてはーナシ〔一〕紙子がやぶれては〔二〕　⑭コレ必らずーモシ〔一〕〔二〕　⑮を出すまいぞーなさんすなえ〔一〕　⑮揚巻ーコリヤ揚巻〔一〕〔二〕　⑮教訓…割たるーナシ〔一〕〔二〕　⑯意休がー意休が抜いたる〔一〕〔二〕　⑯まさしくー予て〔一〕

暫

〔一〕ー竹柴本一 〔二〕ー竹柴本二 〔久〕ー久保田本 〔河〕ー河竹本 〔諸〕ー竹柴本の諸本 〔一〕全文ー〔一〕の全文（現行本）

一 セリフの中に、「鹿島新宮」とも「今度常陸よりうつせし鹿島の社頭にて」とあるところから、茨城県鹿島郡鹿島町の鹿島御子神社を素地としたか。「寛永年間相馬義胤の尊信厚し」(神道大辞典)。〔一〕〔二〕では「鶴岡社頭の場」。 二・三 〔諸〕になし。 四 将門の弟。「将門記」に出る。→補一。 五 〔一〕〔二〕では加茂次郎義綱に当たる。 六 〔一〕〔二〕では加茂三郎義郷に当たる。→補一。 七 〔一〕〔二〕では主に荏原八郎に当たる。→補一。 八 〔一〕〔二〕では鹿島入道震斎。「鯰坊主」と言われる道化方がつとめる役。→補二。 九 〔一〕〔二〕の加茂上総介正広に当たる役どころか。 一〇 以下七名の役名は、関八州の帝と称した将門の家来にふさわしく将門に由縁の地名を付した。またその豪族名でもある。〔一〕〔二〕では豊島平太、田方運八、海上藤内、大住兵次に当たる。〔二〕では更に戸塚金六、武藤源内を加える。 一一 一以下の数字は底本にない。本文によって仮に付す。 一二 →補一。 一三 「将門記」に出る。〔一〕〔二〕の武衡のセリフにあたるところ

暫(しばらく)

新鹿島社頭(しんかしましやとう)の場[一]

九代目市川團十郎[二][1]相勤申候(あひつとめまうしさふらふ)

○ 役人替名(かへな)の次第[三]

一 御厨(みくりや)[四]の三郎將頼(まさより)　市川左團次[2]
一 常陸(ひたち)[五]の助雅近(まさちか)　坂東家橘(かきつ)[3]
一 左衞門佐維衡(さゑもんのすけこれひら)[六]　市川小團次[4]
一 蘆原(あしはら)[七]四郎將平(まさひら)　市川團右衞門[5]
一 鹿島入道雷玄(かしまにうだうらいげん)[八]　尾上梅五郎[6]
一 下總介義廣(しもふさのすけよしひろ)[九]　大谷門(もん)藏(ぞう)[7]
一 猿島平太(さるしまへいた)[一〇]　坂東喜知六(きぢろく)[8]
一 船島(ふなしま)八郎　中村荒次郎[9]
一 飯沼軍藏(いひぬまぐんぞう)　市川猿十郎[10]

一 小山(こやま)千平　小川幸升(かうしよう)[11]
一 香取鎌(かとりかま)八　澤村由藏[12]
一 布佐(ふさ)十平　尾上尾登五郎(をとごらう)[13]
一 笹川宗(さゝがわさう)七　尾上竹次郎[14]
一 八幡(やわた)市藏　市川寶作[15]
一 奴(やっこ)一[一一]　市川團八[16]
一 同二　市川左伊助[17]
一 同三　尾上風扇(ふうせん)[18]
一 同四　中村嶋藏[19]

1 「俳優評判記」(明治十一年十一月十九日版)によれば、惣巻頭、大極上上吉(以下、俳優の位付は同書による)、当時四十一歳。七代目の五男。六代目河原崎権之助の養子となり、長十郎・権十郎・権之助を経て、明治七年生家市川家に復帰し、九代目団十郎襲名。以後、新富座・歌舞伎座に座頭。「暫」は二度目の上演。俳名紫朝・三升・団洲・寿海・夜雨庵、屋号成田屋。 2 上上吉。当時三十七歳。四代目市川小団次の門弟。小米・升若を経て、元治元年、小団次の養子となり、四代目左団次襲名。俳名莚升、屋号高嶋屋。 3 上上吉。当時三十二歳。十二代目市村羽左衛門の三男。五代目菊五郎の実弟。市村竹松・十四代目羽左衛門・家橘を名乗り、市村座元を兼ねる。故あって明治五年、坂東となる。和事を得意とす。屋号立花屋。 4 上上吉。当時二十九歳。四代目市川小団次の二男。子団次を経て、明治十一年、五代目襲名。脇役の名手。俳名米升・升若、屋号高嶋屋。 5 上上吉。団十郎門弟。敵役。初め大谷万作。俳名麦升、屋号成田屋。明治二十二年没。 6 上上吉。当時三十六歳。五代目菊五郎の門弟。四代目尾上松助の前名。明治元年梅五郎と改名。俳名梅青・梅賀、屋号山村屋。 7 上上吉。三十七歳。四代目大谷友右衛門の門弟。当時名題下、明治二十二年名題。三代目

一　同五　中村しやこ六[20]　一　侍女一[一七]　岩井粂三郎[29]
一　同六　坂東喜美三郎[21]　一　同二　岩井しげ松[30]
一　同七　中村成右衛門[22]　一　同三　坂東筆之助[31]
一　同八　市川丹次郎[23]　一　同四　澤村清十郎[32]
一　[一二]村岡五郎義秀　中村鶴蔵[24]　一　同五　尾上梅三郎[33]
一　[一三]武蔵九郎興世　中村仲蔵[25]　一　同六　岩井此糸[34]
一　[一四]狂言作者、藤井蘆助　中村宗十郎[26]　一　[一八]公綱の妹、ひさご　岩井半四郎[35]
一　[一五]平親王将門　尾上菊五郎[27]　一　[一九]館金剛丸照忠　市川團十郎
一　[一六]貞盛の妹、桔梗前　岩井小紫[28]

本舞臺一面廻廊の道具幕、紅白梅の釣枝。管絃にて、幕明く。トよき程に、渡り拍子になり、向[36]ふより相中八人、いづれも一對[二〇]のねぢ切[二一]奴にて、梅[37]の花鎗をもち、いさましく振て出で來り、舞臺へ並ぶ。

奴一[38]「吉例[二二]かはらぬ芝居[二三]の正月、一番馬に魁がけて」　奴二「渡り拍子の鳴物にて、同じ出立の一對奴」　奴三「ふつて振り出す花鎗の、赤きは酒の呑仲間」　奴四「大手馬場先下馬先[二四]の、にしんの煮つけ筒

もある。一四 藤井は、中村宗十郎の本姓。㊀㊁では登場しない。一五「受(け)」といわれる役。↓補三。一六 ㊀㊁では、月岡の息女桂の前。桔梗の前の名は、「米野井の桔梗、が原といふは、将門が妾桔梗の御前といふが殺されける所にて、その墳あり。今も桔梗は有りながら花開く事なきは、この御前が怨に因れるなりといへり」(利根川図志、二)によるか。一七 底本に一以下の数字なし。本文によって仮に付す。一八 女鯰と言われる役。↓補四。一九 現行台本の景政は二代目団十郎が正徳四年十一月中村座で「万民大福帳」を演じた時の役名を受ける。二〇 揃いの意。二一 尻を出して短い上着の尻端折りをしている奴姿。二二 めでたいしきたり(芝居の年中行事の始め)になっていて変わらぬ。二三 顔見世興行のこと。十一月は次の一年間の新顔ぶれの初めの月になるので、芝居の正月と言う。二四 城の大手門前を下馬先と言い、奴たちのいる供待部屋があった。そこで鰊煮付や茶碗酒を売った。

〔左〕⑦公綱の妹ひさご—那須の九郎妹実は景政の従弟女照葉㊁ ⑧館金剛丸照忠…鎌倉権五郎景政㊁

馬十と改名。河合武雄の父。俳名馬十、屋号明石屋。8 上上吉。初め嵐吉六。新富座の頭取。嵐吉三郎門弟、名題下。半道敵。散蓮華の綽名で知られる。俳号東鯉、屋号喜屋。9 上上吉。若松屋梅叶。10・11 上上十。12—16 上上。17—20・22・23 上上。21 上。24 上上吉。三十七歳。三代目仲蔵の門弟。初め鴈八。明治四年(または慶応三年)鶴蔵襲名。俳号秀雀、屋号舞鶴屋。明治二十三年没。25 真上上吉。七十歳。前名鶴蔵。慶応元年三代目仲蔵襲名。敵役・脇役の名人。俳号秀鶴・舞鶴、屋号舞鶴屋。明治十九年没。26 巻軸大上上吉。四十四歳。中村翫雀の門弟。亀蔵・歌女蔵・三桝源之助を経て、慶応元年、中村宗十郎と改名。大阪劇壇の大立者。和実を得意とし、大阪劇壇の革新運動者。俳名千昇・霞仙、屋号末広屋。27 巻軸大上上吉。三十五歳。十二代目市村羽左衛門の次男。十三代目羽左衛門・家橋を経て、明治五年菊五郎襲名。世話物にすぐれ団十郎と併称さる。俳名梅幸、屋号音羽屋。28 上上吉。八代目半四郎門弟。初め染之助。半四郎に次ぐ女方。俳号紫童、屋号大和屋。大正九年没。29 上上。二十三歳。八代目半四郎の養子、四代。俳号燕子、屋号大和屋。明治十八年没。30 上上吉。俳号梅若、屋号大和屋。31 上上。32 上上十。33・34 上上。35 大上上吉。当時

茶碗」 奴五「ぐッと一杯二合半、[一]ぶん抜き釘抜き看板に[二]」 奴六「寒の[三]師走も日の六月も、お供廻りを待兼て」 奴七「素鎗毛鎗に作ッたる[四]お髭のちり取り機嫌取り」 奴八「名を取り毛よりあたらしく、[五]けふを花なる伊達道具[六]」 奴一「勇みいさんで[七]」 八人「捻ぢこむべいか[八]」(ト[1]渡り拍子にて、上手幕の影へは入る。知らせに付き、道具幕切て落す[2])

[3]本舞臺一面の大廻廊、軒口に金燈籠を釣るしある。上下[4]、梅の立樹、日覆より紅白梅の釣枝、すべて鹿島の社の體。ここに、猿島平太[九]、船島八郎、飯沼軍藏、小山千平、上下[5]、大小にて、立掛り居る。下手に、以前の奴八人居並ぶ。この見得にて、道具納る。

平太「これはいづれも御苦勞〳〵。いつも鳥毛といふ所を」 八郎「平氏を祝して紅梅の[一〇]、花鎗とは出來たわい」 軍藏「何さま今度常陸より、うつせし鹿島の社頭にて」 千平「平親王將門公には、王[一一]位をいでゝ遠からねば」 平太「金冠白衣[一二]を身に着し、身づから登る[一三]位山」 八郎「首尾よく行けばわれ〳〵も、立身なして月卿雲客[一四]」 軍藏「けふ一日に何もかも、一時に納る御位定め[一五]」 千平「それを祝して花鎗とは、コリヤきついもので」 四人「ござるわへ」(ト時[6]の太鼓になり、香取鎌八[7]、笹川宗七、半素袍、股立、大小にて出る。ここへ、新相中の

一 桝に一杯の盛切り酒の二合五勺を意味し、転じて、二合五勺の給与米を受ける身分の低い足軽、奴の蔑称とした。盛切り酒一杯引っかけて。
二 ぶん抜きから釘抜きと語呂を合せ、奴がよく付けた釘抜き模様の半纏を看板と言い、また酒店の閉店をかけたか。
三 寒中の十二月も、極暑の夏日の六月も。看板、寒と尻取り。
四 奴の作り髭。書き髭より殿様の髭の塵取り。すなわち機嫌取りと、語呂合せ。
五 機嫌取りより名を取ると尻取りになり、鳥毛にかけた。鳥毛は、鳥の毛で槍先の鞘を飾った鳥毛槍のこと。
六 見てくれの花やかな道具。花槍に象徴された槍尽しをさす。
七 底本「九」。
八 (河)の「振りこむべいか」におなじ。奴詞。尻端折した奴を捻切り奴と言ったので、その捻切り奴たちが、「くりこむべいか」と言ったのである。
九 以下、底本のト書中の役者は、役者名によって書かれるのを原則とする。
一〇 平氏は赤旗で表象されるので、その赤を紅梅とかけ、鳥毛より新しい花槍の伊達道具と言ったのを賞めた。
一一 将門は桓武天皇より出る。

五十歳。七代目半四郎の子。三代目粂三郎、二代目紫若を経て、明治五年八代目半四郎襲名。艶麗をもって聞ゆ。俳名紫童・梅我・燕子・杜若、屋号大和屋。明治十五年没。 **36** 花道の揚幕より。 **37** (日)(河)は「鳥毛の鎗」。 **38** 以下の奴たちは、花道にならんで、「よんやさ」または「どっこい」と鳴物を打上げて((日)(河))、次の渡りゼリフになる。この渡りゼリフは、ほぼ形式がきまっていたので、「名歌徳三舛玉垣」(歌舞伎脚本集下)の暫のときのと大同小異。

1 場面が、廻廊、大廻廊、社頭と三段に変わるため、ここで奴たちは上手に入り、次の大廻廊となるが、近来のはこの場面がなく、次の大廻廊から始まるので、前の場の奴が次の場で登場してくることになる。(日)の平太のセリフまでのト書は、「ト此時、上手より豊崎平太、田方運八、海上藤内、大住兵次、上下大小にて出来り」だけ。ただし、その前に次のごとき朱の書入れがある。「ト舞台へ来る。管絃になり」。 **2** 吊してある道具幕を、柝(き)の知らせにより、カケよりはずして落す操作を言う。 **3** (河)は前の場がなく、これより舞台があくが、明治四十三年、中村吉右衛門上演の際は、場面が次の大廻廊にならず、「早渡り」の鳴物で、奴たちは勇ましく舞台に

仕丁二人、弓矢をつがひ、先に立、跡じさりに出る。ト常陸の助雅近、上下、大小、桔梗の前、廣振袖、姫のこしらへ、侍女[8]、裲襠、かしづきの拵へにて附添、この跡より、左衛門の佐維衡、下總介義廣、上下、大小にて出る。續[9]いて、侍女四人、これを、新相中同じく二人、弓矢をつがひ、布佐十平[10]、八幡市藏、半素袍、大小にて、附添出る。[11]この人數圍み、じり〳〵と、舞臺へ來る)[12]

鎌八「そりや」仕丁「うごくな」(ト立掛る)雅近「コリヤ、いづれも待たれよ。いかなる落度あつての事か、常陸之助雅近へ仔細もいはず、この狼藉」桔梗「將門公には、我意[一六]につのり、日[一七]の御神も恐れたまはず」侍女二「猿島郡[一八]に内裏を築き、みづから位[一九]につきたまひ」維衡「さながら天子の形相とは、いかなる天魔の所爲なるか」侍女一「何科もない姫君初め」侍女五「雅近樣や維衡樣」侍女四「數なりませぬ私共迄」侍女六「とりこになせしは」皆々「何故ぞ」(ト上手[13]にて)將平「いや、その仔細」義秀「いひ聞さん」維衡「何と」(ト管[14]絃になり、上手より、蘆原四郎將平、村岡五郎義秀、赤塗立、上下、大小にて出て來り)將平「兼て主人將門公、心[15]を掛けし桔梗の前、御身をこの場へ呼びよせしは」義秀「今日最上吉日[二〇]故、當鹿島新宮にて、將

→補一・三。
一二 金巾子(きんこじ)の冠。帝王の冠。白衣は、高貴の者または神霊などの着る衣。
一三 専横にも自ら登る官位。登ると言ったので、大内山にかけた。
一四 公卿におなじ。高位高官の朝臣。
一五 天子の位を争うテーマを「御位争い」「御位定め」として、王朝物の中心をなす。
一六 我意はわがまま。「我意につのり」という言い方はおかしいが、「むやみに」の意味の「がいに」と一緒になったものであろう。
一七 天照皇太神。またその皇孫を指す。即ち天皇。
一八 下総国猿島郡に内裏を営んだという伝説による。
一九 「将門記」によれば、新皇と称した。
二〇 旧暦によれば日時の吉凶判断、もしくは運行の規則があると信じられていた。その最もよい日。
〔右〕⑭軍蔵…定め—ナシ㊀
〔左〕⑦ト立掛る…何故ぞ(13行)—義綱「何故の」㊀

来て下手寄りに上手に向い、槍を突いて一列に並ぶと、管絃になり、上手奥から敵役四人出て補1のセリフになる。 4 上手、下手。
5 裃。衣裳。
6 河㊀のト書によれば、「ト時の太鼓になり、向うより、加茂次郎義綱、同三郎義郷、宝木蔵人貞利、上下衣裳、義綱の許嫁桂の前、老女呉竹、侍女四人連れだち、白丁大勢、弓矢を番へ前後を囲み、半素袍の侍四人附添ひ、引立て出て、舞台へ来る」。 7 林「敵役二人」。
8 林「老女呉竹、義広、上下大小にて出る。続いて二—三四人」。この「二—三四人」は底本の左衛門佐維衡に該当か。
9 林「新相中の仕丁同じく二人弓矢をつがひ」。
10 林「敵役二人」。
11 林「敵役は立役を囲み」。
12 立役一同は下手寄りに前に並び、その後に腰元、さらにその後に奴が並ぶ。
13 河㊀のト書は、「ト此時上手にて」。林は「ト上手に声あつて」。
14 河は三人。
15 底本では、将門の桔梗の前の横恋慕にしてあるが、現行演出は、正徳四年の二代目団十郎によって演ぜられ、顔見世狂言の吉例となった「万民大幅帳」によって、大幅帳の件にしてある。大福帳の言立ては、元禄五年正月の初代団十郎による「大福帳朝比奈百物語」が最初とされる。

門公には卽位の儀式」 將平「則ち關東八ケ國も、君を御門と打仰げば、桔梗の前を后にするのだ」 義秀「まつた、雅近はじめ皆のもの、お味方致すか致さぬか、その心底の知れざるゆへ」 平太「力者をもつて、弓矢の遠巻き」 八郎「かくなる上は桔梗の前」 軍藏「君の心に従つて」 千平「后になつたが身の仕合せ」 將平「雅近維衡両人も、隨身致すが先づ當世」 義秀「ふたりの者も一同に、この場に於て」 皆〳〵「お味方申せ」(ト立役みな〳〵、思入あつて) 雅近「チエヽ、淺ましき將門公。その身王位に近きとて、平親王と身づから名のる、天子にひとしき振舞と、ほのかに取沙汰聞きたる故」 維衡「及ばぬ迄も諫言致し、正路にかへし申さん爲」 義廣「とりことなつて來たりしわれ〳〵、いかで惡意に從ひ申さん」 桔梗「みづからことは幼い時、滿仲樣といひなづけにて、定まる夫のある上は」 侍女二「貞女兩夫にまみえぬ掟、何とてお從ひなされませう」 侍女一「かしづく者は尙のこと、いはゞ朝敵よこしまの」 侍女五「御企ある將門公」 侍女四「もの數ならぬ私共迄」 侍女六「お從ひ申ませねば」 侍女三「早や〳〵お心ひるがへされ」 侍女一「御謀反止りたまふやう」 皆〳〵「願はしう存じまする」 將平「關八州の司なる、君の仰せをもどくのみ

一 箱根から東八カ国、相模・武蔵・安房・上総・下総・常陸・上野・下野。
二 帝。天皇。
三 雑色。公方者。雑用・警固をする下級の従者。
四「ずいじん」と濁るのが正しい。つき従うこと。家来になること。
五 当世風。現代的。「ふう」にかけて次の「ふたり」と言い出したか。
六 正直な行為。正しい人の道。底本振り仮名「せいろ」。
七 将門の悪心。
八「下総国香取郡多田邑より起る桓武平氏千葉氏族系の多田氏あり」「鹿島大禰宜系図に常陸の多田氏あり」(姓氏家系大辞典)と見えるところから、多田の満仲を連想して引き出した名か。
九「忠臣は二君に仕へず、貞女は二夫にまみえず」(平家物語、九)。もと「史記」に出る。
一〇 仕える者。
一一 朝廷の敵。国賊。
一二 反抗する。非難する。
一三 御位につくの略。御即位。
一四 心中に思うところ。つもり。考え。
一五 命の瀬戸際の省略。

▽ここでは、敵役(ウケ方の家来)と善人役(暫方)が、両方、渡りゼリフで詰め合いになる。敵役側のドスの効いた声の流れと、善人方の柔和な声の流れ、それに続いて、女方の甲声の流れとが、三絃入りの管絃とからみ合って、音楽的効果を奏する。

か」義秀「けふ御位の我君へ、さまたげなさん所存よな」平太「随身なさねば雅近はじめ」敵皆〳〵「命の瀬戸だぞ」雅近、維衡「すりや何故に」將平「何故とは横道もの、洛中守護の常陸の助」義秀「その大切なる身を以て、内侍所におとらぬ名鏡」平太「なぜ、山鳥の鏡をば」八郎「守護なす身にて」皆〳〵「失しなつた」雅近「や」將平「なんといひわけ」皆〳〵「あるまいがな」雅近「ムウ」義秀「桔梗の前は我主君」平太「將門公に従はねば」八郎「則ち違勅の大罪人」軍藏「それに従ふ腰抜け武士」鎌八「不憫ながらも女らう迄も」十平「可愛さあまつて憎さが十倍」宗七「君の御前へ引立る」市藏「そこ一寸も」皆〳〵「うごくまいぞ」雅近「スリヤ、どうあつても」皆〳〵「われ〳〵を」將平「命が惜くばお味方致すか」雅近「サアそれは」義秀「但しは色よい返事を致すか」桔梗「サアそれは」平太「鏡を失ふいひわけあるか」雅近「サア」敵皆〳〵「サア」立皆〳〵「サア」將平「雅近返事は」皆〳〵「どうだヱ、」呼「君の出御」立皆〳〵「なんと」將門「ヤア、ぎやう〳〵し靜まれヱ、」立皆〳〵「アノ聲は」義秀「今日即位の」敵皆〳〵「將門公」(ト大ざつまになる)

〽感宮萬里の花の時、榮花は雲の上もなく、月日もここにいや高

一六 不とどき者。不埒者。
一七 「洛陽」の中の意で、都のうち。
一八 三種の神器の八咫鏡を安置した宮中の温明殿のことから、八咫鏡そのものを指す。
一九 架空の名鏡。↓補五。
二〇 勅命に逆うこと。将門を天皇扱いにして言う。
二一 女を卑しんで言う語。
二二 諺。「…憎さが百倍」とも。
二三 以下「お味方致すか」まで、㊀になし。但しこの間に大福帳の言い立てが入る。↓㊀全文。
二四 天子のお出ましになること。ここも将門を天子扱いする。
二五 仰々しい、仰山なの意より、やかましい程の意。
二六 立役皆々の意。敵役に対して善人役を指す。
二七 咸宮。この唄の文句は、将門を秦の始皇帝に見立てたもの。↓補六。

〔右〕⑰将平…すりや何故に(左2行)―ナシ㊀
〔左〕①御位―御即位㊅ ③洛中守護の…十倍(9行)―今日主君武衡卿には関白宣下の式日なるに当鶴ケ岡の額堂へ大福帳の額を上げしは不届至極の加茂の義綱㊀ ⑧女らう―女らうめ㊅ ⑨十倍―百倍㊅ ⑩雅近…お味方致すか―ナシ㊀ ⑫桔梗…あるか―ナシ㊀

1 敵役皆々の意。次の行のも、10行目上の「皆〳〵」も同じ。
2 立役皆々の意。㊄には、立役に並べて女方ともある。㊄には、この場合は、敵役に対して、善人役という意味に立役を使っているとすれば、女方も含む。「詰合い」になる。㊍のト書に「トサア〳〵〳〵の詰合になり」。
3 ㊄㊀㊍に「トきつと言ふ(㊍ナシ)此の時後ろにて」のト書があって呼びになる。舞台外からの声。諸本では「出御―」のみ。
4 ときどきの演出によって異なる。㊄は立役、女方とあり、㊀は立役の女とあり、また太刀下の場合もある。また吉右衛門のときは、二つに割って、雅近「ヤアあの」三役一同「声は」とした。
5 諸本にこのセリフなく、㊄㊀は、敵役五人、あるいは腹出し二人で「エ、出御だわ」。㊍ではふたたび呼びが「出御」と声をかける。
6 上手の出語り座で、大薩摩にかかる。省略して演出する場合は、これより始まる。㊀によれば、「ト幕明くと市川三升の口上あっては入ると大ざつまになり」とあって、鶴ケ岡八幡宮廻廊の書割になる。

き、時の威勢ぞ類なき。(ト早下り羽になり、正面の廻廊を左右へ引割り、[1]この内に誂への臺を直し、眞中に平親王将門、金冠白衣の拵へにて、立身。[2]下手に御厨の三郎将頼、赤塗、上下、大小、股立にて、朱の日傘をさしかけ、上手に公綱の妹ひさご、厚綿の羽織、女鯰の拵へにて、梅の枝に紅絹のくけ紐にてひやうたんをゆひつけたるをかつぎ、[3]立身。将門と将頼の間、跡へ下つて鹿島入道雷玄、鯰坊主の拵へにて、大杯を抱へゐる。[4]右の見得にて、舞臺よき所迄押出し、留ると、鈴[一]のいつたる音樂になり) 雅近「ヤ、将門公の」 立皆〳〵「この體は」 将頼「玉座[二]近く尾籠[三]なものども」 敵皆〳〵「さがれヱ、〳〵」[5]

将門「既に青雲[四]の時至つて、相馬[五]小次郎将門も、關八州を切隨へ、遠からずして六十餘州[六]、我手に握る幸先祝し、今日只今當社にて、金冠白衣を身に着し、みづから名のる平親王、我にさからうやつばらは、罪を糺して刑に行ひ、日頃の望[七]たんぬる上は、皆萬歳[6]を唱へろヤイ」 敵皆〳〵「ハア、〳〵」 ひさご「君の御威勢誰あつて、背くものなき綸言[八]に、[7]いづれ[九]も様のおしかりも、この身にかへり三つ扇[一〇]、お進め故とはいひながら、女だてら[一一]に鯰とは、どうしたひやうし[一二]の瓢箪を、打かたげたる伊達姿」 将頼「雲井[一三]の花の魁[一四]に、室[一五]の紅梅赤〳〵[一六]

一 底本、振りがな「すゞ」。「いったる」は「入りたる」のつづまった語。
二 天子の座席。
三 「をこ」に漢字を当て、音読したもの。無礼。無作法。
四 世に出る時。天下の権を掌握した時。高位高官に登る時(史記)。
五 尊卑分脈によれば「滝口小二郎、号相馬」とある。↓補一。
六 日本全国の称。畿内・七道の六十六国に壱岐・対馬を加える。
七 「足りぬる」の音便。
八 天子のお言葉。
九 見物に対して言う。
一〇 ひさご役の岩井半四郎の紋。「身をかへり見る」と「三つ扇」にかかった。
一一 女のくせに。男鯰に対して女鯰と言う。
一二 「ひょうし」と「ひょうたん」の語呂合せ。「ひさご」の役名は、瓢箪鯰の縁で出たか。
一三 相馬の内裏を雲井の朝廷にたとえた。
一四 花の雲より梅を出す。花の魁は梅。一文字より下っている梅の釣枝を見立てる。

1 知らせの二丁の柝(き)が入って、廻廊を引き割ると、高二重、三段の石段、二重の上、真中に、金かな具付の二畳台の上に将門。ただし廻廊を飛ばせる演出もある(三)。舞台の位置、左図参照。

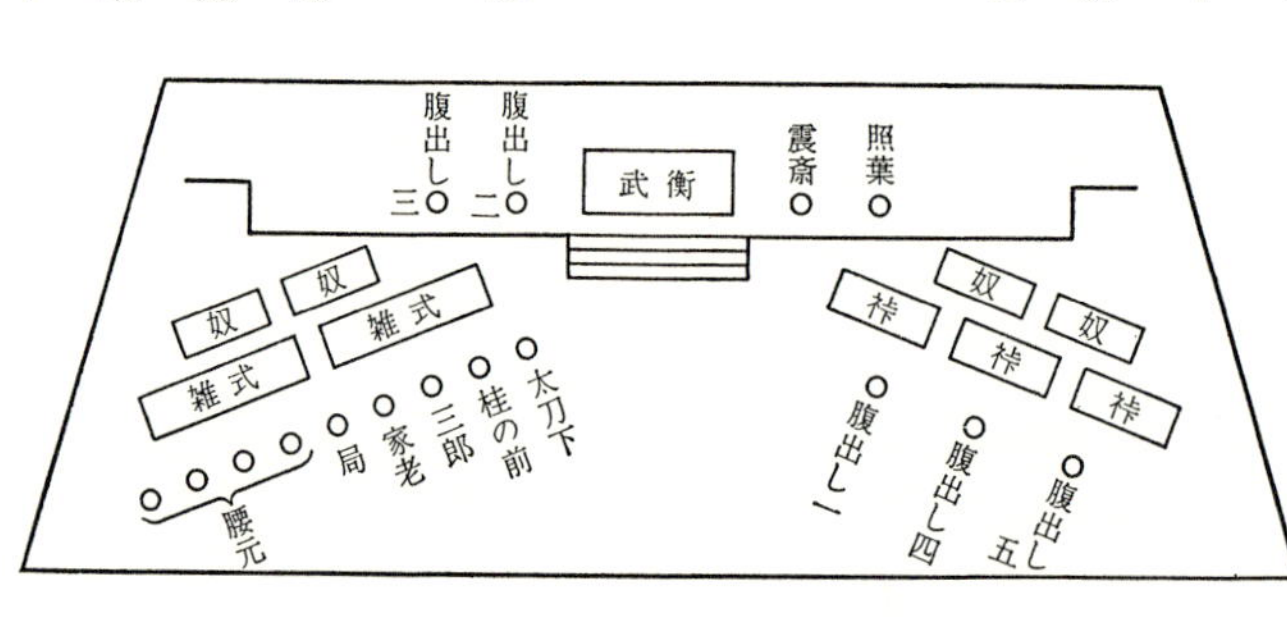

と、[8]仕なれぬ役も御ひいきの、御差圖請(おさしづうけ)て御厨(みくりや)[一七]の、勝手の知れぬお目見えに、やう〳〵參上[一八]參内傘(さんだいがさ)、さし[一九]かざしたる天(あめ)が下」 雷玄「共(とも)につらなる入道は、いつもかはらずのらくらと、酒にたわいも鯰(なまず)[二〇]雷玄(らいげん)」 將平「今日(こんにち)只今、萬乘(ばんじよう)[二一]の、君とうやまふ慶賀(けいが)の御即位(ごそくゐ)」 義秀「草木もなびく御威勢は、ひとへに君の御高運」 平太「たゞ〳〵御目出たう」 敵皆〳〵「存じ奉りまする」(トこの内將門、桔梗を見て) 將門「六十餘州を掌握(しやうあく)なさん、祈念(きねん)の爲にこの社(やしろ)へ、我犠牲(われいけにへ)をそなへんと、けふ汝らをとりことなせしが、いともなまめく桔梗の前、命をとるもふびん故、命助けて閨(ねや)[二二]の伽(とぎ)、[9]男子(なんし)も我に從ひて、忠勤はげむものならば、餘人(よじん)に替(かは)つて助けくれん」(ト立役皆〳〵、顔見合せ) 雅近「チヱ、情なき將門公、姿ばかりか御心迄、聞(きき)しにまさる惡逆無道(あくぎやくぶだう)」 維衡「たとへ上なき國王の、御末(みすゑ)なりとてけふ御即位の式を行ひ」 義廣「みづから王位に登り給ふは、日(ひ)の御神(おんかみ)への恐れ有(あり)」 桔梗「それのみならず過し頃、都において失せたりし」 侍女一「世にも稀(まれ)なる山鳥の」 侍女二「その御鏡(みかゞみ)も御手(おんて)に入(い)り」 侍女三「御所持(ごしよじ)なさると申(まうす)事」 侍女四「あしきことはもれやすく」 侍女五「誰知らぬものはなし」 雅近「その御鏡を御かへしあつて、再び逆意(ぎやくい)[二三]をひるがへし」

一五 温室。 一六「うかうかと」にかけた。「赤〳〵と」は、自分の赤面の塗顔をいう。 一七 御厨から台所の勝手にかけた。御厨三郎の役者のお目見得にかける。 一八「参」の語呂合せ。参内傘は公卿が宮中に参内するとき、従者にさしかけさせた長柄の傘。 一九 傘をさすというのと将門の天下の恩恵をうけるにかけた意。 二〇「たわいもない」と「なまづ」とかける。 二一 一天万乗の君。天子のこと(孟子)。 二二 寝所のお伽。 二三 謀叛心。叛逆心。

〔右〕⑦雅近ヤ、将門公の―ナシ㊀ ⑧立皆〳〵―義綱㊁ ⑧この体は―ヤ、此の体は㊁ ⑧将頼―荏原㊁ ⑧玉座…ものども―ヤア御前間近く尾籠千万㊀㊁ ⑧玉座近―玉座間近㊅ ⑪我手に握る幸先祝し―ナシ㊁ ⑫金冠白衣を…君の御高運(左5行)―異同甚シ↓㊀全文 ⑯だてらに―だてらな㊅

〔左〕①御厨の―御厨三郎㊅ ②天―あまト振リガナ㊅ ③鯰雷玄―鯰の雷玄㊅ ⑥トこの内将門…手出しもならぬか(一五〇頁17行)―異同甚シ↓㊀全文 ⑦我(われ)―我(が)㊅ ⑩ものならば―心あらば㊅ ⑫けふ―我ままにけふ㊅

2 笏を正面に持ち、高合引にかかる形で立身をあらわす。㊀は「吉例の冠装束に笏を持ち立身。前に白木の三方(宝)へ大盃をのせてあり」とある。

3 左肩にかつぎ、高合引にかかって、右袖を引っ張り、ちょっと上手斜に坐る。

4 明治四十三年吉右衛門上演の際は、その下手にさらに「法印成田が山伏姿」でひかえている。

5 と、きっと言うと、これより「管絃」の鳴物になり、将門のセリフにかかる。㊀によれば、「音楽」の鳴物。

6 「ばんぜい」と発音。

7 女方の名乗りゼリフ。自己紹介を兼ねる。

8 以下、見物に対して、お目見えの挨拶を交えた名乗りゼリフ。

9 困は「おのこ」。

維衡「元の良意にかへりたまはゞ、おのづと天下平穏に」義廣「萬民こぞつて」立皆〳〵「悦び申さん」（ト将門、思入あつて）将門「ヤア、我に向つて益なき諫言[一]。一旦おもひ立つたる上は、いかで心をひるがへさん。今汝等が、我を疑ふその山鳥の名鏡は、この將門は、存ぜぬ知らぬぞ」雅近「知らぬとあらば、そのまゝに」維衡「憚[二]りながら」立皆〳〵「われ〳〵が」（ト立掛[1]らふとする）敵皆〳〵「何を」（トきつと思入。雷玄、思入あつて）雷玄「ア、これ〳〵、腹を立つのはわるい了簡。桔梗の前は我君の、お寝間のお伽をするがよい。又お身達も、鏡とやらが、なくては叶はぬことならば、銀座[三]へいつて鏡屋で、髭抜鏡でもかつて行きやれ。おれも子供の時分から、人の話に聞いて居たが、天皇様[四]に歯のたつやつは、一人もないといふ事だ。早く帰るが上分別、サア帰れ〳〵」立皆〳〵「スリヤどうあつても」将門「ヤア、我へ對してつのめだつ[五]、慮外[六]の奴ばら一人〳〵に、この場に於て、成敗[七]致せ」将頼「いさい[八]将頼、はからひ申さん」立皆〳〵「スリヤ、我々をこの場にて」将頼「成敗致す。覺期なせ」立皆〳〵「あまりといへば」将平「ヤア、出て[九]再び返らぬくり言」義秀「綸言そむきやア」敵皆〳〵「違勅[一〇]の罪だぞ」雅近、立皆〳〵「手出しもなら

一 いさめのことば。ここでは役にも立たぬ、無益な諫言。「諫言事」は、元禄期の歌舞伎で成立する。
二 恐れながら。
三 東京の銀座。明治の上演台本なので、そのときの即興が入った。
四 将門を天皇に見立ててある。
五 目に角をたてるに同じ。
六 無躾な。失礼な。
七 斬罪の意。
八 委細すべて。
九 次の綸言という語から、「綸言汗の如し」の、一度言い出したら天子の言葉は再び返らぬを踏まえて、繰り返してくどくど言うことの無駄を言う。
一〇 勅命にそむいた罪。
一一 寝殿造りの貴族の屋敷で、中門の外に設けた、車を入れておく建物。
一二 出勤。
一三 一陽来復。春がめぐっての意。将門の恵みを一陽にかける。
一四 接頭語。奴詞。
一五 寒紅梅の紅から赤塗りの顔にかける。
一六「つら見せ」は顔見世の古

1「立ちかかる」は、立身で刀の柄に手をかけ、体を敵役の方にかけて、擬勢する。ここでは揃って様式的になる。
2 将平は立ち上がって、将門の前で会釈して通り、花道附際まで来て、衣紋を直し、セリフ。河では「ト向うへ向ひ」、日では「ト附際へ行き」、日では「ト上手へ向ひ」（朱注によれば「二重よりおりてつけ際にて」とある）。
3 このト書、河日日になし。
4「岩戸神楽」になり、将平は元へ戻り、興世（成田五郎）は花道七三まで来て止まり、ちょっと将門の方に辞儀をする。河日は、鳴物の指定なし。日は「岩戸」と指定。

5「ハア」とうけ、「一陽に」で頭を上げる。

6「これまで伺候」で、右足を後へ引いて、心持ち左へ体をかけ、

ぬか」將門「我にさからふ不敵のやつばら、武藏九郎をこれへ呼出(よび)せ」將平「ハッ、畏つてござりまする。[2](ト前へ出)エヘン、車舎(くるまやど)[一一]りに控へたる、武藏の九郎興世(おきよ)」敵皆〳〵「いそいでこれへ」[3](ト向ふ揚幕にて)興世「いさい畏つてござりまする」[4](ト大小入、出(で)の鳴物になり、向ふより武藏九郎興世、赤塗立(たて)、上下(かみしも)、大小、股立(もゝだち)にて出て來り、花道に留る)將頼「君の愛臣武藏九郎興世」義秀「只今出仕(しゆつし)[一二]」敵皆〳〵「召(めさ)れたか」[5]興世「お召に従ひ一陽[一三]に、おつ開(びら)[一四]いたる寒紅梅(かんこうばい)、赤ひ[一五]顔のしやつ[一六]面(つら)[一七]見せ、歌舞伎の春の吉例(きちれい)に、昔[一八]にかへる花道へ、又若返(げへ)ツて揚幕から、お請(う)けの聲に武藏九郎、[6]これ迄伺候(までしこう)[一九]仕つてござります」將頼「呼出せしは外(ほか)ならず、上意[二〇]を背きしこれなるやつばら、首打落す用意召され」興世「スリヤ、それにひかへし雅近初め、並(ならび)居る者の、首を打てとな」將平「桔梗の前もふびんながら、君の心に従はねば」義秀「罪はその身の自業自得(じごふじとく)[二一]、この場に於いて」敵皆〳〵「太刀とり召され」興世「いさい[7]畏つてござります」[8](ト三保神樂(みほかぐら)になり、[9]興世舞臺へ來る。將頼、股立を取る。この内、アリヤ〳〵の聲いさましく)將頼「よん[10][二二]やまかしよとな」(ト見得。[11]この時、將門は上(かみ)の方二疊臺に上る。この上手(かみて)、小高き所に、ひさご、雷玄、眞中の臺に、將頼、興世、將平、義秀、次に平

語。赤面の敵役だから、憎らしい「つら見世」と言った。「しゃ」は強めの接頭語で、奴詞。「芝居のしくみ明日はつらみせ」(大坂独吟集)。

一七 十一月の顔見世狂言を指す。

一八 一陽来復で、再び春が立ち返ることから、若返るにかけた。底本振り仮名「がへ」。

一九 御機嫌伺い。

二〇 お上の意図。すなわち将門の意向。

二一 自ら招いた悪い行動は、その結果を自ら受けなければならぬ。「自作二悪業一、自得二悪報一」(正法念経)。

二二 任せよ。「よんや」は掛声。「とな」は感動を現わす。奴詞。「ヨイヤマカショ」(梅の由兵衛)。

〔右〕⑨なくては―なくて[因]　⑭致せ―なせ[因]　⑭立皆〳〵―維衡[因]
〔左〕②ハツ…エヘン―合点だ[一][二]　⑥義秀只今出仕―ナシ[一][二]　⑥召れたか―お来やつたか[一][二]　⑦お召に従ひ一陽に―お召の声と一やうに[一][二]　⑦赤ひ―赤いは[一][二]　⑧歌舞伎の…お請けの声に―昔に返り揚幕から[一][二]　⑨将頼…太刀とり召され(13行)―異同甚シ→[一]全文　⑮将頼よんやまかしよとな―ナシ[一][二](但シ[一]ハ削除ノ跡アリ)

「仕ってござる」で、両手を突き出し、掌を重ねて、立身のまま辞儀する。

7 このセリフは、腹出し四人が言う。

8 [一]「ト岩戸神楽になり」。

9 興世は花道の七三で、舞台には来ない。また高二重の上では、将頼・義秀・将平の三人は、一斉に立ち上がり、四人一緒に右より両方の草履を後へ蹴ってぬぎ、また着付の肌を、裃から右より左へとぬいで腹を出すと、鳴物止まる。[一]では「成田五郎は花道、二重は下におり腹出し皆々よろしく居並び肌をぬぐ」。[一]の補筆では「ト二重の腹出し下へおり、鯰坊主盃を武衡の前へ置く」。

10 このセリフは、腹出し四人の「やっとことっちやアーうんとこな」(河[一][二][困])に当たる。四人は「やっとことっちゃア」(どっちゃ)で、左を踏み出して、元へ戻し、さらに右を踏み出し、「うんとこな」で左にかかり、股立ちをとる心で、右の褄先を左手で左へ摑み、右手を添えて、左へ引いて見得。

11 三保神楽になって、二畳台を上手へ引き、雷玄・ひさご・法印は平舞台におり、上手にひさご・雷玄・法印と居並ぶ。高二重には、興世・将頼・将平・義平の四人は将門の下手に並ぶ。その後に刀持ち、平舞台の下手前に、いわゆる太刀下の立役四人、常陸之介・桔梗の前・呉竹・義広の順に並ぶ。

太、八郎、軍藏、千平居並び、後に鎌八、十平、宗七、市藏、奴八人、仕丁大勢並び、平舞臺前通り、太刀下[1]、雅近、桔梗の前、侍女、維衡、義廣、皆々順よく住ふ。始終アリヤ〳〵の聲よろしく納る）敵皆〳〵「どつこい」興世「いづれも用意」敵皆〳〵「仕つてござりまする」將門「まろ[一]はこれにて、天盃[二]のめぐらさん。九獻[三]をこれへ」雷玄「ハ、ア」（ト後[2]より、てうし、大盃を持出る。將門、盃をとり上る）雷玄「イザ我君には」ひさご「日の神[四]へ」雷玄「ドレ酌仕らん」（ト銚子[3]をもち、立掛る）雅近「ア、[五]天に風雨のうれひあり」桔梗「月にも蝕のかげ暗き」侍女一「花にあらしのなさけなや」維衡「よこしま非道の振舞に」義廣「我々のみか、姫君まで」侍女二「御いたはしき」侍女皆〳〵「この場のしぎ[六]」雅近「是非もなき世の」皆〳〵「ありさまじやなア」將門「ヤア、時刻がうつる、とく〳〵用意」將頼「ハツ」（ト立掛り、きつとなり）將頼「今我君の勅諚[七]と、いづれもさまの御ひいきを、すて[八]ツぺんにいたゞいて」興世「違勅の罪ある桔梗の前、それに從ふやつばらを、並べて置いて首打落す」將頼「今が最期だ」敵皆〳〵「觀念なせ」將頼「ドリヤ[九]」（ト刀[4]を振上る。將門、盃の酒を呑ふとする。この時、向ふ揚幕にて）

一 麿。第一人称の代名詞。古く上下男女通じて言ったが、後には貴族の自称語となった。
二 天盃を。天盃は天子の杯。天子から頂く杯。
三 杯を三献ずつさす習わしから、酒そのものの異名。
四 日の神の子。天子、すなわち将門。
五 以下「天に風雨人に疾病」(諺)、「月盈つれば則ち食す」(易経)、「花には嵐の障りあり」(諺)などの諺を踏まえたセリフ。
六 仕儀。この場のなりゆき。ありさま。
七 天皇の仰せ。勅命。みことのり。
八 素天辺の転。頭上の意。
九 どれ。首切りにかかろうかの意。
10 本曲の名題の出所は、主人公が敵役を止めるこの「暫

1 腹出し四人が振り上げた太刀の下におかれる役々なので「太刀下（たちした）」と言われる。
2 男鯰は、大盃を持って将門の前にすえる。将門盃をとりあげる。
3 女鯰は、梅の枝を下に置いて、銚子を持って酌する。[河][一]のト書は「ト銚子を持ち前へ出る。この時赤面六人立並び」。ただし[一]の補筆に「ト照葉酌をしてなまず坊主照葉平舞台へおりる。ト腹出し、皆々二重へよる。二畳台上へよせる」とあり、[二]では「ト三保神楽、震斎は三宝の盃を武衡の前へ置く照葉酌をする。両人下へおりる。入替って腹出し皆々二重へ上る」。
4 将門は大盃の酒を口元へ持ってくる。腹出し四人は束に立ち、太刀を振りかぶって抜きかける。敵役皆々「ドリヤ」と言って、きっと見得。

照忠「[一〇]しばらく〳〵」敵皆〳〵「イヤア」(ト思入。[5]將門、盃を落す)興世[6]「待て〳〵〳〵。今君の勅命請け、違勅の罪人目の下に」將頼「首を打んとなす折から、どうやら聞えた初音[一一]の一聲、しばらくといつたぞよ」敵皆〳〵「イヤア」興世「兼て覺期は致して居るが、今暫くの聲を聞て、首筋元がぞく〳〵いたし、流行風でも引かにやアいゝ」將頼「拙者などは、[一二]親父から話しに聞た暫く故、早く見たいとおもつて居るが、お手まへ方の様子といひ、足の裏がむづ〳〵いたして、氣味がわるふござるわへ」將平「なんに致せ我〳〵などは、まだ[一三]たべつけぬ事なれば、胸がどき〳〵いたしてならぬ」義秀「さやう〳〵、身共なども、[一四]久しぶりで、今暫くの聲を聞、下ツ腹からぴ[一五][7]んと申た」ひさご「ほんにそうでござんすナ。あの一聲は[一六]地震より、雷さんより、おそろしふござんす」雷玄「[一七]こわいは誰よりこの入道。[一八]おこり病ひを見るやうに、總身ががた〳〵ふるへ出し、なんだか腰が据らぬわへ」將門「我に[一九]敵たふやつばらを、刃の錆となさんず[二〇]折から」平太「これぞ歌舞伎の吉例ながら」八郎「耳をつらぬく今の一聲」軍藏「そも暫くと」千平「聲をかけたは」敵皆〳〵「何やつだエ〳〵」照忠「[8]暫く」敵皆〳〵「[9]暫くとは」照忠「[10]暫く〳〵〳〵、暫くウ」

5 [河][一][二]も、このト書なし。[林]にあり。

6 腹出し四人は、太刀を鞘に納めて、左に提げ、揚幕を見こんでセリフになる。

7 「ピーン」と、甲高く、やや道化ていう。

8 揚幕から言う。

9 「ナニ暫くとは」と受ける。

10 「しばらく、しばらく」を早間に、力をこめて一息に言い、ちょっと間をおいて「しばらくウ」と、独特な発音で、語尾を吹いて大きく長く言う。「しばらプウ」([河][一][林])と書いたのもある。

く」のかけ声にある。

一一 久しぶりの復活上演をも匂わせ、また紅限を寒紅梅に見立て、その声を鶯の初音としゃれた。「悪態の初音」(助六)。

一二 左団次の親父。四代目市川小団次を指す。

一三 暫の舞台に経験のないことを、食べ物にたとえて言う。

一四 久しぶりの上演を指す。

一五 ぴいんと響いた。

一六 こわいものの諺の順序の「地震雷火事親父」を踏まえる。

一七 ひさごのセリフを受けて、地震の名のある震斎とか雷玄とか言われる身が、誰よりもこわいと言った。

一八 間歇熱の一種。寒くなったり熱くなったりする病気。

一九 敵対する。手向う。

二〇 なさんとする折から。

〔右〕④敵皆〳〵…ござりまする—ナシ[一][二] ④まろは…ハヽアー「彼等の首を肴にしていざ〳〵九献をめぐらさん」震「照葉殿、君へお酌を」照葉「ハアー」[一]→[一]全文 ⑥イザ…打落す(15行)—ナシ[一][二] ⑦酌—お酌[大] ⑮なせ—しろエ、[一][二] ⑮将頼ドリヤ—ナシ[一][二] ⑯振上—打上[大]

〔左〕①興世—以下異同甚シ↓[一]全文 ⑫おそろしふ—怖(はこ)ふ[大]

（ト大ざつま）

〽かゝる所へ、館の金剛丸照忠は（トアリヤ〳〵の聲、よせになり、向ふより照忠、吉例暫くの拵へにて出で來る）〽素袍の袖のたぶやかに、實に鳳凰の羽づくろひ、いさましかりける次第なり。（トこの文句にて、花道吉例の所に住ふ）皆〳〵「どつこい」　將門「今即位の儀式に、これなるやつばら違勅の刑に行はんと」　將頼「すかふべ落す向ふづら」　興世「しばらくと聲をかけ」　將平「のたくりつん出たわつぱしめ」　義秀「そもまづうぬは」　皆〳〵「何やつだヱ、」　將頼「いやさ」　皆〳〵「何やつだヱ、」（トこれにて照忠、自作のつらねになる）　照忠「荘子に曰、北冥に魚あり、その名を鯤といふ、化して大鳥となる、そのつばさ垂天の雲の如く、一度南せんと欲する時は、水撃三千里、扶搖に搏て上る事九萬里とかや、柿の素袍の羽づくろひ、氷らぬ水の筋限は、根元金剛家の株、つよいが自慢負けぬが得手、そもそも姓は平氏の正統、常陸の掾貞盛が、股肱耳目とあまやかし、もてあましたる僕は、館の金剛丸照忠、當年積つて十八年、も一ツ歌舞伎の十八番、合せて三十六鱗の、鯉の荒磯荒事師、やつとことつちやア運は天、てんとたまらぬ向ふづら、並んで受けは名にしあふ、音

一 大紋から変じた侍の常服。↓補七。二 だぶだぶとしていること。三 聖人君子が世に出る時現われるという架空の瑞鳥が、羽を繕っているように。四 受け留めるときの発声。五 素頭（すこうべ）。首。六 向う正面。七 這い出した。出て来たのを罵る語。八 童（わっぱ）。子供を罵る語。九 いったい汝は。一〇 荘子、逍遥遊の「北冥有レ魚其名為レ鯤、鯤之大不レ知二其幾千里一也、化而為レ鳥、其名為レ鵬云々」により、鴻大なものにたとえる。暫の主人公の素袍の姿を鵬（おおとり）に見立てた。一一 北冥。北方。一二 水を翼で撃って飛ぶこと三千里。一三 嵐・はやてに翼を打って。一四 水の筋と暫の筋限にかけた。↓補八。一五 筋隈をとる荒事の根元の金剛丸の役は市川家の十八番。語呂合せ。一六 得手物。得意なもの。おはこ。一七 高望王第一子、国香の嫡男。それ故に正統と言う。国香は常陸の国司であり、将門に害された。↓補一。一八 股肱之臣に同じ。頼みになる家来。一九 自分の謙遜語。二〇 鯉の異称。横側の鱗が縦に三十六個並んでいるところより言う。二一 鯉の荒磯は市川家の替紋。荒事にかける。二二「うんとこな」の掛声に運をかけた。また「運

1「寄せ」の合方。

2 附帳、鎌倉権五郎扮装参照。素襖の袖を右を上にして合せ、顔を隠し腰を屈めながら、刻み足で、揚幕から四、五足出て立ち止まり、ちょっと土間の方へ向き直り、また大きくゆっくりと舞台の方へ向き直り、腰を伸ばして顔を上げ、袖は前で掻き合せた形で、しずしずと歩んでスッポンまで来、大薩摩の唄によって初めて顔を上げ、正面に向き直って後見がさし出す高合引にかけ、ちょっと両袖をさばいて、鳥の羽づくろいのように見せ、「勇ましかりける次第なり」と、この唄いっぱいにきまる。

3 河[二]では〽素袍の袖も時を得て今日ぞ昔へ帰り花、名に大江戸の顔見世月、目覚しかりける次第なり」。

4「イーヤーサー」と発音しながら首を振ると、同時に腹出し四人とも、右足を踏み出してそれにかかり、左手は太刀を提げたまま、右拳は握って前に突き出した形で、「何やつだエー」となる。この形は、次の暫のつらねの間中、これを続けている。

5 土間の方を向いたまま、次の吉例のつらねを言う。「続々歌舞伎年代記」には、「今回が三回目にして例の茶番めきたる事は一切ヌキとなし、ツラネも桜痴居士の手にて多少修正をなし噂さの有た美術づくしは長過ぎる嫌ひあり迚差控へたゞ大福帳の件んを書直し

にひゞいた金冠白衣、赤[二四]いおぢいも顔揃ひ、動かぬ鹿[二五]島の要石、なまづがう[二六]つゝひ姉ヱゆゑ、しんぞ命を揚幕[二七]から、久しぶりでの寒[二八]顔見せ、雪に[二九]かぢけぬ寒牡丹、眞先がけの手初めに、さまたげをする奴ばらは、神の守[三〇]田の家の棟から、伊豆と相模の鼻[三一]の穴へ、ほふり込むぞと、ホ[18]、、うやまつて白す」 皆〳〵「どつこい」 將頼「サア、いづれも暫くだ〳〵。根元歌舞伎初まつてより、東の名物暫くの本店、いづれも、そ[三二]つ首の用心さつしやイ」 皆〳〵「イヤア」(ト[19]將門、照忠を見て) 將門「今暫くと聲をかけ、つん出たやつをよく見れば、見覺へのある鬼[三三]若衆、名[三四]に大太刀に三[三五]升の紋、柿の素袍は本家本店、外にたぐゐも荒[三六]事師、これぞ日本市川家の、十八番の暫くだが、この將門が目ざわりゆゑ、誰かある、引立イ」 興世「イヤ、君の仰せを待ずとも、大[三七]福餅でも早くやつて、ぼ[三八]つかへすのが一[三九]の手だ。身共なども、久しぶりゆゑ、一倍きもに答へました」 將平「この暫くには數年來、出合召れた武藏どの、お手まへさへそれだもの」 義秀「我〳〵などは猶の事、なんだか、ぐわた〳〵と、以[四〇]上齒の根が合ませぬ」 八郎「コリヤ、いかゞいたしたら」 皆〳〵「よくござらう」 將頼「いかゞといつて、お目障り、早くあつちへ遠ざけ召れ」 ひさ

は天にあり」の諺より「てんとたまらぬ」と続ける。 二三 ウケ。↓用語一覧。 二四 赤塗りの腹出しを言う。中ウケ(↓用語一覧)。 二五 ↓補二。 二六 女鯰のひさごを指す。「うっつい」は美しい。 二七 真に命をあげるほど惚れたに、揚幕をかけた。 二八 以下「か」の字尽しの語呂合せ。 二九 「かぢけぬ」は凍って萎えぬ。寒牡丹は春に先がけて咲く。牡丹は市川家の替紋。↙

〔右〕②館の金剛丸照忠は―鎌倉の権五郎景政は[一][二] ⑤皆〳〵どつこい―ナシ[二] ⑤即位の…向ふづら―我君の厳命にて罪ある奴を成敗に行はんとなす所へ[一][二] ⑤儀式に―儀式と[四] ⑦興世ト将平ノセリフ―割ラズ[一][二] ⑦わつぱしめ―コノ下三人ノセリフガ入ル→[一]全文 ⑧将頼ト皆〳〵ノセリフ―割ラズ[一] ⑨照忠ノツラネ―異同甚シ→補2 ⑰並んで―並んだ[四]

〔左〕⑤皆〳〵どつこい―ナシ[二] ⑥いづれも暫くだ〳〵―暫くでござる[一](但シ補筆シテ底本ト同ジ) ⑥より―ナシ[一][二] ⑥東―江戸[一][二] ⑦さつしやイ―しやれ[一]さつせへ[一] ⑨鬼若衆―角前髪[一](角若衆ト傍書) ⑨名に…暫くだが―ナシ[二]→[一]全文 ⑪将門―武衡[二] ⑪興世：先(一五六頁4行)―ナシ[一][二]

たる迄なり」とある。↓補2。

6 間をもたせる。

7 高く張って、「となる」を低く落して言う。

8 高く張る。

9 低く円く、高く低く、高く低く波状に言う。

10 「家の株」から「つよいが」の間に、吉右衛門上演のときに、次の文句が補充されている。「その本家から許された素袍出立も覚束な名乗りを揚羽の蝶々しい此身に重き大太刀や大きな目玉の真似事は親の光りとお贔屓を頭に頂く力紙」(困)。

11 高く、低く、高く言う。

12 低く言う。

13 ちょっと張って。

14 低く、ゆるく、円く高めて、低く。

15 強く張る。

16 上げる。

17 抑揚をつけずに、強く棒に、張って言う。

18 「ホ、、敬つブウー」と吹いて、「申す」と高く大きく言う。つらねが終わると、揚幕から後見が湯呑を持って出て、正面から白湯を一口飲ませる。

19 [河][三][二]にはこのト書なし。

三〇 神の守ると守田座とをかけた。上演中の新富座は守田座の改名した座。三一「鼻の穴へ屋形船を蹴込むぞ」(助六)。三二 素首(そっ)の促音化。三三 荒若衆におなじ。〔河〕は「角前髪」。三四 名に負うと大太刀とかけた。三五 太刀の鍔は三升の紋の形になっていて、同じ紋のついている素袍にかけた。三六「あらず」と荒事をかけた。三七 寛政頃に始まる餅菓子。暫は若衆なので子供扱いした。また〔河〕はこのあとで大福帳の条になるので、大福帳を匂わす。三八 追い返す。三九 一番よい手段。四〇 その上。武士らしく漢語を使用。

一 立てえ、立ちましょう、などと言う引立て役が廻って来たの意。二 様子。手順。三 尻込み。四 団十郎を指す。親方は役者の敬称。四代目団十郎を「木場の親方」と言ったのに始まると言う。五 半四郎の屋号。出演役者によって屋号が変わることがある。「松島屋」〔二〕、「〇〇家」〔一〕。六 瓢簞鯰の洒落。「瓢簞で鯰を押える」は、ぬらりくらりして要領を得ないさま。七 引立て役が暫に追い返されるのは、毎年の顔見世の暫のきまった趣向で古いから、

ご「サア皆さん、いつもの通り御苦労ながら、[一]引立が來ましたぞへ」皆〳〵「イヤア」 興世「まづさし當る將頼どの、以後の[二]勝手を覺へる爲」 將頼「ヲヽ、引立に參れとか。行なら行まいものでもないが、先誰彼といはふより、噂に聞いていつもの吉例、入道どの、お出あひなされ〳〵」 雷玄「したり○ム、、よし〳〵、仕やうがござる〳〵○[1](トひさごの手をとり、[2]引出し)コリヤ、お前に限る役だ。男がいつてはいけぬから、なんとかかとか和らかに、一番だましてお歸りなされ〳〵」 ひさご「どうしてまア、殿達の[三]跡込みをするを、なんでわたしが」(ト逃やうとする) 雷玄「ハテ、さういはずと、行つしやい。おれが教へてやるほどに、ござれ〳〵」(トひさごの手をとり、無理に出る) 平太「イヤ、お手柄の程が」 皆〳〵「見たいな〳〵」([3]トいやがるひさごを、侍女、後から手を持) [4]雷玄「どりや〳〵〳〵○([5]トをしへ)[6]とかふ傍へいつて○わつぱめ[7]そこを立ヱ、○[8]とサア、なんのぞふさもない事だ」 ひさご「それじやといふて、どうしてわたしが」 雷玄「ハテ、氣のよわい。後にはこの入道がひかへてゐる。氣をしつかりと、やつたがよい」 ひさご「それじやといふて、わたしには」 雷玄「ヲヽ、いわれぬならば、附て遣う○[9](トひさごを前へ出し)どり

1 今日の演出では、まず震斎(雷玄)がいって追い帰され、次に照葉(ひさご)がゆくことになっている。明治二十八年の団十郎三回目の上演のとき、今日の型になったと思われる。

2 吉右衛門のときは、ひさごを招くと、前に出る。今日は、照葉の方から、震斎のところへゆき、「どうでござんした」と問う。

3 〔河〕〔一〕のト書では、「ト震斎勢よく下手へ来て立ちどまり」。〔二〕では「ト震斎下手へゆきかけて」。

4 今日では異同⑫のごときセリフが行なわれるのが普通で、「すーまーぬ」と、右手を口に添えて唄いかけ、「いや我ながら」で、くだけて頭に手をやる。

5 「トをしへ」とあるのは、雷玄が、ひさごをして暫に掛け合い方を教えるからで、このとき雷玄は、右、左、右左と前へ擬勢を張って出て、次のセリフになる。〔河〕〔一〕〔二〕は、震斎の直接交渉となっている。〔河〕〔二〕は「ト花道へ行き」、〔一〕は「ト附際へ行き」とある。

6 「とこうして傍へ行って」とひさごに教え示す形をする。〔河〕〔一〕〔二〕〔麻〕にない。続くセリフもおなじで、〔河〕〔一〕〔二〕〔麻〕にはない。このセリフはおなじでも、底本はゼスチュアであり、他の諸本は実際ということになる。

7 「そこを」で、右足を踏み出してそれにかかり、「立てエ、」で、鯰髭を両手で持って、肱を折り、

今年はひとつ趣向を新しくして、暫が追い返されるというので行こう。

〔右〕④誰彼と―ハツこりや誰彼と[一]こりや誰彼と[二]　④聞いて…なされ／＼―聞居る吉例の入道どんが引立てさつせえ[一][二]　④聞いて―聞いた[人]　⑤したり…ござる／＼―吉例とあれば是非がない勝手は知らぬがやつて見ませう[一][二]　⑥ト書ノ前―手並のほどが見たいな／＼―[一][二]　⑪平太…見たいな／＼―ナシ[一][二]　⑫雷玄―雷玄「いや待てよ安請合に出は出たが勝手は知らず力はなしとあつて後へは帰られずなまづに去んでは此胸がすまぬ」(ト唄ひかけて)「いや我ながら悪い声だ」[二]→[一]全文　⑬とサア…思入あつて(左1行)―異同甚シ→[一]全文

〔左〕②モシ親方―モシ高麗屋の兄さん[二]→[一]全文　②お前…それはそうと―ナシ[二]　⑤思ひも…先へ―大和屋の姉ヱが女だてらに[一][二]　⑥お前(めへ)は何んしに来たのだ―用とは[一][二]　⑦皆さんがたの…すこしばかり(9行)―外でもござんせぬがちつとそつちの方へ寄つては下さんせぬか[一][二]　⑩顔を…かぢつてしまうぞ(13行)―異同甚シ→[一]全文　⑭エヽ―アレ[一][二]　⑰トまり唄を歌ふ―一夜明ければ賑かで／＼おかざり立てたり松かざり／＼ト大ざつまの三味線にて鞠唄をうたひ[二]

やく／＼」(トこれにて、ひさご花道へ行、照忠の傍へ行、思入あって)ひさご「モシ親方[四]、お前マア、この寒いに、よふ御出なさんした〇それはそうと、わたしやお前に、ちつと頼みがござんすが、なんと聞いては下さんせぬか」(ト照忠、振向ひて見て)照忠「コリヤ、誰だと思つたら、思ひも付ねへ大和屋[五]の姉が、先へ引立とは、じやうだん[六]鯰を押へましよ。そうしてお前は、何んしに來たのだ」(トひさご、もじ／＼思入して)ひさご「皆さんがたのおすゝめに、ここ迄出たは出たものゝ、女だてらに立ヱ、、[11]でもござんせぬ〇[12]どふぞわたしの顔を立て、我儘いわずおとなしう、そつちの方へすこしばかり」照忠「顔を立てくれろといふは、揚幕の方へ寄つてくれろか。外でもねへ、お前の事だ、今年は一番[七][13]あたらしく」ひさご「ハイ」照忠「揚幕の方へ」ひさご「ならふ事なら」照忠「立てやらふといひたいが、[14]いやだ。[15]早くなくなれ、なくなりやうが遅いと、しほを附けてかぢつてしまうぞ」ひさご「エヽ」(ト[16]びつくりして、雷玄を招く)雷玄「どうだな／＼〇(トひさごの傍へ來て、どうだと云思入。ひさご、かぶりをふる。雷玄、入替つて)[17]そんならおれが」(ト手をふり上る)照忠「どうしたと」(ト白眼む。雷玄、びつくりして)雷玄[18]「一つとやア」(トまり唄

左をやや上げ、右をやや下げて後へ引いた形で言う。

8　ぐっと、世話にくだけて言う。

9　後から手を持ちそえて。

10　「どうりア、どうりア／＼」と言いながら、左右、左右と出て、ポンとひさごの背を突くと、ひさごはよろけて、照忠の傍へゆく。恥かしそうに嬌(しな)をつくって、右手を鬢にかける。雷玄は、後から両手で煽る。ひさごは軽く膝を打って照忠の傍へより、思入れあって、後へ帰ろうとするのを、雷玄、早くしろというしぐさ。やむを得ず傍へより、次のセリフ。

11　世話にくだけて言う。

12　ちょっと間をおいて言う。

13　高くやわらかに発音。

14　「いやアーだ」と延ばして言う。

15　大きく高く言う。

16　[一]は「ト真中へ戻る」、[二]は「ト照葉おそれてあとへ下る」、[四]は「ト後へ下る。震斎入れ替って」。

17　吉右衛門は、「それでは仕方がない。ようござる／＼〇どうりア／＼／＼」のセリフで、大股に花道へゆき、「キリ／＼そこを」で、拳を握って右臂を折って前に構え、左は握って後へ伸ばした形で気組む。

18　雷玄は振り上げた拳を二つ廻して踏みながら腕組し、丸くなって鞠の形で、「一つとや」と唄になる。

一 埒もない。たわいもない。
二 お見出しいただき。
三 以下「引立る」まで底本脱。因により補う。
四 やって来たな。罵語。
五 「戯(そば)ゆ」はふざける意。じゃま立てすると。
六 江戸っ子の流行語。両国の回向院無縁寺に犬猫を葬る所があり、「投込み」と言った。河は、このセリフを受けて、「犬猫ではあるめえし」とある。
七 ところが、そうはいかない。おれがお前を投込みへやるぞの意。言いかけてやめた。
八 投込みを受ける。回向院は、墨田区東両国二丁目の浄土宗の寺。明暦の大火の死者を葬ったのに始まる。本所の回向院で知られる。「仏せう」は「仏性」か。仏性を回向するの意か。
九 奴を奴凧に見立てて言う。糸をつけておろしてやる。河は「切凧」。
一〇 凧の唸り声を立て、糸で繋がれた凧の格好で。
一一 よしにせよ。置け。
一二 さっきから許しておけば。

を歌ふ。[1]ひさご、雷玄のあたまを鞠にして、舞臺へ來る）皆々「ヱ、、[一]らつちもなひ」[2]雷玄「サア／＼、これからは、お手前方だ」鎌八「これは／＼、[二]お見立に預り」十平「近頃、有難迷惑でござる」宗七「然らば四人」[三]市藏「一座で參らう」四人「ドリヤ／＼／＼〇（[3]ト花道へ、四人居並び）ヤイ、わつぱめ、立ヱ、」照忠「今度は、大ぶ大勢でう[四]しやアがつたな」鎌八「サア、いやでもおふでも引立る」市藏「きり／＼そこを」四人「立てヱ、」照忠「ヱ、、うぬらに引立られて、つまるものか。わるくそば[五]へ立をしやがると、[4][六]投込みへほふりこむぞ」四人「[七]所をおいらが」照忠「何を」（トきつとにらむ）四人「[八]回向院佛せう」[5]〇「サア、これからは吉例にまかせ」△「惣がゝりで出かけやう」八人「それがよい／＼〇どりや／＼／＼」（[6]ト奴八人、花道へ行き）〇「わつぱめそこを」八人「立ヱ、」照忠「イヤ、いやだ。引こめ、引こみやうが遲いと、片ツぱしから絲目を附て、[九]卸し凧にしてやるぞ」八人「何を」（ト立掛る）照忠「どうしたと」（ト照忠にらむ。みな／＼、[7][一〇]うなりの聲、つなぎ凧の思入にて、本舞臺へ來る）平太、八郎、軍藏、千平「[一一]おきやアがれ」將頼「ア、、[一二]最前から用捨すれば、君の御前も憚らず」興世「慮外をひろぐ、わつぱしめ」將頼「イデ、この上

1 雷玄は前頁異同⑰の鞠唄の合方で、右から飛びながら戻ると、花道附際のひさごは両手を交互に動かして鞠つきの形で、つきながら舞台に下がってくる。〽一夜あければ賑やかで／＼お飾り立てたら」で、ひさごは片手でつき、〽松飾り／＼」で、トンと踏むのが合方の止まり。
2 「イヨー」と、頭を押えて元のところへ戻る。吉右衛門上演の際には、この次に法印が出る。
3 四人は握った拳を振りながら、大股に花道へゆき「きり／＼そこを」のセリフで、四人いっしょに足を踏み出し、「立てヱ、」で、体を前にかけ、中啓を持つ右臂を折って、前に構え、左拳を握ったまま、後へ伸ばした形で気組む。
4 九代目団十郎は、ある時「避病院へほうり込むぞ」といい、「コレラじゃあるめえし」と受けて、その即興が見物に喜ばれたという。
5 すごすご戻る。
6 奴のくだりは、明治四十三年の吉右衛門の時は、ない。
7 河によれば、切凧を受け「ピン／＼／＼」と凧の糸の切れた音をまねた。ここでは「ブン／＼／＼」と言ったか。凧の心で、両袖を引張って、体を斜めに、左右にふる。
8 両手を開いて。
9 で、ちょっと右にかかって、左を握って、前に突き出し気組む。
10 張って「みこしを」を言い、

は、御厨三郎將頼」　興世「武藏九郎興世」　將平「蘆原四郎將平」　義秀「村岡五郎義秀」　將頼「イデぼつかへして[一三]」　四人[8]「くれべいか[一四]」(ト[9]四人立掛る)　照忠「イ、ヤ、わざ〳〵くるにはおよばねへ。おれが方から、今そこへ行ぞ」　敵皆〳〵「イヤア」　照忠「早桶[一五]の用意しろ」　皆々「イヤア」　照忠「さらば、[10]御腰[一六]をかき上げべいか」(ト[11]トヒヨになり、アリヤ〳〵の聲にて、照忠舞[12]臺へ來り、中啓をくはへ、肌を脱ぐ。皆[13]〳〵、千鳥に入替り、立役を圍って、思入、きつとなる)　皆〳〵「どつこい」(ト納る)　雅近「金剛丸、お來やつたか」　侍女皆〳〵「まつてゐたわいのう」　照忠「照忠が來るからは、大船にのつたとおもつて、おちつい[14]てござりませ〳〵〇トキに承はらう。何故あつて人人の、首をはねんとおしやるのだ」　將門「やア、あんがいなる[一七]金剛丸。地下[一八]の臣下でありながら、階下[一九]を穢す慮外なやつめ」　將頼「彼等の首をはねるのは、今日王位に登りたまひ、一天下のあるじたる」　興世「君の詞にそむきし故、違勅の罪に」　皆〳〵「行ふのだ」　照忠「[15]そりや無理だ、我儘だ」　皆〳〵「とはまた、何ゆゑ」　照忠「違勅の罪を糺さふなら、先差當り將門公、金冠白衣はどこからの、免しがあつて着さしつた[16]。即[17]位などとは片[18]腹いたし。誰がゆるしたか、それをきゝた

一三　追い返して。
一四　くれようか。べいべい詞。
一五　棺桶の下等なもの。丸形。早速に間に合せてつくる死骸を入れる桶。
一六　腰を上げるを御輿をかき上げるに見立てた。
一七　案外者。無礼な。慮外な。「やあ、法に過ぎた案外者」(菅原伝授手習鑑)。
一八　五位以下で昇殿を許されぬ臣下。殿上人に対する地下者。
一九　きざはしの下。御前。

立ち上がって両袖を揃え、「かきあげべいか」を腹の底から涌き上がってくるように強く言う。
11　肌をぬぐまで、早鼓に「アリヤ〳〵」の化粧声。トヒヨは、今日用いない。
12　「しんずしんず」と舞台へ来て、下手で後向きになり、ゆっくりと着付を一枚一枚ぬぐ。このとき、素袍の籐(とう)を抜く。後見より渡す中啓をうけとり、襷姿になる。
13　照忠、右手に中啓、左拳を握って、両肱を張り、常陸之介以下の立役と上下に、後から入れ代わり、舞台の真中に来る。立役、元の居所に戻る。化粧声の「アリヤ〳〵」が早くなり、照忠は、下手向き、右の中啓を後へ伸ばした形で、左の足を内輪に踏み出すのが、化粧声の止まり、左の袖を内に引き、大きく気ごんで右の中啓を振りかぶるように上げて、元禄見得。後から後見が、素袍の袖をひろげ、皆々「どっこい」ときまる。
14　「まアお手ついて」と高く張り上げて、「ござエまし」と落して言う。これで立役者皆々、下手に坐る。
15　早口に強く言って、将門を見上げる。
16　早間にきっと言い切る。
17　「即位などとは」は、鼻で押えて、底力をこめて言う。
18　「片腹いたし」と低く、えぐるように高めて、落して言う。

〔右〕②らっちもなひ―おかっせえ🈩🈔　②雷玄…きり〳〵そこを(6行)―異同甚シ↓🈩全文　⑧立をしやがると―寄りやがると🈩🈔　⑨四人…ア、(16行)―異同甚シ↓🈩全文　⑰わっぱしめ―憎くきわっぱ🈩憎くき奴🈔　⑰将頼以下ノ名告リ―省略ス
〔左〕④照忠ノ前―景政「檀那寺へ人をやれ」六人「いやア」🈩🈔　⑧金剛丸―オ、景政殿🈩🈔　⑩トキに承はらう―先づ第一にたづねてえは🈔↓🈪全文　⑪金剛丸…やつめ―わっぱの景政無礼をひろぐ憎っくき奴めが🈔↓🈩全文　⑫将頼…何ゆゑ(15行)―ナシ🈔　⑬王位に…顔見せ(一六一頁3行)―異同甚シ↓🈩全文

い」[1] 將頼、興世「サアそれは」照忠「[一]自儘(じまゝ)に着(き)たか」兩人「サア」照忠
「サア」皆〳〵「[2]サア〳〵〳〵」照忠「誰だとおもふ、ア、[3][二]つがもね
へ○([4]トきつと見得)○紛失(ふんじつ)なせしやま鳥の、鏡は[三]あかいおぢい達が、
大かた[四]ぽつぽに[五]あんべいから、おれに下(くだ)せへ、[六]手(て)へ〳〵しましよ
ふ」[5] 將頼「なんでそれを」四人「知るものか」照忠「[七]うぬが知らざア
かみ座(ざ)にござる、平親王が知つてござらう。引きずりおろしてくれ
べいか」(ト照忠、寄らうとする。[6]どろ〳〵になり、照忠、たぢ〳〵となる)
將頼「なんと將門公の」興世「御威勢(ごいせい)を見たか」照忠「ヲ、、見た
〳〵。平親王の御威勢も、寶の有(あ)り所(しょ)ものこらず見たは」皆〳〵「見
たとはどこに」照忠「ヲ、、ここにあるは」(ト將門へ立掛(たちかゝ)るを、ひさ
ご隔(へだ)て)ひさご「ア、コレ、その御鏡(み)はわたしがあづかり、ここに持
つて居るわいなア」([7]ト懐中(ふところ)より、錦の服紗(ふくさ)につゝみし鏡を出し、照忠に
渡す)照忠「コリヤ、御鏡をどうしてこなたが」ひさご「[八]身にも應ぜ
ぬ役廻りも、この御鏡をお前に渡してしまへば、わたしの[九]年(ねん)があい
たわいなア」將頼「そんならうぬはまはしものか」敵皆〳〵「ヱ、、
いめへましい」將平「モウこの上はやぶれかぶれ」義秀「その御鏡
を」(ト取りにかゝるを)照忠「どつこい、さうはいかねへぞ○イザ、

一 勝手に。自由気儘に。
二 ばからしい。たわいない。他を卑しめていう。のち荒事の詞として、団十郎家によって定着する。「団州百話」に甲州訛とするが、間違い。「助六」九五頁頭注二六参照。
三 「中ウケ」の赤塗りの腹出しを指す。
四 懐中の幼児語。先に子供扱いされたので、幼児語で応対する。
五 「あるだろうから」のべい詞。「今日は川越が有べいに」(雑兵物語)。
六 お頂戴しましょう。幼児語か。
七 お前。卑しめに使う対称代名詞。
八 自分に不相応な役目。
九 年期が明いた。役目が済んだ意。遊里語が入ったか。
一〇 底本「雅近請とり」なし。囚により補う。
一一 鏡は円形なので、かけた。

1 高く言いきる。
2 詰合いになる。
3 「エ、、、カッカッ〳〵〳〵つがもねえー」。高く大きく言う。
4 気組んで右足を入れ、中啓を逆に持った右の手を、下からグイグイとせり上げ、口のあたりまで持ってゆき、左の肩辺にあてて、その肱の下に右の手をそらして受ける。
5 幼児が、わやくを言うように、手を出す。
6 将門の神霊(御霊)に打たれる表現。照忠はたじたじと下手へ下がって、呆れた思入れ。思わず下手向きにうつむく。つまり気を失った形。
7 現行では、自分が直接出さず、後に向い、仕丁姿の上平太貞盛をよび出し、貞盛から、鏡を受けとって照忠に渡す。↓補3。

御鏡をお受け取りなされませ」[8](ト鏡をだす。[一〇]雅近請とり) 雅近「ひとたびうせしこの鏡[9]」 桔梗「ふたゝび味方の手に入るは」 照忠「[一一]まるく納まる」 義廣「この顔見せ」 照忠「目出度一つ、[一二]しめべいか」 立役皆〱「ヨイ〱〱、ヨイ〱〱」[10](ト手を打つ) 平太「こつちも〆ろ」[11](ト手を打つ) 興世「ヱ、、やかましいわへ[12]」 將頼「將門公の大望も、十が九つ仕おふせしに」[13](ト將平、[一三]絶句せしゆゑ、義秀、小聲にて) 義秀「團右衞門さんおまへの番だ」 將平「何、おれじやアない。[一四]頭取だ」 平太「まだ〱わたしのせりふじやアない」 興世「コレ、狂言方は居ねへのか(ト後から、[一五]狂言方藤井蘆助、出で來り) 藤井「ハイ〱、ここに居ります」 將頼「早く[一六]つけてやらねへのか」 藤井「誰につけますのだね」 雷玄「團右衞門さんだ〱」(トこれにて藤井、懐[14]より、[一七]正本を出し、將平うなづく) 將平「[一八]この街道はぶつそうと知つて、合點のひとり旅、[一九]えこそはかさじ、出なほせ〱」 義秀「それじやア、おれのせりふがつかねへ〇(ト藤井、義秀につける)[二〇]さいふは千崎彌五郎どの」 興世「暫くの中[二一]請けに、そんなせりふがあるものか」 藤井「ヲ、、間違へた〱。[二二]五段目の正本がふところにあつたから、間違へてつけたのだ」 雅近「イヤ、けんのんな狂言方だ」 維衡「こ

一二 物事の結着を祝って、手をしめる。手打ちの式をする。事件が納まったのと、この顔見世興行が成功するように、との両方にかける。

一三 セリフが出てこないこと。

一四 将平役の市川団右衛門は、当時、頭取(↓用語一覧)であった。

一五 ↓用語一覧。

一六 セリフをつけること。

一七 台本。↓用語一覧。

一八 以下「忠臣蔵」のセリフを付けてゆく。このセリフは五段目、山崎街道鉄砲渡しの場の千崎弥五郎のセリフ。

一九 決して貸すことができぬ。勘平が、火を貸してくれといったのに対するセリフ。

二〇 早野勘平のセリフ。

二一 将門の公家悪の役を「ウケ」というのに対して、「腹出し」の役を「中ウケ」という。底本では将頼・維衡・義秀・興世の四人だが、古くは二人、また現今では六人ぐらい出る。↓用語一覧。

二二 「仮名手本忠臣蔵」の五段目、山崎街道の場。

〔左〕⑤興世ヱ、、やかましいわへ—震斎「おかつせへ」㊂↓㊀全文 ⑤将頼…立帰るが(一六三頁9行)—異同甚シ↓㊀全文

絶句シテ付ケルクダリハ、他ノ諸本ニハナイ

8 鏡を常陸之介に渡し、照忠は合引に腰かける。

9 鏡をいただき、袋に入れて左に持つ。

10 手を締める。

11 敵役皆々「ヨイヨイ〱」と言いながら、手を締める。

12 この間に、敵役一同「イヨー」と我折る。

13 以下、この底本の特色で、芝居中に、セリフを忘れ、狂言方が出てきて、セリフを付けるという趣向が挿入。茶番風な即興劇が「暫」に入っていた例で、現今のは、これを取り除いた演出である。明治四十三年に、中村吉右衛門が市村座で演じたときは、多少省略した形で、復演している。明治十一年十二月発刊の「俳優評判記」によれば、この趣向には次のごとき事情があった。「坂府育ちの宗十郎を狂言方に遣ひ菊五郎の後にてせりふを付けて云ず語らず二人のうけにしたる作者の名案うがちも返て看客の疑ひを生じたるに依て中途より此趣向預りになりしは残念〱」。尾上菊五郎の位置に比適する中村宗十郎の配役上の位置がないために、もう一人の蔭のウケを拵えたのである。

14 前に廻って、腰を屈め、セリフをつける。

んな人につけられたくない」　興世「いかに後からつけたつて、人も知つてる五段目のせりふを、いふやつがあるものか」(ト小言をいふ)　將平「すつかりわすれて逆上(のぼせあが)るところへ」　義秀「つけられたからうつかりいつた」　照忠[1]「そんな頓馬(とんま)[一]をやられては、十八番に疵(きづ)がつく。誠のせりふをいわねへか」　雷玄「誰がいふのか知れなくなつた」　ひさご「たしか今度(こんど)は舞鶴屋[二]さん」　將賴「なんにしろくりかへそう[2]○將門公の大望も、十(じふ)が九つしおふせしに」　將平「とんだやつが出しやばつて」　義秀「思つたことも、いすかのはし[三]」(ト藤井、興世につける)　興世「猪(しし)[四]にはあらで旅の人」　ひさご「モシ、そんなせりふがありますかへ」(ト心づき)　興世「南無三寶(なむさんぼう)[五]」(ト藤井、將賴につける)　將賴「討[六]ちとめたるは舅(しうと)どの」　照忠「ヱヽ、何をいふのだ」(ト藤井、雅近につける)　雅近「しゝ[七]心中の蟲とは、おのれがこと」(ト雅近、まぢめにいふ)　維衡「六[八]段目だとおもつたら」　義廣「七[九]段目になつたのか」　八郎「イヤはや馬鹿げた」　皆〳〵「事でござる」　將門「かたがたひかへイ」(トおも〳〵しくいふ)　敵皆〳〵「ハアー」　將門[3]「かたがたひかへイ」　皆〳〵「ハアー」(ト將門、忘れし思入にて)　將門「かた〴〵ひかへイ」　皆〳〵[4]「ハアー」　照忠「それ、音羽屋[一〇]が絶句(ぜつく)した。早くいつて付(つけ)ねへか」

一　とんまなことを。「とんま」はまぬけ、とんちき。
二　三代目中村仲蔵の屋号。役人替名参照。
三　もの事の齟齬すること。鶍(いすか)の嘴が、上下食いちがっていることより、意のままにならぬ譬に用いる。「忠臣蔵」六段目の勘平のセリフに「鶍の嘴と喰違ふ、言訳なさに勘平が」とあるのをうけて、また「忠臣蔵」に戻ってしまう。
四　「はし」から「しし」と尻取り。六段目の勘平のセリフ。
五　「しまった」。セリフの違ったのに引掛けた六段目の勘平のセリフ。
六　「南無三宝」と、また勘平のセリフが出たので、六段目へ戻ってしまう。
七　七段目の由良之助のセリフ。
八　忠臣蔵六段目、勘平住家の場。
九　忠臣蔵七段目、茶屋場。
一〇　将門役の尾上菊五郎の屋号。

1　照忠、ハラ〳〵している心持ちで、腰をちょっと屈め、義秀のセリフにかぶせて、心配そうに言う。　2　世話に言って、「将門公の大望」は、時代のセリフになる。
3　セリフを忘れた思入れで。
4　変な顔をして、気の乗らぬ返事をする。　5　人形身の思入れで、セリフに合せて身振する。
6　かぶせて言う。　7　これまでを、上手を向いて言い、次を、ちょっと下手に向き直って、高く、円く落して、また高く言い放つ。
8　腹出し、左拳を握って出す。
9　で、正面向きになって、太刀に手をかける。　10　「なーいー」と発音。　11　と、下手を向いて、右手をひろげ、頭をちょっと下げる。
12　[困]のように、普通は、常陸之介、桔梗の前、老女、義広、腰元と続き、少しおくれて、最後にひさごが瓢箪を結んだ梅の枝をかたげて入る。[河]のト書は「トこの内、立役三人と、桂の前、呉竹、侍女四人、照葉附いて向うへはひる」、[日]は「ト此内立役皆々向ふへ入る」、[日]は「トこの内立役皆々に照葉小金丸附いて向ふへは入る」。
13　照忠は敬った形で見送り、後向きになる。一同入ると、照忠は下手へ行きかける。
14　仕丁、手をひろげて、照忠に詰めよる。照忠は、塗身の大太刀を抜いて、左から大きく右に廻して、上下の仕丁の首を一時に落す。次に、右の首脇から振りかぶって、

（ト藤井、これをつける。将門、かぶりふり）将門「イヤ、そんなせりふは、おれはいはぬ」藤井「コリヤ、ほんとうのせりふでござります」将門「本統でも、おれはいはぬ」藤井「お前がいはねば、わたしがいひます」〇（ト藤井、音羽屋の聲色にて）藤井「テモ、小ざかしきりつぱな振舞。この將門に敵たふは、一一立車に向ふ蟷螂同前。今にほへづら、かわかしてくれん」（トこれにて、將門、人形の思入）[5]興世「この返報を」皆〳〵「まつておれ」興世「漸く一二本道へ出たやうだ」照忠[6]「ヲヽ、何萬騎でももつてこい。びくともするものじやアねへ〇サア[7]、いづれもさまの御供して、金剛丸は立帰るが、言分はあるめへな」皆〳〵[8]「イヤ、一三いひ分は」照忠「どうしたと」[9]皆〳〵「ない」[10]照忠「イザ、お立ちあられませう」[11]

大薩摩 一四〽さらば〳〵と日の本に、英雄獨歩のその勢ひ、勇ましかりける。（ト[12]この淨るりの内、桔梗の前先に、侍女、雅近、維衡、義廣、侍女一五五人、ひさごついて向ふへ入る。照忠行きかゝるを）[13]將頼「スリヤ」仕丁「やらぬは」（ト[14]仕丁のこらず照忠にかゝる。照忠、大太刀にて一時に首を打落す。仕丁一六ぶつかぶりになり、一七投首を出す）將門「館の金剛丸」皆〳〵「照忠」照忠「弱蟲めら」皆〳〵「さらば」（ト[15]さがりはになり、吉例

一一 相手にならぬ弱い兵備を言う。後漢書、袁紹伝「運二蟷螂斧一、禦二隆車之隧一」。
一二 絶句さわぎの趣向を指し、やっと本筋に立ち返ったを言う。
一三 底本「いひ分(けわ)」。
一四 暫の幕切れのきまり文句。〽さらば〳〵といふ声は、当世無双の英雄士、すさまじかりける」(戻橋背御摂)。
一五 底本「三人」。
一六 仕丁の白衣をかぶり、首の斬られたのを示す。底本「仕丁」なし。[大]により補う。
一七 →用語一覧。

〔左〕③いはねば—言ずば[大] ⑧びくとも—悃りとも[大] ⑨言分はあるめへな—サ、言分あれば言つて見ろヱ、[一]言分あるか[二] ⑩イヤ—その[一][二] ⑩いひ分(けわ)—いひぶん[大] ⑩イザお立ちあられませう—こりやさうなくては叶はぬ筈義綱君にはイデ〳〵お立ちあられませう[二]→[一]全文 ⑭スリヤ—それ[一][二] ⑮やらぬは—動くな[一][二] ⑯館の金剛丸—鎌倉権五郎景政[一][二]

左足を内輪に踏み出して大見得。仕丁は緋毛氈をかぶって、ぶっかぶりとなり、後見は数珠つなぎにした首を放り出す。ここのト書は、諸本とも同工。

15 照忠は、右に塗身の大太刀をかたげ、左手の肱を張って下手にゆく。奴八人が下手からかかるを、照忠は、右左と払って千鳥に入れ代って下手へゆく。奴は上手に並び、繋がって腰をとる。照忠は大きく、軽く左手に払って、その手で、またも捕えようとする奴の胸を突くので、奴たじたじとなり転ぶ。[二]のト書に「奴と入れ替つて花道へ行く、腹出し皆々平舞台へおりる」。照忠は、花道附際で、ぐっとそり返ると、「片シヤギリ」(河[一][二])になり、花道へゆく。舞台の一同は照忠を睨む見得。腹出し四人は、大太刀を左に持ち、右を踏み出して、元に戻し、さらに左を踏み出して照忠と見合うのが柝の頭。そこで改めて右を踏み出して、左にかかり、太刀を振りかぶって、抜きかけ、後に控えた絵面の見得。将門は、二畳台に立ち上がり、笏を持つ右の袖を巻いて、まっすぐに横に伸ばした見得。鯰坊主は、右を踏み出して左にかかり、両手で鯰髭を持って見得。上手の裃の侍四人は、右を踏み出して左にかかり、左で太刀を鞘ごとに頭上で抜き上げる見得。照忠は、花道七三で、舞台の一同と見合うのが柝の頭。きざんで幕を引く。

の見得。藤井[1]、木を打ち、よろしく)

ト幕外[2]、照忠太刀を擔(かつ)ぎ[3]、きつと[一]見得。大太鼓入りの鳴物[4]になり、よろしく向ふ[二]へ、ふつて[三][5]這入る。跡(あと)シャギリ。

幕

一 きっとなる。

二 向う揚幕への意。花道を正面に向ってゆくこと。→用語一覧。

三 六法を振ること。→用語一覧「振る」。

〔右〕③よろしく—勇しく㊇

1 狂言方藤井に扮している宗十郎が柝を打つので、見物が喜ぶ。狂言方の出ない河一には、この指定なし。

2 吉右衛門が上演したときには、幕を引いたのち、ヤレヤレという思入れで、大息をつき、「まずお蔭様でヤット大役を勤めました、そこで是から六法の真似事を御覧に入れます」と世話口調で言って、大太刀をかつぐ段どりであった。

3 照忠は揚幕の方へ向き直る拍子に、右を踏み出し、「オー」と勇気のこもった掛声をして、塗身の大太刀を左から右へ、一つ払って、右肩にかついできまる。

4 太鼓入りの飛去りの鳴物になる。河一二では「さらしになり」。

5 河一二には「ふつて」なし。「ヤットコトッチャア、ウントコナ」の掛声で、右肩から振りこんで、首を三つにふり、右足を踏み出し、太刀をかたげ気味に、左手を開いて刀の鍔の辺に前に出し、左、右とおなじことを五、六度して、七三のあたりから右手で刀をかつぎ、左手をふって揚幕を見込んで、ゆうゆうと入る。あと、止めの柝に付き、「シャギリ」を打ち込む。

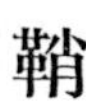

鞘當

鞘當

名題　[一]廓模様比翼稲妻

第一番目大詰　[二]仲の町鞘當の場

役人替名の次第

一　[三]不破伴左衞門重勝　市川團十郎[1]

一　[四]茶屋の女房、信濃屋おたつ　岩井半四郎

一　[五]茶屋廻り、與吉　尾上菊之助

一　[六]名古屋山三元春　助高屋高助

本[2]舞臺三間のあひだ、吉原仲の町夜櫻のけしき。茶屋の門口、あつらへの通り奥深に見せ、一間前、青簀簾、毛氈、軒のれんをかけ、よき程に仲の町櫻の大樹、日覆より同じく櫻の釣枝、大ぶん二重におろし、[七]四ッ目垣、山吹のあしらひ、[八]天水桶、[九]誰哉行燈、すべて仲の町縁先の體よろしく、矢張[3]すがゞきにて幕あく。

ト向[4]ふより與吉、伴天、股引、茶屋廻りの形り、[一〇]臺挑灯をもち、鐵棒をひき出て、花道より本舞臺へ來り、東の揚幕へはいる。本釣鐘、櫻のは

白―白藤本　小―小野本
因―大南北全集本　圕―
昔繡廓鞘当本

一　弘化三年一月河原崎座上演のときの名題。

二　白は「仲の町の場」、因は「吉原夜桜の場」。

三　↓補一。　四　↓補二。

五　↓補三。　六　↓補四。

七　竹を編んで四角の目になるように結った垣根。

八　雨水をためて防火用に備えた大きな桶。その上に、手桶を三角形に組み上げ、屋根をかけておく。↓「助六」一三一頁頭注八。　九　↓補五。

一〇　台提灯。↓補六。

一一　↓附帳、衣裳・補七。

一二　↓附帳、衣裳・補八。

一三　「ん」(白因小)。遠かろう者はの意だから、「遠からん」が正しい。発音は「ン」。

一四　初演本は「音羽屋に聞け」(白因)となっていて、名古屋役者の三代目尾上菊五郎の屋号を指す。「音にも」とかかる。この台本のときは、菊五郎が出ていないから変えた。

一五　三升は、市川団十郎家の紋。「目にも見ます」とかかる。原作七代目団十郎はじめ、代々の不破役の団十郎を指す。

一六　寛濶出立。伊達風俗。

一七　「稲妻組」といい替えることもある。↓補九。

一八　「通いくる」と「廓(くるわ)」

1　団十郎以下の配役は、補注2の「本文の配役」の条参照。

2　舞台書き。諸本とも大同小異。現今の台本では「本舞台向ふ一面仲の町夜桜の景色茶屋の門口奥深に見せ一軒毎に青簾毛氈軒暖簾真中に桜の立木日覆より同く釣枝二重に下し四目垣山吹のあしらい天水桶誰哉行燈都て仲の町椽先の体宜敷吉原雀の唄にて幕明　トしらせにて浅黄幕切て落す本釣鐘桜の花ちら〳〵散るこれより誂への唄浄るりになる」(圕小)。白は12行目の「すべて仲の町」以下が「ゑんさきには紋付の大灯燈賑かなる鳴物にて幕あく」。

3　幕明きの鳴物は、白因は、ただ「賑かに」。圕小は「吉原雀の唄」。幕あいてより、次の唄浄瑠璃の歌詞になる。〽花の雨濡れにくるわの暁に傘売の風流もとほつ昔の伊達姿白茶宇袴鼻平太土手の小空の行きかひに手綱とりんぼ姿が徒歩でぞめきは夜の花に風其所退き給へ長刀」(小)。圕は、「小空」が「小室」に、「花に風」が「花に鐘」に、また「長刀」なし。

4　鉄棒引二人は〽風流も」で、唄が切れると、コーンコーンコーンと本釣になって、同時に、花道の揚幕と、上手の陰で、鉄棒の打合せがあって、両方から茶屋廻りが出る。舞台真中にきて、頭を下げ、行きちがって、それぞれ逆に入って、さらに陰で打ち合って上げる。両花道より出る場合が本式。本文なら

な散(ちら)〱ちる。[5]これより河東(かとう)めいた唄浄るりになり、揚幕より伴左衛門、深編笠、大小(だいせう)、[一一]雲に稲妻の羽織、衣裳。東の揚幕より山三、同じく深編笠、大小、[一二]ぬれ燕の羽織、衣裳にて、左右一時に出て來り、花道よろしき所へ留り、兩人宜敷(よろしく)あつて、

伴左「[6]遠からぬ[一三]ものは音(おと)[一四]にもきけ、近くば寄(よつ)て目にも[7]三升(みます)[一五]のくわ[一六]んくわつ出立(でたち)、今流行の白柄組(しらつかぐみ)[一七]、通ひ曲輪(くるわ)[一八]の大門(おふもん)[一九]を、はいればたちまち[二〇]極樂淨土」 山三「歌舞の菩薩(ぼさつ)の君達[二一]が妙なる御聲(みこゑ)音樂は、まことに天女(てんによ)あまくだり、花降(ふり)[二二]かゝる仲の町、色(いろ)に色あるその中へ、ごろ付(つき)組か雷(いかづち)[二三]の」 伴左「これを知らずや稲妻[二四]の、始まり見たり不破(ふは)の關、[二五]せきにせかれて目(め)[二六]せき笠、降(ふら)[二七]れて歸るか雨に鳥」 山三「ぬれる心の傘(からかさ)[二八]に、寐[二九]ぐらかそふよ濡燕(ぬれつばめ)、ぬれにぞぬれしかの君と」 伴左「くらべ[三〇]牡丹の風俗は」 山三「下谷(したや)、上野の山[三一]かつら」 伴左「西に富士[三二]ケ嶺(ね)」 山三「北には筑波(つくば)」 伴左「思ひくらべん」 兩人「伊達(だて)小袖」(ト唄に[8]なり、[9]本舞臺へ來り、[10]行違ひて思入(おもいれ)。ト[11]ゞ兩人鞘を當(あて)る。これにて唄きれる。伴左衛門、山三の鞘を、きつととらへる。誂(あつ)らへの鳴物になり、兩人おもいれ)

山三「刀のこじりとらへしお方、なんと召(めさ)るゝ」 伴左「これやこな

(遊里)とかけた。一九 大門口。↓補一〇。二〇 廓を極楽浄土と見立て、遊女たちを歌舞の菩薩と見立てる。二一 傾城を指す。「君なら」(助六参照)。二二 極楽の天女が降らす蓮の花片を、植込みの桜の花が散るのに見立てた。二三「ごろつき」から、雷にかけた。底本振りがな「かみなり」。二四「稲妻のはじまり見たり不破の関」(荷翠「をだまき」)。二五「関」と「せく」と「目塞笠」と三段にかかる語呂合せ。二六 目塞さ編笠。人目を忍ぶように作られた編笠。目にあたる所に少し隙がある。廓などに身分を隠して通う者がかぶった。二七 雨に降られると女に振られるとかけた。二八 三本傘は名古屋の紋。↓補一一。二九「傘にねぐらかさうよ濡れ燕」の其角の句による。三〇 牡丹は、団十郎家の替紋。三一 上野の山から、山葛とつづけ、両人が競う傾城の葛城にかける。三二 葛城を中にして、二人を富士と筑波に見立てた。

(左)⑥出立―でたちは白 ⑦極楽浄土―極楽浄土虚空に花の舞ひわたり小 ⑨これ｜夫小 ⑨見たり｜見たか小 ⑩降れて｜振られて小 ⑩ぬれる｜ぬるる小 ⑰なんと召るゝ｜こりや何と召さる小

びに白因では、茶屋廻りは、一人で、花道揚幕から出て、本舞台を通り東の仮花道の揚幕へ入る。現行の演出は、ほぼ曽小通りで、幕があくと、唄浄瑠璃になり、鉄棒引が出る。ただし本文ト書によれば、鉄棒引が入ってから「河東めいた唄浄るり」になり、不破・名古屋の出となる。曽は脚注3の歌詞に続き「ト揚幕より菊の助東の揚幕より源平舞台上手より家橘半天股引腹掛三尺帯茶屋廻りの拵へ台挑灯を持鉄棒を引出来り花道より本舞台へ来り左右の揚幕へ這入る」。小は「ト揚幕から同時に上手から鉄棒引出て舞台真中にて挨拶して通り過ぐ」。5 鉄棒を打ち上げると、揚幕があき、本花道より不破、仮花道より名古屋が出る。不破は、揚幕寄り七三のところで、三升折り(三段に腰を折る)をするのが、「ヨオイ」と鳴物のかかり。〆太鼓入りの豊後下り羽の合方にあわせて、丹前六法の振りで、両方より舞台寄りの七三にきて止る。小では、このト書は「ト鳴物になり向ふより不破半左衛門仮花より名古屋山三いつもの拵らへにて出て」とあるのみだが、曽では、再び唄浄瑠璃になって、不破・名古屋の出となる。「唄〽色にいかめし銀鐺りやぼは垣根のそと構へ(二万七百六十余へいの不夜城に三千楼の色くらべ意気地競や張くらべ)気を春霞二もと柳道のちまたの粧ひに風流(ふぜ)なりける次第

たへ御めんなされい。身はこの廓へ通ひつめ、当世[一]だゝら大盡と、人に知られて闇の夜に、吉原[二]ばかり月夜哉、ことに夜櫻まばゆくも、咲そろうたる仲の町、この往還およけずして、何で身共がこの鞘へ、武士のさやあて、挨拶さつせへ」山三「そりやこなたより申す事、大道廣き道中[1]を、我物顔の六法[三]は、よしや[四]男の丹前[五]すがた、模様も雲にいなづまは、もしや、うはさのその元は」伴左「今吉原にかくれなき、白柄組の寺西閑心[六]、その名も高き富士筑波、こゝろに違へば闇雲に、ぬけば玉散る劒のいなづま」山三「そのもやうとは殊變り、雨の降る夜も風の夜も、かよひ曲輪の上林[七]、夜るの契りもたえずして、あけるわびしき葛城[八]と、しつぽりぬれんぬれつばめ、無法無體の行違ひ、よけてとほすも戀の道」伴左「そこをその儘通さぬが、白柄組の、たてしゆ[九]の意地づく」山三「白柄組の隨市川[一〇]、閑心殿とはおいやれど、誠はたしかに伴左衞門、包むとすれど、物腰かつかふ」伴左「その聲音こそおぼへある、昔男の光る君[一一]、しかし刃がねはなまぬるき、名古屋山三と見ぬいておいた」山三「面を包む目關がさ、取て貴殿の御面相」伴左「やせ浪人のこなたの面も、マアそのかさを」(ト手を[2]掛る) 山三「貴公の笠も」兩人「イザ[3]〳〵」

なり」ト能程に揚幕より団十郎富士編笠雲に稲妻の羽織衣裳大小、東の揚幕より高助同く富士編笠雨に燕の羽織衣裳大小にて双方一時に出て来り花道能処へ留まり」。→脚注8。 6 合方の引流しで、不破・名古屋の連ねの割りゼリフになる。不破は太く高い調子、名古屋は和事の柔らかな調子で、笠に手をかけていう。また役者によって、大小に両手をかけていう。 7 色をつけて高く言う。 8 [小]では[曲]の歌詞が脚注5の[曲]の歌詞にあたる。ただし( )の部分は省略、「粧ひに」は「粧ひは」。 9 両人、衣紋をつくろう振りがあり、扇を広げ、左足を出して揚幕の方を見返り(名古屋は反対)、本舞台へかかる。 10 正面で会い、一、二、三と上体を右左へとよけ、四で入れ替わって、すれ違う。 11 不破は、裏向きに上手へ、名古屋は、舞台正面へ表向きに下手へ入って、すれ違う。その時、鞘の鐺(こじり)があたる。不破は上手より笠に手をかけて見返り、名古屋は、下手より、その逆にする。この見得が、唄の上げ。ツケが入らない。不破は足を箱に割って名古屋の鐺をとる。名古屋は束に立ったまま、不破の鐺をとる。

---

1 「往還(おうかん)」とも言う。ト書は、[白][因]ともに大同小異。[曲]は「ト又唄になり本舞台へ来り、行違て思入唄の切にて両人鞘を当る団十郎

一 →補一二。 二 →補一三。
三 六法振り。→用語一覧。
四 よしや風の男伊達。→補一四。
五 丹前風の姿。→補一五。
六 寺西閑心、実は不破伴左衛門。→補一六。
七 「かみばやし」の訛。→補一七。 八 遊女の名。→補一八。
九 達衆。男伊達。
一〇 随一と市川とかける。
一一 光源氏。色男。
一二 不破・名古屋の鞘当の趣向は、すでに元禄十年「参会名護屋」に見られる。
一三 用でも。「ばし」は係助詞。強意。 一四 相方。客の方より相手になる遊女をいう。「あいかたの女郎」(吉原大全)。
一五 鈍る。
一六 相方の葛城を手折って、手活けの花にしてみせるは、自分のものにする意。

〔右〕①なされい―候へ[白][小] ①と―は[白] ②人に知られて―人も知つたる[白][小] ②夜に―夜も[白] ④さつせへ―さつしやい[白] ④こなた―此方[白][小](「このはう」ト振リガナ[因]) ⑤道中―廓の内[白]往還[小] ⑥雲―闇[小] ⑦寺西閑心―関大尽[小] ⑦違へば―たがつわ[小] ⑧玉散る剣の―忽ちこれ[白] ⑨かよひ―かよふ[白] ⑨契りも―契りは[白] ⑩あける―あくる[白][小] ⑩ぬれん―ぬるる

（ト手をかける。兩人、一寸立廻つて、笠を兩方にて取合、顔を見て、きつとなり）

伴左「思ふにたがはぬ名古屋元春」 山三「さいふは不破の伴左衛門」 伴左「絶て久しき對面に」 山三「場所もおほいに東なる」 伴左「花の中なる花の頃」 山三「折よざくらと吉原に」 伴左「よしや男の名古屋氏」 山三「今のその名は寺西氏」 伴左「折よくこゝで」 兩人「逢ひました」[4] 山三[5]「今行違ひの鞘當[一二]が、縁となつたるこの出合、シテその元には何の用[一三]ばしござつてか」 伴左「名古屋、貴公に用とは別義でない、その元の馴染でかよいつめたる葛城を、身があいかた[一四]に貰ひたい」 山三「その義でござれば相ならぬ。いつたん約せしアノ女、たとへ刃金がなまる[一五]とも」 伴左「イ、ヤなまらぬ某しが、刀にかけても葛城は、申し受ますもらひます。左様こゝろえ速かに」 山三「貫ひかゝられ侍ひの、然らば貴殿へ進上と、申したけれどそりやならぬ」 伴左「ならぬとあらば看板の、雲にいなづま劔[6]の光り」（ト刀[7]へ手を懸るを、山三一寸留て） 山三[8]「貴公の劔の稲妻の、その前方に山三めが、身にふりかゝる濡燕、花のふゞきや仲の町」 伴左「花と色とのまつ盛り、花[一六]をちらして手折て見せるは、是非共身どもが」

[大]⑪その儘ー素直に[白]ナシ [大]⑫随！頭分[白][大]⑫閑心殿！関大尽[大]⑬たしかにー不破の[大]⑮見ぬいておいたー見たは僻目か[白]⑯面相ー面像[白]⑯面もー面ゝ覚ゆるため[白]⑰そのーやせ浪人のこなたの[小]⑰貴公ー貴殿[白]⑰両人イザ〳〵〳〵ーナシ[白]不「ドレ」[小]〔左〕④対面にー面会の[白]④おほいにー多きに[白]⑤折…吉原にー新吉原の夜桜に[白]⑤伴左よしや…寺西氏ーナシ[大]⑥その名ー家名[白]⑥逢ひましたー…なア[白][大]⑧何のー何ぞ[大]⑧かーナシ[白]⑧名古屋ーナシ[白][小]⑧貴公ー貴殿[小]⑧用とはー用は[白][小]⑨ないーない口数申さず[白]⑨その元の馴染でーナシ[小]⑨かよいつめたるー通ふ[白]⑩ござればーござらば[白][小]⑪なまるともーなま返ればとて[白]⑫かけてもーかけて[小]⑫申…もらひます！身どもが申し受けにやならぬ[白]⑫左様…速かにーナシ[小]⑬かゝられーかけられ[白][小]⑬貴殿ー貴公[白]⑬とーナシ[白]⑭ならぬとあらばー然らば斯様申しても承引なければ是非が無いその時こそは[白]⑮貴公ー貴殿[小]⑮稲妻のー稲妻より[小]⑯花の…仲の町ーナシ[小]⑯ふゞきやーふゞきの[白]⑯伴左…身どもがー不「美事御身が」名「おんでもない事」二人「何を」[小]⑯花と…見せるはーいろ有中の此出合[白]

高助の鞘をキットとらへる誂の鳴物」。[大]は「ト両人舞台へ来て行違ひ、双方鞘を当てる。伴左衛門振向き、山三のこぢりを取り」。

2「その笠を」と不破、相手の笠に手を掛ける。「貴公の笠も」で名古屋、相手の笠に手をかける。[小]ト書なし。

3「イザ〳〵〳〵」と両人、相手の笠に手をかけ、紐をとりっこして、相手の笠をとって、不破は右上へ内を見せてかざし、名古屋は右下へ、内を見せ、両人一緒に両足を開き、不破は左へかかり、名古屋は右へかかり、天地の見得になって、ツケが入る。次のト書、[白][大][小]とも大同小異。

4「逢ひましたナア」という。[冊]はこのあと「ト両人ほぐれて」、[小]「トよろしくあつて」のト書あり。

5 合方つき直しになり、両人ともそれぞれの二人の黒後見に笠をわたし、立身で、柄に手をかけて次のセリフになる。

6「ヤイバ」とも言う。

7 不破が刀に手をかけるを、名古屋は右手を伸ばし、手のひらを立てて止める。[白][大][小]ともト書大同小異。

8 以下一七〇頁2行目までのセリフを、略すことが多い。写本[冊]は「団「色ある中の此出合是非とも身共が」高「けつしてならぬ」団「成らぬとあらば」高「相手に成ツて」団「何を」」。

一台提灯。↓補六。二江戸っ子が自慢するときに使う詞。↓補一九。三地獄にあるとされる。ここでは剣のなかに飛びこんだことをいう。四留めに入った意をこめる。五原本は幡随の女房になっているので、この強いセリフがきくが、茶屋の女房では、不向き。俠気の女という設定になる。六野外で雨風に晒される意だが、髑髏(されこうべ)に同じ。重語。やがて後篇「野晒悟助」(本朝酔菩提)を発想する基となる。七髑髏の穴のあいた目に生え出た餅草(よもぎ)。小町伝説(袋草紙・江家次第)、通小町(謡曲)などを踏まえる。八餅草で製した餅を雛祭の馳走にする。原作上演の三月興行に因む。九なると成田屋とかけた。団十郎の屋号。一〇助高屋高助の俳名。その時々に山三役者の俳名または屋号にかわる。初演「音羽屋さん」([白])。一一底本「ひ」なし。一二遊女買の達引。延宝八年三月「遊女論」に発する。一三「諸事心得何によらず捌けたる訳のよひ人をいふ是を江戸にては大通」(誹諧通言)。一四江戸っ子自慢の諺。「箱根よりこなたに野夫と化物なし」(四方の留粕、上)。「こけ」は馬鹿。一五普通の客でなく、情人としての客。一六面目が

(ト又ぬきかけるを留て) 山三「決してならぬ」 伴左「ならぬとあらば眞劍に」 山三「合手になつて」(ト兩人ぬきつれ立廻つて、急度なり、あつらへの鳴物になり、兩人切むすぶ。トゞ立廻りよき程に、向ふより茶屋女房、信濃屋おたつ、好みの形、看板てうちんを持出て來り、花道にてこの體を見て缺來り、この中へ這入、兩方を留る事、兩人ともかまはず切結ぶ。トゞありあふ毛氈をとつて、雙方の白刃を押へ、きつと見え。兩人せいいて)

山三「そちや信濃屋おたつでないか」 伴左「いらぬ女のさゝへだて」 山三「怪我せぬうちに」 兩人「退た〱」 おたつ「イ、エ遁れぬおふたりさん。私しもたゞの女子なら、ヲ、怖なんぞと色目かし、見て見ぬ振が女の情、そこをならぬが私しの持まへ、水道の水で育つたお蔭、劒の山へ摘草に、出た女房は命がけ、身は野ざらしのしやりかふべ、穴目〱にはへかゝる、その餅草を人知れず、雛のちさうに成田屋さん、今お一人は高賀さん、このいさくは(ひ)はお互ひに、水道の水へすつぱりと、流してわたしに下さんせ、わたしが貰ふたお二人さん、清くながしてくださんせいナア」 伴左「スリヤ、その方はうはさある」 山三「廓で名うての」 おたつ「おてんば者の私が持前を、怪我のないうちこの白刃」 山三「引とあるなら山三めは」

1 立廻りの型はいろいろある。不破が裏向きで八相の構え。名古屋は、下から刀を返して、左手を下にそえ、右にかかって足を割って上手を見込んだ見得等がある。ここのト書、[白][因]大同小異。[小]は簡略。
2 変則として仕事師鳶頭の場合もある。
3 上手より出る場合もある。
4 揚幕より出て、舞台をちょっと見て、急ぎ足で七三へゆき、右手を後帯にかけ、左腕に半纏をかけ、もった提灯を前に出し、ちょっと意気込む。舞台では、不破は束に立って刀をかつぐか、または振り上げ、名古屋は下からつける。舞台と花道で三人一緒に、ちょい見得になる。↓補1。
5 女房、本舞台に走り来たり、不破・名古屋のあいだをくぐって、止める。このとき、「ア、モシ」と捨ゼリフを言う人もある。トヾ、山形に切り結ぶとき、「マア〱まって」で、半纏をその刃の上へ落して、かけ、両手をひろげて「下さんせえナ」ときまる。ほかに、片手で押えてきまる型、留男の場合には腕組みできまる型がある。
6 毛氈の場合は、床几にかかっているのを取るのであるが、それは仕事師の場合にやるので、女房でゆくときは色気がないためしない。この場合、二度上から振りかぶせて、三度めに、左手を後帯に

伴左「引心なら身共もともに」おたつ「わたしを立て」山三「こゝを預けて」伴左「白刃はその儘」山三「イザ」伴左「イザ」兩人「イザ〳〵」[10]（ト誂への合方になり）[11]伴左「ぬいた白刃をこのまゝに、血を見ずをさめる仕様があるか」[12]おたつ「こりや尤もなそのお詞。この場の意恨は聞ずとも、葛城さんの一二買論から、事起りたるおふたりさん。一三粋と通とが行合けんか、あらふて見ればこの廓へ、通はぬものが通ぞかし。一四箱根手前に野暮とこけ、化物もない世のたとへ、それを互ひに言募り、とやかふ言ふは大きな野暮。するをとほさばその儘に、わかれた上で心ある、女郎衆をくどいて一五色客に、なるのがやつぱり勝、おふたりさんもその通り、心定めてこの同理、よく辨まへて見やしやんせ」伴左「いか様、いはれて見ればその通り、一六立の立ぬは一七當座のこと。その通人に見ならつて」山三「野暮は禁物、何事も、水にながるゝ吉原の、櫻とゝもに意恨は落花、ちる花の」伴左「なれどもぬいたこの白刃、武士が血を見ずをさめては、刀の手前さむらひの」おたつ「をきてたゝずば納まるやう、中へ這入たわたしが仕様は、一八（お）ふたりさんの白刃と白刃、こりや兩方へ引わけて」[14]（ト山三の白刄を伴左衞門へ廻し、伴左衞門の白刄を山三の方へ廻し、兩方取り違ひ、

立つ立たぬ。一七 一時。その場限り。一八 底本「お」なし。

〔右〕②真剣に―真剣の[白] ⑦山三…ないか―ナシ[白] ⑦いらぬ…へだて―要らざる留め立て[小] ⑧退た〳〵―しりぞけ〳〵（割リゼリフデナク山三ノセリフ）[白] ⑧イ、エ以下ノ異同↓補2 ⑯廓…の―幡随長兵衛が女房か[白] ⑯おてんば…持前を―ナシ[小] ⑰お持前を―願ひ[白] ⑰怪我―お怪我[白][小]

〔左〕①おたつ…儘―ナシ[小] ①山三…預け―ナシ[白] ②は―を[白] ③伴左…花の（13行）―ナシ[小] ③白刃―刀刃[白] ③この―其[白] ⑤起りたる―起つたる[白] ⑤さん―様[白] ⑥行合けんか―行き合へど[白] ⑥通ぞかし―あらふかしわたしが亭主もこの程は世話するお方に濃紫逢はす手前も様々な狂言書くも恋の種誰が始めけん買ひ論は[白] ⑦とこけ―こけと[白] ⑦も―の[白] ⑧するを―すゐと[白] ⑨で―にて[白] ⑩勝―勝たるしるし[白] ⑩よく―それ[白] ⑪いはれて見れば―云へば[白] ⑫こと―利口[白] ⑫に見ならつて―を見習ふて[白] ⑭をさめては―おさめるは[白] ⑭刀…さむらひの―ナシ[小] ⑮をきて―おきてが[白][小] ⑮納まるやう―納める仕様〔は〕[白][小]（〔 〕ハ[小]） ⑮中へ―中を納める思ひつき[小] ⑮仕様―働き[白] ⑯こりや―〇かう[小]

まわしてきまる。刃を押えるのに、[白]では、台提灯を用いている。再演の際の錦絵にも提灯であった。うそでも、女が提灯の柔で刀の剛を押えるというのが、初演の発想であった。

7 不破・名古屋は、膝をつき、不破は左手を、名古屋は右手を横に伸ばして三角形をなして、三人いちどに見得。

8 両人、刀をおさえられたままで、セリフ。

9 女房の「イイエ、退かれぬワイナア」で、両手をひろげる型もある。合方になり「モシ、お二人さん」となる。以下セリフは、そのときどきにより、その役者に当てこんで作られる。↓補2。

10 「イザ、イザ、イザ」で、両方いちどに刀を引き、不破は左手に刀を立てて持ち、右手の甲をその下に当て、名古屋は、その逆に右手に刀をもち、左手をその下にあて、両人とも束に立つ。女房は真中で両手をひろげ中腰できまる。

11 [置]ト書「ト菊五郎羽織を取る是にて双方刀を引団十郎思入有て」。[白][因]「ト引事あつて」。[小]「ト両方刀を引く」。

12 そのままの姿勢でセリフ。

13 女房は、ややうしろへ下がり、帯の前に手をもっていった姿勢でセリフ。

14 捨ててあった鞘を拾って、もってゆき、前に出てセリフ。[白][因]も[小]ともト書大同小異。[置]ト書なし。

兩人思入あつて)

山三「山三が白刃を伴左衛門へ」　伴左「身共が白刃を山三方へ」　おたつ「取違へてもお二人の、御所持の鞘はやつぱりその儘。心のたましひ取替るは、いはゞこの場の盃[一]がわり。丸ふ納めるわたしが仲人」　伴左「イ、ヤ身共は浪人の、たましひながらもこの白刃、山三が方へは」[1]　おたつ「それではやつぱりお心が、とけぬ様子のあなたの詞、是非とも心を」　伴左「イヤそればかりは」　山三「得心なくば白刃の納まり、血を見るこゝろか」　おたつ「それじやに依て私しが預り、関心さん、是非とも預けてくださんせ」[2]　伴左「女ながらもおたつが詞、反古[二]にもなるまい。然らばこの場でこの白刃」　山三「得心あらば、山三が白刃も」　伴左「たがひにたましひ取かへて」　おたつ「御意恨のこらぬ盃がはり」　兩人「イザ／＼／＼」　伴左「そんなら鞘は」　山三「兩方たがひに」　おたつ「御所持のさやへ、丸ふ納るおたがひに」
([3]トおたつ、鞘をとりかへ差出す。[4]兩人思入あつて納まる。この時鞘のかはりし白刃、しつくり逢ふ。兩人取て思入ある)　伴左「おさまりがたき山三が白刃」　山三「伴左衛門がなかご[三]もその儘」　伴左「寸尺すこしも違ひのふ」　山三「しつくり逢ふは陰陽そろふ、二振のその一腰は、親人を

一 仲直りの盃。
二 無にもできぬ。
三 中子。こみ。柄の中にはいる刀身の部分。
四 三関の一。美濃国不破郡関ヶ原村大字松尾大木戸板。不破伴左衛門の不破と不和ともかけた。
五 正しくは名護屋帯。肥前名護屋で製した帯。丸打ちの(のちには平打ち)太い打紐の帯。「骨董集」に詳しい。中と名と語呂を合せ、名古屋山三の名古屋となごやかとかけた。天保七年の別名題は「名護屋帯雲稲妻」。
六 堅きと敵にかける。
七 敵から堅きに転じた。
八 吉原大門口に立てられた高札の掟。
九 百人一首の内、清少納言の「夜をこめて鳥のそら音ははかるともよに逢坂の関は許さじ」から肌許されぬ(油断がならぬ)とかけた。

1 この下にト書あり。「トぬすみし刀故とふわく〔迷惑〕のこなし」([白]、〔 〕は[因])。
2 この下にト書あり。「団十郎〔伴左衛門〕思入有つて」([白]、〔 〕は[因])。[晋]ト書なし。
3 [白][因]ともト書ほとんど同じ。留女が鞘をそのまま取り替えずに渡す型もある。中村福助(五代目歌右衛門)の仲居おふくは、明治十八年六月千歳座上演の際にこの型を演じた。「例(ごい)もは不破名古屋両人の鞘を替〳〵に渡すが紋切型と思つてゐましたが、今度は中身と取替つて鞘は其儘で有ましたは御趣向かと思ます」(「歌舞伎新報」五四八号)。
4 両人、鞘をうけとり、まっすぐ横にして、それぞれ取りちがえて白刃を鞘に納める。
5 不破は、ちょっと、ぎょっとする。名古屋は「ハテ」という思入れ。
6 「手がかりは」と言う。この下に、「ト団十郎〔伴左衛門〕へ〔ナシ〕立かゝるを半四郎〔お近〕留て」([白]、〔 〕は[因])のト書あり。
7 堅きと敵にかけていうので、伴左衛門は「ヤ」とちょっと思入れあって言う。留女は、それを聞いていいまぎらす。
8 [小]はこの下に、「ト刀を鞘へ納める」のト書あり。
9 「お近い内にお二人さま」と、笠をそれぞれ上手の方より先にわたす。

10 廓で用いる通語。「お近い内に」をうけ、遊客が帰りにいう語。「近日々々」(恋飛脚大和往来)。

〔右〕②山三が…イザ〱〱(12行)―ナシ小 ②共―ナシ白 ②を山三―をば山三が白 ③心―中で白 ⑦詞―お詞白 ⑦心―中ご白 ⑦イヤ―サ白 ⑦なくば―なければ白 ⑧預り―預り亭主に変つて女房が計らひ白 ⑨おたつが―長兵衛が女房の白 ⑫両人…〱―ナシ白 ⑬丸ふ…おたがひに―ナシ小 ⑯伴左衛門が―伴左衛門の白 ⑯なかご―中身小 ⑯寸尺…山三―ナシ小 ⑰逢ふは―合ひしは小 ⑰逢ふはノ下―半「丸に納まるお互の」菊「丸に井筒の角なきやう」半「お頼なくとも亭主は承知」菊「兼て噂の」団「ヤ〇」菊「盃替りの両家の魂ひ替りし鞘へしつくりと」白 ⑰陰陽…さすれば(左1行)―ナシ白

〔左〕⑥関はゆるさじ―不破ノセリフ小 ⑥はだゆるされぬ―名古屋ノセリフ小 ⑦山三…幕―名「ム、」女「アモシ」(トよろしく木の頭)二人「世話であつた」(両人笠を持ち三人引つ張りよろしく本釣早めのすがきにてキザミ幕)小 ⑦おたつ…ゆるりと―山三「お世話の一礼」ちか「ナニこれしきに〇お二人さん」白 ⑩思入れ―ゑしやく白

討て立退く曲物が、〇[5]さすればもしや敵の手掛り」[6] おたつ「サ、刀にかけて物事まるふ」 山三「おもては解ても心の内は」 伴左「とけぬはやつぱり葛城が」 おたつ「戀の意恨はまたいつでも」 山三「胸のほむらか陽炎の」 伴左「その稲妻の不破名古屋」 おたつ「たがひに不破の[四]鬪こへて」 山三「中を結ぶの名古屋帶、[五]むすびめかたき」[六] 伴左[7]「ヤ」 おたつ「サ、[七]かたき掟は大門の」[八] 山三「鬪はゆるさじ、[九]〇はだゆるされぬ」[8] 伴左「何かといかひ」 山三「禮は重て」 おたつ「お近い内に」[9] 伴[10]左、山三「近[一〇]日ゆるりと」([11]ト立還るを木の頭。これと共に本釣鐘、櫻ちりかゝる。おたつ、思入あつて) おたつ「ありがたふござりまする」[12]([13]トこれをキツカケに、兩人笠をかぶる。本釣がね、すがきにて、拍子)

幕

10 不破「なにかといかい」名古屋「世話であった」と二人は笠をうけとり、「近日ゆるりと」で、顔を見合せてちょっと息込むのを、女房「ア、もし」と、真中で、中腰に両手をひらき止める。二人は、笠の内を見せて反対に対照的に抱えて見得。ツケが入って、合方になり幕。というのが今日普通の演出である。本文のごとき幕切れは、世話的演出であり、通し狂言としての考慮が払われている。今日の演出は、その場が独立したための演出と思われる。

11 白因ト書「ト立かゝる木のかしらとともに本つりがね桜ちりかゝる半四郎(お近)ゑしやくあつて」。〔 〕内は因。

12 写本図は「「お待申ます」ト辞義をする両人笠を持三人引ぱりよろしく本釣鐘すがきにてひやうしまく」。

13 「ト是をきざみ二人りは〔はナシ〕笠をかむり〔かむる〕本つりがねはやめたるすがきにてひやうしまく〔まく引付ると二ばん目のよび打こみになる〕」(白、〔 〕は因)。なお幕切れの演出は、頭注の小の異同を参照。

勧進帳

――[久]―久保田本　[九]―九代目団十郎本　[竹]―竹柴本――[河]―河竹本――

一 [久][河]による。 二 [久]による。[河]では「役名」とあり、役名は両本ともにちがう。[久]では伊勢の三郎のかわりに片岡八郎、[河]では、駿河を伊勢とする。また常陸坊を、四天王の外にして、五人にする本もある。初演は、亀井のかわりに伊勢の三郎。 三 明治五年三月、守田座上演以来登場。[久]にはない。 四 歌舞伎から能を指して言う。 五 偽山伏。仮に山伏の姿に作って。「義経記」巻七「判官北国落の事」に見える。 六 陸奥平泉の藤原秀衡を頼って下る。十五代目羽左衛門は「陸奥へ」を省いた。 七 鎌倉に在る征夷大将軍源頼朝。 八 義経を捕えるために、新たに増設された関所。 九 晒し首を掛ける木。獄門。 一〇 しっかりと気をつけて。狂言詞。 一一 修験道を行なう者。山伏。 一二 殊勝にも。けなげにも、よく言ってくれた。 一三 番兵せよ。 一四 篠懸は修験者の衣服の上に被う衣。麻製。深山に入るとき、篠の露を防ぐものという意から出た名称。袈裟ではない。 一五 働きよくするため、また旅行などのときに、袖の紐をくくることを「露をとる」という。それを

勧進帳〔安宅新關の場〕[一]

〔役人替名の次第〕[二]

一 武藏坊辨慶　　一 番卒

一 源　義經　　一 同

一 龜井六郎　　一 同

一 片岡八郎　　一 太刀持[三]

一 駿河次郎　　一 富樫左衞門

一 常陸坊海尊

長唄囃子連中

本舞臺、花道とも置舞臺を敷きつめ、向ふ、松を描きたる鏡板、左右若竹の書起し、正面高足の壇、毛氈を掛け、これに長唄連中居並び[1]、この下に囃子連中居並ぶ。上の方切戸口[2]、下の方及び向ふ揚幕[3]の出入り、總て[四]本行好みの通り飾りつけよろしく、片シャギリにて幕明く[4]。

[5]ト下手揚幕より富樫[6]ノ左衞門、素襖形り、立烏帽子白の鉢巻、小サ刀を差し、中啓を持ち出る。後より太刀持、番卒[7]三人附添ひ出て、よろしく

1 長唄囃子連中が、幕があいてから座につく演出は、能式によったもの。普通は幕があくと、すでに並んでいる。二十五、六名より三十数名におよぶことがあり、そのときは、「立別れ(たてわかれ)」と称し、立唄(たてうた)二人を中心に、二組に別れる。→補1。 2 臆病口のこと。勧進帳に限って、役者によって好みがある。→用語一覧「臆病口」。 3 古くは三色だが、近年は本行に従って五色を用いる。 4 二丁(柝)のしらせで、「片シャギリ」の鳴物にかかる。舞台の準備完了で鳴物を打ち上げ、引幕を上手へ引きとる。ここで留柝(とめ)を打つが、打たないのを本行物として本格とする。「口上」「役人触」は、普通はやらない。 5 →補2。 6 「名乗笛」のなかばで、下手揚幕より、富樫が太刀持(古くは、ない)・番卒を従えて出る。富樫が、正面やや下手の名乗座に着き、きまると、名乗笛は、呂(りょ)の音で止まる。その間「置鼓(おきつづみ)」があるのが本格だが、略されることがある。→補3。 7 番卒の扮装は、嘉永五年上演の際の錦絵では、従来の歌舞伎様式の道化方の軍兵のつくりである。軍兵から番卒に変わって、その扮装も今日の能狂言式になったもの。初演の絵本番附は番頭。 8 「三ツ地」のあしらいの鳴物になり、謡がかりで「名乗りゼリフ」にかかる。 9 十五代目羽左

居並び、

富樫「斯様に候ふ者は、加賀ノ國の住人、富樫ノ左衞門にて候。さても頼朝義經御仲不和とならせ給ふにより、判官どの主從、作り山伏となり、陸奥へ下向あるよし、鎌倉殿聞し召し及ばれ、國々へ新關を立て、山伏を堅く詮議せよとの嚴命によつて、それがし此關を相守る。方々、左樣心得てよからう」番卒甲「ハ、仰せのごとく、此程も怪しげなる山伏を捕へ梟木に掛け並べ置きましてござりまする」番卒乙「隨分物に心得、われ〱御後に控へ、もし山伏と見るならば、御前へ引き据ゑ申すべし」番卒丙「修驗者たるもの來りなば、即座に繩かけ、打捕るやう」番卒甲「いづれも警固」三人「いたしてござる」富樫「いしくも各々申されたり、猶も山伏來りなば、謀計を以て虜となし、鎌倉殿の御心安んじ申すべし。方々、きつと番頭仕れ」三人「畏まつて候」(ト皆々上手へ行き、富樫は葛桶にかけ下手向きに居る。その後に太刀持從ひ、番卒は正面に居並ぶ。次第になり)〽旅の衣は篠懸の、旅の衣は篠懸の、露けき袖やしをるらん。〽時しも頃は如月の、如月の十日の夜、月の都を立ち出でて、(ト三絃入り、大小寄せになり)〽これやこの、行くも歸るも別れては、知るも知らぬも、

旅路に濡れる道芝の露にかける。さらに涙にかけることが多い。ここでは前途の暗澹たる気持。一六 旧暦二月。「吾妻鑑」は文治三年二月、「義経記」は、文治二年二月二日。一七 夜の月と月の都とかける。月の都は、竹取物語に見える。月のなかにあるとされる月宮殿、転じて都の美称。ここでは京都。一八「これやこの行くも帰るも別れては知るも知らぬも逢坂の関」(後撰、十五、蟬丸)、「山かくす春の霞ぞ怨めしきいづれ都の境なるらん」(古今、九、乙)。

〔右〕④番卒―軍兵囚卒子九軍卒⊟

〔左〕②富樫ノ上―富樫「いかにもの共あるか」軍兵三人「おんまへに候」囚 ②候ふ―申す囚 ③ならせ―なり囚 ④ある―の囚九 ⑤せよ―申せ囚九 ⑥ハ、―ハッ囚九 ⑦怪しげなる―怪しき⊟ ⑧控へ―したがい⊟ ⑩いたしてござる―いたしましてござりまする囚九 ⑫となし―にし九 ⑫御心―御心を(十五代目羽左衛門) ⑫きつと―此の儀きつと囚九 ⑬畏まつて―心得申して⊟ ⑬ト…居並ぶ―ト皆々上の方へよろしく住ふと囚九 ⑮〽―謡〽囚九 ⑰なり―なり向ふより義経強力好みのこしらへ笈を背負ひ網代笠金剛杖を持ち出て来りよろしく花道へ留まる囚

衛門は、「かく新関(しんせき)を立てられ」と言う。**10** 十五代目羽左衛門は「此関をうけたまわる」。**11** ちょっと間をおき、気分を変えて言う。**12** 居直りの「あしらい」の大小(鼓)に笛が入り、富樫は、上手へゆき、下手向きに、後見がもってきた葛桶に腰かけ、太刀持は左後に、同じく下手向き、番卒三人は正面向きに、それぞれ座に着くと、囃子方の「次第見切り」になり、唄にかかる。富樫が葛桶へ腰をかけるのは三度目からで、書きおろしの時は、毛氈の上に坐るとある。↓補注12図3。**13** 謡がかり。笛・大小入る。**14** この二段目の唄より三味線入る。〽十日の夜」までを立唄、〽月の都を立ち出でて」はツレの唄。大小の「寄せの合方」になる。〽時しも頃は」は、大薩摩であるが、囚は「ゲキ」すなわち外記節。**15**「三ツ地」「大小のあしらい」で唄になり、笛入り。花道揚幕より、義経は笠を左手にさげ、金剛杖を右脇にかいこんで出る。〽行くも」から〽山かくす」までに、花道七三に止まり、西向きになり、杖を右肩に、足を開いて、重心を右にかけ、笠を持つ左手を杖に添え、左上を見渡す型。戻して、右手に笠を持ちかえ、左肩に杖をかたげて同じ型。また笠を左に、杖を右手に持ちかえ、東向きに同じ型。ト、杖をついて立身できまる。↓補4。

一 京都府と滋賀県の境にある山。東国から京へ入る口で、三関の一があった所。歌枕として有名。
二 近江の琵琶湖を渡る一行の舟。〽浪路はるかに」は文弥がかり。
三 琵琶湖の北岸。近江国高島郡。越前への順路。能および半太夫・一中、また長唄の「隈取安宅松」にはさらに「安宅に着きにけり」がある。
四 能装束からとった上衣。肩を取って出る場合と、おろした場合とがある。大口はやはり同じく袴。→用語一覧。
五 雑物を入れ、修行者が背に負う箱。

六 竹を薄く削って網代風に編んだ笠。義経の笠は、とくに飴色にため塗りがしてある。
七 修験者・山伏のもつ八角白木の杖。金剛は一切の煩悩、障害を破砕する意の仏語。一八三頁参照。
八 歌の文句をうたい終わるとともに動作が終わる。
九 家来たちの志を無にすることはできない。
一〇 山伏の下僕。荷を負って道案内をする者。

逢坂[一]の山隠す霞ぞ春はゆかしける、浪路はるかに[二]行く船の、海津[三]の浦に着きにけり。[1]（トこの内、向ふより、源義經、[四]水衣大口形り、小刀を着け、[五]笈を背負ひ、[六]網代笠を左手に提げ、[七]金剛杖を右脇にかいこみ出で來り、花道よきところにて一寸[2]振あつて納り、裏向きにゐる。續いて龜井ノ六郎、片岡八郎、駿河ノ次郎、常陸坊海尊の順にて、いづれも水衣大口形り、結袈裟、兜巾、小刀、珠數、中啓を着け出で來り、順次義經の右に裏向きに居並ぶ、[3]後より武藏坊辨慶同じく山伏形りにて出で來る。義經等表向きになり、辨慶義經に對して立ち、四天王皆々下にゐる。[八]文句一ぱいに納まつて）義經「いかに辨慶[4]◯（ト辨慶下にゐる）道々も申すごとく、斯く行く先々に關所あつては所詮、陸奥までは思ひもよらず。名もなき者の手にかゝらんよりはと、覺悟は疾に極めたれど、[九]各々の心もだし難く、辨慶が詞に從ひ、斯く[一〇]强力とは姿を替へたり。面々計らふ旨ありや」龜井「さん候。帶せし太刀は何の爲、いつの時にか血を塗らん、君御大事は今この時」片岡「一身の臍をかため、關所の番卒切り倒し、關を破つて越ゆるべし」駿河「多年の武恩は、今日只今、いでや關所を」三人「踏み破らん」[5]（ト三人立上り刀に手をかけ舞臺を見込んで氣込む、常陸坊手をあげて、これを止めるこなし）辨慶[6]「やあれ暫く、御待

1 大小（鼓）になり、亀井・片岡・駿河・常陸坊の順に、右に中啓、左に数珠を持ち、花道より出て、〽行く船の」までに、義経のうしろを、黙礼あって通り、順次に先に出て、西向きにならぶ。
2 一七七頁脚注15にあたる。
3 弁慶やや遅れて、右に中啓、左に数珠持ち出る。このとき義経・四天王は、その方に向き直り、弁慶は義経に黙礼する。義経は東向きに杖をついたまま、四天王は、やや東斜向きに、左足を立ててうずくまり、弁慶は立身のまま、舞台を見こんできまる。これまでのあいだ「三ッ地」「大小」をあしらう。〽着きにけり」で笛が入る。能では、子方・シテ・ツレ・狂言の順序で出る。
4 これより四天王の「畏つて候」までの花道のセリフのあいだ「三ッ地」「大小」の囃子。セリフは、義経は東向きのまま、あるいは向きあって、ときには、弁慶が膝まずいて言う型がある。
5 亀井・片岡・駿河は、立ち上がって舞台に向き直り、立身のまま（あるいは右足を出し）右手を小サ刀にかけ、息ごむを、常陸坊は、花道の附際で坐ったまま両手をひろげて支え、弁慶は、四天王の方へ向き直り、（あるいは立ち上がりながら）中啓をやや前に出して制する。
6 九代目団十郎は、このセリフを大声で怒鳴らずに、声の力をも

一一 とても。かえって。
一二 お出になったらよいかと存じます。
一三 皆々方そむいてはならぬ。

〔右〕⑨斯く—ナシ[四] ⑩まで—へ[一] ⑩の手にかゝらん—に討たれん[九] ⑪疾に—疾より[一] ⑪極めたれど—極めたりさりながら[四] ⑫とは—と[一] ⑫斯く—ナシ[四] ⑬さんさ候—されば候[四][九] ⑬時—世[一] ⑮越ゆる—通る[一] ⑮いでや関所を三人—伊勢「夫こそ望む所なれ」四人[九]
〔左〕①○…ゐるを—先ほども申すごとく[四][九] ②越え—越し[四] ②又—ナシ[九] ③求めて事を—事を求めて[四][九] ③たやすく—たやすくは[四][九] ④袈裟—兜巾篠懸[四] ⑤強力と—強力に[九] ⑤○…ゐて—ナシ[四] ⑥痛はしく—痛ましく[九] ⑦如何—何様[九] ⑦体にもてなし—御体にて[四][九] ⑧後へ—後に[四][九] ⑨入り—出で[四][九] ⑨とにもかくにも—ともかくも[四] ⑩よきに—ナシ[九] ⑩方々—各々[四][九] ⑪候—ござりまする[四][九] ⑪いづれさらば—然らば[四] ⑪申しも—皆々[四][九]方々[一] ⑫ト…て候—てござる[四][九] ⑫ト…向ひ—ト是にて誂へのほらの音になり皆々舞台へ来る[四] ⑮いかに—いかに申し候[四] ⑯通候—通る[四][九] ⑯番卒甲—軍兵三人[四]三人[九] ⑯関へ…となー関にかゝりしとや(割リゼリフニセズ)[四][九]

ち候へ。○（ト立ちこれをとゞめる、[7]三人向き直って下にゐるを）[8]これは由々(ゆゝ)しき御大事にて候。此關一つ踏み破って越えたりとも、又行く先々の新關に、かゝる沙汰のある時は、求めて事を破るの道理、たやすく陸奥(みちのく)へは参り難し、それ故にこそ、袈裟(けさ)、兜巾(ときん)(の)を退けられ、笈(おひ)を御肩(おんかた)に参らせて、君を强力と仕立て候。[9]○（ト下にゐて）とにもかくにも、それがしに御任(おんまか)せあつて、御痛(おんいた)[10]はしくは候へども、御笠(おんかさ)を深々(ふかぶか)と召され、如何にも草臥(くたび)れたる體(てい)にもてなし、我れ〱より後(あと)[11]へ引下がつて、御通(おんとほ)り候はゞ、なか〱[一一]人は思ひもより申すまじ。はるか後(あと)より御入(おんい)[一二]りあらうずるにて候」 義経「とにもかくにも、辨慶よきに計らひ候へ。方々(かたがた)[一三]違背(ゐはい)すべからず」 四人「畏(かしこ)まつて候」 辨慶[12]「さらばいづれも御通り候へ」 四人「心得申して候」〽いざ通らんと旅衣(たびごろも)、關のこなたに立かゝる。[13]（ト四天王立上り裏向きになり、義経も裏向きにて笠をつける。辨慶はこの後を通り舞臺へ行く。龜井、片岡、駿河、常陸坊これに従ひ、續いて義經も舞臺に來り、下手寄りに住ふ。四天王はこの後に住ふ。辨慶前へ出て、富樫の方に向ひ） 辨慶「いかに、これなる山伏の、御關(おんせき)を罷(まか)り通候」 番卒甲「なに、山伏のこの關へ」 番卒三人「かゝりしとな」 富樫「何と、山伏の御通(おんとほ)りあると申すか。心得て[14]

って制圧したと言う。
7 三人は、もとに向き直り、四人ともに坐る。
8 以下セリフのうち、すべて大小をあしらう。
9 少し頭を下げ、「仕立て候」と声を曇らせる。
10 声を曇らせる。
11 中啓にて花道揚幕の方を後として指す。
12 立身で言う。これより問答セリフのあいだ、大小のあしらい。
13 三絃のあしらいで（[四]ではホラ貝の音）、義経は、西向きになって、杖を亀井に渡し、笠をかぶる。四天王も、つづいて立膝のまま西向きになる。弁慶は、五人の後を通り抜けて舞台に来、中央やや下手寄りに上手を向いて立つ。義経は笠をかぶり終えて杖をうけとり、亀井・片岡・駿河・常陸の順に舞台にかかる。義経は、やや遅れて、最後より杖をつきながら舞台に来て、下手前に、杖を右にかつぎ、左膝を立ててうずくまる。四天王はその後にすまう。このあいだに後見二人、揚幕より出て待機する。
14 大小の「ツヽケ」になり、富樫は立つ。後見、葛桶をかたづける。富樫下手へゆき、真中で向きあいセリフ。セリフのあいだ大小の「三ツ地」のあしらい。

ある。〇(卜立って來り)のう／＼客僧達[一]、これは關にて候」辨慶「承り候。これは南都[二]東大寺建立の爲、國々へ客僧を遣はされ、北陸道[三]はこの客僧承つて罷り通り候」富樫「近頃殊勝には候へども、この新關は山伏たる者に限り、堅く通路なり難し」辨慶「心得ぬ事どもかな。して、その趣意は」富樫「さん候。[1]〇(卜兩人きつぱり正面になり)頼朝義經御仲不和とならせ給ふにより、判官どの主從、奥秀衡を頼み給ひ、作り山伏となり下向ある由、鎌倉殿聞し召し及ばれ、斯く國々へ新關を立てられ、それがし此の關を承る」番卒甲「山伏を詮議せよとのことにて、我れ／＼番頭仕る」番卒乙「殊に見れば、大勢の山伏達」番卒丙「一人も通すこと」番卒甲「まかり」三人「ならぬ」辨慶「委細承り候、それは、作り山伏をこそ留めよとの仰せなるべし。誠の山伏を留めよとの、仰せにては候まじ」番卒甲「いゝや、昨日も山伏を、三人まで斬つたる上は」番卒乙「たとへ誠の山伏たりとも、容赦はならぬ」番卒丙「たつて通らば、一命にも」三人「及ぶべし」辨慶「[2]さて、その斬つたる山伏、首は判官どのか」富樫「[3]あらむづかしや、問答無益、一人も通すこと」番卒甲「[4]まかり」三人「ならぬ」[5](卜富樫上手へ戻り、葛桶にかゝる)辨慶「[6]言語道斷、かゝる不祥[四]のある

一 勧進僧をいう。二 南都は奈良、東大寺は華厳宗の総本山、金光明四天王護国寺。本尊は「奈良の大仏」と俗称される金銅の盧舎那仏。三 北陸道は、若狭・越前・加賀・能登・越中・越後・佐渡の七カ国。四 不吉。災難。五 今生の最後の勤行。六 立派に殺されましょう。七 寄って下さい。→補一。八 役の行者。役の小角。→補一。九 行義。行道・主義。一〇 仏語。その身そのまま仏となるべき肉体。因及び長唄本は「即心」。一一 五大明王。ここでは不動明王か。明王がこの不祥な事件をどう御覧になるか計りがたい。一二 紀州熊野神社の権現。山伏の詣でる神。一三 梵語。大日如来の呪。→補二。一四 観音・弥勒・普賢・文殊の四菩薩。一説に弥勒の代りに勢至。一五 仏寺の寄附を求めること。勧進帳は、その主旨を書いた寄附帳。一六 普通の往来物の巻物。一七 思い見れば。

〔右〕①来り―来り弁慶に向ひ因九　②為―為に九　②遣はされ―遣はさる因九　③通り候―通る因九　⑤〇…なり―ナシ因　⑥不和と―不和に九　⑥主従奥―は陸奥九　⑦給ひ…なり―ナシ(十五代目羽左衛門)　⑦鎌倉殿―ナシ因九　⑦及ばれ…立てられし分けら

1 調子高く言い放ち、囃子の「三ツ地」を、つき直す。これで両人ともに正面を向き、セリフ。四天王は後で、右手の中啓を舞台につけてきく。2 つめ寄るごとく、正面向きから、上手向きに、富樫に向き直り、また、やや裏向きに番卒に言う。3 「あーら」と延ばして言う。下手向きに弁慶に向い、「いっちにんも通すこと」とキッパリ言う。4 現行、「まかりならぬ」を、番卒三人一緒に言う。5 大小の「ツヾケ」の早間の鳴物で、富樫は荒々しく、上手の元の座へ戻り、葛桶にかける。6 正面向き、「近う渡り候へ」で、下手やや後向きに四天王に言う。7 「いで／＼」と正面、次にやや下手向きにセリフ。8 合方になり、右廻りで、下手斜うしろの後見座へゆき、片岡と駿河のあいだに入る。9 大小の「ツトメ」の囃子あって、唄にかかる。「ノット(祝詞)」を囃すのは誤り。四天王は、中啓を懐に差し、数珠を持って、中央やや下手寄りの前に進み出て、四菩薩の型で、四つ目をつくり、舞台前側の亀井は左、常陸は右膝を立て、後側の片岡が右、駿河が左膝を立てて坐す。10 弁慶は数珠を右手に、四天王の中央に進み、トンと右足を踏んで、左膝を立てて坐す。11 数珠の右手を前に出し、大きく自分の体を見る型。12 数珠で上より打ちおろし、切る型。13 左膝をおろし、

れきびしく詮議せよとの君命によって（十五代目羽左衛門）⑦斯く…承る―国々へ斯くの如く新関を立てられ斯けいご致し某し承る[八][九]　⑩通す―通し申す[八][九]　⑩番卒甲…ならぬ―軍兵三人(九)八「三人」「まかりならぬ」[八][九]　⑪をこそ留めよとの―こそ留めよと[九]　⑫候―よも有る[八][九]　⑫いゝや―いや[八][九]　⑬を―ナシ[一]　⑬たとへ―ナシ[八][九]　⑬たりとも―とて[八][九]　⑭ならぬ―なし[八][九]　⑭通らば「通れば[八][九]　⑮さてその「扨は[八][九]　⑯番卒甲…ならぬ―軍兵三人「罷りならぬ」[八][九]　⑰道断かゝる―同断かな[八]
〔左〕①さらば―観念の為さらば[八][九]　①なし―なさん[八]　②心得て候―心得てござる[八]　③ト…行く―ナシ[八]　⑦ト…納る―ト此内のつとにて弁慶真中に左右へ二人宛別れ祈りよろしくある富樫思入れあって[八]．⑧近頃―ハ、近頃[八][九]　⑧覚悟―覚悟にて候[八]　⑨勧進帳―定めて勧進帳〔の〕[八][九]〔一八〕[八]　⑪仰せ候な―申すや[八]候や[九]仰せ候や[一]　⑫ム、○心得て―心得申して[八][九]　⑫へ―唄へ[八]　⑫あらば―あれば[九]　⑭ト…かゝる―ト笈の中より誂らへの一巻をいだし押しひらき[八]　⑮弁慶―弁慶謡ひ[八][九]　⑮ト…向き〔一八二頁1行〕―ト富樫立上り勧進帳を差のぞく弁慶見せじと正面をむき急度思入れ[八]

べきや。この上は力及ばず。さらば最後の勤めをなし、尋常に誅せられうずるにて候。方々、近う渡り候へ」　四人「心得て候」　辨慶「い[7]で〳〵、最期の勤めをなさん」（ト辨慶後見座へ行く）[8]〽それ山伏とい[9]つぱ、[10]役の優婆塞の行儀を受け、即[11]身即佛の本體を、爰[12]にて打留め給はん事、明[13]王の照覽はかり難う、熊野權現の御罰あたらんこと、立所[14]に於て疑ひあるべからず。唵[15]阿毘羅吽欠と、珠[16]數さらさらと押揉んだり。（ト此うち、四天王出て四菩薩に擬し、よろしく四つ目に住ふ。辨慶この直中へ入り、祈りよろしくあつて納る）　富樫「近頃殊勝の御覺悟、先に承り候へば、南都東大寺の勸進と仰せありしが、勸進帳御所持なきことはあらじ、勸進帳を遊ばされ候へ。これにて聽聞仕らん」　辨慶「なんと、勸進帳を讀めと仰せ候な」　富樫「如[17]何にも」（ト辨慶思[18]入あつて）　辨慶「ム[19]、○心得て候」〽元より勸進帳のあらばこそ、笈の内より往來の巻物一巻[20]取出だし、勸進帳と名附けつゝ、高らかにこそ讀み上げけれ。（ト四天王元の座へ戻る。辨[21]慶後見座より一巻を持ち出て、讀み上げにかゝる）　辨[22]慶「それ、つらつらおもん見れば○（ト富[23]樫立つて來て、勸進帳を差覗く。辨慶心附きはつと雙方顔見合せ、辨慶巻物を隱すやうに、雙方身をそむけてよろしく極る。富樫向き直り、辨慶更に巻物

数珠の右手を上に返し、左手を前に出して返し、左右を見て礼拝。**14** 右手を右膝におろし、左手を左右に、首は逆にふる。**15** 四人立身で、弁慶が数珠を揉み出すとともに右足を引き、数珠を三度、左上より右下に斜に揉みおろす。能式に右方のみで揉む型もある。**16** 三度目に、四天王、背中合せに坐して合掌。弁慶、正面のまま束に立って、合掌瞑目。右の切り手を下にして、最後を切って終わる。**17**「いかにーも」と延ばす。**18** ちょっと眼を開いて思入れ。富樫、腰かけたまま。**19** 右手の数珠を上げて切るのが唄のかかり。弁慶、下手の後見座へ入る。四天王、おなじく数珠を切って元の座に戻り、正面を向き坐す。義経もとのまま。**20**〽とりンだし」と唄う。**21** 後見のわたす勧進帳を右手に平に張って持って出、中央少し下手寄りに正面を向き、そのまま頂く。大小の「アシライ」になり、巻物の紐を解き、その紐をからげ、両足を少し開き、一巻を止めのところまで開き、右上より持ってきて、胸の高さよりちょっと低く捧げる。九代目団十郎は屏風のごとく立て、七代目幸四郎は、水平に近く持った。**22** これより「読み上げ」。つづく「問答」「延年の舞」とともに本曲の三頂点をなす。「そォれェーつらつらアー、(鼓ポウ)おもんみれーばー」と低く荘重に、謡いがかりで言う。

一 釈迦は、主・師・親の恩と教えを兼ねるをいう。二 入滅。釈迦の死。三 長夜の夢のような生死の迷いをさましてくれる人もない。四 →補三。五 光明皇后と想定されるが、大仏建立の際は、皇后はいまだ在世。六 涙を流して泣く。皇帝らしく難しい語を用いた。七「先路」は聖王の道。ここでは釈迦のこと。釈迦が先に通った道を思い、悲しき思いを繙し、上に向って菩提の道を求める。
八 奈良の大仏。→補四。
九 九代目団十郎は、晩年「寿永」を、史実により「治承」と直す。一〇 九代目団十郎、晩年より「かかる」と言う。七代目幸四郎も。
一一 法然の弟子。→補五。
一二 仏語。→補六。一三 九代目団十郎、晩年「流し」。
一四 一枚の紙、半分の銭。たとえわずかでも、寄附した者は。一五 来世では極楽浄土に生まれるであろう。
一六 九代目団十郎、晩年は「紫磨黄金の台に坐せん事」と直す。一七 心から信を起して敬い拝する。一八 衆生を降伏し摂取する象徴とする五色の索条。縄。一九 仏語。→補七。二〇 数珠は百八の煩悩を表わした百八個の数で作る。
二一 阿弥陀如来の持つ鋭い剣。

を構へじりじりと富樫の方へ向き）[一]大恩教主の秋の月は、[二]涅槃の雲に隠れ、[三]生死長夜の永き夢、驚かすべき人もなし。[1]爰に中頃、帝おはします○[2]（ト皆々頭を下げる）[四]御名を聖武皇帝と申し奉り、最愛の[五]夫人に別れ追慕やみ難く[六]涕泣、眼にあらく、涙玉を貫く、思ひを[七]先路に飜へし上求菩提の爲、[八]盧遮那佛を建立仕給ふ。然るに去んじ[九]治承の頃燒亡し畢んぬ。[一〇]かほどの靈場絶えなんことを歎き、[一一]俊乗坊重源勅命を蒙つて、[一二]無常の觀門に涙を[一三]落し、上下の眞俗を勸めて、彼の靈場を再建せんと諸國に勸進す。[一四]一紙半銭奉財の輩は、現世にては無比の樂に誇り、[一五]當來にては[一六]數千蓮華の上に坐せん。[一七]歸命稽首、敬つて白す」ヘ天も響けと讀み上げたり[3]（ト巻物を巻き劍に擬し、右手に珠數を[一八]羂索に見立て、左手に不動明王の形に極る）富樫「勸進帳聽聞の上は、疑ひはあるべからず。[4]さりながら、事のついでに問ひ申さん。[5]世に佛徒の姿、さまざまあり、中に山伏は、いかめしき姿にて、佛門修行は訝かしゝ、これにも謂れあるや如何に」辨慶「おゝ、その來由いと易し。それ修驗の法といつぱ[6]、[一九]胎藏、金剛の兩部を旨とし、嶮山惡所を踏み開き、世に害をなす、惡獸毒蛇を退治して、現世愛民の慈愍を垂れ、或ひは難行苦行の功を積み、惡靈亡魂を成佛得脱さ

23 読み出すと、富樫は葛桶より立ち上がり（後見葛桶を片づける）、じりじりと下手へ来て、右手の中啓をやや上げ、巻物のなかを窺おうとして、弁慶と顔見合せ、囃子方の「イヤー」の上げとともに、弁慶は巻物を隠す心持で右側におろして上手を見込み、右足を踏んで束の見得。富樫は正面向きに、右手を少し出して巻物を見込み、下手の義経はこれをちょっと見て三方の見得（五代目歌右衛門の工夫）できまる。囃子の「イヤー」の上げで、弁慶は上手向きにじりじりと向きあい、巻物を少し高く捧げて出す。富樫も正面より下手向きにじり足で向きあう。「イヤー」のかけ声、笛のあしらいで、「大恩教主の」と力強く読み出す。

1「ひとーもなーし」と言い放つと、鳴物上げになり、ここで一息つく。「御摂勧進帳」（安永二年）の安宅の関の場では、ここで、敵役二人が、両方より勧進帳をとりにかかるを、左右に投げるとある。
2 あしらいの鳴物やむ。囃子方、床几をはずして坐る。現在では、最後の「敬って白す」ではずす。
3 巻物を右におろし、正面に直り、見られぬよう、す早く巻き終え、天地に見開いて、不動明王の見得できまる。七代目幸四郎の談に、初期の九代目団十郎は、普通の見得であったが、晩年不動の姿になり、左手の数珠の拳を垂直に

せ、日月清明、天下泰平の祈禱を修す。かるが故に、内[7]には慈悲の徳を納め、表に降魔の相を顯はし、惡鬼外道を威服せり。これ神佛の兩部にして、百八[二〇][8]の珠數に佛道の利益を顯はす」富樫「して又、袈裟衣を身にまとひ、佛徒の姿にありながら、額に戴く兜巾はいかに」辨慶[9]「即ち、兜巾篠懸は武士の甲冑に等しく、腰には彌陀[二一]の利劍を帶し、手には釋迦の金剛杖にて、大地[10]を突いて踏み開き、高山絶所を縱横せり[11]」富樫「寺僧は錫杖[二二]を携[12]ふるに、山伏修驗の金剛杖に、五體[二三]を固むる謂れはなんと」辨慶[13]「事も愚かや、金剛杖は、天[二四]竺檀特山の神人、阿羅邏仙[二五]人の持ち給ひし靈杖にして、胎藏金剛の功德を籠めり。釋尊いまだ[14]瞿曇沙彌[二六]と申せし折、阿羅邏仙に給仕して苦[15]行したまひ、やゝ功積[16]る。仙人その信力強勢を感じ、瞿曇沙彌を改め、照普[二七]比丘と名付けたり」富樫「して又、修驗に傳はりしは」辨慶「阿羅邏仙より照普比丘に傳はる金剛杖、かゝる靈杖なれば、我が宗祖役の行者[17]、これを持つて山野を跋涉し、それより世々にこれを傳ふ[18]」富樫「佛門にありながら、帶せし太刀はたゞ物嚇さん料なるや」辨慶「[19]これぞ案山子の弓矢に似たれど、嚇しに佩くの料ならず、佛[20]法王法に害をなす、惡獸毒蛇は言ふ

慈悲の剣の譬。二二 修行僧のもつ杖。→補八。二三 身体をいう。二四 北印度ガンダーラにある山。釈迦の修行した山。二五 印度の婆羅門の哲学者。はじめ釈迦の師、のち弟子。二六 釈迦の俗姓。→補九。二七 →補一〇。

〔右〕②中頃―中頃の[九] ②おはします…御名を―ナシ[九][一] ③〇…下げる―ナシ[八] ④追慕―恋慕の情[九] ④涕泣―涕泣の[九] ④眼に…翻へし―御なんだ〔の〕かわく時なし〔かるが〕ゆゑに[八][九]〔ハ〕ハ[八] ⑦真俗―親族[八] ⑨帰命―帰命頂礼[八] ⑩ト…極る―ナシ[八] ⑪勧進帳―いかにも勧進帳[八] いかに候勧進帳[九] ⑬あり―あれど[八] ⑬姿にて―出立にて[一] ⑭訝かし―訝かし[九] ⑭おゝ―ナシ[八][九] ⑭来由―由来[八]

〔左〕①かるが―ナシ[九] ①慈悲―忍辱慈悲[八] ②表に―表は[八][九] ④額―頭[九] ⑥帯し―帯び[九] ⑦携ふる―携へる[八][九] ⑧五体を―五体[九] ⑨して―て[八][九] ⑩折―時[八][九](九代目団十郎晩年) ⑪積る―積り[八][九] ⑬比丘に伝はる―に授る[八][九] ⑭宗祖―祖[九] ⑭跋渉―経歴[八][九](九代目団十郎晩年) ⑮帯せし―佩せし[八][九] ⑯まこと―まことに[九] ⑯弓矢に似たれど―弓に等しく[八][九] ⑰料ならず―料見なれど[八]料なれど[九]

立てたが、さらにのちには、自然に胸元へ持っていった(伊坂梅雪「勧進帳考」)。

4 これより問答。→補注12図4。

5 弁慶、ちょっと下手に行きかかるのを、「問ひ申さん」と追討ちをかける。弁慶、思入れあって立ち止まる。

6 富樫に向きあう。

7 「内には」は優和に、「表に」で、ちょっと正面になり、強く言い、顔つきもこわくなる。

8 左手の数珠をちょっと富樫に示し、正面に向き直りながら言い切る。

9 富樫に向い、言う。

10 右手の巻物で、金剛杖を大地へ突くこなし。

11 正面に向き直る。

12 やや裏向きで弁慶に対す。

13 そのままで追いかぶせて言う。

14 正面向き。

15 富樫に向いて言う。

16 また富樫へ向き。

17 巻物にて、金剛杖をつく型。現行では「小角(しょう かく)」という。

18 と言い切って、正面を向く。

19 上手に向き直り、言う。

20 巻物を太刀として、斬る型。十一代目団十郎は、向き直るだけで、斬る型をしない。

に及ばず、たとはゞ人間なればとて、世を妨げ、佛法王法に敵する惡徒は、一[一]殺多生の理によつて、直ちに切つて捨つるなり」富樫「[1]目に遮り、形あるものは切り給ふべきが、もし無形の陰鬼陽魔、佛法王法に障碍をなさば、何を以て切り給ふや」辨慶「無形の陰鬼陽魔亡靈は、九字眞言(の)を以て、これを切斷せんに、何の難きことやあらん」富樫「して、山伏の出立は」辨慶「[2]卽ち、その身を不動明王の尊容に象るなり」富樫「頭に戴く兜巾は如何(な)に」辨慶「[3]これぞ五智[三]の寶冠にして、十二因緣[四]の襞を取つて是れを戴く」富樫「掛けたる袈裟は」辨慶「九會曼陀羅[五]の柿の篠懸」富樫「足にまとひしはゞきは如何[4]に」辨慶「胎藏黑色[六]のはゞきと稱す」富樫「して又、八つのわらんづは」辨慶「八葉の蓮華を踏むの心なり」富樫「出で入る息は」[5]辨慶「阿吽[七]の二字」富樫「[6]そも〳〵九字の眞言とは、如何なる義にや、事のついでに問ひ申さん。さゝ、何と何と」辨慶「[7]九字の大事は深祕にして、語り難きことなれども、疑念(の)を晴らさんその爲に、說き聞かせ申すべし。それ九字眞言といつぱ、所謂、臨兵鬪者皆陳列在前[八]の九字なり。將に切らんとする時は、正しく立つて齒を叩くこと三十六度、まづ右の大指を以て四縱五横[8]を書く、その時急々如律令[九]と

一 仏語。一人を殺して多くの衆生を助け生かす理法。
二 真言呪文の一。→補一一。
三 仏語。五つの智を冠にかたどったもの。→補一二。
四 仏語。兜巾の襞を十二の数にした理由。→補一三。
五 仏語。九会曼陀羅に型どった篠懸。篠懸と袈裟は、元来ちがうが、ここでは同じに見ている。→補一四。
六 胎蔵界の曼陀羅を表わした黒色の脚絆。
七 仏語。開口の第一の音「あ」、閉口の音の「うん」をもって、字母の根元とし、一切の諸法の太初と終末のこと。
八 →補一一。
九 避邪の呪文。→補一五。
一〇 仏語。→補一六。
一一 干将莫耶の剣。中国の故事に見える名剣。→補一七。
一二 広く量り知れない。
一三 当て字。あな、畏し。
一四 神々、もろもろの仏、菩薩もみそなわせ。
一五 百度拝しお辞儀をする。帰命頂礼稽首の意。南都の諸寺の読みくせでは「ケッシュ」「ケシュ」。現行「帰命稽首」。
一六 不注意。誤り。
一七 布施にする物品・金銭。
一八 加賀国江沼郡庄村より起った生絹。
一九 寺・僧などへ物品を喜捨する人。施主。
二〇 現世と未来。

1 前のセリフにかぶせて言う。
2 巻物を剣に見立て、右手に数珠を持ち、不動の姿で言う。
3 やや後向きに上手に向って。
4 中啓で弁慶の足元を指す。
5 「出で入る息は」と大きく畳みかけるのを、弁慶はかぶせるようにつよく言い放って正面を向く。すべてこの問答中は、じりじりと両方詰めよる。
6 正面やや下手向きに足を開いて、じりじりと足を寄せながら、「そも〳〵」と調子高に出て、一息にこのセリフを言って、束に立ち、右足をちょっと後へ引いて裏向きの形になり、右手の中啓の手を平に後に引いて、「なんとなんと」ときまる。中啓をやや上に上げる人もあるが、平の方がつよい。
7 思入れあって、正面向きのま、おごそかに言い出し、「説き聞かせ申すべし」で上手向き、「三十六度」で、正面に向き直る。
8 右手の巻物で、左から右へ、交互に空中に横線と縦線を引く。現行「四縦を描き、のちに五横を書く」という。

呪する時は、あらゆる五陰鬼、煩悩鬼、まつた惡魔外道死靈生靈、たちどころに亡ぶる事、霜に[9]煮湯を注ぐがごとく、げに元品の無明を切るの大利劍、莫耶が劒もなんぞ如かん、[10]まだ此上にも修験の道、疑ひあらば、尋ねに應じ答へ申さん。[11]その德、[12]廣大無量なり。肝に彫りつけ、[13]人にな語りそ、[14]穴賢々々、大日本の神祇諸佛菩薩も照覽あれ、百拜稽首、畏み畏み、謹んで申すと云々、斯くの通り」[15]〽感心してぞ見えにける。(ト[16]所謂元祿見得に極る) 富樫[17]「かゝる尊き客僧を、暫しも疑ひ申せしは眼あつて無きが如き我が不念、今よりそれがし勸進の施主につかん。番卒ども、布施物持て」(ト富樫、葛桶に戻る) 番卒三人「はあ[18]」〽士卒が運ぶ廣臺に、白綾袴一重ね、加賀絹あまた取揃へ、御前へこそは直しけれ。(トこのうち番卒は白木の臺三つへ、加賀絹、白綾袴地、袋入の砂金包二個を戴せたるを持ち出て、富樫に見せ、更に下手寄りよきところへ並べる) 富樫「近頃些少には候へども、南都東大寺の勸進、即ち布施物、御受納下さらば、それがしが功徳、偏へに願ひ奉る」 辨慶[19]「あら、有難の大檀那。現當二世安樂ぞ、なんの疑ひかあるべからず〇(ト拜み)重ねて申すことの候。猶我々は近國を勸進し、卯月半ばに上るべし。それまでは、嵩高の品々、お

9 下を指す。

10 つよく言い放つ。気を変えて次を言う。

11 と上手に向き。

12 正面を向く。

13 上手に向って厳然と言う。

14 正面に向き直る。

15 や後向きより正面に向き直り、言い切る。

16 唄で、左足を左斜め前に踏み出し、左の数珠の手を前に出し、巻物の手をうしろに巻物を横に持ち、元禄見得にきまる。

17 富樫は、心やわらいだゆるやかな落ちついた口調で、下手向きにセリフ。この間、弁慶は、右足を引いて束に立ち、聞きおわって後へゆく。

18 番卒の「はあ」と答えるのが唄のかかり。富樫は唄のうちに上手に居直り、葛桶に腰かける。番卒三人は、白木の台に載せた品を後見座より持ち出し、富樫の前でちょっと見せ、うなずくと、舞台中央へ三つともタテに置いて唄いっぱいに元の座へ。砂金の袋を載せた台は、三個の真中。[九]のト書には「服紗包の丸鏡」あり。

19 弁慶は、後より左手に数珠、右手に中啓を持ち出てセリフ。「大檀那」で左手の数珠をちょっと上げて富樫に会釈し、上手向きに立ち、「なんの疑い」を言い、中啓を懐中に、数珠を両手にかけて拝み、二、三度押し揉んで数珠を右手で上に切って合掌する。

〔右〕①たとはゞ—たとへ[九] ②直ちに—忽[九] ③陽魔—妖魔[一] ④陽魔亡霊—陽霊[九] ⑤これを—ナシ[九] ⑤せんに—せん[九] ⑦頭—額[一] ⑧して—て[九] ⑩して—扱[九] ⑬ついで—次第[八] ⑬さゝ—ナシ[八][九] ⑬の大事は—は大事の[九] ⑬深秘—神秘[河] ⑮九字—九字の[八][九] ⑰まづ…以て—右の大指を以て先づ[八][九] ⑰四縦—四縦を書き後に[九](七代目幸四郎モ同ジ)

〔左〕②亡ぶる—亡ぶ[九] ②煮湯—熱湯[八][九] ②ごとく—ごとし[九] ②元品の—衆思の[九] 元品羅薄[一] ③如かん—如かん武門に取つて呪を切らば敵に勝つ事疑ひなし[八][九](九代目団十郎晩年ヨリ「武門」以下省略) ③此上—此外[九] ⑤な語りそ—語るな[九] ⑤穴—〇穴[八] ⑥畏み畏み—恐れみ恐れみ[八][九](九代目団十郎晩年ニ改ム) ⑦ト…極る—ナシ[八] ⑦かゝる—かく[八] ⑧暫し—暫時[八][九] ⑧眼…不念—我が誤り[一] ⑧如き—如し[九] ⑧今より—この上は[一] ⑨番卒ども—それ〲番卒ども[八][九]ナシ[一] ⑨ト…戻る—ナシ[八] ⑩はあ—ハ、ア[一]「はあ」(ト三人上手へはひる)[八] ⑬近頃—ナシ[八][九] ⑭南都東大寺—東大寺建立[九] ⑭南都…下さらば—ナシ(十五代目羽左衛門) ⑮願ひ—たのみ[八] ⑮あら—コハ[八]ナシ[九] ⑮有難の—有難き[八][九] ⑯疑ひか—疑ひ[九] ⑯〇ト拝み—ナシ[八]

預け申す。〇[1](ト砂金包二個を兩手に取る、龜井六郎立つて來てこれを受取る。番卒殘りし品々を片附ける)さらばいづれも御通り候へ」四人「心得て候」辨慶「[2]いで〳〵、急ぎ申すべし」四人「心得申して候」〽こは嬉しやと山伏も、しづ〳〵立つて歩まれけり。[3](ト辨慶先きに四天王足早やに花道へ行く、續いて義經行きかゝるを、番卒の甲富樫に指し示す。富樫素襖の右肩を脱ぎ、太刀持の差出す太刀をかいこんで)富樫「[二]如何にそれなる强力、止まれとこそ」〽すはや我が君怪しむるは、[三]一期の浮沈爰なりと、各々後へ立歸る。(ト義經咎められて下に居る、四天王振り向き刀に手をかけるを辨慶)辨慶「慌てゝ事を仕損ずな。〇[4](ト唄にかぶせて云ひ、立戻つて四天王を制し、舞臺へ來る、四天王これに續いて來り下手に控える。辨慶は義經と富樫の間に入り)こな强力め、何とて通り居らぬぞ」富樫「それは此方より留め申した」辨慶「それは何ゆゑお留め候ぞ」富樫「その强力が、ちと人に似たりと申す者の候ほどに、さてこそ只今留めたり」辨慶「何[5]、人が人に似たりとは珍らしからぬ仰せにこそ、さて、誰[6]に似て候ぞ」富樫「判官どのに、似たりと申す者の候ほどに、[四]落居の間留め申す」辨慶「[7]なに、判官どのに似たる强力めは、[8]一期の思ひ出な、腹立ちや、日高くば、能登の國まで、

一 砂金を包む錦の袋。

二 やい、そこなる強力、止まれ。「とこそ」は命令の意を強める語。
三 一生の浮き沈みのきまる瀬戸際。一生の大事。ここの文句は謡曲「安宅」そのまま。
四 落着するまで。真偽のはっきりとするまで。
五 仕業がよくない。行為が悪い。
六 述べる。言訳する。
七 盗人で候な。盗人であるな。
八 目垂れ顔。恥かしき行為。卑怯な行為。
九 仏語。欲界の第六天の魔王。仏道の障害をなす。名を波旬(はじゅん)と言う。

〔右〕①〇ノ上―鏡一面砂金一包受納いたす囚九　①〇…片附ける―ナシ囚　②さらば…候へ―いかに方々御通りあれ囚九さらば方々御通りあれかし日(九代目団十郎晩年ハ底本ト同ジ)　②四人心得て候―ナシ九　⑦それ―これ九　⑦止まれ―止まり候へ囚九　⑦〽ノ上―ト是にて皆々キッとこなし囚　⑨弁慶ノセリフ―唄ノ前ニアリ囚九　⑨慌て

1 弁慶は数珠を手首にかけ、左膝を引き、右膝を立てて砂金袋二個を両手で、同時にとり上げ、乳のところへ当てるように持って、四天王の方へ向く。片岡、進み出て、中啓を懐に入れ、膝まずき、弁慶より受けとり、乳の辺りにつけて捧げ、元の座に戻り、後見に渡し、中啓を右手に持ち向き直る。それまでに弁慶は、中啓を出して右に持ち、番卒三人は、白台を上手の後見座へ。 2 弁慶、下手斜に後向きに、四天王に向きあって言う。 3 →補5。 4 弁慶は足を強く踏み、義経の後を通って、富樫の方へ、舞台中央に戻り、続いて四天王は常陸坊・駿河・片岡・亀井の順に舞台へ戻り、下手後、裏向きのまま、右膝を立て、右手を小サ刀にかけ中腰にやや上手に心もち頭を向け、息ごむ。富樫は、刀にそりを打たせて、正面を向く。弁慶は、富樫と義経の間に入り、富樫の方に眼を配り、その眼で義経を見おろし、「こな強力め、云々」のセリフを叱るようにいう。 5 「ナニ」は正面向いて、わざと不審なこなしにて落ちついて言う。九代目団十郎の晩年には、少し笑みをおびて言った。 6 富樫に向いて言う。 7 弁慶は「言語同断」と一言に大きく叩きつけるように言い、思入れあって、「強力めは(ナ)」と腰を落し、義経を見て、強く決心の体で言う。九代目団十郎の晩年には、まじめに驚

ゝ—コリヤ慌てゝ[八]あゝら方々慌てゝ[一]　⑨仕損ずな—仕損ずなコレ[一]　⑨ト…入り—ト此内団十郎ヅカ／＼と舞台へ来り菊五郎に向ひ[八]　⑫それは—あれは[八][九]されば(十五代目羽左衛門)　⑫申した—申す[八][九]　⑬候ぞ—候[九]　⑬その—あの[八][九]　⑬似たり—似たる[九]　⑬ほどに—ゆえに(十五代目羽左衛門)　⑭何—なんと[八]何と[九]　⑯ほどに—ゆゑ[九]　⑯なに—言語道断[八][九]なアに[一]　⑰思ひ出な—思ひ出[八]　⑰腹立ちや！ヱ、腹立ちや[八][九]

〔左〕①ずらうと思ひをる—ずると思へる[八][九]　③業の拙き—仕業のはかなさ[八]はかなき[九]　③思へば—ム、思へば[八][九]　③憎し憎し—憎しや憎しや[八]　④〇—ナシ[八]　⑥通れ—通りをろふ[八][九]　⑥ト…行く—ナシ[八]　⑦やあ…ざふな—ナシ[八][九]　⑧これ—こりや[八][九]こオレ〇[一]コリヤあわてて事を仕損ずな(九代目団十郎初年)　⑧ト…制し—〇押へる左団次軍兵団右ヱ門鶴蔵荒次郎も是をみて立懸る双方よろしくあつて[八]ト押へる九蔵卒子三人とも是を見て立かゝるを留て[九]　⑨強力に—強力を[八][九](長唄本)　⑩打刀を—打刀[九]　⑭あの—この[八][九]　⑮共—共に[九][一]　⑮にも—とも[八][九]　⑮あれ—なされい[八][九]　⑯見せ—ナシ[九]　⑯ト…上げる—ナシ[八]

越[9]さうずらうと思ひをるに、僅かの笈一つ背負うて後[10]に下がればこそ、人も怪しむれ、總じてこの程より、やゝもすれば、判官どのよと怪しめらるゝは、おのれが業[五]の拙きゆゑなり、思へば憎し、憎[11]し／＼、いで物見せん。〇〽[12]金剛杖をおつ取つて、さん／″＼に打擲す。（ト辨慶、義經の持ちたる金剛杖を取り、これを打つこなしよろしくあつて）通[13]れ」〽通れとこそは罵りぬ。（ト義經下へ行く）富樫「如何やうに陳[六]ずるとも、通すこと」番卒三人「まかりならぬ」辨慶「やあ、笈に目をかけ給ふは、盗人[七]ざふな。〇（ト四天王立ちかゝるを）これ」（ト金剛杖を突きこれを制し）〽方々は何ゆゑに、かほど賤しき强力に、太刀かたなを拔き給ふは、目[八]だれ顔の振舞、臆病の至りかと、皆山伏は打刀を拔きかけて、勇みかゝれる有樣は、如何なる天魔[九]鬼神も、恐れつべうぞ見えにける。（ト辨慶きほひ立つ四天王を抑へ、富樫は刀に手をかけつめより、番卒もこの後に續き、雙方押合ひの模樣よろしくあつて極り）辨慶「[14]まだこの上にも御疑ひの候はゞ、あの强力め、荷物の布施物諸共、お預け申す。如何やうにも糺明あれ。但し、これにて打ち殺し見せ申さんや」（[15]ト金剛杖を振上げる）富樫「[16]こは先達の荒けなし」辨慶「然らば、只今疑ひありしは如何に」富樫「士卒の者が我れへの

いたような顔で言った。

8 「一期」より「腹立ちや」まで、腰を低く、高くしながら、「ウム、ウム」と呻き、怒りの体で言う。

9 中啓にて、向う揚幕を指す。

10 中啓にて、後方の義経を指す。

11 カアーと鼻を鳴らして「ム、憎し／＼」と言い、無念の思入れで体を揉み、「いで物見せん」と言い放って、大きくうなずく。九代目団十郎は爪立って地団駄を踏んだが、晩年には落ちついて演じた。

12 唄になり、弁慶は数珠を左手首に入れ、中啓を懐中に差し、義経の肩にした金剛杖を後より奪う。義経は左手を膝の上におろし、両手を膝においたまま、少しうつむく。弁慶は杖を両手にひろく持ち、振り上げ、ちょっと眼をつぶって、ちょっと辛き思入れあって、唄につれて、前・後・前と三度、笠の上より打つ。主を打つという心で、「菊畑」の智恵内とおなじく、腕は肩より上へ上げないのが口伝。

13 弁慶は「通れ」と強く言って、唄になり、金剛杖をトンとつよく下に突き、少し下手を束のままで向き、同時に杖を横に、右へ強く払い、目をつぶったまま顔をそむける。義経は「通れ」で、右手を笠にかけて立ち上がる。このとき、杖にて胸の辺りを払われるので、ちょっと弁慶を見て、すぐ後方の四天王の後へ入る。富樫は目もくれない。以下寄せとなる。↓補6。

14 正面向いたまま、数珠を手首

一 凡人の思慮、考え。二 身分の低い者。下僕。三 弓矢の神八幡大菩薩。正は、正しくの意。古く大隅の正八幡宮を言う。源氏の氏神。謡曲「弓矢八幡」（弓八幡）に、八幡の弓矢のいわれを語る。四 仏教の末世思想。現代は仏法の衰えた末法の時に至ったというものの、日月の光はまだなくならず、正しい道を照らす。本大系「謡曲集下」一七九頁参照。五 鈞は三十斤。三万斤の重さ。腕っぷしの強さの形容。六 一生涯でただ一度の涙。「産れた時の産声より、外には泣かぬ弁慶が、三十余年↙

〔右〕①申さん—申さんや[八][九] ③なれ—なり[八][九] ④ト…入れる—ナシ[八][九] ⑤なくんば—ならずば[九] ⑤殺いて—殺して[八]殺しても[九] ⑤ず—ナシ[九] ⑥慎み—心得[八][九] ⑥ト…控へる—ナシ[八][九] ⑦役—役目[八][九] ⑨ト…下げる—ト左団次先にだん右衛門鶴蔵荒次郎ついて上手へ這入と合方こだまに成り下の方より団十郎菊五郎の手をとり上坐へ直し敬まふこなしあるる菊五郎も思入あつて[八]海老蔵団十郎の手をとり上坐へ直しうやまふ[九] ⑫如何に弁慶—ナシ[九] ⑬及ぶ所—なすわざ[八] ⑬あらず—あらず只天の加護とこそをもへば関

訴へ」 辨慶「御疑念晴らし、打ち殺し見せ申さん」[1] 富樫「早まり給ふな、番卒どものよしなき僻目より、判官どのにもなき人を、疑へばこそ、斯く折檻も仕給ふなれ。[2] 今は疑ひ晴れ申した。とく〳〵誘ひ通られよ」[3]（ト刀を太刀持に渡し、番卒手傳って素襖の肩を入れる） 辨慶「大檀那の仰せなくんば、打ち殺いて捨てんずもの、命冥加に叶ひし奴、以後をきつと、慎み居らう」[4]（ト義經、下手後見座へ行き、四天王皆々も下手に行き控へる） 富樫「我れはこれより、猶も嚴しく警固の役、[5]方々來れ」 番卒三人「はあゝ」〽士卒を引き連れ關守は、門の内へぞ入りにける。（ト富樫思入あつて、[6]太刀持番卒附添ひ上手へ入る。[7]辨慶これを見送り思入、合方こだまになり、義經立つて上手へ行く、辨慶入れ替り下手へ行く。義經上手よき所に住ひ、四天王は正面に居並ぶ。辨慶下手寄りよきところに住ひ、義經に頭を下げる） 義經「[8]如何に辨慶、さても今日の氣轉、更に凡慮[一]の及ぶ所にあらず、兎角の是非を爭はずして、たゞ下人[二]の如くさん〴〵に、我れを打つて助けしは、正に、天の加護、弓矢正八幡[三]の神慮と思へば、忝く思ふぞよ」 常陸「この常陸坊を初めとして、隨ふ者ども關守に呼びとめられしその時は、こゝぞ君の御大事と思ひしに」 駿河「誠に正八幡の我君を、守らせ給ふ御しる

より解き、言う。15 杖を両手に持ち、右手上、左手下げ、右膝を曲げて体をかけ、義経を打つ形。16 弁慶杖をおろす。

1 もう一度杖を振り上げる。富樫はこれに次のセリフをかぶせる。その間、弁慶は足を割って、杖を振り上げたままの形を崩さない。2 少し首をななめに、思入れあって弁慶の方を見て、うるませてセリフを言い、前に向き、眼を閉じ、ややあって覚悟の体。3 弁慶ちょっと疑い。尾上菊五郎「芸」には安堵の思入れとある。振り上げた杖をおろし、水平に保つ。4 大きく言い、強く杖を突いて四天王に眼配せするので、常陸坊・駿河・片岡・亀井の順で、元の座に戻って裏向きのまま義経を守る。番卒も元の座に直る。5「方々来れ」で富樫は葛桶を離れ、四天王、刀より手を離す。6 富樫は衣裳を直し、正面、または横向きで、顔を仰向けぎみに涙を呑む心持を見せる。六代目菊五郎は左の袖をあしらった。さて気をかえてつかつかと上手臆病口に入る。太刀持・番卒従う。7 ↓補7。8 砧の合方つき直し、弁慶はこのセリフの間両手を前についたまま聞く。9 軽く会釈していう。10 調子を張って、「ハハア」まで言って、次に声を沈ませる。11「主君を」で、手をつき、「打

のものどもわれを怪しめず生害限りある期に[八]生涯限りある後に[九] ⑬争はず|ばもんだわづ[八]問答せず[九] ⑭打つて…思ふぞよ|打ちて我を助くるこれ弁慶が計らひにあらず弓八幡の御託宣かともへばかたじけなくおぼゆるぞ[八] ⑮正八幡|八幡[一] ⑮神慮|託宣[九] ⑮忝く|忝う[一] ⑮よ|や[九]ナシ[一] ⑯ども|ども[九] ⑰思ひしに|思ひしる[八] ⑰正八幡|源氏を守る正八幡[八][九]源家の氏神(うじしん)正八幡[一]源氏の弓矢神正八幡(現行他一本) ⑰我君|義経公[八][九] ⑰しるし|しるしの顕はれし上は[八][九]

〔左〕①これ全く|まつたくこれは[八][九] ①が智謀にあらずんば|の智謀によらずんば[一] ②亀井…及ぶべき|駿河「なか〱我々がをよぶ[八][九] ②あらず|あらずハ、[九] ③常陸…候|四人「〔ハ、〕驚きいつてござる」[八][九](〔 〕ハ[八]) ④給はぬ|給はず[八][九] ④はゝ|ナシ[八][九] ⑤計略|さはいへ計略[八][九] ⑤とは|と[九] ⑤正しき|正しく[八][九] ⑤主君|君[八] ⑤打擲…恐ろしく|打杖(つえ)のそら恐ろし[八][九] ⑥を上ぐる|をも上げる[八][九] ⑦なる|なり[九] ⑦ト…思入|ナシ[八] ⑧ト…平伏する|ト皆々宜しくうれひの思入れ[八][九] ⑩こそ|ナシ[八][九] ⑪来て|来てかくも武運つたなきか[一] ⑰常陸…退散|四人「とく〱退参」[九]

し、陸奥下向は速かなるべし」 片岡「これ全く武藏坊が智謀にあらずんば、免がれ難し」 龜井「なか〱以て我々が及ぶべき所にあらず」 常陸「ほゝ、驚き」 皆々「入つて候」 辨慶「それ、[9]世は末世に[四]及ぶといへども、日月いまだ地に落ち給はぬ[10]御高運、はゝ有難し、有難し。計略とは申しながら、正しき[11]主君を打擲、天罰そら恐ろしく、[五]千鈞を上ぐるそれがし、[12]腕も痺るゝ如く覺え候。あら、[13]勿體なや〱」 〽つひに泣かぬ辨慶も、[14][六]一期の涙ぞ殊勝なる。[15](ト辨慶少しくゐざり寄り、義經を見上げて愁ひの思入) 〽[七][16]判官御手を取り給ひ。(ト義經も少しゐざり、右手を差出し辨慶の手を取るこゝろ、辨慶これを見て、はつと後へさがつて平伏する) 義經「[17]如何なればこそ義經は、弓馬の家に生れ來て、命を兄頼朝に奉り、屍を西海の浪に沈め」 [18]辨慶「山野海岸に起き臥し明かす武士の」 〽鎧にそひし袖枕、かたしく暇も波の上、或る時は[八]船に浮び、風波に身を任せ、また或る時は[九]山脊の、馬蹄も見えぬ雪の中に、[一〇]海少しあり夕浪の、立ちくる音や須磨明石、とかく三年の程もなく〱いたはしやと、萎れかゝりし鬼薊、霜に露置くばかりなり。(トこのうち辨慶、[19]物語りやうの振りよろしくあつて、皆々愁ひのこなし) 常陸「[20]とく〱」 四人「退散」 〽互ひに袖をひきつ

擲」で、ちょっと立て膝する。 12 右手をちょっと上げ前に出して腕を見る。 13 両手を膝よりおろして「勿体ナーヤア」と、うるんだ声で言って、もう一度、大きく繰り返して、じっと義経を見上げて、思わず、力を籠めて、両手をつき、小さく屈んで嘆く。 14 弁慶、両手は半切の腰脇に添え、右膝より二つ上手に進む。 15 両手を前におろしてつき、さらに右手を膝に上げ、左手を眼のところに上げ、首を少し下向きにして泣く。九代目団十郎は、中啓を右手に持って進み、左手に持ちかえ、右手にて泣く。 16 義経は、上手より左膝から二つ下手へ進み、ちょっと下手向きになり、左手へ中啓を持ちかえ、左膝を立てた形で右手を出し、掌を上向きに、腰をひねって、弁慶を戴くこなし。弁慶ハッと気付き、勿体なしとのこなしにて、両手で戴く形をしながら、あわてて中啓の所までトントンと膝で飛び退り、左手で戴いて制し、両手をついて平伏する。四天王これを見て、左手数珠の手を眼の前に上げて泣く型(手を上げず、眼をつぶって泣く型もある)。 義経は右手で泣く。 17 正面に向き直って述懐のセリフとなる。 18 弁慶はうけて、中啓をとり、二膝進んで両手を膝に上げてセリフを言い、次の唄で物語ようの振になる。 19 →補8。 20 [八]は四人一緒に言う。

れて、[一]いざさせ給への折柄に。(ト弁慶[1]、四天王にうなづき、義経へこなし、皆々立ちかゝる。此時上手奥にて) 富樫「なう[2]〳〵客僧達暫し〳〵。〇」(ト聲する。辨慶[3]は義經、四天王等に目くばせ、義經は下手後見座へ行き笠を着け裏向きにゐる。四天王も下手に控へる。辨慶正面に裏向きに居る。[4]富樫太刀持を従へ出で、後より番卒の甲乙瓢箪を持ち、番卒丙三方(さんぼう)に土器(かはらけ)を載せたるを持ち出て、皆々よろしく住ふ。辨慶も正面に住ふ) 富樫「さてもそれがし、客僧達に卒爾(そつじ)[二]申し、餘りに面目もなく覺え候ほどに、[三]麁酒(そしゅ)一つ進ぜんと持參せり。いで〳〵杯(さかづき)參らせん」(ト番卒丙は三方の土器を富樫の前へ置く、番卒甲立つてこれに瓢箪の酒を注ぐ。富樫飲む。[5]丙は更に三方を辨慶の前に持ち行くと) 辨慶「あら、有難の大檀那、御馳走頂戴仕らん」[6]〽實(げ)[7]に〳〵これも心得たり、人の情(なさけ)の杯(さかづき)を、受けて心をとゞむとかや。〽今は昔の語り草、〽あら恥かしの我が心、[四]一度まみえし女さへ〽迷ひの道の關越えて、今また爰に越えかぬる、〽人目の關のやるせなや〽あゝ、悟られぬこそ浮世なれ。(トこの文句のうち、番卒甲乙の兩人、辨慶の左右に坐し酌をなす。辨慶飲み、番卒あとを進めるを、土器にては小さいといふ思入あつて、上手の葛桶(かつらをけ)に目をつけ、あれをとこなし、番卒丙心得て葛桶の蓋を持ちゆくと、左右の番卒に酒を注

の溜涙、一度に乱すぞ果しなき」(御所桜堀河夜討、三段目弁慶上使の段)。七→補一八。八 屋島の合戦を指す。九 一の谷の合戦の鵯越の嶮を指す。一〇「源氏物語」須磨の巻「海は少し遠けれど…」による。

一 さあお立ちなさいと言う折に。

二 粗忽。軽々しい振舞。

三 粗酒。粗末な酒。

四 弁慶は一生に一度女と契ったという伝説。→補一九。

五 謡曲をそのまゝとる。

六 平安朝に禁裡で三月三日の節会に行なわれた曲水の宴。流れに盃を浮かべ、それが自分の前に来たときにとり上げて酒を飲み、次の盃の流れてくるまでに詩を作る。「和漢朗詠集」の「牽ㇾ流遄過手先遮」を踏まえる。

七 宝生流の謡の詞章によってのちに挿入されたもので、因にはなかった。「翁」に見られるめでたい文句。

八 中世、寺院に行なわれた僧侶の芸能。ただし、本当の延年の舞でなく、歌舞伎風の振によるもの。以下の三つの舞の内訳は→補10。

1 弁慶うなずき、ちょっと上手斜に向き直り、さらに真裏向きとなり、四天王を見渡しながら、両手を上げ、立てとのこなし。義経が立つのを四天王は両手をつき辞儀し、弁慶に会釈して膝を立てる。みなみな行きかける。 2 下手、揚幕の中より言う。 3 弁慶はこれを聞いて、急げというこなしを四天王にする。四天王、急いで義経を囲んで下手後にゆき、義経裏向き、四天王さらに裏向きに隠す。 4 下手揚幕より出て上手の元の位置にゆく。(底本のごとく上手切戸口より出る型もある。)この二度目の出には葛桶をもちいず平座。後見衣服を直す。四天王は前向きになり、弁慶は富樫にちょっと会釈して、中央やや後に正面向きに坐す。義経はそれまでに笠を冠って、裏向きのまま、四天王の後に隠れている。 5 番卒丙、三方を弁慶の前におく。同甲・乙は、弁慶をはさんで上と下に分かれて坐す。いずれも狂言風の摺足。 6 一礼する。 7 以下、酒宴の条になる。間狂言にあたる。→補9。 8 以下、延年の舞にいたる条り。 9 右手の中啓を開き、腰のあたりへ立て、進む。 10 富樫のセリフで、弁慶じりじりと正面に向き直り、左手を添えて中啓をつぼめながら構える。 11 延年の舞。→補10。 12 弁慶は四天王の立たぬのを気遣い、下手後に向き直って、大きく左廻しに両手を一つ出し、

がせ、これを飲み干し、あとを所望する、番卒はもう止めてはとこなし、辨慶これを嚇し、雙方の瓢箪を取上げ自身に殘らず注ぎ、飲み干すことなどよろしくあって）〽面白や山水に、[五][8]面白や山水に、杯(さかづき)を浮べては、流(りゆう)に牽かるゝ[六]曲水の手まづ遮(さへぎ)る袖ふれて、いざや舞を舞はうよ。（ト辨慶、醉うたる思入にて立上り、よろしく振あつて）辨慶「先達(せんだち)、[9]お酌に參つて候」富樫「[10]先達、一差し御舞(おんまひ)候へ」辨慶「[11][七]萬歳(ばんぜい)ましませ、萬歳ましませ、巖(いはほ)の上に、龜は棲(す)むなり、ありうどんどう」（[八]延年の舞になる。[九]達拜頭の舞。三絃入の舞。二段目の舞）〽元より辨慶は、[一〇]三塔(さんたふ)の[一一]遊僧(ゆうそう)、舞(まひ)延年(えんねん)の時の[一二]若(わか)」辨慶「あれなる山水(やまみづ)の〽落ちて巖(いはほ)に響くこそ」〽これなる山水の、落ちて巖に響くこそ」（ト三段目の舞になり）〽鳴るは瀧の水、日は照るとも、絶えず、とうたり、[12]とくとく立てや手束弓(たつかゆみ)[一三]の、心許すな關守の人々、[13]暇(いとま)申してさらばよとて、笈を押(おつ)取り肩に打ちかけ、（ト大小片シヤギリ、辨慶振のうち、皆々に行けといふこなし、義經先きに四天王向ふへ入る。辨慶笈を背負ひ、金剛杖を持ち、富樫に一禮して立上り）〽[一四]虎の尾を踏み、毒蛇の口を遁(のが)れたる心地して、[14]陸奥(むつ)の國へぞ下りける。（[15]ト辨慶、よろしく花道へ行き、舞臺は富樫、太刀持、番卒よろしく居並び、辨慶、花道にて金剛杖を突くを木(き)の頭(かしら)、よろしく極り、

九 立拜。両手を高めに大きく前に出し、両拳を合せる能の型。

一〇 比叡山延暦寺の東塔・西塔・横川の三塔。弁慶は西塔に住んだといわれる。

一一 芸能僧。大衆舞をまう僧。

一二 長唄本と[九]では「和歌」。稚児舞の若音児（わかね・ちご）。なお、本大系「謡曲集下」補注四九参照。

一三 握りを太く巻いた弓。「立てやたつか」とかけた。

一四 危険をのがれるときの誓。「如レ踏二虎尾一如レ踏二毒蛇首一」（大智度論）。

〔右〕②なう／＼―ナシ[九] ⑦客僧―山伏囚[九] ⑦客僧以下―あまり卒爾申せしゆえ龜酒一つ」「參らそう」（十五代目羽左衛門）⑦卒爾―聊爾を囚[九] ⑦候ほどに―ナシ囚[九] ⑩あら―ナシ囚 ⑪仕らん―仕つる[一]

〔左〕④ト…あつて―ト此内大小にて宜敷振りあつて三弦入り男舞に成り本行の舞に成るよろしくあつて囚[九] ⑤弁慶…二段目の舞―ナシ囚 ⑤參つて―參りて[九] ⑨若ノ下―ト此内振りあつて舞の二段目になる囚[九] ⑨あれ―これ囚[九] ⑨これ…こそ―鳴は滝の水／＼囚[九] ⑩ト…なり―ト此内ふりあつて舞の三段目になり囚[九]

立てと知らせる。四天王は座を割り判官を先に立て、足早に常陸・伊勢・片岡・亀井の順に向う揚幕に入る。弁慶は〽「関守」の後の半調子トンと足を踏む。これにて富樫、眼を開く。 13 上手向き、右の中啓の手を右側に下げ、左手を出し、富樫に一礼し、トトトトと後へ退り、膝をついて、ほっとした心地で、後見手伝って右肩より笈の紐を肩に入れてかつぎ、金剛杖を右にかいこみ、富樫の前に進んで、立ったまま一礼して、下手向きになる。よろけの型で首を前に出し、〽「毒蛇の口を」と右、左、右と三度膝をつきながら、花道附際まで来て、ちょっと富樫の方を振り向き、しすましたという顔をして立ち上がり、摺足で進んで花道よき所にて止まる。 14 右手の杖を前に指し、左より一廻りして向うを見込み、段切の「オシ手」の三味線、留め拍子で、右より強く力足を二つ踏んで、富樫と見合い、杖を強く前につくとチョンと一丁の柝で、左手を杖に添え、右手に杖をかつぎ、肱を落して、ちょっと斜に舞台を見こんだ形で、ツケ入り、見得。幕を引きつける。一方、富樫は上手より舞台中央に来て、弁慶と見合って、束のまま、右手中啓の手に素袍の袖を巻いて挙げた形の見得で見送り、番卒らは下手に並び、〽陸奥の国へぞ下りける」で唄が上がり、柝が入って、幕を引きつける。 15 ↓補11。

あと木なしにて幕。幕引けると[1]、辨慶思入あつて、金剛杖をかいこみ見得、打込になり、よろしく振つて[2]向ぅへ入る。あとシヤギリ)

一 拍子木を打つことなしに幕をしめること。松羽目物または本行物のときに多く用いる。「柝(き)」は用語一覧参照。

1 引いた幕尻を出方が押え、弁慶はほっとした思入れで先を見、さらに後(舞台)を振り返り、気付いてはっと正面に向き直り(十一代目団十郎は、富樫に対してお辞儀する)、杖を左にかかえ、右手で胸を打ち、ツケ入りで、開いて掌を張り、打ち上げ、ツケ入りの大見得で、太鼓・笛入りの飛去りの鳴物になる。

2 片手六法(飛び六方)で向ぅ揚幕へ入る。九代目団十郎は、初めは細かく、三つトントンと飛んだが、晩年には、一足飛んで片足で中心をとった。後者の方が難かしい。また三足とは、踏み出す足ともにいう。二足飛んで一足はずむ(七代目幸四郎談)。三足踏んで、振り返る型と、振り返らない型とがある(八代目幸四郎談)。振り返る型は、五代目団十郎が伏見稲荷に願をかけ、狐の振り向いた形を「矢の根五郎」の引込みに取り入れたのを、九代目団十郎が弁慶に用いた。七代目幸四郎も、これを見せたことがある。なお九代目団十郎の弁慶の初演には、法螺貝を背負って六法を踏んだ(川尻清潭「演技の伝承」)。十一代目団十郎も振り返る。

鳴神

新歌舞伎
十八番之内
鳴神
なるかみ
役者
市川左團次
長唄連中

〔一〕―竹柴本一　〔二〕竹柴本二　〔三〕竹柴本三　〔諸〕竹柴本の以上の諸本　〔河〕―河竹本　〔一〕全文―〔一〕の全文（現行本）

一 〔諸〕は名題を記さず。
二 天保十四年六月、河原崎座上演の時の名題。
三 〔一〕〔二〕は「北山岩屋の場」。
四 〔諸〕にはなし。〔河〕は「役名」。
五 〔諸〕は「雲の絶間姫」。鳴神(雷)を堕す役目を見立てた名。
六 教化される者の意で、僧侶の弟子。〔河〕は「同宿」。
七 以下、所化は二人が古いが、時にはその数を増す。ここでは四名がからみの坊主となる。役名は、その役に扮する役者の俳名を用いている。梅幸は、尾上菊五郎の俳名。
八 助高屋高助の俳名。
九 嵐璃寛の俳名。
一〇 市川左団次の俳名。以上、仮に明治十五年代の役者の名を当てたもの。従ってこの四人は、白雲・黒雲・赤雲・青雲に当たる。〔諸〕は白雲坊・黒雲坊で、今日の演出は、この二人に定まっている。
一一 禁忌の境界を示すための縄張り。不浄の土地、また魔除けの標示ともいう。七、五、三と、三つ撚りにして、紙幣(しで)を垂れるので、七五三縄と書く。

鳴神(なるかみ)

名題(なだい)[一]　迷雲色鳴神(まよひのくもいろになるかみ)[二]

北山鳴瀧の場(きたやまなるたき)[三]

○役人替名(やくにんかへな)[1][四]の次第

一 鳴神上人(なるかみしやうにん)　一 同
一 當麻(たへま)姫(ひめ)[五]　一 同
一 所化(しよけ)[六]梅幸坊(ばいかうばう)[七]　一 同
一 同 高賀坊(かうがばう)[八]　一 同
一 同 璃寛坊(りくわんばう)[九]　一 同
一 同 莚升坊(えんしようばう)[一〇]　一 浄瑠璃[2]　竹本連中
一 同　一 同　常磐津連中

本舞臺三間(げん)の間(あいだ)。向ふ一面に、峨々(がが)たる岩山(いはやま)。中ほどより少し上(かみ)の方(かた)へよせて、岩組(いはぐみ)[3]の壇場(だんじやう)。丸太柱(まるたばしら)、藁葺(わらぶき)の本(ほん)屋根。うしろ荒(あら)かべ。ここに[4][一一]七五三縄(しめなは)をひつぱり、あら菰(ごも)を敷き、不動明王(ふどうみやうわう)の掛物(かけもの)をかけ、尤(もつと)も[5][一二]仕掛(しかけ)

1 「歌舞妓年代記続編」によると、天保十四年六月十五日よりの河原崎座上演の配役は「黒雲坊、彦三郎、白雲坊、九蔵、赤雲坊、松助、雲南坊、長十郎、たへま、栄三郎、鳴神上人、団十郎」。
2 →補1。
3 岩組の寸法、〔河〕には「高さ五尺、なだれ七八尺ばかりのかき上げ土手」とあり。現行の岩組の壇場を示す。

後見出入りの切穴
壇上に吹き抜き屋台
三方伊豫簾
2間
8尺
10尺
3間
同宿登る足かけ
足かけ
高さ3尺5寸（または4尺）
四段
もみじの立木

4 附帳、小道具参照。
5 燃え上がる仕掛。
6 当麻が登って注連縄を切る岩組二種。

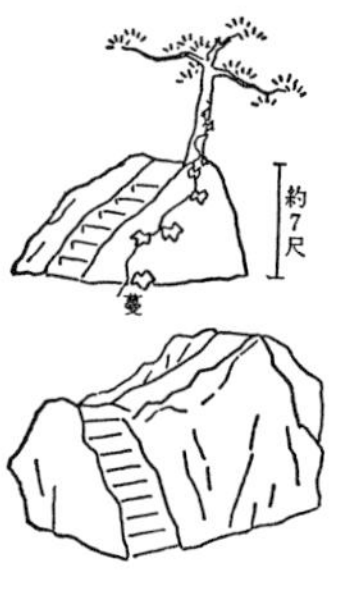

あり。護摩木[一三]澤山、一百の燈明をてらし、供物あまた供へ、前護摩をたく火鉢などあり。この壇場、あがりをりの岩組有。これより續きし岩山ごゝろにて、下の方へ莫大なる瀧壺。うしろ書割の前に、一面に瀧のおちるこゝろにて、銀巻の細ものを引き、このたきの上に七五三縄を張、その上にあけたてある鎮守[一四]の宮あり。この宮の前に差出し松の枝、誂らへあり。瀧壺のまへ左右は、岩組にてつゝむ。[6]一面に松の釣枝。所々に松杉の立木。かみのかたに竹本連中、しものかたに常磐津連中。左右ともあつらへの打返し、山おろし[7]一セイにて、幕あく。

[8]ト頭取出て、浄るり、役人觸あつてはいると、トヒヨになり、向ふより[一五]莚升坊さきに梅幸坊[一六]、坊主かつら、白の着付、墨の腰衣の拵らへにて、出て來り、

梅幸坊「きいたぞ〳〵[9]」莚升坊「何をきいたぞ〳〵」梅幸坊「晝間の惣菜の、からしがきいたといふ事よ」莚升坊「たわけものめが。師の御坊鳴神上人さまの、この度[一七]の行法[一八]のわけをきいたかといふ事じや」梅幸坊「その様なわけは、おりや知らぬ」莚升坊「知らざア、いふて聞さう。[10]この度、師の坊の行法といふは、何やら内裏[一九]様へ願ひを立られた所が、勅免[二〇]がないといふて、三千世界[二一]の龍神を封じこめて、世界に雨といふては、一てきもふらせまいといふ行法じやテ」

一二 のちに燃え上がる、または落ちる仕掛。
一三 密教で護摩と称する真言秘密の法を行なうとき、護摩壇でたく呪物の乳木(椎、榎など)を言う。
一四「竜王を祀りし宮」(演芸画報五ノ八「当り芸」)。
一五〔諸〕は「白雲坊」。
一六〔諸〕は「黒雲坊」。
一七 底本「度の」の「の」なし。
一八 天台・真言宗などで行なう密教の行を修すること。
一九 天子の宮殿の称より、様を付けて人称とし、天子を指して言う。禁裏様、大内様におなじ。〔河〕は大内様。
二〇 朝廷のお許し。勅許。
二一 仏語。三千大千世界の略。世界中の意に用いられる。「三千世界眼前尽」(和漢朗詠集、下)。「爾の時に竜女に一宝珠あり、価直三千大千世界なるを持して以て仏に上る」(法華経)。

〔左〕⑬たわけものめ―たわけもの曰　⑭じや―よ曰　⑮その…知らぬ―「訳は何にも知らぬ」「知らぬといふことがあるものか」曰　⑰所が勅免―その勅許曰

7「一声、山おろしにて幕あき、止め柝で、早鼓(はやつづみ)を打つ。トヒヨ〳〵にて幕明く」(〔諸〕)。「こだま」を打つこともある。
8「ト頭取出て、浄るり役人触あることなし」(〔諸〕)。
9 坊主たち「聞いたか〳〵」「聞いたぞ〳〵」と言いながら、手を両袂に入れ、前に組んで、花道の揚幕から出る。いわゆる「聞いたか坊主」で、娘道成寺の幕明きもおなじ。花道より舞台に来て、正面に並び、早鼓を打ち上げる。この「聞いたか〳〵」の演出は、すでに元禄十一年の「源平雷伝記」に見える。なお、このときは五人の坊主の配役の名が見えるが、はじめは、秋田彦四郎の一﨟きやうち坊、中村清九郎のうんらい坊の道化方の二人がからんだ。なお、元禄十二年「一心女雷師」では、菖蒲・皐月の二人の尼、元禄十六年「成田山分身不動」では、通風仙人(喜撰法師)、高陽仙人(猿丸太夫)の二人の仙人となっている。これはのちの白雲・黒雲にあたる。寛保二年の「雷神不動北山桜」では、白雲坊・黒雲坊二人。
10〽「春は花見」の合方になる。道成寺の鐘入り後の祈りの部分をとったもの。二代目左団次(以下、左団次とあるは、すべて二代目)の初演では「禅の合方」。

梅幸坊「内裏さまもごうじやうな人じや。師せうのねがひを聞ばよいに」 莚升坊「ハテ、叶へにくい願ひじやによつて、かなはぬのであらふが、その腹立に愚僧らが、こきつかわれるにも恐れるの」 梅幸坊「毎日〳〵山坂こへて、足もすねもたまるものじやない。その上このごろ[一]法事はなし、こづかひはなくなる。[二]氣がつきてなるものじやない」 莚升坊「ハテ、氣が盡るにはよい藥があるが、呑そうか[1]」 梅幸坊「氣の[三]わつさりなる藥なら、のみたいわい」 莚升坊「よふ呑たがる奴じや」 梅幸坊「早くのませろ〳〵[2]」 莚升坊「そこで愚僧が[四]不老不死といふくすり、袖や袂へをかれぬゆへ、くらへ入れて置た」 梅幸坊「そりや何方の藏へ」 莚升坊「つひ鼻のさきのくらに」 梅幸坊「鼻の先のくらとは」 莚升坊「そら鼻のさき。さらば[五]開帳仕らふか。(ト[3]またぐらより一升徳利と[4]茶碗をいだし、梅幸坊へ見せる)なんとたしかな[六]藏へ入てをいたで有らうがの。然もまたぐらの溫まりで、燗が出來てゐる。こんな事なら、蜜柑か勝栗でもかふて來たらよかつたもの」 梅幸坊「そこはぬからぬ梅幸坊じや。[七]肴はここにおはします」(ト梅幸坊、またぐらより誂への蛸をいだす) 莚升坊「ヤア[八]天蓋か。こりやのめる。サア〳〵はじめやう〳〵」 梅幸坊「なんと妙だらふ。莚升坊の[九]

一 死者の追善供養を営む仏事。布施があるのでいう。
二 元気がなくなる。
三 さっぱり。「心がわつさりとなつた」(狂言、月見座頭)。
四 老いず死なない薬。仙薬。
五 厨子を開いて秘仏を拝ませることに見立てた。
六 股ぐらという蔵。
七 「有難や高野の山の岩蔭に、大師は今におはします」(弘法大師御詠歌)などによる洒落。
八 本尊・導師・棺などの上に天井から釣ってかざす蓋で、縁に垂れものをする。蛸の形を見立てた坊主の隠語。
九 酒宴のときのきまり文句。「一ッ飲みをれ」(桑名屋徳蔵)、

1 覗き込むようにして言う。
2 くれ、と手を出す。
3 前こごみになって、股の間から酒樽を出し、前をまくって、それを左の手に持ち、セリフ。〔日〕〔三〕〔河〕は「貧乏樽を出し」。
4 この酒樽・蛸の趣向は、「娘道成寺」とおなじ。〔日〕〔三〕によれば、「まづ盃も爰にあり(ト袖より盃を取出す)」となる。この朱塗の盃はのちに、鳴神と当麻の祝言に使う大盃と変えられる。茶碗もしくは盃を出すきっかけに諸本異同がある。〔河〕は「よい呑み加減の燗ぢや。また茶碗もソリヤ爰にある。(ト袖より茶碗を出し)さらば呑んでさそうか。(ト呑まうとする)」。今日の左団次以後は、盃となった。今日の演出では、白雲坊・黒雲坊の二人にほぼ定ったので、底本のごとき演出はない。なおこの部分は自由に伸縮ができる。左団次初演は四人。

「させ、のまん」(水鳥記)。

みをれ。さすは」 莚升坊「さしをれ。のむは」 兩人「こりや話せるわへ」[5](ト三味線入、あつらへの合方になり、兩人茶わんを取上る。莚升坊つがふとする所へ、左右より高賀坊、璃寛坊出て來り)

高賀坊「こりや〳〵けしからぬ[一〇]なまぐさ坊主め。[一一]壇場のまへをもはばからず、酒を[一二]のむさへあるに、蛸を喰ふとは言語道斷ななまぐさ坊主めじや」 璃寛坊「イヤこゝななまぐさ坊主の[一三]摺子木ばうづめ。あまりと申せば、出家に似あはぬ[一四]しだらく坊主め」 高賀坊「この通りを師の御坊へうつたへませう。サアりくわん坊、お出なされい」 璃寛坊「それがよろしうござらう」(ト兩人行きにかゝるを、梅幸坊、莚升坊とめて) 莚升坊「これは〳〵[一五]一﨟には、お腹立の段は御尤もでござりまするが、全く氣ばらしにのむ酒ではござらぬ。この[一六]深山の濕をうけまいためじや。この上は、決して亂な事はいたしませぬ。コレ〳〵梅幸坊、愚僧にばかり口をきかせて、そなたも其所から詑てくれぬか」 梅幸坊「たゞ今申しまする通り、どうぞ御免なされてくださりませ」 高賀坊「[一七]あやまつてあらたむるに憚かる事なし。なんと璃寛坊、かんにんいたして遣はさふか」 璃寛坊「左樣〳〵、このやうにあやまつて居るから、この度は見のがして遣はさう」 兩人「然らばき

一〇 生臭い坊主。俗っぽい坊主。堕落坊主。
一一 行を修する祭壇。
一二 飲むのさえ、けしからぬことであるのに。
一三 すりこ木頭の坊主め。またはすりこ木で味噌をする味噌すり坊主。一番下級の見習い坊主のすることで賤しめていう。
一四 自堕落。ふしだらな。だらしのない。「しだら」と「自堕落」が混じた。
一五 底本「一老」(以下同様)。首席の僧。第一番の僧の尊称。
一六 深い山の湿気払いのためだ。
一七 「過則勿レ憚レ改」(論語、学而篇)の文句を引く。

〔右〕⑦莚升坊…のませろ〳〵—ナシ㊂
▽酒樽ト肴ヲ取出スセリフカラ師匠ノ出(一九九頁)マデ諸本異同甚シ→㊀全文・補2
〔左〕⑩莚升坊…詑てくれぬか—ナシ㊟

5 今日の演出では、白雲・黒雲の二人の型として定着している。ただし、こういう箇所はかなり伸縮自由な演出法の出来るところ。黒雲が右の袂から盃を出し、樽と盃をその前に置いて坐ると、白雲これを見て、「かゝる師の坊の行法のうちに、飲酒戒を破る、此儘には差し置かれぬ」と力んでゆきかかるを、黒雲あわてて立ち上がって、右袖をとって止め、樽をとり、下手へゆき岩へ振り上げる。白雲、走りよって止め、樽をもぎとって前に抱き、「ああら勿体なや」となる。蛸を出すくだりは、補注2以下のセリフによって、白雲はやや上手向きに、股倉から蛸を出し、「兜頭巾といふ肴じゃ」と右手にさげて見せる。黒雲見て、大声で、「…師の坊へいわねばならぬ。お師匠様〳〵」といいまわるので、白雲はあわてて止める。二人は、「酒を喰いまする」「蛸を喰いまする」とわめきながら、お互に相手の口を、手でふさぎあう。今日のセリフの異同は㊀全文参照。

つとあやまつたか」　梅幸坊、莚升坊「だんく誤まり入ました」一　高賀坊「然らばその酒と肴をこちらへよこせ。けしからぬ奴じや○(ト酒肴をとりあげ)サア璃寛坊、おいでなされ。なんと妙ではござらぬか」璃寛坊「さやうく」　高賀坊「しつけ拂ひに、二人ではじめませうか」璃寛坊「それがよふござる」(ト両人捨ぜりふにて上の方へ來り、酒盛にかゝる。これを莚升坊、梅幸坊見て、けしからぬといふこなし有て)　莚升坊「イヤ早、見さげ果たる畜生坊主じや。二師の御坊の行法の内にをん酒戒を破るといふは、三なまぐさ坊主のすりこぎぼうづめ」　梅幸坊「酒をのむさへ有に、またぐらより出した蛸を喰ふとは言語道斷、はやくむちやくの坊主めじや」　莚升坊「この通り、師の御坊へ訴へませう。梅幸坊おいでなされい」　梅幸坊「それがよろしふござらう。お出なされく」　高賀坊「コレハく氣の短ひ。師の御ぼうへうつたへる事は御免なされ。この上はきつと相愼しみます」　璃寛坊「一四﨟がアレあの通りあやまつて居る。この璃寛坊もきつと愼しみまする」両人「御免なさいく」　梅幸坊、莚升坊「左様ならあやまらつしやつたか」　両人「段々あやまり入りました」(トこれにて高賀坊思ひ直し)　高賀坊「サアかやうに仲直り致した上は、なんと四人連にてこの酒をひ五

▽このあたりは異同がはなはだしい。元来アドリブのくだりで、伸縮の自由な所。

一 段々。いろいろ。いっそ。重々。かさねがさね。「だんだんの親切」(五大力恋緘)。

二 畜生道におちた坊主。戒律を破った坊主。

三 飲酒戒。仏語。五戒の一。飲酒の禁戒。「仏説二身口意三業之悪行一。唯酒為二根本一」(譬喩経)。

四 一﨟は梅幸坊であるが、ここでは、兄弟子の意で、高賀坊を指したものか。

五 始める。酒宴をひらく。開帳におなじ。

らかうではござらぬか」三人「それがよい〳〵」高賀坊「ところで愚老もお肴を、さらば開帳つかまつらふ○（ト天麩羅[六]の竹の皮づゝみを取出す）なんとてんぷらとは、ゐらいか〳〵」梅幸坊、蓮升坊「ゐらいは〳〵」璃寛坊「愚老もぬからぬ。するめの煮つけ。なんとゐらいか〳〵」（ト同じく皮包みを出す）三人「ゐらいは〳〵」璃寛坊「まだゐらひものがあるは。麓の茶店に取落してあつた吸筒[七]にこの盃、酒もたくさん大入[八]じや。なんとゐらひか〳〵」三人「こいつはどゐらひわへ」（ト誂への瓢箪の吸筒、盃をいだす。四人捨ぜりふになり、酒盛にかゝる。よろしくあつて[九]）四人「サア〳〵たべたり〳〵[一〇]」（ト向ふ揚幕にて鈴[1]の音するゆへ、四人びつくりして向ふを見て）高賀坊「アレ〳〵鈴の音がするは〳〵」璃寛坊「御師匠さまのお歸りじや〳〵」梅幸坊「おつせう様のお歸じや〳〵」蓮升坊「これは大變。サア〳〵、片付たり〳〵」（ト捨ぜりふにて、酒肴を岩組[2]の中へとりかくし、四人共きつとなる）高賀坊「こりや〳〵この事を、決して師の御坊へいふてはならぬぞ」三人「ヲツト承知〳〵」（ト四人、よろしく居並び）四人「さらばばんた[一一]う仕らふ」（ト一セイ、瀧の音。切[3]かけにて、上の方竹本連中打かへす）

竹本〽さる[4]程に鳴神上人は、龍神龍女をふうじ込め、國土の雨を

六 葡語 tempora 室町末期に、日本に入った南蛮料理の一。寺の料理であった。異説がある（蜘蛛の糸巻・守貞漫稿・新村出説）。文化の初年より、てんぷらの屋体店はじまる（嬉遊笑覧）。

七 筒形の酒器。ト書によれば、瓢箪形。「吸筒を道の支として」（大下馬）。

八 酒と芝居の見物、両方の大入をかけた。

九 役者の演技・演出によろしく任せるの意。酒盛の様を見せることを指す。

一〇 酒を飲むこと。

一一 番頭。番をいたそう。

1 鈴(れい)の音がするので、「あの鈴は」のセリフになり、白雲・黒雲は、庵の下で、左右に別れて坐る。左団次初演では、鈴の音を聞き、四人は驚いて、酒肴を岩組二重の上手へ隠す。鈴の音と禅の合方を一緒に打ち上げると、四人の「さらば番頭つかまつろう」のセリフが、浄瑠璃のかかりになる。〔河〕と〔日〕〔日〕とでは、また鈴の音のする箇所がちがう。→〔日〕全文・補2。

2 壇のある岩組の横腹に仕掛があって、酒肴を隠すようになっている。

3 チョチョンと知らせの柝で、浄瑠璃の上手山台の霞幕をとり、大薩摩にかかる。底本では竹本連中。

4 諸本この箇所より異なる。左団次初演のときの浄瑠璃は、〽かたへに見上る冷泉の数丈をはしる滝のこえ、そふ〳〵たる庵の内欣然として座をしめ」で出る。〔河〕は「壇上さして上りける」。〔諸〕は「壇上に行ひすましける」。なお〔河〕は、このくだりは「謡」となっており、「謡しまうて浄るりになる」。

一 柄のついた香炉。 二 黒塗りの木沓。 三 謡曲「一角仙人」の〽山遠うしては雲行客の跡を埋み」などの類句。 四 仏の尊称。梵語、路迦那他の訳。「路迦那他、秦言二世尊一」(大智度論)、「如レ是九種功徳具足、於二三世十方世界中一尊。故名二世尊一」(太平記、二)。 五 生滅変化なく常に存在することが常住で、仏教の真理を知れば、爛漫たる栄華にまさる。 六 草々か、嘈々か。滝の音の嘈々として鳴り響く庵と、簡素な庵とかけたか。 七 欣然。機嫌よく。 八 人生は過去・現世・未来と生死流転して、始めなく終りなく、あたかも車輪のめぐるごとき因縁の理を、いつになったら悟ることだろう。 九 煩悩。仏語。情欲・願望・瞋恚(しん)・愚痴などが心身を悩ますこと。それを垢に譬えた。「はらふ」は「洗ふ」か。 一〇 僧の着る、大衣・中衣(七条)・下衣(五条)の三種の法衣の称。僧衣。袈裟のこと。発音は「さんね」が正しい。ただし「三会の暁待つ人は」(梁塵秘抄、巻二、雑法文歌)の例句によれば、「三会」が正しいか。三会は、弥勒菩薩の三大法会。「うへに」は底本「こへに」。 一一 仏語。諸仏・諸菩薩が衆生の信仰に応じて助け護る、慈悲の目を

とぢ籠る、岩窟づたひに山深く、朱の衣に[一]柄香爐たづさへ、[二]沓音高く壇上へ、時もたがへず登山ある。[1](トこの浄るりの内、向ふより、鳴神上人、緋の衣、手に水晶の珠數を爪ぐり、香爐をもち出て來り、花道よき所へとまる) 四人「お師匠さまには、只今お帰りでござりましたか」

鳴神「[三]青山峨々とそびへ、白雲峰嶺をかくし、冷泉の流れ清ふして、邪見の心魂まさにやわらぐと、[四]世尊も既に説たまふ。微妙の心耳をすまし、[五]常住滿の榮花より、はるかにまさるこの山岳、ハテ、絶景の靈地じやよなア」 四人「お師匠さまには、まづ〳〵」 竹〽またふみ分る道芝の、かたへに見あぐる冷泉の、數丈をはしる瀧の元、[六]そふ〳〵たる庵の内、[七]きんぜんとして座をしめて、(トこの文句にて、鳴神、本舞臺へ來り、壇場へのぼり、宜敷あつて) 鳴神「現世に過去のいんゐんを知り、[八]輪回いくばくの年にはさとる。[2]岩にくだくる瀧の水、[九]ぼんのふの垢をはらふ。[一〇]三衣あかつきの床のうへに、いとゞ[一一]應護のまなじりをたれたまへ。[一二]南無大聖不動明王〳〵」 竹〽祈りの聲は山びこの、ひゞきにつれて鈴の音も、物すごくこそ聞へけり。(トしらせに付、常磐津連中を打歸す) [3]常磐津〽むざんやな當麻姫、ふみもならはぬ山道に、かゝる憂身も世のためと、[一三]夕山櫻ちりてさへ

1 この演出は、八代目団十郎の美貌を生かしたもので、二代目左団次が復活したときから次のように改められた。いつもの正面向きの型を避けて、後向きの舞台の板付きのままセリフを言う。これは当麻の出までつづく。鈴を鳴らしている。底本および〔河〕は、花道から出る演出で、〔河〕のト書は、「ト鳴神上人、右の謡にて出る。謡しまうて浄瑠璃になる。浄瑠璃のうちに、そろ〳〵と壇上へ上り、坐ると浄瑠璃しまふ。白雲坊・黒雲坊、壇上の左右に坐る」とあり、また、〔諸〕は、左団次以降の演出によって、「ト此内御簾を三方巻き上げると鳴神壇上に後向きに端座して祈念を凝らしてゐる。両僧は下の上下に侍してゐる内居眠りを初める」と改められている。

2 前のセリフをうけ、この文句から唄にとらせて書き替えたものを使って当麻の出となる。〔諸〕は、「上るり〽雲井を落す滝の糸の岩に砕くる水の音風声清浄観の床の上感徳応擁護の眦を垂れ南無大聖(精)不動明王〳〵」となり、この唄のうちに、滝の音、こだま、山おろしに、松虫を打ち、鈴(れい)が入る。

3 清元と竹本のかけ合いの場合もある。→補3。

かけ給え。 一二 南無は梵語で、帰命、敬礼の意。帰依し信仰するときに言う。大聖は徳の高い人に言う。[河]は振りがな「たいせい」。不動明王は五大明王の一。大日如来の憤怒の相に現じた姿。 一三 言うと夕とかける。 一四 万葉集、十四の「山鳥の尾ろの初麻(お)に鏡かけ唱ふべみこそ汝に寄そりけめ」などによったものであろう。意味は、この歌を踏まえて、死んだ夫(つま)の形見の衣を肩にかけて、いつかまた逢い見ることができる日を待つという意。 一五 待つと松虫とかけた。また、鉦の名称「松虫」にもかけている。 一六 亡き夫を一時も忘れないので、夢に見るということもない。その幻の影が立ち添う、我夫(わがつま)の吾妻やの里に迷↙

〔右〕④四人…そばだてたまひ(左9行)―異同甚シ→[一]全文

〔左〕⑥常…響くらん―清元〽なまいだ〳〵なまいだ〳〵あふごの撞木滝津瀬にいとゞ哀れや響くらん([河]ノ注、嘉永四年本) ⑩人跡も―人跡[諸]

⑩もとにて―もとに当つて[三] ⑪ほとりに当つて[三](補筆) ⑪ハテいぶかしや―ナシ[三]

一臈〳〵―一臈白雲黒雲[三]一臈黒雲白雲坊黒雲坊[三]

⑪何れも―両僧[三]コレサ両僧[三] ⑫高賀坊…〳〵(二〇二頁3行)―二人仕立[諸]

○(トこの文句にて向ふより、當麻姫、着[4]ながし、ふり袖の形(な)り、肩に薄衣(うすぎぬ)をかけ、松蟲(まつむし)[5]と撞木(しゆもく)を持ち、しづかに出て來り、花道[6]よき所に立ちどまり、矢張(やはり)一セイ、瀧の音)妻としいへば山鳥(やまどり)[一四]の、肩にかけいつの世に、逢ひ見んことを松蟲[一五]に、(ト松蟲になり)當麻「忘[一六]れねば夢も結ばずまぼろしの、影ぞ立ちそふ吾妻(あづま)やの里。まよいをあらふ、あ[一七]かの水。南無阿彌陀佛〳〵」常〽なく音(ね)も細(ほそ)き唄念(うたね)[一八]ぶつ、南(なん)まいだア〳〵、鉦鼓(せうこ)[一九]しゆもくも瀧津瀬(たきつせ)[二〇]に、いとゞあはれに響くらん。(トこの淨るりの内、當麻姫、本[7]舞臺へ來り、瀧へむかつて鉦(かね)をうちならす。鳴神、瀧のもとへ、思入あつて)竹〽上人(しやうにん)耳をそばだてたまひ、鳴[8]神「一[二一]鳥啼(てうなか)ず、山更(さら)にかすかなり。人跡(じんせき)もまれなる山深み、はるか瀧壺のもとにて、稱名(せうみやう)[二二]のこゑするは、ハ[9]テいぶかしや○コ[10]レ一臈〳〵○何れも、だ[二三]ぢやく千萬な。なぜねむる」高賀坊「イエ居寐りは致しません」鳴神「あれほど眠つたじやないか」高賀坊「イエ〳〵決して居ねむりは致しませぬ。居ねむりましたはこの璃寛坊でござりまする」璃寛坊「イヤ〳〵この璃寛坊は眠りは致しませぬ。眠りましたは莚升坊でござりまする」莚升坊「イエわたくしは眠りはいたしませぬ。眠りましたは、梅幸坊にござりまする」梅幸坊「イヤ〳〵その様な事を

4 [諸]は扱帯、片肌ぬぎ。[河]では緋扱帯(ひしごき)。

5 松虫の鉦を左に、右に撞木を持ち、打ちながら花道より出て、七三にて、あたりを眺める心持で一廻りし、舞台を見て思入れ。[諸]は「袴に鉦を懸け、撞木を持ち」。

6 [諸]は「花道よりそろ〳〵出て、滝壺の前に立つ」。

7 当麻、本舞台に来て、滝の前で鉦を打ちならし、次の鳴神のセリフのうちに、中合引に腰かけ、後向きにいる。ここに、当麻の「南無阿弥陀仏〳〵」のセリフがある。

8 こだまの合方になって、セリフ。両僧眠る。大薩摩の山台を霞幕で消す。

9 これは張って言い、ここではじめて上人は正面を向く。

10 僧たちの居眠りするのを見て、呼び、中啓で壇上を叩くので、びっくりして眼を覚まし、「ハアイ」と返事する。左団次初演では、正面に向き直り、「コレ一臈、コレ黒雲」と立身で呼んでから坐り、「両僧」と中啓で壇上を叩く。「何れも」のあと、[一][三][河]は、「ト中啓にて壇上を叩く。両人、肝を潰し、目を覚す」。それで「両僧」となる。ただし[三]は「両僧」なし。

いふな。私しは目を皿程にいたしてをりまする」高賀坊「イヤおぬし達じゃ／＼」璃寛坊「イヤおぬしが眠つた」莚升坊、梅幸坊「イヤおぬし達じゃ／＼」[1](ト四人争ふこなし) 鳴神「[2]こりやどうじや、それが[一]沙門のおこないか○ねむらずんば眠らぬにして○アレあの鉦鼓[二]の音をきいたか」四人「[3]エ、エイ」鳴神「イヤサ、鉦の音を聞たか」四人「なんでござりまする」鳴神「それ、それじゃ。それが眠らぬといはるゝか」四人「ハイ」鳴神「イ、ヤ、四人共あれをきけ。合點のゆかぬ事じゃ。鳥も通はぬ山國なれど、愚僧とそちたち五人の外に人はないに」四人「左様でござりまする」鳴神「それに遙か瀧壺のあたりに、さもかなしげなる聲音にて、念佛の聲のきこへるは」四人「[4]エ、イ」鳴神「狐狸妖怪の類ひなるか」四人「[5]ヤア、」鳴神「[6]たゞし迷[三]ひのものなるか」四人「[7]エ、、」鳴神「何にもせよ、瀧壺の元へいて、見届けてまゐれ」四人「[8]イヱ、、、」鳴神「行ぬか」高賀坊「サア師の御坊の云付じゃ。はやふいつて見てまいれ／＼」璃寛坊「一臈の役じや。われゆけ／＼」莚升坊「そうだ／＼、お齋[四]にいく時ばかり一臈だとぬかして、斯様な時には行くまいといふのか」梅幸坊「一臈のやくじや。早くいつて、見届けて來さつしやれ／＼」高賀坊「コリヤ、

いくる。その迷いを洗う。歌出典不明。一七 閼伽。梵語。仏に供える水。一八 伏鉦に合わせて、念仏調の歌謡を唄うもの。一九 撞木。二〇 滝つ瀬。滝に同じ。二一「茅簷相対坐終日、一鳥不レ鳴山更幽」(王安石、鍾山即事詩)による。「山更に幽なり」(謡曲、山姥)。二二 唱名。南無阿弥陀仏の六字の名号を唱えること。念仏に同じ。謡は「念仏」。二三 惰弱。なまけるのも甚だしい。

一 梵語。僧のこと。桑門に同じ。

二 鉦(かね)に同じ。

三 亡霊。道に迷った者でなく、成仏できずこの世に迷っている者。のちの「お斎と幽霊」に対応する。

四 僧家でいう食事のこと。ここでは、壇家の法事の饗応に出かけること。

1 腕まくりして、かかろうとする。

2 「こりゃどうじゃ」で、坊主たちは「ハアイ」と静まる。

3 驚く。

4 3よりやや大きく驚く。

5 さらにこわがる思入れ。謡はこのあとに「ト両人怖がる思入にて慄ふ」とある。

6 張って言う。

7 さらにこわがる。謡はこのあとに「大きに怖がる」とト書。

8 大いにこわがる。幾つかの段階をへて、だんだん驚きを大きくしてゆく。

イ、お齋(とき)と幽靈(ゆうれい)と[五]一口(くち)にいはるゝものか。何でも、この一﨟がいふことに隨はぬか」 璃寛坊「イヤ〳〵、われゆけ〳〵」 莚升坊、梅幸坊「早くゆかぬか〳〵」 鳴神「四人共、爭ひをやめていて見て參れ」 四人「[9]テモ、氣味(きみ)のわるい」 鳴神「ハテ、早ふゆかぬか」 四人「[10]エ、エイ」 莚升坊「何(なん)にしても氣味の惡ひ、迷ひじやの幽靈じやのといふものを、見居けて來(こ)いといふ、第一師匠がいぢがわるい。うぬ、師匠め」(ト[11]握りこぶしを振あげるを、[12]鳴神見て) 鳴神「そりヤ、何(なん)じや」 莚升坊「[13]ハイ、これはナ」 鳴神「イヤサ、その手はなんじやぞ」 莚升坊「[六]わらびなんぞはどでごんす」 鳴神「こりヤ、又しても大(おほ)たわけめが〇早ふいて見てまいれ」 高賀坊「サア、師の御坊の言付じや」 四人「[14]仲やうして、一(ひ)イ二(ふ)ウ三(み)イで行(ゆか)ふ〇」(ト捨ぜりふにて、四人宜敷(よろしく)組合)四人「一(ひ)イ二(ふ)ウ三(み)イ」(ト[15]瀧壺の前へ來て、當麻姫を見てびつくりして、又こちらへ來て) 高賀坊「ハテ、見事なものじや」 莚升坊「[七]きようとい〳〵。あの様な美しきもの見たは、今が見始(みはじ)めじや」 璃寛坊「無(む)[八]るい飛切(とびきり)じや」 梅幸坊「何(なん)であらうぞ」 高賀坊「あれは[九]龍女(りうぢよ)じや〳〵」 莚升坊「なぜ龍女じや」 高賀坊「ハテ、師のごぼうの行力(ぎやうりき)で、龍神龍女は皆このたきつぼへ封じ込(こめ)てあり、そこで雨がふらねば、海も川もみ

五 一緒に論じられるものか。

六 握りこぶしを振り上げた形を、わらびに見立て、このようなわらびなどはどうでしょうといった。

七 気疎い。たまげた。すてきだ。「とんと絵にかいたとほり、けうといぢやないか」(忠臣蔵)。

八 類がなく飛切り上玉。役者の位付の最高をも「無類」と言う。

九 仏説。娑竭羅竜王の娘。竜女が成仏を得たことが「法華経」の提婆品にあり、なお、「三教指帰」、「平家物語」灌頂の巻に見える。

〔右〕④アレあの―ナシ[諸] ⑤鉦の音を聞たか―今のを聞いたかよ[三] ⑤四人なんで…それに(9行)―ナシ[三]↓[一]全文 ⑥鳴神…ハイ―ナシ[諸] ⑪鳴神たゞし…エ、、―ナシ[諸] ⑮われゆけ〳〵―以下お斎ト幽霊ノ条ヲ張紙ニテ消シ、白「われが行け」黒「イヤ行かぬ」白「云ふことを聞かぬとくらはせるぞ」黒「くらはして見い」両人「イヤこいつが」トアリ、左7行ノト書ニ続ク[三]↓[一]全文

9 震える。幾段にもこわがるのをおおげさに重ねてゆき、笑わせる。[諸]のト書は、「ト両人、大きに肝を潰し、驚く」とある。これで怖れが最大になる。両僧がうじうじしてすぐ行かないので、次のセリフ。

10 震える。

11 腕まくりして立ちかかる。

12 睨む。

13 両僧たがいに拳を振り上げて、「そりゃ何じゃ」と見とがめられ、「急々如律令」でそのまま拳を懐に入れ、ぐにゃりと坐る。このくだりもかなりの異同・省略がある。頭注異同および[一]全文参照。

14 鳴神「早く行かぬか」で、二人は「アーイ」と言うのが、〽春は花見」の合方になり、しぶしぶ立ち上がり、ふるえながら、互いに前に押し出し合ったりして、抜き足で一緒に下手へ見にゆく。当麻は正面を向いている。滝の音。ここも「娘道成寺」で、坊主たちが白拍子を見にゆく趣向とおなじ。

15 [諸]は「両人おづ〳〵さし足にて」。

な干上つてゐる。龍女居どころがない。そのときアノ龍女が、ことすじを聞たところから、ここへ龍女が逢ひに來た。ありや龍女の一家親類じや。それじやによつて、龍女に極まつた」璃寛坊「イヤ〳〵ありや天人じや〳〵。天人が天降つたに違はない」蓮升坊「イヤ〳〵、[一]小町のいうれいじや〳〵」梅幸坊「アリヤ[二]楊貴妃の幽靈じや〳〵」高賀坊「イヤ龍女だ〳〵」璃寛坊「[1]おれが天人じやといふのに、天人にして置やれな」鳴神「ア、、又してもあらそいか。己れ等では落着がせまい。[三]けつかふざして、默してをらう」四人「ヘイ〳〵」鳴神「よいは、愚僧が見屆けてくりやう○」[2](トその儘、瀧壺の方に向ひて)竹〽上人はるかに見やりたまひ、鳴神「コレ〳〵」[3]四人「コレ〳〵」鳴神「だまらふ○ハテ心得ぬ。[四]飛禽猛獣だにかよひがたき山路をへて、[五]さもやごとなき女性の聲、[六]峨々とそびへし[七]瀑布のまへに立たるは、アラいぶかしや○まづ、其方は何ものじや」當麻「ハイ、わたしかへ」四人「わたしかへ」鳴神「だまらう」四人「[4]ヘイ」鳴神「そなたの事じや」當麻「アイ、自らは遙かこの山の麓のものでござんする。語るにつけてなつかしいは、[八]二世と契りし我夫に別れまして、このあり樣」常〽世に便りなき憂きことの、浮世の中を

一 小野小町。平安初期の歌人。六歌仙の一人。日本の美人の代表。二 唐の玄宗の妃。中国の美人の代表。
三 結跏趺坐。仏語。大日如来の坐り方の名。円満安座の相。右足を左股に、左足を右股の上に打ち違えてのせ、足の裏を見せて坐る。
四 飛ぶ鳥と猛獣。[河]「走獣」。
五 いかにも高貴な。「やむごとなき」のつづまった語。
六 山や巌のそびえ立つ様であるが、その山より落ちる滝を言う。七 底本「白布」。
八 仏語。現世と来世。夫婦は二世という仏説から、二世の契りは夫婦の契りのこと。
九 仏語。四十九日に同じ。死後、七七、四十九日目にあたる法事。
一〇 形見。→補一。
一一 滝つ瀬。滝のこと。
一二 雨を降らせるための指令を受けてきたので、それを求める意をかけてある。
一三 異褄と異夫をかけた。「さらぬだに重きが上のさよ衣わがつまならぬつまな重ねそ」(新古今、釈教)。忠臣蔵、三段目にも用いる。
一四 重ねるようと容儀をかけた。みめかたち。
一五 底本「貞夫」。
一六 濯灌。洗濯におなじ。
一七 男女の契深いことの譬喩。

1 以下、天人が先で竜女になる。[日]全文参照。白雲「イヤ目違ひ〳〵」で右手をかるく振る。

2 と立ち上がる。小鼓の一調を打つ。鳴神は、壇上で二重の下手へ歩み、左に数珠を持ち替え、右手を柱にかけて当麻を見込む。この見得にて一調打ち上げる。[河]のト書は「ト滝壺の方を見返り」。[諸]は「見やり」。

3 「こーれ、こーれ」と張って言うと、三度目に当麻「エエ」と受けて思入れ。この「コレ〳〵」は、四人に言うのでなく、当麻への呼びかけ。[日]は「ト呼ぶ」。[日][日]は「ト呼ぶ三度目に」。当麻が「エエ」というと、坊主たちも「エエ」と鸚鵡(おうむ)返しに繰り返す。四人の「コレ〳〵」「わたしかへ」などの口真似を繰り返すのは「鸚鵡」という技法。

4 「へーイ」と静まる。

住わびし、やもめ女に候ぞや。鳴神「夫に放れたとか」當麻「アイ」[5] 鳴神「ム、生別れか、死にわかれか」當麻「死別れでござりまする」鳴神「南無あみだ佛〳〵」當麻「而も、けふが丁度七七日（九）」鳴神「四十九日に當つたか」當麻「アイ」[6] 鳴神「南無あみだ佛〳〵」[7] 當麻（一〇）「記念こそ今は仇なれこの衣の、浮世の垢をすゝがんと存じますれど、如何なる事かや、百日あまり日でりして雨が降ねば、井の水迄も干きまして、單衣をすゝぐ事も叶はず、うけたまはれば、このお山の瀧津瀬（一一）には、かゝる日でりの時だにも、水絶ずして清く流るゝ名水とうけたまはり、馴ぬ山路をはる〳〵とこれ迄まいり、聞しを便りに、たゞ床しき（一二）は雨、[8] なつかしきは夫。自らが心の內を、御推量なされてくださりませいなア」[9] 竹へ語るを聞て、上人は感じたまひ、鳴神「サテ〳〵哀れな物語りじやのふ。見れば若いに、そ（一三）ふして去るものは日々に疎しと、夫の事を打忘れ、ことづまを重ねべき（一四）やうぎの女、きつと貞婦（一五）の操を立て、夫の記念灌（一六）だくせんと、嶮岨をもいとわずよじのぼりたる志し、ハテ感涙しごく〳〵じやなア。それ程のかたらいならば、添てゐる間には、いかう仲がよかつたと聞へるの」[10] 當麻「仲のよいだんかいなア。天に（一七）あらば比翼の鳥、地

5 と、うなずく。

6 と、泣く。

7 数珠をつまぐる。左団次は左手の数珠をちょっと上げて頂き、弔う。

8 今日では、「床しきはつま」といって、小袖を見るが、雨を降らす使いに来たという気持で、「床しきは雨」と言うと、それをいいまぎらして、「なつかしきは夫」と言い直したことになる。このとき向うを見る。

9 と袖を目に当てて泣く。[三]はこの下に卜書「ト泣く」が入る。

10 すこしほほ笑みかける。

「在ﾚ天願作ニ比翼鳥一、在ﾚ地願作ニ連理枝一」（白居易「長恨歌」）による。

〔右〕⑩竹…たまひ—ナシ[諸] ⑬ハイわたしかへ—わしかえ[諸] ⑭わたしかへ—わしかえ[諸]（[三]ハ後ニ削除） ⑭鳴神…へイ—鳴神「黙らう」両人「アイ」（後ニ削除）[三] ⑮そなたの—成程そなたの[諸] ⑮この山の…このあり様—此の深山の麓に住む者でござりまするがなつかしや近い頃恋しい夫ト別れました[三] ⑰常…候ぞや—ナシ[諸]

〔左〕①夫に放れたとか—すりや男に別れたか[三] ②当麻…あみだ仏〳〵（3行）—ナシ[諸] ⑤仇なれ—仇なれ是れなくば忘るゝひまもあらましものをあら〳〵しき[三] ⑤存じますれど—存じますれば[諸]（[二]ハ「存じましても」ト訂正） ⑥百日あまり—ナシ[三] ⑥雨が降ねば—ナシ[諸] ⑦単衣…叶はず—洗ふ水がござりませぬ[三] ⑦うけたまはれば—承りますれば[二]ナシ[三] ⑧お山—深山[三] ⑧には—は[諸] ⑧水…うけたまはり—水絶えぬ名水ぢやと聞きましたゆえ[三] ⑨はる〳〵と…たゞ—昇り夫の形見を洗ひに参りましてござりまする[三]登り衣を洗ひに参りました[二] ⑪竹…たまひ—ナシ[諸] ⑫じやのふ—ナシ[諸] ⑫見れば…じやなア—ナシ[三] ⑯かたらい…には—心ならば添うてゐたその頃は[三]

一 仏語。煩悩(迷い)は菩提(悟り)に通ずるの意。
二 懺悔すると量り難いほどの罪も消える。この発想が、懺悔話となり、さらに「くどき」という芸能の様式を産む。
三 供養。仏語。死者に物を供えて回向すること。ここでは手向の懺悔話をすることが供養になる。
四 お出で。 五「行っても」がつづまった語。
六 大事ない。差しつかえない。
七 仏教で女性の近づかれぬことを言う。女人結界に同じ。
八 仏語。「外面似菩薩、内心如夜叉」(唯識論)と成句。夜叉は八部衆の一で、醜悪な鬼神。女性を譬えて、外見は仏菩薩のごとく柔和であるが、内心は悪鬼のごとく険悪であるの意。
九 行法にもとるを、下世話の譬で言ったおかしみがある。
一〇 説教や読経を聞くことを、改めて難しく言い直したおかしさがねらい。
一一 めげず、気おくれせず。「おめず臆せず恥じらはず、急いでこれへ」(曾我対面)。
一二「…錦なりける」(古今、一、素性法師)による。
一三 京都清水寺のある山をいう。また清水寺の山号。

にあらば連理の枝と、言かはした過ぎこし方を思ひいだせば、ア、面白い事でござんしたわいナ」[1] 鳴神「[2]煩悩即菩提[一]、婦人にたいしてかく詞をかはすも因縁といふものじや。さん悔[二]には無量の罪をもきゆるとある。くよふ[三]の爲ぢや。そのはなしが聞たいものじやの」 當麻「さらばサ、お話し申しても、心の憂さを晴したふござりまする。なんと、お話し申しませふかへ」 鳴神「そりやよからふ。サア、はなしや」([3]ト始終一セイ三味線入、たきの音) [4]當麻「サアはなしは話しませふが、そことこことは遙かの間、殊に瀧の音にまぎれ、お耳へはきこへますまい。どうぞお側近ふおはなし申したいものでござりまする」 鳴神「いかさま、そこで話さば、瀧の音に紛れてなか／＼[5]耳元へはいらぬ。ここへおじやいの[四]」 當麻「アノ、いても大事ない[五]かへ」 鳴神「[6]だんない[六]共、ここへ／＼」 [7]當麻「そんならここへ参りませう」([8]ト瀧壺をはなれて壇場へかゝるを、高賀坊留て) [9]高賀坊「コリヤ／＼ならぬ／＼」 當麻「テモ、お師匠様のおゆるしでござんす」 薙升坊「何のおゆるし。譬へ仰せ渡されても女人禁制[七]、内心如夜叉[八]」 悔幸坊「そうじや／＼。この壇場へ女を入ると、行法[九]の算盤があはぬ」 四人「ならぬぞ／＼」 當麻「あれアノ様にいふてござんすわいなア」

1 当麻、恥かしげにほほ笑み、こなしあって、鳴神の顔をちょっとうかがう。
2 目をつぶって、殊勝げにいう。
3 このト書、［諸］になし。
4 ちょっと、ためらっていう。
5 と首を振る。
6 現行のは、「アノ、いてもだんないかエ」と繰り返すのにかぶせて、「段ないとも」となり、元へ戻る。
7 当麻は、「そんならお側へ」で合引を離れて「参りましょう」(そんなら、そこへ行こうわいなア)と寄る。滝の音。
8 ［三］は「ト寄る」。［一］［二］［河］は「本舞台へつか／＼と来る。(ト白雲坊立ち塞がり)」。この段取りをもっとも省略して上演する例は→補4。
9 両手をひろげて立ちふさがる。

鳴神「アリヤ、あの様にいふ筈じや。壇場近く女は叶わぬ。サア〳〵それで咄せ〳〵」當麻「そんならここで、[10]御咄し申しませふ。皆様も聞てくださんせ」鳴神「さらば聞ふか」當麻「そんなら、お咄し申しませう」四人「さらば、[一〇]聴聞つかまつらふ」

當麻「きかしやんせいなア」常[11]〽をめず臆せず摺寄て、當麻「耻かしひ事ながら、その殿御に馴染は、遠い事でもござんせぬ。去年の彌生の花の頃○」常〽[一一]見渡せば、柳櫻をこき交て、都ぞはるの錦なる、まづ東には[一三]音羽山、[一四]雪に見まがふ花吹雪、[一五]大悲の誓ひ[一六]清水の、[一七]車やどりや[一八]駒とゞめ、おもひ〳〵の伊達衣裳。(ト竹本、常磐津の合方になり) 四人「サア〳〵、花見じや」(ト高賀坊、璃寛坊、さきに出て、捨ぜりふにて、花見の心いきよろしくこなし有て、また莚升坊、梅幸坊出て、四人思ひ〳〵のこなしあつて、高賀坊、莚升坊殘り) 竹〽[一九]地主の櫻の幕打廻し、こゝでは[12]琴の音、かしこでは三味せん、胡弓つゞみの調べ、心浮立つれ彈に、(ト両人、よろしく振あつて、高賀坊、梅幸坊の振になり) 常〽秋の夜長にぬしにあふ、夜の短かさよ、月夜烏がなくはいな。[二〇]月じやごんせぬしら〳〵と、明の鐘つく坊さまのつら憎や。ム、、ヲツト[二一]さし合やさ法師。(ト竹本、常磐津の合方) 當麻「わ

一四 落花を雪に誓える。「落花の雪に踏み迷ふ」(太平記、二)。

一五 清水寺の本尊の大慈大悲十一面観世音菩薩の衆生を救う誓いを言う。

一六 清水寺。西国三十三カ所の第十六番。観音信仰の中心。法相宗。

一七 車宿。清水坂をのぼり、大日堂のあたりの場所はむかし車宿のあった所という。中門の外にある車を入れる所が車舎。

一八 駒止め。下馬。楼門の左傍にある馬駐。楼門とともに四百年前、文明年間の建造物。車に乗ったり、駒に乗ってきて、花見の人の賑わう場所をかけて言う。

一九 清水寺の鎮守神、地主権現の桜。→補二。

二〇 「…顔につめたき前髪の月ぢやござえせんしらじらと明がらす」(小唄、無理な首尾して)。

二一 差しつかえ。坊主の前で、「つら憎や」と唄ったので、あわてて「優法師」といい直した。

(右)③かく—ナシ[二] ③かはす—かける[二] ③じや—であらう[二] ④じやの—じや[諸] ⑥鳴神—以下異同甚シ→[一]全文・補4

(左)④四人…摺寄て当麻—ナシ[諸]

10 「さらば話しましょうか」と細い女声、「さらば聞こうか」と男性らしい太い声、また四人の、合唱のような、声楽的な効果を発揮する所。底本の「さらば聴聞つかまつらふ」も、開き直って漢語を使って、時代ロ調になるのは、次の「くどき」に移る段階を示す。

11 浄瑠璃でとらないときは、「千種の合方」で、笙が入る。当麻は左足を出し、鳴神を見て思入れ。後へ退り、後見に小袖を渡し、草履をぬぎ、右手に扇をうけとり持ち、正面に坐る。両僧はこれを両方からはさんで、上下に坐る。

12 ここの浄瑠璃は、当麻のセリフでとって、「琴の爪音」で、琴をひく形、扇で笛を吹く形をする。「殿御がスンナリと立って」で、裏表金銀の扇を開く。

一 首筋の下、両肩の中央。灸のつぼの一。

二「瘧」。熱病。マラリヤ。

三 行成様。平安朝の能書家。草仮名様の大成者。三蹟の一。

四 古今集、十一にある業平の歌。見ないとは言えず、またたしかに見もしない女が心にかかり、今日もひとすじに恋いしたって辛気に暮らすことかの意。

五 女官。侍女。当麻の宮中の身分が出ている。

六 京都市右京区の一部。嵐山と御室の間の低い丘陵地帯を指す。名所旧蹟が多く、小督の局の話(平家物語)などを下敷きにして、恋人の隠れ家のある所のイメージが強く、忍ぶ恋の引合いに出される。

〽踏もならはぬ道芝をすそは露でたもとは涙でぬれてござ

たしも、父上母さまのおゆるし受て、花見の中へ見物にいたと思はしやんせ。サアその群集の中にも、ひときは目立殿御振。年ばへならば二十あまり。いとしふてきつとして、櫻を詠めて[1]、つんと立ていやしやんしたわいナア」四人「立て居たか〳〵」當麻「サイナア、そのいとしさち[一]り毛元から」璃寛坊「ぞつとしたか」當麻「ぞつとのだんかいナ」高賀坊「がた〳〵震ふたか」當麻「震ふただんかいナ」梅幸坊「寒ふなつたか」當麻「寒ふなつたり[2]、又熱ふなつたり[3]」莚升坊「なんじや、寒ふなつたり熱ふなつたり、ア、コリヤ、おこ[二]りじやナ〳〵」當麻「サア、その殿御のお顔にうつとりと見とれて居たと思はしやんせいナ」四人「見とれたか〳〵」當麻「サイナア、その先の殿御もいたづらなお人で、私しが顔を見るやうで」四人「みる様で」當麻「また見ぬ様で」四人「見ぬやうで」莚升坊「見る様で見ぬやうで、ア、こいつ、藪にらみじやな」當麻「それからその殿御がまた心惡いわいナ〇」竹〽薫りも高き紅梅の、その色紙に艶かけして、さら〳〵〳〵[4]と走り書。當麻「わたしが心、腰元共を呼ばしやんして、これをあげてくれいとて返らしやんしたその手の美しさ、どふもこふも言れぬわいナ」四人「能書か〳〵」當麻「能

1 「わしが幕の内を覗いていやしやんしたわいなア」と扇越しに覗くこなし。また「とんとわしが方から、いとしゅうなったと思わしやんせ」と扇で両袖を合せ顔を隠す。

2 と身を袖で抱くように合せる。

3 と扇を使ってあおぐ。

4 扇を使って、短冊と見立ててこなし。

るか嵯峨の奥まで〳〵、恋の路はよしなやの〳〵」(亀岡市出雲大神宮「花踊」の恋のおどり)。

七 日暮れ方につく鐘の音。「山里の春の夕ぐれ来て見れば入相の鐘に花ぞ散りける」(新古今、二、春歌下、能因法師)を踏まえる。[一][二]では、「入相の鐘に花ぞ散り〳〵に」。

〔右〕⑨うつとりと…せいナ—見惚れ果てたと思はしやんせ[三] ⑩四人見とれたか〳〵—白「面白い」黒「たまらぬわ」([一][三])ニ相当スル ⑪お人で—ナシ[諸] ⑪見るやうで—見ぬやうで見さんしたと思はしやんせ[三](「ゐやしやんした」ヲ後ニ抹消シ「見る様ですつくり立つてゐさしやんしたわいナア」ト補筆[一])↓[一]全文

〔左〕①行成やうに—面白い古歌を[三] ①わいなア—ナシ[三] ②四人…わいナ—ナシ[三] ③四人—両人[三] ③恋しくば—恋しきは[三] ③四人…恋しくば—白黒二人ノ割リゼリフ(見もカラ割ル)[諸] ④恋しくば—恋しきは(割リゼリフニセズ当麻ノセリフヲ受ケテおうむニスル場合モアル)[三] ⑤璃寛坊…恋しくば—省略ノ場合ガアル[三] ⑤板に—板へ[三] ⑥高賀坊…吟た〳〵—ナシ[諸] ⑦恋しくば—恋しきは[三] ⑨ト…落す—ナシ[諸] ⑭高賀坊…ものか—ナシ[諸]

書とも〳〵、然も行成やうに書しやんしたわいなア」[三] 四人「なんと書た〳〵」 當麻「おもしろい古歌を書しやんしたわいナ」 四人「その歌は」 當麻「見ずもあらず見もせぬ人の戀しくば」[四] 四人「みずもあらず見もせぬ人の戀しくば」[5] 當麻「なんといふ下の句であつたかいナア」[6] 璃寛坊「それを忘れるといふ事があるものかいナ」 莚升坊「板に書付て、帯にくゝり付て置たがよい」 高賀坊「まいちど吟た〳〵」 當麻「みずもあらず見もせぬ人の戀しくば」 鳴神「あやなくけふや詠めくらさん、といふ下の句ではなかつたか」 當麻「ほんにそふでござんしたわいナ」[7] 鳴神「シテ〳〵どふじや」[8](ト壇上より、思わず珠數をとり落す)[9] 當麻「そこでわたしが局をよんで、あなたのお住居お名を、委しふきいてをじやと言付てやつたればナ」[五] 四人「ゆふたか〳〵」 當麻「イ、エ、言しやんせぬ。その憎てらしさ。僕れは、嵯峨野の奥のかたほとりと許りいつて、つひといなしやんしたわいなア」[六][10] 高賀坊「それをいなすといふ事が有るものか」 璃寛坊「ハテ殘念千萬ナ」 高賀坊「紐でも付て置ばよかつた」 梅幸坊「ヤレ殘り多いことじやナア」 當麻「イヤモウ、殘りおゝいといはふか、氣がもめるやら、留やうか呼かへさうかといふ内に〇」[11] 竹〽早入相の鐘の[七]

5 合方止める。

6 と目をつぶり考えるこなし。

7 「オオ」と右手で膝をポンと叩き、「ホンにそうでござんした」と左から後向きになり、鳴神を見込む。

8 「してして」と上手の傍の経机をわれ知らず引き寄せて、真前に出して「マ、どうじゃ」で、その上に両手で頬杖の形で大きく見得。きまると、七種(ななくさ)の合方になる。松緑は当麻に向って経机を斜に据えたが、真正面がよい。

9 今日は、この演出はない。

10 と袂を胸にあててうつむく。

11 「アレ留めましゃ」と中腰になる。

音に、花見の群集が入りつどひ、何[一]のよすがもいふ汐に、當麻「本意なふその日は戻つたわいナア」 四人「南無妙法蓮華經[二]〳〵」 當麻「サア、普門品[三]の功徳は、ありがたいものでござんす。觀音さまへ、御願をかけて置たればナ、あらたなお告があつたわいナ○サア、その男に逢ふと思わばナア○」 常〽[四]雨の降る夜も雪の日も、心をつくしかよへとの、 當麻「供をもつれず只獨り」 竹〽小笹春草おしわけて、露もつ嵯峨のかくれ里、鬼一口[五]もなんのその、色の世界であるまいか。當麻「ほんに西やら東やら、道さへ知れぬ野の末や、山のあなたを」 莚升坊「山のあなたを」 當麻「あがりつ」[1] 四人「あがりつ」 當麻「をりつ」 四人「をりつ」 莚升坊「まつたり、上つたり下たり、しつかい[六]はじき猿[七]をみる樣じや」 當麻「夜道をやう〳〵いたと思へば、ヲ、しんき[八]、大きな川があつたわいナ」 高賀坊「大きな川なら、大井川[九]か桂川[一〇]か」 璃寛坊「何でも名代の川じや〳〵」 梅幸坊「名代の川なら角田川[一一]」 莚升坊「阿部川[一二]ならば大好じや」 當麻「折角こまでたづねて來ても、その川に船はなし。大膽ナ、その川をつひ渡る氣になつたわいナ」[2] 四人「なつたか〳〵」 當麻「星[一三]を便りに川わたり、何ぼふ夜の事とは言ながら、女子の身のあられもない、うら裾[一四]

一 なんらかの縁になるようなことを言うまもなく、と夕潮時とかけた。二 しまったの意。南無三宝の類。三 法華経、第七、観音菩薩普門品。また無量門とも訳す。普(あまね)き門口の篇の意。観音の神通力を説いた経文。四・五「伊勢物語」(六、芥川の条)を踏まえた謡曲「通小町」の「さて雪には袖を打ち払ひ、さて雨の夜は目に見えぬ、鬼ひと口も恐ろしや」による。六 まるで。まったく。七 はじくと猿の人形が弦を上り下りする玩具。八 辛気。思うままにならぬ気持。九 保津川の上流。嵐山渡月橋を境に、その上流をいう。一〇 その下流が桂川。一一 江戸の隅田川に飛躍する。一二 遠江(静岡県)の安倍川に飛躍し、安倍川餅をかけた。一三 ふさわしくない。大胆な。みっともない。一四 裾裏におなじ。一五 女性の大事な処を、高野山奥の院と利かせた。一六 静岡県島田市。東海道五十三次の一駅、大井川を挟んで金谷の宿に対する。一七 不明。島田(髷)をうけて、九十九(つく)髪とし、それを川の名に転じたか。また謡曲「通小町」の九十九夜をうけたか。一八 図は「九十川(つづかわ)」、鈴川の洒落とし、続けよの意とする。

1 「上ったり下ったり」で、足を交互に出す。

2 両袖で顔を隠す。

を[3]ぐつとからげてな」[4]四人「[5]ヲ、かうまくつたか〳〵」當麻「まくつただんか、ぐつと裾（すそ）を上へからげてナ[6]〇川の中へ」蓮升坊「ア、、水底（みなそこ）から見たら、奥の院（[一五]おくのゐん）までをがまれやうに」三人「その川の中へはいつたか〳〵」當麻「サアその川の中へ思ひきつて這入（はいつ）たら、ヲ、冷（つめ）た」四人「ヲ、つめた」常〽ぞんぶりこ〳〵。皆[7]「ぞんぶりこ〳〵」常〽ぞんぶり。當麻「ぞんぶり」常〽ぞんぶり。四人「ぞんぶり〳〵〳〵」常〽ヲ、、深いは〳〵」蓮升坊「せいが立（たた）ぬは〳〵」[8]璃寛坊「これじやによつて、已（おれ）が島田[一六]へ泊（とま）らふといふたに」三人「九つ[一七]十九川（つくもかは）じや」當麻「人の精力（せいりき）と云（いふ）ものは、恐（おそ）ろしいもの。とう〳〵向（むか）ふの岸へついたわいナア」四人「着（つい）たか〳〵[一八]。しぼれ〳〵」（ト四人、着物をしぼる思入、捨ぜりふあるべし）蓮升坊「[一九]いつちやうらいをや[二〇]くたいにした。ちり毛元（げもと）まで濡（ぬれ）たわへ」三人「[二一]ぬれいでわへ」當麻「サア、[二二]濡（ぬれ）ぬ先（さき）こそ露をもいとへと、足にまかせてゆく程に、とふ〳〵、その殿御（とのご）の庵（いほり）へたどりついたわいナ」四人「ついたか〳〵[9]」當麻「その[二三]家居（いへゐ）のつき〴〵しさ〇ヤレおじやつたかと私（わた）しが手をじ[10]つと取（とつ）て、すぐに奥のひと間へ」四人「お入（はいりやつ）たか〳〵」當麻「アイナア〳〵」四人「[二四]とけるは〳〵」蓮升坊「そなた衆（しゆ）はとけるか知らぬ

一八 底本「〳〵」なし。今補う。
一九 一帳羅。関西訛で「いっちょうらい」。一枚きりの晴着。
二〇 益体なしの略。役に立たないことをした。[河]は「らりにした」。
二一 濡れないで、どうするものだ。すっかり濡れたわい。
二二 雨露に濡れると、色恋に濡れるをかけた諺。色恋を知らぬときは露ほどに濡れるのも厭うたのにの意。
二三 住居のにつかわしい。「家居のつきづきしくあらまほしきこそ」（徒然草、十段）による。
二四 うっとりとなる。

〔右〕④御願—願[諸]　④置たればナ—置いたれば[三]　④お告—夢のお告（コレニ続キ「その男に逢はうと思はゞ供をもつけず唯一人心をつくして通へとあつたわいナア」ト加筆）[三]　[二]→[一]全文　⑤常…かよへとの—ナシ[諸]　⑧当麻—以下異同甚シ→[一]全文
〔左〕⑥常（上下トモ）—白雲[諸]　⑦璃寛坊…九十九川じや—ナシ[諸]　⑨人の…もの—ナシ[三]（コノ下「ちやござんせぬか」ヲ加筆[三]）　⑩着たか〳〵—ナシ[三]　⑪蓮升坊…ぬれいでわへ—ナシ[諸]　⑬サア—ナシ[諸]　⑬いとへと—いとへ[諸]　⑬足に…程に—ナシ[三]　⑭その—ナシ[諸]　⑮ヤレ…どうじや〳〵（二一二頁8行）—異同甚シ→[一]全文

3 立ち上がって、両手で褄をとり鳴神の方へ向い、裾をまくり上げ、ハッと気付いて合せる。
4 右で褄をとった形になる。川渡りの場は、この仕方話のうちの高調場面である。
5 二人も立ち上がって真似して褄をとる。
6 鳴神は、机へ乗り出す。滝の音入る。[河]のト書に「ト此うち両人、思入れさま〴〵あり、このうち絶間仕方話しを立ってする。川渡りの思入れあるべし」。
7 みなみな揃って川渡りをする。当麻は、居所で、身を乗り出すようにして、大きく一廻りすると、僧たちも居所で、それにつれて廻る。
8 この前に、[一]には「ト此中三人して川を渡る可笑味」というト書がある。
9 みなみな、ほっとした心で、元の居所に坐る。
10 と上手の白雲坊の手をとり、立って、寄りそって、やや下手にゆき、坐る。八代目団十郎演出のときは、形身の小袖を着せ、紫衲紗で置頭巾させ、浄瑠璃に合せてくどき模様になった。ここで当麻を真中に、白雲・黒雲がくっついた形で、のちの口説の仕方話の用意になる。

が、己は木になつた」當麻「そうすると、何がつもる物語り、香[二]をきくやら、さゝ呑むやら」四人[1]「ヲヽ、抱付たか〳〵」當麻「何事のふ、抱付ましたわいナア」莚升坊「これからが極樂世界。サア冥加錢[三]〳〵」三人「それからどうじや〳〵」當麻「アヽ、モウ恥かしい。もふ堪忍してくださんせ」璃寛坊「そりヤ、ならぬ〳〵」莚升坊「これからが、大千世界[四]の聴聞[五]をお説なされい〳〵」四人「のふお師匠さま」鳴神「ヲヽ、そふとも〳〵」四人「そりや、お師匠さまのおゆるしが出たぞ〳〵」鳴神「シテどうじや〳〵」當麻「あんまり戯れがあまつて、つい口舌[六]になつたわいナア」[2]莚升坊「咽元[七]すぎればあつさ忘るゝじやナア」當麻「エヽ、づんと置しやんせ、おくまいと何とする、つめるぞへ、叩くぞへ、[3]といふ拍子に、思はず殿御のつむりをピツシヤリ」(ト[4]莚升坊のつむりを叩く) 莚升坊「アイタヽ、〇ヲヽ、を[八]ふどふナ」(ト惡身をするこなし) 當麻「その言懸りが嵩じて、先の殿御が腹たてゝ、私を内へ付込で、その身は外へ出てゆかしやんすを、これ申し」(ト[5]件の衣を、高賀坊に着せ、壇上より落ちたる紫のふくさを置[九]頭巾にして、つれて出て) 常〽ほんに男はそれ程に、思わせぶりかうつり氣な、宵は寐もせで曉は、まどろむひまも忘れじの、竹〽行末

一 木のように堅くなった、性器の状態。
二 香は聞くといい、嗅ぐといわない。
三 社寺への寄附金。いい思いをしたので、その冥加に浴した代金の意。説教の途中で、喜捨を求める風習を指すか。
四 仏語。須弥山を中心とした一世界が百万個集まった世界。中千世界を千倍したもの。これからが最大の聴きどころの意。
五 説教や説法を聴くこと。
六 口説とも。男女間の痴話げんか。口げんか。「花車がとどろく口舌の門」(道行菜種の乱咲)、「いなういなさぬ口説さへ」(清元、保名)。
七 熱い物も咽喉を通ってしまえば忘れるの諺。ここでは仲良しがすぎて口げんかになるの意。
八 横道な。横しまな。これはひどい。
九 置手拭におなじ。女の頭に見立てる。悪身(わるみ)になる。
一〇 いたずら惚れ。浮気心からの恋。「つい仇惚れも誠となりて」(薗八、鳥辺山)。
一一 「恋の罠」をかけるのと、

1 両人のセリフのあと、[同]には「ト坊主同志、抱きつき思入れいろ〳〵あるべし」のト書がある。
2 「くぜつになったわいなア」で、白雲坊の膝に手を置き、色身のこなし。松蔦は、ここで、白雲の手を放し、下手の黒雲にかかった。
3 と上手へ向い、右、左と下を叩き、つめかけるこなし。
4 下手の黒雲坊の頭を叩く。その前に、扇は帯にはさんでおく。黒雲「堪忍せい〳〵」のセリフで、当麻は退ってお辞儀する。合方の桜狩の止め。[一][三]のト書「ト黒雲坊の天窓を叩く痛いといふ思入」。
5 この演出は左団次け復活してない。これ以後、鳴神が壇上から落ちるまでは、改訂され、上品に仕立てられてある。「枕を交わしましたわいナア」と言わぬと、鳴神のすべり落ちる直接原因は味が薄くなる。今日の演出の段取りは、「してしてどうじゃ」と鳴神は張って言いながら、数珠を落して、左、右と膝を進める。段に左足を落す型もある。これで合方止める。この二度目の「してしてどうじゃ」は、左団次は、前はキッパリと強めに言い、ここは、半ば色気をもたせ、うっとりとした態で言い、数珠をとり落し、経机を上手に片寄せ、左右と両膝をややすすめて、身体だけ乗り出す程度にとどめる。右の肩を少し下げる。当麻の仕方話のうち、つられて、中腰になり、「イヤ去ぬる、イヤ去な

とけぬ[一〇]仇(あだ)ぼれと、すねて見するも戀の罠(わな)。[一一]かけしや袖(そで)のふり合せ、逢(あ)ふ瀬(せ)うれしき花のもと、わすれかねたるお姿に。常〽[一二]あふてだうしてかうしてと、心積(づも)りを楽しみに、佛に誓(ちか)ひやう〳〵と、お目にかゝりし甲斐(かひ)ものふ、あんまり氣強い[一三]ひぞりごと、憎い男ととりつけば、竹〽かわいのものと寄添ふて、じつと見かわす顔とかほ。常〽つひとけ安き繻子(しゆす)の帯、二ツまくらのあつかひに、[一四]月もいるさの夜明のからす、[一五]可愛(かあい)〳〵と引よせて、つひそのまゝの、當麻「嬉しいまくらをかわしましたわいナア」竹[6]〽話しにときめく上人は、壇上より眞逆(まつさか)しま、まろび落(おつ)れば、これはとばかり驚く人〳〵。高賀坊「ヤア〳〵、御師匠さまがおちられた」璃寛坊「御師匠さまが目をまはしやつた」(ト皆〳〵、[7]うろたへる)常〽心付たる當麻姫、ここぞ大事(だいじ)と瀧の水、手にくみあげて口と口、はだへをひたとをし當(あ)て、(トこの浄るりの内(うち)、當麻姫こゝろづき、下(しも)の方(かた)瀧壺へ來り、[8]瀧の水を手にうけ、口にふくみ來り、鳴神へ口うつしに呑(のま)せ、[9]肌(はだ)をあはせて、抱(だき)かゝへる)皆々「お師匠さまいのふ」常〽聲を限りによびかける。竹〽やう〳〵に目をひらき、(トこれにて鳴神、こゝろづきしこなし、傍(あた)りを見て)鳴神「兩僧(りやうそう)」(ト一セイ、瀧の音かすめてしゞうぬふ事)皆々「ハ

「かけしや袖の」とかけた。百人一首の「音に聞く高師の浜のあだ浪はかけじや袖のぬれもこそすれ」(金葉、八、恋下、紀伊)を踏まえる。上の「仇ぼれ」とこの歌の「あだ浪」とをかけ、「かけしや袖の」と受けた。

一二 すねて、口説くときの浄瑠璃のきまり文句。「あはばどうしてこうしてと、胸は二上り三下り」(曲輪文章、吉田屋)、「早ふあいたや顔見たやあはゞどふしてかふしてと、たばこ引寄せくゆらする」(ひらかな盛衰記、四ノ切)。

一三 乾反り事。冷淡さをいう。

一四 月の入る時。「月のいるさの山の端を」(平家物語、九)。

一五 鳥の鳴声とかけた。「可愛と一ト声明烏」(清元、明烏)。

〔右〕⑨莚升坊ノ上―白「これはたまらぬ」[三] ⑩づんと―つんと[諸] ⑩おくまいと―おくまいが[諸] ⑩何とする―どうした[三] ⑪いふ…思はず―ナシ[諸] ⑫ピツシヤリ―ピツシヤリと[諸] ⑫莚升坊アイタ…をふどふナ―黒「堪忍せい〳〵」[三](以下異同甚シ→[一]全文)

〔左〕⑪常…当て―ナシ[諸] ⑬ト書ノ上―絶「上人様」両人「上人様」[三] ⑮常…ひらき―ナシ[諸] ⑰ト…事―ナシ[諸] ⑰皆々…つきましたか―両人「アイ」[三]

さぬ」の箇所で、鳴神も両手を出して引き合う形を真似るうちに、段を踏みはずしてすべり落ち、前向きに胡床して、うつむいて気を失った様になる。[一]全文参照。

6 [一][二]は、浄瑠璃なく、「ト此中鳴神壇上より辷り落ち気を失ふ」というト書がある。鳴神がすべり落ちるに「山おろし」の太鼓をつよく打込み、あと滝の音になる。鳴神は裏向きに、右手を胸に、左手を前につき、うつむいた形で倒れる。水音をあしらう。

7 [諸]のト書は「ト三人うろたへ」とある。

8 当麻は、滝壺の水を袂ですくって口に含み、口移しにのませる。松緑は寝たままでなく、白雲・黒雲が、鳴神の両手を後よりとり、当麻は口移しで飲ませる。

9 当麻は「お上人様〳〵」と時代に言う。滝の音止める。白雲「ヤッ、コリヤ総身が冷とうなったワ」と驚く。当麻は、鳴神を抱きおこし、衣裳の上から、肌と肌を合せて温めるこなし。[一]全文参照。

一 僧たる者の身持としてあってはならぬ。
二 壇上。
三 意識を失う。気絶する。
四 [諸]は「冷水」。
五 銜んで。含んで。
六 ぽかぽか。暖かな形容。「ぽってり」という肉感をも含むか。[河]は「ほつかり」。
七 気転のきく女性。
八 身分を越えた。身に余って有難い。
九 インド恒河のほとりの古い国名。「昔天竺の波羅奈国に一人の仙人あり」(太平記、三十七)。以下の文章、太平記に近い。
一〇 衆生を仏法に導く僧。太平記には仙人とある。
一一 謡曲「一角仙人」は太平記を受け、「鹿の胎内に宿り出生せしゆゑにより」とある。
一二 一角仙人の話は、直接には謡曲「一角仙人」によるが、智度論・法苑珠林・宝物集・今昔物語・太平記に見える。
一三 一角仙人が竜神を呪縛する理由は、太平記により、更

ア、お師匠さまお心がつきましたか」 鳴神「ハテ扨、沙門のあるまい、婦人のはなしに聞惚れて、思はずだんじやう[二]よりすべり落て、ア、いこふ胸をうつた。今性根[三]とり失なひしに、一滴の靈水口中[四]にいると思ふと、胸中[1]ひやりと氣もさはやかになつたが、そち達が水をくれたか」 四人「イ、エ」 當麻「そりや私しが瀧の水を手にすくひあげてあげませうとは存じましたが、お歯をくひしばつてお出遊ばすゆへ、慮外ながら私しが、口にくゝんで[五][2]口うつしにあげましたのでおざんす」 鳴神「ハテしほらしい志しの人じや。嬉しふをじやる。その上胸がほつてり[六]と温まつたと思ふたれば、いよ／＼心がはつきりとなつて」 當麻「ハテそりや私しが、ふところをあけて、お前のお胸へ私しがむねをぴつたりと合せて、じつと抱しめて居たによつてな、それでお氣がついたわいナア」 鳴神「ア、かさね／＼頓智[七]の女中じやナ。過分[八]／＼」 當麻「何のお禮におよびませう。まそつと温めてあげませうかへ」 鳴神「イヤ／＼それには及ばぬ。ム、、靈水を口にふくんで口うつしに呑せたのも、あのそなた」[3] 當麻「アイ」 鳴神「また膚を合せてあたゝめたもそなた」[4] 當麻「アイ」 鳴神「口より口へ水を注ぎ、胸とむねとの肌へをあわせて、じつと抱しめたと

1 現行「胸の中がひイやりと、気も爽やかに」で両手で胸をなでる。
2 今日「ふくんで」([河])といふが、「くくんで」の方がいい。
3 と、当麻の方へ向き直る。
4 きっと当麻の顔を見つめる。

か」當麻[5]「アイ」鳴神「ム、○」[6]竹〽よふ〱と目をひらき、(ト鳴神、[7]きつとなつて)竹〽ハツト驚く鳴神上人、面色かわつて、鳴神「皆々、油断いたすな」竹〽當麻をつかんで、どふと投つけ、鳴神[8]「ヤア、いぶかしや女。むかし[九]天竺はらな國に一[一〇]導師あり、額に[一一]一ツの角を生ず、なづけて[一二]一角仙人といふ。[一三]或時雨後の事なるに、雨のしたゝりかはく事なく」竹〽山國一面になめらかなり。鳴神「雲にのり水に歩行の仙人なれど○暫時の怠慢に仙術をわすれ、誤まつてはるかの谷へすべり落たり。一角、大ひに怒つて」竹〽[一四]龍神海水をまいて雨をふらす、雨したゝつて苔なめらかなり。鳴神「これ、雨の科なり。雨は無心にして科なし」竹〽雨をふらせしは龍神なり。鳴神「よしまた、天地の間に龍神龍女、仙術をもつて封じこめ、國土に雨をふらせまじと」竹〽[一五]いかれる眼車輪のごとく、ついに大千世界の龍神龍女を、一巌窟にふうじこめ、鳴神「その仙術行ふに怠らず、こゝにおいて、天下大ひに[一六]旱ばつして、雨いつてきもふらず、田畑[一七]こがれて、民の煩ひとなる」竹〽時の帝王これを歎きたまひ、かゝる仙術やぶらんには、鳴神「みめよき女に如ずと、その頃[一八]せんだら女といふ美婦人あり、かの女にみことのりして、汝一角が[一九]仙窟にい

5 囫ではこの上に次のト書が入る。「ト雲の絶間の顔を、ヂッと見て暫く思入ありて、雲の絶間の胸倉を取って突きのける」。[二][三]のト書は、「トたえまの顔をじっと見て暫く思入有ってたえまの胸倉をとって投げる」。

6 当麻をじっと見つめるうち、「ウウン」と心付いた思入れ。

7 当麻を下手へつきやり、壇上に駈け上がって、右足を折り、裏向きに左足を段に踏み出し、数珠を持った右手を一文字に横に伸ばし、左手を添えた形で、当麻を見込み、ツケ入りの見得。左団次初演は、前に伸ばした左の二の腕のところへ、数珠をもった右手を当て、当麻を睨んで見得。水気三重となる。

8 左団次初演は、「ヤア訝かしや、女」で正面に向き直って、左足を引き、中腰に坐り、一角仙人の故事の言い立てになる。現行では、一角仙人の故事は、カットされることが多い。底本通りであると、竹本との掛合いで、かなり、仕方話の振が入ったことと思われる。

に「成田山分身不動」(元禄十六年)を受けた。謡曲では、「さる子細ありて」とのみ。
一四 竜神は、雨を降らす力ありという信仰による。「竜神類也。貴布禰明神亦是也。今祈レ雨止レ雨。多祭二此神一」(本朝神社考)。
一五 怒りを形容する浄瑠璃のきまり文句。「まなこは車輪のごとく也」(公平武者執行)、「車輪のごとき両眼くはつと見ひらき」(安倍宗任松浦簦)。
一六 旱魃。ひでり。
一七 日に焼けて。焦れて。
一八 大智度論では旋陀夫人。「三千第一の后、扇陀女」(太平記)。謡曲「一角仙人」では、扇陀夫人。「旋陀女といふ后」(成田山分身不動)。囫「旃陀羅女」。
一九 仙人の棲む岩屋。

〔右〕①あるまい―身のあるまじき[三]　③ア、…うつた―ナシ[三]　③とり失なひしに―とり失うた中に(後ニ「を失ふうち」ト訂正)[三]　④と思ふと―かと思へば[三]　④なつたが―なつたわヤイ[三]　④そち…くれたか―ナシ[諸]　⑤四人イ、エ―ナシ[諸](以下現行本ハカナリ簡略↓[二]全文)
〔左〕②かわつてノ下―絶「あれ」[諸]　③竹…投つけ―絶「コリヤ何となされまするぞ」[諸]

たつて、色[一]をもつて通力[二]をうしのふべし、然らば」竹へ雨はふるべしと、いともかしこきみことのり。勅諚あるせんだら女が、こたへていへらく、鳴神「われかの山に入つて、一角が首[三]にまとはずんば、再び帝土[四]にかへらじと、誓ひをたてゝ件の山にわけ入り、色をもつて一角がたましひを蕩かし、通力をやぶつて帝土にかへる」竹へたゞちに黒雲天地にむらがり、大雨車軸[五]をながし、潤ひをじやうずる[六]こと三日三夜。鳴神「一角ほどの仙人も、せんだら女が色におぼれて、通力をやぶられ、まづその如く、をのれその例を引て、わが法力をやぶらんが爲、勅諚を得てここに來れる女と見える。サア、大[七]内にてはいかなる公卿[八]の息女なるぞ。または武臣の姫なるや。正[九]直正路の白状におよばずんば、立どころに引さき捨る。女、返答はト[1]、〳〵カ、ゝト、ゝ、どふじやエ」[2](トこの内、花道へつめて來る事）竹へいかれる聲の木魂にひゞき、ものすさまじくきこへける。姫はよう〳〵胸おししづめ、當麻「ア[3]、勿體ない上人さま。何の〳〵、左様なものではござりませぬ。最前から申しあげます通り、夫の筐をすゝがんと、この瀧の元へのぼりました女子でござんす。慕しき夫の衣を洗ふた上では、たつとき上人さま[一〇]のお弟子にもなり、

一 女色。情事。
二 神通力。
三 首にまとわりついて堕落させなければ。
四 皇帝の国、または都。
五 大雨の形容。「澍二降大雨一、滴如二車軸一」(長阿含経)、「折節下る雨、車軸の如し」(平家物語、八)。
六 生ずる。なる。
七 宮廷。宮中。内裏。
八 朝廷に仕える貴族。
九 まっすぐに、ということを時代に言う。
一〇 尊き。
一一 謀る。計略にかけて欺く。
一二 廻し者。
一三 女が追いつめられた気持をいう浄瑠璃のくどきに入る前のきまり文句。「お筆も有ルにもあられぬ思ひ」(ひらか

1 詰め合うときに、最後のセリフで、「ど、ど、どうじや」(河)となるところを、誇張してある。
2 これまでのセリフは、正面向きに言うが、ここで右足を段に踏みおろし、左手を横一文字にのばし、数珠をもった右手を大きく振り上げ、下の当麻を睨みおろして見得。姫の言いわけのセリフのあいだに元の形に戻って、女を見る。したがって、現行では、以下のト書のごとき動きはない。
3 この当麻のセリフまたは、頭注異同のセリフで、すぐ二一八頁7行目の「ヲ、さうじや」と身投げのくだりに移るのが現行。

尼法師の身とさまを換て、夫のなき跡を弔わんと思ふたに、思ひもよらぬ上人様のお疑ひ、お晴しなされてくだされませ」(ト思入あつて、じり〳〵と戻して、花道へゆく事) 鳴神「ヤア、言ふな女。山岳そびへしこの所へ、女の身にて來りしは、我をは[一一]からん[一二]間者ならん。サア、まつすぐに白状せイ」 常〽姫は[一三]あるにもあられぬ思ひ。當麻「サア、その様に思ひこましやんしては、お腹のたつのは御尤も。さりながら、わたしやその廻しものとやら、そんな者じやござんせぬ。最前もお話し申しまする通り、互ひに深ふ言かはした、大事な殿御に死別れ○」 常〽その亡跡を弔らひたさ、女子の身にて大膽な、[一四]女禁制同やうなお山へよぢのぼりしも、當麻「尊きお方のお[一五]回向をうけ、わたしもお弟子になりたい願ひ、おめにかゝつて委しいおはなし○[4](ト鳴神、やつぱりにらんでゐるゆゑ)やつぱり、その様なこわい顔してござんせずと、ちつとは私しが言事も、聞てくれたがよいわいナア」(トこなしあつて) 當麻「また、この様な事いふてナ」 常〽しからしやんすかしらねども、戀しと思ふ殿御の[一六]おもざし、當麻「[一七]年かつかふなら生寫し、女子のはかない心から、夫と思ひ御介抱」 常〽それが[一八]却つてこの身の仇。當麻「どふぞお疑ひを、おは

な盛衰記、三ノロ)、「奥へ聞へて北の町あるにもあられず走り出」(尼御台由比浜出、三ノ切)。

一四 女人禁制・女人結界におなじ。高野山・比叡山などは修行の障りになるといって、女は登山させなかった。

一五 功徳をうけること。浄土に往生するように読経をたむけてもらうこと。

一六 面差し。おもかげ。顔かたち。

一七 年ばえ。その年ごろの姿かたち。

一八 浄瑠璃のくどきのきまり文句。「御恩がかへつて我身の仇」(甲賀三郎窟物語、三ノ切)、「つひには我身のあだしぐさ」(鑓の権三重帷子、道行)。

[右]⑭ア、…くだされませ(左2行)―[二]ノ加筆(昭和二十四年三月三越劇場上演)ニヨレバ「コリヤ思ひかけないお疑ひをうけましてござりまするどうぞあなたのお弟子になり度う存じましても近よる手だてもなくツイ申上げました我身の話し却つてお疑ひをうけましては所詮生きても詮ないことあれなる滝壺へ身を沈め相果てまするが申わけさうぢや」 ⑮最前…通り―ナシ[三] ⑯滝の元―滝壺[三] ⑰慕しき…思ふたに―ナシ[諸]
[左]②お晴し―以下異同甚シ↓[二]全文

4 セリフの途中で、当麻が鳴神の顔を見ると、鳴神は睨んでいるので、一段と色気を増し、しなを作って鳴神をたらし込みにかかる。八代目団十郎時代の幕末の頽廃的世相と、相手の女方の芸風を反映して、この部分はかなり長くなっている。現行は、この部分はない。

一 未だき。早くも。当麻の泣く風情を春雨にたとえて言う。
二 疑いが晴れぬと、花曇りの空が晴れぬとかける。
三 大きな行法。竜神を封じこめて雨を降らせぬ行法。
四 為体。ようす。ありさま。
五 言うことに迷いのない。
六 梵語・仏語。成仏すること。亡夫の極楽往生のためにならぬ。
七 梵語。比丘尼の略。比丘尼は僧(男子)の比丘に対していう。出家して具足戒を受けた女子。
八 仏語。仏に救われるだけの深い因縁のあること。
九 仏語。宿世の因業、前世の約束ごと。
一〇 剃刀。「かみそり」の音便形「かうぞり」の転。
一一 誑語両舌。いつわり。二枚舌。いいかげんなことを言

らしなされてくださりませ。これ、申し」常〽コレ〳〵、聞分てたべ、上人さま。竹〽泪[一]はまだき春雨に、花曇りする風情なり。鳴神「はれぬ[二]〳〵。詞巧みに言廻し、わが大行[三]を破らんと、ここに來りし女ならん。サア、まつすぐに白狀セイ」當麻「そりや、この様に申しましても、おうたがひは晴ませぬかいナア」常〽身をうちふして歎きしが、思ひきわめて、當麻「こふいふも私しが無理、あの瀧壺へ身をなげて、ヲヽ、さうじや」[1]常〽思ひ切てかけだすを、竹〽上人聲かけ、鳴神「ヤレ[2]、とめい〳〵」(ト[3]四人、あわてゝ留る。鳴神の前へ連れて來る)

鳴神「じつと抱きとめい。ハテ扨、短慮千萬ナ。皆のもの、今の思ひきつたるていたらく[四]、言語[五]のまどはぬところは、いかさま、夫の爲に尼にならふと思つてのぼつた女子であらふかへ」四人「ハイ、左様でござりませう」鳴神「ハテ、氣の短かい。愚僧もうたがふまいものでもない。一旦咎めたればこそ、こなたの本性が顔色[4]にあらわれた。ヲヽ、死ぬるには及ばぬ。死んで菩提[六]の爲にはならぬぞ」當麻「デモ、いきてゐては」鳴神「尼[5]になりや」當麻「エヽ」鳴神「比[七]丘になりや」[6]當麻「エヽ」鳴神「これも有縁[八]の宿業[九]の感ずるところ、

1 「オヽ、そうじゃ」と決心を示して、きっとなると、滝の音になり、当麻は立ち上がって滝壺の方へゆき、身を投げようとするこなし。[河]は「ト滝の方に行く」とト書あり、他本は同工。
2 これを見て、三段に腰をかけていた鳴神が、声をかける。
3 [諸]のト書「ト両僧あはてゝ抱き止め鳴神の前へ連れて来る」。
4 と、身投げをしようとした滝壺の方を見る。[日]は「かほいろ」、[三]は「がんしょく」と振りがな。
5 鳴神、高合引にかかる。以下「尼になりや」のくだりのセリフは[河]には、ない。
6 滝の音止まる。当麻「エヽ」とかるく驚く。

とてものことに、おれが弟子にせふ。鳴神がかぶずり[一〇]をあてゝ、御佛の弟子になつたがよい。尼になりや〳〵」 當麻「エ、」 鳴神「ヲイのふ」 當麻「アノ、髪を剃て、お前の弟子になされてくだされまするかへ」 鳴神「鳴神にも、ふご兩ぜつ[一一]があらうか」 當麻「アノ、[7]ほ[一二]んじよかへ」 鳴神「おいの」 當麻「エ、、有難ふござりまする」[8] 四人「これで落付た」 鳴神「善[一三]は急げといふ程に、今ここで、剃てやらふ〳〵。[9]そち達は麓へくだつて、剃刀ていはつ[一四]の具を揃えて持て來い」 四人「畏まりました」 高賀坊「璃寛坊、師の御坊の言付じや。ふもとへいつて、剃刀や砥石を、もつて來さつしやい」 璃寛坊「イヤ〳〵、愚僧はまゐられぬ。さしづめ莚升坊、こなた行たり〳〵」 莚升坊「ア、コレ〳〵、この夕方になつてなんで行れるものか。梅幸坊、ゆかしやれ〳〵」 梅幸坊「イヤ〳〵、愚坊はまつぴら〳〵、莚升坊、貴さま、ゆかしやい〳〵」 莚升坊「これは、お師匠さまの言付、一﨟の役だ。御齋[一五]につく時は、一ばんがけ[一六]に膳にすわるであらう。して見れば、一﨟だけ、サア〳〵、お出なされい〳〵」 高賀坊「イヤ〳〵一﨟といふものは、そふ輕〳〵しくゆくものではない。貴様たち、行たり〳〵」 鳴神「こりや、早ふ取つて參らぬか」 高賀坊「それ、御

おうか。諸「妄語両舌」。
一一 ほんとかえ。女言葉。または本性の訛か。日は「ほんにかえ」。
一二 諺。よい事は急いでやれ。「その上善は急げでござる」(狂言、釣針)、「善は急げ悪は延べよ」(毛吹草)。もと左氏伝・荀子などに出る。
一四 剃髪の道具。砥石・鋏・受皿の類。
一五 斎は、僧家で食事のこと。
一六 一番駈。戦場で、第一番に敵陣に駈け入るのにたとえた。

〔右〕⑩鳴神…ござりませう―ナシ諸 ⑬ハテ気の短かい―ハテサテ短気千万な日 ⑭咎めたればこそ―咎めはいたしたれどト訂正日 ⑮ヲ、―殊勝〳〵そんならイヤ無益に日 ⑰これも…せふ―ナシ諸
〔左〕②なつたがよい―せう諸 ②尼に…ヲイのふ―ナシ諸 ③アノ―エ、そんなら日 ③お前の―ナシ日 ③くだされますする―くださりまする日 ③くださんす日 ④にも―に諸 ④ふご―妄語諸 ⑤四人―両人日 ⑥善は…やらふ〳〵―ナシ諸 ⑦そち達―両僧そち達諸 ⑦くだつて―さがつて諸(日ハ「クダッテ」ト訂正) ⑦剃刀―剃刀と諸 ⑦具を―具と袈裟も日 ⑧ふもと―以下二二一頁17行「走りはいる」マデ異同甚シ→日全文

7 と、裏向きに鳴神を見込んで、色身のこなしをする。
8 鳴神の顔を見上げて、手をついてお辞儀する。
9 二代目左団次の芸談によれば、二人(底本では四人)の坊主を遠ざけるのは、すでに肉欲が動き始めていての下心として、そういう気持で演じているとある(演芸画報、五ノ八、当り芸)。

師匠さまにしかられぬ内、早ふゆかつせへ〳〵、莚升坊」莚升坊「[1]それじやといふて、山道を暮合[一]かけて、どふマア行れるものか。殊にこのごろは、狸が化て出まするゆゑ、どふぞ御免なされてくだされませ」鳴神「己が差圖して言付るのに、おのれ、ゆくまいか[二]」高賀坊「サア〳〵、誰彼といはふより、三人でいつたり〳〵」莚升坊「それじやといふて、山道を暮合に」璃寛坊「エヽ、臆病な。それではこはいといやるのか」莚升坊「イヤ、怖くはないが、氣味がわるい」梅幸坊「エヽ、何をいわつしやる」璃寛坊「それでは三人で恨みこいのないやう、一イ二ウ三イで行てこやう」皆々「それがよい〳〵」(ト璃寛坊、梅幸坊、莚升坊立上り) 三人「一イ二ウ三イ」(ト振になり) 竹〽[三]四イ嫁御だいて寐[四]じやかの床いそぎ、師匠がしめる[五]かあぶ[六]なもの、坊主があたまもあぶな物、これから夜道もあぶなもの、もの數いふたらお目玉と、をどけ交りに山道を、麓の方へかけりゆく。[2](トこの文句にて、璃寛坊、梅幸坊、莚升坊三人よろしく振あつて、向ふへはいる) 高賀坊「アレ御師匠さま、御らんなされませ。あれらは皆をく病なやつらでござりまする。私しなぞは悟つてをりますゆゑ、中〳〵怖いなぞと、申す事はござりませぬ」鳴神「ヲヽ、奇特[七]〳〵。そふ

一　日暮れ方。「暮れ合ひにくるわを脱けてやうやうと」(十六夜清心)。

二　ゆかぬか。

三　三人が「ひい、ふう、みい、よう」と、数をかぞえ、浄瑠璃が「よう」の語呂から「良い」ととり、「嫁ご」と語呂を合せた。

四　涅槃の時の釈迦の寝た形の像。抱えて寝ると寝釈迦をかける。

五　ひとり占めするのか。

六　以下「危なもの」尽し。

七　感心。殊勝。

1　[一][二]は、「参ります〳〵が、もう日暮れになつた。あの峡曲りの榎の下がええ気味のわるい所ぢや」のセリフで、「ト言ひながら渋々花道へ行く中にて化物を看付ける思入れして怖がり」とト書の演出となる。

2　今日の演出では、黒雲坊一人で入る。花道にかかり、向うになにか見つけた心で、「何やら赤いものが」のセリフになる。この赤いものが、毛氈または提灯になる。「毛氈じゃ」と言うと、三下りの「空也の合方」に「禅ヅト」を打ちこむ。この禅ヅトの合方に合せて「毛氈蓮華経観世音菩薩」と言いながら、揚幕に入る。入ると合方打ち上げる。このところの演出は、その時々のアドリブによって動く箇所。[三]と[河]は、「ずぼんぼ」(玩具)の趣向。[三]のト書には「トよろしく両人向ふ」とある。

でをじやる」高賀坊「出家たるものが怖いなぞとは、大きな心得違ひでござりまする」(トこの内、鳴神考へ[3]、こなし有て) 鳴神「ア、、これは如何な事、まだ申し付る事があつた。呼かへせ〳〵」高賀坊「ハイ〳〵、ヲ、イ、莚升坊璃寛坊梅幸坊、ヲ、イ〳〵〳〵」鳴神「イヤ〳〵、もふ呼返しても、らちあくまい[八]。大儀ながら、そちいて來ずはなるまい」高賀坊「そりや、アノ私しに」鳴神「かんじん[九]、珠數を忘れた」高賀坊「エ[4]、、それはしれた事[一〇]でござりまする。今の三人に、いつしよに言付ておやりなされればよふござりました」鳴神「早ふ行て來ぬか」高賀坊「ハイ、まいりますは參りますが、夜道になつて暗さはくらし、氣味がわるふござりまする」鳴神「只今も、その方は、怖うないと言たじやないか」高賀坊「デハござりますが」鳴神「されども宗門[一一]の珠數なくてはならぬ。一藕の役じや、大儀ながら、そち、今から麓へくだつて持て來い」高賀坊「左やうなら、どうでも參らねばなりませぬか。何[5]を言のも師匠と病ひ[一二]、エ、、まゝよ」常〽てんぷたまらぬ[一三]姉様を、くり〳〵坊主にするめ[一四]とは、衣[一五]をかけた屋體みせ、あつたらもの[一六]やといそぎゆく。(トこの淨瑠璃にて、高賀坊[6]ふりあつて、よろしく向ふへ走りはいる) 常[7]〽跡見送つて當麻姫、

八 埒明くまい。事がすむまい。
九 肝心な。大事な。尼になるのに大事な道具。
一〇 前もってわかっていたことだ。
一一 出家に数珠はなくてはならぬの意であろう。宗派の、の意味ではあるまい。
一二 主と病には勝たれぬという諺(毛吹草・織留)のもじり。
一三 てんとたまらぬ。とんとたまらぬ。魚を蒸して揉み砕いた田麩(でんぶ)をかけた。以下魚類づくし。
一四 「する」と鯣(するめ)をかけた。
一五 川柳の「天蓋(坊主の隠語で「蛸」)に衣をかけて和尚食ひ」「どら和尚法衣を掛けて足を食ひ」から、法衣をつけて屋台店で蛸を食べることは、もったいないという意味か。
一六 惜しいもの。もったいない。食べたいものを並べて、当麻を坊主にするのは惜しいと言った。

〔左〕⑰常…なやみ―ナシ 圖

3 どうしたら、高賀坊をこの場から立ち去らせられようかと考え、「こなし有って」は、いいことを思いついたというこなし。

4 驚く。

5 ぶつぶつ独り言をいいながら下手にかかる。

6 今日の演出では、「アノ女中とお師匠様とたった二人」と言いながら、花道七三にかかる。空を見上げたり、腕を見たり、こわがりながら思入れ。「福大黒を見ィさいナ」で、上方風の禅ヅトの合方になり、大黒舞の振りで揚幕へ入る。

7 当麻の癪を起こす前に、坊主にするというくだりがある(㊂全文参照)。髪を剃られるというところから泣き伏し、それが癪になってゆく。

つもる思ひにしやくじ[一]のなやみ。(トこれにて當麻姫、癪のさし込みし思入れ) 當麻「アイタ、、、」[1] 鳴神「ア、コレ〳〵、女性いかゞ致したのじや。ハテ氣の毒ナ、かゝる山中に藥はなし○[2]さいはひ〳〵アノ[二]加持水を」(ト思いれ、壇上の方へ行かけるを) 當麻「ア、モシ、それには及びませぬ。ちつとここを押して下さんせ」 鳴神「ヲ、、どこじや〳〵」[3](ト鳴神、當麻姫の背中をさする) 當麻「ア、モシ、そこではござりませぬ」 鳴神「してどこじやナ」 當麻「ハイ、御慮外ながら、ここを押て下さりませ」[4](ト鳴神の手をとり、當麻姫、ふところへ入る) 鳴神「ム、ここか〳〵」[5](ト押ながら、鳴神、一寸飛のく) 當麻「何とぞなされましたかへ」 鳴神「ア、、[三]あじなものが手にさはつた」[6] 當麻「何がお手にさはりましたへ」 鳴神「生れてはじめて、女子の懐へ手を入れてみれば○アノ、[四]きやうかくの間に、何やらコウやわらかく、[五]くゝり枕の様なものが、こりや何じや」[7] 當麻「お師匠さまとした事が、それは乳でござりますわいナア」[8] 鳴神「ハ、ア乳か、[六]ゑいぢの時に、ありがたくも母の乳味で育つて、今一寺の住職となつたも、まつたく母人の乳の恩、[9]この乳房をわするゝやうになつた、なんと出家といふものは、[七]木のはしのやうなものじやの」[10] 當麻「御殊勝な

一 積聚。癪。さしこみ。
二 加持祈禱した水。真言宗で、陀羅尼を唱えて清め、願をかけて祈った水。
三 味のあるもの。妙なもの。
四 胸膈。胸の部分。
五 布袋に綿やソバ殼を入れ、両端を括った枕。箱枕に対していう。坊主枕。
六 嬰児。乳のみ児。赤子。〔河〕「水子」。
七 人情を解せぬの譬。「枕草子」の「思はむ子を」に出るが、むしろ「徒然草」第一段の「人には木のはしのやうに思はるるよと、清少納言が書けるも」によったと見る方が近かろう。
八 胸骨の下の中央の窪んだ所。みずおち。
九 癪の虫。体内にいろいろな虫が居ると考えられた。
一〇 医学。医方。特定な書物ではあるまい。医者は坊主姿をしていたので、一般の概念で鳴神の面影に医者を投影している。また、古代は僧医であった。
一一 水分。臍の一寸上の所。「臍上一寸水分穴」(難経本義諺解)。大腸小腸の合する処、分水門と考えられた(和漢三才図会)。
一二 神闕 臍。ほぞ、へそ。「臍者人之命蒂也臍為二神闕一」(和漢三才図会)。〔河〕注の、心穴、鍼穴は誤り。
一三 気海。「臍下一寸五分男子生気之海也」(和漢

1 右足を引き、下手向きになり右脇腹を押え、「アイタ、、、」と俯す。
2 とあたりを見廻してうなずき、加持水をとりにゆこうとするくだりはなく、すぐ「ドレ、俺が背中をさすってやろう」と立ち上がって平舞台におりる。
3 「いえ、もったいない」と当麻は正面向きになり、鳴神は、その背後に廻って、両手で背中から肩をなでる。
4 こういう積極的な演出はなく、すべて受身でゆく。鳴神は当麻の後から右手で肩から胸のあたりをさすると、当麻はその鳴神の手を袂で上から添える。
5 入れた手が、乳房に触れた心で、ハッと手を引き、ちょっと離れる。
6 と思入れ。
7 鳴神を見上げて。
8 当麻は膝を立て、左手で鳴神の懐に入っている右手をとり、上手へ廻す。そのままで次のセリフに移る。
9 正面に向き、一礼。
10 と右手を頭にやる。左団次は腕を前に組んで考えこみ、バタバタと当麻の傍へ寄り、こごんで抱きつく。

三才図会、経絡)。 一四 気海丹田と続く。「石門〈丹田命門精露利機〉在二気海下五分一〈臍下二寸〉三焦募也」(和漢三才図会)、「人に真一の気あり、丹田の中に降下する則は一陽また復す」(夜船閑話)。 一五 足の大指の内側の端にあるという穴の名。「太陰根起二於隠白一」(素回、陰陽離合論)をもって、暗喩としたか。 一六 仏語。上品上生。九品の最上。極楽浄土を三等級に分け、それをさらに上中下に区分して九品とする。「座」は底本「産」。 一七 九品の浄土のうち最下等。 一八 底本振りがな「した」。 一九 悉達太子。釈迦の世俗時代の幼名。 二〇 耶輸多羅女。悉達太子の妃。「太子にみたりの夫人おはします中に、…夫人その上首にて専心をそへ給ふ」(三世の光、三)。

〔右〕⑩ア、―ナシ諸 ⑭鳴神…アイタ、、―ナシ㊀
〔左〕⑨竹…手さき―ナシ諸 ⑩ア、コレ〳〵―ナシ㊂ ⑩拜む〳〵〳〵―拜む〳〵諸 ⑪煩悩…飛のひて―ナシ諸 ⑬おまへさま―おまへ諸 ⑬ト…思入―ナシ諸 ⑭違ふたか―違ふた諸 ⑭よもや御―ナシ諸 ⑮まい―まいコレ申し㊂ ⑯ト…合方―ナシ諸

ことでござりまする○アイタ、、、」 鳴神[11]「鳩尾[八]へさし込んだものであらう、そりや蟲[九]がぐうといふた」 當麻「どうぞ強ふおしてくだされませ」 鳴神「ヲ、こゝか〳〵。ハテ、むく〳〵としたものじや○これが乳で、醫論[一〇]にもある通りその下がきうび、かの病のこつて居る所じや、ヲ、さつきより餘程くつろひで來たいの、この鳩尾の下のこれこゝをすひ[一一]ぶんといふぞや、それから下が心[一二]けつほぞ、何とよいきみの、ほぞからちつと間を置て○き[一三]かい○きかいから丹[一四]田、そのしたがいんばく[一五]、そのいんばくの下が、そのいんばくの下が、極樂浄土[12]じや」 竹へさし込む手さき、 當麻「ア、申し○[13]これお師匠様、なんとなされますぞ」 鳴神「ア、コレ〳〵、拜む〳〵〳〵。どうもならぬ。煩惱卽菩提、ぜ[一六]うぼんの座には望みはない。下品[一七]下生の下[一八]へ、すくひとらせたまへ[14]」 竹へだきつけば、 常へ飛のひて、當麻[15]「申し上人さま、こりや、おまへさまは」(ト鳴神を見て、じつと思入) 鳴神「氣が違ふたかといふ事か[16]」 當麻「よもや御本性ではござりますまい」 鳴神「破戒したかといふ事か」 當麻「アイ、御出家の御身でありながら」 鳴神「ヲ、、だらくした[17]」(ト本釣鐘、すごき合方) 當麻[18]「エ、、」 鳴神「佛も元は捨し世の、しつ[一九]た太子のそのむかし、やす[二〇]

11 「ドレ〳〵ち脈をとつてみよう。(伏字)」(河)、「ドレ〳〵もう一度さすってやらう」(㊀㊂)のセリフで、再び懐に手を入れる。これ以下は、戦前の検閲によって、伏字になり、カットされてきた。
12 と張って言い、ちょっと手を放し、当麻の片手を抑える。
13 と振り返り、恥かしいこなしあって放す。鳴神上手へ。
14 と抱き付くのを払われ、上手裏向きに見おろす形にきまる。河は「ト絶間振切る思入」、㊂は「絶間思入あって振切り」。
15 やや、せいて裏向きに詰め寄った形。以下、トントンと早間にせいてセリフを運ぶ。
16 と右足を出して「破戒したという事か」と左足を一つ踏み出し、じりじりと斜正面向きに見込みつめよる。
17 このあと、「おう生きながら地獄へ落ちてもだんない」(㊀㊂)のセリフがあり、鳴神は、当麻に寄るをうしろ廻りの付け廻しになり、トド上手へ突かれ、ふたたび裏向きになるのが今日の演出。
18 当麻は、「イヤ、お上人様」で、裏向きになり、両手で帯の垂れをもって、鳴神に詰めかけた形。

たら女といふ妻あつて、その子を[一]らごらといふ。近くは[二]志賀の朝覚上人は、[三]京極の御息所にこゝろをかけ、[四]初春の初音のけふの玉箒、手にとるからにゆらぐ玉の緒、と云歌をよんだためしもあり、應といや、おふといへ、心に隨はぬにおひては、我立どころに一念の悪鬼となつて、その美しい咽笛へくらひつき、ともにならく[五]へ連ゆかふか○サア〱」[1] 當麻「サア〱」[2] 鳴神「サア〱〱○コレどうじやぞいヤイ」竹〳〵はいまつわるゝ鬼づた[六]の、放れがたなき風情なり。(トこれにて、鳴神、當麻姫をだん〱つめよせる事、よろしくあつて) 鳴神「サ、どうじや、ヲ、といや」當麻「おふじやわいナア」鳴神「スリヤ、得心か」當麻「アイ」鳴神「得心なれば往生極樂、サア蓮臺[七]へのりたい○サア〱寐やう」[3] 當麻「ヱ、、せわしない、ヲ、といふたらせかんす事はないわいナア。女夫[4]にはならうけれど、坊さまは嫌ひじやわいなア」鳴神「還俗[5][八]する」當麻「そんなら、還俗して下[6]さんすか」[7] 鳴神「江戸風[8]の今様[九]に髪ゆふて見せう」[9] 當麻「そのせい[一〇]もん聞からは、ほんまに女夫にならふけれど、殿御の名に鳴神上人とは、どんなものじやナア」鳴神「名を替るじや」[10] 當麻「そりや、なんとへ」鳴神「[一一]市川團十郎助べゑ」當麻「それもようござんせうわい

一 羅喉羅。釈迦と耶輸多羅夫人の子。「この宮うまれさせたまふ時、羅怙月を障へぬればとて羅怙羅と名づけまいらせ給ふ。羅怙月を障ふるといふは月食のことなり」(三世の光、四)。
二 この説話は「太平記」三十七、身子声聞一角仙人志賀寺上人事に出る。なお、古くは「宝物集」四にある。
三 左大臣時平の女。褒子。「京極の御息所」(宝物集)、「六条の御息所」(同)。
四 「万葉集」二十、大伴家持の歌。志賀寺上人が女御の手をとって、その魂がゆらいだということにかけた歌として用いた。新年の初の子の日に、蚕を掃き立てる箒を手にとると、その飾り玉の緒が揺れるの意で、上人との関係は、「太平記」に現われる。狂言「枕物狂」もこれをうける。
五 奈落。梵語・仏語。地獄のこと。六 鬼と鬼蔓をかけた。
七 蓮のうてな。蓮華の座。極楽浄土。当麻の女体の譬。
八 僧を捨てて世俗にかえる。
九 今、流行の。
一〇 誓文。ちかい。
一一 上演時の鳴神役の役者の本名をいう。「助兵衛」は好色の擬人語。同は「助道」。
一二 酒の女性語。酒の異名。竹葉。

1 「ナナ何と」大きく強く言い放ち、左足を出し裏向きになり、右に数珠、左手を添えて、後向きの立身で一束にきまる。表向きになる型もある。左団次は、後向きになり、右手を左の袖口に入れて引き、顔を当麻の方に向けてきっとなる。
2 繰上げになるのは古風。今日の演出は、当麻、思入れあって、「上人様」、これにかぶせるようにせきこんで、「ならぬか」と言って、鳴神は右足を出して正面向きになる。当麻「エエ、お前は」と、つッと立って下手へゆこうとするを、鳴神駈け寄って、中腰に当麻の袖をひかえ、「ならぬか」と息ごむのを、かるく早口に「なるわいなア」ときまり悪げに袖で顔をかくして言う。気ぬけして「ヤア」と思わず引っ張っていた女の袖を放して、左の手をやや後に地につき、右手を前に出して、尻餅をついてうっとりと女を見る。
3 と立ち上がり、当麻の手をとる。
4 「落ちる法もあれ」で、また手をとろうとして、つき放される。
5 「坊主は脚気の薬じゃがナ」のセリフで、右手で招く形をする。緊張のあとを笑わせて、また次の段階へもってゆく手段。左団次は頭をなでた。
6 寄りそって媚びて言う。
7 「たゞ今でも」と坐る。
8 「大阪風の今様に、髪結うて見しょう」のセリフによって、同は、

一三 これより濡れ場の第一歩として、艶めいた歌詞にしてある。桜色に酒を飲んだ顔色をかけ、移りやすさよで、鳴神の心が女に移るさまをいう。
一四 団十郎自身の目をいう。その目を出し抜いて、くらまして。
一五 諺の「禍も三年たてば用に立つ」もしくは「禍も三年おけば幸の種」をもじったもの。弟子が隠して飲酒した禍も、いまとなっては幸となった。[日]は「災ひも三年おけば三年酒」。
一六 うまくいった。すてき。
一七 其文字。本来は「そなた」の女性語。
一八 仏家からいう、俗世間の家。在家。
一九 現世と来世。夫婦の契りは二世にわたるという仏説から、夫婦の契りのこと。
二〇 仏への廻向文。「願以㆓此功徳㆒普及㆓於一切㆒我等与㆓衆生㆒皆共成㆓仏道㆒」(法華経、化城喩品)。この衆生を酒生とかけた。

〔右〕③応といや―ナシ[諸] ④我立どころに―ナシ[三] ⑥当麻…何方にへ(左4行)―異同甚シ↓[日]全文
〔左〕⑧さいぜん―ナシ[諸] ⑧大きな―ナシ[諸] ⑨隠して―チラリと見て[諸] ⑨当麻…お始めなさい―ナシ[諸] ⑭いたさうか―いたさう[諸] ⑰鳴神…こなし―ナシ[諸]

ナ」鳴神「サア[11]〳〵、寐やう」當麻「又せかしやんすか、寐るは寐るけれど、女夫じやといふ盃事がしたいものでござんす」鳴神「盃せう〳〵」當麻「ドレお寺へいて、わたしがさゝ[一二]取て來やうか[12]」鳴神「ア、待たれよ。酒[13]もあり、さかづきもあるは」當麻「そりや、何方にへ」鳴神「さらば、お目に懸やうか」

常〽[一三]おぼろ夜の櫻色そふ戀衣、うつりやすさよ袖のつゆ。（ト[14]なまめいたる合方、木魚入になる。鳴神、岩の狭間より、いぜんの吸筒、さかづきを出す事あって）鳴神「さいぜん、弟子坊主めらが、己が[一四]大きな目をぬひて、隠してをいた[一五]三年酒、今やくにたてるのじや」當麻「ほんにこりや、強[一六]ひものでござんしたなア」鳴神「サア〳〵、[一七]そもじお始めなさい」當麻「イヤマア、あなたからおはじめなされませ」鳴神「イヤ、この盃は[一八]俗家のものに聞たが、女の方からさすものじやないか、サア〳〵始めい〳〵」當麻「そんなら目出たふ、一ツのんであげませう[15]」鳴神「さらば、酌をいたさうか」（ト當麻姫、くだんの盃を取上、鳴神すゐ筒の酒をついで[16]）當麻「ア、モシ、わたしや澤山は〇サアこれが、[一九]二世迄の固めじやぞへ[17]」鳴神「[18][二〇]願以至功德一切衆生とは、酒に生るゝとかきかへるじや。アハ、、、」（ト酒をつぐ。鳴神

大阪上演本であることがわかる。
9 「仏祖をかけて」と、左手の数珠を見る。
10 と招き手をする。左団次はちょっと考えて、本名を大きく言う。
11 別本は「エ、辱い」(同)によって手を合せるを、当麻はその手を開く。
12 当麻立ちかけるのを、鳴神あわただしく止めて。
13 「酒もある」で立ち上がる。当麻「エエ」と不審の思入れ。「盃も、あーる」と張っていって、右足を出してきまる。鳴神は壇の脇へゆき、左に大盃、右に酒樽を後見より受けとり、当麻の下手に坐る。ここで、これまで鳴神の位置が上手に坐り、これから当麻との位置が逆転するのは、劇の展開に、鳴神と当麻の立場が一転するからである。
14 [日]のト書は、「ト壇の脇より樽と大盃を出す」。
15 と辞儀して盃をうける。[諸]のト書は、「ト鳴神注ぐ、たえま受けて」。
16 ついでからあぐらをかく。数珠は右手に持っている。
17 と右手を鳴神の膝に置いて、左手で盃を渡す。
18 両手で盃をうけとり、当麻、酌をする。「オットット」で、左手に盃を持ち、左手で拒絶するように払う。左団次は、右手の盃を左手に持ちかえて傍へ退ける。

一 どうしても。
二 酒の飲めぬ者。「下戸ならぬこそをのこはよけれ」(徒然草、一)。
三 つつしみ難きは女色と色衣(八代目団十郎は緋の衣を着た)とかけた。
四 梵語。仏に供える水。底本「阿迦」。
五 市川家の信仰の対象である不動の画像を燃すのを不吉として、落す仕掛にしたり八大竜王の軸に変えたりすることがある。
六「戻す」「帰す」は婚儀の禁忌の語とされる。
七 仏語。僧になるものに、戒律を授けるために築いた壇。戒壇を設ける寺は、権威と統率権をもつ。
八 胎内の女子を変じて男子に生まれかえさせる呪法。「法華経」提婆品に竜女の変生男子のことがある。これによって、この法を竜女に祈る。「平家物語」三、赦文の条に、

のめぬこなし) 當麻「ア、コレ、どうしたものでござんす」 鳴神「酒は[一]一吸ものめぬ」 當麻「サア、常は[二]下戸でもあらふが、目出度折から、一つあがつて私しへ」 鳴神「ハテ、呑ぬものを」 當麻「アノ、私しが勸めるに、呑しやんせぬかへ」(ト鳴神、こなしあつて) 鳴神「呑ふ〳〵[1]」 當麻「そんならサア、呑しやんすかへ」 鳴神「ヲ[2]、、呑とも〳〵○さらば、頂戴いたそふか」 竹〽[三]たしなみ難き色衣、珠數につながる[四]閼伽の水○(とこれにて薄ドロ〳〵になり)戒めを破つてぐつとのみほし、(トどろ〳〵烈しく、壇上にかけし[五]不動の畫像もへあがる仕掛。) 鳴神、うつとりしたる思入、當麻姫こなしあつて) 當麻「どうかしなさんしたかへ」 鳴神「ホウ〳〵、生れてはじめて酒をのんだれば、腹の内が[3]ひつくり返る○[4]ヲ、寒ふなつた」 當麻「下戸はみんな、そんなものでござんす[5]」 鳴神「サア、貴さまに[六]戻さう[6]」 當麻「ハテ、戻さうとはいはぬものじやわいナア[7]」 鳴神「そんなら歸さう」 當麻「かへそうとも言ぬものじや」 鳴神「そんならヲ、、おゝさめなされひ[8]」 當麻「こりや、目出度おさめませう[9]」 竹〽次第に廻る酒の科、ひきうけ〳〵、(トこの内、瀧の音烈しく、盃の内を當麻姫見て) [10]當麻「アレヱ、、ー」(トびつくり、飛のこうとする) 鳴神「何じや〳〵」 當麻「テモ

1 と盃をさし出す。左団次の場合は、左手の盃を右手に持ちかえて出す。 2「あやまったり、あやまったり」と、左手を頭にやり、「おつぎなせエ」で、盃をさし出し酌をうけ、あたりを見廻して、目を塞いでぐっと飲み、顔をしかめるこなし。飲むうちにどろどろにて、庵の正面の不動の画像の軸、仕掛けにて燃え上がる。または、どろどろにて百万燈一時に消え、仏画落ちる。この間合方を消す。 3 と胸をなでる。 4 両袖を胸で合せて抱く。左団次は、両手を袖の中に入れて前にこごむ。 5 と右袖を鳴神の肩にかけて抱く。 6 と盃を当麻にさす。 7 と止める。 8 と左手で盃をさし出す。 9 とまたつぎかける。鳴神は、「イヤ、もうならぬならぬ」で、盃を右に持ちかえて、左手で止める。左団次は左手に持ちかえ、右手で止める。「つぎ給え」でしぶしぶまた酌をうける。鳴神は右足を大きく出して盃に口をつけようとすると、滝の音になる。左団次初演には、「なんとなむなむと受けたであろう」と腰を上げて、右膝を立て酒を飲もうとして腰を落して酔ったしぐさ。 10 当麻「美事じゃわいのう」と言いながら、盃の中を覗くと、うすどろ。「アレー」と飛びのき、右袖に手を入れて上げ、その蔭に顔をかくして、ブルブルふるえる。 11「鳴神「いかい阿房でござる、何も無いもの

中宮に天台座主が変成男子の法を修したことが見え、同じく、頼豪阿闍梨が白河院の皇子誕生を祈り、三井寺に戒壇を願って許されず、干死することが見える。「一心女雷師」(元禄十二年六月山村座)には、この頼豪をとり入れており、鳴神には、この頼豪の面影も写されている。

九 底本「封じやこめ」。

一〇 古代においては、雨を降らせるのは、帝王の徳がしからしむるものだと考えた。称徳天皇は、雨を降らせた徳を称した諡(おくりな)。

一一 文珠師利菩薩。智慧を司る仏。「三人よれば文珠の智慧」(諺)。

一二 注連縄を断ち切る擬音。「ひいふう」の変化。「ひいふつとぞ射切つたる」(平家物語、十一)。

〔右〕⑰鳴神…怖いものを―ナシ諸

〔左〕①蛇が居る―ナシ諸　②ト…見て―ナシ諸　③ト…あつて―ナシ諸　④あれは…ふらぬのじや―ありや大事の〆(注連)で雨が降らぬぢやて諸　⑤エ…わけで―どうしてへ諸　⑥鳴神…わけはへ―ナシ諸　⑨鳴神ノセリフ異同甚シ↓一全文　⑭そんなら…ゆり起し(二二八頁6行)―異同甚シ↓一全文

怖いものを」 鳴神「何が怖い〳〵」 當麻「それ盃の内に蛇が居る、くちなわが居るわいな」(ト鳴神、盃の中を見て) 鳴神[11]「なんにもなひに、ア、アレハ七五三縄じや」(ト瀧の上にある七五三縄へこなしあつて) 當麻「アリヤ、何の七五三でござんす」 鳴神「あれは大事な七五三縄じや。アレで雨がふらぬのじや」 當麻「エ、そりやどふ云わけで」 鳴神[12]「イヤ〳〵、滅多には言ぬ」 當麻「そふへだてゝ下さんすお心なら、私しも」 鳴神「イヤ〳〵、隠さぬ。今話すが、決して人にいふまいぞ」 竹〽膝にもたれてトロ〳〵目。(ト當麻姫、鳴神によりかゝり、酒の廻りし思入) 當麻「シテ、そのわけはへ」 鳴神「サ聞てたも。元來この鳴神は戒壇の望みあつてゐる所へ、帝さまのお頼みにて變生[八]男子の法を行ひすませしかひもなふ、戒壇のおゆるしないじや。そこでこの鳴神が、腹が立て〳〵ならぬゆへ、龍神龍女を封[九]じこめ雨をふらせぬじやによつて、帝[一〇]の不徳とうたわす心、なんと文珠[一一]も及ばぬ智恵であらうがの」 當麻「そんならまだこの上に、世界に雨をふらす事はなりませぬかへ」 鳴神「なるとも〳〵、そこは愚僧がこゝろしだい。アノ七五三縄のたゞなかを、ヒツポウ[一二]ときり放せば、雨はたちまち車軸をながす」 當麻[13]「そりや、アノ縄を」 鳴神「必らず

を」」(諸)で、笑う。「絶間「ソレ居るわいな」」(諸)をうけ、「ドレ」と盃の中を見込み、その目をだんだん上げて、滝の注連縄を見て笑い、「ウム」とうなずき、「ハア聞えた、蛇ぢやない。ソーレ」(二三)と右足を踏み出し、右の人差指で盃の中を指し、その指を大きく廻しながら上げて、注連縄を指し「見イやア」となる。12 注連縄の由来を話し出すまで、底本の方が手続きがこんでいる。「大事のことぢや」(二三)とキンの合方で盃を置き、あぐらになり、「人に話すまいぞ。大内どのに恨みあつて、世界の竜神をアノ岩屋」と右で指し、「へ封じこみ、その上へ密法の注連を引いた。今でも雨を降らせうと思へば、ひいたあの注連の真ん中を切る」で、もう一度、ちょっと注連の方を見て、右手で切るさまをし、「竜神が飛去る」と両手を上げ、「大雨車軸ぢや」(河二)で、その手を下げ、雨の落ちる型。ハハと笑う。「大事の事ぢやぞ」(河二三)と言うが、酔いが廻ってしまりのないセリフになる。13 立ち上がって下手へゆき、注連を見上げ、「あの注連の真中を切りさへすれば、竜神が飛び去つて雨が降るかえ。テモ扨も不思議な事の」(諸)と向うを見て思入れ、うなずいて戻り、鳴神の下手に坐る。そして気をかえて、「サア呑まんせ」(諸)とつぐ。このうち思入あり。

人にいふまいぞ」 當麻「ほんに、よしない事を言ました。その心中[一]を見る上は、いよ〳〵固めのこの盃」 鳴神「ヲ、のむ〳〵、かための盃なら、たべる[二]〳〵」 當麻「祝ふて三盃〇たゞしはおいやかへ」 鳴神「誰[1]が否といはふ、サア〳〵ついだり〳〵」 竹〽引受〳〵盃の、數も重なる酒のゑひ、臥猪[三]の床の高いびき。（トこの内鳴神、トヾ酔倒れる。當麻姫ゆり起し） 當麻「ヲ、よふのましやんした、それでこそいとしひ殿御。これはしたり、祝言の床入もせぬさきに、空ねいりかへ。ナアおきなさんせ、こそぐる[2]ぞへ、寐さしはせぬ〳〵〇」 常〽ゆりおこせども夢現、傍りうかゞひ見廻して、今さらせまる胸なで下し、（トこれより、常磐津の合方となり）

[3]當麻「ゆるしたまへや上人様、自らが戀慕よりさら〳〵落せし[四]事には非ず、かたじけなくも帝様、多くの官女のその内より、撰み出されし身の面目、勅命とは言ながら、破戒させしは君[五]が爲、あらもつたいなや」 常〽あさましや。（ト同じく合方） 當麻「今ゑひの内に大事を忘れ、おしへたまひしあの七五三縄。[4]これを切ば、龍神龍女忽ちに海底[六]に飛び去り、五穀[七]成就民安全」 常〽尊とき聖をおとせしは、罪も報もいとわぬ〳〵。 當麻「瀧にかゝりし夕虹は、とりもな

一 心の中。誠心。

二 酒を飲むこと。「酒をねだつてたびようと存ずる」（狂言、伯母が酒）。

三 酔い伏すとかけ、その様を猪に喩えた。「おそろしき猪のしゝもふす猪の床といへばやさしくなりぬ」（徒然草、十四段・八雲御抄）、「伏猪の床にはや物がたり」（大坂檀林桜千句、西鶴）。

四 堕落させる。

五 主君。帝。

六 竜神は海底の竜宮に住むと考えられた。「竜王喜び雲を穿ち…また竜宮にぞ帰りける」（一角仙人）。竜の宮、竜の都におなじ。

七 米・麦・粟・黍・豆を五穀という。穀物の豊作と人民の安全を祈る詞。

1 「いやとは云ひもいたしやせぬに」（圖）で、酔って耐えられぬというしぐさ、一つ飲んで、「もうならぬ〳〵」で、後へさがり、盃をうしろへ落し、両手を後へついて、そのまま返って仰向けに寝る。と合方止める。左団次は盃を落して、かるく手を振って止め、そのままぐったりと横に倒れて寝る。

2 「こそぐるぞへ〳〵」（圖）と揺り起し、あたりを見て思入れ。立ち上がって、下手へ廻って、「もうし〳〵」（同）と、もう一度ゆり起す。昭和三十九年十月、歌舞伎座の松緑・歌右衛門の演出では、「起きさんせ」で、鳴神を起す。鳴神は当麻の手をとって、壇上にのぼり、二人は、上手、下手を見て、手をとりあい、背を合せ、前向きに、上下になり、当麻を抱くと、簾が下がる。唄切れると、水音になり、当麻、下手の縁より出て、ちょっと覗き、段よりおり、坐って、「ゆるして」と辞儀する。

3 当麻はつっと立ち上がり、両手で袖を持ち、音のしないように、寝顔を窺いながら、そろそろと後へさがり、ぐるりと廻る。宗之助は、両手を合せて拝み、次のセリフ。その間に、後見は、緋毛氈で、鳴神を隠して顔をこしらえる。

4 右手で切るこなし。「五穀成就の雨は忽ち〇」（圖圖）で、右手で向うを指し、「ムム」と右膝を叩き、両手を後へ廻して後帯をしめて中腰にきまる。宗之助は後向きに膝

ほさず雨の足」常〽大悲の力をかいぐ〱しく、帶引しめて身づくろひ、峨々たる巖石いとひなく、當麻「よし荒瀧に打碎かれ、この身はここに失ふとも」（トこの文句の内、當麻姫、壇上へのぼり）常〽天下の爲にはいとふまじと、念力こつては藤蔓を、八重のくさりと取すがり、かよわき力にやう〱と、佛陀の惠み神の加護、瀧のほとりによじのぼり、さものすごき巖壁に、身の毛もよだつばかりなり。やう〱と心を靜め、（ト瀧の音はげしく、早めし合方。當麻姫いろ〱あつて、トヾ瀧の元へよぢのぼり）當麻「南無諸天善神、海龍王、萬民のため君の爲、雨をふらして當今の有德とかんじさせたびたまへ、南無奇妙頂來〱」竹〽祕法の七五三繩ふつゝときれば、あら不思議や一天俄かにかきくもり、姫は願いのかなひしと、丈の巖をとびをりて、（ト當麻姫、この内、岩のうへゝだん〱上り、懐劍にてしめをきると、正面の宮一時にとびらひらく。中より、十柄の御劔出る。金龍あらわれ、瀧の上へのぼる。これにて大雨大雷の音。當麻姫、御劔をもちとび落る）當麻「うれしや、これぞ十柄の御劔、わが手に入りしは天のめぐみ、これぞ鳴神殿の仕業ならん。大願成就、かたじけない」常〽天のめぐみと押いたゞき、つゞら折なる山道を、こけつまろびついそぎゆ

八 雨脚。「天の橋」とかけた。
九 仏の大きな慈悲。とくに観世音のそれを言う。大悲大慈。その力を借りてと甲斐甲斐しくとかけた。
一〇 巖石のそびえ立つ様。
一一 仏語。天の神。十二天。
一二 海竜神。竜神竜女の王。
一三 今上天皇の徳あることを感応させ給え。補注三参照。
一四 南無帰命頂礼。南無は梵語の音訳で、帰命・頂礼におなじ。帰依礼拝する意。
一五 十握（拳）の剣。長さが十握ある剣の名。神代の伝説に見える、天早切剣、草薙剣とともに三霊剣の一（平家物語、十一、剣の巻）。スサノオノミコトが八岐大蛇を切った剣（古事記、神代）。八岐大蛇と竜神の縁による。
一六 竜王は金色と考えられた。「竜王は黄金の甲冑を帯し」（謡曲、一角仙人）、「金竜の勢」（謡曲、竜虎）。
一七 九十九折り。曲がりくねった険しい山道。
〔左〕⑮当麻…かたじけない―ナシ㊟

をついて、両袖を持ち、滝を見上げてきっとなる。㊂は「五穀成就の雨の足、篠を束ねて、つく〲と見上る千丈の窟の内〇おゝそれよ〇」。きまると滝の音。石段の合方になり（左団次初演は太鼓謡）、当麻、左肌をぬぎ、立ち上がって、右大廻りして裏向きとなって土手を見込み、ツケ入りこれに足をかけて上手へ転び、土手に向って両手を組んだ形で立身できまる。と合方つき直し、懐剣の紐を解き、土手の蔓にすがって土手に登ると鳴物やむ。すべり落ちる型がある。 5 土手の上で正面向きになり、手を合せてセリフになり、右手で懐剣をぬき、かまえ、注連によろうとして、滝に二度ほどあおられ、トヾ注連を切る。 6 今日の演出にこれがない。当麻注連を切ると、「早笛」大荒れになり、雷の音をあしらう。仕掛けで女竜男竜が滝にそって昇天し、日覆より紙張りの稲妻と銀糸の雨を下げる。岩組を押し出す演出もある。 7 今はこのセリフなし。当麻よろけつつ平舞台にすべりおり、懐剣を振りながら上手へゆき、左袖で雨をよけつつ下手に戻り、キリキリと廻る。トヾ両手を組んできまると鳴物を打ち上げる。花道七三にて下に居、右に懐剣を伸ばし、左手を添えた形できまる。鳴物「カケリ」になり揚幕に入る。入ると鳴物打ち上げる。松蔦は、裾を上げ、左袖をやや高く上げ、その蔭

く。（トこの三重にて、太夫座をけす。當麻姫は御劔を持ち、花道へりゝしくは入る）

（[1]大どろどろ、雨車、雷の音はげしく、大ばた／＼にて、むかふより所化甲、乙、丙、一、二、三、白木綿の着付、こし衣、もゝ引坊主にて、おなじく所化大ぜい〈三階残らず〉[二]、同じ坊主にて出て來り）皆々「ヤアお師匠さまが見えぬは／＼〇」（ト皆／＼さがして、[2]鳴神を見付、抱起して見て）皆々「ア、、くさひは／＼」（ト鳴神、酒にゑひたるこなし、たわいなく）所化甲「酒ぐらへはいつたやうなお師匠様」皆々「[三][3]おしやうさま／＼」所化乙「コレ鳴神さま、行法が破れましたわいのふ」所化丙「見れば、祕法のしめなはもひつちぎれて」所化一「龍神は天へ[四]かけ落いたしました」所化二「じやによつて雨もふり」所化三「雷もなりまする」[4]皆々「雨がふりますわいなア」（ト鳴神、これを聞て、思入あつて）鳴神「なんだ、雨がふるか[5]」皆々「[6]雷がなりますわいなア」鳴神「なんだ、かみなりが鳴るか[7]」皆々「アレ、なりますわいなア」鳴神「[8]なぜ雨がふる、雷がなる」所化甲「これお師匠さま、こなたは最前の女に、おとされさしやつたぞや」所化乙「あれをたゞの女じやと、思ふてござらしやりますか」所化一「にげて行た跡できけば、ありや、雲の

に顔を隠して、よろめくように花道へ逃げて入る。入ると岩組を前に押し出す。現歌右衛門(六代目)は、岩をおりてから、庵の方を拝み、後帯をきっとしめ直し、七三でおこつき、胸で両袖を腕組みして、引っ込む。中ほどで雨風に悩まされる形で、袖をかざして入る。

---

1 雷の音、雨の音を強く打って、花道より、「所へ、白雲坊黒雲坊、玉襷、破れたる菅笠にて同宿大勢、皆々法衣玉襷、尻からげ或は傘、菅笠、糸だてなど被り、或は耳をふさぎ、さわぎながら花道よりかけ出る」(〔三〕)。大薩摩の切れに大荒れの鳴物になると、「お師匠様、お師匠様」と言いながら、花道より駈けでる。ここで鳴神を隠していた緋毛氈をとると、横に寝た形でいる。 **2** 「ヤアここぢや、ここぢや」(〔諸〕)。白雲・黒雲が引き起す。鳴神は裏向き、あぐらの形で俯している。顔の化粧も改め、鬘もかけ直している。酒に酔い真赤になり、他愛ないこなし、「くさいわ／＼」で、一同、上下手に半数ずつに割って分かれて立つ。 **3** 〔三〕は「「お師匠様いのう／＼」(ト鳴神少し目を覚まし他愛なき体)」。 **4** 「皆々「ぢやによつて雨が」黒「降りますわいのう」」(〔諸〕)(〔河〕はすべて白雲のセリフ)で、雨の音強く鳴る。「わいのう」は、のんびりと唱和する。 **5** と裏向きに坐ったまま右の手と足を伸ばす。

一 浄瑠璃太夫の座席。常磐津連中の役目がこれで済むので、浄瑠璃台を幕をまわして消す。

二 底本では「所化大ぜい」の肩に注す。三階は、楽屋の三階で、立役の大部屋を指す。大部屋の下立役みんなの意。

三 お師匠様。発音「おっしょうさま」。

四 竜神・竜女が飛び去ったのを、人間の男女の駈落ちに見立てた。

五 勅命。天子の仰せ。みことのり。

六 胆礬色。たんぱん色。「石胆、色青し」(和漢三才図会、雑石類)。びっくりして顔の青ざめるのにいう。「五躰わな／＼胆礬色」(神霊矢口渡、四ノ切)。

七 世の中には、善いことが少なく、悪いことが多いの譬。「サア寸善尺魔いかがはせんとうろたゆる」(生玉心中)。

八 障礙。障碍。妨げ。「魔界外道も障礙することなし」(歎異抄)。

九 生きながら成ると鳴る神とかけた。

一〇 仏語。須弥山の頂中央に、帝釈天がおり、その四方に各一峰あって、その各峰ごとに八天があって三十三天をなす。切利天におなじ。天の極み。

絶間といふ大内第一の官女、勅諚[五]うけて」所化丙「おまへを落しに來たのでござります」所化二「お前をおとさしやつた上に、又雷が落やうかと」所化三「皆丹波[六]いろになつて」皆々「おりますわいのふ」

竹〽きくより鳴神いかりの面色。鳴神「扨[9]は、我行法をやぶらんと、雲の絶間といふ女、勅諚をもつて、ここに來りしより[10]○そのたへまめを[11]○ヤ[12]アラ、殘念や、口をしやナア[13]○寸善尺魔[七]の障化佛罰[八]、我破戒のうへは、生ながら鳴る神[九]となつて、彼女たとへいづくにかくるゝとも、天は三十三天[一〇]、地は金輪[一一]ならく[一二]の底○雨となり、風となり」竹〽東[一三][14]は奥州外が濱。鳴神「西は鎮西鬼界がしま」竹〽南は紀の路那智の瀧。鳴神「北[15]は越後のあらうみまで、人間の通はぬところ」竹〽千里もゆけ[16]、萬里もとべ[17]、女をここへ引よせん。（トこの内、皆々とゞめるを、千鳥になりて、トゞ壇上へのぼり）竹〽しんい[一四]のほむら舞あがり、（ト鳴神、引ぬくと、總身一面の火焔となり、毛逆立て、きつと見え）

竹〽雲井[一五][18]はるかに鳴神か、あやしをそろし。（ト鳴神、柱巻の見得。これにて坊主みな〳〵、海老おれになる。大どろ〳〵、雷の音。この段きり

「たとひ人あつて七宝の塔を立てん事、高さ三十三天に至るとも、一日の出家の功徳にはおよぶべからず」（平家物語、十、維盛入水）。

一一 仏語。地下のこと。四輪の一つで、最下底の風輪、その上に水輪、その上に金輪があり、その上に大地がある。金輪際は大地の底。

一二 奈落。梵語・仏語。地獄のこと。

一三 「矢の根」の補注九参照。

一四 瞋恚の炎。仏語。三毒、十悪の一つで、自分の心に背く物事に対して憤り憎しみを発すること。その怒り恨みを炎に譬えた。「瞋恚の炎は身を焦がす」（謡曲、葵の上）。

一五 雲居。空のかなた。「あふことは雲居はるかに鳴る神の音に聞きつゝ恋ひわたるかな」（古今、十一、貫之）のごとく、鳴神の縁で、雲居はるかに駈けるとかかる。

〔右〕⑨所化乙ノ上―ト鳴神少し目を覚まし仇愛なき体[諸] ⑨のふ―な㊂ ⑪所化三…ござります（左2行）―異同甚シ↓㊀全文

〔左〕②所化二…いかりの面色―ナシ[諸] ⑧神―雷（らいち）[諸] ⑧たとへ…風となり―を追つかけんに何ん条難き事〔や〕あらん[諸]（〔 〕ハ㊂） ⑩竹東―以下幕マデ異同甚シ↓㊀全文

6「黒「雷が」皆々「下り〔なり〕ますわいなア〔の〕」〔皆々「桑原〳〵〳〵」〕（ト此内大雷大雨鳴神思入）」（[諸]、〔 〕は㊀㊂）で雷の音強く鳴る。「降りますわいのう」で、雨の音、「下りますわいなア」で、雷の音と対照的にする。 **7** と左の手と足を伸ばし、またうっとりとなって仰向きに倒れかけるを、一同に支えられ、正面向きになって、あぐらして俯した形になる。上手の坊主数珠を持たせる。雷の音で、「なぜ雨が云々」のセリフになる。 **8** 泣声で。 **9** 「ナニ」「ム、」（㊂）と顔を上げ、「さては」のセリフ。 **10** と右足を立てて、張って言う。 **11** で、立ち上がり、数珠を引きちぎって後へ投げる。左団次は切って捨てて立ち上がる。雷の音大きくなり、坊主が一人止めにかかるを下へやり、踏み倒して右足で踏んまえ、他の二人が両方から両脇へすがるを首を抑えて見得。大太鼓、三絃入り。下手の半数の同宿が、千鳥に入れ代わり、鳴神下手にゆく。滝の前の張り物の大石を三つ拾い上手へ投げる。また千鳥で上手へ抜け、下手へ大石を三つ投げる。坊主二人を左右の脇に引き付けたまま引きずった形で、壇上に駈け上がり、経文をいくつも平舞台に投げつける。坊主二人かかるを、残った経文をとって、真中より二つに破る。その両端を持った二人は下へトンボを切って落ちる。鳴神は前に出

にて、目出(めで)たく打出し）

幕

て、その破り口を両手に持ってきっと大見得。この下諸ト書あり。→㊀全文。12 また坊主二人寄りつくのを下へ投げ落し、二重の端に腰をおとし、右足を三段にかけ、「あゝら無念や、口惜しやなア」(㊀)で、「水気三重」になり、セリフを言いながら左右の肌を二枚脱ぎ、両手を胸のあたりに斜に組んできまる。13 立ち上がって下におり、つかつかと花道へゆく。また戻り、その後に坊主の列が続く。再び壇上に上がり、大薩摩の「追っ駈けんに」で、二人の坊主に支えられて、衣裳を引き抜くとともに坊主を平舞台に落し、下手の柱で唄いっぱいに柱巻の見得。「引抜いてからは酔つた心持を離れて確乎(しっかり)とした見得を切ります」(左団次談「一役一言」演芸画報、四ノ六)。14 これはセリフで言い、上手へゆき右足をあて柱巻。裏向き、正面向きと、東西南北の「四方祈りの見得」をする。→補5。15 浄瑠璃にとり、平舞台におり、正面向き下手に向って股を割り、左手を腰につけ、右手を出し、掌を開いた形で見得。左団次は「人間の通わぬ所」と後向きの見得。16 と再び壇上に上がり、裏向きに右足を出し、右手を腰につけ、左手を振り上げた形で見得。17 壇上の三鈷をとり口にくわえ、平舞台に飛びおりる。18 →補6。

毛抜

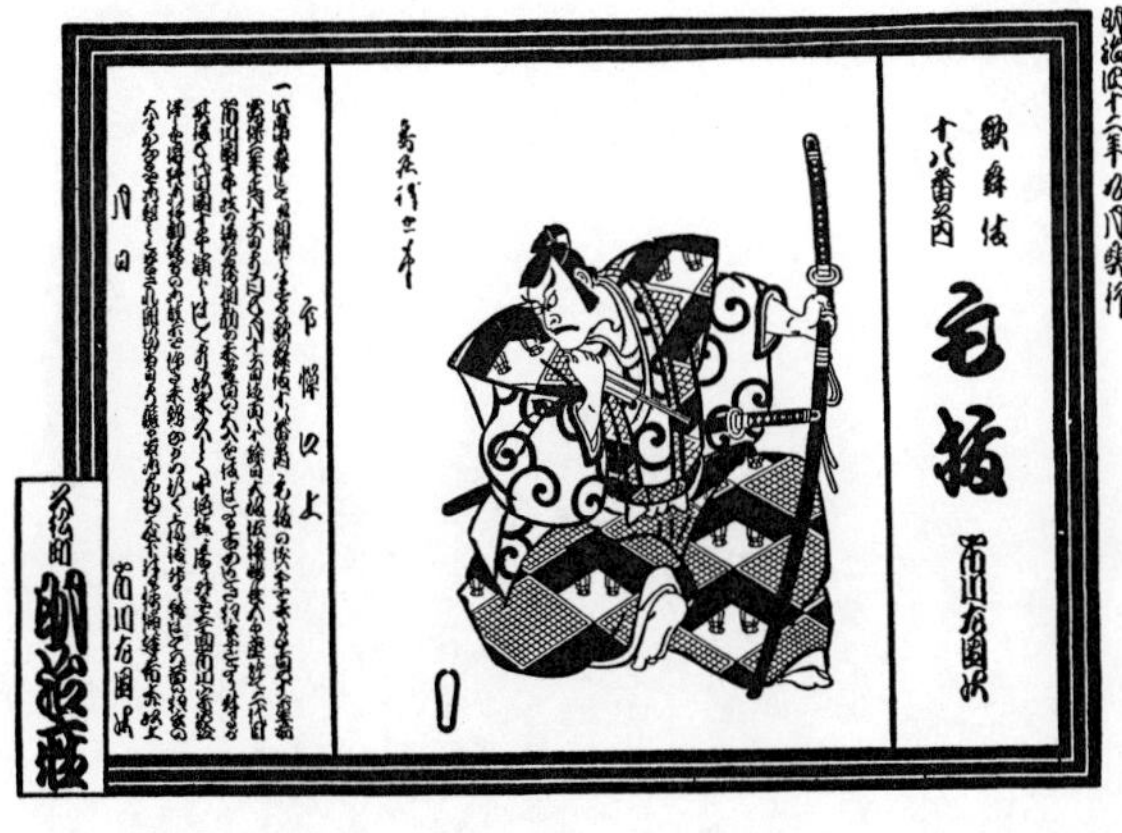

毛抜

小野左衛門春道[一]　櫻町中將清房[四]
惣領　小野春風[二]　仕丁[五]
妹にしきの前　しのびの者[六]
巻絹　侍
家老　八劍玄蕃[三]　家老　秦民部[七]
同　一子　數馬　同弟　秀太郎
小原萬兵衛　粂寺彈正[八]

[1]作り物、[2]幕張りし座敷、向ふ見附一面金襖、屋敷の體。橋がゝり屋形塀、おくびやう口見合せ、[3]面白き拍子にて、秀太郎、數馬、眞劍の勝負。タテいろ〳〵あり、巻絹とめて居る。奥より民部出かけ、橋掛りより玄蕃出かけ、[4]雙方見て居る。巻絹とめて、[5]

巻絹「マア〳〵待て下さんせ」 秀太「巻絹殿、のかつしやれ」 數馬「怪我しやつしやるナ。のかつしやれ」 巻絹「譬へ怪我が有ふがと

一岡―岡本　日―竹柴本　河―河竹本　異同欄はすべて岡との対校

一 小野氏を出したのは、小野小町もしくは六歌仙の世界を設定したためで、いわゆる王代物の一つ。→補一。
二 長男。春風→補二。
三 大名の家臣の長。家老職。八剣玄蕃の名は敵役の役名で、「雷神不動北山桜」に見える。八剣の名は、元禄十三年三月山村座の「薄雪今中将姫」の象引の八剣王子に出る。
四「紅梅隅田川」(元禄十五年三月山村座)に桜町大納言が出る。ただし、下敷になる実在の人物はある。→補三。
五 宮廷・諸官庁で雑役に使われる男。 六 間者。忍者。
七 王代物の善人の家老役の名。宝永四年十一月、中村座の「周防内侍吾妻錦」、浄瑠璃の「南部十三鐘」(享保十三年)等に見える。
八 主人公の名。粂寺弾正左衛門の略か。元禄十三年三月、森田座の「和国御翠殿」の女三の宮の世界にすでに見える役名。「鳴神」参照。
九「意趣」の宛字。遺恨。
一〇 果し合いをするのですか。
一一 女性。女子。 一二 おくれをとったぞ。気おくれしたぞ。
一三 どんなにしても。決して。
一四 女色に耽り、私利私欲の

1 明治四十二年九月、明治座の、二代目左団次(以下、左団次とあるは、すべて二代目)の復活初演のときは、「〽逢瀬嬉しく」の唄で幕が明くと、所作舞台へ下げて黒がまち中足(ちゅうあし)の二重、正面の瓦燈口に五色の幕、上手は障子の屋体、下手に網代垣、其の前に松の立木が一本、萩の垣が二つ、平舞台の左右二人づつ合せて四人の諸士が座つて白(せりふ)がある」(歌舞伎、一一一、毛抜の型、青々園)。再演では、常足の五間の屋体、金地へ桜花丸の総模様、正面入口に金襴の緞帳。黒塗の白彔(びゃくろく)、上手一間の黒塗骨の障子屋体、上下手とも網代垣の書割の見切り、下手、松の丸物の立木、小柴垣。なお「演芸画報」(三ノ十一)の「芝居見たまゝ」によって補足すると、復活初演の際は、諸士の一人が、お家の重宝雨乞の短冊が紛失したこと、それを借りうけにきた勅使の桜町中納言が、奥殿で休息中であること、また姫君錦の前が、髪の毛の逆立つ業病で、縁談がきまったが、輿入もならないことなどの筋うりを済ますと、「文屋の豊秀様よりの御使者」の呼びで、「この由奥へ」と、諸士みなみな上手に入る。と二重中央の瓦燈口より、玄蕃・民部が刀を提げて出て、平舞台へおり、下手へきて、粂寺弾正を迎えるために花道の方を向いて坐る。したがって、勅使の入り込みの件は、幕明きの筋う

めにやならぬ。御前方、何遺趣[九]あつて打[一〇]はたしやんすぞ。マア其譯いふて下さんせ」 秀太「女中[一一]に申して何の役に立ぬ事、死るは御主人へ忠義。八劔數馬おくれたり[一二]」 巻絹「サア其御主人への忠臣、親への孝行、其譯いわしやんせ。夫れ聞ぬ内[一三]はなんぼでも爰はなしやいたしません」 秀太「サア其御主人へ忠義といふは」 民部「御家代々家老職の身として、色[一四]におぼれ金銀をむさぼるもの丶一子、數馬が打つ太刀におとるな秀太郎、民部がひかへて居る。ふみこんで勝負〳〵」 玄蕃「親に似ぬ子は鬼子[一五]。玄蕃が常〳〵仕込で置いた手の内[一六]は爰じや。臆病侍の弟を打放すに手間[一七]ひまがいるものか。うぢ[一八]〳〵[一九]とらちのあかぬ、ふんごんで[二〇]いきげさに[二一]討はなせ。サ」 巻絹「申し玄蕃さま、民部さま、お二人共おとゞめなされて下さんせいナア」 玄蕃「親が子に見事に討はなせといふに、なんの如才[二二]があらふ。したが悴、よく〳〵武士の立[二三]ぬ事と見ゆ、とめはせん、見事に死ね。しかし委細の譯をいはずに打はたすは犬死も同ぜん。手短にたつた一言いふて死ね。仔細はどふだ」 數馬「只今是なる秀太郎と、弓の稽古のはなしをいたした所、なんぼう修行しても、そちが親玄蕃がまがつた性根に、手前[二四]覺束ないと笑ひまするゆへ、大切な父上をさ[二五]

金を欲張ってとる。
一五 子は親に似るものだとの反語の諺。親に似ないような鬼の子だの意。「昔から親に似ぬ子は鬼子ぢやといふが」(狂言、二千石)。
一六 手並。奥の手。ここでは剣道。
一七 手間隙。めんどう。
一八 ぐずぐず。擬態語。
一九 埒。柵(さく)。物事のきまりがつかないこと。昔、賀茂の競馬で見物人が埒を明けて言った語とか、春日若宮御祭に金春座の宗家が埒を明けて演能するに始まる(諺草)とかいう。
二〇 踏み込んで。
二一 生袈裟か。生きたまま大袈裟に、肩から斜に斬りおろすこと。同「大袈裟」。
二二 手落ち。
二三 面目が立たぬ。
二四 「手前」は業(わざ)。「覚束ない」は頼りない。親が曲った根性では腕前は上達せぬ。
二五 軽蔑されては。

〔右〕②左衛門―ナシ　⑤巻絹―腰元巻絹　⑭しやつしやる―さつしやる
〔左〕①打…下さんせ―の果し合　⑤秀太…どふだ(15行)―ナシ　⑮只今―仔細と云ふのは　⑯をいたした所―の中　⑰性根に手前―性根を受継いだ矢先　⑰笑ひまする―笑うた　⑰大切な…ござりまする―ナシ

りで省略されるわけである。本文では、二四五頁8行目の「呼び」まで飛ぶ。左団次再演も同じ。
2 「幕張りし」なら正面瓦燈口に張った幕であろう。ただし他の台本はみな「天井張りし」とあるので、誤植かと思われる。のちに天井の上に忍びの者がいるという設定なので、天井を張った大道具がとくに必要なわけである。
3 ばたばたにて、秀太郎・数馬股立ちをとり、下手襖より立ち廻り、巻絹がそれを止めながら出る型も行なわれる。また前進座の演出では、この前に、にせの小原万兵衛が小磯を殺し、短冊を奪う、「逢坂山の場」をだんまり風に黒幕の前で演じる一場を付けている。また秀太郎・数馬の立廻りの件を略し、勅使の板付きで幕を明ける。
4 普通、親たちが見ているという演出は行なわれない。
5 以下、三人のセリフは、時によってかなり省略されることがある。

一 十人の人の見、指さすところ。即ち衆人の認めるところ。「曾子曰、十目所レ視、十手所レ指其厳乎」(大学)。
二 世間の噂、評判。
三 弓はまっすぐに飛ぶものであるから、まっすぐな心でなければならぬとされ、また「弓八幡」というように神意に通ずるものと考えられた。
四 「幸ひ」の上、底本「を」脱落か。
五 検使(視)の役。事の次第を見とどける役。
六 立派に。正々堂々と。
七 死んだだけ損。
八 子供の喧嘩はいつでも親が裁きに出る。「子供の喧嘩に親が出る」の諺に同じ。
九 刀を鞘に納められい。「てや」は「て」(接助)十「や」(感助)で、依頼・依願、念を押す等を表わす。古風なセリフの言い廻し。
一〇 正々堂々と立ち合え。
一一 武士が刀を腰につけないこと。武器を持たぬも同然。
一二 底本「あり」。
一三 口げんか。言い争い。
一四 正しくないのか。弓の業が心もとないと言うのか。
一五 許婚。両方の親が互いの子を嫁聟と言い定めること。ここではその対象。
一六 評議の席上、首席を占める第一家老。

みしられては武士が立ませぬによつて、只今の勝負でござりまする」秀太「十目[一]の見る所、十指のゆびさす所、御家中こぞつて玄蕃のよこしまなといふ取沙汰[二]、夫ゆへまがつた[三]心で弓の稽古はなるまいと申したれば、忠臣第一の兄上を、イヤあほうじやの腰ぬけじやのと悪口いたしまする。弟の身で堪忍ならず、討果しまするのでござりまする。お二人の御出なされた幸ひ[四]、雙方けんし[五]を願ひまする。サア、尋常[六]に勝負〳〵」[1]數馬「秀太郎、覺悟はよいか」(ト切付る。又切合ふ。巻絹とめる)[2]玄蕃「悴まて」民部「弟ひかへい」両人「なぜ御留なされまする」玄蕃「そふ聞てはいかにも死なねばならぬが、夫では死ぞん[七]じや。子供の喧嘩[八]はいつでも親のさばき。マアおさめ[九]られてや」數馬「イヤ、此刀を納めましては」玄蕃「はてさて納めぬか」(トいひながら、刀を鞘へ納る)[3]秀太「ひきようの數馬おくれたか、そりや逃るのか、サア、尋常に[一〇]」(ト切かけやふとする。[4]民部とめて)民部「うろたへもの、コリヤ何する。相手がさやへ納るは丸腰[一一]も同前、さやへ納めぬか」秀太「それでも」民部「はて扨、マア納めろといふに」[5](ト刀をさやへ納め)民部「子供の喧嘩は親がさばくとある一言[一二]、是からは悴共が口論[一三]は格別、先づ其親御のさばきを見物いたさう」

1 同では、「数馬「覚悟は極めて居る。邪魔になる。サア退いた〳〵。(ト巻絹を突退け)八剣が一子同苗数馬」秀太「秦の民部が弟同苗秀太郎、尋常に」両人「勝負〳〵」(ト又切結ぶ。玄蕃、民部、刀を鞘とも抜き)玄蕃「悴待て」」、となり、両方の名乗りのセリフがある。
2 普通、親たちが出て、倅たちの争いを止め、また親たちが争うことも大幅に省略されることが多い。頭注異同参照。
3 このあと、同のト書では、「数馬を脇へ引廻す」とある。これによって、秀太郎がセリフをかける意味がわかる。
4 同のト書には、「民部扇子にて留め」とある。
5 同のト書には、「ト刀を奪ひ取り、鞘へ納め、秀太郎に渡し、秀太郎を脇へ引廻す」とある。
6 同のト書には、このあと「巻

玄蕃「そつちから見物せいでも、見せずに置ふか。此玄蕃が何がま[一四]がつて。弓の手前が覺束ない。いひ名づけ[一五]のある姫君を、何がなんとした。扨は出頭[一六]第一の玄蕃をねたみそねんでのあてこと[一七]か、爰な腰ぬけめが」 民部「人の一寸[一八]より我身の一尺、言ず[一九]と聞ずと心に覺へのあるはづ。御家中の取沙汰は、子供心にもてつする忠臣の道、われら[二〇]が心にも恥もせず、舌三寸[二一]にねたばして人を害するのが[二二]、両人の口論にこそ幸ひ手懸り、弟の名代[二三]に兄の民部が相手に成ふか」 玄蕃「せうじん[二四]のせつならば親を出せよ。悴數馬かわり、百年[二五]めじやと思ふて覺悟はよいか」 民部「八劒玄蕃」 玄蕃「秦の民部」 數馬「秀太郎」 秀太「數馬」 四人「サアせうぶ」(ト四人、反り打つ[二六])[6] 呼び[7]「勅使[二七]」(トはしがゝりにていふ) 巻絹[8]「御聞なされたか。勅使の御入でござりまする。私[二八]の遺趣は追て[二九]の事。マアお待なされませい」 民部「何さま大切の勅使の御入とある。私の宿意[三〇]は追ての事。御迎ひまうさずば成まいかいの」 玄蕃「左様いたそう」(ト秀太郎、數馬、巻絹は、入る[9]。 勅使出る[10]。奥より、小野春道、同惣領春風出迎ひ、勅使[11]上へ通る) 春道「是は櫻町の中將清房卿、御勅使御苦労千萬に存奉つりまする。して[12]勅使の趣き、恐れながら承はりとう[13]存じまする」 清房「小野春道、

一七 あてこすること。
一八 人の一寸の欠点よりも自分自身の一尺もの大きい欠点に気が付かぬの譬。
一九 言わずとも聞かずとも。
二〇 自分達の忠義な心に引きくらべても。
二一 舌先三寸に寝刀を合わすの意。舌先で人を害する。
二二 「のか」と考えるか。または「害する両人の」ととるか。
二三 代理。
二四 正真の説。その言い分が真実ならの意。
二五 これが最後だと覚悟して。絶体絶命。
二六 腰の刀を抜こうとして、刃のそりを裏返す。そりを返す。切刃をまわす。
二七 勅命を伝える使者。
二八 個人的な意地。
二九 そのうちにということにして。
三〇 年来の意趣・宿怨。

〔右〕②十指…所―ナシ ③のよこしまな―をよこしま ③夫―ナシ ④申し―云ふ ⑤いたしまする―ナシ ⑤弟の身―それ ⑤討果し…願ひまする―討果す ⑦サア―サア数馬 ⑦数馬…反り打つ(左10行)―ナシ
〔左〕⑫私の…なされませい―ナシ ⑫民部―秀太 ⑭玄蕃―数馬

絹中へはひり」とある。つづいて、勅使の出まで、次のセリフがある。巻絹「これは仕様ない。お前方は気が違うたか。イヤ、狂気でもさしやんしたか。大切な御家老の身で、どういふことでござんすぞ。気を静めて下さんせいなア」玄蕃「女、こざかしい。出しやばつて古疵の上へ、新疵を受けまいぞ。すつ込んで居よう〳〵」四人「サア、勝負々々」(トこなしある)呼び「お勅使のお入り」四人「ハア」(ト控へる)玄蕃「ナニ、お勅使とな」で、巻絹のセリフになる。
7 思い切った省略がなされるとき(例えば、昭和三十八年十月、歌舞伎座上演)は、秀太郎・数馬の争いのうち、セリフなく、すぐに「勅使のお入り」の呼びになる。
8 二人の中に巻絹が入って「まアまア静まって下さんせ」となり、両手をひろげ止める。
9 上手へ秀太郎、下手へ数馬と巻絹、別れて入る。
10 「勅使のお入り」で、正面瓦燈口より春道・春風出て、二重の上に坐り、玄蕃・民部の両家老出て(舞台にいるときはそのまま)、平舞台に坐り、いずれも、花道揚幕の方へ向ってお辞儀をする。
11 勅使はすぐに本舞台に来て、二重に上がり、中央正面で合引にかかる。 **12** 「して、勅使の趣き」で、勅使へ向き直る。
13 [日]は、「承はりとう存じまする」は、二人のセリフになっている。

一 天皇の仰せ。勅命。
二 旱魃。日照り。水枯れ。
三 大事な宝物。
四 小野小町が日照りの時に雨の降ることを神仏に祈り乞うた名高い歌。
五「ことわりや」の歌。→補四。
六 和歌や俳句を書くための細長い料紙。普通のものは、縦三十六センチ、横六センチぐらい。
七 その人自身が筆を染めること。
八 京都市中京区御池通神泉苑町東入ル門前町にある池。→補五。
九 感応。
一〇 車軸(車の心棒)のような、雨。大雨の形容。
一一 四海は四方の海、転じて天下。世の中。
一二 故実。
一三 目の辺。眼前。目の前で。すぐに。
一四 宮中。皇居。
一五 [河]「こは」。
一六 私の家の三代。→補六。
一七 家系上の流れの末。子孫。
一八 宝物を入れておく蔵。
一九「眼を白黒させる」におなじ。返事もできぬ有様を言う。

同 春風両人への勅諚[一]」春風「ハア、[1]」(ト辭儀する) 清房[2]「此度天下か[二]んばつに付て、萬民のくるしみ、君にもなげかわしく思召、小野春道の重寶[三]、小野小町雨乞[四]の名歌ことわりや[五]の短冊[六]は、則小町直筆[七]、先年雨乞のせつ、神せんゐん池[八]に浮めたる所に、小町が名歌に天も納受[九]あつて、たちまちしやじく[一〇]の雨を降し、四海太平[一一]に納る。其古[一二]例にまかせ、ことはりやの短冊を神せんゐん池に浮め、雨乞をなさば、雨のふらん事まのあたり[一三]、急で其短冊を禁廷[一四]へ差上られよとの勅諚でござるぞ」春道「是は有難ひみことのり[一五]に預り奉つりましてござりまする。小野小町の、私方[一六]は三代、君の高恩あつくして、家名繁栄いたしまする所に、先例にまかせ、ことはりやの短冊をもつて雨乞をなされんとは、末代迄も小町がほまれ。末流[一七]の我〳〵身に取り、有がたふ存じ奉つりまする。春風、いそいで寶藏[一八]の短冊持參仕つて、勅使の御覧に入てよからう」春風「ヱ、」(ト恟[3]りする) 春道「イヤ、早く短冊を持參仕れといふことサ」春風「ハイ」(トうぢ[4]〳〵する) 玄蕃「是〳〵若殿、何をうぢ〳〵と、[一九]のどに骨の立た様にしてござる。早く御持參なされ。但し玄蕃が持參仕つらふかな」民部「玄蕃控へめされ。御家の大老職でも、此短冊寶藏の鍵は、此民

1「ハア、」で、ドンドンと大太鼓管絃の鳴物になり、勅使清房のセリフにかかる。
2 笏を正面にかまえてセリフ。このときの人物の位置は図のごとくである。

3 [河]は「春風「ハア」(ト当惑したる思入れにて俯向く)」。
4 当惑して、身のおきどころのない様で、うじうじする。

部が預り、そう我儘に成ますまいぞ」 春道「勅使[5]の御前でやくにも立ぬせり合。民部、[6]早く是へ持参仕つれサ」 民部「畏[7]つてござりまする」 春風「是〳〵民部、其短冊は寶蔵にて[二〇]はないかいの」 玄蕃「ヤアなんと、短冊がどうした」 民部「大切な御家の重寶がどうする物[二一]で」 玄蕃「しからば早く持参召れい」 民部「只今持参仕つりませう」[8] 春風「是は、短冊はとうに」 民部「私へ御預けなされたではござりませぬか」 春風「是は氣の毒な、[二二]そうではない。そなたにかくして」 玄蕃「何とさつしやれた」 春風「サア、それは」 玄蕃「どうさつしやれた」 民部「私に隠し[二三]て御覧なされたか。御家の重寶、御覧なさらいで何といたそう。箇様の時にはめつたに物をおつしやるな。成程、只今持参仕まつりますでござりませう」[9] 春道「早く是へ持参仕つれサ」 民部「弟秀太郎、御家の重寶ことはりやの短冊持参仕つれ」(ト[二四]結構成る短冊箱三方に乗せ持出る) 秀太「ハア、、兄秦の民部預り奉つることはりやの短冊、持参仕つてござりまする」 春風「其箱を持参しては」[10](トづか〳〵と寄ふとする。玄蕃へだてゝ) 玄蕃「コリヤ何さつしやる。[二五]披露する役人は外に幾人もござる、見苦しひ。勅使の御前だ、控へてござれ」 春風「今日此所にて短冊を勅使へ御覧に入るこ

二〇 底本「ゝ」。
二一 どうこうする物ではない。そんな筈がないという意。
二二 困った。自分自身が心苦しいこと。
二三 春風が「かくして」と言いかけたので下手なことを言わせまいとして「御覧なされたか」と言い、家宝の故にそのことは当然だとかばった。
二四 立派な。美事な。
二五 おひろめ。開いて御覧に入れる。

〔右〕②春道—の家 ③重宝—ぢゆうほうト振リガナ ③小野小町—小町 ③短冊…其古—直筆の短冊を禁廷へ差上げさせ先年の ⑥池に浮め—の池に浮めて ⑥なさば…差上られよ—なさん ⑨小野小町…まかせ—ナシ ⑫宝蔵の短冊—ナシ ⑬仕つて—仕つれ ⑬勅使…よからう—ナシ ⑭持参仕れ—御覧に入れい ⑯御持参—お持ち ⑰御家…此短冊—ナシ
〔左〕①そう—お家の大老職でもそう ②是へ—ナシ ②民部…仕つれサ(11行)—ナシ ⑯幾人—いくたりト振リガナ ⑯見苦しひ…御前だ—勅使の御前見苦しい ⑰今日…ナント(二四〇頁7行)—デモ今此処で

5 二人をそれぞれ見て。
6 「こりゃ民部」と、気をかえて言う。
7 〔同〕は、このセリフのあとに、「ト立たうとする」のト書がある。普通、「畏まりました」から、12行目のセリフに当たる「急いでこれへ」で、秀太郎「ハアー」で合方になり、紫袱紗の包みを三宝にのせ、上手より持参する。正面勅使の前へなおしておき、兄民部の下手について、両手をついてお辞儀をする。
8 この下に、〔同〕ト書「ト立たうとする」。
9 〔同〕はこの下に、「(ト又立たうとする) 春風「それでも、アノ、其方(そち)が居ては、どうも、コレ、この座の言訳が」」が入る。
10 現行では、この押し問答は省略され、次頁の2へとんで演ぜられる。

とはどうもなりませぬ」 玄蕃「ソリヤなぜ」 春風「さればサ、いまだ大君さま御ゑいらん[一]にも備へ奉つらん先に、櫻町どの丶御目にかける事は成ません」 清房「イヤ、其儀は苦しう[二]ござらん。前見毒味[三]といふ事もござる。ゑいらんに備へ奉つる短冊、某に内見[四]いたせよと關白[五]公よりの上意[六]でござる。サア、拝見致しませう」 春風「でも其儀は」 春道「春風、勅使の詞を背くか不調法ナ」 春風「それでも」 春道「ナント」[1] 玄蕃「不調法千萬[七]ナ。只今勅使の御内覽[八]に入奉つりませう」([2]ト箱の蓋を明け、悄りして) 玄蕃「コリヤ、短冊は箱にはござりません」 春道「ヤアなんと」 玄蕃「明き箱でござりまする」[3]([4]ト春道悄りしていろ〱あり。皆々悄りする) 春道「誠にコリヤ短冊はない。サア〱家の一大事に成たぞよ。民部、春風、なぜおしだまつておる。短冊はドヾヾどふしてない」 民部[5]「盗まれましてござりまする」 春道「ヤア、なんとした」 民部「よく〱民部が武運つきてかな[九]ござりませう。先月上旬、深更[一〇]に及んで、寶藏に何やら物音仕つるゆへ、ハツト存じて早速駈付見ますれば、六尺ゆたかの大の男、寶藏の窓を蹴破り、一ツの箱をひつか丶へて立出る、己れくせ者、何國迄もと追かけましたれども、目ざすも知らぬ闇の夜、無念ながらも件の

一 御叡覽。天子が御覧になること。
二 遠慮はいりません。
三 試食。お毒味。
四 下見。
五 天下の政治をあずかり聴く第一の大臣。天皇を補佐し、政治を司る大臣の最高位の官名。 六 お上の意図、命令。
七 不届な。無礼きわまりない。
八 うちわのこととしてお目にかける。先の「内見」に応ずる。
九 底本のままだと、民部の述懐として、「私の武運が尽きて」に詠嘆の助詞の「かな」がついたもの。しかし、「かな」ではなくて「がな」とすると、意志・推量を表わすことになる。河は「武運の尽きでがな」。
一〇 夜ふけ。一夜を分けて五更とした。
一一 世界中さがしても。「升レ天入レ地求レ之遍」(長恨歌)と同工。
一二 兆候が現われたか。
一三 諺。事の終ったあとになって騒ぎ立てること。→補七。
一四 まぬけ。ぼんやり。惣領の甚六。
一五 鼻下長。間の抜けた男をいう。「鼻の下の長い」といいかけて、「面長な」と、ほめことばに言い直したおかしさが

1 河は、この下に「春風「ハア」(ト立ちのき、俯向く)」と入る。
2 玄蕃、立って、短冊箱の蓋をあけようとする。春風、二重よりおりて、その蓋を押えるのを、玄蕃、払いのけ、蓋をとって、下手におり、お辞儀して、セリフ。春風がおりぬ場合もある。河のト書は、「ト言ひながら短冊箱の紐を解き、蓋を明け、中を見て、大きに驚きたる體、肝を潰したるこなし」。
3 「明き箱でござりまする」と、あざけって言い、箱を逆さにあけてみせる。
4 河のト書は「ト箱を俯向けにして見せる。春道驚きたるこなし。皆々思入。春道つか〱と寄り、箱を探し見たり、すかし見たり、いろ〱思入あつて」。
5 民部の以下のセリフを省略するときは、民部もおどろいて立ち上がりかける。

狙い。
一六 ビイドロと読むべきか。[岡][河]ともに「ビイドロ」。→補八。 一七 おかげで。
一八 流罪。島流し。
一九 罪人を後手に縛り上げて、その首を斬る刑罰。
二〇 逆磔(さかさはりつけ)。罪人の体をさかさまにはりつける極刑。
二一 天皇に奏上すること。
二二 笑止。大変気の毒なこと。今日ではおかしいことに用いるが、元来は、字句通り、笑いが止まるほどあわれの意。
二三 家の安泰ならぬ一大事。家の浮沈にかかわる容易ならぬ一大事。
二四 はかばかしく。別に。特に。[河]「途方に暮れまして」。

〔右〕⑦不調法…勅使—何を不調法千万ナさらばお勅使 ⑩短冊…サア〱—ナシ ⑬なんとした—ナシ ⑬武運つきてかな—運の尽きで ⑮早速—ナシ
〔左〕①跡…うばわれたる—ナシ ③仕つらん—仕つらう ④只今に—只今と ⑥に萌したか—ナシ ⑦喧嘩…立ぬ事を—ナシ ⑧御宝—宝 ⑨によつてじや—は ⑨硝子—ビイドロ ⑪夫に…奉つりまする—ナシ ⑮安からぬ家の一大事—ナシ ⑯忝は—忝ふ ⑯是にすぐれて—別に ⑰勅使…ませう—ナシ

盗賊、取にがしましてござりまする。跡にて盗賊にうばわれたる申し譯には腹切ふと存じたれども、いや〱、[一一]雲をわけ、水をくゞつてなりとも詮儀仕つらんと存じ、おしからぬ命をながらへ居りましたが、只今に成ては申し譯もない仕合でござりまする」[6] 春道「スリヤ、家の重寶の短册は」 民部「盗賊に盗まれましてござりまする」 春道「ハツハ、小野の家の滅亡、今此時に[一二]萌したか、ヱ、無念ナ」[7] 玄蕃「ハ、、、、、[一三]喧嘩過ての棒ちぎり、此段に成て何の役に立ぬ事を。大切な御寶を惣領の[一四]うつそり殿に預け、[一五]鼻の下のおも永な御家老を頼にしてござるによつてじや。そりやもふ石の上で[一六]硝子を手だまに取るよりあぶない事さ。[8] 大殿にも覺悟なされ、我子の[一七]かげで[一八]遠島か[一九]しばり首、まつと仕合せよくば[二〇]逆ばつゝけ。夫に最前、此玄蕃に向つて忠臣だの忠義だのと、小野の御家が今滅亡するが忠義になるか。ハア、御勅使へ申し上ます。御家小野の家も今日限りと相見へまする。此段まづ直に[二一]奏聞を願ひ奉つりまする」 清房「ハテ[二二]せうし千萬。[二三]安からぬ家の一大事。春道、なんぞいひわけのたつ思案はござらんかの」 春道「櫻町殿の情ある御詞、忝 はござれども、是に[二四]すぐれて申し譯いたし様もござりませぬ。勅使の御前で無禮の段は

6 [河]は「ト泣く」とト書がある。

7 扇を開き、顔をかくして悲嘆にくれる。[河]は「コエ、情ないなア」(ト泣く)」。

8 鼻の先で笑うようにいう。

御ゆるされませう」[1](トづか〳〵と行、民部を引つけ)春道「ヤイ、日頃忠臣のおのれ、此期に成て言譯ないか、一いさも御上への申し譯はないか。コリヤ、小野の家は今断絶二するぞよ、春道は腹切らねばならぬが、いゝわけはないか、爰な主殺しめ、不忠者、エ、、おのれはナア」民部「成程、御上さまへの仰三、わけの立まする申し譯仕つりませう」春道「何んじや言譯が」民部「ございまする」春道「まだしも人らしいことをぬかして、サア、其言譯は」(トつきはなす。民部、身[2]づくろいして)民部「申し譯はかう」(ト腹切ふとする。[3]秀太郎留て)秀太「待つしやれ兄じや人、コリヤ、狂氣なされたか。今腹切て其短冊は出まするか、イヤサ、御上への言譯に成ますするか。是こなたはい四かうせかつしやれたそうな五。マア〳〵、御待なされませい」[4]民部「此期に及んで外に何の言譯があらふ。御寶の紛失は主人の御存ないこと。預り主の民部が誤りによつて切腹するからは六、御家へのたゝりはない。若、恐れながら此儀、よろしく奏聞を頼み上まする。秀太郎、兄弟のよしみに七介惜せい。何れはさらば八」([5]ト死ふとする。秀太郎留る。放せとせり合)春風「秀太郎、かならずはなすな。民部、そちが腹切には及ばぬ。御上への申し譯、此春風が仕つる」玄蕃「い

一「イザ、モウ」か。「イヤサ、モ」の「ヤ」の脱落か。[同]「イヤサ」。
二 家の存続が許されぬこと。
三 主上への伝奏。先の奏聞と同じ。申し上げることではあるが、直接ではなく、桜町殿(勅使)を介しての故、「仰せ」と言った。
四 いかし→いかい(はなはだしい)→いかくの音便。ひどく。
五 伝聞でなく推量の意であるが、相手に余裕をもたせるため、やわらかにたしなめた口調。[同]「ぞや」。
六 お家がとりつぶされることを指す。
七 介錯の誤字。切腹の時、介添として首を切ること。
八「も」の誤りか。

1 現行、この演出はない。坐ったままで、次のセリフ。
2 肩衣をはねる。
3 秀太郎、民部の刀をとり上げる。
4 この下に、春風の「よう止めた」などのセリフが入ることもある。
5 [同]ト書「ト又腹へ突き込まうとする。秀太郎留める。」

づれなりとも、言譯が立さへすればいり豆に花。[九] サア若との、こなたの言譯は」(ト此間、巻絹出かけて居る)[6] 玄蕃「なんとでござる」[7] 春風「申し譯はコウ」[8](ト腹切ふとする。巻絹とめて)[9] 巻絹「[10]マア御待なされませい。申し春風様、御身のいひ譯にもせよ、[一〇]御前がお果なされて、大殿様は何となされませう。又それよりは、わたしはどうせうぞいナア。皆さまの手前も御恥しひことながら、[一一]人知らぬお情に預り、命にかへても御大切に存じておりまするぞへ。此事を錦様がお聞なされて、いやしひそちなれども、兄様の御目にさへ入たらば、此にしきが能い様に取計らふてやろうとおつしやつた御詞をたよりに、今迄辛抱をして居たものを、お前を殺してなんとせうぞ、是非おはてなさるゝならば、お前よりさきへわしが死まする。迚も死る命ならば、ナゼ言譯をして下さりませんぞ、春風様、ヱ、おまへは情ないお心じやわいナア」[11] 玄蕃「ハ、、、、、かわつたことは一ツもない。何ぞ言譯にでもなる事かと思ふて聞ていれば、[一二]勅使の御前、親子の中で[一三]さし合いらずに[一四]口舌をやらるゝは、ソリヤ言譯ではない[一五]心中じやぞや、馬鹿〳〵しい。大殿、なんと又どうぞ人間らしい言譯はござりませぬかな」(ト春道、づか〳〵と行、[12] 民部、春風を引つけ、

九 諺。煎った豆から芽が出、花が咲くことはない。出来ない相談。言訳が立ちさえすればよいのだが、いり豆に花のたとえ通り出来るものかの意。

一〇 底本振りがな「ごぜん」。

一一 お手のついたことをいう。寝間をともにする仲。

一二 勅使の御前も憚からずにの意。

一三 さしさわり構わず、無遠慮に。ただし、[河]「差合ひ知らずに」とある。連歌俳諧で、前句と同音の語を重ねるのをきらって、それを差合という。無視したやり方での意。

一四 男女間の恋の口あらそい。

一五 情死と同じことで、私事の意。

〔右〕②此期…ならぬが—何としても ④爰な…不忠者—ナシ ⑥春道何んじや…申し訳はかう—ナシ ⑩是…そうな—ナシ ⑪民部…何れはさらば—ナシ ⑯秀太郎—秀太郎よう止めた ⑰春風が—春風 ⑰玄蕃…申し訳はコウ—ナシ

〔左〕⑤わたしは—わたしが ⑦ぞへ—は ⑦此事…居たものを—錦様も御承知それに ⑩是非…下さりませんぞ—ナシ ⑬かわつたノ上—死に人(て)が出れば止め人(て)が出る ⑭何ぞ…馬鹿〳〵しい—ナシ ⑯大殿…どうぞ—何と大殿又どうぞ外に

6 巻絹、下手襖より出て、うかがう。[河]ト書「トこのセリフのうち、巻絹、後より立ちかゝり見て居る」。

7 [河]はこの下に「春風「サア、おれが言訳は。(ト身拵へする)」」が入る。

8 [河]は「南無阿弥陀仏」。

9 巻絹飛び出してきて、春風の刀を持つ手に袖をかけて、上からその手を押える。

10 以下のセリフは、省略されることもある。

11 [河]はこの下に「ト泣く」のト書がある。

12 二人、両手をついて、うなだれている。[河]ト書は「春風、民部が髻を摑み、舞台先へ引き据ゑ」。

一「コノ」または「ココナ」の訛転。「ここな」は「ここにある」の約。意外或は侮蔑をあらわす強語。二 不心得者。三 どうしていいかわからぬ。手段がない。四 探し出すことの出来ぬ時。五 主従。主人と家来。六 互いに刀で刺し合って自殺すること。七「綸言汗の如し」(平家物語、三、頼豪)。綸言(君主の言)は、汗が出て再び体内に戻り入らないのと等しく、取り消し難いことを言う(礼記・漢書)。底本「かん言」。八 底本「あと」。九 底本振りがな「かん」。一〇 朝廷(天子)へは。一一「すみそう」の約。一二「伝奏」とあるべきところ。伝奏は、宮中で親王・摂家・諸社寺・武家などからの奏請を、天子や上皇に取り次ぐこと、またその職。一三 次第。内容。一四 五位以下で清涼殿に昇殿を許されない者。ここでは、宮中に仕える役人から見て、それ以下の民間の者をいう。一五 緩怠。ここでは、不躾な、注意すべきことを怠ったの意。一六 奥御殿。一七 お入り。一八 一献。一杯。一つ。少し。一九 諺。「鉄の足駄で」とも。いくら歩いてもすりきれぬ鉄の草鞋をはいて、仏教でいう

顔をじっと見て) 春道「ナント、今両人が死ねば、今日の御勅使へ言譯が立か、イヤサ、夫で小野の家が納るか、ヱ、、うろたへ者ども。今死る命をながらへて、なぜ短冊のありかを詮議せん。其所へ心が付ませなん[1]コンナ[2]不所存者めが」 春風「あまり[3]途方に暮まして、明日ともいわず今日中に、短冊を尋ねいだして、御手に入ませう」 春道「しかとそうか」 民部「[4]叶ひません期に及びますれば、[5]主臣[6]さしちがへまする覺悟でござりまする」 玄蕃「コレ〳〵大殿、[7]りん言は[8]あせのごとし、二たび取返しはなりませんぞ。短冊ゐいらん、明日迄と仰出されたを、何と日延が成ませう。ナア、左様ではござりませんか」 清房「尤 勅諚は重けれども、今日家の珍事は、春道には御存ない事、たとへ二三日[9]間があつても、短冊尋ねいだし、申し譯たてば事はおさまる。最前 某が、言譯の思案はないかと申したは爰の事。油斷なふ詮議して、短冊をさし上めされ。[10]禁廷よろしう申し置であらふ」 玄蕃「はゞかりながら、夫ではお上が[11]すみそもないものでござりまする。善は善、惡は惡と、明らかに御上のかたへ、今日の義をまつ直に仰上られずば、勅使の誤りになりそふなものでござりまする」 清房「[12]天奏の[13]御沙汰を、[14]地下の其方共が知ふか。此

▽勅使は、王朝(代)物の世界に登場し、多くは難題を持ちこみ、事件の発端、もしくは転換をなす役で、善人型と悪人型がある。勅使は公卿の扮装で出るもので、「奥州安達原」や「金門五三桐」などのように、偽勅使の趣向も多い。毛抜は、短冊召上げの勅使によって、その紛失が知れ、御家騒動が表面化し、さらに弾正の使者の入り込みによって解決するという筋になっている。時代物では使者といい、演出では、その場面を「入り込み」といい、その前に、揚幕で「呼び」があるのが一定の型。

広漠たる一切世界を探して廻っても見つかるまい。
二〇 小野小町に因む小野家に対して、やはり六歌仙の一人、文屋康秀の後裔を匂わせて、持ち出した。底本「様」なし。
二一 昔、衣服を板二枚でおおい、これを竹で挟みつけてお供にかつがせ、「挟み竹」と呼んだのが、後に柄のついた挟み箱になる。 二二 あそこ。
二三 貴人、目上の者の傍へ仕えること。 二四 鼎(かなえ)の足のように、三人相対して坐ること。三つ鉄輪。 二五 音信が途絶えていたこと。 二六 お考えを伺う意から、「お目にかかる」程度の意の挨拶語。

〔右〕①今日の―ナシ ②イヤサ…納るか―ナシ ③コンナ―此処な ④あまり―ハ、アあまり ⑤明日…今日中に―早速 ⑤いだして…入ませう―出しませう ⑦玄蕃…ござりませんか―ナシ ⑩尤―ナシ ⑫最前…爰の事―随分 ⑬して―めされ ⑬短冊…ある事サ(左1行)―ナシ
〔左〕①玄蕃…だまらぬか―忝う御座りまするさらば ②入御遊ばされて―御入りあつて ③夫御供仕つれ―ナシ ③春風…付たぞ―清房ノセリフ ④今日中―ナシ ⑤とてもしれそも―とてしれそうも ⑨先…ませう―民部ノセリフ ⑫ト…いたせ―ナシ

清房が胸にある事サ」 春道「玄蕃、大切な勅使に向つて一五くわんたいな、だまらぬか。清房公には、暫らく一六奥殿に一七入御遊ばされて、御酒一八一こん召上られ下されませう。夫御供仕つれ○ハア、、春風[1]、民部、今日中きつと詮議申し付たぞ」 兩人「畏つてござりまする」 玄蕃「ハ、、、、、一九鐵の草鞋で三千世界を詮議したとても、しれそもない物じや」 春道「巻絹[2]、秀太郎、御案内申せ」 巻絹「先づ御入なされませう」(ト皆[3]〳〵奥へは入る。民部、手を組、思案して、下に居ると、向ふにて) 呼び「二〇文屋の豊秀様よりの御使者」 玄蕃「豊秀様よりの御使者は。ハテ、合點のゆかぬ○先御迎ひ申しませう」(ト向ふより粂寺彈正、上下、侍[4]、鎗持、草履取、二一挾箱持、つれ出る) 彈正[5]「二二あれへ參つて、粂寺彈正でござりまする、主人豊秀より使者に伺候二三仕つてござる。御取次頼みまするると申して參れ」 侍「畏つてござりまする」(ト行ふとする) 彈正「コリヤ〳〵、隨分無禮のない様にいたせ」(トハット舞臺へ來て) 侍「頼みませう」 民部「委細の儀は是にて承つた。先御通りなされいとおいやれ」 侍「ハツ。御通りなされませう」 彈正「供をせい」[6](ト本舞臺へ來て、玄蕃、民部出迎ひ、二四三ツ金輪に成る) 民部「是は〳〵彈正どの、其後は二五中絶仕つて二六御意得ません。先以て、

1 春道、春風と民部の二人を見て。
2 春道、巻絹と秀太郎の二人を見て。
3 天王立の鳴物になり、勅使は立って笏をかまえる。ちょっと思入れあって入る。春道、つづいて春風、ちょっと上向きに嘆いて入る。みなみなつづく。玄蕃と民部残る。民部、腕組みして思案の体。二重の簾をおろしてしまう演出もある。
4 ただ一人で出るのが普通。前進座では、侍・槍持・挟箱もちの奴が先に、弾正がつづいて出る。民部・玄蕃、花道の方へ向き迎える。このとき、玄蕃と民部入れかわって、玄蕃は下手の先へ坐る。
5 弾正は両袖を刀の柄にのせた形で、合方で揚幕より出て、花道七三で止まって言う。
6 弾正、花道七三で、立ったまま、二人に挨拶し、本舞台に入る。この間に、後見、上、下より出る。上手の後見、合引を持って出る。

今日は御使者、御苦労千萬に存まする」玄蕃「扨は承はり及んだ、文屋豊秀様の御家臣、粂寺彈正殿。手前は小野春道が執權[一]、八劒玄蕃と申す役にたゝずでござる。以後は心なふ[二]御意得ませう」彈正「是は〳〵、玄蕃殿でござりまするか。折[三]を得ませいで、是迄御意得ません。御疎遠の至り、此上からは、斷琴[四]の交りを頼み存じまする」玄蕃「けつこうなる御挨拶、御通りなされい」彈正「然らば左様に仕ませう」(ト上[1]座へ通る。三人座に付く) 玄蕃[2]「彈正殿、先今日御使者にお立なされた趣、サア、其儀が承はりとふ存じまする」彈正[3]「お尋なくとも申さねば成らぬ使者の役目、主人[4]豊秀申し越まするは、こなたの大殿春道公より、豊秀[五]契約をもつて、姫君錦の前様を、宿[六]の妻に申し請ましてござる。ところに何やら御病氣とあつて、御婚禮の日限も定まらず、今日迄御輿[七]も入ません。此儀に付て、朋輩[八]どもをもつて度々申し越しますれども、只今御病氣とばかりござつて、委細[九]の儀が知れません。夫ゆへ拙者に參りて、大殿様にも御目に掛り、御病氣の様子をとくと御伺ひ申し立帰れと、申し付を以て參上仕つた使者の趣、あらましかくの通でござりまする」[5] 民部「御使者の儀、承はり届けましてござる。先達て御聞の通り、姫君には

1 弾正は合方のつき直しで、舞台に来て、下手、松の立木の前で、草履を脱ぎ、上手へ通り、刀を腰より抜き、傍におき、合引に坐る。侍は、草履を松の立木の根本へおき、奴は槍を松の立木にたてかける。
2 両手をついて。
3 やや下手に、玄蕃の方を見て。
4 ここで、扇をつぼめたまま右膝について、次のセリフを言う。
5 かるく一礼する。

一 政権を握ること、またその人。ただしここでは、その家の最高の執事。
二 心おきなく。遠慮なく貴意(お考え)を承りましょう。
三 「折」は機会。「得ませいで」は「得ませで」の「せ」の長音化。得ることができませんで。
四 断金の契り。「琴」でなく「金」が正しい。極めて親密な交わり。友情の厚いことに言う。「二人同レ心、其利断レ金」(易経、繫辞伝)。
五 豊秀が。
六 「吾が家の」というに同じ。この場合、主人豊秀になりかわって述べている。
七 嫁入り・婚礼のことを御輿入れという。嫁の乗物を婿の家へかつぎ入れることより生じた語。お輿入れもありません。
八 同僚。
九 詳しい様子が知れません。

一〇 全快。底本「本腹」。岡「までに」なし。
一一 祝いの儀式。婚礼の儀。
一二 底本振りがな「づたへ」。
一三 変改。変更。
一四 姫君、錦の前の親の殿様。大殿。春道のこと。親仁どのではない。
一五 皇祖神。我が国の最高神。
一六 承知。
一七 頭を横にふる。不承知。
一八 お膳の箸がころがったようなことでも。極めて些細な事のたとえ。
一九 推参な。出しゃばりな。
二〇 粗忽。軽はずみ。軽率なことの甚しさをいう。「千万」は「無数」の意。こうした時の口ぐせ。

〔右〕②文屋…御家臣―ナシ　③心なふ―心安う　⑤断琴―断金　⑧サア其儀が―ナシ　⑪てござる―たる　⑫今日…ござつて―ナシ　⑮帰れと―帰れとの　⑰先達て…仕つりましたが―いづれ姫君の御病気

〔左〕②までに―ナシ　⑤おつしやつて下され―ナシ　⑥今日…仕つる―ナシ　⑨親殿―殿　⑨其…御祝言を―ナシ　⑩余り―ナシ　⑪家が―家の

御病氣に付まして、御輿入れまする儀も延引仕つりましたが、御本[一〇]
復次第までに、目出たう御祝[一一]儀を取結びまするでござりませう」 玄[6]
蕃「是〳〵民部、姫君のアノ病氣は、此世があの世へひつくり返つ
ても御本復はない事サ。大殿へ申し上るに及ばん、手短かに返事を
仕たがよい。御使者[7]、御歸りなされたらおつしやつて下され。此度
の御縁組は調ひません、離縁仕つる。今日の御使者を幸ひに、こと
傳[一二]仕つる。へ[一三]んがいいたしたとおつしやつて下され。御使者[8]大儀で
ござつた。モウ御歸りなさるか、能うお出なされた」[9] 民部[10]「だまりめ
され玄蕃。親[一四]殿へも披露仕つらず、其元のはからひで、豊秀様と姫
君との御祝言をへんがいとは、餘り過言であらふぞ」 玄蕃「大殿が合
點をなされても、天[一五]照大神がの[一六]みこみやつても、小野の家が大家老、
玄蕃がか[一七]ぶりをふりては、は[一八]しのころんだ事でも叶はぬ事サ。此玄
蕃が御家にあらん限りは、ソリヤならぬ事サ」 民部「此民部が御家
にあらん限りは、目出たう御祝言をとり結んで御目にかけふ」 玄蕃
「イヤす[一九]いさんな」 民部「何がすいさんナ」(ト兩方、刀に手を掛る)[11] 彈
正「是〳〵御兩所、其儀に付て參つた拙者さへ詞を出しませんに、そ[二〇]
こつ千萬ナ。先づ御ひかへなされませい」 民部「デモあまりと申せ

6 民部に向き直って。
7 弾正の方を見て。
8 やや前かがみに、弾正の顔を覗くようにして。
9 「お出なされたのう」と、軽く憎々しそうに言う。前進座の瀬川菊之丞は、「モウ、お帰り〳〵」と、両手で、帰ってくれというように、下から上へ追い立てるように動かす型を見せる。
10 民部、激して。
11 右脇においた刀を、お互いに右手にとって左手をかけ、立ちかかる。じっとこれを見ていた弾正は、「これ〳〵御両所」と膝にしていた扇を持って、前へ出し「…おひかへなされませい」と押えるように止める。

一 人品、容貌。
二 身分・素姓などに器量が大体相応しての意。しかしそれほど意識的に使われた語というより、婚姻に関する当方の女性を紹介する時の口ぐせ。
三 人間づきあい。後に玄蕃のセリフに「蛇身になる女は」とある。
四 満々。一杯の形容。
五 底本「子」。
六 仏教でいう前世の悪業の報いによって、現世で恥をさらすこと。
七 切刃を廻し。抜き打ちできるように鯉口を廻すこと。ここでは、玄蕃の意見にさからうことを指して言う。
八 「小」は接頭語。軽蔑した言い方。雀にたとえているのと照応する。
九 弾正に対する皮肉。大鳥は文屋豊秀、あるいは大家を嵩にきての意。
一〇 羽交(はがい)に抱かれている雀同様の分際としてありながらの意。
一一 ぺちゃくちゃと。雀の鳴声にかける。
一二 小人物は、大人物の意図するところがわからない。「燕雀安知二鴻鵠之志一哉」(史記、陳渉世家)。
一三 わかりやすくくだいて。先の「大鳥羽がいの下にすむ雀の云々」を指す。皮肉に出られたのを、更に下手(した)に

ば」 弾正「ハテマア御控へなされ。玄蕃殿、定めて深ひ思案あつての儀でござらうが、離縁なさるゝ其仔細はナ」 玄蕃「コリヤ両家の爲を存じての儀でござる」 弾正「離縁なさるゝを両家の御爲とはナ」 玄蕃「斯う申した計りでは御合點が参りません。器量も大がい相應で、あほうでもござらんが、何をかくしませうぞ、手前の姫は、人間の交りは成ませんサ」 民部「玄蕃、さま〴〵の事をおいやるが、大切な姫君が、人間の交りがならんとは、どうして人間の交りがならんナ」 弾正「定て深い御思案あつての儀でござらうが、ハテ、御智恵のまん〴〵たる御家老の御詞。シテ、其跡はどうでござる」 玄蕃「せつかく花嫁御に御もらひなされても、大きなごうざらし、そこを存て申すのでござる。夫になんぞや、智恵もないくせに、きつぱを廻し小見苦しひ。大鳥羽がいの下にすむ雀のぶんとして、ちや〳〵くちや〳〵とかしましい」 弾正「燕雀何んぞこうこくの心をしらんのたとへを打くずしての御挨拶、承はる事でござる。尤大病でござらば、離縁仕つるまいものでもござらぬが、其元の口先で、いかにも畏つたとは申されぬ。殊に主人も、病氣の様子をとくと御伺申し、立歸れと申し付てござりまする。乍憚姫君へ御目見へ

1 玄蕃に向って。
2 ずけっと言って、うそぶく。
3 民部、色をなして言う。
4 玄蕃に対して。
5 毒づいて言う。
6 民部にあてこする。
7 弾正にあてつけて、せせら笑うように言う。
8 大きく言う。

がいたしたふ存ずまする」民部[9]「御尤ではござれども、只人に御逢なさるゝ事のならん御病氣でござりまする。よもや御本復ないと申す儀もござるまい。何卒それまで御祝言[一八]をお待なされて下さるゝ様頼み存じまする」玄蕃[10]「ハテ扨、御使者の望み通り、姫君病氣の様子見せて、さつぱりとしまつ[一九]たがよいてや。たとへかくしたとてかくさりやうか。あの挨拶[二〇]な業病[二一]は、人々[二二]に見せて回向を受るが其身の爲。コリヤ〳〵巻絹〳〵」(トアイ〳〵[11]ト出る) 巻絹「玄蕃殿、急にお呼なされたが、御用でござりまするかへ」玄蕃「文屋の豊秀様の御使者、粂寺彈正殿に逢せませうといふて、錦の前様を御供しやれ」巻絹「ソリヤ何をおつしやりまする。女子同士でさへ、初てのお衆には御逢なされぬを、姫さまが、まして殿御達の中へ、ドウお供申さるゝものでござんすぞいナア」[12] 彈正[13]「イヤ〳〵女中、夫はちつとも苦しうない儀でござる。拙者は、姫君の殿御豊秀様の家來、申さば姫君のめのと[二三]も同前、御遠慮のない儀[二四]でござる。ひらにお目見得の取次たのみまする」巻絹[14]「なんぼさうじやといふて」玄蕃「ハテうぢ〳〵と、早く御供せんか」巻絹「サアそれは」玄蕃「玄蕃が言附を背くか」巻絹[15]「ヱ、、つんとモウ我儘[二五]を」(ト奥[16]へは入ると、奥にて、

出て、ではあなたは大人物とでも思っていらっしゃるのかと逆襲に出たのである。
一四 りっぱな講釈を聞かせていただいた。 一五 承知した。
一六 恐れ多いことながら。
一七 お目通り。 一八 婚礼。
一九 おしまいにする。
二〇 「世話のやける」などというに等しく慣用語。
二一 前世の業によって生じた病。仏説による病六種のうちの第四に当たる。「業病ハ罪障ノ力ヲ以テ之ヲ治ス」(日本医学史)。
二二 人々に見せることによって業を果たさせ、仏果を得るよう祈ること。
二三 乳人。乳母。おもり役。後見。 二四 わけ。こと。
二五 我儘を言うものじゃの意。

〔右〕②コリヤ…ござらんが―ナシ ⑥は成ませんサ―が成ません ⑥民部…ござる(14行)―ナシ ⑭尤大病で―ハテナ大病奇病でも ⑯殊に…申し付てござりまする―ナシ ⑰姫君へ―姫君に
〔左〕①只―何うも ②よもや―然し ④ハテ扨―何さ ⑤様子―様子を ⑤さつぱりと―さつぱりとして ⑤たとへ…身の為―ナシ ⑦巻絹玄蕃殿…かへ―ナシ ⑪姫さま―お姫さま ⑭御遠慮…ござる―ナシ ⑯早く…それは玄蕃―ナシ

9 困惑して、言いにくそうに。
10 民部のセリフにかぶせて、高びしゃに言う。
11 「アイ〳〵」と返事はしない。下手襖より出て、下手の方で手をつき、セリフ。
12 ためらう。
13 つぼめたままの扇を上げて、かぶせるように、「コレコレ女中」とも言う。
14 なおもためらう。
15 ぴんしゃんとして。
16 二重に上がり、真中の瓦燈口より幕かげに入る。

一 縁(へ)を厚くつけた差し櫛。同「つけべりの差櫛」。
二 笄。「髪掻き」の音便で、昔は毛筋立て、あるいは髪の内のかゆいのをかくのに用いたが、後には髪飾りの具。
三 蝶花形は祝儀の際、銚子の蓋に飾るもの。紙で蝶の羽の如くに折り、水引で結ぶ。「倭訓栞」前編に「典薬頭の献げる屠蘇白散の袋にも蝶のかたちをするは、蝶よく酒毒を解するゆゑなりといへり」とあるが、ここでもその病毒を消すまじないのためか。
四 未進。未納分。不足分。
五 なにとぞ。感動詞。
六 この世は夢だ。いや夢だとも私には思えない。夢なら消えもしよう。消えることすら出来ないその悲しさを思う。「夢かとも何か思はむ浮世をばそむかざりけむ程ぞくやしき」(新古今、十八、惟喬親王)のもじり。底本「夢とも…やらぬ」。
七 世界中に。→「鳴神」一九五頁頭注二一。
八 消えるといったので灯にたとえた。
九 明りと証しとかけた。証しを立てると、灯を掻き立てるとかける。
一〇 相手の言を受けて発する語。女性の応答の口ぐせ。意味としては、そう言えばそう。
一一 誰かと言うまでもない。

巻絹、大ぜいで、[1]御出(おいで)なされませいといふ。妹錦、はづかしい、ゆるしてたも、いやじや〳〵といふを、無理に手を引連れ出る。錦、振袖にて、打(うち)かけ、付(つけ)[一]べり、さしぐし、[二]かうがい、[三]蝶花形をつけ、薄衣かぶり出る)[2] [3]弾正「錦の前様でござりまするか。拙者は御前(ごぜん)といひなづけのござりまする、文屋(ぶんや)の豊秀が家臣(かしん)、粂寺弾正と申す者でござりまする。今日(こんにち)参上仕(つかま)つりましたは、餘り御祝言が延引致しまして、[4]一家中は殊の外待(ほかまち)かねまする。[5]一家中よりは、第一マア旦那が殊の外待兼(ほかまちかね)られまする。定めておまへも御待(おまち)かねなされませうと存じて、御迎ひの爲参上仕(つかまつ)つてござる所、御病氣の様子を伺ひの爲の、御目見得を願ひましたのでござりまする。是より直(すぐ)に御供仕(つかま)つり、今迄互ひに御待(おまち)かねなされたみしん[四]を、一時にうめさつしやれまする様に仕(つかま)つりませうあいだ、[五]あわれ御詞(おことば)を下しおかれませうなれば、有難(ありがた)ふござりまする」[6] 巻絹「お聞きなされましたか。人體(にんてい)は堅(かた)ふ見ゆる御侍(おさむら)ひ殿(どの)じやが、中(なか)〳〵おどけたお方じやわいナア。申し姫君様、日頃戀しひ床(ゆか)しいとおつしやつた、豊秀様の御家老でござりまする。サアお詞(ことば)を遣(つか)はされませいナア」 錦[六]「夢かとも何か思はん浮世かな、消へもやられぬ程ぞかなしき。かなしいといふは、わしが様(やう)なかなしい身が

1 幕のかげで言う。「いやじゃわいなア」という声もかげ。簾を下げている演出では、「まアおいでなされませいナア」「イヤジャ〳〵」を簾内で言って、簾を上げると板付きになっている。
2 腰元たちは、姫の座蒲団・脇息などを持ち、巻絹、姫の手を引いて、出る。二重の真中に坐り、脇息にもたれ、被ぎをかぶったまま。
3 容姿を正し、手をついて。
4 上手を見て言う。
5 姫を見て言う。また、次の行の「おまへさまも」で姫の顔を見て、にやりとする演出もある。
6 と両手をついて一礼する。姫、弾正を見る。

一二 当今の美男子、風流男。先の惟喬親王の歌の発想が在原業平に及んで、その面影がさらに文屋におち、「今のやさ男」と言ったものであろう。
一三 〔河〕「姫御前に生れた」。
一四 規模。冥利。幸福のお手本。
一五 幸せの報。幸せ。
一六 出雲大社の祭神大国主命。男女の縁を結ぶ神。
一七 縁結びの神。
一八 月が満つれば次には欠けるように。「月盈則虧。物盛則衰」(史記)。 一九 命永らえて。
二〇 女が身を守るために常に持っている短刀。
二一 憂き身。つらい自分。

〔右〕④御前といひなづけのござりまする―ナシ ⑦旦那―旦那様 ⑧参上…所―と二つには ⑨様子を…あいだ―様子伺ひ旁々それで参上仕つて御座りまする ⑬巻絹…わいの(左9行)―ナシ

〔左〕⑨誰あらふ今の―弾正とやら聞いて給も誰あらふ今の世の ⑩なく―なき ⑩女官…さしやんした―ナシ ⑪になつた…いわふか―の規模 ⑫自慢…いたのに―自慢にしてゐたに ⑬かけるとやら―かくると ⑭いひなずけ…ながらへて―ナシ ⑯詠めらりやう―眺められる ⑰かけた事は―かけたは ⑰こうした…わいの(二五二頁4行)―ナシ

[七]三千世界にあらふか。彈正とやら、はづかしいといはふか、面目ないといはふか、此身はなぜにきへてはくれぬ事じやぞいの」[7]彈正「まだ御祝言のないさきに、めつたにきへてたまる物でござりまするか。御氣遣ひなされまするな。[8]お前の御身の上を、よつてたかつてけしたがる、[八]火とり蟲があるまい物でもござりません。其時は拙者めが油をつぎ、燈火をふやして、めつたにけす事じやござりませ[9]ん。御身の[九]あかりを追付たてゝあげませう」[10]錦「[一〇][11]さればいの、お前にそばから油をつぎ、燈心をたしてかきたてゝもらうても、きへねばならぬ浮身の上じやわいの。[一一]誰あらふ、[一二]今のやさ男と、雲の上迄かくれなく、女官様方まで戀こがれさしやんした文屋の豊秀さまを、親〱の御ゆるしで殿御に持といふは、[一三]姫ごぜになつた[一四]きぼといわふか、わし程[一五]果報なものはないと、此身を自慢して、[一六]出雲の神さまや、[一七]むすぶの神さまをおがんで斗りいたのに、[一八]みつればかけるとやら、病ひも多からうに、たぐひまれなる此病、いひなずけの殿御にそふ事のならぬ身になるといふは、世界國々の神佛さんに見放されたか。[一九]ながらへて人に面を詠めらりやうよりは、いつそ死ふと[二〇]守り刀に手をかけた事は幾度といふ事はないわいの。こうした浮[二一]

7 〔河〕「ト泣く」とある。首を左右にふって泣く。
8 姫の顔をちょっと見上げ、「お前様の」と言う。
9 首を左右に軽くふる。
10 と頭を下げる。
11 この姫の「くどき」のセリフは省略することが多い。

一 たった一人に逢うことがの意。
二 何も知りもしないで。
三 巻絹への命令。その場を退こう。「てや」は接助＋感助。
四 たまわれ。懇願をあらわす。姫の常套語。
五 真言宗陀羅尼の一。光明真言ともいう。「唵、阿謨伽、尾盧左嚢摩訶母捺囉麽抳鉢納麽、人縛攞、鉢囉韈哆野吽」。病気平癒を祈り、魔性を払うときに用いる。
六 底本「たいとに」。
七 体相。様子。態度。
八 瑕瑾。玉の傷、転じて欠点、欠陥。
九 稀有な。まれな。
一〇 「万病回春」のうち奇病門を指すか。京伝の「桜姫全伝」に「万病回春奇病門」とある。漢方医書「万病回春」十一巻。万暦乙巳夏日、余氏泗泉梓行。太医院医官金谿雲林龔延賢子才編輯。
一一 奇病におなじ。「斯様の霊病を癒す藪医あり」(風流曲三味線)。
一二 ぶしつけながら。
一三 手前どもの(当方の)主人の親に当たる殿様。文屋豊秀の親御。

身の中にも、おいとしいはとゝ様、戀しひは豊秀さま、親を思ひ夫(をつと)を思ひ、死(しぬ)も死なれず、いきるもいきられず、天地の間に置所(おきどころ)のないわしが身の上。彈正(だんじやう)とやら、そなたに逢ふは、千萬人の人に恥をさらすより、そなたつた[一]一人が恥かしいわいの」(ト泣く) 彈正「左(さ)樣御意(やうぎよい)なされても、かんじんの御病氣の御樣子が知れませんによつて、どうも御挨拶の申し樣(やう)がござりません」[1] 玄蕃「尤(もつとも)。御病氣の樣子、御目にかけませう。イザ薄衣(うすぎぬ)をとらつしやれ」[2](トそばへよる) 巻絹[3]「申し、此きぬをとると、又いつもの樣(やう)に御病氣でござりまする。やはり此(この)儘置(おい)て上(あげ)て下されませいナア」 玄蕃「何を、[二]ぞんじもせいで、[三]のこうてや」(トつきのけ) 玄蕃「サア、病氣の樣(さま)を御目にかけませう」(ト薄衣(うすぎぬ)[4]をとる。錦が髮、仕かけにて、逆(さか)だつ) 錦「此(これ)情なや、又病氣がおこつたわいの、エ、恥(はつ)かしい、面目(めんぼく)ない、早(はや)ふ衣(きぬ)をきせて[四]たもいのう」(ト錦[5]、なき苦しむ。彈正、見てびつくりする。民部[6]、其儘きぬを取て、[五]ヲンアボギヤアベイロシヤノ、トきせる。錦泣伏(なきふす)。是もしづまる) 玄蕃[7]「何(なん)と御覽なされたか。珍らしひといわふか、恐ろしひといわふか、名の付樣(つけやう)のない御病氣。誠に蛇身(ぢやしん)になる女は、こきうの[六]たびごとに、髮毛逆立(かみのけさかだつ)。其(その)髮を水にひたせば、水たちまち血汐とな

1 と当惑する。
2 玄蕃はすぐに、「かぶりものをとらっしゃれ」と、二重に上がる。
3 止める。
4 玄蕃、かつぎをとる。どろどろになり、後見、差金で、毛を逆さに立てる。姫「アレー」と、袖で面を隠す。髪毛の逆立つ病の趣向は、すでに、元禄十三年三月山村座の「薄雪今中将姫」に見える。
5 姫、袂をかざし、ふるえながら、泣きかなしむ。[河]のト書多少異なる。「トあたまを摑み、苦しみ、さまざま思入れ。このうちドロ〳〵、仕掛にて髪の毛逆立つ。弾正大きに驚き、錦の前が苦しむ身振をうつし、キョロ〳〵しながら立廻り、肝を潰したる思入れ、

一四 こちらのお屋敷の一番上の殿様。小野春道。
一五 口約束。
一六「どのつら下げて」と言うに同じ。ただし「下されませうか」は「申され」か、「下られ」の誤りか。いい歳して髭の生えた首をそらして(とくとくと)返事を申されましょうか、もしくは、返事を持って帰られましょうか。
一七 粗相。不注意なためあやまちを起すこと。
一八 出まちがい。出過ぎ。
一九 過失は身分に免じて。
二〇 薬をめぐらす。投薬の意か。〔河〕「典薬医師が手を尽し」。
二一 おろそか。いいかげん。
二二 架空の名僧智識の名。(「鳴神」および「毛抜」の解説参照)。
二三 →頭注五。

〔右〕⑥尤—尤々 ⑦イザー」巻絹「ア、申し此の ⑦ト…かけませう—ナシ ⑪此—ナシ ⑯誠に…ていそう—ナシ 〔左〕②箇様の…ござるかな—ナシ ④でござるナ…御病気—ナシ ⑥そこが…広さ—其処で ⑦右の—此の ⑨慮外…下されませふか—ナシ ⑫とかく—何事も ⑫春風様へ—春風様に ⑬其方の—ナシ ⑭ござる—ござるが ⑯回薬…有難いは—ナシ

ると承はる。まさしく蛇身のてい[七]そう、人間の交りならぬと申したは爰のこと。[8]箇様の姫君をめとらつしやれては、其方の家のかきん[八]、此方の家の恥辱、そこを存じて両家の為と申したは、誤りでござるかな。弾正「何さま[9]、けふな[九]御病氣でござるナ。尤、奇病門[一〇]にさま〴〵の靈病[一一]の説をあげてござれども、其中にも珍らしひ御病氣、コリヤ玄蕃殿の御一言、御尤もでござる」玄蕃「そこが大家老の胸の廣さ、早くお歸りなされ、右の通りを豊秀殿へおつしやれ。離縁仕つたぞ」弾正「イヤ、そうは成ますまい」玄蕃「ナゼサ」弾正「先達て姫君を申し受たはこなたからではない。慮外[一二]ながら、手前親[一三]とのと、[一四]御屋敷の大殿様と、[一五]御口をかためられた御縁組で、其大切なおいひなづけを、玄蕃殿より離縁なさるゝと。[一六]髭くびそらして下されませふ、か。とかく春道公、春風様へ御目見得仕つり、其上の儀でござる。大家老殿、コリヤちつと其方の御そ[一七]ゝふかと存じまする」玄蕃「何さまナア、コリヤちつと拙者が出[一八]そこないでござる。そこ[一九]は大家老だけに、大目に見て下され」弾正「時に、[10]其薄衣を召せば、御髪が逆立ませんか」民部「さればでござる。[二〇]回薬祕術を盡せども印もなく、祈り祈禱に[二一]おろかはござらぬが、サア有難いは鳴[二二]神上人の光[二三]

いろ〳〵あるべし。民部件の薄衣を取って、民部「おんあぼきや、べいろしやのまかぼだら、はらはりたや、そはか〳〵」ト唱へながら薄衣を着せる。錦「ハア、」ト泣伏す。髪も静まる。弾正、吐息をつき居る。民部「ハテ、是非に及ばぬなア」ト俯向く」で、15行目の玄蕃のセリフになる。実際の演出では、かなり様式的になり、ト書のごとき印象とちがってくる。

6 見かねて、二重に上がり、被ぎを姫に着せる。民部は平舞台で、数珠を袂より出し、真言を唱える。巻絹、姫に衣を被がせるという演出も行われる。

7 下におりて、これをみていた玄蕃は、「まさしく蛇身の体相」で左の指先で姫を指す。

8 嘲るように言う。

9 弾正「いかさま」と言い出し、やや上手を見てセリフ。

10 姫の方を見ながらきく。

明眞言の守りを、アノ薄衣に縫込ませ、御覧の通り、ふだんアノ薄衣を召してござる内は、御病氣が起りません。[一]ひつきやう守りの御かげと存じまする」　彈正「其薄衣を御取なさると、逆立まするナ」　民部「左様でござりまする」　彈正「[1]ハテナア。[2]何れの[二]道にも、大殿様へ御目見得を願ひまする。御取次を頼み存じまする」[3]　民部「畏まつてはござれども、今日は勅使御入なされ、奥の[三]殿にして御もてなし最中でござりまする。其上ちつとお家に[四]もつれまして、詮議の儀もござれば、すきを見合せまして御披露仕つりまする。御退屈ながら、暫らく是に御控へ下されませう」　彈正「其儀に付て參つて、拙者御目見得いたさん内は、今日が明日、今年が來年迄も相待ませう。とかく[五]御前よろしう御取次を頼み存じまする」　玄蕃「巻絹、姫君を奥へ御供仕まつれ」　巻絹「サア御出なされませい」　錦「彈正、恥かしひ今の體を見せて、何と生ていられうぞ、わしや早ふ死たいわいのふ」（ト泣）　[4]巻絹「御尤もでござれども、マア御出なされませい」（ト[5]皆〳〵、錦をつれ、腰元は入る）　民部「御待遠ながら、暫らく御控へなされませう」　彈正「畏まつてござる」　玄蕃「しからば」　民部「[六]後刻御意得ませう」（ト[6]唄に成り、玄蕃、民部、兩人は入る）　[7]彈正「ハテ合點の

一 つまり。結局。
二 どのみち。ともかくも。
三 御殿。
四 縺れまして。取り込みごとができて。
五 大殿様の御前、春道公に。
六 後ほど、お目にかかりましょう。
七 血の成分。底本振りがな「ち」。
八 血の成分が、心臓と肝臓とをかねて司り。「髪ハ者腎ノ之華ニシテ腎ハ主ル髄ヲ脳ハ者髄之海髪ハ者脳ノ之華ナリ脳減ズレバ則髪素ッ也髪ハ者血之栄」（和漢三才図会、支体部）。㊥「しいかんじんをかねて」とあり、「しい」は「ひゐ」（脾胃）の訛とし、脾胃肝腎と注す。
九 肢体の誤りか。手足と体。㊥あるいは頭・胴・手・足。
一〇 髪のたち（性質）。「各其経気血盛ナレバ則美ニシテ而長ク気多血少ケレバ則美而短シ気少ク血多ケレバ則少而悪気血倶ニ少ケレバ則其処ニ不レ生気血倶ニ熱スレバ則黄ニシテ而赤シ気血倶ニ衰フレバ則白シテ落ッ」（和漢三才図会、支体部）。
一一 格別多い。格段の差別がある。
一二 肝・心・脾・肺・腎の五つの内臓。
一三 あやしい。不審な。
一四 弟。「舎」は家。
一五 容貌。
一六 才知のすぐれた人。

1 扇をつぼめたまま床につき、両手を重ねて思案の体で、大きく思入れ。㊥は、「弾正「ハテナア」（ト思案する）「何れの道にも」」とある。
2 気をかえて。
3 軽く頭を下げる。
4 女性語になってはいないが、そのままにした。なお、㊥は「三人」。
5 皆々「マア、お出遊ばされましよう」で、巻絹、姫の手をとり、正面へ入る。腰元たち、それぞれ座蒲団・脇息を持って、後につづく。簾を使う場合は、簾をおろす。
6 合方になり、玄蕃・民部・弾正、それぞれ刀をとり、民部・玄蕃は、弾正にお辞儀をして、上手の弾正と入りちがえ、二人は上手へ入る。
7 弾正は、左に刀を持ったまま見送って、のち、正面に坐り、「ハテ、合点のいかぬ御病気じゃナア」と刀を脇におく。

行ぬ御病氣じやナア。髪[8]は血[七]ぶんの餘り、しんかん[八]をかねて四體[九]に及ぼす。尤血ぶんの足り不足によつて、色〳〵の髪筋[一〇]はかくだん[一一]にある物なれども、あの様に逆立といふは、奇病門にも見あたらぬ病ひ。御顔立は常體に少しもたがはず、御病氣の體とは見へぬ。さすれば全く五臟[一二]のなす所でもなし、アノ薄衣も合點ゆかぬ。ハテ、[一三]いぶかしひ御病氣じやナア」(ト手[9]を組で思案する所へ、秀太郎[10]、煙草盆を持出る) 秀太「御使者御苦労に存じまする。私儀は、秦の民部が弟秀太郎と申す者でござりまする。民部申しまするは、彈正様さぞ御退屈にござりませう、追付御披露仕つり、御目に掛るでござりませう。今暫らく御控へ下さりませい」 彈正「是は〳〵御丁寧な。其元が民部殿の御舎弟[11][一四]、ハテ能器量[一五]かな、御才子[一六]に見へまする。末頼母しひ。定め[12]て弓鎗の御稽古なさるゝでござりませう」 秀太「鎗はし[一七]つりう、弓はなす[一八]の流を稽古致しまする」 彈正「是は二道とも結構な流儀でござりまする。精出[一九]しませう。そして馬はどの流儀を御稽古なさるゝナ[13]」 秀[14]太「イヤまだ稽古にはかゝりません」 彈正「馬はまだ稽古なされん」 秀太「左様でござりまする」 彈正「是は、弓馬の道[15]と申せば、武士の最初に稽古致さねばならぬ儀でござる。チト御油[二〇]

一七 不明。薙刀の静流からの連想か。同「静間」、頭注に「賤ケ岳七本槍からの連想か」とある。
一八 那須の与市流。扇の的よりの連想の架空の流派か。鉄砲と槍には那須流がある。
一九 精進いたしなされ。
二〇 気をゆるすこと。涅槃経、油鉢の譬喩から出る。王が臣下の一人に油の入った鉢を持たせ、一滴でもこぼすと生命を断つと言ったという。

〔右〕①守り―お守り　①アノ薄衣を―に　③弾正…左様でござりまする―ナシ　⑥奥の殿にして―ナシ　⑦最中でござりまする―の最中　⑦まして―ました　⑨其儀…とかく―ナシ　⑫巻絹…ませい―ナシ　⑭御尤もでござれども―ナシ　⑮民部…畏まつてござる―ナシ　⑯しからば―しからば後刻　⑯民部―三人　⑯後刻―ナシ
〔左〕①しんかん…血ぶんの―その　②かくだんに―ナシ　④御顔立…合点ゆかぬ―ナシ　⑨御目に―主人春道御目に　⑫弓鎗―弓馬　⑫鎗はしつりう―ナシ　⑬まするが―まする　⑬弾正…なさるゝナ―ナシ　⑮イヤ…かゝりません―馬はまだ仕りません　⑮弾正…左様でござりまする―ナシ　⑯是は―それは　⑯弓馬…ござる―ナシ

8 次のセリフのうち、しじゅう上手の障子の中に眼をつける。
9 現団十郎(十一代)は、扇の要をついて、両手をかけて思案する。
10 秀太郎、上手より出る。弾正、思案の体を直す。秀太郎、煙草盆を、弾正の正面におき、上手へ下がって、お辞儀をし、セリフにかかる。
11 弾正、「御舎弟」で、秀太郎の顔を見て、扇を右膝へ立て直す。
12 向う正面を見て言う。
13 と見る。
14 秀太郎は、いちいち両手をついて、セリフを言う。
15 向う正面を見て。

斷に存じまする。[一][1]さつきやくながら馬の乗様、拙者御指南申しませう」 秀太「夫は忝なふござりまする。當世に置まして、粂寺彈正様の御指南を受まするど申すは、私の[二]きぼでござりまする。どうぞ御指南[2]賴み上まする」 彈正「安い事〳〵、御指南仕つらう。[3]先づ乗様ちよつとおしへませう。立入てはさま〳〵六ヅかしい儀がござれども、第一は、手綱さばきが稽古の最初でござる。[三]手の内が大事じや、ちよと御指南申そう。[4]お手を取まする。(ト秀太郎の手をとる)扨は、やはらかな御手かな。先手綱をこうにぎつて、[5]こうじつとしめてナ、此手の内が[四]くでんか〳〵」 秀太「アイ〳〵」[6](トはづかしそうに、うつむく) 彈正「是からはかん[7][五]じんかんもん、[8]鞍[六]つぼへも腰をすへ、さらば御指南申そ。かう(トうつむいて居る[9]秀太郎を、じつとしめつけ)こうしめつけてのりすへるが傳授でござる。こりやどうもならぬのりあんばい、[七]てんと命め〳〵、とてもの事に、[八]一ト馬場せめる御指南仕つらふ」(トおしふせる) 秀太「アヽ、何を惡ひ事なされまするぞ」 彈正「ハテ、是が馬の乗様指南でござるぞ。じつと辛抱せねば、[九]稽古があがらぬてや」[10] 秀太「アヽ、惡ひ事なされますか、私はそんな馬の稽古は存じませぬわいの」[11](ト突のける) 彈正「是は[一〇]むぎどうな、[一一]口

一 さしあたって、またはさっそく。早速→早足→早脚と馬の脚とかけて洒落たか。
二 規模。面目。名誉。
三 手加減。掌のうちの工夫。
四 口伝。秘伝の口授。
五 肝腎(肝心)肝文。大事中の大事。
六 鞍の中央の平らな部分。
七 「てんと」は最上、最高の意の副詞。「命め」は、たまらなさの愉悦の声。てんとたまらぬ。
八 馬場一周のりならすこと。男色道を暗喩する。
九 稽古の成績があがらぬ。
一〇 没義道の転。邪慳。
一一 口の取りにくい、制御しがたい馬。言うことをきかぬ若衆をたとえた。
一二 自堕落。ふしだら。

1 思いついたる体で、じっと見詰めながらのセリフ。
2 やや膝を進めて、両手をつき、「頼み上げまする」と言う。弾正は「やすい事〳〵」で、扇子を帯にさす。
3 煙草盆をうしろへ、刀を右へやる。
4 秀太郎の右手を、両手でとる。
5 うしろより。
6 底本は、このト書が秀太郎のセリフ「アイ〳〵」の前にある。
7 ト手をはなし。
8 「肝腎肝文」で、また立って、うしろより。
9 秀太郎のうしろより。
10 「コレ、拝む〳〵」(同)で、両手を、秀太郎の両手の上に組んで、抱きしめる。
11 下手へつきのける。
12 前より、手をとる。初演の左団次は袂をとった。
13 すっと立って、袴の膝を叩いて上手へ入る。袴の襠に手をかけ

一三 挽きだめにしておいた茶だが。けんそんして言った語。
一四 山城宇治の茶所。「初昔」は茶の銘。→補九。
一五 茶の湯を立てること。
一六 うすく立てる抹茶。薄茶。
一七 女と契ることを望む言葉。「桃源集」(明暦元年刊)に、「お茶は上々無類」「茶は初対面にても望次第」とあるのは、島原の遊女の床入りを指す。
一八 「です」の延音。
一九 「転合」「戯業」などとも書く。冗談。いたずら。
二〇 涎でおわるだけ。手近にあっても自分のものにならぬことの譬。
二一 →補九。

〔右〕①さつきやく…乗様―ナシ ①ませう―ませうか ②当世…きぼでござりまする―ナシ ④御指南…おしへませう―ナシ ⑥稽古の最初でござる―ナシ ⑦扨は―扨 ⑨ト…ト手をとる(左1行)―ナシ
〔左〕①じだらくな事おつしやり―エ、じだらくな事なされ ③次第―ナシ ④ハテ御返事は―偖(てき)御返事の ⑤御姫様から御口上でござりまする―ナシ ⑦あがり―おあがり ⑨是は―是は偖(てき) ⑨有難ひ…御茶とは―ナシ ⑪ませう―ませうが ⑫でゐす―でゐすコレ ⑫ト…致したい(16行)―ナシ

のこわい馬かな、たつた一馬場」(ト手をとる)[12] 秀太「[二二]じだらくな事おつしやりまするナ」(トむぎどうに、は入(い)る)[13] 弾正「ハ、、、、ハテ堅い若衆(わかしゅ)かな。近頃面目次第もござりません」(ト見物へ、辞儀する) 弾正「ハテ、御返事(へんじ)は待(まち)久しひ事かな」(ト毛抜を出し[14]、髭をぬき居ると[15]、巻絹、茶を持出る) 巻絹[16]「御姫様から御口上(ごこうじやう)でござりまする。弾正様、さぞ御退屈にござりませう、是(これ)は引(ひき)[一三]だめながら、上林(かんばやし)[一四]の初(はつ)むかし、御姫様の御手前[一五]で、薄(うす)[一六]ふ御立(おたて)なされた一ぷく、あがりなされませとの御口上でござりまする」(トさし出す。[17] 弾正、毛抜を下に置き) 弾正「是(これ)は御心のつかれた、有難(ありがた)ひ仕合(しあはせ)でござりまする。お姫様からの御茶とは、有難(ありがた)ひ事でござりまする。(ト茶わんを取[18]ながら、巻絹の手を取(とり))御姫様の御茶も嘸(さぞ)かしでござりませう。先(ま)づ差當(さしあた)つて、その元の御茶[一七]を薄う一ぷくたべたいで[一八]ゐす」(ト引寄(よせ)る。巻絹はづかしがる) 巻絹[19]「ア、是(これ)、てんごう[一九]なされまするな。ナア御姫様からの御茶を早う上(あが)りませい」 弾正「なんぼ有難ひと言(いつ)ても、御姫様の御茶はおと[二〇]がいのしづくで、かんじんかんもんの御茶は口へいらぬ。どうぞ其(その)元(もと)の御茶を一ぷく所望(しよもう)致したい。なんと、男はまだ初昔(はつむかし)[二一]か〱」 巻絹「ヱ、、たしなましやんせ。かたい顔して、わしやそんな事は知

きっとする演出もある。
14 後見がうしろより出すのを受けとる。
15 〔洞〕では、巻絹の出の前に次のセリフがあり、演出もそれによる。「髭を抜くこなし。(弾正)「どうもあの髪の逆立つは、思案して見ても、とんと読めぬことぢや。薄衣を外すと」ト薄衣を外す思入して、「ドロドロ、イヤ、どうしても合点が行かぬ」。「思案してみても」と、毛抜であご髭を抜きながらセリフ。「どうも合点が行かぬ」で、右膝を立て、刀を左手で、まっすぐに立ててつき、右拳をつくって、あご下にあて、見得。さらに、現行では「化物屋敷かしらん」で、正面に直ると、三味線の合方になり、巻絹、天目台の茶を運んで、下手より出る。毛抜のしぐさは、左手をかけて右頬を二つ抜き、さらに左頬を一つ抜いている間に、巻絹、弾正の前にくる。
16 巻絹、茶台を正面におき、下手へさがり、両手をついてセリフ。
17 先に出してあるから、ここはお辞儀のみ。
18 弾正、両手で茶碗を頂き、飲んで、うしろへやり、巻絹の手をとる。したがって、底本のト書とはちがう。
19 巻絹「ア、、コレ、てんごうなされまするな」と立つのを、うしろより腰を押え、弾正「男はまだ初昔か〱」となり、袖をとって肩にかけ、その間より首を出す。

一 先の秀太郎とともに二人にふられたのをお茶一杯にかけた。

二 脇差の鯉口のところに差しておく小刀。

三 だまされないようにするまじない。

四 暴れ者。

五 行きとどかないこと。

六 「毛抜」の初演が大阪であり、大阪人の信仰の最たる神々を引合いに出した当て込み。住吉大明神は、大阪市住吉区にある、摂津国の一の宮。海上守護神、軍神、和歌の神。

七 大阪市北区大工町にある天満宮。その天神祭は天下の三大祭の一つとされ、大阪人にとって親しみ深い神。天満天神は菅原道真をまつる。

八 喧嘩口論。

九 兵糧。軍隊の戦時の食糧。せり合いを戦と見立てていう。

一〇 飯行李。弁当の飯をつめる柳または竹で編んだ小さな行李。

一一 古い格式。ただし時代おくれのやり方で。

一二 二人称の代名詞の卑称。汝。手前。

らぬわいナ」(ト突のけ[1]、は入る) 弾正「てんと是で二はい[一]ふられた[2]。さらば一ぷく給ふか」(ト茶を一口のむ[3]。下に置た毛抜、仕掛にておどる[4]。弾正、じつと見て、不思議そうに思入だん〳〵あつて、煙草盆のきせるを下に置見る。きせるはおどらぬによつて、又思案して、脇差の小柄[二]と毛抜を見合せ、又きせるを見て、手を組思案する) 弾正「ハテ合點のゆかぬ」(ト侍一人、あわたゞしく出る) 侍「民部様〳〵、どれにござりまする」(トせいたる思入にて) 弾正[5]「コリヤ化物屋敷じやないかしらぬ、待て」(ト[三]まゆ毛をぬらし、煙草盆を提げ、橋懸りの方へ寄て居る。侍、民部様〳〵、玄蕃様〳〵といふ。奥より、玄蕃、民部、出て)[6] 玄蕃「あはたゞしひ、何事じや」民部「何ぞ氣遣わしひ事ではないか」侍「只今百姓體の者でござりまする、御玄關へ參つて、若殿春風様に直に御目に掛り、申し上る事があつてござると、奥へふん込みまするゆへ、當番の侍共留ましてござれば、中〳〵[四]強勢者で、つきのけはねのけ、只今是へ參りまする。御油斷あられまするナ」民部「[五]不調法千萬な、何程強勢なといふて夫留めずに置てよい物か、はやく歸せ〳〵」(ト向ふより、[7]小原萬兵衞、百姓にて、手拭はち巻にて、大はだぬぎにて出る。侍ひ大勢、待〳〵といふを、つきのけ〳〵出る) 萬兵「なんぼ貴様達が留

1 巻絹「知らぬわいなア」とつきのけ、振りかえって「ビヽヽビイ」を言って入る。また、袂で弾正の顔を張り、その袂で顔をかくし入るという演出も行なわれる。 2 「ふられた」で、左手で頭へ手をやる。 3 左団次、河原崎長十郎は茶、十一代目団十郎は、茶でなく煙管を出し、煙草を一服する。 4 どろどろで、横に置いた毛抜(大きな差金に取りかえたもの)が後見によって立たせられる。左団次初演は、ここで五つの変わった見得をした。弾正は、すぐ傍の刀を左手にとって、トンと鐺をつき、右足をふみ出し、右腕を張って拳を顎の下へよせて睨むのが、第一。次に扇子で毛抜を押えてあたりを見、放つと、また立つので、右手の扇子で左の掌をたたき、扇子を左膝につき、左手を上に重ねて反り身で、斜に見込むのが第二。次に銀の煙管をとって前に縦におき、腹這いになって、正面向きに、両手のひらを顎にあて、両足をあげ、頬杖で見得をするのが第三。こんどは刀の小柄をとり前に出し、おくと、立つので、正面を切り、煙管を両手でつき、第四の見得をして、「ハアテー」と腰を落し、「合点のゆかぬ」で後向きになり、身体をそらせて両手を後につき、天井を見込むのが第五の見得。第三の見得は、十一代目団十郎はしない。このト書のなかに、[河]はかなり捨てゼリフのようなものが入る。

一三 夜だけの殿の意を諷刺するか。語呂あわせで出た語。
一四 言ってくれるなよ。「いやんな」は「いひやるな」の約。
一五 「さがんた」は「しやがんだ」か。侍が這いつくばうことを、幼児語で言ったか。[同]「侍がつくばうて三拝するは見苦しいものでえす」。
一六 「ぽんつく」などいうのと同じ。うすのろ。
一七 正当な筋道。
一八 「われは」の転。お前は。

〔右〕②給ふか―給べうか　⑤ト…帰せ〳〵(15行)―ナシ　⑯出る…つきのけ〳〵出る―万兵衛「邪魔立てさんすな通る〳〵」（ト喚きながら出て）侍達「待て〳〵控へい慮外者」（ト止めるを突き退け〳〵来る）弾正「こりや化物屋敷ぢやないか知らぬ」（ト眉毛を濡らし煙草盆を提げ片隅へ寄る奥より玄蕃民部て(亡)玄蕃「騒がしい何事ぢや」民部「鎮まれ〳〵」　⑰なんぼ―イヤなんぼ
〔左〕②春風どの―春風どのに用がある　③せり合によつて―せり合うて　⑤春風殿(出ノ上)―ナシ　⑥迄―ナシ　⑥留守―留守を　⑦傍から―ナシ　⑦はるか―はるかに　⑧逢たい―ナシ　⑨うぬ―おのれ　⑨万兵…腰元(二六〇頁4行)―玄蕃「何の仔細があつて来た」万兵「わしは此屋敷に」

ても、留る男じやない。住吉大明神、天滿の天神が留やつても、留る男じやない。春風どの、出やらぬかいの〳〵」（ト言ながら、本舞臺へ來る。侍、御前じや、下れ〳〵と言）萬兵「貴様達とせり合によつて腹がすいた。先兵粮を遣ふて（ト大あぐらをかき、腰の喰ごりを出し、喰ながら）此屋敷の息子どの、春風殿に御目にかゝらう。春風殿、出さつしやれ。借錢迄の言譯する様に、古いかくで留守つかふのか、サア出やしやれの〳〵」（トやかましく云）民部「傍から見れば、はるかいやしいやつじやが、若殿に逢たい、直に御目にかゝらうとは、先づうぬは何者じや」萬兵「イヤ、あんまりしかつてもらいますまい。若殿でも夜の殿でも、逢て用がありやこそ來た者じや。めつたにしかつて、跡で誤りましたといやんなや。侍ひさがんたをするは、ずんと見苦しい物じや、すつこんで居ずと春風殿、出やらんかいの。うんつく太郎殿、出やいの〳〵」民部「こいつ、慮外なやつ」（トそりうつを、玄蕃とめて）玄蕃「民部殿、お待やれ。きやつも若殿に逢ふといふすじがあればこそ、最前から御目に掛らうといふではないか、跡で誤りに成まい物でもない。一通りの様子を聞たがよい。コレヤイ、元來わりや何者で、若殿に直に御目に掛らうと言、

「ト茶を一口呑みながら毛抜を見る。毛抜、仕掛にて踊り出す。弾正大きに肝を潰し、飛び退き、毛抜の踊るにつれて踊り廻り、可笑しきこなし様にありて、こは〴〵手に取つて見て、先づ毛抜を押へ、「こりやどうぢや、毛抜に足が生えたワ。兎角合点の行かぬ。下に置くと踊る。取るとなんともなし。ハテ、その意を得ぬ。今日程合点の行かぬことのある日はない。どうでも爰は化物屋敷ではないか知れぬ」トあたりを見て怖がる思入して、「毛抜の踊るといふは、とんと読めぬことぢや」ト煙草を取り、最前の通り下に置いて見る。煙管踊らぬゆゑ、ヂッと見詰めて、「フム、煙管は踊らぬ」ト煙管を取り、ヂッと見ながら思案して、煙管を捨て、脇差の小柄を抜いて下に置く。「アレ〳〵又踊るワ」ト最前の通りこなし。此うち合方。小柄を取り、つく〴〵と見て、「毛抜と小柄は踊る。煙管は踊らぬ。ハテこれはなんぞの」トあたりを見て、「ハテ、合点のゆかぬ」となる。底本の場合だと、すべて、このくだりは、パントマイムで演ずることになる。この所の演出は重要な見所である。 **5** 正面に直り「化物屋敷じゃないかしらん」というと、揚幕で「民部様〳〵」というので、煙草盆をさげて、上手へ行き坐る。底本では橋がかり。 **6** 二重の上で立身のまま。 **7** 中村翫右衛門は、土瓶を右手に提げ

其仔細をいへサ」 萬兵「お前の様に下から出さつしやれば、成程、私が名を申しませう。アノ侍ひの様に、あたまからしかつて貰ふては、びつくりとも動く男じやごんせん[一]。われは名が聞度ば、此屋敷に腰元奉公[二]していた小磯が兄の、小原の萬兵衛といふ男でゑす。アイ、村でも口きゝ[三]百姓でゑす」(ト彈正、のび上り[1]、見る) 萬兵「斯いふからは、モウ春風殿合點であらふ[四]。サア、春風殿出さつしやれ、手のわるい[五]、コリヤ留守つかふ[六]のかいの」 民部「小磯が兄といへば、此方の家來も同前、彌々慮外もの。侍ひども、こいつ、ソレ、引立めされ」 侍「立ふ」(ト寄ふとする[2]。奥より、春風、數馬、秀太郎、出て來る) 春風[3]「侍ひ共、必らずりやうじ[七]するナ。民部、控へめされい」 民部「是ははしたない[八]、御前の御出なさるゝ儀[九]ではござりませぬ。奥へお出なされませい」 春風「イヤ〳〵、小磯が兄といへば、ひそかに逢ふて問たいこともある。マア控へめされ」 玄蕃「何さまコリヤ、御逢なさらずば濟そもない事の様子に存じられまする」(ト春風、そばへ行[4]く) 春風「扨は、そちが小磯の兄の小原の萬兵衛じやな。ハテ能來たナ、おれもそちに逢たひ事があつた。マア聞、小磯は息さい[一〇]か」 萬兵「なんじや息さいなか、是、爰ナ春風の人殺」 春風「ヤアなんと」

一 「ござりません」の約。相撲取・田舎者などの詞。
二 侍女奉公。
三 物事などに口を利くことのできる人。顔役。
四 わかったであろう。
五 要領のわるい。
六 居るのに留守のふりをする。
七 聊爾。軽はずみなこと。
八 つつしみがない。
九 あなた(敬称)がおいでになるようなことがらではない。
一〇 息災。元気。達者。もと仏語。仏力によって災難、病魔を退散させること。

て出る。のちに行李の飯を食うとき、湯をかけ、また泣くときに、その水をとって目につける。
8 喰ごりのくだりは、省略されることが多い。

1 今はこういう演出はしない。
2 侍二人は、両方から万兵衛の箸と飯箱を持った両手をとって、引き立てる。
3 手を上げて止める。
4 懐しそうに、二重からおりてそばへゆき、セリフ。そのままの位置で動かないで言う人もある。

一一 推参。無礼な奴。

一二 刀を抜く手を見せずに、斬り殺してしまうぞ。

一三 縄を打って牢送りにすること。

一四 黒白をつけて事理を正す。

一五 男らしい気質。侠気。

〔右〕④でゑす—ナシ ⑥サア春風殿—ナシ ⑥出さつしやれ…かいの—出さつしやれ〳〵 ⑧こいつ—ナシ ⑩必らず—ナシ ⑪御前…ござりませぬ—ナシ ⑫といへば—ならば ⑫ひそかに—ナシ ⑬マア控へめされ—ナシ ⑭様子—様 ⑮兄の…ハテ—兄か ⑯おれ…マア聞—ナシ
〔左〕①数馬…人殺じやと（7行）—ナシ ⑧誰が死んだ—誰が ⑨ヤア小磯が死だかソリヤどうして死だ—ヤアソリヤどうしてだ ⑩春風…殺したわいの—ナシ ⑬こいつ引—早う引つ ⑬侍ひ等—イヤ ⑯此屋敷…ない—ナシ ⑰どうして…どふじや—ナシ

萬兵「こなたは人殺じやわいの」 數馬[5]「イヤ[一一]すいさんナやつの、大切の若殿を人殺しとは」 秀太「モウ[6]一言ぬかすと[一二]手は見せぬ。數馬殿」 數馬「秀太郎どの」 兩人「ひつ立ませう」 春風「コリヤ兩人、必らずりやうじするな」 兩人「テモあまりと申せば過言を申しまするによつて」 春風「是サ、おれが靜まれと言に靜まらぬか」 兩人「ハツ」（ト辭儀する） 春風「なんと、春風が人殺しだといふか」 萬兵「まだこなたは人は殺さぬか」 春風「どうして春風が人殺じやと」 萬兵「死ましたわいの」[7] 春風「死んだとは、誰が死んだ」 萬兵「妹小磯が」 [8]春風「ヤア小磯が死だか、ソリヤどうして、死だ」 萬兵「どふして死だ[9]○是、こなたが殺したわいの」 春風「[10]コリヤ〳〵、そふいふが、どうして此春風が殺すものぞ」 萬兵「なんぼ隱しても、モウのがれぬ。小磯はこなたが殺したわいの」[11] 民部「こいつ、さま〴〵の事をぬかす。扨は氣違ひじやナ。侍ひどもこいつ[一三]引立イ」 玄蕃「侍ひ等、まだ[一四]白い黒いの事の譯も糺さず、そこつ千萬ナ。コリヤ萬兵衛とやら、わりや[一五]男氣な者と見へた。いひにくい所で、さつぱりといふが男じや。沙汰はない事、此屋敷に、耳のある人間らしい者はない。仔細は此玄蕃が聞て遣う。どうして妹は死だ、其様子をいへ、どふじ

5 万兵衛に向って言う。

6 数馬へ擬勢して言う。

7 春風の顔色をうかがいながら、大きな声で泣きながら言う。

8 春風、驚き、うろうろしながら。

9 あきれた思入れ。「こなたが殺したわいの」と、ずけっと言う。

10 春風、手を上げて制する。

11 弾正、万兵衛をじろっと見る。

一 牛の寝た姿が重量感がある為の形容。たくさん。「牛の寝た程取るといふのが一年に五貫目か六貫目」(芝居気質)。 二 上村行彰の「日本遊里史」に「享保十九年(一七三四)大阪高津入堀川開鑿茶屋株三十二株許可」とあり、「毛抜」初演の三年前の元文四年(一七三九)には「大阪西高津新地茶屋は定め通り守るべきこと(一月)」の記事がある。当時の評判の高津新地の新開発地を反映しているので、「馬乗場ほどな屋敷を買うて」はその当てこみ。 三 ところが、そんなさもしい性根を、の意。 四 承知。 五 つまみ喰い。あるいは、蕾の芽(妹をたとえて)を摘みとること。 六 主人。 七 悪業。 八 因果応報。困ったことには。 九 お腹のふくらんだ様。 一〇 館。屋敷。 一一 文句。不服。 一二 妊娠。みごもること。 一三 生活費を補助する。 一四 人間はおろか、虫の子一疋だとての意。 一五 いろいろと。 一六 人のおだてに乗る。 一七 産前産後の滋養食と伝えられたもの。 一八 曰は「六貫目」。 一九 這いつくばうこと。 二〇 産気。 二一 寝たきりになること。 二二 産綱。天井から吊した綱につかまって出産した。 二三 出産予定の月。 二四 すりこ木のように動かし。 二五 産婆。

や」萬兵「お前の様に聞わけて下されますれば申しまする。是春風殿、妹は一年二兩二分の給金で、こなたの妹子の所へ腰元奉公にこそおこしたれど、こなたのめかけには住ましやせんぞや。又、手かけ奉公に出しや、[一]牛の寝た程金を取て、[二]高津新地で馬乗場ほどの屋敷を買ふて、親子兄弟が寝て暮すわいの。[三]そんなむさい性根をもつ萬兵衛でない。ろく／＼に[四]合點もせん妹を、こなたなぜ[五]つまんだ、ナゼ盗喰しやつたぞ」[1]春風「コリヤ／＼聲が高い、人が聞わいやい。夫は知れてある事じや、靜にいふてくれいの」萬兵「人が聞ふが誰が聞ふが、そこにとんじやくはない。言事はいわにやならんわいの。かわいそふに妹めがいやがるものを、[六]主の威光でしかつたりおどしたりして、無理に押付、[七]業がつもり／＼て、[八]因果な事には妹めが腹は[九][2]ぽてれん。こなたの心に覺へがあらふ。情をかけ、せめて[一〇]屋形で目出たふうみ落せば、末／＼奥様にでもする事か○なぐさむ時はなぐさんで置て、[3]おなかに[一一]言分が出來ると、わづかな事を落度にていとま出しやつたぞや、なんと是が侍ひか。そりや侍ひでも何でもない、おれが前へいひわけして見やれ。([4]ト狀を出し)[一二]懷胎の内は介抱をたのむ、見捨はせんと、こなたの直筆で書ておかしやつた

1 おろおろして、制しながら。

2 両手を前につき出して、はらみ女の態をする。

3 右手で腹を叩きながら言う。

4 腹掛けの中から右手で取り出す。この書状は、小野春風より小磯へやったもので、次のごとく書いてある。狂言作者の仕事である。「此度のことどもこの方においても覚えのあること懐胎の内は介抱たのみたく必ず見捨てまじく我れ世に出つるうえは屹度取り立て申すべく後日の為一札如件
　　小野春風[書判]
小磯へ」

此状、是が[5]物いふぞや。見捨まいと言ておこして、合力[一三]な事はさて置、今日が日迄[一四]むしのこ一疋見舞にはこんぞや」 春風[6]「夫ア、夫には段[一五]〱」 萬兵「[7]イ、ヤ、言譯よしにしてもらおふ、口車[一六]に乗る様な萬兵衛じやない。夫でもおりやあいつが可愛さに、随分と介抱して、朝晩の喰物に氣を付、夜の寢置にも心を付て苦勞をした。聞て下され、かつを[一七]ぶしときすの干物の代が六〆[一八]の餘りいつた。それ程迄に介抱したれども、あいつが因果のつくばいに[一九]、此月十三日の日、けが[二〇]ついて綱[二一]にかゝりおつたが、まだうみ月[二二]がたゝぬかと思ひながら、ヤレ醫者の藥の祈禱のと、手足をすりこぎ[二三]にして駈廻つて、よく取[二四]あげばゞさへ取かへひつかへ、百三十五人かけたれども、よく〱因果のつくばいか、夫は〱難産で、三日三夜つなにかゝつてくるしんだが、生て居る内にも、いひ居る事には、こうして懷胎の身にならずば死はせまいものを、わしがいやじや〱といふを、むりやりにこうした身にして置て、一度のおとづれもせず、男めはのめ〱と樂しんでおらう。[二五]うらめしといふは春風殿、聞へぬといふは若殿、わしが敵といふは小野の春風殿じや程に、兄さん必らず敵をとつて下され、ア、苦しや堪がたやと身をもがき、あがき死[二六]に

5 状を開き、叩いて、見せつけ。
6 春風、あたりをはばかり、うじうじして。
7 このセリフはかなり省略されることが多い。万兵衛の聞かせ所であり、仕方話の見せ所でもある。

二五「うらめしいのは春風殿、理が聞えぬのは若殿」というのと同じ。語調を反復漸層させ強調する歌舞伎セリフの特徴。春風殿も若殿も同人物。「聞えぬ」というのは、「ひどい」「あなたの言うことはわからない」などの意。
二六 足搔き死に。狂い死に。

〔右〕③めかけ—手かけ　③又…万兵衛でない—それに　⑥こなた—ナシ　⑧夫は…くれいの—ナシ　⑧誰—猫　⑨そこに…ない—ナシ　⑩妹めが…妹めが—妹めは何時の間にやら　⑫こなた…出来ると—それをこなた　⑭にて—にして　⑮是—それ　⑮そりや…見やれ—ナシ　⑰おかしやつた…おこして—おこしやつた此状は反古にして
〔左〕②夫ア—ナシ　③口車…おりや—黙って好う聞けおれは　④介抱して—ナシ　⑤気を付…介抱したれども—気を付て苦労したれど　⑦あいつが…つくばいに—あいつの因果か　⑦此月十三日の日—此月の十三日から三日三夜　⑧けがついて…つくばいか—ナシ　⑪三日…せまいものを—苦んで　⑬わしが…いふを—わしを　⑭して置て—したは若殿　⑭せず—せぬ　⑭のめ〱…程に—敵　⑯敵を…もがき—小野春風めに思ひ知らしてやつて下されと　⑰あがき死—踠（もが）き死

死んだ其時のありさま、思へば〳〵可愛や。むごたらしい事をしました」（ト泣く）[1] 玄蕃「何さまコリヤ、そちがいふ通り、春風殿が殺したも同前、一手もない人殺しといふものさ。是だによつて、めつたに物はいわんがよいといふ事サ」 萬兵「おれが侍ひなら、妹の敵じや。こなたを眞二ツに討二こなす人じやけれど、口惜いわいの、そこが土三百姓の淺ましさは、敵討は叶わんかや。千四も萬もない、さつぱりと五了簡つけてやりませう」 民部「夫は忝なひ。何事も皆因縁といふ物じや。此うへはそちが了簡してくれねばならぬわいヤイ」 萬兵「そんな所に無理をいふ萬兵衞でもごんせん。敵討もやめにして、春風殿の名もいはさず、結構な了簡つけて進ぜませう」 春風「夫は忝ない。どんな了簡でもきこう。是非に及ばんと思ひあきらめてくれサ」 民部「シテ、其了簡はどうじや」 萬兵「了簡といふは」 民部「いふは」 萬兵「妹を返してもらをふ」[2] 兩人「ヤア」 萬兵「妹さへもとの樣にして返してもらへば、言分はない程に、そう合點さつしやれ。なんとさつぱりとした了簡でござんしよがの」 民部「アヽ、死んだ妹を戻せか」 萬兵「春風殿が殺したによつて、春風殿から取かへそうといふが、わしが無理でござんすか」 玄蕃「何さまコリヤ、尤も

一 間違いない。
二 討ち砕く。
三 農民を卑しめて言う。「土穿（つちほぜ）り」とも言う。百姓に生まれた因果の浅ましさには。百姓の民のふがいなさには。
四 千言万句を費すこともない。つべこべ言わず。
五 納得がゆく話を。
六 ゆする。
七 むちゃな。腕白な。
八 干ぬ。事の結着のつかぬ。
九 非常の際のために用意しておく金。
一〇 生き死にのことは人間の力でどうすることもできない。
一一 未来が救われるため。未来の仏果を得るため。
一二 仏語。代々帰依して葬式を営み、また法事供養などを

1 右手で手拭をとって、両手で下から鷲づかみにして、目にあてて泣く。中村翫右衛門は、土瓶の口から水を手のひらに出して、目につけ、この通りだといわぬばかりに、両手の人差指で両の目をさし、それから腰につけた割子を、ここで出して、握り飯を食いかけ、土瓶の水を口飲みにする。民部「ホイ」ト俯向く」とある。

2 「返して貰いたい」と左手を出し、両膝を立て、足先を交差し、両膝の前で、両手のひらを返して組んできまる。

依頼する寺。菩提(成仏)を求める所。菩提寺。
一三 死後の供養。
一四 懇ろ。念を入れて丁寧にする。
一五 法事を盛大に。位牌所は、死者の戒名を記した木牌のあるところ。仏壇。
一六 はした金。
一七 金の力。「づく」は名詞について、その力を働かせる意の接尾語。

〔右〕①可愛や—ナシ ②そちがいふ通り—ナシ ③同前… ④じや…いふ事サ—同然さ ⑤口討こなす人—と云ふ処 ⑥浅まし惜いわいの—ナシ ⑥浅ましさは…ない—浅ましさ其処で ⑧此うへは…あきらめてくれサ—万兵「おいの」 ⑫万兵…民部いふは—ナシ ⑬両人—春風 ⑭もらへば—もらや ⑭はない程に—ない程 ⑭そう…ござんしよがの—ナシ ⑯万兵…ござんすか—ナシ ⑰何さま—ナシ
〔左〕①是が—ナシ ①成程…事じや(4行)—ナシ ⑥兄弟…くれたがよい—ナシ ⑧為に—為 ⑧菩提所…やれ—ナシ ⑩位牌所…早く持て帰れさ—ナシ ⑬馬鹿ナ—エ、馬鹿ナ ⑭わいの—ナシ ⑮そんな…いらぬ—ナシ ⑯わいの—ナシ ⑯何さま—ナシ ⑰そんならどうぞ—ナシ

ナ了簡じや」 民部「何が是が尤もな了簡であらふ。成程、そう腹をたつてねだり[六]かけるが至極無理ではないが、一度死だ妹がドウ帰さるゝ物であらふ。ソリヤほんのわや[七]くな子がねだる様なもので、いつ迄いふても事のひぬ[八]事じや。ヨイ〳〵。此上は身が了簡つけふ。其御[九]用金をもて。(ト秀[3]太郎は、ハット箱を持出る。民部百両包二ッ出し[4])若殿にも嘸残念に思召そふが、生死[一〇]の道は力に及ばぬ。兄弟の事、我もさぞかなしからうが、そこは思ひあきらめくれたがよい。此金子は少々ながら、若殿より下さるゝ。百両は小磯が未來[一一]の爲に菩[一二]提所へ上げて、随分跡[一三]を念頃[一四]にとらせやれ。又百両は、其方へ下さるゝ。位牌所[一五]賑やかに取計ふたがよい。此上は小磯じやと思ふて、其方を見捨はなさるまい。サア、是をもつて早ふ帰れさ」 萬兵「アノ、此二百両で了簡して帰れ」 民部「若殿の御志ざしじや、早く持て帰れさ」 萬兵「馬鹿ナ侍ひじや。人の命が銭金でかわれるものか。扨は此萬兵衞、金銀をねだりに來たと思やるか。是、男で[5]ゐすわいの、[一六]めくされ金の百両や二百両、何[6]にする物じや。そんな事すると氣がわるい、千も萬もいらぬ、早ふ妹を返して貰はふわいの」 玄蕃「何さま、コリヤ金[一七]づくではありそふもないものじや」 春風「そんなら

3 秀太郎は「ハハッ」と手文庫を持って出て、民部の前におき、さがる。秀太郎は侍の場合もある。この金のくだりは省略する場合もある。
4 民部は、手文庫の蓋をあけ、小判包を二つ出す。[河]では、「万兵衛が前へ置き」とある。万兵衛は、この間に手拭で鉢巻をし、片肌ぬぎ、大あぐらになり、前におかれた金包を、ちょっと取ろうとして、ひかえる。
5 「男でーす」と、大声を張り上げて言う。
6 と立ち上がって、その金をとって、下へたたき散らす。

どうぞ能い了簡があらふかの」[1] 玄蕃「ゐこひいきなしに、正道[一]に申さうなら、こなたの首を渡すか、妹を戻すか、此二ツより外にはござらぬ。夫もまだ了簡のありそふな物なれども、御家老[二]の御挨拶か[三]ら出口[四]はならぬ。さらば見物致さう。敷馬、煙草盆を持て」[2](ト敷馬、ハット煙草盆を持出る。玄蕃、煙草を呑で居る) 民部「イヤ〳〵、はつたりと忘れた。(ト又三百両出して)きけば、小磯にはお[五]袋があるげな。此三百両は、若殿より母へ下さるゝ。寺[六]参り金にしやれ。それで都合五百両、是で了簡して早く歸れサ」 萬兵「[七]とり貝かうるめの干物を買様に、ちび〳〵と。そんな事じやいかん。早ふ妹を戻しや、春風の人殺し、サア、妹を返しや〳〵」 民部「是サ聲が高い。奥には勅使の御入じやわいヤイ」 春風「親殿の耳へは入るとどうもならぬ。ドウゾ了簡してくれいヤイ」 萬兵「[八]勅使でも皿でも、そこにとんちやくはない。妹を返しや」 民部「こいつもうどうも」(トそりう[九]つ) 萬兵「コリヤどうするのじや、妹を殺してまだ[一〇]たらいで、おれ迄殺すのか、サア切りや。どこを切る、爰切るか、こゝか〳〵」(トはだを[3]ぬぎ、色々あり) 民部「全[一一]くそうではない」 萬兵「はて面倒ナ」(ト突退[4]ける) 秀太「イヤす[一二]いさんな、兄じや人をなんとする」(トそりうつ)

一 正しい道理で言えば。

二 秦の民部。先に秦の民部が了簡をつけて事が納まらなかったのを、皮肉っている。

三 「から」は以上。民部の御挨拶(了簡)である以上。ただし、[岡]では「外から口を差出して」とある。

四 差出口。

五 母親。

六 寺まいりの小遣い。

七 とり貝やうるめいわしの干物のような安価なものを買うように、ちびちびとしか金を出さないの意か。

八 勅使と猪口(ちよ)とかけた。猪口(盃)でも皿でもの洒落。

九 刀にそりを打たせての意。

一〇 たりないで。関西方言。

一一 謝った言葉。

一二 推参。出すぎた奴だ。無礼なふるまいだ。

1 弾正を見て言う。[岡]では、「そんなら玄蕃」とあり、前後で、玄蕃に言っているのであるが、弾正に助けを求めて、かけて言うと解しての場合であろう。

2 [岡]のト書は「ト玄蕃に煙草盆持つて出る。玄蕃、煙草のみながら、素知らぬ体にて居る。弾正伸上り、玄蕃が頭を叩く真似する」。今日では、このような演出はしてない。また、このあと、二六七頁5行目からの弾正のセリフ「最前から聞いて居れば」までが、かなり省略されることが多い。

3 先に肌をぬいでいるときは、ここでぬがない。また、もう片肌をここでぬぐということもできる。

4 このト書、[岡]では、多少異なる。「万兵「エ、面倒な侍ぢや」ト民部を蹴のめす。秀太「イヤ、推参な。兄ぢや人をなんとする」ト押取り刀にて立たうとする」。

一三 おとなしく控えている。

一四 甘言。あまい言葉。

一五 結末をつけられない時には の意。「おしまいがつかぬ」と、「つかない時には」と二つが混合したと見られる。

一六 両刀（大・小の刀）。

一七 飾りには。みえには。

一八 無礼。

一九 ここでは亡くした。

二〇 愁嘆。なげき。

〔右〕①あらふかの―あるまいか ①玄蕃 突退け（左3行）―ナシ

〔左〕③そんな…いかぬ―ナシ ④民部是…返せ〳〵といふ―ナシ ⑨ドウゾ―何かと安い事でござりまする―ナシ ⑫玄蕃…腹切る計りさ―弾正「承知しました」 ⑯おのれ…やつだ―ナシ ⑯若殿…慮外の―方々に対しての慮外過言 ⑰殺した―死なした

玄蕃「コリヤ秀太郎、あの男にゆびでもさすと、小野の家は斷絶するぞや」 春風「サア夫じやによつて控[一三]へている。どふぞ了簡をして」(ト傍へよる。萬兵衞突退け) 萬兵「そんな甘[一四]口な事ではいかぬ。サア妹を返しや〳〵」 民部「是、其様に聲高にいふなさ」(ト民部、春風、段〳〵にわびる。萬兵衞、皆〳〵を突退け、妹を返せ〳〵といふ) 彈正[5]「民部殿、最前から承まはつて居りますれば、いかに御困りそふに見へまする。何とやら差出がましうござれども、申さば一家の家來も同前の拙者、不調法ながら、チト了簡をいたして見ませふかな」 民部「夫は忝なふ存じまする。最前より當惑仕つて居りまする。ドウゾ御思案がござりませふかナ」 彈正「いと安い事でござりまする。我頭を我手をもつてなでるよりも心安い儀でござりまする」 民部「何とぞ一思案頼み存じまする」 玄蕃「御使者、最前より承まはれば、皆萬兵衞が尤も。其詮議を傍道からさし出て、仕舞[一五]のつかぬ内には何となさるゝナ」 彈正「兩腰[一六]を伊達[一七]にはさしません。ハテ、扱ひそこないましたらば、御前で腹切る計りさ。[6](ト本舞臺へ來て)萬兵衞とやら、おのれにつくいやつだ。最前から若殿へ對しての過言、民部殿へ向ふての慮外[一八]のゆるされぬやつなれども、申さば妹を殺[一九]したし[二〇]

5 これまで、右手で煙管をついて見ている。

6 弾正は「然らばあれへ参りませうか」(河)と言いながら、刀を持って立ち上がり、下手(現行、上手)より出て、万兵衛の前を通り、その上手に坐る。河は、この段取りに異同がある。「然らばあれへ参りませうか」民部「御苦労ながら」玄蕃「さらば、弾正どのゝお捌き、これで見物いたさう」トこのうち弾正、ついと立つて、万兵衛が前へ坐る。民部「して、御思案とはな」弾正「思案と申して、別儀もござらぬ。ヤイ、万兵衛とやら…」となる。

うたん、一通り聞てあれば、[一]そこにめんじて身共が了簡付てくりやう。そちが妹に、おれき〳〵[二]の御手[三]のかゝつたが有難ひと思ふて、コリヤ、御上より下さるゝお金、早く頂戴して歸れ〳〵」 萬兵「御[1]侍ひさま、お前はしかつべらしう[四]出さつしやりましたが、人の命が錢金で賣買が成まするか。お前は賣つしやりまするか。五百兩や千兩で、妹が命はかわれませんわいの」[2](ト[3]彈正、金を、あつめて) 彈正「金銀は世界の寶、取つておかつしやれませ。スリヤ、妹を戻しさへすれば、言分はないナ。はてよいは。妹を戻してくりやうはサ」[4] 萬兵「[5]サア請取ませう。今爰で戻してもらいませう」 彈正「成程戻してくりやう。ア、是、ひよんな事は、[五]妹は我[六]に戻そうが、呼びに遣[七]ふ飛脚[八]がない。なんと大儀[九]ながら、我[一〇]、飛脚にいてくれんか」 萬兵「妹が戻りさへすれば、どこへ成とも飛脚に参りませう」[6] 彈正「いてくれるか。然らば是より直にいてくれいナ。その料紙[一一]もたつしやれ」(ト秀太郎[7]、硯箱を、持出る。彈正、筆をとりて) 民部「彈正殿、一旦此世を去つた小磯を戻そふとは、どうでござる」[一二] 玄蕃「[8]是で御使者の智恵袋[一三]の底が知れた。目の寄る所へ玉もよる[一四]と、あほう同士の寄[一五]合じやナア」(ト此間に、狀を書き仕舞[一六]) 彈正「今妹を戻してくりやうが、

一 (妹を亡くした嘆きを一通り自分もこの場に居合せて聞いてしまったので)その悲しみに同情して。
二 お歴々。お偉方。
三 御手がついた。胤を宿したことを名誉だと思って。
四 しかつめらしく。もっともらしく。
五 とんだことには。ふと当惑を感ずる時に言う。
六 おまえ。 七 妹を呼びに。
八 人の手紙を持って遠くへ運ぶことを業とする者。ここは使者ほどの意。
九 御苦労だが。 一〇 お前。底本振りがな「わが」、岡「われ」。 一一 用紙を持っていらっしゃい。「持たれさっしゃれ」の約。 一二 どうしたことでござる。呆れた言葉。
一三 頭脳の程度、限界。 一四 諺。同類は相集まる。 一五 民部があほうなら、そこへ寄って来た弾正もあほうだの意。
一六 書き終り。「仕舞」は宛字。
一七 仏教でいう、地獄にある血の池。→補一〇。
一八 口上を書き記したもの。
一九 梵語。人間界。俗世界。この世。 二〇 所謂候文。下さるべしの丁寧体。
二一 「如件(くだんのごとし)」とあるべきところか。 二二 死者の魂を支配し、亡者を裁く地獄の王。
二三 「お上人」か「和尚」か、不

1 弾正へ向き直り。
2 岡は、このあと「あんだらくさい」と捨てゼリフが入る。ここで万兵衛は、そっぽを向く。
3 岡のト書は、「ト足にて金を蹴る。弾正金を集めて」とある。弾正は金をうしろへやる。左団次は、金を集めて民部へ戻した。
4 と万兵衛の顔を見ながら言う。
5 つめ寄る。
6 と容を直し、坐り直す。
7 普通は、万兵衛がごねている間に、仕方にて硯箱・料紙をとり寄せ、書いてしまっておく。
8 嘲って言う。

定めて産で死だ事なれば、[一七]血の池へはまつて居るであらふ。コリヤ萬兵衛とやら、それを讀で見イ」[9](ト萬兵衛、不思議そうに、状をとりよみ) 萬兵「[一八]口上書の事。一ツ、此小原萬兵衛妹小磯と申す者、急用御座候まゝ、此者と一所に[一九]娑婆へ御戻し[二〇]可被下候。[二一]如斯、謹言。[二二]閻魔大王殿へ御披露。[二三]をしやう人御中。粂寺彈正。[10]コリヤなんじや」 彈正「何と讀で見たか。其手紙さへやると、妹が早速しやばへ戻る。閻魔大王とおれは、兄弟同前に心安うする仲じや。此春も[二四]阿彌陀が池で逢ふたが、アヽ、閻魔も[二五]いかふ年がよつたわいヤイ。こまつた事は此狀をやる飛脚がないによつて、我をやる程に、手紙をもつて妹を迎ひにゆけ。妹を同道して戻つたがよいはサ」 萬兵「ヱ、」[11](トきもをつぶす) 彈正「ハテ、他人を遣うより、兄弟のそちが迎ひにいたら、妹もさぞ悅ぶであらふ。最前から金をくだされても、金銀には目がくれぬ。妹を戻せといふが、はて我はきつい兄弟思ひじやナア。[12]そこを感心して、閻魔大王の方へおれが手紙をやるは、めつたな事ではやらぬ。そちが心ざしの不便さに、いひにくい[二六]無心な云てやる程に、是から直に行け。[二七]いたら、[二八]ゐんまにも[二九]心得てくれい。替る事もござらぬか、粂寺彈正息災で居りまするると。[三〇]路銀も[三一]身がく

明。河では「急用神の御中」。
二四 大阪北堀江にある和光寺。→補一一。
二五「いかく」の音便。ひどく。
二六 物をねだること。「な」は格助詞。「無心のこと」の意。
二七 行ったら。
二八「にも」の「も」は厳密には不要。言伝てを頼むときの「だれそれにもよろしく」の慣用が出たと見るべきもの。
二九「言伝て」の誤写か。河「言伝(ことづて)してくれい」。
三〇 旅費。 三一 自分(弾正)が。

〔右〕①聞て―聞えて ②そち…わいの(6行)―ナシ ⑦スリヤ―其処で万兵衛おのれに ⑨戻してもらいませう―ナシ ⑨成程…我に―ナシ ⑩遣ふ―やる ⑪いて―いつて ⑫どこへ…参りませう―ナシ ⑫いて―いつて ⑬然らば…くれい―ナシ ⑯目の…じやナア―ナシ
〔左〕①定めて―ナシ ②それ―これ ⑤へ御披露…御中―ナシ ⑥読で―ナシ ⑧ヤイ…よつて―そこで飛脚には ⑨手紙…ゆけ―早う ⑪ハテ…最前から―ナシ ⑬妹を…きつい―ナシ ⑬じやナア―ナシ ⑭閻魔大王の方へ―ナシ ⑭やるは―やる ⑭めつた…行け―ナシ ⑯も心得て―云つて ⑰ますると…しかし―ますると ナ処で路銀を遣る筈なれども

9 河のト書は詳細。「ト万兵衛に差しつける。万兵衛、合点のゆかぬ思入れあり、状を受け取る。民部、春風、合点のゆかぬ思入れ。万兵衛文を開き読む」。中村翫右衛門は、「口上書の事」の前に、「ナニ〳〵」と捨てゼリフをいう。口上書は、西の内紙に、狂言作者によって書かれるが、現行のものは底本のと多少の異同がある。

口上書之事

一、小原の万兵衛妹小磯と申す者急用御座候まゝ再び甦らせて此の者と一緒に娑婆へ御帰し下さるべく候

恐惶謹言

閻魔大王様

御披露

急用神の御中

粂寺弾正(書判)

ただし「御披露、急用神の御中」は、現在では省略して行なわれる。

10 「コリヤ、なんじや」は、河にはない。現行は「コリャ、どうじゃ」で、呆れた顔で、左手に書状を持って、つき出す。あるいは書状をはなす。

11 万兵衛は驚き、あきれて腰を落す。

12 とやや屈み加減になり。

りやう。しかし冥土[一]の道は、金銀は通用せぬぞ。錢がよい、したが夫もたんとはいらん、たつた六文あればよい程に、サア此手紙を早く妹を迎にゆけ」[1](ト萬兵衞、氣味わるがり、玄蕃と顔見合、思入あり)彈正「サアどうじや、仕度はよいか。早く地獄[二]の旅立せんか」[2]萬兵「ソリヤ、妹を迎に行まい物でもござりませんが、ちよつと京大坂へ參るのにさへ、[3]日柄[三]をゑらんで旅立を仕つりまする。それにはる〴〵遠ひ冥途の旅へ赴きまするに、町所[四]だまつても參られますまい。庄屋殿[五]へも暇乞して參りませう」[4]彈正「ソリヤ我口[六]が違ふぞや。たつた今この座で妹を戻せといふじやないか。我がいふ通り、今、妹を戻して遣ふ程に、此座から直に受取に行」(ト萬兵衞、尻ごみして天窓をかきながら)萬兵「夫はあんまり急にござりまする。草鞋[七]もさかさまにはかねばならず、珠數袋[八]も縫はねばならず、經かたびら[九]や何や彼や仕度せねば成ません。私はマア歸りて參りませう」(ト立上る。[5]萬兵衞、逃やうとする。彈正、拔打に萬兵衞を切倒し、とゞめをさし、刀をふく。皆〳〵びつくり)[6]玄蕃「彈正殿、ナゼ萬兵衞を切た。殺してよければ御身は頼まん。殺す事は扨置、爪はじき[一〇]もあてる事のならぬ萬兵衞、奥には勅使の御入なされ、大切な御家の短冊は紛失する、

一 俗伝の風習に、三途の川の渡し賃に銭六文をとられることをいう。六道銭。 二「地獄への」の意。死ぬこと。 三 その日の吉凶。「宝暦大雑書万々載」に「清明流秘伝旅立かど出日取善悪の事」が載る。その吉日取りを選んで旅立する。 四 町年寄の詰所。 五 村里の長。代官の下で、納税、その他土地の雑務を務めた者。 六 自分で言ったことが矛盾する。 七 死装束の異装。死は十万億土への旅立ちであるという信仰より、今日でも死人を旅装させ、棺の中、上などに笠・杖・草鞋等を用意する。また、あの世は逆さまだということから、すべて逆さに用いる。 八 数珠と頭陀袋の音の似通いから一緒になったか。[河]「頭陀袋」。 九 死者に着せる白い衣服。 一〇 爪はじきさえ。 一一 あれやこれやで。 一二 おまけに。その上に。 一三 万兵衛が命まで取ってしまったの意。 一四 とどのつまり。そこで。 一五 自分で直接手をくだして人を殺した者。殺害者。 一六 小なまいき。 一七 底本、この人名なし。 一八 諺。盗人も夜稼ぐ当てのために昼寝する。どんなことにも目的がある意。自分が万兵衛を殺したのも理由がある。 一九 全くの。

1 [河]のト書「ト万兵衛、気味の悪い思入れして、ぢり〳〵と後退りながら玄蕃と顔見合せる。玄蕃早く逃げよと顔にて教へる思入れ」。弾正のセリフの間、万兵衛苦しがる。玄蕃、扇子を上げ、逃げよと合図する。

2 万兵衛坐り直し、鉢巻をとり、セリフ。

3 万兵衛、このセリフの間に、肌を入れる。

4 万兵衛、両手をついて言う。

5 万兵衛、花道へ駈け出すところを、弾正、左足を踏み出し「エイ」と手裏剣を打つという演出をとるのが、左団次初演以来普通。のちに玄蕃を抜き打ちに殺すので、これとつかないためには手裏剣の方がよい。また万兵衛が駈け出してから殺すのも、スリルがあっていい。逃げかかるとき、万兵衛は、後向きに後見より手裏剣をうけとり、弾正が打つとともに自分で喉へあて、あお向けに倒れる。[河]ト書「ト駈け出す所を、弾正抜き打ちに切倒し、止めを刺し、万兵衛が小袖にて血を拭ひ、静かに鞘へ納め、衣裳を繕ひ、下に居る。皆々、ハッと肝を潰す思入れ」。[圖]も大同小異。

6 玄蕃は、立ち上がって、刀に手をかけて詰めより、ややせいてセリフ。

[一一]かた〴〵もつて御家の大事、其中へ萬兵衛は、最前からのいひぶんは皆尤も。妹を殺され[一二]其上で、[一三]萬兵衛が命迄。[一四]さしづめ、[一五]下手人に若殿を出す心か、[一六]こしやくな手傳ひして、小野の家をつぶすのか。彈正、返答はなんとじやナ」 [一七]春風「譬へいかやうにいわれても、手向のならぬ萬兵衛、夫を殺して此春風が言譯がない、[7]ヱ、是非にも及ばぬナア」 [8]民部「彈正殿、落付て居る所でないが、こなたは御思案でもござるかナ」 [9]彈正「ハ、、、、、[一八]盗人の晝寝も、あてがなふては致さうか。こいつ誠の小磯が兄萬兵衛ではござらぬぞ。[一九]まつかの僞者。御家を見掛け、[二〇]したゝか御金をねだりとらんといふ盗賊、夫ゆへ手にかけ[二一]ぶち放しましてござりまする」 民部「こいつを僞者といふ、慥な證據でもござるかな」 彈正「いづれも方は、小磯が兄を御存じござるかな」 玄蕃「[二二]若殿より遣はされた一通が、萬兵衛といふ慥な證據サ」 彈正「夫が則ち僞者の根本でござる」 [10]玄蕃「根本とは」 [二三]彈正「[二四]小原の領分は拙者の主人、文屋豊秀が[二五]知行所。然るに當月上旬、拙者當番にて[二六]決断所に相詰おつたれば、かの小原萬兵衛訴へまするは、私妹小磯と申す女、昨日[二七]木の島明神の松原におゐて、何者とも知れずさし殺し、捨置ましてござる。此女の懐中には、小

7 春風、首をたれて嘆く。

8 民部、膝をすすめ、ちょっとせいて言う。

9 春風が嘆くのも、民部がせくのも気にかけず、豪放に笑う。

10 玄蕃、立ったまま、やや上手の位置で。

二〇 たっぷり。 二一 首と胴とを切り放した。 二二 底本「貴殿」、〔河〕「若殿」。 二三 底本、この人名なし。 二四 小原の住んでいる土地の領有は。 二五 幕府より封土として与えられた土地。 二六 所領などの訴訟や裁判を掌った役所。建武中興の際より設置。 二七 大阪府泉南郡の北部、貝塚市久保。旧木の島郡の近木川に沿うたところに、阿理莫(ありま)神社が、式内社としてある。俗に面近明神(天神)というのに当たるか。

〔右〕①ぞ…いらん―銭 ②早く妹を迎に―持つて早く ⑤ソリヤ―ソリヤもう ⑥を仕つり―ナシ ⑦遠ひ―の ⑦町ますに―まするには ⑦所…ござりまする(11行)―ナシ ⑪さかさま―さかさ ⑯殺す…万兵衛―殊に今 ⑰なされ…さしづめ―短冊の紛失やら何や彼や大事の中で又

〔左〕④春風…及ばぬナア―ナシ ⑥こなたは―ナシ ⑧小磯が兄―ナシ ⑧まつかの…証拠でもござるかな―民部春風「ヤア」 ⑫御存じ…根本とは弾正―御存じござらぬ御様子だが ⑭の領分―ナシ ⑭然るに―ナシ ⑮に相詰おつたれば―へ相詰おつた処へ ⑮小原―ナシ ⑯女―女を ⑰とも知れず―か ⑰此女の―女

野の春風公よりの御手紙、並びに大切なる一品をうばい取て立去ましたと見へまする。此儀を御詮議なされいとの願。小野の御家にかゝつた大切な詮議ゆへ、検使を遣して、小磯の死骸をとくと見届させ、兄萬兵衛も此方の屋敷に留置ましてござるに、最前からの様子、[1]察する所、きやつめが小磯を殺して、證據になる手紙を持て難題を[一]言かけ、金子をねだると見受たゆへ、打て捨ましてござる。まだ〳〵大切な詮議がござる。（ト立寄、死骸をさがし、[2]短冊を出し）なんと御覧なされたか。今日御家の大事に及んだ短冊、是ではござりませんか」（ト見せる） 玄蕃「いかにも大切な御家の短冊」（[3]ト玄蕃取ふとする。弾正、見得あつて） 弾正「折角骨折た短冊、其元には渡されん」 玄蕃「誰に渡す」 弾正「こなたへ御渡し申しませう。（[4]ト民部へ渡す）なんと、[二]細工はりう〳〵仕上を御覧なされたか。[三]相かわらず不調法な體を御目に掛ましてござりまする」 民部「驚き入た弾正殿の御働き。御蔭をもつて短冊も出まする、勅使への申し譯も立て、かやうな悦ばしい儀はござりません」 玄蕃「さすがは粂寺弾正殿、先程より申した儀、御耳にさわらば、[四]大家老だけに[五]御宥免に預りませふ」[5] 弾正「是は〳〵、痛入た御挨拶でござりまする」 玄蕃「ハ、、、、」[6] 弾正

一 むりな要求。

二 細工(細かい工作・技術)は粒々辛苦して念を入れてあるが、仕上げ(結果・出来上がり)のよさをどう御覧なされたか。手品・見世物などの前口上の口調。

三 以下けんそん。弾正の口上めかした飄逸ぶりを出そうとしている。

四 このセリフは、先に離縁の件で弾正にやりこめられた時にも使っている。繰返しのおかしさをねらっている。

五 罪をゆるされること。

1 万兵衛の死体の方を見て。

2 懐中より紫色の袱紗包をとり出し、それを手にして元の所へ帰り、包を開いて、中から短冊をとり出し、右の手のひらに載せ。

3 玄蕃、下手へ、つかつかと弾正を追ってゆき、短冊をとろうとするのを、弾正、持ちかえて、上下の見得。左団次初演では、左足を前に出し、短冊を持つ右手を引いて、かすかにほほえんだ。

4 民部、扇を開いて、その上へ短冊を受け、戴く。

5 玄蕃、坐る。

6 岡では、玄蕃の笑いの次に、「両人「ハハ、、、」ト笑ひ落す」となっており、現行演出もこれによる。

六 →二五六頁頭注五。

七 家の名誉も保たれ、存続も出来。先に家の存続が危ぶまれたのでいう。

八 おくれあれ。下され。

九 変改。変更。

一〇 下されや。たまわれや→たもれや→たもりや。

一一 願いごとをした。

一二 この作の連続である「鳴神」で鳴神上人の行法を破る女性。「鳴神」参照。錦の前と雲の絶間(当麻)と文屋の豊秀を三角関係に仕立ててある。

〔右〕①なる一品を―な一品御座りましたを ②なされい―下されい ⑥受た―受たる ⑫相かわらず…ござりまする―ナシ ⑬弾正殿の―ナシ ⑭御蔭…立て―ナシ
〔左〕④弾正…家もたち―ナシ ⑤事は―事が又と ⑥勅使…おつしやるわいの(二七四頁11行)―ナシ

「時[7]に此詮議はさし出口、[六]かんじんかんもんの使者の御返事、早く承まはりたふ存じ奉つりまする」 春道「聞た／＼。夫へ参りて逢はふ。サア姫來やれ」[8](ト春道、錦、腰元、皆／＼出る) 春道「最前からの様子は奥にて聞た。彈正、そちが働きをもつて、大切な寶の手に入て、御上への申しわけもたち、[七]家もたち、此様な悦ばしい事はあらふか。勅使へ披露してさし上る迄は、短冊は民部、そちに急度預けたぞ」 民部「畏まつてござりまする」 春道「扨、姫が事じや。互ひの契約なれば、祝言を取結びたいものなれども、最前お見やる通りの、淺ましひ病氣のありさま、あれではどうもやられぬ程に、離縁[9]してもらはずば成まい。此通りを立帰り、豊秀殿へ申しておくりやれ。[八][九]返替するは兩家の爲じやといふてたもりや[一〇]」 錦[10]「申しとゝさま、そんならアノ、豊秀様と夫婦に成る事はなりませぬか」 腰元「左様でござりまする。コリヤ御尤な了簡でござりまする」 錦「[11]ア、ほんに離別するのかへ、ハア、ヽ、ヽ、ヱ、淺ましい身の上じやナア。日頃[一一]願かけた神や佛はござらんか。豊秀様に添れいで、わしやどうせうぞ。わしを離別したら、定めて雲のたへまさまが、[一二]仲能う御添なさるゝであらふ。夫を思へば腹が立やらかなしいやら、といふて恥か

7 やや下手に坐り直し、手をついて、「…奉りまする」と軽く頭を下げる。

8 「只唄合方」「乱れ」の鳴物となり、皆々正面より出て、二重の上で位置につく。春道、正面。姫、やや下手。春風上手。簾を用いる場合は、「聞いた／＼」で簾上がる。皆々板付き。

9 愁いをもって言う。

10 父春道の方を見て、悲しげに。

11 〔河〕は「あのほんぼんに」とあり、古風。

しい此病、むりに女夫になれば、人〴〵にも見せ、夫にも見せ、とゝさんの恥、家の恥、コリヤマアどうせうぞいの」(ト泣) 玄蕃「其ねたましい心からの業病でござるぞや。大殿様、コリヤ彌〳〵離別なされずば成ますまい」 春道「是非に及ばぬ、思ひあきらめいサ」 錦「南無阿彌陀[一]佛」(ト死ふとする。[1]彈正とめて) 彈正「コリヤ、御前は何で御生害[二]なさるゝぞ」 錦「是が死ないでどうなるものぞいのふ[三]」(ト泣) 彈正「御早まりなされて、どの御命で豊秀様と御夫婦にならるゝぞ」 錦「其豊秀様と夫婦になられぬによつて死ぬるわいの」 彈正「御氣遣ひなされまするな。私が御夫婦にして進ぜまするわいの」 錦「それでもと[四]ゝさんが離別せねばならぬとおつしやるわいの」 彈正「とゝさまがおつしやらうが、せうき[五]大臣がいわれうが、私が御夫婦にして上ませう。[2] 時にお前の御病氣は」(ト薄衣をとる。髪逆だつ) 錦「アレかなしや、又病がおこつたわいの」(ト泣。[3]彈正きつと見て) 彈正「ハテ、おまへはあじな[六]櫛笄、蝶花形をおさしなされまする」 錦「是は今大[七]内で流行るといふて、女子どもがあつらへてくれた、銀のくしこうがいの蝶花形じやわいな」 彈正「ナニ、是が銀でござりまするか。

一「南無」は仏を祈る時の言葉。「阿弥陀仏」は阿弥陀如来。六字の名号を称えることによって安楽往生できるとした浄土宗の教によって、広く後生を願う時に口をつく言葉ともなった。浄瑠璃・歌舞伎で死のうとするときの詞。

二 自害。自殺。

三「ぞいの」の延音。相手に訴える語調。

四 春道。

五 父親はこわいものの縁で、鍾馗を出して来ている。疫鬼を退散させる中国の神。「一宵話」(文化七年刊)に「唐玄宗夢に終南山進士鍾馗が鬼捉るよしをみて、病おこたり給ひしといふは、本より作り物語なるを、我国にてその作り物語をうけて猿楽の謡ひものにもなしたり」と始まる考証がある。「事物紀原」その他鍾馗を記した書は多い。今日もなお、五月幟に描き、五月人形に作るのは、その避邪信仰と尚武による。

六 一風変わった。意味ありげな。

七 宮中。御所。

1 懐剣を紐とき、小サ刀を抜き、喉へあてる。巻絹・腰元など止める。弾正これを見て、制してセリフ。

2 と弾正、立ち上がって二重へ上がり。

3 皆々顔をそむける。春道は扇で顔をかくす。弾正は薄衣を手にしたまま、爪先を立て、下手よりに、じっと髪を見上げ。

4 どろどろやみ、髪の毛は元に直る。

5 と二重よりおりる。後見、弾正より簪を受けとる。

6 弾正のセリフの前に、〔岡〕は、插入がある。「トあたりを拝み、嬉しがる。民部「ほんに、直りまし

(トいひながら、櫛笄を取て)[4]サア、御姫様の御病氣起るかおこらぬか、ためしてごらうじませ[八]」[5](ト錦、天窓をふり、いろ〳〵あつて) 錦「ア、コリヤなんともない。常の通りの髮じやわいの、とゝさん、兄さん、民部、是を見てたもや[九]、髮は逆立ちもなんともせん、直つたわいの、エ、有難ひ忝けない、嬉しやのふ」[6] 彈正[7]「御病氣御本復なるからは、相違のふ御縁組なさるゝでござりませうナ」[8] 玄蕃「病は起りざめ[一〇]もあるならい[一一]。今平癒しても又起るが病のならい、そこつ[一二]に縁組はなるまい」 春道「いかさまそこもあるわい」 錦「彈正、アレ聞てたも、とゝさまがアノ様におつしやるわいの」 彈正「お氣づかいなされまするな。おまへの其御病氣の根を斷て上まする[一三]○[9]拙者チト醫心[一四]がござりまするてや」 玄蕃「其療治のさじかげん[一五]見たい」 彈正「御目にかけませう」(トもゝ立[一六]をとり、鎗[10]をとつて、天井をにらみ、天井を突。忍び[一七]の者、大きなる磁石[一八]をかゝへこけおちる[一九]。[11]彈正取つておさへ) 彈正「何と御覽なされたか、姫君の病の根元。最前毛ぬき、小刀の、おのれと立は合點ゆかぬと、心をつけて見る所に、只今姫君の櫛笄を見ればこと〴〵く鐵の薄金をもつて彫上たる蝶花形。察する所、天井に磁石を仕掛、姫君の御座る方へ、こいつが天井にて磁

八 御覽じ。「ごらんじ」の転。
九 「たも」は「たまはれ」の約。「や」は感動の助詞。
一〇 起ったり、冷めたり。
一一 ためし。普通。
一二 軽率に。かるはずみに。あわてて。
一三 完全治癒。
一四 医術の心得。
一五 薬の調合をするさじの扱いかげん。そこに医者の技量があるとしての表現。腕前。
一六 袴の股立ち(両脇の明いたところ)の角をつまみ上げて紐にはさむこと。
一七 忍者。隠密。
一八 →補一二。
一九 ころげ落ちる。「こける」と「落ちる」の複合語。関西方言。

〔右〕⑪とゝさま‥時に—お言葉忝う御座りまする其のお喜びの序に私が姫君の御婚礼も屹と兵明け申しませうそこで ⑬錦…ト泣—ナシ ⑯くし…花形—髪飾

〔左〕③わいの…髪は—ナシ ⑦今…ならい—ナシ ⑧春道…おつしやるわいの—ナシ ⑩なされ…おまへの其—御無用 ⑰天井に磁石を仕掛—ナシ

た。ハテ、不思議な」春風「なんにもせよ、先づは本復して、嬉しい〳〵」。

7 春道に言う。

8 岡は、玄蕃のセリフの前に春道の次のセリフがある。「春道「何がさて、病気平癒いたすからは、元の通り夫婦にすると、立ち帰って言うておくりやれ」」。

9 立ち膝になり。

10 弾正は、右足を踏み出し、袴の股立ちをとり、右の肩衣を脱ぎ、二重の正面瓦燈口より下手の長押にかかっている槍をとり、笠をふり払って、上手の隅の天井をつく。左団次初演では、槍は下手の松に立てかけてある自分の槍を、奴がとって渡すのを、しごき、左にかい込んで、右の手を上げ、左足を踏み出して見得をし、身体をかわして、もう一つきまって、天井をつく。再演のときは、両股立ちをとり、右の肩衣をぬぎ、槍をしごいて「ヤットコ、トッチヤ、ウントコナ」で、突いてきまった。天井より黒装束の忍びの者、大きな磁石を抱えて、とびおりる。磁石は、磁石か羅針盤のどちらかを用いるが、羅針盤を磁石(→補一二)といったので、この方が見た目はおもしろい。初演もそれ。前進座では馬蹄形の磁石も用いる。岡は「ト使者の間にかけてある槍を取り云々」とする。

11 忍びの首筋を、槍の石突きで押え、東に立つ。

石をさしかざす。[一]まつた鐵の[二]せんくづを蠟に交ぜ油となし、是を用ひ、磁石をもつて鐵氣を吸ひ上げさする。したがつておのづと髪の逆立上るを御病氣といひふらし、主人豊秀との縁を切り、どこぞの誰れぞと姫君をそはせん事にらんだゆへに、一鎗に突落したれば、案にたがはず磁石の[三]からくり。[1]サアおのれ、何者にたのまれた、眞直に[四]ぬかせ。命斗りは助てくれう。サアぬかさんか」忍び「何が扨、命さへお助け下されうならば、申さいで何と致しませう。是を頼んだ人は」[2](ト玄蕃、忍びの者を、抜打に切る。うんと死る) 彈正「詮議のある者を、ナゼ手にかけめされた」[3]玄蕃「ハテ詮議は知れて居りまする。皆こいつが[五]たくみ。[六]拷問に掛り、[七]せつなき儘に、い〻様な白状をいたそうも知れず、時には御家の騒動。そこを存じて丸ふ納めよふために手をかけた。大家老の智恵、ナント誤りではござりますまいがナ」 彈正「ハテ、御家を丸ふ納めふため、詮議のある[八]科人を、物をも云ず殺してしまわッしやれたまで[九]」[4][一〇]玄蕃「そこが大家老の胸[一一]の廣さでござりまする」 彈正「ハテ能い手廻しでござるのう。千も萬もいりません。短冊は出る、御家は納る、姫君の御病氣は平癒する、こなたはおまめでじつとしてござる。是程目出度事はござ

一「また」の強調。
二「鐫(せ)屑」か。鑿岩した鉄屑のこと。
三 仕掛。計略。 四 白状しろ。
五 たくらみ。はかりごと。次の句点は、文意の中止。「もし生かしておけば」の前提が省略されていると見る。
六 江戸時代における拷問というのは、特殊な用語で、今日一般的に拷問と考えられている中の特定のものを拷問と呼んだ。即ち「釣責」のことで、両手を後手にしばって、体を宙につりあげて自白に及ばせることを言う(江戸時代漫筆)。
七 苦しい。つらい。 八 罪人。
九「までのこと? ハテ、それだけのことであろうか」と思入れをも含めて、わざと疑問にとぼけて見せた。
一〇 底本、この人名なし。
一一 深い考え。思慮の行きわたること。
一二 毎月、毎年、めぐりくる死者の死去の日。
一三 死者供養のために身をきよめ、心をつつしまなければならぬ日。
一四 手ぶらで首をふって帰す。
一五 一ふりの刀。両腰の対。
一六 刀匠。鎌倉初期に周防の国に二王三郎清綱が興り、それ以後、周防・長門両国は二王系統が占める(刀剣全書)。

1 首筋を押えていた槍をとり、忍びの者の面前へ、差し構え。
2 このト書は上手で行なわれる。岡は「トこのセリフのうちに、玄蕃後より忍びの者の咽喉笛をぐっと突く。忍びの者、ウンとこける。皆々驚く」。忍者が玄蕃の方へ向き直った途端、抜打ちに切る。後見、緋毛氈で消す。
3 上手で血刀を拭いておさめながら。
4 わざとの自問の形で、不審を打つしぐさを予想させる思入れ。

一七 底本振りがな「ぢうき」。
一八 業物(わざもの)であるから。
一九 婚姻時、嫁の親から新郎へ贈る引出物。
二〇 刀の鞘の末端にある金具の飾りものの部分。
二一 結納のこと。「今日は内方のおまん様へ御祝言の頼みが来る」(薩摩歌)。「貞丈雑記」に「結納は古へはたのみとも言ひしなり、是は舅とたのみ妻とたのみ聟とたのみ夫とたのむ祝儀なる故たのみといふ」。「女重宝記」に「縁組み首尾して男の方より女の方へいひ入りつかはす事俗にこれをたのみをつかはすといふ」。

〔右〕③逆立上る―逆立つ ④誰れぞ―誰れか ④事に―企(たくみ)と ⑥サアぬかさんか―ナシ ⑦是を―ナシ ⑨詮議…まする―知れた事 ⑩皆―ナシ ⑩白状を―白状 ⑬弾正…広さでござりまする―ナシ ⑯御家―家

〔左〕①御供―お供 ③如何にも…其方へ―春道如何にも今から姫をそなたへ ④今日―けふト振リガナ ④お果なされた―ナシ ④精進日…心掛り―ナシ ⑥しかし…さやをぬき―ナシ ⑧覚へ…印に―これを ⑩立帰つて―ナシ ⑫聟引出物御受取なされい―ナシ ⑬聟―ナシ ⑭豊秀方―ナシ ⑭春風―春道 ⑰民部春風―春風民部

らぬ。其(その)目出たい序(ついで)に、是(これ)より直(すぐ)に姫君の御供仕(おんともつかま)つり、[5]立帰(たち)りとふ存じ奉(たてま)つりまする」[6] 春[7]風「尤(もつと)もな了簡(れうけん)。弾正の働(はた)らきで家の騒動も納(をさま)る、是(これ)程満足な事はない。如何(いか)にも今日(こんにち)姫を其方(そのはう)へおくりたいものなれども、今日(こんにち)はお果(はて)なされた母人(はゝびと)の御命日(ごめいにち)[一二]、精進日(しやうじんび)[一三]に妹が一生をかためる目出たい祝言の儀は何とやら心掛(がゝ)り、明日(あす)に成(なつ)たらば、禮儀を改め、目出たふ輿(こし)を入(いれ)るであらふ。しかし折角(せつかく)使者に立(たち)めされた弾正、首[一四]ふりても帰されまい。[8](ト刀のさやをぬき)此一[一五]腰は仁王(にわう)[一六]三郎の名作、小野の家の重器(ちようき)[一七]、覺[一八]へある物ゆへ、春風が不断はだ身をはなさん是(これ)を、今日(こんにち)の縁談の印(しるし)に、豊秀どのへ聟(むこ)[一九]引出物に遣(つかは)す。立(たち)帰つてよろしう披露を頼み申す。玄蕃、取次(とりつぎ)めされ」(トさし出す。[9]玄蕃とつて、こ[二〇]じりを以(もつ)て、弾正方(かた)へ柄(え)を差出(さしだ)す) 玄蕃「どうやらこうやらマア、御祝言が濟(すん)で恐悦(きやうえつ)に存じまする。聟引出物、御(お)[10]受取(うけとり)なされい」 弾正「御志(おこゝろ)ざしの聟引出物、慥(たしか)に受取(うけとり)ましてござる。[11]此(この)上は主人豊秀方より、しうと君(ぎみ)へ頼(たのみ)[二一]の祝儀さし上(あげ)まする」 春風「頼(たのみ)の祝儀とは」 弾正「頼(たのみ)の祝儀は、(ト柄を手にかけ、ぬき)こうでござる。(ト[12]玄蕃を一刀に切る。刀を納めて)豊秀が頼(たのみ)の祝儀、御(お)家の病(やまひ)の根をたち差上(さしあげ)まする」[13] 民部、春風「慥(たしか)に申し請(うけ)ました」 弾正「しからば拙者(せつしや)は

5 と坐る。
6 と春道に軽く頭を下げる。
7 二重の上で。
8 うしろの侍より、刀を受けとり、刀を抜く。
9 しぶしぶ立ちながら、セリフを言い、立ちながら、刀をさし出す。
10 つっけんどんに言う。
11 と春風に一礼して。
12 玄蕃の鐺を持った刀の柄をとり、一刀に斬る。玄蕃、上手へ倒れる。前進座では、差金で首の小道具を飛ばし、二重の縁に載せる。死骸は、後見が緋毛氈で消す。仕𢌞のト書「ト玄蕃が首を討つ。首、舞台先へ出て目鼻を動かす」といった古風な演出は、今日行なわれていない。
13 と懐紙を出して、刀の血を拭く。

1 懐紙で刀をぬぐい、鞘に収めると鳴物になり、殿にお辞儀をし、後見が手伝って大小を腰にさし、一刀を携え、福草履をはいて、花道にかかる。春道、立ち上がり、見送る。弾正、花道附際で、刀を持ちかえ、

御暇申しませう」（ト雙方[1]、よろしく）

一舞台の人々と弾正の双方。

幕

右肘を張り、袂の先を返し、左手で、刀の鐺を持ち、高く上げた型で、ツケを打ち、幕を引く。左団次初演は、拝領の刀を右肩にかついで大見得、幕。

花道七三にて、刀を下げ、底本にはないが、「弾正「御一同様のお蔭で身に余る大役もどうやら勤まりましてござりまする。ドリヤ、お開きに致しませう」(三)のセリフを見物に向って言う。次に、鳴物になり、右肩に太刀をかつぎ、左袖を返し、突き袖にて、浮いた調子で揚幕に入る。なお、三は、右のセリフの前に、「ト片シャギリ花道のツケ際へかゝり刀を担ぎて大見得これにて幕引つける幕外にて〳〵、後に「ト悠々と揚幕へ入る」のト書がある。

左団次初演では、幕外花道七三に残って、舞台の方を見て、にっこり笑い、刀を両手に捧げて、かるく押しいただき、左右と二足、うしろへ引き、左手で抱え、刀の収めどころを探す心で、足元から身の廻りを見廻し、右で握って刀を立ててかざし、トド左腰にさし、市川流の荒事の「三本太刀」になる。次に、土間に向き、「御一同様」のセリフを言い、「勤まりましてござりまする」で、お辞儀をし、「ドレお開きに…」と両の袖口をつまんで裏返し、向うを見込んで、唄入り、「中の舞」に時の太鼓をかぶせた鳴物で、大股に踏み出して、悠々と揚幕へ入る。

景清

一、「景清」は、参考として本文のみを掲載する。

一、天保十三年三月、河原崎座、七代目市川海老蔵上演本(久保田彦作編、明治十五年八月発行「市川団十郎於家狂言歌舞伎十八番 上」所載)による。

景清

牢破りの段

市川海老藏相勤申候

○役人替名の次第

一 秩父の庄司重忠　市川九藏
一 景清のむすめ人丸　尾上菊五郎
一 岩永左衞門宗連　嵐　吉三郎
一 仁田の四郎忠常　市川團十郎
一 榛澤六郎成常　市川升五郎
一 海野小太郎行氏　松本虎五郎
一 竹の下孫八左衞門　尾上岩五郎
一 岩永の家來　市川團八
一 同　市川箱猿
一 番場の忠太　市川川藏
一 長谷の八郎政景　大谷万作
一 敦盛の公達保童丸　松本米万
一 軍兵　大ぜい

一 梶原平三景時　嵐　猪三郎
一 景清の妻阿古屋　尾上榮三郎
一 惡七兵衞景清　市川海老藏
一 淨瑠理　常磐津文字太夫

(道具建)本ぶたい一面の平ぶたい。向ふ松の大ぶすま。左右折廻し竹の畫の大ぶすま。日覆よりすりこみにて破風の天幕。正面にあつらへの二間の牢。まんなかに食まど。牢の上大石を乘せあり。上の方ふりよき松の立木。下の方淨るり臺。こゝに常磐津連中居ならび、すべて本行好みの通り飾り附、時の太鼓にて幕明くと、口上頭取出て、歌舞伎十八番の內、景清牢破り相勤め候と、よろしくあつて、役人觸、太夫連名をよみて、其の爲口上と上手へ這入と、笛のあしらいになり、向ふより海野小太郎、竹の下孫八、兩人とも立帽子、素袍、ちいさ刀、中啓をもち出て來り、すぐに本ぶたいへ來り、

孫八「いかに海野殿、先達つて捕はれとなりし七兵衞景清、もはや日數も五十日におよぶといへども、二品の在家今において白狀いたさず、なんとしぶとい奴ではござらぬか」 小太「夫のみならず、一ツてきの水、一粒の穀類も、源氏の祿はうけぬとあつて咽をとほさず、それゆゑ今日、賴朝公より秩父の重忠、範賴公より岩永左衞門、添やくとして仁田、梶原御兩所も、出仕めさるゝとの事でござる」 孫八「岩永、梶原の御兩所には、範賴公より御內意ござれど」 小太

「秩父、仁田は頼朝公より、おゝせをうけし事なれば」孫八「景清降参なす上は、頼朝公の御味方はしれたこと」小太「どうぞ範頼公へ御味方をすゝめてへものでござる」孫八「何は然れ、非常をたゞす今日の役目」小太「然らばこれにて」両人「相待ち申さふ」（ト両人かつら桶へかゝる。常磐津連中前弾にかゝる）浄るり〽國政をきくこと三月にして魯國大ひにおさまれる、御代の譽れは今も世に、直に導くいさましや、齊ふ禮義それ〴〵の、姿ゆかしき鎌倉山。（トよきほどに時の太鼓になり、花道より重忠、仁田、両人とも上下衣せう、大小このみの拵らへ、跡より三階の軍兵六人、結構なる蒔繪の膳部、外に三方にかはらけ、長柄の銚子、食籠なぞ、めい〳〵持ち付添ひ出て來る。東の揚幕より岩永赤塗立、梶原白髪かつら、両人上下衣裳もゝだちをとり、大小好みのこしらい、同じく軍兵六人、大きなる鮑貝へ飯をもり臺にのせ、外に手桶はしごなどをめい〳〵持ち付添ひ出てきたり、雙方、花道へとまり）重忠「政ごとをなすに徳をもつてすれば、譬へば北辰のその居にあつて、衆星これに向ふがごとく、右幕下よりおふせをうけ」岩永「われ〳〵迚も範頼公より、重きおふせには悪七兵衞景清を、味方にすゝめるけふの役目」仁田「身不肖ながら、添役として仁田の四郎忠つね、わたくしならぬ重き嚴命」梶原「味方につかにやア其身の破めつ、すぐにお祟、いやかおふかの一と口あきない」重忠「もはや未の上刻なれば」岩永「屠所のあゆみの囚人景清」仁田「拷問のこくげん」梶原「イザ御一所に」重忠「相つめ」皆〳〵「ませう」常〽白州へこそは打とふり、（ト時の太鼓にて、皆〳〵本ぶたいへ來り、上の方に岩永、重忠、下の方に仁田、梶原、いづれもかつら桶へかゝり、大名軍兵うしろへよろしく並居る）小太「いづれもがたには今日のお役目」孫、小「御苦勞にぞんじまする」岩永「是はこれは御両所、今日拙者が拷問のしだい」梶原「以後の手本に見物さつせへ」重忠「われ〳〵はのがれぬ役目」仁田「加役と申すはおの〳〵方」重、仁「御苦勞なこと」岩永「イヤなに重忠どの、今日は青山の琵琶、青葉の笛のせんぎ、もしまた白狀もいたさず、お味かたにもまゐらぬ時は」梶原「由井が濱にひきいだし、首打はなし軍門にさらせよとある、範頼公の」岩、梶「御上意でござる」常〽重忠耳にもいれたまはず。重忠「イヤもふ、頼朝公にもお味方に招き度との事なれども、捕はれとなつて今日まで、最早日數も五十日、湯水をはじめ日夜の食事も、源家の祿は一粒も、のどへとほさぬ我強きかげきよ」仁田「斯ばかりいたしたらば、相果ますは必定、さすれば二品の在家も死人に口なし、これのみならず、お味方の沙汰も水の泡」重忠「たゞ此上は景清に食事をすゝめ、身體を養ひまするが」重、仁「肝要かとぞんじまする」岩永「ム、ハ、、、。いづれもきかしやつたか。今鎌倉で四相をさとるとうわさのある、重忠殿のはからいも、やはり食事をすゝめるのでござる」梶原「われらとても同じ事、やはり其通りでム、ハ、、、〇殊に景清が娘人丸、さきだつて小袋坂にて召捕おく、たゞ今是へ召つれましてござりまする」 重忠「それは能ものがお手にいつてござる。拙者方へも景清が妻のあこや、自身に名のりいで、今日これへ召連てござる」 仁田「雙方ともに是へ呼いだしてはいかゞでござらふ」 梶原「いかさま、左様いたさふ〇ヤア〳〵梶原が家來番場の忠太、人丸めをきり〳〵これへ引ずり出せ」 重忠「重忠が家來榛澤六郎、囚人阿古屋をめしつれひ」(ト向ふ東西の揚幕にて) 榛、番「委細かしこまつてござりまする」 常〽今は便りも涙にて、胸はほどけぬ思ひの色香、まだみなしごのきづなさへ、引れて浮目陸奥の、あこやもおなじ人丸か、姿の花のうつろひて、(ト此内、花道より阿古屋、切繼ふけたる拵らへにて腰繩にかゝり、軍兵なはを取る。跡より榛澤、上下もゝだち、蒔繪の直垂箱をもち出て來り、東の揚幕より人丸、振袖きりつぎの形、おなじく腰繩にかゝり、軍兵なはを取り、跡より番場、上下もゝ立のなり、棒鞘痣丸の刀を持ち出て、雙方本ぶたいへ來り) 軍兵「下におらふ」(ト兩人を引すへる。阿古屋、人丸、よろしく住ふ) 榛澤「おふせにしたがひ先達て、われと我手で名乘出、いましめを受ましたる七兵衞景清が妻阿古屋、めしつれましてござりまする」 番場「此程小ぶくろ坂で召捕たる、景清がむすめ人丸、引すへましてござりまする」(ト岩永思入あつて) 岩永「ヤアあこや、人丸、景清にあひてへか」 常〽夫のその名をきくにさへ、滿來る涙をしぬぐひ、 阿古「わが夫はとらはれの身ときゝしゆへ、逢たさ見たさそれゆへに、名乘ていでました心の内、御推量なされてくださりませ」 人丸「そふおつしやるは、母上さまをなつかしうござりまする」 阿古「そなたは娘人丸、逢たかつた〳〵わひのふ」 常〽逢たかつたと母親が、よらんとすれどしばり繩、むすめも共にしめからむ、血筋の緣の、(ト兩人思い入あつて立懸る) 軍兵「下におらう」 常〽親と子が、大地へどふとふしまろぶ。(ト兩人じつとなき伏す。重忠思入あつて) 重忠「アハ、、親子の愛情さもありなん。一ツ所に引れ來て、なのりおふ悦びの中にもあさましひ此對面」 仁田「なげきのほど察し入る。此上は景清に對面さしてはいかゞでござらふ」 重忠「いかにも左樣仕らん。イヤ何、重忠の所存もあれば、兩人のいましめを解やれ〇ソレ榛澤、番場の兩人は、牢の格子を」 重、仁「ひらき召れひ」 榛、番「かしこまりました」

常〽祇園精舍の鐘の聲、諸行無常のひゞきあり、沙羅雙樹の花のいろ、盛者必衰のことわりを顯はす。されば平家世をさつて、二十餘年の榮華も、夢とさめたる無漏の海、波間に月の景清が、ゆめをさませし妻や子の、聲なつかしくさすがにも、(ト此内、榛澤、番場、鍵をもち錠をあけ、格子窓をとる。よき程に内より景清、大百日大どてら肌ぬき、千早小手脚當このみのこしらへ、大繩にてしばられしまゝ顏を出す。阿古屋、人丸、これを見て思入) 景清「なつかしや人丸、阿古屋、右幕下に見參なすまでは、逢ひ見ることも叶ふまじきと思ひしに、けふうどんげの對面滿足、これぞ念ずる薩埵の功力、アラありがたやかたじけなや。去ながらあこや、人丸、かはり果たるありさまじやなア」常〽見かわす顔も驚の、ホウ法華經の普門品。阿古「たへて久しき景清どの、お目に懸つて嬉しいが、あさましいそのお姿」人丸「幼ない時にお別れ申せし父の御顔、母さまのお顔も、見るもかいなき繩目」阿古「さぞ御無念で」阿、人「ござりませうなア」常〽ふかきなげきは母むすめ、泣音を包む袖さへも、あわれいやます計りなり。（ト兩人すがりより憂ひのこなし、景清目を閉ぢ、ふもんぼんを唱へ居る）軍兵「ひかへてをらふ」（ト是にて、兩人入替りて住ふ。重忠思入有て）重忠「イヤ何岩永殿、景清を是へ引出し、拷問いたしてはいかゞでござらう」岩永「夫ようござらふ。いづれも景清めを是へ」岩、梶「引出しめされい」軍兵皆〳〵「ハア、」常〽手がせ足がせそれよりも、妻と娘のほだしさへ、心にかけぬ大丈夫、轂をたゝせしおとろへに、心計りはくつせねど、身こそ弱りて見得にける。（ト此内、軍兵皆〳〵、牢のうしろへ廻り、大繩のまゝ、景清を引出す）常〽重忠、景清が傍へ立より、地上へゐがく情けの牢屋、いましめの繩引ほどけば、（ト重忠思入あつて、刀のこじりにて丸を畫がくこなしあつて、景清の繩をとく。景清心得ぬ思入）景清「重忠、なぜいましめを解めされた」重忠「ふしんな尤も」（トゐがきし丸の内へ思入。景清うなづき）景清「ム、」常〽强氣にをそれぬ景清も、智仁をさとり座になほれば、岩永左衞門聲あらゝげ、（ト景清思入あつて、龜圖のうちへは入。かつら桶へかゝり住ふ。岩永こなしあつて）岩永「ヤア不念でござらふ重忠どの。善惡わからぬ景清いましめをゆるし、扨は御邊けふの拷問は、なまぬるこくやらるゝな」梶原「その上地のうへゝ丸いものを畫がいて、其中へ景清を入れ召れたは」兩人「どふいふ心だ、うけたまわりたい」重忠「いかさま御合點がまいるまい。周の文王が政道にて、いかな五刑の罪人なりとも、地の表へきづを畫き、そのなかへ入放ちおく。コレ聖人の仁義の獄屋。たとへ鐵の楯は破るとも、重忠が寸志の獄屋、此牢ばかりは破れまい」常〽情もこもる仁義のひとや、景清はかんじいり、（ト大小コイヤイになり）景清「コハかたじけなき重忠が寛仁、左程あつき志しある此牢獄、ゐがいた牢でもむざとはどふも破られぬ。此うへの願ひには、ひと目なりとも賴朝公の御顔ばせ、拜したてまつらんものならば生前の大慶。重忠どのひとへに願ひたてまつる」重忠「いかにも左もあらん。ソレ榛澤六郎、申付た品これへ」榛澤「ハツ」常〽おめしの烏帽子直垂を、重忠取あげ、あなたなる松に懸け、（ト榛澤、いぜんの箱を重忠の前へ持ち來る。重忠、中より金烏帽子直垂を出し、上手の松の枝へかけ、思入あつて）重忠「コレ見られよ景清。松ケ枝にかけたるは、賴朝公の御烏帽子ひたゝれ」景清「ナニ、賴朝公の御ゑぼし直垂とや」（トきつと目をつけ思入）　重忠「いかにも時にとつての賴朝公」　仁田「イザお目見え」　兩人「いたされよ」（ト景清おもいれあつて、謠ひがゝり）　景淸「ア、ラ珍らしや、右幕下の御尊顔、拜する心地つかまつるぞや〇ア去ながら重忠、あの賴朝公には、まだ〳〵畫がいた牢はやぶれぬ」　重忠「然らば時のめんぼくはすゝがれつらん。アノ松が枝の賴朝公へ、何卒こゝろを和らげて」　仁田「御味方承引せられよ」　岩永「イ、ヤ景清、範賴公の味方に付きやれ。まだその前にたづねたいは靑山の琵琶」　梶原「まつた靑葉の笛のありかをば、きり〳〵と」兩人「ぬかして仕まへ」（ト景清、急度思入あつて）　景清「知らねへは。又しても寶の在家、賴朝殿が善根さするなんのと、善心づくで平家の菩提を弔らひ、追福作善の大法會に管絃を奏し、萬僧供養あるゆへに、その管絃の音律をそろゑん爲に、靑葉の笛に靑山の琵琶をくわへるなんどといつて、平家の重器を源氏のたからになさんといふ下心か。よしまた大法事をするにもせよ、平家の法事を源氏の大將にしてもらふよふがなひ。まこと平家の追善といふは、千僧萬僧の供養、萬律千呂の管絃をさうさんよりやア、賴朝殿の御首をたまはるが平家の爲の大法事。是がいつちいひ弔らひだ。又二品の寶の在家、知つたればとていふものか。元より知らねへから白狀する筋がねへは。きゝしに劣つた岩永、梶原、けちな性根のさむらいだなア」常〽いひまはされて口あんごり、岩永はつらふくらし、岩永「ヤア白狀せざるのみならず、憎くき雜言〇（ト向ふへ向ひ）ヤア〳〵長谷八郎、保童丸をめしつれい」（ト揚幕にて）　八郎「こゝろへました〇（ト鼓の合方になり、向ふより長谷八郎、上下いせふ股立大小、保童丸、壺折衣裝、これを引かゝへ出て來り、直にぶたい下の方へ來て）ハツ仰せにしたがひ保童丸、引すへましてござりまする」（ト阿古屋、人丸、思入あつて）　阿、人「ヤ保童さまか」　岩永「そのわつぱめを牢の中へたゝきツこめ」　八郎「心得ました〇がきめうせう」（ト保童丸を引たてる）　阿、人「ア、もふし」（ト立かゝるを軍兵とめる。八郎、保童丸を牢の中へいれる。これにて景清、思はず立あがる。皆〳〵見て）　軍兵みな〳〵「牢をやぶるか〳〵」（ト景清、思入あつて下に居る）　八郎「サアどいつもこいつも見たか、敦盛が忘れがたみの保どう丸、鶴ヶ岡からひつくゝつて連て來た。コレ景清、どうでものをぬかさぬからは、味方につく所存もあるまひ。今見る如く、保童丸も牢獄へたゝきこみ、轂をばたてば命はねへが、それでも我はぬかさぬか。サア保童丸がたすけたくば、寶の在家をぬかしてしまへ」（ト景清、八郎を見て）　景清「いやだ、うぬらが面を見るも穢らはしひ〇（ト急度思入。八郎悧りこなし）偖は岩永、梶原が仕業よな〇その後お行衞知れざりしが、御きげんの御顏ばせ拜したてまつる某が大慶、またいとけなき保童君を、牢獄へ押こめたてまつるは大人氣ない。つん並んだる岩永、梶原、取りどこのねへたわけだなア」　岩永「今はそうぬかしやア、また骨をひしひでも言せて見せるは」　梶原「ヤア〳〵景清に水喰わせろ」　岩、梶「用意をしろ」　皆々「ハア、」　重忠「アイヤ、御両所暫らく控へなされい。その責道具は重忠が用意いたしてござる」　岩永「そりやアノ責道具を」　重忠「いかにも。榛澤六郎、申付たる攻道具をこれへ持て」　六郎「ハツ」

　常〽はつと答へて責道具、いともやさしき爪琴や、哀れもよほす胡弓をば、ふたりが前へなほしおく。（ト六郎、うしろより軍兵に琴胡弓をもたせ出て來り、阿古屋のまへゝ琴、人丸のまへゝ胡弓をなほし置。重忠思入あつて）　重忠「コレ見られよ景清。此琴に見覺へござるか」（ト景清、琴を見てこなし有て）　景清「いかにも此琴こそ三位中將重衡の重寶、朝霧となづけたる此倭琴、いかゞして貴殿のお手へ入りました」　重忠「その不審なもつとも。既に平家に三つの重器、皇太后宮太夫經政が重器青山の琵琶、二つには無官の太夫敦盛が重寶青葉の笛、三つには中將重衡が重器朝霧の琴、存命の契り深くこの琴を執心なす事、世のもつて人の知るところ」　仁田「さるによつて死後の今、當鎌倉の寶となりしを」　重忠「頼朝公のお目がねをもつて、某へ預け置るゝこの倭琴」　仁田「まつた重忠殿の心をこめし夫なる胡弓は、時にとつての責道具」　岩永「コレサ〳〵御両所、責道具〳〵となれば、嚴しいことかと思へば、遊興らしい琴胡弓。ハ、ア、コリヤア氣晴をめさるゝのか」　梶原「せめ道具とは片腹痛ひ。見事な琴や胡弓が、責道具の役にたちまするか」　重忠「ハ、、、、コリヤ御両所のお詞ともぞんぜぬ。いにしへ博雅の三位がしらぶる琴を、セウシキといふもの能聞て賞たんなす。これ音律を知るゆへなり。此琴をあこやに彈せ、胡弓をば人丸にすらせ、兩器の有家を白狀させん」　仁田「阿古屋、人丸、それにて調べい」（ト阿古屋、人丸思入あつて）　阿古「おもてぶせなる此責苦、仰せをうけて調ぶるも」　人丸「此世からなるかしやくの琴」　阿古「胡弓のゆみに引るゝも、盡せぬ縁の親と子が」　景清「二十餘年の星霜も、盧生が夢のゆめ現」　阿、人「ホンニはかなひ」　重忠「こりや〇琴にあまたの調子あり」　仁田「人かなしみに絶ざる時は」　重忠「愛情の調子をはつし」　景清「心にうらみを含むときは」　岩永「殺伐のてうしとなる」　阿古「思ある身は」　仁田「想志の調子」　人丸「曲れる時は」　梶原「亂調子」　重忠「すぐなるこゝろで調ぶれば、自然とひゞく常音の、調子を假の責道具」　仁田「よしまた阿古屋文句を替へ、白狀せずともその音聲の清濁にて」　重忠「寶のありかさとる重忠。人丸、あこや、はやうひけ」　小、孫「きり〳〵彈ぬか」　軍兵皆々「どふだエ、」　常〽是非なく二人立向ひ、かひなき調べかきならし、（ト阿古屋は琴、人丸は胡弓をかまへる。是より式佐、三絃にて三曲にかゝる）　常〽翠帳紅閨に、更行く月や散る花を、惜みしものをいたづらに、比目の枕いつしかに、朽て跡なきゆめこゝろ。（ト三曲の合方になり）　重忠「榛澤、その膳部をこれへ」岩永「番場、その鮑貝を景清へ」榛、番「ハツ」(ト榛澤膳部、番場は鮑貝を景清の前へなおし置)重忠「勢力勞れし七兵衞景清、身體を養ひ何とぞ賴朝公へお味方」岩永「重忠殿待ツせへ。御自身は賴朝方、また此岩永、梶原は、範賴公より景清を、味方に招かるゝおもひ付の喰ひもの」梶原「五十日がそのあひだ、湯水をたつたる饑渇をたすける兩人が寸志」岩永「ありがたいと三拜して」兩人「頂戴をしやれ」(ト景清きつとなり、大小コイヤイになり)景清「沓あたらしといへども冠にせず、鮑貝で喰ふものは犬か猫より外にやアねへ。景清程の武士を畜生にして嘲哢するのか。岩永、梶原、ナ、なぜ景清を畜生にするのだヱ、」岩永「ヲ、ちつと口惜からふ。腹が立ふかいム、ハ、、、、」人丸「同じよふに並んでお出なさんしても、なされ方は又格別、重忠さまの此御膳」阿古「あがつた迚も源氏の味方になるじやなし、力をかため身を全ふして、なぜお望みを達さうとはおぼしめしませぬぞ」人丸「五十日が其間、物をもあがらず湯水を斷ち、どふマアお命がつゞきませうぞ」阿古「どうぞ此まゝちつとも早ふ、御膳をあがつてくださりませ」人丸「父上さま」阿古「景清殿」景清「ハ、、、、左程の事を、女童に習をふや。けふまで喰ぬ穀類が、妻子のすゝめが嬉しいとて、これを喰ふ景清と思ふか。バ、馬鹿なつらな女めが○七兵衞景清は、日頃信心なしたてまつる清水寺觀世音の念じたてまつり、てうごん晝夜に千卷づゝ、普門品をまつらいて居れば、千日萬日恙がはない。右幕下の見參にいるまでは死ぬ事ではない。女房むすめ、落付て居ろ〳〵」岩永「ヤア景清、範賴公の味方になりヤア、此五器に引かへて」梶原「珍ぜん厚味はのぞみしだいだ」小太「コレ命をとらふと言のじやない。命をたすけお味方にまいるのじや」孫八「ありがたいと三拜して、早くそのめし」兩人「てうだいしろヱ、」景清「伯夷、叔齊は首陽山にあとを隱し、蕨をくつた例しもある。賢人のたましひ大ばう、うぬらが樣な、源氏へついたり平家へ付たりひろぐ內股ざむらひは、鴻の巢の死巢をくらふ雀も同前、どうして大鵬のこゝろが知るものか。今此五器で食をすゝめ、一粒でもくへば範賴が扶持人、味方といはん謀事のすゝめの膳、くつてよけりやア此中から喰て見せらア。味方になるが穢らはしさ、源氏の祿は一粒も喰ず、踏とまつて平家の讎を報ふ了簡。爰にならんだ侍めらは、二十餘年がそのあひだ、平家の祿をとつたやつら、これ皆平家の恩澤ならずや。うぬらが心に引くらべ、鼻の下を養ふ野郎めらと二君に仕へぬ景清を、味方につけんなんぞとはけがらはしひ。むさいきたなひ此穀類を、くつてよくばうざい餓飢めら、片ツぱしからこれを喰へ」(トあしにて鮑貝を引くりかへす)梶原「ヤア重〳〵の過言雜言。此上は責をかへ、靑山の琵琶、靑葉の笛、せんぎ仕ぬかにやおかぬ」岩永「是からは岩永が、詮義の奥義見せてくれん。忠太その刀をもて○(ト忠太棒鞘の刀をもつてゆく。岩永是をぬき人丸を引つけ)コレ見ろ。これこそは景清が所持の、人丸の像を目貫にいれしあざ丸のつるぎ、此刀で今人丸めを芋ざしだぞ。それがいやなら二品の寶のありか」 岩、梶「白状しろエ、」(ト人丸へ刀をさしつける。阿古屋こなしあつて) 阿古「ア、モシ、どふして其子が寶のありかを」 岩永「たゞし範頼公へ、景清を味方につけるか」 阿古「サアそれは」 岩永「人丸をおつころさうか」 阿古「サア夫は」 岩永「サア」 阿古「サア」 兩人「サア〱〱」 岩永「どゞどふだ○(ト阿古屋、ハット當惑のこなし)味方につかざア景清が鼻の先で、人丸めをまつこのごとく」(ト人丸を突ふとするを、景清、岩永を突廻し、あざ丸の刀をとり、人丸を引つけ突ふとする。阿古屋、景清にすがりつき留る) 阿古「コレ景清殿、なんでその子を」 景清「妻子の愛にほだされて、心に染ん源氏のやつらに手をさげやふか。娘ひとり二たりおつ殺いた迚、そのほへづら、たゝたわけもの、足手纏ひの此がきめ、今日ぜんに親の手にかけ殺すを見ろ、南無あみだぶつ」 阿古「イエ〱、此子はころさせぬ」 景清「あざ丸の刀で親が手にかけ殺せとある、宿世の約束自業自得果、罪生せうめつ」(ト突ふとする。阿古屋きつと留) 阿古「マア〱まつてくださんせ」 景清「未練な女め、なぜさし付て立派に殺せといふべきに、源氏の武士のあざけりもかへりみず、其ほへづら。放せ〱、はなせ〱放せエ、」 重忠「ヤレ早まるな景清。まづ〱○(ト刀をとり、人丸、阿古屋を元のところへやり)たとへ親子なれば迚、囚人の身をもつて、私しに殺害はなり申さぬ○人丸、あこや、憂ひを顯はす今の音律のあとを」 阿、人「夫じやといふて」 軍兵皆々「きり〱彈ぬか」 重忠「こりや」(ト思入、阿古屋、人丸、琴胡弓にかゝる)

常〽畏なきしたるゆふべより、阿古「小鳥かわいと」 常〽母鳥は、なきつぶしたる目なし鳥、闇のかたゆく時鳥、血をはくおもひはてしなや。(ト此内薄どろ〱になり、阿古屋、人丸のうしろより、雲氣を二ツ日覆へ引とる。これと一時に向ふ引舟前、切穴へ雲氣あらわれる。皆〱見て) 皆々「これは」(ト見得。小太鼓の樂になり) 景清「ハテ怪しや。あこやが彈ずる朝霧の音につれて、祥々然たる一氣顯われ空中にたなびきわたる、その色青く黃を帶て、青海波の如くにして、いつたい水のかたちをあらはす」 重忠「まつた一ツは竹葉に似て、然も地中へ散亂と埋もれし形あり」 仁田「音律につれ氣をかんじ、同氣求めるその風情」 景清「笛は正しく水底に沈んだりとおぼへたり」 重忠「琵琶は地中にうづもれ、隱るゝに必定せり」 景清「しからば朽ず失せもせず」 重忠「誠にあこや景清が」 仁田「知らざるに疑がひなし」 景清「琴の音につれ奇瑞をあらはす」 重忠「ふゑと琵琶との」 仁田「同氣の感通」 景清「思へば」 重、仁「思へば」 景清「世にも妙なる絲竹の」 三人「奇瑞じやよなア」(トどろ〱にて雲氣ひいてとる)

常〽どふでもしげさん粹じやもの、とはで止みなば嬉しからまじ。

(ト琴唄三曲きれる。岩永きつとなつて) 岩永「ヤアいけ面倒なる重忠の物知り顔、手ぬるい〱いけ邪魔なめらうめら、長谷の八郎そりや」 八郎「心得ました」(ト八郎、阿古屋をとらへ立懸る。人丸よろしく支へる。此時景清、八郎をひつしき腕を引ぬき喰ふ思入。皆〱恟くりこなし) 軍兵皆〱「イヤア」(トおどろく。八郎思入あつて立上り) 八郎「ア、痛い〱。大事の手を引きぬかれちやア、大磯小磯の女郎共に、なんぼ男がよくつても、手のない客だといはるゝだろふ。然し景清に手をぬかれちやアおれも本望、大願成就片うでないわへ」(トうしろへ倒るゝ) 皆々「イヤア、」 梶原「まて景清、源氏の祿はくわないとぬかしたが」 小太「源氏の武士のしゝむらを」 孫八「なぜくつた」 岩永「さすれば源家へ」 四人「お味方なすか」 景清「イ、ヤこいつは源氏の領の武士でない」 皆々「ヤア、」 景清「それがしが家永代所領の内、上總の長谷にて生れたこいつが親仁に、祿を與へて人間にこしらへたを、源氏に喰付猫股武士、うまれた所が某しが所領で育つたやつだによつて、こいつが肉は景清の領地のしゝむら、これを喰へば源氏の恩はうけないぞ」 皆々「ヤア、」 景清「サア腹内に力がとぼしく、じつと無念をこらへたが、是でよつぽど力がついて來たわへ」 皆々「ヤ、」(ト景清立上り) 景清「まづ目前の御敵たる右幕下頼朝公へ見參せん○(トツ、カケに成り、景清、松にかけたる烏帽子にひたゝれを取上げ)秦の豫讓が例にならい、此烏帽子直垂は、今日右幕下頼朝公と思しめしたまへ〱」(トあざ丸の刀を拔き、きつと見得) 小太「ヤア景清、大地にゐがいた此牢を」 孫八「今目前に」 皆々「やぶツたなア」 景清「頼朝公の御着用をさく上は、秩父、仁田が仁心もゝふ是まで。此うへは重忠が情けの牢はおろかなこと、こちらの牢も傳手に破り、保童君の御供する。きらをかざりし刀掛めら、行儀正しく見物しろ」 皆〱「ヤア、」 岩永「ものどもそりや」 皆々「やらぬは」(ト軍兵かゝるを、立廻つて急度なる) 景清「アラ心地よや、星まん〱たりと雖も、月の光りに勝こと能はず。イデもの見せん」〽といふまゝに、(ト早笛になり、大まくしの立廻りあつて、牢の窓より保童丸を出し阿古屋に渡し、トゞ軍兵吹かへの人形をさしあげ、牢に手をかけきつと見え) 常〽牢の格子へ右ん手をかけ、力をこむればゆさ〱〱、(ト人形をほふりだし、牢へ背中をあてゆする。牢仕掛にて動くマヽ、牢ばら〱とくだける) 常〽又もかゝるを打拂ひ、ふんはたがつたる有さまは、目ざましくもまたすさましゝ。(ト軍兵かゝるを、牢の格子の柱をもつて打散す。皆〱向ふへにげてはいる。景清眞中に、重忠、岩永、仁田、梶原、左右へとり卷、きつと見え) 重忠「いかに景清、今打とらんこと安けれども、兩三度まで見のがせとある、頼朝公の寛仁大度、それゆゑ保童丸の一命たすけ、汝に得さする」 仁田「それを功に立別れ、妻子もろとも早く此場を」 岩永「イ、ヤ此牢獄は打破る共、我君の御威光をもつてからめ捕る」 梶原「いつたん繩目のはぢではないか」　景清「をろかや斯捕子となりしも、御大將へ見參をねがふがゆへ。然るに鎌倉殿の寛仁大度、重忠の仁心に、鉾先くぢかれ、いつたん此場は別るゝとも、又かさねての見參には、御大將のゐぼし首、尋常にたまはつて後、重忠、忠常二人りが首もたなごゝろに握り、保童丸を守りたてまつり、赤旗もろとも平家の御世にひるがへすは」　重忠「ホヽう賴母しくいさぎよく、戰場にて見參せば、景清が首重忠が申しうくるぞ」　仁田「時節をまつて鎌倉山」　景清「まづそれまでは」　岩永「赤白二つの」　梶原「街にわかれて」　景清「重忠、忠常」　四人「七兵衞景清」　景清「よわ蟲めら」　皆々「さらば」　常〽さらば〳〵と景清が、英雄强けつならびなき、譽れは代々にのこりけり。(ト此內、阿古屋、保童丸をつれ、人丸付そひ向ふへは入る。景清花道へゆききつと見得。岩永、梶原拔かけるを、重忠、仁田留る。引ぱりよろしく。三重カケリにて)

幕

(ト幕外、打込カケリにて、景清向ふへふつて這入る。鳴物打揚、跡シヤギリ)

役者論語

解説

一　名称について

『役者論語』は、歌舞伎役者の聖典として、人の道の手本とすべき儒教の聖典である孔子の『論語』を意識して名付けられたものであることはいうまでもない。また、それが成立した江戸時代という儒教をもって文教政策の第一義とした時代をも背景としていることも、いうまでもなかろう。『論語』が、孔子の言行録として、門弟たちによって書き留められたという形式も、「むかしより上手名人と称せし役者のはなしどもを古人書留め置し」という点で通うものがある。ただ、孔子一人の周辺でなく、元禄期の諸名優を対象としたという点で違うばかりである。

なお、序文の内題には、役者論語に「やくしやはなし」と振りがなを付してあるので、「やくしゃばなし」と呼ぶのを正しいとするのが通説であるが、前もって出版された『役者大通鑑』の奥附広告には「やくしやろんご」と振りがなを付しており、役者の金言を「ろんご」といったのでは堅すぎるので、出版に当たって論語のやつしの意味で「はなし」と内題を読ませることにしたものと思われる。

二　板行意図について

内容については、守随憲治博士は、東大出版会本の解説で、「一巻　舞台百ヶ条・芸鑑・あやめ草、二巻　耳塵集、三続耳塵集・賢外集、四巻　佐渡嶋日記・しよさの秘伝・三ヶ津盆狂言芸品定」の四巻四冊としており、安永五年正月板の『役者大通鑑』の広告も全四冊とするが、同年三月板の『役者男風流』も、また遡って安永三年五月板の『役者全書』の八文字舎蔵板書目にも、ともに全五冊となっている。これは分量の問題でなく、寄せ本であるための巻の分け方の問題であろうと思う。

守随博士は、東大出版会本の解説で、「本書の原編者八文字屋自笑がどういふ意図で之を造りあげたか、真意を伝へるものは無いが、商利の上だけでなく舞台芸の理解もあつての事は想像される。これ等の著書を見て、これは面白いと肯いて集めて見たのであらう。八文字屋は、役者評判記出版屋としての歴史を持つてゐるが、他に古今役者大全とか歌舞伎事始とか、類書的な編纂物を次々と出版してゐる。さういふ態度に似たものとして、本書を考へる事が出来る」といわれている。『役者論語』が、どういう意図で出版されたかについては、多少の資料がある。まず、同年の正月に出版された役者評判記『役者大通鑑』大坂之巻の巻末にある出版広告に、その出版意図もしくは主旨が述べられている。

芸品定秘抄 優家七部書 役者論語（やくしゃろんご）　全四冊

此書をとくと御覧ん被下候へは役者善悪鏡にかけたることくあきらかにわかり申候。右も無ちかい近日より本出し申候故おしらせ申上ますかほみせ二の替芸品定并ニやくしや大全やくしや綱目やくしや全書かふき事始なとも此書に御引くらへ御覧ん被下べく候上手下手の分ち相見へ申候。

これが、とにかく表立っての出版意図で、「役者善悪鏡にかけたることく」わかること、「上手下手の分ち相見へ」るべき基準となる書というのがその主旨である。これは、なお、翌安永六年正月板の『役者世鳳凰（よにおおとり）』の広告にも、「此書は古人役者の金言を書あらはして当時上手下手のわかちあきらかに見ゆる甚おもしろき書にて去秋より本出し置申し候間御求御らん可被下候」とあって、この書に載せた古人役者の金言が「当時上手下手のわかちあきらかに見ゆる」基準となるべきものだということを強調している。これが八文字屋の出版意図であったことは、さらに、二十七年前の寛延二年正月板の『役者花双六』にまで遡ることができる。「耳塵集　その外、続耳塵集、舞台百ケ条をはじめ、あやめ草、芸鑑ちかくは訥子口伝の四十八ケ条など、よく考たる上にあらざれば、評判はならぬ物なり」。「訥子口伝」以外はすべて含む『役者論語』が、これらを集録してくるのは、すでに、古くからの八文字屋の企画の基があり、それらが劇評の標準となるべきものであるからだということは、以上の書を「よく考たる上にあらざれば、評判はならぬ物なり」という断言にも、その確固たる意向があらわれている。附録に「三ケ津盆狂言芸品定」を加えたのは、盆狂言というものが、役者評判記の対象にはならなかったので、とくに、九月に出版される同書に収録しておこうとしたことと、もう一つは、劇評の基準としての

『役者論語』をもって、現代の役者を批判した実例を挙げて示そうとしたのではなかったかと思われる。『役者大通鑑』の広告に、「芸品定秘抄」と角書したのも、附録の「三ケ津盆狂言芸品定」と対照すべきもので、芸品定の基準となるべき秘伝書の抄の意を持たせてあったものと思う。このことは、とくに注意していいので、単行された『耳塵集』上巻の本文のはじまりに見える「役者芸品定秘抄」という、底本には消された文字がもとあったのであり、なお同書の奥附に見える「あやめ草」の広告にも「役者芸品定秘抄」という肩書があることによっても、それを特に言う出版元の腹がわかる。また この考え方は、八文字屋から出版される劇書に共通した理念であった。宝暦十二年板の『歌舞妓事始』も、一名「役者芸品定本元」と記されており、その後篇と見られる『役者全書』(安永三年板)も、一名「芸品定秘抄」といっているのである。

また、本書を一名「優家七部書」といったことは、底本の序に、「右七部の書は優家の亀鑑」とある意によったもので、すでに前述するごとく、『役者大通鑑』の奥附広告に、「芸品定秘抄」とならべて、角書に「優家七部書」とあり、これも、八文字屋が名付けたものか、劇界の通称であったのか、世間で言い出したものかあきらかではないが、『役者論語』が出版されたときにはじめて用いられたものでなく、単行『耳塵集』の奥附の「あやめ草」の広告文に、同書を指して「優家七部之書の内也」とあるところから、すでに『耳塵集』が単行された宝暦七年には、いわれていた名称であった。

三　内容について

後世のいわゆる芸談に属するものであるが、かぶきにとって、唯一、最高の演技論であるといっていい。能には、世阿弥の『風姿花伝』を中心とした十数部の能楽論があるが、『役者論語』は、それらほど理論的、組織的に書かれたものではなく、名言・金言の断片集である。また明治以降多く公刊された自伝や芸談のごとく、はじめから公刊を予想して作られたものでなく、周辺の者が、名優の至言を書き留めておいたという点で、これらの明治以後の芸談と質を異にするといっていい。また内容についても、今もって『役者論語』を追い越すほどのかぶき俳優論はないといっても過言でない。そういう意味で、かぶき役者の聖典という「役者論語」の名称の価値は、今もって損じてはいない。ことに「あやめ草」のごとき、女方俳優論として世界的にもユニークなものであろうと思う。もっとも、中には「芸鑑」のごとき、やや性格を異にしたものも収録されており、また「佐渡嶋日記」のごとき、自分の日記体の文章もあって統一がないが、それはそれで、十分資料的価値と意味を備えているといっていい。

「舞台百ヶ条」は、元禄の名優坂田藤十郎の師匠であった花車方の杉九兵衛が、舞台心得を箇条書で述べたもので、ゲーテの「俳優諸則」などの形式に似ている。ゲーテの「諸則」は、俳優の技術面にのみ及んだものであるが、九兵衛の「百ヶ条」は、彼の自然主義的な演劇観が強く打ち出されていて、藤十郎の思想に影響するところが大きく、ひいては、元禄劇壇の演劇思潮の源流をなすものだといっていい。百ヶ条とあるが、実際には七ヶ条よりなく、そのことについてはなお後述したい。「芸鑑」の一書だけは、他の諸書とは内容を異にするもので、主として、野郎かぶき時代の狂言の筋書もしくは見たまま式の印象記で、この種のものとしては、最古のものとして資料的価値が高い。「浪人盃」「氏神詣」「傾城事」の三種のほかに、他の一話は、京都の芝居が一時禁止されたとき、その再興に尽力した村山又兵衛の功績を書きとめたもの。記述者の富永平兵衛は、はじめて「狂言作り」を番附に署名して、狂言作者の独立を宣言した人である。「あやめ草」は、藤十郎とならんで、元禄劇壇の趨勢を決した名女方芳沢あやめの芸談で、女方の芸の根本的な考え方、劇術の根元となったすぐれた価値をもつものである。記述者である狂言作者福岡弥五四郎は、その本文のはじめに言うごとく、間接直接に、その聞いた芸談を記して、三十ヶ条にしたものであるというが、実際には二十九ヶ条しかない。「耳塵集」は、藤十郎の相談相手であった、道化方で作者でもあった金子吉左衛門が、藤十郎を中心とする諸名優の聞書である。巻頭の一文を除いて四十五章の話が収められており、そのうち藤十郎に関する箇条が二十六ヶ条、そのほか嵐三右衛門以下数人の俳優の言行を録し、また諸書を引用してこれを助けている。「続耳塵集」は、名称を前書から承けてはいるが、藤十郎に関しては全文二十三ヶ条のうち、四ヶ条にすぎない。なお役者に関した記事のほか、狂言作者や演出のことなどを記している点が、また前者と異なる色彩となっている。「賢外集」は、立役の染川十郎兵衛が聞き覚えていたことを、作者の東三八が聞いて書き留めたものである。十四ヶ条の話のうち、藤十郎に関しては、十二ヶ条の大部分におよび、ことに「耳塵集」と異なる点は、客観的な逸話を多く記していることで、この両書を合せ見ることによって、藤十郎の人間像が、立体的によく浮かびあがってくる。その点で、得難い資料である。これらの逸話はさながら短篇小説の感がある。「佐渡嶋日記」は、他の諸書と異なり、記述者自身の見聞・体験を書き留めたものであり、自伝あり、由来ありで、また日記風が混じたりしている。時代がやや下るので、初代沢村宗十郎のことや二代目市川団十郎のことなどが見られる。そのことは、他の諸書には見られず、また、これら十六ケ条のほかに「しよさの秘伝」と称する舞踊の心得が述べられているものを含む点で特色がある。

なお、新関良三『日本演劇論』中の論文、本間久雄「美学資料としての役者論語」(日本演劇と劇文学)等の論考がある。

四 成立について

守随博士の指摘するように、『古今役者大全』『歌舞妓事始』などの類書的な編纂物として、「さういふ態度に似たものとして、本書を考へる事が出来る」。たしかに、本書の成立には、『古今役者大全』『歌舞妓事始』『新刻役者綱目』『役者全書』と、寛延から、宝暦・明和・安永にわたった期間に出版された、八文字屋の劇書は、『役者論語』とおなじ基盤で成立しているので、その出版態度は、前述した「芸品定」という共通した語の流用でもわかる。ことに、七部の書という、いわゆる『役者論語』所収の七部が、それぞれの類書と関係を保ちながら、やがて結集されて『役者論語』となるので、その関係については、守随博士の指摘をまつまでもなく、先に引用する『役者大通鑑』の広告文中にも、これらの書目を並べ掲げて、「此書に御引くらへ御覧ん被下べく候上手下手の分ち相見へ申候」といっており、一連のものとして考えていることがわかる。それが販売上の商法であるばかりでなく、やがて七部の書が、『役者論語』として結集されて成立をみるためには、それぞれの出版経過があった。たとえば、「あやめ草」は、明和八年の『新刻役者綱目』の第六巻に、「佐渡嶋日記」と「賢外集」は、安永三年の『役者全書』第四巻と第五巻に収録されている。また、寛延三年の『古今役者大全』には、「引用書目録」の次に「優家七部書」の目録を載せ、本文中にも、これらの書を引用するところがある。この七書のうち、『耳塵集』上下二冊は、独立して刊行されたものであり、『役者論語』は、これらのすでに板行されたものの、その部分の板木をそのまま用いて、合せ寄せた跡が歴然としている。

「あやめ草」は、柱が四十九丁からはじまり、かつ「綱目巻之六」の字が、柱にあきらかに見られるもので、『新刻役者綱目』の板木をそのまま用いていることがわかる。また「耳塵集」は、単行本の板木の序および凡例・跋文を除き、本文を多少削除して、そのまま用いたことは、その柱の丁数が、一丁からでなく、七丁から始まっていることからでも、単行本と一致するのである。「佐渡嶋日記」と「賢外集」も、それぞれ『役者全書』の四巻と五巻を占め、それぞれ題簽の「役者全書」の書名をはずせば独立できるようになっている。あるいは、これらの七部の書が、『役者論語』とは別に、それぞれ独立して単行されていたのではないかとも考えられるのは、安永三年五月板の『役者全書』の奥附の「八文舎蔵板書目」に、「役者論語　全部五冊」と別に、「耳塵集　全二冊」をはじめ、これらの七部の書が、それぞれ著者名を記して「全部一冊」ずつのものとして並べられているので、合本としての『役者論語』と、また一部ずつ独立したものとして単行もされたのか、または広告だけだったのかは、「耳塵集」のほかは不明である。

これらを総合して考えてみると、その目次の立て方が、『古今役者大全』では、耳塵集・舞台百ヶ条・あやめ草・芸鑑・続耳塵集・賢外集・古来芝居巻(佐渡嶋日記)の順序にならべられており、これがかなりアトランダムであることは、「耳塵集」と「続耳塵集」が飛んでいることでもわかる。もっとも、この両者は、名称の上では一連のもののように見えるが、内容的にはかなりの違いがあるので、この点かならずしもでたらめではないかも知れぬが、これらが、諸書に、ばらばらに印刻されたのちに、ふたたび集められて、『役者論語』として一本を形成するについて、そのとき出来上がった目次を、『大全』のものと較べてみると、次のように変わっている。即ち、舞台百ヶ条・芸鑑・あやめ草・耳塵集・続耳塵集・賢外集・佐渡嶋日記の順序となっており、これを先に刊行された年代を追ってならべ直してみると、「耳塵集　二巻」(宝暦七年三月刊　単行)、「あやめ草」(明和八年　役者綱目)、「佐渡嶋日記」(安永三年　役者全書)、「賢外集」(同上　同上)となる。なお「あやめ草」は、単行『耳塵集』の奥附に、全部三巻とし、「追付板行仕候其節者御求御覧奉頼上候」とあるので、追いかけて単行とするつもりであったらしい。この単行本は、未見であるが、あるいは刊行されず、『役者綱目』にまでもちこされたのではないかと思われる。そこで、すでに印行された板木を、大体活躍期を中心に記述者の年代順に並べなおして、あやめ草・耳塵集・賢外集・佐渡嶋日記とし、未刊の「続耳塵集」を「耳塵集」の次にあらたに印刻して入れ、さらに未刻の「舞台百ヶ条」と「芸鑑」を、これらの前に据えて加綴したものと推定することができる。なお、後述する『役者論語魁』の東大霞亭文庫本が、その後方に、舞台百ヶ条・芸鑑・続耳塵集の写本を合綴しているのは、いかなる意味があったのであろうか。この三部は先にもいうごとく、それまで印行していなかった部分であった。それについてはなんらかの関係を想像することができても、正確には、傍証による後考をまたねばなるまい。大方の教示をえたい。

五　単行『耳塵集』について

七部の書のうち「耳塵集」は、『役者論語』に収録される前に、すでに単行されている。宝暦七年三月、八文字屋板で、上・下とも十五丁の二冊、国会図書館蔵本によれば、題簽に、本、末とある二冊合本である。『役者論語』に収録された本文はまったく同じ板木を用いているのであるが、本文に多少の削除があり、かつ、序・凡例・目録・跋・奥附を欠く。単行『耳塵集』は、底本と対照することによって、かなりなおいろいろなことがわかる。たとえば本文の最後に「予つたなき耳につもる塵の言葉書あつめたればをのづから耳塵集とも思ふべきならし」と、表題の名称の説明をしているが、細川幽斎の『耳底記』によったことは、「其意をとりて名付るとみえたり則此書所々に引てある也」と明記しており、また本書が、金子吉左衛門の二巻の自筆本を本としたことなど、かなり重要なことがわかるのである。したがって、これらの序・目次・跋などは、八文字屋が単行にするときに加えられたものとすべきである。序・凡例・目録・跋・奥附は次の通り。

（ただし、原本は総振りがなに近いが、特殊なものを残して、これを省いた。また、目録はそれぞれ改行してある。）

凡例

一　此書者元禄年中道外形の名人（正徳年中立役と成し）金子吉左衛門古人の説を悉く書置ける一巻にて七部の書の一部なり則金子氏以二聞書の自筆本を一点も不レ違模写す依レ之俗言粗（ほぼ）有レ之

一　耳塵集といへる題号の事は往昔（そのかみ）細川幽斎法印玄旨烏丸光広卿問答の書に耳底記といへる歌道極意の一本有其意をとりて名付るとみえたり則此書所々引てある也

一　必能院敬信は金子吉左衛門が法名なり

一　坂田藤十郎とあるは宝永年中に鳴し三ヶ津やつしごとの開山といひし元祖なり

序

定家卿曰われは歌つくり。家隆は歌よみ也。利休云土のものは口ひろきよし。かねのものはせばきがよきなり。先達の金言耳の底に留り。是を以て是をさとす。古人金子氏年をかさね日をつみ。毫をふるふてひめものとなし置ける二巻（ふたまき）。名のみ聞得て其意を知る人多からず。はかりなき藻塩草の。かきみだせる中より拾ひあげ。猶世々に光りをはなたんと。たま〳〵あないしらぬ筆の棹さし其みなもとをたづね求て。とみに端作りとはなしぬ。嗚呼

うしの春　　撰者　瑞笑改　季秀
　　　　　　　　　　　　索王

一　嵐三右衛門とあるは二代目也中古の新平が為には親なり近頃死去せし三右衛門為には祖父（ぢ）なり
一　中川金之丞貞享年中迄居たる名人と呼立役也
一　松本名左衛門延宝年中に名高き女形にて近比迄大坂芝居名代に有し松本氏の元祖なり
一　仙台弥五七元禄年中の道外形なり
一　片岡仁左衛門是も元禄年中敵役の一人也其頃は実悪之部なし敵役と一所に部したる也此系図役者大全にくはし
一　山下京右衛門は　初め半左衛門といひし　元祖坂田藤十郎同時代の立役名人也
一　霧浪千寿袖嶋源次両人共元禄年中の女形なり
一　村山平右衛門は元祖村山又八より三代目也坂田藤十郎弟子也
一　嵐三十郎正徳年中の立役也享保年中より延享年中迄居たる嵐三十郎の親なり
一　弥五右衛門といふは福井氏花車形にて延宝年中狂言作者を兼て初心役者を取立し名人也
一　冨永平兵衛は元禄年中の狂言作者也元ト金子六右衛門弟子にて金子吉左衛門とは相弟子也此系譜も役者大全に出たり
一　荒木与二兵衛藤田小平次元禄年中一名宛有し立役也
一　杉九兵衛は宝永年中迄出し花車方の名人也坂田藤十郎も此杉氏の口伝を聞上手とは成り名は揚しとなり

耳塵集目録

右四拾六ヶ条

耳塵集秡

雪月花鳥積則年也、金石瓠土翕則楽也、又耳塵乎、夫異人於一世、則塵是玉哉、世所以奇也、友生秀子、以梓行、鳴今歌猶古歌与、訓謨亦然、彼塵与玉者、即草芥也、以得其玲瓏在乎人焉、鴨水散人書

親仁形京屋弥五四郎書留置し書にして優家七部之書の内也追付板行仕候其節
者御求御覧奉頼上候
　　　　　　　　　　　　　　　　　　　　京麩屋町通誓願寺下ル町
　旹宝暦七丁丑歳春三月日
　　　　　　　　　　　　　　　　　　　　淩雲堂　　八文字屋八左衛門板

役者芸品定秘抄
　あやめ草　　全部三巻
右者三ヶ津極無類惣芸頭と称美せられし元祖よし沢あやめはなし共を其比の

以上、目録までが六丁裏で、本文は、七丁表よりはじまるのであるが、『役者論語』では、「耳塵集上之巻」の下に「役者芸品定秘抄」という文字を削りとってある。これは、おそらく、『役者論語』自体全部が、むしろ「役者芸品定秘抄」とも名付くべきものであることは、前述したごとくであるから、「耳塵集」のみ付いているのがおかしいので、『役者論語』に収録する際に除いたものと思われる。この削除は、下之巻の巻首でも行なわれている。また、本文の最終丁、十四丁表の奥書「享保十二丁未年卯月日」というのが、削除されている。実は、この年記によって、「耳塵集」の成立が考えられる大切なものだが、それを『役者論語』は欠くのである。この年記は、刊行年代ではないことは、同書の奥附に別に刊記があるのであきらかである。

六　その他の諸書

そのほか、七部の書については、いくつかの疑問がある。その一、二を述べてみたい。

「舞台百ヶ条」は、百ヶ条といいながら、七ヶ条のみが収録されており、おそらく八文字屋の手と思われる附記が、最後にある。「〇是より下のヶ条は虫ばみて見えず惜しむべし〳〵」というのである。はたして百ヶ条あったかどうかは疑問であるが、『古今役者大全』の巻一には、「舞台百ヶ条に、杉九兵衛曰、若女形は色を失はぬが肝心なり。万一役廻りにて、くわしや形のする事させねばならぬ事あらば、出たちもかづらもざつとして、ずゐ分水くさうすべし。おちついてばゝによく似たると、誉めらるゝが、色のさむるはじめなり」という箇条を引用しているが、この一条は、『役者論語』の「舞台百ヶ条」にはないものである。この冒頭の「肝心なり」までの文句は、やはり百ヶ条として『古今役者論語魁』上巻に引用するところがある。してみると、まだこのころには、虫食のない箇条があったのであろうか。この条などは、いかにも杉九兵衛の言として内容がうけとられるばかりでなく、その文章や語法も近く、とくに、七ケ条のものに似ていて、百ケ条の一条であったことを肯定させるものがある。これなどは補綴しておきたい断章である。また、『古今役者大全』の同じく巻一に、「続耳塵集に曰、坂田藤十郎、契情町へ夜ぶかに来て門を叩くに、宮崎儀平太夜番なりしが、此おとを聞てあくびをして、たれじやといふ声、藤十郎のみ込ず、それは夜のふけぬ声なり。今一度たゝかうと又たゝくに、義平太又あくびして、たれじやといへども、そういうては夜あけの声になると、十五六へんも稽古の時いぢりたるなり。かり初の事も、かやうに念を入てけいこをかためし故、相手もおのづから仕上る道理なるに、今はわれがちに成て、かゝるたんれんなしと見えたり。是上ものゝ出来かぬるゆゑん成べし」とあり、どこまでが元のもので、どこからが『大全』の文かは不明であるが、これなども、是非なくしたくない箇条であった。『役者論語』の「続耳塵集」には見えない一条である。

また、同書に見える「江音紀」というのは、「続耳塵集」を書き留めた民屋四郎五郎が俳名を江音といったので、「続耳塵集」にあたるものではないかと思われるが、『役者論語』に見あたらぬ一条がやはり引用されている。即ち、「江音紀に曰、ある時山下京右衛門に向ひ、女形の仕やうを尋ねければ、京右衛門申されけるは、女形の大事三筋あり。わが方よりほれたる男との仕内は、ずゐぶんひかへめにして、物かずいはぬがよし。我にさきよりほれて居る男と見たる仕内には、引こなしてずか〳〵とするをよしとす。此二筋のうへに、狂言作りよりいか様に頼むとも、すこしにても、貞女をみだす取組ならば、請とらぬが至極の要なりと答しとぞ」。ところが、終りの方の「狂言作りより」以下の文は、「あやめ草」の十三条「女形は貞女をみださぬ」の条によく似ているのである。また、同箇所に「あやめ草上巻に曰」として、『役者論語』収録の第二条にあたる文を引用している。また、あやめが、立役になって評判の悪かった話を述べ、それについて、「近松門左衛門聞付、さて〳〵あやめは女形の名人かな、立役に成てよければ、女形はわるき道理なり。女形より立役に成て、しり七の図までかゝけてあてらるゝを見るに、女形の時あやめ程の仕内はひとりもなし。本の女を元服させて大小さゝせ、使者にやつて見れば、此道理はすむ事なり。日頃の身もち、俄に男のまねはならぬ筈なり。立役に成てわるいを以て、弥あやめは女がた古今の随一と、人々にもはなしけるは尤の事也」と記すが、これなどは、あきらかに「あやめ草」の第十条「女形にて居ながら」によったことはあきらかである。「あやめ草」の文だと、述者の福岡弥五四郎が批判したことになるのであるが、それが近松になっており、またかなり文章に修辞が加わっている。ここらあたりに、八文字屋の例の戯作の筆法が発揮されているのではないかという疑いがおきる。それは、「江音紀」の山下京右衛門の話のモンタージュにもいえることである。なお、後に述べる『古今役者論語魁』上巻にも「江音紀」の記事を引用するところがある。即ち、「江音記に女形は、第一女に、なりすまし、第二仕内と、藤十郎申せしよし」。これも『役者論語』にはない箇所である。したがって、「江音記(紀)」と「続耳塵集」とおなじものであるかどうかは、これだけでは断定することができないかもしれぬ。これを『役者論語』の上におよぼして考えてみると、近松という権威を登場させて、逸話を作り替えてみせたように、「耳塵集」なども、『耳底記』をもって、藤十郎を主人公に登場させて創作した部分がありはしないかということも想像したくなるのである。

なお、『古今役者大全』の巻五は、「○役者故実巻」として、名優のいわゆる芸談を集めたものであるが、これらはいろいろなものを集めたもので、そのなかにはあきらかに、「舞台百ヶ条」「耳塵集」「続耳塵集」「あやめ草」などより、適宜に抜き出し、その間に、西鶴の「大鑑」やその他の聞き書、断簡などをもって、混じ合せたもので、その上、文の末尾をかなり変じている点に注意すべきで、いわゆる八文字屋の手が加わったことがわかる。

「あやめ草」は、単行『耳塵集』の奥附に、全三巻として追付け独立刊行するよしが広告されているが、管見にはまだ入らない。なお、『古今役者論語魁』上巻に、「あやめ草」のことに言い及んで、「あやめ草をみるに付ても、菊次郎仕内に一々叶、三十ヶ条の名言を残たるは、流石あやめの名人」とある欄外の頭注に「役者綱目ニあやめ草三十ヶ条ト名目にはあれ共二十九ヶ条也」とわざわざ記入してある。これは『古今役者大全』にも「三十ヶ条」とあり、とくに不審を打ったものと見える。なお、『役者全書』の目録によれば、「佐渡嶋日記」が「拾六ヶ条」、「所作事秘伝」が「拾一ヶ条」、「賢外集」が「拾四ヶ条」となっている。岩波文庫本が「佐渡嶋日記」を十八ヶ条、東大出版会本が十七ヶ条に数えたのは、あきらかに判読に誤りがあったもので、本文のごとく十六ヶ条に読むべきであった。また、「しよさの秘伝」を岩波文庫本が十二ヶ条にしたのも誤りである。これは東大出版会本では十一ヶ条に直っている。

七　『古今役者論語魁』との関係

『役者論語』の類書に『古今役者論語魁』がある。いま東大の霞亭文庫本によって見ると、同書は、乾坤の二冊になっており、さらに、後に『役者論語』のうち、「舞台百ヶ条」「芸鑑」「続耳塵集」が合綴されているものである。刊年は、跋文の奥書によれば、「明和九壬辰正月」となっており、発行所は「本材木町三丁目　大坂屋久五郎　四日市広小路　竹川藤助」である。その凡例によれば、「宝暦年中に出たる耳塵集は、古今の秘書なれども、元禄時代の役者ばかりにして、知人少し。夫故此書は、享保已来の古人を多集、名言を顕す。歌舞妓一道の秘書なり」とあり、その刊行の主旨が示されている。したがって、元禄時代の名優を中心とした「耳塵集」に対して享保以来の名優の名言を出版しようとしたものである。いま、その内容には詳しくは触れないが、彼が上方中心であるのに対して、これは江戸が中心となる。また「耳塵集」の中心人物が坂田藤十郎であるのに対して、『魁』は、沢村宗十郎(訥子、助高屋高助)が中心人物であることは、その序・跋文でもあきらかである。

『古今役者大全』は引用書の七部書のほかに、「訥子口伝」「武左衛門芸ばなし」「光小四郎物語」をあげるが、『魁』にも、「役者四十八ヶ条壱冊。上手道下手道壱冊。何も訥子作」とあり、下の巻の「助高や高助曰」のあとの二十四ヶ条は、この「訥子口伝」もしくは「役者四十八ヶ条」ならびに「上手道下手道」の一部に当たるものと思われる。そのほか、瀬川菊之丞、二代目市川団十郎などの芸談を中心としたもので、『役者論語』でいう七部の書以外のものであるが、霞亭文庫本はその後に、七部の書の目録および「舞台百ヶ条」「芸鑑」「続耳塵集」のみを付している。この写本の合綴もさることながら、明和九年板の本書が、「安永丙申晩秋」の年記のある『役者論語』とおなじ序・目録が添えてあるのもおかしな話で、後世の人の作為と考えてよかろう。なお、『魁』本文中に、「江音紀」や「舞台百ヶ条」を引用するところがあるが、さきに述べた『古今役者大全』に引用し、しかも『役者論語』にはない条であるのも怪しい。もう一つ怪しいのは、この『魁』の題名である。もし、この「魁」という文字が、『役者論語』の魁という意味であれば、『役者論語』前に出版されていなければならないことになり、年代が前後することになる。従って、この「魁」にその意味はないとみなければ、ほとんどは刊記のほうを疑わねばならないことになる。今後の詳細な研究をまたねばなるまい。

役者論語

役者論語[一]

此書や[二]、むかし[三]より上手名人と稱ぜし[四]役者のはなしどもを古人書留め[五]置し巻々なり。

舞臺百ケ條[六]　元祖[七]坂田藤十郎師匠杉九兵衛といふ花車形[八]の書置る書也。

藝鑑[九]　富永平兵衛（狂言作者也）むかしの書置る。

あやめ艸[一〇]　元祖よし沢あやめはなしどもを、福岡彌五四郎書とめたる書也。

耳塵集[一一]　上手のはなしを、金子吉左衛門書しるす。

續耳塵集[一二]　民屋江音四郎五郎事書留し書也。

賢外集[一三]　染川十郎兵衛聞覺し事をはなせしを、東三八（狂言作者也）書置る。賢外といふは十郎兵衛法名[一四]也。

一　八文舎自笑が集録して命名したものであろう。解説参照。
二　以下八文舎自笑の序文。「此書」は役者論語。「や」は「は」と意味は異ならないが、一種の感動を含んでいる。
三　この序文の年代からすると、ほぼ百年ほど昔になる。
四　「称せられし」の意。底本「ぜし」と濁る。
五　昔の人。亡くなった人。
六　舞台の心得百カ条を書いたものの意。ただし七カ条しかない。あるいは百という字を形容に用いたか。以下各巻は解説参照。
七　藤十郎の名は三代あった。
八　花車方の名称は延宝期より見える。明暦・万治の交の「かか方」の系統を引き、それより分化した役柄。「諸国遊里好色由来揃」には、「くわしゃ方」の名人として、藤内・久内・媼源兵衛・文右衛門・杉九兵衛をあげている。このうちには「ばゝ」「うば」「はは」「とも」の役を含む。年増または老役の女性役。元禄期には「継母」「やりて」なども含む。後世「劇場漫録」に見える立敵の花車方とは差異がある。
九　芸道・技芸の亀鑑。
一〇　芳沢あやめのあやめと、菖蒲草とをかけ、草は草子ともかけた。
一一　耳で聞いた話の意。巻末に命名の由来があるが、類似の書の細川幽斎の「耳底記」と「梁塵秘抄」を連想させる。
一二　「耳塵集」の続篇の意。
一三　染川十郎兵衛の法名を書名とした。彼が当時の名優について語った芸談。
一四　仏門に入った人の授かる名。在俗者

佐渡嶋日記[一五](さどしまにっき)　むかし今の藝者[一六](げいしゃ)心得に成(なる)べき事を、蓮智坊[一七](れんちぼう)が書置(かきおく)なり。蓮智は佐渡(さど)嶋(しま)長五郎法名也。

右七部[一八](ぶ)の書(しょ)は、優家[一九](ゆうか)の龜鑑[二〇](きかん)なれども梓[二一](あづさ)にちりばめ[二二]、付錄(ふろく)に當時[二三](たうじ)三ヶ津[二四]役者藝品定[二五]を加[二六](か)入(にう)する而已[二七](のみ)。

安永丙申[二八]晩秋[二九]　　八文舎[三〇]

自笑述

は、授戒(禅宗)、帰敬式(真宗)のときに授けられる。

一五 佐渡嶋長五郎の日記。「所作の秘伝」を含む。

一六 芸をする者。役者のこと。のちの芸者とはちがう。

一七 日蓮宗の法名。

一八 七篇。優家七部書とも。

一九 俳優の家。

二〇 手本。秘伝の意味を含めて「なれども」と勿体をつけた。

二一 版木に彫り、木版本とすること。もと梓の木に彫ったのが語源であるが、日本では桜材を用いた。

二二 刻むこと。彫って摺って刊行すること。

二三 安永五年現在の。

二四 京・大阪・江戸。三ヶの津。役者評判記は三ケ津にわたるのを原則とした。

二五 芸の評価。

二六 加えた。

二七 語調を強く言い切る終語。

二八 安永五(一七七六)年。

二九 九月か。巻末(三七八頁)には盆狂言の芸品定を載せる。奥付の九月吉日に当たる。

三〇 奥付の八文字屋八左衛門に同じ。京都麩屋町誓願寺下ル町の出版店。八文字屋は明和三年十二月十九日に、当主瑞笑没し、版権を大阪心斎橋順慶町角の升屋大蔵に譲渡し、跡目は、瑞笑の弟自笑が継ぐ。初代自笑は延享二年に没しているので、二代目。但し役者論語は、升屋の「譲受作品目録」にはない。

舞臺百ヶ條

杉九兵衞述[一]

一　今[二]の立役[三]のきつぱ[四]をまはして、かたき[五]をきめる[六]は、かたち斗にて心[七]のきつぱをまはさず、見物衆にほめらるゝ事をのみむね[八]に持てまはす[九]ゆへ、かたきをきめるではなくて、見物衆へ廻す[一〇]きつぱになる。夫故敵役の身にこたへず、よはみの出し所がはづまぬ[一一]のみなり。相手仕事なれば我は相手をたて、我も相手にたてらるゝ様にさへすれば、舞臺の[一二]おもてしつくり[一三]となる故、自然と見物衆のあつ[一四]と感ずる場[一五]へゆく也。相手にかまはず、我ひとりあてん[一六]とするを、孤自當[一七]といふ。孤はひとりとよみ、自はみづからとよむ。恥べしく。

一　精[一八]を出すといふは、ねても覺ても、仕内[一九]を工夫し、稽古にあくまで精を出して、扨舞臺へ出ては、やすらか[二〇]にすべし。稽古に力一ツぱい精出したるは、やすらかにしても、少しも間はぬけぬものなり。稽古工夫には心[二一]をつくさず、舞臺にて(ばかり)精を出だせば、[二二]きたなく、いやしく成て、見ざめのする事うたがひなし。扨[二三]惣稽古といふものは、初日より二日も前にすべき事也。初日の前日は、とくと休みて、きのふの惣げいこの事を、

一　著述。述作。　二　年代を明確にし得ないが、生没とも不明の九兵衛が、この著をしていた頃と考え、その晩年と考えれば、貞享・元禄初年の頃か。
三　「立役」の名称は、寛文期にあらわれるが、敵役(悪人方)に対立する役柄として、善人の男の主人公役に定着するのは、延宝・天和の交。　四　「切刃」の音便。底本「きつは」。刀の刃のある方をねじて上にまわし、いざというとき、切ろうという身構えをすること。のちの「かたち斗」に対応する。「この玄蕃に向かつて切つ刃廻した侍畜生めが」(毛抜)。↓補一。
五　作中の敵のことであるが、敵役の意にとってもいい。「かたき」は寛文十三年の「大和守日記」に見え、かたき役は延宝期に成立する。またふるくは「悪人方」ともいう。　六　きめつける。叱りつける。「あやめ草」八条(三一九頁)参照。
七　形だけで精神が入っていない。切った刃をまわす心持がともなっていない。
八　専らとして。　九　切刃を廻す。
一〇　見てくれになる。　一一　はね返ってこない。　一二　舞台面。　一三　しっくりとはまって。
一四　感動の声。　一五　場面(シーン)の意でなく境地の意。　一六　当たりをとる。
一七　当字。牽強附会の意。故事付(こじつけ)が転じたもの。
一八　精進する。　一九　仕打。やり方。「俳優は日常生活に於ても自分が舞台に立つことを忘れてはならない」(ゲーテ「俳優諸則」)、「学ぶ事はつねに有」(土芳、三冊子)。「耳塵集」九条(三三〇頁)参照。
二〇　力を入れずに。「席に臨んで、文台と我との間に髪を入れず。思ふ事速に云出

[二四]ほつ〳〵心におもひめぐらし、氣をやすめて、初日を始れば、初日よりおち付て、間のあく事なし。前日にアタフタと稽古し、[二五]夜をかけて物さはがしく、[二六]翌日を初日とすれば、わるひ事もかなり[二七]がけにせねばならず。此ケ條大切の事なり。

一 [二八]狂言の[二九]實は[三〇]虚よりおこり、[三一]おかしき事は[三二]實よりせねば、[三三]無理あてになる也。

一 [三四]狂言をするは、心一ぱいにするをほむべし。

一 [三五]藝者[三六]其一人となれば、[三七]至らぬ藝者そねみ、あしざまにいふ事は、たとへていはゞ、數百の蟻の、[三八]蚯蚓をせゝるに似たり。甚あさましき事也。[三九]其長に至るものは、おのれが心をみがきて、[四〇]其品に應ずる妙をあらはせり。甘柿の木に澁柿をつぎて、はやく實の[四一]るをたのしまんとするゆへ、却て澁柿の惡名をとる。澁柿の木に甘柿を接合せ、生たつ時は、[四二]本の味をうしなはず。萬物も[四三]實ばへより善惡しれがたければ、役者も物になれたる人にたより、接穗のごとく修行せば、名譽の名を得べし。

一 役〳〵の[四四]情をかんがへみるに、[四五]けいせいは[四六]位高にして、心は[四七]しやれたるもの也。武士の女房は下をあはれむ心有て、人おどけたる事をいふ時は、[四八]きつとするかたちよし。よつて武士の妻とみへる也。すべて藝者は相手の氣に[四九]應ずるを第一とす。[五〇]音の合ぬ狂言は、名人たりとも、心に叶はず。されば其人の氣によつて、せわしくしてしにくきあり。又藝のかわる仕内有。又よくおぼえてせわしきあり。延過るあり。あるひは[五一]拍子きゝにて氣のはる有。しそんじあつても取直しできる有。[五二]うれい事をする時、武士の妻は、聲

て、爰に至つて迷ふ念なし」(土芳、三冊子)。 二一 努力をせずに。 二二 努力が見えるのでは、芸ではない。それを、きたなく、いやしいとし、興が醒めるといった。 二三 公演前に、最後の仕上げの総ざらえをする。後世は普通、舞台衣裳などをつけない。 二四 ぼつぼつ。 二五 騒がしく落ちつかぬさま。 二六 夜にわたって。 二七 大抵のことにして。 二八 歌舞伎狂言。 二九 演劇で表現された真実性。狂言のリアリティ。 三〇 虚構。フィクション。 三一 滑稽。能の「狂言」は「をかし」といった。 三二 先の実とちがい、実際の意。生活の実。真実性がないといけない。 三三 くすぐりになる。 三四 表現のうしろには心がいっぱいに湛えられていなければならない。「用筆在レ心」(佩文斉書画譜)。 三五 役者。「そちは殊の外の芸者ぢや」(狂言、鬼の継子)。 三六 第一人者。 三七 未熟な役者どもが。 三八 つつきまわす。 三九 第一人者。首席。 四〇 器量。 四一 「実の乗る」か。実ると同義。 四二 甘柿の本の味であろう。 四三 実生。種から生えた芽。 四四 人情。心理や性格。 四五 傾城。遊女の最高級の者。太夫。 四六 品位・高尚。 四七 風流。洒脱。 四八 武士の妻は生真面目なので、ふざけた事を言われると、きっと開き直る。そういう様をみせるがよい。 四九 臨機応変。 五〇 調子の合わぬ。 五一 テンポに乗った演技。 五二 憂い事。悲しみ嘆く局面。愁嘆場。天和「無名評判記」に、既に「うれい事」の成立を見る。

をあげてなくは見ぐるし。男も聲をあげてなくものにあらず。年[一]より愚にかへるゆへ、思はずも聲あげてなく事あり。至[二]てうれい事するに、こらへてなく有、おさへてなく有。おさへてなくは人目をはゞかり、こらへてなくはみれん[三]にみゆる也。又ぢがひ[四]、切腹、手負[五]などいふ時は、一[六]ト調子高し。これとりのぼす故、前後いふ事さだかならず[七]、次第〱に聲もよはる也。

一　見物入[八]なきとて、姿[九]をいとはぬ事、其身のそん也。たとへば全盛するけいせいは、さのみすがたを粧ひなくとも、人目に立風[一〇]（たつふう）。またはやらぬけいせいなりとも、衣裳はなやかに着る時は、おのづから人心迷ふ也。狂言の役の替りを、人に頼む[一一]たのまるゝ事も、人の役故そまつに勤めても、其身の誤りにならぬと心得るは、大きなる違ひ也。萬一、本役の人より、一ト所成（なり）とも、勝れたる仕内（しうち）あらば、其身の會稽[一二]ならずや。おしひかな、[一三]其壹人に成るべき身をもつて、はじめ一ト足のふみちがひより、萬里の迷ひとなる也。

○是[一四]より下[一五]のケ條は、蟲ばみ[一六]て見えず。惜むべし〱。

舞臺百ケ條　終

一　年寄りては。齢をとっては。年不相応の意ではあるまい。
二　至った憂い事。憂い事の至極。
三　未練。思い切りが悪い。
四　自害。自分の手で死ぬことであるが、主として男の切腹に対して、女の場合に多くいう。
五　斬られること。寛文期の「非人の敵討」にはじまり、天和期に「手負事」が定着する（無名評判記、藤田小平次の条）。
六　普通のセリフより調子が一オクターブ高くなる。
七　セリフの辻褄が合わぬ。
八　見物の中に具眼の士のいないという意味にもとれるが、ここでは、見物の入りのないことでよかろう。
九　ここでは衣裳のこと。扮装した姿形に気を配らずに、どんな衣裳でもよいの意。
一〇　人目を引く風体。「風」は風俗でなく、気風、風韻に近かろう。
一一　代役を人に頼むことも、頼まれることもあるが、代役のときはの意。
一二　会稽の恥。「范蠡既雪㆓会稽之恥㆒」（史記）の故事に出る。代役の恥をそそいだことになる。
一三　第一人者。
一四　自笑の注釈であろう。解説参照。
一五　以下。
一六　虫が食（は）んで。紙魚（しみ）が食べて。

藝鑑

富永平兵衛著

何事も時に隨ふ習ひなるに、[一七]わきて狂言の[一八]風は、[一九]時代の品替れり。むかし[二〇]狂言盡の時、あたりしと承り傳へ侍る、[二一]浪人盃といへる狂言を、左に記するもの也。

一　萩山の家中、高坂采女といふ武士、[二二]馬上にて使者におもむく道の景色を[二三]稱し、[二四]旦那より[二五]小姓家來まで[二六]せりふ渡り、采女が曰、むかふの館は[二七]聟君のお國なれば、國境より行義正しく、いづれも麁相なきやうにと申さるれば、皆[二八]領掌の答あり。[二九]謡に成る也。馬をめぐらし、[三〇]しと〱行むかふへ、[三一]深あみがさ着たる浪人もの、あゆみきて、しほ〱と平伏すれば、家來とがめて、何者なれば[三二]慮外もの。笠を取て[三三]片付ろと、いへども更に答なし。イヤ[三四]推參なと侍ども立よらんとする所を、主人、ヤレまて〱。彼者、我にむかひて平伏の體とみゆれば、これ全く慮外にあらず。去ながら笠をとらぬは心得ず。コ[三五]レそな男。それがしに向ひ用ありげに見へたるは、いかなる人にて何の用事、[三六]子細きかんとありければ、彼男謹で、采女殿には[三七]御堅固の體、先以[三八]大慶至極。以前御懇意の拙者なれども、年へたれば聲もきゝわすれ給ふべし。今日此道筋をお通りと承りあまり

一七　とりわけて。
一八　風体。あり方。
一九　その時代時代によって、様子・状態に変わりがある。
二〇　「物真似狂言尽し」の略。承応二年三月、「物まね狂言尽しといふ名称に改めて、再び京都の芝居を許さる」（歌舞伎年表）。
二一　寛文頃のものと推定。
二二　馬に乗って。馬になる役者を馬の脚という。馬の作り物に前後二人が入る。
二三　賞し。賞翫し。
二四　主人。高坂采女に当たる。
二五　側近の若衆。底本「小性」。以下同じ。
二六　渡りゼリフ。一連のセリフを数人で分けて、順次にわたして言い連ねる。
二七　萩山の相手方の大名の若殿を指したものと思われる。これにより筋を想像すると、この使者は相手方の大名へ輿入れをする萩山の姫君の行列か、もしくは、輿入れ相談の使者に立つものと思われる。
二八　了承。承知。底本振りがな「りやうちやう」。
二九　謡曲。囃子方の下座音楽。
三〇　しずしず。馬の優美に立派にゆくさま。
三一　顔をかくすために深く編んだ笠。人目を忍ぶときの武士がかぶる。
三二　無礼者。
三三　傍に片づいていろ。片寄っておれ。
三四　強引な。無礼な。
三五　そこな。そこの。
三六　わけ。
三七　御健康の有様。以下武士の言葉。
三八　これ以上の喜びはない。

なつかしく、最前より待うけ、お馬のさきに平伏いたしながら、御勘氣をこふむりし身なれば、顔を貴殿に見せ申もおそれ有、又面目なく存、慮外のあみ笠眞平御めんと詞の内、釆女つく〴〵おもひ入有て、ム、扨は貴殿こそ以前の傍輩轟辨右衛門殿な。此方もなつかしく存る。某は御用の道筋馬上は御免。あみ笠を慮外と申にあらず、お顔が見たい。お斷のだん何かくるしかるべき、サア〳〵笠をとり給へ。辨右殿に違はあらじと詞かけられ、扨〳〵よくこそ御推慮。いかにも辨右衛門がなれのはて、おはづかしやと笠とれば、先は御無事でお久しやと、互にふりにし物語。いさゝかの事にて勘氣を得られし貴殿。申出さぬ日とてもなし。何とくらし給ふやと問れて、辨右衛門、ア、かたじけなき御詞。浪人の身なれば、朝夕の煙かつ〳〵、習置し謳の袖乞。無念とは存ながら、もと諫言過て御勘當。かならず時節を待れよと、其元のお詞をたのみに、今日まで命ながらへ候也。御上使とあれば、殿の御名代。御目見へいたす心地仕る。これを浮世のおもひ出と致す了簡。ずいぶん御無事にお勤あれ。お急ぎのさまたげ名殘はつきずおいとまと、泪ながらに立行を、しばしとゞめ、仰の如く今日殿の御名代。追付御勘氣御赦免有て、所領安堵のしるしの盃を致さん。ハツアこれは有がたしと、又手をつけば、釆女扇をひらき、途中の馬上取あへぬ心ざしの大盃、いざ〳〵つげと小性にいひ付れば、同じく扇を銚子としつぐおもひ入。呑、こなし。サアいざ參れと辨右衛門にさす。此お盃といひお志しの深切。いつは飲ずとてうどたべんと、三度いたゞき呑思入有て、時刻

一 主人あるいは長上の者より咎めを受けること。勘当。 二 同僚。 三 編笠をかぶっていることの失礼を断わったこと。 四 御推量。 五 おちぶれた結果。 六 釆女のセリフ。以下男色の関係を思わせる。釆女名前からして釆女は若衆。 七 昔の。古くなった。 八 噂をしない日はない。 九 かろうじて朝夕の炊事をする煙を立てている。食べることだけがどうやら。 一〇 乞食。浪人が零落すると武士階級のたしなみであった謡曲を芸として乞食した。

一一 諫めの言葉。「諫言の場」は歌舞伎の重要な局面として、元禄期に成立する。 一二 そなた。対称の代名詞。武士の言葉。 一三 代理。 一四 目上の者に対面すること。殿にお会いする。 一五 そのうちに。 一六 おゆるし。 一七 領地を主君より確認されること。 一八 上使の途中で、酒の用意がないので、扇をもって、盃と銚子に見立てた。能狂言の演出を受け継いだものであるが、これを盃と銚子と考えて、リアルな演出をさけたもの、もしくは初期の演出とする考えもあるが、むしろ酒がその場になく、扇と知りながら、盃事の真似事をしているうちに真に迫ってくるとみるほうがよいと思う。次の「途中の馬上取あへぬ心ざし」にそれが現われている。 一九 「呑むこなし」と「呑み、こなし」では違う。底本通りの振りがなだと、釆女が習慣にしたがって、自分がまず毒見に呑み、そして思入れがある。 二〇 あがれ。飲みなさい。 二一 盃をさす。 二二 深いこと。 二三 いつもは。 二四 丁度。十分に。「ちやうど上りませい」(狂言、富士松)。 二五 飲む。酒の場合にいう。 二六 立ち際に。 二七 当時の流行歌謡の小歌

うつると立ざまに、お志しの御酒に酔ひたりと、足元ひよろ〳〵國を祝ひ、禮をいふに舌まはらず小歌ぶし。こなたは馬上に泪ぐみ、おさらば〳〵と別れ行。此一段にて狂言大當りせしと也。

一　むかしの狂言は、多く衆道の趣向有けり。若衆形の立者は若女形より高給銀也。其時分は町〳〵にも衆道はやりけり。むかしの狂言を又書付侍る。氏神詣とやらん外題をいひ傳し也。

殿様氏神詣遊ばされ、六法の出所作あり。跡に引馬行列おどり。其時分の歌、二上り殿のお馬はさび月毛連銭あし毛鹿毛かすげ、しと〳〵打てばかけあがり、お江戸そだちのひげ〳〵男。お馬の口をしつかりと、つりりん〳〵ひげ男。つりりん〳〵〳〵つりりん〳〵りん〳〵〳〵〳〵りんとはねたるいさみ馬。つなぎとめたよ戀のせき札。皆〳〵大義じや。休め〳〵。家來が手をつき、先殿様には神主方にて御休足と、歌にて皆〳〵はいる。奴共はけしきを詠め、小姓のきりやうを評判。艶之丞がよい。イヤおらは友彌殿にほれたと、いろ〳〵噂するを、侍出て、何をたはごと。御小姓の噂今一言いふて見よと、とがめられて、ソリヤこそと、跡をも見ずに逃はいれば、かんなぎお神樂〳〵と呼はりて、侍はいる所へ、艶之丞出、神前に向ひ拍手打、主君國家大平御武運長久と祈念する折から、茶道珍才うしろに立、艶之丞が袖を引小聲に成て、其元のお爲を申さん。殿さまの御寵愛は其元お一人とおもひしに、此間はもつぱら友彌殿に御鼻毛を延し給ふ。

の節ともとれるが、あるいは狂言小舞中の小歌節か。「今度は小歌節にうれ」(狂言、昆布売)。二八 こちらは。采女の方は。二九 若衆道の略。若道とも。男色。三〇 発想。アイディア。「竪筋は世界、横筋は趣向になる」(戯財録)。三一 スター。三二「大和守日記」によれば、万治・寛文にかけて衆道の狂言が多い。三三「増訂武江年表」慶安元年五月の条に、「男色をむたひに申掛、若衆狂する事を禁ぜらる。(中略)寛文の頃にいたり、又行れしが、ことありて止たるよし同書(昔々物語)にいへり」。三四 出生地の鎮守神に参詣すること。三五 →用語一覧。三六 出端の踊。殿様の出の所作。三七「大和守日記」に見える「馬引おどり」また「関東小禄」(元禄十一年)の「行列踊」にあたる。奴の大名行列を舞踊化したもの。一種の奴踊でもある。三八 馬場先踊。→補二一。三九 錆月毛。赤錆色をおびた鴾(つき)毛。四〇 銭を並べたような斑文のある葦毛色の馬。白毛に黒い差し毛のあるのを葦毛という。四一 赤茶色がかった黒色。鹿の毛の色。四二 糟毛。灰色に白い差し毛の混った毛の色の馬。四三 墨で書いた、先が上にはね上がった奴の釣り髭にかけ、また馬のはねるのにかける。四四 関所の通行札。関所手形。恋を「塞く」にかけ、その恋を繋ぐのと馬を繫ぐのにかける。四五 殿様のセリフ。四六 大儀。御苦労。四七 休息。四八 器量。容貌。四九 うわさ。五〇 神主および巫女。みこ。底本「がんなぎ」。五一 神を拝むときの拍手。五二 茶坊主。茶道のことを司る役。五三 近頃は。五四 男が愛人のためにだらしなくなっていることの陰口。

[一]拙者はお使に參る。[二]こなたは神主へ參れと、仰付られたは、跡にて友彌と殿さま、契らせ給ふはかりごと。御油斷有なときつけてお使にはしり入。艶之丞ははらをたて、扨〳〵友彌めにくや[三]腹立やと、[四]ねたみのせりふ有所へ、[五]殿様御立といふ内に、家來數多出、奥より殿は出させ給ひ、友彌に仰て艶之丞を呼給へども返事せず。殿見給ひ、コリヤ艶之丞、もはや歸らふ。これへ參れ。ハウ爰へこいと手をとり、引よせ給へば、艶之丞物をもいはず、殿の顔を見てふいとふり切、端がゝりへはいる。[六]コレハさてきやつも[七]フイト行おつたと、[八]草履取を呼給ひ、コリヤ艶之丞がしかたはどうじやあろと思ふぞと尋給へば、草履取又殿の顔をみて、ふいとふり切ツイトはいる。かくの如く家來どもを一人〳〵呼で問給ふに、皆〳〵同じくふり切はいる。[九]扨もめんような事。今ははや引馬ばかりに成たと馬を引よせ、コリヤ馬よ。何と艶之丞がふいといた心はどうであろと思ふととひ給へば、馬も殿の顔を見てついとはいるが幕也。今思へば、か樣の狂言大當とは[一〇]おかしく侍れども、其時分の見物、かゝる狂言をあつさりと面白くおもひ、又役者もかやうの狂言をよくこなし勤ける也。

一 [一一]明暦二年丙申。其比は京は女形の[一二]さげ髪は[一三]法度にて有しに、[一四]橋本金作といふ女形、さげ髪にて舞臺へ出、其上[一五]棧敷にて客と口論し、[一六]脇ざしをぬきたる[一七]科によつて、京都かぶき芝居殘らず停止仰付られたり。これによつて京都[一八]座本[一九]村山又兵衛といふもの、芝居御赦免の願ひに[二〇]御屋敷へ出る事十餘年。しかれども御とり上なかりし故、又兵衛[二一]宿所へ

一「拙僧にはお使いに行かせ」となるべきところを本人側より言った。二 あなた。三 狂言ことば。「のう、腹立ちや〳〵」(狂言、花子)。四 嫉妬。五 幕内より呼び立てるセリフ。「呼び」という。六 さてどうしたものじゃ。七「も」が「また」の意なら、友弥にも先にふられたことになるが、単なる強めであろう。八 草履つかみの奴。九 面妖。不思議。一〇 ばからしい。一一 この橋本金作事件は「歌舞伎年表」明暦二年の京の条に詳しい。→補三。一二 おすべらかし。髻を束ねて背にたれた髪形。宮廷女官の髪。御所のあった京では法度であった。または、明暦元年に禁止された島原狂言に、付髪の鬘をかけることを禁止されたのを指すか。一三 禁制。一四 この事件によって名高い。→補三。一五 この事件によって桟敷とり払いを命じられる。一六 小刀。当時町人は大小のうち小刀一本を腰に差していた。または単に刀のこと。一七 罪科。一八 →用語一覧。一九 京都の歌舞伎の名代。→役者一覧(以下、一覧と略称)。二〇 奉行所を指す。二一 宿屋ともとれるが、自宅も宿という。二二 抱えの色子。舞台子。二三 髪飾り・化粧品・日用品の類を荷売する。二四 養った。食事をはこんだ。二五 明暦二年より十三年目が寛文八年にあたる。ただし「歌舞伎年表」明暦二年の条にも、「十三年間芝居禁止せられしといふは誤りならん。一時の停業也」とある。→補四。二六 傾城買いの狂言。次項参照。二七 正しくは不成就日。陰陽卜占の方で、一切の事の成就しない日をいう。ただし陰暦。三月一日もそのうちの一。「宝暦大雑書万々載」によれば、「右

もかへらず、御屋敷の表に起臥して毎日願ひに出るニ、雨露に打れし故、着物はかまも破れ損じ、やせつかれて、人のかたちもなかりしなり。其比の[二二]子供、役者ども、多くは商人、職人と成、又は他國へ[二三]小間物など商ひにゆくものあまた有。わづかに残りし子供、役者銘々に出銭して、食物を御屋敷の表へはこび又兵衛を[二四]はごくみしが、芝居御停止十三年、[二五]寛文八年戊申にかぶき芝居御赦免なされ、三月朔日より再興の初日出せり。狂言は[二六]けいせい事也。此日は[二七]不就日なりとて留けれども、吉事をなすに悪日なしと、おして初日を出しぬ。十三年が間の御停止[二八]ゆりたる事なれば、見物群集の賑ひ言語に述がたし。村山氏の大功、後世の役者尊むべき事なり。

一　[二九]傾城事の狂言。今とはかくべつの[三〇]風義の違ひ也。先其場に[三一]口上出て、只今けいせい買の始りとふれてしまへば、村松八郎兵衛といふ立役、[三二]買人にて、此[三三]出立[三四]白加賀の衣裳に銀箔にて[三五]鹿の角を蜂のさしたる所を、[三六]惣身のもやう也。一尺七寸の脇ざしを[三七]向へ落し斗にぬきさし、左ははりひぢ、右の手に[三八]扇の要をつまみ、[三九]端がゝりよりゆらり／＼と出、正面立ながらせりふに曰、
[四〇]八まん、是が買人でやすと、扇にて脇ざしの柄をたゝけば、見物一同に、そりや買人の名人が出たは／＼と、聲／＼に譽る事、暫く鳴りもしづまらず。時に[四一]おくびやう口より[四二]揚やの[四三]ていしゆ、古き[四四]淺黄袴の[四五]腰をねぢらせ、てぬぐひを腰にさし、[四六]貝しやくしを持て出、ヱ、旦那お出かといふ聲の内、諸見物そりや亭主が出たは、[四七]あの顔を見よ。おかし

此日物をしそむるにも人に物をいひかけても成就せず」とある。二八 許される。二九 明暦・万治の期に流行した島原狂言を承ける。元禄十年頃に、かならず、京阪で、二の替りに上演される習慣ができた。三〇 風儀。風習。しきたり。三一 口上人・口上言いの略。三二 遊女買の買手。「かいて」という役は、明暦・万治の頃の島原狂言で成立する。三三 服装。扮装。三四 加賀国大聖寺の辺りに産する上等の絹布。その白色のもの。当時、白い色がはやり伊達とした。遊里に通う者は白い馬に乗った(柳花通誌)。三五 何の痛痒も感じないという諺を模様化したもの。「さても／＼鹿の角を蜂が刺いたやうにも無い」(狂言、布施無経)。三六 総模様。全身。三七 前へ抜き出して。三八 扇の要をつまんだ形でぶら下げ。三九 舞台の下手寄りの部分。→用語一覧。四〇 八幡。弓矢八幡。八幡大神の誓にかけて。真実。狂言の「八幡、大名です」の口調によった名乗りゼリフ。「やす」は京都弁。四一 臆病口。→用語一覧。四二 客が遊女屋から遊女をよんで遊興する店。揚屋に呼ばれる遊女は太夫などの一流のもの。四三 茶屋の亭主より転じたもの。島原狂言に亭主として役柄が成立する。主に、道化方もしくは狂言師の役割。四四 浅葱(黄)色の袴。うす青色。藍色の水色に近い色。四五 犬が尻をふるように。四六 帆立貝などの殻に、柄をつけて杓子としたもの。手拭をさげ、貝杓子を持って出たのは、台所で汁物など料理を作っていたことを表現している。四七 道化方としての顔を見ているので「おかしや」となる。

やと笑ふ聲、次のせりふもいひ[一]出さぬ程也。漸(しばし)笑ひしづまれば、八郎兵衞なんと、まだ太夫は見えぬか。イヤ[二]もふあれへ。もふ追付(おつつけ)是へお出と、端(はし)がゝりを打詠(うちなが)め、アレ〳〵只今これへ見えますといへば、ヤレ[三]けいせいが出てくるはと、見物みな腰を立直し、物をもいはず揚(あげ)[四]まくを詠(なが)めゐる。時にけいせいの姿、おかしき[五]いしやう。金入(きんいり)[六]也。其時分、女形のかづら[七]かくるはたま〳〵にて、多くは花紙[八]をひようごわげ[九]につゝみ、只壹人(ひとり)出て、大じん[一〇]さまお出かへといふを、扨もと[一一]悦び、大じんと互(たがひ)に手に手をとれば、又笑ひ、座敷のあいさつ、一ツ〳〵こなし[一二]を、どよみをつくりて譽(ほめ)たり。扨亭主盃(ていしゆさかづき)をめぐらし、酒の肴[一三]に太夫様一曲の舞所望〳〵とせりふの内、頓(やが)てはやし形[一四]出ならべば、女形舞の所作[一五]有。これは狂言一ばんの仕組[一六]なり。

○右に書顯(かきあらは)[一七]す狂言あまたあれ共、事繁ければ略之。　藝鑑

一 言い出されぬほど。
二 以下、亭主のセリフ。
三 見物の声。
四 下手の橋がかりにかかっている幕。
五 趣向をこらした、趣のある衣裳。
六 金糸で模様を織り出した、もしくは刺繍した。
七 島原狂言より鬘がはじまるとされるが、寛文四年正月八日触によれば、「渡辺大隅守申渡、三座へ女形かつらを禁ず。手巾、綿帽子不苦、又浄るり説教、舞々など諸芝居へ島原狂言を仕くみ傾城のまね一切不仕、つけ髪も不仕やう」(歌舞伎年表)。
八 鼻紙を美しく言った。「はな紙は小杉原に限るべし。…男女共に小杉原を本とす。…外の紙にはもし加賀の小菊か那須の中杉たるべし此外は紙はかつて用べからず」(色道大鑑、守随憲治氏東大本注)。
九 兵庫髷。遊女の髪形。→補五。
一〇 大尽。遊里で豪勢な遊びをする金持の客。大身の転か。末社に対する大神の説もある。
一一 「扨も、太夫か」などというようにあとにつづくセリフを略してある。
一二 座敷のしきたりにならって、その動作を見せる。一種の実演。遊女買案内でもある。
一三 肴舞。酒宴の席で、肴として舞う舞。
一四 囃子方。小鼓・大鼓・太鼓・笛の能の四拍子のほか三味線が加わっている。当時まだ雛段がないので、うしろの囃子座に坐って演奏したと考えられる。
一五 所作事。舞の演技。まだ所作事という語が成立していない。特殊な動作を所作といった。

あやめぐさ

福岡彌五四郎述

よし沢氏は古今女形の上手なる故、[一八]あれ是へはなされしことを聞傳へ、又は[一九]自分にも尋ねて書置ける事、[二〇]三十ケ條に成ぬるまゝ、あやめぐさと名づけ、[二一]此道のしるべとし、ふかく祕して人にもらさず、其ケ條左のごとし。

一　或女形、よし沢氏に問けるは、女形はいかゞ心得たるがよく候や。よし沢氏のいはく、女形は[二二]けいせいさへよくすれば、外の事は皆致やすし。其わけはもとが男なる故、きつとしたることは生れ付て持てゐるなり。男の身にて傾情の[二三]あどめもなく、[二四]ぼんじやりとしたる事は、よく〳〵の[二五]心がけなくてはならず。されば[二六]けいせいにての稽古を、第一にせらるべしとぞ。[二七]

一　[二八]哥流、もとは香龍と書たるを、女形の名にはつよすぎたる龍の字と、よし沢[二九]ゐけんにて哥流と書替られたり。哥流あるとき狂言の仕様を尋られしに、よし沢氏曰、家老の女房にて敵役を[三〇]きめる時、武士の妻なればとおもふ心あるゆへ、[三一]刀のそりを打事かならずりつぱなるものなり。武士の女房なればとて、常に刀をさす物にあらねば、刀の[三二]取ま

一六　一演目の構成。
一七　富永平兵衛の言であろう。
一八　あれこれの人に。
一九　自分からも。弥五郎自身も。
二〇　実際は二十九カ条である。約三十カ条になったので、の意であろう。
二一　道標。指針。
二二　傾城。傾情は当字。遊女の総称であるが、ここでは第一級の太夫を指す。
二三　無邪気な。とりとめなく。「あどなし」「あどけなし」におなじ。「女郎はあどなきならはしなり」(百日曾我)。
二四　愛らしく鷹揚な。「ぼんじやりとしてきつとして」(五十年忌歌念仏、下)。
二五　心がけがないとならない。
二六　傾城についての。
二七　以上、この箇条は「竹豊故事」の記事と密接な関係がある。→補六。
二八　袖崎歌流。→一覧。
二九　意見。考え。
三〇　きめつける。
三一　勢いづくことの形容。武士の妻として威厳・威力を示すため刀に手をかけた姿勢。
三二　取り扱い。

はし、[一]りゝし過たるは下手の仕内(しうち)なり。刀をおそれぬといふ斗(ばかり)が仕内なり。何としてかとして、ナ[二]ンとゝいふて、ぶたいをたゝいて、[三]つかに手をかくるは、[四]ぼうしかけたる立役なるべしと、度〳〵申されしとなん。

一　[五]吉沢氏の曰、女形の仕様、かたちを[六]いたづらに、心を[七]貞女(ていぢよ)にすべし。但し武士のつまなればとて、[八]ぎごつなるは見ぐるし。[九]きつとしたる女のていをする時は、こゝろを[一〇]やはらかにすべしとぞ。

一　[一一]中の嵐三右衞門、吉沢氏と夜ばなしの時、[一二]とろゝ汁を出されければ、吉沢氏箸(はし)を取かねられたり。三右衞門いはく、女形は此[一三]たしなみなくては、さて〳〵[一四]われら[一五]あやまり入たり。晝夜心易(ちうやこゝろやす)く致すゆへとの[一六]存(ぞんじ)ちがへ、とわびことをせられしよし。後に[一七]片岡氏に三右衞門あひて、あやめは名人なりと申されしは、かゝることまでに、たしなみふかかりしゆへなり。

一　[一八]十次郎申されけるは、[一九]女は右の膝(ひざ)をたて、男は左の膝を立る。あゆみ出しもおなじ事とぞ。弟子へおしへられしもその通りなるを、吉沢氏[二〇]ひそかに[二一]ゐけんせられけるは、それは其通りなれども、[二二]見物衆の方へむかふ方のひざをたてず、又[二三]見へによるべし。理(り)窟(くつ)ばかりにては[二四]歌舞妓(かぶき)にあらず。とかく實(じつ)とかぶきと、半分〳〵にするがよからんとぞ。十次郎もそれより見へしだいにせられしなり。

一　武士の女房に成(なり)て、刀を取廻す事。大勢に取(とり)こめられ、たとへばお姫(ひめ)様をかばふて

一　凛々し。勇ましい。
二　「サアサアナント」と詰めよるセリフ。
三　刀の柄に。
四　野郎帽子。紫帽子。→補七。
五　右側に「後ニ芳ニ改ム」と傍書。元禄十三年板の「役者万年暦」に、はじめて芳の字が見られる。ただし、十六年の「色三味線」は吉。なお、この間に仮名の「よし」も用いる。したがって元禄末年より芳沢となる。
六　徒らに。みだらに。つまり姿形は色気を含まねばならぬ。見た目は、色気で心をうばわねばならぬのが女方の本質。
七　封建社会の女性の理想は貞女。したがって貞女であることが、女としての第一条件。
八　ぎごちない。無愛想でかどかどしい。
九　第一条の、女形は「もとが男なる故、きつとしたることは生れ付て持てゐるなり」に照応する。
一〇　「続耳塵集」の「女形はやはらかでわろいはいつぞには能成物也」を参照。
一一　二代目嵐三右衛門。
一二　すすって食べるので、女方としては色気がなくなる。
一三　「身をつつしむところがなくてはならぬ」を、感嘆して語尾を略した。
一四　私など。「ら」はへりくだった語。複数ではない。
一五　恐れ入ったものだ。敬服した。
一六　心得ちがい。
一七　初代片岡仁左衛門。→一覧。
一八　浅尾十次郎。→一覧。
一九　女は右、男は左の思想は、もと左尊右卑より出たものか。→補八。
二〇　人のいないところで。

の仕内には、いかにも男まさりに刀をさばく[二五]べし。こゝを大事と忠義の心せまるときは、さすがものゝふの妻なり。座敷にて敵役をきめるは、いまだせ[二六]んのつまりにあらず、刀さばきおだやかなれかしと、さい[二七]〳〵玉柏[二八]への咄なるを聞たり。これは玉[二九]がしは大勢に取こめられたる仕内、かひなき[三〇]故の異見とみへたり。

一　女形は色[三一]がもとなり。元より生れ付てうつくしき女形にても、取廻しをりつぱにせんとすれば色がさむべし。又心を付て品やかにせんとせばいやみつくべし。それゆへ平生を、をなごにてくらさねば、上手の女形とはいはれがたし。ぶたいへ出て爰はをなごのかなめの所[三二]と、思ふ心[三三]がつくほど、男になる物なり。常が大事と存るよし、さい〳〵申されしなり。

一　敵役をきめつけることは、まづは女形の役にはめいわく[三四]なる事と思へども、狂言の仕組によりて、いやといはれぬばあれ[三五]ば、其役を請取る事なり。かたき役をきめて勝をとれば、見物衆はさてもよいぞと、その女形を譽るものなり。これにくし〳〵と思ふ敵役を、よはかるべき女がきめるゆへ、うれしがるはづにてはあれども。これに乗[三六]て見物へのあたりをこのみ、又しても〳〵此格[三七]な事をしたがるは女形の魔道[三八]なり。つゐには筋[三九]道へゆかぬ役者に成べしとぞ。

一　あやめ、十次郎へ申されしを聞てゐたるに、さりとは[四〇]見物のうけもよくてめでたし。しかしおかし[四一]がらする心持を止め給へ。仕内にてしぜんとおかしがるはよし。おかしが

二一 意見。戒め。
二二 あやめの意見には見物に対する礼儀作法が含まれている。
二三 見た目の形の美しさ。
二四 実ではないもの。おもしろさ、虚を「かぶき」と見ている。
二五 刀を扱う。
二六 栓の詰り。最後のせとぎわ。
二七 たびたび。
二八 市村玉柏。→一覧。
二九 以下は弥五郎の評言。
三〇 未熟。
三一 色気。世阿弥の「能作書」に「女体の能姿」を述べ、「色をそへて作書すべし」という色は、「申楽談儀」に女体の能は匂が大切という匂に近く、歌舞伎の女方の色は、実際的にはもっと視覚的・感覚的なものといってよい。
三二 要所。
三三 意識して女を表現しようとする心は男のものだから、ますます男が出てしまう。
三四 色をもととする女方にとっては。
三五 場。場合。
三六 調子に乗って。
三七 おなじようなやり方。
三八 邪道。
三九 本筋の芸道。
四〇 挨拶の言い出し詞。
四一 笑わせようとする。女方が阿房の役をする場合の、この十次郎とあやめの具体例の相違は「歌舞妓事始」にある。↓補九。

らせんとするは女の情[一]にあらずとなん。十次郎少しはらをたてられたる體なるが、其のちわれらにあふて、あやめは此道のまぼり神[二]と存ると申されしなり。

一　女形にて居ながら、立役になつたらばよからふといはるゝは、恥のはぢなり。女形より立役へなをつて[三]、立役にてともかくもよいといはるゝは、女形の時はわるかるべし。立役に直つてあしきは、女形の時よかるべしと、常に申されしが、[四]あやめ立役[五]になられて、はたしてわるかりしなり。女にも男にもならるゝ身は、もとになき事故とかんじ侍りぬ。

一　女形にてゐながら、もしこれでゆかずば、立役へ直らんと思ふこゝろつくがいなや、藝は砂[六]になる物なり。ほんのをなごが、おとこにはならぬにてがてん[七]すべし。ほんの女、もはやこれではすまぬとて、男にならるべきや。その心にては、女の情にうとき[八]はづなりと、申されしも尤ぞかし。

一　女形にて大殿[九]の前へ出、夫に成かはつて、事をさばく[一〇]といふやうなる、女家老の役あり。いかにもしつかりとせぬ様にすべし。しつかりとしては男の家老がぼうし[一一]を着たるに成べし。申ても[一二]大勢立合[一三]の所へ、いかに家老の女房なればとて、心おくせぬ[一四]理はなし。身もふるふほどにあぶな〳〵[一五]かゝり、敵役がどつとつゝこんだ悪言をいふた跡にて、それよりきつとすべし。女は其場に成て[一六]は、おとこよりいひ度ことをいふものなり。但シ少は上氣[一七]したるていにて、狂言をすべしと申されし。

一　人情。本質。
二　守り神。女方の神様。
三　直る。代わる。
四　以下、弥五四郎の評言。
五　享保六年十一月、あやめ四十九歳のとき、芸名を権七と改め立役となり、同八年、女方に復帰。
六　これまでの芸の積み重ねが無駄になる。　七　合点。承知。
八　疎き。無智な。
九　大名・殿様などに対していう。
一〇　事件を裁断する。「捌き役」という家老もしくは奉行者役柄が成立する。
一一　第二条の「帽子かけたる立役」に同じ。
一二　言うなれば。　一三　詰めかける。
一四　臆する。ひるむ。
一五　おそるおそる。
一六　いよいよという場合。
一七　とりのぼせる。
一八　女は貞女なること。封建社会の理想とする儒教の教えによる女性観。
一九　大当りのする。
二〇　貞女を乱す役ならば断るべし。
二一　女方として、役を替えてもらうことを提案するのは。
二二　舞踊。→用語一覧。
二三　歌舞伎という演劇。
二四　世阿弥は「風姿花伝」や「花鏡」で、花と実とを比較することはない。ただし歌道にはある。「集を見るに。花実を見わけよと御座あれども。それはならぬことなり」(耳底記、上)。したがって、この「花」は、実に対する花やかさ、もしくは虚の性格を指す。
二五　地狂言もしくは地芸を意味する。セ

一　女形は[一八]貞女をみださぬといふが本體なり。是を以てほんの女とおなじ道理を合點すべし。いかやうに當り[一九]の來べき狂言にても[二〇]斷(ことわり)いふべし。[二一]女形より役をいぢるといふは、此場が第一なるよし、若き衆へ咄(はな)されしなり。

一　[二二]所作事は[二三]狂言の[二四]花なり。[二五]地は狂言の[二六]實なり。所作ごとの[二七]めづらしからん事をのみ思ふて、地を精出さぬは、花ばかり見て實をむすばぬにひとしかるべし。[二八]辰之介など上手なれども、[二九]此場の工夫なき様に覺えぬ。花のさくは實をむすぶ爲なれば、[三〇]地を慥(たしか)にして花をあしらへと、若き女形へ度々異見せられし。

一　[三一]藤十郎と狂言する時は、ゆつたりとして大船に乘たるやうなり。[三二]京右衞門と狂言する時は、氣がはつて精出さねばならず、[三三]三右衞門と狂言する時は、ひつぱつてせねば間がぬけたがるといふ事[三四]、さい／＼申されしなり。

一　人の金をかへさず、はらひもせず、家をかい、けつこうなる道具を求め、ゆる／＼と暮す人と、相手の[三五]そこねる事をかまはず、[三六]我ひとり當りさへすればよいと、思ふ役者が同じ事なり。金をかしたる人何ほどか腹をたつべし。相手になる役者、[三七]みぢんに成(なる)となれば、つゐには[三八]身上のさまたげともなるなりと申されし。

一　左馬之助申さるゝは、[三九]まりをけるやうに、相手へのわたし方を[四〇]專にするがよしと、あやめ申さるゝは、鞠を蹴る様に渡し方を專にはしがたし。相手をそこなはぬやうにするといふは、[四一]我が當りをと心がけぬことなり。上手に成るやうに精さへ出さば、一場の

リフ劇の部分。リアルな物真似芸を指す。
二六　リアルな芸。
二七　目覚めるような。花と珍しさは一致する。「当座の花にめずらしくて」「見る人の一旦の心のめずらしき花なり」(風姿花伝、年来稽古条々)。
二八　水木辰之助。↓一覧。
二九　そういうことの。
三〇　写実芸を基にして。
三一　坂田藤十郎。↓一覧。
三二　山下京右衛門。↓一覧。
三三　嵐三右衛門。↓一覧。
三四　二代目嵐三右衛門が死んだのは、元禄十四年であるから、あやめは、この三人の相手役をして実際に比較し得たのは、この年までであり、試みに、元禄十四年で、この四人の年齢を割り出してみると、藤十郎五十五歳、京右衛門五十歳、三右衛門が四十一歳で、あやめは当時二十九歳。女方は早熟としても、あやめは、かなりこれらの四人と遜色なしに並び立っていたことは、翌年三十歳の時に、既に三ケ津の女方の第一人者として許されているのでもわかる。
三五　損する。傷つく。
三六　「舞台百ヶ条」の第一条に照応。
三七　こなごなになる。破滅する。
三八　身分。出世。
三九　蹴鞠。　四〇　もっぱら。専一。
四一　相手を立てるということと、自分を見せるということは矛盾する。したがって、そうでなく、まず、自分が上手になるように心がけたら、その場では、相手の邪魔もせず、また、自分も場当りの目立つ芸はなくとも、全体の総決算の上で当りがあろうと説く。

あたりはなくとも、全體(ぜんたい)の人がらにあたりあるべしとなん。

一　あやめ申されしは、我身幼少より、道頓堀[一]にそだち[二]、綾之助と申せし時より、橘屋五郎左衛門様の世話[三]に成たり。五郎左衛門様と申は、丹州龜山(たんしう)[四]近所(きんじよ)の郷士(ごうし)[五]にて有徳(うとく)[六]なる御人、いかふ筋目(すぢ)[七]ある人なりしが、能(のう)[八]をよく被成(なされ)たり。親方[九]は三味線方(さみせん)[一〇]にてありしゆへ、さみせんに精出せと申さるゝあいくに、五郎左衛門様を客にするこそ幸(さいはひ)なれ。何とぞ能をならひおけと申されし故、二三度も頼(たのみ)たれども、五郎左衛門様とくしんなく[一一]、女形の仕内に精出すべし。大概(がい)[一二]人に知(し)らるゝ迄は、外の事むようなり。それに心があれば[一三]本(ほん)[一四]體(たい)の仕内の心がけが外に成べし。其上能といふものは、なまなかに覺(おぼえ)ては狂言[一五]の爲あしかるべし。なぜになれば、仕内はぬらり[一六]と成(なり)、又しても所作事[一七]が仕たく成(な)らんか。かぶき方の舞[一八]をもよくこなしたるうへに、能もして見たくば、かつて次第[一九]とてをしへ給はらざりしなり。其のち五郎左衛門様世話にて、親方を出[二〇]、三右衛門[二一]どの取たてにて、吉田あやめと、我身よし沢あやめにて、一度に出、吉田に仕まけぬる事度々なりしが、吉田は北國屋さまといふ御方に、能事を少シ習ひしゆへ、能仕立の所作をもつて、さいく當りをとらんとせられしに、わが身は又地[二二]の仕内にのみ骨(ほね)を折て勤し。いつとなくわが身名をしられ、吉田はとりあへ[二三]ぬる人もなく成て、今は役者もやめたり。さてこそ五郎左衛門様の言葉(ことば)思ひ當りたり。此心わすれがたく、我身家名[二四]を橘やとつき、五郎左衛門様のかへ名[二五]をもらひ權七とつきたるよし、ひそかにはなし申されし。

一　大阪、安井道頓の開鑿した道頓堀川の南、日本橋筋詰から戎橋筋に至る間。劇場街・花街。
二　野良・色子として育ち。一覧の芳沢あやめ参照。
三　パトロンになってもらった。身の世話になった。
四　丹波国亀山。現、京都府亀岡市。
五　田地を所有して土着している武士。
六　有得。裕福なこと。金持。
七　大層家柄のよい。氏系図の格式のある。
八　当時、上層の町人・郷士たちはみな能を教養とした。
九　あやめの抱主。
一〇　芝居の三味線方。本名不明。
一一　得心なく。承知せず。
一二　大方。やや。
一三　能に執心すれば。
一四　歌舞伎の本体。もしくは女方の精神、技芸。
一五　歌舞伎狂言。
一六　摑み難いさま。能と歌舞伎のちがいを物語る插話として貴重。また時代の傾向でもあったことは、「耳底記」下に、「むかしのごとく歌ぬらりとよむ事ならぬともみゆる又時代のちがひにて。うたがこまやかになりたるとも見えたり」とあるのに照応する。
一七　能がかりの所作事。元禄期の所作事は、かなり当時の能の流行の影響をうけている。
一八　踊りといわなかったのは、かなり小舞の観念が働いている。ことに色子の座敷芸は、この小舞の過程を経て、舞台芸となってゆくものであった。
一九　勝手次第。自由。
二〇　身請けされて。請け出されて。
二一　嵐三右衛門の取立て弟子となって。
二二　地芸。写実芸。
二三　相手にする人もなく。
二四　屋号。伽羅油店などを副業としてやった役者もあるが、色子宿などの屋号。

一　下手を相手に取たる時、その下手を上手に見する様にするが、藝者の[二六]たしなみなり。

一　[二七]仁左衛門方へふるまひに行しに、[二八]三八[二九]わが身に向ひ、申（まうす）はいかゞなれども、ちと[三〇]新町へ御出候て、[三一]太夫のてい御らんあるべし。五年まへとは大きに[三二]もやう替りたり、[三三]きさまのなさるゝは五年まへの太夫の體（てい）なり。只今はよほどそれよりはおちたる[三四]風（ふう）なれども、諸見物それを見てゐる故、風があふのあはぬのと申よしとのこたへに、御ゐけん忝し、しかし太夫は[三五]高上なるがよし、たつた五年の間にそれほど風俗が替りたらば、二十年まへは[三六]とつと[三七]うんしやうなるべし。よき御異見（ゐけん）にて心つきたり。五年まへをのりこし、廿年まへの風に致度候（いたしたく）。けいせいは古風にて[三八]だてなるがよし。[三九]茶や[四〇]ふろやは[四一]當世過てするがよし。此心得より外（ほか）はなしと申たれば、仁左衛門どの茶やふろやは當世過たるとある、過たるの言葉かんしんと申されしと、あやめのものがたりなり。

一　仕内が三度つゞいてあたると、その役者は下手に成ものなりと、若き衆へ申されし。當りたる[四二]かくをはづすまいとするゆへ、仕内に[四三]古びがつくと見えたり。

一　女形は[四四]がく屋にても、女形といふ心を持べし。辨當（べんたう）なども人の見ぬかたへむきて[四五]用（よう）意（い）すべし。[四六]色事師の立役とならびて、[四七]むさ／＼と物をくひ、扨（さて）やがてぶたいへ出て、色事をする時、その立役しんじつから[四八]思ひつく心おこらぬゆへ、たがひに不出來なるべし。

一　女形は女房ある事をかくし、もしお[四九]内義（ないぎ）様がと人のいふ時は、顔をあかむる心なくてはつとまらず、立身もせぬなり。子はいくたり有ても我も[五〇]子供心なるは、上手の[五一]自然（しぜん）

二五　本名以外の名。遊里で用いる名。表徳とも。「客のかえなは蠟九とて」(女殺油地獄)。　二六　心がけ。　二七　片岡仁左衛門。↓一覧。　二八　東三八。↓一覧。　二九　あやめ自身。　三〇　大阪新町の遊里。大阪中に散在していた遊女を瓢箪町に集めて、寛永年中に成立した廓。　三一　遊女の最高の者。元禄十五年の新町の太夫は三十七人で、三都中もっとも多い(傾城色三味線)。　三二　様子。　三三　貴様。尊称。　三四　風俗。　三五　高尚。品位の高いこと。　三六　ずっと。　三七　雲上。この上もなく高貴。「雲上な好みに美を尽し」(京伝、指面草)。　三八　伊達風流。「中興遊女の開山、吉野といへる女郎…伊達にていやしからず、むまれつきて欲をしらず」(好色由来揃)。　三九　茶屋女。　四〇　風呂屋女。湯女。いずれも公許の廓女と区別されて白人と呼ばれた私娼。室町末期より発生した下級の売女。　四一　現代風すぎるほど現代風。流行の先端をゆくの意。時代と世話の演出上の相違ともなる。　四二　格。規格。型。　四三　新鮮味がなくなる。進歩がない。　四四　楽屋。舞台裏にある。舞台に出る支度をする所。能の幕屋に同じ。「幕屋などをも、よくよく塞ぎて人に見せたくもなし。女などに、美しくなりたれども、まさしく幕屋にて裸になりて大汗だらけなれば、匂ひ少なく、思ひなしわろきなり」(申楽談儀)というのが、この条の参考になる。　四五　弁当を使う。　四六　濡れ事師ともいう。ラブシーンを演ずる色男役。　四七　色気のない粗暴なさま。　四八　愛染する。感情移入の心。　四九　おかみさん。女房の噂を人がする時。　五〇　役者子供といわれるのを珍重する。　五一　天性。

といふものなりとぞ。

一　あやめ申されしは、頃日[1]天王寺へ花[2]の會を見に行しに、いろ〳〵のめづらしき花共ありしたが今は梅のさかりなり。梅はめづらしからずとて、ゑもしれぬ珍花共ありて見物の衆手を打てめづらしがりぬるに、我身は梅花をよく立たるにのみ心とまりたり。ありふれたる花にて仕立[3]の上手なるをかんじぬ。めづらしくせんとて、女形は女の情をはづさぬやうにするが根本なり。めづらしくせんとて、おかしみを[4]たてとし、つよい事を柱[5]とせば、花は珍[6]き花なれども、いつみてもよき花とはいはれまじきなり。

一　玉川半太夫は上手ではなけれども、すぐ[7]成仕内にて名を取たる人なり。岩井平次郎は上手なれども、曲[8]が過て後には、見[9]おとされしなり。心得置べき事とぞ。

一　小勘太郎次くせに、左の手にて膝をたゝく癖あり。去とは見苦敷と人々ゐけんせしに、尤なりとて心を付てたゝかぬやうにせしに、扨仕内にはり合がぬけて、俄に七[10]ぶぎりも仕内下りたるやうなり。それより又膝をたゝいてすればいき返りたる様にはり合が出來たり。しかれば癖といふものあしき事なれ共、無理直しはならず。無理に直せば、いきほひのぬける事ありとぞ。

一　沢村小傳次若衆形にて、藤田孫十郎芝居へすみ、わが身は都[11]万太夫へ住たる年、小傳次何か腹をたてゝわが身方へきたり、涙をながし、同座若衆形鈴木平七と、鑓の仕合の所へ、女形浪江小勘わけ入て、なだめる事あり。其所へ敵役笠屋五郎四郎來り、ヤア

一　大阪市天王寺区にある四天王寺の略称。
二　立花の展示会。
三　創り上げる技術。
四　旨とし。押し立てて。
五　支柱。中心。
六　世阿弥の「風姿花伝」別紙口伝にかなり近い思想がある。「万の草木に於いて、何れか四季折節の時の花の外に、珍らしき花のあるべき」、また「世になき風体を し出すにてはあるべからず」を参照。
七　素直な。いやみのない。同じような あやめの言に、「仕内のさらりとして、心のふかきが致しにくき物にて候と、いかさま此人その心にかなひしと見へたり」(役者花双六)の、山下又太郎を評した文がある。
八　技巧の変化。あや。
九　見貶される。見下げられる。
一〇　七分がた。
一一　都万太夫座。寛文九年歌舞伎物真似の名代を許されて、京の四条に櫓をあげ、元禄・宝永期には藤十郎と近松の提携によって上方元禄歌舞伎の黄金時代を現出せしめた。
一二　素丁稚。丁稚は商店の年季奉公する少年。小僧。「す」は罵った語。
一三　わるふざけ。転合とも。いたずら。冗談。「ほで」は接頭語。「ア、ほててんごうな事をして、生れし我子と」(御所桜堀川夜討)。
一四　死ぬことを罵っていう語。くたばる。
一五　セリフに同じ。
一六　男色の色気を売り物にする。
一七　当時のセリフがいかにアドリブであったか、かなり役者まかせであったこと

〳〵わけまい〳〵、すでつちめらがほでてんがう[一三]、互にてこねさせたがよい[一四]との口上[一五]。いかに狂言なればとて、色[一六]をたてる我々を、すでつちめとはわるきせりふ。もはや明日より座本へ断(ことわり)いふて、出まじきとの儀。思ひ出せば久しき事なり。狂言のせりふ[一七]にすでつちめといふが、色の障(さはり)[一八]に成るとある心入(こころいれ)[一九]。今時の若衆思ひもよらず。

一 ひとゝせ[二〇]早雲座[二一]にて、座本は大和や甚兵衛[二二]なりしが、立役藤十郎京右衛門いまだ半左衛門と申せし時なり[二三]。一所に住べきはづを、夷屋座(えびすやざ)[二四]へ取たてゝ座本にせんとの事ゆへ、半左衛門は別になる相談より、辰之介[二五]とわが身両人早雲座へすみたり。辰之助は夷屋座のやくそくなれども、半左衛門と入替りの心にてのこと成しが、辰之助をとりはなしてはと夷屋座へは、荻野左馬之丞、岡田左馬之介を抱(かゝ)へ、其詰(つめ)[二六]に十次郎[二七]、かもん[二八]をかゝへたり。時に藤十郎申されしは、今京都の芝居三軒の内、夷屋座には半左衛門といふつはものに左馬之丞左馬之介あり。藤川武左衛門若けれども長十郎[二九]あり。此方芝居には座もと甚兵衛われら次郎左衛門[三〇]にそなた[三一]と辰之介あり。か様に牛角(ごかく)[三二]なれば、二軒ははり合ふこゝろ出來(いでく)る物なり。万太夫座には、中村四郎五郎を立役のかしら[三三]にして、生嶋新五郎、古今新左衛門、三笠城右衛門、女形は霧波千壽、淺尾十次郎。よほどしばゐがら落たり[三四]。此芝居こわもの[三五]なり、二軒ははり合まけになり、万太夫座は脇(わき)[三六]ひらみずに精(せい)を出すなるべし。座がすぎる[三七]と外(ほか)を直下(ちよくか)[三八]に見るゆへ、あやうきことあり。これ狂言の仕内第一の心得とのはなし。果(はた)して其年万太夫座は大入にて、二軒ははきとなかりし[三九]ゆへ、座本せ[四〇]

がこれでわかる。本舞台になってはじめてわかったということは、稽古のときに「すでつちめ」がなかったことになる。
一八 障害。妨げ。 一九 心構え。精神。
二〇 ある年。元禄十四年に当たる。
二一 寛文九年、京都四条に早雲長吉が名代を許された劇場。
二二 正しくは大和山甚左衛門。大阪道頓堀に承応二年名代を許された大和屋甚兵衛との名の似通いから混同したものと思われる。甚左衛門は正徳五年冬より五年間早雲・蛭子屋座の座本を勤めた。→一覧。 二三 元禄十四年正月京夷屋座の座本となる。
二四 「正月二日より、京都、夷屋座、座本山下半左衛門、初狂言「都の若ゑびす」。東女郎おさま(上り荻野左馬之丞)」(歌舞伎年表)。
二五 水木辰之助。→一覧。
二六 空席を詰めるために。穴ふさぎに。
二七 浅尾十次郎。→一覧。
二八 山本歌門。→一覧。
二九 沢村長十郎。→一覧。
三〇 篠塚次郎左衛門。→一覧。
三一 芳沢あやめ自身を指している。
三二 互角。力の優劣のないこと。
三三 座頭。ただし立役の首席で、女方は別か。
三四 芝居柄。座組が弱い。芸位置が落ちる。
三五 怕(こわ)もの。危険。
三六 脇辺を見ずに。ひたすらに。
三七 一座の構成が良すぎると。
三八 他の座を眼下に見下す。ばかにする。
三九 はっきりと興行成績が上がらない。
四〇 せきこんで。あせりが出て。

きが來て、いろ〳〵狂言の相談有(ありし)を、藤十郎いふは、いや〳〵こゝをせくはあしゝとて、長十郎を山形おりべの助[一]に仕立(したて)、新よめかゞみ[二]を出されけるに、打て返すほどの大入。長十郎初て地[三]の舞臺へ出られしときにて、沢村小傳次おとゝの由ひろうし、新役者へ大役をさせて入(いり)をとる工夫。はたして仕當てられしを思へば、こゝろへ置べき事と、あやめの物がたりなり。

一　女形といふもの、たとへ四十すぎても若女形といふ名有。たゞ女形とばかりもいふべきを、若[四]といふ字のそはりたるにて、花やかなる心のぬけぬやうにすべし。わづかなる事ながら、此若といふ字、女形の大事の文字と心得よと稽古の人へ申されしを聞侍りし。

あやめ草　終

一 山形織部之助。「新嫁鏡」の主人公。
二 新嫁鏡。三番続き。元禄十四年二月京都夷屋座、二の替り狂言。
三 京都の。土地の。地元の。
四「若女房」(房ハ方カ)というのがはじめて明暦に見える。天和までは、「かか方」に対する若女方であった。後には、女方それ自体をあらわす語としての総称となった。女方の帽子は若紫であり、色気の匂う感じがこめられている。

耳塵集 上之巻

今の歌舞妓は名護屋[五]三左衛門といふ浪人より始りしとなり。其故は、

雍州府志[六]　第八十章之内[七]

一 又一種歌舞妓といふ者有。元出雲大社の巫女國女[八]と號するものあり。神樂[九]を一轉して歌舞す。是古に所謂白拍子[一〇]の類にして元神樂の變風なり。永祿年中[一一]名護屋三左衛門といふ者あり。元武人にして落魂生[一二]也。京師に有て則[一三]國女と密に通ず。苦[一四]にこれ謀て歌舞妓の曲[一五]をなす。已上。　雍州府志

聞書　必能院敬信[一六]

一 山下京右衛門曰、坂田藤十郎は天性[一七]の名人にして、三ケ津[一八]心有藝者のゆるしたる名人。今上手といはるゝ立役の中に、藤十郎に及ぶ藝者一人も有べきとはおもはれず。我も又及ばず。然ども天性の名人成るが故、却而師匠には成[一九]まじきや。その故は、たとへば木作り[二〇]の名人が、松にてもあれ、さま〴〵に枝をねぢたはめ、見事に作りなしたる松と、又天性[二一]ふりよく見事に生たる松のごとし。餘[二二]の上手は下手をねぢたはめ、能藝にいたしたる上手なり。それゆへ今の上手は、下手[二三]をねぢたはめ、能藝にする事を覺え、

五 名古屋山左衛門とも山三郎ともいう。「骨董集」に「雍州府志に三左衛門が事をいへど其説うけがたし」とある。→補一〇。
六 黒川道祐著。十巻。貞享元年序、同三年九月刊。山城国の地誌。雍州は中国の長安のある地域なので、借りて京のある山城に見立てた。→補一一。
七 巻第八の誤記。古蹟門、上の内。
八 出雲のお国。生没年不詳。歌舞伎の始祖。「歌舞伎年表」慶長八年の条に詳しい。→補一二。
九 巫女だから神楽を一転して、歌舞伎踊にしたという。この説は「歌舞伎事始」にも見える。
一〇 白拍子は、近古・中世の遊女・舞妓であるが、すぐにお国と結びつけるのは無理。 一一 守随氏注に「文禄とみる方がよい」とある。
一二 原文は「落魄生」、すなわち落ちぶれた者の意。
一三 名古屋とお国が密通し、あるいは夫婦となって、歌舞伎を起こしたという説は、「懐橘談」「翁草」「和事始」「近代世事談」「かぶき草子」などに見られる。
一四 懇に。「雍州府志」の原文では「共謀之作」。 一五 歌舞。芝居。
一六 金子吉左衛門の法名。→一覧。
一七 先天的な。生まれながらの。
一八 京・大阪・江戸の三都。
一九 することができないのではないか。
二〇 植木屋。 二一 枝振り。姿。
二二 そのほかの。
二三 自分が、ためられ、叩き上げられたその過程を経ているから、それをまた弟子に教えることができる。

一 写実芸。真実事。のちには善良忠誠な る役をすること。天和年中「役者評判記」に、「実方」がはじめて見える。「実事はさながら侍めきて役者めかず」(役者略請状)、「実事仕は和事をせず」(舞曲扇林)。
二 下手な芸でも少しは紛れる。目立たぬ。三 まして上手なら言うまでもない。
四 ところが誰でもができないのは。
五 おどけ事ともいう。「男つき堅う見ゆれ共おどけ事おかしく」(役者三世相)。
六 木に竹を接ぐような、前後の付かぬことの譬。「耳をそいで鼻へつける」(諺)。
七 真実味。八 刀のそりを打ち。
九 詰開き。詰めよせ。「りくつを云てのつめ合見事」(役者箱伝授)、「武士のつめひらき生で見る心地せり」(役者略請状)。
一〇 心がけ。
一一 セリフの付け様。セリフの言い方。
一二 いうべきでない。反語。
一三 身のこなし。姿かたちと動き。
一四 ほかにありようがない。役作りは、心がそのものになる以外にはない。外見から作るべきものでない。反語。
一五 道外(化)役。おどけ事をする役。猿若に発する。「又左衛門どうけ申候」(大和守日記、明暦四年四月十七日)。
一六 あどを打つという。能の狂言から出たことば。オモあるいはシテに対しての相手役。または受け答えをし、合槌を打つこと。「山本勘太郎がおも役をすれば、そのしりにつき、あどうちていられしが」(役者大鑑合彩、元禄五年)。
一七 あどを打つなどとは考えていず、道外方とともに芝居しているのだ。
一八 円満に。公正に。物事を正しく、まじめに。「まんろくをいふ時は、皆与兵

弟子にをしゆる事あり。其故に師匠とたのまるべし。又天性の名人は、生れながらの名人なる故、我ねぢたはめられたる事なければ、我又人をねぢたはむる事をしらず。去程に師匠にはたのまれまじきなり。

一 又曰、[一]實事をして上手といはるゝは、手がらにならず。實事は初心の藝者も、その狂言の筋をいふがゆへ、[二]すこしはまぎるゝ也。[三]いはんや上手をや。[四]誰ならぬは[五]おかしき事也。さればこそ[六]耳取て鼻かむやうなことをいひて笑はすはあれど、藤十郎ごとく[七]實をいひて笑はす藝者はあらじ。

一 坂田藤十郎曰、おかしき事が實事也。常にある事をするが故なり。今の藝者の實事を見るに、互に[八]そりをうち鼻とはなとをつき合(あひ)、ぬけぬかんなどゝの[九]詰合、實の侍のすべき業ならず。[一〇]此心ゆへ[一一]せりふづけも又々右に同じ。是をさして實事と[一二]いふべき歟(か)。

一 又曰、[一三]身ぶりのよしあしを吟味する藝者あり。尤見物に見するものなれば、あしきよりよきはよからん。予は吟味なし。身ぶりとて作りてするにあらず。身ぶりはこゝろのあまりにして、よろこびいかるときは、をのづからその心身にあらはるゝ。然るに何ぞ身ぶりとて[一四]外にあらんや。

一 或藝者、藤十郎に向ひ、貴殿諸藝達し給ふ中に、別而[一五]道外の[一六]あど名人なりしとほむる。藤十郎曰、道外のあどとは何ンの事なるや。予は[一七]道外と狂言する也。手前さへ實らしく[一八]まんろくに狂言すれば、道外もしやすく、をのづからあどになる也。あどゝおもひ

あどをうてば、[一九]道外師は狂言の邪魔に見ゆるものなり。とかく道外師と狂言を大事にかけ、[二〇]よくせんとおもへる也。

一 大坂道頓堀にて[二一]勧進能ありし時、京よりほねや庄右衛門とて名人の小鼓[二二]三番目を打れしに、諸人[二三]こぞつて是を聞く。尤上手とは思ひしかどもさのみおどろかず。則初日の事なりしに、藤十郎は庄右衛門弟子、殊に無二の懇故、[二四]見舞がてら見物して諸人の評判を聞、すぐに庄右衛門旅宿へゆき、此度の能、大坂の衆中の心ざす所は御身一人。しかるにさのみほめもそしりもせず、[二五]心得あれかしとなり。庄右衛門、[二六]心あかれ。明日よりほめられて見せんと有しが、案のごとく二日めより日本第一の上手とほめたり。藤十郎又行て、今日の評判格別。何ンと心得、鼓を打給ふやと尋しに、庄右衛門曰、初日は大事にかけ、御身が狂言する様に、ほめられんといふ事をはなれ、まんろくに打たり。今日はさらばほめられんとおもひ、少し[二七]曲を打たり。それ故ほめるならん。ほめさすやうにはうちやすきもの、まんろくには打にくきものとかたりぬ。予同座に居て是を聞、ほめられふとほめられまいと、自由になるは是名人の藝也と、つく〴〵顔をうち守り居たりぬ。

一 藤十郎曰、藝者によりて狂言をされ[二八]、相手にも[二九]笑せる有。是心得がたし。我仕習の時より[三〇]今日、舞臺にて仕なれたる狂言を、今日は此心にてせん、明日はかくやせんと、常々舞臺にてけいこせり。其故は、あたらしき狂言の稽古、初日は相手も我も、せりふ

衛めが悪いぞや」(誹縮緬卯月紅葉)。

一九 道外方の芸を狂言の中にいかに溶けこませるかの苦心。ここらに道外方の解体の兆を見ることができる。

二〇 岩波文庫本・東大出版会本は「うけ」と読ませる。従って「大事にかけ」「よくせん」と読むか、「大事に」「うけよくせん」と読むかの違いが生じる。藤十郎の精神では、「うけよく」ではなく、「大事にかけ良くせん」の方が近かろう。

二一 寺社の寄付興行の名目で興行する能楽。ただし江戸時代になると、寺社とは関係なく、能役者の営利的興行となった。「慶長見聞集」に「今江戸繁昌なる故に、勧進能毎月怠ることなし」とある。

二二 能の五番組のうちの、第三番目にあたる。鬘物といい、女性を主人公とする曲が多く、もっとも幽玄な極地は、この三番目にあるといわれる。

二三 挙げて。連れ立って。

二四 挨拶がてら。

二五 注意をしなさい。

二六 「安」の草体を「あ」と彫り崩したのであろう(守随氏注)。したがって「安かれ」。

二七 曲芸。けれん。技巧を見せる芸。

二八 濁点の落ちたものとして「ざれ(戯れ)」の意味にとることもできる。役者によっては、仕慣れたる狂言をふざけての意になる。また、「され」を「為す」の敬語にとれば相手の役者によって狂言をし、となる。なお、後文の「しなれたる狂言をされ」も「ざれ」で、「戯れ」の方がよいと思う。

二九 底本振りがな「わはらわ」。

三〇 今日まで。

覺へざるがゆへ、狂言の仕様[一]あらかた也。随分よくせんとはおもへども、なか〳〵仕なれたる狂言とは[二]格別也。夫ゆへ、しなれたる狂言をされ、相手笑はせる藝者は、[三]此心なきやとなり。

一　或藝者、藤十郎に問て曰、我も人も、初日にはせりふなま覺なるゆへか、うろたゆる也。[四]こなたは十日廿日も、仕なれたる狂言なさるゝやうなり。いか成御[五]心入ありてや承りたし。答て曰、我も初日は[六]同、うろたゆる也。しかれども、よそめに仕なれたる狂言をするやうに見ゆるは、けいこの時、せりふをよく覺へ、初日には、[七]ねからわすれて、舞臺にて相手のせりふを聞、其時おもひ出してせりふを云なり。[八]其故は、常〳〵人と[九]寄合、或は喧嘩口論するに、[一〇]かねてせりふに[一一]たくみなし。相手のいふ詞を聞、此方初て返答心にうかむ。狂言は[一二]常を手本とおもふ故、[一三]けいこにはよく覺え、初日には忘れて出るとなり。

一　[一四]高安友之進といへる能の[一五]脇師、名人のきこへ有。大坂道頓堀にて勧進能有し時、初日の前日、友達をいざなひ舟遊びに出、酒にみだれ[一六]放埒の體也。折ふし京より[一七]津田三益といへる醫師、見廻に下り同船に有しが、友之進にむかひ、此度の能御身獨の目當也。則明日は初日、然らば今日は[一八]きんがく有べき處に、油斷の體、明日の初日大事ならずやと異見ありしかば、友之進答て曰、初日は大事のものにてはあらず。大事は[一九]常の稽古にあり。稽古の時魂を入、能覺へ込、初日はわすれて出るなり。初日を大事とおもへ

一 大概。大方。
二 初演のものは、再演以上のものとは格段の違いがある。
三 俳優としての心構えがないのではないか。仕慣れたるものでも、常に新しい狂言をするという工夫・心構えをもつべきだ。
四 藤十郎を指す。
五 心がけ。
六 同じく。句読点で切れば「同じ」とも読むことができる。
七 根本から。すっかり。
八 そのわけは。
九 集まり。会談。
一〇 前もって。
一一 用意しておくということはない。
一二 日常の行為、行動。
一三 「覚えて忘れろ」(市川団蔵)という教訓に同じ。吉右衛門の母も、「白(せりふ)」をおぼえたら、一度忘れてしまえ、そうでないと、いかにも機械の様になって、本当の味が出ない。舞台にニジミが出ないよ」(吉右衛門自伝)と教えた。
一四 能の脇方に高安流がある。観世方大鼓方の高安与右衛門の門葉か(四座役者目録)。未詳。
一五 ワキ方。シテの相手役。
一六 身持の悪いこと。放蕩。
一七 未詳。
一八 勤学。勤めはげむ。つつしみ学ぶ。
一九 「学ぶ事はつねに有。席に臨で、文台と我との間に髪を入れず。思ふ事速に言出て、爰に至つて迷ふ念なし。文台引おろせば、即反古也」(土芳、三冊子)。「吉右衛門自伝」の母の追想にも同じ趣意の文がある。

ば、[二〇]我藝にあらずと答へければ、三益感じ入たるとなり。[二一]予がおもふ事、藤十郎、日頃仕なれたる狂言にて稽古を仕覺へ、あたらしき狂言、初日にせりふをわすれて出るとかたられしと、友之進、初日はわすれて出るとこたへられしも同意也。名人の詞は自然と[二二]當れると。

一　或人、藤十郎に問て曰、せりふははやロなるがよきや、またおそきがよきや。答て曰、[二三]はやかろわるかろ大事なし。おそかろわるかろなをわるしといふ事あり。同じわろき内ならば、早きはこらへらるゝ。おそきはわろき中のわろき也。

一　浄るり[二四]太夫[二五]加賀掾弟子共、寄合て曰、師匠の浄るりは、[二六]ふし所になれば極て見物はむる。我々は[二七]何ほど節をかたつてもほむる事なし。さればとて我々が付たる節にもあらず、師匠のふし付をよくならひてかたれども、ほめざる事はふしぎといへば、加賀掾打笑ひ、[二八]さにてはあらず。我は[二九]何となく浄るりをすなほに語、ふし所にてふしをかたる。[三〇]おぬし達は浄るりをかたり出すといなや、ほめられんとおもひ、[三一]初手から終まで面白くかたる故、ふし所に[三二]成て、もはやおもしろふかたるふしなきゆへに譽る所なし。第一ほめられんと思ふて語るはわろしとなり。

一　[三三]耳底記に、[三四]細川幽齋の曰、[三五]ほめさせんとするは下手藝也。

一　藤十郎曰、ほめられんとおもはゞ、見物をわすれ、狂言を誠のやうに、[三六]まんろくにいたしたるがよし。

二〇 まだ自分のものになっていない。
二一 筆者金子吉左衛門の評言。
二二 暗合する。符合する。
二三 諺。「早きは宜しうて失あり遅きは悪しうして失なし」(茶人気質)。
二四 浄瑠璃語りの敬称。
二五 宇治加賀掾(寛永十二年―正徳元年)。はじめ宇治嘉太夫、延宝五年十二月受領して、宇治加賀掾となる。その曲節は、井上播磨風を受けて、謡曲をとり入れ、優麗で京都において竹本義太夫の先駆をなした。多くの段物集がある。
二六 浄瑠璃は詞と地に分かれ、節所とは、地の文の唱うに近い曲節の変化のある聞かせどころ。
二七 どれほど。一生懸命に。
二八 そうではない。 二九 他意なく。
三〇 お主。お前たち。同等もしくは目下の者に対する対称。
三一 初めから。
三二 岩波文庫本は「成ても。はや」と切る。東大出版会本は「成て、もはや」と切る。
三三 烏丸光広が細川幽斎の和歌に関して、慶長三年より七年にわたる話を聞き書きした書。三巻。
三四 本名藤孝。法名玄旨。風車軒と号す。武将にして歌人・学者。「古今伝授」を伝えた。足利義晴・義輝に仕え、足利氏滅亡後、織田氏に仕え、丹後田辺に封ぜられる。
三五 「耳底記」中巻の「おもしろがらするは。いなかげいなり」というのに当たるか。 三六 まっとうに。「(歌は)まつろくによむ肝心なり。おもてから。うらへゆきたるよき也」(耳底記、中)。→三二八頁頭注一八。

一　又曰、嵐三右衛門は名人なり。[一]性根もなき狂言に、[二]手くせとして、[三]うそらしきせりふをつけ、[四]そも〳〵狂言といふものは、此三右衛門がやうにするもの也といわぬ斗に、[五]眞面になりてする故、おもしろし。其上藝も[六]ゆる〳〵とする事ならぬものなり。とかく我には藝に[七]分別有てわろしとなり。

一　京右衛門曰、我等しならひの時分、能心を付て見るに、[八]三右衛門はうそらしき狂言の仕様にて、しかも名人なり。藤十郎は誠にして、同名人なり。とかく藤十郎と三右衛門と貳人を一所にして、仕習はんとおもひ、精を出したるとなり。

一　[九]或時[一〇]十二段狂言仕組の時、[一一]淨るり御前霧浪千壽。十五夜、[一二]袖崎源次せりふの時、藤十郎曰、源次狂言の仕方心得がたし。千壽は淨るり御前にて主也。源次は十五夜にて家來なり。然るに今狂言の仕様、主從の[一三]わけ見へず。[一四]根心に、千壽は一座の[一五]立女形、我はそれより二三番目。何ンのその藝になつたら仕勝てくれん。がく屋の心が舞臺へ出る。千壽に仕かたんとおもはゞ、淨るり御前は主、十五夜は家來なる程に、その家來をいかにも家來らしく能すれば、千壽に仕勝事もあらん。家來の分として主に仕かたんとおもはゞ、十五夜にもあらず、本より淨るり御前にてもなく、もし今其様な奉公人あらば隙をいだすべきより外なしとしかられければ、一座の人々感心。源次はあやまりぬ。

一　[一六]佛の原[一七]三ノ後日の狂言に、[一八]梅房文藏[一九]請出したる[二〇]奥州といふ女郎を、家來[二一]望月八郎右衛門が女房につかはしたるに、月日かさなれどもいまだ枕をならべぬよし。文藏心に扨

一 本性のない。たわいのない。根拠のない。　二「手」は接頭語。「癖」に同じ。　三 こういう点からもこの時代のセリフはかなり役者に任せてあることが知れる。　四 いったい。勿体つけた言い方。　五 真顔に同じ。真面目くさった顔つきで。　六 三右衛門のように、のんびりとすること。　七 理窟。合理主義。　八 嵐三右衛門と坂田藤十郎の芸質のちがいは、同じ役でも、「坂田殿は其身うごかずして思ひ入一しゆでいたさるゝ、此人身ぶりであせらるゝ、ゐんと陽との芸ぶり」(役者万年暦)とあるのも参考になる。　九 座組により、元禄十年より十二年までの間と推定。　一〇 本名題未詳。都万太夫座上演。「浄瑠璃十二段」系の狂言を指す。この種の狂言は、元禄十六年十一月、万太夫座の「本ぶし十二段」をはじめ「唐綾十二段」「御伽十二段」他がある。　一一 浄瑠璃十二段の女主人公。浄瑠璃光菩薩の申子で、牛若丸の恋人。浄瑠璃の名称の起りとなる。　一二 袖嶋源次の誤り。→一覧。　一三 区別。　一四 源次の心底では。　一五 女方の首席の者。「おやま」の名称は、貞享元年板の「野良三座詑」に、伊藤小太夫にかぎって、他の若女方と区別して使われたのが最初。　一六「傾城仏の原」の略称。近松門左衛門作。元禄十二年正月二十四日より、京、坂田藤十郎座上演。大当り。　一七 三の替りで、仏の原の後日、「敦賀の津三階蔵」を指す。近松門左衛門作。七月十五日初日上演。守随氏注に「けいせい竜女淵」とするが、これは二の替りの後日で誤り。　一八 仏の原および三段目の主人公。絵入狂言本では、梅永文蔵。藤十郎の役。　一九 金を出して遊女を身請け

は日頃いひかはせし詞(ことば)をたがへじと、此文藏にたてる心中[二二]成べし。返而(かへつて)八郎右衞門がおもはん所もはづかし。奥州(おうしう)に異見(いけん)をくわへんとはおもへども、人めをいとひ、夜陰(やゐん)[二三]に及び、かづき[二四]をきて女の姿にさまをかへ、八郎右衞門が屋敷へしのび入、奥州に出合、右いけんせしかば、奥州大きにはらを立(たて)、枕(まくら)をならびやうがならべまいが、八郎右衞門殿と私との詰[二五]ひらき。一度女房にやつて置(をい)て、いらざる御氣(き)づかひ、早々御歸(かへり)あれといへば、文藏心[二六]に誠(まこと)をあかさぬは、こしもとどもあまたそばに有(ある)故ならん。今お[二七]隙(ひま)をとり、奥州とさし向ひに心底(しんてい)を尋(たづね)んと、さしても[二八]なき事に、いろ〳〵と隙(ひま)を入ること、おかしき事にて、文藏がしこなし也。初日七月十五日、見物このしこなしにたいくつして、お[二九]けよ引込(ひつこめ)[三〇]よと口々にいひて、其段狂言わけ[三一]もなかりしが、芝居はて[三二]ゝ、予、藤十郎かたへ禮に行、貴殿今日おかしき段[三三]、門左衞門[三四]、我等[三五]、談合[三六]にてせりふ付たりしかども、見物其意得[三七]ざれば力なし。せりふ半分御ぬきあれかしといへば、いや〳〵明日狂言の仕様(しやう)ありと。十六日見物[三八]。思ひ多くして有しが、かのおかしきだん、大きに[三九]おもしろがり、藤十郎様ながふ〳〵と口〳〵にいへり。其暮(くれ)[四〇]に藤十郎同道にて、大文字[四一]見物に參らんとさそひに立より、扨々(さてさて)昨日とは違(ちが)ひ、結句(けつく)[四二]は長〳〵とせりふをつけ[四三]そへなされ候が、ながふせよとは、常とちがひ、七月の見物の御きげん取[四四]くるしと申せしかば、いや〳〵見物にむりはなし。此藤十郎がさいく[四五]に、おかしき所[四六]と心得たる故也。高(たか)が奥州が心底を聞(きか)んがために、いろ〳〵と隙どるしこなし。その氣を持(もち)、狂言すればよしと工夫(くふう)して、

すること。二〇 傾城奥州。岩井左源太の役。二一 家老役の名。柴崎林左衛門の役。二二 心中立。誠心を尽す。二三 夜の暗がりに乗じて。二四 被衣。女性の外出するとき、頭から被って顔をかくした小袖。二五 談判。相談。二六 心に思うには。二七 「今なお」か。二八 別にこれという程でもない事に。二九 やめろ。よせ。三〇 この一段。三一 めちゃくちゃになる。三二 果てて。終わって。三三 滑稽なところ、段取り。三四 近松門左衛門(当時四十七歳)。三五 自分の謙譲語。金子吉左衛門のこと。三六 相談。三七 理解しないので。三八 守随氏注には「見物の注意が前日よりも多く集つてゐたが」とあるが、前日、見物がやめろというほどの所を、次の日、期待しているはずがない。また、藤十郎が、翌日は見てくれと見物に宣言し、同じ見物がまた来るはずもなかろう。昨日はしくじったが、今日はなにか変わったことをするだろうと期待して見に来たと考えるのも無理であろう。藤十郎の言を知っているのは、吉左衛門ほか周辺の人であろうから、ここは、吉左衛門が見物して、どういうふうに演ずるだろうかと期待していたがと、とるべきであろう。三九 見物の衆がおもしろがり。四〇 その日の暮れ方に。当時は、暮れ六つまでに芝居は終了した。四一 京の七月十六日の盆の送り火の行事。東山の如意嶽に「大」の字型の大きな火を焼くをいう。他の寺山でも行なう。「都名勝図会」「都林泉名所図会」「花洛名勝図会」等。四二 結局は。四三 台本より長くセリフを付け添えた。四四 当時のセリフは、かなり役者の自由にまかせられた一証である。四五 暑い時の芝

居は、見物の入りが少ないということにかけたか。 四五 工夫して。 四六 自分がおかしい所だと実感したからだ。

一 底本は「なめたり」と読める。「ほ」を「な」と彫り誤ったか。
二 元禄十二年に五十三歳。
三 「久次郎碁あがりたると有つゐでに。何の芸もあがる分際がとうど定てあると見へたり」(耳底記、下)にあたる。

今日いよ〳〵せりふをながくつけてせしに、あんのごとくながふ〳〵といふてほ[一]めたり。とかく本心が大事なり。當年五十三[二]になりしが、いままであがらぬ藝(げい)[三]。もふあがらぬ事かと、くやまれぬ。

耳塵集 上之巻 終

耳塵集 下之巻

一 古嵐三右衛門[四]、常に酒を好で呑るゝ故、舞臺にても誠の酒をのまるゝやうに見ゆる。扨〳〵名人かなと譽る人有しが、かたへの人[五]、此度最上藤八[六]鑓にてつかるゝ所、實にも誠つかれたるやうなり。定てあれも常〳〵鑓にてつかれたるらんと笑ひぬ。

一 或藝者[七]、十二三なる實子の物をならふに、役者のならわひでもくるしからざるは[八]、天露盤[九]、手跡[一〇]、其外是〳〵はならはひでもくるしからずといひしかば、藤十郎聞て、いや〳〵さにはあらず。役者の藝は乞食袋[一一]にて、當分いらふが入まいが、何にても見付次第ひろひ取、袋に入て歸りたるがよし。入ものばかり用に立、いらざるものはとつて置、入ル時出すべし。ねからしらぬ事はならぬもの。巾着切[一二]の所作なりとも、能見ならへとなり。

一 或藝者曰、下手役者の藝を見ても、心あらん人[一三]には修行[一四]になる也。其故は、下手を見て、わろき所をよく覺て、我はせぬ也。

一 耳底記[一五]、細川幽齋曰、一噌[一六]がいふ事は、小笛[一七]に我笛を似せたらば、くせ事[一八]なりといふなり。尤也。年寄てと若き時とは、違ふべき事也。一噌が曰、我も若き時はゆたりと吹たる也。又我をしへぬ手[一九]をふくならば、をしへまじきとなり。已上。

四「古」は先代の意。当時は初代、二代などといわず「古」「今」と区別した。↓一覧。
五 かたわらの人。側に聞いていた人。
六 道外(化)方。寛文頃より京阪の芝居に名が見え、貞享末頃没か。当時、秋田彦四郎・鎌倉新蔵とともに道外方の三幅対といわれた。
七 ある役者が、その実子に。
八 習わなくともよい。
九 商人でないからそろばんの計算を必要としない。
一〇 書道。習字。
一一「一、学問はこぢきぶくろのやうなるよきと。宗祇やらんが書たるものにあり。何をまづとり入て。さてゐるなり」(耳底記、上)による。
一二 スリの動作。
一三 心構えのできている人。
一四 底本は「とは」と読める。
一五「耳底記」(下、巻三)慶長五庚子年五月五日の条。
一六 中村一噌。一噌流の笛の祖。又三郎、のちに一噌似斎。慶長五年没、七十六歳(四座役者目録)。
一七 金剛流笛方の小笛七郎のことか。また森田長蔵(後、庄兵衛)のことか。「四座役者目録」に「森田道味子也。道味ハ一噌弟子也。役ニ立又笛也」とあり、なお注記に「寛永ノ頃、森田宗全、九歳ニシテ御能ヲツトム。小笛ニハヨク吹タリト上意アリシヨリ、家ノ規模トシテ、世俗、小笛ト称ス」とある。
一八 曲事。よろしくないこと。
一九 曲。芸風。型。

一　中川金之丞は、藤十郎・京右衞門其外心ある藝者が、名人とほめられし名人。金之丞、予にたいして曰、人は舞臺へ出る度、毎日ほめられんと申おもひ[一]、けん物數[二]多くいへども我はきらひなり。一所二所(ひとところ)斗(ばかり)心をつけ念を入、其外はうけ返答、いかにもまことしらしくせんとおもふのみなり。

一　或人、香[三]を聞習[四]は蘭奢待[五]を手本にして、それよりは淺き濃き[六]、あるひは聞がなきなど丶分別する事あり。藝者もさもあらん。しかし手本になる[七]藝者は誰ならんと問しかば、側なる人、我も不知と也。

一　荒木與次兵衞・金子六右衞門は手負[八]の名人なり。六右衞門曰、手負とて刀を杖につき、息つぎせはしく苦しげにする斗にては有まじく、かたきいまだ近所に居ると思はゞ、隨分氣を張り、四方に眼をくばり、しかも深手と見へて苦にせぬ身ぶり。又かたき逃歸りたるとおもはゞ、初て手疵苦になる體、又味方かけ付看病せば、口にては強き事をいひながら、をのづから氣ゆるまりよはりたるてい。又手負の間刀を杖につくとも、小足にあるき度々刀を杖につくは見[九]へあしく、刀を杖につかば二足も三足もあるき、又刀を足本より二三尺先へつき立、それも刀に二足も三足も先へあるきこし、又右のごとく刀を二三尺ほど先へつき立たるがよし。刀の長サはつか共に乳切[一〇]なるがよし。刀みじかければ腰かゞみてわろしといへり。尤成ル吟味[一一]なるべきか。其時分手負をして大分入たり[一二]。

一　京右衞門曰、藝は狂言のよしあしにかまはず、力一ぱいふんごんで[一三]致したるがよし。

一 文意不明。「と申」が、あるいは「事」の彫り誤りかとも考えられる。二 ここも文意不明。「見物に対し、言葉を多く言ふが、自分は嫌だ、といふ所か」(守随氏注)。または、見物の入りの多いということをいうか。三 香道。四 香は嗅ぐといわず、聞くという。五 香木の名。蘭麝(奢)の芳香のあるとの意。蘭奢待としたのは、奈良東大寺の正倉院に伝えられたので、東大寺の三字を含ませたものという。聖武天皇の時、唐より献納された御物。本名は黄熟香。伽羅(沈)の極上のもの。六 香の聞き方の慣用語。七 香には蘭奢待という基準があるが、芸には基準がない。八 手負事は、天和の「無名評判記」に「太刀打・手おい」と見える。返り討ちになる芸。斬られ役。「きられ役者も籠る柴の戸」(大坂檀林桜千句、延宝六年)。九 見得。見た目の姿。一〇 乳切木の長さ。柄を入れて、乳の高さになる長さ。一一 調査。計算。一二 多くの客の入りがあった。「いれたり」とも読める。一三 つっこんで。積極的に。一四 天秤にかけて。様子を見ながら。一五 「仕」とも書く。ある種の役柄のうち特に専門化した者に対していう。例、荒事師・濡事師など。一六 上方は銀本位なのでいう。契約による一年間の給料を指す。弥五七の給金は不明であるが、貞享三年の道化方の佐渡嶋伝八は「五十両」(難波昔話)であり、また元禄十六年の西国兵五郎は「此人程の高給取給ふあほう余国になし」(江戸四座役者評判記)とある。一七 修業中。一八 守随氏注のごとく、「一向」が「いたすべからず」にかかれば、全く、決しての意。そのまま「道外」にかかるとしかれば六七分の狂言も十分にも見ゆる也。とかく窺てするは損也といへり。

一　藤田小平次は實事に名を得し藝者なりしが、或時刀の反リを打には、相手の目の中をにらみ付たるがよしといへり。

一　仙臺彌五七といふ道外師、京都にて高給銀をとり、並なき上手なりし故、予道外仕習の時分、ねがわくは彌五七程の藝者に成たしとおもふて居たりし折柄、藤十郎曰、一向道外するとも必彌五七まねをいたすべからず。其故は、此程の狂言に、只今大殿様御死去なされしと聞て、皆〳〵おどろく。彌五七道外に、南無三ぼう寝耳へ牛の入たる様な事かなといへり。いかに笑へばとて道外のいふまじき事也。先道外の役は、いつとても不調法者麁相あほうなり。ねみゝへ牛が入たるとは、或は太鼓もちなどの帥の輕口なり。たとへ帥なりとも、大殿御死去と聞て、ね耳へうしが入たるとはいふべからず。ねみゝへ水の入たるといふは常なり、同はね耳へ水の入たる様な事といふて笑せたしといへり。予が曰、左様に申さば、見ぶつ笑ひ申まじと申せしかど、そこが工夫なり、言所によつてわらふべしとなり。其後予がせりふに、たゞ今奥様、若君様を御誕生なされしといふを聞て、南無三寶ね耳へ水が入たるやうな事かな、といひしに、大きに笑ぬ。かやうのせりふ付、格別よかりしとは、此様成ル吟味故歟。

一　或書物に、つんぼうは人々寄合て咄有に、人の口元を見て、唯にこ〳〵と笑ふとなり。

すれば、ひたすらの意。ただし「いたすべからず」には「必」がかかるほうが自然。一九 最近の。いつかは不明。二〇 仏教語の仏・法・僧の三宝に帰依する意から、「しまった」「大変だ」というときに使う感嘆語。二一 不意な出来事で驚きあわてるときの「寝耳へ水」(毛吹草)という諺をもじったもの。「寝耳にすりこ木」(御前義経記)。二二 見物が笑えばとて。二三 礼儀をわきまえない者。行き届かぬ者。二四 粗相。そこつ者。不調法者・粗相者の表現は、「役者口三味線」(元禄十二年)によれば、「中ノ道外方」の「あほうの役なり。どんなにして。かほつきひよこ〳〵と。かくすことを云てしかられ。にぐるとてたばこぼんなど。ふみこかしてわらはすまでの。げいなり」というのに当たる。二五 馬鹿。およそ、阿房は上方語、馬鹿は江戸語。「あほう」は元禄期の道外役の性格描写の根本。「役者口三味線」に、「上の道外方」の手本を、「ひやうしごと。しよさをたんれんし。あほうによくうつし。立ふるまいにてわらはせ。ひよつと出るから。どつと一あてあてるを。此道の妙といへり。詞食るい。おどけ事を云て。わらはすは常也。只かほぶり目つき。身ぶりにておかしがらすを。至極の道外といへり」。また「三ケ津浅間嶽二の替品定」(享保十六年)に、「あほうに二通りあり、むずにちゑなしの愚癡もの有、又小才覚だてゝ邪魔するあほうあり」。二六 幇間。宴席へ出て遊芸をし、酒席をとりもつ職業。男芸者。もと風流などの踊太鼓を持って叩かせた役。二七 普通「粋」と書く。世態人情の表裏によく通暁し、さばける

一　大津ならやといふ狂言に、藤十郎あきじい[二]なりしが、目の玉をまん中におけば、あきじいの様に見ゆると也。[一]

一　村松[三]といふ狂言に、藤十郎瘂の役なりしが、初日に見物瘂ル[四]度毎に見物おかし[五]笑ひぬ。則能狂言にて評判宜敷ゆへ、或人初日の夜悦に行、瘂大きに出來たりとほめぬ。藤十郎其意[六]を得ず。此度瘂をせんと思ひ付しは、見物のこゝろに、いつもの狂言には藤十郎はよくものをいへり。此度は瘂故、おもふ事もしかぐ＼と得いはず。不便の事やとおもはせ、見物に泣せんとおもひしに、今日笑ふたり。是は予が工夫たらざる所、明日より泣せんと、あんのごとくなかせたり。ある藝者、行て問て曰、いか成工夫にて、今日の様に見物なきたるぞやと。答て曰、瘂はおのが心に我は瘂なりと思ふ[七]が故、人のきくをはづかしくおもひ、たしなみて瘂ぬ。しかれどもうれしきとき、或は腹の立時、我を忘れ瘂るなり。夫故今日は瘂ず。嬉敷とき、はらのたつ時は、[八]又はをかしき時に瘂る斗也。答て曰、然共、初中後[九]、瘂の様に見へしはいかに。答て曰、口の内にて瘂りいふ所は瘂ず。口の内にて瘂が故、それ程[一〇]せりふのあいだをぬく斗也といへり。

一　古嵐三右衞門ぬれ[一一]口舌[一二]などの狂言の仕組に、相手の役人[一三]を我が内[一四]へ呼寄せ、本より酒ずき成ゆへ頓て盃を出し、其座に懇[一五]して居る子[一六]どもあれども、それには目もかけず、外の子供につぶやきさゝやき、或はほうずりつけざし[一七]、後には醉て正體なし。元より若衆は悋氣[一八]して様々のゝしれば、同子ども立役あいさつ[一九]に入、中を直し盃させり。此時は

こと。上方で多く用い、江戸では「通」。二八 軽い口調で滑稽めいておもしろく秀句・洒落・地口などをいうこと。太鼓持の重要な芸。二九 見物が笑った。三〇 不明。ある書物よりの抜き書。三一 聾。耳の聞こえない人。

一 未詳。
二 あきめくらの古語。底本は「あきじり」と読めるが、彫り誤りであろう。
三 元禄十四年十月、京の早雲座でも「今様能狂言」五番のうち、第四で藤十郎は「どもり」を演じている。
四 藤十郎が。
五 「おかしがり」とあるべきところ。見物、見物と二度出てくるのも拙文。
六 納得せず。
七 底本「る」と読める。
八 東大出版会本は「に」と読ませている。
九 初・中・後ともに。
一〇 それだけ。
一一 濡れ場の演技。色事。「ぬれ狂言のしなせぶり」(新野良花垣、延宝二年)、「当風一流のし出し、やつしぬれ事」(役者略請状、元禄十四年、嵐三右衛門評)。
一二 口説。愛人間の痴話げんか。くぜつ事。「曾我に十郎祐成となられ、虎御前とのくぜつ事」(役者三世相)。濡れ・口舌は並用される。
一三 役者。
一四 家。
一五 いい仲になっている。
一六 色子。舞台子。若衆。
一七 口を付けた盃を気のある相手に与えること。
一八 やきもち。

藤十郎親坂田市左衛門、眞野や勘左衛門座本にて有しゆへ、其座へ藤十郎來り、是は〳〵そう〳〵敷事かな。初日も近日ぞや。若衆と口舌所にては有まじき事、はや〳〵けいこをせよと、笑ひ〳〵申されしかば、三右衛門、我も左様に存じ、最前より稽古を致したりと、初而盃を出せし時より、今なか直しの盃まで、若衆のりんき人々の挨拶にいたるまで、こと〳〵く皆覺へ、是替り狂言の稽古也と、其通に仕ぐみたり[20]。いづれも役人こはいかにといへば、作りたる事はわろし、實よし。その義をおもふが故に日比は稽古の場へ盃は出さねども、此度は替り狂言のせりふ付のため盃をいだし、若衆が是非悋氣をせねばならざる様に仕かけかくのごとし。いづれも舞臺にて唯今の様にいたされよといへり。[21]是又よき思ひ付なり。古人はかほど迄心をつくせり。

一　松本名左衛門、我と人と立ならび所作[22]をするに、獨舞ふ時、今壹人[23]は囃の前に住ひ居る。此時多くは休、湯などを呑り。我は休ず。囃の前に住ひ居ても、心の内にて舞ふて居る也。しからねば[24]うしろすがたあしく、所作切る[25]と也。

一　彌五左衛門[26]といふ有。役[27]は花車形にて、狂言作者[28]の名人なり。むかしははなれ狂言[29]なりしが、今の貳番つゞき[30]三番續[31]はこの彌五左衛門作なり。則非人かたき打[32]の作者也。藤田小平次も此彌五左衛門吟味[33]によつて實事師の名をとれり。荒木與次兵衛・中川金之丞・金子六右衛門、其頃若き藝者寄合て、とかく彌五左衛門が手にかゝらねば、本の上手には成がたしといへりとなり。則彌五左衛門曰、今上手の中に、相手のせりふをい

一九　仲裁。調停。

二〇　演出をつけた。

二一　以下、金子吉左衛門の評。

二二　所作事。踊り。

二三　他の一人は。「しぬき」のときは、他の一人は、正面の囃子方の前で後向きに坐るのが定法。

二四　そうでなければ。

二五　とぎれる。中断する。

二六　福井弥五左衛門。↓一覧。

二七　役柄。

二八　歌舞伎の戯曲作家。ふるくは「狂言作り」とも。

二九　放れ狂言。一幕物。続き狂言に対していう。

三〇　「舞曲扇林」「続南水漫遊」「芝居年浪草」などに見られる。

三一　「明日よりも三番つゞき」(胴骨、延宝六年)。

三二　寛文四年頃作られたとされる(南水漫遊)。「佐渡嶋日記」参照。「敵討襤褸錦」はこれを大成させたもの。

三三　監督。指導。

ふ内に、休でゐる藝者多し。[1]よからぬ事にや。第一狂言ゆるまり、[2]其身のからだ死るな[3]り。とかくせりふをいふ相手の顔をよく見てゐるか、但耳をそば立、聞てゐるがよしといへり。

一 片岡仁左衛門、敵役致されし時曰、いつとても狂言の詰ぎは[4]には、敵役のせりふに、ゐるゝ口おしい。[5]たくみし事があらはれた。家來ども、それ壹人も殘らず討てとれといふ事は、敵役をはじめ、いづれも役人、[6]狂言の詰ぎは成ゆへ、[7]麁相になりぬ。[8]一番の狂言の詰際は大事也。我はそこに心をつけ、[9]いかにもせりふに力を入、[10]さらに詰ぎはとおもはず、[11]別て念を入るなり。

一 富永平兵衛は、右彌五左衛門に次での作者にて、今顔見世の役者附に、[12]狂言の作者[13]と書事、富永平兵衛初而也。延寶八年の暮の顔見世成りしが、[14]其當座は諸人こぞつて[15]にくめり。[16]夫より平兵衛、打つゞきおもしろからぬ狂言に、見物あきはてぬ。今一入工夫致され、能き狂言を致されよと申せしかば、[17]平兵衛曰、わろき狂言を出すは能[18]こゝろならねど、[19]座本衆の大き成ル仕合[20]なり。替る度毎に能き狂言を出し、もし其よき狂言に見[21]あきなば、道頓堀に草[22]はゆべきといへり。[23]いへばいはるゝものか。[24]おかしきへらず口なり。

一 [25]高野山萬燈といへる狂言の中[26]の口明[27]に、嵐三十郎腹を切る。藤十郎此看病をよくいたしぬ。ある藝者是を見て、京右衛門に語つて曰、藤十郎は常に科醫[28]をよく致さるゝ故、

一 良いことではあるまい。 二 たるむ。
三 生きていない。
四 一曲の詰。窮極。大詰。大団円。
五 ここでは悪巧み。「見顕し」の場。
六 役者。 七 粗末。雑になる。
八 一番目、二番目の意味でなく、一曲の意。一番は、上中下の三番続きよりなる。
九 東大出版会本も岩波文庫本も「いるにも」と読んだために守随氏注は「舞台から入る時」とするが、ここは「いかにも」と読み、十分にセリフに力を入れてとるのが自然であり、意味も通り易い。
一〇 少しも、もうこれで終局だと思わず。
一一 特に。
一二 顔見世番附。極り番附。面附（つらづけ）。十一月の座組新規の際に、出版される番附。現存する最も古い顔見世の役者附は、延宝二年（別版三年）。ただし延宝八年の役者附は未発見。
一三 「狂言作り」とあるが正しいか。「摂陽奇観」（十八巻）延宝八庚申の条に、番附の写しを載せる。ほかに「古今役者大全」（寛延三年）にも見える。
一四 その当時は。 一五 挙げて。すべて。
一六 作者と署名する高慢さが憎まれた。当時そういう習慣がなかった。近松門左衛門も憎まれている。
一七 金子吉左衛門の言葉か。
一八 いい気持ではないが。
一九 興行主。 二〇 幸い。
二一 見物が見飽いたら。
二二 さびれるの意。
二三 屁理窟をつければなんでも理窟のつくものだ。
二四 負け惜しみをいうこと。
二五 元禄九年春、京、都万太夫座、座本坂

手負の看病自然とよし。外の役者の及ざる所といひしかば、京右衛門いわく、藤十郎は外科をよく致さるゝ故、手負のかん病よく致す事をして見物にほめられぬ。我は本[二九]より外科をせざる故、随分不調法[三〇]にいたし、京右衛門は外科をせざるゆへ、手負のかん病得せぬ所をよくするといひて、見物にほめられぬ。いへば[三一]いはるゝものなり。しかし是誠なり。

一　寶永四年亥の年、江戸村山平右衛門、京都万大夫芝居へ登り[三二]、十月[三三]江戸へ下る時、坂田藤十郎私宅にて立振舞[三四]致され、予[三五]も相伴[三六]いたせしが、平右衛門、藤十郎に向ひ、御かげ忝し。我始て[三七]下りし顔見世より、貴公様を手本と致し、實事、ぬれ事によらず、一切貴公様の御まねを仕りしに、よき事は何國にてもよし。今江戸二三番切[三八]の藝者に成りぬ。是皆貴公の御蔭と一禮申せしかば、藤十郎かぶりをふり、定而[三九]わるからん。藝は我性根[四〇]より一流[四一]仕出したるこそよけれ。我を手本にせば我よりおとりぬとおもへり。今少し工夫致されよと申され、其場[四二]しらけたり。

一　京右衛門曰、狂言により、中入[四三]より出る役人[四四]の事を、前にいはねばつまらぬ[四五]事有。[四六]是よからぬ事也。今する所より外に、跡の爲にいふ事其場のさまたげ。口は調法なもの、[四七]中入にていかやうともいわるゝものなり。狂言はいつとてもおもしろく[四八]出來る様に致したるがよきとなり。

一　藤十郎曰、中入に出る役人の事、前にいわでかなはずば、その役人の事表[四九]にいひた

田藤十郎上演。
二六 上中下三番続きのうちの、中。
二七 発端。一幕を口・中・切の三つの局面に分け、その口にあたる部分。
二八 外科医。
二九 京右衛門自身。 三〇 不手際。
三一 筆者の感想。前項の富永平兵衛の話と同類。
三二 「歌舞伎年表」によれば、宝永三年中村座の十一月の顔見世狂言「宇治源氏弓張月」上演中「平右衛門の滝口の役。半分しかけ、京の万大夫座へ上る」とある。また同年、京都万太夫座の十一月顔見世狂言「八万歳」に、呉竹世々之助の役に「上り村山平右衛門」と見える。江戸・京の顔見世の両方に跨がって出演したことになる。 三三 宝永四年十月。
三四 旅立ちの際に饗応の宴を張ること。
三五 金子吉左衛門。
三六 正客の相手となって馳走を受けること。
三七 宝永四年十月以前。→補一三。
三八 二、三番目までの。
三九 それならば貴公の芸は、さだめし悪いだろう。
四〇 天性。根性。
四一 他と違う独特の流儀。 四二 興ざめる。
四三 中幕。三番続きのうち二幕目。上方の芝居語。 四四 配役。
四五 理の詰らぬ。筋の通らぬ。
四六 前に言うことはよくないことだ。
四七 中入になってその役柄の人物が出てから。
四八 話が先にわかり、登場人物がわかってしまっては意外性のおもしろみがない。
四九 先に。

て、今の[一]せりふは次にいふべし。その故は、中入の役人の事前にいふは、見物に能覺させんとの事なり。しからば表にいひ立、よくおぼへさせたるがよし。又今いふせりふを次にせよとは、今いふせりふは則今の狂言にして居るゆへ、見物をのづから[二]よく覺るとなり。

一　或時替り狂言[三]、近松氏[四]、我等談合にて[五]、樂屋に役人を集め、狂言を咄したるに、我が役よき人は狂言をほめぬ、役惡き人は吉惡をいはず。狂言のよしあしをしらざる人は、いつも顔を見て多分[六]に付べきてい。中にも文盲にして狂言の心なき人は、先一番にはらを立、我が家來をしかり、きげんあしく、人〳〵にいとまごひもせず立歸りぬ。其ころ藤十郎座本にてありしが、きやうげんのよしあしをいはざれば、外[七]よりいひ出すべき事もなし。藤十郎曰、先上[八]の口明より稽古致されよと立歸られぬ。翌日より稽古にかゝり、四五日の内に上の稽古しまい、其後四番目[九]の口明をけいこする日に至り、藤十郎、今一度狂言の咄しを聞なをさんと有しゆへ、又はなしぬ。然れども吉あしをいはず。木[一〇]履をはき傘杖にて出る狂言[一一]成しが、樂屋番[一二]にいひ付、右の品々取寄、木履をはき杖をつき傘をさし、さあせりふを付られよとありし故、近松氏・予、かたのごとく[一三]せりふを付、一返稽古を通したり。藤十郎曰、扨〳〵よき狂言かな。初て此狂言の咄しを聞ても、又今聞なをしても、わろき狂言と思ひぬ。しかれども作者の心に能き狂言とおもへばこそ、役人をよせて咄されたり。我心にあしきと思ひても、見物のほめる狂言あり。我當年五

一　今、いうべきセリフは。当時のセリフは多く役者にまかされており、かなり即興的な、自由なものであった。

二　セリフを聞かずとも見て心得る。前項とは二つの異なった説をならべたのであるが、これは劇構成の二つの創り方の相違が出されている。

三　何の替りか不明。新狂言。

四　近松門左衛門。→一覧。

五　金子吉左衛門。→一覧。

六　大勢。

七　座本の藤十郎が言わないから、ほかの役者は言い出せない。

八　上中下の上の巻にあたる。上巻の発端。

九　四番続きの狂言の第四番目。

一〇　ぼっくり。下駄の一種。

一一　狂言外題不明。

一二　楽屋に所属し、俳優の使い走りなどして雑用を弁ずる者。

一三　きまりの。例のごとく。

十に餘れども、狂言の咄しを聞て善惡を定めがたし。我是をしらば、今時分は長者[14]にも成ぬらん。仕手[15]の心作者の心格別[16]なれば、先せりふを付させんと思ひ、木履からかさ杖を取よせ、はじめより立て稽古[17]をせしなり。是縦横[18]のまんといふ心。然るに今作者のせりふ付によつて、正しくよき狂言としれり。兎角狂言の稽古は我がごとく、初手[19]から立[20]たるがよしといへり。此おもひやりは、もと藤十郎能き狂言を拵[21]へられたる故成べし。いつとても藤十郎狂言のはなしを聞るゝに、我が役の多少[22]にはかまはず、狂言の筋を能きかれたり。

一　京右衞門、狂言の咄しを聞るゝに、よしあしにかまはず、まづ狂言をほめられ、作者にむかひ、せりふ付よくたのむとなり。若氣に入ぬ狂言あれば、ひそかに作者を呼付、今一度聞なをし、善惡の談合有て仕直せり。かりにもはなしの場[23]にて、あしきとは申されず。

一　藤十郎曰、若まづしうして金銀ほしき時、金銀はぬすみても有べし。又道なかに落てもあるべし。狂言計はぬすまんとおもひても、拾はんと思ひても、[24]ねからなきもの也。此事をしらぬは文盲[25]なる下手の役者なり。

一　其比女かた・若衆がた・立役・道外・親仁方に至るまで、藤十郎相手になるもの、皆上手に見へたり。其故はせりふのいひやう、いきつぎ[26]、立居[27]に付て、藤十郎立てをしへぬ。何も藤十郎に歸伏[28]して居る故に是をそむかず。をしゆるにまかせ致すが故、格別[29]

一四 金持。守随氏注に「芸道における長者の心」とあるが、単に、座本としての経済上の意味にとるべきであろう。
一五 演者。役者。
一六 ちがうもの。
一七 立ち稽古。セリフを覚えたのちに、はじめて立って稽古をつける。
一八 セリフと身振りと一緒にの意であろう。それを一度に覚えるという意であろう。守随氏注は「縦横のまん」を「縦横の満」ととり、「まんは満つる意、十分の意であろう」といい、「これ以上のことは無いという意味」とあるが、「のまん」は「飲まん」であろう。縦横ともに一度に飲みこまんの意であろう。
一九 はじめから。
二〇 立ち稽古。
二一 作者の意か、演出者の意か、不明。
二二 役のよしあし。また出演度数。または時間の多少。
二三 本読みの場。当時は、本読みといわず、「咄し」といったのであろう。
二四 はじめから虚構の上に立つものだ。
二五 ものを知らぬ。
二六 息継ぎ。間。
二七 立ったり坐ったり。動き。立居振舞。
二八 心服。
二九 特別に。

によく見へたり。しかも藤十郎役すくなく、[一]でかしばへなき事あり。或人、藤十郎に對して曰、狂言は面白くは[二]やれども、貴殿役すくなく是のみ殘り多しといへば、藤十郎打笑ひ、狂言さへよくば[三]かんにんあれ。藤十郎が藝の善惡は、かねて見物よくしれり。全く藤十郎を見する芝居にあらず。狂言を見する芝居也といへり。

一　延寶六年午の正月に、[四]新町[五]あふぎや[六]夕霧過行たり。[七]同く二月三日より、[八]夕霧名殘の正月と云外題にて、則坂田藤十郎、[九]藤屋伊左衞門といへる[一〇]買手に成りぬ。此時藤十郎三十二歳、又所望有て同六月に右の狂言を出せり。又同十月二日より右の狂言をいだし、同廿九日迄大入。おなじく十二月中頃より右の狂言いだせり。是は來ル正月二日より、[一一]夕霧一周忌致さんがため、見物におもひ出させるため也。一年の内、同狂言を四度仕る事、およそ是はじめの終ならん。寶永六年己丑霜月朔日、藤十郎死去。生年六十三歳。

右延寶六年午年より寶永六年丑のとし迄三十二年。此間に、夕霧名殘の正月・同一周忌・同[一二]三年・同[一三]七年・同[一四]十三年忌・同[一五]十七年忌、其外右同じ狂言くりかへし致したる事、以上十八度。是又珍らしき狂言也。其外、[一六]けいせい玉手箱、又は[一七]堺大寺・[一八]傾城江戸櫻・[一九]傾城阿波の鳴戸・[二〇]けいせい佛原・同[二一]三ノ後日・壬生大念佛・同[二二]後日・同[二三]三ノ後日・[二四]壬生大念佛・同[二五]後日・同[二六]三ノ後日の壬生秋の念佛。かやうのけいせい事かぞふるにいとまあらず。又其頃毎年[二七]七月に曾我を出せり。是は[二八]春二の替りに傾城事致せし故、一年の内に二度はいかゞとおもひ、大磯の虎とかはらん爲也。かやうの事を思ひまはせば、凡一代

一 目立つような出来ばえのない。 二 流行。見物が押しかけて繁昌する。 三 堪忍あれ。お許し下さい。 四 大阪新町の遊里。長堀川と立売堀川の間にあった。越後町・佐渡島町・瓢簞町・阿波座・九軒町その他から成る。「いにしへは此里を瓢簞といへり」(諸国遊里好色由来揃)。寛永六年成立。 五 扇屋四郎兵衛。九軒町にあった妓楼。京島原より寛文十二年に大阪新町へ移る。 六 瓢簞町扇屋抱遊女。↓補一四。 七 没した。死んだ。 八 夕霧狂言の初演。「大和守日記」によれば、配役は、夕霧・ふじや伊左衛門・クツワ・揚屋・門番・遣手・クツワ下人二人。内容不明。 九 実在の人物ではない。「夕霧に附会せし藤屋伊左衛門といへる人は戯場の劇文に書て実に人なし、劇文哉」(浪花青楼志)。坂田藤十郎の通称を藤屋伊左衛門(役者口三味線)というのは、実名を夕霧狂言の役名に用いたか、もしくは、当たった役名をもってのちに称したのかは明らかでない。 一〇 傾城買の狂言における役名。島原狂言において固定。「大和守日記」明暦四年四月二十二日の条に、「かいて　三郎左衛門」とあるのが初見。 一一 外題。延宝七年正月、荒木与次兵衛座上演。 一二 「夕霧三回忌」。延宝八年上演。 一三 「夕霧七年忌」か。貞享一年に当たる。狂言本が「元禄歌舞伎傑作集」にある。 一四 「夕霧十三回忌」。大阪、荒木与次兵衛座。夕霧に谷嶋主水。 一五 「夕霧十七年忌」。元禄七年に当たる。 一六 外題。元禄元年秋、京、都万太夫座上演。 一七 「堺大寺開帳」の略。元禄四年、大阪、角芝居、岩井半四郎座本上演。 一八 「けいせい江戸桜」。元禄十一年、京、

の間、傾城事を致せり。藤十郎は得手成故なるべし。見物ゆるしてよく見て居たり。尤今實事師は一代實事を致さるゝたぐひならんか。然共藤十郎ごとく、同じ狂言を度々致さるゝ事まれなり。京右衞門曰、藤十郎は名人にて、二九我得たる狂言いたさるゝ。我に得たる狂言なし。とかく藤十郎は名譽の藝者也と。藝咄しの折ふし、いつとても此事のみなり。

一　杉九兵衞といひて花車形の名人あり。藤十郎廿餘りの時分、九兵衞方へゆき、狂言の仕様をならひ度よし申されければ、九兵衞曰、我は花車形なる故、随分女子のまねを仕る。貴殿は立役成程に、男のまねを致されよ。今の立役を見るに、三〇男はすくなし。もとより女形にてもあらず。何やらわけなし。今よりして随分男のまねを致されよとなり。此詞を工夫して少し藝を仕習ひしと也。やゝもすれば右の咄を仕出し、杉九兵衞は三一三ケ津に有まじき名人とほめられたり。

耳塵集　下之巻　終

三二予つたなき耳につもる塵の言葉書あつめたれば、をのづから耳塵集とも思ふべきならし。

都万太夫座。三の替り上演。近松門左衛門作。絵入狂言本現存。座本藤十郎役高加茂嫡男主殿之助。水木辰之助役奴高尾。霧浪千寿役新町吉田。不当り。一九 外題。元禄八年三月、京、早雲座、山村伝十郎座本上演。近松門左衛門作。絵入狂言本既存。藤十郎役土持よし兵衛。水木辰之助役傾城和州。二〇「傾城仏の原」。元禄十二年正月二十四日より、京、藤十郎座。近松門左衛門作。藤十郎役惣領梅長文蔵。霧浪千寿役傾城今川。絵入狂言本現存。二一 重複していると思われるので、「同三ノ後日壬生大念仏」は、削除すべきであろう。二二「仏の原」の後日。京、藤十郎座。「けいせい竜女淵」。近松門左衛門・金子吉左衛門合作。二三「仏の原」の三の後日。「敦賀の津三階蔵」。元禄十二年七月十五日より藤十郎座。近松門左衛門作。藤十郎役梅永文蔵。霧浪千寿役染川実は今川。絵入狂言本現存。二四「傾城壬生大念仏」。元禄十五年、京、都万太夫座。座本古今新左衛門。二の替り。近松門左衛門作。藤十郎の高遠良弥。霧浪千寿の傾城道芝。金子吉左衛門の阿呆長兵衛。絵入狂言本現存。二五「壬生大念仏」の後日。「女郎来迎柱」。元禄十五年三の替り。京、万太夫座。近松門左衛門作。絵入狂言本現存。二六「壬生大念仏」の三の後日。「壬生秋の念仏」。元禄十五年秋、京、万太夫座。近松門左衛門作。絵入狂言本現存。二七→補一五。二八→補一六。二九 得意な。三〇 男性を演ずることのできる者。三一 京・大阪・江戸の三都。三二 著者金子吉左衛門の書きそえた書名の由来。

續耳塵集

民屋四郎五郎撰
俳名江音ト云

一 山本京右衞門は下がゝり[二]の事をいふて毎度あたりを取り、坂田藤十郎はいはねば[三]かなはぬ場にても、それを底につゝみて當りをとられたり。元祖[四]三右衞門は見物に、さし[五]合の人も一所にゐ給ふ事有べし。其まへ[六]にてけいせい買をして見せる程さし合なる事はなし。狂言[七]なればこそさし合ある人見ても居たまへ、仕内[八]を風流にして、言葉にさし合はいはぬはづと申されしよし。

一 藤田小平次、常にいひけるは、刀[九]のそりを打つ時は、左のひざを引、相手の目の内をにらみ付てうたざれば、立派になしとぞ。

一 或人、坂田藤十郎に、切狂言[一〇]を別に出すときの、役者の心もちはいかにと問ひければ、初の狂言とは其人が生れかはりたる心にて、切狂言に出べしといひけり。何れ名人の心づかひは格別とみへたり。

一 坂田藤十郎説に、女形はやわらかでわるひは、いつぞには能成物也。

一 元祖沢村長十郎、旅行の時、道中にて枝ぶりよき並木の松を見て曰、直[一一]をすける[一二]人、

一 守随氏注「山下の誤か」。
二 卑猥なこと。
三 卑猥な事柄を。
四 底本振りがな「くはんぞ」。
五 差しつかえのある人。
六 その差し合いのある人の前で。
七 芝居だと思えばこそ差し合いのある人も黙って見ているのだ。
八 演技を美化して。「風流」は底本振りがな「はうりう」。
九 底本振りがな「かた」。「な」を補う。きっぱをまわす(↓補一)。
一〇 一日の狂言番組の最後の狂言。本狂言に対して添えられるものとして付けられる。のちの世話物。また二番目にあたる。
一一 剛直。真実。松の性を見立てた。
一二 好む人。
一三 丈。「たけのある」。または「闌たる心位」(至花道)。すぐれたる。
一四 松にたとえて、すぐれたものを持っていても、周辺が下手なために、その長

此松を植おかば一しほの詠と成べし。此並木の中に交りあれば、枝のみ邪魔になるとて切とるべし。たま〳〵[13]其長に至る藝者ありといへども、[14]此松のごとく却而下手の爲に惡名をとらん事、殘念なりといはれき。

一　今の敵役に[15]めりはりの差別なく、[16]つゝこんで狂言するのみにかゝわるゆへ、立役も又敵役にさそはれてするどきを表とす。たとへば蟷螂の友喰ひといふ事あり。たがひにあらそひ、手を出してはくはれ、足を出してはくはれて、終には其身を[17]はたすの道理なり。[18]古片岡仁左衞門、狂言の[19]序びらきの、後々には我が[20]工みのさまたげになるものと知ツて、[21]小柄を[22]しゆりけんに打しを、[23]實形の立役是を[24]見あらはして、其[25]意趣を聞んと、思ひがけなく彼小柄を仁左衞門に見せけるに、仁左衞門[26]色めにも出さず、扨〳〵見事の細工かな、隨分大切になされよとほめて[27]歸しければ、立役も仁左衞門しわざと心得て出せし小柄なれども、其色め少しもなければ、[28]相手の仕内いろ〳〵工夫ありて、大出來にてありしなり。[29]まりをけるに上手より渡せば請取やすしといふがごとく、敵役は仕内なくとも、此心得第一なり。さればこそ仁左衞門、舞臺の仕内は[30]千石取とみへたりとかや。小佐川十右衞門は七百石取と見え、音羽次郎三郎は三百石取とみへし。

一　元祖沢村長十郎、狂言に、[31]長持のうちに[32]忍びの者ゐるをしつて、鎗にてつく仕内ありて、長十郎袴の[33]もゝだちとり、思入してつか〳〵と行、なんのくもなく長持をつきしに、[34]坂田藤十郎其時いふやうは、扨〳〵長持のつきやう[35]心得がたし。ちと〳〵工夫せら

を殺さねばならなくなる。または伸びなやみ、あるいは荒れてしまう。

一五 減り張り。もと低音高音のことであるが、転じて強弱の変化をいう。

一六 張り切って。押し一手で。

一七 果たす。終わる。

一八 初代片岡仁左衛門。→一覧。

一九 序開き。発端に。

二〇 悪巧み。

二一 脇差しの鯉口のところに差しそえておく小刀。

二二 手裏剣。手の中に持って敵に投げつける小剣。小柄などを用いる。手裏剣を投げるのを「打つ」という。

二三 実事師の立役。

二四 悪人や妖怪の本性を暴露すること。「見あらわし」は、一つの局面として固定する。

二五 そのわけ。恨み。

二六 顔色に出さず。そぶりに出さず。

二七 返す。返却する。

二八 相手の敵役に対する動きを。

二九 蹴鞠。「あやめ草」第十七条(三二一頁)参照。

三〇 知行を千石とる侍。家老級。「手前の主人は小身故。家老を勤むる本蔵は五百石。塩冶殿は大名。御家老の由良之助様は千五百石」(忠臣蔵、九段目)。

三一 衣服・調度などを入れておく長方形の蓋のある箱。

三二 忍者。スパイ。

三三 袴の左右の腰側のあきのところをつまみ上げて帯紐にはさみ、たくしあげる。

三四 守随氏注には「二世」とあるが、初代であろう。

三五 納得し難い。

れよといひければ、長十郎其夜工夫して、翌日袴のもゝ立ちを取、長持の傍へつか〳〵と行、又[一]跡へ戻り袴もおろし、そろ〳〵とさし足して長持の傍へより、聞耳をたて、内に忍びゐる様子を考へて、一ト鑓につきければ、藤十郎手を打て、さて〳〵驚き入たり。後々は[二]其一人たるべしと、ほめられけるとかや。はたして三ケ津に名人の譽れ高し。

一　音羽次郎三郎が曰、坂田藤十郎せりふのくせとして、かわいや〳〵おれじや〳〵などゝ、詞を二ツづゝ重ねていへり。是は大入の時よく聞へさせん爲、又口拍子にもよりての事也。然るを後に伏見藤十郎といふ役者、よく似たりとて坂田と名のり、勤めし狂言に、[三]相人、地藏何の佛と問へば、彼伏見藤十郎答へのせりふに、[四]六道能化の地藏ぼさつじや〳〵と、長き詞を二ツかさねたり。是非に二ツいはねばならぬ事と覺しにや、おかし。

一　音羽次郎三郎は上手のうへ[五]狂言立る事も達者也。[六]太平記五日替といふ狂言をかんばん出し、五日め〳〵に新狂言を替へて出せり。又大坂歌舞妓[七]四軒ありし時、[八]角の芝居にて篠塚次郎左衞門[九]大石宮内の役、[一〇]万菊は[一一]力彌の役にて、外題は[一二]鬼鹿毛武藏鐙といふて、四十七人の狂言を始てしたる時、大當りせしかば、[一三]中の芝居も又取組、[一四]西の芝居は[一五]榊山親小四郎、柴崎林左衞門、三軒共に同ジ趣向なりけるに、音羽次郎三郎は[一六]東の芝居に勤めし所、人まねをせず格別に[一七]木曾義仲の狂言を作り出し、評判よく當りし也。

一　音羽次郎三郎は、淨るりに仕たる事をつゐにせず、其故は凡[一八]操上るりは、元來歌舞妓をまねて語り、人形もかぶきをまねして行ふ事也。然るを歌舞妓より操をまねぶ事、

一 先の仕内とちがう部分。目の前に敵が見えているわけではないので、はじめは気負って突こうとして、思い直して、日常をよそおい、飛び出さぬ様子をうかがって、一突きにしたということになろう。 二 第一人者。「其壱人に成るべき身をもつて」(舞台百ヶ条)。 三 伏見藤十郎の相手の役者。 四 六道は仏語。人間は業因によって、地獄・餓鬼・畜生・修羅・人間・天上の六種に生まれかわる。その六道のちまたにおいて、亡霊を能化し教導する地蔵菩提。 五 狂言作者として。 六 元禄十五年正月、京、夷屋座、大和屋座本上演「大塔宮熊野落」。音羽次郎三郎の兼平。 七 名代、大坂太左衛門(座本、篠塚庄松)、名代、塩屋九右衛門(座本、岩井半四郎)、名代、大坂九左衛門(座本、荻野八重桐)、名代、松本名左衛門(座本、榊山四郎太郎)の四座(役者謀火燵)。 八 大坂太左衛門座のこと。劇場の位置によっていう俗称。 九 正しくは、大岸宮内。四十七士の頭領大石内蔵助をきかせてある。「篠塚の大岸宮内。遊女をよんで、茶碗酒のあたり猶以て出来ました」(役者大福帳)。 一〇 佐野川万菊。→一覧。 一一 大岸力弥。宮内の子の役。 一二 「鬼鹿毛無佐志鐙」が正しい。三番続き。吾妻三八作。宝永七年六月上演。「九月十一日まで百二十日間興行す。それより京阪の歌舞伎芝居残らず義士仇討を演ず」(歌舞伎年表)。紀海音の同名の浄瑠璃はこの作に拠る。 一三 塩屋九右衛門座。外題不明。 一四 名代、松本名左衛門(座本、榊山)。「歌舞伎年表」には「赤穂義士」と外題があるが、本外題ではあるまい。 一五 大岸宮内の役。 一六 大坂九左衛門座

かぶきすいびのもとひ也といへり。沢村長十郎も其心にや、上るり事を勤る事嫌ひなりしに、銀主より望つよく、國性爺始めて竹本座に出せし時、新四郎、和藤内にて役合ず、長十郎、かんきの役也。元より心に入らぬ故にやあたらず。中の芝居、竹嶋幸左衛門希有成役にて大當りせし也。

一　以前は親父方にも、花車方にも名人有て、一場を受取よく勤し也。今はよき役なれば立役よりつとめ、又花車方を若女形も勤むる。本意にあらざる事也。小勘太郎次といへる花車方、三十ばかりの女房の姿、ひらりぼうし着て、付舞臺より替前に、向ふ桟敷の下に立ゐたりしを、其初日、同座の役者も向ふへまわりし時、彼太郎次が女姿の風情よきを見て、誠に見物の女と思ひ、尻をつめりしとかや。太郎次はかゝる名人ゆへ、元祖芳沢あやめ、太郎次をまねて、極上上吉の惣藝頭の女形となりし。

一　むかしの役者は揚まくより出端を大事にせし事也。出てむかふを切るに、各その風情流義あり。其出る時、はや名人と思はれ、其狂言もしつかりとおもしろく有しとかや。三原十太夫といへる敵役は、小男成しに長き大小をさし、出端にきつと表を切り、扠ねりてあるく所大きに見え、恐しかりし也。今は出端に流義なし。これも時にしたがふ故ならん。

一　むかしの役者は肌を見せる事なし。大はだぬぐ心のときは、上着をぬいで白むくになる也。刀を腹へつきこむといふにも、白むくごしにつきまわす。此事は今もあり。然

(座本、荻野八重桐)。七月上演。外題不明。一七「島中残らず敵打の狂言成しに、此人斗敵討をせずして、盆狂言木曾義長と成て当給ふ」(役者大福帳)。一八 人形浄瑠璃。一九 衰微。おとろえ。二〇 興行資本家。上方で「銀主(きんしゅ)」「かねおや」ともいう。権力は太夫元に次ぐ。二一「国性爺合戦」。近松門左衛門作の浄瑠璃。正徳五年十一月一日(または十五日)初日、竹本座上演。三年越十七ヵ月続演。二二 大阪、道頓堀西側の人形浄瑠璃芝居。貞享元年二月開場。明和九年十二月閉座。竹本座で国性爺が大当りした時に、歌舞伎でも、これを取り入れて享保元年顔見世の替り狂言に、大阪の松本名左衛門座(座本、沢村長十郎)で「国姓爺」(歌舞伎年表による)を上演したことをいうのであって、竹本座で、新四郎・長十郎の国性爺を演じたわけではない。二三 初代姉川新四郎。→一覧。二四 国性爺合戦の主人公。明朝の復活を図る。二五 伍将軍甘輝。韃靼国の将軍。二六 大阪、塩屋九郎右衛門座(座本、嵐大三郎)、享保二年三月十五日より上演。「国姓爺合戦」(歌舞伎年表)福岡弥五四郎作。二七 竹嶋幸左衛門(→一覧)の和藤内。二八 稀有。珍しい役で。もしくは驚くべき上出来の役で。二九 親仁方。三〇 立役より出て、親仁方をも勤め。三一 本来の主旨ではない。三二 帽子の一種。→補一七。三三 本舞台に対して、のちに付け加えられた舞台の部分をいう。大臣柱と見付柱の線より前方の部分をいう。三四 狂言の場面が替わる前に。付舞台よりおりての意。三五 舞台正面の土間の後の上にある桟敷。俗につんぼ桟敷。安値の席。三六 正徳元年三月版「役者大福帳」

るに白むくごしに腹を切るは無理也と難ずる人なきは、是白むくを肌として、むかしよりつたへ、見なれたるゆへ、自然と見物承引するは、又自然なりけらし。

一　役者の尻をからげる事、いにしへは稀也。立合のときは上裙を帯にはさむ斗也。それゆへ江戸詞に尻をはしよるといふは、端折るといふ詞にて侍る。音羽は裙を右へ引上はさみ、櫻山庄左衛門は裾を左へはさみたり。誠に尻からげする事は小佐川十右衛門より始る。片岡仁左衛門との出合にて、兩人ともによき男にて見事也。白縮にて三里紙をあて、足のかざりとす。

一　狂言の中に太刀打・立入する事、只少し立まはり斗にて、今の役者の宙返り事・水車、かりそめにも立入する事なし。宙返り事・とんぼうがへりの類は、軽業仕のまねにて嫌ひ、とんだりはねたり太刀打する事下作也とて立者はせず。近世音羽次郎三郎・沢村長十郎・親大和山甚左衛門などは、尻からげる事太刀打は稀也。只狂言の致かたにてよく當たり。其前荒木與次兵衛、非人敵討の時、手負の身ぶり太刀打はじめてこなしありしゆへ、珍敷あたりし也。

一　立合あるひは太刀打の時、かげを打とて大きなる拍子木にて、ぐはた〳〵とたゝく。むかしはか様の事はなし。或は龍をつかふか、鬼神など出合ふ時には、たゝきならせり。始には物陰より打ならせし故、かげ打といふならん。今はかげ打者、舞臺へ出て打ゆへ、田舎人はあのやかましく打人は何の爲じやと心得ず、當地の見物夫に答へて、

であやめははじめて「極上々吉」となる。三七 享保元年正月版「役者願紐解」に「極上々吉」「三ヶ津惣芸頭」と記される。三八 揚幕。下手橋懸りの出入口にかけられる幕。揚幕より出る。三九 出端の芸。登場したときの芸。四〇 正面を向いて見得を切る。四一 底本は「名」に近いが、「各」の彫り崩しであろう。四二 岩波文庫本・東大出版会本も「替」と読むが、「出る」の彫り誤りであろう。四三 大刀小刀。四四「表」は顔。正面を切るように向く。四五 練り歩く。六法・丹前も一種の練歩。四六 方式。やり方。四七 時勢に流される。四八 大肌ぬぎ。両肌をぬぐこと。四九 白無垢。全部白色の衣服。白色の綸子、絖などでつくる。

一 納得。許す。二 着物の裾をまくって、背筋の端を帯にはさむ。三 果し合い。仕合。四 音羽次郎三郎。→一覧。五 体格が見事であったのであろう。六 白絖とも書く。光沢のある白絹地。七 三里は灸穴の名で膝頭の下の外側の少し窪んだ箇所。そこにあてる三角形もしくは半円型の紙もしくは小裂。「三里当」ともいう。灸跡を隠すものから武士・奴などの脛を出す場合の飾りとする。八 刀の斬り合い。九 達引（たてひき）。出入り。刃物を振り廻すこと。一〇 のちの殺陣（たて）であるが、また立ち廻るの原義にちかく用いられている。一一 空中でひっくりかえる軽業。一二 水車のようにくるくるとんぼ返りすることか、または太刀を振り廻すことか。一三 今の役者は軽業ごとばかりで、少しも立ち廻りすることがないの意か。または、「立入」まで軽業とならべて、昔の役者は宙

アレハ役者のはたらく音の心也といへば、役者の手足がはたらくと、あの様に鳴はいかなる事とて、いよ〳〵がてんせざりけり[二二]。されば今は聞なれたれば、かげ打ねば役者も見物も淋しく、同じくは見物に隠して物かげより打たきもの也。

一　金子[二三]一高曰、狂言末[二四]になれば、役者ざれ笑ふ[二五]。我は末に成ても大事によく勤む。その故は東國西國数百里あなたの人、今日の見物の内に有。其遠方[二六]の稀人は、又と見る事なし。名ある役者のざれて見せるは、残念の事也。藝者のたしなむ[二七]べき義と、同座の人におしへけり。

一　櫻山庄左衛門はせりふ付に便有[二八]ゆへ、古歌をよく覺しとて、此人三千餘首古歌を[二九]そらにて覺たり。それゆへ庄左衛門はせりふ付上手也と、役者よく用ひたり[三〇]。誹名[三一]は鶯山と申せし也。

一　片岡仁左衛門曰、誹諧[三二]を仕習ふべし。神祇[三三]・釋教・戀、何にても役にしたがひ心も詞も文盲[三四]ならず、藝のたより[三五]となるは、はいかい也とすゝめしと也。

一　ある老翁曰、役者に五徳[三六]あり。貴き御方の前にもゆるされ出、諸人に賞せられ、自然と古語[三七]を覺へ、又勤めて脛脈[三八]をめぐらし、嗜[三九]て年若く見ゆ。

一　凡新狂言相談きはまりて後、一ト場づゝしぐみ立る時[四〇]、其役人を呼よせ、圓居して、せりふを口うつし[四一]におしへ、一旦はゐる時[四二]まで立[四三]、又小[四四]かへしとて再遍[四五]けいこし、又次を作者せりふ工夫して口うつし立る事也。其座の立者出る場[四六]は、其立者狂言を仕組

返り・水車・殺陣をすることなしととるべきか。一四 筋斗返・蜻蛉返・翻筋斗などとも書く。宙返りに同じ。→用語一覧。一五 下品。下等。一六 すぐれた者。大物。→用語一覧。一七 →三三九頁頭注三二。一八 出合い。詰合い。一九「つけ」の上方語。二〇 舞台あるいは「付板」を叩く。後世上方では狂言方、江戸では大道具方が打つ。立者は専任の付打ちをもっていた。二一 大阪の。二二 合点。承知。

二三 金子吉左衛門(→一覧)の俳名。

二四 末日。二五 ふざける。二六 遠方から稀に来る人。二七 つつしむ。二八 便宜。都合がよい。二九 暗記。三〇 他の役者は重く用いた。教えをきいた。尊重した。当時セリフはかなり役者が自由に創ったことを物語っている。三一 俳句の雅号。団十郎の「才牛」がはじめてのようにいうが、江戸ではじめてでも上方ではもっと早い。延宝期の「道頓堀花道」の例がある。ただ、後世の如く俳句をつくらぬ者も用い、また役者名としたことはなかった。三二 底本「誹偕」。三三 古今集以来の分類法で、俳諧にも用いられる。「神祇」は天神地祇、神の道に関するもの。「釈教」は釈尊の教え、仏教に関するもの。

三四 無智でなく。三五 よりどころ。

三六 五得に通ずる。三七 セリフによって。

三八 経絡に同じ。経は動脈、絡は静脈。演技によって血液の循環がよく健康的。

三九 若く見せようとするので。四〇 役に当たった人。四一 口から口へ移す。四二 退場する時まで。四三 付け立て(立ち稽古)。

四四 一部分を繰り返して稽古すること。

四五 二遍。四六 偉い役者が出る場は、その役者が演出する。またこしらえる。

し也。中興[1]狂言趣向むつかしく成てより、執筆頭書せよとて[2]せりふ付のいひ出しを、一くだり程づゝ書たり。狂言本[3]とてくわしく書事は、金子一高よりはじまりける也。

一　立役・女形等、何役にもあれ、出端[4]を誉詞[5]あり。又見渡はやし[6]に景色をつらね[7]せりふはやりけり。わか立役[8]を女形の誉詞に云、○よう〱立髪姿[9]に伊達[10]風流。股だち袴すそ高く、たつたの川[11]にあらねども、紅葉の顔にうすげしやう[12]、浅黄羽折[13]の紐きやしや[14]に、結びとめたる戀のくゝり。目は[15]ありはら[16]のなりひらも、あんまりよそにはござんすまい。やりたい命、切たい小指[17]、かはるなかはらじ二世までと、かはす枕にくまれて、浮世も後生も後の日も、思ひの淵に身はしづむ。扨も〱見事な御器量ではあるはいな。○又若衆せりふ、○むかふに見へましたはくらま山[18]でござります。あの山へ心不浄なるもの参りますれば、大小の天狗[19]いかりをなし、悪風魔風[20]しきりにして、にわかに引[21]さき梢にかけ、おきまする。まつた心有[22]侍は、僧正坊[23]に願をかけ、これをいのるともがらは、異國[24]のはんくはい[25]・長良[26]も、あざむく程のいせい[27]あり。なんぼう[28]おそろしき御山なれば、これよりはるかに御拝禮なされまして、然るべう[29]存ます。かやうのせりふにて大當りせしとかや。其外數多聞傳へ覺へ侍れども、ことしげければ[30]こゝに略す。

一　中川金之丞といふ立役は、おかしき事天性[31]の上手也。ある狂言に使者奏者[32]物語の所へ、金之丞茶の給仕役にて出、茶わん差出し引下り、傍にゐる内、ふとてんがう[33]に茶臺[34]を左の手にさしこみ、使者用事言付る所に、金之丞かの茶臺手におしこみし故、俄にぬ

一　いつ頃か不明。元禄十年前後でもあろうか。
二　筆をとって、一行だけ、そのセリフの頭首の部分のみを書く。
三　台本。台帳。
四　出端の芸。登場したときの芸。
五　人気のある役者が登場したとき、他の役者がそれを誉めるセリフ。のちには見物がやった。また誉詞だけ出版された。貞享三年「椀久浮世十界」に見られる。
六　不明。守随氏注に「本舞台の方を見渡していひはやすのであらう」とある。
七　連事。縁語・掛詞を駆使して言い立てること。→用語一覧。
八　若立役(二枚目)を誉める女方の誉詞。
九　月代(さかやき)を剃らずにのばした髪。「立髪六法」などといわれた伊達者の髪。
一〇　華奢風流。風雅に。
一一　竜田川。紅葉の名所。百人一首で名高い。
一二　薄化粧。
一三　水色の羽織。
一四　華奢に。風流に。
一五　「くくり目」と「目は有り」、さらに「在原」とかかる。
一六　在原業平。美男の代名詞。
一七　心中を見せるために小指を切って相手にやる。
一八　鞍馬山。京都市左京区にある。山中に鞍馬寺がある。
一九　深山に住むという、中世にあらわれる想像上の怪物。大天狗は人のかたちをし、顔赤く鼻高く、翼あって神通力をもって羽団扇をもち、自在に飛行する。小天狗は烏天狗ともいい、鳥形の顔をする。山伏を連想させる。太平記などに多く見

けず、いたみ難儀なるをかくし、うろたゆる思ひ入(いれ)。見物ことの外(ほか)面白がり、どよみをつくり譽(ほめ)たり。かゝる事にて大當せしとなり。

續耳塵集　終

られる。
二〇 天狗風をいう。
二一 不浄の者山に入れば身を引き裂き、梢にかけおくという。
二二 暗に義経の幼時、沙那王時代に鞍馬山の天狗に武術を教わった伝説などを指す。
二三 鞍馬山僧正ヶ谷に住むといわれる大天狗。
二四 中国を指す。
二五 樊噲。漢初の武将。漢の高祖劉邦に仕え、武功のあった人。
二六 張良。漢初の武将。劉邦に仕えて秦を滅ぼし、漢を建てた功臣。黄石公より兵書を授けられる故事は、謡曲「張良」となって知られる。
二七 威勢。
二八 なにほど。どんなに。大変。古浄瑠璃などの語り口調の一。
二九 その方がよろしかろうと思います。「べう」は「べく」の音便。
三〇 繁雑。
三一 生まれついて。
三二 取り次ぎ役。
三三 転合。ふざけ。いたずら。
三四 茶碗を乗せる台。

賢外集

東　三　八　述

[一]立役染川十郎兵衛聞覺し事をはなせしを、東三八(狂言作者也)書置る一冊にして、賢外といふは十郎兵衛法名なり。

一　坂田藤十郎はけいせい買の名人と、もてはやされたる[二]稀人。ある年[三]夕ぎりの狂言に、ふじや伊左衛門役を勤る筈に極り、今度の狂言には[四]上草履いるなれば、早々あつらへ然るべしといひわたしける。扨ざうり出來あがりたりとて見せければ、藤十郎見て、これは大き過たり。仕なをすべしと云付ければ、男申けるは、おまへのお足の[五]寸を取[六]誂らへば、[七]違ひ申さぬはづといふ。それにても大きなりと[八]ひたすらいひければ、[九]買物方の者、これにいか程ちいさく致さんと尋ければ、一トまわりちいさくと申より、すぐさまあつらへ直し、[一〇]惣稽古のせつ彼ざうりちいさきゆへ、指にはさみ出られたり。初日にも同じく指にはさみ出る。[一一]樂屋口に居たる役者名はわすれたり、[一二]若ざうりへお足が入りませぬかと、氣を付ければ、其返答は仕ながら、其儘にて舞臺へ出たり。ある人此事を不思義

一　八文舎自笑の注記。
二　ここでは稀有の人。まれに見るすぐれた人。
三　藤十郎は一生のうち十八度の夕霧狂言を演じたが、そのうちのいずれにあたるのかは不明。「耳塵集」(三四四頁)参照。↓補一八。
四　家のなかでうわばきにはく草履。藺・竹などで編んだはき物。
五　寸法。
六　底本「誂」に「あつらへ」と振りがな。岩波文庫本・東大出版会本ともに下の「ら」を「候」と読む。底本どおりだと振りがなと重複するが、次の「違ひ」の「ひ」も、振りがなの「い」と重複するので、「ら」と読むのが自然。
七　底本振りがな「ちがい」。
八　強引に。
九　当時、小道具方というのが成立していなかったのであろう。「耳塵集」の稽古の話では、楽屋番にいいつけ、小道具をとり寄せている。
一〇　「惣ざらい」におなじ。仕上げの稽古。
一一　たまたま楽屋の入口にいた役者か、あるいは楽屋の口番の役者か不明。
一二　呼びかけの「申し」であろう。
一三　高級な遊女(太夫)をあげて遊興する店。
一四　えらい。大変な。

におもひ尋ければ、藤十郎いはく、此度の草履は揚屋[一三]の庭にてぬぐ事あり。舞臺にぬぎ捨たる時、ざうり大きければ、諸見物藤十郎はさてもきつい[一四]鍬足[一五]なりと見出[一六]されては、重て[一七]けいせい買の狂言はならざりしと、答られし。すべてか様な事までも氣を付、狂言仕ける名人の心得は格別の事なり。

一　坂田藤十郎心安き祇園[一八]町料理茶や[一九]へ行、これほどの座敷に茶所[二〇]なきは如何といへば、亭主されば の事でござります。何とぞ年比望ますれども、ちつと左様ならぬいはく[二一]がござりますといふ。藤十郎いかほど入候やと尋ければ、五十両程かゝり候と答ふ。それはいと安きことなり。其金子は此方[二二]より遣し申べく間、急ニ圍[二三]を御建あれといひかへり、夫より藤十郎懇意の方へ、金五十両借用申たしと、手紙にて申遣しければ、早速先方より調達[二四]して手代[二五]持參しける時に、藤十郎とても[二六]の御世話に、歩[二七]に被成下されかしとたのみ、殘らず歩判[二八]にして奉書[二九]の紙二枚出させ、ひんねぢ[三〇]持參して、件の茶やへ行、亭主に逢ひ、右の歩金五十両袂より出しあたへけり。右の金子調達[三一]せし人、一両日して藤十郎方へ來、件[三二]の譯をありのまゝに咄す。時に用達[三三]せし人、左候は[三四]ゞ歩にてなくともくるしかるまじといふ。藤十郎云、袂より出し、人に遣はす金子、小判にては下卑[三五]てよろしからぬと存、それ故歩にかへ遣候といひけり。

一　坂田藤十郎稽古の節は、いつとても藤十郎方[三六]へ皆〳〵行ける。ある時替り[三七]狂言の稽古に、相手の女形水木辰之介・山本歌門・金子吉左衞門同道にて、朝飯後行けるに、い

一五 田畑を耕す鍬のような、大きく恰好の悪い足。
一六 見物に見つけられては、濡れ事の色気がなくなり、興ざめるので。
一七「芸鑑」傾城買の条(三二五頁)参照。
一八 京都市東山区、八坂神社(祇園社)の西門前、四条通り両側の町。江戸初期に門前町に立ち並んだ茶屋から色町として栄え、享保十七年に茶屋株三十株をもって公許の遊里として認められた。「祇園狂か宮川町か」(長町女腹切)。
一九 茶屋から料理屋になったもの。お茶屋。
二〇 茶室。
二一 理由。わけ。
二二 こちらから。
二三 茶室をいう。
二四 ととのえる。
二五 商家の使用人。主人の代理人。
二六 とてものことならお世話ついでに。
二七「分」とも書く。歩判金。一分金。歩は一両の四分の一。
二八 歩判金。
二九 檀紙の一種。
三〇 人に物をやるとき、それを紙に包んでひねったもの。おひねり。
三一 底本振りがな「てうた」。
三二 藤十郎の話。
三三 用立てた人。金子を借してくれた人。
三四 そうならば。
三五 茶屋にやる金だから、小判では卑しいという感覚。もっと軽く扱うのを粋とする。
三六 藤十郎の私宅。
三七 次の替り狂言。二の替り、三の替りなどというが、いつかは不明。

まだ床あがらざる故、次の間ニ待ゐる。程なく[一]起たるや、[二]戸の明く音、又は[三]手水の流るゝ[四]音なひ聞、やがて座敷掃てい。暫有て、これへお通りあれといひければ、やがて皆〳〵座敷へ通りみれば、[五]どんすの[六]鏡ぶとんの上に座し、[七]茶せん髪にて[八]提たばこ盆をひかへ、扨一禮すむと、此度の替り狂言は中〳〵よう出來たるとの噂。どのやうな趣向と狂言の筋を聞かれたり。毎日相手の女形に[九]終日の馳走をして歸されけり。此稽古の間毎日の獻立を自身好み、[一〇]常の女の喰よきやうに[一一]取合、女形の[一二]あしらひも、やはり女同前の心得にて、はなしなどもあり。甚深切[一三]行義なる事どもなり。

一　坂田藤十郎[一四]高給銀をとり大坂へ抱られし時、京より水を樽詰にて取寄、飯米を一粒ゑりにさせて用ゆ。其事を見聞人々、扨も藤十郎は[一五]けふがる奢ものかなと、専ら噂ありし事、誰いひ聞するともなく、耳へ入たるが、ある人に逢ふていはく、私飯米を一粒ゑりにさせ、水を京都より取寄候事、我がこゝろしらぬ人は、定ておごり者なりと沙汰もあるべし。全く奢にあらず。當[一六]芝居主、拙者を抱らるゝに、大切成金銀を出し置れたり。米に砂あつて若嚙合せ、歯を損じなば、舞臺にてせりふ洩て聞へかぬべし。又[一七]年ごろのみ付ざる水をのみ、若腹中など惡く成、一日にても舞臺を引なば、芝居主へ義理濟ず。か様に身持養生心を付て、此うへ[一八]身分に故障出來ることは是非なし。よつて斯は申付るなりと語られし。

一　中村四郎五郎若ざかりの比、山下京右衞門一座に居けるとき、京右衞門役大イに出

一　起きたのか。「や」は推量。
二　板戸。三　手洗いの水。
四　響き。音に同じ。
五　緞子。中国よりの輸入品。厚地で光沢ある地紋の絹織物。
六　裏布を表に折り返して縁にし、鏡にあたる中央を別地で作った座布団。
七　茶筅髪。髪の先を茶筅の形に結った男の髪。種類がある。

八　提げて持ち運ぶことのできるように柄のついた煙草盆。
九　一日中。
一〇　普通の女性。男たる女方に対していう。一一　献立し。
一二　扱い方。
一三　行儀のゆきとどいた。
一四　高い給料。一年契約の給料を指す。「藤十郎給銀、五百両、六十余歳」(役者色三味線、元禄十六年)。「歌舞伎年表」元禄四年の条に、「大阪角芝居座本岩井半四郎「堺大寺開帳」…(中略)…賢外集に藤十郎が高給にて大阪へ抱られ、京より水を樽に取寄しといふは此の時なるべし」とある。
一五　興がる。常軌を逸した。
一六　藤十郎を抱えた当の興行主。
一七　年来。一八　身の上。
一九　「大そう」の上方語。
二〇　さようであるなら。
二一　舞台の両側の二階。上等の席。
二二　貴方。第二人称。
二三　とにかく。いずれにしても。
二四　終わってより。終演を「果てる」という。

來たり。見物ほめける其夜、坂田藤十郎京右衞門逢ひ、今日の初日見物にゆきたり。貴様は[一九]いかゐ下手なりと云。京右衞門諸見物の評ばんとは大イに相違したるにより、肝をつぶしながら、[二〇]左候はゞ二日め見て給はれといふ。心得たりとて藤十郎二日めも見物に行たり。京右衞門樂やに入ると藤十郎の[二一]棧敷へ人を遣はし、御苦勞ながら樂屋へちよと御出給はれといひやる。すぐさま藤十郎がく屋へ行、京右衞門に逢申けるは、貴様御頼ゆへ今日も見物致たり。[二二]其元はとかく[二三]下手なりと、昨日にかはらぬあいさつに、京右衞門も大きにこまり、芝居[二四]果より、我家に歸らず、すぐさま藤十郎宅へ行、藤十郎に向ひ、初日の御[二五]批難により、今日又工夫にて致たりしに、やはり其元御氣に入らず、此上は我力にも及ばず、御指南うけたしといふ。藤十郎左候はゞ申さう。中村四郎五郎は今若手には[二六]日の出の役者なり。此度の狂言、其元は四郎五郎よりさきに役あり。あれほどに當られては四郎五郎跡へ出て[二七]何をかせん。なぜ若手をたすけるやうには心がけせられぬと教訓仕けるに、京右衞門手を打てかんじぬ。

一　右近宇兵衞といふ役者、[二八]旅にて[二九]所作事の上手。後に京本[三〇]舞臺へ出たり。沢むら長十郎も元來旅を修行して、[三一]勢州の芝居より京本ぶたいへ出、[三二]二ばんめを勤、精出し上手に成たり。[三三]中古まで二番めは[三四]中通りの役者出たり。近來は[三五]脇狂言同事に二ばんめも、[三六]小詰より勤る也。これらとても[三七]古實なく成たり。江戸は今に餘風ありてゆかし。

一　坂田藤十郎曰、歌舞妓役者は何役をつとめ候とも、[三八]正眞をうつす心がけより外他な

二五 非難。責めとがめること。
二六 売り出し中の。上昇期の。
二七 何もすることができなくなる。
二八 旅芝居。
二九 舞踊。「越後獅子と申して舞ひますが、是は幼少者の所作事で」（狂言、越後聟）。
三〇 檜舞台。旅芝居の舞台に対して、京都の中央の舞台。大舞台。本格の権威ある舞台。
三一 伊勢。地方の芝居では、三都に次ぐ。「田舎芝居の第一にたつは、伊勢の古市なり」（古今役者大全）といわれた。古市と中之地蔵の芝居がある。
三二 脇狂言の次に演じられる世話物を主としたもの。はじめは附録として付け加えられたので、中等の役者が勤めた。後世の二番目狂言とは異なる。
三三 明らかではないが、享保末期にあたる。
三四 後世は「板の間」とも別名し、名題以下の「相中」と「稲荷町」のあいだにあった階級。ただし、当時は大まかに二流役者、中ずのほどの意。「昔は伊勢の芝居を、芸のしめばとして、是を首尾よくつとめ、評判よき役者を京大阪の二番め師にしたる事なり」（古今役者大全）に照応する。
三五 未明に一番先に演ずる「三番叟」に次いで演ぜられる狂言。「脇能」にあたる名称。→補一九。
三六 小詰役者。京阪語。一番下級の役者。端役者。元禄八年「役者大鑑」に見える。「小詰役者の真似をして」（心中天網島）。
三七 故実。古いしきたり。
三八 本当。真実。ただし精神的よりかなり外形的真に近い。

し。しかれども乞食の役めをつとめ候はゞ、顔のつくり着物等にいたる迄、大概に致し、正眞のごとくにならざるやうにすべし。此[一]一役ばかりは常の心得と違ふなり。其ゆへいかんとならば、歌舞妓芝居はなぐさみ[二]に見物するものなれば、隨分物毎花美[三]にありたし。乞食の正眞は、形までよろしからざるものなれば、眼にふれておもしろからず、慰にはならぬものなり。よつてかくは心得べしと常〳〵申されし。

一　坂田藤十郎、金子吉左衞門と連立芝居より歸りがけに、高瀬[四]の橋の上に立とゞまり、水の流れをつく〴〵詠め居て漸〳〵[五]時を移す。金子氏思ひけるは、何ぞ下へ取落されしか如何と、共にのぞき、或はふしぎに思ひ供人云く、何ぞおとし給ひたるかと問ふ。答なし。暫あつて、扨も清〳〵とした物かなと、高瀬川の流水を感じて、夫より步行し、其比の宿元[六]河原町[七]四條上ル町へ歸られしとなり。

愚[八]按[九]儘[一〇]ならぬもの。加茂川[一一]の水、雙六の賽[一二]と申傳へ侍る。此事思ひ合され侍る歟。元來坂田氏は生得[一三]やくにたつのたゝぬの差別なし。物事を麁略に見ぬ人なり。ある日河原町四條下ル町に、いにしへ[一四]豆腐やあり。最中豆腐をこしらへゐるにふと眼が付、腰もかけず見せ先に立盡し、とうふといへるものはいかやうにすれば喰やうには成やらんと、くわしく尋熟得して、扨もと感心して立さりぬ。とかくかりそめの事にも麁略にせざる氣質、信實なる生得なりと皆人沙汰しあへり。

一　坂田藤十郎、祇園町ある料理茶やのくはしや[一五]に戀をしかけ、やがて首尾[一六]せんと思ふ

一　乞食の役ばかりは、正真をうつすといっても限度がある。他の役の心構えとちがうのだという。世阿弥「風姿花伝」の「田夫野人の事にいたりては、さのみに細に賤しげなるわざをば似すべからず。(略)若見えば、あまりにいやしくて、面白き所あるべからず」(物学条々)を参照。

二　娯楽。楽しみ。「真の家老に顔をかざらぬとて、立役がむしやく〳〵と髭は生なりあたまは剝なりに、舞台へ出て芸をせば慰になるべきや。皮膜の間といふが此也。虚にして虚にあらず、実にして実にあらず、この間に慰が有たもの也」(近松、難波土産)にあたる箇所である。

三　華美。華やか。

四　高瀬川。慶長十九年に角倉了以によって開掘された運河。京都加茂川の水を二条通木屋町樋の口から分流し、伏見の京橋で宇治川に合するまで。

五　しばらく。

六　宿許。居住所。自宅。

七　中京区。祇園社の前通りを四条大橋を渡った附近。元禄十二年頃。ただし、「役者色三味線」(元禄十六年板)には藤十郎の家を「所はふろや町家壱ケ所」という。

八　自分。私。へりくだりの称。

九　考えるに。

一〇　思うままに。自由に。

一一　「白河院は加茂川の水、双六の賽、山法師、是ぞ朕が心に随はぬものと常に仰のありけるとぞ申し伝へたる」(源平盛衰記、四)。

一二　底本「簺」。さいころ。

一三　生まれつき。

一四　昔、もしくは古い。古くからのの意

に、件の妻女、おくの小座敷へ伴ひ、入口の灯をふき消たり。時に藤十郎すぐさま逃帰りけり。其翌朝右の茶やへ行、妻に打向ひ、御影にて替り狂言の稽古を仕たり。此度の狂言は、密夫[一七]の仕内[一八]なり、つゐに左様の不義を致たる事なければ、甚此仕内にこまり、此間太夫元[一九]よりはやく初日を出し申度と、再三せがまれ、日夜此事にあぐみ、密夫の稽古を男[二〇]に出會もらひては、其情うつらねば、ひとつも稽古にならず。[二一]我願ひ成就致けいこ仕たり。今朝太夫元へ、[二二]初日明後日御出しと申遣したりと一禮申されし。一座の人々扨々名人と呼るゝ人の心がけは、凡慮の外なる事と手を打ぬ。

一　坂田藤十郎、鳴物[二三]御停止にて芝居休みの間、心安き一座の内の女形二三人供人[二四]引具し、江州石山[二五]へ誘ひ行、酒盛して居ける。向ふに武門[二六]の御歴々[二七]とおぼしき御方、御忍びに御参詣遊ばされたるや、御近習[二八]打まぜ若殿原[二九]五六人、其外附々[三〇]上下[三一]十貳三人御酒宴あり。暫有て、若き侍來、それなるは藤十郎ならずや。酒一ツふるまひたしと、旦那の仰を達す。有難[三二]仕合と、速に御幕の内へ伺候[三三]して、御盃を頂戴仕、さまゞゝの咄シなど申上、殊[三四]なき御機嫌にて時をうつす、日も西にかたぶきければ、明日より又芝居始ますれば、追付歸宅仕申度と御暇を乞ひ、元の同行の氈[三五]の上へ戻る。程なく若侍かけ來り、何成とも望あらば申べしと承る。何も所望に無之候へば、宜敷仰上られ下さるべしと申せば、それにてはかへつて御機嫌[三六]よろしからず、是非何成ともと達而との事ゆへ、左候はゞ御幕の邊なる松の樹拝領仕たしと申、其儘皆〳〵駕籠に打乗京へ

か。
一五 花車。ここでは、茶屋の女将。
一六 うまく成就する。男女の逢うのにいう。
一七 間男。人妻と密通する男。
一八 演技。
一九 興行主。
二〇 相手の男に会って、事情を話して貰いうけては の意。
二一 このたびは の意が入る。
二二 当時は狂言の稽古が固まらないと初日は出さなかった。その例。
二三 将軍及び高貴なものの葬にあたって音楽類を禁止すること。皇室なら東山天皇の崩御、将軍とすれば五代綱吉の没であるが、いずれも宝永六年となり、藤十郎の没年と同年になる。ただし、将軍家一門ならびに皇室連枝に関するものもあるので、いつかは不明。
二四 引率。
二五 石山寺。近江国（滋賀県）大津市にある良弁開基の真言宗の寺。近江八景の一で、紫式部が源氏物語を書いた伝説とともに名高い。
二六 武士階級。
二七 身分の高い人。
二八 近侍。主人の近くに仕える侍。
二九 殿たち。身分のある人。男たちの敬称。
三〇 お付きの者。
三一 上の者、下の者とりまぜて。
三二 有り難き幸せ。
三三 出向いて。伺って。底本「伺公」。
三四 この上もない。
三五 毛氈を敷いた席。
三六 旦那の御機嫌。

戻りける。夫より日を経て表に大勢人聲、何事やらんと勝手[一]へ尋れば、松の木來りしといふ。門違ひなるべしと思ひしに、坂田藤十郎方はこれなるかと、松の樹の宰領[二]這入、いつぞや石山に於て約束せし、松の樹送り遣すとの口上。夫にてやう〳〵思ひ出せり。日外拝領申上し、御歴々の賜物なるべしと存當り候へども、御名も承らず、ありがたき旨を宰領に申かへしぬ。我等[三]執心[四]かけし松の樹と思ひ贈給はりし段有難き事かな。御大[五]身とは見請ぬれど、ちいさき[六]木にてもあらばこそ、大木といひ猶以[七]一山[八]へ居なくては、理不盡[九]に掘る事叶ひがたく侍らん。扨々有難き御こゝろざしかなと、感心し早く庭へ植べしといひ付けれども、路次口[一〇]殊の外さはがしく、いかなる事とたづねければ、先刻の松の木塀[一一]ニつかへ、路次口へはいり申さぬよし答ふ。藤十郎聞て、さて〳〵埒[一二]もなき事かな。つかへてはいらぬならば塀をこぼち[一三]入べし。跡にて塗おけば濟事と、男共をしかられける。此事金子吉左衛門居合せ、上手の名を得し人の心は別なりと、ほとんど[一四]感じ、此事を人々にはなしけり。

一　中村七三郎は、元祿年中、江戸にて上手と諸人に譽られ評ばんをとりたる、やつし方の名人。元祿十年[一五]卯霜月[一六]、京四條、山下半左衛門[一七]後ニ京右衛門といふ座へ上京し、顔見せ[一八]は、坂田藤十郎方、大イにはやり、七三郎甚不評判にて、よからぬさた[一九]のみすくなからず、馬の跡あし[二〇]といふらくしゆ[二一]迄、人々諷ふ[二二]ほどの仕損ひ[二三]。一兩日して追々藤十郎方へ一座の役者共來り、少長[二四]は 七三郎俳名也 さん〴〵[二五]のとり沙汰あり。又江戸より登り、京

一 勝手口。裏口。
二 指揮者。運搬の支配者。
三 自分。藤十郎のこと。
四 願望。深く心をかけた。
五 身分の高い方。
六 小木ならとにかく。
七 なおさら。
八 寺のこと。石山寺。
九 無理に。
一〇 路地。
一一 ここでは土塀。
一二 くだらぬことだ。
一三 崩して。
一四 大いに。
一五 元禄十年は丁丑である。卯は丑の発音の類似によるまちがいであろう。
一六 十一月。顔見世月。
一七 当時山下半左衛門は座本。名代は早雲長太夫。山下京右衛門→一覧。
一八 「歌舞伎年表」によれば、「十一月京、万太夫座、座本坂田藤十郎。水木辰之助の江戸土産「七化け」にて大当り。同時に隣の山下座へは中村七三郎下りしも、これに押されて不入り」とある。本外題不明。→補二四。
一九 沙汰。うわさ。
二〇 馬の脚の役。下廻りの役者のつとめる役。とくに後足を蔑称した。ここでは下手な役者という意で罵倒した。馬の脚は、すでに寛文二年頃に見える(大和守日記)。
二一 落首。匿名の風刺の歌。「七三のまぶたいただく半左衛門ひねつて見れば馬の跡足」(三ヶ津浅間嶽二の替芸品定)。
二二 言いはやす。
二三 興行の不入り。失敗。

にてやつし事をせらるゝといふ事、大きなる了簡違ひ[二六]、そこが下手[二七]のしるし[二八]なんど、少長をそしりける。藤十郎申けるは、成ほど下手なり。京の見物は大イに下手なり。七三郎は先近來の上手、此人の上に立もの當時壹人もなし。少長のぼられしゆへ、我等も精出しなば、今年中にはちと藝もあがるべし。顔見せは此方仕勝けるゆへ、二の替り[二九]は大きなるこはもの[三〇]也。けつして[三一]二の替りには仕つけ[三二]らるならんと、顔見せなかばに申居られしが、はたして翌辰[三三]正月廿二日より、二の替りにけいせい淺間嶽[三四]といふ狂言を出シ、少長ともへの丞[三五]の役。ごばん島[三六]の羽織をしき、茶碗のわれにてひとり碁[三七]を打、太夫[三八]奥州[三九]とのくぜつ[四〇]の段。いやはや外にまねの仕手なき仕内、京中の見物うへをしたへかへし[四一]、顔みせとは打て替への大あたり。さても七三はきつい上手かなとの大評ばん。此狂言百二十日興行仕けり。隣芝居[四二]の一座さてこそ藤十郎申されしごとく、扨々上手の胸中はおそろしき事とかんじぬ。藤十郎、金子吉左衞門をひそかにまねき、顔見せより申すごとく、今年は少長といへる大敵あれば、一座の役者は勿論、先狂言[四三]に骨をおらねばならず。貴様[四四]狂言を作らるゝ故、油斷もあるまじけれど、一座の者よりも隨分貴様勢つよく[四五]、狂言工夫あらねば、芝居[四六]の爲にならず。顔見せを仕勝しものゆへ、作者の氣ゆるみ出る物ゆへ、わけて[四七]申と、くれ〴〵内意[四八]ありける。さて替りめ度毎藤十郎、七三郎が仕[四九]内を見物して天晴の上手なりと云。又七三郎は藤十郎が藝を見て、さて〳〵藤十郎といへる役者は聞及びしよりも、いたつて上手なり。我等是までに藤十郎の仕内を見て工夫

二四 中村七三郎。→一覧。
二五 散々。敗北の態。
二六 考え違い。
二七 この場合は、芝居もしくは芸。または人を見ることが下手だの意。
二八 証拠。
二九 顔見世狂言より二の替り。正月狂言。
三〇 ひやひやもの。
三一 決して。きっと。
三二 手心がわかって、うまくもってゆく。成功する。
三三 元禄十一年は辰ではなく、「戊寅」。
三四 絵入狂言本現存。初代中村七三郎作と伝える三番続き。元禄十一年一月初演。信州浅間嶽普賢菩薩の開帳を当て込んで、傾城買を骨子とした諏訪家の御家騒動を内容とする。
三五 浅間巴之丞。正しくは小笹巴之丞。
三六 碁盤縞。碁盤格子ともいう。碁盤の目のような格子縞。
三七 独りで打つ碁。独り芸の伝統をもつ芸脈。
三八 遊女の最高の者。→三二三頁頭注三一。
三九 後世は逢州とも書くようになった(曾我綉侠御所染)。
四〇 口説。男女の痴話げんか。
四一 熱狂して大騒ぎになって。
四二 都万太夫座。都万太夫→一覧。
四三 狂言の仕組に。
四四 蔑称ではない。
四五 気負って。
四六 劇場。
四七 特に。
四八 内々の意向。 四九 演技。

つけなば、[一]藝をあげん物を、何をいふても今はかひなしと悔まれし。藤十郎は七三を見て、先[二]舞臺の行義はなはだ正敷見え侍る。嘸かし不斷の[三]身持よろしからんと、心底床しく、それよりちかづきに成、互に心安く度〳〵出合申されし。七三郎、元祿十一年、同十二年二とし山下座をつとめ、同年の暮に江戸[四]木挽町[五]山村座へ下らるゝに相談きはまり、七三郎より藤十郎方へ置みやげを贈りたり。藤十郎餞別に何ぞおくらんとかねて思へども、あの方より置みやげを贈られたるに、はなむけを又送りなば、餘り[六]しつぺいがへしにておもしろからずと、何も[七]沙汰なしに暇乞に行、心よく[八]見立別レぬ。其暮[九]極月廿九日に七三郎江戸の宅の門口に、[一〇]歩行荷六人して持こむ。少長此よしを聞、添狀を見れば、坂田藤十郎よりとあり。其荷を見れば、[一一]わくに入たる大壺を出す。少長肝をつぶし、何を送られたるぞ。藤十郎の送りものなれば、さぞや心をこめられたる物ならんと、書狀を急ぎひらき見れば、[一二]加茂川の水一壺しん[一三]上仕候。[一四]大ぶくに御遣ひ被下べくとの文體。少長ほとんど[一五]我を折、さても〳〵我在京の内出會、多方こゝろを知りたると思ひの外、此度の送り物にて心の底深き事、はかりがたしと、家内は勿論人々に語り申されし。さしもの少長だに送り物にて藤十郎の心底ふかき事量りかねたり。其餘の人、藤十郎の事など[一六]一向論じがたし。

一　山下京右衛門曰、歌舞妓芝居のせりふは、隨分言葉に[一七]さし合がましき事、これなきやうにこゝろがけ肝要なり。其故は親子兄弟一所に來る見物人まゝあればなりと、若き

一　上達させようものを。
二　舞台における進退作法。
三　行動。行ない。
四　木挽町五丁目、六丁目は、明暦大火後、指定された常芝居地。同町には、森田座、山村座ほか、操座があった。
五　寛永十九年、木挽町五丁目に、山村小兵衛(のちに長太夫)が官許をうけ設立した劇場。正徳三年、絵島生島事件により断絶、取りこわされる。
六　竹箆(しっ)返し。竹箆で打たれたのをすぐさま打ち返す意から、同じ方法で仕返しすること。
七　音沙汰なしに。何も言わずに。
八　「見立つ」は見送ること。「道のほど見立てまゐらせん」(雨月物語)。
九　十二月の異称。師走。
一〇　徒歩にて運ぶ荷物。
一一　枠。木材で枠に組んだ中に入れた大壺。
一二　京都市内北部を流れる川。軟質の水。四条の芝居町の河原は、この河原。
一三　進上。差し上げる。
一四　大服(福)茶。元日から十五日頃まで飲む茶で、梅干や昆布・山椒などを入れて縁起を祝う。多量にたてるので大服というが、縁起をもって大福とも書く。
一五　降参する。冑をぬぐ。
一六　少しも。全く。
一七　「続耳塵集」の第一条(三四六頁)を参照。山本(?-)京右衛門と山下京右衛門が同一人物なら、矛盾する話である。あるいは年令的に相違があって、前条の経験

役者への教訓、尤なる事なり。

一　坂田藤十郎曰、舞臺にてけいせい買の狂言を勤るさへ、[一八]さし合なり、然レどもこれは[一九]是非に及ばずと申されし。[二〇]しかるにいつの比（ころ）よりか、次第にさし合のせりふおほく、近き比は舞臺にて二人寝る狂言など[二一]粗あり。かやうの趣向を作る作者、[二二]古人の[二三]示教をしらず。たとへ作者いかやうに作り出すとも、其仕内を呑込（のみこみ）勤（つとむ）る役者も同罪なり。藤十郎申されしごとく、二三十年過（すぎ）なば[二四]やくしやの行義大きに亂ぬべしと[二五]未前を察し申されし事、日〳〵に思ひ當りたり。狂言に差合の體あらば其場に及ばぬうち、いかやうにも仕様あるべし。近來のきやうげんは、親子兄弟一所に見物成（なり）がたし。[二六]扨々（さてさて）にが〳〵しき事なり。

一　坂田藤十郎曰、歌舞妓やくしやといへるものは、人の[二七]たいこをもつ[二八]氣しやうにては、上手になりがたし。そのやうに[二九]心降ると、後は役者同士の[三〇]出合も、はなはだ[三一]疎遠になる物なりと、若き者どもに毎度申されし。

賢外集　終

から晩年に反省した語か。

一八　傾城買で、いろいろの人生経験をもつ見物を目の前にして、差し支えのある人もあるの意。

一九　歌舞伎には傾城買の題材をとり除いては成立しなくなる本質的な深い関係がある。またその矛盾に気がついてきたのが、元禄後期の芸術的に高度になったこの頃であるともいえる。

二〇　著述者、東三八の意見。

二一　おおかた。

二二　先人。

二三　教えを垂れたこと。

二四　役者社会の秩序。

二五　未来。

二六　苦々しい。不愉快な。腹の立つ。

二七　太鼓持。幇間。酒席をとりもつ男芸者。「太鼓をもつ」は、人の顔色を伺い、気に入るようにおべっかを使うこと。

二八　気象。気性。気立て。

二九　いやしくなると。卑俗になると。

三〇　付き合い。

三一　遠く間遠になる。

佐渡嶋日記

蓮[一]智坊著

一　[二]六法といふ風俗は、むかし[三]信州歴々の武門より出たる人、[四]伎藝を好てつゐに浪人し、上京しける、其頃[五]名古や山左衛門といへる、武士の浪人もの、出雲國の巫女、[六]於國と夫婦に成、[七]京北野にて芝居興行仕けるに[八]寄、彼山左衛門と[九]ひとつに成、江戸さん[一〇]ちや通ひの風俗をして見せけるより起りけると[一一]なん。江戸にては[一二]丹前といひ、大坂にては[一三]出端といふ。それより傳り、其のち立役、荒木與次兵衞、右の六法を[一四]ふり入を取たるなり。それまでは[一五]今の六法のごとく、[一六]襷を廻し、振し事はなく、左右ともに眞直に振たり。今も江戸には古風殘りあり。與次兵衞より[一七]元祖嵐三右衛門請續是を工夫し、いまのごとく仕はじめけり。其のち古人大和屋甚兵衞[一八]ちんばにて、六法を振る工夫をして當りを取たるなり。二代目あらし三右衛門、三代目と相傳して、毎度勤しなり。其のち予又工夫しけり。其振筆には書取難し[一九]口傳。

一　予始て六法ふりたるは、大坂道頓堀芝居にて、座本より顔見せに六法ふりくれといふ。是まで三右衛門甚兵衛など振たる跡にて、我等など[二〇]中〳〵思ひ寄らずと辭退せしに、

一 佐渡嶋長五郎(→一覧)の法名。伊原敏郎「日本演劇史」には道智坊とある。 二 以下、六法の起原を説く。信用はできぬが、遊里通いと関係はある。→用語一覧。 三 信州出の浪人が名古屋山左衛門(山三)とお国が芝居興行したのに参加したととれる。浪人の正体は不明。 四 遊芸。 五 名古屋山三とも。→補一〇。 六 出雲阿国。→補一一。 七 お国が北野で興行したことは、京都大学本・大谷図書館本の「かぶき草子」「恨之介草子」などに、また、歌舞伎踊が興行されたことは、「鹿苑日録」の慶長九年正月の条に見える。 八 よって。 九 合体して。参加して一緒になり。 一〇 散茶女郎の略。→補二〇。 一一 いうことである。 一二 「江戸の丹前を、京にて六法と云、(中略)又大坂にてだんじりと云」(新刻役者全書)。→補二一。 一三 出端は登場の芸の意で、六法が用いられたため、出端といえば六法を指すようになったのであろう。 一四 六法は「振る」といった。 一五 長五郎の晩年、宝暦末年か。 一六 襷をかけ、襷の先を振り廻しの意か。底本「挙」。 一七 元祖は初代の意。三右衛門が六法の名手であった插話は多い。→補二二。 一八 ちんばの六法で知られる。甚兵衛の子大和屋藤吉は、元禄十六年十一月に、京、早雲座の座元を相続、二の替りに「追善のちんばの六法」を振り、大当りとあり、また「親は六法の開山」(役者舞扇子)とも見える。 一九 口伝え。 二〇 とても。

ぜひといへるにいなみ[二一]がたくて、衣裳の切付[二二]も物數寄[二三]して、初日の夜の顔みせ[二四]、六法ふる半より、見物おけやい[二五]〳〵と、聲々いふより、半疊[二六]五六枚打こむといなや、追々ばら〳〵と爰かしこより、半疊數多打こみける。夫もかまはず勤仕廻[二七]、樂屋へ入たる時、惣座中首尾能〳〵手を打[二八]たんといふ。予は甚其こゝろなきゆへ手を打たず。二日目三日目までおけよ〳〵といひ[二九]〳〵七日つとめ、扨晝に成ても、やはり見物さん〴〵に打こむゆへ、こは口惜く當かほみせ六法にて仕損ひては、後〳〵まで恥を殘す事、無念やと、なを〳〵しんぼう[三〇]して精を出し勤ければ、いつともなしに評ばん大イに立直り、よいや〳〵のかけ聲、それより日〳〵に取沙汰よくなり、端々[三一]の評判よろしきと聞し。とかく工夫をこらすしんぼうが肝心なり。しかし初日より仕様[三二]替ることなきに、評ばんなをりし事はいかゞと、尋し人あり。此事我に問ふて我はしらず。

一　予[三三]五歳の時より、親[三四]傳八所作事をおしへ、東武[三五]へつれ下り、碁盤人形[三六]と名付、ごばんの上にて我に藝をさせしに、あなたこなたより召され、春より九月までつとめたり。去[三七]御方の御機嫌に入、毎度召れ、碁盤の上の所作を勤ける。御きげんの餘り、肥前國[三八]唐津へ、予がごばんの上に座しゐる人形[三九]を燒につかはされ、三ツ出來して御とりよせ遊ばされしほど御興に入たり。其としの十月京都へ登る道中筋、ごばん人形の所作を聞および、宿〳〵にてこれを望む。のぞみ次第に此所作事をつとめたり。九歳[四〇]に成たる時、最早ごばんの上に乗かぬる時節より、傳八工夫仕出して、七ばけ[四一]の曲といふ事を案じ出

二一　断り難く。
二二　各色の布を裁ち切って作った模様を、衣裳の地に糸でかがりつけたもの。後世「台付け」という。
二三　趣向をこらして。
二四　大阪の顔見世は、貞享・元禄ころから、初めの十日間は日暮れにはじまり、明け方に終演になる夜興行であった。
二五　置けやい。やめよ。
二六　芝居の見物に賃貸しした一畳の半分ほどの敷物。「半畳の銭五文」(椀久二世)とある。役者の芸が見物の意にかなわぬとき、この半畳を舞台に打ちつけた。のちには「半畳を入れる」と言えば、単にやじり飛ばすことの意になった。
二七　仕舞。　二八　手を締める。手打とも。祝って拍手する。
二九　言われながら。
三〇　辛抱。　三一　あちこち。すみずみ。
三二　演じ様。演技方法。
三三　「名人忌辰録」の宝暦七年五十八歳説から逆算すると、宝永元年。
三四　佐渡嶋伝八。→一覧。
三五　東の国、武蔵の国の称。転じて江戸の別称。　三六　舞踊の一種。→補二三。
三七　あるお方。身分のある人に対して憚って使う。誰かは不明。
三八　佐賀県唐津市。唐に渡る津よりその名おこるとされ、慶長以来、城下町として発達した。　三九　唐津焼の人形。唐津は瀬戸とならんで、日本の二大製陶地の一で、慶長の朝鮮の役後、帰化人によってはじめられた。　四〇　宝永五年にあたる。
四一　後世の七変化の先駆曲で、七度、扮装を変えて踊るもので、既に長五郎以前に幾つか行なわれている。→補二四。

し、おしへ込シ。後長五郎が七ばけと我が仕出せし[一]やうに成たり。親の厚恩筆に書つくしがたし。思へば一むかしと成にき。所作祕傳奥に附す。

予、出家して、建仁寺[二]御門前に住し、法花經[三]讀誦朝暮[四]おこたらず、佛の道を願ふより他事なし。ある時三條新地頂妙寺[五]へ日參の折柄、ほとりの古道具やにて、彼五歳の時勤しごばん人形の唐津燒、店に出ある。おさなごゝろに見覺し人形なれば、速に價をきはめ、求め歸りけり。先年御前[六]御氣に入の御側仕[七]の衆、壹ツ拜領[八]仕ける。定て其行すへならめ。これをつく〴〵見るに付ても、親の粉骨砕身[九]せし事をおもひ出し、涙をとむる導[一〇]とは成けらし。

一　ある年[一一]、勢州の芝居[一二]へ下り、はやし方など殊外無人。勿論道具等不都合[一三]にて、小鼓一挺あれども大鼓[一四]なし。是にあぐみ居ける[一五]を、予細工に竹を切り、付ケ物[一六]をして、大鼓をこしらへ、それよりの工夫にて、一人して二挺鼓[一七]と名付、はやき事など打たりしに、二挺鼓といひならはし、何とやら一曲と成りたるもおかし。

一　沢村宗十郎[一八]、江戸にては長十郎と成、後ニ助高屋高介と改、誹名を訥子といふ。此人元來は京都御歴々[一九]より出、若年のみぎりは仕官[二〇]して由緒ある血脈[二一]なれども、生得心[二二]和らか過て、身を持崩し、歌舞妓芝居の役者とは成たり。初のほどは左[二三]もなく流勢[二四]して、あちこ地と漂泊し、抱らるゝともなく、他國めぐりの芝居の笛吹、又は何かの助ケ[二五]などに頼まれ行、夫より勢州の芝居[二六]へ出にける。其時は沢村藤五郎[二七]といへり。予勢州へ下り、

一　喧伝されたということで、必ずしも長五郎が始祖ではない。
二　京都東山四条南大和大路東五条北にあり、五山の第三に位する。臨済の始祖栄西の開基。
三　法華経。正しくは妙法蓮華経。大乗仏教の経典。紀元前後に成立。羅什の漢訳が広く用いられ、この経より一宗を開いたものに、天台・法華宗があり、わが国では浄土信仰とともに一大勢力をなす。
四　読経。声を出して、経文を読むこと。
五　京都二条河原にあり、日祝の開基。日蓮宗一致派の一本寺。
六　さる御方のこと。殿様。
七　近侍。
八　偉い人より頂載する。
九　力の限り勤める。
一〇　たずねる。もとめる。思い出の種。
一一　不詳。ただし「伊勢歌舞伎年代記」の享保九年の古市の芝居に佐渡嶋伝八の名が見える。この時であろうか。
一二　伊勢の芝居。その頃、古市、中の地蔵の芝居といわれる両芝居があった。
一三　都合がつかぬ。
一四　大鼓がないともとれるが、同時に大鼓打がいないということであろう。
一五　困り切って弱っていたのを。
一六　竹で大小の鼓を一緒に使えるようにしたのであろう。
一七　一人で大小の鼓を、手早く打つ曲。享保十九年版「役者三津物」によれば、長五郎が京の四郎太郎座の顔見世の「長生殿金礀」で、二挺鼓の曲を演じている。同書に「大殿の前にて芦刈の能、二挺の鼓を御一人しての所、さりとはお名人の大当り」とあり、插絵がある。

はじめてちかづきに成、仕内をつく〳〵と打見るに、餘の旅役者と違ひ、全體面白き藝ぶりあり。後々には立もの[28]と成かねまじき者にてもなしと心を付ケけるより、ある夜ひそかにまねき、役者にて終らば、江戸へ下り精出すまじきやと申ければ、答に我も其望なれども、心にまかせずといへるより、当所[29]の事は此方引受申べし。ぜひ當暮江戸へ下らるべしと、すゝめて其年の冬[30]下シぬ。程なく[31]宗十郎と名を改、次第に評よく、つゐに[32]海老藏に次での立者と成たり。予其後に江戸へ下り、一座に住ゐたりしなれども、今は此方より手をついて挨拶する程の立もの、以前の事は鼻息にも出さず居たりし。樂屋にて大勢聞ゐる前にて訥子いはく、扨々めづらしき事かな。其元様と一座致事、思へば一むかしなり。先年勢州にて御世話に罷成、御陰[33]にて先今日これほど迄に、立身致たりと予に一禮をいひ、扨海老藏其ほか立もの〻役者に向ひ、拙者はいかゐ恩を請し者など、[34]ふいちやうしけり。その時思ふに、名をあげる人は了簡[35]格別の事なり。多くの人いにしへの事など、いささかもあらはさず、今よき身分になれば、禮を失ふものなるに、大勢の中にてかくむかしをあらはす人おほからず。其のち大坂[36]へ來り上手と評判をとり、其暮[37]京都南側の芝居へ、十日が間京見物へ目見[38]へに立より、棧敷[39]の値を上るほどの大評ばん、大入にて近來の賑ひ。江戸へ下り、其暮又上京し在京の間、上手〳〵と賞美せられ、其のち又江戸へ下りたり。在京の間女形の心得に成る書を編たり。これを訥子[40]四十八ケ條といふ。

一八 初代。→一覧。
一九 宮家の侍三木某の子という(沢村家賀見)。
二〇 砌。時。折。
二一 血統。 二二 生まれつき。
二三 そうもなく。現在のようでなく。
二四 正しくは「流浪」。
二五 補助。助人。 二六 正徳五年。
二七「沢村家賀見」「日本演劇史」「歌舞伎年表」は善五郎。
二八 立者。一流の者。
二九 伊勢の事。
三〇 享保三年の十一月、森田座。
三一 享保三年冬「坂東又十郎縁にて、江戸初下り改沢村宗十郎に成」(沢村家賀見)。
三二 市川海老蔵。享保二十年十一月、団十郎より改名。
三三 底本振りがな「こかげ」。
三四 吹聴。言いひろめること。
三五 心ばえ。思慮。
三六 寛保三年十一月、大阪「十蔵座にて油屋庄九郎大評判大当大入」(沢村家賀見)。
三七「江戸へ帰り懸、京都へ立寄候所拠なく頼れ、久米太郎座へ十日の内スケて油屋庄九郎をいたし、大評判大当り」(沢村家賀見)。
三八 見物に会うことの謙譲語。
三九 土間に対して、二階の東西の両側にある上等の座席。当時は大入になると、毎日座席料があがった。
四〇「古今役者大全」の序に見える「訥子口伝」と同じものであることは、「役者花双六」(寛延二年三月板)に、「ちかくは訥子口伝四十八ケ条など」と見える。伊原敏郎「日本演劇史」に引用するものと同じか。

一　近年所作事をする役者、おびたゞしう衣裳を着かさね、所作の間〳〵に、はやし方の並ゐる方へ向ひ、見物をうしろになして、件の[一]小袖をひとつづゝぬぐなり。所作事に上着をぬぐといふ心は、見物長事[二]を見詰て居れば、なんぼう面白き事にても、すこしは眼に[三]そむものなれば、其ねぶりを覺さんがために脱ものなるに、中古より餘慶[四]着重ねるを全盛[五]にして、餘りさい〳〵[六]ぬぐゆへ、せわしなく却て眼のさまたげに成なり。はやし方に向イて衣裳を脱だり、又は衣紋[七]をつくろへば、其間見物の眼あく[八]なり。とかく、さまあかぬ[九]がよきなり。

一　大坂竹田出雲[一〇]、子供[一一]に六法[一二]ふらせたきと、予を賴ミに越されたり。所望に任せ、下り[一三]ければ、出雲殊の外悦び、扨子供に指南[一四]仕けるに、振やう首の遣ひ様思ふやうにゆかず。時に卽座に工夫出來、六法のふりやうの程拍子[一五]は、鶏の首のつかひやうに、ひとしと申聞せければ、忽に合點[一六]して、稽古滿たり。物はたとへ程よき導はなし。しかれども是にても實[一七]ならでは用に立がたし。扨六法の指南の跡は、さま〳〵古人[一八]のはなしなど仕けるに、此時節竹本筑後芝居[一九]には、新浄瑠璃[二〇]かわり目にて、竹田家内[二一]は、道具立其外萬事、こしらへ最中にて、あまたの人數銘々役々を相勤ゐる。道具立あつらへ方[二二]の者、ちよと御出あれと次の間へまねく。出雲こたへに何の用なるぞと尋しかば、柳の樹出來致候。御覽なさるべしと申。それを此方が見るには及ばず、正眞の柳に似さへすれば、濟む事と申されし。さすが竹田家相續せらるゝ人ほど有て、不斷[二三]の心得かくべつなりと

一 おびただしく着重ねた衣裳のこと。
二 長時間の所作事をの意。
三 染む。馴染んでしまう。
四 正しくは「余計」。余分に多く。
五 晴れ。誇り。　六 たびたび。
七 衣服の襟の胸で合わせるところを整えること。
八 見物の眼の見るものがなくなる。隙間ができる。　九 見倦きのない様に。
一〇 二代目。→一覧。
一一 出雲の実子ともとれるが、出雲の座本である竹田芝居(子供芝居)の子供(役者)を指すものと解すべきか。
一二 →用語一覧。
一三 京より大阪へゆくこと。
一四 教えること。
一五 「諸道に程といふ事有とかや。程と拍子と合して離れず。然れども行時は其道二行にあり。拍子はおぼへ安く程はつもりがたし。程をしらずは熟する事有まじ」(舞曲扇林、程拍子之事)。
一六 会得。　一七 実用的。具体的。
一八 「古人」なら昔の人。「故人」なら亡くなった人。
一九 竹本筑後少掾(義太夫)の芝居。竹本座。貞享元年(二年説もある)創設。明和四年十二月退転。
二〇 新番組の浄瑠璃。新作浄瑠璃。底本「新浄瑠理」。　二一 竹田一家中は。
二二 大道具方。　二三 日常。
二四 底本「感し」に、振りがな「かんじ」とある。
二五 すべて。　二六 →三三九頁頭注三二。
二七 享保八年、京、榊山四郎太郎座、三の替りの「非人仇討」を指す。
二八 正しくは「与次兵衛」。→一覧。

感[二四]じけり。芝居は萬端藝[二五]の仕内、道具立等に至るまで、正眞をうつすより外なしと古人のおしへ尤なる事かな。善悪とも不斷の事あらはるゝ物なれば、人は常の心得が大事なり。

一 非人敵打[二六]の狂言は、中古[二七]、姉川新四郎此仕内を始て仕出しやうに、若き人は思へども、非人かたき打の狂言は、むかし荒木與二兵衛[二八]といへる立役仕始たり。其時のすがたは、病かづら[二九]にて、随分くろ〳〵とあぶらを付、顔のつくりも白粉濃くぬりうつくしく、衣裳は白小袖の無地[三〇]。大廣袖[三一]紅絹うら[三二]、花色[三三]の丸ぐけ[三四]帶を前にむすび、手足も随分白くして出立せられしよし。是予が親傳八はなしにて聞つたへたり。

愚按、元祖坂田藤十郎申されし非人の心得、やはり自分[三五]の考にてなし。古人申置たる事、此荒木與次兵衛のせられし非人かたき打の出立[三六]にて、藤十郎申されしと附合[三七]せり。これをおもへば、姉川致されし非人の心得は、雪と墨[三八]ほど違ふとは此事なるべし。新四郎非人の仕内よきゆへ、人々毎度申出すなれど、こゝろへ[三九]は甚つたなし[四〇]。是姉川を譏るにはあらず。古人の説と合しての論なり。仕内も古人とは甚[四一]野卑[四二]なり。ためしもの[四三]に來りし加村宇多右衛門[四四]がせりふに、敵打[四五]といふは命おしさにいふとさん〳〵せめかける時、竹に仕こみし刀をぬきさし付、靑江[四六]下坂[四七]二ツどう[四八]にしきうで、ず[四九]んどよう切れます。へ、、、と笑ふ。荒木氏始てせられしは、靑江下坂二ツ胴に敷腕といひ聞せ、さし付たる刀を、両手に持ながら、左の方へ引寄、調子を低く、ずんど

二九 当時のものは不明であるが、月代をのばし、病鉢巻をした鬘。
三〇 模様のない布地。
三一 袖口を縫い合せない袖。丹前の袖口におなじ。
三二 「紅絹」を「もみ」とよむべきだとすると、「うね」の振りがなは、「うら」の誤りで、さらに下の「うら」と重複する。ただし「うね織」「うね刺し」ということもあるので、うね織の裏か、不明。
三三 縹(はな)色。うす藍色。
三四 丸絎帯。心(しん)に綿を入れて丸味にくけて作った帯。
三五 藤十郎自身の。 三六 扮装。
三七 符号。ぴったりと一致する。
三八 まったく違うことの譬。
三九 考え方。 四〇 拙劣。
四一 比べては。
四二 姉川新四郎の芸風が野卑であったことは、「袴上下を着せられては似合ぬやうに存ずる」(役者桃野酒、寛保三年)という評にも見える。
四三 試し物。新刀の切れ味をみるためのためし斬り。
四四 「非人敵討」の敵役の武士。
四五 病のため足腰の立たぬ春藤次郎右衛門が助命を乞うたのに対するセリフ。
四六 備中国青江(岡山県都窪郡)の刀工のきたえた刀剣。安次を祖とする。下坂は青江系に属し、「地鉄こまかに刃元匂ひ有上手也」(新刀銘尽続集、享保二十年板)。
四七 二つの胴。ためし斬りにする人体を二つ重ねて斬ること。
四八 敷腕。うしろ手に縛った腕を敷いて、ためし斬りにされる姿勢をいうか。
四九 切れ味の形容。

よふ切れます。へ、、、、とゑしやくする。此善悪は後の藝者かんがへ見るべし。

一　親傳八、予若き時つねぐ\いひ聞せしは、藝者といふ者は金銀に眼をくれる物にはあらず。一生涯の內、名をひろむるが肝要なりと、毎度耳かしましき程、さいく\堅く申付たり。此事子供のじぶんより年來聞こみ居しゆへ、予何國より相談に來りても、つゐに給銀の相對は致さず、賴なれば何方へ成とも二言となく約束極めたり。銘々業相應に給銀のわかち有て、抱る程の者は、夫々に相當せるなるべし。しかれば給銀相對におよぶ事にあらず。一年中芝居ふあたりにて、年中勘定ふそくに見へければ、此方より給銀をまけ、了簡付ヶ出たり。芝居主は役者と違ひ、名を上る事はいらず、第一金銀をまふくるが、其身の肝要といふ物。役者と芝居主との心得は、格別なり。夫に近年は、少シの給銀のあやにて、相談不濟方多しと沙汰を聞侍。此心底いぶかし。いにしへの役者中途に、出よの出よまいのと、もめる事は皆役或は仕內に付ての申分なり。近來は金銀の事に付て、もめ粗おほしとかや。雙方持なし悪敷は成たり。

一　地狂言は勿論所作事など、人の工夫して付たる事、後に又すべからず。近年は向ひに出すなんど聞ゆ趣向を、又こちらにもまけじと急に稽古などして、張あひ仕ける。見物同事を二軒見て、何なぐさみにならんや。官女などいとみやびやか成風俗にてせば、薪を負へる山賤の老たるさまなど然るべし。一日の狂言にても、堅き武士の詰ひらきあれば、けいせいの意氣地などの事、又はおかしき事など、とかく同じ事のならばざるや

一 たびたび。二 数年この方。
三 相対ずくで交渉すること。差し向いで、給金を契約すること。
四 不当り。五 劇場経営の赤字。
六 堪忍して出勤した。七 儲ける。
八 大事。九 格別のちがいがある。
一〇 あやを付けるとか付けないとか。余分。一一 まとまらぬ。一二 評判。うわさ。
一三 興行の途中で。一四 出演するのしないのと。一五 役不足などの不満、不当。
一六 演技についての言い分。
一七 芝居主も役者も、双方とも。
一八 守随氏注「身の持ち方」。身持ちがないの意。
一九 セリフ劇。所作事に対していう。「此七役は地狂言ばかりにて所作事ならず」(伝奇作書追加、下之巻)。演技の方から言えば「地芸」(役者大鑑)。
二〇 向いの芝居。二一 聞ゆる。
二二 アイディア。思いつき。工夫。歌舞伎戯曲は、世界と趣向によって構成されるとする。「竪筋は世界、横筋は趣向になる」(戯財録)。二三 張り合う。競争する。
二四 二軒の芝居。具体的に二芝居を指したものではなかろう。
二五 以下、趣向の立て方の比喩。
二六 「いはゞたきゞおへる山人の花のかげにやすめるがごとし」(古今集、序)。
二七 樵夫。きこり。
二八 →三三三頁頭注二五。
二九 張り。遊女の達引(たてひき)。
三〇 けいせい仏の原。→三四四頁頭注二〇。三一 けいせい浅間嶽。→三六一頁頭注三四。
三二 けいせい因幡松。宝永二年三月三日より、京、布袋屋座、二の替り狂言。坂

うにするこそ、此道の專一なり。むかしの當り狂言、[三〇]佛原・[三一]淺間嶽・[三二]因幡松・[三三]嫁鏡などにてみるべし。

一　[三四]ひとゝせ[三五]備中國宮内といへる所の芝居へ罷下り、不斗當所にて死去せし古人金子六右衞門が 吉左衞門の師なり 古墳に參らんとこゝろざし、少シの[三六]よすがを求め、やう〳〵方角を知て、叢の中に分入、ちいさき石塔あり。花をさし水を手向、それよりほとりにて、人をやとい塚の前の薄など苅とらせ、ほそき板をひろひ得て、[三七]矢立の筆にて金子六右衞門墓と書つけ、さしおきたり。[三八]天地は萬物の逆旅といへど、取わき役者は、[三九]一所不住にて、何國にて[四〇]終をとるやらん、空しき身の上にてぞ有ける。

一　近來所作事をつとむる人は、所作の間〳〵に左右より扇づかひさせ、又は湯をのみ、休息する人多し。これは[四一]いかん。見物へうしろを見せ居るうちは、正面にて舞より猶大事なり。此間のぬけぬやうに、心遣ひなを〳〵苦しきものなりと、古人もいひ置たり。[四二]さすれば湯を呑、扇づかひなどせねば、勤まらぬならば、所作事をせぬがよし。近來の人を、自[四三]呵責するにあらず。古人の敎訓を用ゆる人なき故に、書しるし侍る。親傳八、予におしゆる時も此湯など呑事、五歳の時より堅くいましめたり。近年所作事、[四四]執心なる人々、物事聞に來る人に、先所作事の間に湯を呑む事、[四五]左右より扇づかひさする事を、最初にいましめ置たり。[四六]石橋などの所作事を、舞終り、舞臺に打ふし、[四七]後見の人々寄て[四八]かいて樂屋へ入。此事[四九]一圓其意を得ざる事なり。先見物に對してぶ禮、そのうへ歌舞妓

田藤十郎主演。ただしこの狂言は、春、大阪、片岡座の二の替りで演じた「けいせい沖の石」をとるものだという(歌舞伎年表)。

三三　嫁かがみ。京、万太夫座、座本山下半左衛門。作者富永平兵衛。荻野左馬之丞主演。「取分娵かがみの手おい、その外山下としての、つめひらき、身の取廻し、言舌の及ぶところにあらねば、今にわすられず」(役者大鑑、元禄八年)。

三四　ある年。

三五　岡山県吉備郡(むかしは加陽郡)真金町宮内、吉備津神社の門前町として栄えた町。したがって地芝居などもかかった。

三六　よりどころ。　三七　旅行用の筆入。

三八　天地の間の万物は旅客を迎える宿屋のごとしの意。芭蕉の「奥の細道」にも用いられているが、原拠は李白の詩「春花宴二桃李園一序」の「天地者万物之逆旅、光陰者百代之過客」による。

三九　一定の居所というわけにはいかない。

四〇　死ぬこと。

四一　いかがであろう。非難口調。

四二　〔参考〕「古人、中村慶子は娘道成寺七変化其外所作事を勤るに舞台にて見物を後ろにして湯茶を呑む事なし、いかにといふに平生の心掛に依て所作事にかゝりても心の改らぬ故息切もせずといひしとかや」(劇場新話)。

四三　責める。　四四　熱心。

四五　後見に左右より煽がせる。

四六　能の「石橋」よりとった獅子物。元禄期よりさかんに行なわれた。

四七　舞台で演者の後に控えて一切の世話をする役。

四八　かき抱いて。　四九　一向に。すこしも。

といへる物は、あれほど野卑なる物と、其身壹人にて、此道の人々をさげしまるゝ事[一]、芝居道のかきん[二]なり。元來歌舞妓といふもの、左様なる不行義の物にあらず。古實を能知たる人すくなく、近來年〳〵に持なし[三]惡敷成たり。坂田藤十郎云、元祿の末寶永に至り今二三十年も年立たらば、芝居大イに衰と成べしと、その時分より、歎き申されし。夫にたがはず、享保年中より段々持なし惡くなり、一向今は論に及ばず。今たま〳〵古人の教へを守る者あれば、あれはあほうのたわけのと譏ものゝみ多かりき。藤十郎存生のうちさへ、役者不行義に成たるとて毎度歎申されし。いはんや今におゐてをや。

一　人形芝居にては、大坂石井飛彈[四]といへる者、尊み申さねばならぬ事也。元來操[五]人形は、首ばかりにて着物を打きせ、手も足も遣ひ人の手にて仕たるもの、近來まで子供の翫びに、でこのぼう[六]といへる物是なり。此石井氏、おとなの手を、人形の袖へさし込遣ひ申故、甚[七]袖見とむなしと工夫して、人形に手[八]を拵付たり。夫より是に習ふて、足[九]をつけ、手の指[一〇]をうごかし、眼[一一]を遣ひ、眉[一二]を動すなど、近來はさま〳〵自由に作るなり。これ石井氏工夫の根元なり。今は飛彈[一三]の名は、濱[一四]芝居の名代斗[一五]に殘たり。

一　元祿・寶永年中まで、初の狂言して居る内に替り狂言の稽古して、もはや申分あるまじと、替り看板を出したり。それより銘々役柄の工夫して、さあこれではよいと、お[一六]も役者二三人心得すむ[一七]と、來ル何日よりといふ初日のはり札を出したる事なり。近來は替かんばん出し置、俄にかんばんをかけ替、外の狂言に替る事、折節にあり。是は何

一「さげすまる」の訛。軽蔑される。
二 瑕瑾。きず。名折れ。　三 身持なく。
四 伝記・生没年とも未詳。山本飛騨掾と同一人物かといわれる。山本飛騨掾は、初名山本弥三五郎、元禄十三年十一月飛騨掾受領。大阪道頓堀伊藤出羽掾芝居で細工人として知られ、元禄十六年重ねて河内掾を受領。
五 手遣い、手操りともいう。
六 木偶坊の訛。人形。「てくる坊もと木性を顕して」(草枕、延宝四年)、「出来坊」(珍重集、延宝五年)。現在でも讃岐地方では、人形をデコといい、人形芝居のことをデコシバイ、またデコマワシという。
七 みっともない。
八「当代の如き人形は大坂の細工人石井飛騨掾まづ手を拵へ、次に足をつけること始まれり」(南水漫遊)。
九 人形に足がついたのは元禄期で、「役者絵づくし」の江戸孫四郎座の人形や「愛染明王影向松」の挿図によれば、宇治加賀掾座の人形には足があったと推測される。また、「外題年鑑」によれば、「源氏烏帽子折」や「世継曾我」の上演のときに見られる。
一〇「浄瑠璃譜」によれば享保十二年八月豊竹座の「摂津国長柄人柱」で、「八王丸の人形につかみ手とて五指の動くこと」。
一一「浄瑠璃譜」によれば、「摂津国長柄人柱」で、「岩治兵衛の人形に目をふさぐこと工夫す」、また享保十五年八月の豊竹座の「楠軍法実録」で、「この時近元九八和田七の人形の眼の動くことを始める」。
一二「浄瑠璃譜」によれば、享保二十一年の竹本座の「赤松円心緑陣幕」で、はじめて眉動く。「この時本間山城入道の人

ゆへなれば、次の替り狂言の稽古も出來ざる内、先替り看板を出し、扨相談に懸り、[一八]役廻りなど打寄りて申合見る時、何か萬事差つかへ多く、一決ならず。夫故俄に狂言替り、看板を又出し直す事有となん。初日二三日前より急に稽古して、誠に[一九]足本より鳥の立といはん斗の惣座中甚さはぎなり。此麁末成事、古今の相違をかんがへべし。

一　今時の若き役者衆のいへる事をきけば、誰が[二〇]仕内は古風なり、あれにては[二一]當世人々のみこまずなど、毎度人事に付ていふ人多くあり。此事一圓其意を得ざる事なり。狂言の仕内は、老若男女貴賤の人情をうつすに[二二]古風當流とわかつ事、呑こみがたし。衣裳の物ずきは、時々の流行有ものなれば、其時々を用ゆべし。心持に古今の[二三]風といへる事あるべからず。すでにかづらに[二四]諸分あり。老人あたまは、古風なりとて、皆黒髪斗にても成難し。

一　役者の仕内に、あるひは[二五]功者・[二六]根生・[二七]名人などさま〴〵に號あり。しかし古今稀なる物は、[二八]市川海老藏なり。予此人を[二九]妙人と號たり。中〳〵餘人の[三〇]うつす事も及ばず、[三一]玄妙の役者なり。予江戸在住の時、栢莚 海老藏俳名也 申されしは、[三二]其許[三三]太夫本をなさるゝならば、いつにても登るべしと、いひける事の有し故、一とせ大坂道頓堀にて座本をせんと思ひ、栢莚を相談に、書狀下せし時、返狀に給金貳千兩にて、手付金五百兩下さるべしと申來る。歌舞妓芝居始りて以來、給金貳千兩取やくしや聞も及ばず。稀なる事を申越されしと、甚おもしろく、[三四]手付金五百兩調達して差下したり。[三五]あの方にもよもやと思

形に始めて眉の動く工夫をなす」。

一三「人形遣系図」に見える石井飛驒掾清行は、二代目らしく出羽座を継ぎ、宝暦頃は浜芝居のからくり子供芝居の座元である。

一四 大阪道頓堀における浜側(河岸側)にあった芝居。中芝居・小芝居があった。のちには小芝居の総称。延宝頃には、竹田近江掾・石井飛驒掾・亀谷豊後掾などがあった。

一五 興行権所有者の名義。

一六 おもだった役者。立物の役者。

一七 考えがきまると。

一八 それぞれ配役をきめること。

一九 諺。にわかにあわてふためくこと。

二〇 演技。 二一 現代人は承知しない。

二二 当世風。現代風。 二三 ここでは、違い。

二四 役柄による区別。

二五 年功者。「稽古の功くはしく」(古今役者大全)。

二六 二代以上その土地の贔屓つよく、上手なるをいう。市川団十郎家は「江戸ノ名物、根生」(古今役者大全)。

二七「諸学諸芸の道いづれにても、その道堪能にして、名誉天下にかくれなきを、名人といへり。其なすわざ至極の場にいたるによりてなり」(古今役者大全)。

二八 二代目市川団十郎。→一覧。

二九 いうにいわれぬ、すぐれた妙位の達人。 三〇 まねのできぬ。

三一 幽玄で微妙。 三二 あなた。

三三 興行主。座本。上方は名代と座本と別であるが、江戸では座元と太夫元は同じである。また江戸では「元」を書き、上方では「本」を書く習慣であった。

三四 契約成立の証拠金。 三五 あちら。先方。

ひしやら、大坂へ來りて其[一]うつり挨拶をせられし故、予答曰、貳千両の給金取らるゝ役者古今になし。夫を押出して申越さるゝゆへ、定てそれほどに格別の事、有べしと存なりと申けり。予も物數寄なりと思ふのみ。顔見せは、[二]うゐろう賣のせりふ。先めづらしく、大入にて[三]二の替曾我を出せし所、さん／＼不當りにて、子息團十郎[四]病氣を幸に、[五]十日餘りにて相休、扨三の替の相談何をがなと[六]樂屋[七]おもてとも、彼是申合けれども[八]思案おちず。時に栢莚申けるは、此次は[九]鳴神を出さんといへり。予も鳴神なれば、狂言案じるにも及ばずと、古き狂言を[一〇]序へ繼合せつゞり、[一一]四番め鳴神上人をやつこがころす事あり。詰に鳴神の亡靈、[一二]雲のたへまに、つきしたひ[一三]がいこつの所作を思ひ付たり。栢莚[一四]生得狂言に切殺さるゝ事を忌てせず。予是をさせんと思ひ、[一五]四ばんめのがいこつの所、[一六]影法師にて拙者勤べしといひければ、左候はゞ殺され申べしと相談出來て稽古云合濟、初日出せし所に、[一七]久米寺彈正といふ侍に成、使者に來りての仕内、あつぱれ誠の武士と見へたり。外に此まねをする人なしと大坂中の評判。扨も上手なりと感心し、四番めは二役鳴神上人の段、家の藝なれば手に入たる仕内。鳴神のひゞき近國は申に及ばず、遠方よりもいざ海老藏が鳴神見物せんと、わざ／＼大坂へ來る人、數を知らず。押も分られぬ大評判大入。京の[一八]數寄人は大坂にて見物したる人多し。然どもつゐに京出勤なく、是のみ[一九]残心なり。[二〇]影に藝あるは[二一]奇妙の生得也。いづれ妙の字は遁れがたし。しかし歌舞妓役者の殺さるゝ役を嫌ふもいか成事か。是とても妙なるべし。

一　江戸から大阪へ移り来たときの挨拶。
二　外郎売。「助六」参照。初演は享保三年正月二日初日、江戸森田座「若緑勢曾我」、二代目団十郎。この時は寛保元年十一月、大阪大西芝居の「万国太平記」で畑六郎左衛門に扮したとき。
三　寛保元年十二月十一(二)日、「八的勢曾我」。
四　三代目団十郎。病気で十四日に退座し、同月二十一日江戸へ帰る。「老の楽」によれば、「二年三月五日雨、江戸より三升(団十郎俳名)死去の由飛脚来り、二月廿七日の事と聞て、梅散るや三年かふたきり／＼す」。
五　十一(二)日初日より二十二日で舞納める(歌舞伎年表)。
六　裏方。役者・作者たちを指す。
七　表方。経営方面を担当するものを指す。
八　考えが落着しない。
九　「鳴神」参照。寛保二年正月十六日より、佐渡嶋座「鳴神不動北山桜」。
一〇　序幕。
一一　十八番の「鳴神」の堕落のあと、「役者披顔桜」によれば、「次に姫を追懸来り絶間を見付是非連行めいど迄も夫婦にならんとひん抱懸出んとするを伝内京四殿にえぐられ死なるゝ面つかひ去とは見物事」。
一二　雲の絶間。尾上菊五郎の役。
一三　骸骨の所作。「後に上人の死霊の骸骨との所作事」(役者披顔桜)。ただし、骸骨の所作は長五郎が創始ではない。これより先、中村伝九郎が「がいこつと成てのしよさ」(役者万年暦)、坂東又太郎が「身ぶりがいこつのしよさよし」(江戸四座評判記)など、すでに元禄年代に見られる。

一四 生まれつき。

一五 役者評判記によれば五番目。

一六 吹き替えで海老蔵が付け声をした。

一七 同狂言二番目、鑷(けぬき)の場の主人公。「毛抜」参照。

一八 物好き。風雅人。

一九 心残り。残念。

二〇 岩波文庫本・東大出版会本、ともに「都」。守随氏注に「影」の誤刻かという。「影」であろう。長五郎が影法師で骸骨を勤め、海老蔵は付け声をしたのを指し、吹き替えで芸をさせ、当たったというのを指す。

二一 いうにいわれぬ妙味のある生れつき。

○しよさの祕傳(ひでん)

一　ふり[一]はもんく[二]に有、もんくの生(しやう)[三]なき時は、品(しな)[四]をもつてす。又もんくなく、ふしにてのばす時は、ひやうしにのる。なすわざはしよさ成(なる)が故に、ふりに誠(まこと)[五]を本とす。何によらず其しよさがら[六]のこゝろを、わするべからず。

一　しやうぞく[七]大口事(おほくちごと)[八]、これら大かた能(のう)をする心持にて、風(ふう)[九]のくづれぬやうに舞(ま)ふべし。くだけたる風(ふう)はあしく候。

一　侍(さむらひ)の弓矢(ゆみや)をたづさへておどりさはぐやうなるは見苦(ぐる)シ。此しよさにかぎらず、すべて謡(うたひ)など入たるか、能(のう)[一〇]がゝりのしよさを、諸人(しよにん)一とう[一一]にどよめき、譽(ほめ)るはあしく、只(たゞ)一言二言(ひとことふたこと)ほむるは、ゆかしくてよし。

一　柴(しば)かりなどのやうなる、下々[一二]の親仁(おやぢ)のしよさは、ふりの間にむかし若き時の風[一三]を年よりて叶(かな)はざるふうの心持(もち)、あいだ〳〵に入、これもしよさがらをしほらしく[一四]するを第一とするなり。

一　婆々(ばゞ)の所作、若き時のだて者[一五]の品(しな)[一六]を、年よりてかなはざる[一七]ふりの間〳〵に入、しほらしきを第一とす。

一　翁(おきな)[一八]、老女(らうぢよ)、申におよばず其心持(こゝろもち)。

一　女形風は申に及ばず心をつくべきなり。立身(たちみ)[一九]に成り候時は、わに足[二〇]に成べし。腰(こし)ば

一　身振り。
二　文句。詞章によって振り付けられる。
三　生根。本生。
四　姿。「能の品の無きをば強きと心得」(風姿花伝、問答条々)。盆踊唄に〽踊おどらば品よくおどれ」。
五　リアリティー。
六　踊の性質の区別。
七　装束。能の衣裳のことをいう。
八　大口をはいてつとめる所作事。能を本業とするもの。「大口」は能装束の袴の一種。練糸を経に、生糸を緯とした精好(ごう)で、色によって用途がちがう。多くは白大口で、緋色は女物に用いる。
九　風格。一〇　能風。能に近接した。
一一　一統に。いちように。
一二　下層階級の。
一三　風体。
一四　可憐。かわいらしい。しとやか。ただし踊の場合には、閑雅に近い。「ただ大方、いかにも〳〵そぞろかで、しとやかに立ちふるまふべし」「老々として閑雅(やさ)なればさのみ大事なし」(風姿花伝、物学条々)。
一五　はで。はなやか。意気者。「花はありて、としよりと見ゆるゝこうあん、(中略)たゞ老木に花のさかんがごとし」(風姿花伝、物学条々)にあたる。
一六　風情。
一七　手足がかなわない。自由にならない。
一八　前項の柴刈爺、婆の庶民的な老人に対して品格のある、または古典能などに出て来るような古典的な老人に対して、もう一度注意した。
一九　立姿。
二〇　鰐足。足先の外に向くのを「そとわ

そに、すそびらきよし。

一 鑓[二一]おどりは、随分足を、片[二二]わにゝして、ひらけるがよし。身をそりおも[二三]たくと、ひ[二四]やうしにふりを大きう、又間をせわしくして鑓のまわるがよし。

一 きつねはかりう[二五]人、又は犬などに、おそれるやうにすべし。獅子[二六]は王なれば、こゝろたくましく持事、かんじんなり。一[二七]さいどれともに、頭をつかふべし。ふりのしな[二八]により、こまかしく又は大間にもすべし。頭をつかふを第一にすべし。

一 着[二九]ながししよさは申に及ばず、其身着のまゝにて、それ〴〵にしよさの仕[三〇]わけ見へ申やう肝要なり。すべて男[三一]のしよさに女のふりをする事、又はをんりやう[三二]の中にて、おどりいむべし。諸人ほむるとも、其所作の事、わざより外の事すべからず。

一 ふりは目にてつかふと申て、ふりは人間の體のごとし。目は魂のごとし。たましいなき時は、何の用にも立ず。ふりに眼のはづれるを死ぶりといひ、所作の氣に乗て、ふりと眼といつち[三三]にするを、活たる振とは申なり。夫故ふりは目にてつかふと心得べき事第一也。はてしなき故筆をとめぬ。

佐渡嶋日記　終

に」、内に向くのを「うちわに」という。ここでは、内鰐のこと。「内鰐(うちわに)は女の足どりよく見ゆるものなれば」(都風俗化粧伝)。

二一 大鳥毛や花槍を振っておどる踊。大名行列の奴のふる槍より入ったもの。「新刻役者全書」によれば、槍踊は元禄の金沢五平次に始まり、水木辰之助が流行させ、中興では、初代瀬川菊之丞や佐野川市松が名高い。

二二 片鰐。片方の足を鰐足にして。

二三 重たくとも の意か。

二四 拍子にのっての意か。槍踊の「足拍子の一風あり」(人倫訓蒙図彙)。

二五 獲師(かりゅうど)。猟師。

二六 「げにも上なき、獅子王の勢ひ」(謡曲、石橋)、「獅子は百獣の長とかや」(長唄、連獅子)。

二七 動物はすべてどれでも。

二八 品。区別。

二九 素踊。扮装せずに、日常礼服で踊る。

三〇 着流しのときと扮装のときでは、同じ曲でも前者ははっきりと区別する必要から、その技術に多少の区別が必要である。

三一 立役が女のふりをするのを「悪身(わるみ)」という。このとき滑稽味をおびるのが常道。

三二 怨霊事。元禄で成立する。踊や軽業事が行なわれたので注意した。

三三 一致。

三ケ津[一]盆狂言[二]藝品定[三]

七月十五日より 太平記忠臣講尺[四]	十幕物	京	藤川山吾座[五]
八月五日より 太平記菊水の巻[六]	四番續[七]	江戸[八]	中村勘三郎座
七月十六日より 菅原傳授手習鑑[九]	四番續	江戸	市村羽左衛門座
七月十五日より 桔梗染女占(ききやうぞめをんなうらかた)[一〇]	四番續	江戸	森田勘彌座
七月九日より 和訓水滸傳(やまとことばすいこでん)[一一]	寫本六冊	大坂[一二]	小川吉太郎座[一三]
七月廿四日より 一谷嫩軍記(いちのたにふたばぐんき)[一四]	三段目迄[一五]	大坂	嵐七三郎座[一八]
文月恨切子(ふみつきうらみのきりこ)[一六]	初中後[一七]		
當時休		大坂	中村十次郎座[一九]

一 京・江戸・大阪を指す。 二 盆替りの狂言で、七月中旬より出る。ここでは、安永五年の盆狂言。 三 芸の品定。芸評。普通、役者評判記は、顔見世・初春の狂言の芸品定であるので、その対象とならぬ三都の七月興行の品定を、九月出版の同書の附録として、速報的役目を果たさせようとしたもの。 四 正しくは「釈」。明和三年十月十六日初日竹本座初演の義太夫狂言(近世邦楽年表)。 五 当時、京四条の大芝居は一座。名代、早雲長太夫、布袋屋梅之丞。座本、藤川山吾(歌舞伎年表)。 六 宝暦九年九月十六日の初日、竹本座初演の義太夫狂言。 七 江戸は四番続きとするのが慣例の続き狂言の名目。 八 江戸は以下三座。 九 延享三年八月二十一日の初日、竹本座初演の義太夫狂言。「忠臣蔵」「千本桜」とともに三大傑作の一。 一〇「歌舞伎年表」は「卜筮」と書き、「うらかた」と読ませる。内容は享保十九年十月十五日初日竹本座初演の「蘆屋道満大内鑑」。 一一 享保三年十一月二十日初日、竹本座初演の「博多小女郎浪枕」によった。「歌舞伎年表」は「毛剃」狂言の始めと記す。 一二 大阪は当時道頓堀の以下の三芝居。 一三 通称、角の芝居。名代、大坂太左衛門。座本、小川吉太郎。 一四「一谷」は宝暦元年十二月十一日初日、豊竹座初演の義太夫狂言。 一五 三段目の熊谷陣屋までの意。 一六 明和元年八月、大阪中の芝居、同外題初演。俗称「お妻八郎兵衛」。世話物。「一谷」の切狂言としてある。 一七 世話物は、普通、上中下の三段に構成される。 一八 名代、塩屋九左衛門。俗に中の芝居。はじめ座本は三桝松之丞であったが、夏休み中にもめ事があ

○立役之部

位	役名	役者	座
極[二〇]上上吉	松王丸	市川海老藏[二一]	市村座
極[二二]上上吉	矢間十太郎	尾上菊五郎	藤川座
眞[二三]上上吉	嶋の小平二	中山文七	小川座
上[二四]上吉	あしや道満 夜叉明王	市川團十郎	森田座
上上吉	秋夜 てる平 作二 正つら	嵐三五郎	中村座
上上吉	くまがへ 香具や彌兵へ	嵐[二五]雛助	嵐座
上上吉	小松や惣七	小[二六]川吉太郎	座本
上上吉	菅丞相	松本幸四郎	市村座
上[二七]上吉	さくら丸 てる國	市川八百藏	市村座
上上吉	六彌太 八郎兵へ	嵐吉三郎	嵐座
上上吉	與かん平	大谷廣治	森田座
上上吉	向井金左衞門	中山來助	小川座
上上吉	やすな やかん平	坂東三津五郎	森田座
上上吉	鹿間宅兵衞 早のかん平	中村十藏	藤川座
上上吉	由良の介	尾上新七	藤川座
上上吉	石堂かげゆ	市川團藏	中村座

一九 名代、泉屋伊兵衛、東の芝居。中村十次郎は、安永四年十二月に興行したきり、休座となる(歌舞伎年表)。

(前頁より) って、座本が嵐七三郎に替わる(歌舞伎年表)。

二〇「極は役者位附の極官にして是より上にも至極、大極、真極、大至極の段々ありといへども是は其時々色々の意味で付たる位にてみだりに附る事なし先は極の上には位なしと知るべし」(劇場漫録)。「是は名人さへ出来たらば三人も五人もあるべし、芸の極位に至たる儀、此内にはおのづから、無類の人もあるべし」(古今役者大全、以下、大全と略称)。二一「七月より菅原に松王を勤られむかしにかはらぬ仕内のおもしろさ評よくはんじやうぞかし所九月九日より右すがはら狂言の中場にて松王を名残として一世一代いとま乞を勤られ舞台におひて上下にて口上(中略)十月まで入つゞけ誠に時ならぬ顔みせの心地なりき首尾よく年納られしは御手柄〳〵」(役者世鳳凰、以下、世鳳凰と略称)。海老蔵六十八歳。二二 極は半黒極または半白極という。「極意今少しとの心」(大全)。「半白極は黒極へ至る人の極意今少しといふ位也」(劇場漫録)。二三「真は極の場の人なれども、あまり狂言実理に過て、花なき仕内真実の上手といふ心なれ共、かぶきじやといふ事を、今すこしのみこまれぬと見れば、極にすべきを真に置なり。花を見て極とすべし」(大全)。二四「是役者第一の位とする也。上上吉に至る事甚かたき事也。是より一等類をこへ或は当時至て評判宜しき類をば至の字を上へ置て至上上吉と云位に坐せしむる也」(劇場漫録)。二五「九月二日京都にての元服有て熊谷六弥太の二

○若女形之部

位	役名	役者	座
至[二八]極上上吉	くづのは	中[二九]村冨十郎	森田座
上上吉	よせ波 秋夜女ぼう	山下金作	中村座
上上吉	お幸の方 おなみ	芳沢崎之助	小川座
上上吉	藤の方 八郎兵へ女ぼう	姉川大吉	嵐座
上上吉	おせん	中村里好	中村座
上上吉	さくら丸女房 丞相みだい	岩井半四郎	市村座
上上吉	菊のまへ さがみ	尾上久米助	嵐座
上上吉	おれい 平右衞門女ぼう	姉川みなと	藤川座
上上吉	松がへ おたつ	花桐豊松	小川座
上上吉	松王女房	中[三〇]村野汐	市村座
上上吉	玉川 ちづか	瀬川菊之丞	中村座
上上吉	はかた小女郎	山科甚吉	小川座
上[三一]上吉	秋しの はずへ姫	尾上多見藏	中村座
上上吉	秋しの	瀬川雄次郎	市村座
上上	おりへ かほよ	藤川山吾	座本
上上	榊の前 つくばね	芳沢いろは	森田座

上上吉　たゞのり／よしつね／さい木勘三郎　沢村宗十郎　嵐座
上上吉　鹽や判官／てい主才兵へ　尾上松助　藤川座
上上吉　岸田陸介／木戸新平　藤川柳藏　小川座
上上士[一]　みだ六／鏡や新兵へ　嵐文五郎　嵐座
上上吉　すくね太郎　坂東又太郎　市村座
上上一　細川頼之／秋夜母　山科四郎十郎　中村座
上上一　天川や義平／近江や次郎右衛門　浅尾豊藏　藤川座
上上　侍従之介　尾上紋三郎　中村座
上上　つねもり／はやし／おかぢ　嵐七三郎　座本
上上[二]　石堂ぬいの介　染松七三郎　藤川座
上上　林作太夫／原幸右衛門／石堂右馬之丞　中村正五郎　藤川座

〇實惡之部

上上吉　白太夫／武部源藏　坂田半五郎[三]　市村座
上上吉　宇治常悦　中村仲藏[四]　中村座
上上吉　毛剃九右衛門[五]／梅の小平二　浅尾爲十郎　小川座
上上吉　おの九太夫／矢間喜内　嵐七五郎　藤川座
上上吉　東兵衛　中村助五郎　中村座

上上吉　梅王女房　小佐川常世　市村座
上上　おくみ　山下京之助　藤川座
上上　浮はし　松山小源二　藤川座
上上　ちよくし／惣七母　中村玉柏　小川座
上上　おいし　嵐重の井　藤川座
上上　おり姫／おみき　市川吉太郎　嵐座
上上[六]　かりや姫　瀬川吉次　市村座
上上　ときよしん王　沢村哥川　市村座
上上　おかね　嵐小式部　市村座
上上　染ぎぬ／お才　嵐豊松　嵐座
上ト　まきの前／お高　中村哥柳　嵐座
上上　六兵衛／文月　坂田幸之助　森田座
上ト　江口　沢村千鳥　小川座
上　力彌　三舛次郎吉　藤川座
上　うば／おら源　嵐雛次郎　嵐座
上　みさほ／おはま　嵐久菊　小川座

〇若衆形之部

役済暇乞は三浦の梶原役さのみ出来たと申でもなく一ト通り」(世鳳凰)。二六「秋の比の八百や半兵衛にて春よりの入を取かへしたも道理見る人ごとにこしを打ぬかされ、次に小間物や惣七の仕打」(世鳳凰)。二七 以下、吉の変化を示す。吉吉吉。「此三等一位也。但し吉は吉より位重し。されども吉は順にして上へ昇進早し。吉は逆にして発達至ておそしとしるべし」(劇場漫録)。「口をしろくするは、順にして次第に黒み、やがて上上黒吉に成るべき位の付様なり。口を黒くして士を白くするは、大かた此位にて、急にはすゝみがたき位と仕内見えければ、か様におく事、古来よりの例なり」(大全)。二八 極上上吉より上位。「此至の字、大にはたらき強く、極々の至りいたる場となる」(大全)。二九「秋狂言のくずのは女西行も評よく時ならぬ大入」(世鳳凰)。三〇「秋のすがはらの千代はきつい出来で有たぞ〳〵」(世鳳凰)。三一 士士士。「此三字一等也上上士と云位は上上士より位重けれ共上へ進むる事おそし。士は士と進み白の吉へ進むゆへ昇進早し白の士は順にして士は逆なりとしるべし」(劇場漫録)。

一「世鳳凰」の位付では、上上吉。「秋替り」の谷にて弥陀六」とある。二 上上上。「此三字一等とす。白の上より段々黒の位に進む也」(劇場漫録)。三 安永十年板「岡目八目」には、「立役之部」に入る。「此人は明和九年冬北がはの芝居へ登られお勤の中忠臣蔵ゆらの介の大当り其外師直義平の役などもよいと申ました」(劇場漫録)。四「花も実もある実悪は万花にさきがけし顔みせ評判第一諸芸の水ぎは

上上 石川惡右衛門 沢村淀五郎 森田座

○敵役之部

上上吉 太五平 佐二兵へ 坂東岩五郎[七] 嵐座
上上吉 藤原時平 はじの兵衛 中嶋三甫右衛門[八] 市村座
上上吉 治部太夫 大谷廣右衛門[九] 森田座
上上吉 奴歩藏 大谷友右衛門 中村座
上上吉 向井主計 小倉傳右衛門 八栗定右衛門 中村次郎三 小川座
上上士 黑塚源五 中嶋勘左衛門 中村座
上上士 おの定九郎 入間丑兵へ 十太郎母 坂田來藏 藤川座
上上士 杢兵へ 市川宗三郎 嵐座
上上士 上村傳二 惣かお百 松本友十郎 藤川座
上上士 高師直 家ぬし 染川此兵衛 藤川座
上上一 春藤げんば 三國冨士五郎 市村座
上上 高師安 具足や藤兵へ 中村津多右衛門 中村座
上上 てんらんけい 市川純右衛門 市村座
上上 奴宅内 安達藤九郎 坂東三八 市村座
上上 山名軍太夫 松本小次郎 中村座

上上士 左近太郎 市川門之助[一〇] 森田座
上上士 立田の前 源藏女房 佐野川市松[一一] 市村座

○江戸太夫元之部

無出勤 中村勘三良[一二]
大上上吉 梅王丸 市村羽左衛門[一三]
上上吉 秦重宗 市村龜藏[一四]
無出勤 森田勘彌[一五]
上上吉 秦武總 森田又次郎[一六]

○當時休之分

若女形 京藤川座 嵐小六
若女形 同 尾上松之丞
若衆形 江戸中村座 坂東彥三郎
若衆形 同 市川雷藏
敵役 同 市山傳五郎
立役 江戸森田座 笠屋又九郎

きれいにて仕内の根じまりよし」(役者大通鑑、安永五年正月)。同年十一月には、初の座頭を勤める。四十一歳。五 このとき毛剃の初演。為十郎によって初演され、得意芸となる。梅の小平二は、毛剃の兄の役。「後平二」とも書く。六 この一行、岩波文庫本・東大出版会本ともに「実悪之部」に入れられているが、組み誤りよりきたもの。七「第一大がらにて、かつぽくよく、上下事取合、世話敵の侍などにしては、至極にくう、別而おかしひ事をさせては、腹の宿替するやうな事は度〳〵にて、今での敵役」(新刻役者綱目、以下、綱目と略称)。八 二代目。「敵なれどもをかしみをくはへての仕内、愛敬ある人なり。同(宝暦)十二午のとしより、三甫右衛門と改名し、明和三のとし、上上吉に至り、をかしみをやめられたならば、一段とよかるべし」(綱目)。九 三代目。「全体小手きゝにて、其上ぶたい身に入れてせらるゝ故よし」(綱目)。一〇 二代目。「同(宝暦)十二の冬、中村座にて、市川の門葉と成て、弁蔵と改、若衆形を勤、又明和七年の霜月より、古人門之助の名を継ぐ。去とはりゝしき仕出し、よいぞ〳〵」(綱目)。一一「今の市松は、市村河江の弟子にて、始坂東愛蔵とて、宝暦七年の冬より、子役にて出、明和元申の年より、若女形と成、やぐら下に入、同四亥の冬、古人市松の名跡を相続し、森田座へ出、此ごろ上上士と評し、同五子の春より、市村座へ出、つゞいての勤、故盛府ほどに名をあげたまへ」(綱目)。一二 中村座太夫元。「今七代目勘三郎は、始は明石といひて、六代目勘三郎の子なり。寛延三年午の霜月より、座本をつと

上上	平山武者所 義二兵へ 加岡文藏	桐山紋次	嵐座
上上	かもの後室 あぐり平太郎	中村大太郎	森田座
上上	都大じん 浮ふの二三	三舛松五郎	小川座
上上	和田新兵衛 半介	中嶋國四郎	中村座
上上	奴國平	坂田國八	中村座

○道外形之部

上上十	荒八	嵐[一]音八	中村座
上	杢太郎 もめんかい	大谷德次	森田座

○老功之部[二]

上上吉	かくじゆ	冨沢辰十郎[三]	市村座
上上吉	あしや将監 藤原右文	沢村長十郎	森田座
上上士	早の三左衛門	嵐藤十郎	藤川座
上上	にせむかひ	佐川新九郎	市村座
上上	玄恵法印	市川團五郎	中村座
上ト	五松宰相 さいだい寺	藤川十郎兵衛	小川座

敵役	同	中村新五郎
敵役	同	中嶋三甫藏
若女形	同	吾妻藤藏
立役	大坂三桝座	三升大五郎
敵役	同	三升他人
若女形	同	三升德次郎
娘形	座本	三升松之丞
立役	大坂小川座	藤川八藏
若女形	同	沢村國太郎[四]
實惡	大坂中村座	中村歌右衛門[五]
立役	同	市野川彦四郎
立役	大坂中村座	藤松山十郎
立役	同	嵐三十郎
立役	座本	中村十次郎
實惡	同	坂東滿藏
敵役	同	市川幾藏
若女形	同	中村喜代三郎
若女形	同	市山七藏
若女形	同	嵐雛次

む」(綱目)。 一三 市村座太夫元。九代目。「今の羽左衛門は実子にて、初名満蔵といひ、享保十六亥の年冬、始て出勤し、延享二丑のとし、亀蔵と改、宝暦十二午の八月より、座本をつとむ、すなはち羽左衛門と改名す。所作事の達人にて、全体器用なる仕内にて、人品よく、(中略)古今奇代ともいふべし、誠に今様の名人」(綱目)。 一四 市村座の若太夫。「今の羽左衛門子にて、始の名七十郎といひ、宝暦十二午の年より、亀蔵と改、若衆形を勤、末頼もしき芸風」(綱目)。 一五 森田座太夫元。「今七代目の勘弥は、始は滝中重の井と云、元文五申の春より、先の訥子弟子と成、沢むら重の井と改、延享三とらの冬より、沢村小伝次といふ。名人の名を継ぎ、女形にて評判よく、寛延四の冬より、森田勘弥名跡を相続し、立役と成、又女形を兼ぬ」(綱目)。 一六 森田若太夫。六代目勘弥の又左衛門の子。

一 二代目。初代の子彦吉。「明和七とらの冬より、音八と改名す。親に似てあほうに成て名をあげられよ」(綱目)。
二 年功を経た老役。親仁方にあたるが、老婆・敵役なども含む。
三 「此人始は享保十二年霜月、大坂前の沢村音右衛門座へ、色子にて出、とみ沢千代之介弟子にて、富沢辰之助とて、元文三午の年冬、女形にて、森田座へ下り、同四年未の冬より色悪と成、元文五申の年冬より、辰十郎に改、主役、古坂東彦三郎の風あり、狂言引しめてせらるゝゆゑ、舞台しまる事至て功者なれども、これも花うすし」(綱目)。
四 「寛延の始、京の色子にて、所作は佐

娘形 同 中村槌五郎

○其外略之細評は追而(おって)御覧に入ませう

千秋万歳樂(せんしゅうまんざいらく)[六]

安永五年[七]申九月吉日

京[八]ふや丁誓願寺下ル丁

八文字屋[九]八左衞門板

渡しま長五郎の弟子なり。(中略)風俗花奢にして、器量よく、所作は自由なり。今鯉長をのけて、傾情事などは此人」(綱目)。

五 初代。「一国をくつがへす謀叛人につかひては、続く者なき人品骨柄、威あつて猛く、眼中尖く、どうもいへぬおしたて」(綱目)。

六 興行の最終日を祝う詞。もと雅楽の千秋楽、万歳楽に出、演能の終了に、祝素謡としてうたわれた「高砂」の切、「千秋楽は民を撫で、万歳楽には命を延ぶ」による。ものの結びに唱えた祝言。千と万のめでたい語呂を合せたのと、「秋」は「終」に、「楽」は「落」に通ずるからともいう。のちには「秋」の字を嫌って「穐」と書くようになった。「年中別条なく芝居をつとめ、十月廿日前後。いづれも舞台へより合。千秋楽をうたふ事」(大全、巻五)。

七 出版年月日であるが、八文字屋は明和四年に退転している。

八 京都麩屋町通誓願寺下ル町西側南寄。八文字屋の住所。

九 八文字屋代々の通称。安藤八左衞門。当代は、瑞笑の弟、自笑。

補注

矢の根

一 **曾我五郎・十郎**（五二頁） 河津三郎祐泰の子。伊東二郎祐親の孫。十郎祐成（一一七二—九三）は兄、幼名一万。弟が五郎時致（一一七四—九三）、幼名筥（箱）王。父祐泰が一族の工藤祐経に殺されたのち、母は兄弟をつれて、曾我祐信に再嫁するにおよび、兄弟は曾我を名乗った。建久四年（一一九三）富士裾野の狩場に、時致は兄祐成とともに父の仇を討つ。その事跡は、吾妻鏡・曾我物語に記され、幸若・謡曲をへて、浄瑠璃・歌舞伎に仕組まれ、三大仇討の一つとして江戸時代の民衆の間に名高く、ことに江戸の劇場で好まれて上演された。なお、五郎の方が、御霊（ごりょう）として音の通うところから、曾我神社に荒人神として祀られる。また芝居では五月に曾我祭が行なわれるのが年中行事であった。

二 **大ざつま文太夫**（五二頁） 大薩摩文太夫初代は、三代目主膳太夫（?—一八〇〇）の前名。「明和の頃も大薩摩右扇太夫・同文太夫等ありて」（声曲類纂）。二代目富士田新蔵（?—一八二一）。宮内寿松「大薩摩の代々」に「二代目文太夫は後年水戸に帰り縫左衛門に改名し、文政十年に死去したらしく思はれる」とあるのは誤り。水戸市妙雲寺の墓石銘により文政四年とすべきものである。三代までである。

河一による大薩摩主膳太夫は、享保十四年正月の初演のとき出語りしたのが初代（一六九五—一七五九）。大薩摩節の流祖。「寛保・延享の頃行はる。譚海に云、市村竹之丞が弟善蔵といふもの、薩摩左内が弟子になりて、大薩摩主膳と云てさつまぶしを語り始めたり」（声曲類纂）。以後、三代まである。宮内寿松「大薩摩の代々」、「大薩摩杵屋系譜」〈音曲叢書一〉参照。

三 **市松の上ゲ障子**（五二頁） 市松は白と黒の碁盤縞。石畳模様。若衆方佐野川市松（一七二二—六二）の衣裳の模様から流行して、その名で呼ばれるようになったが、舞楽の袴の模様などにすでにあったもの。市松が、寛保元年二月、江戸中村座に下って「高野心中」の粂之介に扮して用いてから流行した。鳥居清広筆の役者絵の乱菊丸の役にも見られる。上げ障子は蔀（しとみ）のように作った、紙を張ったもので、紺と白の市松模様（守貞漫稿）。

四 **天筆和合楽、寿福開運万**（五三頁） 正しくは、天筆。次の地福と対照して用いられた。この文句は、もと新年の書初の詩句として普及していたもので、「女子手習筆のしおり」（天明七丁未年、京都菱屋孫兵衛板）にも「天筆和合楽 地福皆円満」と見えるもの。和合楽は、舞楽、万秋楽の異名「天地和合楽」によったもので、その名のめでたいのに因んだ。この文句は、手鞠唄などにも唄われ、かなり一般に普及していたものと見え、松の落葉、四「だうらく踊」にも「手鞠つくにの、よいつく〳〵に、はつ天筆和合楽とぶつつけた」とある。清元の「北州」にも「君は千代ませ〳〵とよろこびを祝ふ天ぴつ和合神」とある。「寿福開運万」は、「地福皆円満」のもじり。満から万巻と語呂を合せて続けた。「潤色江戸紫」では「地福皆円」。天保四年十一月の市村座上演の「暫」のつらねでは「福寿皆円」。いずれも、天と対照して地上の福があまねく満ちているの祝意。松の落葉、四には、地福踊がある。

五 **古井**（五三頁） 曾我物語には見えない。幸若舞曲、和田宴に「五郎時宗はふるひといつしところに、矢の根をみがひて居たりしが」とあるによる。宇治加賀掾の浄瑠璃「頼朝浜出」第三段の「曾我五郎時宗は古井といひしところに、僅か庵を引結び」も、宝永五年板の土佐節の「風流和田酒盛」もこれによる。

六 **矢の根**（五三頁） 矢の根のことは曾我物語にはない。補注五の項のごとく、幸若舞曲、和田宴にはじめて見られるものである。さらに黒木勘蔵が指摘したように、それをうけて、貞享の末か元禄初年頃かとされる宇治加賀掾の浄瑠璃「頼朝浜出」に「ぶしの道磨かんと錆びたる矢の根を取出し、げに侍の一道をとぐが如しみがくが如し」とあり、また宝永五年板の土佐少掾の正本「風流和田酒盛」に「弟の五郎時宗は、古井といひし所に、矢の根みがいて居たりしが、あまりねむさに、碁盤引寄せ枕としてゆたかにこそは伏しにけれ、かゝる所に、舎兄祐成の面影が、まくらがみに立よと思ひてかつぱと起きて見てあれば、あたりに人はなかりけり」とあって、十郎の危難を救いに裸馬に乗って駈けつける（近世日本芸能記、矢の根五郎の原拠と系統）。今日歌舞伎に残ったテーマからすれば、この土佐節のものが一番近い。なお、歌舞伎に見られるものでは、元禄十六年正月の山村座の「傾城浅間曾我」（元禄歌舞伎傑作集、上）に「こゝに五郎は、弟禅師が還俗道ならぬ振舞一矢に射殺し棄てんと、二階より忍び入り、矢の根をみがき、すでに危く見えし時」とあり、土佐節のものとはかなりちがう。今日に定着した、享保十四年の「扇恵方曾我」で二代目団十郎が演じたものは、この土佐節との関係で成立したものであろう。伝説によれば、江戸神田の佐柄木町（一説には中橋）に、幕府御用の佐柄木弥太郎という研物師があり、毎年正月に矢の根研ぎの儀式をするのを取り入れたものと伝えるが（市川三升「九世団十郎を語る」）、それは歌舞伎に演出するに当たって取り入れたものというべきであろう。

七 **養由**（五三頁） 平家物語、四、鵼の条に、二条院が、頼政を「昔の養由は、雲の外の鴈を射き。今の頼政は、雨の中に鵼を射たり」と賞したことを記しているように、養由は弓の名人の引合いに出される。養由基。中国春秋時代、楚の大夫。弓術の名人。史記、周本紀・漢書、枚乗伝に、百歩の間の柳葉を射て百発百中したと見え、淮南子・説山訓・蒙求に、楚王の白猨が弓を張っただけで樹を擁して叫んだとある。宇治拾遺物語、八ノ一・保元物語、上・太平記、十六・義経記、五・謡曲、花月・狂言歌謡等に見える。

八 **虎と見て石に**（五三頁） 史記の李将軍列伝の故事により、漢の武帝に仕えて匈奴を討って大功のあった李廣が、虎と見誤って射た矢が石にささったというので、一念、石をも通すという譬に用いられる。古くから、日本にもひろまっており、この故事を描いた障子が清涼殿にあった。平家物語、一、二代后に「李将軍が姿を、さながら写せる障子もあり」。なお直接には、曾我物語、七、李将軍が事の一章によったので、五郎が仇討の決心を物語る譬に引用している。

九 **矢立**（五三頁） 兄弟が祈誓をかけた矢立杉（曾我物語、七）は、現に箱根権現の境内にあり、これをふまえるか。

一〇 **海老蔵**（五三頁） 初代市川団十郎の初名。二代目団十郎が、享保二十年十一月（「矢の根」初演より六年後の四十八歳）に改名以来、団十郎の前名または後名として、団十郎に次ぐ重い名となっている。

一一 **福の神尽し**（五四頁） 福の神から大黒・恵比須・毘沙門天・布袋・福禄寿・弁財天などの福の神を読みこんでくる。正月の初夢のための宝舟の一枚摺の絵には、七福神の乗り込んでくる様が描かれ、また新年には七福神詣がある。ただし、底本に寿老人が現われていないのは、江戸中期以前の、まだ七人に定まっていない時期を示すものかと思われる。大黒の頭巾を、つねに頭巾を脱がぬ慮外者といい、鯛を抱いている夷神を脇の下が臭いといい、毘沙門の兜頭巾を用心すぎてうっとうしいといい、布袋を土の置物と見、頭の長い福禄寿は、月代を剃るのに大変だという。これは大津絵に梯子をかけて月代を剃る絵があって、民衆にはこの発想は馴染みであった。また、ただ一人の女神弁財天を、私娼の船饅頭に見立てたところに、江戸っ子の悪態好みの洒落がある。

一二 **鼻の先なる夷霞**（五四頁） たばこを詠んだ貞柳の狂歌「雲と見る芳野たばこのうすけぶりはなのあたりを立ちのぼるかな」などの類歌をふまえたものであろう。たばこは慶長期に伝来されたから（目ざまし草）、曾我兄弟の時代にはまだない。

一三 **上からよんでも永き代の**（五五頁） 「ながきよのとをのねぶりのみなめざめなみのりぶねのおとのよきかな」の、上から読んでも下から読んでもおなじ廻文歌を記した宝船の一枚摺の絵を「お宝売り」が呼び売りをしてくるのを買い、これを節分の夜、あるいは正月二日の初夢に、枕の下に敷いて、吉夢の祈りとしたもの。五郎にとっては、敵祐経の首をとる吉夢を見ようかということになる。

一四 **邯鄲の枕**（五五頁） 唐の開元年間に趙の邯鄲県で、少年盧生が、道士呂翁から借りて、黄粱の一炊する間に、人間一生の栄華の夢を見た枕のこと。邯鄲の夢とも、盧生が夢、黄粱一炊の夢ともいう。ことに謡曲、邯鄲で名高い。栄華の夢が覚めるたとえに多く引用される。前文の「食後の一睡一楽」をうけ、黄粱の一炊の間に見た栄華の一楽と見立てて、邯鄲の枕と言い出した。

一五 **東は奥州外ケ浜**（五六頁） 以下この詞章は、もと曾我物語より出る。「其の上一旦隠れ得たりと言ふとも、東は奥州外の浜、西は鎮西鬼が島、南は紀伊の路熊野山、北は越後の荒海までも、君の御息の及ばぬ所あるべからず。天に翔り地に入らざらん程は、一天四海の内に、鎌倉殿の御権威及ばざる事なし」（九、祐経にとゞめを刺す事）による。儀式狂言としての厄払い的な語り物の祭文口調を残すものであろう。なお、「鳴神」の幕切れにも用いられる。

外が浜は日本の東北端、津軽半島の東部海辺。外ノ浜、卒土ノ浜、卒都の浜なども書き、「南留別志」は「日本の外といふ事なるべし」といい、「玄同放言」は、後漢書を引いて、夷人別色の名、蘇塗なるべしという。謡曲、善知鳥の舞台となったところ。

一六 **直ぐに行けば五十丁**（五七頁） 幸若舞曲、和田酒盛では「廻れば三里すぐに打てば五十町」とあり、宇治浄瑠璃の「頼朝浜出」では「すぐに打てば一里十八丁、廻らば三里はら〳〵」、土佐浄瑠璃の「風流和田酒盛」では「すぐにうてば五十町、まはれば三里」とあり、矢の根の条のほぼ形の定まった浄瑠璃系の文句であった。なお「直に通へば一里十八丁、廻らば三里よほいほ」（松の落葉、六、奈良名所尽）のごとき、歌謡調が入ったものか。

1 口上(五二頁)　楽屋頭取が、道具裏から「東西声」を触れると、舞台中央に裃姿の後見が平伏していて、口上触れが終わるとともに頭を上げ、口上にかかる。明治四十三年、明治座顔見世興行のときの口上を記すと、「たかふは御座りますれど、偖て是れより相勤め御覧に入れますは、歌舞伎十八番の内矢の根に御座ります。是れは大むかし大時代の狂言には御座りますが、故きを温(たずね)ねて新らしく、市川宗家の許しを得て、演じまする儀に御座りますれば、御目まだるき処は御贔屓を持ちまして、ゆるゆる御見物の程を偏に願ひ上げ奉ります」と述べて引っ込む。

2 襷の演出(五六頁)　七代目幸四郎の型は、九代目団十郎によったものだが、この箇所だけを変えたと次のごとくいう。「夢から醒めて、工藤の館へと急ぐ時、師匠は鼓の合方でツナガセながら、後見に仁王襷をかけさせましたが、それは相当ひまが掛かりますので、私は最初から結んだまゝのを用意し、すぐに手を通すことにいたしてをります」(「白鸚夜話」演芸画報、昭和十六年十二月号)。

3 後を振り返る型(五七頁)　「矢の根の花道へ行きかけて馬上からの後ろを振返へるのも由縁(いわれ)があるのです。七代目団十郎がお稲荷様信仰で稲荷下しをやつた処、「私は野狐であつた五余年前曾我十郎が狩屋へ行つた時、五郎が裸馬に乗つて追駈けて来た、其時一ツ嚇してやらうと思つて馬の来る往還へ出て行くと馬上の人はヒョイと背後を振向いた、其時は実に怖ろしかつた」と云つたのださうです。此話が市川宗家に伝へられ七代目が矢の根に取入れて馬上で振り返る型を見せたのだと、新川の近藤さんが云はれました」(松本幸四郎「松のみどり」)。

助六

一 花川戸の助六(六〇頁)　今日の台東区花川戸一丁目は、旧花川戸町の大部分にあたる。「花川砂子」に「川ばたの通りの町なり、今戸、花川戸も皆、戸口よりての名ならんや」とある浅草川(隅田川の部分的名称)西河岸の町名。「本町の中央西寄りの路地を里俗に戸沢長屋と唱えていたが、これは戸沢山城守の邸地跡であったことにもとづくもので、花川戸助六もここにいたといわれている」(台東区史)。江戸三座が、天保の改革で、猿若町へ移転したとき、「助六はおらが隣りとりきむなり」という川柳があった。江戸っ子は、芝居によって名高くなった助六は、通人侠客を出した同地の札差町人の面影を写して、花川戸の実在の人物のごとく錯覚していたのである。「近世奇跡考」に「花川戸貞享江戸絵図舟川戸とあり古名歟の助六といふは、浅草三谷の侠者(おとこだて)にて、さしてことなる所行もなき者なれども、これもかの万屋助六と同名なるをもつて、三浦の総角に対して、其名をかりもちひたるものゝよし。彼の三谷の助六身まかりし後、同所日照山易行院と云、浄土宗の寺に葬(ほうむ)けるよし」とあり、上方下りの助六に対して、花川戸に同名の助六のあったことを認めている。「増補洞房語園」も、この助六を悪者として「浅草花川戸に助六と云者有男伊達にて悪者故後に御仕置に成けり」といい、俗に大口屋暁雨をもって助六に擬し、「爰に浅草辺に何者成やはい名を暁雨と云呼名を助六と云が総角の方え深く通ひけるが太鼓持に髭の意休といへるを愛して召連たり其比侠客ども豪夫助六を妬み憎みて度々口論抔有し其あらましを初代の市川海老蔵狂言にせしは世の能知る所也」とし、「又京都に万屋助六と云者有島原の傾城揚巻と云に馴染しに親共其放埒を見かねて勘当せしが其時助六縁切に千両被下候様に頼けり父千両遣ければ此金子を以揚巻を請出兼て彼が腹に一子をもふけて外へ預置けるを呼寄せ其子を親の前へ書置して捨て両人共自殺したりかよふの事を取交て助六の狂言といふ者を取組しと見へたり」という。関根只誠は、その「情死録」(名人忌辰録附録)に、万屋助六、扇屋揚巻の千日寺心中を、「宝永六巳年三月十一日情死」としている。なお「歌舞伎年表」は、正徳三年の初演の条に、「遊歴雑記」を引用し、承応の頃、花川戸に住した戸沢総之助のことだとする。また大口屋暁雨については、寛延二年の三度目の上演の条に「此時、大口屋暁雨翁、下桟敷片側買切にて見物」と記す。

なお、暁雨と助六の関係は、「十八大通」の「御蔵前助六之事」に、「葛飾の馬文耕が著したる草紙には、大黒の紋を付たるは、札差伊勢屋宗四郎を今助六と書たるは誤にして、大黒を真向に、色さしの加賀紋に染させ、替紋に付しは大口屋治兵衛暁翁といふ人の事なり。吉原通ひの小袖の紋に、大黒の色さしは助六の出立にして、二代目柏莚助六の時、ぎよやう牡丹を色さしにして付しを学びて付し事と思ふ。暁翁吉原へ来る時は、黒小袖小口の紋付を着流し、鮫鞘の一腰、一ツ印籠、下駄はきて大門を這入と、仲の町両側の茶屋の女房出て、暁翁が大黒の紋を見れば、そりやこそ福神様の御出とわや〳〵いふ故、いつしか此姿を今助六といふ。二代目の柏莚も暁翁とはむつまじきひゐきの中ゆへ、二代目七十を越して、男文字曾我物語といふ名題にて、三度目の助六を一世一代として勤たる時、中村座にて下栈敷片側残らず買切にて暁翁が見物、東栈敷は小田原町鯉屋藤左衛門が連中也。其比は神田新場のひゐき連中、各々初日より見物有て賑はしく、二度目の介六より河東節上るりにて勤る、此時代江戸中河東連中流行する也」(日本随筆大成、第二期六巻)とある。また、森島中良の「反古籠」に、「元禄の末、蔵前の米や烏暁といふ侠者、新吉原三浦や四郎右衛門が抱への揚巻に馴染を重ねけるを、上方の揚巻助六になぞらへて烏暁を揚六殿ンと仇名しける。牽頭持は髭の無休なり。湯島の浪人田中三右衛門といふ者も揚巻が客にて、其事につき度々喧嘩ありしとなり。其後正徳三年山村座の花館愛護桜の二番目に、其事を夢の市兵衛が事と、上方の万屋介六を取り交ぜて、作者津打半右衛門が作れる狂言なり。牽頭持の髭の無休を意休と替しは猶顕在なる故なり。大尽にしたるは作者の働なり。此説よし。烏暁が手翰は浅草の何某が所蔵、鮫鞘、印籠、日和下駄何れも烏暁が真似なり」とある。そのほか、「墨水消夏録」「劇場書留」「江戸著聞集」「萍花漫筆」「続ひとり寝」「説聞集」「今昔集」「宝享見聞集」「椎の実筆」「愚雑俎」などに種々異説が多い。なお「浪花青楼志」のごとく、助六の事実を「名氏不ㇾ詳観場の劇文なるべし」と一蹴したものもある。

二 **揚巻**(六〇頁) 貞享四年九月板の「朱雀しのぶずり」に、京島原の上林五郎右衛門内の梅之部に「総角」の名が見えるが、「助六」の揚巻との関係は不明。なお、「改正新町之図」(元禄十年四月)の大阪の太夫名寄に「よしのや内、あげまき」(摂陽奇観、二十三)とある。上方の助六・揚巻の千日寺の心中が、江戸へ移され、江戸の吉原に舞台を求めると、自然その名を吉原に仮託することになる。「増補洞房語園」は、三浦屋と縁者で、吉原の名家であった玉屋山三郎方に「濃紫の末に至りて総角といへる遊女有何れも高名也、総角は一代也」とし、ただし、助六に擬せられる「暁雨の馴染しは三浦屋の松枝と云遊女也」という。「近世奇跡考」は、「正徳中、三浦屋の総角名妓のきこえ高かりしゆゑに、かの浄瑠りにもとづきて作れるなり」とする。なお、宝暦四年板の「交代繁栄記」に、吉原の「大かつさや」の内に「あげ巻」の名が見える。「あげまき」の遊女名は、おそらく上方にも江戸にもあったもので、吉原の揚巻は、暁雨とおなじく間接の見立であろう。

三 **白玉**(六〇頁) 正徳三年の助六初演の絵本(「近世奇跡考」所載)によれば「きせ川」。安永八年三月、中村座の上演のときより吉原玉屋山三郎方の遊女白玉に変えるという。遊女名としての「しらたま」の名は、すでに寛文七年頃板の「吉原天秤」に、角丁喜左衛門の内にその名が見え、宝暦四年板の「交代繁栄記」の吉原の丁子屋内に「しら玉」の名が見える。また「きせ川」の名は、曾我物語などに見える、手越の少将、大磯の虎とならんで、「海道一の遊君ぞかし」といわれた「黄瀬川の亀鶴」を連想させる。

四 **禿**(六〇頁) 禿の源氏名は二字名に限られ、二人ずつ対の名とする。「このも」「かのも」の類。「大内女の童額際にて髪をきるを禿髪といふ都て娼婦の遣ひものなり此内より太夫天神端娼婦夫〳〵の器量そなわるなり」(誹諧通言)。また道中に、禿を二人ずつつれるのを「二人禿」といい、「宝永年中新丁中近江屋都路といふ女郎より仲の丁へ出るに二人禿をつれる事はじまるなり」(誹諧通言)とある。また「三浦の太夫は二人禿なり」(嬉遊笑覧)とある。紋日(物日)に、近辺より臨時に雇い入れるのを「雇禿」といった。おおむね、七、八歳より十二、三歳位までの女子で、のちに遊女になるものを「禿立(かむろだち)」という。

五 **遣手**(六〇頁) 遊女の監督、仕付け役。「惣じて女郎新造禿の身持行義の躾又は弐階の取捌に心を遣ひ手を遣ふ役ゆへ遣手といふて内証の代りをするなり」(誹諧通言)。多く遊女の古手がなる。「やり手とは役の名にてもとくわしやといへり」(嬉遊笑覧)。「くわしや」は花車と書いた。

六 **男伊達の役名**(六一頁) 〔矢大臣源七〕矢大臣は、俗にいう矢大臣門に因んだ名。正しくは二天門。浅草寺本堂東方の、いわゆる東谷の総門。もと東照宮を境内に勧請したときの随身門。馬道へ抜ける所にある。〔文箱次郎八〕延命院前、馬道七丁目(江戸地名字集覧)の北谷知善院の文箱地蔵の擬人化。川柳に「さて長い日だと文箱など拝み」(安永)、「文箱を持った地蔵も廓(とき)の道」(天保)。〔朝日の弥右衛門〕新吉原の丸屋甚右衛門方に安置する朝日の弥陀如来に因る(吉原大全)。「朝日如来は女菩薩の地へ安置」(柳樽、六十七)。〔仁王の喜三郎〕仁王門による。浅草寺の山門。金剛・力士を安置する。〔雷門八〕雷門(神鳴門)に因んだ名。浅草寺南方の惣門。風神・雷神を安置した門。正しくは風雷神門。〔竹門の稲六〕浅草馬道八丁目(江戸地名字集覧)、のちの田町一丁目の南方、浅草寺の地内にある木戸を竹門といった。むかし竹木戸であった名称の名残りという(府内備考)。なお同書は「事蹟合考」を引き、「むかしは浅草寺の今の山門壱丁ばかり前、右の道、東北のはづれ竹門と云もなしに、尋常の海辺なる也。されば今も武士馬上にて通る也。これによつて馬道といふなり」という。男伊達の名は、それぞれ神仏に因んでいるので、竹柴愬太郎氏より、稲六は馬道の道陸神をもじったのではあるまいかとの御教示を得た。そうするとさしずめ、意休を白髭大神または関帝と見立て、その子分の男達たちを末社の神と見立てたことになろう。

七　**福山のかつぎ**(六一頁)　七代目団十郎初演のときから、福山となった。福山は堺町の蕎麦屋で、芝居へ蕎麦の出入りを勤めていた店、芝居が猿若町へ移転したとき、同所へ引越し、一丁目東新道の角に居たが、嘉永の初年に絶えた。福山の前は、二代目団十郎の三度目の寛延二年のとき以来、市川屋で、市川屋は、堺町にあった名代の饂飩(うどん)屋市川屋弥助のことである。「担ぎ」は、出前の男のことで、挟み箱ようのものに入れて配達したのをいう。なお、福山の蕎麦屋になっても、それ以前の市川屋のうどんを残し、芝居にうどんを出すことになっている。

八　**髭の意久**(六一頁)　「実は伊賀平内左衛門」として、「助六実は曾我の五郎」に対する本性とする。伊賀平内左衛門は、源平盛衰記・平家物語などに見える伊賀平内左衛門尉家長。伊賀の国の人服部氏(三国地志)という。また、大日本史、列伝第八十一は、一本平氏系図に拠るとして、家長を平家貞の子とする。頼朝に恨みのある曾我兄弟を味方につけ源氏を亡ぼそうとする平家の武将の隠身と見立てた。なお、浄瑠璃の「本海道虎石」(錦文流)、「那須与一西海硯」(並木宗助)、「蒲冠者藤戸合戦」(宗助)に登場する。「近世奇跡考」五、助六狂言考には、「洞房語園」を引用して、「洞房語園の髭尽しの文に、髭の達人は、もろこしに関羽、日本に朝比奈、宗祇、女郎買に無休あり。十あり云々。髭の無休と云は、元禄中の幇間なり。十と云は、深見十左衛門自休が事なるべし。此人額おほきくぬきて、頬髭あり。髭の十ともいひけめ。名は髭の無休を翻用し、仕業は深見十左衛門入道自休が事をとり用ひ、合して以て、髭の意休とはしたるならめ」という。また「寸錦雑綴」には、寛文十三年日付の証文を掲げ、「意休怠状(あやまりじょうもん)」とし、「世に意休といふは此重左衛門が事也。姓は深見氏表徳を自休といふ」とある。また、「増補洞房語園」に「意休と云るは、穢多にて有有徳成ぬゆへ侍にやつして吉原へ入込けるが後穢多成事知れて女郎屋より帰さんと色々にすれども怒て不帰、此時暁雨居合けるを頼たるに暁雨止事を不関意休を手ごめにして帰しける。其あらましを初代市川柏莚に真似させて狂言にせし也」という。

九　**大格子**(六一頁)　吉原の遊女屋に大格子・小格子の別がある。大格子はまた、総籬(そうまがき)または大籬(おおまがき)ともいう。古くは、太夫・格子見世、散茶見世、梅茶見世、切見世の四階級があったが、寛政以後、散茶より、大籬・半籬の二種ができ、町並(梅茶)、小格子(河岸見世)、長屋(切見世・局見世)の五種がある。すべて見世の格式は、籬のあるなし、格子の大小によってきめられていた。大籬は、間口十三間に奥行二十二間。間口は十三間のうち、四間を見世、右方五、六間を幅七寸の赤塗の千本格子とし、入口は九尺から二間を定めとし、それ以下の家は、間口十間を超えることを許されなかった。

一〇　**三浦屋**(六一頁)　「元文年中古き細見にも三浦屋七軒有しが、追々減じて本家三浦屋四郎左衛門、向側にて孫三郎、源左衛門是を向ふ三浦屋といふ。又三浦屋三軒共云たるとぞ。(中略)元文の比迄、太夫ありしは、玉屋山三郎と三浦屋三軒也」(増補洞房語園)、「是等其頃の大見世なり」(洞房語園)。

一一　**すがゞき**(六一頁)　清掻・菅垣・清攪などと書く。もと、和琴(わごん)の箏法からで、箏曲・三味線楽に入る。「残夜抄」によれば、「和琴にはことおこしといふ物あり。此頃は絶たるにや。引人なし。又ことおこしなきにはすががきといふ物をすべきとかや」とあり、吉原の店すががきも、この「ことおこし」の意を承けて、見世開きに用いたものか。「守貞漫稿」二十、娼家下に「吉原町見世女郎ども黄昏に至り夜見世を張る時、内芸者ある家にては、内芸者の役とし、無之家には新造の役として、三絃を見世の敷居際にて繁絃するを今世の「すがゞき」と云。故に夜見世をしらす菅垣など云ひて弾之を合図に見世女郎ども上妓より次第に出来り、見世に列坐する也。正面を上妓とし、左右を下妓の座とす。此時内証と云ひて主人の棲む席の隔に簾を下し鈴を鳴す也。簾を下して障子を開く也。其次すがゝき。（中略）新吉原へ移りし比も専ら唄ひて合の手にすがゝきを弾きしが、後に小歌唄ふことは止みて、すがゝきのみ残りし由也、云々。今も吉原の菅垣は毎家大同小異ありと雖も、皆繁絃にて唄はなく、同じ事をくりかへし弾也。此行他無之也」。「柳花通誌」は、明暦年中、新吉原に移って、夜見世が許されたとき、そのころの流行唄をうたい、間(あい)の手に、すがかきを弾いたのが、のちにその手ばかり弾くようになったのだという。なお、「紙鳶」（元禄頃板）を引用し、もと尺八の曲だったのを三味線の手に移したのだとも記す。また「すがかきは黄鐘の調子にして、陽音なれば夜舗(よみせ)の初めに是をひくこと、俗にいふ悪魔払ひのこゝろにやあるらん」というのは、注目に値する。

一二　**累**（六三頁）　下総国岡田郡羽生村の名主与右衛門の妻。醜悪、邪慳な女で、夫のため絹川につきおとされて殺されたのが死霊となってたたり、法蔵寺の祐天上人の功徳によって救われるという伝説によったもので、「新著聞集」「近世奇跡考」「相馬日記」などに見えるが、小説「死霊解脱物語」（元禄三年板）によってひろまった。歌舞伎では、享保十六年秋、江戸市村座での「大角力藤戸源氏」にはじめて脚色され、「伊達競阿国戯場」を経て、「薫樹(めいぼく)累物語」「法懸松(けさかけまつ)成田利剣」（浄瑠璃「色彩間苅豆(いろもようちょっとかりまめ)」）などで名高く、浄瑠璃では、寛延四年八月、江戸肥前座の「新版累物語」にはじまり、「累解脱打敷」「筆累絹川堤」などがある。

一三　**恋慕れゝつ**（六七頁）　明暦・万治の流行歌の囃子詞にすでに見られる。万葉歌集（古典文庫「近世初期歌謡」）の「沖の石」三首の囃子詞に「れろれれんぼれつ〳〵〳〵」「れろれんほれつれ〳〵〳〵」「れろれれんほれつれつれつゝ」と見え、「吉原はやり小歌そうまくり」の「れんぼの替り」の二首に「れんれゝれつれ」「れんぼれゝれつれ」の囃子詞がある。また、落葉集に「君と我とは恋慕れんれつれ」とあり、もと「紙鳶」の一節切(ひとよぎり)や、「大怒佐」の三味線の譜に見えるように、一節切の譜から出た口拍子と思われ、さらに箏曲の表組に伝えられる恋慕流とも関連したものであろう。それらが浄瑠璃に入って、近松の「賢女の手習」の第四、道行に「恋慕流しや、れんぼれゝつれ」となり、「楠正成軍法実録」四の切に「まんまと忍びれんぼれゝつ」、「百合若高麗軍記」序の切「れんぼれゝつの訳しらず」などとあって、「恋慕れゝつ」と定まった成語をなして用いられたようである。

一四　**やくはらひ**（七〇頁）　節分の夜や大晦日などに「御厄払いましょう」とやってきて、唱えごとをして、米銭を乞う者。「人倫訓蒙図彙」（元禄三年板）に「節分夜にありく、はらいを望者、煎大豆(まめ)に銭つゝみてとらすれば寿命長久のすいた事をたからかにわめく、只一時斗世上の大豆(まめ)を打間にめくる所作なれば、いそがしき事かぎりなし」とある。その寿命長久づくしの唱え文句をもじったもので、もと追儺の祭文の崩れたもの。黄表紙「長命願延寿袋」にも「長生のうちにも東方朔が命は九千ざい、浦島太郎は八千ねん、三浦の大介、百六つと昔より厄払ひの口ぐせに残れど」とあるごとく、「アヽラ、めでたいな〳〵。めでたいことで祓はうなら、鶴は千年亀は万年、東方朔は九千歳、三浦の大介百六つ」などといってくる。江戸市民には耳馴れた馴染ぶかい文句であった。

一五　**東方朔**（七〇頁）　東方朔は、前漢武帝の臣。弁舌文章に優れ、のちに仙術を得て長寿を保ったと伝える。「鶴林玉露」に「岳陽有二酒香山一、相伝古有二仙酒一、飲者不レ死、漢武帝得レ之、東方朔竊飲焉、帝怒欲レ誅レ之、方朔曰、陛下殺レ臣、臣亦不レ死、臣死、酒亦不レ験、遂得レ免、方朔数語、円転簡明、意其竊飲以発二此論一、蓋諷武帝三求二長生一也」。日本でも早くから長寿の人として聞え、平家物語、十にも「東方朔といつし者も、名をのみ聞きて目には見ず。老少不定の世の中、石火の光に異ならず。たとひ人長命といへども、七十八十をば過ぎず」と譬に引かれた。さらに謡曲、東方朔を通して一般にひろまった。「これは仙郷に入つて年久しき東方朔とは我事なり。扨も我西王母が桃実を度々服せしその故に寿命九千歳に及べり」。

一六　**虚無僧**（九二頁）　古くは「ぼろぼろ」「ぼろんじ」（梵論字）などともいい、尺八を吹いて流し、物乞をする僧。中国で、普化禅師にはじまるといい、日本では「虚無僧の起原は文明年中朗庵と云へる畸僧あり。常に好んで尺八を喜び紫野大徳寺一休禅師に親炙して風穴延沼の作略を慕ひ、自風穴道人と称す」（一月寺宗制）とある。江戸時代には、浪人虚無僧と伊達虚無僧の別があった。歌舞伎では、「仮名手本忠臣蔵」の九段目の加古川本蔵、「彦山権現誓助剣」の毛谷村の六助などで登場する。助六が尺八を片手に持って出るのは、二度目上演の「式例和曾我」からで、五郎が人目をしのぶという発想のもとに、虚無僧のもつ無頼の徒としての面影をうつしたのであろう。

一七　**紫の鉢巻**（九三頁）　その由来については「九世団十郎を語る」がよく整理されているので転記する。「その鉢巻の理由に就いては、古く諸説が伝えられて未だ確証は得られていませんが、先づ第一には、助六が喧嘩をして眉間を割られたのを、揚巻が自分の裲襠の袖を裂いて、傷口を結えたということ、第二はその頃の侠客夢の市郎兵衛が頭痛持ちで、常に鉢巻をしていた、その形式を真似たということ、第三は昔の所作事に女形や若衆が紫の鉢巻をしたのを学んだということ、第四は喧嘩鉢巻を優美に象徴したものということ、等が挙げられています。但し、芝居では病い鉢巻を左で結ぶ定めになっていますから、助六の右結びを喧嘩結びと見ることも出来る訳です。なお京伝の「近世奇跡考」には、「明暦寛文の頃の歌舞伎狂言の古図を見るに、若衆形の惣踊などに、すべて紫のはちまきをす（「江戸鹿子」云々。むかしは美童に、綾羅を身にまとはせ紫のきれをはちまきにして、いろ〳〵の芸をなす云々。助六がはちまきも其遺風なるべし」とある。「墨水消夏録」「賀久屋寿々免」もこのことを記す。伊達鉢巻と喧嘩鉢巻をかねたものといっていい。また鉢巻の色にも変遷があった。初演の正徳三年のときは樺色木綿であったが、二度目の正徳六年（初演から三年後）のときは、黒絹で、三度目の寛延二年（二度目から三十四年後）に、はじめて紫縮緬になった。紫は、とくに「江戸紫」を誇ったので、江戸っ子の表象にもなったのである。江戸紫は、瑠璃色に傾いた紫色である。なお、男達の夢の市兵衛が頭痛持ちで、紫のきれで鉢巻していたことは、「墨水消夏録」にも記す。また「譚海」に、「市川海老蔵助六の狂言と云は、ゑび蔵御城の老女衆江島殿より、紫の手ぬぐひもらひしを、もとだてにして河東ぶしにて、ひとつ印籠ひとつまへゆかりの色の紫などと謡し事とぞ、今に一流の狂言に残りて、折々興行する事とはなりぬ」と見える。文政十一年三月に、七代目団十郎が、助六を演じたとき、贔屓より、鉢巻のための紫縮緬を三十疋贈られている。烏亭焉馬が七代目のために編述した「江戸紫贔屓鉢巻」は、助六の鉢巻に対しての江戸っ子の憧憬が、よく表われている。鉢巻にする紫縮緬は、昔は一反のものを二つに切って使ったものだという。十五代目市村羽左衛門は、八尺のものを用いた。また毎日結び直すのがうまくゆかないので、すっぽりにして、鉢巻をあらかじめ取りつけておいた。またねじる方向が、右か左かは、古来からやかましい議論がある。「趣味」（一ノ二）の記載が要を得ているので転載する。「助六の鉢巻といへば右締と極つてるが、漸く七代目（海老蔵）から改まつたもので、以前は矢張左であつたのを、例の穿鑿家の海老蔵が、左は病鉢巻だから不可ねえ、助六は病人ぢやなし、右にしやうと改めることにして、偖出来てきた絵番附を見ると左になつて居るから非常な立腹で、直に筆者鳥居清忠（現五代目清忠氏の父）に使をやつて書直しを命じたが清忠なか〳〵承知しない。助六の鉢巻は古来左と極つたものを画たのだ、直せといふなら以来揮毫は御免蒙るとの挨拶。初日を目の前に控えてる表の騒動は大変、双方の中間に挟つて種々交渉を重ねたが、諾（き）かない。トド流石の海老蔵も我を折て、舞台は右、絵番附は左のまゝといふことで開場した。以来八、九代とも舞台は勿論錦絵まで右であるに拘らず、絵番附ばかりは左になつて居る。尤も古代の錦絵は左であるが」。

一八 **待日**（九三頁） 月待・庚申待・甲子待・十九夜待・二十三夜待などの待ち事のことで、これらのある特定の日に、一夜を眠らずに夜籠りする忌日の風習があるが、もっとも普遍的なのが日待で、旧暦の正月・五月・九月の中旬か十五日などをいい、廓では、その夜を明かすために、とくに紋日とともに賑わった。「待日のよすが」はその待ち事の日を利用しての意。

一九 **煎餅づくし**（一〇二頁） 砂糖煎餅は、砂糖をかけた煎餅で、固有名詞ではなかろう。薄雪煎餅は、尾張町の伊勢屋で売り出したもので、「江戸総鹿子新増大全」に、「薄雪煎餅 本店やりや町 出店おはり町 伊せや次郎兵衛 小児の薬菓子上品の物にして、貴人に捧ても賎しからずよき品也此等や実に名物と云べし」とあり、また享保十八年板の「江戸名物鹿子」には「雪とのみ此煎餅やふたおもて 未ト」の句に「弥ざへもん町うすゆきせんべい」と詞書がある。木葉煎餅は、照降町の翁屋。翁屋は、文政七年二月板の「江戸買物独案内」には、翁屋和泉掾とあり、「賀久屋寿々免」には「てりふり町翁せんべいは家橘羽左衛門の名目なり」と見える。翁煎餅を売り出した店。塩煎餅は固有名詞ではあるまい。朝顔煎餅は、北八丁堀の有馬清左衛門方で売り出した槿煎餅。「江戸名物鹿子」に見える。この主人清左衛門は男達であったというので、助六の三回目の上演あたりから、仙平の役を加えたという。京伝の「近世奇跡考」には藤屋とある。困では、薄雪煎餅の代りに、羽衣煎餅となっている。羽衣煎餅は、「江戸買物独案内」によれば、両国米沢町の井筒屋与兵衛の店。ほかに、双六煎餅、姿見煎餅（「賀久屋寿々免」に「大谷徳治俳名馬十が瀬戸物町で売出す」とある）、竹村の堅巻煎餅（「誹諧通言」に「中の町竹村伊勢の売出しの巻煎餅」、「吉原大全」に「巻せんべいは此里第一名高き名物なり」とある）と、その時々の名物の煎餅づくしが挿入されている。

二〇 **これなる木の根…**（一〇二頁） この浄瑠璃を語る物真似は、江戸半太夫節の「祐成すまふ物語」の一節を当てこんだもの。朝顔仙平のセリフは、「俣野あたりを見廻して、あら只今の角力はまくまじき角力なるを、これなる木の根にけし飛んで、不慮なる負けをしたるなり。口惜しさよ」により、かんぺらのセリフは、「兄の大場がかけ寄つて、角力の勝負は知らねども、木の根はまさしく爰にあり、足場ろくなる所にて今一番と所望する」によったもの。河東節の祖系の半太夫節の古風を用いたところに働きがある(田中青滋「かんぺらのせりふ」芸能、五巻五号)。なお、曾我物語、一、おなじく角力の事に、「俣野はたゞも入らずして「此処なる木の根にけつまづきて、不覚の負をぞしたりけるや。今一番取らん」といふ。大庭これを聞き走り出で「げに〳〵これに木の根あり、眞中にて勝負し給へ」と云ひければ」(いてう本)とある。

三一　**如是畜生菩提心**(一〇三頁)　梵網経、下に「若仏子、常起二大悲心一。若入二一切城邑舎宅一見二一切衆生一。応レ当唱言一。汝等衆生尽応レ受二三帰十戒一。若見二牛馬猪羊一切ノ畜生一。応二心念口言一。汝是畜生発二菩提心一」。「是れ四十八軽戒中の第四十五戒なり」(仏教大辞典)。

三二　**天下の御制札**(一〇七頁)　正徳元卯年五月に出た高札の平仮名の定書を暗に指すものかと思われる。

定

一、親子兄弟夫婦を始め、諸親類にしたしく、下人等に至る迄、これをあはれむべし、主人ある輩は各其奉公に精を出すべき事

一、家業を専にし、懈る事なく、万事其分限に過べからざる事

一、いつわりをなし、又は無理をいひ、惣じて人の害になるべき事をすべからざる事

一、博奕の類、一切に禁制の事

一、喧嘩口論をつゝしみ、若其事ある時、みだりに出合べからず、手負たるもの隠し置べからざる事(以下四項ならびに附けたりは省略)

右条々、可相守之、若於相背は、可被行罪科者也

正徳元年五月　日　　奉行

第五条の喧嘩口論の条は、なお「助六」の狂言に関係があって、親孝行のためと言いのがれしている点に当時の現代性があったのであろう。

三三　**友切丸**(一〇九頁)　参考源平盛衰記、剣巻十に「為義ハ獅子ノ子小烏ト一具ニシテ秘蔵シケルガ、今小烏ニ分計長カリケリ、或時二ノ剣ヲ抜キテ障子ニ寄懸ケテ置カレタリケルガ、人モサハラヌニガラガラト倒ル、音聞エケレバ、如何剣コソ転ビヌレ、損ジヤシツラントテ取寄セテ見給ヘバ、日来ハ二分許長シト思ツル小烏ガ獅子ノ子ト同様ニゾ成リニケル、不思議カナ、サルベキ様ヤアル、截レタルカ折レタルカトテ先ヲ見レ共、截レモ折レモセザリケリ、怪ミテ柄ヲ見ルニ目貫折レテ無カリケリ、抜キテ是レヲ見レバ柄ノ中ニ分許新シク切レテ目貫ヲ突抜キテサガリタリト見エタリ、是レハ一定獅子ノ子ガ切リタルヨト心得テ、獅子ノ子ヲ改名シテ友切ト名ヅケタリ」。また、曾我物語、八に「それより六でうのはうぐわんためよしのもとへゆづられたり、それにてのきどくには、此のたちに六寸ばかりまさりたるたちをそへておかれたるに、夜に入りぬれば、きりあひけるをはうぐわん此のよしきゝ給ひて、かねてより、やうあるものをとて、五夜までこそたてそへておかれけれ、五夜のあひだひまなくたたかひ、六夜と申すに、わがすんにまさりたるをやすからずや思ひけん、あまる六寸をきりおとす、さればともきりと名づけてもたれたり」と見え、蕪村の句に「鞘走る友切丸やほとゝぎす」がある。

三四　**箱根権現**(一〇九頁)　「駅路の鈴」二十二に「或人申されしは当社は人皇四十六代孝謙天皇の御宇天平宝字年中万巻上人草創す、地を択びて三所権現の松壖甍を並ぶ。又人皇八十五代後堀川院の御宇、安貞二年、箱根山神の社壇仏閣焼亡、当社ハ満月上人草創以後、五百余歳、同禄の例なし、北条武蔵守泰時深く嘆きて造営し給ふ、十二月二十八日遷宮、本社ハ彦火々出見尊也。駒形権現白和竜王、右鵲王、左鵲王、及客人宮有、役行者、吉備大臣、弘法大師、慈覚大師等の旧跡あり、伊豆箱根ハ二所権現とて頼朝どの尊敬ましましたり、曾我十郎祐成曾我五郎時宗の太刀、其の外の物ども一覧せしかども久しくなりぬれば忘れ侍る。社僧は金剛王院東福寺と哉覧申せし」。他に、吾妻路之記・和漢三才図会・本朝神社考などに所載。なお、「曾我物語」四、箱王箱根へ上る事に「…されば箱王は新玉の年の祝言をも忘れ、新しき春の朝拝をも物ならず思ひ焦れて昼夜権現に参り、「南無帰命頂礼、願はくは父の敵を討たしめ給へ」と、歩を運びけるぞ無慙なる」、同、鎌倉殿箱根御参詣の事に「かくて権現の計ひにや、正月十五日に鎌倉殿二所御参詣とぞ聞えける。箱王これを聞き、年来の祈の功積り、神慮の御愍みにしかじとぞ喜びける」(いてう本)とあるように、兄弟の信仰を集めた。

三五　**難波のあし**(一一五頁)　難波の蘆については、「草の名も処によりてかはるなり難波の蘆は伊勢の浜荻」(勢陽雑記)、「難波の蘆の浦風も此には伊

勢の浜荻」(謡曲、阿漕)等があり、また伊勢の浜荻については「二見の浦三津村の南にあり、常の蘆とは違ひて片葉なりといへり」(煙霞綺談)というのを踏まえて、片輪(片葉)の足(蘆)にかけたもので、住吉の反足(橋)に対してある。ここで足を片輪にして、「アイタ、」となる。

云　**坊様山道やぶれた衣**(二一五頁)　上方の尻取り文句に「しびりが原のさしもぐさ、もぐさん山道やぶれた衣、衣にあめをねむらせて、らせてに懸けしと書置きし」(穿当珍話、宝暦七年)という例がある。天秤棒から、坊さんとつづき、やぶれた衣から、ころも愚かやとかかる。尻取り文句の応用。なお民謡にも行なわれ、「日本歌謡集成」巻二に、〽坊さん山道破れた衣、行けど戻れどきにかかる」(本州西部俚謡、湯川の子守唄)、〽坊さま山道は衣がすれる衣すれてもお世話にやならぬ」(千葉県市原郡の盆踊)、〽坊様ヨホイ山の道ぢや衣がすれるよ衣ヨホイすれてもお世話にやならぬよ、お世話ヨホイどころかお茶でも上がれよ、お茶はヨホイ新茶で今飲んだばかりよ、今もヨホイ飲んだんべいが、また飲みなほせよ」(同県因旛郡)などとあり、ひろく民衆の口にのぼったもの。因旛郡の唄などは、やはり一種の尻取りになっている。

云　**祐俊**(二二七頁)　兄弟の兄に祐俊の名は見られない。「姓氏家系大辞典」の系図によれば、

藤原氏……┬祐家─祐親┬祐泰┬祐成
　　　　　│　　　　　│　　└時致
　　　　　│　　　　　└祐清
　　　　　└祐嗣─祐経

のごとくであって、祐経が祐泰を大見小藤太・八幡三郎の両名をして殺害せしめ、ために祐親は、次男祐清をして大見・八幡を殺させた。このことが源頼朝の怒りをかい、祐親は自害して果てたことになる。

1　**役名異同**(六〇頁)　いま、㊤によって、その一例を示す。

髭の意久　松本幸四郎
三浦屋の揚巻　瀬川菊之丞
同　新造巻しの　坂東彦三郎
男達矢大臣源兵へ　市川宗三郎
同　文箱次郎七　松本小治郎
同　姥ケ池半助　市川小団次
同　二王の喜三郎　松本染五郎
茶屋廻り千之介　市川団兵衛
地廻り猿眼勘吉　沢村川蔵
同　獅子鼻のまん　松本武五郎
同　わに口の市　坂東吉治郎
同　はとむねの八　沢村長太郎
同　虵ばらの辰　坂東村蔵
同　猫骨のかつ　嵐ごち蔵
三浦屋若者忠七　荻の熊蔵
同　嘉助　市川子之助
同　利助　坂東国蔵
中の丁巴屋伊兵衛　市川男熊
揚巻の禿たより　中島勘蔵
同　よすが　市川右団次
しら玉の禿若草　市川三助
同　しげり　坂東薪蔵
三浦屋新造巻琴　市川茂々太郎
茶屋廻り伊太郎　市川茂々太郎
三浦屋のしら玉　吾妻藤蔵
茶(屋)廻り幸吉　市川高麗蔵
けいせい巻の戸　瀬川政之助
同　巻の江　中山常次郎
屋り手のおたつ　津打門三郎
三浦屋若者長八　松本五郎市
男達雷神門八　松本虎蔵
けいせい巻の尾　瀬川富三郎
同　巻里　瀬川路之助
福山のかつぎ二八　坂東善次
朝がほ　せん平　惣領甚六
三浦屋新造巻柴　松本よね三
曾我の満江　市川門三郎
くわんぺら門兵衛　大谷馬十
白酒売新兵衛女房お十 実は大磯のとら　岩井半四郎

揚巻の助六 実は曾我の五郎時宗　　市川団十郎

2 **口上**（七八頁）　昭和二十八年三月、歌舞伎座上演の時の口上は次の通りである。「憚りながら口上を以て申上げ奉りまする。扨てこれより御覧に供しまする助六由縁江戸桜は歌舞伎十八番の内にても重き狂言にござりまして正徳年間二代目団十郎栢莚が初めて取仕組み相勤め、殊の外、御評判をいたゞきまして以来、市川家代々の家の芸と相成りをりまする（1）由緒ある狂言にござりまして、恒例により河東節十寸見会御連中様も揃つての御出演に花をお添え下さりまするが、何と申すも古風な狂言にござりますれば、今日の御見物には万事お目まだるき事とは存じまするが、（2）所謂「江戸歌舞伎」古典御愛護の思召を以て何卒応揚に御見物の程只管希ひ上げ奉りまする○河東節御連中様御初め下されませう」。口上、鉄棒が入ると張物を飛ばし、意休、揚巻、白玉など板付にて始まり、所要時間、一時間三十九分であった。なお、七代目松本幸四郎が上演したときは、（1）の部分は「まするを、松本幸四郎儀も市川宗家の許しをうけ是まで再三度相勤めましたるが、今回又々御ひゐき様の御進めにより師匠九代目団十郎の仕致したる型を辿り相勤めますやうに御座りまするが」（七代目幸四郎上演台本）、（2）の部分は「只々正徳の昔を偲ぶ狂言とも思召され大様の御見物を願ひ上げますする。猶当狂言は先例に由り河東御連中の御助勢を願ひますれば是又御承知の程願上げ奉りまする」（同本書込み）と言った。

3 **河東節浄瑠璃の文句の異同**（七八頁）　〔上〕によれば、次の通りである。上るり〽はる霞たてるやいづこ三芳野乃山人（ロノ誤カ）三浦〳〵と曙の出る日の始め寝ぬに目覚す」（ト此文句の内政之介常次郎冨三郎路之助よね三郎打かけけいせいのこしらへよろしくめい〳〵長柄の傘箱てうちんにて出て来り）上るり〽初買は乗初メよしと乗初日船は何舟宝ぶね長き夜をとふのねむりの皆目覚め浪乗舟のおとぞよき」（ト此文句いつぱいにみな〳〵本舞台へ来て見事に並ぶ）。

4 **外良売の演出**（七八頁）　「外良（郎）売」については、解説参照。これが独立狂言として行なわれることはあまりなく、昭和十五年五月、歌舞伎座で、七代目市川海老蔵（十一代目団十郎）の襲名狂言で、「ういろう」として演ぜられたことがあるが、前後に筋を設け、一種の対面の変形として、新たに作られたもので、外郎売実は曾我五郎という役名であった。ただ、ときには「助六」のなかに挿入されることがあるのは、白酒売の「言い立て」と、外郎売の「言い立て」がおなじ形式であるために、取り替えられて行なわれることがある。次に、古来の「外郎」の「言い立て」と、「助六」に挿入された所作事化された例を掲げる。

外郎売のセリフ

「拙者親方と申すは、お立合にも先達て御存じのお方もござりましよ、お江戸を立つて二十里上方、相州小田原いつしき町をお過ぎなされて、青物町をお登りへお出でなさるれば、欄干橋虎屋藤右衛門、唯今は剃髪いたして円斎竹しげ、元朝より大晦日まで各々様のお手に入れまするは此の透頂香と申す薬、昔ちんの国の唐人ういらうと申す者我朝へ来り、此の名方を調合いたし持薬に用ひてござる、神仙不思議の妙薬、時の帝より叡聞に達し御所望遊ばされしに、ういらう即ち参内の折から件んの薬を深く秘して冠の内に秘めおき、用ふる時は一粒づつ冠のすきまより取出す、よつて帝より其の名を透頂香と賜はる、即ち文字にも頂に透く香と書いて透頂香と申す、唯今は此の薬殊の外ひろまり、透頂香といふ名は御意なされず、世上一統にたゞういらう〳〵とお呼びなさるる、慮外ながら在鎌倉のお大名様方、御参勤御発足の折からお駕籠をとめられ、此の薬何十貫文とお買ひなされ下されまする、若しお立の内にも熱海か塔の沢へ湯治にお出でなさるゝか、又は伊勢へ御参宮の時分は、必ず門違ひをなされますな、お下りなされば左り、お上りなされば右の方、町人でござれども屋づくりは八方が八つ棟、おもてが三つ棟玉堂づくり、破風には菊に桐のたうの御紋を御赦免あつて、系図正しき薬でござる、近年は此の薬やれ売れるはやるとあつて、方々に看板を出し、小田原の炭俵のほんだはらのさんだはらのと名付け、ほうろくにて甘茶をねり、それに鍋すみを加へ、或ひはういなんういせつういきやうなどと似たるを申せども、平仮名を以てういらうと致したは親方円斎ばかり、見世は昼夜の商ひ、暮れて四つまで四方に銅行燈を立て、若い者共入替り立替り御手に入れます、尤も値段は一粒一せん百粒百銭、たとひ何百貫お買ひなされても、いつかな〳〵負けも添へも致しませぬ、さりながら振舞ひまするは百粒二百粒でも厭ひは致さぬ、最前から薬の効験ばかり申しても、御存じのない方には胡椒の丸呑、白川夜船、さらば半粒づつ振舞ひませう、御遠慮なしにお手を出して、摘んで御覧じませい、第一が男一統の早気付、舟の酔酒の二日酔をさます、魚鳥木のこ麺類のくひ合せ、其の外痰を切りて声を大音に出す、六ちん八進十六ぺん、製法細末をあやまたず、かんれいうんの三つを考え、うんぱうの補薬御口中に入つて朝日に霜の消ゆる如く、しみ〳〵となつて能き匂ひを保つ、鼻紙の間に御入れなされては五両十両でお買ひなされた匂ひ袋や掛香の替りが仕る、先づ一粒上つて御覧じませい、口の内の涼しさが格別な物、薫風のんどより来り口中微涼を生ず、さるによつて舌のまはる事は銭独楽がはだしで逃げる、どのやうなむつかしい事でもさつぱりと言うてのけるは此の薬の奇妙、証拠のない商ひはならぬ、さらば一粒喰べかけて其の気味合をお目にかけう、ひよつと舌が廻り出すと矢も楯もたまらぬ、サアあはやのど、さたらな舌にかきはとて、はなの二つは唇の軽重かいこう爽やかに、うくすつぬほもよろを、あかさたなはまやらわ、いつぺきぺきにへぎほしはじかみ盆まめぼん米ぼん牛蒡、摘蓼つみ豆つみ山椒、書写山のじやそう中、こゞめの生がみ〳〵らんこ米のこなまがみ、繻子々々緋繻子繻子繻珍、親も嘉兵衛、親嘉兵衛子嘉兵衛親嘉兵衛、古栗の木のふる切口、雨合羽かばん合羽、貴様の脚絆も革脚絆、我等が脚絆も革脚絆、しつかり袴のしつぽころびを、三針なりなかにちよと縫うて、縫うてちよとぶん出せ、河原撫子野石竹、のら如来のら如来、みのら如来にむのら如来、一寸のお小仏におけつまづきやるな細溝にとちよによろり、京のなま鱈奈良なまな鰹、ちよと四五貫目、お茶たちよ茶たちよ、ちやつと立ちよ、茶たちよ、青竹茶煎でお茶ちやと立ちや、くるわ〳〵何が来る、高野の山のおこけら小僧狸百疋箸百ぜん、天目百ぱい棒八百ぽん、武具馬具々々三ぶぐばぐ、合せて武具馬具六ぶぐばぐ、あの長押の長なぎなたは誰がなぎなたぞ、向うのごまがらはいぬごまがらか真ごまがらか、あれこそほんの真ごまがら、がら〳〵ぴい〳〵風ぐるま、おきやがりこぼし〳〵ゆんべもこぼして又こぼした、たぷぽゝ、たゝぷぽゝ、ちりから〳〵つたつぽ、たぽ〳〵ひだこ落ちたら煮て喰はう、煮ても焼いても喰はれぬものが、五徳鉄きうかな熊童子に石熊いし持、とら熊とら鰒、中にも東寺の羅生門には茨木童子が、うで栗五合、つかんでおむしやるかの頼光の膝元さらずに、鮒きんかん椎茸定めて御段はそば切りうどんかくどんな小新発意、小棚のこしたに小桶にこみそがこあらず、こほどに小杓子こもつてこすくてこよこせ、おつと合点だ、心得たんぼの川崎神奈川、程ケ谷はしつてどつかへ行けば、やいとをすりむく三里ばかりか藤沢平塚、大磯がしや小磯の宿を、七つ起きして早天さう〳〵、相州小田原透頂香、かくれござらぬ御ういらう若男女貴賤群集の花のお江戸の花うい郎、あの花を見て心をおやはらぎやつと云ふ、産子這子に至るまで、此のういらうの御評判、御存じないとは云はれまい、まひ〳〵つぶり角出せ棒出せぼう〳〵眉に、臼杵擂鉢ばち〳〵〳〵、どろ〳〵〳〵ぐわら〳〵〳〵と羽目をはづして今日お出の方々さまへ、売らねばならぬ上げねばならぬと、いきせい引ぱり薬の本じめ、薬師如来も照覧あれと、ほゝう敬つてうい郎は入らつしやりませぬか」。

外郎売のセリフを、長唄にとり、所作事として上演することがある。大正四年四月、歌舞伎座で上演された際のものを「助六由縁江戸桜の型」(遠藤為春・木村錦花共編)より、その部分を転載する。

八重衣「申し皆さん、いつもの外良はモウ、見えそうなものぢやわいナア」浮橋「ホンニナア、噂をすれば向ふから外良が来やんしたぞへ」(の白にて、合方消し番新巻衣舞台端に出て) 巻衣「オーイ〳〵。(と手を揚げて揚幕の方をよぶ、傾城一同正面格子下の床几に、番新、振新下手の床几にかけます、唄入り当鉦「花の色香」の合方にて揚幕より外良屋藤吉、背に外良箱を背負ひ左手になつめを、右手に扇を開いて持ち、直に舞台に来て下手向に止ります、番新下手に立つて)オ、いつもかわらぬ薬やさん、いつもの通りいひ立てが所望ぢやぞへ」 外良「そのいひ立ても口不調法、お聞苦しうござりませうから今日は御預けにいたしませう」 胡蝶「イエ〳〵吉例の薬のいひ立て」(で外良売上手向になり) 愛染「いつもの通り」 皆々「所望ぢや〳〵」(にて合方消す。外良屋一寸考へて) 外良「左様なれば仰せに任せ、少々許りやりませう」(と後向になり草履を脱ぎ荷を卸し、後見手伝ふ、舞台真中に立ち) 外良「エヘン拙者親方と申すは、お江戸を立つて二十里上方、相州小田原、一色町をお過ぎなされ、欄干橋、とらや藤右衛門、只今は剃髪致し、円斎と申しまする」(と大小入合方になります) 長唄へそも此薬は其昔珍(陳)の国より渡りたる外郎と申す唐人が我が日の本へ渡り来て秘伝の薬を大内へ奉りしより叡感有り透珍香と名を給はる」(の唄にて、右足を延した足を打つてかゝり左手に肩を開いて控へ右手は夫を指した形にて極ります) 外良「さらば一粒たべかけて其気味合をお目にかけませう」 長唄へまづ一粒口中へ納める時は、そりや〳〵〳〵此舌が廻つて来たぞ、廻て来るは風車合こまに、ぶん廻しに、風見の烏、又も廻るは長家の佐次兵衛、四国めぐりの合旅立に、早天早朝、相州小田原、透珍香、かくれござらぬ花外良、東より(東方)世界の薬のはじめ(元締)薬師如来も照覧有れ(と)」(でニセ宙をして「ソク」に立ち、右手に扇を持つた儘招いた形) 外良「ホ、敬て曰す」(のせりふを云つて) 長唄へとぞしやべりける」(と唄一杯に右足を折つてから右手に扇を控た形ちで極ります) 皆々「ヤンヤ〳〵」(と賞める、清搔になり上手より鳶の者外良屋をさがす心にて捨ぜりふに出て外郎売を見て） 蔦「オイ薬屋京町のつたやで待てゐるぜ、早く行つてくんねえ」 外良「只今直に参ります」（といひ乍ら荷を背負ひ上手に行きかけて傾城に向ひ会釈し乍ら） 外良「夫では皆さん又お目にかゝりませう」（にて清搔通り神楽の合方にて共に上手に這入ります）。

外良屋藤吉は、二代目中村児太郎（のちの五代目福助）。カッコ内は、杵屋勝四郎の附帳による。なお、ト書の部分は、演出の注が加わったものである。したがって、白酒売は、本文の七八頁17行目の傾城が出そろう条で、はじめて登場する。

5 **意休の出の浄瑠璃の異同**（八七頁） [上]によれば次の通り。

上るり〽百夜も通人首尾の松嬉しの森といゝそめしをちこち人の仇言をつひのよるべかごとなる橋場五百崎まつち山梢ふりゆく道哲の軒に音して風そよぐその通しの追風や。

6 **意休・男伊達の渡りゼリフ**（八八頁） [上]によれば次の通り。

幸四郎「誠や一双の玉珠千人のまくらとやらこふもんをやぶつて高祖をたすけしかのはん会が力わざにも金づくにもうごかぬものはけいせいのいきじ今宵もふらるゝ吉原の花のあめほすかたもなきたもとおもへばふられるも又たのしみなんと若ひものどもいつその事に酒とうちじにはどふであろふ」 宗三郎「なるほど親ぶんのいわるゝとをりすひもぶすひもいろと酒とにのみあかしたる夜桜にひくすがゞきもまがきからあひのてうしをそのはなに歩行ながらや小さかづき」 虎蔵「せかれも間夫はあみがさ茶やいきとはりとの中の丁いつもごかいはあだながら花に五戒のさくらかな」 小団二「もん日物日もかね一ツ売れぬ日はなし江戸のはるやぼうぐひすも花に来て手くだもつきし床の海」 染五郎「花の江戸丁うちこしてふつてふり出す道中はすがたいろあるけいせいのけんなるはこの柳かな」 団「野暮は文かけはんかはきせう花を遣り手の目をしのびおとつひきのふ京町の猫かよひけり揚屋町」 川「羽おりのひものむねあはぬその半通に引かへて伊達を来て見よ人に人恋ひのすがたや花に鳥」 国「またるゝ身にもかねかけてしかもさかりの桜かなうかれがらすのかほ〳〵とぞめきにあらぬこうしさき」 村「立ならんだるいつゝいはけふぞそろひのゐもんざかあひ手はきらわぬ花にかねそこのきたまへけんくはかいいわずとしれた」 宗「髭大尽の」 みな〳〵「子ぶんでごんす」 幸「時にあれに並んで居る新造がつき出しか」。

7 **白玉のセリフ**（九二頁） 白玉のここのセリフは、白玉役者の身分によって、書き替えられることがある。[巳]のセリフは、「揚巻さん待たしやんせお前のやうに腹立てえしてはお前が思ふその人の難儀にならうも知れぬぞへトサ皆さんを差措いて出過ぎ者とのお叱りをうけうも知れぬ白玉はほんの蕾の藪椿定めし不承でござんせうが名前に免じて揚巻さんどうぞ戻つて下さんせいなア」。[上]は、「これ揚巻さんおまへがそのよふにはら立さんしては両方ながらはりやひづくになつておまへのおもわしやんすお人のどのよふななんぎになろふもしれぬぞへサアそれじやによつてマア奥へござんせあげ巻さんマアわたしと一所に奥へござんせ中のよいわたしがたのみじやわいなア」。

8 **助六の出端**（九三頁） 河東節になり、〽思ひ出見世やすががきの音〆の撥に招かれて、それといはねど顔世鳥、間夫の名とりの草の花」の合の手で、花道揚幕より出る。傘を半ばつぼめて、頭をそのなかにかくしてかぶり、前屈みで出て、両足を揃えて膝を折り、腰を落して、次の歌のかかりまでに七三に止まる。〽おもひそめたる」で、腰を伸ばし、傘を開いて、左手に持ち替えて（親指はまっすぐ柄にそって立てて持つ）翳し、右手を袖口に入れ、袖を内に返し、斜に張って、左足を前に出し、やや正面を見込んで、首を左へ、東を見上げた形できまる。〽紋日」で、左足を引き、右手をそのまま引いて袖の紋を見、〽待日の」では、右の手を戻し、左の手を前に引いて紋を見おろし、その手を戻して、左へ廻って、舞台真向きになる。〽よすがさへ、小供が便り待合の」のうちに、はずみをつけてしずかに十足ほど歩き、〽辻占茶屋にぬれてゐる」で、傘を右に持ち替えてつぼめ、傘を脇の下より胸へかけて横たえ、左手を開いて傘越しにおろし、その手を返して肩のあたりまであげ、頰杖の形で束に立つ。〽雨のみのわの冴へかへる」では、ちょっと舞台を見、傘を、柄を左にして、左手に持ち替え、左足を引いて、舞台向きになり、左手は前に伸ばし、右手は左の袖口に入れて引き、左足を踏み出し、右を入れて、もう一度おなじ形をくり返して、首を右にふってふり返り、足をそのままにして、体を左へ廻して揚幕に向き、右足を折って体をかけ、揚幕の上を見上げ、左足を引いて束に立ち、右に、傘の握りをとり、左手でポンと開き、すぐ左手に持ち替え、肱に丸みをつけてまっすぐに翳し、右手を袖口に入れて食指を止めにかけて斜に張り、体をやや舞台向きに、首は東桟敷の末あたりを見上げた形できまる。並び傾城の「助六さん、その鉢巻はえ」をうけて、「この鉢巻のゴフシーンカ」と張って、ゆっくり言い、〽この鉢巻は、過ぎし頃」の唄をうけて、右の食指で、下より、甲をそらして上げて鉢巻を指す。〽ゆかりの筋の紫の」で、右足を引き、やや正面栈敷向きに、左に傘を翳し、右手を開いて親指を折って、いっぱいに前に伸ばして指し、〽君がゆるしの」で、その手をちょっと戻して頂く形に二度あげて、目を瞑って頭を下げる。この頭を下げる振りは、魚河岸に対する礼儀だという。次に腰を落して両膝を折り、〽色見えてうつり変らで」で、まっすぐに立ち直って上手向きになり、手をやや開き前のごとく頂く形。〽常磐木の」で、膝を伸ばしてまっすぐに立ち、傘を肩に担いで、右手を下げて右上を見、右へ少し体を引いて、首をちょっと左にふって上を見る。合の手の〽チン、チン、チン」で、傘を右に持ち替えて肩に担ぎ、左手は袖を前に返して懐に入れ、右足をちょっと踏み出す。〽松のはけ先」で、右の足を戻し、さらに右からやや大股で、三足廻るように下手向きになって、そのまま右足をちょっと引いて、四足目に左の足をはずんで大きく踏み出し、右の足を折って体をかけ、右の手は頭の高さほどに、いっぱいに斜に伸ばし、傘を左へ傾けて翳し、〽すきびたひ」で、左上を見上げた後向きの形できまる。〽堤」で、左足を引き、右へ廻って舞台向きになり、傘を開いたまま、傘の端が下につくぐらいまでにしてまっすぐに前に伸ばし、〽八丁」で、腰を入れて、右からトンヽトンと二つ踏む。〽風誘ふ」で、傘の手をそのまま、体を上手向きにして、右足を折って体をかけ、左足を前に踏み出し、左の肱を張ってかるく握り、顎の手に構えて、〽目あての」で、ツケを打たせて、大きくにらむ。〽チン、チン、ツン、チッ」の合の手で、左足を引いて揃え、左手をかるく握って下げ、右手に高く傘をかざしたまま、〽ツン、ツン」の合の手に合せて、腰を入れて、右から二つ踏み、〽柳、花の雪、傘につもりし山合は」で、左手を轆轤にかけて頭へかぶるように半つぼめにすると同時に、右手を入れて、科(しな)をしながら、左膝が下につくくらいまで、その形のまましゃがむ。〽富士と」で、立って、傘をポンと開き、左の足を引いて体をかけ、右手は開いた傘を持っていっぱいに翳し、左の肱をぐっと引いて折り、かざした傘のふちを親指を内にしてちょっと握って右の足を大きく割って出し、向う正面を富士と見、右上を見ながら、じりじりと右へやや正面向きに刻み足で廻り、〽筑波をかざし草」で、前と反対に、右肱を引き、左手は傘のふちを持ったまま上に伸ばして、右足を折って体をかけ、筑波を左上に見ながら、じりじりと下へ戻る。〽草に音せぬ」で、足を揃え、傘を左に持ち替えて、肩に担ぎ、右手は前で袖を返して、懐に入れ、〽ぬり鼻緒」で、薄目をつぶって、右を軽く蹴るように前に出し、踵をつけたまま爪先を立てて左から三度、左右へかるく振り、足を引いて束に立つ。〽一つ印籠」で、傘を立ててかざし、右手を前に引いて印籠を見おろし、〽一つ前」で、傘を右手に持ち替えて翳し、左手を開き、掌を上にして、少し伸ばして肩の高さほど上げ、上を見上げ、左手を轆轤へかけてつぼめながら右へ廻って屈みなりに揚幕の方へ十足ほど行き、舞台向きになる。ここで、三味線は、「三下り」になり、〽せくな、せきやるな、サヨエ」で、つぼめた傘の頭を右の手に持ち、二度傘の雫を払うしぐさをし、左手を腕へかるく袖を捲るようにかけ、目はうまくつぶり、右足をちょっと上げ、傘を下げて廻しながら、まわり気味に下手向きになり、おなじく左足を上げて上手向きになり、また下手、上手と、四度繰り返して、五度目に、右へ廻って揚幕の方を向き、かるく左足を蹴るように出し、そのまま折って体をかけ、左手は、甲を右の肱にうけ、右手は傘の中ほどを、頭を左にして横に持って前に伸ばし、ちょっと舞台の方を見返って、すぐ足を揃え、〽浮世はナ車サヨエ」から、ぐっと和事味を見せる。舞台向きに直って傘を開き、反り身になって右手に轆轤を、左手に柄を握って前に横たえ、廻しながら、足を入れ加減に右より六足出る。合方になり、舞台斜向きに傘を開いたまま、右手に持って前に出し、中腰になって、右足をかるく蹴るように前に出し、ひいふうみいよと傘と一緒に左右に振り、五つ目に傘の縁を下につけておいて、右へ一廻りして、もとの位置に直り、〽テン、トン、チャン」の合の手の止まりで、束に立って、右の手で傘を少し傾けてかざし、左手は甲を右の二の腕にうけ、左足を前にして、東栈敷の一、二ぐらいを見上げた形できまる。本調子に直って、〽廻る日並の」で、傘を右の肩にかつぎ、左右の手を開いて握りで合せ廻しながら、うすく目をつぶって、右足より入れ加減に三つ運び、右へ廻って心もち正面向きの揚幕に向き、右手で傘をかついだまま、左手は、かるく握って懐からのぞかせて、考え気味に四足運び、〽約束に」で、左手を懐に入れたまま指を三つ折り、ちょっと見返って、〽籬に立ちて音づれも」で、舞台向きになり、傘を前に縁を下へ付け気味に出し、体を上手向きにして足を揃え、膝を折って中腰になり、左手を袖口に入れて口のあたりを掩い、顎を右へ引き、物を聞く形となる。〽果は口説がありふれた」で、左手の傘を上からかぶるようにつぼめながら、小股に、七足ばかり揚幕の方へ行く。〽手管におちて睦言となりふりゆかし」で、舞台の方へ向き直り、つぼめた傘の中程を右手に持ち、すこし反り身で、右手をまっすぐに前に出し、左手は右の腕の上に腕を捲く心でおき、右の足をかるく蹴るように出し、傘を左手に持ち替えて、左足を蹴るようにして、また傘を持ち替え、押し出すようにして五足出て、〽君ゆかし」で、左手で、ポンと傘を開き、右でまっすぐにかざし、左手は懐にして、やや正面向きに束に立ち、東桟敷一、二を見上げた形できまる。「君なら、君なら」は、助六がセリフを張って言い、河東節が〽しんぞ」と受ける。傘をつぼめて舞台真向きになり、傘の頭を右に、左手で中ほどを持って、前へいっぱいに伸ばし、右の足を折って上げ、右手は上向きに、傘の上から下へ、向うへくぐらせ、そのままかるく握りながら、胸をかすめて、うしろへ伸ばすと同時に、その方を見上げて、上げた足を後へおろし、折って体をかけると同時に、左の手を前におろし、右の手をおろすと同時に、左手を前に上げて左足を折って体をかけ、また左手を下げ、右足を折ってかかり、両手を下げて、右足を運んでそろえる。〽命を揚巻の」で、傘を右に持ち替え、左足を上げて、前とおなじように丹前六法を見せる。〽これ助六が前わたり」で、両手を横に伸ばして、直ぐに下げ、束に立った足を、左から大きく踏み出すと同時に、右の手を横に伸ばし、右足を運んで揃えてその手をおろし、さらに右足から踏み出し、左手を横に伸ばして、前とおなじく束に立って、その手をおろし、左を踏み出して右手を上げ、右を踏み出して左手を上げる、いわゆる六法風の足取りで、前の二度のほかは足を揃えずに運ぶ。八足で舞台へかかり、〽風情なりける次第なり」で、傘を開いて右手に持ち、横向きのまま、右を大きく踏み出し、そのまま土間の八の側位の位置で束に立ち、右手に傘を高く傾けてかざし、左はかるく握って懐からのぞかせ、体は、正面真向きに、東桟敷五、六ぐらいを見上げ、ツケを打たせ、大見得できまる。以上、「助六由縁江戸桜の型」を基とした。

　助六の出の浄瑠璃は台本によって異なる。いま、㊀によって、現行の歌詞を示すと、次の通り。

〽思ひ出見世や、すががきの、音〆の撥に招かれて、夫(それ)といはねど顔世鳥、間夫の名とりの草の花、思ひ染めたる」〽この鉢まきは過しころ、由縁のすぢの紫の、君がゆるしの色見えて、うつり変らで常磐木の、松のはけさきすき額、提八町風誘ふ、目あての柳花の雪、傘につもりし山合は、富士と筑波をかざし草、草は音せぬ塗りばなを、一つ印籠一ツまへ、せくなせきやるな、サヨエ浮世はナ車サヨエ、廻る日並の約束に籬へ立ちて音づれも、果は口説がありふれた手管におちて睦言と、なりふりゆかし君ゆかし」。

　〽思ひ出見世や…」に当たる㊤の前唄は、〽人目の関はいにしなく、傘の雫にしよぼぬれて、雨の箕輪のさへかへる」。なお、〽この鉢巻は」以下の歌詞は、底本は㊤に近い。ただし、㊤は、由縁のすぢの→ゆかりのいろの、元結を→元ゆひの、草に→草木、袖ふり→袖なり、となっている。

　なお、浄瑠璃は、上演のたびに作り替えられており、現行のものは、かなり古来のものを削減訂正してできたものである。また、「助六の花道の出、あれを世間では踊りのように思っているが、あれは踊りではなく語りである」と九代目団十郎が語ったことが、市川三升の「九世団十郎を語る」に見える。

9 **福山の悪態**(九八頁)　㊀によれば、次の通り。

門兵「ならねえ〱、うごきやあがるな」福山「へー是ほど云つても了簡がならねえのか」門兵「知れた事た」福山「ならなきやあ仕方がねえ、ならなきやあどうとも勝手にしろ。くるわで通つた福山の、のれんにかゝはる事だから、けんどん箱の角だつて云はにやあならねえ喧嘩好き、出前も早えが気も早え、かつぎが自慢の延びねえ内、水道の水で洗ひ上げた、肝の、太打細打の、手際をこゝで見せてやらあ、憚りながら(かう見えても)緋縮緬の大幅だ」門兵「此野郎奴、口のはたに番所がねえと思つて、すてきな事をまき出したな、モウ了簡が」。

　なお、「かう見えても」は、後の書入れ。

10 **助六と門兵衛・仙平の立廻り**(一〇三頁)　助六・門兵衛・仙平、立ち上がるとともに、三の床几を後へ引く。門兵衛・仙平刀を抜き、上下より助六に切ってかかる。山形に二つはずし、右手で仙平の小手を打つ。仙平、前へ倒れると、右足で刀を踏まえ、左手で門兵衛の振りおろす手首を逆にとって、刀を鍔元より見て、踏まえた足を放すので、仙平、立ち直って切りかかるのを眉間を払い、門兵衛の刀を右手にとって、左手で門兵衛を下手にやる。両人突き当たって、仙平下に、門兵衛その上に重なりあって倒れる。助六は峰打ちに、三つ四つ門兵衛の背を打ち、そのまま振り上げ、左手に上褄をとって、やや上手向きに下手を見込んで、合方を消し、「よりゃあがると、たたっ殺すぞ」と言い放つ。若い者みな下手に入る。傾城みなみな「ヤンヤ〱」で、抜身を投げ捨て、上手向きに直って意休を見、「ヤットコ、トッチャア」と右足を上手に大きく踏み出し、「ウントコ」と、左足を踏み出して正面向きに、ちょうど舞台の中央、二の床几の前の位置になり、「ナア」と、二の床几に腰をおろし、両肱を張って掌を開き、左を上にして胸の上で組む。門兵衛・仙平は、三の床几の下手に、後向きに下にいる。助六は、ちょっと意休を見て、両手をかるく握って膝の上に置き、「サア、親仁殿(そこな、撫付けどの)…どうだな〳〵」と喧嘩を売るのを、意休はだまっているので、「コレなぜものを言わねえ…」と言って立ち上がり、後向きになって、二の床几を後見が、意休のかけている三の床几まで運んで横につけると、すぐ隣に並んで腰かけ、「抜きゃれさ〳〵」と二度言って、左足を下駄のまゝ上げ、意休のさしている脇差の柄に、ひかがみの辺りを乗せて、左手は懐に入れて手首を握ってのぞかせ、右手は大きく上より廻して床几の上について、あお向けに体をもたせ、斜になってツケを打たせ、「抜きゃれさ」と二、三度ゆする。意休はなお無言で、上手桟敷の方を空目しているので、足を戻し、両手を握り、膝の上に置いて、「ハテ(いけ)張合いのないやつ(野郎)だ」となる。

11 **乞食の閻魔様の条および異同**(一〇三頁)　助六は立ち上がる。後見は二の床几を中央後へ引いて直す。下駄の片方をぬぎ持って、前壺を下手にして横に意休の頭に乗せる。後見が後より持つ。助六は、少し離れ、斜に意休に向い、右膝をうかせ、左膝をついてしゃがみ、大きく拍手を三つ打ち、平手を合せたまま、「如是畜生」を言い、目をつぶって拝む。次に、助六は、目を開き、意休を見て「イョウ、乞食の閻魔様め」と言う。そこで、東うずらの方へ目をそらしていた意休は、右の手をしずかに出し、頭の上の下駄をとって、前に持ってきて見て「ブッ」と驚き、きっとなる。下駄を後へ投げすて、左手を出して刀架の刀をとり、抜きかける。助六はこれを見て、立って前向きとなり、右足を伸ばし、左を折ってかかり、右肌をぬぎかけながら言う。意休を見込んで、上手向きに箱に足を割って「ぬけ、ぬけ」を言いながら、左より右、左、右とじりじり寄って束になると同時に、右から、ト、トンと踏んで、正面向きにポンと箱になり、右足をやや斜にぐっと伸ばし、左足を折って体をかけ、右手は緋縮緬の肌ぬぎで、掌をいっぱいに開いて、やや下向きに、前にまっすぐに伸ばし、肩を落し、左は甲を右の二の腕に添え、その肩を張った逆見得の形で、「ぬかねえか」と、ツケを打たせ大見得を切る。川尻清潭は、「演技の伝承」で、九代目団十郎は左手の指先がそらないから右手でやったと言う。意休は、「ム」と気ごんで、三、四寸抜きかけ、中身を見て「ブッ」と大きく気付いて収め、一〇三頁最後の行の「インにゃ抜くまい」となる。

なお、本文十三行目のト書から一〇四頁の1行目まで、㈠の異同を示すと、次の通り。

(ト下駄をぬぎ意休の頭へのせ拍子打つて)如是畜生発菩提心頓生菩提南無阿弥陀仏〳〵ヨウ〳〵乞食の閻魔様め(ト意休頭の下駄を取り見て)「プッ」(ト下駄を捨て刀を抜きかける) 助六「コリヤ面白くなつて来たわへ〇抜け〳〵〳〵抜かねへか」(ト肩をぬぎきまる意休抜きかけ中身を見て気付き) 意休「抜くまい」 門兵「コレサ親分…」。

この乞食の閻魔様の条を省略する場合がある。助六の悪態から、乞食の閻魔様の条を、昭和三十七年四月の十一代目団十郎襲名の際と、昭和三十九年十月興行では略して演出している。明治三年三月、守田座で、五代目菊五郎が中村芝翫の人気に圧倒されて、駒下駄をのせるのをやめたという事件以来である。

いま、その省略と前後の異同を、現行の㈡によって見ると、次のごとくである。

助六「…間近く寄つて面像拝み〇(トふみ出し両人腰をおとす)カツカ、、、奉れエ、、」(ト見得) 両人「イヨー」 助六「こゝなどぶ板野郎のたれ味噌野郎のだしがら野郎のそばかす野郎め引つこみやアがれ」(1)門兵「ソレ千平ぬかるな」 千平「合点だ」(ト通り神楽立廻つて双方の刀を見るとあつてトゞ両人にムネうちをするトこゝの下手より若い者大ぜいでる) 助六「寄りやアがつたらたゝつころすぞ」(トよろしくきまる) 傾城一「助六さんの大当り」 皆々「アレヤ〳〵」(ト助六意休を見て) 助六「やつとことつちやアうんとこなこれそこな撫付けどのこんたの子分といふ奴はみんなおれがあの通りだ定めてこんた了簡なるめへサ抜かつせへ切らつせへ〇どうでんすな〳〵〇なぜ物を云はねえ唖か聾かコレ抜きやれさ〳〵(2)(ト下駄のまゝ足を意休の刀の柄に) 意休「ム、」(ト意休これにてム、と意気込み刀をぬきかけると)」 助六「コリア面白くなつて来たわへ〇抜け〳〵〳〵抜かねへか」(ト肩をぬぎきまる意休抜きかけ中身を見て気付き) 意休「抜くまい」 門兵「コレサ親方こなたが心弱くてはおいら達が心細いわ」。

なお、(1)の部分は省略することもある。(2)は、意休の頭に下駄をのせる条を省いたときに、それに代わって用いられるもの。明治三年の芝翫の場合には、省略でなく、のせないのを一つの趣向としたので、河竹新七が筆を加えたという。伊原敏郎「明治演劇史」によると、次のごとく修補されている。「それは敵役一同が「その駒下駄を何うするのだ」といふと、助六は「何うするものか、お定りの意休が頭へ載せるのだ」といつて鳥渡(ちよつと)思入れをなし、「しかし此のまゝ載せたなら、御贔屓多い成駒屋を投捨て、乗せられねえや」と跡へ退くことにした」。

12 **曲彔を切ったあとのト書の異同**（一〇四頁）　㊀によると、次の通り。助六「マアちよつとしてもこんなものだ」門兵「ソレ」（ト是よりすがゝきになり大勢棒を持つて助六にかゝる。これを切払ふ。このうち意休門兵衛千平先きに傾城その他皆々暖簾へ入る。子分大勢棒を持ち立ちかゝる。白酒売新兵衛も同じやうに天秤棒を持ちこれに交りをる。助六脇差を抜く。揚幕へ皆々逃げては入る。とゞ新兵衛ばかり花道スッポンの所にて俯伏せになる）助六「口ほどにもねえ弱い奴等だ〇」。

13 **股くぐり**（一一三頁）　㊀㊁によれば、次の通り。〔　〕内が㊁である。（ト京の四季の合方になり上手より編笠をかぶりたる若者出る。助六若者の刀をぬき、中ごを見て投げ出す。若者それを拾い取り、鞘におさめて行きかけるを助六、足を踏んばり、両裾をまくり上げて）助六「股をくゞれ」若者「なに股をくゞれとや、そもたらちねの胎内を出でしより、荒くれ殿御の股くゞるとは（ト思入あつて気をかへ）ア、是非もなや、さらば股をいでやくゞらん」（ト鳴物入りになり、笠を脱ぎ、よろしく助六の股をくゞると新兵衛）新兵衛「股をくゞれ」（トふるえながら足をふんばり、両裾をまくりあげる。若者ちよつと意気込むが助六睨みつけるので、更に新兵衛の股をくゞり両の袂から紅絹の匂ひ袋を出し穢れをのぞく心にて袖などをはらひ花道まで行き）若者「痴話口説、聞かれで腹をたつた川ても恥かしの股くゞりぢやなア」（トおかしみの様子にて入る）助六「イヤをかしき奴でござります」（＊ト〽琉球と鹿児島の唄になり〔＊〽ちごが前がみの合方になり〕上手より国侍、扇をつかひ後より奴ついて出る。と助六いきなり侍の刀を〔右手にて〕引き抜き〔チット〕見て〔前へ〕投げ出す。奴が〔それを〕拾つて侍に渡すと鞘に納めて〔懐手〕行き過ぎようとすると助六〔上手向に〕両足を踏んばつて）助六「股アくゞれ」（ト国侍無言にて両刀を取り四つんばひになり股の間から下手へ投げ拍子を打つて股をくぐりぬけると新兵衛両褄をとつてふるへながら）新兵「股アくゞれ」（トいふので前と同じ様に股をくゞる。〔此内、奴は国侍が助六の股をくゞるのを見て、息込んで抜きかけると助六が〕）助六「ム」〔ト軽く白眼むので、ブル〳〵とふるへ矢張四つん這になつてくゞる。新兵衛が又〕新「股をくゞれ」（〔ト前と同じ様にいふのでくゞり下手にて奴が〕口惜しさうに）奴「コリヤもういつそ〔どうも〕（ト刀をぬきかけるを侍引張つて花道に行き〔入れ替り〕）国侍「ア、ア、ア、」（ト唖の心、手まねにてよせといふ思入〔奴が猶息込むので右手を堅めて振上げ、グット白眼むと合方つき直し、奴後より、大股にて三足歩き、一寸振返ると、助六と、新兵衛が見てゐるので早足にて向ふに這入る〕）助六「イヤ弱い侍でござります」（ト〽夜桜やの唄当り鉦入りの合方にて通人着附をぬき衣紋にして扇子を持ち上手より出て来て）通人「どうもサア、かうやつてぶら〳〵歩きもおつなものでげすね。それにさ、かの君はいつ見てもやさ形ぢやアげエせんか。あれだから、誰でも通つて来るのは、コリヤ無理ぢやげえせんね。とかくかの君ならではとでも云ふんでげせうねえ」（ト扇子を半開きにして口へ当て〕）通人「オホン」（ト下手へ行きかけるを助六前のやうにて）助六「股アくゞれ」通人「何で〔げ〕す。股アくゞれ。これはどうもおどろきやしたね。色里のまん中で股をくゞ＊れ〔＊る〕なんぞ＊と〔＊ナシ〕は、殺風＊景〔＊ナシ〕ぢやアげえせんか。しかしさうおつしやるなら＊ようがす〔＊ナシ〕一番洒落に＊くゞつ〔＊補筆多シ〕て〔も〕＊見ませう〔＊補筆多シ〕〔が〕＊まづ韓信と出かけやせうかね〔＊補筆多シ〕イヤこれはどうもおそれるの」（トいろ〳〵をかしみあつて下駄をぬぎ股をくゞり下駄をはきながら）通人「実におどろきやしたね。＊どこもかしこも〔＊お足袋もおべべも〕泥だらけ、殺風＊景〔＊ナシ〕ぢやげえせんか。この有様をかの君が見た〔な〕ら定めし愛想をつかすでげせうね。オホン」（ト行きかけようとする）新兵「股アくゞれ」通人「オヤ、＊また〔＊股を〕くゞるんでげすか。＊からくれないにまたくゞるとはア、恐れ入りやしたね〔＊今くゞつた許りなのに又股をくゞるとは、ア、恐れ入りやしたね。したが、さう仰有るなら、モウ一ぺん洒落にくゞつて見ませうが〕コレハはやどうも〔恐れるの〕（＊ト扇子にて額をたゝき〔＊ナシ〕股をくゞり＊草履をはいて〔＊ナシ〕）モウこれでいゝんでげせうね。ア、さつぱり訳が分らんぢやげえせんか。〔股をくゞれとだしぬけに、力んだお方の御すがたは、着物も頭もまつくろけのけ〕」（ト流行唄の当て込みを入れ〔花道附際にて通人「イヤ恐れるの」合方つき直し〕向ふへは入る）。

次に、昭和三十九年十月歌舞伎座上演の際の異同を示せば、次の通り。新兵衛「股アくゞれ」通人「オヤまたくゞるんでげすか、またくゞりの裏とは一寸通ですな、ようがす、くゞりやせう（トよろしくくゞりぬけ、花道へ行きながら）実に驚きやしたね、さっぱり訳が分らねえぢやげえせんか、オヤオヤ、たアたも、おべゞも泥だらけ、この有様をかの君が見たら、さぞ愛想をつかすことでげせうね、然しマア怪我のないのが何よりしあはせ、しあはせ、しあはせ、しあはせなら(ト流行唄の〽しあはせなら手をたゝこ」を下座に唄はせ、おかしみのふりよろしくあつて)オホン(ト思入れ〽うかれ鴉の唄になり向ふへは入る)。

この時の通人の役は五代目沢村源之助であった。従って、底本のト書は、かなり簡略で、この間に、異同のごとき、即興的な、かなり長い遊びの部分があったので、今日では、ほぼ次のごとき演出に定着した。

助六「来るわ〱」で、唄入りの通り神楽の合方になる。底本では「すががき」、[一]では「京の四季の合方」、[二]では「唄入り通り神楽」〽ちごが前がみの合方」。両人顔を見合せて、正面大格子前に立身のまま後向きになる。上手より、国侍、黒色の扇をつかい、後より奴ついて出る。鳴物は、〽思ふ中にも」唄入り、太鼓地、当り鉦、大拍子(若衆の場合もある。この時は、〽稚児が前髪」唄入り通り神楽)。助六出て、いきなり侍の刀を右手にて引き抜き、見て前に投げ出す。奴、驚いて、拾って侍に渡す。侍は鞘へ収めて、懐手して、いばって行こうとすると助六は上手向きに、両足をふんばり、両手で着物の両褄をとって、太股のあたりまでまくりあげ、「股アくぐれ」と言う。鳴物が変わり、国侍は、両刀を腰からとり、助六の股のあいだから大小を下手に向って投げる。このあいだに新兵衛は、助六の後で、両手を懐に入れて肱をはり、右足を前に出し、助六のまねして、反り身になっている。大小が新兵衛の足元まで来るので、ちょっと驚く。国侍は拍手(かしわで)を打って、拝み、股をくぐり、立ち上がって、両刀をとり、腰にさそうとすると、新兵衛は、両褄をとって、ふるえながら、「股をくぐれ」と言うので、股をくぐる。奴は、口惜しがり、息込んで抜きかけると、助六「ム」と、かるく睨むので、ふるえて、四つん這いになり、くぐる。新兵衛は、また「股をくぐれ」とひょろひょろと前に出て、くぐらせる。奴が、「コリヤ、モーどうも」と刀を抜きかけるのを、侍は、引っぱって花道へゆき、入れ替わって、「ア、ア、、」と啞の心で、手まねで、よせという思入れ。奴は、なお息込むので、右拳をふり上げ、睨むのが、合方のつき直しになり、奴をつれて、扇を開き、大きく煽ぎながら、大股で三歩歩き、ちょっとふり返ると、助六と新兵衛が見ているので、早足で向うに入る。助六は見返って「イヤ弱い侍でござります」と言う。次に、〽夜桜」唄入り、当り鉦の合方になり、通人、ぬき衣紋にて、右手を上に、左手を下に、扇の要を親指と食指でつまみ、胸を出し、顎をつき出して、上手より出、のれんの前で、右へ一廻りして、舞台端に立ち、「ドーモサア、こうやって、ぶら〱歩きもおつなものでげすね、それにさ、かの君は、いつ見ても…」のセリフを述べ、扇を半開きにして口へ当て、「オホン」と言い、出の形にて、下手へゆきかかると、助六、前とおなじく「股アくぐれ」と言う。通人、「なんです」(以下のセリフ、異同参照)で、右より三つ踏んで、扇を開き、顎の下へ構え、右足を前に顎をつき出した形できまり、毎日、いろいろのおかしみの即興があり、下駄(草履)を脱ぎ先に下駄をくぐらせ、頭に手拭を置いて裾をまくって股をくぐる。下駄をはきながら、「実に驚きやしたね」以下のセリフを言い、扇を半開きに口に当て、「オホン」と言ってゆきかけるのを、新兵衛また「股をくぐれ」と言う。通人「オヤ、股を」以下のセリフを言い、扇で額をたたき、「モウ、これでいいんでげしょうね」以下のセリフがあり、同じく新兵衛の股をくぐり、通人、そのときどきの流行唄を当てこんで(異同参照)、花道へゆき、「イヤ恐れるの」と足を踏み、きまると、合方つき直し、向うへ入る。助六「イヤ、へんな野郎でござりまする」で、合方消す。

14 **香炉台を切る**(一二八頁)　意休は、刀を抜き、「まっこの如く」で、真上から、二つに香炉を切る。このときツケが入って、香炉は台ぐるみ二つになって倒れる(附帳、出道具「香炉台の仕掛」参照)。これで合方を消す。助六は左を立膝して、斜に、意休の切りおろした抜身を、やや上向きに見据え、「こりゃコレ正しく」と、意気ごんで言うので、意休は、素早く刀を鞘に納める。

15 **水入りの型**(一二九頁)　「すががき」の早めの合方で幕があく。見廻りの鳶の者二人大張提灯を持ち、上手下手から出、舞台真中で入れ替わって上下に入る。「すががき」を消し、薄く風音。バタバタになって、向う揚幕から、助六、抜身をさげて出て、用水桶の前あたりで、右足を踏み出して体重をかけ、前屈みに後向きとなり、刀を逆にして背へ斜にまわし、左手の指先で、前へ突っ張って、ツケを大きく打たせて見得できまると、「本釣」を二つ、かすめて打つ。助六は刀をヒラリと返して正面向きになり、さらに大格子の前に近づき、束に立って、格子の三つ目から五つ目あたりで、内をうかがう。向き直って、用水桶を下から見上げてちょっと考え、「ウム」とうなずき、入口の方を見返り、用水桶の前を通って、その後へかくれる。「更けて」の合方になり、薄く風音をあしらい、入口のれんから、送り提灯をさげて仙平先に立ち、あとから意休、大小差して懐手して出る。次に若い者一人、振袖新造三人、ついて出る。仙平は格子前、意休は入口のところ、若い者、新造は千本格子のところへそれぞれ並ぶ。

16 **立廻りの型**(一三〇頁)　仙平と意休は刀を抜く。後見は、別の抜身をわたす。風音になり、仙平、助六に切ってかかる。助六は身をかわして足を払う。仙平は払われて下手にくる。意休と助六は、上手と下手で、大きく「山形」の型をして、三つ目に鍔ぜりになる。意休は刀を引いて助六をとばす。立ち別れて、意休はやや後向きで束に立ち、刀の柄に両手をかけ、右の肩のあたりへまっすぐに立てて見得。助六は右の足を踏み出し、体重をかけて、後向きに顔をやや前へ向けて中段に構える。仙平は下手で、両手を柄にかけて振りかぶる。この見得をきっかけに、「八千代獅子」竹笛入りの合方になり、風音をあしらう。仙平が「ヤッ」というと、助六はヒラリと向き直って、仙平を横に払う。仙平は後へとび退いて構える。助六は払った刀を返して意休の方へ向き直ると、意休は、大上段に打ちおろす。助六は、これをハッシと受け止める。意休は右の足から前に出て柳の型にながす。助六は裏からそれへのせる。そのまま刀を下へ流し、助六は後から左手で、意休の胸ぐらをとる。意休は前に出る。助六、後向きに背中合せになる。意休は助六の脇腹を目がけて、左右に刀で払う。助六もこれにならい、互い違いに体をかわす。助六は上へ、意休は下へ立ち別れ、下から上と天地に切り結ぶと、仙平はその中へ割って切り込む。二人は左右に刀を引く。仙平は助六に切ってかかり、上へ入れ違い、上より片手おろしに前へ切りかける。その手を助六が押え、意休が切りかける足を払う。意休、ちょっとすさって大上段にふりかぶると、助六は中段に構えてつける。意休が切りこんでくるのを、助六は宙に払い、押えていた仙平の手を放して、上手へ廻す。仙平は大戸の前へ逃げてゆくのを、助六は後向きざまに及び腰になって切りたおす。古風に演ずると、仙平の首は、仕掛けで、たそや行燈の屋根の上に、仰向いた形で出る。仙平の死骸は、後見が毛氈で隠して大戸口へ入る。意休は、「ヤッ」と声をかけるので、助六は振り返って、互いに刀を振りかぶり、切りこんで背中合せになり、互い違いに空臼(からうす)の型を三度する。四度目に、意休は上手へ、助六は下手へ飛びちがえ、両人向き合って一文字になり、同時に右の足を踏み出し、助六はやや裏向き、意休はやや表向きに刀の柄へ両手をかけ、右にかついだ形で、双方おなじく向き合って横見得をするのはきまった型。それより両人は、進み寄って刀を合せ、互いに右の足で左足を蹴りながら中腰になって、意休が切り込む刀を、助六は後向きで、肩に刀をかざして受けた刀を見返して、意休へ切り込む。意休は表向きになって、右の肩に刀を当てて受けとめ、助六が切りこむのを、裏向きで受け止める。柳の型の打合せを四つして、五つ目に双方立ち、足をポンと割って鍔ぜりになり、顔を見合せてちょっときまる。それを切りほどいて立ち別れ、互いに振りかぶって、入れかわり切り返して、互いに右の肩を切り合う。両人「ウム」と言って左手で肩を押え、上下に別れて腰を落し、ドウとなる。「白四天」の衣装の肩へ、細く血がにじむ仕掛。右の膝を起し、左手で肩の疵口を押え、右で刀を振りかぶって、きっと見得。ちょっと間をおいて両人立ち上がり、上から助六が刀をつけると、意休は裏へ切りこみ、また表へ切りこみ、三つ目に助六と刀を合せる。合せた刀を意休が下へ引くとき、左の肱で助六の脇腹を突くので、助六は「ウム」と言って思わず脇腹を押える。意休は花道の附際まで駈けてゆく。助六はその後姿を見て、ちょっと思入れあって、仰向けに倒れる。合方やむ。意休は、花道附際で足を割って、刀を前に突き立て、柄に両手をかけ、揚幕を見こんできっときまると、頭に時の鐘を一つ打ち、風音。静かに前の「八千代獅子」の立廻りの合方の弾流しに竹笛入りのつき直しになる。意休は、肩の疵を左手で押えながら舞台へ戻り、正面向きに、仰向けの助六の上へ跨る。意休が刀を大上段にふりかぶるとき、助六は下から左脇腹を突く。合方やや早めになる。突いたまま助六は起き上がって、意休を抱えて、くるくると三度廻る。意休は虚空をつかんでもがく。助六は刀を抜いて身を引き、さらに刀を返して足を払う。意休は右廻りに後向きに仰向けに倒れる。助六は右の膝を立て、左手を意休の胸にあて、右に刀を持ってとどめを刺す。意休落ち入ると、合方、竹笛消す。うすく風音を残す。助六そのまま右膝をくずして坐って、顔へかかる鬢の毛を払っているうちに、意休の死体は後見が毛氈でかくして消す。助六は左手で肩の傷口を押え、意休からとり上げた友切丸を見ようとすると、下手から鳶の者が一人、長提灯を持って出る。助六の傍まで来て、すかし見て、「ヒャア」と言って驚き、一散に花道へ逃げて入る。助六はちょっと見返って、立ち上がり、たそや行燈の傍へ来て、束に立ち、左手で肩の傷口を押え、右手に友切丸をかざし、鍔際から切先まで、そりを返して上から下へと見て、「こりゃこれ、尋ねる友切丸」と、思わず二、三歩前へ出て、「チェー、辱けない」と友切丸を横にかざし、左手を切先へちょっとあてて押し戴く。助六のセリフの切れに向う花道と下手で、静かな三ツ太鼓の音。

助六は気のつかぬ態で、刀をさげて花道の附際のところまで行くと、揚幕のうちで、「人殺しだ」「あぶねえぞ」「ソラ、こっちへ来たぞ」などの、多勢の捨てゼリフに、驚いて、踏み出した足をちょっと引き、きっとなる。

17 **水入り後の型**（一三一頁）　「三ツ太鼓」の音を消し、「本釣」を打ち、「筒井筒」上下（うえした）の合方になり、助六はかぶっていた手桶を右手で持ち、左手を用水桶の縁にかけ、水の中から立ちかけると、向うで「三ツ太鼓」の音がして、上下で、大勢の声がするので、ふたたび助六は桶をかぶって沈む。水がざっとあふれる。「本釣」が入る。ちょっと間があって、静かになった時分、助六はそっと頭を出して、右手で手桶の柄をつかんで後へ投げ、立って左足を桶の内の中段に、右手を用水桶の縁にかけ、刀を提げたまま四方をうかがう。「本釣」が入る。たえず「風音」を聞かせ、向うで「三ツ太鼓」を邪魔にならぬほどに打つ。助六は用水桶から飛び降りて、上手へ行きかけて、舞台中ほどに来て、肩の傷を左手で押え、膝をふるわせて、二、三度苦しげに息をつき、刀を落し、正面に腰を落して右足を出し、首を垂れて気を失う。合方やむ。

以上「助六由縁江戸桜の型」を参照した。

暫

一　**御厨の三郎将頼・左衛門佐維衡・蘆原四郎将平**（一四二頁）　㈢㈡では荏原八郎国連、成田五郎義秀、足柄左衛門高宗等のセリフに当たる。将頼、将平、村岡五郎義秀、興世等は、㈠㈡の成田五郎義秀、東金太郎義成、足柄左衛門高宗、武藤九郎氏清、垣生五郎助成、荏原八郎国連等に当たり、㈠では、これらに順に番号をつけ、腹出し一―六ともしている。以下㈠㈡に見える役名は、明治二十八年十一月、歌舞伎座上演以後今日に至るまで固定したもの。桓武平氏系図によって、類系を示す。（姓氏家系大辞典を参照して本文と関係ある名を挙げる。）

（第五十代）桓武天皇―葛原親王（一品式部卿）―高見王―

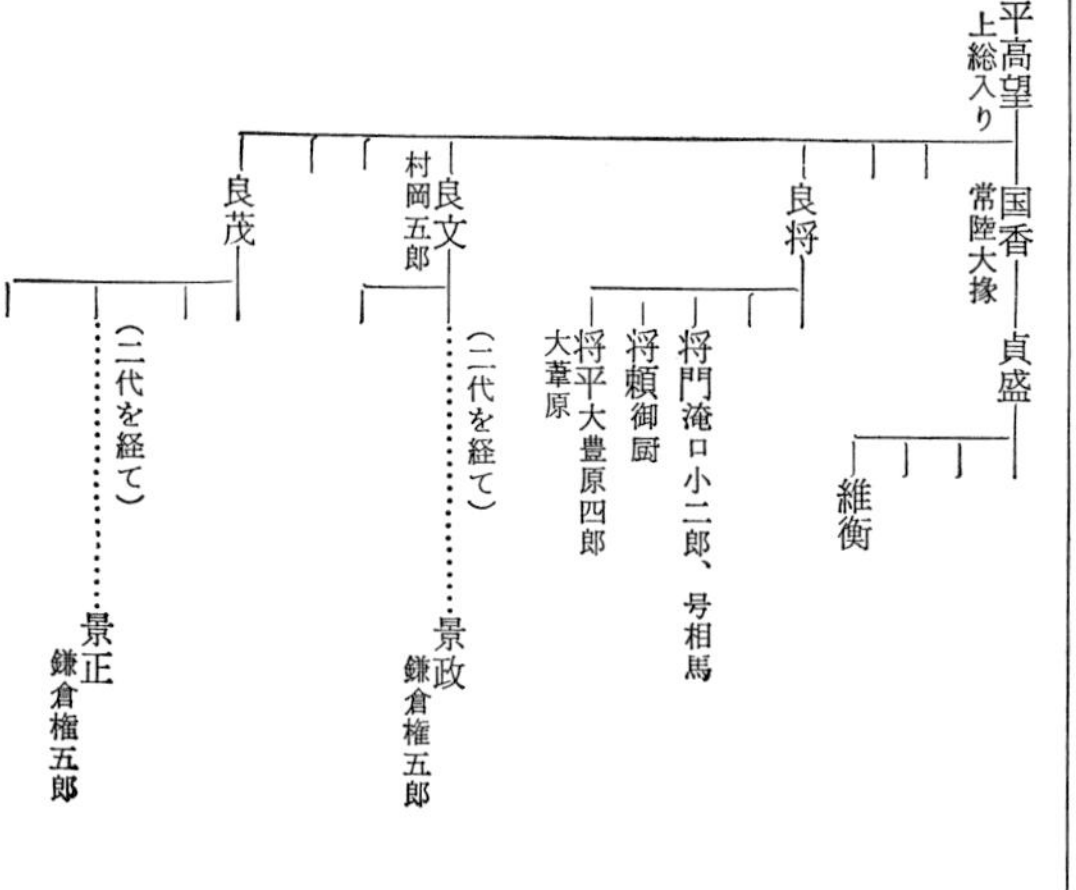

二　**鹿島入道雷玄と要石**（一四二頁）　常陸国鹿島郡鹿島神社にある要石に由来した名。要石については、「鹿島宮社例伝記」に「奥之院奥石ノ御座有。是俗カナメ石ト云。号山宮トモ。大明神降給シ時、此石ニ御座侍。（略）常州殊地震難繁国石御座有ケルニヤ。為地震不動故、於当社地震不動云々」。また、「鹿島志」に「ふるくは石の御座といへり、地上に出たるところはいと小さけれど根深く埋れて、いと〳〵おほ石なりとぞ、石頭すこし凹て丸き石なり」とあり、「利根川国志」には、鹿島神宮の七不思議の一に数える。雷玄または震斎が鯰坊主といわれ、また女鯰が設定されたのは、地下の鯰が地震を起し、これを要石が押えているのだという俗信から出たもの。また、雷玄および他本の雷丸の宝剣の名は、鹿島の祭神建御雷神と十掬剣の神話から発想されたものであろう。なお、東鑑の元暦元年正月二十三日に、鹿島社の震動した由を社僧が報告している記事があるのが思い合せられる。なお、本朝怪談故事、二・広益俗説弁、二・諸国里人談、二・合類大節用集、一などに見え、椿説弓張月などにも引用されており、また、初代団十郎の不破のセリフにも「かしまの神よりごたくせんのつらねせりふは、なまずのてつぺん、かなめいし」（野郎にぎりこぶし、元禄九年）などとあり、早くからかなり世間にひろく聞えた伝説で、舞台を、新鹿島社頭にしたために設けられた役名であることはあきらかで、現行台本のごとく「鶴岡社頭の場」としては、意味をなさないことになる。なお「暫」のうち、「御摂勧進帳」（安永二年）では、稲毛入道、「花櫓橘系図」（寛政十年）では、湯浅孫六入道、「戻橋背御摂」（文化十年）では、猪熊入道雷雲というように、その世界によって役名が変わるが、坊主姿だけは変わらなかったようである。

三　**平親王将門**（一四三頁）　平安朝時代、桓武平氏の平高望の孫で、下総国西北部を地盤とした平良持（あるいは良将という）を父とし、はじめ摂政藤原忠平に仕え、のち関東に帰って、伯父の国香を殺し、関東の一大勢力となり、猿島郡に偽都を構え、猿島内裏と称して朝廷に逆いたというので、承平・天慶の乱となり、九四〇年、矢にあたって戦死した。その事跡は、将門記・大系図・扶桑略記、二五・大鏡、一・外記日記、一二・今昔物語、二五・古事談・源平盛衰記、二三・本朝文粋、二・元亨釈書、一〇・皇和真俗通、一二・大日本史、三二・日本外史、一などに見える。また、将門の猿島の内裏のことは、相馬日記・利根川図志・屠竜工随筆などに見える。早くから伝説化され、浄瑠璃、歌舞伎に現われている。古浄瑠璃の「六孫王経元」「竜城連理鐘」「大福神社考」、近松以後は「傾城懸物揃」「将門冠合戦」「洛陽飄念仏」など。歌舞伎では「平親王政門」「艶冠女将門」など顔見世狂言に出るが、むしろ遺児の良門や滝夜叉が活躍するものが多い。ただし、現行の台本では、元禄十三年の「景政雷問答」に見える清原武平によって、明治二十八年十一月、歌舞伎座上演以後、武衡として演ぜられてきた。㊀㊂とも清原武衡。ただし同本では、成田のセリフになっているところもある。なお補注一のごとく、鎌倉権五郎景政の名は、将門の一族の名に因んで登場してくるので、清原武衡になっては意味が薄くなる。この役は、俗に「受（うけ）」とよばれる「公家悪（くげあく）」の役で、主役暫と対応する敵役の実力者が勤めるものである。

四　**ひさご**（一四三頁）　この役名は、「瓢箪鯰」の諺から、瓢箪の別名「ひさご」を、女鯰につけた。天保四年十一月、市村座上演の時の六代目岩井半四郎の「女鯰ひさご」に始まるという（歌舞伎十八番「暫」の年表―渥美清太郎「歌舞伎狂言往来」）。元治元年十一月、中村座上演のときの女鯰は「青柳」。明治二十八年十一月歌舞伎座上演のときは「那須の妹照葉」で、現行本の女鯰は、この名で行なわれている。

五　**山鳥の鏡**（一四七頁）　「やまどりのをろのはつをにかがみかけとなふべみこそなによそりけめ」（万葉集、十四、相聞）を始め、「山鳥、友を恋ひて、鏡を見すればなぐさむらん、心わかう、いとあはれなり」（枕草子、四一）などにより、その故事を伝えるものに、八雲御抄、四、断簡言がある。「昔となりの国より山どりをたてまつりて、なくこゑたえにしてきく物うれへをわするといへり。みかどこれをえてかひ給にさらに鳴事なし。あまたの女御に、この山鳥をなかせたらん人を后にたてんとおほせられければ、やう〳〵になかせむとし給ける中に一人の女御、ともをはなれてなかぬなめりと思へてあきらかなる鏡をこのうちにたてたりければよろこべるけしきにて鳴事をえたり。尾をひろげてかがみのおもてにあてゝなきけり。それによりて此女御后に為給にけり」。その他、諸書に見える説話によって作られた架空の鏡。

六　**感宮万里…**（一四七頁）　謡曲、咸陽宮の「そも〳〵此咸陽宮と申すは、都のまはり一万八千三百余里、内裏は地より三里高く、雲を凌ぎて築きあげて、…月日まで甍を並べて…」（平家物語によったもの）などを下敷にして、その威勢を述べる。感宮は咸陽宮、始皇帝の宮殿。将門の相馬郡猿島の内裏を譬えた。㊀は、この条より始まる。

七　**素袍**（一五四頁）　室町時代に始まる。麻布地で大きな袖に定紋を付けるのが特色で、侍の礼服。とくに正月などの礼服として、万才なども着た。暫がこれを着るのも、侍の衣服とともに歌舞伎の正月の顔見世の式服の意があろう。柿色の素袍に一定させたのは、二代目団十郎からだといわれる。ただし、初代団十郎の、元禄十三年正月の「景政雷問答」では、烏帽子に素袍の片肌脱ぎの姿が、評判記に見られるので、素袍は初代からである。また大きな三升の定紋を付けるのが定まりになっている。素袍は横麻八反を要すると言い伝えられ、袖を張るために、おのおの二本の籐がぶっ違いに差し込まれており、舞台に来てから、後見が籐をはずす。附帳、衣裳参照。

八　**筋隈**（一五四頁）　「歌舞妓年代記」は、「元祖団十郎暫の初まりは総身を赤く塗り、長袢をくゝり、（中略）其後大紋の形、塗顔の荒事なりし」を二代目が改めたと記す。山田春塘の「歌舞伎十八番考」（演芸画報、二ノ一〇）によれば、初代の三回の暫を「元禄暫」と称し、その扮装は総身を真紅で彩ったと記す。「歌舞妓年代記」の「総身を赤く塗り」という記事から出たものであろう。なお「役者返魂香」（正徳五年三月板）に、「同じあら事も上品なるいきかた、顔に絵の具いらずいかにしてもよいゆきな芸也」というのは、隈取したかったことをいうのだろうか。赤面を元禄暫の特色とすれば、豊芥子が「十八番考」で二代目団十郎の暫を次のごとく記すのは、その変化を意味するものだといってよい。「柏莚、目の角の丸きくまどりは、もと三角に候、宝生太夫の所へ、御客の取持に参り候処、色々の面を御馳走に御出し被レ成候ところ、ていかんと大ひしと申面の目のふち、筋ゆれて二筋御座候、強く見え候に付、翌日楽やにて隈取をゆりて、目のふちを致候、さんぐ〳〵悪く候故、急に中ゆれを直に丸くいたし候、是廿一歳の時なり、今の隈取にて候」。これを信ずれば、暫の「筋隈」のはじめということとも「隈取」というものの発生とも考えられる。初代団十郎の時には「赤面」「赤塗」のほかに「隈取」ということばがまだ見出せないところから、あるいは、「隈取」は二代目団十郎から始まるのではないかと書いたことがあるが、この時の「暫」の筋隈が、隈取の始まりであるのを示唆しているかも知れない。

1　**渡りゼリフの異同**（一四四頁）　㊁によれば次の通り。（諸本異同が甚しい。）
足柄「今日主君武衡卿には関白宣下の式日なるに」武蔵「当鶴ケ岡の額堂へ大福帳の額をあげしは」埴生「不届至極の加茂の義綱、きつと詮義に及ぶ間、そこ一寸も」三人「動きをるな」義綱「国守の印を紛失なし父の勘気はうけしかど」桂の前「朝家の栄を祈りの為奉納ありし大福帳」義郷「たとへ目障りあればとて先へ奉納なせし額面」正広「それを取のけ他の額をしもに広きあの額堂」蔵人「かけかへんとは無作法千万」呉竹「どうぞあのまゝお置き遊ばしさを祈るこの御願ひ」紅梅「御聞き届け下さるやう」侍女一「偏に御願ひ」松ヶ枝「御無事皆々「申し上げまする」武衡「ヤア云はれなきその雑言、汝が父の頼義にはかねて意恨のこの武衡、生け置く時は邪魔な奴それ成敗の用意いたせ」。

2　**つらね**（一五四頁）　㊁によれば次の通り。
景政「夫れ神風のふくは内百鬼は外に夜行きて昼は蹋まる穴の中土鼠の術を使ふとも逃がしはやらぬ日の光、彼の孫子の兵法に曰く、善く守るものは九地の下に隠れ、善く攻むる者は九天の上に動くと先祖の唐の唐人の教へも半分寝言にて雲をつんざく雷は地獄果まで鳴り響く桑原つゞき万歳楽こんな筈とは其の辺の閻魔様でも気が着くまいと背中をどやしにつん出たは三国一致富士の雪解けぬ誓を刀に掛け、見様三升の角鐔も時に大太刀吉例の角前髪の荒若衆、師匠此方皆様御存じの鎌倉の権五郎景政、生年こゝに十八番の真似事もうぬ等が我慢増長に勘忍袋の切れ小口、此の上悪く伸さばると八方造りの屋の棟から築地の海の先に立つ黄海の浪へ抛り込むとホ、敬つて白す」。

このつらねは、昭和十三年四月、歌舞伎座上演のもので、日支事変、日独伊防共協定などの当時のあてこみがある。岡鬼太郎作。なお、「続々歌舞伎年代記」によれば、明治二十八年十一月、歌舞伎座上演の際には「ツラネも桜痴居士の手にて多少修正をなし」とある。㊀にはその面影が残っている。なお、山田春塘「歌舞伎十八番考」（演芸画報、二ノ一一・一二）の「暫」に、代々の「つらね」が収録されている。「歌舞妓年代記」や㊂にも載る。三升屋二三治の「作者年中行事」には、次のように記されている。
「一、市川家代々自作して書するにも清書は奉書に認て右之通（図があるが略す）巻て神の棚に上又は三宝に乗せて晦日の晩より錺り置物成田屋にては斯せしゆへしるす。一、作者つらねを書て市川家え送る時も認方包み方とも右に同じ。一、五代目反古庵白猿は年々しばらくのつらねを書たり作妙ある人ゆへ自作多し近代七代目より惣代男女蔵に至る迄自作をして残す。一、つらねの書よふには法式有わけてしばらくのつらねはむづかし七代目白猿は能祖父の口合をのみ込み江戸一流とする昔のつらねを見くらべすべし」。

3 照葉の名乗り（一六〇頁）　三によれば次の通り。

腹出し皆々「イヨー」武衡「さてこそ奈須の九郎の妹と入込むおのれは廻し者よな」照葉「女だてらの大役も殺生石に由縁ある奈須の九郎の妹と今日まで化けてゐたわいなア」小金丸「又某は義家公の家来にて小金丸行綱、清原方のうつそりども何んと肝がつぶれたか」成田「さては間者か」皆々「イヨー」景「照葉の知らせに謀反の企て残らず露顕の上からは、首を洗つて待つてゐろ」武衡「此返報は重ねてきつと」。

鞘当

一 不破伴左衛門（一六六頁）　不破万作のこと。伴左衛門は万作の父に設定することもある。万作は伴作とも書き、尾張の不破氏で、秀次に仕えて殉死したと伝えられる。名古屋とならび称せられた当時の美少年。名古屋山三との草履打の話は「烟霞綺談」に、鞘当の話は「浮世絵類考」に見える。なお、「新著聞集」「噺の苗」等にも不破に関する説話が伝えられる。

二 茶屋の女房（一六六頁）　留女といわれる役。南北の原作は「長兵衛女房お近」(因)。本文のは、弘化三年のときのもので、「続歌舞伎年代記」によれば「仲の町信濃やお辰」。なお、そのときどきによって、「仲の町松屋おきた」「亀金のおしほ」「河内屋お庄」「茶屋女お福」などと替名する。なお、天保七年の四度目の上演の時は、留男になり、役名幡随長兵衛で、八幡黒の革羽織にぱっち拵えで大受けと「歌舞伎年表」にある。また、明治十二年六月新富座の際は、「仲居大和屋おとき」(半四郎)の予定のところ、「鳶の者彫物伝次(または連次)」(菊五郎)に変更している。

三 茶屋廻り（一六六頁）　「歌舞妓年代記」によれば、弘化三年では「茶や廻り長吉」。なお、因では「茶屋廻り、鷺の長吉」、小では「鉄棒引米松、同亀松」。

四 名古屋山三（一六六頁）　名古屋山左衛門、三左衛門、山三ともいい、大人名事典では、名越（なごえ・なごし）山三郎としてある。また、山左衛門の子と設定されることもある。人名事典ほかによれば、織田信長の臣、加賀藩士名越家の祖先で名越因幡守の子、名越氏先祖書によれば、因幡守信長の姪婿にあたり、因幡国四十万石を領し、天正十年信長滅亡後、浪人して蒲生氏郷に頼り、楽人として余生を送った。その子山三郎は美男の名高く、武功に勝れ、のち森忠政に仕え九右衛門と改め、慶長八年の春(一説に九年)、井戸宇兵衛(宇右衛門)と刃傷あって死ぬ。その子を蔵人という。「古今役者大全」によれば、お国歌舞伎の創立者の一人とする。伝説の多い人物で、そのほか、大日本史料・雍州府志・塩尻・安斎随筆・松屋筆記・九桂草堂随筆・嬉遊笑覧等に見られる。最近、室木弥太郎の「なごや山三郎に関する二、三の問題点について」および、盛田嘉徳の「女かぶきに関するノートⅡ」に新しい資料と見解が見られる。

五 誰哉行燈（一六六頁）　吉原のみにある屋根形をのせた辻行燈。夜四つに大門口の木戸をしめてから五丁町の町々へ出す。「正徳の比かとよ、西田屋甚右衛門が抱たそやといへる遊女、故ありて自害せしに、其死ざま心ありげなればとて、菩提のために西田やの門へ辻行燈を出せしより、誰いふともなしに、たそや行燈とは云習したると也」(柳花通誌)。なお同書は、「たそがれ行燈」の訛とし、夕暮になるとともしたからだという説もあげる。また「吉原大全」は、西田は庄司甚右衛門の字の名とし、京より下った「たそや」という女郎が、夜四つ過ぎに揚屋の帰りに殺害されたのを機会に、町中に行燈を出したのがはじまりと記す。「誹諧通言」では、明暦の頃、江戸町一丁目の西田屋抱えの女郎とする。

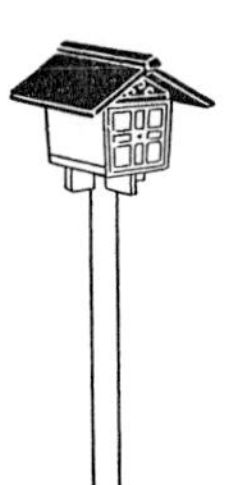

六　**台挑灯**(一六六頁)　大箱提灯・看板提灯ともいう。「箱提灯、揚屋より約束の夜仲居太夫を迎に行時揃なり尤此てうちんに棒をはめず提て行が例なりこれ京大坂とも同一なり」「大箱提灯、女郎の紋付紅摺仲の町へ出る時茶屋の門口に置く上方になき派手花やかなる事いわん方なし」(誹諧通言)。提灯の枠は黒塗りで、前方に花魁の名を墨書し、左右に定紋と替紋を書く。

七　**雲に稲妻の羽織、衣裳**(一六七頁)　延宝八年江戸市村座にて、元祖市川団十郎が不破を演じたとき、「其刻伴左衛門に扮する衣裳に、始めて雲稲妻の形を摺りぬ。是をだまきといふ俳書に載せる。稲妻のはじまり見たり不破の関といへる、荷翠の句にもとづきて、団十郎自己の物ごのみなる由。しかりて後伴左衛門に扮するには、必ず衣裳に雲稲妻をつくる事になりぬ。団十郎前には㊂如此の紋をつけたるが、伴左衛門の狂言の後、稲妻の一つを転じて回如此に更めける由。然ば則三升の花号は回如此稲妻の形雷紋なり」(「本朝酔菩提全伝」不破名古屋伝奇考)とある。なお「役者名物袖日記」にも、類似の説がある。

八　**ぬれ燕の羽織、衣裳**(一六七頁)　山東京伝は、名古屋の濡燕の衣裳について、次のごとくいう。「名古屋山三郎に扮する衣裳には、昔より定りたる花紋(もよう)なし。僕稲妻表紙前編著述の刻、稲妻の花紋(もよう)俳諧の句にもとづきぬれば、山三郎の衣裳も俳諧の句にもとづきてこそと思寄せて、「傘にねぐら貸さうよ濡燕」といへる晋子の句意をとりて、出像の花紋に、春雨に燕の飛交ふさまを画かしむ。これによりて、這春浪速の芝居両座ともに、山三郎の衣裳に濡燕を繍しつる由。雲に稲妻雨に燕よき一対にしてしかも濡るるといふ詞、小生(わかとじ)に似合しかるべし」(「本朝酔菩提全伝」不破名古屋伝奇考)。なお原作「昔話稲妻表紙」の「十八、花柳の鞘当」に、その插絵があり、また本文中に「春雨に燕子(つばくらめ)の飛交ふさまを摺りて、三本傘の鹿子紋つけたる小袖を着し」とある。この発想は其角の句意によっているが、なお傘の紋より濡れるという連想が導き出されたのであろう。

九　**白柄組**(一六七頁)　正保・慶安の頃の江戸に跋扈した男伊達のグループ。「我衣」に「白柄組(吉弥組ト云)風俗ハ、髪ヲ手一束ニ切、タブサヲ取レヌ用心シ、冬紺縮緬白大綿入一ツ、帯モ白ク三重ニ廻シ、袖口白太ククグリ、丈ハ三里ノ少シ下ヘ下ルホドニ短ク(鉛三匁ヅツクケコミ、ツマノハネカヘルヲヨシトス)、長キ大小ヲ帯シ、柄糸下緒何レモ白シ、衆道専ラニ流行ル、其振廻人ニマクル事ヲ死トモセズ」とある。不破の白色の衣裳の風俗は、これによったものであろう。当時、白色の衣裳で、白馬に乗って吉原に通うのを伊達とした。「芸鑑」(役者論語)にも、傾城買の買手が「白加賀の衣裳に銀箔にて鹿の角を蜂のさしたる所を惣身のもやう也」とあり、「柳花通誌」によれば、日本橋より大門までの駄賃は、「餝白馬三百四十八文」とあって、普通の駄賃より高かった。

一〇　**大門**(一六七頁)　新吉原の大門(おおもん)。日本堤より衣紋坂を経て五十間道より大門口にかかる。元吉原にもあった。屋根をつけた黒塗りの木造の門。大門口には右手に廓の改め役人三浦屋四郎左衛門の代理人、代々四郎兵衛を世襲する定詰がおり、左手に番所がある。また端に買女御禁制の高札が立つ。廓は夜の亥の刻を限りとして廓中を太鼓を打って廻るのを「限りの太鼓」といい、これを合図に、鐘四つより大門をしめ、左右横のくぐりの袖門より出入する(吉原大全・誹諧通言)。

一一　**傘**(一六七頁)　三本傘の紋は、「見聞諸家紋」天文八年卯月十九日の条に若狭之弁久の家紋として見える。また幸若、夜討曾我には、「からかさ付なごやどの」とあり、名古屋家の紋としての伝来があった。補注八参照。

一二　**だゝら大尽**(一六八頁)　金銭を湯水のように使って豪遊する客。「駄々羅大尽の閑心さま」(傾城吾嬬鑑)。「たゞら大尽」(百因)、「陀々羅大尽」(小)。

一三　**吉原ばかり月夜哉**(一六八頁)　「闇の夜も吉原ばかり月夜かな」(無筆節

用似字尽)。「吉原ばかり月夜かと女房いひ」(川柳)。

一四 **よしや男**(一六八頁) 吉弥組の男伊達すなわち不破を指す。「よしや組も若盛りの事、大小の神祇組も、天の岩戸の静かなるこの御時」(俗つれ〴〵)。万治・寛文期に流行した、流行語もしくは流行歌謡に「よしやわざくれ」などといわれたように、「ええままよ」「どうでも構うものか」といった気風の伊達風をいう。それらの風俗を「よしや風」といった。「嬉遊笑覧」に「このよしやといふことは、浮世狂ひ、ばさら風流に出立つを、よし人は何とも言はば言へと他を顧みざるをいふ」とある。この「よしや男」の不破の衣裳を稲妻にしたのは、「夢幻や南無三宝」(閑吟集)とか「一期は夢よたゞ狂へ」(同)などという人生観を「電光石火」に託して、命を軽く扱う男伊達の思想の表象としたので、稲妻の模様をつけたことから「稲妻組」ともいったのである。「大矢数」に「月もよしよしや〳〵とよしやふう 数紋付けて袖の稲妻」などがある。また、「よしやがかり」ともいい、その風俗は、「傾城色三味線」に「袴高く裾取て、大小よしやがゝりにぼつこみ、朧富士といふ大編笠ゆたかに着て」とか、「好色一代男」にも「よき風の大男、袴高く、裾取つて、大小よしやがかりに、編笠ふかく着てさしかゝる」といったものをとり入れたもの。六法風も丹前風もまたおなじ。なお、「久夢日記」にも、よしや組、大小神祇組、六法組について述べるところがある。補注九参照。

一五 **丹前すがた**(一六八頁) 寛文のころ(承応・明暦のころとも)、神田鎌倉河岸、または雉子町、佐柄木(さやぎ)町、あるいは柳町などともいうが、そこに堀丹後守(一説、松平丹後守)の前にあった風呂屋に通う伊達男の風俗。「柳町辺に何がし丹後守殿といへるやしきの門前に、名題のふろやあり、其頃少年の人々此風呂へ入りて衣裳を着かへ、それよりすぐに吉原へかよふ事なり、そのすがた白づかの大小に、白繻子のまきばをりをしけり、是を古中村七三郎といふ役者、きやうげんに取りくみ、丹前となづく、かの丹後守門前より吉原へ、かよふといふ事を略して、丹前といふ、むかしの狂言にはやりし事なり」(吉原大全)、「丹後殿前。雉子町の北の通りを云ふ。昔、此に堀丹後守の第宅ありし故しか唱へけるとぞ。寛永九年の江戸絵図に因つて考ふるに今の津田山州侯の地、則堀家のやしき跡なり。其頃此辺の風呂屋に湯女を置きて客を招しにより又六法組とて武夫にもあらぬ壮年の侠夫、大小立髪の異風なる出立にて此の風呂屋の辺りを徘廻せしかば、之を丹前六法風と呼びける。丹前は丹後殿前の略語なり。今も此地に清水屋、梶川抔云湯屋あり、則昔の湯女風呂なり。後に歌舞妓芝居にて狂言に取組、白柄組、銕棒組、唐犬組、笊籠組等なり」(江戸名所図会、一)などと見え、丹前は、廓へ通う伊達姿を指すようになった。〽おんらが旦那はな、廓一番隠れない、丹前好み、華奢に召したる腰巻羽織」(長唄、供奴)。

一六 **寺西閑心**(一六八頁) 小は「閑大尽」とする。実在の男伊達とされ、「久夢日記」に「寺西弥介(後入道して閑心、大西閑心といふ)、大西閑心がかたな、古河輝義の作、あら身にてかたなの目方二貫五百目、わきざし一貫五百目あり、大刀なり」と見える。鶴屋南北の「霊験曾我籬」(文化六年四月、市村座)、清元の「其小唄夢廓(よしわら)」に見え、「比翼蝶春曾我菊」(文化十三年正月、中村座)では、箱根の寺西閑心坊として登場。「不負江戸男俎板」(文政十一年三月、中村座)、「花川戸名物侠客(おとこ)」(天保五年九月、森田座)、「廓(さと)模様比翼稲妻」(弘化三年正月、河原崎座)、「杜若手向花川戸」(嘉永三年三月、河原崎座)などに登場して、寺西閑心系をなす。また、花川戸の名に引かれて、「助六」にも登場することがある。所作の「助六」である「江戸紫手向七字」(文化十三年三月、河原崎座)がそれである。

一七 **上林**(一六八頁) 京都島原の名高い遊女屋。「此の里に、上林道順とて、道ならぬ業なれども、あまたの女郎抱へ置き」(「色竹蘭曲集」名古屋山三郎)。好色一代女・好色一代男・傾城反魂香・寿門松等にも見える。原作「昔話稲妻表紙」では、京都五条坂の神林に仮託してある。舞台は吉原であるが、不破・名古屋が争ったのは、上林の遊女葛城としており、吉原の上林ということに設定した。「毛抜」補注九参照。

一八 **葛城**(一六八頁) 京都島原で全盛をうたわれた遊女。大阪新町にも同名の遊女がいた。「好色由来揃」の島原名女揃、「好色一代男」などに見える。近松の「傾城反魂香」では、島原より名古屋山三に請け出されることになっている。また慶長期の女歌舞伎時代に、葛城太夫という遊女がいたことが記録にあり、その連想が、不破・名古屋の世界に登場せしめたのであろう。なお、原作「昔話稲妻表紙」(十八、花柳の鞘当)には、「時に此曲(くるわ)中第一の名妓とよばれて、その名世にかくれなき、神林道順が許の、葛城といふ遊女(あそびめ)、籬のうちより此体を見て、いそがはしく裾かいとりて出来り、いとあやふげなる剣の下をくぐりて、両人のへだてとなり」とあるように、京五条坂の遊女として書かれ、留女は、この葛城になっている。南北の「浮世栖比翼稲妻」は、吉原の遊女として、「そんならこなたが評判の、上林屋のお傾城」「葛城さんぢやわいなア」といわせている。また、京伝の原作より、実は伴左衛門の妹であったというように設定され、名古屋の敵方として、首を討たれる。

一九　**水道の水**(一七〇頁)　江戸の水道は、「天正日記」によれば、天正十八年七月十二日に、藤五郎(菓子司大久保主水の祖)がはじめて「江戸水道のことうけたまはる」とあり、徳川家康が大久保忠行につくらせた日本最古の上水道で、寛永年間に完成した。江戸の上水は、江戸っ子自慢の一つで、「水道の水で産湯を使い」というのが、江戸っ子たる資格の自慢のセリフの一つであった。〽紫深き水道の水に、染めて嬉しき」(長唄、藤娘)。

1　**留女の出**(一七〇頁)　原作通りでは、提灯を持って花道から出る。提灯の持ち方は、袂の先と一緒に持つと形がよいと伝えられる。また、花道の七三で、下駄でトントンと強く足踏みをして、提灯の灯を吹き消して、左脇に抱える型かある。これは、下駄の音で、こっちへ見物の目を引きつけるのによく、これは、大太夫(五代目岩井半四郎)工夫の見得とされる(梅の下風)。

2　**留女のセリフのいろいろ**(一七〇頁)　白は、「イ、ヤのかれぬお二人りの真剣づくの此出合わたしも常の女子ならヲ、こはなんぞといろめかし見て見ぬふりが女子のぜうそれがならぬが持まへの水道の水でそだつたおかげてい主はだれじや江戸ッ子の先祖ゆい所もかくれなき花のお江戸の花川戸無理こじ付の長兵衛が〔その〕女房も同じ山の神鬼の女房のききかぬ生れながらもわたしが持まへ剣の山のつみ草を留る女房は命づく身はのざらしのしやれこふべあなめ〳〵にはへかゝる其餅草に人しれずひなの馳走に成田さん今おひとりは音羽屋さん去年の顔見せ深川で中直り＊を〔＊ナシ〕して間＊の〔＊も〕ないにこのいさくさは＊おたがひに〔＊お二人さん〕水道の水にさつぱりと流してわたしに下さんせそれも縁ある岩井の水わたしが貰ふた＊お二人りさん〔＊お互ひに〕清く流して下さんせ」。〔　〕内は因。この留女は五代目岩井半四郎。

留は、「イ、ヤ退れぬ＊退れませぬ〔＊退きやすめえ〕あぶねへ白刃の真中へ飛で飛込＊鳶頭〔＊鳶の者〕命しらずとお叱りも知つてはゐれど此儘に見てゐられぬが爺さんの気性を＊受つぐ〔＊受けた〕向みず階子持から段々と登る出世の纏持どんなあをりを喰ふ共跡へ引ねへ意地張今じやア人に頭と言れ少しは口も菊五郎しにせの名前と御贔屓を力に留に這入たも〔思ひ掛ねへ三人が〕雨に燕の久しぶり古郷へ帰つて紀の国や其名も雲に稲妻の鳴響たる成田屋が出合早く此喧嘩何れも様がどの位お案事なさるか知れやアしねへ爰は差詰大和屋の姉御が＊留る処なれど〔＊留めにやアならねへが〕拠所なく頼れて留に這入た出過ぎもの生れ付のお多弁(しゃべり)に引鉄棒の音羽屋が似ぬ声色の挨拶を一番＊聞て〔＊請けて〕呉んなせい」。はじめ八代目岩井半四郎の留女の予定であったのを、五代目尾上菊五郎の留男に変改した事情は、「続々歌舞伎年代記」に詳しい。なお、〔　〕内は、同年代記に載ったセリフ。この方がよほど洗練されているのは、台本のをさらに舞台で直していった後のものだからだと思う。

因は、「いゝや、めつたに此所は退かれませぬ。危い白刃の其中へ、女だてらに大胆な、お転婆ものとお叱りも知つてはゐれど此儘に、見てゐられぬが私の気性、粋と色との仲の町、どちらにお怪我があらうとも、いづれも様が御心配、其所を丸く納めるが御ひいき受けた茶屋の役、留める甲斐なき私ども、いづれも様と思召し、どうぞ預けて下さんせいなア」。この留女は三代目中村時蔵。以上、役者の顔合せの事情や、その配役の役者の屋号などを、上演の際に見合せて作り替える。

本文の配役。不破の団十郎は、ときに四十二歳、「△団十郎の伴左衛門は御家の十八番とは申ながら古今の大出来斯云物に掛たら外に類無何とでも悪く云るなら云て見よ□せりふ廻し顔の拵等惣て別品殊に花やかにて大請〳〵」。名古屋の高助は、おなじく四十二歳、「□高助の山三は先代(おやじ)より引続毎度のお勤今度は久々の御目見得…□何だか伴左衛門に喰れた様だ」。留男の菊五郎は三十六歳、「大出来久敷斯云飛頭(いなせ)が出ません…故寺島(おじいさん)譲にてお家々」。ほか家橘は三十三歳、菊之助は十歳。源平は十二歳。位附は当時ない。以上の評判は、明治十二年六月狂言「俳優評判記」による。

勧進帳

一 **役の優婆塞**(一八一頁) 役の行者のこと。優婆塞は梵語。三帰五戒を受けた在家の男子の称。役の行者は、役の小角(おづぬ)(通称は「しょうかく」)といい、修験道の祖とされる。「水鏡」によれば、大和国の人で、奈良朝の初頭に、大和葛城山に籠り、藤の皮を衣とし、松の葉を食して、孔雀明王の法を修すること三十年、鬼神を使役し、一言主神を谷底に呪縛したという。反逆心ありとの讒訴により、文武天皇の三年、伊豆島に流され、再び召し返されたが、唐に渡って仙人となり、三年に一度、葛城山と富士山に往来したという(続日本紀・日本霊異記・今昔物語・扶桑略記・本朝神仏伝等)。

二 **唵阿毘羅吽欠**(一八一頁) 「おん」は帰命の意。「あびらうんけん」は地水火風空の意。「蘇波訶(そわか)」が略されている。これを誦すれば、一切の法が成就しないものがないという。この呪文には一切の諸法が含まれているとされる。

三 **「御名」以下「菩提の為」まで**(一八二頁) 昭和十四年三月に、市川三升(十代目団十郎)の委嘱により、徳富蘇峰が次のごとく改訂し、戦時中はこれを底本として用いた。「日頃三宝を信じ衆生を慈撫(いつくし)み給ふ。偶々霊夢に感じ給ふて、天下泰平国土安穏の為」。また九代目団十郎の晩年は「おんな」を「みな」と言いかえた。

四 **盧遮那仏**(一八二頁) 毘盧遮那仏(びるしゃなぶつ)の略。毘盧遮那は梵語で、光明遍照の意。和訳して大日如来という。ここでは奈良東大寺の大仏を指す。平治承四年、平清盛の南都攻めによって、大仏殿が焼け落ちたのをいう。平家物語、五、奈良炎上の条に、「聖武皇帝、てづから琢きたて給ひし金銅十六丈の盧遮那仏、烏瑟高く顕れて、半天の雲にかくれ、白毫新に拝まれ給ひし満月の尊容も、御頭は焼け落ちて大地にあり、御身は鎔き合ひて山の如し」と、その焼亡の様を記し、同、六、入道死去の清盛の火の病にて死すの条に、「南閻浮提金剛十六丈の盧遮那仏焼き亡ぼし給へる罪によつて、無間の底に堕ち給ふべき由」を記している。

五 **俊乗坊重源**(一八二頁) 浄土宗の僧。仁安二年入宗、翌年帰朝。東大寺の焼亡により、勅を奉じて、大勧進となり、大仏殿を再建、文治元年八月、開眼供養する。建久六年入寂。

六 **無常の観門**(一八二頁) 〔詞〕の「関門」「親族」は当字。平家物語、五、勧進帳の事の「無常観門落レ涙、勧二上下真俗一」をとったもので、無常の真理を観じ、上下の階級の僧侶(真諦)や俗人(俗諦)に説き進めての意。謡曲「安宅」にはこの句はない。

七 **胎蔵、金剛の両部**(一八二頁) 金胎両部。大日如来を理として絶対界を示顕したのが胎蔵界、智徳から示顕したのが金剛界、この両部門を二図の曼陀羅にしたものを両界曼陀羅という。

八 **錫杖**(一八三頁) 上部は錫、中部は木、下部は牙または角からなり、頭部は塔婆に型どり数個の鐶をかけ、これを振り鳴らし、山野を遊行するときは、害獣毒虫を追い払い、また誦経の際の楽器ともなる。

九 **瞿曇沙弥**(一八三頁) 「俗姓を称して瞿曇とよび奉らる」(三世の光、巻四)。沙弥は、梵語の音訳。修行の未熟な段階の僧。沙門。

一〇 **照普比丘**(一八三頁) 釈尊は、過去迦葉仏の時、仏道に志願し、梵行を行じて兜率天に上り、次いで下天して摩耶の聖胎に託するとき、天地震動し、大光明あって普く世間を照らした(中阿含、八)ことに由来した名。比丘は僧。

一一 **九字真言**(一八四頁) 九字の真言。真言宗の呪文。「臨兵闘者皆陣列在前と唱へながら、如此なる形を書くなり、是れを九字を切ると云ふなり。一字にて一つ宛印相あり、九字を切る時も剣印にて印を結びて九字を切るなり。是れ皆真言宗の習事なり。真言宗の出家より伝をうけざれば用に立たずと云ふなり。此九字、本は道家の法なり。(略)是れ真言宗に借り用ふる成べし。武家にて九字を用ふる事もある故記之」(貞丈雑記)。ほかに「和漢三才図会」、「抱朴子」内篇登渉にある。山に入るときの秘呪ともいう。

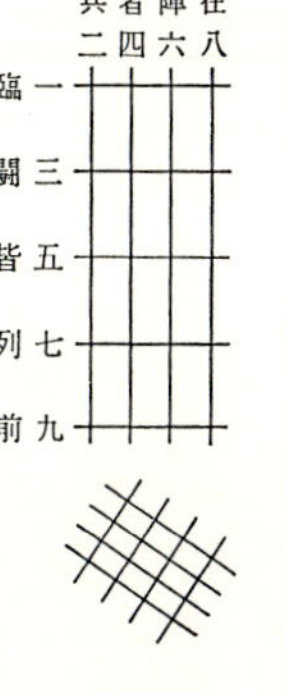

図のごとく、指で空中に四縦五横線を交互に縦、横と描いてゆくのを九字を切るという。九字渡身法ともいう。道家より起って、真言宗に入った。「臨兵闘者皆陣列在前。ぼろおん〳〵」(狂言、腰祈)。九代目団十郎は晩年には、「皆陣列前行」とのみ言った。

一二 **五智の宝冠**(一八四頁) 法界体性智・大円鏡智・平等性智・妙観察智・成所作智の五つの智を表象した冠。大日如来・金剛薩埵・虚空蔵菩薩らは、この宝冠を載くことによって、五智円具の妙相を現わしている。

一三　**十二因縁の襞**(一八四頁)　無明・行・識・名色・六入・触・受・愛・取・有・生・老死の十二の因縁を兜巾の十二のひだに表象する。

一四　**九会曼陀羅**(一八四頁)　一印会・理趣会・降三世羯磨会・降三世三昧耶会・成身会・羯磨会・三昧耶会・大供養会・四印会の九会を描いた曼陀羅(現図曼陀羅による)。曼陀羅とは、仏所および十方世界の状態を描いたもの。

一五　**急々如律令**(一八四頁)　急々たること律令のごとしの意。陰陽道や修験道で呪文の最後に唱える。「鈴錫杖をちりりんがら〳〵急々如律令と責めかくる」(女殺油地獄)。

一六　**元品の無明**(一八五頁)　根本の無明。枝末の無明と対になる仏教教義の語で、仏性の自覚以前の煩悩の姿をいう。岡の注には「下品」のことではないかとする。

一七　**莫耶が剣**(一八五頁)　「呉王闔閭、請二干将作一レ剣、干将呉人、其妻曰二莫邪一、干将采二五山之精六金之英一、成二二剣一、陽曰二干将一、陰曰二莫邪一」(呉越春秋)、「莫邪を鈍しとし鉛刀を鋭しといひ」(雪女五枚羽子板)。

一八　**判官御手**(一八九頁)　「判官もろ手を取玉ひと直されました」(明治十二年三月版「俳優評判記」)。明治二十年の天覧劇のとき依田学海は「その手」と直す(「九世団十郎を語る」)。

一九　**一度まみえし女さへ**(一九〇頁)　「人の情の杯を」の謡の文句をうけ、弁慶が一生に一度の女犯という伝説を、歌舞伎風に転じて用いている。「御所桜堀河夜討」に「我生れてより此年まで、後にも前にも、コレご夫婦、たつた一度でござつた、ア、ほてゝんごうな事をして」(弁慶上使)。

1　**長唄連中**(一七六頁)　勧進帳初演のとき、雛段の唄三味線を二組のタテ別れに並べた。唄のタテは芳村伊十郎と絃は杵屋長次郎、タテ唄の岡安喜代八と絃の杵屋六三郎というように、これがタテ別れの嚆矢とされている。また囃子方に烏帽子素袍を着せたのは、本行でも「翁」に限る形式であり、小判番附の絵によれば、弁慶を翁と見立て、富樫・義経とともに、式三番を意識したもので、「翁」に準ずる重いものとして、歌舞伎十八番の式楽的地位に造り上げようとした意図によるものであろう。→補12図1。

2　**口上の出る場合**(一七六頁)　このト書、因は「ト頭取出て、歌舞伎十八番の内勧進帳相勤めますると、よろしく口上あつて、役人触をよみ、その為口上左やうと上手へはひる。此内長唄はやし連中上下にて出来り、壇の上へならぶ。尤も、囃子連中は烏帽子素袍にて出て来る。笛のあしらひに成り、下手より富樫の左衛門梨子折烏帽子素袍にて出て来る。跡より軍兵甲、乙、丙附そひ出て来り」とある。因は「元祖団十郎百九十年の寿として歌舞伎十八番の内中絶したる勧進帳の狂言」と断わる。

3　**富樫の位置**(一七六頁)　古くは、富樫は、登場すると、舞台の中央にその位置を占めるのを常としたが、五代目菊五郎が、能舞台の名乗り座の位置をまなんで、舞台中央と本花道の中間に、その位置をとるようになってから変わった(川尻清潭「演技の伝承」)。→補12図2。

4　**義経の花道における型**(一七七頁)　義経の、花道の出には、笠の持ち方に、笠の縁へ手をかけて持つのと、紐を畳みこんで中で持つのとの二様がある。また、金剛杖を右に抱えこんだ場合と、本行どおりに突いて出る型とがある。花道七三での義経の型は、古くは笠をかざして山を見る型であったというが、五代目歌右衛門は、病体のために、裏向きで杖を斜にして、笠をその上に当てて、揚幕の方の山を見上げた。また初め右足へかかった形を、左足へかけるように、杖と笠は前の通りにしておいて、上半身だけ向きを変えて見せる型もある(川尻清潭「演技の伝承」)。この一行の出のとき、みな衣の袖をくくり上げるのが古い型だが、七代目幸四郎も、六代目菊五郎も、袖をおろして演じた。

5　**富樫の呼び止め**(一八六頁)　弁慶は立って、いったん上手に行き、かるく富樫に頭を下げ下手に向いて、先に立ち、亀井、片岡、駿河、常陸の順に花道へ行き、義経は最後に行くのを、番卒一、指さしで富樫に知らせるので、富樫は中啓を捨てて(後へ投げ出すのが多いが、前へ捨てる方が跡始末がいい)、右肌を脱ぎ、太刀持より太刀をとり、左にかいこんで、〽歩まれけり」の唄の切れで、太刀にそりを打たせて手をかけ、左足の長袴を蹴出し、足を割った前向きの形で、一行が花道半ばへかかったときに、斜に義経を見据えて「いかに」と息込んで声をかける。五代目菊五郎の富樫は、「留まれとこそ」を二度言って、左手の拇指を刀の柄にかけた(「芸」)。義経は、「とオーまれとこそッ」と、せきこんだ高調子に呼びとめられて、あとへトトトと戻り、中央少し下手に、左膝を立てて、左肩に金剛杖をかつぎ、両手をかけ、悪びれずに坐る。富樫の呼びとめを聞いて、四天王は驚いて振り返り、小サ刀に手をかけ、駈け戻ろうとするのを、弁慶は、中啓を右手に押しとどめ、支えながら「あゝら暫く」(七代目幸四郎)と言って四天王を駈け抜けて、花道附際で、四天王の行手に立ちふさがり、「慌てゝ云々」のセリフを早口に、力を籠めて言い、右手を開いて二、三度目顔で制する。

6　寄せ(一八七頁)　弁慶の「笈に眼をかけ給ふは盗人ぞうな」のセリフで、四天王は気負い立って、小サ刀の柄に手をかけたまま、一斉に弁慶の方に、富樫につめ寄る。これを見て、弁慶はつよくトンと金剛杖をつきながら、正面に向き、「コーレ」と制するのがかかりで、〽方々は何故にか程いやしき強力に」の唄のうち四天王は、補注12図4のごとき位置で金剛杖を突くのを合図に、膝を突き、下にいて、気込んで弁慶を見守る。弁慶は眼と頬の筋肉で、「待て」と押えて、得心させる。富樫は、刀のそりを打たせたまま、腰を落した構えで、四天王に向う。番卒らも、後に並んで気負い立つ。〽太刀刀を抜き給ふは」で、四天王立ち上がり、弁慶の際に押し寄せるのを、弁慶、杖を横にしてこれを止め、〽目だれ顔」から「至りかと」まで、二、三度押し合う。やや開いた陣形で弁慶は、眼顔でつよく制しながら、なお杖で四天王を支える。〽皆山伏は打刀を抜きかけて」で、弁慶・四天王は、上手の富樫の方を窺い、トヾ弁慶は上手を向き、四天王は足を開いて、大きく右手を刀にかける。弁慶は、真中で腰を入れ、足を割って、杖を下より両手でひらいて握って、腰のあたりに据え、四天王を支える(この寄せの弁慶の型は、七代目幸四郎の型であるが、九代目団十郎晩年のものを受けついだもの。九代目の若年のときは、初代市川段四郎が受けつぎ、これは四天王を押えるのではなく、やや前のめりに体をかけ、左手の甲を上にして上から、右手は下から杖を握って攻勢型となる。「勧進帳の研究」河原崎長十郎)。〽勇みかゝれる有様は、如何なる天魔鬼神も」の急調の唄で、番卒も順に前に出て、刀に手をかけ、両方じりじりと寄り合い、唄いっぱいに双方とも中央で束立ちとなる。合の手で、舞台前で弁慶は右、富樫は左へ一つよけ、また舞台裏へよけ、いちど束に立って、〽恐れツべうぞ見えにけり」で、弁慶・四天王は、左足、次に右足を大きく退き、ふたたび左足を退き、右足を揃えて束立ちになり、上手へつかつかと押すので、弁慶は金剛杖にて頭上を払うと、一足下手に飛びすさって下に坐し、弁慶の杖をつくのを合図に、右足を踏み出し、刀に手をかけてきまる。次に弁慶は、つかつかと上手へ進み、杖を大きく払って強くトンとつき、数珠を左手首に巻きつけ、正面向きに見得。上手の富樫方も、この反対にして、最後に急にすさって刀を手に添えてきまる。

7　「判官御手」まで(一八八頁)　弁慶は、金剛杖を右にかいこみ、富樫の後姿を見送って、二、三歩ゆき、臆病口の締まるのを合図にほっとする思入れ。杖の先を下の方に落すのは九代目団十郎の若い時の工夫と言う(川尻清潭「演技の伝承」)。合方のかかりで「谺合方」になり、同時に義経は立ち、駿河・片岡の間を割って、笠をとって、中啓を右手に持って出る。四天王お辞儀。弁慶は下手に向き直り、義経と向き合って一礼、杖を右脇に抱え後の方へ入る。常陸坊・駿河はやや上手向きに向きを変え、義経は合方いっぱいに、上手やや舞台前方に左膝を立て下手向きに坐す。と次の谺になり、四天王一人ずつ立ち上がり、上手に歩み、舞台後方に正面向きに坐し、弁慶も最後に、後方より中啓を持ち、下手に進み出で、上手向きに中啓を右側におき、片胡座に坐り、はるか離れて、義経に向って両手をつき会釈する。↓補12図5。

8　弁慶の物語ようの振(一八九頁)　〽鎧に添ひし袖枕」で、大小鼓入り、中啓を右手に持って、正面に向き、構え、合の手で中啓を前に置き、右肩より先に左もおなじく鎧の肩紐を直すこなし。右手の中啓を左前に横たえて出し、左手はその上より越えて前に出し、左膝を立て、頬杖で寝る型。〽かたしく暇も」で、トンと膝をつき、この唄いっぱいまで寝る型、次に、左膝をトンと音をさせて落して目醒める型がある。〽波の上」で、左手に袖口を持ち、左膝上におろし、右の中啓の手を大きく横に開いてきまる。合の手で、右の中啓の手と左手とを前に出して二度、右手上より先に、上下に叩きあわせ、右手の中啓を前横に出し、これを左手に持ちかえ、艪を持った心で、右手はその下前より、艪綱をかけて手を添えた形で、いっぱいにきまる。〽或時は舟に浮び」で、中啓を艪になぞらえて、大きく左膝を立て、舟を漕ぐ形をずる。眼は海上に配る。〽風波に身をまかせ」で、中啓を右手にとり、両手を互い違いに前で動かし、風を表現する。中啓を右胸にあて、右腕をはり、左膝を前につくと同時に、左手を前にまっすぐ、少し中へ折った形で出して、体を見る型がある。首をその方へ三度、右、中、左と向ける。〽また或る時は山脊の」で、中啓を開き、左廻りに廻って後向きとなり、前に中啓を伏せて合せ、大きく後へ開き、右手を後上に、左手を前下に、山を描く形できまる。〽馬蹄も見えぬ雪の中に」では、中啓を開いたまま、左手に逆に持ちかえ、馬の立髪のつもりで前方に出し、左廻りに廻って正面向きとなる。左膝を立てたまま、右手をかざして、やや上手斜向きの姿勢で、首をちょっと左右に動かし、雪景色を遠く見る心。

「〽海少しあり夕浪の」は、右手を指し、廻して右側におろし、右膝を打って、右手に左手の中啓をとって、前方の上を、大きく左より右へ横に浪を描きながら、右側におろす。左手は膝の上におく。〽立ち来る音や須磨明石」の合方で、左膝をおろし、右手の中啓で、右横上より下へ、浪の寄せる形を二度繰り返して、終りに中啓を縦に前に出し、左手を添えて、これをつぼめながら、三味線の合の手いっぱいに、右膝より二つ踏んできまる。次の合の手で、つぼめたままの中啓を左手にとり、中ほどを持ち、弓の心で前方に横たえる。次に右手を右腰の矢壺に当てるこなしあって、三味線いっぱいに、矢を右横に抜きとった形になる。次の合の手で、左手中啓の弓に、右手の矢をつがえて引き絞り離すこなし。左膝は立てている。左膝を引いておろし、左手の中啓を前横に横たえて出し、右足を大きく踏み出し、右手を下より右上に大きく廻し上げて、本曲中ここだけツケを打たせて、石投げの大見得できまる。〽とかく三年の程もなく」で、右足を引いて坐し、中啓を右手に持ちかえて、義経を見て愁いのこなし。左手を前に出して、三つ指を折って数え、中啓でこれを差し、また義経を見て思わず左手を膝より落す。〽いたはしやと」で、右手中啓で義経を指し、嘆きのこなしにて首をたれ、〽萎れかゝりし鬼薊」で、中啓の手はだんだんに下がり、両手をついて首うなだれる。十一代目団十郎は中啓を落して、右手で泣く。〽霜に露おくばかりなり」で、正面に向き、右膝より前へ二つ出て、真正面向きに足を組んで坐り、中啓を前に置いて、両手を膝に、瞑目して涙をこらえるさままで、目をしばたたく。判官はじめ四天王は愁いのこなし、四天王は片手しおり。「ばかりなり」を「ばア、かア、りィなり」と当たって演ずるのが古風かと思うが、団十郎も幸四郎もやらない。十一代目団十郎もしない。尾上菊五郎「芸」参照。

9 **酒宴の条**(一九〇頁) 〽実に〳〵これも心得たり」の二上りの曲で、盃をとり、番卒甲は、上手より酌をする。弁慶ちょっと会釈して一つ飲み干し、三宝に土器を戻し、両手を膝に置く。〽人の情の盃を、受けて心を留むとかや」で、番卒乙が、いま一献とすすめる。弁慶、その土器では小さいというこなしで、あたりを見て、上手の葛桶を見て、番卒丙に、その蓋をと指さして手を出し、あれを貸せとのこなし。丙、持ってゆくと、甲・乙に向い酌を頼むとのこなし。番卒ちょっと驚き、トヾ左右より一度に酒をつぐ。〽今は昔の語り草」で、弁慶これを呑み、一息つく。〽あら恥かしの我心」までに、三杯目の酒を飲み、頭をかしげ、思入れあって盃を下におく。〽一度まみえし女さへ」で、右手で番卒の甲・乙を招き、左手を前に出して、左指を一つ折って右手で指しながら、一度であることを示し、右の指先をだんだんと向う花道の揚幕の方に向けながら、眼は上手富樫へ向けて油断なくうかがう。番卒二人も釣りこまれて、向うを見て浮腰になるところを、両手にて右より先に、乙、甲の肩を平手で打つ。番卒倒れる。弁慶、いたずらっぽく、両袖をかぶって顔を隠し、つっぷして「ウハハ、、、」と大笑する(幾度も笑うのは不可)。番卒二人は、起き直って弁慶の背を左右より打つことあり。これが唄のかかり。〽人目の関」で、上手の甲に、葛桶の蓋を出し、注げというこなし。甲はいやいやをする。弁慶、甲の右手首を握るので、手の痺れた心で驚き、思わず瓢箪を前の方に出すので、弁慶は笑いながらこれをとる。甲は痛い思入れで手首をさする。弁慶は瓢箪を右手で振って、少ないという思入れで、下手の乙に貸せと手を出す。乙は手を振って拒むので、弁慶、右手こぶしを振り上げて睨む。乙は驚いて平伏し、瓢箪を左手に出して、右手で拝む。弁慶は笑いながら取って、両手に持って廻すような形で全部つぐ。番卒二人は驚いて見いりながら立ち上がるのを、弁慶は雫を切って、番卒二人の足もとに、左右に瓢箪をころがしてやるので、番卒驚いて拾い取り、両手をかけ耳のそばで振ってみて驚嘆の思入れで、もとの上手の座にしりぞく。弁慶、すごい勢いで鼻息あらく、一度にこの酒を唄いっぱいに飲み干す。合の手で飲み干した葛桶の蓋を、口元よりだんだん上にあげてゆき、頭にかぶって頂く。後見はこれを後から支える。弁慶はかぶった心で、両手を膝について体をぐらぐらさせ大きく息を吹き、酔った思入れ。〽面白や山水」で、「大小・コイヤイ・大小あしらい」の鳴物となり、かぶった蓋を右手で後へおろし、後見に渡す。右側に置いていた中啓を持ち、左手を出し、太鼓に合せて、浮かれた心持ちで、中啓で、片手の掌を、調子を取りながら手拍子に打ち、拍子がはずれたように、前にのめる。繰り返しの文句で、中啓を左手に持ち、床、右膝の順で打ち、拍子を取りながら右手を膝頭に、それを力に立ち上がり、酔った足元の感じで、ちょっと前へよろけ、右手を横に伸しひろげながら、右足を引いて、トトトと後へよろけながら戻り、腰を入れて右足にかかり、左手を膝についてきまり、大息をつく。〽盃を浮べては」で、東に立って右手の中啓をひろげ、曲水の宴の趣で、流れに盃を浮かべる心もちで、舞台前下手寄りに、中啓を平らに投げる。〽流に引かるゝ曲水の」で、右足を引き、斜下手向きに体を起し、両手を頭上でかるく打って、前に歩きながら拍子をとり、両手を上に振り上げながら、その手をたがいに、たわいなく踊らせ、投げた中啓の方へ、たわむれるように三足前へ出て、三足目をつまずいた心で、舞台前へ、トントントン三足拍子で、泳ぐような手つきをしながら、止まらない足を止めようとするように、前のめりに飛んで出て、右膝を折って体をかけ、左足を引いた形になり、左手を下に、右膝の上に重ねて止まり、ちょっと息をつき顔を前に突き出すようにして、唄いっぱいになる。〽手まづさへぎる袖ふれて」で、息をつきながらしゃがみ、中啓を拾って正面真向きとなり、中啓を前より後へ頭を越して、右側におろして右膝に当て、左手を袖口に入れて張り、ちょっときまる。これより三味線の合の手の三つの間に、左足と右足を二足前に出して、左袖の手を、左足を前に出すときは内に返し、右足を出すときは、また外へ返した形になる。腰は少しこごみ加減。〽いざや舞を舞はふよ」と、右手の中啓を舞台真中の前におき、足を束に立って軽くあげ、両手を袴に添えて、舞台の正面後に体を引いた形の立身から、中啓のところに大きく坐す。あるいは、左膝を立てるまで唄いっぱい。次に「アシライ」の大小の「三ッ地」になり、中啓をとって、じりじりと右足を上手に向け、富樫に向い、左手は袖口のまま膝に、右手は中啓を盃にした形で、前に平らに出してきまる。

10 延年の舞（一九一頁）　左の袖口を持った手を前に出し、左膝前に、右に中啓を控えた形で正面に居直り、「万歳ましませ」と、強吟の謡がかりの早口のセリフになる。この謡の詞章は、宝生流だけがあるのだから、それからとり入れられたもの。ただし、囚にないので、おそらく九代目団十郎晩年に附加されたものであろう。また九代目は延年の舞の型を一興行中毎日替えたと伝えられる。笛入りの鼓の鳴物で素の舞の間、左足をちょっと引いて束に正面向きに立ち上がり、右手中啓の手と左袖口の手を頭に山形に合せ、合掌立拝を切る。次に斜下手向きになり、左手袖口にて下げ、左から右へ大左右して右の中啓の手を下手へ指して、摺足で進み、見付柱の所、舞台前までゆき、上手を見ることあって上向きに直り、舞台前をまっすぐに、上手にそのまま進んで、上手富樫の前より、中央やや下手、後へ斜に入り、また中央前に斜に帰り、中央に右廻りに廻り、正面に向き、次に逆に左廻りに早く廻って、中啓の右手を後頭上より前にくぐらせて、眼の高さに横に持ち、左は袖口を控え首をうつ向きの能の形で、束に立ってきまる。

これから延年の舞になる。「受け三ッ地」（ホウ〇ョウ〇）の鳴物で、正面向きのまま、左手を添えて中啓を前に出して開きながら、前に三足出ながら中啓を開く。次に足を束にして左右に開き、中啓を平らに、掌を左右とも正面に向けたままの形になり、また三足後方へさがり、右手の中啓を平手のまま内へ返して、掌を裏にかえし、三足目に束立ちの形の次に、この左右の手を大きく寄せる形で、また右足より前へ四歩進み出て束に揃え、両手掌を上に向けて前に合せ、中啓を左手にわたし、その中啓を今度は右手に逆手にとり直し、その右手を裏へ廻しながら、左廻りに廻って、中啓の手を大口の右腰に高くあて、左手で袖をはり、前下方に突き出し、右足を爪立てて、首を前下方に見つめた形。次の合方で左足を左斜前に大きくすり出し、体をかけ、首もその方を見て、次に右足を爪立て、左足の際まで戻す。おなじく左足の様に廻して、右足を右斜前に出し、同じことを足を違えてくり返す。次の合方で右足を前のように出し、舞台後方でうしろ向き、右足を合方いっぱいに引きとる。これより「フム」の間にて、首を右に振るのが次のかかり。中啓を後よりかぶって前に出し、右足をつよく踏む。これより左廻りに小さく一廻りして正面に向き直り、中啓を水平に持ちかえ、前に一足出ながら、中啓を前にて平立に小さく繰りながら、右足を踏み、また一歩出て、おなじ形を繰り返して、左足を踏み、これより下手向きになって、袖を大きく「逆左右」し中啓をさして、下手やや斜前にゆく。また上手へきて、中啓を持ちかえて、中央にかえり、右に廻り、また左に小廻りにて正面向きとなる。後見より渡される二つに折った数珠を、左手で取り、前に横たえながら、中啓の手を右側に引いて、左膝を立てた形で坐す。これまでが「上げ」の「イヤー」の息一ぱいで収まる。つまり、大廻り、中廻り、小廻りして数珠をとることになる。〽元より弁慶は三塔の遊僧」で、舞の二段目のかかり。右手の中啓を前に出し、数珠を横たえる手を越して、下より頭上に大きく水を汲むように三度あげる。礼拝の型。〽舞延年の時の若」で立ち上がり、ちょっと上手向きに束に立ち、両手を肩の高さより少し下げて平らに張り、右の足から股を割ったまま下手向きに飛び、手をちょっと返すこなし。このとき足をドドンと強く踏み落す。左足から股を割ったまま元へ飛び返し、数珠を後見に渡して、左手で中啓をつぼめながら、正面向きに左膝を立て、右膝をついて坐り、それから左手を袖口にして構えるまで唄いっぱいで収める。〽あれなる山水の、落ちて巌に響くこそオー」と間に謡がかりで言い、鼓の上げと同時に息を切る。これで三味線の早間のかかりになり、〽これなる」の唄で、滝を見る心で上手斜を見上げ、そのまま左手を添えて中啓を右側にひろげ、「山水の」のセリフで、上手斜向きに束立ちになり、右足をちょっと出すと同時に中啓で滝を指す心で上方を指して、右足とともにその右手をすぐ引いて、左手でかざして見る形を二度くり返す。「落ちて巌に響くこそ」は、セリフで、右足を踏み、束立ちに正面向き、両手を左右横上より大きく輪を描いて前で合せ、中啓を開き、左手に持ちかえて、左足を入れ、左廻りしながら、上手向きに直るのと同時に左手の中啓を開いたまま肩から後へかつぎ、上手斜向きに、右手は袖口に入れて、突袖にして前へ出し、袖をふりながら身をねじるようにして左足をあげて、浮かれの型で、体を左右にゆり動かしながら、拍子をとって右足をあげ、また左足をあげて同じ形をする。次に右足を踏みこんでとまり、正面向きに直り、左の中啓を右手に持ちかえる。〽鳴るは滝の水」で、右足を斜右前に、両手は伏せて出し、右側より前方へ二度、手足ともに浪の打ち寄せる形をする。また左足を斜左前に出して、おなじ形を左よりくり返す。次に正面に向き、中啓で頭上、胸、両膝を、右は中啓を持った手で、左は手のひらで、裏表に打ち、その両手を表向きにかざすようにあげ、最後に足を箱にわって、腰を入れてきまる。次の〽鳴るは滝の水」で立ち、下手斜に向き、右足を左後へ引くとともに、中啓の手と左手とを右上頭上に打ち合せ、また下に打ちおろして、この両手を下より大きく廻し、両方に上げながら、上手向きになり、左足より二つ踏んで立ち、次に左足を斜め後に引き、両手を左上頭上に打ち合せ上げ、打ちおろし、下より大きく廻して、上に上げながら、下手向きになって、左足より二つ踏み、左廻りに下手へ廻りながら、後見より数珠を長くして受け取り、左手の親指を入れて、数珠を左手首に巻きつけ、右手は右側に下げて、左足より二つ踏んできまる。これより三段目の合方になり、数珠を解きながら上手斜向きに数珠を左手に長く下げ、中啓の右手を肩の高さに平らにもち、上手に進み、富樫の前で、やや斜め後に向き直って中啓を逆手に持ちかえ、数珠を右の親指に入れて、右手首にからみ、右足を引いて右肱を返し、右に体をかけた形でちょっときまる(手をそのまま返すと、数珠はとけるので、からめた肱はそのまま引いて、後手首のみ返すのをよしとする)。中啓を持つ左手は、前方下にさし出し、首は中央斜め後を見込んで進み、中央で正面に向き直り、舞台後方にて数珠をとき、右足を出して坐しながら、数珠を大きく右上より廻して、左側におろして左に取り、同時に右手に中啓を持ちかえ、坐したまま左足を一歩進めて、左手の数珠を左より大きく廻して右側におろし、中啓と数珠を持ちかえることは前と同じ。ふたたび右足を出して、前と同じことをくり返し、舞台前で、左手首に数珠を巻いて立ち上がり、束となって右手の中啓は逆手にとったまま、下手斜に向い、左手首の数珠を解きながら、右手の中啓を順にかえ、下手をさして進み、下手にて上手向きとなり、また上手より中央で右廻りにまわり、逆に左廻りに小廻りして束に立つ。数珠を後見に渡し、右手の中啓を頭上より前にかぶって頭をかくし、初段、二段目におなじくきまる。次に〽鳴るは滝の水」の大小の鼓になり、控えた中啓の手を下より頭上へ、三度、胸より前に上げて達拝して、後へ三歩さがり、〽日は照るとも絶えずとうたり」にて、両手を上にかざし、浮かれはやす形を正面向きに、足を割ってしながら、一行をこの場から立ち去らせるチャンスを狙って、富樫を見る。五代目菊五郎の富樫は、この間、瞑目していた。弁慶は、よしとの思入れで、体は真向きのまま、中啓の右手と左手を前に出して打ち、四天王に気づかせ、踊のとぼけた振りに見せて、早く立て立てと右手の扇で左手をかくすようにして下の方で合図して、大きく右廻しに廻して、踊にまぎらわして知らせる。

以上、能の「安宅」の小書の「延年の舞」をとったもので、能では弁慶の舞う男舞の一部分として、延年の舞の手法をかたどったものとして、舞い手自身が掛け声をかけるとか、手を腰にあてるとかいった特殊なしぐさが流派によってちがうが、宝生流のものがもっとも変化に富むので、これを歌舞伎で取り入れたと思われる。以上、八代目松本幸四郎の型をもとに、川尻清潭「演技の伝承」、尾上菊五郎「芸」を参照した。なお、「滝づくし」の条は、上方唄が照葉狂言に入り、それがさらに取り入れられたもの。

11 **幕切れのト書の異同**(二九一頁)　以下のト書の異同は、次の通り。

「トよろしく是を見送る此見得よろしく拍子幕ト打込みカケリに成り団十郎よろしく振て向ふへ這入る跡シヤギリ」(囚)。「ト宜敷海老蔵花道へ行舞台は九蔵卒子三人見送るよろしく幕(以下囚ト同ジ)」(九)。「ト富樫は舞台真中に立ち素襖の袖を巻上げて見得番卒は幕明きの順にて居並ぶ弁慶は花道で金剛杖を突くを木の頭杖を肩にかけ斜に舞台を見込んで極る幕引つけると弁慶は金剛杖をかひ込みよろしく見得太鼓になり飛六法にて向ふへは入るあとシヤギリ」(竹柴愬太郎本、昭和十三年三月使用)。

12 勧進帳舞台図

出囃子および登場人物の主要場面における配置図を示す。

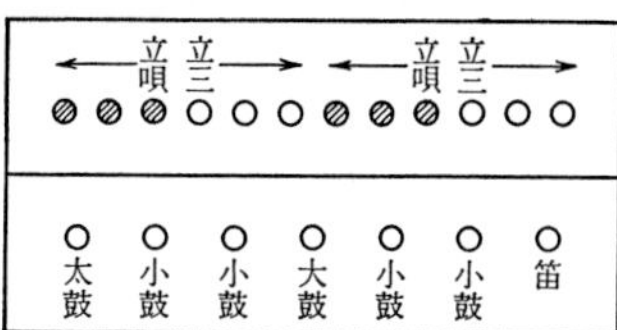

図1　雛段における囃子方の並ぶ順序

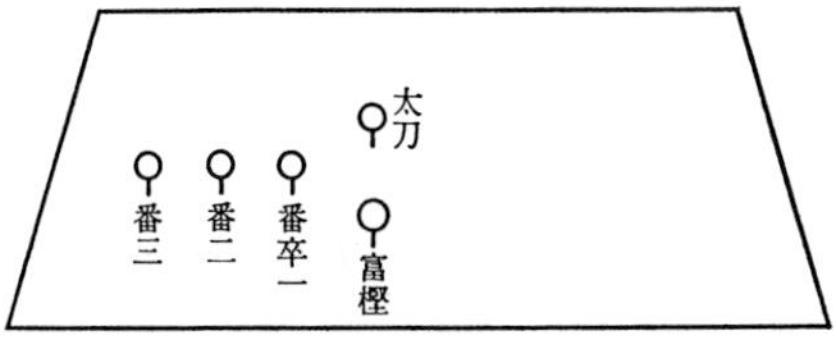

図2　富樫の名乗りの位置

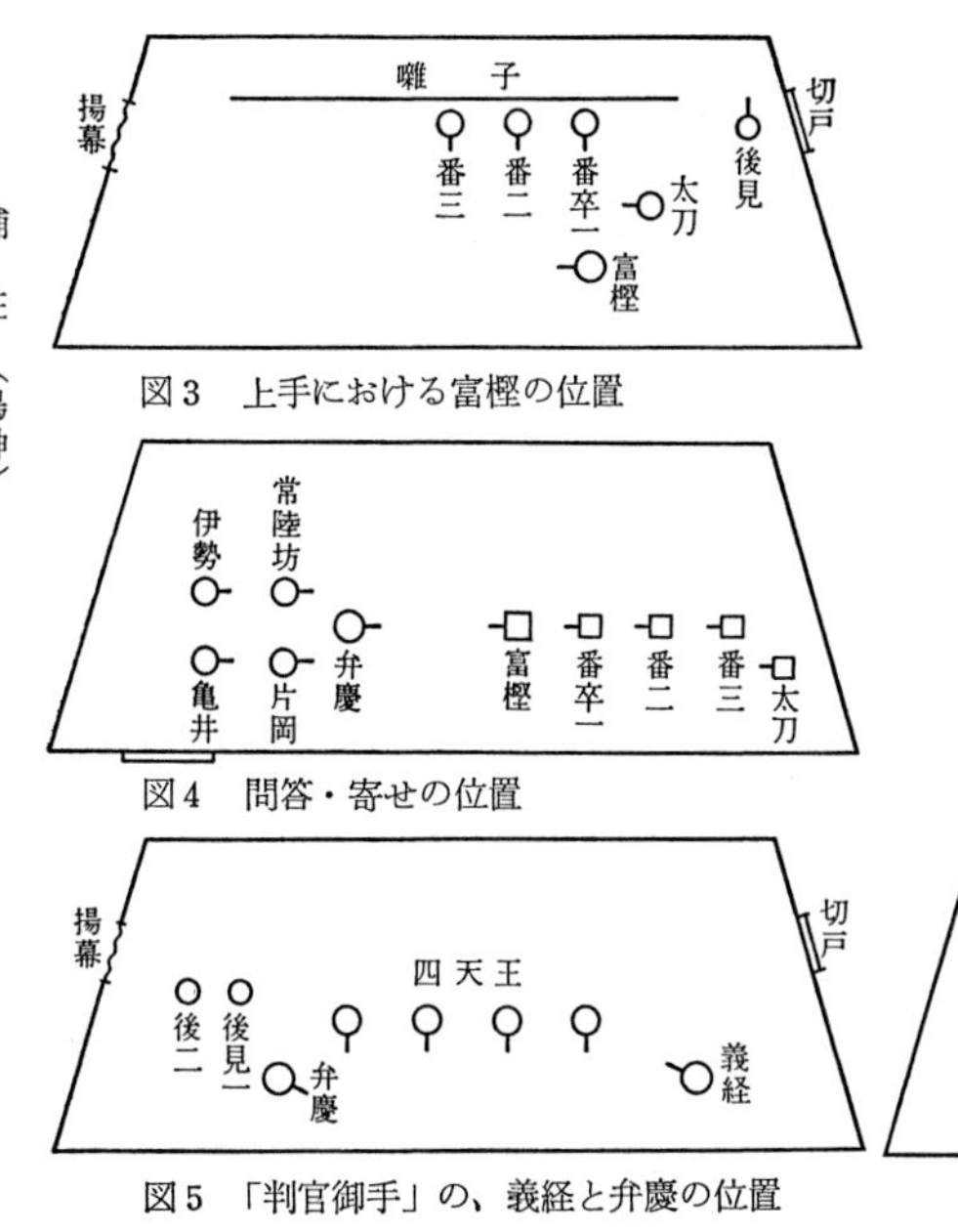

図3　上手における富樫の位置

図4　問答・寄せの位置

図5　「判官御手」の、義経と弁慶の位置

鳴　神

一 **記念**（二〇五頁）　死んだ人、または遠く別れた人を思い出すよすがとする品。「形見こそ今はあだなれこれなくは忘るゝ時もあらましものを」（古今、恋四）を踏まえ、今となれば、かたみとなったこの衣こそ恨みの種である、その煩悩をすすがんと、と衣を洗うにかけた。

二 **地主の桜**（二〇七頁）　清水寺の地主神は、大己貴命とも坂上田村麿ともいわれる鎮守の権現で、その境内の桜は、地主の桜といわれて名高い。放下歌などに詠まれ、謡曲「放下僧」に「落ちくる滝の音羽の嵐に、地主の桜はちりぢり」と見える。また曲舞「地主」に詠まれ、狂言に入って、「水汲新発意」や「猿座頭」に狂言小歌としてとり入れられている。〽清水寺なる地主の桜は、散るか散らぬか、散るやらう散らぬやらう、嵐こそ知れ」（水汲新発意）。さらに「閑吟集」には、〽地主の桜は散るか散らぬか、見たか水汲、散るやら散らぬやら、嵐こそ知れ」と見え、「淋敷座之慰」の桜川にもとり入れられ、歌舞伎踊歌としても、「増補江戸咄」に見えるように、江戸時代の初期の流行歌としてひろまった。なお近松の「賀古教信」「女楠」などにもとり入れられている。

1 **浄瑠璃**（一九四頁）　元禄十一年の「源平雷伝記」は外記節、宝暦元年の「鳴神上人北山桜」は大薩摩。宝暦二年の「華滝女鳴神」は富本節、安永二年の「楓錦鳴神桜」は長唄、寛政四年の「恋衣縁初桜」は常磐津、天保七年「桜艶色鳴神」では清元というふうに変遷している。なお七代目団十郎は清元を用い、八代目団十郎は常磐津にしている。また嘉永四年五月の市村座上演では、清元と竹本のかけ合い。この台本の天保十四年上演には、四代目常磐津文字太夫、ワキ兼太夫、三絃岸沢式佐、同文左衛門と竹本戸和太夫・野沢市作のかけ合いである。二代目左団次が、明治四十三年五月明治座で復活上演の時、竹本と長唄のかけ合いになった。なお[河]は浄瑠璃の記載なく、[一][二]は、長唄連中とあり、[三]は大薩摩連中とある。

2 **白雲・黒雲のセリフの異同**（一九七頁）　[三]によれば次の通り。〔　〕は省略して上演される場合である。

黒「サアその気鬱した所をハッキリとさせるよい薬がある万病不死といふ霊薬ぢや」（ト酒樽を出す）白「此の横着坊主め師の坊の行法のうち飲酒戒

を破らうとは御師匠様に云ひつけるからさう思へと云ふてはあまり勿体ない、よいわ一杯呑んでやらう」黒「呑んでもよいが肴が無い」白「あるぞ〳〵兜頭巾といふ肴がある」(ト干蛸を股ぐらより出す)黒「この生臭坊主め出家の身にあるまじき蛸を食ふといふことがあるものかコリヤ師の坊へ云はねばならぬ」白「そんならおれも云はねばならぬ」黒「白雲坊がたこをくらひまする」白「黒雲坊が酒をくらひまする〔と云ふ所ぢやがとかく近所に事なかれ」黒「わしも黙つてゐやうから」白「おれも黙つて」黒「蛸を肴に」白「さらば一杯」両人「やりかけうか」〕(ト此時鈴の音する)両人「ヤアお師匠様ぢや〳〵」(ト驚く)。

3 **清元と竹本のかけ合いの場合の異同**(二〇〇頁) 嘉永四年五月市村座上演のときの浄瑠璃を〔河〕の注より転載すれば、次の通り。

清元〽かゝる山路も後の世のかたみと聞けば当摩もる松の落葉を袖も張り覆へと人やとがめんと、夕山桜ちりてさへ、夫とし言へば山鳥の尾上へだつる片羽のつばさ、その筐こそあだなれと、肩にかけまくいつの世に逢ひ見ん事は松虫のなく音も細き歌念仏」当麻姫セリフ「忘れねばこそ夢も結ばず幻の影ぞ立ちそふあづまやの、迷ひを洗ふあかの水、南無阿弥陀仏々々」清元〽なまいだ〳〵なまいだあふごの撞木滝津瀬にいとゞ哀れや響くらん」竹本〽上人耳を傾けて」。

4 **当麻の話にかかるまでの、最も省略して演出した例の異同**(二〇六頁) 〔三〕に書きこまれた、昭和三十一年七月明治座上演の際の台本は、次の通り。

鳴「それよからう、サア〳〵話しや」絶「サアお話は申しますが、そことこゝとははるか隔つてをりまする、どうぞお側へ寄つて、近う話し度うござりまするが、お側へは行かれず」鳴「ちつともだんない、爰へ来て、話しや〳〵」絶「そんならそこへ行かうわいなア」(ト寄る)両人「コリヤ〳〵〳〵ならぬ〳〵」白「行法の間は女人禁制」黒「七里けつぱい〳〵」絶「アレあのやうに云ふてぢやわいなア」鳴「よい〳〵、あのやうに云ふ筈ぢや、壇上近く女は叶はぬ、両僧の膝元近くで話しやれ〳〵」絶「アイ〳〵〇さらばお話し申しませうか」鳴「さらば聞かうか」。

5 **四方祈りの型**(二三一頁) 二代目左団次が、明治四十三年五月上演の際、研究会を組織した劇評家たちは、「後段(のち)の四方祈りは、東西南北の文字通り、何にも四方を駈廻つて見得を仕ないでも宜らうと」いう意見であったが、矢の根の場合は、衣裳と大刀があるのでやり易いが、淋しい場面だけにと考えて、「初めは下手の柱で見得を切つて、二度目は上手の柱で、柱巻きの見得を切り、それから裏向き、正面と云ふ順に、東西南北の見得を仕分けます」ということにしたという(演芸画報、五ノ八「当り芸」)。

6 **以下幕切れの演出**(二三一頁) ここで、坊主二人が左右より鳴神の手をとり中央に出る。他の坊主一同はまわりに。二人は屈み、鳴神その上にのり、三鈷をくわえたまま両手を上げて見得。一同は膝をつき、手を合せて後へそる。これまで唄いっぱい。あと大太鼓入り三絃入りの大荒れとなり、「櫓崩し」の合方で坊主一同と千鳥で下手にぬけ、下手岩に上がり、注連縄を引きちぎって左に摑み、右に三鈷を握った形で正面向き、絵面の「不動の見得」。左団次は、三鈷を剣に替えて、立像の不動の形をした。坊主一同は下で合掌。三鈷を滝壺に投げこんで、ふたたび平舞台におり、ゆっくりと千鳥で上手にぬける。一人かかるを廻してトンボを返らせ、左足をその背にのせ、右手を振り上げ、左手をその肘に添えて「石投げの見得」、ふたたび千鳥で真中にぬけ、花道へゆきかけるを、両腰に坊主が一列になって取り付くを振り切ってさらに下手にゆきかかる。〽あとを慕うて」で、下手で、坊主姿の投人形を後見から受け取り(現二代目松緑はしめ殺す様を見せる)、一同めがけて投げつけ、花道附際までゆき、裏向き両足を割って左手を後に伸ばし、右手を添えた形で、舞台を見込み、チョンと柝の頭を「三重」のきまりで打つ。左団次は、舞台の坊主一同が「お師匠さまアー」と呼び返すのを聞いて振り返り、きっと大勢を睨み倒す。三重へ「飛去り」をかぶせて、鳴神は「飛六法」で揚幕に入り、いっぱいに幕引きつけ、あと止め柝。幕切れに「雲上飛行の見得」で、坊主大勢の組み上げた腰車に乗り、舞台にのこって幕にする型もある。なお、「押戻」の付いた型がある。これは、〔三〕の昭和二十一年九月、東劇上演の際の補筆によると、次の通りである。

照政「ア、ラ怪しやなア、いま文屋の豊秀が一の家臣粂寺弾正照政が、主君の命を蒙つて、絶間姫を助けんと来かゝる歌舞伎の花道へ現れ出でたるづく入め、見れば息子が大役をおめず臆せず引うけて、お江戸根生の随市川、世に鳴神とはおこがましい、この照政が金こぶし、うけぬが花の花舞台、キリ〳〵消えてなくなれエ、」鳴「何を」〽一念こつたる執着の力の程ぞ」(ト鳴神三段にのり、照政その下につめかけ、白雲黒雲同宿大ぜいその下にとりまき、よろしく見得、サラシにて幕)。

また、照政のセリフの別の補筆によれば、次の通り。

「今粂寺弾正照政が、主君の命を蒙つて来かゝる歌舞伎の花道に荒れ狂ふたるかみなりは、背負つた太鼓に身の重り、釣られた蚊帳の色模様、覗いた雲の絶間から、踏み外したるづくにゆうめ、かくした臍で茶を沸かす線香の煙に目がくらみ、下界へ落ちて乱れうつ、太鼓の撥の八つ当り、当る芝居の大舞台、その足元のあけへうち、鳴りをしづめて雲にのり、楽屋の方へ失しやアがれ」。

　演出は、「ながし」の鳴物で、照政は花道より出て、七三に止まって五つ頭があって見得。あと「さらし」の鳴物で、舞台に来る。これに紅葉の持枝を持った花四天が、あとにつくこともある。舞台にきて、大薩摩に滝の音を打ちこみ、立廻りになり、柝につき、ふたたび「さらし」になり、〽恐ろしかりける」で、鳴神、三段へ上がり、「片シャギリ」の鳴物で、照政と見合って開くのが、柝の頭、幕という順序である。

毛抜

一　小野氏の系図（二三四頁）　群書類従によれば次の通り。

敏達天皇—春日皇子—妹子王—毛人—毛野—永見—滝雄—恒柯
- 永見—峯守
- 峯守—葛絃—道風
- 峯守—篁
  - 篁—俊生—美材
    - 俊生—美村—利春
  - 篁—良真—女子
    - 良真—女子小町
  - 篁—葛絵—保衡
    - 葛絵—好古
  - 篁—忠範

姓氏家系大辞典による、太田亮訂正小野氏系図を示せば、次の通り。

毛野—永見（延暦征夷副将軍）—岑守—篁—保衡—忠範
- 篁—葛絃—道風
  - 葛絃—好古
- 篁—俊生—美材

二　小野春風（二三四頁）　姓氏家系大辞典によれば、一本小野系図に、俊生—春風とあり、また、「斉衡三年小野朝臣春枝、鎮守将軍に任ぜられ、貞観年間に及ぶ。その弟春風、元慶二年鎮守将軍に任ぜられ、大いに蝦夷を破れり。国史に「春風少くして辺塞に在り、能く夷語を暁る」とあれば、其の父、又奥羽にありしを知る」と記す。国史とあるは、三代実録、三十三の記事。なお、「元慶二年…前左近衛将監小野春風累代将家、驍勇軼人、前年頻遭㆓讒謗㆒、免㆑官家居。…擢㆓春風㆒為㆓鎮守将軍㆒」（大日本史、一、百三十、列伝、第五十七）とも見える。ただし、春道、春風の名は、有名な道風の名を二分して創作した、架空の人物と見たほうがよい。

三　桜町中将（二三四頁）　姓氏家系大辞典によれば、雲上家の一。藤原南家、巨勢麿の裔。尊卑分脈によれば、巨勢麻呂—貞嗣—高仁—保蔭—道明

―尹文―永頼―能道―実範―季綱―実兼―少納言通憲(信西)―成範(下略)。桜町と称したのは、この成範で、母は従二位朝子で高倉院の乳母。成範は、美福門院判官代、左近将監、左衛門佐、左中将、大宰大弐、権中納言、正二位。桜花を好み、私宅町内にこれを植え、花の落ちるを慕い、仏神に祈請した。よって桜町と号した。平治の乱により下野国に配流される。文治三十六年薨。五十三。平家物語・源平盛衰記・謡曲、泰山府君などに見える。ただし、公卿の名にふさわしく、風雅な桜町の名をとっただけで、かならずしも実在の人物は必要としない。

四 **ことわりやの歌**(二三八頁)　「幽遠随筆」(安永三年)に、「世に小町が雨乞の歌とて、ことはりや日のもとなれはてりもせめ、といふうたをいひならはせり。此歌いづれの集に有にや。いまだ見わたらず。雨乞の歌、小町家集にいはく、日のてり侍りけるに、あまごひの和歌よむべきせんじありて、千早振神も見まさば立さはぎあまのとがはのひぐちあけ給へ」とある。また、「燕居雑話」(天保八年?)に「世にいひもてはやすなる小野小町が雨乞の歌とて、ことわりや日本ならば照もせめさりとては又あめがしたとは、原来てづゝなる歌にして、小町がならぬは誰も知りたる事ながら、何人の所為なること詳ならざりしが、慶長頃或者の詠めると、雄長老の狂歌百首附録に見えしより、浪速尾政雅が百人一首一夕話にいへり。さて実の小町が雨乞の歌といふは、天にます神も見まさば立さわぎ天の川戸の樋ぐちあけ給へ、と其家集に載せたり」とある。小町雨乞の歌として民間に流布されているものは、「ことわりや日の本ならば照りもせめさりとてはまた天が下とは」というもので、古今集の序の「あめつちを動かし」という発想が素地になっているかと思うが、小町に仮託された雨乞踊の歌と見るべきであろう。静岡県榛原郡金谷町金竜山洞善院の竜王神や、同県安倍郡井川村の雨乞踊歌に、〽元よりも日の本なれば照りもせず、降らすはなにかあまがした」〽降るとても照るとても、日の下なれば照るとても、サア降らでかなはぬ天が下かな」というのがある。なお、狂言の「業平餅」にも用いられている。舞台では、小道具の短冊に、この歌を記して用いる。

五 **神せんゑん池**(二三八頁)　二条南大宮の西にあり、弘法大師がここで雨を祈ったことから世人に知られるようになったという(雍州府志、八、古蹟)。三代実録、二十七、清和にも、「貞観十七年六月廿三日甲戌不レ雨数旬、農民失レ業転レ経走レ幣、祈二請仏神一、猶未レ得二嘉澍一、古老言曰神泉苑池中有二神竜一、昔年炎旱、焦レ草礫レ石決レ水乾レ池、発二鐘鼓声一、応レ時雷雨必然之験也、於レ是、勅遣二右衛門権左従五位上藤原朝臣遠経一率二左右衛門府官人衛士等一於二神泉苑一、決二出池水一云々」とあり、雨乞とともに印象づけられた池である。現在、「御池通り」といえば、この神泉苑の池を指し、その通りを「御池通り」という。「御池(おいけ)」という。もと平安京大内裏の禁苑中の池で、池中に善女竜王を祀り、祈雨の霊験をもって知られた。

六 **私方**(二三八頁)　小野春風の家が、小野小町の三代の後裔であるをいう。ただし、春風の名は、小野氏系図のなかに見えるが、架空の名と見てもよい。また小野小町(平安初期の歌人で、六歌仙の一人)は、小野篁の第二子良実の子とも、出羽国郡司女ともいう。なお補注一参照。

七 **喧嘩過ての棒ちぎり**(二四一頁)　「碧巌集」の「賊過後張レ弓」に同じ。平家物語、十一、志度合戦に「西国はみな九郎大夫判官にせめおとされぬ。今はなんのようにか逢べき。会にあはぬ花、六日の菖蒲、いさかひはててのちぎりきかなとぞわらひける」とある、「いさかひはててのちぎりき」に当たる。ちぎり木は、元来物を荷なうための棒であるが、喧嘩などに用いる杖・棒をいうようになった。中央を細く、両端を太く削った棒。乳切り木。無駄なことの例。

八 **硝子**(二四一頁)　硝子は、わが国への伝来は古代よりあって、瑠璃・玻璃の名でよばれたが、安土桃山時代に南蛮船の渡来とともにもちこまれた。「ビイドロ」の名称は、すでに慶長期より見える。その製法もはやくから長崎に伝わり、享保期よりとくにガラスの製造がさかんになり、大阪にまず行なわれ、江戸には、宝暦・明和の頃にはじまった(「硝子雑攷」岡村千曳「紅毛文化史話」所載)。「武江年表補正略」(続燕石十種)に「硝子は外国のものなるを蘭人持渡り、中古長崎にて製する事を得、近比東都に其職人おほく出来て、万の器を製し、活業とするものあまたあり、曳尾庵云く、びいどろは蘭語にあらず、ぽるとがる辞なりと、(中略)さて貞徳が発句かざりや興業の端書ありて、びいどろ流しといへる句は異国のびいどろを粉にして細工に用ひしなるべし、こゝにて此を製することは享保中よりと思はる」とある。ほかに新井白石の「西洋紀聞」にも見え、「五月雨草紙」(新燕石十種)には、田沼意次の威をきた千賀道有という医者は、夏の座敷の天井へ硝子をはめ込んで金魚を飼ったという。また「ことぐく硝子細工の如き家建並び」(指面草)、「硝子(ビイドロ)の魚おどろきぬけさの秋」(蕪村遺稿)などともあり、天明の蘭学時代にはかなり普及した。本文のびいどろは、あるいは金魚鉢か。また、「びいどろ吹けばぽこぽんぐ」(人間万事吹矢的)の玩具の一種と見てもよい。「毛抜」には、磁石やビイドロが出て、享保期の時世を反映したと見るべきであろう。

九 **上林の初昔**(二五七頁) 嬉遊笑覧にいう。「翁草に宇治に茶を作るは森祝長井氏にてありし、上林は丹波の上林より来り茶を製するは近世のことなりとぞ、雍州府志に近世上林峯順幷竹庵等茶人自丹波上林遷居於斯所」とあり、また、初昔については、「事林広記」を引き、「本邦には三月節に入て廿一日めに摘を初昔といひその後につむを後昔といふ昔は廿一日の字謎なり。好古目録に古茶書にはつむかしといふ茶名あり余按ずるに散牙は茶の名品なれば若散を分て支昔と読て上品の茶の名とせし歟、今初昔といふは若支昔の誤りか、廿一日より前をはつといふこと其意通ぜずといへど此外祖母昔しろ昔いのむかし等の名も有りしろ昔をはつ昔とするにや」とある。近松の「本朝用文章」に「既に茶の湯も初昔、緑も青き宇治山の」とか、「鑓の権三重帷子」に「昨日は今日の初昔、世の口に合ふ茶の名所、人はうぢより育ちかや」と用いられている。なお、京の島原に上林という遊女が名高く、当時の人々には、その連想もあったものと思われる。弾正のセリフに「男はまだ初昔か」とあるのは、女陰の上品のものを初昔といったので、茶の銘を借りて、男はまだ初めてかとしゃれたもの。「西鶴置土産」に「上林のかほる。お茶は初むかしか」とある。また、近松の「卯月の潤色」に「互にこひ茶の初昔」というのも、男女の初めての契りを指すものである。

一〇 **血の池**(二六九頁) インドの膿血池が中国で、汚血池となり、日本で、室町期に血池地獄となった。お産で死んだのは血の道で死んだのだから、血の池へ堕ちるという俗信がある。

一一 **阿弥陀が池**(二六九頁) 和光寺(常念仏堂)を俗に阿弥陀池という。欽明天皇のとき、百済より渡った仏像を物部氏が難波の堀江に投じ、本田善光が阿弥陀像を得たのが、ここだという伝説がある(和漢三才図会)。もっとも、現実の地名をもって西方浄土のあの世を匂わせてある。

一二 **磁石**(二七五頁) 「倭訓栞」に「続日本紀に近江国献二慈石一と見ゆ、今諸州より出で信州の物上品なり。方角を質す器を称するも慈石を針につけたるをもてなり云々」。「続日本紀」の記事は和銅六年、ただし、「本草紀聞」にはこれを駁して、近江になしとある。一般的には、「輶軒小録」に述べるように、享保丁未年十月尽日、奥州南部に発見し、「磁石ノ日本ニ産スルコト前代未聞ノコトニシテメヅラシキコト也」が実情に即していよう。演出では、磁石の塊を用いる場合と、羅針盤を用いる場合と、馬蹄形の磁石を用いる場合の三通りがある。

役者論語

一　きつぱをまはす（三〇八頁）　「切つ刃を廻せば取つつかまへて、かはりがはりに若衆にするぞ」（吾嬬鑑）の意は、抜き身を振りまわす意であるが、これは後世に転じたもので、もとは、「いながらきつばをまわし悪人をきめることよし」（役者ともぐひ評判、元禄十年）の意で、一種の擬勢をなす姿態である。底本はその意。伊達日記、下に「朱ザヤノ太刀ノ如クキッハニサシ申候」とあるごとく、朱鞘の太刀はとくに、切刃を上に向けて差したのであろうと思う。なお、敵をきめるに結びつくので、「きめる」は擬勢の姿態とみるべきで、「三本がたなをさしこなしきつばをまわし、悪人をきめるがよし」（役者ともぐひ評判、音羽次郎三郎の条）にあたるので、紀海音の「富仁親王嵯峨錦」の道行に「切刀（きっぱ）を廻し怒りける」とあり、また「きつば」とも書いてある。なお「切羽」（せっぱ）なら、刀の鍔元の両面の薄い座金をいい、「切羽詰る」の語原になるが、この意味ではなかろう。あるいは連想があるか。「そりを打つ」と同義。

二　馬場先踊（三一三頁）　この歌には、さらに先があって、その唄い出しの文句によって「松はゆたか」とも、また「馬場先踊」ともいわれる。二上り曲として今日に伝えられ、志賀山流の表裏十六番の内、表八番に「松は豊か」として踊も残っている。一種の奴踊であり、また別に、江戸太平踊とも国踊ともいわれる。「若緑」巻三には、松は豊かの替え歌がのり、「松の落葉」（宝永元年板）は、巻四、古来中興当流踊歌百番の内、五十五、馬場先踊として、次の歌詞を載せる。

〽二上り　松は豊かに大手馬場先繋馬、がいに冷たい今朝の雪、殿のお馬は鴾月毛、連銭葦毛鹿毛糟毛、しと〳〵打てば駈煽り、お江戸育ちの髭々男、御馬の口をしつかとさ、釣りりん〳〵髭男、釣りりん〳〵髭男、つりりん〳〵〳〵、つりりん〳〵りん〳〵りん〳〵、りんと撥ねたる髭男、繋ぎ止めたよ恋の関札」。

三　橋本金作事件（三一四頁）　「歌舞伎年表」明暦二年の条には、「文斎日記」を引き、「明暦二年春、京地坂田定右衛門座にて、河嶋某といへる武家、橋本金作を桟敷へ招き、酒宴の上、衆道の悋気より一刀を抜放せしに、金作驚きて桟敷より下へ飛下り、それより騒動と成しが、此の喧嘩は内分にて済しが、芝居は残らず停止申渡され候、後座元村山又兵衛、外座元共七人数度嘆訴せしに、桟敷取払、見物見通しの土間に致し、且見物人へ酒出し候事無用之旨申渡され、六月改て興行を許さる」と述べ、また「美夜古物語」を引き、「近き頃になん、津の国より女のまねやうする男来りて平野にてかぶきせしに、法のつよさにまけて、また都をばまかで侍るとあるも金作の事か」としている。

四　寛文八年再興（三一五頁）　「歌舞伎年表」寛文八年の条に、「本年、京都の芝居、十三年ぶりにて再興せらるゝこと「芸かゞみ」及び「文斎日記」にあれど、誇張の筆らしき事は、明暦二年の条に記せる如し。それまで自由に興行せしを、この時より政府の認可を要することゝなり、それを再興と称したるか。「四条芝居由緒書」に「承応年中、如何之儀御座候哉、芝居一流停止被仰付、芝居掛り大勢のもの難儀迷惑仕候、依之、寛文八申年、右名代血筋の者、再興仕度旨、雨宮対馬守様御番所へ奉願上候処、上ケ置に相成、宮崎若狭守様御上京被遊、御立会にて段々御吟味被為遊、翌九年酉正月被召出、先規の通り夫夫名代御赦免なし下され、難有、当時まで相続仕候」云々」。

五　兵庫髷（三一六頁）　「近世女風俗考」に「兵庫髷といふ振は摂州兵庫の津の遊女より結はじめしものならん」とあり、「歴世女装考」（二十三、兵庫といふ髪の風）には「吉原大全といふ書に（明和五年板巻の三）元葭原の比兵庫屋といふ遊女屋より起りたる髪の風とあるは兵庫の遊女屋妓をつれて江戸へ下りて妓楼をひらきたる比其妓の髪の風宅（とよ）の妓にもうつりしならん、さて此結ひ風元禄にいたりては、島田、勝山の二風にへされて稍々すたれしとみえて云々」とあり、元禄元年板の「女用訓蒙図彙」より図を引用する。なお、「嬉遊笑覧」は「兵庫曲は寛永頃より多く見えて大かた遊女が髪の風なり、兵庫といふよしは「庭訓」などに兵庫鏁と見えて太刀のおびとりに用ゆ、その鏁の形なりといひ、或は江戸大橋柳町に遊女屋ありし頃兵庫屋といへるより起るなどいへるは皆非なり、按るに兵庫曲はもと一つなるを分て二ツにも結へり、兵庫樽と云ものあり、其形この樽に似たれば名付るなり、其樽は片手の桶なり、今江戸にて猿頬といふ桶のことなり（これを兵庫樽といふは播州の酒造る所にて用る器なればいふにや）」という異説を掲げている。なお、寛永八年板の「犬子集」、明暦二年板の「世話尽」、「鷹筑波集」「続山井」などを引用するところより、寛永年間より見える髪形である。

六　竹豊故事の条（三一七頁）　「竹豊故事」に「筑後掾答えて曰、第一の傾城の詞を能合点して語らるべし。漂々と語れば儒弱に聞へて下品也。只挨止(あとめ)なく蓬然(ぼんじやり)と柔従(うらやか)成言葉を能々考へらるべし。是さへ語り胝脡(こなさ)るれば外の事共は皆語り易かるべし。其故如何となれば語る処の者元来男成故、佶としたる事は生質に持て居る故也」と見える記事と同類で、どっちかが解釈されたものにちがいないと思われる。あるいは、いずれかに、自笑の作意が加わったものか。あまりに語句が似すぎている。

七 **帽子**(三一八頁)　承応元年、若衆歌舞伎禁止後、前髪を剃って野良頭にならなければならなくなり、その剃りあとを覆う布が工夫され、鬘の発明される前身となった。ただし、髪にもかけ、のちに野良(若衆)を誇示するものとなった。今日、古風な演出をする場合に、女方に限って用いられるのが、その遺風である。「紫頭巾の深き情けを」(野良大仏師、寛文七年)、「帽子なを艶にして、若紫のにほひふかく」「紫帽子の風のよい事をしらず」(役者万年暦、元禄十三年)、または「野良帽子は若紫」(天の網島)と浄瑠璃にも唄われるようになった。従って帽子は、女方や若衆方が用いたものであり、若衆方は次第に用いなくなり、帽子といえば、その頃女方を意味したものといっていい。特に、京都では、若女方の帽子は特別な感情と表現をもっていたらしいのは、「役者三所世帯」(元禄十年板)に、三都の若女方を見立てて、「京の帽子顔、大坂の惣髪、江戸の鉢巻顔」といっているのでもわかる。底本の「帽子かけたる立役」はそういったニュアンスを含むものというべきであろう。

八 **女は右の膝**(三一八頁)　「野乃舎随筆」に、尊左について、「雛の餝つけは、男雛を左座に居ゑ、女雛を右に居うべし、皇国の古例なり。神代巻に、以二磤馭盧島一為二国中之柱一而、陽神左旋陰神右旋と有。官職皆左を尊み右をいやしむ云々」とする。「女ならば、…立つにも右よりたつもの也」(歌舞妓事始)とし、男は、左足より踏み出す。また左足より、足袋・袴をはく。能では、登場人物の男女にこだわらず、下がかり(金春・金剛・喜多)では、シテに限って右膝を立て、ツレ、ワキは左膝を立てる。また、風呂に入るのに、男は左足より、女は右足より入り、手相も、男は左掌、女は右掌を見、また、左腹の子は男、右腹は女の子が生まれるといった俗習がある。

九 **女方の阿房役・芳沢あやめと浅尾十次郎**(三一九頁)　「元祖芳沢あやめといへる若女形、立役坂田藤十郎に幷ぶべき名人なり。或時山椒太夫の狂言に、惣領娘あはうの役を勤ける。此役は嘸やをかしき姿をするやらんと思ひ侍るに、常体のこしらへにて、しかも美しき出たち也。人々心得ずして、是をみるに、舞台へ出るやいなや、見る人臍をかゝへて一笑す。何事をかするやらんと、楽屋よりも各々出て見るに、いかにも鈍にしてをかしき也、浅尾十次郎といへる若女形、阿房の役せし時は、ゆきたけみじかく、鉄炮袖のごとくに拵へ、其身をあはうらしくつくり出たれども、さのみをかしきともおもはざるに、あやめは身のこしらへうつくしく、舞台のわざ自然と愚也、あまりふしぎさに、或人あやめに問はれければ、答ていはく、山椒太夫は其所の分限者なり、娘も随分きれいに育べし、元来召つかひも付置べし、阿房に見するは心にありといへるよし、名人の心得は又格別也と人々感じける。浅尾氏も其頃の上手名人なれども、あやめには劣たるとしるべし」(歌舞妓事始、四十、古人仕内佳境)。

一〇 **名護屋三左衛門**(三二七頁)　加賀藩の名越家の祖の名古屋因幡守の子。母は信長の姪養雲院。天正十八年、蒲生氏郷の小姓として、奥州で一番槍の初陣の高名をあげて、はやり唄にまでうたわれる。氏郷の没後浪人となり、妹が森美作守忠政の室であったのにより、仕えて美作国に入った。津山藩の普請場で同僚の井戸宇右衛門との刃傷によって、慶長八年四月十日に斬殺された。当時不破万作とともに美貌のかぶき者として名高く、歌舞伎は名古屋とお国の力によって生まれたように記される文献がかなりあるが、その実証性に乏しい。ただし、同名、あるいは数名(狂言師三十郎、三九郎、三右衛門、名古屋山三)のものが、お国の身辺にあって混同されたとも考えられる。なお、延宝期の古浄瑠璃で、土佐少掾の「名古屋」は彼を主人公にしたもので、のちの不破名古屋の世界を形成して「鞘当」を生む発端になる。なお「森家伝記」により、慶長九年五月三日に横死したという説が行なわれ、「歌舞伎年表」もこれを採用するが、室木弥太郎の「なごや山三郎に関する二、三の問題点について」(国語と国文学、昭和三十年十一月)によって訂正される。

一一 **雍州府志の原文**(三二七頁)　「又一種有二歌舞妓者一元出雲大社巫女有下号二国女一者上一二転神楽一而歌舞是古所謂白拍子之類而元神楽之変風也永禄年中有二名護屋三左衛門者一元武人而落魄生也在二京師一則与二国女一密通共謀レ之作二歌舞妓之曲一歌舞妓中古所レ称狂言様也」(木版本)。(送りがなは略した。)

一二 **出雲のお国**(三二七頁)　生没とも不明。二代三代があったという説もある。また佐渡島おくに(江戸砂子)、津島守くに、八幡のお国(続撰清正記)、また、お邦、九二、恭仁とするものもある。同名異人と見ることもできる。出雲の小村三右衛門(そぞろ物語)、出雲大社の神職の娘(かぶき草子)、松江の鍛冶職中村三右衛門の娘(大社町の言伝えによる)などとする。天正十年の「多聞院日記」に見える加賀国という童がヤヽコヲドリを踊ったというのは、加賀国の童ととれば人名ではない。天正十六年に「出雲国大社女神子」(言継卿記)の記事があるが、名は見えない。また、慶長五年に菊という女がお国と共に踊ると「時慶卿記」に見える。慶長八年に「かぶき踊」の記事が見える(当代記)。同年佐渡へ渡る(慶長見聞録案紙)。慶長十二年(当代記)または十四年に、江戸で興行(慶長日記)、十二年の冬、駿州府中で死す(慶長時記)とも、同十八年に六十七歳で死す(演劇由来記)とも、地元の伝えでは老後出雲に帰り、尼となり智月と称し、八十七歳で死すとも伝える。お国の歌舞伎踊の内容は、京大本「かぶき草子」、大谷図書館本「国女歌舞妓草子」に詳しい。

一三　**村山平右衛門江戸下向**(三四一頁)　「村山平右衛門、再び江戸下りの事情、「勝扇子」に収めたる京都四条河原のからくり師小林新助の「江戸公事日記」に詳し。左の如し。一宝永三年戌十月迄江戸中村勘三郎座に相勤罷在候村山平右衛門、則同年十月下旬に京着仕候て、霜月朔日より京都万太夫座、名代、大和屋利兵衛方に有付、顔見世仕候処に何と致候哉、不仕合故不当りに御座候に付、亥の六月に吉田六郎次と申者、江戸山村長太夫より役者抱に登り候て、右村山平右衛門、同平十郎両人を抱候へ共、平十郎儀(中略)平右衛門首尾能江戸相勤被申候。(以下略)」(歌舞伎年表)。

一四　**夕霧**(三四四頁)　本名、照。延宝六年正月六日没。歳二十七。大阪下寺町浄国寺に葬る(名人忌辰録)。法名、花岳芳春。「死後顧老葬送を立派に行ひし故に世に高名せり」(浪花青楼志)。別に嵯峨の清涼寺に墓がある。ただしこれは扇屋の墓か。夕霧は、扇屋が京島原より移ったとき一緒に移った。夕霧を主人公とした浄瑠璃に近松の「夕霧阿波鳴渡」「夕霧三世相」がある。「伝奇作書」その他に事跡の記事が多い。

一五　**七月の曾我狂言**(三四四頁)　七月は盆の月にあたり、曾我狂言を出す理由については、本文の記事とちがう次のような理由があった。「ぼんそがとおさだまりのやうになりしは」(役者口三味線、元禄十二年)、「狂言ながらも、とぶらひ申すしるしには、きはまつて、盆がはりは、曾我でなければかなはぬやうにいたすこと、これ御兄弟のなき魂まつる心持なり」(役者万年暦、元禄十三年)。

一六　**春二の替り**(三四四頁)　上方で二の替り狂言というのは、正月狂言のことで、江戸の初春狂言にあたる。二の替りに「けいせい」を外題に用いるようになるのは、元禄十一年の「けいせい浅間嶽」あたりにはじまろう。元禄十二年板の「役者口三味線」に「京も大坂も近年ハ、二のかはりけいせい事」とあり、また、「今は二の替ハ傾城事也」(役者談合衝、元禄十三年)。

一七　**ひらりぼうし**(三四九頁)　女が外出の時、笠の下に用いた紫縮緬の帽子。額を覆うて左右に垂れるが、錘(おもり)を入れないため、ひらひらと翻るので、この称がある。「歌舞伎にて用ふる紫ばうしはそのかみ鳥井庄七といふ女形はじむ。是びらりとさげてきせたるよし」(新刻役者全書)、「びらり帽子のふかぐ\と、眉は隠せどとりなりの」(女殺油地獄)。

一八　**夕霧狂言**(三五四頁)　「かの夕霧の狂言元来は二番目に若手の役者勤めたる狂言の趣向なりしに殊之外大当りせしゆへ三番続の狂言悪しく見えしより銀主方の望にて右の趣向を続狂言へ取組坂田藤十郎藤屋伊左衛門の役を勤し所原来よく出来たる狂言を名人よくこなしたる事なるゆへ京大坂はいふに不及諸国へ大評判の聞えありて前代未聞の大当りなすのみならず今に伝江て相勤る狂言とは成ぬ」(摂陽奇観、十七)と見えるが、「役者三所世帯」(元禄十三年板)に「坂田ハ大坂へ下り、夕霧名残正月にて名をあげ、金子六左(右)に金もうけさせしも二十二年」とあり、中通りの坂田藤十郎が、夕霧狂言で、一躍名を挙げたとすべきであろう。

一九　**脇狂言**(三五七頁)　「京都大坂の往古は未明に先づ式三番叟を勤め次にワキ狂言夫より第二番目三番目四番目五番目と離れ狂言なりしが其後上中下三番続の狂言に成し時ワキと二番目はやはり離れ狂言にてワキ狂言は大体踊りの趣向をなせしゆへワキ踊りともいへり」、「中古以来脇をどり止んで能狂言の薩摩守或は萩大名などをやつして勤しは往古の狂言尽の遺風にて小詰より是を勤しが夫さへ近来相止て二番目をワキ狂言と心得たる人も多し当代二番目の狂言といふは二の替りには壬生のシヤデンく\にて物いはぬ花盗人三の替りはかつこほうろくおれがするのをコレ見おれヒウヒウにて済し盆替りは井ほり又は俵盗人其外駕抜ケ師匠釣りなど数番あれ共当代は目をとめて見るべき態にもあらず」(摂陽奇観、十七)。江戸でも各座によって定まった脇狂言があった。

二〇　**散茶女郎**(三六四頁)　「扨岡より吉原へ来りし遊女は、いまだはりもなくて客をふるなどといふ事はなし。されば いきばりもなくふらずといふ意にて、散茶女郎といひけり。是は吉原遊女共が時の戯れに散茶女郎といひしが、いひ止まずして今に散茶といひもて来りしなり」(異本洞房語園)。「さんちやは、ふらぬといふがおもてなれば」(吉原恋の道引)。守随氏注によれば、散茶とはひき茶のことで、「もと市中にあつた風呂屋の湯女を移し入れたもので「散茶造り」と称する風呂屋造りの家に住んでゐた」とある。江戸新吉原における遊女の階級の一で、太夫・格子に次ぎ、梅茶の上位。「太夫女郎、格子女郎は、二人かぶろ三人かぶろをつれたり、散茶女郎は、かぶろひとりをつれける。是をもつて太夫、格子、さんちやの格式とす」(吉原大全)。なお「散茶といふ事、寛文十年にはじまりて」(吉原大全)とすれば、時代が錯誤する。あるいは、「山谷通い」が、似通った音で混同したかとも考えられる。

二一　丹前(三六四頁)　丹前の起原については、諸説が多いが、寛永頃、江戸の神田佐柄木町にあった堀丹後守の屋敷の前にあった津の国風呂を指した、丹後守の前の略語もしくは隠語という。その風呂屋の湯女に通うかぶき者の風俗・行動を写しだしたものとされる。丹前風呂という名称は、「両吟一日千句」(延宝七年板)に、西鶴の句として「丹前風呂もさはぐ夕暮」とあるように、かなり普及している。「新刻役者全書」(安永三年板)を引用すると、「承応、明暦の比、江戸にありし事、丹後様前の略言也、其伝北州列女伝、関東血気物語に見ゆ。又是をよしや風ともいうて、其比祭礼ねり物などにも風俗をうつし、長き白柄大小、巻羽織、深あみ笠の出立、是を多門庄左衛門といへる役者、始て勤む、つゞいて村山四郎次、夫より元祖中村七三郎、是に工夫の振を付、立髪丹前とて、今につたへ、中村一家の芸として、口伝ある事也、今少長、三代目七三郎、沙長に伝ふ。又元祖中村伝九郎より、奴丹前、芝垣丹前といふをはじむ。其外、市村何江、猩々丹前、蹇(びっこ)丹前、手くない丹前をつとめ、今家橘につたふ。右江戸の丹前を、京にて六法と云、羽織着流しにて勤る。是嵐三右衛門家の風也、又大阪にて、だんじりと云、高股立を取り、振出すなり」。はじめ丹前は、「買手に成て、丹前のふり出し」(役者万年暦、元禄十三年板)とあるように、湯女に通う姿態であったもので、「丹前出端」(落葉集)として、出端に用いられたものであるが、奴風と結びつき、「やつこ風のふり出し」(役者三世相)を生み、奴丹前、もしくは丹前奴となった。この奴風に対して立髪の美男のふり出しを生んだのが立髪丹前で、のちには、「大切は六法丹前大当り」(役者友吟味)とあるように、大切に丹前を舞踊として見せるようになった。丹前という名称は、江戸で起ったが、六方(法)と本質的にはおなじものであり、また上方と江戸では、その風にちがうものがあったのであろうが、この六方風を丹前にとり入れたものが、「丹前六方」(六方丹前という場合もある)で、元禄年代の多門庄左衛門などが当り芸としている。

二二　嵐三右衛門の六方(三六四頁)　「一とせ「小夜嵐」といふ狂言に「六方」を演じて大当りせしが、其の白(せりふ)に「花に嵐」といふ句のありしかば以後、彼れが市中を往来する毎に「嵐が通る、嵐嵐」と呼ばれ、已れも終に苗字を改めて嵐といひ」(伊原敏郎「日本演劇史」)とあるように、「嵐三右衛門が六方」(浮世椀久一世)といわれ、一世を風靡した。この嵐一流の六方は、また、だんじり六方といわれ、嵐三代に及んだ。「羽織に色ある袴を着し、股立高く取りなし、袴の腰は羽織の馬乗を括り、袴の腰紋は金の焼付、大小も生の金拵へ、本身の容らぬばかり、六法のうち皆所作事に仕立て、出端も、神楽、つしま、三味線も手替りを弾きかけ鳴物に乗りて出づれば、見物の心も浮立ち」(棠大門屋敷)というのが、当時の六方(法)振りである。なお「切に至て三代六法、手を取ておしへただんじり六法、若女若衆方立役小詰残らず一やうの揃、囃子方はもちろん舞台の東西にかしこまれば、其としは八才、びんのそゝけ、つくやつかざるを一つにつかね、つめ袖の羽織高もゝ立を取て、つく〳〵つつてん〳〵と、拍子にかゝつて振出す身ぶり、手のひねりむすびかへし、足のとまりおもての切りやう、誠に親三右衛門かげ身にそふてめさるゝか、あれ程にもうつる物かと、男女開いた口をふさがず、涙かはくひまなくほむるにいとまあらず」(役者三世相、宝永二年)。この記事は、三代目の嵐三右衛門の六方振りである。

二三　碁盤人形(三六五頁)　碁盤人形はすでに、長五郎以前に行なわれている。「大和守日記」の元禄七年正月十八日の条には、「碁盤操」とも「碁盤人形」ともあってその番附が見え、同年四月九日、二十九日の条には、「浄瑠璃碁盤人形」ともある。いずれもこれらは、人形を碁盤の上で舞わすのを指した。元禄十二年の「一心女雷師」には「碁盤人形その外いろ〳〵の芸尽し」とあり、插絵がある。なお歌舞伎でその碁盤人形をとり入れて所作事をした記事は、宝永四年三月板の「役者友吟味」には、「稚時よりごばん人形のまねびをしておやしき方をなびけ、篠塚菊松〳〵といわれしは此頃のやうに思ひしに、光陰矢のごとし半之服にて此地にのぼり」と篠塚菊松の記事にある。

二四　七ばけ(三六五頁)　長五郎の七化けに先行する資料については、次のごとき記事がある。「七ばけでござんす。七ばけとはそれは水木辰之介と云女がたが万太夫がしばいへ上りましてかほみせのきやうげんに、大和屋甚兵衛門にころされ一念が則ぼんなふのいぬと成、又姿をかへくげと成、ぢいに成、子に成、おんれうと成、ついにふうふと成ました。むゝ甚兵衛はおんれうとめうとに成たか、いや甚兵衛がおやにがてんさせふために水木としぐみて、わざとおんれうに成ました」(上京の謡初)、「むかしから大はやりせし狂言もおほけれど、その時過て又かさねて出すに二度目はづまず、わづかの内してしまふ事なるに、あさまにかぎりてするたびにあたりのつよきは、以前中村七三郎始て京山下座へのぼられ、手の内をつくし顔見せをでかされぬれども、水木辰之助江戸みやげとて隣しばゐにて七ばけをして大当せられしゆへ、誰か七三と評判するものもなく、七三のまぶたいたゞく半左衛門ひねつてみれば馬のあと足といふ狂歌もつぱらいひふれて初狂言の不老門には青蠅たかりぬ」(三ヶ津浅間嶽二の替芸品定、京之巻、享保十六年)。この水木辰之助の「七化け」は、元禄十年十一月、京の万太夫座、座本坂田藤十郎での上演を指す。なお、「歌舞伎年表」の宝永四年の条には、「美景蒔絵の松」を引用して、伊勢の古市の顔見世で、七化けが行なわれたことが見え、また、正徳一年十一月、江戸の森田座の「紅梅百夜車」で、「大津絵師四郎兵衛と成、壁にはりし大津絵にしたがい七変化の所作さりとはあぢやらせらる」(役者箱伝授)とあって、初下りの榊山助五郎が演じており、「七化け」の名称から「七変化」へ移る過程が示されている。

役者・作者・座元人名一覧

(五十音順)

浅尾十次郎　初代。浅尾系祖、通称甚吉、俳名玉山。元禄なかごろ大阪で名をあげ、宝永末年江戸へ下り活躍。「難波のよし沢京で八重桐当地は浅尾是三幅対のお名人」(役者金化粧、享保四年)と評され、若女方の巻頭を占めるに至った。享保六年(一七二一)大阪へ戻ったが、そののち旅に出て享保十九年ごろ没したらしい。芳沢あやめに兄事したためか、地芸、とくに傾城事をよくした。生没年未詳。

東(吾妻)三八　元禄期の道外方。元禄末年から「狂言の作を重役にして道外はあしらいにさしやんすかして時々狂言に出給はず」(役者二挺三味線、元禄十五年)とある。享保期にはもっぱら歌舞伎作者として活躍した。際物・世話物をよくし、「鬼鹿毛武蔵鐙」「お七歌祭文」などの名作がある。享保の末ごろ(一七三五ごろ)没したらしい。生没年未詳。

姉川新四郎　初代。姉川系祖、初名豊島勝之助、前名豊島勝三郎、俳名女市。若衆方から若女方となり、地方を巡業。立役に転じて、宝永七年大阪の大舞台へ登場。中の上上の位で「江戸上りとの御ひろう、小兵なれ共取まはしりゝしく」(役者大福帳、宝永八年)と評された。享保初年には芸・人気ともに上昇、晩年は大阪劇壇の代表者と称されるに至った。寛延二年(一七四九)六十五歳で没。

荒木与次兵衛　初代。荒木系祖。延宝期京阪劇壇の代表的立役。「非人の敵討」の手負いの非人が出世芸で、一代の当り芸となった。福井弥五左衛門の薫陶をうけ、写実的演技で人気を得たが、晩年は「当風にむかぬ」(役者大鑑、元禄八年)と評されている。早くに大阪堀江芝居を開いて座元をつとめ、のちには道頓堀の芝居の座元も長くつとめ、劇場経営の才を発揮した。「一とせ非人かたき打の狂言にてかねもうけ手をいの上手もいよ〳〵しれたればげだい非人にて内証はお多徳とかや」(野郎立役舞台大鑑、貞享四年)といわれた。武道・実事・六方もよくし、作劇もしたという。元禄十三年(一七〇〇)六十四歳で没。

嵐三右衛門　初代。前名丸小三右衛門、俳名三楽。寛文年間に上演された「小夜嵐」が出世狂言となった。この中の「花に嵐云々」のセリフによって嵐三右衛門と改名。その時演じた六方がやつしとともに彼の得意芸となった。「役者めかずすなをにして大じんの人相そこからそなわ」(野郎立役舞台大鑑、貞享四年)った人柄で、「実事武道打物のはたらきがふゑて」(同書)であったが、延宝期の第一人者として、次の元禄期に多大の影響を与えた。晩年大阪で座元もつとめたが、元禄三年(一六九〇)五十六歳で没。

二代。初代の実子。前名嵐門三郎。二十歳ごろ劇界に入ったが、父に死別した年に二代目を襲名。よく父の芸風をうけついで「二代つゞいてほまれの名を取事、此嵐三右衛門にてとゞめたり」(嵐百人鬘、元禄十一年)と評された。六方・やつしが得意芸であった。大阪の座元としても父の名跡をついだ。元禄十四年(一七〇一)四十一歳で没。

三代。二代目の実子。前名門三郎、俳名番虎。宝永元年八歳で三代目を襲名。大阪の座元を二十二年間つとめ、立役としては親ゆずりの六方を得意とした。延享二年養子に名跡をゆずり、嵐新平と改名。晩年は京阪劇壇の長老として、もっぱら親仁方をつとめた。宝暦四年(一七五四)五十八歳で没。

嵐三十郎　初代。前名八木三十郎、後名八木仁左衛門、俳名呂木。二代目三右衛門に入門、若衆方として舞台をつとめ、元禄八年京にのぼり、坂田藤十郎の座に加わったとき、嵐三十郎と改名。立役に転じてもっぱら大阪で活躍。「八木名字を嵐とふきかへて、中嵐の風其儘、かるはづみにしてやつし当風」(役者大福帳、宝永八年)で、とくに町人のやつしを得意とし、人気をあげた。宝永七年から十年近く座元をつとめたが、晩年は旅に出て、宝暦初年(一七五一ごろ)に没したという。生没年未詳。

生島新五郎　前名野田蔵之助、俳名菱賀。はじめ若衆方で活躍。元禄初年立役に転じ、生島新五郎と改名。美男の立役として、江戸で名声を得た。芸風は中村七三郎ゆずりで「丹前なら、実なら、ぬれは七三さんの形見やつしの開山」(役者箱伝授、正徳二年)と評された。正徳四年、奥女中絵島との事件で遠島となり劇界から消えた。没年は享保十八年(一七三三)、三宅島の配所で没したとも、寛保二年(一七四二)江戸へ戻り、翌年七十三歳で没したともいわれ、明らかでない。

石井飛驒(弾)　「佐渡嶋日記」とほとんど同文が「南水漫遊」拾遺三の巻に再録されているが、そのほかにはあまり登場しない名前で、伝記は未詳。山本飛驒掾と同一人とも考えられる。山本飛驒は、元禄・宝永ごろ、大阪で活躍したからくり人形の遣い手兼細工人。また浄瑠璃作者。種々のからくり、手妻人形を工夫し、のちの三人遣いの基礎となる改良をした人。生没年未詳。

市川海老蔵　二代目市川団十郎。前名市川九蔵、俳名三升、才牛、栢莚。初代団十郎の長男。宝永元年父の死後、十七歳で二代目を襲名。生島新五郎ら先輩の庇護と本人の努力によって、江戸劇壇の代表者となった。享保六年、森田座で五郎をつとめて大入りをとり、以後、名実ともに千両役者となった。享保二十年、養子に三代目をつがせて、以後海老蔵を称した。晩年は「無類極上上吉」の位付けで「海老蔵に斗は手がつけられぬ」(顔見世役者のくさめ、宝暦四年)と別格あつかいにされた。助六・毛抜・不動・鳴神・矢の根・関羽・曾我五郎・外郎売など、のちに歌舞伎十八番と定められた役々を得意とした。筆もたち、数種の述作を残している。宝暦八年(一七五八)七十一歳で没。

市村玉柏　初代。桜山庄左衛門の聟。元禄十三年大阪で初舞台。京阪劇壇で活躍した若女方。正徳五年江戸へ下り、ひかえめの芸で好感をもたれた。「取わけ目もとのしほらしきにたれもよだれをながしますわいの」(役者我身宝、正徳六年)と評された。帰阪後は芳沢あやめに次ぐ位置を占めたが、享保末年に番付から消えた。ぬれ事を得意とし、人気を得た。市村竹之丞の門とも伝えられるが、明らかでない。生没年未詳。

岩井平次郎　元禄初年より十年ごろを最盛期とした若女方。主として京阪劇壇で活躍したが、江戸へも転勤した。「野郎にぎりこぶし」(元禄九年)の評に「とかくにくげのないふうぞくじや…ぶたいのそめつき上方もやうにて、水いろのざっとしたるぬれいろのかわひらしさ、どうもいわれず」とある。生没年未詳。

右近宇兵衛　「賢外集」に名を見る以外不明。「松平大和守日記」の寛文年間の条に「右兵衛」や「宇兵衛」の名を見るが、同一人物かどうか不明。元禄期の花車方役者「左近左兵衛」「左近伊兵衛」らとの関係も明らかでない。

岡田左馬之助　貞享元年、大阪荒木座の立女方となり、主として元禄初期に活躍した若女方。容姿にすぐれ、物ごしやわらかく人気をえた。後年は水木辰之助や芳沢あやめに上位をゆずり、「前方よりげいがしめつてきましたはお年がいたかげんか」(役者三鉄輪、元禄十四年)と評されるに至ったが、舞や長刀は「今にはじめぬ名人」(同書)といわれた。口跡よく、ぬれ事に巧みであった。生没年未詳。

荻野左馬之丞　後名荻野沢之丞、俳名袖香。はじめ若女方として大阪の舞台をふみ、元禄四年、京都で「嫁鏡」に出演して一躍有名をはせた。以後左馬之丞の「嫁鏡」として、元禄期屈指の当り狂言となった。江戸に下っては女鳴神を初演し、三都第一の女方ともてはやされた。元禄十一年、舞台を去って香具店を営んだが、翌冬復帰して宝永元年(一七〇四)四十九歳で没するまで、若女方の巻頭を占めた。「諸芸何をせられても女めきしかもよくそれ〳〵の役にうつれり」(役者二挺三味線、元禄十五年)と評された。沢之丞と改名したのは、江戸へ下ったとき、のちの六代将軍綱豊の左馬の頭を憚ったためと伝えられる。沢之丞帽子の創始者としても有名。

小佐川十右衛門　正徳・享保期の立役。元禄初年京都で名をあげ、宝永五年上上吉にすすみ、実事の上手として、おもに京阪劇壇で活躍した。上上吉になったとき「ひやうしならずやつしならずぬれは猶以の事只実方一通りの芸」(役者謀火燧、宝永五年)と評されてはいるが、享保期一流の立役として名をとどめている。享保十四年親仁方に転じたが、同十六年(一七三一)に没。享年未詳。

音羽次郎三郎　初代。前名音羽峰之助。元禄初年、若衆方より立役に転じ、同時に次郎三郎と改名。実事の名手として京阪劇壇で名をあげた。正徳二年、上上吉で大阪立役の巻頭を占め、「武道手づよく男色白にして、けいせい買になられても間をあわさるゝ」(役者箱伝授、正徳二年)と評された。役者としてよりも、作者としての力が大きい。「続耳塵集」に述べられた五日替りの興行法は後世に影響を与えており、同じく浄瑠璃と歌舞伎の作品流用についての見解には、作者兼座元としての手腕がうかがえる。享保十七年(一七三二)没。享年未詳。

加賀掾　古浄瑠璃太夫。和歌山宇治に生まれ、地方芝居で浄瑠璃を修業したのち、延宝三年、京都へ上って操芝居をたてた。このときから宇治嘉太夫を名のり、同五年受領して宇治加賀掾を称した。天和期に近松門左衛門の浄瑠璃を語って盛名をはせたが、貞享二年以後、後輩の竹本義太夫に人気をうばわれた。正徳元年(一七一一)七十七歳で没するまで、古浄瑠璃末期をかざる名人として、京都で活躍した。

笠屋五郎四郎　「あやめ草」以外には知られていない。これによって元禄初期の敵役とわかるだけである。

片岡仁左衛門　初代。片岡系祖。初名藤川伊三郎、前名大西森右衛門。囃子方三味線ひきから、初代藤川武左衛門に入門。大阪で初舞台。元禄初年、京都へ上り片岡仁左衛門と改め、山下京右衛門の薫陶をうけて名をあげた。はじめ立役で、のち敵役にかわり活躍。晩年再び立役に戻ったが、本領は敵役であった。元禄十三年の「役者口三味線」には「敵やくは御家なればよし実がたにしてはあしし…悪人がたにしては又堀に是ほどのしてもない」とある。晩年の評もこれと大差はない。たびたび座元もつとめ、正徳五年(一七一五)六十歳で没。

金子吉左衛門　俳名一高。貞享ごろから道外方として名をあげ、初代坂田藤十郎と一座して大いに活躍、元禄期道外方の名人と称された。のちには「都根生の御道外近年は芸りこうめいて道外の専うすし…実めいた芸」(役者箱伝授、正徳二年)と評されるようになり、正徳二年冬から立役に転じた。晩年は道外方として活躍していたころの名声はえられなかったが、京阪劇壇の代表者の一人に数えられる。「耳塵集」や「賢外集」の伝えるように、作者としての功績は大きい。作品に彼の名を記したものは少ないが、「にはかに門左、吉左が狂言を仕ぐみかへ云々」(新小町栄花車)というように、近松門左衛門の歌舞伎作品の大多数は、彼の協力によるものと考えられる。享保十三年(一七二八)没。享年未詳。

金子六右衛門　金子系祖。延宝期京阪劇壇で活躍した立役。座元もつとめ、延宝六年には「夕霧名残の正月」を上演し、大入りをとったと伝えられる。芸風に品位がなかったが、実事・手負い事の上手としてもてはやされた。金子吉左衛門と富永平兵衛は、彼の門下と伝えられる。備中の宮内にねむることは「佐渡嶋日記」が伝えているが、生没年その他未詳。

霧波千寿　初代。霧波系祖。俳名光山。後名霧波文左衛門。若衆方から若女方に転じ、主として坂田藤十郎の相手役として、京都の舞台を多くつとめた。「前生はどこぞのけいこくの太夫であったものであらふ」(役者口三味線、元禄十二年)と評されたほど傾城の役を得意とした。宝永末年廃業し、名も改めて油店を営んだと伝える。生没年未詳。

小勘太郎次　初代。初名松本小膳、前名松本間三郎。若衆方、若女方をへて天和三年小勘太郎次と改名、花車方に転じてから名をあげた。「三ケ津にまひとりとないくわしやがた上々吉極上無るいといふは此人」(役者評判色三味線、元禄十六年)と最高級の讃辞をえた。元禄十六年冬から江戸に下り、そこでも「舞所作何事でもそれ〳〵にうつさるゝ」(役者箱伝授、正徳二年)広い芸風で人気をえた。正徳三年(一七一三)没。享年未詳。

古今新左衛門　初名村山古今、前名村山(古今)九郎二郎、別名村山古今新左衛門など。延宝年中、江戸で若衆方から立役に転じ、古今新左衛門と改名。親仁方、半道方あるいは座元もつとめ、三都で長く活躍した。「近年よほどあがりてやつし方もよし諸芸にいやみなくきれい成しだし尤上手の器なるべし」(野郎関相撲、元禄六年)との評もあるが、「うらやの子どもまでもうたひもてはや」(同書)した古今節によって名をえた。享保末年ごろ没。生没年未詳。

榊山小四郎　初代。榊山系祖。初名榊原尾上、前名榊原平四郎、俳名繁山。元禄六年若女方として初舞台。のち立役に転じ、座元もつとめた。宝永五年以来養子四郎太郎に座元をゆずって、もっぱら京阪の立役として活躍。「しよげい功者だけなに事でも一とをり間をあわせ」(役者色将棊、宝永五年)たという。また所作事は京阪で一、二を争う名人ともてはやされ、音曲にも堪能であった。延享四年(一七四七)七十七歳で没。

坂田市左衛門　伝記未詳。

坂田藤十郎　初代。通称坂田伊左衛門、俳名冬貞。京都の芝居座元坂田市左衛門(一説に藤右衛門)の子。幼年時代は花車方の杉九兵衛に師事したこと以外は明らかでない。記録としては延宝四年板の「可盃」に「藤十良が一つかみにしたる芸、兄さまめいたるおとこぶり」とあるのが早い。同六年三十二歳のとき「夕霧名残の正月」で一躍名声をあげたが、貞享四年の評判記ではまだ「中」の位付けで、山下半左衛門、竹嶋幸左衛門の下位にいた。元禄六年ごろから次第に芸と人気が上昇、同十二年の「役者口三味線」では山下半左衛門をしのぎ、立役の巻頭上上吉を占めた。都万太夫座の出勤が多く、ときにはその座元もかねた。得意のやつし芸を見せる狂言で大当りをとり、大邸宅を構えたとの逸話もある。宝永四年「石山寺誓湖」の中に大和山甚左衛門へかみこをゆずるという場面を仕組み、後進に席をゆずることを考えた。その後も引退はせず、二年後の宝永六年(一七〇九)六十三歳で没するまで活躍した。生涯に十八度演じたという夕霧狂言の作者は定かでないが、その他の「仏母摩耶山開帳」「一心二河白道」「けいせい仏の原」「けいせい壬生大念仏」など、当り狂言はすべて近松の作品といってよい。晩年には「ぬれやつし名人とはむかしの事」(役者友吟味、宝永四年)といった評もされたが、やつし、ぬれごと、口跡すべてよく、稀代の名人というのが定評であった。

二代。初代の弟分。前名坂田長左衛門。正徳元年二代目を襲名。伏見生れのため、伏見藤十郎の通称で呼ばれた。旅芝居のとき立物になる程度の芸で、初代には遠く及ばなかった。享保九年(一七二四)五十六歳で没。

桜山庄左衛門　初代。桜山系祖。初名桜山林之助、前名庄七。以前は道頓堀の色子で、延宝のころ若衆方として大阪で初舞台。林之助の名は、三都でもてはやされた。「諸げいにくげなきしだしなるゆへ世間のひいきおゝくて評判よろし」(野郎立役舞台大鏡、貞享四年)とある。元禄九年立役に転じ、翌年庄左衛門と改名、活躍した。「御きりようよくぬれ事よくうつり…武道又一りう有ておもしろし」(役者万年暦、元禄十三年)と好評は得たが、彼の全盛は林之助時代であった。正徳四年(一七一四)ごろ五十歳前後で没したらしい。

佐渡嶋長五郎　初代。法名蓮智坊。佐渡嶋伝八の子。若衆方として大阪で初舞台。享保初年には立役となり、廃業まで立役で通したが、親ゆずりの舞踊で活躍した。享保五年「けいせい八万日」に若殿万十郎に扮し、二挺鼓の所作が評判になった。「若手の立役」として上白上の位付けで「色事の若鳥初音を上るぬれの思入あしからず…殊に二挺つゞみを一人してうたるゝ所大出来」(狂言本「けいせい八万日」)と記されている。以後三都はもちろん地方へも出たが、剃髪して京都に住み、のちに大阪へ移ったという。この時期は明らかでない。とくに歌舞伎舞踊の伝承に功があった。宝暦七年(一七五七)五十八歳で没した。

佐渡嶋伝八　舞踊佐渡嶋流祖。役者としては元禄年間まで道外方として名をとどめているが、大成はしなかった。むしろ舞踊・振付けの面で流祖にふさわしい名声を得て活躍した。子の長五郎とともに、日本舞踊史上大きな位置を占める。正徳二年(一七一二)没。享年未詳。

佐野川万菊　幼名次郎三郎、後名初代佐野川十吉、俳名沾暁。大阪で初舞台、正徳五年若衆方から若女方に転じ、享保期上方劇壇屈指の女方といわれた。女方に転じた直後は「思ひの外成手に入やう…いまだどこやらに若衆形の残がござる」(役者我身宝、正徳六年)と評されたが、若衆方時代の評判を、地芸とくに女武道によってつなぎとめた。晩年十吉に改名したが、間もなく延享四年(一七四七)五十八歳で没。

沢村小伝次　初代。京都の舞踊指南備中屋六郎右衛門の長男。元禄初年ごろ若衆方の随一といわれ、京阪で活躍、同六年ごろ若女方に転じ、江戸へも下り、元禄末年には立女方の位置を占めたが、間もなく番付から消えた。宝永初年四十歳ぐらいで没したらしい。一日駕籠に揺られて遠出をしたとき、血の道が起きたといったという逸話を「古今役者大全」は伝えている。舞台では女方より若衆の方がよく、「女がたになられておもひ入れうすく見ゆる…しゆどう狂言のしくまれた時分をおもへば今にぞく/\してわすられず」(役者大鑑、元禄八年)とある。

沢村宗十郎　初代。江戸沢村系祖。俳名訥子。初代沢村長十郎の門弟として、染山喜十郎の名で京都の舞台に出たが、民屋四郎五郎に従って旅へ下り修業をつんだ。享保元年大阪へ戻り、沢村善五郎と改名。同三年沢村惣十郎と称して江戸へ下り、「伊勢にて喜十郎殿お江戸にて惣十郎殿、とかく何方でもしつぽりと尻をおすへなされたらよかろと存る、先以かほみせ評判大ぶんよふござるぞ」(役者金化粧、享保四年)と好評をもって迎えられた。同五年宗十郎と改め、このころから、江戸根生いの二代目市川団十郎と並ぶほどの人気をえた。若女方をのぞき、「武道実事濡事位事やつし所作男伊達太刀打愁嘆又ある時は実悪をかしみ親仁方花車方何役にても出来ぬと云ふ事なく」(沢村家賀見)、しかも抜群の芸を見せた。上方と江戸の長所を調和した芸で、梅の由兵衛など、当り役は非常に多い。延享四年三代目沢村長十郎、宝暦三年には初代助高屋高助と改名、同六年(一七五六)七十二歳で没。

沢村長十郎　初代。通称備中屋長右衛門。俳名宗慶。沢村小伝次の弟。はじめ囃子方であったが、元禄十四年立役として舞台を踏んだ。翌年の評判記には「いまだ諸芸お上手と云程にはござんせねど…名人にならるべき器量末がたのもし」(役者二挺三味線)と好評で、また、たいへんなほり出しものともいわれた。のちには、山下京右衛門、芳沢あやめら先輩の芸を摂取し、享保期京阪劇壇の大立者となった。享保十九年(一七三四)五十五歳(一説には六十歳)で没。

篠塚次郎左衛門　初代。篠塚系祖。地方の芝居から大阪へ出て敵役となった。江戸へも下り、三都で活躍。宝永期は実悪にて初代片岡仁左衛門と併称されるに至った。立役に転じてからも好評を博し、享保元年には京都の巻頭を占めたが、翌二年(一七一七)没。享年未詳。「やつしも間を合さるゝ、そゝりお上手は大岸宮内の芸にてしれた事」(役者箱伝授、正徳二年)というのが、立役に転じた直後の評である。

柴崎林左衛門　初代。柴崎系祖。前名柴崎林之助。延宝末年若衆方より立役に転じ、宝永末には大阪立役の巻頭の地位をえた。若いときは「おとこやさし薪に花の林左衛門」(野郎立役舞台大鑑、貞享四年)とうたわれた。晩年は「正身の侍風」「実方の随一」といわれ、京都でも立役の巻頭を占めた。享保七年(一七二二)没。享年未詳。

杉九兵衛　延宝期の花車方の名優。「耳塵集」の凡例によると宝永年中まで出勤したことになっているが、その記録は管見に入らない。伝記未詳。

鈴木平七　貞享末年、桜山林之介、沢村小伝次らと並ぶ大阪の若衆方。元禄時代も若衆方をつとめ、「役者雷」(元禄七年)によれば、「若道のいきじつめ合いさきよくすゞしき君が物ごしの程」、翌年の「役者大鑑」では「中」の位付けで「めんてい大かたにしてあいきやう有り取わけ口跡よきゆへにや、諸げいよほどこなりて見ゆる、武道事その外やつし事も大かた也、しかのみならず大名高家のきんだちあるひは大将やくなどに用ひてよし」とある。一流の若衆方とはいえないが、元禄年中三都で活躍したらしい。先輩の鈴木平八、のちに見かける鈴木平吉との関係など未詳。生没年不明。

仙台弥五七　元禄初年まで京都で活躍した道外方。「辰年大鑑」(貞享五年)には「上」の位で、「花の都にては万やさしく弥五七がどうけまでをいたり風也とてもてはやせり」とある。とくに槍踊りをよくし、のち地方の芝居へ出たと伝える。元禄六、七年ごろの「五道冥官」「武道達者」「業平河内通」などに出演した記録がある程度で、その他未詳。

袖崎歌流　袖崎系祖。前名香竜、後名歌流佐和右衛門、香流治右衛門。貞享末年若女方として大阪に登場。三都で活躍して荻野沢之丞、水木辰之助、芳沢あやめと並び称されるに至った。顔、風俗、物ごし「十が十ながらそろい」(役者二挺三味線、元禄十五年)、芸の上ではとくに「女武道の開山」と称された。享保時代に入って立役に転じ、花車方をもつとめたが、同十二年冬廃業して、江戸日本橋で香具店を営んだと伝える。享保十五年(一七三〇)没。享年未詳。

袖嶋源次(源氏)　元禄十二年「けいせい仏の原」の傾城小ざつまに扮して名をあげ、京阪で活躍した若女方。正徳末年ごろ「もそつとおし出して当はづと思はれますが」(役者願紐解、正徳六年)といわれながら、享保末年まで、遂に当り芸もなく終った。なかではお姫様役がよかった。文筆・和歌の才があったという。生没年未詳。

染川十郎兵衛　俳名賢外。地方の芝居をへて、元禄年間京阪の大芝居へ登場。元禄末年には立役の上位を占め、江戸へも下ったが、おもに京阪劇壇で活躍。「諸芸の仕様にくせが付ていや也」(役者友吟味、宝永四年)と、余計な身振りをいましめられてもいるが、このころには実事の上手として、上上位の巻軸にのぼった。宝永五年(一七〇八)、一説には正徳元年(一七一一)没。享年未詳。

竹嶋幸左衛門　二代目。前名竹嶋幸十郎、初代幸左衛門の養子。元禄七年大阪で立役となり、三都で活躍。正徳五年、大阪の舞台で二代目を襲名。父や諸先輩の芸を調和して、独自の芸風を確立した名優。享保元年の「国性爺」上演については、「四郎三殿新四殿和藤内といふ心にて出はよりめつたにつよくなされしに此人はびつ中ぐわかたげて出られしありさまのつしりとしてしぎはまぐりをきよろりとながめゐられしてい思入よくぐんぽうをさとりしよりきつと心をこめてせられしゆへはつきりとしていかにも和藤内らしく存じた」(役者職敵、享保三年)と評されている。享保十年(一七二五)ごろ番附より消えた。生没年未詳。

竹田出雲　二代目。浄瑠璃作者、座元。初代の子で名は清定。はじめ小出雲をなのり、初代が延享四年に没してのち、二代目出雲を称した。劇場経営の才があり、「親方出雲」とあがめられたという。文才にもすぐれ、三好松洛・並木宗輔との合作で、浄瑠璃最盛期の名作を数多く残している。宝暦六年(一七五六)六十六歳で没。

竹本筑後　浄瑠璃太夫。大阪の農家に生まれたが、幼い時から浄瑠璃を好み、初め天王寺五郎兵衛と称して延宝初年から舞台に上がった。貞享元年竹本義太夫と改名、大阪道頓堀に竹本座を開き、新浄瑠璃義太夫節時代を迎えることとなった。元禄十四年受領して竹本筑後掾と称し、正徳四年(一七一四)六十四歳で没するまで、数々の話題作を語った。近松門左衛門の名作、竹田出雲の経営の妙によった面も見のがせない。

玉川半太夫　元禄期の若女方、通称弥平次、俳名萩水。貞享四年板の「野郎立役舞台大鑑」に「舞台なれ給ぬゆへ初心」と称されてから次第に力量をあげて、三都で活躍。元禄十三年板の「役者談合衝」では上上の位で、「いつ見ても同じお顔ばせ云々」と老いを知らぬ美貌で評判をとった。が、翌年ごろまでで、それ以後名が消えた。生没年未詳。ぬれ事、けいせい事よく、歌もよくした。その上、手跡・絵も上手だったという。

民屋四郎五郎　初名滝井半之助、前名滝井半四郎。俳名江音。元禄末、若女方として大阪で初舞台。江戸に下って立役に転じたが、正徳四年絵島事件に連座。一年後許されて、民屋(谷)四郎五郎と改名。地方芝居を廻ったのち、享保三年大阪へ戻った。「口跡あざやか…芸ぶりのりこうさ、今更大坂に此人程な役者もあまり沢山には有まい…さりとはきゝしにまさるお上手」(役者芸角力、享保四年)と評判になった。実事の名優として上上吉まですすんだが、延享二年(一七四五)六十一歳で没。

近松門左衛門　浄瑠璃および歌舞伎作者。本名杉森信盛、別号平安堂、巣林子。武士の子に生まれ、幼少のころ公家に仕え、のちに近江の近松寺に遊学したなどと伝えるが、まだ明らかでない点が多い。延宝ごろ、京都で宇治加賀掾に浄瑠璃作品を与えたころから、作家活動にはいった。のちにはもっぱら竹本義太夫に作品を提供したが、元禄時代は、浄瑠璃よりむしろ歌舞伎作品を多く書き残している。そのほとんどが坂田藤十郎によって上演され、元禄期歌舞伎の代表作となっている。享保九年(一七二四)七十二歳で没するまでに、浄瑠璃百数十篇、歌舞伎約三十篇が知られており、多くは名作の名に価するものである。日本の代表的劇作家といってよい。

富永平兵衛　歌舞伎俳優、狂言作者。別号西林軒。俳名辰寿。延宝ごろ役者から作者に転じ、延宝八年の顔見世番附に「狂言作り」と前例のない書き方で名を出し、そしりをうけた。以来元禄十年ごろまでに、約八篇の歌舞伎作品が知られている。金子六右衛門の高弟で、金子吉左衛門と相弟子とも伝えられる。京阪劇壇が活躍の場であったが、近松門左衛門の出現のころから劇壇全体の傾向が変わり、人気を失っていった。元禄期の歌舞伎隆盛に貢献した一人である。「芸鑑」を記録していたことが何よりも貴重で、名を不朽のものにした。

中川金之丞　元禄初年まで京阪劇壇で活躍した立役。小舞六郎兵衛の抱えという。天和三年荒木与次兵衛座の給金表によると、座元に次いで高給百三十両をとっている。貞享四年の「野郎立役舞台大鑑」には「諸げいかるくつくろわぬ所が上手なり、やつしにくげなく心そこからおかしい所がある云々」とある。その他未詳。

中村七三郎　初代。通称七郎右衛門、俳名少長。若衆方・若女方をつとめたのち、天和元年立役に転じた。初代市川団十郎と並び、元禄期江戸劇壇の代表者である。彼によって和事師の役となった曾我狂言の十郎や、和事の本場京都では、坂田藤十郎をしのぐ人気をとった「けいせい浅間嶽」の巴之丞など、有名な当り役が多い。「お江戸立役開山ぬれやつし武道しうたんふり出しぬけめのないお上手」(役者色将棊、宝永五年)との評を最後に、同五年(一七〇八)没した。享年四十七歳。

中村四郎五郎　初代。前名梅垣安左衛門、俳名歌鏡。初代中村七三郎門下と伝える。元禄八年の顔見世に大阪岩井半四郎座に出勤。中村四郎五郎と改名。初代半四郎に薫陶をうけて上達、のち京都へ移り、めきめき人気をあげ、坂田藤十郎、山下京右衛門に次ぐ立役の位置をえた。一時四郎十郎とも名のったが、すぐ四郎五郎に戻り、正徳二年(一七一二)没した。享年未詳。「あら事は江戸風にあはず、都の荒事には一段とかなへり、…一てつ成事は大きによし…ねちみやくしたる心なく、さら〳〵としてかろく、少シもなづましき所のない仕出し」(役者二挺三味線、元禄十五年)と、すべて当風にあった芸で好評をえた。

浪江小勘　元禄初年まで主として京阪劇壇で活躍した女方。「難波立聞昔語」(貞享三年)によれば、はじめ京都宮川町山屋文左衛門の抱えで滝井浪江を名のる若衆で、いったん請け出されて大阪へ下ったが、再び勤めに出て小島梅之助(二代目か)と改名、地方を廻っていた。のちに大阪へ戻り、浪江小勘の名で初舞台。天和二年、二十四歳のときの番附に、大阪荒木座の新若女方として名をつらねている。元禄六、七年ごろまでは名を見、そののち番附面より姿を消した。没年も明らかでない。

橋本金作　初代。承応・明暦のころの女方。「芸鑑」に記されている刃傷事件ののち、廃業して大津あたりで茶店をひらき大いに繁盛したが、のち役者に復帰。旅へ出て、信州飯田で再び刃傷沙汰を起し、この地で没したという。生没年未詳。

福井弥五左衛門　寛文・延宝ごろ活躍した歌舞伎役者兼作者。はじめ浅之丞と称し、大阪で花車方として名をあげた。寛文四年に始まるという続き狂言の初作「非人の敵討」の作者として名声をえた。生没年未詳。「野郎虫」(万治二年)の花井浅之丞との関係も明らかでない。

福岡弥五四郎　初名藤村一角、前名藤村宇左衛門、別名京屋弥五四郎。若衆方から立役をへて親仁方となった。「半道めきたるおやぢ方」(役者二挺三味線、元禄十五年)で中の上の位につき、元禄十三年冬、福岡弥五四郎と改名してからは、もっぱら作者として力を入れ、「芸にはかまいたまはぬよし、それゆへお役目なし」(同書)といわれた。正徳六年板「役者願紐解」には「是程かゝへて徳なる人は有まじ、道外と親方と作者を兼ねたる功者」とあり、番附面から名を消した享保末まで、京阪劇壇で多方面の活躍をした。本領は作者にあり、「女人結縁灌頂」「けいせい二上山」等の秀作を数多く残している。生没年未詳。

藤川武左衛門　初代。藤川系祖。前名富士川武左衛門、俳名逸選。はじめ「京一番の武道方、武道ひとすじの役者」(野郎立役舞台大鏡、貞享四年)といわれた。「じつ方よけれども今風にはちとあいにくし、さるによつて悪人がたに役替え」(役者口三味線、元禄十二年)し、「今京で実悪の開山」(役者大福帳、宝永八年)と上上吉の位を得た。三都を歴勤したが主に京都で働き、享保十四年(一七二九)まで、九十八歳、一説には百二十歳の長寿をえたので、長期間第一線で活躍した。

藤田小平次　初代。藤田系祖。地方の芝居で修業をつみ、京都で大舞台へ登場。福井弥五左衛門のもとで芸をみがき、初代嵐三右衛門と並び称される京阪劇壇の代表者となった。元禄時代に入ってからはおとろえを見せ、同十年ごろ没したらしい。全盛ころの貞享四年板「野郎立役舞台大鏡」は「実かたの元祖とやいわん名人とやいわん…うち物ぬいてのはたらき上手にしてとりまはしりこうなり…諸げいこうしやにして間あい上手也」と評している。生没年未詳。

藤田孫十郎　「あやめ草」の記述以外、管見に入らない。

伏見藤十郎　坂田藤十郎二代目を見よ。

松本名左衛門　大阪歌舞伎芝居の名代。「耳塵集」の記述では、初代か二代か明らかでない。初代は松本久左衛門の子で、松本名左衛門座の開祖。役者もかね、若衆方から若女方に転じ、晩年には立役となった。つねに劇壇の第一線で活躍したという。貞享ごろ没したらしい。二代目は初代の長男がつぎ、座元と立役をかねた。役者としてよりも座元専業の年が多かったらしく、芸評があまり見られない。なお、一年抱え制度を採用したのも名左衛門だというが、初代、二代の両説があって、これも明らかでない。

真野屋勘左衛門　「耳塵集」以外は管見に入らない名前。天和・貞享ごろの座元と考えられるが未詳。

三笠城(丈)右衛門　坂田藤十郎の門下で元禄時代後半から名をあげた敵役の上手。宝永三年大阪へ下り、立役に転じた。「敵役では上々男…今迄悪人方のくせやまず、外の立役衆の様にしたらばおもしろさふな所なれ共、かゆい所へ手はとゞかず」(役者友吟味、宝永四年)と評された。正徳時代に入り、間もなく名を消した。とくに町人悪が得意芸であった。生没年未詳。

水木辰之助　初代。水木系祖。初代大和屋甚兵衛の甥。通称甚九郎または清十郎。初名大和屋牛松。前名鶴川辰之助、槌辰之助、後名大和屋宇左衛門、俳名歌蝶。子役として大阪で初舞台。若衆方から若女方へと転じ、京都へ上って活躍。おもに坂田藤十郎の相手役となり、若女方の巻頭を占めるに至った。江戸へも下り、得意の所作で非常な人気をえた。荻野沢之丞、芳沢あやめと並び元禄期の代表的女方である。「ぬれごと傾城やつしにとつては下女袖乞の身のうへ迄も手にいれ」(役者舞扇子、元禄十七年)た女方であったが、とくに変化舞踊の初演ともいうべき「七化け」を踊ったことで有名。宝永元年三十二歳で廃業隠棲し、延享二年(一七四五)七十三歳で没。

三原十太夫　若衆方から敵役に転じ、貞享初年大阪で名をあげた。嵐三右衛門の薫陶をうけ、「かつかうたいはいなれそろふたる悪人方、此津において上上文字是程にする人なし」(役者二挺三味線、元禄十五年)と評され、大阪敵役の首位を占めるに至った。口跡よく、公家・武家・町人・百姓の悪者をそれぞれにうつし、拍子事もうれい事もこなしたという。正徳二年には大阪根生の敵役巻頭で上上白吉となったが、その後間もなく姿を消した。生没年未詳。

都万太夫　京都歌舞伎芝居の名代。初代。はじめ井上大和少掾の門の浄瑠璃太夫であったが、のどをいためたために歌舞伎芝居の名代を得て、都万太夫と称した。近松門左衛門と坂田藤十郎との提携をはかり、元禄時代を中心に京都の歌舞伎を盛んにした功労者である。宝永七年(一七一〇)名跡を子にゆずり、引退した。

村松八郎兵衛　「芸鑑」の記述以外伝記未詳。「松平大和守日記」の万治ごろに「やつこ方八郎兵衛」や「どうけ八郎兵衛」の名前を見るが、その関係は未詳。

村山平右衛門　三代。初名小桜小太夫、前名二代目小桜千之助。村山九郎右衛門。はじめ師初代小桜千之助の引退後、その二代目を襲名、若女方として活躍。のち二代目村山平右衛門の養子となり、村山九郎右衛門の名で立役に転じた。元禄五年三代目を襲名。そののち大阪や江戸へも下って修業。晩年は江戸にとどまり、二代目市川団十郎と並び称されるほどになった。宝永四年上京のときの評に「大臣風は坂田の面かげ武道は山下風をうつさるゝのと、似せ物のやうないひぶん、今若手の立物此人につゞく仕手先京にはござらぬ」(役者友吟味、宝永四年)とあり、上上白吉に付けられている。享保三年(一七一八)没。享年未詳。

村山又兵衛　京都村山座の祖。名代・座本・役者を兼ねる。京芝居の元祖村山又八の長男又太郎の子。のちに初代村山平右衛門。「京四条芝居間敷并名代之事」(町人受領記)には、「歌舞妓物真似　村山平右衛門」として「寛文九酉年正月十八日、宮崎若狭守在役之節、村山又兵衛と申名代赦免、其後又兵衛悴平右衛門と申ものに名代相譲り申候。平右衛門儀、九郎右衛門と申者養子に致、元禄未年十月十八日、右名代九郎右衛門に譲り申度旨、前田安芸守左役之節相願、村山平右衛門と申名代赦免、先之平右衛門儀者、七郎右衛門と名を相改申候」とある。承応年間(寛文ともいう)不祥事件で、京の芝居が総停止を命ぜられたとき、赦免を願って許されたので、京芝居の中興の祖とされる。なお早雲座を起した早蜘長吉は又兵衛の悴、江戸村山座の開祖村山又三郎は又兵衛の弟である。生没年未詳。

最上藤八　延宝二年の市村座の顔見世番付に見え、天和時代の番附によれば、道外方の首位をしめており、「諸国遊里好色由来揃」にも、道外の名手としてその名が挙げられている。このころを最盛期とした道外方であろう。その他未詳。

山下京右衛門　初代。山下系祖。前名夜深半左衛門、山下半左衛門、俳名物応。延宝ごろ坂田藤十郎に先んじて京都劇壇に現われ、元禄期の代表的立役として、藤十郎におとらぬ芸と人気をえた。嵐三右衛門の芸風を工夫して、山下がかりと称されるものをつくり出した。座元としての手腕もなみなみならず、「嫁鏡」「けいせい浅間嶽」などの元禄期代表作を舞台にかけた。また作劇にもたずさわったらしい。「山下一流の元祖花も実もある名人…諸芸の鏡一切の姿うつらずと云事なし」(役者万年暦、元禄十三年)と評され、享保二年(一七一七)惜しまれて没した。享年六十六歳。一説には六十八歳。京右衛門と改名したのは宝永元年。

大和屋甚兵衛　初代(ただし役者として)。初名鶴川辰之助、通称清左衛門。大阪の芝居座元大和屋甚兵衛の実子(一説には養子)で、子役で初舞台。若衆方をへて、延宝のころ大和屋甚兵衛を襲名。立役に転じ、座元も兼ねた。元禄初年京都へ上り名をあげ、同十三年、立役の上上吉に位した。同十四年板「役者三鉄輪」には「大あたりといふ狂言なし、されどもまた相かはらず当かほ見せを、霜月朔日よりせらるゝはたしかなる太夫もとゝ、たこくまでとりざたよし」といわれ、芸評は「弥之助おどりも時節にあはぬゆへ御家の浮世おどりなれ共是はと手を打程にもない、しかし猩々舞には諸見物我をおってほめました」(役者二挺三味線、元禄十五年)の程度で、あまり好評をえられなかった。「座がゝりのおどり狂言作りの富永平兵衛と両人にてとゞめまいらせ候そうもゆやんな佐渡嶋伝八もよくおどる」(野郎立役舞台大鏡、貞享四年)などを見ても、役者としては一流とはいえない。宝永元年(一七〇四)五十三歳で没。

大和山甚左衛門　初代。大和山系祖。初名小桜林之助、前名小桜林左衛門。若衆方、若女方をへて立役に転じた。もっぱら旅芝居で修業し、宝永元年大阪で大芝居に初登場。同時に大和山甚左衛門と改名。坂田藤十郎の薫陶よろしく、芸の上では二代目藤十郎と称されるに至った。「坂田氏此人の器量を見て御家の夕霧けいせいかい根元大事の紙子をゆづられ」(役者友吟味、宝永四年)、それに応えてやつし芸をもっとも得意とした。享保六年(一七二一)四十五歳で没。

山本歌門　通称権次郎。若衆方として、元禄八年京都万太夫座で初舞台。同十年早雲座にて若女方に転じた。坂田藤十郎や山下京右衛門という一流の立役にひきたてられ、次第に名をあげた。同十五年には上の位、宝永四年に上上、享保六年に上上吉に進んだが、間もなく番附から名を消した。「当流びじんのうわもり、三芝居でうつくしひといふは此君ならでほかにはないぞ、きりやうなら仕出しなら、ぼつとりしつとり、しな物にてつがふ三ツ物壱つもかけず」(役者色将棊、宝永五年)といわれた。休むことはあったが、京都を離れなかったので、とくに人気をえ、晩年は芳沢あやめ、霧波滝江に次ぐ位置を占め、傾城ごとの上手といわれた。生没年未詳。

芳沢あやめ　初代。芳沢系祖、本姓斎藤氏、通称権七、前名橘屋権七、吉沢あやめ、俳名春水。紀州に生まれ、五歳のとき大阪道頓堀の色子となり、綾之助と称した。のち橘屋権七の名で舞台を踏み、水島四郎兵衛や初代嵐三右衛門に師事、若衆方や立役もつとめたというが、元禄元年の狂言本「大織冠」では漁師の妹の役であり、その前後も女方以外の役を知らない。そののち山下半左衛門と同座することが多く、彼の指導をうけて修行をつんだ。元禄十年ごろには、若女方として確固たる地位をきずき、水木辰之助、荻野沢之丞、袖崎歌流と並んで、女方の四天王と称された。以来評価はあがる一方で、正徳六年「三ヶ津総芸頭」(役者願紐解)、享保四年「三国無双富士のおやま」(役者金化粧)、同五年「三ヶ津極無類」(役者三名物)、同九年「日本無双」(役者芸宗論)などは、彼のために新しくもうけられた称号である。享保六年芳沢権七の名で立役に転じたが、一年で女方に復帰、享保十四年(一七二九)五十七歳で没するまで、若女方の芸をみがいた。主として京阪劇壇に出勤したが、正徳三年十一月からの一年間、江戸中村座へも下り、江戸の見物を魅了した。面体うるわしく、風姿にすぐれ、口跡もよく、数々の当り芸があるが、中でも傾城事・愁嘆事の地芸をよくした。立役を勤めたときの評判記には「なぜに御自身お年のふけたやうにおぼしめし、女形ではと謙退ゆへに、立役にならせられたり、さりとはお年のせんさくは、とんと打すてられて、若女形の盛じやとおぼしめすお心てい、いつ迄もなされかしと存る」(役者辰暦、享保九年)とある。

吉田あやめ　「あやめ草」で名を知るのみで、全く明らかでない。

附帳

（扮装・鳴物）

一、歌舞伎十八番の附帳(つけちょう)を整理し、或は専門家に聞いて、上演の際の扮装（顔・鬘・衣裳・小道具）・鳴物等を、各作品ごとに示した。

一、出道具・唄本・大薩摩本のあるものは、これを付した。

一、用語は、上演のつどの記録によったため、かならずしも統一されていない。

一、なお、河竹繁俊著「歌舞伎名作集 下」の「歌舞伎十八番集の附帳」を参照せられたい。

矢の根

扮装

五郎　【顔】白粉仕上げに、二本隈。墨で目張りを入れ、口を割る。二の腕までと、足先に白粉を塗る。【鬘】生〆、五本または七本の車鬢（九代目団十郎は七本）、油込み前髪（象牙の割櫛を用いる）。【衣裳】〔着附〕黒繻子の褞袍、色差し蝶の縫い紋散し。裏、裾廻し紅絹（もみ）。〔帯〕黒八丈または海老茶呉絽（ごろ）の前平の本丸括（ぐ）け。〔襦袢〕縮緬に白と赤の市松模様に、蝶の縫を金糸で表わす（または縮緬の白と赤の市松模様に、金糸の蝶）。〔股引〕紅絹。〔襷〕素浅黄と紫色の絹を綯（な）った総（ふさ）付きの仁王襷。【小道具】〔三本太刀〕塗革の柄、三升に綱模様を刻んだ鍔。胴金入り黒塗り蔽きの鞘。萌黄総の下げ緒。いずれも同じ拵え。〔胸当〕海老丸の金具つき。〔小手脛当〕時代狂言に用いる造物。紅絹の紐。〔櫓〕総黒塗りの炬燵櫓。〔盥〕黒塗り（九代目団十郎初演のときは白木）。この内に拵物の大砥石を入れる。〔たばこ盆〕黒塗り唐草の金蒔絵。銀の長煙管をそえる。〔矢〕長さ一間ほど。蟇目大雁股の拵物、一本。〔進物台〕上へ扇子一対と、宝船の絵を巻いてのせる。〔太刀掛け〕朱の絹糸にて作った紐。〔大根〕拵物、一本。

（補記）　九代目団十郎が復演したとき、櫓の代りに葛桶を用いようとして故老の狂言作者にたしなめられた。

十郎　【顔】白塗り。【鬘】八枚鬢の前茶筌、棒シケ。【衣裳】〔着附〕鳶色縮緬地へ定紋の山形に木瓜を金糸の縁縫。〔襦袢〕浅黄の襟、但色の袖。〔袴〕水色繻子へ金糸縁取り千鳥模様の長。【小道具】〔脇差〕白柄、飛竜を刻んだ鍔、万年青の目貫。萌黄紫白三色段打の下緒。

畑右衛門　【顔】トノコ仕立。青黛にて髭あとを描く。【鬘】唐のスッポリ、唐毛青頭。【衣裳】〔着附〕郡内夜具縞の褞袍。〔襦袢〕黒八丈の襟、紺絞りの袖。〔下り〕紺絞りの羽二重。〔帯〕瓦茶色の絹の角帯。〔上締〕小紋模様の絹物。〔脚絆〕紺地木綿。〔手拭〕豆絞り。【小道具】〔たばこ入れ〕淀屋橋、瑪瑙の緒〆、朧銀の煙管。〔鞋〕布緒の鞋。〔裸馬〕大根の拵物二把を積む。

後見　【顔】トノコ仕立。【鬘】楽屋銀杏。袋付き。【衣裳】〔着附〕黒羽二重、三升五紋。〔袴〕三升紋の柿色。〔襦袢〕浅黄の襟、緋縮緬の袖。〔足袋〕白の木綿。

（補記）　三升紋の柿の袴、黒羽二重の紋つきの着附（裏は浅葱）、浅葱の下着（これはツケといわれる衣裳用語で、袖口・襟元・裾等に下着を重ねたように見せたもの）、緋縮緬の襦袢（浅葱襟）。袴はいずれも三升紋ながら、黒羽二重の着附の紋は、直接後見が関係する俳優の紋（およそは弟子がつとめるので師匠の紋であり、即ち自分にも関係のある紋）をつける。また鬘は、市川家門下で由緒ある者に限って「櫛目の鉞（まさかり）」が用いられる（竹柴愬太郎談）。

大薩摩連中　後見に同じ、但し鬘を用いず。

〈「演芸画報」（明治四十四年一月）、同（昭和十六年十二月）の七代目松本幸四郎「白鸚夜話」による〉

鳴物

一　幕明　　修羅囃子　明く迄

一　唄　〽磨きていたりける　　（寄せ合方　大小鼓　道具納まる迄

一　アト〽伝へきく　　大小鼓　〽弓勢にも迄

一　五郎〽われしやちほこの飾海老　　小鼓　〽舌鼓迄（注1）

一　〽時に年始の門礼者　主膳太夫出　　通り神楽　見計（注2）

一　〽言ひ捨てこそ立帰る　　同じく　見計

一　〽不思議やうたたねの　　薄く風の音　見計

一　〽忽然として　十郎出　　どろ〱　見計

一 〽現れ出で　（寝鳥合方
　寝鳥　十郎へ数ひくれよ迄
一 〽消えて形は失せにけり　どろ〳〵
　アト風の音　見計
一 〽人つぶて　（大小入り
　（合方
一 アト〽　大小鼓　五郎馬へのる迄
一 木ニ付　飛去り
幕

〈昭和六年四月、歌舞伎座上演、望月太意之助附帳による〉

（注1）「舌鼓」は「したうち」とよむ。「矢の根」だけにしかない、鼓の打法。

（注2）「見計」「見斗」は、ともに「みはからい」とよむ。演出・演技の進行状態をみはからっての意。

助六

扮装

助六【顔】白粉濃く。目張りに紅を入れ、剥身（むきみ）隈。口を割り、眉は濃く、角をキッパリと丸味をもたせて引く。【鬘】生じめ（浮根）のスッポリ。紫縮緬八尺の鉢巻を八つ折にして二重に廻し、右で捩って腮とすれすれに下げる。【衣裳】〔着附〕黒羽二重、二寸丸杏葉牡丹の色ざし五つ紋、紅絹の通し裏、浅黄七子の下着、八つ口四寸ほど明き。〔襦袢〕緋縮緬。〔下り〕同。〔帯〕浅黄地へ金の三升と寿海老とを織り出した四寸巾の博多。箱に締める。〔足袋〕玉子色の二枚コハゼの木綿。両褄をぐっと寛げ、着附は後から見ると足袋の半ば位までかくれるように着て、褄はぐっと高く、上下とも帯の下から折り返す。〔着替〕紙子、薄小豆色の縮緬、糊こぼし模様、黒縮緬の江戸づま、黒繻子の裾廻し。八つ口前に同じ。〔帯〕前の物。（水入り）〔着附〕白の真岡の四天。浅黄唐縮緬のしごき。白絹の紐つき股引。【小道具】〔下駄〕桐柾の両ぐり下駄、高さ二寸四分、八幡黒の鼻緒。〔脇差〕鮫鞘、黒糸鮫柄、菊形赤銅に杏葉牡丹の金覆輪の鍔。長さ二尺三寸。〔印籠〕五重ね金地牡丹の高蒔絵、紫の紐、緒〆珊瑚の八分玉、根つけ枝珊瑚。右腰に下げる。〔尺八〕月に時鳥の高蒔絵ある五節。後へ右からさす。〔傘〕小骨五色がけの紺蛇の目、柄に長目に籐を巻き、杏葉牡丹色ざしの紋附、三つ割丸頭。

（補記）　隈取は「一概には剥身と云つて仕舞ひますが、対面や、正札の五郎の隈とは、油紅が異りまして、朱を加へて、薄すらした色合に練上げ眼張り、口割りに用ひ、眉毛も前例のやうな五郎なれば、グイ〳〵と上り放しに引きますのを、今度は上へ持ていった眉毛尻（まみえじり）を下げて引く」（七代目幸四郎「初役の助六」演芸画報、四ノ五）。「水入の着附は白木綿で単衣だと体にべつたり付くから袷にして肩上げがしてあります」（演芸画報、七ノ一）。九代目団十郎は、七代目団十郎より伝えられた枝珊瑚の根付に抱一下絵、小川笠翁金蒔絵の登竜門の図の印籠、同作の郭公の銘のある尺八を、花道の出だけ用いて、舞台で吹替えの二品と取り替えて用いた(「松のみどり」)。破笠の三日月に時鳥の蒔絵の尺八は、二代目が松浦侯から拝領したもの。印籠は七代目までは、鯉の滝登りの蒔絵。七代目は文晁下絵の鯉の滝登り、裏は抱一下絵の牡丹の羊遊斎の蒔絵(「九世団十郎を語る」)。また、正徳三年の初演のときは、黒紬へ三升と牡丹の模様の台付のふせ縫、幅広の帯に樺色木綿の鉢巻、紺足袋、長刀の一本差。二度目の享保元年の時が、黒小袖に小さ刀、黒絹の鉢巻。三度目の寛延二年のときよりほぼ今日の扮装に定まったとされ、紫縮緬の鉢巻もこの時からという。三升屋二三治の「作者年中行事」の「助六の古例之事」に「一、蛇の目傘弐本　一、下駄二足　一、足袋二日目がはり」とあり、「一足は後見持て土間へは入もし下駄の歯かけたる時の用意也小道具の附師心得べし」とある。

揚巻　【顔】思い切って白く白粉を塗り、鉄漿をつける。【鬘】立兵庫、金糸の揚巻結び、鼈甲の前ざし後ざし共に六本ずつ。前小僧二本、立ざし二本、松葉一本、横ざし銀簪一本、櫛三枚、笄中ざし各々一本。いずれも琴柱。【衣裳】〔裲襠〕黒繻子地へ松竹梅模様、肩より袖へかけ金糸撚の七五三飾のすだれ。背中に橙とゆずり葉、金銀の幣をたらす。橙の上に縮緬縫ぐるみの蝦をつけ、裾へかけて鞠や羽子板に門松を見せる金銀糸の刺模様。〔下裲襠〕緋の紋綸子地また緋縮緬へ花見幔幕と火焰太鼓、その下へ桜を散らした金銀色糸の縫。〔帯〕俎板帯。お納戸繻子地へ、鯉の滝登り。銀糸にて滝糸、鯉の鱗は金糸の縫。〔着附〕胴ぬき。扇面に松竹梅模様の緋縮緬地の友禅、萌黄錦、楽器模様の五枚裾。〔裾よけ〕緋の紋縮緬地、松竹梅色糸縫。〔繻袢〕緋縮緬。〔袷〕白紋綸子へ平金の吹雪の縫、右の裏の返し、緋縮緬。(二度目の着替)〔裲襠〕白の精好へ孔雀と牡丹の墨絵(そのときどきの有名な画家に描いてもらう)。〔着附〕〔胴ぬき〕緋縮緬地へ雪輪と橘、紅葉等を金銀色糸の縫、赤地錦の三枚裾。〔帯〕俎板帯。時色繻子地へ源氏蝶の金銀色糸の縫。(水入りの時着替)〔裲襠〕浅黄繻子地へ添竹菊花の金銀色糸交りの縫。〔胴ぬき〕有職牡丹模様の友禅、時色繻子地に唐松の縫のある三枚裾。〔帯〕あんこ帯。紺地本金錦雲鶴の模様、裏は緋縮緬地へやぶれ立枠の金銀糸の縫(中村歌右衛門「歌舞伎の型」)。

(補記)「揚巻の湯具は繍ひが入つてゐますが、娘には繍のないのが御定法です」(「歌舞伎の型」)。揚巻の二度目の出の裲襠は、「在来は五節句の七夕模様のこしらへでしたが、私の時は、塩瀬に竹に虎を描いた裲襠で、これは成田屋が特に久保田米僊氏に依頼して描いて貰つた自前の衣裳でしたから、私が着用した後、成田屋へ返しました」(同書)。揚巻の衣裳は、正月、三月、五月、七月、九月の五節句に因んだ模様の趣向となっている。裲襠の裾廻しは、芯を綿でうすく包んだ灯心の束を入れて軽くしてある。「俎板帯」は、俎板のように一枚ひろげたまま前に垂らした豪華な帯で、太夫が道中するときの正装に用いる。「あんこ帯」は、扱帯に似た芯の柔らかい帯で、前に無雑作に結んだもの。遊女の日常に用いる。顔は、揚巻の白塗りが三度とすると、白玉は二度、並び傾城は一度半ぐらい塗るというのが古来の定法。

【小道具】〔傾城下駄〕表附三つ歯の黒塗り、黒本天の鼻緒、高さ六寸五分。素足にはく。(二度目の出および水入り)〔草履〕六枚重ね。

意休　【顔】砥粉がちの肉色。墨で目張りを強く入れ、額と頰に皺を朱鋼で入れる。眉は白毛の附眉。芝翫筋。【鬘】白の総がみなでつけ、鬢は少し張る。頰髭長さ一尺二寸位。関羽髭。【衣裳】〔羽織、着附共対〕黒繻子地へ一布に一個位の亀甲形の金糸の縫、亀甲の中に押かけ牡丹に竜の丸の縫、広袖。羽織紐は白絹糸の螢打、立結び。〔帯〕本金錦三寸五分幅。白絹の手筒。紐附股引。裾よけ白ぬめ。〔足袋〕白キャラコ。(後の出)海老茶繻子に蝦夷模様の着付と羽織広袖、白繻子の袖口および裾廻し。羽織の紐は金糸と黒の螢打、立結び。〔帯〕黒地本金錦三寸五分幅。(水入りの時)白羽二重の四天、浅黄または紫縮緬のしごき、前結び。白絹の手筒、同紐附股引。浅黄縮緬の後鉢巻。【小道具】〔下駄〕焼桐三つ歯、紫絹の鼻緒。〔大小〕白柄、牡丹と橘の堆朱彫、白の下緒。〔杖〕長さ三尺九寸の堆朱の鳩杖。〔扇〕大十間。〔たばこ入れ〕白茶錦の大形物。

白玉　【顔】揚巻同様、白粉濃く、鉄漿をつける。素足。【鬘】立兵庫、金糸の雀結び、さし物、鼈甲の向雀、前後各六本ずつ、櫛三枚、笄一本、玉の立ざし二本、ばち耳の立ざし一本(普通はつぶし島田、白のさし物)。【衣裳】〔裲襠〕紫繻子地、薬玉の金銀色糸縫。〔着附〕〔胴ぬき〕緋縮緬地へ金糸の麻の葉の縫、白地本金の四枚裾。〔帯〕お納戸繻子地、花車と牡丹と桜の金銀色糸交りの縫の俎板帯。【小道具】〔下駄〕表附黒塗り三つ歯、黒本天の鼻緒、高さ五寸五分。

白酒売　【顔】十郎の性格を残した和事風の白塗り。【鬘】袋つき頭巾下。【衣裳】〔袖なし羽織〕ぬめの大和柿地に、背に三つ、前・両襟に一羽ずつ黒の飛鳥、腰に白く霞と吉原の屋根の染出し、共色のくけ紐。〔着附〕浅黄繻子の石(こ)持、黒繻子の袖口、裾廻し。〔繻絆〕緋縮緬、黒繻子襟。〔帯〕黒繻子三寸二分幅。〔上締〕浅黄中形の紬、浅黄繻子の手甲、紐附股引。〔足袋〕黒繻子。〔頭巾〕浅黄繻子、突込み頭巾。【小道具】〔草履〕白絹鼻緒の二枚重。〔たばこ入れ〕かば色、黒ビロードで「火の用心」の字。〔天秤棒〕〔渋団扇〕「白酒」と白で書く。

満江　【顔】白砥粉の老(ふけ)。但し、あまり老けない。【鬘】白毛まじりのさげ下地。黒蒔絵の中差し一本。【衣裳】〔着附〕小紋縮緬三つ紋つき、お納戸色の裾廻し。〔繻絆〕同色。〔帯〕濃茶博多の前帯。〔足袋〕白キャラコ。〔着替え〕〔着附〕黒縮緬五つ紋つき。〔羽織〕黒の男羽織、白の丸紐つき。【小道具】〔草履〕白絹鼻緒の二枚重ね。〔風呂敷〕紺地へ「菊」と「寿」の字を白ぬき模様の四布風呂敷、紙衣を包む。〔編笠〕白絹の紐附二つ折。

外郎売　【顔】白砥粉地に、赤のかった、キメコミでない目張り。【鬘】茶せん頭巾下。【衣裳】〔着附〕お納戸繻子地へ将棋の駒を飛ばした総模様、朱繻子の裾、黒繻子の袖口、広袖の一つ着。〔繻絆〕緋縮緬、黒繻子の襟。〔胸当〕白繻子。〔帯〕繻子の関東縞。〔羽織〕黒繻子、裾に色ざしの宝尽し模様、背に金箔の大きな寿の字、裏は浅黄羽二重、紐赤のくけ紐の袖なし。〔上締〕浅黄絹の中形。浅黄羽二重の手甲。紐附股引。〔足袋〕黒木綿。【小道具】〔外郎の箱・荷物〕朱塗り高さ二尺七寸三分、幅一尺、奥行八寸五分、開き蓋、四隅金物附、前面の上部に五三の桐の紋二つ並ぶ。その下へ横に「小田原」の三字、そのまた下へ縦に「ういらう」の字を大きく金物で、側面に桐の紋一つ、「小田原」の三字を横に、「ういらう」の縦文字金物。白絹の連尺附。〔手箱〕黒塗り金蒔絵。波と桐の紋、長さ一尺、高さ七寸、萌黄の丸ぐけ紐つき。〔扇〕大十間の踊扇、片面は白地へ群青で「寿」の字、他面は白地へ朱で「梅ぬし」を書く。〔なつめ〕堆朱。〔草履〕白絹緒の二枚重。

門兵衛　【顔】赤砥粉地。あまり強くない、やや太めの眉尻の上がらぬ眉。【鬘】浮根の袋つき(世話がかった車鬢のノンコ)。白手拭を折って載せる。【衣裳】〔着附〕役者の紋などを市松の様に二布に三つ位の大きさに染めた白地真岡の浴衣。〔下帯〕白縮緬の丸褌。〔腹巻〕うこん木綿。〔着替の着附〕荒い棒縞の八丈、花色裏。〔繻絆〕浅黄縮緬。〔帯〕萌黄献上の三寸幅。【小道具】〔下駄〕表附の両ぐり、八幡黒の鼻緒。〔一本差〕黒柄鮫鞘。〔たばこ入れ〕黒皮銀ぐさり附。

仙平　【顔】白塗りに、紅と青黛で朝顔の隈取。茄子眉。【鬘】朝顔の葉を鬢にした板鬢、髷を花に、糸を蔓にしたスッポリ。【衣裳】〔着附〕白繻子に朝顔の色ざし総模様、衿は黒繻子へふち縫金糸で斜にだんだらの奴襟、裾廻し、袖口とも黒繻子。〔繻絆〕緋縮緬、襟は着附と同じ。〔帯〕着附と同じだんだらの黒繻子。ネジキリで箱に結ぶ。〔下り〕緋縮緬に朝顔色ざしの縫、金糸のバレンつき。〔足袋〕紫繻子。〔三里当〕蛤形。メリヤスを穿いてこれに結ぶ。(水入りの時)黒の銘仙へ、朝顔模様の着附、立廻りで肌を脱ぐ。【小道具】〔一本差〕勝色柄鮫鞘、浅黄の房附。〔巾着〕黒繻子地へ朝顔模様の大形。〔草履〕紫と白と浅黄の撚緒つき三枚。〔水入りの時の提灯〕茶屋の送り提灯。

福山の担ぎ　【顔】白塗り。二枚目でない立役。【鬘】奴の袋つき。【衣裳】〔印半天〕襟字、白ぬきで「福山」、背に「福」の大字、「福山」の角字の腰字。素肌に着る。〔下帯〕緋縮緬大巾の丸褌。〔腹巻〕一丈三尺のうこん木綿。【小道具】〔ケンドン箱〕ため塗りに黒く角切(すみきり)の中「福」の字、高さ一尺六寸、前巾一尺四寸、奥行七寸八分、朱塗りの盛の小蒸籠三個、うどんに見せる干瓢、だし入れ、やくみ箱、角盆。ケンドンの上部に鉄の輪、それに棒を通す。〔草履〕あがりの麻裏。

(補記)「うんどん箱かつぎの絆天は新に拵へ此蕎麦屋福山より出す事也」(「劇場新話」)。

傾城六人　【鬘】つぶし島田、鼈甲の前ざし後ざし各六本ずつ、玉の立ざし一本、銀簪一本、笄一本、櫛三枚、かけ物バラ金。【衣裳】①〔裲襠〕お納戸繻子扇面模様の金銀色糸の縫、お納戸地織物の三枚裾。〔帯〕鶸色繻子へ金銀色糸の縫の俎板。〔着附〕(以下、一同おなじ)緋縮緬長繻絆、白綸子の襟、緋縮緬の裏つき。②〔裲襠〕黒綸子地へ金銀色糸で扇流し模様の縫、鶸色織物の三枚裾。〔帯〕時色繻子へ花車の金銀糸の縫の俎板。〔着附〕①と同じ。

以下略す。③〔裲襠〕鶸色繻子に閑古鳥の金銀糸の縫、海老色繻子の三枚裾。〔帯〕紫繻子地へ蹴合鶏の金銀糸の縫の組板。④〔裲襠〕浅黄繻子へ金糸で鷺の縫つぶし、紫地織物の三枚裾。〔帯〕浅黄繻子地、養老模様金銀糸の縫の組板。⑤〔裲襠〕白繻子地へ松に羽衣の金銀糸の縫。紫地織物の三枚裾。〔帯〕黒繻子地へ扇面模様の金銀色糸縫の組板。⑥〔裲襠〕紫ラシャ地へ孔雀と牡丹の金銀糸の総縫、萌黄織物の三枚裾。〔帯〕鶸色繻子へ海老と宝尽しの金銀色糸の縫の組板。【小道具】〔下駄〕表附黒塗り三枚歯、黒本天の鼻緒つき、高さ五寸五分。

通人　【鬘】袋つきの清元銀杏。【衣裳】〔着附〕縞御召。〔下着〕更紗縮緬。〔長繻絆〕友禅縮緬。〔羽織〕縞縮緬鼠千筋の三つ紋。〔帯〕博多の萌黄献上。〔足袋〕白キャラコ。【小道具】〔下駄〕表附後丸のぽっくり、鼠なめしの鼻緒つき。〔扇〕時色と浅黄色の両面。

国侍　【鬘】出島の袋つき。【衣裳】〔羽織〕〔着附〕黒地紬へ薬研散しの着附と対。〔繻絆〕褐色絹。〔帯〕白繻子、紫の市松模様。【小道具】〔大小〕黒柄、朱鞘の無反。〔下駄〕鼠小倉の鼻緒、朴歯の高下駄。〔扇〕唐扇。

同供の奴　【鬘】鎌髭、元禄奴のスッポリ。【衣裳】〔着附〕白羽二重地へ「鎌輪ぬ」模様を色ざしで一杯に染めたもの。黒繻子の裾。襟は萌黄の段だら。〔繻絆〕緋縮緬、襟着附と同じ。〔帯〕黒繻子。〔下り〕白縮緬へ金糸の二筋。〔足袋〕紫繻子。【小道具】〔脇差〕浅黄柄、朱と黒の手綱巻の鞘。〔巾着〕毛の大形の物。〔草履〕紫と白の撚緒の三枚。

男達　【鬘】袋つき。【衣裳】〔着附〕真岡の紫地へ三筋と八百桜の白ぬき、黒繻子の裾廻し。〔繻絆〕緋縮緬、黒襟。〔帯〕白博多の献上。〔下り〕白縮緬。【小道具】〔下駄〕両ぐり八幡黒の鼻緒。〔尺八〕朱の笛巻。〔内二人〕〔脇差〕黒柄、胴金入鮫鞘。〔たばこ入れ〕黒皮、銀ぐさりつき下げ。〔内二人〕〔脇差〕黒柄、銅金入石地鞘。〔たばこ入れ〕菖蒲皮、銀ぐさりつき下げ。

番頭新造　【鬘】つぶし島田、白のたけ長、赤玉の銀簪、鼈甲の笄一本。【衣裳】〔着附〕黒縮緬五つ紋附裾模様。〔繻絆〕白襟。〔帯〕白薬地繻珍の前帯。〔湯具〕白縮緬。【小道具】〔下駄〕黒塗り表附、黒本天鼻緒つき。

遣手　【鬘】小さいおばこ。【衣裳】〔着附〕縮緬の鼠小紋、または小豆小紋。〔帯〕黒繻子六寸巾の前帯。〔湯具〕白縮緬。【小道具】番頭新造に同じ。

茶屋女房　【鬘】丸髷、または島田くずし。【衣裳】〔着附〕御召の格子柄、黒繻子の襟附。〔下着〕更紗縮緬。〔湯具〕白縮緬。〔帯〕黒繻子の丸帯。【小道具】〔下駄〕番頭新造に同じ。〔茶屋の送り提灯〕大箱提灯の小さい形、黒塗り、茶屋の定紋と屋号を記す。

禿四人　【鬘】針打髷に赤と浅黄鹿の子絞りのかけ物、色元結大束三十、白滝二十、稲妻二十、内一人、熊手形の銀の前簪、三人は銀のやり梅の前簪。【衣裳】〔着附〕緋縮緬の振袖金糸の縫紋、同裾模様、袖口止めに五色のさぎ附。〔繻絆〕赤襟。〔帯〕黒天と緋縮緬の腹合。【小道具】〔下駄〕黒塗り、赤本天つきポックリ。

振袖新造　【鬘】揚巻附は島田、象牙のさし物四本、とき色のかけ物。白玉附は島田、鼈甲琴柱のさし物四本、緋鹿の子のかけ物。【衣裳】揚巻附。〔着附〕紫縮緬の裾模様五つ紋の振袖。〔繻絆〕赤襟。〔帯〕緋縮緬模様つきのあんこ帯。〔湯具〕緋縮緬。（揚巻附の詰袖新造）〔着附〕鼠縮緬の裾模様、詰袖。〔繻絆・帯・湯具〕振袖新造と同じ。（白玉附振袖新造）〔着附〕浅黄縮緬の裾模様五つ紋の振袖。〔帯〕時色縮緬、模様つきのあんこ帯。その他揚巻のと同じ。（同詰袖新造）〔着附〕紫縮緬裾模様、詰袖。その他湯巻のと同じ。（傾城附の新造）〔着附〕色縮緬の振袖。〔帯〕色繻子のあんこ帯。その他前のと同じ。【小道具】〔下駄〕表附黒塗り二つ歯、黒本天の鼻緒附。一同おなじ。

金棒引　【鬘】袋附の奴頭。【衣裳】〔印半天〕鼠地へ紺で腰に入角つなぎ（廓つなぎとも）、両襟に「仲の町」の白ぬき、背に朱で「廓」の字白のふち取り。〔三尺〕柿色算盤、盲縞の腹かけ股引。【小道具】〔たばこ入れ〕銀ぐさり下げ（または火の用心）。〔かけ守〕銀ぐさり。〔草履〕白二石緒の麻裏。〔金棒〕紅白木綿の撚った紐附。〔提灯〕木枠附大張、左に「仲之町」、右に「茶屋中」、低く横に入角つなぎ。

若い者　【鬘】袋つき。【衣裳】揚巻附、白玉附によって、〔着附〕其役者の鼠返しの揃。〔帯〕博多。その他につくものは縞物の仕着施。【小道具】〔草履〕白緒の麻裏。

仕出し、茶屋女　【鬘】島田。【衣裳】〔着附・繻絆〕黒襟附の縞物。〔湯具〕緋縮緬または紅絹。〔帯〕黒繻子と友禅の腹合せ。【小道具】〔下駄〕表附黒塗り色天の鼻緒附。〔提灯〕茶屋の名入り、ぶら。

同、按摩　【鬘】丸坊主。【衣裳】〔着附・繻絆〕無地物の紬。〔帯〕小倉の角帯。【小道具】〔下駄〕茶小倉の鼻緒つき朴歯。〔杖〕〔按摩笛〕。

同、台屋の男　【鬘】袋つき。【衣裳】〔印半天〕紺腹がけ、股引。〔三尺〕白木綿。〔足袋〕紺。【小道具】〔大台〕朱塗り。器物色々朱塗り。〔草履〕白緒の麻裏。〔提灯〕名入り、ぶら。

同、辻占売　【鬘】袋つき。【衣裳】〔半天〕〔繻絆〕縞物の双子。〔着附〕唐桟柄の双子。〔帯〕小倉の角帯。ちぐさの股引。【小道具】〔荷物〕辻うらと印せし木箱、赤木綿の紐附。〔草履〕麻裏。〔提灯〕「辻うら」と記す、大ぶら。

同、廓の若い者大勢　【鬘】袋つき。【衣裳】〔印半天〕〔三尺〕。【小道具】縫ぐるみの棒。

鳶の者大勢　【鬘】袋つき。【衣裳】廓の半天、紺の腹がけ、股引、三尺。【小道具】手鳶。長鳶。長提灯。草鞋。

後見　【鬘】小さいまさかり銀杏。【衣裳】〔着附〕黒羽二重、櫓紋つき。〔下着〕水浅黄の羽二重。〔繻絆〕浅黄衿、緋縮緬の袖。〔裃〕柿色竜紋白の三升紋つき。〔足袋〕白キャラコ。【小道具】白扇。

（「助六由縁江戸桜の型」参照）

出道具

一、傾城の大箱提灯、四個。

1　黒塗り枠、前に「八重衣」と記す、紋は右に「三つ扇」左に「丁子車」。

2　同、前に「浮橋」と記す、紋は「三つ梅」と「ぶつ切竹」。

3　同、前に「胡蝶」と記す、紋は「裏梅」と「成」の字の香の図。

4　同、前に「愛染」と記す、紋は「揚り藤の中に橘」。

一、長柄の傘四本――いずれも紺どさ蛇の目で、ふちは唐草模様、柄の長さ七尺、黒塗りの籐巻。

一、揚巻の提灯――大箱黒塗り枠、白張、前に「揚巻」、右に朱で揚巻結び、左に緑と赤で杏葉牡丹、裏に町名。

一、同長柄の傘――紺どさ蛇の目、色ざし杏葉牡丹の紋、その他は前に同じ。

一、同禿の持物――1角切黒塗り盆。銀蓋付九谷焼の茶碗。銀の高坏。銀の湯沸し。薬袋紙、裏銀。2銀のべぎせる(二尺)、但し染分錦の袋入り朱の揚巻つき。

一、同若い者の持つ品――黒塗り金蒔絵の手箱、中に紙包みの金。

一、同たばこ盆――黒塗り金蒔絵(桐に鳳凰)。

一、白玉の提灯――大箱黒塗り、前に白玉と記す。紋は「札守」と「向雀」を左右に付ける。

一、同傘――長柄、前のと同じ。

一、同禿の持物――1樺色錦のきせる袋、紐は浅黄に金の螢打。2黒塗り金蒔絵のたばこ盆(四つ目垣に菊)。

一、意休につく男達の持物(いずれも意休の使用品)――萌黄錦の褥。堆朱牡丹彫印籠ぶたの香箱。盆。刀掛。たばこ盆。脇息(吹替入用、二つに切れる仕掛)共に堆朱。香炉台(朱塗りたこ足、高さ一尺八寸、吹替入用、二つに切れる仕掛)、金の千鳥の香炉、伽羅の焚物。

一、新造が助六に出す長煙管数本、朱らう。

一、千平の切首。

一、積手桶十個――「三浦屋」と記す。中一個底のぬける仕掛。上に載せる屋根「三浦屋江戸町二丁目」と記す。

一、竹の大梯子一丁、二間一尺位。

(香炉台の仕掛)

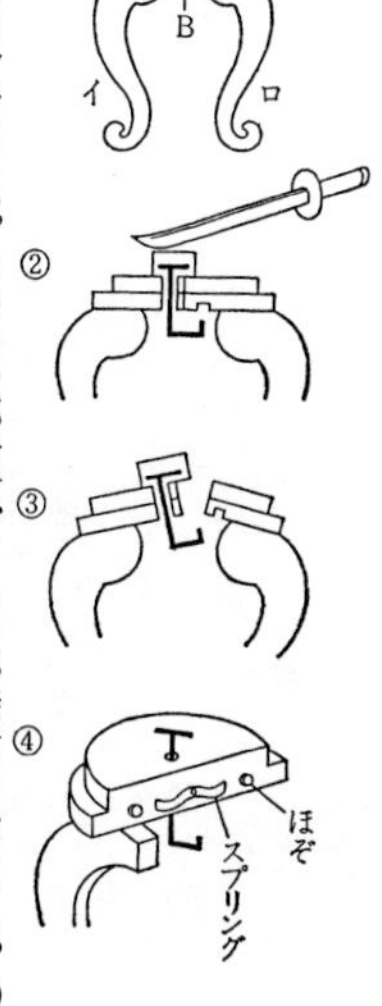

①は固定されたところ。Bの凵の部分で、イとロが接合されている。②は刀でAの部分が押され、Bの部分が下にさがって、イ、ロの部分が離れ、③の状況となる。④は仕掛の部分図で、イとロの接触部は、ほぞによって、固定したとき安定しており、①から②へ変動する際に、刀でAの部分を押した時、イとロが離れ易いように、スプリングが仕掛けてある。なお、Aの金具は、香炉の中にあり、香炉は無地金の布地でできている(藤浪与兵衛による)。

（手　紙）

揚巻が目読する、満江からの手紙。揚巻をやる役者の注文によって長さがちがうが、六代目歌右衛門は、障子紙二枚半、七尺五寸位。七代目梅幸は、その半分位。

一筆しめし参らせ候さてとやつね〴〵のお世話のかず〳〵有難く存じ参らせ候さりながらこの日頃の町々のうわさあちこちにての助六が喧嘩沙汰妾の心労のほどおさつし下さるべく候御存じの如く助六ことは大望のある身の上万一のことの候てはこの母は生きてゐる空はなく夜の目も逢はぬ思ひに有之候この上はたゞたのむはそもじさまのこと何卒〳〵この身の心労おはなし下されそのみをつゝしみくれるやう御意見下されたくはゝ親の身にてこのやうのお願ひまことに本意なきことながら今はたゞそもじさまよりたのむ方もなき次第おさつし下され候て私どものお願ひお聞き届け下さるべく候まだ〳〵申し度こともありながら筆もまゝならぬ思ひ先は要用のみをしき筆とめ参らせ候あら〳〵かしく　満江

あげまきどの

（補記）　目読だけ、または形容の手紙の文言は、いい加減なものでよいが、昔は「都路は五十路あまりにみつの宿」というのに始まる「東海道往来」の文句をよく用いたという。現今はかなり写実的になった。右の満江の手紙は竹柴懇太郎の作ったもの。

鳴　物

一　幕アキ　唄入り通り神楽　〽土手の提灯　アト素掻キ　皆々　は入迄
口上有ッて　河東節ニ成ル

一　河東　〽鐘は上野か　本釣鐘　見斗

一　河東　〽花川戸（合方止ルト）　素掻　通り神楽　しづかに　市女蔵　立掛る迄

一　市女蔵　児太郎出　おい〳〵　唄入り　当りかね　〽花の色香　皆々　所望じや迄

一　児太郎　円斎と申まする　誂唄　大小　外良売（三ツ地かゝり）

一　児太郎　お目にかけませう　二の句　大小　まづ而ゑより（注1）　跡　素掻

一　児太郎　うやまって申す　上ゲ　としやべり

一　跡　三吉出　素掻　中ノリ　引なかし

一　児太郎　いらつしやりませぬか　おなじく通り神楽　児太郎　は入迄　市女蔵　ぎよやう牡丹迄

一　皆々　揚巻さんじやわいな　歌右ヱ門　皆々出　唄入り渡拍子　通り神楽　〽闇の夜　皆々　舞台へ来る迄

一　跡　素掻　静に　通神楽　紅若　は入迄

一　皆々　揚巻さんこれにへ　おなじく　皆々　は入迄

一　源之助　おどろきは尤も　俄獅子合方　〽深く沈みし　歌右ヱ門　有かとうござります迄

一　歌右ヱ門　紅若　成蔵出　安心してゐなさんせ　素掻　通り神楽　成蔵　は入迄

一　紅若　御出なさんせへな　おなじく　両人　は入迄

一　歌右ヱ門　はかない者はないわいな　本釣鐘　風の音　河東へ　見斗

一　河東　〽かわせし越かたを　素掻　引なかし

一　八百蔵　皆も来やれ　同合方　通り神楽　居直り　歌右ヱ門　揚巻でござんす迄

一 歌右ヱ門　あくたいの初音　同　合　方　歌右ヱ門　客とまぶ迄
一 両人　極るト　おなじく　歌右ヱ門　花道へゆく迄
一 芝雀　またしやんせ　おなじく　芝雀　ならぬぞへ迄
一 歌右ヱ門　あいなア　おなじく　歌右ヱ門　舞台へ来る迄
一 歌右ヱ門　子供来や（アイ〳〵）　おなじく通り神楽　皆々　は入ル迄
一 皆々は入ト　尺八　揚まくにて　河東節落し迄
一 河東　〽風情なりける　段　切
一 羽左ヱ門　御免なせ〳〵　素　誂アリ　掻　羽左ヱ門　貸て進ぜやう迄
一 羽左ヱ門　仲蔵出　きやらくせへ奴だ　おなじく　引ながし
一 仲蔵　新之助出　了見がならねへぞ　おなじく　羽左ヱ門　是程いつてもいやか迄
一 仲蔵　市蔵出　そは掛られるト　おなじく　引ながし
一 仲蔵　皆出　それ　おなじく　羽左ヱ門　引きやがれ迄
一 仲蔵　仙平ぬかるな　追ひ廻し合方　立まわり　通り神楽　羽左ヱ門　両人うつ迄
一 皆々　合点だ　素掻　立まわり　通り神楽　皆々　は入迄

一 延二郎　そなたわな　只　合　方　羽左ヱ門　よろしうござりますか迄
一 羽左ヱ門　村右ヱ門出　風吹鳥が来るわ〳〵　唄入り通り神楽　〽ちごが前髪　村右ヱ門　花道へゆく迄
一 村右ヱ門　某ぢやな　おなじく　村右ヱ門　は入ル迄
一 村右ヱ門　翫太郎出　は入るト　端唄、当りかね　〽夜さくら　翫太郎　延二郎の股くゞる迄
一 翫太郎　おそれろのう　おなじく　一つなおしあり　翫太郎　ニドメまたくゞる迄
一 翫太郎　おそれるのう　おなじく　翫太郎　は入迄
一 延二郎　歌右ヱ門　源之助出　いつてやれ〳〵　唄入り当りかね　〽風かほる　羽左ヱ門　はすばをなぜとらぬ迄
一 源之助　こなたはのう　只　合　方　源之助　落ついて程に迄
一 延二郎　おさらばでござります　只　唄　両人　は入迄
一 歌右ヱ門　八百蔵出　忘れなさんすなへ　素　静に　掻　八百蔵　そりやそこに迄
一 八百蔵　さいはい〳〵　六　段　合　方（注2）　八百蔵　香炉切る迄
一 三人きまるト　只　唄　八百蔵　は入迄
一 木ニ付　曲　撥　ま　く　ツナギ　通り神楽

返し　同　仕返しの場

一 幕明キ　　素掻(ノッテ)　仕出し　は入迄

一 羽左ヱ門出　　風の音　見斗

一 羽左ヱ門　見へ　　本釣鐘　二ツ

一 羽左ヱ門　は入ト
　八百蔵出　　更けて合方　風の音　皆々　は入迄

一 羽左ヱ門　提灯切て見得　　八千代獅子合方(注2)(中ノリ)　羽左ヱ門　渡してしまへまで

一 八百蔵　ぬかるな　　風の音　見斗

一 羽左ヱ門　見へ　　竹笛入り八千代合方　風の音　羽左ヱ門　あてこまれろ迄

一 八百蔵　見え　　時の鐘　竹笛入合方　風の音　〽八千代(シメテ)　引なかし

一 八百蔵　突かれるト　　八千代合方(ノッテ)　竹笛入り風の音　八百蔵　落入る迄

一 羽左ヱ門　かたじけない　　三ツ太鼓(両方にて)　見斗

一 羽左ヱ門　水入になるト
　皆々出　　早三ツ太鼓　皆々　は入迄

一 皆々は入ト　　本つり鐘　三ツ太鼓
　　筒井づゝ合方　風の音　歌右ヱ門　出る迄

一 皆々　さがすとしよう　　早三ツ太鼓(見斗にてヒロイ)　見斗

一 木に付　　新内前引(三ツ太鼓／風の音)

まく

〈大正四年四月、歌舞伎座、八代目富士田音蔵の鳴物附による〉

(注1)「まづ」は唄の頭の文句。「[illegible]」は囃子の符号で、「▲(チヨ)▲(チヨ)△(タ)△(タ)▲(チヨ)○(ト)○(ト)」のこと。「〽」も同じく符号で「▲○(スットン)▲△(スタ)▲△(スタ)▲○(スットン)」のこと。「まづ」から、この印の鳴物にかかり、「より」に至るまでつづく。

(注2)「劇場新話」に「一　琴の六段　助六のたてに用ゆるは此六段に限る」とある。今日立廻りには「八千代獅子」を用いている。

暫

扮装

鎌倉権五郎景政　【顔】油紅の筋隈。【鬘】割櫛のある振分髪の前髪つき油込みの五本車鬢(くるまびん)。【衣裳】紅絹の丸繻絆。白双子(ななこ)地へ胡粉で三升の市松をおいた白木綿の棒襟の繻絆。浅黄と紫絹の力襷。紅絹(もみ)の丸下着。白地へ萌黄色の鶴菱の染物。縁を黒糸の蛇腹縫いの着付。袖口黒八丈。黒八丈の丸括け。白の三升大紋つきの柿色の横麻の素襖、長袴。白の三升定紋つきの石帯。【小道具】三升鍔、萌黄総の大太刀。塗骨の中啓。紅白、萌黄三色の飾り緒と、力紙の赤白紫三色の飾つき、白絹糸(萌黄のときもあり)の紐つき侍烏帽子。海老の丸の胸当。紅絹紐の籠手。

(補記)　鬘の車鬢は、明治十一年十二月の新富座上演からで、それまでは「板鬢(いたびん)」であった(十四代長谷川勘兵衛談)。柿色の素袍の衣裳は、二代目団十郎からといわれる。素袍の袖は、張るために籐を入れる。また興行中、素袍の糊が落ちたときの予備に、二着ずつ染めておき、一着を予備とする。大太刀は、黒うるし塗りで、真鍮の金具付き、約六尺九寸(二〇八センチ)。なお、元禄十年、元祖段十郎が「大福帳参会名護屋」で、不破伴左衛門の役で演じたときは、頭は、力紙のある振分け髪。鬼の手と兜の模様を片身替りにした着流し衣裳に、捻ぢ丸ぐけの帯。顔は朱塗りで、後世これを「元禄暫」という。なお、元祖は、野郎頭に鎌髭の赤面・小具足・小手・脛当・素足・大太刀に三升の角鍔、大童苧縄の鉢巻、手足も紅塗りであったが、二代目が角鬘に力紙・柿色素袍・大太刀・筋隈に改めたのが吉例になる。

ウケ、清原武衡　【顔】江戸紅、あるいは青黛で、公家荒れの隈取。顎髭。【鬘】唐毛と糸交りの王子。【衣裳】白地へ銀糸雲の織出し、胸に金糸竜の丸の台付きの袍。大綾形白綸子の着付。下着おなじ。緋の長袴。垂平緒。【小道具】紫紐の日月の金冠。鳥頭鮫柄、錦ばり胴金鞘の太刀。象牙の笏。

(補記)　河竹本では、袍でなく、直衣とあり、「白竜の紋、銀箔置、破立涌模様へ金銀縫の竜の丸ぢらし」とある。

腹出し(足柄左衛門高宗・荏原八郎国連・東金太郎美成・垣生五郎助秋)　【顔】赤塗りの一本隈。【鬘】足柄と荏原は、鉞の矢筈鬢。東金と垣生は斧の板鬢。【衣裳】赤塗り隈取の手足腹の肉繻絆。紅絹の丸繻絆。役紋のついた裃。黒地へ白の子持筋、金糸の縁縫い、見せ裏赤地の着付、白地へ黒の子持筋、金糸の縁縫ひ、紅絹の下着。股立ちを取り、赤裏の三里当。【小道具】銅金入り萌黄総の大小。撚緒(よりお)の三枚草履。

男鯰、鹿島入道震斎　【顔】白地へ油紅と青黛で鯰の隈取。【鬘】丸坊主の鯰髭つき。【衣裳】手・足・腹隈取の肉繻絆。棒襟緋鹿子縮緬、紅絹袖の繻絆。緋と黄との鹿の子の下着。萌黄地へ色縫、貝尽しの染物の着付。萌黄地へ色縫い、鮹に海草をあしらった染物の羽織。紐は赤の丸括け。当今は紅白絹糸の打紐とあり。海老茶繻子の丸括け。紫繻子の半足袋。伊達下り。紅絹裏の三里当。【小道具】萌黄柄紅白の総(ふさ)つきの大小。白・紫・萌黄の撚緒の三枚草履。

女鯰、那須九郎妹照葉　【顔】普通の化粧。帽子眉。【鬘】みの、島田。鯰つき紫帽子。【衣裳】朱地色縫の着付。裏黒繻子の襌。緋縮緬、浅黄繻子の襟の繻絆。萌黄地模様の女帯。黒繻子地へ羽子板、鞠、突く羽根を色縫にした袖無し羽織。紅絹の丸括けの紐つき。見せ裏赤の紫足袋。【小道具】赤緒の草履。紅梅の折枝に拵物の瓢箪。

裃四人(豊島平太・田方運八・海上藤内・大住兵次)　【顔】砥粉仕立。【鬘】四人のシンになる豊島だけが、油の燕手。他は、前にねた切藁、または摘立ての切藁。【衣裳】織物の裃。無地熨斗目入りの着付。下着。白と樺の交り玉子色の足袋。【小道具】胴金入りの大小。福草履。

雑式四人　【顔】砥粉仕立。【鬘】鬢髷。【衣裳】無地の着付、半袍。股立をとった袴。三里当。玉子色の足袋。【小道具】大小。福草履。中啓。侍烏帽子。

奴八人　【顔】可笑味の隈取。【鬘】油つきの椎茸。すっぽり。【衣裳】白木綿地へ紫の六弥太格子と牡丹の色縫の着付。黒と萌黄段々の帯。伊達下り。三角の三里当。紫足袋はだし。【小道具】総つきの奴差し。紅白の木綿を巻いた柄の花鎗。

仕丁大勢　【顔】砥粉仕立。【鬘】袋つきの茶筌。【衣裳】黒の着付。白の白丁

（はくちよう）。素足。【小道具】仕丁烏帽子。

太刀下、加茂の次郎義綱　【顔】白塗りの立役。【鬘】鉢前をふかした針打に棒引毛。【衣裳】青海波熨斗目紋付きの長裃。見せ裏浅黄。紫市松花桐の飛模様の着付。下着。浅黄の絹、水浅黄襟の繻絆。白の手筒。【小道具】蒔絵鞘、浅黄柄の大小。天地金の十間骨。

同じく、加茂三郎義郷　【顔】義綱におなじ。【鬘】色茶筌。【衣裳】浅黄繻子七宝模様の半裃。見せ裏浅黄。檜垣織繻子着付。水浅黄の絹の下着。水浅黄襟の繻絆。白足袋。【小道具】浅黄柄の大小。

同じく、宝木蔵人員利　【顔】砥粉仕立。【鬘】生〆。【衣裳】織物定紋つき半裃。無地物熨斗目の着付。白の下着（けつ）。白襟の繻絆。白足袋。【小道具】白柄の胴金入り大小。

同じく、月岡の息女桂の前　【顔】白粉仕立。【鬘】四段花櫛を指した吹輪。糸引毛。【衣裳】緋縮緬地へ金糸と色糸で桜の花と観世水を縫取りした着付、裲襠。白羽二重の下着。緋縮緬の御簾縫の霞模様の襌。白茶織の帯。白襟の繻絆。赤の踏込み。白足袋。

同じく、月岡家の老女呉竹　【顔】白粉仕立。【鬘】片外し。紫帽子つき。【衣裳】黒繻子地へ亀甲模様の裲襠。緋綸子の着付。白絹の下着。白襟の繻絆。白の襌。織物の帯。白足袋。白絹の踏込み。【小道具】塗骨の扇子。

同じく、腰元四人　【顔】白粉仕立。【鬘】文金の島田。【衣裳】着付。振袖。矢の字の帯。白の足袋はだし。

後見（暫付）　【顔】砥粉仕立。【鬘】斧の袋付。【衣裳】三升五つ紋、黒羽二重の着付。浅黄羽二重の下着。浅黄襟。袖緋縮緬の襦袢。三升四つ紋つき柿色の裃。【小道具】黒塗りの高合引。湯呑み。

【その他の小道具】〔黒柄緋の大傘〕　これは仕丁がウケに差しかける。〔大福帳の額〕本書にはなし。〔首級〕幕切れに、暫が切ったときに投げ出す二十ばかり連ねた首人形。〔替身の大太刀〕これは太刀が長いので、幕切れに後見から渡す。鞘を払った拵物の抜身の太刀。黒身で、血ながしに朱一線を引く。切先より鍔まで約五尺一寸（一五五センチ）。〔高合引〕緋縮緬の蒲団をのせる。暫・ウケ・腹出し・男鯰・女鯰などが使用する。

〈明治二十八年十一月、歌舞伎座において、中幕に演じられた九代目団十郎の最後の「暫」による（「演芸画報」六ノ一二）〉。

（補記）　参考として、明治四十三年十一月、市村座において、中村吉右衛門が演じたときの記録（「舞台と面影」）、昭和十一年一月、歌舞伎座において、松本幸四郎が演じたもの（河竹繁俊著「歌舞伎名作集 下」）、および市川三升「九世団十郎を語る」、ならびに古伝による。

鳴　物

一　幕明き　　早神楽　幕明く迄

一　口上這入ると奴の出　　早渡り　花道七三ト

一　奴「振込むべいか」　　同じく　本舞台へ来る迄

一　あと　　三絃入（管）　皆々「誠に目出たき事ではある」ト

一　すぐ　　時太鼓　太刀下皆々出るト

一　腹出し「その仔細言つて聞かさん」　　三絃入（管）　腹出し「射止めてしまえ」迄

一　大薩摩切れると　　下り羽楽（音）　舞台納まる迄

一　腹出し「御前間近く尾籠千万下れエ、」　　三絃入楽（音）　鯰坊主「気の弱い事言わねえものだ」迄

一　成田五郎「畏まつてござります」　　岩戸神楽　花道七三ト

一　腹出し皆々「畏まつてござります」　　同じく　皆々肌ぬぐ迄

一 鯰「君へお酌を」
女鯰「ハア」　三保神楽　盃ほす迄

一 大薩摩〽目覚ましかりける次第なり　段切

一 鯰〽一つとや　鞠唄合方

一 景政「さらば御輿をあげべいか」　早鼓　肌ぬぐ迄

一 小金丸「畏まつてござりまする」　壱調　来る迄

一 皆々「さらば」　片砂切　幕引きつける迄

一 幕外
（景政見得）　飛去り

〈昭和十一年一月、歌舞伎座上演、望月太意之助附帳による〉

鞘当

扮装

不破伴左衛門　【顔】トノコ仕立の敵役。眼の上に力限を入れ、口を割る。つよくなく墨の隈で目張りし、顎髭、もみ上げを青隈で描く。【鬘】立髪、燕手、棒茶筌【衣裳】白の繻絆。一枚蹴出し。紐つき股引、手筒いずれも白七子。着付は盲縞に金糸と色糸で御簾繡の雲に稲妻、袖口裾廻しの裏海老茶の繻子。下着は薄浅葱へ色ざしで雲に稲妻の飛び模様。裏海老茶の繻子。羽織も同じ、ただし紐白。腰巻羽織に端折りに着る。帯は白地錦。足袋は玉子色三枚こはぜ。【小道具】白柄の大小、朱塗り鞘に、雲に稲妻の模様、金もの。金の無地に黒で横に三筋の扇面。二枚重ねの福草履。目塞(めせ)(き)笠。

（補記）　以上、明治三十一年十月歌舞伎座上演の際の九代目市川団十郎の扮装による。明治十二年五月新富座のときは、着付の裏、足袋とも白地(「舞台之団十郎」)。なお、普通着附は、羽織とも黒繻子に雲に稲妻の金糸の縫取り。下着および繻絆は白羽二重(「梅の下風」)。

名古屋山三　【顔】白塗り、和事。【鬘】立髪、棒茶筌、掛糸は浅黄の螢打。【衣裳】白羝(めぬ)の繻絆。羝の手筒。腰巻。浅黄繻子へ雨に濡れ燕の金銀の色繡いの着付。裾廻しは紫繻子。羽織は着付に同じ、白羝の紐付。ただし腰巻羽織に端折りに着る。【小道具】大小、刀は薄浅黄柄、蠟色の鞘に雨と燕の蒔絵。ただし、雨は銀、燕は金。白の下げ緒付。白扇。白足袋。二枚重ねの福草履。目塞笠。

（補記）　以上、明治三十一年十月歌舞伎座上演「其俤廓鞘当」の際の五代目菊五郎の扮装による。ただし、鬘は元禄風棒茶筌が普通(昭和十年、安部豊編「五世尾上菊五郎」の写真参照)。鬘、土佐絵棒茶筌。羽織の紐は白と金糸の螢打。下着、繻絆は白羽二重。帯は白茶本金織物(「梅の下風」)。

留女【顔】年増。カネ。細眉（あるいは眉なし）。【鬘】丸髷。または天神。あるいは割笄(さつこうがい)など。一粒鹿子の藤色または浅葱の手がら。珊瑚五分玉の簪。鼈甲の櫛・笄。【衣裳】白縮緬または水色縮緬の蹴出し。一粒鹿子の襟付き襦袢。着付は小紋または縞、あるいは紺または水色の無地のお召地。博多献上か黒繻子の帯。水色の帯上げ。白足袋（素足の人もある）。【小道具】持物は懐紙、女持ちのたばこ入れ。履物は駒下駄または雪駄、緒は藤色か黒か紺。看板（印半纏）、箱提灯。（中村芝鶴談）

（補記）角通し小紋風通織でも縮緬の小紋でもよし、菊菱の五つ紋、襟なし、花色の裾廻し、壁菊更紗の下着、襦袢は鼠縮緬の胴、友禅縮緬の袖、黒繻子の丸帯、藤色縮緬の帯上げ、白縮緬の蹴出し、素足。「割鹿の子で染物の着附伊達赤前垂といふ拵らへで出る人もありますが、之を私の考へでは喜撰の祇園のお梶のやうな上方式だと思います」（「梅の下風」）。

茶屋廻り（鉄棒引）【顔】白塗り、剃りあと、うすく青黛。【鬘】前髪。【衣裳】腹かけ。股引。廓繋ぎ模様の仲の町印半天。三尺帯。【小道具】火の用心たばこ入れ。草履。鉄棒。仲の町提灯。

（補記）【鬘】刷毛先の曲った髷、または奴頭のスッポリ。【衣裳】鼠地へ紺で腰に入額(いれがく)繋ぎの印袢天三枚重ね、背中は朱の丸に茶の字、襟は仲の町と白抜、盲目縞股引、腹掛、紺足袋、八反の三尺、二石の鼻緒の麻裏草履（「梅の下風」）。

鳴物

一　明き　通神楽　明く迄

一　アト　本釣　打上げ

一　打上けると　唄

一　唄　長かたな此場　豊後下り羽　両人見得　合方

一　両人　伊達小袖　上げ

一　唄　風情なりける次第　段切

一　アト　豊後下り羽　合方　貴殿の笠も迄

一　両人　あいましたナア　同じく

一　両人　何を　追まわし　合方

一　両人　見得　同じく　早渡り　三人見得迄

一　栄三郎　まかせて下さんせいナア　合方　両人　いさ〳〵いさ迄

一　木ニ付　土手の燈灯　唄いり　通り神楽　まく

〈明治三十四年六月十五日より三日間、歌舞伎座、菅公一千年祭寄付興行の時の鳴物附。栄三郎は、のちの六代目尾上梅幸、留女山口巴のお栄の役〉

唄本

スガガキ　二上り〽今ハ昔の色廓通ひ行もよし原戻るも吉原こゝろのとまるも色里さまハしんくのいとしうてならぬのぼりつめたる衣紋坂花の夕映桜時
〽東に筑波西に富士おもひくらべん伊達もんび袖にたもとに襟つくらふて花に浮るゝ客あれば月を心の友鳥や
〽姿見かわす巣の燕軒の蝙蝠ゆきちかふ羽風の袖の振あわせ当りはけしき鞘とがめ
下り羽〽鶏か鳴く東育ちのいぢくらべゆるさぬ色の紫や霞をわけて花ふゝきよれつもつれつ青柳の春のにしきもかくやらん

三下り〽廓わ花の仲の町すいの野暮のとうたわるゝ
クトキ〽口舌わ宵の夢なれやふとん重て敷たへの枕さへじやまになりしつぼりあせのはだとはだ
〽浮いた並木のあれ花川戸岸浅草の観世音待乳山風ゾッとした夢で来たよな山谷堀
〽とゝめける　二上り〽雨のふる夜もふらぬ夜も逢ふてもどれば千里も一里アサしよんかいな色しやもの
〽あけぬ団扇のかへる鳫花を見捨て越路の雪のとけぬ遺恨もむねとむねかさねて首尾を待乳山袖すりあふも玉姫のたまに大門土手八町今戸のうらみ此石浜にぬるゝ三の輪の仲田甫
〽中々なれや全盛のなれし廓の色さとに意気地を妥にとゝめけり

（八代目富士田音蔵本による）

勧進帳

扮装

武蔵坊弁慶【顔】七代目幸四郎は、砥粉仕立で、目張りを墨で入れ、髭を青黛で書いた。また胸に肉をきたが、九代目は入れなかった。【鬘】ないまぜ総髪撫附、但し、四天王より、やや唐毛多し。【衣裳】翁格子（市川格子）麻織物、または唐織物の二通りあり。〔半切〕白地に扇流し莫蓙織物、または金で雲形、松葉色、茶色、浅黄等の色入りの輪鋒散し、または牡丹に破れ三桝金糸。〔水衣〕黒塩瀬（黒精好）地に金糸で輪鋒または不動の梵字、但し、半切輪鋒模様のときは、梵字の水衣を着用。〔篠懸〕柿金襴地。または革色地唐織、輪鋒柄。白紐附。〔石帯〕茶精好。黒糸の輪鋒刺繍。〔襦袢〕白絹袖（白麻袖）黒羽二重（紺甲斐絹）襟附。〔股引〕白絹紐附。〔足袋〕白。一本紐附（但し、もう一本短いのがついている。足袋は毎日取り替える）。【小道具】〔兜巾〕白スガ糸の八つ打紐附。四天王のよりやや太目。芯に針金を入れる。〔中啓〕白骨大型。白、紅、群青などの地に、蓬萊山または松竹梅に鶴亀の土佐絵。〔数珠〕イラタカ。朱・黒の総附。〔小サ刀〕朱グリ真鍮海老の柄頭止め、茶柄白下緒（ダシ鮫）。〔金剛杖〕あららぎ。弁慶のは自前で、自分の身丈に寸法を合せる。〔巻物〕紺地金輪鋒唐草の金襴地。中黒無地。開キメを附ける。古代紫の紐。

（補記）初演のときの錦絵によれば、水衣は、弁慶縞であった。能の水衣、すなわち篠懸であるが、九代目初演も弁慶縞であったが、のちに衣裳附のごとくにした。衣裳附にいう篠懸は、袈裟の習慣的用語の誤りである。なお、嘉永五年九月上演の七代目は剃髪した坊主頭で勤めた。

九郎判官義経【顔】白塗り。茶墨で目張りを入れる。「家橘の義経は眉毛の書方古風にて真によし」（明治十二年三月狂言「俳優評判記」）。【鬘】ただ毛（本毛）総髪撫附。【衣裳】〔着附〕赤地唐織。白と朱の〆切、笹竜胆(りんどう)散らし。〔大口〕鶸(ひわ)色（麹塵(きくじん)色）の莫蓙織。〔水衣〕濃色または薄色の古代紫無地(紫精好)。〔石帯〕白地、色糸刺繡の三つ竜胆。〔繻袢〕紅絹(もみ)襟附白絹袖。〔足袋〕紐附白。【小道具】〔網代笠〕飴色塗り。当て紐、黒八丈。〔金剛杖〕あららぎ。〔笈〕紺地牡丹唐草紋緞子織。〔中啓〕黒塗り骨、赤地紙へ笹竜胆の絵。〔小サ刀〕白ギレ鮫柄、蠟色金蒔絵、白長下緒付。

(補記) 赤い繻袢の色は、本行の子方の趣を残したもの(川尻清潭「演技の伝承」)。

富樫左衛門 【顔】白塗り。眉はややつよめ。ナガの下にツギ足をする。【鬘】烏帽子下、ただ毛(本毛)鬢。【衣裳】〔着附〕二通りあり。白茶と松葉色段織の〆切に瓢簞色の唐織(三ツ巴織裂模様)。〔長素襖〕勝色精好、白ぬき破れ松皮菱、鶴亀模様色入紋止め、胸紐はクスベ皮。〔繻袢〕白絹襟、広袖。〔手づつ〕白。【小道具】〔立烏帽子〕黒引(アラシボ、大さび)白鉢巻。紫色房紐(五代目菊五郎は白色)。〔中啓〕白骨中型。金地に松の絵。〔太刀〕革色柄、朱塗り鞘。芝引、胴金柏葉附、段打の下緒。〔小サ刀〕白ギレ鮫柄蠟色三ツ巴金蒔絵鞘。白長下緒附。

(補記) 烏帽子の紐は、二代目左団次は紫、十五代目羽左衛門は白を使用。

亀井六郎 【顔】トノコ仕立。【鬘】ないまぜ総髪撫附。【衣裳】〔着附〕白地に御納戸色のやたら格子(翁格子)綾織物。〔大口〕紺地、莫蓙織。〔水衣〕松葉色、よせ麻地。〔繻袢〕勝色襟、白絹袖附。〔篠懸〕繻珍(錦襴地)紐白。〔石帯〕白地、雲版。〔股引〕紐附白。〔足袋〕紐附白足袋。【小道具】〔兜巾〕八襞白撚り紐附(白スガ糸の八つ打紐)。〔中啓〕白骨、中型に切箔。〔数珠〕黒玉。〔小サ刀〕白ギレ鮫柄、蠟色鞘、白長下緒附。

片岡八郎 【顔】トノコ仕立。【鬘】ないまぜ総髪撫附。【衣裳】〔着附〕白地に松葉色のやたら格子(翁格子)綾織物。〔大口〕御納戸色、莫蓙織。〔水衣〕紺色、よせ麻地。〔篠懸・石帯・繻袢・股引・足袋〕六郎に同じ。【小道具】六郎に同じ。

駿河二郎 【顔】トノコ仕立。【鬘】ないまぜ総髪撫附。【衣裳】〔着附〕白地に紺色のやたら格子(翁格子)綾織物。〔大口〕松葉色、莫蓙織。〔水衣〕御納戸色、よせ麻地。〔篠懸・石帯・繻袢・股引・足袋〕六郎に同じ。【小道具】六郎に同じ。

常陸坊海尊 【顔】素顔に近いトノコ仕立。皺を描く。【鬘】ないまぜ総髪撫附。【衣裳】〔着附〕白地に鼠色のやたら格子(翁格子)。〔大口〕白茶色莫蓙織〔水衣〕鼠色、よせ麻地。〔篠懸〕茶色繻珍、白紐。〔繻袢〕鼠色(お召茶)襟、白袖。〔石帯・股引・足袋〕六郎に同じ。【小道具】六郎に同じ。

(補記) 四天王の兜巾の紐は、元は顎の下で結んだが、のちに毛の下へ後結びにするようになり、さらに毛の上に後結びとなる。

番卒三人 【顔】素顔に近いトノコ仕立。【鬘】袋附(総髪烏帽子下)。【衣裳】〔着附〕白羽二重地、大名縞(黒・樺・勝色の三段染め)。〔ククリ袴〕勝色竜紋(鎌倉模様、または狂言模様、俗に狂言袴ともワン袋ともいう)。〔掛素襖〕甲―茶竜紋地に燕模様の染め。乙―鼠色竜紋地に雲版模様の染め。丙―萌黄色竜紋地に雁版模様の染め。〔繻袢〕勝色襟、袖附〔石帯〕白地。〔足袋〕糸目。【小道具】〔侍烏帽子〕紐なし(俗に水汲み)。〔小サ刀〕赤木作り(樫柄)。

(補記) 「番卒も矢張、蜘の巣がよし、烏帽子素袍にしたは不承知也と云投書」(「俳優評判記」)。

太刀持 【顔】白塗り。【鬘】油附、割前髪の能茶筌。【衣裳】〔着附〕白羽二重地に翁格子(松葉色・赤・紫の格子)綾織。〔小袴〕紫竜紋地に白の三つ引熨斗目の染物(勝色地鎌倉模様)白紐。〔肩衣〕黒竜紋地に蝙蝠の首ぬき、浅黄裏。〔石帯〕白。〔繻袢〕勝色襟、袖附(または浅黄)。〔股引〕白紐附。〔足袋〕糸目。【小道具】〔舞扇〕〔小サ刀〕塗り柄、白長下緒附。

後見 【顔】トノコ仕立。【鬘】弁慶の後見はマサカリ。その他は袋附。またすべてマサカリの場合もある。【衣裳】弁慶の二人、柿色の上下。ワキ後見は四天王をも手伝う。富樫に一人。それぞれの家の色の上下。義経に一人。それぞれの家の色の裃(もっとも全部柿色裃の場合もある)。

長唄連中 【衣裳】勝色地、三桝熨斗目・裃。

囃子連中 【衣裳】同色、三桝熨斗目・長素襖。肌脱ぎ。(長唄、囃子連中とも、柿色のこともある。)

(補記) 「此度の勧進帳は例(つい)もと違ひ皆々素顔地頭にて大層高尚に成りました」(「俳優評判記」)。

出道具

一、葛桶。黒塗り、狂言模様。

一、白木檜進物台三。

一、織物巻物一積。白地反物（加賀絹）一積。いずれも奉書包み。
一、赤地金襴地袋入鏡一。
一、赤地金襴地袋入砂金一。
一、三方（八寸）一。
一、土器一。
一、瓢箪（縮緬張り）二。

鳴物

一 幕明き　片砂切
一 明くと　名乗笛（置鼓）　富樫、番卒出て納る迄
一 番卒「畏まつて候」　次第　〽旅の衣は篠懸の」
一 〽月の都を立ち出でて　（ヨセ合方　大小鼓）
一 〽これやこの行くも　三つ地、ツヾケ　大小鼓
一 〽霞ぞ春はゆかしけれ（合方）　大小鼓
一 〽浪路はるかに　三つ地　大小鼓　〽海津の浦に着きにけり」ト
一 （花道セリフの間）　アシライ　大小鼓　四天王「畏まつて候」迄
一 〽関のこなたに立ちかゝる（セリフの間）　同じく
一 富樫「心得てある」　ツヾケ　大小鼓　富樫　立つて来るト
一 あと（セリフの間）　アシライ　大小鼓
一 番卒「まかりならぬ」ツヾケ　大小鼓　富樫　元へ戻るト
一 弁慶「いで〳〵最後の勤めをなさん」　祝詞　大小鼓　〽それ山伏と…押しもんだり」迄
一 弁慶「それつら〳〵おもんみれば」三つ地　掛切　大小鼓
一 弁慶富樫両人見合つて極る　大小鼓
一 あと　三つ地　同じく
一 弁慶「驚かすべき人もなし」掛切　同じく
一 あと　三つ地（二回）　同じく　弁慶「建立し給う」迄
一 弁慶「笈に目をかけ給うは盗人ぞうな、コリヤ」　大小鼓　〽方々は何故に…恐れつびようぞ見えにけり」迄
一 〽門の内へぞ入りにける（セリフの間）　（谺合方 小玉）　常陸坊「驚き入つて候」ト
一 弁慶「起き臥し明かす武士の」　大小鼓　〽鎧にそいし袖枕…霜に露おくばかりなり」迄
一 〽ア、悟られぬこそ浮世なれ　大小鼓　〽面白や山水に…舞おうよ」迄
一 あと（セリフの間）　アシライ　大小鼓
一 富樫「先達一さし御舞い候え」三つ地、打放、結上げ　大小鼓　弁慶「万歳ましませ…ありうどんどう」迄
一 すぐ　達拝頭　（男舞掛り　大小鼓）

一　すぐ　（延年の舞／大小鼓）
一　すぐ　（男舞二段目／大小鼓）
一　〽元より弁慶は三塔の遊僧　大小鼓　〽舞延年の時のわか」迄
一　すぐ　片三つ地、打放、結上げ　大小鼓　弁慶「これなる山水の…巌に響くこそ」迄
一　すぐ〽これなる山水の　大小鼓　〽鳴るは滝の水〳〵」迄
一　すぐ　（男舞三段目／大小鼓）
一　〽鳴るは滝の水　片砂切　大小鼓　〽脱れたる心地して」迄
一　あと〽陸奥の国へぞ下りける　段切（素幕）
一　幕外（弁慶見得）　飛去り

〈望月太意之助附帳による〉

鳴神

扮装

鳴神【顔】前は白塗りの生立役(なまたちやく)。後は荒事の地毛眉(ちげまゆ)。朱の二本隈。一本隈の人もある。【鬘】前が撫附け、後が毬栗揉上げの一寸シケ。【衣裳】水浅黄鞘形模様の綸子の広袖着附。ぶっ返りは、白綸子地へ銀鞘形の破れと、縁取り縫い金糸の火焰模様。白羽二重の下着。白羽二重二枚重ねの繻絆。白の蹴出し。白茶古金襴(しらちやこきんらん)の丸括帯。【小道具】三鈷(さんこ)。水晶の数珠またイラタカ。同じく切る仕掛物。白茶と白の撚返しの総付き(押戻しのとき、青紅葉の打杖)。

(補記)　鳴神が出に法衣をつけていないのは、すでにもう竜神を封じ込めてあるということ、また酒盛りの件で脱いでないと形がきまらない。またそれまでに脱ぐ時がないということで、左団次は法衣をつけない。以後、これを踏襲。八代目団十郎は錦絵によると、緋法衣を着ている。

当麻姫(絶間姫)【顔】白塗り、帽子眉。【鬘】簑の吹輪、紫帽子。【衣裳】浅黄地に縫いの小袖の着付。出は右の片肌ぬぎ。桜と霞の模様の紅の下着を出す。【小道具】黒地に菊と露芝の小袖を左肩にかける。叩き鉦と撞木。袋入り懐剣。紙ばさみ。扇。立草履。

白雲・黒雲【顔】砥粉。鼻の下に三枚目風の青髭。ただし、あまり誇張しない。【鬘】丸坊主。【衣裳】白の着付。墨染の腰衣。【小道具】草履。数珠。章魚、うこんの縄付。盃、朱塗り四寸。角樽五合入。番傘、白張り。糸立。

(補記)　白雲はやや老けた感じに拵える。鬘も、白雲は砥粉、黒雲は青黛で仕立てる。

所化大勢【小道具】糸立、菅笠。

【その他の小道具】〔石十個ばかり〕五、六寸位、形いろいろな張子。投げ石、大二個。差し上げる手かけつき。〔一升樽〕のちに〔吹替えの角樽〕三升入。〔吹替えの大盃〕朱塗り八寸。〔斎壇〕八足台。〔燈明台〕百万燈、消える仕掛。

〔真菰三枚〕内一枚は八束にかけ、他二枚は敷物。〔盛塩・洗米〕五度土器(どどうけ)にもり、足つき折敷(おしき)にのせる。〔枠付榊立一対〕〔低き三方に瓶子一対〕〔円座一枚〕〔懸物〕今日では不動でなく、八大竜王となる。おちる仕掛。〔経机〕〔経巻〕大四冊、内一冊中央より二つに引きさくこと。小八冊、いずれも布張り。〔鈴(れい)〕〔拵えものの独鈷〕一鈷、二鈷、三鈷。〔同じく台〕〔竹〕注連縄張る。のちに切る。〔指金またはジャリ糸の竜〕男竜、女竜。〔胴人形〕投げ人形。〔屋台に張る注連縄〕〔注連縄を張る笹竹一本〕立った筒。〔うこん木綿の注連縄〕約十二尺、二つに切る仕掛、外に六尺のもの一本。〔高合引〕〔蔦〕絶間姫つかまり岩台へ登る。

鳴物

一 アキ　　　一声 山おろし あく迄
一 アクト 松緑 彦三郎 出　早 鼓 両人 舞台へ来るト
一 彦三郎 云つて聞かせやう 三下り 春は花見 合方 彦三郎 近所に申なかれト
一 両人 一ぱいやりかけやうレ イ 松緑両人 は入るト
一 アト 山おろし 打上げ
一 唄 滝の音 大ざつま
一 菊之助出 滝の音 松の虫
一 海老蔵 あやしやナ 合方 コダマ 滝の音 海老蔵 まゐれト
一 海老蔵 さらば聞かう 二上り 千種合方 オルゴール 菊之助 古歌を書かしやんしたト
一 海老蔵 どうぢや〳〵 二上り 七草合方 菊之助 古歌を書かしやんした
一 菊之助 立つと 滝の音
一 海老蔵 たつと 同じく 海老蔵 二重より落ちる迄
一 海老蔵 油断すな 水気三重 海老蔵 セリフ一ぱゐト
一 松緑両人 つぼんぼや 唄 二上り〽つぼんぼはら立ちや 入 ぜんの勤め 両人は入る迄
一 海老蔵 酒も有り盃もある 本 キン 合方 海老蔵 盃を持つ迄
一 海老蔵 盃に口当ルト ドロ〳〵 (不動のじゆく燃える)
一 海老蔵 つぎ給へ 本 キン 合方
一 海老蔵 人には話すまい 同じく 海老蔵 寝る迄
一 アト 滝の音
一 菊之助 見得 本〽 大小 合方 菊之助 岩へ上り見え迄
一 菊之助
一 ツキ直し 同じく 菊之助 見へまで

一 菊之助　三度目縄切ルト　早　笛
ド　ロ　〳〵　滝より竜が上ること

一 菊之助　花道で見得　同　じ　く　菊之助　は入るト

一 這入るト
皆々出　雷の音　滝の音
雨　の　音

一 海老蔵　むねんやナくちをしやナ　三下り　水　気　三　重　海老蔵　事やあらんト

一 海老蔵　何のかたき事あらん　大　ざ　つ　ま

唄　鳴神が　〽和　藤　内　様

一 立廻り　大　太　鼓　入
三　絃　入　海老蔵の手を持つト

跡　滝　の　音

一 海老蔵　見得　同　じ　く　海老蔵　見えト

一 揚幕で
三升　まちやがれエ、
三升出　流　し

一 花道で両人見得　五　つ　頭

一 跡　さ　ら　し　両人　舞台へ来る迄

一 三升　何を　大ざつま
唄へ大小
滝　の　音

一 木につき　さ　ら　し
ま　く

〈竹柴本一に記載された昭和二十一年九月東京劇場上演の際の鳴物附による。
鳴神は海老蔵（十一代目団十郎）、絶間は菊之助（梅幸）〉

大薩摩

合〽去程に　ツン〳〵　鳴神上人は竜神竜女の飛行を封じ　チツン　国土の雨を閉ぢ籠る　チン　合巌伝ひの山深き壇上に。行ひすましける　トツツン合〽雲井を　トチ　落す滝ノ糸の合　二上　岩に　ツン〳〵　砕くる合水音風声合しやうぜう　三下　ぐわんの床の上　ツン　合威徳応護の眦(まなじり)をたれ　チツン　ノツト　南無大聖不動明王〳〵　何条かたき事やあらん　〽鳴る雷の合上人か念力間近く彼れを合追かけんに　左団次　東は奥州外ケ浜　ジ〽西は鎮西鬼界ケ島　南ハ熊野那智の滝　〽北は。ツン〳〵　越後の荒海まで　人間の通わぬ処　見斗〽千里も行ケ　万里も　いで〽いて追欠けんと鳴神は合〽跡を。しとふて

〈明治四十三年五月、明治座上演の浄瑠璃本による。大薩摩富士田音蔵、三絃杵屋佐吉、ツレ杵屋六助。五代目富士田音蔵本〉

毛抜

扮装

粂寺弾正　【顔】白塗りの生立役、時代の眉、眉の下を紅でぼかす。茶と紅をまぜた色で口を割る。【鬘】立髪つき生締(なまじめ)、羅紗張りえんでん、しっちゅう付。【衣裳】〔着附〕白天樺色上つけ付、半着附。〔裃〕萌黄木綿黒繻子白茶縫、碁盤模様、赤繻子の裏。〔襦絆〕浅黄襟、浅黄袖。〔手甲〕白絹紐付。〔足袋〕黄色紐、金糸三升の縫紋付。【小道具】鼠柄三升鍔、金のひる巻、胴金入り大小、小柄入用。紫の下緒。三升の紋付印籠、大十間の扇。三枚四枚の福草履。朱塗りの湯呑、黒の三升紋付。

（補記）昭和三十八年十月、現十一代目団十郎上演の折は、七代目の錦絵により、寿の字海老模様の裃。

小野の左衛門春道　【顔】白塗り（または砥粉づくり）。【鬘】総髪冠下。【衣裳】〔着附〕白綸子さや形二枚つけ、上半着附。〔指貫〕水浅黄、八つ藤。〔首上〕紫紺地織物。〔襦絆〕白二枚襟。〔手甲〕白絹紐付。〔足袋〕白。〔着替〕紺地織物鬼衣（小忌衣のこと）、ケマン紐。【小道具】金冠、白房付紐。金銀の中啓。梨地小刀。萌黄柄、朱塗り真鍮巻き大刀、萌黄の房下緒つき。

同春風　【顔】白塗り二枚目。【鬘】鬢の源氏。【衣裳】〔着附〕紫繻子、扇に水浅黄つけ付、中振袖縫。同じ羽織。〔帯〕浅黄、秋草、繻珍割帯。〔襦絆〕浅黄襟、緋縮緬。同じ裾除。〔足袋〕螢打紐、白。【小道具】浅黄蒔絵の小刀。

八剣玄蕃　【顔】白がちの砥粉づくりの色敵風。【鬘】えんでん、棒茶筌。【衣裳】〔着附〕白地唐織、上二枚つけ付半着附。〔裃〕黒緞子茶地織物、熨斗目入り裃。〔襦絆〕白二枚襟。〔手甲〕白絹紐付。〔足袋〕白。【小道具】白柄、錦地張、胴金入り大小。大十間の扇。印籠。

同数馬　【顔】白塗り（または赤地）むきみの隈をとる。【鬘】油込みの前髪、つぶ。【衣裳】〔着附〕黒天、かば色つけ、半着附。〔裃〕赤地織物裃。〔襦絆〕かば襟。〔手甲〕紅絹、紐付。〔足袋〕玉子色。【小道具】萌黄柄、同錦張り胴金入り大小。大十間の扇。

秦民部　【顔】白がちの砥粉づくり。生立役(なまたちやく)。【鬘】しっちゅう付、生締。【衣裳】〔着附〕皮色地織物、白二枚上つけ、半着附。〔裃〕納戸繻子、白地織物、熨斗目入り裃。〔襦絆〕白二枚襟。〔手甲〕白絹紐付。〔足袋〕白。【小道具】松葉色柄、胴金入り大小。大十間の扇。

同秀太郎　【顔】白塗りの色若衆。【鬘】若衆髷。【衣裳】〔着附〕藤色縮緬、中振袖、浅黄上つけ付、袖に銀糸市松、熨斗目入り半着附。〔裃〕御納戸献上、腰板付き裃。〔襦絆〕浅黄襟、赤袖、中振。〔手甲〕もみ紐付き。〔足袋〕白。【小道具】浅黄柄、蒔絵大小。印籠。大十間の扇。三方、梨子地の短冊箱。

小原万兵衛　【顔】朱入り地。なすび様の眉。【鬘】銀台、鬢ばら。【衣裳】〔着附〕天の縞ぶせ厚綿。〔帯〕紬、かわらけ茶前帯。〔手甲〕縫大阪手甲。〔下り〕共。【小道具】藁草履。弁当行李。背負いあみ。紫の帛紗。短冊。手紙。小柄（弾正の吹替え）。

忍びの奴宅内　【顔】砥粉づくり。【鬘】五十日の茶筌。【衣裳】〔四天〕黒緞子。〔帯〕紫綸子割帯。〔下四天〕黒素網、黒八丈紐付。〔しごき〕紫縮緬。【小道具】大磁石（または羅針盤）。黒柄、胴金入り小刀。

粂寺の供奴　【顔】砥粉づくり。【鬘】鬢の切薬。【衣裳】〔着附〕栗皮地、繻珍、股立着附。〔裃〕皮色地、織物、股立裃。〔羽織〕同繻珍割羽織。〔襦絆〕勝色襟。〔三里当〕白。【小道具】胴金入り大小。二枚福草履。

同鎗持奴　【顔】砥粉づくり。【鬘】袋つき椎茸様髷。【衣裳】〔着附〕紺看板、茶段々襟付、裾共。〔襦絆〕茶段々襟。〔帯〕かわらけ茶。〔下り〕絞り。【小道具】福草履。木刀。鎗（青貝樫柄七尺五寸）。同鞘（黒塗り、三升紋つき）。

同挟箱持　【顔】砥粉づくり。【鬘】鎗持奴に同じ。【衣裳】鎗持奴に同じ。【小道具】福草履。木刀。挟箱。

小野家小姓二人　【顔】白塗り。【鬘】二人共に若衆、切薬。【衣裳】①〔着附〕松葉色綸子、袖熨斗目入。〔裃〕白献上裃。②〔着附〕浅黄地綸子、袖熨斗目入り。〔上下〕納戸。〔襦絆〕浅黄襟。〔足袋〕玉子色。【小道具】小刀。

仕丁大勢　【顔】砥粉づくり。【鬘】袋つき茶筌。【衣裳】〔着附〕皮色木綿。白仕丁。〔襦絆〕無地襟。【小道具】福草履。仕丁烏帽子。沓の台。長柄の傘。

小野家侍二人　【顔】砥粉づくり。【鬘】二人共に鬢の切薬。【衣裳】〔着附〕繻珍。〔裃〕同じ勝色襟。〔足袋〕同地。【小道具】胴金入り小刀。一枚福草履。

桜町中将清房【顔】白塗り。高眉、鉄漿(ねか)をつける。【鬘】総髪冠下。【衣裳】〔着附〕白綸子、紗綾形、二枚上つけ付半着附。〔指貫〕紫地、八つ藤。〔装束〕黒綸子、金糸縫立ねり。赤こうびし大下。〔繻絆〕白二枚襟裾垂平、〔靴足袋〕白。【小道具】立長冠。紫のあご紐。笏。衛府太刀。塗沓。

腰元十人【顔】白塗り。【鬘】文金、紫の帽子。【衣裳】〔着附〕時色(薄紅色)。〔帯〕黒繻子、矢の字。〔繻絆〕白襟。〔湯具〕白。〔足袋〕白。〔丸ぐけ〕赤。【小道具】金銀女扇。

錦の前【顔】白塗り、時代の姫。三日月眉。【鬘】廻り取り下げ髪。【衣裳】時色、綸子縫、振袖二枚つけ付。緋繻子縫振袖、裲襠金袖房附。〔帯〕黒繻子扇縫ふり帯。〔繻絆〕白綸子、襟赤、振袖。〔湯具〕赤縫。〔かつぎ〕浅黄ねり。〔足袋〕白。【小道具】赤地錦の紙挾み。金銀女扇、房つき。銀の中ざし(蝶花形つき)。

腰元巻絹【顔】白塗り、帽子眉。【鬘】文金、油じけ。紫の帽子。【衣裳】〔着附〕黒縮緬、裾模様振袖、白一枚つけ付。〔帯〕白地織物矢の字。〔繻絆〕白襟、赤振袖。白絹裾よけ。〔湯具〕白絹。〔丸ぐけ〕白。〔足袋〕白。【小道具】紙ばさみ。金銀女扇。朱塗り蒔絵の天目。茶の湯茶碗。

出道具

一、蒔絵文台。
一、蒔絵硯箱。
一、西の内二十枚。
一、蒔絵脇息二つ。
一、赤地錦褥。
一、白緞子褥。
一、タテ四尺、ヨコ三尺の大入額、大欄間へつける。縁に巻く花つき。
一、大毛抜二つ。内一本さし金付。
一、小柄一本、さし金つき。
一、蒔絵、格子の莨盆。
一、銀のべぎせる。

鳴物

一 幕明き　(八千代恋慕合方 早舞)　秀太郎 数馬 きまる迄
一 巻絹「まあ〳〵待たしやんせ」　同 合方　揚幕呼び迄
一 数馬「左様いたそう」　桐の籬合方　三人 はいる迄
一 春道 春風 民部 出迎えると(清房出)　(三絃入 中の舞)　清房 二重へ上る迄
一 清房「勅諚」「ハア」　(三絃入 管絃)　清房「勅諚でござる」ト
一 民部「持参仕れ」「ハア」(秀太郎出)　あと 五色合方 本調子合方　春道「エ、無念な」ト
一 巻絹「まづ御入りあられましよう」　只 唄　皆々 はいる迄
一 民部「まづ御迎え申そう」(弾正皆々出)　(桃の木合方 壱調)　弾正 上手へ居直る迄
一 玄蕃「承りとう存じます」　序の舞合方　民部「偏えにたのみ奉る」迄
一 奥にて 腰元「まあ御出でなされませ」錦の前「恥しい許してたも」(皆々出)　〽室咲き (琴唄 乱れ)　玄蕃 立ちかゝる迄
一 (玄蕃錦の前の薄衣をとると)　どろ〳〵　薄衣着せる迄
一 あと　琴唄合方　民部「お控下さりませ」迄

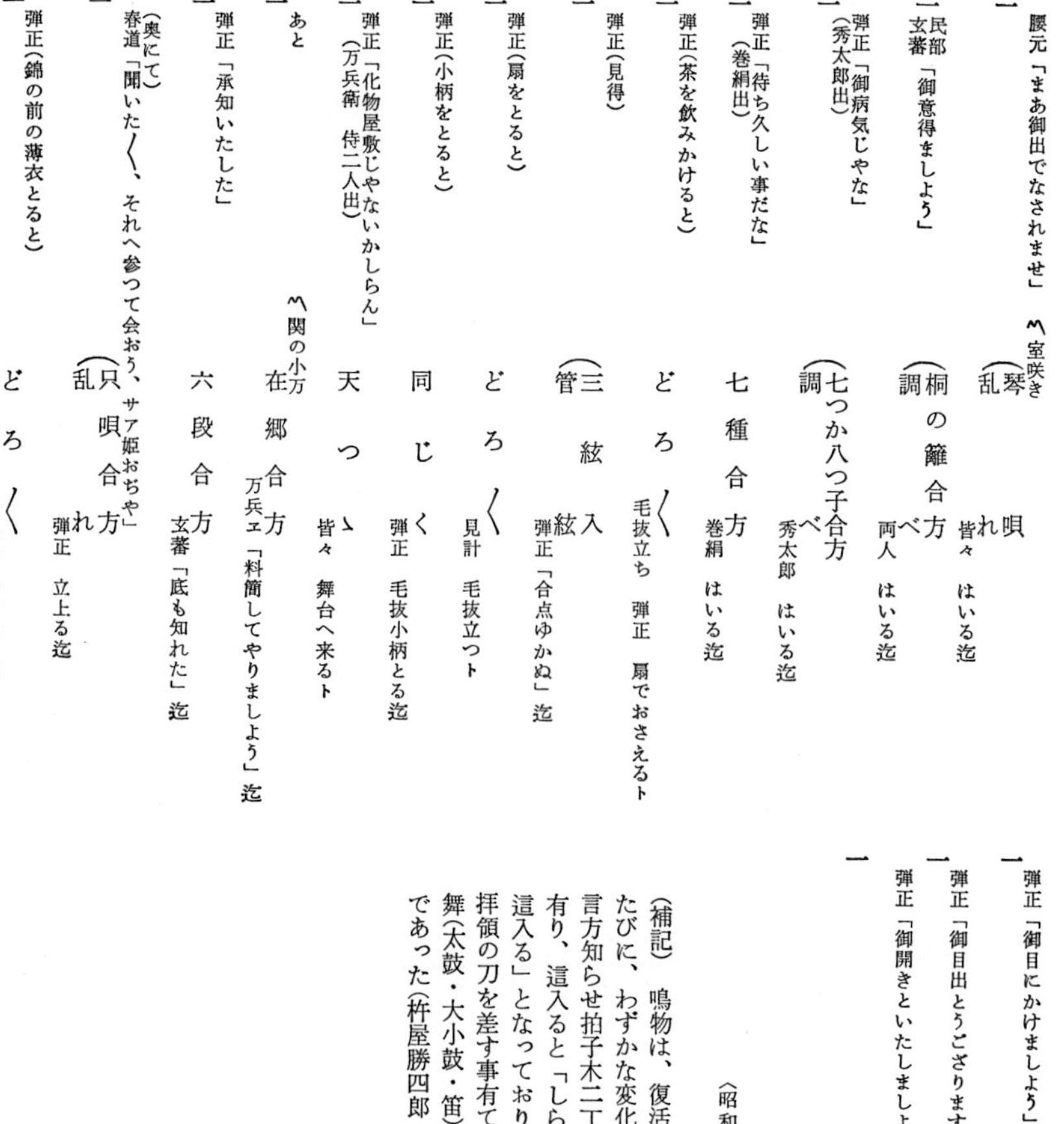

一 腰元「まあ御出でなされませ」　〽室咲き（琴唄／乱れ）　皆々　はいる迄

一 民部 玄蕃「御意得ましょう」　（桐の籬合方／調べ）　両人　はいる迄

一 弾正「御病気じゃな」（秀太郎出）　（七つか八つ子合方／調べ）　秀太郎　はいる迄

一 弾正「待ち久しい事だな」（巻絹出）　七種合方　巻絹　はいる迄

一 弾正（茶を飲みかけると）　どろ〱　毛抜立ち　弾正　扇でおさえるト

一 弾正（見得）　（三絃入／管絃）　弾正「合点ゆかぬ」迄

一 弾正（扇をとると）　どろ〱　見計　毛抜立つト

一 弾正（小柄をとると）　同じく　弾正　毛抜小柄とる迄

一 弾正「化物屋敷じゃないかしらん」（万兵衛　侍二人出）　天つゝ　皆々　舞台へ来るト

一 あと　〽関の小万　在郷合方　万兵ヱ「料簡してやりましょう」迄

一 弾正「承知いたした」　六段合方　玄蕃「底も知れた」迄

一 （奥にて）春道「聞いた〱、それへ参って会おう、サア姫おぢゃ」　（只唄合方／乱れ）　弾正　立上る迄

一 弾正（錦の前の薄衣とると）　どろ〱　弾正　鬘をぬく迄

一 弾正「御目にかけましょう」　三保神楽　見計

一 弾正「御目出とうござります」　片砂切

一 弾正「御開きといたしましょう」　〽天の岩戸　（唄入り／宮神楽／大拍子）　弾正　入る迄

幕

〈昭和十一年一月、東京劇場上演、望月太意之助附帳による〉

（補記）鳴物は、復活にあたり、杵屋勝四郎があたった。以後、上演のたびに、わずかな変化がみられる。三度目の上演の際は、幕明きは「狂言方知らせ拍子木二丁より片砂切（太鼓・笛）に掛り打上て幕明くと口上有り、這入ると「しらべ」（太鼓・大小鼓・笛）により諸士出で台詞有て這入る」となっており、幕切は「鳴物なく幕引付ると台調（小鼓）に掛り拝領の刀を差す事有て、見得より「舞扇」の「青海波濤」唄入り。中の舞（太鼓・大小鼓・笛）、時の太鼓（大太鼓）になり、這入ると打上て幕」であった（杵屋勝四郎「毛抜の鳴物」演芸画報、四ノ六）。

現行本

（暫・鳴神）

一、底本と、現行上演の台本とが、かなりの異同を示す「暫」と「鳴神」の二作品の全文を、参考のために掲載する。頭注・脚注欄に、⊟とあるのがこれである。特に、異同欄に「→⊟全文」とあるのは、この現行本を参照されたいの意を示す。

一、「暫」の本文は、昭和十一年一月、歌舞伎座における、七代目松本幸四郎の約一時間の上演本で、竹柴愬太郎所蔵。表紙・裏表紙とも二十四葉、十二行の謄写本。なお、異同の部分は、その後の上演に際しての書込み。

一、「鳴神」の本文は、昭和六年十二月、京都南座における、二代目市川左団次の上演本。竹柴愬太郎所蔵。表紙・裏表紙とも四十二葉、十二行本。書込みの異同の部分は、昭和二十一年九月、東京劇場における、市川海老蔵(現十一代目団十郎)上演のもの。

一、両本の異同の書込みは、貼紙、朱筆、もしくは鉛筆で示されている。その加筆、沫消または変化の状態を、＊と〔　〕印を以て示した。例えば、「幕明くト＊渡り拍子〔＊早渡り〕になり」とあるのは、底本の「渡り拍子」が「早渡り」と訂正されていることを示す。「〔そこ〕動くな」とあるのは、「そこ」が加筆であることを示す。「＊五郎〔＊荏原＊腹出し 五〕」とあるのは、二通りの訂正があることを示す。

暫

鶴ヶ岡社頭の場

一 月岡の息女桂の前
一 同老女 呉竹
一 同侍女＊四〔＊六〕人
一 豊島平太
一 田方運八
一 海上藤内
一 大住兵次
〔一 戸塚金六〕
〔一 武蔵恒内〕
一 奴 ＊八〔＊十〕人
一 半素袍の侍四人
一 白丁大勢
大薩摩連中

一 鎌倉権五郎景政
一 清原武衡
一 鹿島入道震齋
一 成田五郎義秀 一
一 東金太郎義成 二
一 足柄左衛門高宗 三
一 武蔵九郎氏清 四
一 垣生五郎助成 五
一 荏原八郎国連 六
一 加茂次郎義綱
一 同 三郎義郷
一 宝木蔵人員利
一 那須ノ九郎妹照葉 実ハ景政の従弟女
〔一 渡辺小金丸〕

本舞台一面朱塗の廻廊軒口へ金燈籠を大分に釣し上木梅の立木日覆より同じく釣枝をおろし早神楽にて幕明く卜＊渡り拍子〔＊早渡り〕になり向ふより奴八人対のねぢ切りにて鳥毛の鎗を持ち勇ましく振つて出来り　八人「＊よんやさ〔＊どつこい〕」（卜鳴物打上る）　一「江戸の歌舞伎の吉例に一座も極る顔見世月」　二「一番太鼓に二番手と繰越む奴の大鳥毛」　三

「降るとは雪かあられ酒寒の師走の捻切に」　四「いつもなじみの下馬先で盛切酒の飲仲間」五「ぐつと一杯二合半ぶん抜釘抜中抜きの」　六「草履も投げの玄関先お髭のちりとり機嫌とり」　七「名を鳥毛とは延喜もよく今日を曠れなる伊達道具」　＊八「渡り拍子の音につれて目出度時に相変らず」〔＊十「金紋先箱合羽籠お供廻りの下馬先で」　九「日の六月も土用干四季をきらはぬ渡り鳥」〕　一「勇み進んで」　八人「振込むべいか」（〔卜舞台へ来る管絃になり〕卜此時上手より豊崎平太田方運八海上藤内大住兵次上下大小にて出来り）　平太「是れは何れも御苦労御苦労今日清原武衡卿」　運八「当鶴ヶ岡の神殿にて関白宣下の思し立ち」　藤内「我々とても今日より思ひの儘に立身出世」　兵次「銘々誉れを鳥毛鎗とは幸先のよいこの繰込」〔五「勇み進んで景気よく」　六「今日を祝ひの神の庭」〕　平太「誠に目出度＊い〔＊き〕」　四人「事ではある」（卜時の太鼓になり向ふより加茂次郎義綱同三郎義郷宝木蔵人員利上下衣裳義綱の許婚桂の前老女呉竹侍女四人連れ立ち是を白丁大勢弓矢を番へ前後を囲み半素襖の侍四人附添ひ出て舞台へ来る）　＊侍〔＊雑式〕「〔そこ〕動くな」　義綱「こりや何故のこの狼藉」（卜此時上手にて）　＊五郎〔＊荏原＊腹出し五〕「その仔細」　三人「云つて聞せん」（＊卜管絃になり上手より垣生五郎上下衣裳にて出来り〔＊卜管絃になり上手より腹出し三人荏原八郎垣生五郎武蔵九郎出て来り〕）　＊五郎「何故とは横道者今日主君武衡卿には関白宣下の式日なるに当鶴ヶ岡の額堂へ大福帳の額を上げしは不届至極の加茂の義綱武衡卿の御前へ引き屹度詮義に及ぶ間そこ一寸も動き居るな」〔＊荏原「何故とは横道者めが今日主君武衡卿には関白宣下の式日なるに」　垣生「当鶴ヶ岡

の額堂へ大福帳の額を上げしは不届至極の加茂の義綱」 武蔵「武衡卿の御前へ屹度詮義に及ぶ間」 茬原「そこ一寸も」 三人「動き居るな」 腹出し五「何故とは横道者今日主君武衡卿には関白宣下の式日なるに当鶴ヶ岡の額堂へ大福帳の額を上げしは不届至極の加茂の義綱」 腹出し四「武衡卿の御前へひききつと詮議に及ぶ間そこ一寸も」 両人「動きをるな〕 義綱「こりや大福帳を奉納せしを不届なりとはその意を得ず国守の印を紛失なし父の勘気は受けしかど朝家を思ふ真心より奉納なせし大福帳」 義郷「それをおろして他の額を掛け召さるゝは無法な振舞」 蔵人「それ故さゝえ申してござる」 *平〔*一〕「*やあ〔*ナシ〕さゝゑこさゑをせしなどゝは承るさへ憎きやつ」 *運〔*二〕「武衡卿には天下の政治を握らせ給ふ御志願有て」 *藤〔*三〕「当鶴ヶ岡の額堂へ御奉納の雷丸」 *兵〔*四〕「それに何ぞやそちらでは大福帳の奉納額」 *平〔*五〕「こりや浪々のたつきに迫り小商ひでもするつもりか」 *運〔*六〕「邪魔な額故取おろすを」 *藤〔*二〕「さゝへ立てなす」 四人「不届きものめが」 桂の前「いやとよ夫ト義綱様には左様な賤しき御心ならず朝家の栄を御祈りの為御奉納ありし大福帳」 呉竹「仮令お目障りになればとて前(きさ)へ奉納して有る額面それを取のけ他の額を懸かへんとは無作法至極」 侍女一「どうぞあの儘お置き遊ばし」 二「さしもに広きあの額堂」 三「外へおかけなされますやう」 四「御無事を祈る此お願ひ」 *一「お聞き届け」 二「下さりませ」〔*五「お聞き届け下さるやう」 六「偏にお願ひ」 皆々「申し上げまする」〕 *五郎〔*茬原〕「ヤア女共迄*しやくり出て〔*しやしやり出て〕聞き度くもなきよまい事それ女共から射留めてしまへ」 白丁大勢「ハッ」（ト矢を向ける） 義「*まゝこれ〔*こりや〕何科もなき者までを」 郷「射留めんなどゝは無法千万」 *五〔*垣生*腹出し五〕「然らば御前へ早う失せう」 義「さアそれは」 *五〔*武*腹出し四〕「但し*是にて〔*是場で〕射留めやうか」 義「サア」 *五〔*茬原*腹出し五〕「サア」 両人「サア〳〵」 *五〔*茬*腹出し四 五〕「義綱返事は」 *四人〔*皆々*両人〕「どうだえゝ」（ト屹度いふ此時うしろにて） 呼「出御」（ト呼ぶ） 立役の女「アノ声は」 *敵役五人〔*腹出し両人〕「エ、出御だわ」（ト大きく云ふ此時大薩摩になり）〽咸宮万里の花の時栄華は雲の上もなき月日も爰に弥高き時の威勢ぞ類ひなき（ト早下り葉になり正面の廻廊を左右へ引割り此内に誂らへの台真中に清原の武衡吉例の冠装束にて笏を持ち立身前に白木の三宝へ大盃をのせてあり上の方には*足柄太左衛門〔*東金太郎〕赤塗上下衣裳にて大福帳の附きし額を抱へ鯰坊主鹿島入道震齋吉例の拵へにて梅の枝に瓢箪を附て担ぎ下の方に*茬原八郎〔*足柄左衛門〕赤塗上下衣裳にて雷丸の剣の附きし額を抱へ奈須九郎妹照葉振袖衣裳にて長柄の銚子を持ち真中の後ろに長柄の傘を差しかけし白丁附添ひ此見得右の鳴物にて件の台を前へ押出す後は奥深に廻廊の中遠見になり鳴物打上る） 立役女形「ヤ、是れは」（ト悔りする） *五〔*茬原*腹出し五〕「ヤア御前間近く尾籠千万」 *敵役皆々〔*両人〕「下れエ、」（ト屹度いふ是より音楽の鳴物になり） 武衡「既に青雲の時至り中納言清原の武衡坂東諸国を切随へ遠からずして*天下の〔*六十余州の〕政治我手に握る幸先祝し今日只今当社にて*冠装束〔*金冠百衣を〕身に着し自ら昇る位い山」 *足柄〔*東金*腹出し二〕「誠や君命畏くも雲井の花*の魁は〔*に魁けて〕寒紅梅の赤ッ面」　＊荏原〔＊足柄＊腹出し 三〕「列なる顔は紅いに赤いは酒の科ならでこれも吉例役廻り」　震齋「その故実さへ白梅に瓢簞から出た駒ならで鯰坊主生々覚え」　照葉「君の御威勢誰有て背く者なき仰せをうけ不束ながら御執持〔女だてらになまずとはどうした拍子の瓢簞をふりかたげたる伊達姿」　小姓梅若「君の御威勢寿きて列なる今日の一座の曠れ〕」　武「我に敵たうやつばらは罪を糺して刑に行ひ日頃の望みたんぬる上は皆万歳を唱へろヱ、」　＊五〔＊荏＊腹出し 四〕「何れも君を祝されよ」　平「只々お目出度う」　敵役皆々「存じまする」　義「後三年の戦ひに僅かな勲功あればとて分に過ぎたる此振舞ひ」　郷「自ら高位高官の冠装束附けまとひ」　義「天下の政治を握るなどとは我意に募りし剛慢無礼」　桂「それのみならず義綱様がこの御社へお納め遊ばせし」　呉「大福帳のお額まで取おろしたる此様子」　義「以ての外の事どもなるわ」　武「やあ我面前にてその雑言汝が父の頼義にはかねて遺恨の此武衡桂の前を我に靡かせ＊是にて〔＊此場で〕随身すればよし左なくば成敗致して呉れん」　義「やア天理に背く己れ武衡何故随身なすべきや」　桂「自らとても夫トある身が＊何故〔＊なにしに〕操を破らんや」　呉「よしや此身はどうならうと御二人様は御無難に此場をお退れ＊遊ばしませ〔＊遊ばして〕」　郷「此有様を都へ登り逐一奏聞なされませ」　義「さゝ云ふにや及ぶ＊弟来れ〔＊ナシ〕」(ト立たうとするを)　＊白丁大勢「動くな」(ト弓矢を向ける)〔＊ナシ〕　＊五〔＊東＊腹出し 二〕「やア上意に背くのみならず都へ奏聞遂げんなどとは返すがへすも憎くき奴めが」　＊足〔＊腹出し 三〕「此様子ではそやつ等は所詮随身しめへから」　＊荏〔＊腹出し 四〕「首打ち落して我君の御賢慮休め＊奉れ〔＊奉らん〕」(ト是を聞き照葉思入有て)　照「ハッ差出ましたる事ながら神の社で血をあやさば神意の恐れござりますれば何卒その儀は御見合せを」　震「まゝこれ照葉姉えも味方の癖に気の弱いことは＊云はぬ〔＊云はねえ〕ものだ」　＊武「生け置く時は邪魔なやつそれ成敗の用意致せ」〔＊ナシ〕　＊荏〔＊東＊腹出し 二〕「こんな事には手馴れてゐる＊東金太郎〔＊成田五郎〕を呼出しさつせえ」　＊五〔＊足柄＊腹出し 五〕「ハッ○(＊ト上手〔別記あげまく〕へ向ひ〔＊ト二重よりおりてつけ際にて〕)　車舎(やと)りに控へたる君の愛臣＊東金太郎〔＊成田五郎〕　＊君の〔＊御前の〕お召し急いで是へ」　＊東〔＊成＊腹出し 一〕「＊かしこまって〔＊合点で〕ござります」(ト花道より成田五郎上下大小股立にて出て来り〔足柄は二重へ戻る〕)　＊五〔＊足柄＊腹出し 五〕「＊東金太郎〔＊成田五郎〕」　皆々「御来やつたか」　＊東〔＊成田＊腹出し 一〕「お召しの声と一やうに押ッ開いたたる寒紅梅赤いは顔のしやつ面見せ昔にかへり揚幕から＊東金太郎義成〔＊成田五郎義秀〕是まで伺候仕ってござりまする」　武「皆一同にそれへ出て＊片ッ端から成敗しろヱ、〔＊首打ちおとす用意をなせ〕」　＊東〔＊成＊腹出し 一〕「君命背く奴輩(やつばら)＊を〔＊の〕首打ち落すに何の手間ひま覚えの刀研ぎすましとくより控へ＊て〔＊ナシ〕居てござる」　武「＊それ〔＊方々早く〕用意いたせ」　腹出し皆々「＊ハッ〔＊ナシ〕畏ってござりまする○＊よんやまかしようとな〔＊ナシ〕」(ト是より三保神楽になり〔成田〕足柄荏原東金垣生〔武蔵〕前へ出股立を取り仕度をすることよろしく肌をぬぐこと有て＊此内アリヤ〳〵の声掛る〔＊ナシ〕)やつとことつちやアうんとこな〳〵」　武「彼等の首を肴としていで〱九献を巡らさん」 震「それ照葉殿君へ御酌を」 照「ハッ」(＊ト銚子を持ち前へ出る此時赤面四人立並び〔＊ト照葉酌をして鯰坊主照葉平舞台へ下りる腹出し皆々二重へ上る二畳台上へよせる〕) ＊東〔＊成〕「イデ素首を打放たうか」〔＊ナシ〕 ＊足〔＊成〕「今が最後〔〕(ごせ)だ」 ＊四人〔＊六人＊皆々〕「観念しろエ、」(ト武衡大盃にて酒を呑みに掛る赤面＊四〔＊六〕人刀を振上げる〔見得〕此時向ふ揚幕にて) 景政「しばらく」 ＊敵役皆々〔＊腹出し皆々〕「ヤア」 武「待て〱〱 ＊我心に応ぜぬ奴原罪を糺して成敗なし今盃を巡らさんとなす〔＊我に敵対ふ奴原を刃のさびになさんず〕折柄」 ＊足〔＊成田〕「どうやら聞いた初音の一声暫といふ声を聞き首筋元がぞく〱いたし流行風でも引かにやアいゝが」 ＊茌〔＊東金〕「左様々々斯ういふ手前も有様は足の裏がむづ〱いたし気味が悪うござるわへ」 ＊東〔＊足〕「何にいたせ我々などはまだ喰付けぬ事なれば〔茌〕胸がどき〱致してならぬ」 垣「左様々々身どもなどもその通り今暫くとの声を聞き〔武〕下つ腹がぴんと申した」 震「物はためしだ聞いて＊見なさい〔＊見さつせえ〕」 武「しばらくと声かけたるは」 ＊敵役皆々〔＊腹出し皆々〕「何やつだエ、」

(九行前ノ「足」以下ノ異同) ＊腹出し一〔＊成〕「どうやら聞いた初音の一ト声暫と云つたぞよ」 ＊腹出し二〔＊東〕「かねて覚悟は致してをれど久しぶりの事といひ足の裏がむづ〱して気味が悪うござるわへ」 ＊腹出し三〔＊足〕「拙者も今の暫くでは首筋元がゾク〱して流行風でも引かにやアいゝが」〔茌「何にいたせ我々などはまだ喰つけぬ事なれば胸がどき〱いたしてならぬ」〕 ＊腹出し四〔＊垣〕「左様〱身どもなどもその通り今暫くとの声を聞き下つ腹がぴんと申した」 照「さうでござんすアノ暫くの一ト声は耳に響いて地震より雷さんより怖うござんす」 震「イヤ怖いは誰より此入道おこり病ひを見るやうに未だに腰がすわらぬわへ」 ＊腹出し五〔＊武蔵〕「是ぞ歌舞伎の吉例ながら物はためしだ聞いて見やう○今暫くと声かけたは」 皆々「何やつだエ、」

景「しばらく」 ＊敵役皆々〔＊腹出し皆々〕「〔何〕暫くとは」 景「しばら〱暫プウ」〽かゝる所へ鎌倉の権五郎景政(ト大小入よせになり景政吉例の暫の拵へにて出て来り花道に留る〔トこれにて腹出し合びきにかける〕)〽素襖の袖も時を得て今日ぞ昔へかへり花名に大江戸の顔見世月目覚しかりける次第なり(トよろしく座につく皆々是を見やり) ＊奴八人「どつこい」〔＊ナシ〕 ＊足〔＊成田＊腹出し一〕「今我君の厳命にて罪有る奴を成敗に行はんとなすところへ」 ＊茌〔＊東金＊腹出し二〕「暫くと声をかけのたくりつん出たわつぱしめ」 ＊震「イヤ赤い伯父公(おぢいが)二人とも知らねば誰も知る筈なし」 照「かう見たところが柿の素袍に大太刀佩たお若衆さんどうやら気味が悪るさうな」 ＊東〔＊足〕「聞くは当座の恥だといへばまア兎も角も聞いて見やう〔茌〕そもまづうぬは」 (「震」以下ノ異同)〔＊足＊腹出し三「そもまづ汝(うぬ)は」〕 ＊敵役皆々〔＊皆々〕「何やつだエ、」 景「淮南子に曰く水余りあつて足らざる時は天地にとつて万物に授け前後する所なしとかや何ぞその公私と左右とを問はん問はでもしるき源は露玉川の上水にからだ許りか肝玉まで滌ぎ上げたる坂東武＊者〔＊士〕＊盛り三升の九代目と人に呼ばるゝ〔＊ナシ〕

鎌倉権五郎景政当年こゝに十八番＊久し振りにて顔見世の〔＊ナシ〕昔を忍ぶ筋隈は彩色(どいろ)見する寒牡丹素袍の＊色〔＊袖〕の柿染も渋味は氏の相伝骨法機に乗じては藁筆に＊腕力示す〔＊腕前見する〕荒事師江戸一流の豪＊宕〔＊放〕は家の技芸と御覧＊なせへ〔＊あれ〕とホ、敬て白す」（ト宜敷つらね有て納る） 奴八人「どつこい」 ＊五〔＊成田＊腹出し一〕「サア〱＊暫くでござる〔＊何んだ〱〕根元歌舞伎初まつて江戸の名物暫くの本店何れも首の用心＊しやれ〔＊さつせえ〕」 ＊敵役皆々〔＊腹出し皆々〕「やあ」 武「今暫くと声をかけつん出た奴をよく見れば見覚えのある＊角前髪〔＊角若衆〕＊外に類ひの荒事の本家に相違あらざるか〔＊名に大太刀に三升の紋柿の素襖は本家本店〕その権五郎景政が何で暫くとめ立て致した」 景「何んで大福帳の額を＊はづして〔＊おろして〕イヤ誰が＊はづした〔＊取つた〕」 武「シテその大福帳にいはれがあるか」 景「愚かなりそも大福帳のいはれ先大は万物の頭名なくて外なきを大と読ませ一を書き人を加へ天地乾坤の惣名これ大なり」 武「扨て又福とは」 景「福は幸ひと読み篇には則ち示すと書き上ミの恵みを下に示す心なり又作りには一口の田と書き古き文には民は国の御宝と釈し誠に君の御威勢は此の〔豊〕あし原は＊申すに〔＊云ふに〕及ばず天竺震旦あだし一ト口に飲み納めんとの理(ことはり)なり」 武「扨てまた帳とは」 景「知らずは事を問ひたまへ帳は長久の長上〔御〕一人より下万民に至るまで＊人〔＊物〕の司を長と書てはおさと読む篇には則ち巾を書き衣食満足する時は国治りて民豊かなり治まる時は文を左にして民をなで乱るゝ時は武を右にして敵を摧く夫れ惟れば兵は凶器なり止むを得ざるに是れを用ゆる＊誠に呂望張良光武大宗天下を治むるゆゑんなりそのかみの歌に人は堀人は石垣人は城情は味方仇は敵なり唯々一心のなす所〔＊ナシ〕誠に天地人の三方は国にあつては君民国武家に有つては智仁勇〔又〕民間に下つては家の三宝竈の賑ひ国家繁昌の色をあらはす是大福帳の三字に至極すこゝに目出度き＊末の年〔＊あけの春〕吉辰＊秘密の〔＊祝ふの〕額なりと掲げたるが誤りかぐつとでも云つて見ろ」 武「＊のさばり過ぎたその詞〔＊ナシ〕この武衡が＊耳障り〔＊目障り故〕誰かある引立てい」 ＊足〔＊腹出し二〕「ハッこりや誰れ彼れと云はうより噂に聞いた＊吉例の〔＊吉例なれば〕入道どんが引立てさつせえ」 震「＊宜敷うござる〔＊ナシ〕吉例とあれば是非がない勝手は知らぬがやつて見ませう」 敵役皆々「手並のほどが見たいな〱」（ト震齋は勢ひよく下手へ来て立ち留り） 震「いや待てよ安受合ひに出は出たが勝手は知らず力はなし所詮只では立ち居るまいと有てあとへは帰られずなまずにいんではこの胸がすまぬ〇（ト一寸諷ひかけて）いや我ながら悪い声だ〔〇〕どりや〱〱〇（ト花道へ行き）わつぱめそこを立てヱ、」（ト屹度云ふ景政此体を見て） 景「わりや何だ鯰の化物か」 震「事もおろかや我こそは常陸の国の住人鹿島入道震齋とて要石でも恐れぬ入道きり〱そこを立てヱ、〇（ト屹度云つて気をかへ） ＊といふのはほんの御前体計りあたまに免じて若衆殿坊主立つちやアくんさるめへか〔＊ナシ〕」 景「立てとはどこえ」 震「ハテ揚幕の方へ」 景「立つてやらうと云ひてえがまあいやだ早くなくなれなくなり様が遅いと〔頭から〕塩を附けてかぢつてしまふぞ」 震「ヤアー」（ト恟りして舞台へかへる＊此内〔＊ナシ〕

照葉＊二重より下りて〔＊ナシ〕前へ出て） 照葉「震齋さんどうでござんした」 震「いやかう云ふ時には女に限る〔照葉姉え〕こなた往て引立てゝ下せえ」 照「どうして私に＊そんなことが〔＊ナシ〕」 震「いやこの震齋が＊一緒に行けばまあ兎も角も来さつせえ〔＊ついて居ればまあ兎も角も行かつせへドリヤ〱〱＊いやうしろには此入道がついてゐるはまあ兎も角も行かつせへドリヤ〱〱〕」（ト無理に花道へ連れて行く照葉気味悪きこなしにて） 照「＊モシ〔＊マア〕高麗屋の親方さん＊この寒いのに〔＊ナシ〕よくまアおいでなさんしたな私しやちとお前に頼みがあるが何と聞いては下さんせぬか」 景「誰かと思へば〇家の姉えか女だてらに引立てとは冗談なまずを押へませうそうして用とは」 照「外でもござんせぬが〔女だてら立てえゝでもござんすまい〕ちつとそつちの方へ寄つては下さんせぬか」 景「エ、＊うるせへ〔＊折角のおぬしの頼み顔を立てゝやりてへがマア〕いやだぐづ〱するとにらみ殺すぞ」 照「＊ヲ、〔＊アレー〕」（ト照葉おそれてあとへ下る） 震「どうだナ〱」 照「私には所詮駄目でござんす」 震「えゝはりえゝのねえ〇そんならおいらが（ト入替つて）さういやいつそ」（ト握拳をふりあげる） 景「どうしたと」 震「一つとやアー〔一夜明くれば賑かで〱お飾り立てたり松かざり〱〕」（ト＊一寸〔＊ナシ〕鞠唄を諷ひ＊下座の鞠唄になり〔＊ナシ〕照葉震齋のあたまを鞠につかひながら舞台へ帰る） 敵役皆々「えゝおかつせえ〔ナ〕」 一「然らばどうでも行かねばならぬかさて〱難儀な役廻り」 二「併し首尾よく行く時は」 三「御恩賞にもありつく手柄」 四「手柄はしたし気味はわるし」 五「仕事は大ぜい喰物は」 六「小勢に限ると下世話のたとへ」 一「みんな揃つて」 皆々「出かけやうか〇ドリヤ〱〱」（ト花道へ行き） 平太「わつぱめ＊爰を〔＊そこを〕立てエ、」（ト屹度いふ） 景「えゝうぬらに引立てられてつまるものか悪く＊傍（ばそ）へ〔＊そべえ〕寄りやアがると投込へほうりこむぞ」 ＊平〔＊二〕「ヤ、こいつが〱犬猫では有るめえし＊投込む〔＊投込みへほうり込む〕などとは無礼の雑言」 ＊運〔＊三〕「人もゆるせし我々は〔三〕武衡卿の四天王」 ＊藤〔＊四〕「蟹から天王＊虎〔＊魚〕ヤア〱」〔五「団子天王たち天王」〕 ＊兵〔＊六〕「天王様ははやすがおすき」 平四人「ワイ〱とはやせワイ〱とはやせ」（ト囃子立ることよろしく） 腹出し「えゝおかつせへ」 ＊（ト屹度いふ） 四人「ヨウー」（ト恟りして舞台へ逃げて帰る） 一「サアこれからは奴の番だどなたも身の用心さつしやりやせう」（ト鎗をついて思入） 二「社内を廻らつしやりやせう」（ト茶屋廻りのこなし） 五「えゝおかつせえ」（ト屹度いふ奴八人揃つて出て） 一「サアこれからおいら〔達〕が引立て様か」 皆々「それがいゝ〱〱ドリヤ〱〱」（ト花道へゆき） 一「わつぱめそこを」 八人「立てエ、」 景「いやだ引込め引込み様が遅いと片つぱしから糸目を附けて切凧にして打放すぞ」 八人「所をおいらが」 景「どうしたと」 八人「ピン〱〱」（ト凧の心にて舞台へにげかへる） 平四人「＊おきやがれ〔＊おかつせへ〕」（ト叱る）

（二〇行前ノ「ト屹度いふ」以下ノ異同） ＊腹出し 一〔＊足〕「最前から用捨をすれば君の御前も憚りなく」 ＊二〔＊茬〕「慮外をひろぐ憎くきわつぱ」 ＊一〔＊戉〕「成田五郎義秀」 ＊二〔＊東〕「東金太郎義成」 ＊三〔＊足〕「足柄左衛門高宗」 ＊四〔＊武〕「武蔵九郎氏清」 〔垣「垣生

五郎助成〕〕 ＊五〔＊荏〕「荏原八郎国連」 ＊一〔＊成〕「いでぼつかへして」 皆々「くれべいか」

景「いやわざ〳〵来るにや及ばねえおれが方からそこへ行くぞ」 ＊足四人〔＊腹出し皆々〕「いやア」 景「旦那寺へ人をやれ」 ＊足四人〔＊腹出し〕「いやア」 景「早桶の用意しろ」 ＊足四人〔＊腹出し〕「いやア」 景「さらば御輿をかきあげべいか」（トアリヤ〳〵の声になり景政舞台へ来り中啓を噛え肌をぬぎ皆々千鳥に入れかはり立役をかこつて屹度＊思入〔＊見得〕） ＊奴皆々「どつこい」〔＊ナシ〕（ト納る） 義「景政殿お来やつたか」 桂「待つてゐましたわいの」（ト嬉しきこなし） 景「〔オ、此〕景政が＊来た〔＊めへつた〕からは大船に乗つた＊と思つて〔＊気で〕落付いて＊ござりませ〔＊おいでなされませ〕〇〔ト敵役に向ひ〕 ＊時に承らう〔＊先づ第一にたづねてへは〕何故あつて此人々の首を刎んとおしやるのだ」 ＊武「やア案外なるわつぱめ〔の景政〕若年者の分際で無礼をひろぐ憎い奴めが」〔＊腹出し 一「彼等の首をはねるのは今日我君関白宣下国を治める剣の額」 二「当社へ奉納なさんず折お目障りとなるそれ故に」 三「義綱が納めし大福帳取退けんとなすその所を」 四「さゝへこさへをなせし上これへ来りて無礼の雑言」 五「それ故成敗いたすのをなんで邪魔立」 皆々「ひろぐのだ」〕 景「＊先づその無礼を糺さうならその冠りから糺さにやならぬどこから免され着けさつした〔＊人の無礼を糺さうよりそれに着せし冠装束誰のゆるしをうけたのだ〕」 武「＊さア〔＊ナシ〕それは」 景「自儘に着けたか」 武「それは」 景「返答あるか」 武「サア」 景「サア」 両人「サア〳〵〳〵」 景「誰だと思ふエ、〔〇見得〕つがもねえ＊それればかりでなく朝家の為に奉納する剣の額の雷丸といふは偽り〔＊まだそればかりか朝家のお為と偽つて奉納なせし雷丸まことは〕君を咒咀なす剣であらうが」 武「事もおろかや此雷丸の名剣は忝くも禁中にて神鳴を仕止め朝家を守る御太刀故雷丸となづけたり」 景「その仕止めたる神鳴は水雷（みづかみなり）か火雷（ひかみなり）か水雷なら体（たい）もなければ何を目当てに切つたるぞ火雷にてあつたならやいばたゞれて刃金はなまり物の役には立たぬ筈まだその上にたんだいの印〔ぬすみ出し〕大方赤ェ伯父イ達ほつぽに持つてゐやうから坊に下せへ手エ〳〵します」 ＊成〔＊腹出し 一〕「何でそれを」 腹出し皆々「知るものか」 景「うぬらが知らずは正座に居る武衡どんが持つて居やうイデ引づりおろしてくれべいか」（ト此時照葉懐中より紫の伏紗に包みし国守の印を出し） 照「ア、ヤレ義綱様が御勘気の基となりし＊紛失の〔＊たんだいの〕御判我手に戻り居りまする〇又雷丸の名剣はヤア〳〵＊お供の内の〔＊お供に加へし〕小金丸殿＊名宝持参し〔＊それなる御剣〕急いでこれへ」 小金丸「＊心得ました〇〔＊畏つてござりまする〕（ト＊下手より〔＊花道より一調にて〕渡辺小金丸仕丁の形りにて剣を持ち出て来り）仰せ付けられし御家の重宝則ちこれに」（ト出す景政受取つて） 景「＊サ、これさへあれば〔＊二品揃ふ上からは〕義綱＊殿〔＊君〕も御帰参あつて桂の前と天下晴れて妹背のかためサアたしかにそつちへ渡しますぞ」（ト義綱に渡す義綱一寸改め見て嬉しきこなしにて） 義「＊ちエツ忝けない〔＊ナシ〕再び戻る国守の印」 蔵「それにてお家は」 立役皆々「万々歳」 景「＊目出度一つ〆めますべい〇〔＊祝ふて一つ〆めやうか〕（ト立役女形皆々手をうち）イヤお目出度ござります」(ト敵役皆々此体を見て) ＊荏〔＊成＊腹出し 一〕「こつちも〆ろ」敵役皆々「ヨイ〳〵〳〵」(トよろしく手をうつ) ＊足「エ、馬鹿〳〵しい」〔＊東金「エ、あほらしい」〕〔震齋「おかつせへ」 腹出し「イヨー」〕(ト武衡思入有て照葉にむかひ) 武「さてこそ那須の九郎の妹と入込むおのれは廻し者よな」照「女子だてらの大役も殺生石に由縁(ゆかり)ある奈須の九郎の妹と＊偽り〔＊ナシ〕今日まで化けてゐたわいなア」〔腹出し 一「さては間者か」皆々「イヨー」〕小「又某は義家公の家来にて渡辺金吾が＊夜食のかたまり〔＊ 一子〕小金丸行綱清原方のうつそりども何と肝が潰れたか」 ＊敵皆々〔＊腹出し皆々〕「＊ヤア〳〵〳〵〔＊イヨー〕」景「照葉の知らせに謀反の企て残らず露顕の上からは首を洗つて待つてゐろ義綱殿には片時も早く帰参のお仕度」義「礼は詞に尽せぬ恩」桂「勧めに任せ少しも早う」呉「いざお立退き遊ばしませ」武「此返報は重ねて＊屹度〔＊いふぞ〕」景「云分あるかサ、言分あればいつて見ろエ、」 ＊敵役皆々〔＊腹出し皆々〕「その云分は」景「どうしたと」 ＊敵皆々〔＊腹出し皆々〕「無い」景「こりやさうなくては叶はぬ筈だいで〳〵お立ちあられませう」
〽さらば〳〵と日の本に英雄独歩のその勢ひ勇ましかりける(ト此内立役皆々向ふへは入る) 敵役「それ」〔白丁「動くな」〕(ト是にて奴八人白丁大勢景政にかゝり取巻くを大太刀抜いて一時に首を打おとすぶつ冠りになり投首を大分に出す) 武「鎌倉権五郎」敵役皆々「景政」景「弱虫めら」敵役皆々「さらば」(ト片シャギリになり吉例の見得にて幕)(幕外景政太刀をかつぎ屹度見得さらしになり宣敷向ふへは入る跡シャギリ)

鳴神

北山岩屋之場

一 鳴神上人
一 白雲坊
一 黒雲坊
一 同宿多勢
一 たえま
長唄連中

本舞台一面険阻なる岩山正面に高さ五尺になだれ七八尺斗の掻き上げ土手三方上に四本柱を建て綺麗なる庵四方に注連を張り後ろ山水橋懸り険阻なる岩組大滝あり滝の上に大竹を二本立て太縄にて注連を張る但し後ろに滝壺あり仕掛けにて水を吹き上げ大竹を伝ふて竜大分昇る仕掛その外軽き手頃の投岩大分岩組に添ふてある幕の内よりトヒヨ〳〵にて幕明くと白雲坊黒雲坊主にて玉襷をかけ聞いたか〳〵聞いたぞ〳〵と云ひながら本舞台先に立つ合方止む 白「聞いたか〳〵」黒「聞いたぞ〳〵」白「コレ〳〵最前から聞いたぞ〳〵と云つてゐるが一体何を聞いたといふのぢや」黒「本堂の後ろで鶯を聞いた」白「たわけものめそんな事ではないわい師の坊鳴神上人の此度の行法の訳を聞いたかといふ事ぢや」黒「その訳は何にも知らぬ」白「それを知らぬといふことがあるものか知らずは云ふて聞かさう此度師の〔御〕坊鳴神上人の行法といふは＊戒壇お許しの願ひを立てられた処その願ひが御許しにならぬと〔＊何やら内裏様へ願を立てられたその勅許がないと〕云ふて三千世

界の竜神を封じ込め世界に雨を一滴も降らせまいといふ行法ぢやそれで見いまづこの三十日あまり一滴の雨が降らぬは何んときついものではないか」 黒「さればこのやうに雨が降らいでは爪を上げる子供の為にはよけれども苗代時に向ふて百姓はいかい難儀ぢや」 白「*イア難儀といへば今日はどうも気が滅入って難儀でならぬわい〔*その百姓の難儀といふが内裏様を困らす手だてなのぢや〕」〔黒「それで読めたその行法を破られぬやうそなたとわしに番をせいと師の坊の云ひつけか」 白「その通りぢやア、さぞ気鬱せうと思ふて今からもうほつとしたやうぢや〕」 黒「*さればその気鬱がはつきりとなるやうな〔*サアその気鬱した所をハツキリとさせるよい〕薬があるが何と飲まさうか」 白「なんぢや*よい薬がある気のハツキリとなる薬ならドレ〔*気のハツキリする薬ぢやそれなれば〕ちと飲まう」 黒「飲ませう〳〵万病不死といふ〔霊〕薬ぢや」 *白「サア早うくれい」 黒「大事の薬ぢやわいそれでしつかりと蔵へ入れて置いた今戸前を開けて出してやろう（ト黒雲坊股倉より貧乏樽を出し）何と〳〵たしかな蔵へ入れて置いたであらうがやまづ盃も爰にあり」（ト袖より取出す） 白「乞食坊主め破戒無漸の悪僧めかゝる師の坊の行法の中に飲酒戒を破る上はこの儘には差置かれぬおのれ見いよ」（ト身づくろひして行かうとする黒雲坊立ふさがり止める） 黒「拝む〳〵」 白「拝むとはおのれ」 黒「あやまつて改むるに憚ることなかれ大あやまりぢや夫程こなたが腹を立つならばよいわ樽を岩へ打ちつけて砕いてしまはう如是畜生発菩提心」（ト樽をぶつけやうとする） 白「あゝら物体なや一粒万倍〳〵酒は元菩薩を以て拵らへたものぢや酒になつた所が即ち仏南無さか如来〳〵あまりの勿体なさによいわ一杯飲んでやらう」 黒「飲んでもよいかや」 白「そこが臨機応変といふものぢやソリヤ一杯つげ」 黒「これはよくしたものぢや」（ト黒雲坊つぐ白雲坊一杯受けて飲み天窓を打つて） 白「ハ、ア極楽〳〵サア之をさした」 黒「戴かうか（ト黒雲坊一杯うけて）明けましてはよい樽でござりますサアこなたへ進上」 白「そんなら此所によい肴があるぞおれが夜食にしてやらうと思ふて取よせたがせわしさにふやかす間がなかつたこれでも噛んで酒を飲まうコリヤ兜頭巾といふ肴ぢや」（ト干蛸を股倉より出す） 黒「腥坊主め大切な師の坊の壇上を汚すといひ破戒無慚な悪僧め師の坊へ云はねばならぬ師匠様〳〵（ト呼ぶ白雲坊せつながつて止める思入）イヤ〳〵聞かぬ〳〵」 白「聞かざあよいおれも聞かぬ師匠様黒雲坊が酒をくらひますする」 黒「白雲坊が蛸をくらひますする」（ト云ふて両方ながら口を塞ぐ此時鈴の音がする）

（二四行前ノ「白」以下ノ異同） 白「此の横着坊主め破戒無漸の悪僧め」 黒「悪僧とは」 白「師の坊の行法のうちに飲酒戒を破らうとは爰な不届者めこの儘では差置かれぬ御師匠様に云ひつけるからさう思へと云ふでは余り勿体ないよいわ一杯呑んでやらう」 黒「呑んでもよいか」 白「そこが臨機応変といふものぢや」 黒「と云ふたところが肴がないア、コレ密柑でも勝栗でも持つて来たらよかつたに」 白「あるぞ〳〵兜頭巾といふ肴がある」 黒「この生臭坊主め出家の身にあるまじき鮹を食ふといふことがあるものかコリヤ師の坊へ云はねばならぬ」 白「コレサ〳〵それを云うてたまるものか」 黒「イヤきかぬ〳〵」 白「聞かざアよいおれも聞かぬお師匠様黒雲坊が酒をくらひまする」黒「白雲坊が蛸をくらひまする」白「と云ふ所ぢやがとかく近所に事なかれ」黒「わしも黙つてゐやうから」白「おれも黙つて」黒「蛸を肴に」白「さらば一杯」二人「やりかけうか」（と云ふて両方ながら口を塞ぐ此時鈴の音がする）

二人「ヤア師匠様〔ぢや〕〱」（ト驚く一声になる）〽去る程に鳴神上人は竜神竜女の飛行を封じ国土の雨を閉ぢこむる厳伝ひの山深き壇上に行ひすましける（トこの内御簾を三方巻き上げると鳴神壇上に後向に端座して祈念を凝らしてゐる両僧は下の上下に侍してゐるうち居眠りを初める）〽雲井を落す滝の糸の岩に砕くる水音風声清浄観の床の上威徳応護の眦を垂れ南無大精不動明王〱（ト此上るりの内雲のたえま着流し扱帯片肌ぬぎ肩に薄衣をかけ襟に鉦鼓を掛け手に撞木を持ち花道よりそろ〱出で滝壺に立ち上るりの掛にて念仏を申す鳴神居直つて）鳴神「＊一鳥啼かず山更に幽かなり人迹稀なる深山の滝壺の下に念仏の声聞ゆるはハテ怪しやなアコレ一﨟コレ黒雲白雲坊黒雲坊両僧〔＊ハテ怪しやなア一鳥啼かず山しきりに幽かなり人迹稀なる深山にはるか滝壺の下に当つて念仏の声するはコレ白雲黒雲コレ両僧〕」（ト中啓にて壇上を叩く両人肝をつぶしてギヨツとして眼をさます）鳴「＊両僧〔＊ナシ〕隋弱千万なぜ眠る」白「いえ勿体ない私は眠りは致しませぬ〔」鳴「あれほど眠つたぢやないか」白「イエ私は眠りはいたしませぬ〕あの坊主めが眠りましてござりまする」黒「コリヤ〱〱そのやうな人に云ひかけをする〔なお〕師匠様わたしは目を皿程にして見張って居りました〔が〕一﨟が眠りました」白「嘘をつく坊主めどこにおれが眠つた＊おのれが眠つた〔＊ナシ〕」黒「おぬしが眠つた」白「おぬしとは」黒「おぬしとは」（ト両方腕まくりして意気込む）＊鳴「こりやどうぢや」（ト両人鎮まる）〔＊ナシ〕鳴「それが沙門の行跡かよい眠らぬが定ならば今のを聞いたか」両人「えゝ」鳴「＊イヤサ今のを聞いたかよ」両人「何んでござる」鳴「何んと奇怪な事ぢや鳥も通はぬこの山奥それに〔＊ナシ〕遙か滝壺のほとりに＊聞えてさも〔＊て〕怨しき声に念仏を申す〔を〕」両人「えゝ」（ト怖がる思入）＊鳴「ハテ心得ぬ事ぢやこりやヤイ妖怪の類ひか但し幽霊か」両人「えゝ」（ト怖がる思入）〔＊ナシ〕鳴「両僧滝壺の＊ほとりへ行つて見届けて来い〔＊あたりへ行て見届けて来やれ〕」両人「えゝ」（ト大きに肝をつぶす）鳴「行かぬか」両人「あい」（トふるへる）＊鳴「行かぬか」両人「あい〇（トふるえて）畏りました」〔＊ナシ〕白「黒雲坊師の坊の御意ぢや見て来い」黒「こなた見てござれ〔」白「われが行け」黒〕こなた一﨟ぢやないか」白「＊それが〔＊一﨟なれば〕何とした」黒「＊雑煮に据はる時に何とそなたが〔＊雑煮の膳へ座る時こなたが〕先へ座るかおれが先へ座るか」白「そりやおれが＊先へ座るさ〔＊先に座るわさ〕」黒「＊サ〔＊ナシ〕それぢやによつて先へ見て来やれと云ふが何とわるいか」白「＊こりや雑煮と幽霊と一ツ口に云はれるものか何でも一﨟がいふに従はぬか〔＊雑煮と幽霊と一ト口に云はれるものか〕云ふ事を聞かぬと食はせるぞ＊よ〔＊ナシ〕」黒「食はして見い」〔両人「イヤこいつが」〕（ト両人腕まくりをして張合ふとしてその手を見付けられ）鳴「＊こりや〔＊そりや〕何んぢや」＊黒〔＊白〕「ハイこのやうなつくね芋が＊ござりますなら〔＊ござり

ましたら〕お斎の菜に致さうと＊存じまする〔＊存じまして〕」　＊白〔＊黒〕「〔わしは〕このやうな蕪(かぶら)が＊見え〔＊ござり〕ましたら汁に＊いたして〔＊して〕差上げやうと存じまして」　鳴「＊大〔＊ナシ〕たわけめ」　両人「＊はい〔＊アイ〕」（ト両人鎮まる）　鳴「＊争ひを止めて両僧とも行つて見て来い〔＊行かぬか〕」　両人「＊畏りました〔＊アイ〕」（ト両人おづ〳〵差足して滝壺へ行きたえまを見て肝をつぶし本舞台へ来て）　白「あゝ見事なものぢや」　黒「＊気疎(きようと)い〳〵〔＊気疎いものぢや〕」　＊白「無類飛切ぢやまづあれは何んであらうどうも只の女ぢやない人間ではあるまいぞ」〔＊ナシ〕　＊黒「まづ天人ぢや師の坊の行力で世界に水がないによつて〔＊白「あれは天人ぢや世界に水がないによつて天人が〕羽衣を爰へ洗濯に来たものぢや」　＊白「いや〳〵目違ひ〳〵あれは竜女ぢや師の坊の行力で雨が降らず海も川も池も皆干上り切つてゐるによつて竜女の居所が無い正しく竜宮で店(たな)を逐はれたものがこの滝へ封じ込められた竜神の一門一家に逢ひに来たものぢや」〔＊黒「いや〳〵目違ひ〳〵あれは竜女ぢや滝壺へ封じ込められた竜神の一家一門へ竜女が逢ひに来たものぢや」〕　＊黒「あゝ文盲な坊主ぢやな竜女といふものは天窓(あたま)の上に極つてさゞえか生貝か海老が附いてある筈ぢやが海老は大師匠に差合ぢやに因つて竜女ぢやないあの美しい処は天人に極つた」〔＊白「イヤ美しい処は天人に極つた」〕　＊白〔＊黒〕「ハテ竜女ぢやよ」　＊黒〔＊白〕「イヤ天人ぢやよ」　＊白「又こいつ口答へする食らはすぞよ」　黒「擲つてこますぞ」〔＊両人「おのれ」〕（ト互ひに擲らうとする又見付けらるゝ）　鳴「＊コレ〔＊そりや〕何ぢや」　白「急々如律令」　鳴「＊大だわけめが結迦趺座して黙し居らう〔＊たわけめ〕」　両人「＊ハイ〔＊アイ〕」（ト畏る）　鳴「＊よい〔＊おのれ等では落着せまい〕おれが見届けやう（ト滝壺の方を見やり）　＊コレ〳〵〔＊コレ〕」（ト呼ぶ三度目に）　たえま「えゝ」〔両人「えゝ」　鳴「黙ろう」　両人「アイ」〕　鳴「＊はて心得ぬ飛禽猛獣だに通ひ難き山路を経てさもやんごとなき女性の身の峨々と聳えたる巌の〔＊飛禽猛獣だに通ひ難き山路を経てさもやごとなき女性の身が滝壺の〕前に立つたるはアラいぶかしやまづそなたは何者ぢや」　た「わしかえ」　両人「わしかえ」（ト真似る）　鳴「だまらう」　両人「＊はい〔＊アイ〕」　鳴「成程そなたの事ぢや」　た「あい自らは＊はるか此の御山の麓のもの夫トに別れました女でござりまする〔＊此の御山の麓に住む者でござりまするがなつかしや近頃恋しい夫トに別れました〕」　鳴「＊夫に〔＊スリヤ男に〕別れたか」　た「あい」（ト泣く）　鳴「＊ふう〔＊ナシ〕生別れか死別れか」　た「しかもけふが＊丁度〔＊ナシ〕七々日」　鳴「四十九日か」　た「あい」　鳴「南無阿弥陀仏」　た「筐こそ今は仇なれこれなくば忘るゝこともあらましものを新々しき此薄衣浮世の垢をすゝがんと存じますれば如何なる事にや＊百日余り旱して井の水とても涸き果て一滴の水もござりませぬ承ればこの御山の滝の瀬はかゝる旱にも水たへず清く流るゝ名水ぢやと申すによつて女子の身の踏み馴れぬ山路を登り参りました床しきは夫(つま)なつかしきが良人自らが心の中を〔＊旱して井の水とても涸きまして洗ふ水がござりませぬこの御山の滝津瀬は旱にも水たへぬ名水ぢやと聞きました故踏み馴れぬ山路を登り夫トの形見を洗ひに参りましてござりまする床し

きは夫(おっ)なつかしきは良人自らが心の中〕御推量なされて下されませいなア」（ト泣く） 鳴「さて〱哀れな物語り＊見れば若い身空で嶮岨をいとはず夫の筐を洗濯せんとよぢ登つたる志シはハテ感涙至極ぢやなア夫程の語らひならば添ひつれた頃はいかい仲がよかつたと見える〔＊夫程の心なら添うてゐた頃はいかう仲がよかつたと見えた〕」 た「仲のよい段かいなア天にあらば比翼の鳥地にあらば連理の枝＊と云ひ交はしたる来し方を〔＊ナシ〕思ひ出せばおもしろい事でござりました」 鳴「煩悩即菩提婦人に対して＊斯く詞を交はすも因縁後生の回向〔＊詞をかけるも因縁といふものであらう回向のはし後生の為〕その話が聞き度いものぢや」 た「お話し申して心の憂さを晴らし度うござります〔る〕何とお話し申しませうかえ」 鳴「＊そりや好からうサ話しや〱〔＊それが好からうサア〱話しや〕」 た「サアお話し申しまするがそこと爰とは遙か隔つて居りまする＊低うお話し申したらお耳には入るまいし高う申したら山彦に答へて凄まじうござりませう〔＊ナシ〕どうぞお側へ寄つて近うお話し＊申したいもので〔＊申したう〕ござりまするがお側へは行かれず」 鳴「ちつとも＊大事ない其処で話しては滝の音に紛れて中々耳へは入らぬ爰へおぢや〱〔＊だんない爰へ来て話しや〱〕」 た「＊あの〔＊そんならそこへ〕往(い)ても大事ないかえ」 鳴「＊だんないとも〱爰へ〱〔＊だんない〱〕」 た「そんなら＊お側へ参りませう〔＊そこへ行かうわいナ〕」（ト滝壺をはなれて本舞台へヅカ〱と来る） ＊白「コリヤ〱ならぬ師匠様の仰せ渡されで女人禁制」 黒「誓文ならぬ」〔＊両人「コリヤ〱〱ならぬ〱」 た「でもお師匠様のおゆるしでござりまする」 白「行法の間は女人禁制」 黒「七里けつぱい〱〕」 た「あれあのやうに＊云ふてゞござんす〔＊云ふてぢや〕わいなア」 鳴「あれあのやうに云ふ筈ぢや壇上近く＊女を寄せることは叶はぬそこで両僧が膝元近く寄つてそれで話せ〱〔＊女は叶はぬ両僧の膝元近くで話した〱〕」 た「あい〱そんなら爰で御話し申しませうお二人様も聞いて下さんせ」〔両人「よるまい〱」 た「さらばお話し申しませうか〕」 鳴「さらば聞かうか」 ＊二人「話した〱」〔＊ナシ〕 た「恥かしながらその＊殿御に馴れましたはな〔＊殿御と馴れ染めましたのはな〕遠い事でもござんせぬ去年の春の弥生半ば清水へ花見にいたと思はしやんせ見渡せば柳桜をこき交ぜて都ぞ春の錦といふはあの音羽山の事でござんす幔幕を＊打廻はして〔＊打めぐらして〕爰では琴の爪音かしこでは三味線の鼓のと唄ふやら舞ふやらイヤモウたまつたことではござんせぬ〔わしも父様母様のゆるしを受けて花見に往たと思はしやんせ〕＊するとな〔＊したればな〕幕の外に年の頃は二十余りの殿御〔が〕すんなりと立つてわしが幕の内を覗いてゐやしやんした＊その気高さ目付なら口元ならイヤモウどうもかうも云はれたことぢやないわいの〔＊わいなアその気高さ可愛らしさといふものは目付なら口元ならイヤモウどうも云はれたことではござんせぬ〕トントわしが方から最惜(いと)うなつたと思はしやんせ」 白「あの近付きでもないのに」 た「さいなアその可愛らしさといふものはほんにちりけ元から」 黒「ぞつとしたか」 た「ぞつとの段かいな」 黒「ガタ〱ふるへたか」 た「がた〱の段かいな寒うなつたり熱うなつたり〔その殿御

の顔に見惚(ト)れて来たと思はしやんせ〕」　白「面白い」　黒「たまらぬわ」　た「＊したれば〔＊ナシ〕先きの殿御もいたづらなあつちからもわしが顔をじつと見ぬやうで＊ゐやしやんした〔＊見さんしたと思はしやんせ〕」　白「旨いな〳〵」　黒「水飴で餅食ふ＊やうであつたか〔＊やうなものぢや〕」　た「時に＊彼の〔＊その〕殿御が懐から短冊を出して矢立の筆に墨を含ませ一首の歌をさら〳〵と書いてわしが腰元を招いて〔これをあなたへ上げてくれいとわしが所へ〕送らしやんした〔と思はしやんせ〕その手の美しさといふものは〔イヤもうどうも云はれた事ではござんせぬ〕」　両人「能書か〳〵」　た「能書とも〳〵しかも＊行成やうに〔＊面白い古歌を〕書かしやんした＊わいな〔＊ナシ〕」　＊白「とつて置け〳〵」〔＊ナシ〕　＊黒〔＊両人〕「シテその歌は」　た「見ずもあらず見もせぬ人の恋し＊くば〔＊きは〕」　白「見ずもあらず」　黒「見もせぬ人の＊恋しくば」〔＊両人「恋しきは」〕　た「あゝ何とやらいふ下の句でござんした」　白「それを忘れるといふことがあるものか」　黒「板に書付けて帯へ＊括り付けてゐたが能い〔＊括つて置けばよいに〕」　た「見ずもあらず見もせぬ人の恋し＊くば〔＊きは〕」　鳴「あやなくけふや眺めくらさんといふ下の句ではなかつたか＊の〔＊ナシ〕」　た「ほんにさうでござんしたわい＊の〔＊なア〕」　鳴「シテ〳〵何うぢや」　た「とんとそれから面白うなつたと思はしやんせ」　両人「その筈〳〵」　た「そこでわしが局を呼んであなたのお名を＊聞いておじやいづく如何なる所にお住ひなさるゝお方ぢや委はしう聞いておぢやといひ付けて局をやつたれば〔＊聞いた所が〕」　両人「云ふたか〳〵」　た「イエ〳〵云はしやんせぬわいなア＊その憎さが人に物を思はせてやつがれは名も無きものにて住居は嵯峨野の奥の片ほとり結びて建てる草の庵とばかりいふていなしやんしたわいなア」　黒「残念千万」　た「イヤモウ残り多いやら気がもめるやらやれ止めましてといふうちに入相の鐘に花ぞ散り〳〵に群集も去ぬると思はしやんせさうすると乳母やこし元がサアお前も御帰りなされませと云ふて無理やりに乗物に乗せられてその日は内へ戻つた」〔＊ナシ〕　両人「南無妙法蓮＊華経〔＊陀仏〕」　た「＊したが普門品の功徳といふものはきついものでござんすまづ観音さまへ願をかけたればなあらたかな夢のお告げ〔＊普門品の功徳はきついものでござんす観音様へ願をかけたれば有難い夢の御告げがあつたと思はしやんせ〕」　両人「奇妙〳〵」　た「＊その有難さ嬉しさといふものはイヤモウ詞に述べられたものぢやござんせぬ〔＊有難いやら嬉しいやら〕その夜皆を寝させて置いてわしたつた一人〔お告げのあつた殿御の〕嵯峨野の奥まで往(い)たわいなア」　両人「きついわ〳〵」　た「＊昼さへ道を知らぬ野の末山を上つたり下つたり到底嵯峨野へ行つたればな〔＊したればな〕大きな川が＊有て〔＊有つたと思はしやんせ〕」　白「あるとも〳〵大堰川桂川」　黒「名代の川ぢや」　た「サアその川を渡らうと＊思へば〔＊思ふても〕船は無し橋は無し＊さらばと肝を据へて昼ならばよいよいものかいの〔＊ほんに昼なればよいものを〕闇を便りの川渡り女子の身の大胆な裾をグッとからげてな」　両人「＊からげたか〳〵〔＊まくつたか〳〵〕」　た「＊からげた〔＊まくつた〕段かいな」　両人「おゝつめた」　た「〔そのつめたいもいとはゞこそ〕向ふの方へぞんぶり」　＊白「ぞんぶり」　た「ぞ

んぶり」黒「ぞんぶり」た「ぞんぶり」〔＊ナシ〕両人「ぞんぶり＊〳〵〔＊ナシ〕」た「ぞんぶり＊〳〵〔＊ナシ〕」白「＊ほゝう〔＊ナシ〕深いわ〳〵」黒「＊これは〔＊ナシ〕丈が足らぬは」（ト此中三人して川を渡る可笑味）た「＊人の精力といふものは恐ろしいもの〔＊ナシ〕とう〳〵向ふの岸へ渡りついたわいの〔う〕」両人「＊えゝ〔＊ナシ〕絞れ〳〵」（ト両人着物を絞る思入）た「濡れぬ先こそ露をもいとへ小笹かきわけ荻ふみしだき＊足に任せて行く程に〔＊たう〳〵〕殿御の庵に着いたわいなア」両人「着いたか〳〵」た「＊その家の様のつき〴〵しさ柴折戸を押開けてズツト入るとなかの殿御がやれおぢやつたかと云ふてわしが手をとつて直ぐに内へはいつて何か〔＊柴折戸を押開けてズツト入つたれば殿御も待つてゐやしやんしてやれおぢやつたかと云ふて手をとつて内へはいつたわいな」両人「とけるわ〳〵」た「何か〕つもる物語り香を聞くやら酒（ささ）を飲むやら嬉しさのあまり戯れが過ぎてつい口舌になつたわいなア」〔白「これはたまらぬ〕」＊白〔＊黒〕「喉元過ぎれば熱さを忘るゝぢや＊の〔＊ナシ〕」た「えゝつんとおかしやんせおくまいが＊何とした〔＊どうした〕抓（つめ）るぞへ叩くぞえ叩いて見や叩かいではと殿御の頭（つむ）をぴつしやりと」（ト黒雲坊の天窓を叩く痛いといふ思入）両人「勘忍せい〳〵」た「＊その言昇りが嵩じてな面白うない程につツと立つていなうとしたればそりやあまりむごいぞやと云ふてきつと留めさしやんしたわいの」〔＊面白うない程にわしやもう去ぬるイヤ去なすことはならぬイヤ去なにや置かぬとツイと立つて行かうとしたればわしの袂をじつと摑へて又古歌を云はしやんした」両人「その歌は」た「あすは又たがなからんも知れぬ世に」白「あすは又」黒「たかなからんも知れぬ世に」た「アレ又下の句を忘れた何と云ふたかあすは又たがなからんも知れぬ世に」鳴「友ある今日の日こそ惜しけれと云ふて止めはせなんだか」た「ほんにさう云ふてとめしやんしたわいなア〕」鳴「シテ〳〵何うぢや」た「＊何んとさう云ふて留めしやんしても去うといふては去なにや置かぬとはづして行かうとしたれば袂をとつてイヤやることはならぬと引かしやんすイヤいぬる遣らぬと控ふる袂振切つてついとして〔＊去うといふては去なにや置かぬとはづして行かうとしたれば袂をとつてやることはならぬと引かしやんすイヤいぬると袂振切つてツウイと〕」（ト此中鳴神壇上より辷り落ち気を失ふ）＊白〔＊両人〕「やあこりや師匠様が目を廻さつしやれた」（ト三人うろたへ）＊両人「師匠様〳〵」〔＊ナシ〕た「上人さま〳〵」〔両人「上人様〕」（ト三人にて声々によびかける此の中たえま姫滝水を〔手にすくふて袖にひたし〕飲ませる両僧手足を撫でる）＊白「ヤアこりや惣身が」黒「冷たうなつたわ」両人「お師匠様〳〵」〔＊ナシ〕（ト驚くたえま鳴神の胸をあけ押し乍らよびかける鳴神ウムと気のつきし思入）白「＊嬉しや〳〵〔＊嬉しやお気が〕」両人「＊お気がついたわ〔＊ついたわ〳〵〕」た「上人さまお心がつきましたか」鳴「両僧」両人「＊はい〔＊アイ〕」＊た「お心がつきましたか」〔＊ナシ〕鳴「扨て〳〵沙門の＊あるまいこと〔＊あるまじき〕婦人の噺に聞き惚（と）れて＊思はず〔＊ナシ〕壇上よりまろび落ち＊ていかう胸を打つたが今〔＊ナシ〕性根を取失うた中＊に〔＊ナシ〕一滴の冷水口中に＊入ると思ふと気もさはやかになつた〔＊入るかと

思へば気もさはやかになつたわヤイ」　た「＊あい〔＊ナシ〕その筈でござんすあの滝の水をわたしが＊手で上げたのでござんす〔＊口うつしに上げたのぢや〕わいなア」　鳴「うむそんなら＊冷〔＊ナシ〕水を＊飲ませたはそなたか〔＊飲ませてくれたもそなた〕」　た「あい」　鳴「又胸を押してくれたもそなた」　た「あい」　鳴「＊むゝ〔＊アノ胸を押してくれたも〕」（トたえまの顔をじつと見て暫く思入有てたえまの胸倉をとつて投げる）　＊た「あれ」〔＊ナシ〕　鳴「両僧ゆだんすな」た「コリヤ何となされまする＊ぞ〔＊ナシ〕」　鳴「＊あら訝しや昔天竺はらな国に一道士あり額に角を生ず名付けて一角仙人といふ或る時雨後の事なるに雨の滴り乾くことなく山谷一面に滑かなり雲に乗り水を歩む仙人なれども暫時の怠断に仙術を忘れ誤つて遙の谷へまろび落ちたり一角大いに怒り是れ元雨の為なれど雨は無心にして科なし雨を降らせしは竜神なりよし天地の間の竜神竜女を仙術を以て封じ込め国土に雨を降らせじと怒れる眼車輪の如く遂に大千世界の竜神竜女を尽く一巌窟に封じ込め一本の〆を張り封を書きて仙術毫釐も怠らず此に於て天下大いに旱魃して田畑焦れて民の煩ひとなる時の帝是を歎かせたまひかゝる仙術を破らんには妍（かほ）き女に如かずと旋陀女といふ美人に勅して汝一角が仙窟に到り色をもて通力を失はせよ然らば忽ち雨ふるべしとの勅諚に随ひ旋陀女は件の山に分け入り色を以て一角の魂をとらかし通力を破つて帝都に帰れば直ちに黒雲天にむらがり大雨車軸を流し草木五穀うるほひを生ずる察する処おのれめはハラナ国一角仙人のためしを引き我が通力を破らんとて爰へ来れる女と見ゆるサア大内にていかなる公卿の息女なるか又は武臣の姫なりや正直正路の〔＊あらいぶかしやなむかし天竺はらな国一角仙人の例しにならひ我が通力を破らんため爰へ来りし女と見ゆるサア大内にて如何なる公卿の息女なるぞ〕白状に及ばずんば立ち所に引き裂き捨つるが女返答はドヾどうぢや」　た「あゝ勿体なや＊上人さまゆめ〳〵左様なものではござりませぬさつきから申上げまする通り夫の筐を洗はん為にこの滝壺までよぢ登りました女子でござんすそれに思ひもよらぬお疑ひをうけて却つて亡き人の菩提の妨げ幸ひかなやこの滝壺へ身を投げて冥途の夫に逢ひませう御回向頼み上げまする〔＊お上人さまゆめ〳〵左様なものではござりませぬ夫の筐を洗はん為この滝壺までよぢ登つた女子でござんす思ひもよらぬ上人様のお疑ひをうけた上はこの滝壺へ身を投げて冥途の夫に逢ひませう〕皆さまさらば南無阿弥陀仏」（トたえま滝壺へ身を投げやうと走りゆく）　鳴「ヤレ留めい〳〵〇（ト両僧あはてゝ抱き止め鳴神の前へ連れて来る）ハテ＊気の短い〔＊サテ短気千万な愚僧も疑ふまいものでもない〕一旦咎めたればこそそなたの本性が顔色に現はれた＊殊勝〳〵〔＊ナシ〕夫（つま）なら無益に死ぬるに及ばぬ死んで菩提の為にはならぬぞ＊や〔＊ナシ〕」　た「でも生きてゐて」　鳴「尼になりや比丘尼になりや」　た「えゝ」　＊鳴「鳴神が剃刀を当てゝ御仏の弟子にせう」〔＊ナシ〕　た「＊あのお前の〔＊そんなら髪を剃つて〕お弟子になされて＊下さりませうかへ〔＊下さんすかへ〕」　鳴神「おいのう」　た「あのほんにかえ」　鳴「鳴神に妄語両舌があらうか＊い〔＊ナシ〕」　た「えゝ有難うござりまする」　＊白〔＊両人〕「是れで落付いた＊わ〔＊ナシ〕」　＊黒「おらもほくろびでも縫ふて貰ふには

まアよいか」〔＊ナシ〕 鳴「両僧＊そち達の中一人〔＊そち達は〕麓へさがつて剃刀と剃髪の具を＊とゝのへて〔＊袈裟も揃へて〕持つて来い」＊白「黒雲坊師の仰せ付けられぢや」黒「そなたが行けといつてめつたにおれが行かうかしやらくさい」鳴「えゝおれが差図して一臈が吩付けるのにおのれ行くまいか」黒「参りまする」白「早う失せぬか」黒「参ります〳〵がもう日が暮れになつたあの峡(ひか)曲りの榎の下がえゝ気味のわるい所ぢや(ト云ひながら渋々花道へ行く中にて化物を看付ける思入れして怖がり)何か赤い物が目にさえぎるが何んぢや知らぬ待てよはゝあ向ふの桟敷の毛氈ぢや毛せん蓮華経観世音ぼうさ」(ト云ひながら入る) 鳴「憶病な坊主ぢや」白「出家が物におそれてなるものでござり升かわしはつんと悟道いたして居り升る」鳴「コリヤどうでも一臈ほどある殊勝〳〵や是は如何なこと一度に云ひ付けてやればよかつたものを」白「何んでござりまする」鳴「ハテ尼にすれば直に袈裟を着せねばならぬ殊に宗門の珠数を持たせねばならぬ一臈太儀ながらそなた今から麓へ下がつて持つて来い」白「えつ○(ト大いに肝をつぶす)お師匠さま又さつきより日が暮れて参りましたによいかげんなことをおつしやりませい」鳴「悟道めされた一臈には似合はぬ云分な」白「でもお前とつぷりと暮れて参りました」鳴「日が暮れうが夜が更けうが師の命に背くか行かうと云はゞ早く失せうて」白「失せまする失せは失せまするがそんならおまへもあの坊主と一緒におやりなされたがようござりまするわいの」(ト花道へ出て空を見たりわきを見たり怖がり乍ら思入有り) 鳴「まだ失せぬか」白「サア参りは参りますがあの女中と師匠さまとたつた二人り」鳴「何ぢや」白「大黒〳〵福大黒を見さいな」(ト入る)

(二二行前ノ「白」以下ノ異同)＊両人「アノこれから」鳴「早う持て来い」白「それでもお師匠様もう日がくれまする」黒「暗くなつて参りまする」鳴「日がくれうが夜が更けうが師の命に背くか」両人「イヱ背きはいたしませぬ」鳴「早ううせう」両人「ハアイ」白「黒雲坊そなた先へ行け」黒「おぬしは一臈ぢやこなた先へ行かつしやれ」白「そなたが行けといふに」黒「こなたが行けといふに」鳴「まだうせぬか」両人「ハイ〳〵参ります〳〵」白「なんと黒雲坊わしらを麓へやつて置いて」黒「跡にはあの女中とお師匠様とたつた二人」鳴「なんとした」両人「いやずぼんぼえ」(両人は入る) 鳴「いかい阿房な奴等でござる」

た「モシお師匠様＊〳〵〔＊ナシ〕」鳴「あゝよいぞ＊もう師匠様といふか成程さう詞を改めたがよいおれは師匠なり〔＊〳〵わしは師匠〕そなたは弟子追つ付け受戒ぢや程に心を清く持ちませう」た「そんなら＊アノ〔＊今に〕剃刀が来るとこの髪を斬りますかへ」鳴「＊くる〳〵〔＊くり〳〵〕坊主にするわ＊へ〔＊い〕」○〔た「ハア」〕(トたえま泣く) 〔鳴〕「こりや＊泣くか〔＊ナシ〕なぜ泣くぞ」た「一筋を千筋と撫でし黒髪＊を〔＊も〕今剃つて捨＊つ〔＊て〕ると思へば」鳴「それ＊で〔＊が〕悲しうて泣くか」た「あい○＊アイタ、、、〔＊ナシ〕」〔鳴「たらちねのかゝれとてしも烏羽玉のわが黒髪を撫でずやありけん髪を惜しむは道理〳〵」た「アイタ、、」〕(トつかへを起す思入あり) 鳴「何とした〳〵」た「＊あい思ひ切つては居りまするがあゝ〔＊ナシ〕悲しい事ぢやと＊思ひましてつかへが〔＊思ひますればつかへがつのつて」あゝいた〳〵」　鳴「ハテ気の毒な薬はなしドレおれが＊背中を〔＊ちと〕もんでやらう」　た「いえ勿体ない何んの」　鳴「＊ハテ〔＊ナシ〕病ひのことぢや何んの遠慮があらうドレ〳〵○〔ソレよいかソレ虫がグッと云ふた〕（ト胸をさすり）＊よいか〳〵〔＊ナシ〕」　た「いかう快ようござり升る〔○どうなされたえ〕」　鳴「あじなものが手にさわつた＊こりや何んぢや〔＊ナシ〕」　た「＊アレ何となされまする」〔＊なんぢや〳〵何がお手に障つたえ〕　鳴「生れて初めて女子の懐ろへ手を入れて見たれば胸隔の間に何やらやわらかな括り枕のやうなものがあつた」　た「お師匠様としたことがコリヤ乳でござんす」〕　鳴「＊ハ、ア乳か嬰児（みづ）の時に有難くも母の乳味で育つて今一寺の住職となつたもコレ全く母人の乳の恩〔＊乳か嬰児の折に育てられたは有難き母の乳の恩〕その乳を忘るゝやうになつたもなんと出家といふものは木のはしのやうなものぢや」　た「御殊勝なことでござりまする」　鳴「ドレ〳〵＊もう一度さすつてやらう」（トいふ時鳴神一寸手を離してたえまの片手を押えるたえま思入有て振り切り）〔＊押してやらう乳の下が鳩尾かの病ひの凝つてゐる所ぢやこの鳩尾の下が心穴臍とも云ふ」（風の音）　た「お師匠様何をなされまするアレ」　鳴「拝む〳〵どうもならぬ」〕　た「＊師匠様〔＊ナシ〕鳴神様コリヤお前は〕鳴「気が違ふたといふことか」た「本性ぢやござりますまい〔コレ申し〕」　鳴「破戒したといふことか」　た「破戒の段ではないわいの＊御〔＊ナシ〕出家の身として」　鳴「＊おう生きながら地獄へ落ちてもだんない」　た「イヤサ上人様」　鳴「仏も元は捨てし世の悉達太子この世には妻もあり子もあつた近くは志賀寺の上人の例しもありおうと云へ従はぬに於ては我れ立ち所に一念の悪鬼となつて其の美しい喉笛へかみ付いて共に奈落へ連れ行くが女返答はナ、何んと」〔＊堕落した〳〵おゝといへ心に随はぬに於ては一念の悪鬼となつてその美しい咽喉笛へくらひつき共に奈落へ連れて行くが女返答はなんと〕　た「＊モシ〔＊ナシ〕上人様」　鳴「ならぬか」　た「〔エ、〕お前は」　鳴「ならぬか」　た「なるわいなア」　鳴「ヤア」　た「何ぢや怖い顔してそのやうな恋路があるものかいなア」　鳴「サア〳〵何うぢや」　た「応ぢやわいなア」　＊鳴「おうぢや」　た「おうぢや」〔＊ナシ〕　鳴「往生極楽＊〳〵サア〳〵早く〔＊サア蓮台へ〕」　た「＊あれ待たしやんせ応は応ぢやがそんならおまへはほんにわしと女夫になる気かへ〔＊エ、せはしない応といふからは急がんす事はないわいなしたがおまへはほんにわしと女夫になるかへ〕」　鳴「女夫が池へまつさかさまに落つる法もあれ」　た「サ＊待たしやんせいの〔＊ナシ〕女夫にな＊る〔＊り〕はなりませうがわし＊は〔＊や〕坊ンさんを良人に＊持つは〔＊持つ事は〕いや」　鳴「坊主は脚気の薬ぢやが＊な〔＊や〕」　た「＊何を〔＊ナシ〕そんなら還俗さんすか」　鳴「只今でも」　た「男にならんすか」　鳴「今やうに髪結ふて見せ＊る〔＊う〕」　た「＊ほんにかえ〔＊心かえ〕」　鳴「仏祖をかけて」　た「＊アレ〔＊ナシ〕その誓文が抹香臭い＊それに〔＊わいなアしたが〕殿御の名に鳴神上人とは」　鳴「名を変へる＊がや〔＊ぢやて〕」　た「何とへ」　鳴「市川＊左団次〔＊海老蔵〕」　た「〔オ、〕よい女夫になりました」　鳴「＊エ、忝い〔＊サア〳〵早う〕」　た「＊そこで盃事をしたいものぢや〔＊またせかんすかわしや女夫ぢやといふ盃事をしたいわいなア〕」　鳴「盃せう〱酒もある」＊た「えゝ」〔＊ナシ〕　鳴「盃もある〇（ト壇の脇より樽と大盃を出す）＊あの弟子坊主めらが大低の粋ではないかおれが目を抜きおつたをチラリと見て置いて禍ひも三年酒五年酒の御念を入れられてかくして置きおつたを今用に〔＊なんとけうといかあの弟子坊主めらがわれが目をぬきをつたをチラリと見て置いた今役に〕立てるぢやて」　た「＊それは幸ひ〔＊これは合ふたり叶ふたり〕サアお前始めさんせ」　鳴「＊いや〔＊ナシ〕俗家で聞いた事がある夫婦(めうと)の盃は女子の方から飲んで夫トへさすものぢやと云ふぞや」　た「ても巧者な事かな」　＊鳴「サア飲んでさしや」〔＊ナシ〕　た「さらば目出度＊う〔＊く〕飲んで上げませう」　鳴「〔さらば〕酌を致さう」（ト鳴神注ぐたえま受けて）　た「＊えゝもう〔＊ナシ〕わしやたんとはいけませぬ＊サア〔＊ナシ〕是が二世まで〔も〕の盃ぢやぞへ」（トたえまさす〔鳴神戴いて〕）　鳴「＊オット、、、〔＊イヤ平に〱〕」　た「こりやどうぢやい＊の〔＊なア〕」　鳴「酒一滴もならぬ奈良漬さえ嫌ひぢや」　た「サア今までは下戸であらうけれど＊な〔＊ナシ〕女房持たんすからは酒(さゝ)もあがつたがよいわいな」　鳴「でも飲めぬものを」　た「わしが＊飲ましやんせ〔＊飲め〕といふに飲ましやんせぬか」　鳴「飲まう」　た「＊いえ〔＊ナシ〕おかしやんせ」鳴「謝つたあやまつたりといふまゝに注ぎくされ」（ト一つズット干して顔をしかめる思入あり）　た「何とさんした〔え〕」　鳴「生れて初めて酒を飲んだれば腹の中が引つくりかへるおう寒うなつた」　た「今の間に熱うなるぞへ」　鳴「サア貴さまへ戻さう」　た「ハテ祝言に戻さうとは云はぬものぢや」　鳴「そんなら返さう」　た

「返へさうとも云はぬものぢや」　鳴「そんならおう納めさせられい」　た「＊コリヤ〔＊ナシ〕目出度うおさめやうわいなア」　鳴「イヤモウならぬ〱」　た「わしが云ふこと聞かんせぬか」　鳴「注ぎたまへ〔〇〕（ト又たえま注ぐ）なんとなみ〱と受けたであらう」　た「見事ぢやわい＊のおう怖〔＊なアアレエ〕」（ト飛のく）　鳴「何とした〱何が怖い〱」　た「それ盃のうちに蛇がゐるわい＊の〔＊なア〕」　鳴「いかい阿呆でござる何もないものを」　た「＊それ〔＊ナシ〕ゐるわい＊の〔＊なア〕」　鳴「＊ハ、ア聞えた蛇ぢやないあれは注連縄ぢやソレ見や〔＊イヤコリヤ蛇ぢやない注連縄ぢや〕」　た「ほんに〆ぢやわ」　＊鳴「おゝ臆病な」　た「ありや何んの〆ぢやえ」〔＊ナシ〕　鳴「ありや大事の注連で雨が降らぬぢやて」　た「どうしてへ」　鳴「大事な＊こつちや〔＊事ぢや〕人には話すまいぞ大内殿に恨み＊が〔＊ナシ〕あつて世界の竜神をあの岩屋に祈り込んでその上へ密法の〆を引いた＊が〔＊ナシ〕今でも雨を降ら＊さう〔＊せう〕と思へば＊登つて〔＊ナシ〕引いた〆の真ン中を切る＊ぢやと〔＊ナシ〕竜神が飛びさる大雨車軸ぢやて大事の事ぢや＊ぞ〔＊ナシ〕」　た「あの〆の真中を＊切りさへすれば〔＊切れば竜神が飛び去つて〕雨が降るかへ扨もふしぎな事のサア飲まんせ」（ト注ぐこの中＊のぞみ〔＊注文〕あり）　鳴「＊おつと北山桜狂言の名題ぢや〔＊ナシ〕サア上げやせう」　た「祝うて三献いやならおかんせ」　鳴「いやとは言ひもいたしやせぬ〔の〕に〔〇〕（ト此の中せりふ始終生酔のこなし）モウならぬ〱」（ト云ひつゝ寝る）　た「おゝ〱よう飲まんしたそれでこそいとしい＊坊ンさんなれホンに坊ンさんぢやなかつたこちの殿御モシこれはならぬ起きさん

せサアこそぐるぞへ〳〵〔＊こちの殿御ぢやモシ起きさんせ〳〵祝言に先へ寝るものがあるかいな起きさんせぬとこそぐるぞえ〳〵申し〳〵○〕」(ト揺り起し四辺を見て思入れあり) た「えゝ勿体なや怖ろしや鳴神さま許して下さんせ自らが心よりお前を墜したではござんせぬ忝けなくも＊仰せを受けし身の役目今酔ひの中の教への如くあの〆を切らば竜神竜女は海底へ飛び去り五穀成就の雨は忽ち○〔＊勅命によつて色と酒とに性根を乱させ浅ましい体になしたは我ながら恐ろしい今酔の内に教へなさんしたあの注連の真中を切れば竜神竜女は海底へ飛び去り五穀成就の雨の足篠をつかねてつく〴〵と見上げる千丈の窟の内オ、それよ」(ト〆縄をきつとにらみ身づくろひして岩の上へ登る此中震える思入さま〴〵あり懐剣をとり) ＊まんまと済ました〔＊ナシ〕南無諸天善神皆(かい)竜王雨を降らしてたび給へ＊南無〔＊ナシ〕帰命頂礼〳〵」(ト太鼓唄にて〆縄を切る仕かけにて女竜男竜大雷舞台先へ本の雨夥く降るこの内たえま花道へ逃げて入る所へ白雲坊黒雲坊玉襷破れたる菅笠にて合宿多勢皆々法衣玉襷尻からげ或は傘菅笠糸だてなど被り或は耳をふさぎさわぎながら花道よりかけ出る) 皆々「師匠様＊〳〵〔＊いのう〳〵〕」(ト声々によび鳴神を尋ねる白雲坊鳴神を見付る) 白「ヤア爰ぢや〳〵」(ト大勢して抱き起す此の内鳴神真赤になり酒に酔ひ他愛なき思入) ＊白〔＊黒〕「ム、臭い〔わ〕〳〵」 ＊白〔＊黒〕「＊酒蔵へ入つたやうな師匠様〔＊とんと酒蔵へ入つたやうぢや〕」 皆々「師匠さま＊〳〵〔＊いのう〳〵〕」(ト鳴神少し目を覚まし他愛なき体) 白「＊コレ〔＊申し〕鳴神様行法が」 ＊皆々〔＊ナシ〕「破れましたわいの」 黒「＊見れば密法の〆縄が引きちぎれて〔＊密法の〆が切れて〕竜神は天へ駈落」 皆々「いたしましたわい＊の〔＊なう〕」 白「ぢやによつて雨が」 皆々「降りますわいの」 黒「雷が」 ＊皆々「＊なりますわいの〔＊下りますわいのう〕」 皆々「桑原〳〵〳〵」〔＊ナシ〕(ト此内大雷大雨鳴神思入) 鳴「何んだ雨が降る」 白皆々「こぼ＊し〔＊れ〕ますわいの〔う〕」 鳴「なんだ雷が鳴る」 ＊黒「あれ」〔＊ナシ〕〔皆々「鳴りますわいのう」〕(ト又大きく鳴る鳴神思入有て) 鳴「＊コレ〔＊ナシ〕なぜ雨が降るなぜ雷が鳴る＊やい〔＊わいヤイ〕」 白「コレ＊師の坊〔＊お師匠様〕こなたは最前の女におとされさつしやつたぞや」 ＊同宿一「逃げていたあとで聞いたれば」 二「雲のたえまといふて大内第一の官女」 三「仰せによつておまへおとしに来たので」〔＊白「あの女を只の女と思はつしやるか逃げていたあとで問ふたれば」 黒「雲のたえまといふて大内第一の官女勅諚によつておまへをおとしに来たので」〕 皆々「ござるわいの」 鳴「〔ム、〕扨ては我が行法を破らん＊が〔＊ナシ〕為に来たりしよな＊ハア、そのたえまを○(トそれより荒れ立ち舞台中を飛び廻りさがす皆々跡について廻る望みあり此中始終雷)〔＊ナシ〕あゝら無念＊や〔＊ナシ〕口惜しやな寸善尺魔の障碍仏罰を蒙り＊彼の密法の行破れしよなよし我れ破戒の上からは〔＊かく密法の破れし上は〕生きながら鳴る雷チとなつてかの女を追つかけんに何ん条難き事〔や〕あらん東は奥州外ケ浜」○〽西は鎮西鬼界ケ島南は熊野那智の滝○〽北は越後の荒海まで人間の通はぬ所○〽千里も行け万里も飛べ〽いで追つかけんと鳴神＊は〔＊が〕(トこれより)〽跡を慕ふて(ト大三重大雷鳴大雨大どろ〳〵にて投岩投人形望みあり此もやうよろしく)　幕

用語一覧

一、本書所収の作品ならびに脚注における歌舞伎用語を解説した。
一、演出用語を主体とした。
一、見出し語の表記は、歴史的仮名づかいによった。
一、排列は、表音式による五十音順によった。
一、なお、本大系「歌舞伎脚本集 下」所収の「歌舞伎用語」をも参照せられたい。

ア　行

あーりゃこりゃ　→化粧声(けしょうごえ)

合方(あいかた)　三味線を主楽器とする下座音楽の一。幕明き、幕切れ、人物の出入り、または会話やしぐさ中に、下座で長唄囃子連中が演奏し、その場の情景を助け、人物の心情を醸成する。先行芸能の「管絃」「神楽」「能囃子」などを消化してその効果を豊富ならしめている。全体として進行を円滑に運び、あるいは劇的効果を盛りあげ、また登場俳優のセリフの声の高さを統一させる音程ともなっている。内容は多種多様であるが、主として、①セリフの中に、心理描写として、また動作の緊迫時に用い、②背景描写として、社頭・宮前・御殿・寺院・墓場・廓・町家物・在所・浜辺・河岸・街道・祭礼・世話屋台・盛り場・見世物等々にと、それぞれに大方の定まりの合方があって数多くの名称がある（「只の合方」「すごき合方」「なまめいたる合方」「きん(磬)の合方」「寺音楽の合方」「鞠唄の合方」「八千代獅子の合方」「六段の合方」など。その他本一覧所収の合方は各項目を見よ）。また合方は唄入りとしたり、特に場面を強調する必要から合方に鳴物を配することが多い。大小鼓を主とするもの、太鼓を主とするもの、笛を主とするもの、当り鉦を主とするもの、能楽囃子からとり入れたもの等々があり、鳴物を主体としたそれぞれの呼び名の場合もある。また、「合方のつき直し」「合方の引流し」などいうことがあるが、両者ともに下座音楽の指定用語である。前者はもう一度その合方を改めて反復して舞台を強調する。役者の演技・セリフを挟んで合方の音量を上げたり下げたり、改めてひき直したり唄い直したりしての効果である。後者は幕明き、人物の出に、唄入り、または合方を用いる場合、唄入りの時は唄をやめて三味線だけそのまま弾き続け、合方の時でも間断なく引き流したままの効果を出すこと。

相中(あいちゅう)　江戸の歌舞伎役者の階級に六種があった。名題・相中・中(ちゅう)通り・下立役・子役・色子(いろこ)。明治十一年（一八七八）新富座再築の時、名題以下の階級を、名題下(した)・上分(かみぶん)（相中上分）・相中・新相中の四種に改められ、昔の相中は、名題下に編入されたので、相中は下級役者となった。もっとも、昔の相中も一級進めば名題に昇格し、男衆を使い、舞台でも相当な役にもつき、衣裳・鬘なども自分持ちという身分でもあったが、必ずしも名前と実力は伴わなかった位置のようである。すなわち、「先年尾張屋（関三十郎）の弟子、関十三、中通りなれど、トンボ返り、立廻りも出来ぬゆゑ、相中になる。其頃（天保八年）の仇口に「相中はへたな役者の捨どころ」といふ。此時十三の給金、一ケ年金拾四両なり」（手前味噌）という。

合引(あいびき)　俳優が舞台で形を整えるために腰の下に当てがうもの。合引、中合引、高合引の三種がある。合引は桐製方形の小箱よう。中合引、高合引は踏み台ようで、白木または黒塗りで、内部に湯呑みをのせる棚をおく。寸法は俳優の体恰好に合わせるため一定せず、俳優が所有し後見が扱う。別に鬘をしめる紐もいう。

揚幕(あげまく)　大道具の一。花道の出入口に掛けられた暖簾(のれん)幕。時としては舞台の上手下手の出入口にもある幕。紺地（昔は花色）木綿地に櫓紋（劇場の紋）を白抜きで染め出してある。花道突当りの小部屋を「揚幕の内」ともいうが、上方では鳥屋(とや)と呼び、揚幕の口を鳥屋口ともいう。

あしらひの鳴物　→鳴物(なりもの)

当り鉦の合方(あたりがねのあいかた)　下座音楽。摺鉦(すりがね)のこと。縁起をかついで「摺る」（損する）を反対に「当り」といった。打法に下げ鉦と摑み鉦とがあり、鹿の角を頭につけた貝撥で、これを打つ。祭礼囃子やつなぎに、または人物の登場の時の唄入りの囃子や賑やかな太鼓地などに打ち合せるもの。

あつらへ　下座音楽・道具関係の用語。いずれも定式のきまりものでは俳優がおさまらず、その好みによって特に註文して指定したもの。下座音楽の場合は新しく作曲したものを「あつらへの合方」と呼ぶ。

荒事(あらごと)　歌舞伎の代表的な表現の型。元祖市川団十郎が、金平浄瑠璃芝居よりヒントを得て創始したと伝え、その単純豪快さは、上方の柔和優艶な和事と対照的に考えられた。扮装も、力紙とか仁王襷をつけ、三本太刀をはくといった型があり、気持を童子にもち、からだに丸みをもたせるといった口伝がある。曾我五郎が荒事の代表的人物として「助六」に「矢の根」に活躍するのも、「暫」における館金剛丸照忠が「鳴神」の押戻しに出現するのも、御霊(ごりょう)信仰を基盤として「ごりょう」ということばから「五郎」という英雄神を生み出し、鎌倉権五郎景政などの人物を作り出した。解説参照。→荒れ

荒事師(あらごとし)　荒事を得意として演ずる役者。「劇場漫録」には、立役に、実事(じつごと)・荒事・和事

(わごと)の三つありとし「蒼鵈(あらごと)は江戸狂言の主として市川家の名誉也、華を専らとして陽気なるをよしとす」という。歌舞伎十八番の主人公は、主としてこの荒事師の役である。

荒れ(あれ)　歌舞伎における演技、およびその場面の呼称。発生的には「神輿荒れ」「ミアレの神事」等の信仰的習俗の反映であろう。荒人神の出現としての潜在意識と錯綜する時に、英雄豪傑の怒りの表現は、飛躍的と思われるほどに荒れ狂う所作となって表現される。この様式的把握が荒事であり、その場面を「荒れ場」「荒れ」という。例、「鳴神」の幕切れ、「天拝山」等。→荒事(あらごと)

言立(いいたて)　舞台における特殊な雄弁術。延年舞曲、猿若の雄弁術の系統を引いて展開した。「すまいのゆいたて」(寛文七年、相撲の云ひたて)、「芝居の言たて」(同八年、狂言の始めに小舞庄左衛門が述べた)、「名所の言立」(同十三年、若衆方小勘が述べた)、「たからがゆいたて」(宝づくし、延宝五年)、「鐘のゆいたて」(鐘づくし、同六年)などと記してあるところからも、独立した雄弁技術が一つの芸であることを示し、言い立てなる話術は、一つの名題に因んでその由来や物づくしを、あるいは効能を、弁舌さわやかに述べ立てるにあったことを知らしめる。言い立ては口上でもあり、宣伝の挨拶でもあり、讃め言葉でもあり、また洒落でもあって、初めに「エヘンエヘン」と咳ばらいするのも、その文句の終りに「ホホ敬ってまうす」などというのも古い定型であった。「暫」の大幅帳の言い立てや「ういろう」に伝わる。

石段の合方(いしだんのあいかた)　下座音楽。「曾我のだんまり」で近江・八幡(やわた)が石段の立廻りに用いたのでその称がある。本調子の合方で、大小鼓を伴って時代立廻りに使用する。江戸中期の作曲。

石投げの見得(いしなげのみえ)　→見得

板つき(いたつき)　演出用語。板とは舞台の床板のこと。幕があいた時、あるいは舞台が廻ってきた時、すでに舞台の位置についている役および演出をいう。

一番目(いちばんめ)　「一番目狂言」「一番目物」の略称。寛政八年(一七九六)正月、江戸桐座の「隅田春妓女容性(すみだのはるげいしゃかたぎ)」上演に当って独立した世話物を二番目に据えたため、それまでの一日狂言一種、名題一つの原則が崩れ、一番目も独立した時代物として、世話物を二番目というのに対して用いるようになっていった。享保以後に及んで一番目を時代物として三、四幕、「大詰(おおづめ)」をつけて一旦区切り、二番目を世話物として一、二幕の構成で最終幕を「大切」とする慣例となった。幕末から昭和十年頃までは、一番目・中幕(一、二幕の時代物または舞踊劇)・二番目・大切(浄瑠璃や長唄による舞踊劇)と数種の狂言立てをするのが例であった。

一声(いっせい)　長唄囃子用語。下座音楽の一。大小鼓、能管を用いる。能から歌舞伎に入って、所作事、大海・深山等の幕明き、道具替り、舞踊の主役の出等に使われる。能管の笛で始まり、小鼓の一声頭を打つのを聞いて、次の打放しの手法から、蔭囃子の波の音、山おろしなどを打ち合せるのを常とする。「次第」よりは乗気味に囃し、用途もそれより一般的である。「鳴神」の幕明き、「鞍馬山のだんまり」の幕明きなど。→山おろし

一調(いっちょう)　長唄囃子用語。下座音楽の一。能から歌舞伎に入って、一個の単独の楽器を打ち囃すことは能と同じであるが、下座音楽では、小鼓一挺に限って打つのでこの名がある。ただし今では三、四挺で打つこともある。武将大名の出入りに用いる。「一調入り合方」を併用する。

岩戸神楽(いわとかぐら)　下座音楽の一。「岩戸」とも略称する。荒事の出端・力立・立廻り・所作に用いる。太鼓を主体として大太鼓、能管を加う。この後半を「暴れ」の鳴物というが、暴れ二回、岩戸二回打ち囃すのがきまり。「曾我の対面」「暫」など。

ウケ(受・請)　「暫」に出る、金冠白衣の公家悪の役の通称。暫をウケる役。本文の将門役にあたる。→中(なか)ウケ

薄どろどろ(うすどろどろ)　→どろどろ

唄入り渡り拍子(うたいりわたりびょうし)　→渡り拍子

唄浄瑠璃(うたじょうるり)　長唄の場合から、浄瑠璃に近づいた形式と、浄瑠璃のうちで、義太夫節に対して唄う要素の多くなった、一中、河東、薗八の古典、ならびに豊後系の浄瑠璃を指していう。「鞘当」の場合は、前者。

打上げ(うちあげ)　能楽囃子から長唄囃子に転用され、拍子事の段落に使用される手法。また幕切れの大時代な見得に「つけ打ち」するのを「打上げ」という。また、興行が終了することにもいう。

打返し(うちかえし)　歌舞伎大道具用語。仕掛道具。必ず太鼓の「打上げ」なり、「打込み」なりに接続するところどころの局面を、切断あるいは継続するのに多く用いる。

打込み(うちこみ)　①能の基本的な型。扇(開いたのも閉じたのも)を、あるいは手にした小道具を、

頭上より前方に出し正面を指す型。②鳴物の一種。明治中期ごろまでは、序幕の明く一時間前ほどに三番叟を舞台清めとして舞ったが、その直後、太鼓と大太鼓と同時に急調子に打ちおろす手法。今は三番物の舞踊の後に演奏する。

打出し(うちだし)　下座の儀式音楽。一日の興行の終演閉場を告げる大太鼓。終幕の二丁柝で「おろし」を打ち、次に「地打」で打ち続ける。「出てけ、出てけ」と人の耳に聞えるように繰り返し打つのが秘伝という。留め柝の一丁で「寄せ」の手法二回ののち「打上げ」を打って、最後に「縁廻し(ふちまわし)」といって、撥で太鼓の縁を打って終る。「縁廻し」の音は、劇場の表の鼠木戸を閉める音を模したと伝える。ただし千秋楽に限っては、留めの木と縁廻しを省く。再び近日公開大入を願うための縁起。

裏(うら)　劇場用語。舞台の幕を境に、「表」と「裏」として把え、表に働く興行経営関係者を表方(おもてかた)、裏で働く演出・演技関係者(ただし俳優は含まない)を裏方(うらかた)という。すなわち座員(座方)であって、狂言方・囃子方・大道具方・小道具方・衣裳・床山・頭取・楽屋口番、臨時出演の流儀物連中まで含める。

うろこ　△印を用いる。□∩⊠とともに、仕出し役の人物を区別するための符丁。↓符丁(ふちょう)

雲上飛行の見得(うんじょうひこうのみえ)　異形のものが雲に乗って飛び行く形を見せる見得。「鳴神」の幕切れ、「茨木」の鬼神、「天拝山」の雷神など。「鳴神」のでは、坊主が大勢で組み上げた肩車の上にのって、右手を前に突き出し、前進する形を見せてきまる。このとき、飛去りの鳴物をかぶせる。

海老おれ(えびおれ)　演技・演出用語。海老反り(えびぞり)ともいう。立廻り中、あるいは舞踊の中で相手の強さに圧倒される姿を様式化した型。相手の下で、両手を前に出し、身体が海老のようにそりかえるかたちになる女方の型。「鳴神」や「関の扉」などに見られる。

絵面の見得(えめんのみえ)　→見得

あうむ(おうむ)　鸚鵡。演出法の一種。多くは主役が引込みの場合などに派手な利きゼリフとしぐさをするのを、三枚目の役がそのセリフと恰好を真似して見せて観客を笑わせる演出。また、セリフだけ真似るのもいう。鸚鵡返しのこと。

大荒れ(おおあれ)　→荒れ

大薩摩(おおざつま)　三味線音楽の一種目。江戸古浄瑠璃の一流派であったが、薩摩外記の弟子に当たる大薩摩主膳太夫が享保初期に外記節(げきぶし)に代わって歌舞伎芝居に出て、荒事の伴奏を始めた。「今は長唄にて此節をかね覚え、歌舞伎芝居にて勇士の出端、荒事に、たま〳〵用ゆるのみにして一派の太夫なし」(声曲類纂)の如く、文政九年(一八二六)大薩摩の家元の権利は十代目杵屋六左衛門に譲られ、長唄に併合された。したがって、長唄の太夫・三味線が臨時に大薩摩の名儀を名乗る。太夫・三味線に、ひとりずつの後見がつく。昔は、「矢の根」の出演には、柿色の長裃で片肌ぬぎになり、緋縮緬の繻絆で三味線を弾いたといわれる。

大三重(おおさんじゅう)　→三重

大詰(おおづめ)　今日では戯曲の最終幕のことをいうが、江戸時代には一年中の芝居年中行事から一興行一日の仕組が規定されていた。一番目狂言は時代物、二番目狂言は世話物。その間に、一場ないし二場の所作事を挿む不文律があり、単に大詰というと一番目の最終幕を指した。最後の詰めの意。顔見世狂言では金襖の御殿の場ときまっていて、複雑な筋もここで謀反人の見顕しによって決着し、引張りの見得で幕となる。なお二番目最終幕を大切(おおぎり)という。→一番目

大太鼓入り鳴物(おおだいこいりなりもの)　下座音楽の一。太鼓を主体とするが、大太鼓が太鼓の間を縫って主導し、能管を添える。時代物の大様な立廻り、あるいは「せり上げ」、あるいは時代だんまりの幕外引込みに使用する。本調子、三下りの合方を伴う。

大どろどろ　→どろどろ

置鼓(おきつづみ)　能楽より転じた下座音楽鳴物の一。幕が明いて舞台の俳優も動かず、まだ浄瑠璃にかからぬ前に、舞台に荘重さを加えるために、立鼓が一挺で奏するのをいう。「勧進帳」「忠臣蔵」の大序などに用いる。

置舞台(おきぶたい)　舞踊または大時代物、歌舞伎十八番物所演の際、足のすべり、足拍子の音をよくするために舞台の上に敷く低い二重舞台。「敷舞台」「所作舞台」ともいう。高さ四寸、長さ一丈あるいは一丈二尺、幅三尺を一枚とする総檜の箱型。その何枚かを舞台に、また花道へ敷き並べる。宝暦元年(一七五一)芳沢あやめが本行写しの飾りつけをし、橋掛りや破風はそのとき撤回し、置舞台だけはそのまま興行したのが習慣化されたと伝える。ただし原型は英一蝶の絵にあるごとく、元禄期に座敷に用いられた例がある。

臆病口(おくびょうぐち)　能では脇鏡板の奥にある片引きの小さな出入口。「切戸口」ともいう。歌舞伎では古い時代は、上下(かみしも)の大尽柱(だいじんばしら)の後に黒幕をはり演者の出入口としてその称があった。

従って古くは臆病口に入るとあっても必ずしも上手とは限らない。またこの前で太夫が出語りをするので太夫座の称もある。松羽目の舞台においては能舞台と同様。ただし「勧進帳」のときは、富樫役のあつらえによって変わることがある。初代中村鴈次郎は、高く広くあつらえ、十五代羽左衛門も高さ六尺としたこともある。六代目菊五郎は小さい口をこなしよく入るのを見得とした。現行、高さ四尺五寸、幅三尺八寸を標準とする。

納る(おさまる・おさめる)　演出・道具・劇場生活語として、いろいろな意味に用いられる。演出の場合は、鳴物や音楽いっぱいに一動作が完了すること。廻り道具が所定の位置にはまること。また配役の役者に、その役を承知させることを「納める」という。

お目見得(おめみえ)　歌舞伎役者・人形浄瑠璃太夫・人形遣いが、見物に新しくあるいは改めて挨拶して演技する場合、すなわち初舞台を踏む時、襲名披露、あるいは初めての劇場への出演、久々の江戸または上方の劇場への加入、地方興行などの際にいう。一座の場合については顔を見せることが主眼となるので「お目見得だんまり」を上演したり、「お目見得狂言」ということで評判のよい、その座のあるいは人気役者の特定の演目を選んだりする。更に、セリフの中でそのことを当て込んだ表現を利かせたりする。

思入れ(おもいいれ・おもいれ)　演出用語。歌舞伎には顔の表情に個性的な表現を許さない。動作と姿態がそれを代用するのであって、ただ特別に俳優に心理状態を描写させるくだりは、「ト思入れあって」とト書して俳優の工夫に任せる。時には「きっと(なる)」「ぎっくり」とか「恥しき」とか形容語が書かれている時もあるが、「ト思入れ」の語にすべて感情心理の型を含めさせてあるのを常とする。暗示的に感情をあらわすのを特質とするからであろう。また思入れの符丁に、○印を用いる。

親仁(父)方(おやじがた)　歌舞伎役柄の一。女歌舞伎時代のツレが延宝期(一六七三—一六八〇)に「親方」となり、元禄期(一六八八—一七〇三)には「親仁方」ともなった。「老人にさもらしくにせ、おちつきたるをいふなり」(元禄三年、人倫訓蒙図彙)、寛延三年板の「古今役者大全」には「江戸にばかり名のみして、京大坂にはたえたり。主役より親仁方もすれば、花車形道外もする事」と見える。

女方(おんながた)(おやま)　女歌舞伎禁止以後、女役をする者を「女方」という。元禄中期より女形とも書くようになったが、古くは役柄の区別、担当をさす意味で、「方」の方が正しい。脚本の発展は役柄の分化を促し、いま売り出しの若手の美貌の女方がつとめる役が「若女方(わかおやま)」。男に心中立てをし、恋に殉ずる女である。男性役の最高の役を勤める座頭の位置に当たるべきものを「立女方(たておやま)」という。技芸・貫禄ともにヒロインたるべき役柄で、たとえば揚巻・政岡・定高・女暫などの役々。役柄の名称によって、女方は、太夫または傾城(けいせい)・娘形・片はずし・花車方(かしゃがた)・女武道・悪婆等に区別できる。「花車方」は遊里の仲居役の古名で、今日では「老女方(ふけおやま)」といい、年増や女房役をいう。「女武道(おんなぶどう)」は女ながらも忠義武勇の立廻りをする烈婦型。「悪婆(あくば)」は生世話の毒婦役。女方の尊称を「太夫」といい、五代目岩井半四郎を大太夫(おおたゆう)、四代目沢村源之助は、田圃の太夫といわれたが、源之助以後は用いられなくなった。また、腰元役などに出る下級の女房を「中二階(ちゅうにかい)」というのは、その楽屋の位置からいう。

カ　行

顔見世(かおみせ)　古くは「つらみせ」。十一月興行。現在では京都南座の十二月興行を顔見世と呼んでそのおもかげを留めている。劇場の経営は、興行ごとにその資金を提供する幾人かの資本家、すなわち金主(金方)によって支えられる。座元との雇傭関係において一年中の役者を抱える。寛文(一六六一—一六七三)頃より十一月を交代期として向う一カ年間が雇傭期間となる。そこで十一月は新契約による顔ぶれの予告篇であり、役者らの新規な顔合せでもあった。またこの時に位付の顔見世番附(極番附)(きわめばんづけ)が出される。

鏡板(かがみいた)　能舞台正面奥および向って右側面の羽目板の称。正面には老松を描き、横羽目板には若竹を描く。後者を特に脇鏡板と区別し呼ぶことがある。これら鏡板が森羅万象の象徴的背景となる。能が野外で演ぜられたことからの名残とも、春日大社の影向の松をかたどるものともいわれている。「続教訓抄」に「住房の松樹の下に老翁一人現じて万歳楽を舞ひ給ふ即ち春日大明神の舞はせ給ひける也」とある。能および狂言を模した歌舞伎舞踊劇を松羽目物というのは、この鏡板による。

かかる　演技ならびに鳴物用語。①演技のときは、「舞にかかる」「所作がかかり」などと用い、他の動きから舞の部分がはじまること、もしくは所作事がかった、舞踊風の意。また、次の段に移ることにも用いる。別に「床几にかかる」「葛桶にかかる」などと、腰かけることにも用いる。また立廻りのときに、相手にかかるともいう。②鳴物のときは、取りかかる、始めるの意で、舞楽から出て、能では、詞から唄に、または他の拍子やノリに移るのを「かかる」といい、また勢づいてテンポを速めることにも用いる。三味線音楽のときは、「かかり」といい、特定の旋律になるところ、および他の流派の特色ある旋律をとり入れたものをいう。「説経がかり」「謡がかり」など。

書起し(かきおこし)　舞台装置用語。背景の絵に限を強く入れて、立体的に書き起すこと。

書割(かきわり)　大道具用語。木枠に紙布を張りつけ、絵具で柱・壁などを一定の方式で書き割るためにこの名が生じた。風景なども、岩組み・野遠見・町家遠見・波遠見などの形式がある。書割には陰影をつけない。

カケリ　能楽より転じた下座音楽鳴物。楽器は、大小鼓を主とし、能管をあしらう。物狂いの出と、時代物における武将勇士あるいは捕手の烈しい出端や合戦の立廻りなど二種類あって、狂乱のカケリ、修羅のカケリと区別する。ただし時代物幕切れに段切(だんぎれ)三重をかぶせて用いることが多いが、特にだんまりの幕切れには単独に用いる場合がある。

管絃(かげん)　下座音楽の一。雅楽を模したもの。時代物の御殿の幕明き、人物の出入りに用いる。大太鼓と能管に本調子「管絃の合方」を伴うが「常の管絃」、笛太鼓に二上り合方を「本管絃」と区別もされる。

風音(かざおと)　下座音楽。すきまをもれる風音、また風が起ってくる様などを表現する。大太鼓を長撥で、速度、強弱をはかって打つ。時代・世話の区別がある。忍びや物のさぐり合いなどの気分を助ける。

花車方(かしゃがた)　→女方(おんながた)

霞幕(かすみまく)　大道具用語。白地の木綿に、浅黄色で霞を描いた幕。浄瑠璃の出語りを幕の途中で始める時、ひっこめる時、狂言方のキッカケの柝(き)によって道具方が幕串という棒よりはずしたり、付けて持ち出したりする。

葛桶(かずらおけ)　能の小道具。「鬘桶」とも書く。高さ一尺五寸、直径一尺の黒塗り蒔絵の円筒で、登場人物の腰かけとして用いる。またひもをかけて酒桶・茶壺等に見立てられたりもする。更にこの蓋は酒杯として演技に用いられることがある。歌舞伎では、本行物、松羽目物などに用いる。「勧進帳」の例。

敵役(かたきやく)　歌舞伎役柄の一。悪人の役。古くは「悪人方」といった。「敵役」もしくは「悪人役」の役柄がはっきり見られるのは延宝七年(一六七九)の「道頓堀花みち」で、これには「悪人方」「敵役」両様の称呼が見られる。「敵役」と固定していったのは、貞享四年(一六八七)の「野良立役舞台大鑑」以来であろう。戯曲らしいプロットの進展にともなって、主役が男主人公として十分の貫禄と分別をそなえた役柄に深化するのは、その相手役として十分対抗できる敵役が設定されねばならない。この両者はこうした相互の対立、対抗によってそれぞれ役柄を派生して行った。すなわち荒事師(あらごとし)に対する公家悪(くげあく)、実事師(じつごとし)に対するに実悪と、後々の意味の善人の男主人公と悪人方とに分化し、更に次第に複雑にほぼ次の如く固定する。実悪(じつあく)(立敵(たてがたき)ともいう。謀反人・悪人中の悪人)、色悪(いろあく)(白く塗った美男の悪人)、実敵(じつがたき)(分別くさい敵役)、平敵(ひらがたき)(一名安敵(やすがたき)・端敵(はがたき)ともいう。軽い敵役)、半道敵(はんどうがたき)(半分道化の要素をもつため。ちゃり敵ともいう)、またほかに公家悪・伯父敵・手代敵・番頭敵など、役の身分から来た名称もある。

片シャギリ　下座音楽の鳴物、長唄囃子の一。歌舞伎では儀式的な用法が多く、寿狂言、松羽目物、十八番物、口上等の幕明きに用いる。また大時代物の詰寄せ(立者を中に詰め寄せる)、絵面の見得の幕切れ等にも打ち囃される。楽器は、二丁柝でかかる太鼓、能管だけの鳴物で、片撥で流すので、その称がある。大小鼓を、まれには大太鼓を加える場合もあり、また「勧進帳」の如く、太鼓を除いて、大小鼓と能管だけの曲もある。これを「大小片シャギリ」という。舞台の準備完了の知らせで打ち上げ、素幕で明けて留柝を打たぬのを本格とする。

片手六方(かたてろっぽう)　→六方

かつら　鬘。髪は欧米人の色やクセのあるのにおよばないかわり、髷の形が階級・性別・年齢によって変化する。女方のかつらだけでも四十種からある。その性質からみて、時代物には超現実的な象徴味をおびたものが多い。「車鬢(くるまびん)」「ひし皮」「百日」「王子」「燕手(えんでん)」などがそれ。また付属的な「お祭」「とさか」「しけ」などで、微妙な変化を見せる。鬘は鬘屋によって作製されるが、髷を結うのは床山(とこやま)の仕事である。

特に舞台で衣裳の変化だけでなく、このときは鬘までが、仕掛のセンを抜くと「さばき」とか「がったり」となって髷がかたむいたり、あるいはほどよい乱髪になる工夫があるのも見逃せない歌舞伎の特色である。

瓦(火)灯口(かとうぐち)　大道具用語。灯火をともす陶器のことを瓦灯といい、その形に家の壁などに設けた出入口。時代物では御殿の場として舞台正面に大きく奥への通路として用いている。世話の屋体では「世話の火灯口」といって世話がかってくる。

河東節(かとうぶし)　江戸浄瑠璃の一種。江戸半太夫の門弟、十寸見(ますみ)河東が一流を語り始めたもの。享保二年(一七一七)に独立した。「河東は小田原町に住し天満屋と云魚販の子にて本苗河藤十郎と云ゆへに河藤と呼しを堺町に佳風と云者ありて藤といふ字を改東と云てより河東となる」(江戸節根元記)。「十寸見と名乗る事は真澄の鏡のくもりなくいささかたがはずかたり伝ふといふ意なるよし」(十寸見編年表)。河東節は蔵前の旦那衆の芸であって、魚河岸が江戸太夫河東の名を預っていたところから、助六の劇中に一度演出を止めて、「河東節御連中様どうぞお始め下さりましょう」と挨拶をする風習を残し、古例によって簾内で語る。三升屋二三治の「芝居秘伝集」によれば、助六のときは、半太夫は新場、河東は小田原町へ申しこまねば、両太夫の連名を書き出すことができなかったという。

雷の音(かみなりのおと)　「雷鳴」ともいう。鳴物の場合と擬音の場合がある。鳴物は、大太鼓の表皮で「雨の音」を打ち、裏皮を太撥で、どろどろを強く打つ。雷鳴・夕立・流星などに用いる。擬音の場合は、「雷車」は、仕掛の丸太を装置して、舞台の上をころがして音を発する。

上の方(かみのかた)　→下手(しも)

仮花道(かりはなみち)　→花道

柝(木)(き)　「惣じて拍子木を略して木と計いふ也」(劇場新話)。劇場内の時間、進行、幕の開閉、それらのすべての合図を拍子木によって行ない、他に「ツケ」(上方では「蔭(かげ)」)を打って演技中の効果を上げる。材料は樫で長さ八寸余。まず俳優が出勤し終った頃を見て、頭取の命令で「一番」を打つ。続いて「着倒(ちゃくとう)」を囃し終るとチョンチョンと二つ打つ。これを「シャギリドメ」という(幕ごとのシャギリが終る時も同じ)。開幕十分前に「二丁」。俳優はこれでかつらをつけ、板付(いたつき)の役者は舞台に出て行く。続いて小道具部屋・囃子部屋を廻って、舞台へ「廻り十二丁」を打って廻る。準備の整ったところでチョンチョンと二つ入れて開幕の音楽となる。これを「柝を直す」という。幕あき切って一つ打つ。これが「止めの柝」。これで芝居にかかってセリフを言い始める。幕切れにおいて、舞台情調を最も効果あらしめるために、重要なセリフ・しぐさの時に、チョンと木を入れて、幕を引く第一のキッカケをつける。これを「木の頭(かしら)」または「木頭を入れる」という。舞台進行中にあっても、月の出にチョンと柝を入れて感興と時刻の経過をあらわすことなどもする。幕から幕への推移中は、鳴物も続いているが、柝も二つずつ打ち続ける。これを「ツナギを打つ」とか「ツナグ」という。舞台が廻るとき、また居所替りのとき、あるいはチョボや浄瑠璃にかかるとき、チョンと一つ柝を入れて、気分転換、あるいは進行の段落を示すことをする。これを「知らせの柝」といい、舞台が廻り切ったとき、あるいは先の俳優の演技の終りに「止め柝」を打つ。「知らせ二丁」ともいう。幕を引くのに、「本幕」と「拍子幕」と拍子木の入れ方に区別がある。柝頭の入れ方は同様であるが、はじめ低く小きざみにきざんで、高く強くなるのが拍子幕。本幕はこの逆。引幕の際の拍子木の連続を「キザミ」という。ただ脚本により、あるいは俳優の誂えによって、拍子木なしで、幕をしめる事がある。これを「柝なし」「柝なし幕」という。

キザミ　→柝(き)

吉例(きちれい)　一般語でもあるが、歌舞伎の世界では、その意味合いが厳重で、行事化し作法化したものとして用いられている。歌舞伎の発生そのものが、四季の生活・行事と結びついて年中行事として生まれ、儀式演劇として育ったものだけに興行法も狂言内容までも、三番叟の祈禱舞踊、顔見世の「だんまり」(パントマイム)、おなじく「暫」の荒事、正月の曾我物などと、庶民感情の中にこれがめでたい恒例として定着した。また「寿」という字を使って、これを表わす。「寿曾我対面」など。

きっとなる　歌舞伎の演技・演出用語。脚本用語でもある。ただし心理描写の必要からというよりも場面の緊張、高まりを盛るための類型語。しいて人物の心理でいえば、気分の高ぶりよりも態度決定の意。

柝(木)なし →柝(き)

柝(木)の頭(きのかしら) →柝(き)

ギバ 立廻りの技術の一。投げられたときの姿勢。両脚を開き尻をつくのが「尻ギバ」、腹ばいになるのが「腹ギバ」、仰向けに倒れるのが「背ギバ」、横倒れが「横ギバ」。

極る(きまる) 歌舞伎の演技・演出の名称。その役者の演技中の動きが、連続の最中で、動から静へ一瞬流動が停止することをいう。見得が、時代物の誇張された演技に対して、世話物、あるいは女方の演技に、小さな見得として用いられる。

狂言(きょうげん) 歌舞伎戯曲のこと。承応二年(一六五三)歌舞伎再開が許可される条件として若衆の前髪を剃ること、歌舞を主とせず物真似狂言尽しを演ずることが示された。この物真似狂言尽しの意は歌舞伎舞踊からセリフ劇本位たるべきことを示している。もとより狂言の語りは能狂言より出、さらに遡れば「狂言綺語」「興言利口」などより出る。従って能狂言だけを演じた時にも狂言芝居と呼んでいる例がある。即ち、「和泉之堺七堂之浜ニテ狂言之芝居之覚帳」明暦元年(一六五五)。若衆歌舞伎禁止後の歌舞伎のことを「狂言尽し」とか「歌舞伎狂言」とか単に「狂言」とだけ言っても歌舞伎狂言を指すようになっていった。なお歌舞伎では続き狂言の発生後一日を一つの筋とする「通し狂言」になっていたが、世話狂言の発達後それが乱れた。また続き狂言以前の一幕物の時代の狂言を「放れ狂言」という。

狂言方(きょうげんかた) 「一、狂言方とは四枚目五枚目の作者にて(立作者―作者主任を一枚目としての序列に従い下級作者)稽古を引受けてなすなり。此の稽古をなす者は本読みの節作者の傍にて本を開き、一日の筋をよく覚え、我が稽古をする場は、其前に一通り本を読み、特に解せぬ事あらば作者に能聞置くべし。役者に問はれて答の出来ぬは恥かしき事なり。一、狂言方は稽古中、其の役者の覚えにくきせりふへ印を付け置き、初日に早く付けてやるがよし、舞台へ本を持出し、せりふを付ける時は成る丈け見物へ知れぬやう、役者の蔭へ身を寄せてせりふを付けるなり。一、狂言方幕明きの木は、能く板付の役者を見て幕を明け、幕切りは早く舞台へ廻り幕引きの者を見て、何とやらして卜柝頭(きがしら)のせりふと一所に立って、チョンと打つなり。前より立ってゐて打つは見ぐるし、ぶざまなるものなり。一、狂言方は正本の清書、せりふの書抜きをするが役なり。稽古中役者の直し出し時は、立役者へ届け許しをうけて直すなり」(河竹黙阿弥「狂言作者心得書」)の如く、演出事務・舞台監督者である。

曲撥の合方(きょくばちのあいかた) 下座音楽。太神楽の曲芸の伴奏の鳴物から利用したもの。太鼓・大太鼓・篠笛を用いる。「助六」の引込みに使用するが、市井風俗の雰囲気を出す。主として特殊な幕切れに使用する。

切穴(きりあな) 舞台用語。舞台および花道の床を切り抜いた方形の穴。妖怪変化の出現に用いることが多いが、「板つき」を極端に様式化してスペクタクル演出として「せり出し」「押し出し」に用いる。ために「せり穴」ともいう。花道の切穴のことを「すっぽん」と今日いうが、「一人出るをすつぽんといふ」(賀久屋寿々免)とあって、花道切穴だけに限らず切穴の小さいものをすっぽんと呼んでいた。

切戸口(きりどぐち) →臆病口(おくびょうぐち)

きん(磬)の合方(きんのあいかた) →合方

空也の合方(くうやのあいかた) 下座音楽の名称。長唄「傾城道成寺」の〽思へば、浮世はほどもなく、栄華はみなこれ春の夢、御法の心とゞめて」の三下りの一節を、唄なしで用いる合方。

くどき くどくどと述懐する演技・セリフ、およびその場面の称。ためにそれは曲のモチーフとなり、また聞かせどころとも、振りとしても見せ場ともなる。従って音楽・歌謡・舞踊用語ともなる。平曲の節名として既に見え、謡曲・浄瑠璃にあっては、慕情・傷心・詠嘆を表現する箇所となり、特に浄瑠璃では「さわり」と呼ばれる共感部分ともなった。封建社会芸術における哀艶という基調音であった。主として女方の見せ場。

位付(くらいづけ) 役者評判記に用いられた役者の技芸の評価位置づけ。古くは上中下の三等を示すものから、元禄期に至って、「上の上」のみに「吉」をそえて最高位とした。のちにはこの上に「極」を加え「極上々吉」。さらに「無類」、その上に「三ヶ津惣芸頭」などつけるに至った。さらに、極・上・吉の字の全部あるいは一部を白抜きにしたり一部を欠いたりして区別をつけた。次頁図(「劇場漫録」所載)参照。

繰上げ(くりあげ) 演技の型。とくに問答・口論などで、せりあい詰めよるときのセリフに特定の型がある。「サア」「サア」「サア〳〵〳〵」、何とでご

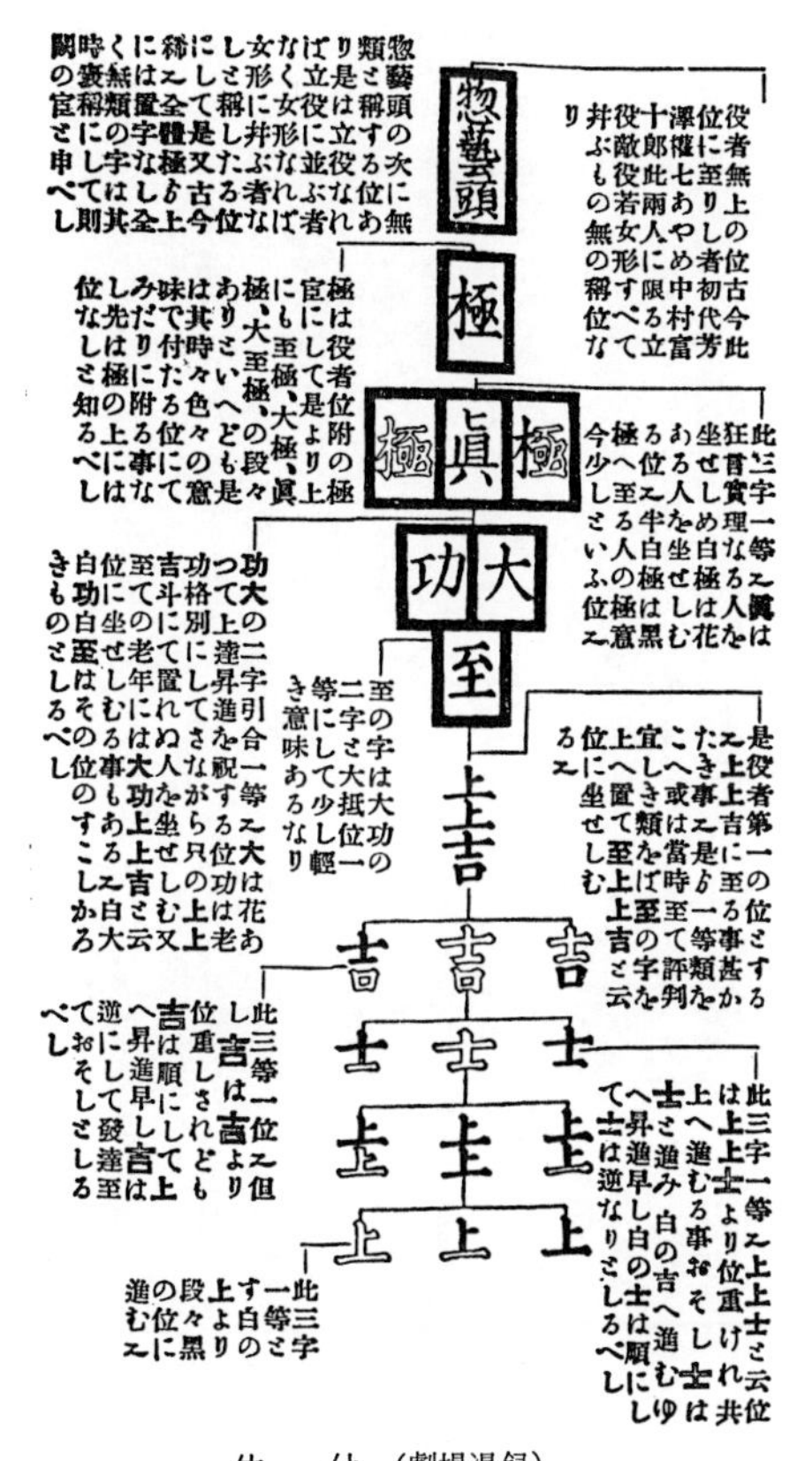

位　　付（劇場漫録）

ざる」などと詰めよる語調。

黒衣（くろご）　登場人物・または芝居進行における介添役。黒木綿の着物で黒頭巾をすっぽりとかぶり、俳優にセリフを付けたり合引の当てはずしから、俳優の衣裳の変化を手伝ったり、更に不用の小道具の片付けなどする。その仕事の内容によって弟子筋の俳優なり、狂言方が出たりする。まれに父兄・先輩が勤めることもある。特に大時代の狂言・舞踊の場合は、素顔に紋服姿、または裃をつける。この場合は完全に一種の登場人物としての存在と後見という立場を明らかにしたもの。黒衣・後見の呼称の違いは資格上のことであって、黒衣を着た後見の意で「黒後見」と呼ぶこともある。↓後見（こうけん）

黒後見（くろごうけん）　↓黒衣（くろご）

外記節（げきぶし）　江戸浄瑠璃の一。慶安—明暦（一六四八—一六五七）の頃、薩摩外記藤原直政なる者が京都より下り、薩摩一流の硬派浄瑠璃を語ったのにはじまる。元禄十一年の「源平雷伝記」を歌舞伎劇場で語っている。市川団十郎の荒事の節付に多く用いられたが、のちに門弟大薩摩主膳太夫にとって代わられた。↓大薩摩（おおざつま）

下座（げざ）　お囃子部屋の名。もと外座と書く。下座音楽の略称としても用いられるが、歌舞伎道ではこの場合は「おはやし」であり、下座は舞台方角を示す。古くは舞台上手奥の出入口を呼んだ。後にお囃子部屋が下手に移ると、下手の出入口を下座と呼ぶこともあったが、幕末にはもっぱら「下の方（しものかた）」「下手（しもて）」が用いられた（文化年間（一八〇四—一八一七）にはまだ下座は下手に移っていない）。従って、古くト書に「下（外）座に入る」とあるのは、上手に入るの意と心得なければならない。なお下座は囃子方の所属であって、歌舞伎の一日を通じての儀式音楽から一切の音楽効果を担当し、人物の登場情景、大道具の変化によって、それぞれテーマ音楽が奏され、鳥・蛙・雷などの擬音から風雨はもとより、降る雪、月の出の象徴音まで工夫した。

化粧声（けしょうごえ）　演技・演出用語。荒事の主役の動きに舞台上の端役大勢が「アーリヤ、コーリヤ」と声援をおくり、主役の型がきまると「デッケー」と揃いの声をかける。デッケーは、役者が、あるいは演技が大きいの意で、この国芸能の、ものの出現に対するほめことばの伝承の固定化と見られる。「立役女形等何役にもあれ出端を誉詞あり」（続耳塵集）で、「助六」の出をほめる傾城たちの「ヤンヤヤンヤ」なども同様、これらほめことばの元来は、見物が発するのが普通で、次第に舞台で代弁するようになった（舞台花道で見物によるほめことばは明治二十九年の九代目団十郎「助六」上演を最後とする）。曾我の対面だけは、「アーリヤ」のみで、七五三にかけるというきまりがあるのは、古いかたちを残したものであろう。

元禄見得（げんろくみえ）　↓見得

後見（こうけん）　登場人物の手伝いをする役。二通りあり、顔を見せて勤めるものと、頭巾で顔を隠して勤めるものとがある。特定の狂言・舞踊のとき、紋服、袴または裃に鬘をつけて、登場する。また女方の場合は、女方の扮装をする。この服装は、「矢の根」の附帳の後見の条参照。いずれも衣裳・小道具の世話をする介添役。→黒衣(くろご)

後見座(こうけんざ)　能楽用語より出る。能舞台の後座(あとざ)のうしろ、鏡板の右端。向って左のすみ。後見の控えの座。

口上(こうじょう)　上演曲目や役人触れ、襲名やお名残り、上り下り、追善のほか、支障や特別のことがあったときの挨拶、言い分けなど、また、終演には、これ切りという「切口上」を述べるもの。従って、セリフの一種と、別に独立して行なうものと二通りある。元禄期(一六八八—一七〇三)に、「口上よし」「口上さわやか」「口上ききにくし」「口上ききごと」などの批評が見えるのは、「口跡」の意とおなじく、セリフのなかで述べる一種の「口上ごと」の意。また独立した口上は、幕明き、終演のほか、狂言半ばで、一事進行を中止して述べるものとがある。元禄期に発達し、口上の名人が出、口上そのものが鑑賞された。「三番つづきの口上に松本文左衛門罷出、書付を持て外題を読で後役人付ためらはず、扨も申したりと讃めける詞の下より」(男色大鑑)。

拵へ(こしらえ)　扮装の意。その役々の鬘・化粧・衣裳・持物全般を指して、いわゆるこしらえ上げたものの意で用いられる場合と、その部分としての顔のこしらえの意で、化粧だけをいう場合とある。また下座など、従来のものでなく、新しくこしらえるときにも使用する。

こだま　谺。小玉。下座音楽の鳴物。深山幽谷の雰囲気をかもす。小鼓二丁で、一人は上手舞台裏で、一人は下座でこだまし合う。このとき、下手のを「シン」、上手のを「ウケ」という。このこだまの合方が伴うのを例とする。「関の扉」の小町の出。「勧進帳」では、富樫の退場後、三味線は「谺合方」を弾き、「小玉」を打つ。

小道具(こどうぐ)　大道具に対していう。俳優が直接身につける持ちもの。扇子・履物・かぶりもの・鎧・刀剣などは、俳優各自に配布される。また家具什器のたぐいは出道具と称し、小道具方によって舞台面に配置される。金閣寺の雨樋などは、一見大道具の一部のようであるが、俳優が直接手にふれて用いられるものとして、小道具の扱いとなる。石地蔵などは、劇場によっては大道具でも扱うが、小道具の扱いとなる場合が多く、ときにその所属に迷うものも少なくない。狂言作者の作製した「小道具附帳」によって、小道具係によって調製される。

こなし　歌舞伎の演技・演出、または脚本の用語。俳優にその持ち役の意志を表現させる身のこなしをいう。「思入れ」と異なる点は動作を伴わせる要求があること。思入れの焦点は表情であり、これは体に焦点がある。

声色(こわいろ)　歌舞伎風俗。役者の音声、セリフまわし、耳馴れた名セリフなどを真似して聞かせること。元禄(一六八八—一七〇三)頃より既にあり、幇間は座敷芸ともし、素人間にも流行して今日に及ぶ。起りは、木戸芸者(劇場木戸に立って宣伝する専門)が声色を使うのが広まったという。天明期(一七八一—一七八八)以後、「鸚鵡石(おうむせき)」なる名セリフ集が多数発刊されているのも、世間に声音を学ぶ流行風潮が盛んであったことを物語る。

サ　行

サア〳〵　→繰上げ

座頭(ざがしら)　一座の首長となる俳優。「楽屋一式総役者の支配役故芸道の功を積〻自然と此役に至る也」(劇場新話)とある。座頭は太夫元と相談し、一日も多く興行するように心掛け、作者へも弟子の引き立つように脚本に手を加えることを頼んだり、見物のうけのよい役者に役を多く廻し、自分は狂言の要所要所を引き請けるようにする。また金の調達はもとより、不当りの時には座頭の役一幕抱えてするほどの責任を要した(劇場新話)。ただし、階級の厳存する歌舞伎社会のために、門閥によって座頭にすわる俳優は限られており、団十郎の名跡は、年功を問わず座頭の権利をもっていた。例外として下級俳優からこの地位を得たものに、中村仲蔵・市川小団次がいる。女方は、いかに名門といえども座頭にすわらない。座頭は立役と限られていたのである。「かりそめにも女を写す身にて夫とたとへし立役を尻にしき時としては身にも応ぜぬ役好み景清が妻あこやにて花道へ懸り六方振ての引込み打出しに先今日は是切といふは女形にはあるまじき事也」(劇場新話)。役割り連名の最後におかれるところから「留め筆(とめふで)」とも「書きどめ」とも言った。

下り葉(さがりは)　下座音楽の一。「下り羽」「下り端」などとも書く。能楽囃子より脱化して太鼓を主とした大小鼓・能管で奏する。王朝物における宮殿場面、公家の出入りなど荘重な感じを出すのに用いる。この鳴物には「唄入り下り葉の合方」をかぶせる。「三味線入りもあり公家の引込其外色々又早下り薬といふもあり」(劇場新話)。「忠臣蔵」の大序、「六歌仙」の業平の出、「暫」では、ウケの出で、中遠見の道具替りに用いる。

差金(さしがね) 小道具の名称。劇中にあらわれる蝶・鳥・鼠の類を、黒塗りの細竹(女竹)の先へつけて後見が動かすもの。竹の先は鯨のひげかピアノ線でその作りものが弾むようにできている。差金を用いる演出は歌舞伎独特のもので、写実性を避けて景容のおもしろさを出している。

桟敷(さじき・さんじき) 劇場用語。勧進田楽、勧進猿楽における高級見物席として、芝居(のちの土間)と対し、歌舞伎劇場にも受けつがれる。桟敷は二層式となり、その間数は、東十五間、西十六間、向九間、総計四十間がふつう。各間の簾は正徳四年(一七一四)絵島事件で一時撤廃されたが、十年を経て復活、明治に及んだ。中期以後には舞台の橋がかりのうしろにも観覧席が出来、土間から見ると並んだ客が羅漢像のように見えたところから、「羅漢台」「羅漢桟敷」などとも称した。これは高級な桟敷に対して、下級なものである。「東西上桟敷、舞台の方より八間を内格子といふ、此内二間は幕の内也、茶やの買直段一は二十五匁、二は三十匁、三より八迄三十五匁也、九より六間の間を大夫といふ(八間ともいへり)、其次平(ひら)といふ、六間あり、大夫の四迄三十五匁、大夫の五より平の一迄三十匁、平の二より六まで廿五匁也、下桟敷舞台の方より八間を内翠簾(うちみす)といふ、直段上桟敷と同じ、但幕の内一は二十匁、二は二十五匁といへり、九より六間の間を外翠簾といふ、一より四迄三十五匁、五六は三十匁、其次を新格子といふ、東は六迄あり、二十五匁也、此内揚幕の側をハタといふ、直段は同じ、入りのあるなしにて直段高下あるべきにや、尤桟敷番といふものありて、是を割渡す」(劇場新話)。

座元(ざもと) 上方では座本。江戸では明暦三年(一六五七)正月の大火で各劇場が類焼し、幕府はこれを機会に永久興行権を中村・村山・山村・森田の四座に限った。のち正徳四年(一七一四)絵島生島の事件によって山村座を破却、以後は江戸芝居興行権は三座元の占有するところとなる。従って、江戸では座元が興行の実権者であると同時に劇場の持主であり、座によっては俳優もかねた。座元・座主興行権は一体のものとして世襲されたが、明治五年に劇場制限は撤廃され、明治三十三年の新令によって興行権と座元とは分離した。京都は元文三年頃、また改められて寛文九年(一六六九)、大阪は承応元年(一六五二)公許されているが、のち劇場主は座元名義人を立て、本座元のことを「仕打」といって、座元は小屋主でも興行主でもない、もとより金主でもない名ばかりの劇団代表者となって、都合次第で毎年代わるのが例であった。それでも明治二十年頃までは番附にその名が記されていた。

三絃入り(さんげんいり) 囃子用語。一種の小書付の名称で、ふつう鳴物の名称を伴うことが多い。たとえば「中の舞三絃入り」「乱れ三絃入り」「序の舞三絃入り」「三絃入り管絃」等。

三間の間(さんげんのあいだ) 舞台・脚本用語。「本舞台三間と建る事は、昔は二間に四間の間に柱四本を建しといふ、破風造御免の後、大臣柱と名付、此所を鏡の間といふ、其次を梅の間といふ、うしろの板を鏡板といふ、爰に松梅を画をり、則能舞台をかたどる也」(劇場新話)。

三重(さんじゅう) 三味線声曲用語。下座音楽の一。仏教音楽(声明)から平曲における音域および旋律名で、三味線楽では、章句の冒頭、または結びを盛り上げる手法で、浄瑠璃に応用される。「吟(ぎん)三重」「引取(ひきとり)三重」「愁(うれい)三重」「猛(きおい)三重」「大(おお)三重」「略(りゃく)三重」「櫓(やぐら)三重」「錣(しころ)三重」等々、多種多様でその用途も複雑。下座音楽としては唄はなく、まれに鳴物を伴う一種の合方であり、単に三重とあるのは人物の引込みに用いる。「別れの場に使ふ」(絵本戯場年中鑑)、「花道、人はひるに用ゆ」(御狂言楽屋本説)。

三段(さんだん) 大道具用語。歌舞伎定式道具の一。幅三尺、蹴上げ七寸、踏板の幅八寸ないし一尺の三段の階段をいう。用途は高足の二重舞台に配する階段。あるいはこれを赤毛氈で包み、幕切れに舞台前面に押し出して、演者に見得を切らせるための台(天王台ともいう)。「天王台」に昇れるのは座頭のみ。女房は、一段低い、二段を用いる定めがあり、とくに三段を用いる場合は、座頭の許しを乞う。

仕方話(しかたばなし) 手ぶり・身ぶり・表情をまじえてその時の様子を伝える話し方。ただし、本来は「かたる」という話術的範疇の中で次第に「しかた」的要素を加えて独立していったもの。延宝期(一六七三―一六八〇)にあっては、他の狂言と並んで一狂言として取り扱われたこともある(大和守日記」。

次第(しだい)　能楽用語より出る。事の次第を冒頭に前置きするように謡うもの。七五成句、七四の三句より成る。多くは脇役が登場、第一声として謡い、その役の意向・感慨等を述べる。鳴物では、能管と大小鼓の囃子で、「三ツ地」「ツヅケ」「掛切(かけきり)」の手法が一連となっている。「勧進帳」では、富樫が上手の位置につくと、笛が「ひしぎ」を吹き、大小鼓が打たれ、この大小鼓の中途から〽旅の衣は」の長唄の「次第」の謡にかかる。

仕出し(しだし)　役柄の名称。無言で舞台を通り抜けたり、主役を取り巻く群衆であったり、端役中でも最も軽いもの。動く背景となるもので、群集の役。効用としては、場面・時代・時刻・雰囲気などを暗示し、場面を賑やかに盛り上げたり、進行の繋ぎや筋や人物のうわさをして、前もって見物に知らせたりする役目をもつ。

下(した)**にゐる**　演技・演出および脚本用語。二人以上の登場人物が、一方が立っているのに対して、一方を立った形からすわらせること。もとは能の用語。片膝を立ててすわる型から出る。また「しも」という場合は、上手に対する下手を意味し、「一段下っておれ」の意で用いる。例「したにゐや」「おしもにござれ」。

実悪(じつあく)　→敵役(かたきやく)

実事・実事師(じつごと)(じつごとし)　歌舞伎役柄「実事師」の名称より、演技、その場面の称呼となった。もとより実事師なる名称も、戯曲的複雑さと現実性の要求によって、荒事師(仕)・和事師(仕)等々との自然的比較分類のうちに生じた。ただ、実事の実は写実ではなくて篤実・誠実の実で、いわゆる「実のある」が当たろう。性格上からは、的確な判断力、思慮分別のある円満な、それでいて悪と戦う人物。地味に内面的表現を必要とする。腹芸などいう芸を発達せしめたのはこの役柄である。座頭が演じるのが例である。これに近い役柄に実方(じつかた)がある。家老・武士などに扮し、人物性格は全く等しいが、実事師より狭い意味で使用している。

忍三重(しのびさんじゅう)　下座音楽。三重の一として、独立作曲されたもの。一名「蜩(ひぐらし)三重」ともいう。「三味線一挺にて弾く。凄みに使ふ。闇の場・返り討・人を殺す場・世話の忍びの出」(絵本戯場年中鑑)。また「だんまり」における探り合いを暗示する。「忠臣蔵」の五段目、「鈴ケ森」などに用いる。

四方祈りの見得(しほういのりのみえ)　荒事に用いる演技。東西南北の四方(下手・上手の柱巻・裏向き・正面)へ行って、それぞれに見得を切ること。もと陰陽道より出た祈禱の方式の演技化したもの。「矢の根」「鳴神」にある。

下手(しもて)　舞台用語。舞台上の場所を示す。客席より舞台に向って左側をいう。これに対して右側を上手(かみて)という。方向として呼ぶ場合には「下の方」「上の方」と呼び、役者の出については、「下手より」「上手より」などと用いる。ただしこれは、舞台上に限り、客席の場所指定には使用しない。→下座(げざ)

下の方(しものかた)　→下手(しもて)

シャギリ　砂切。儀式用下座音楽。シャギリを打つことをシャギルという。一幕の終るごとに囃す。太鼓・能管・大太鼓の鳴物。ただし、最終幕の大切には打たない(この時は「打出し」となる)。「着到(ちゃくとう)」よりテンポが早く、中上げのあるのが特徴。また操狂言(丸本物)の場合は、本来幕三重(三味線)があってシャギリはなかったが「今はみだりになつて操狂言にもシャギリを打つ」(絵本戯場年中鑑)ようになったとある。

正本(しょうほん)　歌舞伎上演用の台本。ただし明治以降の活字本はこう呼ばない。和紙に毛筆で筆写したもの。台帳とも狂言本とも根本ともいう。台帳の体裁には二通りあって、半紙を二つに折った縦本と、半紙を横折りにした横書本とがある。後者は江戸末期になってあらわれた。

浄瑠璃台(じょうるりだい)　→山台(やまだい)

所作・所作事(しょさ)(しょさごと)　所作事の名称は、元禄(一六八八―一七〇三)前後をもって固定する。ただこの頃の舞の中心は扇の手であり、これに対して「おどり」は総おどり、大おどりを意味した。これに対して所作事は、それらとは別途に拍子事を中心として、軽業・物真似の途を辿ったものということができる。「一本足駄の所作見るさへ危いことと苦もなく拍子にかかりたゆまずなさるる」(役者友吟味、宝永四年)、「此度橋のらんかんへ足駄はきながら上りて拍子でけます〳〵」(同上)などの例は、すべてこの頃の所作事の本質を示していると思う。また「女形はともかく所作事が混本(根本)」(宝暦二年、役者艶訓)といわれ、元禄期の女方の特技として「所作事、舞事、怨霊事」(役者三世相、宝永二年)が上げられている。のちには、一般に歌舞伎舞踊のことを、所作または所作事というようになった。また「浄瑠璃所作事」の称が示すように、とくに劇的な浄瑠璃との結びつきに、その本質的な特色があった。

知らせの柝・知らせの二丁 →柝(き)

白囃子(しらばやし) 修羅囃子の訛か。修羅場に用いる故の名称か。または城囃子(軍楽)の転じたものか。試合・立廻り、そのほか道場の場、屋敷の庭で水打ちなどの場の幕明きに用いる。大小の鼓を早めに勢い込んで打ち囃す。三味線の入ることもある。そのときは「修羅囃子の合方」という。「忠臣蔵」の二段目の幕開き、「伊賀越道中双六」の二幕目「城中試合の場」など。

新相中(しんあいちゅう) →相中

水気三重(すいきさんじゅう) 下座音楽合方の一。宝物などが水中に落ちて水気・妖気が漂う時、あるいはそれから転じて、怪異などを見つめセリフにかかる時にも使用する。多く「薄どろどろ」をかぶせて無気味さを伝える。

すががき 下座音楽の一。吉原の場面に限る三味線。江戸時代、吉原で遊女が張見世に並ぶ合図として、店の格子中で新造が弾いた三味線の手を応用したもの。多くは大太鼓「通り神楽」の鳴物をかぶせる。「傾城男達などの出端」(劇場新話)。「助六」の補注一一参照。

すごき合方 →合方

筋隈(すじくま) 筋隈取の略。隈取とは一種の表徴を顔に隈をとって現わすもの。朱紅のものは英雄豪傑、青隈は悪人・幽霊など、ほかに獅子・猿など動物を表現するものがある。筋隈は初代団十郎が創始、二代目が更に牡丹の花によってぼかしの技法を思いつき完成したと伝える朱紅の隈荒事系立役のもの。

スッポン →切穴(きりあな)

捨てゼリフ 演技・演出用語。脚本にない詞を即興でいうセリフのこと。歌舞伎では間を大切にするためにそれが効果的であった場合、その俳優の型として伝承される例がある。

絶句(ぜっく) 演技中にセリフがつまり中絶すること。とちる。

背(せ)**ギバ** →ギバ

セリフ 脚本に指定され、俳優が舞台でいうことば。ただし歌舞伎におけるセリフは、今日広義にいう脚本上のセリフを意味するよりも、一つの独立した特殊な言語上の演技を指すものとして取り扱われている。歌舞伎役者の資格に「一調子、二振、三男」といわれて、その第一条件がセリフ廻し(声音)という意味である。歌舞伎俳優術は戯曲に先行するものであり、遠く延年舞曲の「言立て」や「開口(かいこう)」「連事(れんじ)」「答弁(とうべん)」等の雄弁術の伝統にもとづくエロキューションの系譜が歌舞伎のなかに展開している舌口芸である。従って、「助六」における外郎売(ういろう)のセリフなど、戯曲の本筋とは関係のないものが挿入され得るのであり、「暫」などは劇中に「つらね」という舌口芸を据えて戯曲化されたものだともいえる。また、中世からの「名告り(なのり)」といわれるこの国の物いう方式が「名告りゼリフ」となり「割りゼリフ」「渡りゼリフ」(数人でセリフをわけていう、また受け渡してゆくセリフ)の形式に展開し、また「悪態をつくセリフ」となっていった。これらの基調をなす七五調が、節分の夜にやって来る厄払いの詞に似ているところから「厄払い」などとも呼ばれて、庶民に親しまれた。もっとも、世話物においては時代物以上に日常会話に近いセリフが用いられる。しかし、重要な聞かせどころとなると七五調の唄う調子になることを思えば、セリフの基本的性格は日常会話と元来区別されるところに求めねばなるまい。

禅ヅト(ぜんづと) 下座音楽の一。「禅の勤め」の略称。他に「禅ばやし」「黄檗(おうばく)」ともいう。銅鑼の縁と大太鼓で打ち囃す鳴物。禅宗の勤行の鉦の音色を写した鳴物で、寺院・墓場・藪畳、さびしい土堤等の舞台の幕あき・せり・つなぎ・道具替り等に用いる。また人物の出入り(特に出家・巡礼・立廻り・しぬき・セリフなどの演技を助ける。多くは本調子「禅の勤の合方」を伴う。「禅ばやしともいふたてなどに用ゆ」(戯場新話)とあるが、現在、立てに用いるという用途はなく、今日「早禅」といわれ、「前だんまり」に用いるものを指すか。

禅の合方(ぜんのあいかた) →禅ヅト

束に立つ(そくにたつ) →見得

束の見得(そくのみえ) →見得

タ　行

大小(だいしょう) 下座音楽の一。「大小の合方」「大小入り合方」というのと同じ。大小鼓を加えた合方のこと。ただし演奏法や用途は多種多様。時代物の立廻りや、主役がきっとして改まり、引き締まった舞台雰囲気で、重要な演技に入る時などに用いる。刀の大小と区別すること。

大小寄せ(だいしょうよせ) 下座音楽の一。「大小人寄せ」というのも「大小入り寄せ」「大小入りの人寄せ」というのも同じ。大小鼓入りの合方に寄せの合方を重ねたもの。「寄せ」は「人寄せ」であり、芝居が葭簀張りの小屋時代、客を集めるために演奏した三味線楽を応用したもの。合方は様々あるが、楽器は大小鼓に笛が加わり、さらに太鼓が入る事もある。人物の押し出しや出に使う。

大尽(臣)柱(だいじんばしら)　能楽用語から出て歌舞伎にも用いる。大臣を大尽に洒落て書く。能楽では脇柱ともいって、向って右手前の柱。ワキ座の側にあり、ワキが多く大臣に扮するところからこの称が出た。歌舞伎では、向って右側、チョボ床と舞台とを区切る柱に当たるが、この柱だけでなく、これに対する下手の柱も大臣柱と呼ぶ。その区別は、上手・下手でつける。「本舞台左の方の柱を見付柱といふ、右の方を大臣柱といふ、此柱常には一番目より四番目迄の小名題をしるせし板をかけ置、又かざり付とて紅葉桜梅などの花を此柱にかざる事あり」(劇場新話)。

高合引(たかあいびき)　→合引

高足の二重(たかあしのにじゅう)　→二重

高二重の屋体(たかにじゅうのやたい)　→二重

只唄(ただうた)　下座音楽の一。時代物あるいは時代世話物の思入れしての引込みなどに合せて唄う。三下りの三の糸の甲唄の上げの吟で、短い唄をしぐさにあわせて、長く引いて息いっぱいに唄うのが特徴。〽清き流を」〽仇に散らすな」〽心のこして」〽松に吹きくる」〽松に藤波」等がある。

只の合方(ただのあいかた)　只合(ただあい)ともいう。→合方

立樹(たちき)　大道具の一。舞台に作られる樹木の称。穴をあけた台に幹をさし込み、梅・桜・紅葉などは造花の枝を、松・杉などは実物の枝を打ちつける。「台実木(だいみき)の松」とか「台樹(だいき)の柳」などともいう。俗称「ヤアトコセ」。

太刀下(たちした)　歌舞伎役柄の名称。「暫」で公家悪(くげあく)(公家の装束をした悪役ゆえに。また荒事師の芸のうけとめ役のゆえに「受・請(うけ)」という)の命により、弱い善人役の若殿・姫・家老・腰元は、太刀を振り上げた中ウケに殺されかかる。中ウケが二重の上に並び、善人役はその下の平舞台に並び、文字通り太刀下にいるところからの呼称である。

立廻り(たちまわり)　→たて

立役(たちやく)　歌舞伎役柄の一。発生的には、まず坐して演奏する囃子方に対する立方(たちかた)すなわち立って舞う役。ついで女歌舞伎禁止によって女役を演ずる者を女方というようになり、立方が女方を区別せざるを得ない結果、立役は男性を演ずる者を指し、女方に対称的なものとなる。やがてまた脚本の内容進展に伴って、立役と悪人方(敵役)が対立するようになった。さらに劇の在り方(世界)や役どころ(性格)によって、①荒事師、②和事師、③実事師という区別も行なわれる。さらには和実師や舞台においてじっと堪え忍ばねばならぬ役どころから「辛抱立役」という呼称も生まれた。天明以降に及んで立役と女方、立役と敵役というように二役以上を兼ねるものを「兼ねる」といったが、この現象は役柄の分業が乱れたことを物語っている。

たて　捕物、殺しなど闘争場面を歌舞伎独自の様式で組み立て直したもの。「殺陣」の字を当て、「立廻り」とも、古くは「太刀打」ともいう。リアルな感覚を避け、舞踊的音楽的な処理を本体とする。型としては、「天地・切り身・文七・柳・廻り天地(以上太刀打)・手ばい・ちうがへり・さるがへり・杉だち・むながへり・五段がへり・ぎば・あごつき・そっ首・つめよせ・ひざつめ・ちどり・大廻り・ひよつくり・腹ぎば・横ぎば・さか立・かさね・二つがへり・ほろくそかへり(よぢれてかへるを云)・しびとかへり(べたりとうつむけにかへるを云)・うしろかへり・一所かへり、其外猶あるべし」(戯場訓蒙図彙)の如く、ほぼ三十種にのぼる。だが注目すべきは、「太刀打」を除いて他は、宙返りを基本とする軽業であること。これらとんぼ返りが「たて」の中心技術となって構成されてゆくので、昔はいやしくも役者であるかぎり誰彼なしに一応は修業したもので(延若芸談)、役者の資格であり、また役者の技芸の一拠点でもあった。ただし「宙返り事とんぼうがへりの類は、軽業仕のまねにて嫌ひ、とんだりはねたり太刀打する事下作也とて立者はせず」(続耳塵集)とて、一方では戯曲性に従おうとする方向も生まれてくるが、「たて」は歌舞伎演技の基本とすべき、また歌舞伎劇術の公式である。補足的ながら立廻りは刀・槍・刺股・突棒・袖搦・十手・あるいは梯子・戸板・畳などのリアルな小道具を持つが、時代物にあっては様式化された六尺棒・花槍・桜の枝・唐傘などを持つのは、中世の風流以来の伝統的おもかげを残すものとして見落せない。またこのように、「たて」の全ては目先の変化のために種々の技巧と持物を発達展開せしめたが、その基本の型は、棒を持っての演技であり、警護のための六尺棒および棒踊りが歌舞伎に入って来ていることも興味が深い。とくに舞踊化したものを「所作だて」という。

立女方(たておやま)　→女方(おんながた)

立者(たてもの)　歌舞伎の一座の幹部俳優(名題役者)の

こと。この立者のうち、特に秀れた役者、座頭・立女方・書出し・中軸・客座などの位置にある者を大立者という。

太夫座(たゆうざ)　↓臆病口(おくびょうぐち)

段切れ(だんぎれ)　長唄囃子用語。幕切れ音楽。大小鼓・太鼓・笛の四拍子が同時に終止するが、「二つ頭」といって、撥(ばち)を二度かついで太鼓のみで段切れを打って、時代狂言の幕切れに使用する。狂言方の柝の頭との関連があるので、むずかしいといわれている。

ちきり　⊠印を用いる。↓符丁(ふちょう)

千種の合方(ちぐさのあいかた)　長唄「狂乱雲井袖(仲蔵狂乱)」のうち、二上りの〽千種も冬がれて、雲のあなたに春やきて、風にちり飛ぶ雪の花、ちりやちりちり、ただよふ君がたもとに」の箇所を、唄なしで、合方ばかりで弾く。「菅原伝授手習鑑」の序幕「加茂堤」などに用いる。例、「鳴神」の絶間の仕方話。

チ、リトチ、リの合方　下座音楽の名称の一。馬に乗る振りのところへ用いる合方。「馬貝(ばかい)の合方」におなじ。

千鳥(ちどり)　「たて」のうち。主役が大勢の者を相手に立廻りの時、左右に入れ違う動きをいう。「千鳥に入れ代り」とか、「千鳥で上手へ抜け」とか「千鳥で下手へ抜け」とかト書にある。飛び交う千鳥の心で絵模様にするところから出ている。↓たて

中合引(ちゅうあいびき)　↓合引

宙乗り(ちゅうのり)　演技・演出用語。元禄期の女方の特技は「所作事、舞事、怨霊事」(役者三世相、宝永二年)とされ、元禄劇の怨霊事は軽業芸と結びついている。そのうち「宙乗り」といわれるものは綱渡りの一種の変形であって、宙乗りということはすでに貞享期に見え、「歌舞妓年代記」の寛保六年秋の中村座の条にも「破風より向ふ桟敷まで中のりあり。むかしは鬼女幽霊などの時は、中のりとて雲に乗りてゆく事あり。近頃尾上松助、九尾金毛の狐にて勤る」とある。

造り物(つくりもの)　能楽における簡単な舞台上の装置としての拵え物。上方の歌舞伎台本にあっては特別に造るの意味は失せて、単に舞台装置の意味で造り物と記している。たとえば「造り物常足の二重、上手障子家体」などと。歌舞伎の松羽目物においては能と同様の意味。

ツケ　演出用語。歌舞伎独特の、出現および威力をあらわす象徴音。人物の動作に合わせ、拍子木ようの木で「付板」と称する板を打つ。打つ者を「つけ打ち」といい、大道具方の担当で、囃子方の所属ではない。「立合あるひは大刀打の時、かげを打とて、大きなる拍子木にてぐはた〳〵とたゝく。むかしはか様の事なし。或は竜をつかふか鬼神など出合ふ時にはたゝきならせり」(続耳塵集)とあって、つけは荒事の鬼神出現を暗示する「乱声(らんじょう)」より発し、元来は祭祀としての荒事のみに限られたものであり、単なる争闘場面、駈足、見得などに打つのは発展利用されたことになろう。狐や異形の出現の下座音楽を雷序(じょ)というが、これは「乱声」の音楽化したもの。「乱声」を、より原始的な形のまま歌舞伎に伝承したものがツケといえよう。

つなぎ　演出・ト書用語。また拍子木の打ち方の名でもある。俳優が紛装を替える間とか場面転換のための時間を、他の俳優とか、また音曲・拍子木などで埋め、つなぐこと。場面転換の場合、一旦幕をしめてすぐ「引返し」で明けるが、下座の鳴物でつながず、拍子木だけでつなぐこともある。この時は、一定の間をおいて、柝(き)を二つずつ、軽く連続的に打つ(チョ、ロンと打つという口伝がある)。これを「つなぎ」あるいは「つなぎの柝」という。

つらね　花道七三で長々と述べたてるセリフのこと。歌舞伎における雄弁の芸であり、「暫」のつらねはその代表的なもの。しかも一種の悪態の趣を帯びているのも特長。「暫」はつらねをいうための儀式劇といえる。代々の市川団十郎の家系を継ぐものは、年々このつらねを自作することを誇り、江戸劇壇随一のエロキューションの修練を怠らなかった。延年における「連事(れんじ)」との関係が考えられる。

釣枝(つりえだ)　大道具用語。日覆(ひおい)より梅・桜など花の枝をいっぱいに吊り下げる。山中をあらわすための松・杉などの場合もある。浅黄幕または黒の一文字の下を花で飾りたてた感じとなる。季節感を忘れぬ歌舞伎の習性でもある。

出語り(でがたり)　浄瑠璃用語。浄瑠璃太夫と三味線弾きが舞台に設けられた席に出て姿を見せて語ることをいう。義太夫狂言の場合は、舞台右手に斜につき出した「床(ゆか)」(「チョボ床」ともいう)で、俳優のセリフ以外の義太夫節の地を語る。また、床でなく、上手に浄瑠璃台を作る場合もある。これを楽屋では「下(した)で出語り」という。出語りでなく、御簾の内で語り演奏する場合のことを「御簾内(みすうち)」と呼ぶ。ただしこの「御簾内」のことを「浄瑠璃台」または「床」といったこともある。義太夫以外の浄瑠璃太夫・三

味線弾き(常磐津・富本・清元等)は出語りが原則で、居並ぶ山台を、ふつう浄瑠璃台または床という。常磐津は原則として下手が例。それ以外は上手を通例とする。

出道具(でどうぐ)　小道具の一部で、それぞれの俳優に属さないもの。舞台に置かれる道具。↓小道具

出の鳴物(でのなりもの)　出端の囃子。人寄せ・流れ・一声・つっかけ・カケリ・三ツ太鼓など、時と場所と人物によって、それぞれ設定され、無数にある。

寺音楽の合方(てらおんがくのあいかた)　↓合方

天地の見得(てんちのみえ)　↓見得

てんつつ　下座の三味線音楽。三味線の音色から出た二上りの合方の名称。立三味線が替手を弾き、脇三味線が地をくり返してテンツッテンツッと弾くのでこの名がある。世話物、時代世話物の人物の忙しい出入りに用いる。「ぢゞばゞなどの出端」(劇場新話)、「町人の出這入」(賀久屋寿々免)とある。「忠臣蔵」六段目の一文字屋、ぜげんの出など。

天王立の鳴物(てんのうだちのなりもの)　下座音楽の一。長唄本来の「豊後下り羽」に対して能楽囃子の「下り羽」を「天王立下り羽」という。一説に時代狂言の高二重・勾欄・回廊・瓦灯口などの金殿御殿の大道具を天王建(てんのうだて)といい、この幕明きや公家の出などに用いるのでこの名がある。能管・太鼓・大小鼓の囃子。「出御揚障子もの其外幕明等の出端など色々」(劇場新話)。ただし、「天王立下り羽」は、大小鼓を加えず、太鼓のみの能囃子の「下り羽」を打つ。「忠臣蔵」の大序はじめ、時代物の浄瑠璃狂言の大序にはかならず用いられる。

道具幕(どうぐまく)　大道具用語。浪幕、山幕、町家・野原・街道の遠見幕、網代塀を描いた網代幕などの総称。いずれも本舞台を見せる前段として舞台転換の効果を上げるもの。日覆から吊した竹棹の仕掛によって「ふり落す」場合と、その場をかくすために「ふりかぶせる」場合とがある。また、引幕のごとく扱われるものもあり(河内山玄関の幕外の例)、引栓(ひきせん)といって引幕のごとく扱ったものを、のちに切って落す仕掛のものもある。

道化(どうけ)　歌舞伎の喜劇的役柄の一。道外とも書く。役柄のうちでも最も古いものの一つで、歌舞伎発生期にあらわれた猿若の系統を引く。道化なる役柄の名称は、いまのところ万治三年(一六六〇)をさかのぼることができないが、役柄の名称としてでなければ「大和守日記」明暦四年四月の条に「どうけ申候」を指摘することができ、さらに「舞曲扇林」に西塔与五郎がはじめてその名称を称したとあるのを仮託推定すれば寛永年間(一六二四―一六四三)にまでさかのぼり得る。若衆歌舞伎禁止の承応元年(一六五二)前後には専門の役柄として固定していた(「是世上にはやるかぶき中のだうけものと云也」—わらべ草、慶安四年)。道化方は古い時代ほど大きな位置と価値を占め、老巧な一座の指導役がこれにあたったもので、舞台での司会やときには作者を兼ね、見物を滑稽なセリフと物真似的身振りで笑わせて劇を進行させる役目をもち、舞踊をよくした者が多い。性格は多く阿呆振りを表現し、その扮装術も特定なものがあって、古くは袖なし投げ頭巾や、下賤な役姿であったりしたが、坂東又九郎が出てこれを広袖姿のはでなものにあらためたという。また腰に「ふくべ」を下げたり、小さな笠をかぶったり、小さな扇をもったりしてその扮装を誇張する。元禄以後は次第に立役や端役がこれを兼ね、あるいは道化方の活躍する場が少なくなってその専門的独立性を失ってゆき、天明―寛政期(一七八一―一八〇〇)の大谷徳次を最後として「半道」「半道敵」「チャリ敵」などという分野に解消してゆく。また道化方を三枚目というのは、看板または番附の三番目の地位にあったからである。

頭取(とうどり)　楽屋一切の取締役。寛永年間(一六二四―一六四三)に、猿若勘三郎が名代として常に座元の部屋においたのが始まりという。後、年配古老の俳優に限って勤めさせるのが慣例となった。表方との交渉・取次・秩序維持・手当分配・火の元注意等々、多忙を極め、特に打出しの時は櫓紋のついた羽織を着て「まず今日はこれ切り」と観客にむかって「切り口上」を述べる。ただし今日では経営上の組織も変わり、俳優各自に門弟中より頭取を出し、一種の走り使いとなって、権威はなくなった。

通し狂言(とおしきょうげん)　↓狂言

遠見(とおみ)　↓書割(かきわり)

通神楽(とおりかぐら)　下座音楽の一。太神楽が街頭を流して行く様を写したもの。桶胴(太神楽用の太鼓)と篠笛を主とする下座囃子で、初春の雰囲気をかもし、廓または町家の場面に用いる。特に廓の場面では「すががき」の合方をかぶせる。この場合は桶胴を大太鼓にかえる。「春計り重に用ゆ大神楽の出端松かざり有て門礼者の出端に用ゆ」(劇場新話)とある。上方の「通神楽」とは相異がある。「助六」では、揚巻と傾城の

出に用いられ、「通神楽」と「清掻(すががき)」で終始するといっていい。

ト書(とがき)　台本指定の名称。「ト幕明く」「ト思入れあって」などと書くところから出た名称。舞台装置の説明としての「舞台書」と、演技・演出指定のト書との二通りがある。古くは、延年の風流にはじまり、能狂言から歌舞伎が継承したもの。

時の太鼓(ときのたいこ)　下座の鳴物。城内で時刻を知らせるために打った太鼓を模したもの。時代物の御殿・問注所(もんちゅうじょ)・白洲(しらす)の場面の幕明き、幕切れに用いる。大太鼓を太撥で打つのが普通だが、実悪の役柄が出る時は長撥で打つという約束がある。

トヾ　ト書用語。とどのつまりの略。結局の意。舞台進行上の決着を示したり、演技の段落・おさまりを示す時に使用する。歌舞伎がモンタージュで成立していることや、歌舞伎における台本の役割を覗かせている。

飛去りの鳴物(とびさりのなりもの)　下座音楽の名称の一。太鼓・大太鼓・能管の鳴物で、変化のものの飛行に用いるが、とくに荒事の六方の引込み、駈入りなどに使用する。「勧進帳」「暫」「鳴神」「矢の根」など。

トヒヨ　下座音楽の鳴物。大抵の鳥の鳴声を能管で一声ずつトヒヨ、トヒヨと息を切って吹いて表現する。特に「暫」の主人公が花道から舞台へかかる時にもトヒヨを用いるが、この場合は早めに奏するという(三座例遺誌)。

飛び六方(とびろっぽう)　→六方

止め木・止めの木(とめぎ)(とめのき)　→柝(き)

留場(とめば)　劇場内の名称の一。劇場が椅子席になる以前、劇場西側の階上階下後方にこの名称の場所があった。そこに係がつめており、観客同志の喧嘩などの折にこの係が留めるところからこの名があり、その係も留場の名で呼んだ。また花道を引込む役者を守り、楽屋と揚幕間の往来する役者のために通路の人を開いたり、時には舞台番の代りに、舞台に坐って客の騒ぎを制止することもした。

留め拍子(とめびょうし)　舞踊用語。能楽において足拍子を二つ踏むことにおいて一曲の終結を示すが、能を模倣した舞踊劇の幕切れにシテまたはワキが二つ足拍子を強く踏むことをいう。

鳥屋(とや)　劇場用語。花道の揚幕の奥にある、花道から出場する役者の溜部屋をいう。幹部俳優の出を独特の声音で係が呼ばわるのを、京阪では鳥屋触れといった。この風習は明治期まで残った。「鳥屋口」とあるのは鳥屋の口、あるいは鳥屋の方角の意。→呼び・揚幕(あげまく)

鳥屋口(とやぐち)　→鳥屋

どろどろ　下座音楽鳴物の一。古くは幽霊太鼓といった。幽霊・変化・妖術使いなどの出入りに用う。大太鼓を長桴(ながばち)で打って、怪奇さおよび現実と夢幻の境を象徴し擬音化している。烈しく打つのを「大どろどろ(大どろ)」、掠めて打つのを「薄どろどろ(薄どろ)」という。「妖術変化雲気(うんき)または竜女の出すべてものを怪しみ見咎める所」(絵本戯場年中鑑)。「菅原伝授手習鑑」の車引における時平、「矢の根」における十郎の亡霊の出現など。

どんどん　下座の鳴物。「三ッ太鼓」「どんどんどん」ともいう。大太鼓を太撥でドンドンドンと三つずつ区切って、揚幕と下手で打ち合せる。軍勢が押し寄せている雰囲気や捕手が取り巻いている感じを出すのに役立たせる。「助六」の水入り後に使用。ただし所作立(→たて)で、花四天のかかる場合は長撥を用いる。

とんぼ　「たて」のうち。立廻りの中に、投げられたり斬られたりするものが、その主役の強さをあらわすために、もんどりうって空転することをいう。「とんぼを切る」とか「返る」とかいう。→たて

ナ　行

中(なか)**ウケ**　役柄の一。端敵(はがたき)役。赤っ面(あかっつら)に板鬢の鬘、白地に黒横縞の厚錦衣裳をつけ、袴をたぶさきにして、肉襦袢を着て赤くて丸い腹を出しているので、そのまま「腹出し」ともいう。主人公の荒事をうける「公家悪(くげあく)」を俗にウケといい、この部下に当たる立場にあるところから中ウケという。→敵役(かたきやく)

投首(なげくび)　小道具の名称。荒事で立廻りの際、主役の強力さを見せるための手法としてこの小道具を利用する。主役が刀を一たび払うと、首がころころと落ちる。その作りものの首のこと。「暫」の幕切れ近くで用いる。

投人形(なげにんぎょう)　小道具の名称。投首の類。人間を投げ飛ばす代りに用いる。「鳴神」の幕切れに用いられる。

名題(なだい)　①歌舞伎・浄瑠璃題名。京阪では外題・芸題ということが多い。一日狂言一種名題が原則であったが、世話狂言の独立に伴って(上方では寛文期末、江戸では寛政八年以降)、一番目狂言・二番目狂言それぞれ別名題を据えるようになっていった。縁起でもってその字数やそ

の文字のよみに特別の注意がある。特に春狂言の名題・芸題には、江戸では「曾我」、上方では「けいせい」「傾城」「契情」の文字を入れた。②名題役者のことをいう。狂言名題と同時に、紋と名前を記した紋看板を飾ることからいう。上級役者の意。

七種の合方(ななくさのあいかた)　長唄「娘七種」の一節、二上りの〽初若水の若菜の御祝儀」のあと合方にかかる箇所をとったもので、可憐な娘の出入りやセリフのなかに用いる。「菅原伝授手習鑑」の賀の祝など。「鳴神」の絶間の仕方話。

名乗座(なのりざ)　能楽用語。シテ座とも常座ともいう。シテの定位置であり、能舞台の太鼓座の前方、シテ柱(橋懸りの取つきの柱)の線と交わるあたり。この位置で名のることが多いところからこの称がある。この名のりが行なわれる前に奏される笛を名告笛(なのりぶえ)という。

名乗笛(なのりぶえ)　→名乗座

なまめいたる合方　→合方

鳴物(なりもの)　下座音楽用語。下座音楽に用いる三味線以外を総称する。打楽器と吹奏楽器とを包括するが、大小鼓・太鼓・笛(能管・篠笛)を主体とし、これを四拍子(しびょう)といい、これに大太鼓を加えて主奏楽器とする。助奏楽器の大拍子・桶胴・楽太鼓・柄太鼓・団扇太鼓・豆太鼓・本釣鐘・銅鑼(どら)・双盤・一つ鉦・松虫・オルゴール・当り鉦・チャッパ・駅路・キン・木魚・木鉦・拍子木・盤木・編板(びんざさら)・四つ竹・竹琴のそれぞれを利用する。主奏楽器は単独で働くが、助奏楽器は単独では用いられず四拍子と組むか、さもなくば二つ以上の組合せによって働く。数多くのきまった演奏とその名称をもっていて、特に任意に自由な形で間拍子に合せる演奏のことを「あしらひの鳴物」という。

二上り(にあがり)　三味線音楽の調子の一種。本調子の二絃を二律上げたもの。二絃と一絃は完全な五度、二絃と三絃は完全四度の関係となる。陽気な派手な調子。

西の方(にしのかた)　歌舞伎劇場用語。江戸の歌舞伎劇場の桟敷のうち、舞台に向って左側をいう。慶安四年(一六五一)より天保十一年(一八四〇)までは、中村・市村両座は道路の北側に南面して建っていたために、この称呼が習慣化した。京阪では東西が逆になっている。大阪は道頓堀の劇場が北面していたためである。これに従って「西の桟敷」「東の桟敷」という言い方もする。更に「東の鶉(うずら)の方」「西の鶉の方」というのは、東西桟敷の階下花道に平行した東西の鶉桟敷の略語。鶉の名はこの桟敷が一区画ごとに柱があり、その柱に横木がわたされ、その形が鶉籠に似ていたからだとも、楽屋から花道へ、花道から楽屋に往来する役者をふりかえる見物客の恰好が、鶉に似ていたからともいう。

二重(にじゅう)　大道具用語。舞台の上にまた一段高く屋体の床、あるいは土手・丘・河岸など作られた舞台組みのこと。およびその平台(二重の床)そのものをいうが、高さ一尺四寸のものを「常足(つねあし)の二重」、高さ一尺のものを「尺高(しゃくだか)の二重」、二尺一寸ものを「中足(ちゅうあし)の二重」、二尺八寸ものを「高足(たかあし)の二重」または「高二重」という。常足は普通の民家などに、高足は御殿・寺院などに使用する。

二畳台(にじょうだい)　大道具の一。畳二畳ほどの広さの台。俳優の好みによって一定していないが、普通高さ八寸ぐらい。高位の公家・武将の座として用いる。能の一畳台より出たもの。

二丁の柝(にちょうのき)　→柝(き)

二番目(にばんめ)　→一番目

人形身(にんぎょうみ)　人形振りにおなじ。ただしニュアンスとしては、人形振りは、人形の演技をまねたもの。人形身は、役者自身が、人形になった感じを強調したもの。

濡れ事(ぬれごと)　→和事(わごと)

寝鳥(ねとり)　下座音楽用語。「幽霊などの出端」(劇場新話)に用いる。もと、雅楽などの、楽曲を演奏する前に、楽器の音調を試み、合わせる「音取」より出る。大太鼓のどろどろにかぶせて吹く笛で、二上り寝鳥合方(幽霊三重)の三味線に入ることがある。「矢の根」の十郎の霊の出現に用いる。

のっと　下座音楽。能楽囃子より長唄囃子に転用したもので、神仏に祈禱する時に大小鼓と能管とで打ち囃す。いつもテンテンツンツンツンツンツンと本調子の三味線で弾き始めるのが型。「つゞみ大小又物着(ものぎ)の合方、神職行者などに用ゆ」(劇場新話)。

暖簾口(のれんぐち)　大道具用語。世話物の定式道具は、室内正面奥の押入れと鼠壁の間に、高さ六尺、間口二尺から四、五尺の出入口がある。納戸への通路という約束でここに必ず暖簾をかけるのでこの名がある。上演物の性質から色と模様は異なるが、波・流水・蕨・麻の葉などの模様を浅黄・紺・鼠などの布地に白抜きで染めたもの。

ハ　行

橋懸り(はしがかり)　能舞台用語。歌舞伎舞台は能舞台を踏襲したので、舞台下手の出入口を今もこの名で呼ぶ。ただし、かたちそのものは花道の実現によって歌舞伎舞台の一部と化し、その機能は花道にとってかわられた。

柱巻の見得(はしらまきのみえ) →見得

ばたばた 演出用語。音響効果としての「ツケ」の一。拍子木を付板の上で左右交互にバタバタと打って 人物がかけ出して来るのを強調する。現在はこれのみを「ばたばた」と呼んでいるが、「戯場訓蒙図彙」に「楽屋にて足拍子ばかりもばた〳〵と言ふ」とあって、人物のあわただしい出の効果を、実際に足音をさせて聞かせていた。

八文字(はちもんじ) 立役奴方の六方・丹前に対して、女方の練(ねり)に当たるのが「道中」または「八文字」である。従ってそのかたちもその心も遊女の六方ともいうべきもの。京の島原に「奴三笠」と奴風を気取る遊女も見え(好色一代男、天和二年)、「江戸の葭原と申すは女郎の風、奴めきて情おとれり」(好色万金丹、元禄七年)とか、遊女にまで町奴・男伊達の気風が及び、京島原の太夫の練であった足の踏み方「内八文字」を、丹前風呂の遊女勝山が奴風を取り入れて「外八文字」を始めた。一説に、彼女が女歌舞伎の風体を真似て「道中」をしたのを、多門庄左衛門などが芝居の方で、これをとり入れた(洞房語園、享保五年)ともいう。のちには店々によって、踏み方も下駄もちがう六方・丹前が振るといわれるように、上半身の動きに焦点があるのに対して、これは「繰り出し歩み」「蹴出し歩み」「ふみ出し歩み」などと、下半身にその動きを集中した。「道中ぱつとして腰つきどうもいはれぬよい所有て」(役者万年暦、元禄十三年)。古くは二本歯のちに三枚歯の太夫下駄を繰って踏み出す練(ねり)の歩く芸は、六方が荒事となっていったのとは反対に、テンポのおそい色気が一つの見せ所となった。

花道(はなみち) 歌舞伎劇場における独特の舞台機構。発生年代は、承応(一六五二—一六五四)の頃あるいは寛文(一六六一—一六七三)の頃からとされ、見物から役者に「纏頭(はな)」を贈る通路として生じた。すなわち能楽の「白州梯子」(正面階段)にあたり、能役者が装束賜わりにこれを下り、貴人より「纏頭」をうけた風習の伝統から展開したものと考えられる。従って初めは舞台中央に土間の見物席を貫いて付いていたのが、後に下手よりに移ったもの。今日のように舞台の延長として演出にたえられるものに完備して来たのは、享保(一七一六—一七三五)頃である。さらに安永(一七七二—一七八〇)頃上手にあった、より狭い「東の歩行板(ひがしのあゆみ)」が「仮花道」として二次的な花道として用いられるようになって、もとの花道を「本花道」というようになった。花道の演出は、「花道の出」「花道の引込み」といわれるように、「出端(では)」と「引込み」の芸を主とする。出端の時は、七三(揚幕より七分、舞台より三分の位置。ただし昔は逆)の位置で一度止まって「つらね」を述べたり、所作事でもひとくだりの踊の振りがあるのを常とする。「引込み」にもまた特殊な演技がなされるのを例とする。花道は舞台へかかる通路となるとともに、もう一つの舞台でもあり、道・川・空中などに想定されることもある。

花槍(はなやり) 歌舞伎の小道具の一。槍の先が切花になっている。槍を美化し景容したというより、いまも地方の田楽などに見られる綾竹と、もとは同様のものであったに違いない。歌舞伎に入った棒踊の中でも、特に中世の風流以来の伝統的なおもかげを残しているものといえよう。→たて

囃子(はやし) →下座(げざ)

早太鼓(はやたいこ) 下座音楽。早笛の太鼓か。「鳴神」で姫が注連縄を切る時に打つ。→早笛

早鼓(はやつづみ) 下座音楽。能囃子からとった名称。シテの中入の送りに用いる。小鼓・大鼓で囃す。また早打ちなどの登場に用いる。「舟弁慶」「土蜘」などの中入退出に用いる。「鳴神」の白雲坊・黒雲坊の出に用いたものから、「道成寺」の聞いたか坊主の出に流用された。俗に「トヒヨ」という。→トヒヨ

早笛(はやぶえ) 下座音楽。能囃子より転化して、大太鼓を主奏とし、大小鼓・能管を伴わせる。能からとった舞踊物に多い囃子。急テンポで、超人・鬼神・猛獣などの「荒れ」に使用する。打ち出す音から「テンテレック」とも呼ぶ。例、「船弁慶」の後ジテの出、「忠臣蔵」五段目の猪の出の崩しなど。

早渡りの鳴物(はやわたりのなりもの) 下座の鳴物の一。早渡り拍子の略。太鼓と能管の渡り拍子を早間に打ち囃す手法。大太鼓を加えて祭礼の練の出端などに用いる。また追廻しという曲所があって、立廻りに使用する。

日覆(ひおおい) 劇場用語。宙吊り簀の子または渡りともいう。舞台の上部の奥につるされた幅二尺程度の渡り廊下の名称。歌舞伎初期における舞台に日除けした場所の故に出た語という。簀の子の前に垂らしたすだれに紙を張った黒の張りも

のだともいう。

東の鶉の方（ひがしのうずらのほう） →西の方

東の方（ひがしのかた） →西の方

東の桟敷（ひがしのさんじき） →西の方

引抜き（ひきぬき） 衣裳転換法。変装していた人物が秘められていた本性を実現するとき、あるいは妖精・幽鬼の類が正体露顕のとき、舞台転換とかその人物の退場・再登場とかをさせずに、その舞台上で直ちに仕掛による衣裳転換を行なって、他の性格に変わること。衣裳が変わるということは性格の脱皮転換を意味している。変わるべき衣裳を下に着こんでおいて、その上の仕掛の衣裳（衣裳が帯の中で上衣・下衣に分かれるように、袂は糸で留めてある）の糸の先の玉を後見が引き抜いてこの衣裳をとり払う。享保十六年春、「けいせい福引名ご屋」の狂言で、大谷広治が、竹田からくりから思い付いて、用いはじめたという（歌舞妓年代記）。これに対して「ぶっ返り」というのは、上衣の部分だけに仕掛して、これをとり払わずに帯のところでひるがえし、裏地を生かして下の部分を蔽わせ、全部衣裳が変わったと見せるもの。

引込み（ひっこみ） 歌舞伎演技・演出用語。主役の花道を通って引込む際の芸。歌舞伎に限らず出端（では）と入端（いりは）はこの国の芸能における特徴を示すものであるが、特に花道の出現は、出端以上に引込みの芸を重からしめた。引込みということばは歌舞伎以外になく、他は入端という。一段落したテーマとは別に戯曲から離れたところで存在し、役者そのものの印象を見物に記憶させようとしており、歌舞伎が技芸中心のものであることを物語る。また見物にとっても、花道の引込みには、たいがい、見得や六方があるものとし、もしない場合としても、それに変わる演技が見られるものとして期待したのである。舞台から花道にかかって七三で一度立ち止まり、引込みの芸にかかるというのが一定の方式。甲高い合方によってキッカケをつけ、それに乗って気分を変えて引込むとか、ちょっと衣紋をなおすとか、袖をかえすと同時に鳴物にかかって入るとか、尻はしょりするとか、それぞれ役柄や役者の工夫によって引込みの芸が行なわれる。

平舞台（ひらぶたい） 大道具用語。二重舞台を作らず、舞台の平面をそのまま使用する場合のことをいう。

符丁（ふちょう） □（カク）○（マル）△（ウロコ）⊠（チキリ）。台本に用いられる。仕出し役の人物を区別するための符丁。「此印などは下立役の頭付也その子細は下立役は名の頭字を書ぬ故也（作者年中行事）。ただし、○を「思入れ」とよむときは、演技のト書指定となる。そのほか、甲・乙・丙・丁も用いる。

ぶっ返り →引抜き

ぶっかぶり 演技の様式の一。「暫」の主役が大太刀を振ると、大勢の仕丁は赤い布を頭にかぶって首を切られたさまを表わし、いっせいに倒れる。これを「ぶっかぶりにて倒れる」「ぶっかぶりになる」などという。

不動明王の見得（ふどうみょうおうのみえ） →見得

振る（ふる） 「六方」は「踏む」とも「振る」ともいうが、はじめのころはみな「振る」であった。神輿を振った伝承であろう。歌舞伎に伝えられただんじり六方は、六方が祭礼における練（ねり）であったことがこれでもわかる。「振って入る」と多く使われるのは、六方を振って花道から退場する場合がきまりのように、一つの演出の型になったからである。ただし、古くは登場の際の演出であった。「ふりに振りたる伊達男、六方すがたうひ〳〵し」（としの花、元禄二年）とあるように、特殊な手振り・身振りに六方の特殊性があった。

豊後下り羽（ぶんごさがりは） 下座音楽の一。太鼓を主とし、能管・当り鉦を加えた長唄囃子の一種。必ず「丹前の合方」の三味線を伴う。「下り羽」は能の囃子であって、加賀前田侯の能役者が創案した手法と伝えられ、その定紋豊後梅に因んだ名という。廓の丹前六方の場面に用いる。→天王立の鳴物

本行（ほんぎょう） 演出用語。二通りある。歌舞伎から能・狂言を指す場合と、人形浄瑠璃の丸本の原作を指す場合とである。いずれも、その元になった原作を指す。能・狂言の演出をとり入れたときは「本行がかり」などという。「勧進帳」は、能の「安宅」を本行とする。

本釣（ほんつり） 下座の鳴物。本釣鐘の略。そのもの自体の名でもあり、小型の釣鐘を撞木で打つこともいう。本釣は化政度からで、時の鐘を報ずる鳴物としてこの他に銅鑼があるが、古風さにおいて銅鑼に劣りはしても、より写実的なだけに凄みのある夕暮れ・夜更けの感を表現する。もとより写実といっても、鐘の数が時の数をあらわすわけでなく、また本釣の使用は、座頭が出演して最初に鳴らした後でなければ他の俳優は使用を許されない。

本花道（ほんはなみち） →花道

本舞台（ほんぶたい） 劇場用語。演技の行なわれる主要

舞台の意。すなわち花道・橋懸りを(時には付舞台をも)除いた平舞台をさす。「芝居の中央に舞台を方三間にたつる故、名付けて三間の間といふ。ここにて芸をなす所也」(歌舞妓事始)とあるのも、元来能舞台の京間三間四方の形式を踏襲したので「三間の間」と呼ばれ、舞台が拡張された後も台本には「本舞台三間の間」と書き慣らわした。間というのは、左右大臣柱の間のこと。ただしこの柱は寛政年度に至って撤去されるが、この習慣は変わらなかった。現在の歌舞伎座の大臣柱の間は十間二尺。

マ 行

幕を引きつける →引込み

幕外(まくそと) →引込み

松虫(まつむし) 下座音楽鳴物の一。「叩き鉦」とも「伏せ鉦」ともいう通り、下に伏せて叩く鉦、およびそれを撞木で叩く手法をいう。普通二個を並べて同時に叩く。「六部」や順礼の出に弾く「六部三重」や「六部の合方」に合せて叩く。淋しさを添える音であり、従って念仏場面はもとより寺院・墓場の立廻りなどに用いる。

鞠唄の合方(まりうたのあいかた) →合方

見得(みえ) 歌舞伎演技・演出用語。極度に誇張された、放縦なまでに華やかな様式的な身体の表現。見得の発生については、人形芝居の動作から来たと考えられる他に、引幕による幕切れの在り方の考察から、人形劇や開帳劇における生ける神仏の静止した像を見せる幕切れの演出・演技の定着を思わせられる(元禄十六年四月、成田山分身不動・元禄十七年二月、傾城隅田川)。静止のポーズをとることによって、より局面を強調することができる。見得は一種の人形身になる立役の劇術であって、烈しい感動の頂点において一瞬活動を停止し、背景・衣裳の色彩上の美と相俟って、動作は絵画的視覚美を印象づける。そのために表情・姿態に工夫がこらされる。見得を切ることを「にらむ」というのも表情の上での約束であり、顔の筋肉を緊張させ、眼をむく非写実的なことはもとより、より強烈に、圧倒的、凝固的たらんとしているのである。姿態においては、「束(そく)に立つ」「束の見得」(両足を揃えた直立の形)とか、「箱にきまる」(足を開いて一方の膝関節を曲げた形)とか、「柱巻(はしらまき)の見得」(柱に足をかける形。座頭級に限って許される演技)、「石投げの見得」(足を揃え左足を上げ、右手を頭上で掌をぱっと開く。身体をぐっとそらせて石を投げた形)、「元禄見得」(右手を水平に開き拳を握り、左足を前に一歩踏み出した荒事に見られる形)、「不動明王の見得」(不動明王の像のままに右手に剣を左手に縛を持った形)、「三方の見得」(三方角に向って切る見得)等々がある。更に二人以上の人物が一度に見得を切る時は、「引張りの見得」の形に納まらなければならない。すなわち二人が向き合う時は、必ず上段下段の「天地の構え」(天地の見得、上下の見得とも)となり、三人の時は三角形をなし、常に見物に対して扇形に八の字に開く構図をとる。これはその一齣一齣が、一幅の絵の構図をなす配置になるところから「絵面の見得」ともいう。更に「ツケ」を打つ、化粧声をかける、あるいは「ひきぬき」を行ない衣裳に変化を与えることなどして、見得を引き立てさせようとする。

見切(みきり) 大道具・ト書用語。舞台の上手下手の奥を見えないように限る切出しや張り物。またそうすること。またその不備のために奥が見えることを「見切れる」ともいう。

水衣(みずごろも) 能楽装束の一。尉(じょう)・姥(うば)・男・女・子方の役など用途は多い。一番上に着用する。男装の時に必ず上から腰帯でしめ、女装の場合は着流して前を糸で止める。ただ男女装とも肩をつまみ上げて綴じつける。織り方は絓(しけ)・縷・縞・紋紗などがあって、色には白・黒・茶・鼠・紺・紫・浅黄・緋など、役柄に応じて用いられる。

水引幕(みずひきまく) 水引とも。舞台の最前部の間口の上にいっぱいに細く張り渡した幕。大阪竹本座で「国性爺後日合戦」上演のときに、「大幕の上に小幕をひき始む」(諸事聞書往来)とあるのがはじめといわれる。しかし、田楽の勧進舞台にも、歌舞伎の発生期にも見られ、引幕以前からある幕。また大阪では桟敷上部へ張る幕のこともいった。すなわち、「さんじき上下の水引幕は大連中よりかけるなり」(劇場楽屋図会、上)とある。

見世物の鳴物(みせもののなりもの) 下座音楽の一。浅草奥山・両国・神明などの盛り場および寺社境内、見世物小屋の手品・軽業などの場面に用いる合方・鳴物の称。江戸では「竹巣(たけす)」「米洗(こめあらい)」「錣(しころ)」など地囃子を使用、上方では「辻打」その他土地ゆかりの曲がある。太鼓・大太鼓・篠笛・当り鉦の囃子。

見立(みたて) 歌舞伎様式美の主要形成要素の一。そのままの直接表現でなくて、類似のほかのものに転化させて表現するのをいう。特に古典の定まったものを当世風に連想させて、その奇抜さ、洒脱さを賞する美意識。

三ツ地(みつじ)　本来、能囃子より出た大・小鼓の手組の名称で、八拍子のうち、五、七、八拍子目に小鼓を打ち、三拍子目に大鼓を打ちこむ手。ただし小鼓の五拍子目のは乙の音、七拍子目は甲のチ、八拍子目はポウ。セリフの間をぬって打つ。

三升の紋(みますのもん)　市川団十郎の定紋。升を三重に入れ子にした形。貞享元年(一六八四)五月初代団十郎が江戸中村座で「不破即身雷(ふわそくしんのいかづち)」(鞘当)の不破伴左衛門を演じた時、衣裳に稲妻と三升の模様を用いたのに始まるという。それ以前の家紋は角折敷に二枚矢筈。

向ふ(むこう)　劇場・演出・ト書用語。観客に主体をおいていう場合と、俳優あるいは舞台を主体としていう場合がある。慣用というほかない。「向正面」は観客側から見て正面、すなわち舞台正面の意。俳優の動作演技に関する「向ふ」は正面に向うの意で、見物席に対して正面を向くの意。人物の出入りに関して、「向ふより」「向ふへ入る」とあるのは、「花道から」あるいは「花道へ」の意。「向ふ揚幕より」あるいは「向ふ揚幕へ」の略語と考えてもよく、「向ふ揚幕」とあるのは、舞台から見ての向うの意。すなわち劇中心にしての用法である。

木魚入り(もくぎょいり)　下座音楽。「木魚入り合方」のこと。寺付近、墓場、あるいはさびしい野原の場面などの人物の出入り、セリフの間などに用う。木魚を早めに入れるのを「早木魚入り合方」ともいい、寺を背景にした立廻りや捕物場面に用いる。

物語(ものがたり)　演出及び局面の一。歌舞伎には物真似と同時に「語り」というエロキューションが緊密な連関において結びついている。元来「かたり」は、神の由来や威徳を一種の節調と呼吸をもって語るものであったろう。これが能の間語(あいがたり)などそのまま狂言師達によって歌舞伎の舞台にもたらされ、道化方の手に渡ると、新しい内容と色彩をもって、いわばニュース的なしかもユーモアをも帯びたものであったかと想像される。このような話術は、仕方的要素を加えて一つの出しものとなっていった傾向がある(大和守日記、延宝五年八月十六日の条)。今日では主として丸本時代狂言において主役が、過去の事件、思い出、心境の述懐などを物語る一段の中心的な個所、あるいは俳優の仕どころ、または所作事のヤマの一つ。

模様(もよう)　様子におなじ。「この模様にて」とあるときは、空模様などとおなじく、漠然と、その場の様子を指す。「色模様」など、なんとなく、なまめかしい景容になることで、「濡れ場」などということばより舞踊的表現となる。

ヤ　行

役人替名(やくにんかえな)　正本(しょうほん)には最初にこの「役人替名」を掲げ、役割番附・辻番附には「役人替名の次第」という欄を設け、上段に登場人物名、下段に俳優名を記載した。役割・配役などいうのと同義ではあるが、替名とあるのは、その意識が単に役割・配役というのとは異質であることを物語る。劇中人物名だけを連ねている場合は「役名(やくみょう)」と記している。

役人触れ(やくにんぶれ)　役人替名の次第を、口上で述べること。つまり配役を触れること。

役名(やくみょう)　→役人替名

櫓崩しの合方(やぐらくずしのあいかた)　「八百屋お七」で櫓へ登る時に弾く三下りの「櫓三重」の三味線を変曲して崩した合方。→合方

八千代獅子の合方(やちよじしのあいかた)　箏曲「八千代獅子」の初段の手事をとったもので、本調子と三下りの替手を弾きあわせ、篠笛を入れることや、また大小鼓を打ち囃すことがある。「助六」の水入り後の立廻りや「鏡山」の奥庭の立廻りなどに用いられる。→合方

やつし　→和事(わごと)

ヤットコトッチャウントコナ　荒事に用いる掛け声。ヤットコナ(ヤットコサ)・ドッコイショ・ウントコサの三つの掛け声を重ねたもの。「矢の根」の例がある。

藪畳(やぶだたみ)　定式大道具の一。葉の繁った竹を短く切りとり、たばねて木枠に打ちつけたもの。幅四、五尺、高さ三、四尺程度に作ったものを並べる。いわゆる藪畳の趣にする。

山おろし　下座の鳴物。山中の風が烈しく樹木をならす音を象徴したもの。大太鼓を長撥で打って、山中の場の幕明き・幕切れ、人物の出入りなどに用いる。鳴神の幕明きなど。

山形(やまがた)　立廻りの型の一。太刀打の最初に用いる手であって、上段から左右へ打ちおろす。左から先にするのが定式。

山台(やまだい)　大道具。俳優が舞台で腰かける高さ一尺四寸、上部が四寸角、下部が七寸角程度の台で、上級役者が使用した。しかし、舞台上で義太夫節以外の浄瑠璃演奏者が乗る浄瑠璃台や、

また長唄連中が舞台背景に居並ぶ「雛段(ひなだん)」を山台と呼ぶようになり、後者の方が一般化している。

床(ゆか) →出語り

寄せの合方(よせのあいかた) →大小寄せ

呼び(よび) 劇場特殊演出用語。次の幕へ出る立者から相中までの役者の名を「団十郎じゃアい」とか「菊五郎じゃアい」と鳥屋(とや)から呼ばわることをいう。京阪では鳥屋触れという。すなわち、出端(では)(役者の出の演技)を予告するのであり、役者の呼出しである。「出端(ぶたいへ出るを出じやといふ)」(劇場節用集、享和元年)、「出(出端也出が有と云)引込(役者のがくや入也)」(戯場訓蒙図彙、享和三年)の「出じやといふ」「出が有と云」は、実際にそう呼んだ習慣をいっているのである。出端の演出に「呼出し」のあるのは、ものの出現に対して「呼出し」「呼立て」を伴うこの国芸能の長い民俗的伝承の記憶があり、しかも一歩進めて見物との交流に役立たしめる歌舞伎創意の演出法といえよう。明治期まで続いた。また、勅使・使者・殿様などの出入りに「何様のお入り」「何様のお帰り」などと舞台の外で呼ぶのもこれに含める。

ラ 行

よろしく ト書用語。役者の思案で適当な芸をまかせるという意で用いられる。「このところ宜しく」「宜しくあって」などと用いられる。

雷の音(らいのおと) →雷の音(かみなりのおと)

鈴の音(れいのおと) 下座の鳴物。玉のついた振り鈴を鳴らすこと。また大太鼓・能管に添えて「音楽」と称する下座音楽ともなって、時代物の寺院・宮殿の場の荘重さを表現することもある。

連中(れんじゅう) 団体をいう。二通りあり、見物の団体、また浄瑠璃・長唄に出演する一行のこと。このときは、常磐津連中・長唄連中といい、たんに連中というときは、前者を指す。

六段の合方(ろくだんのあいかた) 時代物のセリフの間に弾く合方。箏曲の「六段」の初段を用い、尺八との合奏をする。「助六」の意休の香炉を切る条の意見、「鏡山」の奥庭のお初のセリフなど。また、「六段四段目の合方」とことわるときは、とくに四段を使用して、やや乗った早間のものとなる。「伊賀越道中双六」の試合の政右衛門のセリフの例。また別に「六段恋慕の合方」というのは、御殿の殿様などのセリフに用いるが、これは、長唄の「秋色種」の前弾をとったもの。→合方

六方・六法(ろっぽう) 歌舞伎・舞踊における演技の一。練から発達した歩く芸。六方の語源については、名古屋山左衛門がはじめたとも(佐渡嶋日記)、男伊達の「六方組」から出たとも、また彼等が「長き大小と両の腕を六方へ振出る」(安斎随筆)故だとか、「江戸散茶通ひの風俗」(佐渡嶋日記)を写したのだとか諸説があったが、折口信夫は「六方法師」を示唆した。寺院の法会の行道に中心をなしたのが六方大衆である。彼等の集団勢力をもって、洛中洛外に濶歩した姿は、近世の無頼の徒、男伊達や奴に伝承され、彼等の歩き振りが六方風と呼ばれたところから、六方組の名が起り、やがてその六方振りが舞台に現われるに至ったのであろう。花道の出現によって後は、「飛び六方」「片手六方」「狐六方」「丹前六方」等と種別ができた。また六方は「踏む」とも「振る」ともいう。また、彼等の粗豪な片言は「奴詞」「六方詞」といわれ、ユニークなエロキューションとして歓迎され、「暫」や「朝比奈」のセリフにその面影を伝える。→振る

ワ 行

若女方(わかおやま) →女方(おんながた)

脇役(わきやく) 能においてはシテの相手役をワキというが、これが歌舞伎にも入って脇役の語が生まれたのであろうが、歌舞伎では能ほど明瞭な限定でなく、主役の相手役というより補佐・助演者として大まかな呼称。従って主役以外の一人を指す場合もあるが、大勢それぞれを脇役の名で呼べる。

和事(わごと) 歌舞伎における色事艶事などの綜括的表現(演技)および構成(演目)の一。ただし和事を専門にする和事師(色男役)中心のものでなければいわない。すなわち流浪の身をさらす中に女性との戯れを写すものであって、貴公子が世を忍ぶ仮の姿に示すあわれといとおしさを描くもの。遠くこの国の貴種流離譚の系列につながる芸事であろう。紙子(紙製の着物)で廓買いする姿はみすぼらしかるべきものを、舞台の紙子姿は歌を書きつけた薄紫の特別の衣裳をまとい、編笠で顔を隠して出て来る。仮の姿に「やつし」たということと、いわゆる浮身を「やつし」た姿という二重のイメージから、この役柄を「やつし」ともいう。さらに和事の一部の「濡れ事」は、深刻というよりも甘い愚痴口説となって、独特のめでたさがある。この和事師が戯画化されたものを「つっころばし」という。「助六」の紙子も、上方流の和事の系統を引いたもの。

和実(わじつ)　歌舞伎役柄の一。和事と実事(十分な貫禄・年配・分別・思慮を備えた性格を見せるいわゆる捌き役)の要素を折衷したような役柄。ただしこの折衷は芸の上から求められたというより、時代進展とともに脚本内容が複雑になって、これまでの役柄の範疇では役の性根を把握できなくなったところに、和事と実事とを合せた役として受け取られた。「和実は人品の軽き役者の出来ぬ事にて是また容易に入安からず」「生(じつごと)は堅過るの方へ顧(かたむき)小生(わごと)は位重(おもき)の所薄しとして右の生に小生(わごと)を加へ是を和実と称す近比の沢村訥子(四代目沢村宗十郎初は源之助と称す)などの勤る所是也」(劇場漫録)。

渡り拍子(わたりびょうし)　下座音楽。長唄囃子の一。元来神楽囃子の一で神輿のお渡りに奏したもの。歌舞伎では登場囃子として常に唄・三味線を伴って、祭礼の行列や、廓の道中、大勢の人物の世話がかった賑やかな出に用いる。殊に廓を表徴する清掻(すがき)には必ず打ち囃す鳴物。「松の太夫」「外八文字」「松の位」「店すがき」などの廓唄をもつものには不可欠の鳴物で、特に「唄入り渡り拍子」ともいう。太鼓に能管を吹き合せ、当り鉦を加えて打つのが普通。↓早渡りの鳴物

割りゼリフ　↓セリフ

割る　↓セリフ

悪身(わるみ・わりみ)　演技の一種。わりみと訛って発音することが多い。嫌味・悪趣味の身振りをいう。ただし、道化役が、もしくは普通の役でもおかしみのために、ことさらに嫌味たらしく、女の身振りなどする型をいう。

日本古典文学大系 98
歌舞伎十八番集

1965年6月5日 第1刷発行
1988年6月7日 第19刷発行
2016年11月10日 オンデマンド版発行

校注者 郡司正勝（ぐんじまさかつ）

発行者 岡本 厚

発行所 株式会社 岩波書店
〒101-8002 東京都千代田区一ツ橋2-5-5
電話案内 03-5210-4000
http://www.iwanami.co.jp/

印刷／製本・法令印刷

ISBN 978-4-00-730524-5 Printed in Japan